魅丽文化 花火工作室

青青的悠然 著

绣色可餐

华嫁篇（上）

江苏凤凰文艺出版社
JIANGSU PHOENIX LITERATURE AND ART PUBLISHING, LTD

图书在版编目（CIP）数据

绣色可餐．华嫁篇：全3册／青青的悠然著．-- 南京：江苏凤凰文艺出版社，2018.7
ISBN 978-7-5594-2214-9

Ⅰ．①绣… Ⅱ．①青… Ⅲ．①长篇小说－中国－当代 Ⅳ．①I247.5

中国版本图书馆CIP数据核字（2018）第116024号

书　　名	绣色可餐．华嫁篇：全3册
作　　者	青青的悠然
出版统筹	汪修荣 邹立勋
选题策划	吴小波
责任编辑	胡小河 姚　丽
文字编辑	黄　姗
责任监制	刘　巍 江伟明
出版发行	江苏凤凰文艺出版社
出版社地址	南京市中央路165号，邮编：210009
出版社网址	http://www.jswenyi.com
印　　刷	湖南凌宇纸品有限公司印刷
开　　本	880mm×1230mm　1/32
字　　数	850千字
印　　张	27
版　　次	2018年7月第1版，2018年7月第1次印刷
标准书号	ISBN 978-7-5594-2214-9
定　　价	98.00元

目 录

CONTENTS >>

目录

<< CONTENTS

第一章 五灵搬金

“我们要不寻到金曜他们以后再走，我总觉得唐林和唐蒙看起来有点不对劲。”楚瑜微微压低了声音道。

自从进入地宫以后，唐林和唐蒙就有些张狂起来了。

方才竟连着对两人下了毒手，可见这唐门中人原本就是有些邪行的性子，当初压抑着也不过是为形势所迫。如今进入自己熟悉的环境，他们便愈发地肆无忌惮了起来。

琴笙淡淡地道：“不必想太多，他还不敢对我们做什么，就凭着他那点儿不入流的机关巧技，没法子进入地宫中心。”

“难道要等他动手吗？”楚瑜颦眉，有些不解。

琴笙妙目微挑，一点幽光在他眸子里微闪，他轻蔑地嗤笑：“若不是留着他还有点用处，在本尊面前嚣张放肆还能活到现在的也就是你了，小姑姑。”最后那一声小姑姑的尾音拖得意味深长。

楚瑜莫名地觉得脸上有点发热，轻哼一声，却也不说话了。琴笙见怀里少女虽然一副有些不自在的样子，但是他却觉得心中有点莫名的愉悦。仿佛她越是不自在，他心中便越舒服。

走了约莫半刻钟，唐林忽然出声：“两位大人且慢。”

琴笙停下了脚步，转头冷冷地看着他：“地方到了？”

唐林忍下眼底的怒气，点了点头：“就在这里，每个墓道头都有耳室呈放一些陪葬物，按照这一层的墓道上历代祖师爷的标记来看，这附近应该是陈放他们生前用过的东西，您稍候。”

随后，他便松开了搀扶着的唐蒙，走到一方壁刻前细细地端详了起来。那壁刻上雕的是五灵搬金术，上以大理石雕东方生财灵张元伯，西方生财灵刘元达，南方生财灵赵公明，北方生财灵钟士贵，中方生财灵史文业五阴将入屋抬财。

随后，他抬手慢慢地在南方生财灵赵公明的脸上慢慢摸索。

琴笙有些不耐烦了，冷声道：“五灵搬金，五灵走的是天罡位。”

唐蒙似瞬间受了启发，立刻抬手顺着天罡走位摸了过去。一声闷响，一道石门便在五灵搬金图的正中打开。楚瑜这才注意到两扇门边缘并不平整，而是顺着壁画浮雕的人物、器具形状契合成图。

“真是鲁班手，天工技。”她忍不住喃喃自语。

“鲁班算是天下所有奇技淫巧之工的祖师爷，我们师门里也供奉的。”唐蒙忽然出声。楚瑜看了他一眼，却见他又低下头去，一瘸一拐地往门里走。唐林刚想伸手，却没拉住他，便干脆顺势用他手里的火把去点燃那墓室门内的长明灯。

琴笙抱着楚瑜走进去经过身边的时候，唐林忍不住还是问了：“敢问这位大人，师承何处，竟对机关如此了解？”

琴笙脚步未停地经过他身边，只冷冷地留下了一个字：“蠢。”

唐林见状，眼神又阴沉了下去，憨厚的脸上闪过一丝近乎残忍的杀意。

楚瑜身子一沉，这才回过神儿，发现自己被放在了一张床上。

她这才留意到这里是一间布置成卧室模样的墓室，墙壁上还挂着一个老者的画像。墓室里还算整洁，竟没有一丝霉味，只是一些布幔之物看起来有些陈旧了。想来是按照唐门哪位掌门或者长老生前的样子布置的。

琴笙冷冰冰地扔了一句话给黑虎刘和唐林几个："我们睡床，你们不得靠近五丈之内。本尊讨厌休息时有杂物靠得太近。"

那石柱发出一阵沙沙声，随后瞬间化成一堆沙砾。一干"杂物们"呆滞之后，立刻乖觉地闪避到墙角。

楚瑜有点滑稽地扯了扯唇角——啊，这猫儿还是一如既往的暴力和嘴毒。

等着众人都老实地各自窝在一起，虽知彼此都心怀有异。但是劳累奔波了一整晚，又勾心斗角，经历了一番煎熬，各自也都有些扛不住地靠着墙都能睡了。

楚瑜脱了鞋半靠在枕头上，挑了挑眉去看那靠着墙似快睡着的唐蒙："唐蒙，你们带着我们在这迷宫里走了那么几圈，却没看到任何其他人的影子，你们莫不是在骗人吧？"

唐蒙看了她一眼："是你们要找人的，其他人没有人带路，也只能在地宫外层的通道里上下，根本进不了地宫。"

楚瑜轻哼了一声："是吗，我们可走了那么几回了，连个脚印子都看不见，若是明日再找不到人……"

唐林忽然睁开眼，不客气地打断了楚瑜的话："大人若是不信我们，径可自己去寻，总归您身边的那位琴大师是位厉害人物，一定可以找到的不是吗？"

楚瑜挑了挑眉，大眼弯弯地笑："那可不行，我们不辨毒物，就算到了地宫中心，也不知道哪些是毒药，哪些是引魂的解药。"

唐林一顿，冷冷地道："既然如此，那就请您早点儿歇息吧。"

说罢，他看了唐蒙一眼，见唐蒙已经闭上了眼，他也径自往后一靠，闭眼睡觉。楚瑜见状也打算睡觉，却并不想她才一转身，就对上了一双幽幽金眸。

一夜睡在地宫墓穴里，自然不可能睡得安稳，人人眼圈下一片乌青。。琴笙从楚瑜手里取过那贴好的羊皮卷，用戴着手套的两指拈着往唐林那里一扔："看一看，找出不对劲的地方，找出出口。"

唐林抬手就接住了那羊皮卷，摊开一看，不禁一惊，脸色都变了：“这是……”

“这是我们唐门地宫的剖面图，你怎么会有！”唐蒙也一把抓住那羊皮卷，忍不住脸色大变地叫了起来。

“虽然我没有见过地宫的具体样子，但是这种建筑手法和机关设置，确实是唐门常用的，只是有些地方……”唐林研究了半晌儿，随后点出了羊皮卷上的几处疑点。

按着唐林的说法，他原先只了解大概的地宫外缘的结构，如今有了地图，他便能大概推测出金曜他们大概在的方位。一行人简单收拾一番，又开启了壁门出去了。琴笙和唐林在前查看方向。

只是楚瑜去拿火把的时候，似乎看见墙壁上的影子里……多了一个人？楚瑜僵了僵，看着那多出来的人影，她下意识地回头，却没有看见哪里有什么人影。

“怎么了？”黑虎刘见楚瑜拿了火把发呆，便随口问了一句。

楚瑜有些迟疑地比了比身后：“我好像看见了七道人影。”

黑虎刘一愣，立刻跟着楚瑜看过去，看着墙壁上的影子数了数，随后莫名其妙地道：“哪里有？”

楚瑜一回头，墙壁上那多出来的影子竟然消失了？

“您莫不是昨晚没有睡好？”黑虎刘笑了笑，有些讨好地让出路来：“来来，您先出，那位大人还在前面等您。”

且说这头楚瑜出了门，黑虎刘便也马上跟着出门，只是他并没有注意到，墙壁上六道影子里，不知什么时候悄无声息地多了一道诡异而佝偻的影子。

一行人在唐林的带领下一路继续前行，这一路上倒也没有什么太多的麻烦，倒也算正常。就是唐林也还算厚道，若是遇到什么机关危险之处，也会提前通知。直到他们七拐八弯地走到了路的尽头——面前只剩下一面巨大的石雕壁画，上面描绘着的图倒是一反其余壁画里的阴森，这里雕的是一幅工匠图，人间百种工匠奇技淫巧都雕于其中，中间供奉着的正是匠神——鲁班。唐门之人善机关，惯以供奉鲁班为祖师爷。但奇巧的地方就是，这是一幅阴阳昼夜图，一边为日出，一边为月升，中间过渡的黄昏都描绘的极为形象精美。琴笙冷眼看着唐林抱着那地宫图对着那雕刻图开始苦苦研究。

楚瑜颇为有兴趣，凑过去看得津津有味。唐蒙则沉默地低着头，不时舔了舔自己干得起皮的嘴唇，又抬起眼看一眼楚瑜，又有些神经质地转回头看看他们来时路。湘云子瑟缩在一边，似注意到了唐蒙的不对劲，便也只拿眼偷偷去看唐蒙。黑虎刘也留意到了，便凑到楚瑜身边，一脸神秘地低声讨好："官爷，您要小心，我看唐蒙那小子不怀好意，怕是在打您吃食和水的主意呢。"

楚瑜闻言，转脸看向唐蒙，果然见他正眼神古怪地盯着自己。她挑了挑眉，眼底闪过一丝幽光，径自走到唐蒙身边："怎么，饿了，还是渴了？"

唐蒙一愣，随后点点头，似乎有些不好意思的样子："我想……喝点水。"

楚瑜看了看他，随后取下了水囊递了过去。唐蒙立刻接了过来，一点儿也不客气地朝着嘴里倒了一大口，随后发出一声舒服的叹息，随后将水囊递给了楚瑜，低声道："多谢。"

楚瑜接了过来，看了他一眼，淡淡地道："不客气。"

随后又将水囊递给了一脸羡慕的湘云子和黑虎刘，他们都受宠若惊地接了，赶紧喝了起来。

楚瑜自己抬起来准备也喝一口，却被一只素白的修手劈手夺走了过去，却是琴笙冷冷地道："你倒是大方，也不嫌脏。"

随后，他撩起面纱，轻品了一口，才递给楚瑜，她接了过来喝了一口。这猫儿是在吃醋，也是在替她验毒。

又过了一刻钟，琴笙终于不耐烦了，负手冷声道："唐门里是不是尽出废物点心？"

唐蒙和唐林脸上露出被羞辱的怒色来。唐林忍耐下怒气，只僵着声音道："您是能耐人，我只是师门里资质一般之人，要解开祖师爷的这个机关，却是不容易。"

“也就是说，若是打开这个机关口，就能看到我们的人在什么地方？”楚瑜立刻反应了过来。

唐蒙颔首道：“正是，就算是一时间地方不知道我们在哪里，但是在此处呼唤，各个地宫甬道都能听见我们的声音，只需要指引他们过来会合就是。”

琴笙看了眼那巨大的壁画，微微眯起琥珀眸，随后走近那壁画，抬手轻扣了扣那壁画，随后又在四个角都轻敲了敲，随后冷冷地道：“此处之后有水晶状物，硬质，长三丈，宽四丈有余，闻之但见毒物腥味，想来是影照石头吧，你来说说看，既然是影照石如何能四通八达地召唤人？”

唐蒙和唐林两人都已经呆了，一脸不敢置信地看着琴笙——难不成他有透视眼？楚瑜虽然惊讶，但已经习惯被这大仙儿智商技能上的碾压。她家这猫儿本来就非正常人，有这般能耐倒是也不出奇。

她秀眉一挑：“影照石，还是比刚才更巨大数倍的剧毒影照石头，你们是想把我们弄死在这里？”此言一出，黑虎刘和湘云子立刻紧张了起来，都纷纷拔出了自己的武器。

唐蒙面色古怪，倒是唐林很快恢复了正常，他立刻道：“在下也不知道这后面是影照石，只是按照这图上的描绘和在下对堡中机关的了解，确实生死门这里就是联通外层甬道之处，这位大师一定能明白的！”

说着，他憋红了脸把手里的地图递给琴笙，看起来倒似真担心楚瑜他们误会他了一般。楚瑜看向琴笙，却见他若有所思地看着那壁画，压根儿没有打算接过唐林手里的地图，唐林只好尴尬地收回了手，只是眼底闪过一丝阴狠的冷光。

琴笙观察了片刻之后，他淡淡地吩咐楚瑜：“鱼，你先去旁边的耳室避一避，待本尊打开这里查看情况之后，再出来。”

楚瑜却摇了摇头，一脸坚定地对琴笙道：“不行，这样太危险，我们谁也不知道这壁画打开之后会出现什么东西，我不能让你一个人去冒险。”

“本尊不一个人打开，难不成还要在冒险的时候，还要顾忌你这条鱼的安危吗？”

楚瑜噎了噎，她知道这大仙儿说的在理。

可她还是忍不住抓住他的胳膊，忍不住道：“可是……”

“可是什么，你担心我吗，小姑姑？”琴笙忽然微微躬身，眸光幽潋如一汪深潭。

楚瑜被他看得脸色有点发窘，稳住有些凌乱的心跳，随后轻声道：“是，白白，你要小心。”

琴笙看着她俏丽微红的面容，妙目里闪过一丝得意的笑，随后轻哼了一声：“嗯。”

他神色一冷，用传音入密对着楚瑜交代：“本尊不在你的旁边这两刻钟，自己小心。”

楚瑜涨红了脸，也不敢去看其他人的表情，只平复了心情，也没好气地轻哼：“放心，我若是蠢的，也没有法子活到今日。”

大概在琴园大火之夜就成了一捧灰了吧，坟头草都一丈高了。

且说这头楚瑜和黑虎刘、唐林师兄弟等人躲进了耳房。但是唐林和楚瑜都不约而同地没有选择关上石门，而是忍不住站在门口，看琴笙的动作。但见不远处的修长出尘的白影屏气凝神，静静地负手站在那石壁前，随后慢慢地抬手，却也并不去触碰那石壁，而是指捏莲花轻掐点算，也不知在算着什么。

但是片刻之后，他却忽然轻笑了起来：“有趣，这唐门的死鬼老头儿祖师倒是个有趣之人。”

他长袖忽然无风自起，随后一把造型诡异的猩红长剑慢慢地从他的宽袖里缓缓地探出。其余人不知道，但楚瑜却是一惊，忍不住低声道：“吞噬？”

白白居然连“吞噬”都动了，难道这墙壁之后是什么可怕的怪物巨兽？

“吞噬？”楚瑜的话音刚落，唐林就忍不住惊呼出声，一脸错愕地道：“难道是几百年前海底魔宫宫主锻造出的噬魔血剑，此剑追随几百年前天极王朝开国大帝征战四方，据说吞噬了几十万人鲜血性命生出了魔性，大帝驾崩之后，无人能驾驭这残忍的嗜血剑，便成了帝尊陪葬之物。”

唐蒙也忍不住疑道：“可是此物被人启出之后，封存于江湖圣地藏剑阁，以天佛灯净化魔性，怎么会……”

“十余年前，藏剑阁曾经被一有着天仙美貌的神秘白衣少女挑破了最后一层天玄阁，抢走了不少东西，连藏剑阁主都被打伤，下了武林追杀令，却一直寻不到人的踪迹，莫非……是这位琴大师的亲人或者弟子，如此倒是可以解释为何这位大师如此精通机关了，毕竟藏剑阁的机关巧术秘籍众多，集天下大成，我唐门历任掌门都向藏剑阁主求教过。”

楚瑜有点想要发笑，什么抢走不少东西，原本有能耐闯过藏剑阁重重机关的人，就是可以任意挑走他所中意之物的。只是当年的琴笙年少气盛，性情乖戾，不耐烦藏剑阁主那老头儿烦着他要他继承阁主之位，就把老头儿给……剥光了吊起来，跑了。

老头儿气不过，才跑出去下了那江湖追杀令，现在想来也不过是爱才之心，只怕还打着把琴笙逮回去继承阁主之位的主意。

她不动声色地道：“这我就不知了，一会儿若是机关开启了，你自去问琴大师吧。”

楚瑜话音刚落，便忽然听见耳边炸雷似的轰一声响——轰！

众人齐齐大惊，皆立刻转头，却正见着琴笙手中那猩红散发着惊人剑气的魔剑霍然劈过他面前的壁画，一剑就将那壁画从阴阳隔处劈成了两块，乱石四飞。

“他这是在干什么，疯了吗，若是破坏了机关，就永远都别想打开机关了！”唐林脸色瞬间大变，就要冲出去阻止。谁知道他才刚准备奔出去，就被人绊了一跤——砰！

唐林狼狈地抬头，怒瞪着楚瑜：“你干什么！”

“你给我好好地待在这里看着。”楚瑜笑眯眯地道，手里不知何时多了一把短剑，一点儿不客气地架在唐林的脖子上。白白做事，从来不会无的放矢。

唐林忍不住大叫，指着不远处切豆腐一般切着墙壁的琴笙厉声怒道："他这样，只会毁了机关，你们可知道一道机关墙落石厚重达到数丈，根本没有可能人力开启。"

"他不是你们这种废物。"楚瑜还是报以微笑。她无条件地相信琴笙。唐林被楚瑜那笑容给噎得七窍生烟，却也只能看着，紧紧握住拳头，爬起来。倒是唐蒙似看出了点儿什么，"等一下……那壁画……是不是根本没有机关？"

此时乱石四飞，琴笙效率极高，手中的猩红长剑已经基本上剖开了整面墙，几乎露出了里面一些黑色的晶体来。楚瑜见唐林等人都一脸服气了，便轻松了一口气，正准备收回自己手中的剑。但是她并没有留意到耳房内，原本五道影子里，悄无声息地多了一道，那道影子竟忽然顺着墙壁慢慢地飘近了楚瑜的身后。

此时，楚瑜忽然听得一声来自小道士湘云子的尖叫声："不好，小心，看墙壁！"

她回头一看，正见着自己旁边的墙壁上，自己的影子边上多了一道影子，那影子极为诡异，佝偻着身子，手长得不像人。距离她的影子不过一指的距离，她瞬间觉得自己身后阴气森森，立刻起了一身白毛汗。她抬手短剑出鞘，就朝着那墙壁上刺了过去。

她用足了内力，此剑又是金大姑姑专门为她寻的短剑，轻巧趁手，断金裂石，易如反掌。但是她手中短剑才一刺入墙壁那影子，墙壁竟然瞬间塌陷了下去，一股子巨大的吸力瞬间就将楚瑜往那黑洞洞的墙壁里吸了过去。楚瑜一个不防备，整个人就拖了进去。

手臂上传来的森冷又狰狞干枯的触感，她立刻敏捷地双脚一勾，死死卡住墙壁，不让自己被拖进去。湘云子倒是反应极为敏捷，最先一把扑了过去，死死抱住楚瑜的双脚，扑在地上，同时大叫："来人，快来人啊！"

黑虎刘见状，大惊失色，也扑了过去抓住湘云子的腿就往外拖："小心，快来人！"

他气力极大，竟然能阻止湘云子和楚瑜被拖走的趋势。但是下一刻，一把长刀瞬间穿过了他的胸膛。黑虎刘不敢置信地转头，看向一边的唐林，嘴里一口鲜血流下："你……"

随着红光闪过最后一片碎石爆裂开来，彻底地露出了里面的黑色半透明的晶体。琴笙琥珀眸里闪过一丝异样的光，他薄唇微勾："啧，死了的老东西倒是有趣，果然不设任何机关，这要是哪个蠢货一直这么摸索，大概一辈子都打不开这所谓的天工机巧了。"

这块巨大的黑色影照石与之前看见的不同，里面似乎有许多切面，倒映出了许多条仿佛一模一样的甬道路径。也半映出了琴笙身后的情形，他陡然转身，足尖一点，握住手里长剑直冲向耳室逼去。

但见耳室里忽然跌跌撞撞出来一个浑身是血的人影，他握着长刀，踉踉跄跄，一脸恐慌地向琴笙扑来："不好了，琴大师，楚大人被抓走了……是那个红衣女……"

琴笙看着迎面过来的人影，伸出手便要去扶住他："哦？"

唐林眼中寒光一闪，眼底闪过得意狰狞的笑意，一手扶向琴笙的胳膊，一手向自己腰间抹去。却不想下一刻，琴笙扶向他的手轻轻一拂，一道巨大的力道，瞬间击向他肩膀。

随后，琴笙抬手再一按，竟然硬生生地将那人半个身子都按进了石墙里。唐林双眼暴突，瞬间发出一声近乎非人的惨叫声，半边身子都被挤碎，腰上掉下一个滚筒。琴笙一脚踏碎其上，轻蔑地道："暴雨梨花针这种垃圾东西，就不要拿出来献丑了。"

且说这头，楚瑜已经被硬生生地拖进了那洞里，被死拽着自己右手的东西惊得脑子里一片空白，冷汗直冒，一时间竟不知如何反应，连身上被拖扯刮，都没有感觉。正是他们之前看见的那一个飘荡在唐家堡废墟上的唐家大小姐！

直到腿上忽然传来一阵剧痛，她一低头，就看见湘云子一口咬在了她的腿上，见她看过来，他使劲地朝着她摇头，眼里满是惊惶和担忧。楚瑜脑子不知怎么就冷静下来了，她发现有点不对劲。

为什么连无辜的湘云子也被拖下来？而且这甬道分明是人工修建才如此平滑。楚瑜立刻伸手从腰带摸出一只霍二娘给她防身用的细竹管来，朝着那红衣的方向猛地砸了过去。只听得细微砰一声，那一股子蓝色水柱瞬间弹向那红衣女的胳膊。红衣女的袖子瞬间就被腐蚀出一个大洞，露出白色的骨头，不过瞬息之间，那骨头也被腐蚀成黑色，然后啪的一声，那骨头就断了。

楚瑜和湘云子两人瞬间坠了下来。楚瑜看着那一下子继续往前飞出去老远的红衣女——那货居然没有发现它要抓的人掉了下来吗？她借着甬道里的幽暗的灯光往那白骨上一摸一看，瞬间就摸到了那些骨节之间的细细金属丝。她愣了愣，瞬间松了一口气，忍不住冷笑：“装神弄鬼，这是要抓人质吗？”

那红衣女根本就是个逼真的道具，根本不是什么鬼。

“大人……你没事吧！”湘云子才爬起来，一脸鼻涕一脸泪地爬过来看她。

楚瑜看着他那表情，莫名地觉得有点眼熟，但一时间又想不来这种熟悉感从何处来，便点了点头：“我没事。”

但下一刻，湘云子又惊恐地瞪大了眼，尖叫了起来：“啊啊啊！”

楚瑜顺势看去，正见着原先飞走的那红衣女，又面目狰狞地朝着他们急速飞来，同时发出恐怖的怪笑与尖叫。她当机立断，抬手就将自己的短刃朝前用尽十成的内力向前掷去！随后她足尖往后一蹬墙面，扯住湘云子厉声道：“后退！”

两人疾退之间，又短暂地拉开了和那厉鬼的距离。但是那厉鬼速度极快，竟急速落下，眼看着它狞笑着就要抓上楚瑜的脚踝。楚瑜眼里慧黠的寒光一闪，正打算将手里早已握住的另外一只竹管朝着它脸上扔去。却忽然感觉自己身后一凉，纤细腰肢被人从后面一把抱住，同时，一股巨大的劲气瞬间掠过自己向那红衣女拂去！熟悉的气息让楚瑜瞬间松了一口气，心中蔓延起无言的安心。

只听一声尖啸声响起，那红衣女瞬间在半空里肢解，四分五裂！但是楚瑜也敏感地察觉了身后之人胸膛里也发出一声几乎难以察觉的轻震响。

楚瑜一惊，压低了声音：“白白，你没事……”

此时，那甬道里却忽然传来一阵难听尖厉的怪笑声，“小子功夫不错，老夫且看你就凭着这一身能耐，能不能活着走出这地宫，哈哈哈哈！”

那声音如蜂鸣，又似尖利之物刮过墙壁的声音，异常的刺耳。只是楚瑜尚且没有反应过来，便已经被琴笙一把扯了过去，翻身就出了那墙洞。

琴笙将她一抱出来，立刻掠出了房间，她心中不解，再加上方才他似乎有些不对，也不知有没有受伤，她一定要去看看。她一出门外，就看见琴笙站在一处奇怪的墙壁裂口间，神色阴沉。

“刚才……您进去救楚大人的时候，有一个人将唐林救走了。”唐蒙一边勉力地给自己肩膀包扎止血，一边低声道，“但是救了也没有用了，半边身子都碎了，活该！”

楚瑜半蹲在他面前，明媚大眼锐利地睨着他：“你是不是早就发现唐林不对劲了，所以之前才借着喝水警示我？”

她第一次将水袋拿给唐蒙的时候，他在自己的手心写了小心唐林四个字。

唐蒙没有喝水，而是将水往自己脸上倒了一把，冰凉的水淋在脸上，他闭了闭眼：“没错，只是我没有想到他会突然对你发难这么快，其实在震云子死的时候，我就觉得唐林师兄不对劲了，他一贯性情宽和，不可能这般残忍地让一个无关之人去死……但是我并不能确定，直到后来他行事神情让我越发的怀疑……”

他顿了顿，神色阴郁：“唐林师兄很可能已经在进入地宫的时候就被人杀死了，一直跟着我们的人，根本不是唐林师兄，而是个易容了的西贝货！”

楚瑜一惊，脊背有些发凉，忍不住道：“你说的可是真的？”

“是，师兄带着我跳入地宫之后，我们分开过一段时间，因为我扭伤了腿，最后是他来找到我的，再加上一开始进入地宫的紧张，我都没有认出来他是假的，后来想想当初他身上有点血腥味，我也只以为师兄受了伤。”

“此后我发现那人不对劲，但是又不能确定，也一直很犹豫万一只是我弄错了，只是师兄另有计划，所以不敢告诉你们，直到你也发现了我的异常，我便知道这事儿也瞒不住，如果对方是假的，我们都很危险，所以暗警了您，可没有想到他那么快就动手……”

楚瑜点点头，“嗯，你可看见那个将唐林带走之人？”

唐蒙一愣，随后神情有点古怪和惊悚：“是那个红衣女……将他拖走的。”

“又是红衣女，看来你们这地宫里藏了不少人呢。”楚瑜冷笑一声，她想起了之前在墙洞里那个发出古怪笑声的“红衣女”。

说罢，她站起来先走到了琴笙身边，上下打量了他一下：“白白，刚才你可有受伤？”

琴笙冷冷地道：“那种程度还伤不了本尊，只是对方确实有些修为。”

楚瑜闻言，明丽的大眼里闪过一丝异色。这大仙儿一贯傲气非常，从前还是琴三爷那种世外神仙模样时，就暗藏睥睨众生的性子。

“那人一定是那些灭我唐家堡满门的叛徒，一定是！”唐蒙不知什么时候扶着墙壁站了起来，一脸愤恨地道。

“能连你这唐门人都能被蒙蔽，想来自然是你们唐门里的叛徒了，而且对方对你们都颇为熟悉。”楚瑜淡淡地道。

“很久没有遇见这般有趣的游戏了。”琴笙忽然笑了起来，眼底兴味的光芒森凉，眸色如晦，令人莫名地心惊。

唐蒙瑟缩了一下之后，忽然扑通一声就跪了下来，对着琴笙咚咚咚就磕了三个响头，红着眼道：“大师，求您救救我师门幸存之人，从此唐蒙做牛做马，任您差遣。”

“牛马若如你也太蠢了，收了浪费草料吗？”琴笙一点都不客气讥诮着。

楚瑜有些好笑，便道：“好了，白白，不要为难他了，先与金曜他们会合要紧。”

她话音刚落，忽然听得那影照石里传来一阵踢踏的脚步声，随后便是一阵阵金戈相交的杀伐厉喝之声。楚瑜一惊，立刻举步就冲了过去，却也不敢靠近那影照石，只站在琴笙身边，忍不住朝着影照石内张望：“是金曜他们的声音，真的是他们！”

这里果然是一个能联通地宫外径之处！

“那唐林竟然没有骗咱们！”楚瑜忍不住奇怪道。

所以对方看着都已经到了影照石这里，再不将他们都一一歼灭，只怕待他们和金曜那边会合之后，就再也没有什么挡得住琴笙了吧。楚瑜摆摆手，颦眉看向那影照石："咱们要怎么知会我们的人，来我们的位置会合，或者我们去他们的位置？"

金曜他们应该是正面撞上了地宫里的唐门叛徒。琴笙妙目一闪，随后径自向那影照石走去，他抬头看了看那巨大的影照石，抬手轻触过那影照石之上。楚瑜知道他戴着手套，也知道他百毒不侵，但是瞬间还是心脏提到了嗓子眼："白白……"

琴笙一抬手，止住了她的话，同时目光微冷，忽然抬手，袖中"吞噬"再次出鞘，暗红猩浓的红光在上面吞吞吐吐，如有真形，煞气凛然。琴笙一个起剑势，挽了一个剑花，无边猩红瞬间泛开狰狞红色，径自直破影壁，烈风瑟瑟瞬间鼓起他的白色长袍，宛如飞翼。

"等等……影照石上有毒！"唐蒙瞬间大惊失色，不顾自己肩上伤口，厉声阻止。但话音到了一半，影照石已经发出清脆的噼啪之声。随后轰然坍塌，无数晶石碎了一地。

"影照风壁，唯一安全的地宫内墓室的入口，可观四通换气之径，更乃此处布下奇门遁甲阵势的唯一生门，坤位。若是藏在地宫的幸存之人都是你这样的废物点心，也不必去救了，只怕早已死绝。"琴笙冷冷地道。

楚瑜立刻走到影照石边，谨慎地低头看了看，但见这风井极深，深不见底，竟似要通至极深的地狱一般，抬头却也看不见顶，一片漆黑，看着阴森可怖，一股子霉味极为难闻，又见从上到下周围有许多大小不一的如被虫蛀的甬道。她微微挑眉："白白，你有办法通知他们吧？"

琴笙走到她身边，径自抬手从自己袖子里摸出一只香囊就扔了下去。只听得砰的一声响，那香囊瞬间炸裂，爆出一阵刺目的光芒和长啸声来。

随后那些不知何处而来打斗声瞬间停了一刹那，但顿时爆发出一阵欢呼来，"杀光贼子，恭迎主上！"

琴笙淡淡地问："可做好准备了？"

楚瑜笑眯眯地颔首："好了，走吧！"

楚瑜随手扯了块衣襟绑在自己的嘴上，避免吸入太多灰尘和异物，正准备运气跃下风井，却不想琴笙抬手就扣住了她的细腰，整个人瞬间就如天外飞仙一般掠进巨大的风井里。

楚瑜一惊，随后叹了一口气，还是伸手环住他的修腰，无奈地嘀咕："你这猫儿！"

琴笙轻嗤了一声，有些矜傲的模样，却也掩不住他的好心情。

且说这头，琴笙圈着楚瑜目标明确地直接掠入一处甬道。甬道门边守着的几名曜司武卫瞬间单膝跪地，抱剑朗声道："恭迎主上！"

楚瑜见了熟悉的人，忍不住脸上露出灿烂激动的笑颜来："快快起来，可算找到你们了，胜利大会师啊！"

说着就要伸手去扶人，却被琴笙一把抓过柔荑，冷道："你们起来。"

"小女郎，小女郎！"一声含笑的呼唤瞬间让楚瑜一愣，她下意识地转头看去，正见着半身都是血点子的宫少宸一脚踹开一个拿剑劈砍他的石人，向她这里含笑招手，飞掠过来。

楚瑜这才注意到这甬道里和曜司武卫们缠斗在一起的竟然是一群石人！根本不是真正的人，而是手持各种武器的石头人，动作虽然不那么灵活，但杀伤威力极大，而且不时还喷出红色的烟雾和不知何处射出各种暗器来。那些烟雾和暗器一看都是染了剧毒之物，若非这次跟来的曜司武卫们的武艺仅次于七曜星君，早就做了各种准备，人人脸上戴着特制面具，非同寻常，只怕早已全军覆灭。

琴笙抬手就直接指尖一弹，一道劲气直射向一个扑向背对它的武卫的石人，那石人砰的一声瞬间爆开，四分五裂地肢解了。那武卫捡回一条命，却一点不含糊地转身就投入了另外的战斗。

他冷冷地道："机关所控之物，原理大都类似罢了，不过总有人在操控。"

楚瑜仔细地观察着："没错，若是无人操控，只怕不会这么训练有素。"

只是人在哪里呢？她立刻细细地观察着那些石人的运动规律，试图找到其中的关键点。倒是琴笙有点不耐了，眼底波澜起伏，他此刻血脉之中不知怎么又有点躁动了起来，仿佛他在很久以前就闯过这样的阵。那种沉眠在骨血里的杀伐与恣意张扬的回忆，反复地刺激着他的神智。他现在很想杀人。

楚瑜还没有反应过来，就见身边白影瞬间飞掠了出去，手中魔剑再次出手，猩红之光所到之处，皆乱石纷飞，碎如齑粉。白衣修影翩然落下，一抬手，“吞噬”立刻如有生命一般，长鸣了一声，便乖巧地收回了他袖间。

“属下等恭迎主上来迟了，还请主上责罚。”金曜取下面具，擦了一把额头上的血丝，整理了下仪容，随后持剑单膝着地恭谨地沉声道。

“请主上责罚。”一众曜司武卫们，不管受伤与否全都单膝着地。

“嗯，起来吧。”琴笙忽然慢条斯理地抬起手，金曜立刻上前从怀里取出一双新的金蚕丝手套仔细地替琴笙换上，将旧的直接收纳入一只金丝袋子里放好。

“是。”金曜站了起来，随后看向楚瑜，他桃花眼里闪过一丝异色，随后讥诮地勾起唇角：“你这条鱼的运气倒是不错，竟没有被鬼抓去。”

“小女郎的运气一贯是很好的，总能逢凶化吉，遇上贵人，当初咱们冲入江中，九死一生，不也相依为命地活了下来吗？”宫少宸不知什么时候站到了楚瑜身边，凤眸里弯弯似含笑，抬手搁上楚瑜肩膀。

楚瑜轻巧地退开了一步，避开了宫少宸的手，淡淡地一笑：“嗯，宫少运气也不错，看样子这些血也不是你的。”

宫少宸看着她疏冷的样子，顿了顿，凤眸里一点幽凉痛色闪过，到底又微微一笑：“没错，血不是我的，不知小女郎可曾遇到攻击了？”

他的话音刚落，目光便在楚瑜的手臂上微微凝住：“你受伤了？”

楚瑜之前被红衣女拖曳的时候，半边袖子被扯出了破口，身上的衣衫也被拖出了破洞，但并无大碍。她微微一笑：“多谢宫少关心，没什么伤，一些皮外擦伤吧。”

话音刚落，琴笙已经冷冷地道：“鱼，本尊受伤了。”

楚瑜一惊，立刻转身就往琴笙那里跑，捧住他的手左看右看，没好气地骂：“白白，你怎么那么不小心，先找出机关在何处，破了不简单些，非要做暴力之事！”

琴笙垂眸看着她在自己身上翻来翻去，眼底闪过一丝满意的笑容，一本正经地道：“袖子破了。”

楚瑜看着他递到自己面前的衣摆，上面一道破口，瞬间无言以对：“你还真是……算了。”

琴笙轻抬起精致的下巴，正要说什么，却忽然眼中锐光一闪，抬手就一掌击向天顶的石壁。这一次从他袖子间弹射而出的不再是“吞噬”，而是无数透明的蛛丝。那柔软的丝线竟然直接击穿了坚硬无比的天花板，琴笙着力一扯——轰！

数声闷哼瞬间响起，六七道人影就这么晃动着如被蜘蛛捕获的虫儿一般动弹不得掉了下来。周围的武卫们立刻训练有素地避开，等着那大片的天花板一掉下来，立刻持剑如鬼魅一般扑上去，直接将一张大网往那些人身上一罩，举起长剑架在那些蓝衣人的脖子上。那些网仿佛都有生命一般，竟一裹上那些蓝衣人，分别噌的一声收紧，瞬间勒入了蓝衣人全身的肉里，痛得他们惨叫连连。趁着他们张嘴的时候，立刻又有曜司武卫捏住他们下巴，直接取了匕首插进他们嘴里，挑断了他们后槽牙里的毒牙，那些蓝衣人不得不纷纷地吐出满口血和大牙。

所有的动作不过在一瞬间全部完成，让楚瑜都忍不住再次心惊于曜司武卫们的战斗力和行动力。

第二章

唐门旧事

“主上，御毒网已启用，现在可以开始审问了。”金曜抬手抱拳沉声道。

琴笙淡淡地颔首，看了眼楚瑜。楚瑜一愣，抬手指了指自己的鼻子：“你让我去问？”

琴笙挑眉：“你不是擅于诱供吗？”

金曜一愣，随后颦眉：“主上，还是属下来吧……”

楚瑜一听，直接走过去，挤开金曜，笑眯眯地道：“你又不是负责刑司的土曜，你那点儿手段对付我都对付不了，还是我来吧。”

金曜一听，就知道楚瑜在说早前他对她用过刑的事，脸上顿时浮现出一种古怪的表情来，深深地看了眼楚瑜，却也不再多言，径自让开路。楚瑜满意地轻拍了拍他肩膀：“乖。”

随后，她走到一个蓝衣人面前，低头看了看他那张被御毒网箍得紧紧的有点扭曲的脸，又看了看其他人的脸，确定这人年纪最长，便微微一笑：“这位大叔，既然技不如人，落到我们手上，不若来说说看你们为什么要这么做吧？”

那蓝衣中年男人看着她，张嘴就想呸一口唾沫，却不想他一张嘴，那箍在他脸上的铁丝就瞬间再次收紧，痛得他呼呼地抽气。楚瑜摇摇头，走到第二个女子面前半蹲下来："姑娘啊，你一张脸花容月貌，可不要因为一时间想不开毁容了，死都成了个毁容鬼，下辈子都投胎成丑女。"

那女孩子一听，脸色瞬间僵住，她到底年轻，经不住激。她咬了咬牙，恶狠狠地瞪着楚瑜："没错……我们技不如人，如今落在你们这些人的手上，要杀要剐悉听尊便，藏海图是没有的！"

楚瑜一愣，倒是没有想到她竟然直接吐露了藏海图的消息，她大眼里幽光微闪："你们灭了唐门上下，就是为了这藏海图吧，我知道你们不会……"

"呸，你们这些臭贼子，勾结我唐门叛徒，灭我唐门上下，如今还贼喊抓贼，你以为我们还会信唐玉珏的鬼话吗！"那少女愤怒至极，再也不顾自己脸上的铁丝收紧会毁容，只顾狠声骂道。

只是她这一骂，楚瑜瞬间就愣住了，她几乎疑心自己听错了："什么，你们说唐门新任掌门是叛徒，唐玉珏是你们的新任掌门吧？"

连琴笙闻言，都微微挑了下眉，眼底闪过兴味的光来。一边的曜司武卫立刻走了过来，替少女稍微松了些那御毒网。

"装什么蒜，呵呵，你是唐玉珏勾结的那些人吧，要杀要剐随你，反正爹娘都被你们害死了，我也不想活了！"那少女冷笑了起来，眼底都是对楚瑜的痛恨，只是红着的眼里却忍不住流了一道清泪下来。

她径自越过众人，跑到风井处，对着风井里头吼了一声："唐蒙，你个笨蛋，跑错通道了，在这里，快点滚下来认亲！"

宫少宸忽然抬手轻轻拦了她一拦，温声道："小心，别总那么急躁，若是掉下去，可不是好玩儿的。"

楚瑜一愣，看着宫少宸微微含笑的凤眸里一片温柔，她沉默着点点头，微微退开一步："谢谢。"

说话间，风井的那头唐蒙拽着湘云子两人好容易爬了上来，两人都是形容狼狈的样子。方才他们完全跑错了甬道，所以要多花了不少工夫才爬上来。还得曜司武卫们搭把手才将唐蒙他们拉了上来。

他一看清楚那躺在地上的少女，瞬间就瞪大了眼，失神了片刻，颤抖着声音道："是你，小茹？"

那少女看着一身狼狈的唐蒙，也好一会儿才回过神儿来："蒙哥哥……"

说话间，唐蒙便踉跄着推开扶着自己的曜司武卫扑了过去，哽咽着跪在她的面前："你还活着……我还以为……"

那少女也在反应过来之后，泪如雨下："蒙哥哥，你爹娘他们和我爹娘一起……都不在了啊。"

"唐茹，你没发现他是和这些贼子一伙儿的吗，他不是你心心念念的未婚夫了，他也是叛徒，他是唐玉珏的人！"旁边有年轻人忍不住怒叫了起来。

唐茹一愣，目光在唐蒙的脸上扫了一圈，又落在楚瑜等人身上，她瞬间警惕了起来，又是失望又不敢置信地看着唐蒙："蒙哥哥……你……"

唐蒙一愣，忽然想起这满地的碎石阵和被捆了一地的唐门众人，立刻明白了什么。他立刻摇头："不是的，这些是我请来的援军，他们是来救你们的……"

"援军？"唐门众人都愣住了，面面相觑，随后都齐齐警惕地看向周围的曜司武卫们，却都并不作声。

楚瑜看了眼琴笙，见他依然悠然地站着，众星拱月间，他一身白衣如雪，纤尘不染，便是那一轮寒月当空，清冷矜傲，睥睨凡尘。

楚瑜叹了一口气，凑近金曜，顺手就从他腰间拔了一个令牌下来，走到唐蒙身边，举着令牌给一干唐门中人面前："不知你们可知有一位老者唤作老金，与你们唐门先掌门乃是故交，数月前还曾做客唐门？"

方才那个打算吐楚瑜口水的中年大叔眼中一亮，开始呜呜地叫唤了起来。金曜身边的武卫立刻上前，帮他稍微松了那御毒网。

那中年大叔看向楚瑜手里的令牌，有些迟疑又警惕地道："我曾经侍奉老掌门，确实数月前曾有金姓老者来访，老掌门道是外门故人，是一个我们未曾听过的门派之人，难道你们就是那……曜门之人？"

楚瑜纠正他："曜司，不是曜门，老金是前往唐门求药的，可对？"

中年大叔瞬间一惊，看着楚瑜的眼神已经是有了几分相信："没错，那位老人家是来为他家主人求药的。"

但那唤作唐无忌的年轻人却还是冷冷地看着曜司众人："曜司是什么门派，我看诸位身手不凡，开门立派，早已在江湖上声名大噪才对，何以我们从未听过。"

那中年人却冷叱了一声："小子不得无礼。"

他记得自家掌门与那位老金关系极好，分明是信得过的朋友，朋友的主人，对方的人战力如此强悍，那位白衣蒙面的主人一身修为深不可测，却又如此神秘，自有不愿为外人知道之处。

唐无忌一愣，随后嘀咕了一声："爹就是好骗……"

楚瑜看向琴笙："咱们先将这几位松绑吧。"

琴笙颔首，金曜等人便立刻上前为他们松开了网。

"诸位真是好手段，竟不输我唐门机巧之能。"那中年大叔爬起来，只低头看看自己一身勒出的血肉模糊，忍不住惨笑一声。

唐无忌忍不住扶着自己难受的身子一边爬起来一边不忘嘀咕："那是大师兄他们都已经不在了，若是他们还有师尊……"

"住嘴，不得对恩人无礼！"那中年男子忍不住瞪了自己儿子一眼，随后有些歉意地对着楚瑜道："抱歉了，这位小姐，竖子无礼，在下唐鼎天，唐家堡左护法。"

楚瑜倒是也不奇怪自己的易容被人看出来，她本来就没有特意精心易容，只是穿了一身男装罢了。她只笑了笑："不妨事，只是还想请您说一说其中到底是怎么回事，还有，可需要我们的人给你上药？"

唐鼎天沉默了一会儿，苦笑了一番："药我们倒是有的，让那些小辈们去上也就是了。"

说话间唐蒙几个早已扶着他的难兄难弟，幸存的师门中人去一边上药去了。

唐鼎天叹了一声："也是我们师门不幸，那唐玉珏是我的师弟，师父看好他性情温和，虽然年纪小，但天资又是我们之中最为出挑的，多番考虑之后，将掌门之位传给了他，却不想他却勾结了我唐门中的魔头，竟要灭我师门！”

楚瑜蹙眉，有些不解：“为何他要灭你师门，他已经是掌门了，还有什么理由做这种事？”

唐鼎天愤怒地道：“因为他就是个丧心病狂的畜生，竟然钟情于我那师侄女，也就是他的晚辈侄女唐飞燕，求而不得，竟在飞燕的大婚之日，行凶杀人！”

楚瑜一呆:“唐飞燕不是你们的唐家大小姐,唐老掌门的孙女吗？”

唐鼎天一脸阴沉愤怒地道：“这等师门丑事，本不该外传，但唐玉珏实在是无耻之尤！”

“哈哈哈哈哈……唐鼎天，你这个老匹夫又在编派什么本掌门的谎言。”一道冷冽尖厉的嗓音响了起来，打断了唐鼎天的话。

那声音仿佛无所不在，又似无所能寻。

“哼，唐门这些余孽能请到你这等人物出手，倒也是他们的本事，不过唐鼎天，你以为他们是为什么来帮你的，不也是冲着你们的藏海图来的么，你们这些蠢货前脚拒狼，后脚引虎！”那人大笑了起来。那声音不用想都知道是唐玉珏了，但是不知为何听起来，他仿佛有一点儿虚弱的模样。

唐鼎天等人瞬间一惊，警惕地看向楚瑜和琴笙等人。楚瑜笑了笑，一点儿不客气地直接承认了：“没错，我们是冲着藏海图来的，否则你们凭什么让我们冒死来搭救呢？”

唐鼎天没有想到楚瑜这般直白，他脸色一阵泛青：“我以为老金他……”

“那藏海图原本就是老金交给你们的唐门掌门保管之物，如今不过原物取回。”金曜忽然冷冷地开口。

楚瑜微微颦眉，才发现琴笙神色似有些不太对，但是楚瑜却没有时间细看，只因唐蒙一把拉住了她的胳膊，同时对着唐鼎天扑通一声跪下，“师叔，您信我吧，楚大人是真来助我们的，您可知道她是官差，廉亲王大人中了我们的引魂，朝廷的人马早已盯上了咱们，若是咱们不能清洗嫌疑，只怕从此师父他们死了都不得安宁，唐家堡再无重起之日！”

唐鼎天等人几乎不敢相信自己的耳朵，他瞬间退了一步：“什么，你说廉亲王……”

“没错，如今外头都在说是咱们要夺亲王殿下手上的藏海图，所以给殿下下了毒，朝廷已经着令彻查，难道我唐门一门的安危未来竟比不得那一份藏海图吗！”唐蒙猩红着眼，哽咽着道。

唐鼎天忍不住气得浑身发抖，他忍不住怒吼：“唐玉珏，你这个畜生，我师父，我唐门上下捡了你回来，待你何曾不好，连掌门之位都传给了你，你竟这般陷害我们到如此地步！”

“哈哈哈哈，唐鼎天，你们待我好吗？那老畜生不过是见我根骨绝佳，将我弄回来炼药，我熬了过去，他才大发慈悲收了我做弟子罢了！”唐玉珏冷笑了起来，声音凌厉。

唐鼎天一顿，咬牙道：“可到底是师父养大了你，还将掌门之位……”

“狗屁掌门之位！”不知那唐玉珏怎么歇斯底里起来，竟连粗鄙的脏话都骂了才出来：“唐飞燕那个贱人虚情假意，我一心为唐门打算，谁知道唐龙腾早已打算好，将她嫁给他那流着唐门正经血脉的徒孙唐如雪，只待他根基稳固之后，令我将掌门之位让于他，唐飞燕那贱人早已和唐如雪私相授受，勾搭成奸！”

众人闻言，瞬间都怔然。楚瑜都有点无言以对，果然是所有的名门大派之中，都有各自的阴暗之处。唐玉珏一念成魔，却也不过是因着唐家老掌门早已心中有魔，才招来一场灭门之灾。

她忽然听见一声尖刻地怪笑声：“嘿嘿……人都齐了，很好，正巧一锅端了！”

“不好！”她才叫了一声，忽然瞬间身子就空了，整个人往下坠去！

她脚下的地面忽然裂开一个大洞，猝不及防就掉了下去。周围也就是惊叫声一片。琴笙锐眸一眯，瞬间掠向楚瑜，只是这一次，在他指尖触碰到楚瑜的衣襟时候，一百多道厉风瞬间朝着他们袭来。

“嘿嘿，就让老夫来会会你，小子！”那苍老的怪笑声似近在咫尺。

琴笙眸光一寒，抬手就反拍在楚瑜的腰肢上，将她拍离自己，手里的透明丝线却瞬间卷向楚瑜，再一抬袖，丝线一抛："金曜！"

金曜在上面一把抓住那丝线，猛然拉住，沉声道："在！"

楚瑜立刻缓住了去势，才发现琴笙周身不知何时围绕着上百把回旋飞刀，他在其中周旋，翩若惊鸿，矫如游龙，却也险象丛生！

她忍不住低低唤了一声："白白……"

但话音刚落，她忽然觉得耳朵有寒风起。楚瑜一转头，但见一张狰狞的脸从身后的石穴里探了出来，他半边身子和脸都被挤碎过似的，看着狰狞如鬼魅，极为可怖。

"是你，假唐林！"楚瑜一惊，抬手就一点不客气狠狠一拳揍去。

"老夫抓着你，看你那姘头只有受死了，哈哈！"男人狞笑避开她的拳头，完好的手中短弩直指着楚瑜的鼻尖。

箭头幽蓝，森寒分明有异毒。楚瑜眼底一冷，心中念如电转……手慢慢地向后腰摸去。

但是下一刻，假唐林的手腕忽然被人握住，一道似笑非笑的讥诮声响起："你要伤她，也得问我愿意不愿意。"

楚瑜一转身，便看见了不知什么时候落在自己身边的人，她一愣："宫少宸，你怎么……"

宫少宸转脸看着她，温柔一笑："你有危险，所以我在。"

他一手抱住她的细腰，将她揽过来，一手咔嚓一声捏碎了假唐林的手腕！假的唐林惨叫一声，竟然不管不顾地忽然对着宫少宸和楚瑜喷出一股子黑气来："你们都去死吧！"

说着他整个人都朝着楚瑜和宫少宸扑来，那一身的烂肉似也要扑散而来一般。腥臭扑鼻，竟是以整个人为暗器毒物一般！宫少宸眼底寒光一现，厉声道："楚瑜，低头，身后。"

到底曾经共患难，有些默契，楚瑜立刻直接头一低，敏捷地一个旋身就从他腋下钻过去，闪避在宫少宸的身后。宫少宸手中银色长剑瞬间一转，舞得密不透风，一轮银光炫目竟将那些烟雾都隔挡劈散了不少，假唐林也被他剑气划伤，痛得一下向后跌去。

但是他身上那些毒血烂肉并着毒烟多少还是扑溅了过来。能让唐林以身为毒，想都知道绝是难解，甚至无解剧毒！楚瑜心瞬间一紧，一把扯住宫少宸的腰带抬脚用尽气力一踹那洞壁，整个人借着那一把丝线竭尽全力向后飞荡，试图避开那些毒物。

金曜差点儿一个不稳，都被她晃下去，桃花眼里闪过恼色，却足尖用力，全身的气力下沉，一个千斤坠，他足边的地面都裂开数条缝隙来。宫少宸则是眉心一凝，干脆抬手就扯下拴在楚瑜腰间的丝线，挡在自己面前一晃。

“嘶嘶——”琴笙那特殊的丝线，素来水火金戈都难以断其身的丝线，在碰上那些毒烟碎血后竟发出一股子难闻的气味，慢慢地开始熔断了。

宫少宸一愣，看着自己手里拽着渐渐撕裂的丝线，脸色铁青：“这个……怎么断了？”

楚瑜死死拽着他的腰带，免得他掉下去，只一脸狰狞地看着那双渐渐熔断，快撑不住她和他两个人重量的丝线：“你说呢？”

他们还荡在半空中，一点儿着力点都没有。只有白白那修为已臻化境的怪胎才能凭空无借力点都能飞掠而起，她和宫少宸明显都没有这种能耐。楚瑜抬头想向金曜求救：“要……掉下去了！”

话音刚落，那丝线就啪的一声断开来。宫少宸一咬牙，猛地借着最后一点儿力道，长臂揽住楚瑜整个人猛然向山壁处扑去。

他一声厉喝，整个人都跃起，勉强地抱住楚瑜整个人撞向了那洞壁的间隙甬道，闪展腾挪间，终于止住了坠落之势，楚瑜也配合着他提气飞跃，两人互相提携着一鼓作气蹭了上去。两人运气也算不错，那甬道倒是不算窄，两人齐齐滚了两滚，才勉强停住了身形。一身衣衫都在这么蹭擦翻滚间，破了不少，身上不少擦伤。但是到底安全了，两人忍不住躺在地上齐齐地松了一口气。

“真是……”楚瑜长出了一口气。

宫少宸却忽然抬手捂住眼，低低地笑了起来，笑声有些怅然又有些感慨：“很熟悉的情形不是吗？”

楚瑜一愣，侧脸看向他，却见宫少宸忽然一个翻身，覆在她身上，抬手支在她脸侧，垂眸看着她，凤眸里明光濯濯，直勾勾地盯着她：“小女郎，你对我动过心的是吗，或者说至少意动过？”

楚瑜怔然地看着他，随后淡淡地道："没有，宫少宸，你让我起来。"

也不知白白没有看见她，会变成什么样子！

宫少宸却忽然一把挑起她的下颌，眯起眸子，眼底似有了无奈和恼恨："你我曾经共患难的那一切，那个雨夜我背着你……一切你都忘了吗？"

楚瑜叹了一声，抬起眸子，定定地看着他，眸里一片清澈："我以为我在船上已经和你说得很清楚了，宫少宸，你我道不同，不相为谋，现在你可以起来了吗？"

离开了嘉江荒野，她和他从来就不是一条道上的，俗世男女，利益不同，背道而驰。她选了留在白白身边，他选了藏海图。

忽听得一道桀桀的怪笑声响起："迫不及待什么，好一对狗男女，竟在老夫这里幽会，老夫就送你们下地狱厮磨去吧！"

宫少宸一转头，便感觉一阵天旋地转，整个墙洞壁都似有生命一般蠕动了起来。那原先二人进入的洞口，竟发出一阵吱嘎声后——瞬间砰的一声合拢！楚瑜错愕地看着那洞口，一把推开宫少宸，就扑了过去："白白——不！"

但是整个洞穴甬道都在变形压缩，无数的碎石扑棱棱地落下，砸得人生疼。楚瑜不死心地拿起一块石块猛地砸向那洞口，却发现传回来的闷声低沉。她瞬间狠狠地闭了闭眼，完了——她虽然没有琴笙那准确的听音辨位的能耐，却也能听得出来，这洞穴的位置变了，洞口塞住的石块很厚，按照唐门机关圣地的地位，这洞穴甚至有可能不知都移到哪里去了！

她一咬牙，睁开眼忽然讥诮地冷笑了起来："唐墨天，你这个懦夫，当年护不住你的女人和孩子，如今你是不是觉得不择手段杀光唐门的人，唐云就会含笑九泉了？"

宫少宸闻言，看着楚瑜微微一怔，随后凤眸里光芒微闪："小瑜……"

她话音刚落，就听见一声微微的抽气，似什么生物被激怒一般的喷气声和暴怒："小畜生，你想不得好死……"

"你才不得好死，当年既不择手段夺了唐云去，却又护不住她一生一世，你许她那些山盟海誓，你全忘了是不是？”楚瑜冷笑着一点儿不客气地打断那声音，咄咄逼人。

那苍老的声音一窒，随后似有些癫狂一般地喃喃自语：“我没有忘记，没有……云姐姐……”

似乎随着他的情绪波动，那洞穴压缩的速度也慢了点。楚瑜扶住墙壁眼底冷黠之光一闪，随后再次冷声道：“她是一个人，你从来都只顾着你想要什么，你想要她，你便占了她的身子，她的心，却可曾问过她的心里想要什么，她可是钟情你的，是爱你的？”

“云姐姐当然是爱我的，是爱我的，她不可能不钟情我，你这个小畜生胡说八道！”那苍老尖厉的声音瞬间尖叫了起来，满含着愤怒，恨意和……惶惑。

整个狭窄的洞穴又摇晃了起来，瞬间空间小了不少。宫少宸警惕地一把挡在楚瑜身边，抬剑挥掉大片落下的碎石，压低了声音道：“好了，不要再刺激他了。”

楚瑜却没有理会他，扶着墙壁站好，忽然拔高了声音道：“没错，她是钟情你的，而且深爱着你。”

此言一出，整个洞穴瞬间平静了下来。好一会儿，那苍老的声音竟似有些怯生生地响起：“你说的可是真的？”

楚瑜目光不动声色地观察声音的来处，一边道：“自然是真的，人非草木，若是她不钟情你，你杀她夫君，囚她长子，她最终却还是选择没有杀你，只是帮着她的长子挡下你的暗器，她一生在爱人与亲人中煎熬，你如今还要重蹈当年覆辙，让她九泉下再次煎熬痛苦么。”

宫少宸凤眸里异色凉光流转，随后握紧了手中长剑，微微颔首，一身沉气蓄势待发。

“我……”那道声音结结巴巴了一会儿，却忽然一顿，瞬间大笑了起来：“哈哈哈，小丫头，你以为你这么说，老夫就不会要你们的命了……”

“动手！”楚瑜对着宫少宸一点头，两人瞬间各自持剑飞身而起，用尽内力直破那墙穴。

只听得轰隆一声那墙壁果然瞬间碎裂。但是出乎两人想象的是，那墙后一片黑暗，空空如也，竟不见一个人影，只一片虚无一般的黑暗。黑暗里一声怪笑声空旷而悠远：“哈哈，小丫头狡猾聪明得很，既然你们能闯到这里，能不能活着就看你俩的造化了！”

楚瑜一惊，心中有不妙的预感，刚要疾退，却忽然感觉面前一阵怪风刮过一下子就将她给吸向那黑暗中去。身形一晃间，她整个人一头栽倒，恍惚间只看见宫少宸也跟着她一起掉了下来。

“猜猜看你们谁先死，哈哈哈哈！”

“当！”琴笙手中长丝一收，最后一把锐利精致的回旋弯刀瞬间落了地。他一脚踩在那刀上，瞬间将其踏裂开，他琥珀眸光森寒如暴雪欲来。

“她呢？”他轻声道。

金曜脸色铁青地双膝着地：“那老鬼已经为主上的‘吞噬’所伤，虽然遁走于洞壁穴道，但为‘吞噬’所伤的伤口无治必走不远，小鱼……楚瑜和宫少宸不知去向。”

砰！话音刚落，金曜已经被一脚狠狠踹在了肩膀上，瞬间飞出去老远，吐出一口鲜血来。琴笙忽然身形一晃，瞳孔一缩，额上似传来的剧痛，让他几乎握不住手里的长剑，一把将“吞噬”插入地面才稳住了身形。金曜踉跄起身扶住琴笙的胳膊，神色紧张地道：“主上……”

琴笙僵木地站在原地，瞳孔里似有异澜起伏，抬手揉了揉额心，一把挥开他，目光锐利阴沉地看向那裂开的巨大的洞穴，随后忽然厉声道：“把唐家堡的人全部给本尊押过来！”

不一会儿，唐鼎天等人便被带了过来。

“你们唐家历代祖师的坟墓在哪儿，女眷可否随葬，包括那个唐云？”琴笙淡淡地开口。

唐鼎天一愣，随后道：“是，随葬，凌冰仙子唐云虽然……”

琴笙冷冷地道：“带路。”

唐鼎天闻言，瞬间颦眉：“这位尊上，我们相信你是好人，但这绝不可能，我唐家堡的历代祖师……”

他话音未落，便见琴笙忽然一抬手，宽袖轻拂，一片细丝瞬间弹入唐家堡其余人的四肢，再一反手，细丝弹入墙壁，所有人连哼都没有来得及哼一声，全部被那细丝吊了起来。绵绵的细丝间，血色殷红，顺着丝线一路流淌，被吊在丝线间的人发出一声声的低吟声，如被蜘蛛捕获的悲惨猎物，构成一种充满诡异残忍之美的画面。琴笙看着一脸瞪大了眼，满是恐惧与错愕的唐鼎天的眼，慢条斯理地摘下了自己的面纱，露出清冷如月的绝色容颜，轻声问："现在证明了我不是好人，可以带路了吗，嗯？"

扑通！一声清脆的落水声响起。

楚瑜整个人坠入了一片冰凉里，冷得她一个激灵，立刻丹田运气，护住四肢筋脉，免得陡然遇冷水抽筋。随后又一道人影扑通一声落了水，但那人似挣扎了一会儿便向水底沉了下去。楚瑜心中一惊，立刻听音辨位地游了过去，小心地绕到他身后，抬手试探着摸到后颈，一把卡着他下巴，将他托了起来，然后向水面上游了过去。

游了好一会儿，楚瑜才感觉水压骤减，一下子冲破了水面深深地吸了一口气。她四处张望着，却只见一片昏暗，如在地底深渊，心中不免微寒。经历了多次风浪，她却明白还是迅速地冷静了下来，先是拍了拍宫少宸的脸，低声唤他："喂，宫少宸？"

但宫少宸却只发出了低低的咽呜声。楚瑜心中有些担忧，略一丝思索，便抬手在他头上、脸上摸了摸，果然在额边摸到黏糊糊的温热感。她暗道了一声糟糕。宫少宸估计是掉下来的时候，碰了头，又陡然掉进水里，一时间有点神志不清。她小心地摸索了下那伤口，发现伤口不大，只是蹭着了，方才松了一口气。楚瑜再次四处看了看，却发现这里的光线还是近乎没有，只是墙壁上有些幽暗的磷光。她想了想，托着宫少宸游了过去。

楚瑜便径自摘下腰带，将宫少宸和自己绑在了一起，顺着水流向前游去。水流极冷，好在她有内力护体，顺水而行，也不是很花气力。不一会儿，她便游出颇远的距离，周围阴暗的环境似也稍明亮了些。努力借着那些荧光去看周围的情况，远远地，她似隐约地看见了一根石柱。那石柱有些突兀地立在那里，楚瑜眼中微亮，打定了主意先过去看看。人工之物，便象征着人活动的痕迹。

但是才游了一会儿，她便发现有点不对劲。越往那石柱游，水的冲击力便越来越大，水越是湍急。她心中暗惊，竭尽全力地向石柱游去，好容易快到石柱处，甚至隐约看见上面的石锁铁链，她还来不及欣喜，却又是一股子湍急的水流冲来。若她只一个人倒也还好，偏拖着个宫少宸，竟一下子又被冲开。

她几乎都要丧气了，忍不住低低咒了一声："该死！"

"谁该死，本公子吗？"一道有点喑哑的声音忽然在她身后响起。

一股子冲力反向冲来，她不及多想，立刻顺着那冲力向前猛游了一通，一把拽住了那铁链，发出一阵欢呼来："哈，抓住了！"

随后她一个反手用力把宫少宸给揪到自己面前来，直接拿着铁链往他胳膊上一绕："抓牢了，再被冲走，我可救不了你。"

宫少宸被那铁链甩了一把在脸上，他抬手抓住那铁链，忍不住哑着嗓子苦笑："你就不能温柔点儿吗？"

楚瑜没好气地嗤笑："能活着就不错了，还温柔点儿，我若是温柔点儿，你这会子早不知被冲到哪里去了，赶紧想法子爬上这石柱，我刚才摸到上面有开凿的痕迹，这很可能是个引水道，趁着三爷引开了唐墨天，咱们得想法子自救。"

宫少宸顿了顿，也道："好，你踩着我肩膀上去看看，若有通路再说。"

楚瑜想了想，确实没有比这更好的法子，便立刻足尖一点，踩在他曲起的膝上，又踏上他肩头，顺着她摸索到的那些痕迹一路向上爬去。直爬了好一会儿，她觉得自己已经看不清楚宫少宸的脸时，才忽然抬手摸到了花岗岩质感的天花壁，而那石柱也到了顶。最让她惊喜的是那石顶里竟透出一丝不起眼的光来。楚瑜心中一定，抬手就去四处摸索，用尽全部气力去推那石顶。只听得咔啦一声，那石顶竟被撑开了一条缝。楚瑜眼中一亮，猛然地用力向上一顶，那三尺见方的石顶竟瞬间移开了。她立刻小心地抬头向上看了看，这一看她便瞬间愣住了。面前分明是一间极大的浴房！而且还是露天的？

待到宫少宸也跟着爬上来后，他也怔住了。

"难道……我们爬出地面来了？"楚瑜看着满天的繁星，忽然想起云州的琴家绣坊里，自己小楼里那露天的温泉浴房。宫少宸看着那漫天的繁星，又看了看那精致华丽盈满了冷水的汉白玉浴池，轻嗅了下空气，总觉得还是有些霉味。

随后他微微颦眉："总觉得哪里有些不对，咱们还是先换身衣衫，找个出路吧？"

楚瑜点点头，忍不住打了个喷嚏："那地下水着实太冷了。"

两人便四处开始寻衣衫。浴房里自然是没有衣衫的。两人便只好出去寻。待得两人出了浴房，更是怔然——这里分明是一处新房。

大红喜字成双，镏金童子骑鲤鱼双耳对瓶，粉彩福禄描金碗筷碟成套，红色的幔帐四处轻垂，儿臂粗的红色龙凤欢喜烛燃烧着。花桌上瓜果点心齐备。梳妆台上，明珠凤冠精巧，更有新胭脂半开。黄花梨拔步床上轻暖鸿禧锦被上撒了寓意早生贵子的花生、桂圆和红枣。

"我们好像……跑到人家的喜房来了，真是太抱歉了。"楚瑜一点儿也不客气地就往花桌边一坐，就抓了干果子开始吃。

"还是先换衣裳吧。"宫少宸有些好笑，却还是转身去开柜子寻衣衫。

但等着楚瑜吃了好些干果，也没看见宫少宸翻出什么东西来，只尽是些薄毯子和被面。

"这家人不穿衣衫的么，新郎新娘和其他人都哪里去了，莫非在前院？"楚瑜忍不住奇道。

宫少宸却看着那些东西，又看了看窗外的星子，忽然若有所思道："这里只怕没有什么前院，咱们……"

宫少宸忽然抬手，捻了一颗花生抬手就弹射出去。只见不久，那花生噌的一声似在半空里碰到什么，竟然瞬间掉落在地。楚瑜和宫少沉默着低头看那落在地上的花生。

他顿了顿，轻嗤了一声："还在地宫里。"

楚瑜转身又干脆地翻箱倒柜去了："行了，不闲话，我去翻有什么能用的，这里打理得这么干净，一定有人时常来照顾，可别是唐墨天那老怪物或者他手下的人。"

楚瑜跑外间去了，不一会儿，宫少宸就看见她面色有些古怪地抱着一包东西回来。

“这是什么，衣裳”宫少宸一愣，似有些疑惑地看着她手里那包东西露出的红色衣角。

楚瑜将包袱摊开在桌面上，轻咳了一声，有些不自在：“咳，我在外面就看见这两套衣衫，那什么……要不将就着穿一穿，还是等衣衫干了？”

宫少宸看着桌面上两套大红喜服，微微挑眉：“这喜服绣工华丽而精致，金线银线交错用了三十余种绣法造价不菲，只是有些旧了，但倒也是好东西。”

说着，他抬手就拿了一套男装的，看向楚瑜笑了笑：“这天冷，本公子有些受不住，先过去换一身衣衫，你也换一身吧？”

说罢，他径自拿了衣衫往那浴池房而去。楚瑜留在原地，不知为啥，总觉得自己在坑自己。

且说那一头，唐鼎天一脸苍白地领着琴笙和曜司等人一路开启各地宫之门，终于到了一处墓室。

“这里，就是当年的凌冰仙子唐云和其子的墓地了。”唐鼎天喑哑着嗓音道。

琴笙冷冷地看着他：“去，开棺。”

“在下不……好。”看着琴笙微微翘起的唇上那森冷的笑容，唐鼎天立刻改了口。

他闭了闭眼，按开了墓室的开关。露出里面两具精致的棺材。琴笙睨着其中一口大的棺材，轻嗤了一声：“竟用帝后才能用的金丝阴沉木打造棺材，也不知这是你们那老掌门有孝心，还是唐墨天那老东西有心？”

倒是唐鼎天有些愣愣地看着那棺材上供奉的香烛纸钱：“老掌门都已经许多年没有来祭拜，怎么……”他话音一落，瞬间脸色森冷了下去：“唐墨天那老贼，这么多年，所有人都以为他死了，原来竟是藏在了地宫里。”

“小子们，岂敢无礼！”一阵狂风瞬间不知从何处而起，猛地袭向琴笙等人！琴笙等的本就是这一刻，他精致妙目寒光一闪，袖中“吞噬”瞬间出鞘，猩红狰狞剑气暴涨，直逼向那狂风来处！

“臭小子！”那一团看不清楚的狂风里枯瘦的人影似很是避忌“吞噬”，一下子就闪避开来，不敢正面对上，只抬手砰的一声放出一团蓝色的毒雾并着无数致命的牛毛细针。待着曜司众人纷纷闪避时，他猛然跃起一把扣住那口大棺材，就向他飞身出来的地洞里跳了下去，同时发出一阵放肆的怪笑。

“你们全都去死吧，老头子炸死你们！”说着他便要顺着坠落之势抬手拉下墙壁上的机关。却不想他才探出半张枯瘦如猴的脸，便猝然瞪大了眼，不敢置信地看向那被一片丝线吊在洞口人影——那是一个僵硬女人的身形，脸色栩栩如生，眉目如画，唇色嫣红，如同沉睡了一般，但那一姿态僵木的身体却无不显示出那是一具尸体。老头儿一抬手摸向自己抱着的棺材，里面空空如也。

“怎么，你要炸碎你的女人，老货？”一道冷漠轻蔑的声音从洞口传下去。

老头儿颤抖着，瞬间松了手，手忙脚乱地甩了棺材，止住坠落的姿势，身形竭力一翻，将那机关的手柄送回原位。

一道冰冷的人影居高临下地站在洞口边看着他：“一刻钟内把我的人带回来，否则，本尊就将她剁碎的送给你做羹汤，然后再下一次，就轮到另外那具棺材里的儿子。”

老头儿颤抖着，整个人却都再止不住坠落的姿势，看着那具女尸离自己越来越远，竟如绝望鸣鸟一般，凄厉地尖叫了起来：“不——阿云！”

牡丹嫣然，凤凰展翅，琴瑟和鸣。

楚瑜看着自己这一身华丽精致的喜服，不得承认这身衣衫是真好看，但她一穿上去只觉得有些手脚都不会走路了。尤其是看见宫少宸也一身红色喜服走了进来时，但见他长身玉立，面如冠玉，凤眸含笑，散落下来乌发潮润，唇如涂朱。楚瑜越发地有点不自在了，脸上都有点古怪地转过身去：“换好了？”

宫少宸看着喜床边的少女，一身束腰喜服，愈发地衬托得她素来清丽灵动的眉目多了几分娇软颜色。

“洞房花烛夜，春宵一刻值千金，若有一日你我成亲，可是这般模样……”宫少宸忽然抬手握住她纤细的腰肢，微微俯下身子，望着镜子在她耳边轻声道。

楚瑜看着镜子，却一个闪身避开他的靠近，淡淡地道：“宫少宸，你我都不是小孩子，何必再玩这些把戏，这是唐墨天和唐云的洞房，不是你我的。”

宫少宸看着空了的怀抱，眼中闪过幽光，随后似笑非笑地道：“是了，你怎么知道那个抓咱们的人是唐墨天呢？”

楚瑜道：“猜的，唐玉珏自己没有那么大的本事，一个人灭了唐门，他需要合作之人，那个人必定要对唐门非常了解，也同时对唐门充满了扭曲的恨意，还能开启只有门主才能开启的地宫，符合这几个条件的人本来就不多。”

她只能想到几十年前唐墨天继承唐家堡掌门之位时发动的那一场血腥屠戮，也是他强行娶了唐云的那日。宫少宸看着她，忍不住微微勾起唇角：“小女郎，你不去做官差还真是浪费了。”

楚瑜轻嗤了一声，抬手准备摘掉自己头上的凤冠：“我本来就是官差，你又不是不知道。”

只是她话音才落，就忽地听见大门被人砰的一声一脚踹开了。楚瑜和宫少宸两人瞬间一惊，宫少宸立刻挡在她的面前，楚瑜则抬手就去抓自己放在桌上的剑。但那一道佝偻的人影速度极快，一把拍开宫少宸就伸手向楚瑜抓去，狞声道：“臭丫头，跟我走，老头子要……”

只是他的手才伸到楚瑜面前，看清楚了楚瑜一身红妆嫁衣的模样，瞬间就僵住了。楚瑜也僵住了，她腰上还顶着一只造型诡异的弩，但她也看清楚了面前的人。那是一个干瘦的老头儿，一张脸上满是褶子，仿佛干枯的老树，苍白的头发蓬乱，身形佝偻，正呆呆地看着她，浑浊的眼里都是不敢置信，干瘪的嘴也一张一合，仿佛出水的鱼一般。

“云姐姐……你终于回来了。”老头儿眼里一片混乱的光，似惊喜又似盈满了悲伤与茫然。

楚瑜立刻给了宫少宸一个少安毋躁的眼色，这唐老头儿如今疯疯癫癫的，一时间清醒，一时间糊涂，万一发起疯来，直接戳她一身暗器，喂她一身毒，就完蛋了！

“我是唐云又怎么样，我不是唐云又怎么样？”楚瑜看着面前的老头儿，稳住了声音问。

唐墨天盯着她，忽然嘿嘿嘿地笑了起来，干巴巴地道：“云姐姐回来了，自然是要嫁给我的……要成亲的，我们拜堂，拜堂……”

楚瑜一呆：“拜堂？”

却见唐墨天忽然厉声尖叫了起来：“不……不……我不是这样子的，这个样子怎么配得上云姐姐！”

楚瑜见着唐墨天抓住她的手，扭头去看那梳妆镜，梳妆镜里站着的娇美少女还有一个……干枯丑陋的老头儿。楚瑜正想偷偷去摸自己的剑，却忽然手腕一疼，她手里的剑就瞬间落了地。唐墨天一脚踩在那剑上，忽然转了老脸来阴沉沉地看着她：“你不想嫁给我吗，云姐姐，你答应了要嫁给我的！”

楚瑜微微一僵，只得敷衍干笑：“我没有。”

“我知道你嫌弃我老了……我不是这样的……你说我穿着喜服很好看……”他双眼浑浊地喃喃自语，忽然又一扭头看见站在一边的宫少宸。

他忽然反手一扭，竟将楚瑜硬生生扭了身过去推到宫少宸面前，指着宫少宸狞笑道：“你看，这才是我，这就是我穿喜服的样子，你知道我花了多少时间去湘南定制的这套衣衫吗，来，成亲吧！”

楚瑜被拧得胳膊发疼，整个人都被强迫着贴到宫少宸身上，她到底忍不住怒道：“唐墨天，你疯够了没有，我不是唐云，他也不是你！”

看着楚瑜被扭得难受的样子，宫少宸凤眸一寒，抬手一挽长剑对着唐墨天就刺了过去：“你放开她！”

唐墨天看都不看他，抬手就捏住了他的剑锋，直接一用力，那剑锋瞬间断成了数段。同时他一反手就死死扯住了宫少宸衣领，逼近他的脸，又笑又哭的样子，一脸扭曲：“懦夫，你这个连自己想要的女人都得不到的懦夫，看着她嫁人，看着她痛苦，你这无能为力的懦夫，现在你就可以要她了，要她啊，娶她啊，你杀了那个虐待她的男人，说了要给她一辈子幸福的！”

“你不嫁，呵呵，你还惦记着师叔那个总是打你骂你的老畜生吗……还是一夜夫妻百日恩，你舍不得他，你钟情他，你心里还有他，我不许！”唐老头儿仿佛被刺激到了，尖厉地大叫了起来。

说罢，他忽然松了手，整个人一下子向后飘去，嘿嘿狞笑着道：“你一定会嫁的，一定会的！”

他跳出门外，抬手就往半空一拍。楚瑜一惊，也顾不上喘气，捡起了剑就要向外扑：“不好，他要启动机关，我们要出去！”

但是话音刚落，为时已晚。所有的门窗在瞬间砰的一声合上，随后，四面迅速地升起了四堵似玉非玉，似石非石的坚硬光滑的墙壁来，顷刻间将所有的出路封死。

且说这头，墓室内一片死寂。曜司众人皆沉默着，连同唐门众人也都瑟瑟发抖地跪在一边。

一阵风响，所有曜司众人瞬间拔出了兵器，警惕地盯着面前的那一堵不知怎么忽然打开的墙，里面黑暗浓稠，如墨汁，不见一丝光亮。传出来一道苍老尖刻的古怪笑声：“师叔，你若敢扔了你那把鬼剑，孤身一人进来，我就让你见一见她，能不能带走云姐姐，就看你的本事了！”

众人一愣，金曜忍不住道：“什么云姐姐，什么师叔，这老头儿在说什么？”

琴笙却目光微沉，冷冷地道：“唐墨天，你想看着唐云的尸身变成肉泥，本尊成全你。”

说着，他忽然一抬手，指尖一弹，劲气射出，棺材里的唐云尸体肩膀瞬间撕裂开，一只手臂也顿时被切下甩在地面上。那苍老的声音却哈哈哈大笑起来：“云姐姐已经回来了，师叔，你以为你随便拿一具尸体便想要糊弄我吗，我给你个机会抢回云姐姐，你既不要，就算了！”

说着，那声音瞬间消失，连着那石墙也开始缓慢合上。琴笙却忽然一抬手，手里“吞噬”长剑瞬间连剑鞘一起直深深没入墙壁，发出一声凄厉的鸣声。

他冷声道：“你们不得跟来。”

琴笙却宽袖一拂，径自飞身没入那墙洞，只留下一句话：“看好尸体。”

等他身后的石墙一合上，周围却忽然都亮了起来。他发现自己身处一处四面都是石墙的空房间内，只一面墙壁上雕刻着一个巨大的棋盘，棋盘上摆放着一盘残局。唐墨天苍老的声音不知从哪里响了起来，尖厉而刻薄：“师叔，这里是咱们唐家堡祖师爷命后代继承掌门之人皆需试炼的五关，我当初破了三关，你若是能超过我，你就有机会抢回云姐姐，若是你破不了，你便会死在这里，你……”

“废话，开始吧！”琴笙冷冷地道，径自一拂袖，手里的丝线弹射向那棋盘：“珍珑残局，破之而过。”

“师叔眼光不错，就是天下第一残局珍珑，哈哈哈——”唐墨天顿了顿，狞笑了起来。

但见琴笙手中丝线扯过，一颗黑子瞬间移动。可就是这么一动，墙壁上瞬间开了数十个口子，无数细小的利箭瞬间向琴笙喷射而去。琴笙头也不回，一个鹞子翻身飞掠而过，避开了一部分，同时扫落了一部分。但是这并不算完，那墙壁竟然缓缓地开始合拢。

琴笙琥珀眸里寒光一闪：“龙牙墙，随棋局动而合拢。”

唐墨天的声音带着得意和幸灾乐祸：“没错，师叔，你若是在半炷香的时间内不能破局，那就只能被龙牙墙给压成肉泥了，我看你没有那把魔剑怎么砍开墙壁！”

“嗬！”琴笙唇角弯起一丝轻蔑的笑，抬手又扯动自己手里牵动棋子的丝线。

墙壁上的黑子再次移动。这一次，竟然直接四面八方都弹射出牛毛细针，并着一股子烟雾来。

“嘿嘿，十香软筋散，师叔，你要动作快，在药效发作之前，解开棋局，否则没了气力，也只能被压死或者中了一身暗器而死！”唐墨天又怪笑了起来，满是恶毒。

琴笙眸光冰冷又轻蔑：“蠢货。”

随后他翩然飞舞起来，手中银丝瞬间卷落无数银针。但石墙却依然在缓缓地合拢。但是他并不知道，他在这里的行动，此刻还落在了其他人的眼中。

楚瑜看着一面似玉非玉的石墙上忽然出现了人影，她一愣，几乎不敢置信地看着那一道翩若惊鸿的熟悉身影。

她一下子扑了过去，却只扑在冰冷的石面上，“白白——”

“云姐姐，师叔资质如此之差，你猜猜他能过几关，会是个什么样的死法，他手上可没有了那奇怪的魔剑，也没有人能帮他。”唐墨天苍老的声音忽然不知在哪里响了起来。

“你到底想要干什么，你这个疯子！”楚瑜忍不住看着四周，咬牙怒道。

“拜堂，你看，你我都穿好了喜服，我要你跟我拜堂，从此一生一世长相守，生死不弃。”那苍老的声音兴奋地叫了起来。

楚瑜转脸看了眼宫少宸，见他一身明丽红衣站在龙凤烛边，静静地看着她，却不知在想些什么。她转回头看着那墙上若游龙惊凤的翩然白影，冷冷地吐出两个字：“休想！”

她抬手扯掉了自己头上的凤冠扔回梳妆台上，又要脱下自己身上惹祸的喜服。唐墨天愤怒地尖叫了起来：“云姐姐，你敢将喜服脱下，我这就启动机关杀了师叔！”

楚瑜手上瞬间一僵，硬生生地收回了手。

“你为什么……师叔那种人哪里值得你惦记！”唐墨天看着她的动作，却大吼了起来，满是愤怒与伤怀。

楚瑜顿了顿，冷笑了一声：“唐墨天，你又有什么值得唐云惦记的呢？当初对唐云下药用了强，这次也想对我们下药么，你怎么这么没用呢，除了这些小人手段，你也别无他法了吧？”

那苍老的声音似被噎了噎，好一会儿，他忽然又怪笑了起来：“好，好，云姐姐，这次我等着你求着嫁给我！等着你求着圆房！”

说罢，他的苍老的声音又消失了。楚瑜方才长长地松了一口气，抬手擦去自己鼻尖上的汗，只死死地看着面前的石墙，眼里掩不住的担忧。她咬了咬唇，摸着手下冰冷的墙，心中焦灼莫名，她痛恨这种束手无策之感。

“小瑜……”宫少宸忽然走了过来，伸手将她扶起来，轻叹了一声：“他在你的心中，就这般重要吗？”

楚瑜一点没有犹豫地颔首："是。"

"你心中钟情的那个人，真的是他？"宫少宸忽然拉着她，让楚瑜面对自己。

她咬着嘴唇道："我什么要回答你的问题，宫少宸，你不觉得你管得太多了么，你是我什么人？"

宫少宸垂眸看着面前少女那双一贯慧黠迷人，此刻却有些慌乱的濡湿的明眸，他心中陡然一痛，随后低笑了起来："我只是一个……以为自己能与心上人心意相通，却忽觉得原来不过种种皆南柯一梦的愚人罢了。"

楚瑜怔然，看着宫少宸，随后抿了抿唇，淡声轻道："少宸既知是梦，何不留在过去，如今你我也算是患难与共的朋友，人的缘分是不能强求的，难道一定要折腾得像唐墨天和唐云那般，爱怨难分，遗恨永存吗？"

宫少宸看着面前少女恢复了平日里的从容清灵的模样，却唯独少了方才他提到琴笙时的慌乱，他眼底微微一刺，随后轻笑了起来："那么你呢，你和琴三爷又有什么样的缘分？"

随后，他松开了握住她手腕的手，淡淡地道："别忘了，那个男人心思深沉如海，又似山巅之云，难以捉摸，与他在一起，未必比与我在一起轻松。"

楚瑜此时心中乱如麻絮，只看着那墙壁上的白影惊险重重，却一时间也再没有心思去想那旁的事情，只心中念如电转，绞尽脑汁试图想出些能让白白和她彼此都脱困的法子来。

噌——一声锐响，又是一颗棋子随着丝线牵扯而移动。琴笙冷眼看着那棋子落下，头也不回地忽然抬袖一卷将射向他的回旋镖全部弹落，再次扯动手里的棋子。只要这一颗棋子落下，棋局就算解了。

"呵呵……师叔这些年外出游历，除了和野女人鬼混，倒也还长了点本事，只可惜……"那苍老难听的声音忽然尖厉地笑了起来，难掩里面的酸意与怨恨。

琴笙知道唐墨天疯疯癫癫的将他还当成了唐云的丈夫，根本不屑理会，只一扯丝线，那颗黑棋瞬间落下。只听得——叮当一声。整盘棋局瞬间定格，所有的棋子都全部慢慢地沉入墙壁之中，同时棋缝之间冒出一股股的水银，所有的暗器格子全部收拢。

琴笙静候着水银填满棋格，整面墙壁便会打开，进入第二关。而此时，那一堵龙牙墙也停住了收缩，只前进了一半儿的距离。那一头，楚瑜到底也松了一口气。正当楚瑜猜测第二关是什么时，陡然变故发生。那极厚的龙牙墙忽然猛地一震，竟加快了速度，向琴笙猛地压了过去。

与此同时原本合上的各个机关口，也在瞬间打开，数十枚玄铁长箭携着开金裂石的力道向琴笙疾射而去。琴笙却似脑子后长了眼一样，只旋身宽袖一卷，手中长丝出袖径自卷过了那些玄铁长箭。他反手一甩，厉风卷过，那些长箭，立刻分成三层插入了墙前的地面上，挡住了龙牙墙的去路。龙牙墙依旧再向前进，巨大宽厚的石头碾轧玄铁长箭的声音异常的刺耳。它的速度也确实被放缓了，却依旧在向前进。而琴笙面前的棋盘里，水银填充棋盘的速度却瞬间变慢了。

楚瑜愤怒地抬起头四处环顾，气得浑身发抖："唐墨天，唐墨天，你这个老东西，老混账，为什么不守规矩！"

"云姐姐，机关的试炼是我一手操控，没错，我觉得开始就开始，我说没结束就没结束，你很着急吗？"唐墨天轻笑了起来，苍老得意的笑声里竟有一丝恶作剧的爽惬。

楚瑜看着琴笙静静地站着看着那棋盘，竟仿佛全不在乎身后碾轧过来的墙壁，她心中寒一阵、热一阵，只死死捏着自己的拳头，强迫自己也跟着冷静下来："唐墨天，你好歹也是一派掌门，怎么能做出如此卑劣下流的事情！"

"云姐姐，你只要愿意拜堂成亲，我即刻就让龙牙墙停下来，如何？"唐墨天大笑了起来，苍老声音里却带着诡异的讨好。

楚瑜看着琴笙清冷的背影，心中焦灼又愤怒，"你去死！"

下一刻，琴笙动了。在龙牙墙碾过最后一排玄铁箭，向他压过来的时候，长袖无风自舞，一片丝线瞬间携带着开金裂石之力出袖。柔软的丝线一头全部没入了棋盘，另外一头则是瞬间没入龙牙墙，琴笙抬手，如玉指尖优雅地搁在那线之上。只听得"嘎吱，嘎吱"两声响，所有的丝线灌注内力之后，刚硬非常，竟撑住了龙牙墙压下的汹汹去势。棋盘再承受不住来自龙牙墙的压力，瞬间崩裂。同时龙牙墙也失去了阻挡它的阻力，猛然向琴笙压来。

“白白——小心！”楚瑜失声叫了起来，猩红着的明眸里盈满了惊惶，扑向墙壁。

千钧一发的瞬间，琴笙宽袖一展，整个径自穿破了碎裂的棋盘，跃墙而去。

“轰隆！”与此同时，那龙牙墙也瞬间压上了琴笙原来站着的位置，两面墙壁合拢发出沉闷的轰鸣声音，将所有的东西碾轧得粉碎。

好一会儿，楚瑜的眼睛只能盯在两面合拢墙壁的画面上，几乎觉得自己不能呼吸了一般。明丽的大眼中慢慢地蓄起了泪水。这一刻，她忽然觉得心中似乎有什么东西慢慢地清晰了起来。那些面对琴笙不明了的心情，那些异样的悸动，那些惊惶，包括她毫不犹豫地选择留在他的身边，即使曾经感动于他人的情意与一路扶持，却从未去考虑过背离他，到底是为什么……

那人的骄傲，那人的任性，那人的矜持，那人想要她全部关注的小心思，他精致出尘的眉眼，他的一颦一笑，他毫无保留的依赖眷恋，他的怀抱，他身上的香气……早已经滞留在她心口。难以磨灭。他早已强悍地将他镌刻进她的心中，不管不顾，那般痴傻。

她的白白真是痴儿。

“哼，师叔出去游历，似得到了高人指点，可是那又怎么样，过了第一关，我看他能怎么过这个‘积毁销骨’的第二关，哈哈哈哈……”唐墨天尖厉苍老的声音忽然传来，带着满满的不甘心和恨意。

楚瑜看清楚眼前的一切之后，一颗心如坠冰窟。

琴笙站在一处石笋之上，白衣依旧，只是那白衣不再翩然，而似是被什么腐蚀了一些，琴笙脸色也算不得太好，只微微颦着眉，眸光森凉。那石笋之下，竟是一片咕噜咕噜冒着腥臭浓烟的黄水，四面毫无出口。即使只是这么看着，楚瑜都能闻见那刺鼻的味道。

“这是化骨水，你猜猜，他能过去么，我看师叔似有了什么丹药，百毒不侵，但是这化骨水可不是毒，但它的味道能将人灼成腐人，师叔在里面待上半刻钟，他那张漂亮的假脸也不用要了，五脏六腑都会被腐蚀，露出他的黑心肝来！”唐墨天尖厉又恶意满满地笑。

楚瑜看着琴笙从袖间拿出一只面具径自戴上，但他乌缎一般的长发发尾明显都开始出现了变化，发黄，发焦，白皙如玉的肌肤也似出现了腐蚀点，他虽然浑不在意，但她却是知道他一贯多重视自己的身体发肤。

她终于忍不住地一拳捶在墙壁上，猩红的眼里，落下一滴泪来，厉声道：“够了，放他出去，我拜堂！”

不是对他没有信心，只是在忽然明了心意那一刻，她不能忍，做不到看着他在战阵里披荆斩棘，她却什么都做不了的苦等。

且说这头琴笙戴好了面罩，讥诮地扫了眼周围，掌心向上，原本握在自己手心的一把丝线，忽然瞬间弹射开来，噌噌之声直射入四周的墙壁。他轻蔑地道：“积毁销骨，倒是有点意思，只是这雕虫小技也拿出来献丑，敢碰本尊的发肤，可想好了后果！”

他瞬间一抬手，只见那丝线瞬间被绷紧了，如蜘蛛网一般在半空里纵横交错。琴笙反身轻盈一掠其上，随后指尖捏住丝线，灌注了所有的内力，猛地一拉。顿时整个空间都仿佛震荡一下，竟然扑簌簌地开始掉石块。他轻嗤一笑，手中丝线再次猛然凌厉收紧，整个房间又开始震动。

而此时，那墙面上关于琴笙的画面竟忽然全都消失了，只剩一下一片突兀的苍白。楚瑜垂下的猩红眼眸里闪过一丝森冷的光来。唐墨天也是一愣，随后极欢喜地大叫了起来：“哈哈哈，太好了，云姐姐，我就知道你喜欢的人是我，你钟情的人是我，来来来，拜堂，唱礼！”

楚瑜站了起来，却冷冷地道：“我不钟情你，忠于你的那个女人已经死了，等着你下去陪她呢！”

唐墨天似窒了窒，随后喃喃自语地道：“没有死……才没有死……云姐姐你这不是好好的么，你看啊，我长大了，我说了我长大会来娶你的，就算你是我的师叔辈又如何呢，我是爱你的啊。”

楚瑜充耳不闻。她走到大红喜字前，随后转脸，神色淡漠地看向宫少宸：“要有劳你了。”

宫少宸却款步过来，轻叹了一声："楚瑜，可还记得那个雨夜，我曾言来生愿与你相守到白头，我从未想过离开了嘉江边，还有机会能与你共立鸳堂，就算这是一个梦，却也只愿南柯长梦不复醒。"

楚瑜抬起眼定定地看着他："你知道，这不是真的。"

说罢，她转身冷冷地对着半空中冷声道："唐老头儿，可以开始拜堂了么，可以的话，就不要浪费时间！"

她一想到自己的白白，她的猫儿还困在那种地方，她就一时半刻都忍耐不了。

唐墨天似才回过神儿来，苍老癫狂的声音里满是欣喜地道："云姐姐，我们这就拜堂，我来唱词儿，我来牵着你，你可知我等这一天等得多辛苦？"

楚瑜冷冷地道："那就开始。"

随后，她主动反手拉住了宫少宸的手腕，分别站好。

宫少宸一愣，看着她反握住自己的手，眸里闪过一丝宠溺与欢喜的笑。

唐墨天哈哈大笑了起来，然后认真的开始唱词儿："喜紫燕翔黄道日，鸳鸯佳偶美景时。红梅吐芳成连理，芝兰永携结伉俪。一拜天地之灵气，三生石上有姻缘，今得唐家云娘为新妇，不求天长地久有时尽，但求此生永不负，一拜天地。"

他口中的唱词儿温柔亲和，深情如斯，一字一顿，仿佛每一个字，每一个词，他都已经在岁月漫长的时光里重复过无数次。仿佛每一个午夜梦回，泪湿枕边，都在念诵这一首唱词。

便是楚瑜听着，冰冷的神情都忍不住微微动，眼神有些复杂。她与宫少宸顺着唱词慢慢地跪下，对着虚空拜了下去。

"家族昌盛子孙旺，反哺跪乳敬双亲，二拜高堂养育恩，谢得双亲赐我得佳妇，跪——"

楚瑜听着心情很是复杂，这些唱词里，点点滴滴全是他痴念一生的女子。唐墨天……当着是可恨之人，必有可怜之处。

这一次，却是宫少宸拉着她拜了下去，低声轻道："当是二拜高堂养育恩，赐我得小瑜。"

他的手紧紧地握住她的柔荑，定定地含笑看着她，精致凤眸里的情意与欢喜，丝毫不曾掩饰。楚瑜看着他，抿了抿唇，淡淡地道："宫少宸……"

"便是梦，也让我做完。"他一笑，打断了她的话。

楚瑜忽然有些哑然，只由他牵着她去跪拜完毕，再站起来。半空里传来的唐墨天苍老的声音越发的悠远和缥缈，带着无边的深情与……凄然。

"乾坤交泰琴瑟和鸣一叩首；鸳鸯比翼夫妻同心再叩首；死生契阔，与子成说，执子之手，与子偕老，死生永不弃，夫妻对拜花堂前。跪！"

到了末了，他的声音依然喑哑，似有悲泣之音。楚瑜心情复杂又焦灼，只沉着面容，最后与宫少宸相互交拜下去。

"礼成！"

这一句礼成之声一起，楚瑜瞬间就跳了起来，对着半空冷声道："唐墨天，拜也拜了，可以放人了吗？"

唐墨天顿了顿，苍老的声音许久都没有响起来。

楚瑜不知为何心中有不妙的预感，她微微眯起眸子，不动声色地将自己短剑收入袖里："唐墨天？"

宫少宸走到她身边，静静地看着她，目光复杂之中，隐含着一丝冰冷和惆怅，更多的是莫测。

"也许，他想看着我们喝交杯酒？"

楚瑜一顿，目光落在桌面上的两只酒杯和一只酒壶上。

她冷笑："是不是还要圆房？"

却不想那一直没有响起的苍老声音却忽然厉声道："是，喝交杯酒，圆房，云姐姐，你是我的，从此谁也夺不走你！"

楚瑜一顿，忽然转眼看向宫少宸，目光锐利："你呢，你想和我圆房吗？"

宫少宸垂眸看着她，眸光炽烈幽沉，他抬手轻抚过他："你是我的妻，我自然想要拥有你，从人到心，我们拜堂了不是吗？"

楚瑜扯了扯嘴角："你知道那不是真的，一生一世一双人，只怕你连唐墨天做得到的事，你都做不到。”

她将酒倒进酒杯，径自扔给了宫少宸，自己又拿了一杯。她抬手与他碰了一下，一饮而尽，径自将酒杯甩在了桌上，转身要走。宫少宸却忽然抬手握住她的手腕，定定地看着她，目光幽沉：“在我心中这便是真的，你若想要一生一世一双人，我……”

他忽然垂了眸子，逼近她，看着她，目光炽烈又幽沉：“我应你，从此以后，身边只你一人。”

说着，他蓦然扣住她的后脑，霸道地吮吻上他一直想要品尝的柔软粉唇。

而另外一头，唐墨天为何会忽然消失许久，又忽然出现，只因为拜堂词才唱完，他就发现不对了，转头一看困住琴笙的机关内，几乎气得要发疯。他几乎不敢置信地看着那棱镜里反射出来的一切，原先特制的化骨水密室竟然彻底塌陷崩毁了，所有的化骨水如今流淌得到处都是。那些具有极大腐蚀性的毒水毁了不少机关，连着许多墓室机关秘道都融毁了不少，不过一会子工夫，他原先熟悉的秘道和擅用的一切都毁了一半。

这一刺激，唐墨天又清醒了一点，简直要气疯了：“啊啊啊……你这小畜生，你这个小王八羔子，你这是哪里来的怪物！”

琴笙立在那石柱之上，凛然而立，只似睥睨天下一般，优雅地抬手一收丝线，轻蔑而讥诮地道：“怎么，不疯了，老东西，你不是还有三关么，待得三关过毕，我便将你这地宫连着你那唐云和儿子的尸体一起真真葬送如何？”

唐墨天一听到唐云的名字，却忽然又一怔，竟又魔怔了起来，他忽然嘿嘿地一笑：“你又想唬我么，师叔……就算你前两关过得好，我便让你一次，直接送你到第五关——‘心魔’罢了，你可敢入？”

说罢，他恶狠狠地一拍墙壁。只听得一阵喀拉声响动。琴笙便见那快要彻底崩塌的墙壁上忽然出现了一个入口。他飞身掠上直入壁间。眼前却忽然豁然开朗，这一次竟是真真的透亮——这像是一个天然洞穴，四面全都是巨大的水晶切面，竟似一面面华丽的镜子一般，整个一个水晶洞。

琴笙轻勾了下唇角：“晶洞摄魂阵，这就是被你说的心魔阵？”

唐墨天一窒，随后干笑了起来：“师叔好眼力，若非不知你资质太差，我还以为你也走过这掌门继承试炼之地，这就是最后一阵，几百年来，只祖师爷一人走过，你若是能走过……”

说着也不知道他启动了什么机关。

琴笙正自凝神沉迎，却不想忽然眼前一闪，所有的晶面全部闪现出一幅画面——喜字成双，红烛高照。一对璧人，拜了天地高堂，正在桌前拥吻缠绵，一双交杯酒的金杯正扔在桌上，似还能闻见浓情蜜意的酒香。琴笙原本冰冷淡漠的琥珀眸瞬间瞳孔一缩，几乎不敢置信地看着那场景，他咬了薄唇：“鱼……”

“如何，看着我和云姐姐成婚拜堂，这就要圆房了，心情如何，师叔？”唐墨天苍老得意的声音忽然响了起来。

琴笙瞬间抬手，蓦然拂袖，满袖暴戾的厉风砰的一声扫向那一面最大的晶墙：“不可能！”

“云姐姐再也不要你了……她是我的娘子，哈哈哈哈！”唐墨天狂妄地大笑了起来，只是那笑里却掩不住凄厉的苍凉。

晶墙碎裂，落了满地，但是那浓情蜜语的画面却没有消失，无数破碎的剔透晶体却倒映出无数那一双男女交缠的画面。

“不……不可能，这是假的！”琴笙所有的血液仿佛都冻结，血脉里一层层地泛起冰霜，几乎要见他整个人都冻结。

琴笙猩红着眼看着那无数红色的画面，一双琥珀眸陡然似泛起金光，有风浪暗涌渐渐起，慢慢充血，额间更有剧烈的疼痛来袭，似有谁一剑劈砍下来。劈开了朗朗晴天，又劈开了无数那些深藏他心中的黑暗流水，深海长夜。头中剧烈的刺痛来袭，他忽然身形摇晃，几步踉跄，一下子就单膝跪在地上，一手捂住额，竟似痛得难以忍受，薄唇间的声音却极轻：“不可能……她不会骗我的，她说了永远不会离开我……”

只是那些黑暗里如鬼魅一般飘荡而起回旋声音却一点点地与那些画面凌迟着他的神智。

黑暗的记忆喷薄而出，似女子的声音尖厉非常，又似男子的声音，非男非女，无数画面喷涌而出，凌乱复杂，却又似那么熟悉。

琴笙颤抖着蓦然抬头，仿佛用尽了全身的气力，才站了起来，他一双精致的琥珀眸里满是凄厉茫然，妙目含泪，满是浓烈的恨意与绝望："为什么要骗我，你应承过陪仙仙一辈子的，你忘了吗——小姑姑！"

唐墨天见那翩然白影忽然竟这般没有预兆地崩溃一般，他很是惬意，正得意，陡然听得他那么一喊。那饱含了痛楚的声音，那求而不得的恨，那些禁忌的情感，似乎一下子狠狠地刺着了他。他茫然地看着琴笙的身影，仿佛透过了久远的光阴，看见了许久之前的另外一个年轻人也是这般茫然地望着苍天，那泛起猩红的天边。有锣鼓喧天，有喜乐喧嚣，有孩童欢喜笑声，有新娘嫁衣鲜红，裹着他心爱之人，嫁做他人妇。

"宫少宸，你够了！"楚瑜冷冷地看着他，手中一把短剑顶在他颈项上："放开我。"

宫少宸顿了顿，抬手轻扫唇边的血渍，声音有些喑哑："小瑜，何以不信我会对你好。"

楚瑜迅速地退开了两步，朝着地上吐了一口带血的唾沫，讥诮而冰冷地看着他："宫少宸，从此以后，你我两不相欠！"

她懒得理他，退到墙边之后，忽然抬头厉喝："唐墨天，你这个老混蛋，给我出来！"

她喊了好几声，却并无人应她。楚瑜心中却莫名地生出心慌来，她死死地握住手中的锐利短刃，再次厉声大喝："唐墨天，你放人了没有，你若再不放人，定要后悔！"

她咬了唇，忽然抬手就将短刃架在自己的颈项上："唐墨天，你再不放人，我就自裁在你面前，你是不是想看着'唐云'在你面前再死一次？"

空气里依然一片静默。

宫少宸凤眸里闪过一丝光，他微微弯起唇角，一边向楚瑜慢慢地走过去，一边温柔地道："小瑜，不要做傻事，放下你手里的剑，做我的人有什么不好？"

他从未想过自己会有一日向人许下一生一世只得一人相伴的承

诺，只是既然这般重诺已许，他便一定要得到他想要的东西。

楚瑜看着他慢慢逼过来，心中一冷，警惕地看着他："宫少宸，你不要过来！"

"你不会自裁的，你还要救琴三爷不是吗，你若是出了事，唐墨天一定不会放过他。"宫少宸轻叹了一声。

"何必不顺从了唐墨天的意思，我不会辜负你的，你不是想救他吗？"

他声音里带着几丝惑人，音调玄沉，似有诡异之音，幽幽渺渺，又似异乐轻响，撩拨人心。楚瑜听着莫名地便觉得心头有些发沉，身子都发软，竟是握不住那把短剑了，脚步也有些踉跄。

她勉力地一点点退开，狠狠地瞪着他："你让开，不要过来……"

她不知为什么只觉得血脉昏沉，竟似中了软香散之类的毒似的，听着他的声音便站不稳。

宫少宸轻笑了笑，站定在楚瑜面前，见她颤抖着靠在墙上喘息着死瞪着他，似被雨打的海棠，偏不服气地拧着性子抬着头，看得人只想采撷了怜爱。他眸光幽沉，继续蛊惑着："把剑给我，你的手不该是握剑的，只要从此抱着我便好。"

楚瑜察觉有异，见他就要伸手来抱自己，她一咬牙，冷笑一声，忽然抬手反剑一划。宫少宸没有想到她忽然动手，便退了一步。却不想楚瑜竟然不是来刺他，只是逼开他之后，在自己的胳膊上划了一道。

陡然传来的刺痛，让楚瑜整个人顿时清醒了过来，她再次足尖一点退得远远地，目光森寒又厌恶地看着他："宫少宸，你竟用这种手段来对付我，你倒是真好手段，好的让人恶心！"

他的声音有问题，竟似能催眠人的神智。宫少宸看着她胳膊上的血色殷红，却怔住了，凤眸子里闪过痛涩与阴沉森凉："你，竟为了那人做到这样的地步，他值得么，为什么？"

他似终于被激怒了，一身危险寒意地再次向楚瑜大步流星地走过去，冷笑道："小瑜，你已经是我的娘子了，今日你我初圆房，我原想温柔以待，如今你却声声念念其他男人，我便饶不得你了。"

楚瑜此时全神戒备，手中短剑捏紧，心中念如电转。不知为什么，她总觉得事情哪里有些不对劲，但却又一时间摸不着头绪。眼下，她只能先想法子对付宫少宸。

正是剑拔弩张的时候，此时，忽然浴房的门墙被人打开了，闯进来两个湿漉漉的狼狈人影，为首那人大喘气："哎呀，可淹死我了，终于爬上来了。"

楚瑜和宫少宸两人皆是一愣，看向来人，这次发现一身狼狈的蓝衣人竟然是唐鼎天的儿子唐无忌，另外那个略瘦小不停咳嗽的身影不是湘云子又是谁。

唐无忌一抬眼就看见了楚瑜，顿时一一阵愤怒，又是一阵喜上眉梢的样子，咬牙道："终于给我找到了你了，再找不到，咱们唐家堡最后一点血脉都要折在你们这些王八蛋的手里了！"

见着有人闯入，楚瑜虽然心中蹊跷，但也瞬间大大地松了一口气。宫少宸的脸色却瞬间阴沉了下来，目光冷冷地扫过唐无忌，最后停在了湘云子身上，唇角浮起一丝冰冷危险的笑意："果然不愧是唐门之人，竟找到这里了。"

湘云子看了他一眼，没有说话，只是看向楚瑜，眼里带着一点担忧："楚大人，你可还好。"

楚瑜有些古怪地看了湘云子一眼，淡淡地道："还好。"

话音刚落，她便忽然听见半空传来一阵苍老惶然的大叫："云姐姐，云姐姐，你怎么受伤了，是谁伤的你？"

楚瑜明丽的眼里幽光一闪，抬起短剑就架在自己脖子上，厉声道："唐墨天，放人，否则我就血溅三尺于你眼前。"

这一招，宫少宸能看出破绽，但是唐墨天是个疯子，他是看不出来的。那苍老的声音窒了窒，却忽然喃咕："你还是在乎我的吧，你是不是不愿意嫁给他的，你说过会等我长大娶你的。"

楚瑜莫名其妙，不光是她，唐无忌和湘云子也是一脸茫然和惊惶，倒是宫少宸似微微颦了眉，冷冷地看着楚瑜。

唐墨天又开始失心疯了，喃喃自语："你可知道我见你一身红妆嫁给师叔的时候，心在滴血，你为何不要我，为何不守诺？"

楚瑜这时候算是听明白了，唐墨天不知道受了什么刺激，这会子将一身红妆的她，当成唐云初嫁的模样了，又陷入了痛苦的心境里。

她慧黠眸光一动，忽然压低语调温柔苍然地诱道：“我也不想的，只是师命难违，如今我醒悟了，但愿未晚。”

唐墨天忽然愣了，半晌儿他大笑了起来，随着他的大笑，墙壁瞬间开了一个洞：“云姐姐，你可敢来，你若是在乎我，就来吧！”

“小瑜，不许——”宫少宸足尖一点便要飞身过来扯住楚瑜。

眼看他就要将楚瑜抓在手心。却不想，这时候楚瑜忽然喊了一声：“师兄，你不要过来，我爱的人不是你！”

千钧一发之际，忽然墙壁上裂开数道口子，数道银光携着厉气直射向宫少宸。

宫少宸不防，陡然闪避间，便被一道银针刺上了肩膀，眼睁睁地看着楚瑜朝他露出一个冰冷的笑容，头也不回地转头朝着那墙壁里飞身而去。

“楚——瑜——”宫少宸捂住自己的肩头，咬牙厉声道，凤眸子里瞬间闪过受伤的寒意，却不知这一刻是自己肩上的伤痛，还是心头更刺痛。

且说楚瑜这头奔进了黑暗的墙洞里，便头也不回地向前一边跑一边诱道：“你在哪里，出来？”

唐墨天的声音一直没有响起。楚瑜心中愈发忐忑，直到眼前忽然不知怎么一闪，竟见另外一头开了一扇门，门内亮光融融。她立刻毫不犹豫地奔入其中。但见面前剔透晶洞闪烁，亮如白昼。一道修白出尘人影静静而立，乌发垂散，一身白衣上点点血渍淋漓，似苍原白雪上的点滴红梅苍然绽放，遗世独立。

他垂落的长袖边，还有点点血色一点点地从如玉指尖落在地上，散开一片血花。楚瑜瞬间心中一颤，再抬头，便看见满晶洞里都是倒映着方才她和宫少宸在洞房里，她被他强行压制时的情景。也不知用了什么法子，那画面仿佛就静止在那一刻。

楚瑜瞬间心中一凉，竟不敢走过去，望着他的背影，许久才轻声道：“白白……”

那一头楚瑜已经进了晶洞，这一头宫少宸却忽然抬眼冷冷地看着唐无忌："你该死。"

唐无忌一愣，随后得冷哼一声："你这人好生奇怪，你们这些官家的人都不讲道理的么……"

只是话音未落，他低头，不敢置信地看着自己胸口上透出的短刃，一刀正中心脏。

"你……"他不敢置信地看向一边面无表情的湘云子，眼里满是不解地缓缓倒下，鲜血缓缓流淌出唇角，他眼里已经一片空洞。

"哼，别以为你杀了唐无忌，我就不会追究你。"宫少宸缓缓地抬手，点在自己肩膀上，慢慢地将里面的银针抽了出来，扔在地上，目光森然地看着湘云子。

湘云子原本畏畏缩缩的表情此刻早已舒展开来，他慢慢地抬手扯掉自己脸上的人皮面具，露出里面一张精致小巧的面孔，对宫少宸笑眯眯地道："哥哥，不要生气了，你好不容易从本岛拿到了恢复你做男人能力的药物，如今还在恢复期，我可是为你好呢，何况……"

他顿了顿，蹲下去，把匕首在唐无忌身上擦了擦："何况她并不喜欢你，不是吗？"

宫少宸眯起眸子，走到他面前，居高临下地挑起少年的下巴："宫少司，你以为你是个什么东西，有什么资格在我的面前指手画脚？"

他顿了顿，讥诮地睨着他："还是，你真敢对她动了心？"

话音未落，宫少宸忽然长腿一抬，足尖一点，踹在他的心窝上，一脚将他踹出去老远。宫少司没有反抗，任由他踹着自己砰的一声撞上墙壁，嘴里吐出一口血来。

宫少宸脸上却恢复了平日里风流倜傥的笑来，只是那点子笑深不及眼底，看着阴沉莫名："下贱的东西，尊卑不分。再敢坏了我的计划，你便滚回本岛去伺候那些老东西。"

宫少司慢慢地爬了起来，嘀嘀咕咕地笑："哥哥，你看看你嫉妒的嘴脸样子，真是越来越难看了，难怪小姐姐不喜欢你呢。"

宫少宸冷冷地睨着他："唐墨天那个老匹夫在哪里，他坏了本公子的事，若是他再不将楚瑜交出来，之前所有的协议全部作废。"

宫少司正要说话，却忽然听得一道苍老讥诮的声音在半空中响起："你这小子，如今人还在我唐家堡的地宫里，也敢威胁我么，还是你也有那白衣怪胎的能耐能破我机关无数？”

宫少宸一僵，随后凤眸里闪过阴沉寒光，他忽又笑了，拂袖在桌边坐下，取了杯子倒了一杯酒：“看样子，唐前辈是恢复神智了，既然如此，咱们的交易还作数，我替你想法子灭了唐家堡，也让他们永世污名不得超生，你将藏海图和人交给我。”

唐墨天苍老得意的声音忽又响起：“嘿嘿……臭小子，老头子如今改主意了怎么地？”

宫少宸捏住酒杯的手瞬间捏紧，眼底闪过森冷刀锋之色，唇角却还是带着讥诮笑意：“前辈，你是真失心疯了么，这是要毁约，我既然能毁了唐家堡，也就能让唐家堡再复生机，唐云灵位上永远铭刻着他人妇的名头。”

空气里静默许久，唐墨天苍老的声音忽然空落落地响了起来：“那又如何……呵呵？”

随后再无声音，而原先宫少司爬出来的那浴室的门也猛然啪的一声关上，竟是将宫少宸和宫少司两人都锁在了里面。

且说楚瑜站在洞口唤了一声，但那身影并没有动，他就那么静静地站着，似听不见周围谁在唤他，长发有些凌乱地散落着，那修长出尘的背影，此刻竟莫名地萧索冷寂，似无人能靠近，无人能触碰。楚瑜看着心中又是一颤，莫名生出近乡情怯的心情来。她一咬了唇，索性小跑上前，走到他的身后。这一走近了，这才看见他身边满地碎裂的晶石，全是血色嫣然。她心中狠狠一疼，也顾不得这许多，转到他身前：“白白，是我，小姑姑在这里！”

琴笙面无表情地静静地站着，闭着眼，脸色白如雪，精致的微微上挑的眼角边却各有两行泪似的猩红血色划过脸颊，衬着他猩红的嘴唇，看起来似描了一个诡异华丽的红妆，妖娆阴森之中却莫名地苍凉。

他竟是落下血泪来，可是伤了眼？楚瑜一呆，眼圈瞬间就红了，抬手就去捧住他的脸颊：“你这是怎么了，不要吓我，不要吓小姑姑，小姑姑来救你了，求求你，看看我，睁开眼看看我。”

她手忙脚乱地去捧他的手，却发现自己完全不知要怎么做。那一双手上原戴着的手套早已和他白玉一般的修指尖一样伤痕累累，看得她心疼得眼泪直掉："你疯了么，竟这般糟蹋自己？"

她知道他是那般在乎他的手，平日里多少琼脂玉液，鲜花贵药养着的，如今却成了这副样子！

"那个老混蛋到底对你做了什么，对你做了什么！"她眼泪一滴滴地落在他的手上，心痛不已，只恨不能将唐墨天给千刀万剐了。却不想，一道幽凉喑哑的声音忽然在她头顶响起："为什么骗我，你可是……忘了那夜月下，你许我一生不离不弃的诺言，小姑姑？"

那声音极为温柔，幽凉似一片清波流水，依然如此熟悉，却少了素日里那一点子难掩的乖戾。楚瑜一惊，几乎不敢相信自己的耳朵，抬头看着他。但见琴笙此时已经缓缓地睁开了眸子，一双如水勾墨画，眼角精致上挑的妙目，肤如碎玉堆雪，妙目间静水浮皎月，有细碎流光幽幽。只此刻眼角唇瓣的猩红，却让他看起来眉目间多了一丝诡谲的妖娆森凉。

但楚瑜却瞬间不敢置信看着他，颤抖着就要往后退："你是……仙仙，你记起来了？"

她心中波澜起伏，脑中却一片空白，竟不知是悲是喜。只是她尚未退开一步，便被人抬手一把扣住了后脑和细腰拉了过来。他的动作温柔细腻，只是他指尖的血色便这么染上了楚瑜的脸侧和身子，猩浓的血腥味让楚瑜忍不住微微颤了一下。

"我记起来了，记得你陪伴我入睡，给我唱歌的每一夜；记得你说让我在花田边等你，于是我等你三日三夜；记得寻回你的那夜，你对着夜月起誓，你永不离开我，一生不弃……小姑姑。"

琴笙垂眸看着他，琥珀眸子里似氤氲了一层江南清晨的烟雾，迷离而温柔，却又让人看不清楚下面是美景无边，还是森然阴怖的深渊。

他轻轻地抬起被割破的指尖，柔情万千地抚过楚瑜的脸颊："小姑姑，小姑姑……你可知道，我最恨人骗我。"

他的声音如此温柔，带着叹息，却似隐着无边的暗沉阴翳。他指尖的血诡异地染在楚瑜的脸颊上，她却一无所觉。楚瑜看着他，眼中泪水瞬间滑落，似悲又似喜，抬手抚过他的脸颊："仙仙……我就说了，你总会回来的，可我该唤你什么呢？”

她温柔体贴，善解人意的“少年”，那个永远将她看得最重的“少年”，她想过他变得再桀骜不驯，但那颗心总是不变的。

“我记起了旧事，你唤我什么都可以。”琴笙垂着琥珀眸，静静地看着他，眼中温柔到诡谲。

楚瑜自没有留心他一只手已经搁在了自己细腻的颈项上，修长的手指衬着她细软的脖子，仿佛只要那么用力一折，她细细的脖子便会被硬生生地拧断。

“只是，不管是仙仙，还是白白，你都舍弃了啊，小姑姑。”琴笙看着她，轻叹，声音里带着讥诮与幽诡。他袖子微垂，长长的丝线如有生命一般地在楚瑜身后缓缓垂落，爬向一边，悄无声息覆向一根粗长锐利的晶柱。

楚瑜一愣，随后抬手温柔地擦掉他脸上的血色，笑里带泪地道：“傻瓜，我怎么舍得，怎么舍得舍弃你呢？”

琴笙却仿佛没有听见一般，眸光温柔地凝视着她，径自轻笑了起来：“你可知道，这种晶柱唤作永颜晶，极为难求，帝国女皇曾以此物储存心爱帝君尸身，为之不腐，青春永驻，又有祝由术言，此物若穿心脏而过，以心血凝于其上，便可以将人的灵魂永困其中，带在身边便可不离不弃？”

楚瑜一愣，不太明白琴笙怎么忽然说起这个，只有点茫然：“嗯，它可有止血的功效？”

如果这晶体碾碎了能止血消毒，倒是给琴笙能有用上。她抱着他的手，却只觉得他的手冰得可怕。只是她并没有看见背后那蜘蛛丝一般的细线竟卷起了那粗长的晶柱悄无声息举了起来，尖利森然的那一头慢慢地对准她身后的心脏部位，一点点地靠近，直到抵在她长发里。

琴笙冰冷的指尖轻抚过她的嘴唇，轻声问：“你们拜了天地，喝了交杯酒，书上说，从此你便是他的妻了，你喜欢他亲你吗？”

他声音温柔，只是指尖上的动作却莫名地乖戾，竟自插进她娇软的唇瓣里揉捏。楚瑜微痛，却似看不清楚他眼中的情绪，仿佛那些温柔烟雾下似有深入骨髓的狰狞恨意，却又揉着无边的痛与哀。看得她心中一阵发颤。她索性一把扯开下他的手，抬手就勾下了他的颈项，启唇就一点儿不客气地吻了上去：“不喜欢，我喜欢你亲我，或者我亲你，拜堂又如何，拜了一百次堂，我若不愿，谁都不是我的夫君。”

她此刻一片惶惑的心，正需要一些定心的东西。她记得他吻她的时候，她的心里是悸动的，有温柔与炽烈、羞涩交织，却如暖泉流淌。以前不愿去细想，总为自己的心境所困。如今见他身陷险境，险些天人永隔，才知道自己过往种种思量，皆是关心则乱。

琴笙微微睁大了眸子，竟似全没有想到她会主动吻住自己。楚瑜咬着他精致的薄唇轻吸吮，小心翼翼地舔了舔他下唇上的伤，似又心疼地有些犹豫，贴着他的唇轻声呢喃，“你这傻子，怎么就弄伤了自己呢，这叫我怎么亲？”

她身后忽然来一阵闷响，似有什么东西被摔了个粉碎，还有些粉末都溅上她的头发了。

楚瑜吓了一跳，正要转头去看：“怎么……”

但是她才转头，就瞬间被琴笙一把拉入怀里，他眸里似有惊涛骇浪，云起翻涌，那些温柔雾气几乎遮不住其中波澜。他抬手捏住她的下巴，似有些小心翼翼，却又强忍着暴戾一般地喑哑着嗓音：“你说什么，你刚才说什么，再说一遍，我不明白。”

楚瑜被他捏得有点疼，但还是不疑有它地笑得明丽又温柔，只是脸色有点不自在：“和宫少宸成亲是权宜之计，我忍不得我精心照顾的人儿在那积毁销骨池里受半点儿损毁，只是不承想出了点儿岔子……”

她顿了顿，看着他那痴痴的样子，心中一疼，“我钟情的人，正像个傻子一样自己伤害自己，我怎么能忍，我允诺过你，一生不离不弃啊。”

琴笙眼中那些惑人的雨雾瞬间散去，他幽幽眸中再掩不住狂喜，伸手死死地抱住她的腰肢，闭上眼，整张脸都深深地埋进她的颈项边，声音喑哑而温柔：“不要骗我，永远，永远都不要骗我……鱼。”

楚瑜被他抱得生疼，几乎骨头都要被揉碎了，却在感觉自己颈项边竟有一片濡湿的感觉时，她强行忍了下去，只抬手拢上他的修腰，轻轻地抚弄着，如每一个漫长的夜，安抚他入睡一般。

她轻声在他耳边道：“你若不弃，我便不离，莫失莫忘，永不相负。”

“我总有一日要十里红妆，八抬大轿迎你入春宵帐，小姑姑。”

最后的三个词，他说的轻淡却带着一点惑人，有一种近乎禁忌的靡丽。

楚瑜闻言，咬了唇，大眼弯弯，笑得明丽：“我的笙儿，自然是最厉害的。”

琴笙见她这模样，便清冷眸光微闪，又起涟漪风浪，一点儿不客气地俯首下去攫取她温柔的嘴唇。楚瑜一愣，抬起藕臂缠上他肩头。

只是人算不如天算，楚瑜病倒了。

她一路奔波劳累，原本在水寨里就休养得不够，再连续经历了地宫中种种波折，几番历险，再次落水与人斗智斗勇的惊险困局，此刻到底挺不住，忽然发起了高热来。

高热来得很快，楚瑜才觉得不舒服，不一会儿整个人就迷糊掉了。她还只以为是自己困了，与琴笙说她睡一会儿，便靠着墙壁睡去了。琴笙发现她有些不对，这么一摸过里来，将那人儿抱进怀里，才发现她浑身滚烫得不正常，原本干掉的衣衫又湿了。

而这高热……

琴笙眼眸微深，低头在她颈项边轻嗅，少女的馨香间，还竟闻到了一股子淡淡的腥味。

他琥珀眸里瞬间闪过森然的、刀锋一般的寒意——她到底还是中毒了。算来，也只有唐玉珏攻击她和宫少宸的时候，才用了剧毒。虽然沾染得很少，初时甚至无法察觉，但此刻楚瑜体力不支，到底发作了起来。琴笙浑身寒意森凉，清冷的眼里泛起暴戾之气，抱着楚瑜的骨节都泛白，几乎忍不住想要即刻就将宫少宸碎尸万段。夺走他的人，竟连护都护不住她！

楚瑜迷迷糊糊之间，只觉得浑身像火烧似的难受，过一会儿又冷得难受痛苦，如被扔进了冰窖里，刺骨难忍。在最难受的时候，却有人从头到脚一点点地用什么温潮的东西给她擦过身上每一处，甚至小巧的脚趾。一点点的，炽热如火烧的时候，那些潮润温柔便解了火毒，带来凉意。也是一点点的，冷如冰刺骨寒时，那些潮润温柔便解了冰毒，也带来温暖。

又渴又饿的时候，喉咙间也流入一股子温热的液体，带着淡淡的腥暖，却仿佛一下子就解了喉间的灼渴，腹中的饥饿。直到舒服了，她才偎依在那清凉的怀抱，沉沉地睡去。

待到她终于彻底清醒的时候，一开眼，就忍不住怔了——她身上只穿了一件肚兜。整个人偎在琴笙的怀里。她瞬间“唰”地涨红了脸，下意识地抬头，却见琴笙正靠着墙壁，一只长腿伸着，一只长腿屈着，将她拢在怀里，半垂着精致无双的出尘面容，似在小憩，眼下一点儿淡青，发鬓微散。竟似有些疲惫苍白的模样。

楚瑜瞬间心疼，但她还没有动，便见他缓缓地睁开眸子，凝望着她，仿佛他从来就没有睡过一般：“醒了？”

楚瑜听着他声音低柔带着一股子倦意，不禁怔然，也顾不得自己衣衫不整，只爬起来就伸手去摸他的头：“笙儿，你这是病了？”

琴笙抬手握住她的皓腕，淡淡地道：“不，你病了。”

楚瑜一愣，这才想起来，好像是这么回事，她似乎挺难受的，但此时……怎么好像一点事儿都没有？

“我这是……睡一觉就好了吧？”她有些迟疑。

琴笙指尖在她滑腻的肌肤上轻滑，似颇享受上面的那种细腻如豆腐蜂蜜似的滑腻，声音愈发的喑哑：“你睡了至少二十个时辰。”

楚瑜闻言，瞬间一呆：“二十个时辰？”

琴笙心不在焉地轻嗯了一声：“你中毒了，不过现在已经无碍。”

楚瑜一想，颦眉：“是在唐墨天吃的那些干果子……喝的酒，不，唐墨天那死老头儿倒是不会亵渎唐云的东西，那就是宫少宸一起被唐玉珏喷了一身毒汁的时候？”

琴笙轻笑了起来，温柔却又轻慢地道：“嗯，小姑姑，没我想的蠢。”

楚瑜一顿，瞬间发现了不对劲，她抬手握住他的手腕，挑眉：“这是怎么来的？”

他手腕上包裹着一块明显是撕下来的衣襟，一点猩红从里面浸出来。琴笙抬起幽眸子看着她，却没有回答她，只忽然道：“你可舒服些了？”

楚瑜忽然觉得他手腕上散发出的淡淡腥味有些熟悉，便忽然愣住了，她舔了舔自己的牙床，那里一股子残留的腥味，握住他的手腕蓦然收紧：“你喂我你的血？”

琴笙轻描淡写地道：“本尊的血可解百毒，又能果腹，还是你不喜……”

话没完，他看着怀里眼中大颗大颗泪珠往下掉的少女愣住了：“怎么了？”

楚瑜抬手胡乱地抹了一把自己脸，死死地瞪着他：“你喂了我多少次？”

难怪她觉得有人给她擦身，想来真的是他在照顾自己。她能不知道他的血有解毒的功效，金大姑姑说了他百毒不侵，是以某种巨大残忍的代价换来的，这一身血最是关键。

琴笙垂下眸子，淡淡地道：“两次……三……”

看着楚瑜死瞪着自己，他妥协了，轻描淡写地道：“八次。”

楚瑜大怒：“你不想活了！”

只是话音未落，她的嘴唇便被琴笙堵住了。他抬手扣住了她的后脑，一点不客气地近乎凶猛地扫荡过她唇间每一寸轻软，直吻得两人气喘呼呼，他才狠狠地抱住她，“从此，这才是你中有我，不是吗，我喜欢我的血流进你身子里的感觉，像是你身上每一寸地方都被我占有，若是可以，你想要吃本尊的肉，也不是不可以……小姑姑。”

男子潮润微凉的呼吸如微风般拂扫在她呼吸之间，并着清幽微喑却撩人的声音，如有实质地慢慢滑过少女娇嫩的肌肤，撩动一寸一寸最敏感的神经末梢和软肉。

“你想吃么，现在？”他温柔地问着，此刻他的温柔却一点不像谪仙，倒是魔在似笑非笑地诱惑着。

楚瑜软倒在他怀里，竟似浑身发热，忍不住扶住他的肩膀：“你不是说……要等出去以后……”

十里红妆。

“你疯了么，哥哥！”宫少司大大的猫眼里都是冷冽。

宫少宸双手环胸，冷眼看着那正继续将火药埋入正在冒烟地面的数名黑衣人，并不搭理宫少司。黑衣人将东西全部埋入之后，上前恭敬地对着宫少宸抱拳：“少主，一切都准备就绪。”

“哥哥，你已经炸过一次了，再炸一次，若是地宫塌陷了怎么办？”宫少司迅速地上前，一把拉住了宫少宸的胳膊，咬着牙道。

他在对方讥诮的目光下，还是松开了手，神色冷沉地道：“我们的目的是唐墨天那老鬼手上的藏海图，还有亲王殿下的那份，虽然已经在我们手里，但是这藏海图若是少一块便是没有用处的！”

宫少宸终于侧了脸，似笑非笑地看他：“那你是真的担心这地宫塌了压死的那老鬼，还是担心伤到楚瑜？”

“你呢，你就不担心？哥哥，求而不得，因爱生恨，你那嫉妒的嘴脸可是很难看呢。”

宫少宸顿了顿，竟然也不恼，只淡漠地道：“唐门地宫深阔复杂，历时数百年而成，我们筹谋许久，好容易拿到了地图，但是里面机关重重，唐老鬼要毁约，他躲在里面，只有图我们也打不开所有的机关……”

他轻哼了一声，凤眸子里闪过冰凉的冷光：“但是咱们却可以根据图看出这地宫哪里是最脆弱的，最脆弱这一处，正是这些温泉流涌之处，根本无法搭建任何机关，全都是硫黄之味，多炸几次，整个地宫的结构就会被强行改变，唐老鬼，必得现身交出藏海图。”

宫少司微微睁大了眼：“若是小姐姐被关在某些地方，出不来怎么办！”

宫少宸抬手轻拍了拍他的脸，凤眸暗沉：“她身边不是有琴三爷吗？”

宫少司一愣：“但若是地宫结构改变，机关毁坏，就算是琴三爷也未必……”

他话音未落，就被宫少宸直接捏住了下巴，力道大得几乎让宫少司以为他要捏碎自己的下巴，疼得他泪水都出来了：“唔……”

“职责所在，关心你该关心的事，不要操心你不该操心的事，那个男人想要我的命，若是他能死在这里也是最好不过了。”宫少宸笑得清浅风流。

“你……”宫少司想要说什么。

宫少宸却忽然笑了起来，竟松开了捏住他下巴的手：“好了，乖，我自有我的打算，我可爱的小女郎是滑不溜丢的一尾小鱼，要逼她出来，也不容易。”

说罢，他松开了手，冷笑一声，抬手示意其他人继续动作。

“准备，炸。”

第三章 毒体终成

一切事毕，楚瑜终于能好好地喘口气了。琴笙一手握住她的胳膊，一手扯着一把丝线，丝线那一头全都刺入了墙壁，他看着她淡淡道：“本尊要开墙了，你等会儿跟在我身后，不要被砸着了。”

楚瑜点点头，道好。琴笙正要拉动手里的丝线。却忽然感觉地面一震，随后一扇墙壁竟然就这么悄无声息地打开了。黑洞洞的墙壁里，露出唐墨天一张沧桑干瘪的老脸，正死死地瞪着他们。

琴笙未动，只是冷冷地看着对方，眼底一片冷戾的光芒，只是唇角却挂着淡淡的笑意。楚瑜却已经隐约地明白他这么笑着绝对不是表示他心情好，十有八九是在琢磨着让对方怎么生不如死。毕竟如果不是唐墨天，自己也不会被逼得嫁人，和宫少宸拜堂，差点儿还……圆了房。

琴笙恢复了曾经仙仙时期的记忆，恍如开了窍一般，不再那把那些乖戾叛逆放在脸上。如今他既有仙仙的温润淡然与体贴入微，只是这温润淡然里多已经变成了一张面具，只有对着自己在乎的人才会露出里面的那份温柔与依赖，但骨子里还是那个骄傲又狠戾，不择手段的白白。

楚瑜心情是有些复杂的，总觉得如今的琴笙，看起来已经有了那位深不可测的琴三爷的雏形模样。可偏又让她着迷。怎么能不让她着迷呢，他的温柔与心意都在她的手上，丝毫不掩藏，仿佛任由她拿捏。他的执念，全都是她。

“笙儿，少安毋躁。”楚瑜心情复杂又温柔，抬手轻按住了琴笙的手，抬眼看向唐墨天，淡淡地道：“你可清醒了，唐墨天前辈？”

唐墨天看着她的目光，有些迷离，又有些复杂，仿佛透过她一身红衣看见了另外一道窈窕的人影。他忽然冷哼了一声：“你们两个小孽畜，竟然也是好命，既然活了下来，也算有点能耐，有胆量跟我来吧。”

楚瑜一愣，看着那唐墨天头也不回的离开，便眯起眸子，径自提着裙摆跟着他一起离开，顺手也捏了捏琴笙的手腕低声道：“这老头儿，年纪已经很大了，遭逢大变，卧薪尝胆多年，终于得以报仇雪恨，他心性无常，但是与你我没有血仇，他既然疯疯癫癫地放了咱们一马，说不定还有别的什么转机。”

她没有忘记自己来地宫的目的是什么，藏海图固然重要，但是也重要不过廉亲王的解药。唐家堡已经被毁了，地宫里是唯一还有可能藏有解药的地方。

琴笙看着她，淡淡地：“嗯，听你的。”

他一副无所谓的样子，可见其中的轻蔑与淡漠。仿佛对方就算设下陷阱，也拿他没有办法。她便转身一路寻着唐墨天的背影去了。出了这里，才知道原来这地宫底下真是已经变了形。原先可见是非常平整的秘道和机关，如今梁塌，地陷，处处还有不少热泉水涌了出来，流淌得乱七八糟。唐墨天领着他们前行，每次开什么机关，也不是一下子就能畅通无阻地打开了，也难免挫败了两次。

楚瑜原本一直默默地跟着，此刻也忍不住嘀咕：“这到底是炸了什么地方，变成这个样子？”

却不想一直没有说话的佝偻身影转过身冷冷地看了眼楚瑜，嗤笑道：“呵呵，还不是你这丫头引来的两个祸害之一，一个和你在老头子的温泉室里快活；一个求而不得，就在外头炸老头子的地方，就想着把你们两个野鸳鸯给逼出来。”

楚瑜噎了噎，感觉握住自己手腕那人的手微微动了动，一点冷意从他如玉的指尖传过来。这时候，他已经重新又换了手套。这人特别爱重自己的手，除了受心魔之境刺激发疯了那一回，总是精心顾着的。如今那点冷意却透过了手套，传到楚瑜手上，楚瑜知道宫少宸就是他心中的刺，当下也有点无奈，只好也不顾他手上还有伤口，拽他的手拽得紧紧的，不让他发作。

她挑眉去看了唐墨天，带了点嘲弄的笑意：“前辈说得好，想来也是很有体会什么叫红颜祸水，不过还不是甘之如饴，你惦记着你的师叔，我惦记我的侄儿，不过一样的道理，管那么多世俗道理。”

唐墨天顶浑浊的老眼看了看她，眼底像是浮现出近乎嫉妒的光芒来，“你这丫头也好意思说自己红颜祸水，你后头那个说他自己是红颜祸水还差不多，真是大言不惭。”

话说完，他转身继续打开一个机关，却发现打不开，于是很是恼火地一脚狠狠踹过去。那机关砰的一声打开了半扇门，他吭哧吭哧地像虫子一样钻了过去，老费力气了。

楚瑜瞅瞅，也松了手，学着他吭哧吭哧地蠕动着身子钻了过去，还体贴地对着琴笙道：“你身量高，一会儿爬过来的时候小心些。”

却不想琴笙淡淡地看了一眼这门，忽然抬手，指尖细线射出，也不知道他勾了哪里，就听得一阵绞索拉起的声音，随后剩下那半扇门就开了。

唐墨天没有好气地冷哼：“臭小子，是故意的吧？”

接下来的路，唐墨天引路，他很努力地表现自己的镇定和老辣，但还是会有变形的机关拆不开，或者出点什么差错。

于是琴笙就出手了。不管是巧拆卸，还是暴力拆破，仿佛都不过是片刻间的事情。到了末了，唐墨天看着琴笙，老眼里都是复杂的光芒，喃喃自语：“当年我自诩天才，唐家堡内人人都道我是祖师爷之后最有天赋之人，如今看来，竟也只是坐井观天罢了，这几十年的人生研磨，竟不过及你的一半罢了，这世间竟还有你这样的人物……为何从来没有听过？”

楚瑜叹了口气，看着停下不走的老头儿：“我说您这是到底什么打算，带着我们去哪里呢？”

老鼠似的跟着老头儿东钻西钻得了一身汗，原想着，他能带着他们出去，如今看这样子，也许是她想得太简单了。

老头儿看着她，轻哼一声：“你这小丫头，也是没甚耐性，就是狡猾得很，来诈老夫是吧，你爱跟不跟。”说着，他又跳过一根倒塌的大柱子，往前去了。

无事献殷勤非奸即盗，但是这老头儿非寻常人，这种世外之人，心智不同，但她能敏锐地感觉到，他对他们并没有之前那种欲置他们于死地的杀意。不一会儿，他们就到了一处死胡同前。琴笙眸底的温柔雾气却渐渐散了点，露出里面的冰冷和锐利来，他若有所思地看着面前挂满蜘蛛网的残破墙壁。

唐墨天看着他嘿嘿一笑：“小子，你可知道这里是哪里？”

说着，他跟个老猴子似的弹跳了起来，在那墙壁上四处弹跳。楚瑜看得那叫一个眼花缭乱，但是随着他的动作，她能明显听到机关开启的声音，锁链来起，抽动之音和石头扣锁摩擦之声不断，不一会儿那闸门一般的石墙竟缓缓地开启。

楚瑜震撼地看着面前的情景，有些不敢置信地喃喃自语：“这难道是……”

奢华的汉白玉柱，雕梁画栋，四面都是供奉着华丽精致的画像。室内中央摆放着巨大的大理石长台和纯金雕花九层灯油台却分明是异域风情，周围柜子则码放着各种特制的武器。

“没错，这里就是唐家堡供奉着历代掌门画像和他们生前最引以为荣的成就，一如藏剑阁。”唐墨天说这话的时候，神情复杂，又是厌恶又是骄傲。

楚瑜看着他，“前辈，您带我们这里来是因为那引魂的解药吧？”

唐墨天忽然转脸看着她，浑浊的眼里闪过一丝精光：“小丫头，还真是精乖，难怪那个人也要不惜一切代价弄到你。”

看着唐墨天的表情，楚瑜心中忽然一闷，竟似想起了什么来，有些不敢置信将自己猜测说出了口：“前辈，你难道和宫少宸勾结在了一起？”

唐墨天却冷哼一声：“哼，老头子我现在改主意了，老夫看他不顺眼……”

话音刚落，他看着棱镜里宫少宸手下的黑衣人不知从哪里扛来了一具棺材，他忽然眼神一厉，怒吼了一声：“竖子竟敢无礼！”

话音刚落他瞬间消失，只能留下一脸怔然的楚瑜。楚瑜正看着那棱镜里画面的情景，心情复杂，转眼唐墨天又不见了，瞬间有点无语。

这时地面上的人也察觉了地下的异常。

“这到底是怎么回事！”火曜有点沉不住气了，看着自己脚下塌陷的地面，俊挺的眉宇拧在了一起，略显阴沉。

木曜蹲了下来，抬手让自己的手指平贴地面，闭着眼，沉静端方的面上闪过凝重之色：“地下有大的异动，非正常所为，必定有人在下面埋了炸药，引爆了某些地方，如今地宫里格局定有大的变动。”

金大姑姑在一边眯起细长的眸子：“塌陷之处可多？”

木曜顿了顿，似在感受指尖下细微的震动，随后微微颔首：“是的，震动颇大，多处塌陷。”

此言一出，众人脸色都变了变。自家的主子做事风格一向稳中带锐，早年的锋利狠戾在这些年里早已变得深沉稳重，很少再会做这般冒险的事情。虽然如今他头部受伤，又恢复了少年时代的疯狂与狠辣，但这种手法，还是实在不像自家主子的手笔。

金大姑姑闭了闭眼，数天没有好好休息让她看起来有些疲倦，虽然她也是习武高手，但是毕竟上年纪了，身边的红袖抬手替她揉了揉太阳穴，担忧地道：“姑姑……”

金大姑姑摆摆手：“无事，对了，云州城那边查得怎么样了？”

火曜眉目有些泛冷：“南秦月确实牵扯在这次针对楚瑜的阴谋里，或者说她的目的从来就不是一个楚瑜，而是咱们曜司，她是知道曜司的存在的，但是南家那边的情形尚且不明朗，南国舅最近都因为南芝菁的事情，称病不见客。除了南国舅之外，我还发现这位南女史曾经见过宫少宸，宫少宸早年曾经在京城走动，与她有些往来。”

金大姑姑沉默了许久，冷冷地笑了：“这位明月女史果然不是一个愚蠢的南芝菁能比的，看样子，她牵扯进这件事颇深了，但她到底是区区一个女史，就算在宫里势力极大，却也没能耐将手伸到武林里，她背后必定有人，至于是不是这个南国舅……又或者是那个宫家少主，咱们还是要细查其中联系。”

她顿了顿，叹了一声，有些疲倦地揉了揉眉心：“也是主上出了事，他心中许多谋划，非咱们所能明了，否则也许很多事咱们就无须这般被动。”

先是一个楚瑜，然后是后头这一大连串的事情，如果不是她知道楚瑜的背景身份，也多少知道那小丫头的为人。她都会怀疑这是不是针对曜司或者说针对三爷的阴谋。

木曜还是先开了口，声音沉稳而极有磁性：“咱们跟随主上这么多年，什么大风大浪他没有经历过，他一定吉人自有天相。”

金大姑姑淡淡地笑了：“也是，总归还有金曜和那条小鱼呢……”

火曜却有些走神儿，莫名地觉得金姑姑这话里意味深长，竟听着有点惆怅的味道——就算主上出不来了，还有小鱼在底下陪着，也没有遗憾？

楚瑜觉得自己是半昏半睡，老是梦见自己像一叶小舟在大海里起起落落，差点儿被吹散了架子，好容易风停雨消，她算是才勉强留了囫囵架子。她迷迷糊糊地睁开眼，才发现自己还在那厅里，却被安置在长桌上，身下垫着厚厚的织锦垫子，身上也盖着一张垫子。她认出来这垫子是之前用来垫那些各色武器和机关的。楚瑜有些怔然，竟没有在屋子里看见琴笙，心中不禁一惊，有些发慌：“笙儿！”

“那臭小子被老头子我关隔壁墓室里和那些死鬼做伴儿去了。”一道苍老的声音响起，唐墨天佝偻着身子慢慢地从一边房间里走了出来。他走路的姿态很有些艰难的样子，像是受了伤，一瘸一拐的，偏生背上还拖着一具沉重的棺材，像蚂蚁扛着一片叶子似的一点点挪进了室内。楚瑜迟疑了片刻，还是向唐墨天走了过去，帮着他将那棺材拖进来。

唐墨天松了好大一口气，仿佛有些力竭的样子靠在桌子边，他擦了擦头上的汗，看向楚瑜：“小丫头，你就不怕么，那小子可被我关起来了，那边的机关是祖师爷设下的，他要打开只怕还要时间，你要有什么事儿，他可救不了你。”

楚瑜看着唐墨天，目光濯濯地笑了笑：“您要对我不利么，那么还是快点吧，你困不了笙儿太久的。”

不知为什么，她就是这般的笃定。果然，随着她的话音刚落，一阵细微的震动声就响了起来。

唐墨天一呆，随后看着楚瑜，神情有些复杂，他轻叹了一声：“长江后浪推前浪，一代新人换旧人，后生可畏。”

楚瑜见老头儿没有什么恶意，手也只是轻轻地抚摸着那具棺材，一头白发乱蓬蓬的，脸上还有点伤，神情萎靡而寂寥的样子。她心中有些感慨和叹息，但还是问道：“不知前辈将我单独留下，可是有什么话想说？”

老头儿沉默了一会儿，摩挲着棺材道：“你去把右边第七个唐门掌门画像下的小匣子拿过来吧。”

楚瑜一听，心中一动，立刻去将那第七张唐门掌门的画像下的一只精致的红木雕花镶嵌七彩贝壳的小匣子拿了过来，交给唐墨天。

唐墨天却没有接过，只淡淡地道：“你打开看看。”

楚瑜索性就干脆利落地打开了盒子，一只精致的镏金珐琅小盒子躺在里面，竟像是贡品或者宫造之物。楚瑜心中有了另外的猜测，不免惊讶：“难道这是……”

“没错，这是引魂的解药，引魂是我唐家堡第七代祖师的杰作之一，原本用来惩治叛徒，让对方生不如死。”唐墨天喑哑着嗓音道，“也是我让唐玉珏和他的人下在了廉亲王的茶水里。只是我做事素来随心，总归现在唐家堡的人都快死绝了，就剩下那么些没有用的，唐陆宁那野崽子机关算尽一辈子，永远也没法子进入放置着祖师爷们灵柩的最后一层地宫，我也没有好遗憾了，如今看谁顺眼，老夫就帮谁。”

楚瑜一愣：“唐陆宁……您说的难道是唐门老掌门？”

唐墨天却阴恻恻地笑了：“那野崽子算什么唐门掌门，所有的唐门掌门都需要上任掌门赐给传承仪式和大典，他谋夺了掌门之位，却得不到我的承认，他一辈子就是冒牌货，连唐门祖师爷留下的试炼五关他都没有机会闯！”

楚瑜闻言，不禁有些怔然，她倒是全没有想到这里头还有这么多道道儿，唐云的长子夺走了掌门之位，一生都耗费在地宫里，只为了完全掌握掌门之位，却最后死在唐墨天手上的时候，也不是正式的掌门人。

唐墨天笑声很是惬意：“那野崽子一辈子都想进入这间密室，却到死都进不来，他一定恨死我了，他害死了他娘，又被他徒弟唐玉珏害死，这就是他的报应，我就要他尝尝这种痛苦的滋味，死不瞑目！”

楚瑜看着唐墨天，却觉得他的狞笑里满是苍凉的意味。

“为了她，耗尽了一生，值得吗？”楚瑜轻声地问。

唐墨天却笑了，淡淡地看着楚瑜：“这话，待五十年后，你去问你那侄儿吧。”

楚瑜一怔，却又见唐墨天忽然打量了她一回，轻笑了起来：“你这丫头，看着瘦瘦的，空有一颗灵慧的心，但是你遇见那两个小子都不是省油的灯，只怕比我当年更难缠。”

楚瑜瞬间红了脸，摸了摸鼻子，讷讷道：“前辈。”

那模样落在唐墨天的眼里，也不知触动了他什么神经，他苍老的眼落在她那一身红衣上，随后浮现出一点儿狂狷的笑意：“也罢，反正老夫已经送了你那一份引魂的解药，干脆再送你点儿东西，也省得你以后只有让人欺负的份儿，凭什么老夫这情路走得这般艰难，那嚣张的小子却这般顺利地拿下你，总要教他没那么好下手才是。”

楚瑜还没有反应过来，却见唐墨天忽然抬手就向她抓来，一把捏住她喉咙，就往她嘴里不知塞了什么东西。

“你干什么！”楚瑜一凛，正要往外吐，却被唐墨天直接点了穴道，一合下巴，她被迫硬生生地吞了那药丸。

楚瑜脸色一白，念如电转，正要说话，却又被唐墨天一提，整个人便背对着他。唐墨天盘腿而坐，抬手直接就戳上她后颈大穴，厉声道：“专注，凝神，莫要说话，否则你从此瘫了可不关老夫的事！”

楚瑜蓦然一僵，整个人不敢再动。她明显感觉一股子强悍的内劲从后颈的大穴流淌了进来，迅速地席卷向自己的四肢百骸，一如当初老金和金姑姑两人给她灌输功力。但是现在这一股功力来势汹汹，竟如潮水汹涌，令她又惊又疑，却也不敢再动。她虽然习武时间不长，却也明白这一动只怕自己走火入魔废了还是个好结果，搞不好就是呜呼哀哉。

“气沉丹田，自气海穴入，游走三十六周天，百气归血……”唐墨天苍老的声音在她身后厉声响起。

她遵循着他的指示，静下心来，努力循着声音将那一股浑厚的内劲纳入自己的气海穴，游走全身经脉大穴。这一股巨大的气劲，只仿佛如海水澎湃，又似乎巨瀑落下，令楚瑜这般才武学开蒙不过一年的人实在难以承受。若是她睁开眼，便能看见那棱镜里倒映出自己鼻、口、耳朵的五窍里都渐渐地冒出五股烟雾，在头顶凝聚成细细一小团蒸腾的云雾。打通任督二脉，便会三花聚顶，而五花聚顶这便是传说中打通了生死玄关，功力直越一甲子！楚瑜也不知自己合眼了多久，直到身后陡然一空，她便觉得那些浑厚的内力全部内聚于自己的四肢百骸，却还不能完整的归入丹田。

身上一阵冷一阵热，奇痛无比，让她终于忍不住低低地痛叫了一声，再支撑不住身子，一下子意识模糊地向前栽去。冥冥之中，似感觉一双长臂忽然伸手抓向自己。她正是难受得紧的时候，又烦闷之极，只下意识地一挥手：“走开！”

却不想砰的一声巨响，也不知什么砸倒了。那双手臂似被推了开来，她晃了晃身子，直接也跟着软倒了下去。但是下一刻，就在她着地之前又被人一把捞了起来，靠进了一个带着淡淡冷香的怀抱。她身上难受，只不舒服地撑着，又胡乱地抬手乱打，却被人一把擒住了手腕，随后一股子冰凉奇异的内劲竟顺着她的手腕脉门缓缓而入，渐渐地裹挟了那些四处乱撞的内劲，如涓涓流水一般，汇入了她的丹田。那冰冷的内劲似蛟龙驭水，盘旋于那澎湃的内力之江之上，上下翻转，蓦然强行压制住了那些混乱却庞阔如江海的内力，渐渐风平浪静。

楚瑜出了一身又一身的汗，终于也跟着歇了一口气，全身疲惫不堪，脑子却慢慢地清醒了起来。她缓缓睁开眼，对上一双幽幽如晦的琥珀眸，那清冷精致的眼眸里笼着淡淡的柔雾，正定定地看着她。

“醒了？”

楚瑜还有点迷糊，下意识地软软靠进他怀里咕哝：“笙儿，你回来了……”

“小丫头，不错吧……还不谢谢老夫，老夫将此生近百年的内力全都给了你！”一道虚弱苍老的声音在楚瑜身后响起。

她立刻转头过去，却见一个干瘪枯瘦得不成人形的老头儿伏在一处棺材之上，正看着她嘿嘿地笑，只是一双眼睛明显已经是什么都看不见了，只剩下一片蒙昧模糊。若不是他还会说话，她几乎都以为那是一具干尸。楚瑜刚想说话，却听得琴笙冷冷地开口：“唐墨天，你应该庆幸你快死了，否则你一定会生不如死。”

楚瑜一怔，有些不明所以地看向琴笙，却见他眼底一片冰冷的杀意。唐老头儿虽然不经过她同意，发了一通神经，把他内力给了她，却也并不是什么值得他这般勃然大怒。

唐墨天低低地咳嗽着，沙哑地笑着：“嘿嘿……我知道这小丫头身子练武时间短，受不住我这内力，但这不是有你小子在吗，你……连她都保不住又有什么用？你这小丫头嘴也够毒……总归你现在一身近百年内力……付出点儿代价，有什么呢？”

他顿了顿，又低低地咳嗽起来，嘶哑的嗓音有点苍凉：“至于唐云……她要不要我，也已经不重要了，我很快……就要去见她了。”

楚瑜见状，那些怒火便化作了复杂的心情，她如今静默下，竟能听得出老头儿那呼吸已经越来越虚弱，但是说话的声音却清晰了起来。

老头儿喃喃自语：“云姐姐，那些人都想要掌门人的位置……可他们那些狗东西也配么，你看我给咱们找了个传人，小姑娘年纪不大，倒是剔透心肠，可像你呀，穿着你那一身嫁衣，多好看啊。”

楚瑜一愣，有点鼻酸，却也很是无语，她怎么就成了他和唐云的传人？

老头儿絮絮叨叨地道：“我把毕生的功力都给了她，还喂她吃了混元无天丸……她从此不但一身内力深厚，无人可欺，更有和咱们历代唐家掌门一样满身天下至毒的血，她这一身血就是唐门掌门的标志，可解唐家所有的毒，却也是唐门至毒的元祖，她就是我认可的唐门掌门……嘿嘿，他们苦求不得的掌门之资，如今我让一个外姓的小丫头得了去，定是气死那群混账王八蛋，哈哈哈哈！”

“哼——”琴笙已经眯起了眸子，唇角抿出森冷的笑容来。楚瑜都能感觉到抱着自己的人，肌肉僵硬，竟是要出手捏碎唐墨天的样子。

她虽然听得唐墨天的话如遭雷击，真是杀人的心都有了，却也只能忍下心乱如麻，抬手按住了琴笙的手臂，转身跳下那桌子，走向旁边的那具棺材：“稍安勿躁！”

这老头儿已经是回光返照，她总要问清楚，她被强行改变这一身血脉，到底对她自己以后有没有什么损害。

“唐墨天！”楚瑜咬着牙，忍不住抬手就想揪起他。

却不想老头儿忽然一抬手，竟用干枯的手握住了她的柔荑。楚瑜一愣，正要抽回，却见他轻轻地握着，那浑浊得已经看不见任何东西的眼睛里却露出了惊喜又温柔的光来：“云娘……”

老头儿顿了顿，竟似有些不好意思的样子笑了笑：“你穿嫁衣的样子真好看。”

楚瑜没有动，看着老头儿，眼神有些复杂。不知为何，那一瞬间，楚瑜竟觉得那苍老干枯的男人的笑容，竟有了无边温情与俊雅的气息。

“你，是来接我的吧？”苍老的男人轻声道，随后轻叹了一声：“你可知道，我等了你几十年，几十年哪……云姐姐，你总让我等你，从小时候到现在，这一辈子……到底没有算白等呢。”

他低头，颤抖着慢慢地摸了摸她的手，随后一滴苍老浑浊的泪落在她的手心，“下辈子……别让我等。”

楚瑜莫名地有些鼻尖发酸，眼圈发红，她一眼看见了挂在墙壁上最后那一幅掌门画像上的男人，精致的蓝袍玉带，眉目如画，乌发如墨，眉目之间精致风流，那么年轻，那么俊美，更有一股子狂狷，睥睨着浩瀚的江湖。他就这么从画上望着她，又或者望着另外一个女子。那是他的执念，从青春年少，溢满了他的一生，直到成为她身边这一株苍老干枯的树。可那份执念，如红莲业火，烧不尽多少怨恨，多少痴缠。五十年春秋，从浓墨重彩的天才少年，到执念丛生的苍老怪物。

楚瑜吸了吸鼻尖，慢慢地站了起来，一手轻轻扶住那棺材，一手小心地捧着那滴泪，看向琴笙，轻声道："笙儿，帮他一把吧，不管他是为了什么将功力传给我，到底已经受了他的功力，他到底也算是我的师父了。"

人死为大，何况唐墨天也没有害了她。琴笙见状接过她手上的那具棺材盖子，将棺材盖子移开，同时将唐墨天的尸身放进了棺材里。看着老头儿萎缩佝偻的身躯，静静地依在那几十年过去了，面目栩栩如生的年轻女子身边，却莫名地显得般配。老头儿似乎也能感觉回到了耗尽了他一生心血，一生深爱的执念身边，原本蜷缩的尸身竟然似乎松开来，似偎依在她身边，却又像是依旧护着她一般。

棺木阖上，一面白墙也缓缓落下。这一处白墙之后是一处耳房，楚瑜将里面的那些瓶瓶罐罐全都弄了出来，将里面收拾做了唐墨天和唐云的墓室。只是白墙落下时，楚瑜忽然唤了一声："等等，笙儿。"

琴笙调整机关的手微微一顿，便见楚瑜匆匆地跑到一边掌门的画像边上，她足尖一点抬手就摘下最后一幅——第七十九代掌门的画像。她看着那画像里俊美狂狷的青年，淡淡地道："师父，你曾经介意你苍老的容颜不配师娘永远年轻不改的容貌，还是用这幅画与你们一起陪葬吧。"

语音刚落，她忽然看着那一幅画像下角上的小字落款，愣住了。上面用簪花小楷写下了一行字，最显眼的莫过——唐云二字。绘画的时间，算算，竟是唐墨天还未曾担任掌门的时候。楚瑜看着那画，忽然眼圈微红，轻叹了一声："她心中，怎会无你，只怕，情意深藏罢了。"

她小心而仔细地将那画卷卷了起来，却不想这么一卷，她手上一顿。

"怎么了？"琴笙正调整着手上的丝线，控制机关。

楚瑜慢慢地摩挲了一下那画卷，微微蹙眉，低头一点点地摸索了好一会儿，直接从卷轴里抽出一张纸片："这是什么？"

琴笙眯了眯眼，抬手就从她手上接过纸片，轻轻一抖，竟然抖开一片颇大的图来。

"蝉翼纸，水火不化，这上面……"

楚瑜失声道："藏海图？"

那图纸虽然轻薄透明，但是上面的画，却分明是一幅华丽的江崖海水图的一部分。

“这纸张太新，似是拓印的版本。”琴笙伸手轻抖了抖那纸张，淡淡地道。

“这么说藏海图有很多份了？”楚瑜忍不住嘀咕。

琴笙却淡淡地笑了：“多了又如何，能集齐才是真本事，何况……老金来之前说过当初廉亲王撕碎了藏海图，有些部分是已经坏的不能再保存了，想来这是后来拓印以便保存的吧。”

楚瑜看着琴笙手里的藏海图，心情有些复杂。这般跌宕起伏，唐墨天原是他们的死敌，他伤了她的琴笙，她那时候恨不能捏死他。但如今，阴差阳错却成了成全她此行目的恩人，甚至将他近百年修习的内力都灌输给她。当然，也把她莫名其妙地弄成了个什么至毒的体质，可终归他是有恩于他们的。楚瑜慢慢地将那绘着俊美桀骜年轻掌门的画像小心地放进了棺木里陪葬。年华老去，执念不断，依然一生执着的痴情之人，总是让人唏嘘感慨的。楚瑜恭恭敬敬地在那白墙前跪下来，对着那白墙轻轻地叩了三个头。

琴笙静静地在她身后，却忽然温温淡淡地开口：“我不会是唐墨天，你也不会是唐云。”

楚瑜垂下眸子，转身忽然抱住琴笙的修腰，将她的脸埋在他胸口，闷闷地道：“你是我的。”

还好，她醒悟得及时，还好，她不曾辗转反侧，不曾再被自己作茧自缚，就此错过。

琴笙垂眸，温柔地用指尖抚过她的发丝，眸光温柔深沉：“我，是你的。”

楚瑜拢了拢自己纤细的手臂，贴着他的胸膛，静静地听他的心跳，和自己的心跳慢慢合一。

“永远都是我的。”

第四章

心音问情

“少主，你先退，曜司那些人实在太难应付！”一名黑衣人厉声道，手里长剑染血，他也是一身血污，竟是有些站不住的模样。

宫少宸却径自冷冷地站着：“你们怕什么，他们但凡敢过了这一片温泉，咱们就炸了这里，让他们尊崇的琴三爷一起陪着他们死！”

宫少司手里握着两把短剑，脸色也不太好，坚定的站在宫少宸身后，护卫着他。其余黑衣人们闻言，也都咬牙冷冷地看向泉水对面。温泉眼已经被炸塌了，大片的热水恣意横流，或者说沸水。没有流淌经过地面的泉水，温度高得吓人。蒸汽四溢。却也刚好如同屏障一般将两拨人马隔开，这一头是宫少宸和宫少司的人马，那一头却是金曜领着曜司武卫，带着一群残余的唐门中人对峙。

金曜手里握着两把猩红的短剑，冷冷地看着对面的宫少宸，眼底一片静水深流，也不知在想什么，好半晌，才冷声道：“宫少，你们费尽周折，设下这般大局，要的不就是唐家的藏海图么，怎么，你真打算炸塌了地宫，把你们的野心都埋葬？”

主上现在不知所踪，他们这群人又因为地宫被炸的变动，不得不先行自保，当时无力去寻觅主上。还好唐家的人在他们手上，还是有点用处的。虽然没有找到主上，却还给他们找到了宫少宸这群幕后指使谋划之人。

宫少宸看着他，忽然微微眯起了眼，似笑非笑地道："这位是金首领吧，久仰大名，你说的没有错，只是本公子布局宏大，要的可不光是唐家的藏海图，还有你们曜司手上的藏海图。"

"是吗，那就要看看你有没有这个能耐了。"一道冷冰冰的女音忽然响了起来。

众人皆是一惊，齐齐向那声音来源看去。但见一袭红衣的妩媚清灵少女，不知何时从一处岩壁间缓缓而出，身边立着的修长白影翩然优雅，清冷出尘。

"小瑜！"宫少宸看着不远处的楚瑜，凤眸里先是一亮，但随后目光落在她眉目间的掩不住的妩媚灵动之上。

他目光阴森地掠过琴笙，却见对方也正淡漠地看着自己。宫少宸分明在他眼中看见了讥诮与轻蔑，他甚至如宣告所有物一般地，毫不避讳地将手搁在了楚瑜纤细的腰肢上。

而那少女没有任何抗拒，就这么任由那个男人揽住。他记得在船上，楚瑜从来不会与琴笙这般当着人前那么亲密的。她身上，甚至还穿着与他拜堂时候的嫁衣，却成了其他男人的女人。宫少宸喉间莫名地有一股子腥甜，他强行咽了下去，只盯着楚瑜忽然轻声笑了起来，讥诮而自嘲："这就是你的选择吗，小女郎？"

楚瑜看着他，神色有些复杂，她忽然也轻笑了起来："宫少，我只想问你一件事。那日落水，可是你一手策划设计？"

她想问的不是这个。她想问他那些江水青青，凉风拂面，患难与共可是假的？她想问他那些日子的分分秒秒相处，他可是在算计？她想问他那个暴雨惊雷之夜，他挺着伤口崩裂，背着病重的她，支撑着彼此一路这么竭力前行，漫漫长路，似永无尽头。唯一听得见的，彼此间那一点急速跳动着的心跳可是假的？

宫少宸定定地看着她，却忽然慵懒地轻笑了起来："楚瑜，那是假的，是我设计的。"

宫少司一愣，有些茫然和不解地看向宫少宸，却到底没有说什么，只是摇了摇头，有些讪诮地抿了抿唇。

楚瑜看着他，眼里一点微光慢慢地散了，她微微颔首，唇角浮起一点讥诮冰冷的笑容：“宫少确实让我大开眼界，能忍常人之所不能忍，能谋常人之所不能谋，是能成大事之人。”

她忽觉得自己腰侧微紧，便侧脸不动声色地看了眼琴笙，见他神色淡然，唇角却是上扬的。

她有些好笑，随后看向宫少宸，笑了笑：“只是这一次怕不能如宫少的意了，不管是琴家的，还是唐门的藏海图，都不能交出。”

宫少宸一怔，冷冷地眯起凤眼：“看样子，小女郎已经拿到了藏海图了，既然身为本公子的夫人，是不是当夫唱妇随，将手上的东西拿过来呢？”

琴笙却忽然一边抬手，轻抚着楚瑜的长发，一边凉薄地开口了：“有人精心养了条鱼儿，有那不长眼的畜生竟想这么平白地叼走，那鱼原也不长眼，竟也以为那畜生是什么好东西，如今那畜生真以为他能一口吞了他人的盘中餐，却也不想想他的牙口可吞得下，竟不怕被人扒皮剖腹，畜生就是畜生，没脑子。”

楚瑜闻言，脸色诡异，眼角微抽，看着周围除了当事人，其余人皆是一脸茫然的样子，她只觉得这大仙儿刻薄人的能耐又精进了。

宫少宸脸色阴沉地轻嗤了一声：“琴三爷，有人比畜生尚且不如，徒有一身仙气出尘的外表，也不知道世人知道那慈心琴神原来不过是一个夺人妻子的淫猥之徒，会何等惊讶。”

感觉琴笙在听到“妻子”二字时手腕身上陡然散发来的冷气，楚瑜心中叹了一口气，抬手轻轻握住了琴笙的手，随后看向宫少宸，淡淡地道：“宫少主，你应该明白我们当初到底是为了什么会拜堂，不过是权宜之计罢了，如今你我既已经脱险，便互不相欠。”

“互不相欠？”宫少宸闻言，忽然大笑了起来，“楚瑜，楚瑜……我竟从不知道你是这般天真的人，你的身上还穿着与我拜堂的嫁衣。”宫少宸轻笑了一下，慢慢地退了两步，抬起手轻挥了一挥。

宫少司大大的猫眼里闪过一丝异样，却还是跟着他一起退开来，只是神色复杂地看了眼楚瑜。楚瑜原本就觉得宫少宸表情不对，如今她目光掠过宫少司的面容，更是心中一动，她眸光梭变："不好，大家后退！"

她话音刚落，便听得一声巨大爆炸声响起——砰！

一阵地动山摇，无数碎石落下！热泉喷涌，飞溅一片，惊叫声无数。一片混乱之间，楚瑜隐约地听见有谁在她耳边莫测地笑——"小瑜，我等你后悔那日。"

……

"禀报主上，我们的人伤五人，亡一人，剩余之人无事，唐门众人，亡三人。"金曜抬手蹭了下自己额角的血迹，抱拳沉声道。

宫少宸陡然发难，他们虽然有所准备，但还是难免伤亡。琴笙正抬头看着自己面前一堵坚硬的青砖墙，目光专注。此时听得金曜说话，他微微颔首，略一沉吟，随后看向楚瑜："鱼，你过来。"

楚瑜正帮着一名受伤的武卫包扎，陡然见琴笙唤她，便立刻起身走到他身边："怎么了？"

琴笙比了比面前的墙，指尖点在一处诡异的蔓藤飞鹤图案之上："开启此处，便是直通外面的路，若……"

他话未说完，便听得一边唐鼎天沙哑着声音苦笑了起来："没错，这里是出去的路，但是这里不可能打开的，我之前就说了，这条路不能走，你们非要拖着大伙儿走进这里。"

琴笙被打断了说话，眼里闪过一点冰凉的幽光，轻笑了笑："哦，那当走哪条路？"

唐鼎天叹了一声："这一条路，看似道路坚固，却是死路，如今外面已经被坍塌的乱石堵死，只怕咱们都要死在这里了。"

楚瑜听得有些奇怪，问道："为什么？"

琴笙选的路从未曾出过错，这个唐鼎天都不敢在他面前放肆，甚至不知道为什么他是有些怕琴笙的，但这次他竟敢用这般口气与琴笙说话，难道真是他看出了什么不对劲的地方来？

唐鼎天沉默了一会儿，目光落在那一处精致诡美的蔓藤飞鹤图案上，苦笑："这是唐家堡掌门人的标志，这一条路原本是掌门人为他们进出地宫方便所设，除了唐家堡的掌门人，没有人能打开这门，就算是……就算是有再大的蛮力和拆破机关之才的人也开启不了。”

她有些摸不准这大仙儿在想什么，但又对唐鼎天的话颇为好奇：“为何只有掌门人才能打开？”

“因为唐门掌门体质特殊，要成为下任掌门需得上任掌门赐给信物，改换体质，同时也需要拥有深厚的内力，才能开启地宫，但是老掌门当年诛杀唐墨天的时候……是没有得到信物的。”

唐鼎天的话，得到了剩下那十几个唐家堡弟子们的默认。楚瑜闻言，若有所思地看了琴笙一眼，心中有些明白他为何刚才叫她过来了。

她迟疑了一会儿，还是起了身，看向琴笙，轻声道：“笙儿，我来开吧？”

琴笙看着她淡淡地道：“嗯，善后之事，本尊会处理。”

楚瑜明白，他是顾虑着唐门的人会出去之后找她麻烦，但既然琴笙叫了她过来，想来唐鼎天的话还是可信的——这道石门确实只有唐门掌门的血能开启。

楚瑜看了看那蔓藤飞鹤的花纹，抬手轻触，不禁微微挑眉：“这浮雕锋利，竟似特意用铁器所制？”

琴笙看着她微微颔首，沉吟道：“需以鲜血涂抹花纹，此上可能有某种药物，吸纳血中毒物之后，会触动机关。”

她想了想，直接就抬手覆在那蔓藤飞鹤的花纹上一按。一阵清脆的吱嘎声，那花纹竟然开始移动，以肉眼可见的速度在合拢转曲成另外一个华丽的飞云图案。

琴笙道：“覆掌于其上，用内力前推旋转。”

楚瑜气沉丹田，缓缓地将那石块给按了下去。楚瑜整个人都似笼在一团无形却强悍的巨大气劲之中，除了琴笙站定不动，其他人感觉那巨大的气劲形成的风流割得他们脸上皮肤生疼，不得不退避三舍。

一阵闷响，那一堵沉重巨大的石壁竟然就这么慢慢地开启了，一道宽阔向上的石阶竟然就这么出现在他们的面前。只是那石阶里似很多年没有人来过了，不少地方都结了蜘蛛网。

而此时，所有人都奇异地盯着楚瑜的背影，他们也是听见了唐鼎天说了话的。那个少女明明就只是武功平平，怎么会有这种近乎可怕的已臻化境的内力？一行人心情复杂非常地进了那通道，所有人都不明白为何楚瑜变化那么大。

直到楚瑜看见第一道日光落在自己脸上的时候，竟有些恍惚，那是一种恍如隔世的错觉。而他们这么出现的地方就在金姑姑等人扎营不远处，这么大的动静，自然早早引起了金姑姑、火曜等人的注意，他们原是全身戒备。待他们看清楚开启的地宫入口里走出来的人，皆瞬间大喜过望。

曜司众人齐齐跃出，齐整地单膝下跪："参见主上！"

金大姑姑看着楚瑜和琴笙两人，上下打量一番之后，她眼圈微微一红："三爷！"

虽然经历了无数大风大浪，但担心了那么些日子，又毫无音讯，如今终得见他们平安，金姑姑还是忍不住激动非常，心绪起伏。

随后，她也看见了跟在金曜身后的众人，立刻吩咐："火曜，马上带大家下去疗伤！"

楚瑜闻言，也立刻抓住琴笙的手腕道："姑姑，三爷的手也受伤了，他从进了地宫就粒米未进！"

她早对琴笙的身体状况很是担心，偏他没事儿人一般。金姑姑一惊，立刻看向琴笙的手，眼里闪过心疼，又吓了一跳，有些颤抖地想要去碰琴笙的手，却又不敢去碰："三爷……这是……"

琴笙的手价值连城，她怎么能不知道，如今那白玉一般的手上全是细细的伤口，竟有些皮肉翻卷。

琴笙看着金姑姑，温淡地道："不必担忧，一些小伤罢了。"

楚瑜轻轻地吐了一口气，轻嗅着空气里的清冽的晨露草木的香气，看着朝阳，大眼弯弯地笑了起来："到底活着出来了！"

琴笙却依然很平静，只是如笼着淡淡岚烟的精致眸子在看见她脸上那娇俏明丽如晨曦之光的笑容时，目光深了深。

他抬起手，指尖轻轻地掠过楚瑜的唇，温然道："以后在外面不要这么笑，鱼。"

楚瑜一愣，她这么笑怎么了？很难看，脸上有东西？

琴笙微微眯了琥珀眸，温柔地轻道：“太招人。”

楚瑜心头一颤，瞬间涨红了脸：“嗯。”

楚瑜才一转身，竟看见唐鼎天和唐家一群人，站在不远处。才打算绕开他们，却见唐鼎天扑通一声单膝着地，竟是给她跪了下来！

“参见掌门。”唐鼎天艰难地开了口。他身后其他唐门众人虽然没有跪下，却也紧紧地盯着楚瑜。

楚瑜一愣，上下打量了一回唐鼎天：“唐护法，你知道你在说什么吗？”

唐鼎天抬头看着她，带着伤的端方面孔上掠过复杂的情绪，但他还是叹了一声：“您应该是见过我们第七十九代……掌门唐墨天了，他已经将掌门之位传给了您不是么，您是他的关门弟子？”

楚瑜看着他，察觉到周围的曜司众人投来异样的目光，她却忽然笑了笑：“我没有见过任何人，更不是任何人的弟子，唐护法，这个掌门您另选高明，我一个外人怎么敢当。”

说罢，她便径自转身越过了唐鼎天等人翩然而去。唐门众人还没有来得及拦住她，楚瑜仿佛一阵清风掠过他们身边，竟已远去。

“等一下！”唐鼎天起身，想要追过去，却被唐蒙狼狈地抬手拦下：“左护法，没有用的。”

那少女，不是他们能控制得了的。那个神秘的白衣尊上，更不是他们能惹得起的。若是唐家堡还在鼎盛期间，或可一搏，但是如今他们就剩下这么点儿人了。

唐鼎天神色复杂地看着她远去的背景，却苦笑起来：“我何尝不知道呢，但我们还能有什么办法，难道真要看着我唐门几百年武林基业就此毁于一旦，所有的绝学都失传？”

“但是……她毕竟是外人，而且，分明对我唐家之学皮毛都不通。”唐蒙的未婚妻唐茹忍不住低声道。

唐鼎天冷冷地看了她一眼：“那你觉得谁最合适做掌门？”

唐茹一愣，有些不解：“师叔你不是一个很好的人选吗？”

唐鼎天露出一个苦涩的笑意：“若唐门都是这般鼠目寸光之辈，也许我唐家堡真是再无希望了，唐墨天当初屠戮满门精英，打的大约也是这个主意吧，他倒也不愧是我唐家堡不世之才。”

说着，他也不去管唐茹脸色瞬间因为他的话变得苍白而铁青，便颓然地慢慢地转身向一边挪动着身子。他们想东山再起，就必须依靠楚瑜。不管如何，他们都必须想法子留下楚瑜。

楚瑜回到霍二娘和霍三娘的帐篷里换衣衫，简单地擦拭了一下自己的身体。还没把外袍子套上，就听见门帘子被人唰的一声掀开，霍二娘的大嗓门就响了起来：“哎哟，我从外头巡山回来，就听说小姐你出来了，老开心了！”

“二娘，三娘！”楚瑜立刻兴奋地扑了过去。

三人抱做一团闹在一起，就差又哭又笑了，把外头守着帐子的曜司武卫都惊得不动声色地退远点儿。

流水瀑布间，坐了不少黑衣人在相互清理伤口，安营扎寨。

“哥哥，你为什么骗小姐姐？”宫少司看着坐在瀑布大石边慵懒撩着水的贵公子。

宫少宸指尖泡在冰冷的水里，淡漠而轻忽地道：“一个问题的答案真假，本身并不重要，重要的是答案的真假对事情的结局有没有影响。”

真又怎样，假又如何。她的心中……可在意？宫少宸闭着眼，唇角弯起一点儿讥诮而冰凉的笑容，却难掩一点儿黯然。

宫少宸翻了身躺了下来，凤眼懒懒地看着天空的流云，水汽扑面而来，他忽想起那些在河岸边的日子，轻嗅闻一口清冷的空气，慢慢闭上眼，仿佛有谁熟悉馨香还缭绕在鼻间。

且说这头楚瑜简单地收拾完毕，心里记挂着琴笙那边的情形，便打算去寻他。待她到了琴笙的帐篷里，正见着金大姑姑示意红袖领着其他人将药物、水盆子都收拾了。琴笙手上已经细细地包裹上了柔软的丝布，正坐在那里让火曜伺候着喝些汤药。

见她站在门口，琴笙便微微一笑：“过来得倒是时候，金大姑姑正打算去唤你，一会儿用膳。”

楚瑜走了进来，在他身边坐下，细细看了看他的手，又看向金大姑姑：“姑姑，他的手可有大碍？”

金大姑姑细长的眸子里闪过一丝无奈："问题倒是不算大，只是这些年来，主上他的手哪里伤成这样过……"

琴笙倒是风轻云淡的模样，淡淡地一笑："有什么要紧呢，不过几日就好，咱们此行不虚，本尊该拿到的都拿到了，总要付出点儿代价。"

说着，他幽幽如雾的目光便落在了楚瑜身上。楚瑜听着便有些不自在地脸上发烫，总觉得他话外有话。

金姑姑一愣："主上，你……你们这是？"

琴笙抬起妙目看向金姑姑，淡淡地道："大姑姑，回云州之后，婚事就拜托于你了。"

此言一出，所有人都呆愣住了。金大姑姑这般沉稳的人，都忍不住失声道："主上，你怎么……小鱼是你的……"

琴笙挑眉："怎么，我要了小姑姑，不可以吗？"

他说这话的时候，声音虽然温淡幽凉，却难矜傲而霸道。一时间无人敢多言，只被这消息炸得头脑空白，面面相觑。

金大姑姑一时间也是无言，看了看楚瑜，见少女羞窘的样子，她眼里却闪过一丝无奈和一点儿担忧。她不是没有察觉三爷对小鱼那种特殊的关注已经渐渐变了质，从单纯完全依赖，到后来霸道的占有欲。

连他在小鱼转身时看着她的目光，也带着令人心惊的炽与冷，虽然小鱼这孩子一直是蒙在鼓里，后来似乎有些察觉，也是一副有些无措的样子，想法子避开。老金一直试图让小鱼伺候主上，她却不这么想。主上的秘密太多，太沉，若是他清醒时，都一贯冷淡风月之事，原就是拿了一生不娶的主意。

虽然他现在并不记得了，但她原本还想过要帮着小鱼永远不挑破这层纸的。但她目光落在琴笙的身上时，见他眉宇间一片爽惬淡然，看着楚瑜妙目里含着幽幽笑意，竟是多年不曾见过的，她忽然心情有些复杂，便又心中暗自道——有什么关系呢？只要主上开怀就好。

随后金大姑姑还是笑着道："这是大喜之事，琴家和曜司多年没有喜事了，这可是大喜之事呢。"

说罢，她抬手握住楚瑜的柔荑，含笑道："小鱼，你且放心，大姑姑回去就为你布置，定要用八抬大轿将你从天工绣坊，风风光光地接回来。”

楚瑜一愣，有点窘，摸了摸自己的小鼻子：“嗯……”

“十六人抬的大轿，并十里红妆。”琴笙却就着火曜的手品了一口茶，淡淡地补充。

金大姑姑和红袖并着帐篷里的火曜等人忍不住愣了愣，随后红袖忍不住笑了起来：“主上真是疼小姐呢。”

琴笙瞥了浑身不自在的楚瑜一眼，笑得清雅温润：“她受得起本尊的十里红妆，我很满意……”

楚瑜看着他慢条斯理地用指尖暗示性地划过他另外一个手腕上包扎好的伤口，瞬间又红了脸。

楚瑜从帐篷里出来还没回到霍二娘她们的帐篷里，就半途上被人拦住了。

“楚大人。”楚瑜一回头，便看见唐鼎天正站在一处残柱边。

她微微蹙眉，根本不打算理会便要离开，却不想，才走两步，便看见唐蒙领着唐茹一群人不知什么时候站在自己路的前面了。

唐鼎天走了过来，沉声道：“我希望您能认真考虑一下我们的提议。”

楚瑜干脆地转身就走：“不考虑。”

如今的唐门与她有什么关系，牵扯上便是麻烦。却不想唐鼎天忽然又一次扑通一声跪了下来，这一次是双膝着地，咬着牙道：“楚大人，我唐门虽然唐家堡总部被毁，但各地仍有分舵，若您愿意继承掌门之位，为我唐家堡洗冤平反，从此我唐家上下唯您之命是从。”

“我不需要。”楚瑜挑眉，不打算再理会他。

但唐鼎天再次微微拔高了声音：“虽然我们是希望靠着您的元血之脉东山再起，但是医毒同源，我唐家堡虽然元气大伤，但医毒之道总是有些用处的，包括机关机巧制造，武林中人依然难以媲及，听闻您极喜工技一道？”

楚瑜脚步一顿，慢慢地转过身来，眼中闪过一丝莫测的光：“左护法好本事，倒是有心了。”

“请您思量，若是您真觉得我唐门一无是处，我们也不会强求。”唐鼎天咬着牙道。

“若是我要做你们的掌门，也不可能常年在蜀地，我的家在云州。”

唐鼎天听得楚瑜的口气里似有了点儿缓和的余地，苍老的眼底瞬间一亮，立刻道：“没有关系，这边的事务打理，我等一应负责，只是会派人伺候在您身边，若有需要您只管吩咐就是了！”

唐蒙等人听着楚瑜口气似有些松动，也都大喜过望，都有些紧张地看着楚瑜。

却见楚瑜慢慢地弯腰下去，睨着唐鼎天，微笑：“哦，这样么，那我也很好奇，我若是真应承了你，我这个外姓掌门要承担什么义务呢？”

唐鼎天看着那逼近自己的清亮大眼，忽然有些紧张，看起来不过豆蔻年华，却不知为何他总觉得自己的心思在对方这双眼睛下，不能隐藏分毫。

他咽了咽口水，有些困难地试探着道：“我们每月可能会需要您一点血，以为炼药，若是可能，以后您能否待我们将地宫清理得差不多了，回来一趟，助我等重开地宫呢？”他又怕楚瑜听着心中有了别的想法，紧张地补充了一句：“历任掌门都是如此的，您若是不愿，我们可以一年只取一次，这里的事情也绝不会劳烦您。”

就在所有唐家人紧张无比的时候，楚瑜却忽然直起了身子，淡淡地道：“好，成交。”

她虽然对唐门的毒不感兴趣，但是她却明白唐家的医毒之道，也是名扬武林的。而琴笙，他的身子每年到了春日潮湿时便会不太好。以前老金还专门入唐门求药。若她已经是唐门的掌门，是不是有希望能为他寻来合适的药物治疗旧疾？

楚瑜竟然答应得这般爽快，瞬间让唐家幸存者们都愣住了，随后都大喜过望，齐齐激动地单膝跪下，恭敬地抱拳：“参见掌门！”

楚瑜站着受了他们一拜之后，抬手扶起唐鼎天，淡淡地道：“那么日后这里就交托左护法了，只是我还是循着旧例，在你们唐家堡之人面前，改一字姓唐，在你们面前只做——唐瑜，总不能让其他武林人笑话了咱们去。”

唐鼎天等人闻言，更是又惊又喜，“多谢掌门人！”

楚瑜送走了激动的唐家人，这才松了一口气，眼神有些复杂悠远地目送他们离开。

……

楚瑜一行人在唐镇稍作休整，过了两三日，便齐齐地上了船，起程回云州。

这一头，云州城里也接了消息。南秦月从冷洋怀里坐了起来，看着手上的信笺，冷冷地笑了：“这楚瑜还真是命大，看这样子竟是要嫁给琴三爷了，琴家绣坊已经开始采买婚礼之物了？”

冷洋也跟着坐了起来，大手搁在南秦月有些过分消瘦的光裸肩膀上，懒懒地揉着圈，声音还带着点沙哑：“大人有何打算？”

南秦月收好了信，沉思了片刻，细眼里闪过一丝精光：“咱们回京，云州已经不能待了。”

“难道他们回来了之后，还能对您做什么，您可是朝廷的女史大人，那琴家再能耐也不过是一介商贾！”冷洋有些不解。

南秦月却笑了，抬手将信随手扔进铜制镏金兽头香炉里：“冷洋，你可别忘了，我那妹妹还是朝廷的县主，她就这么不明不白地死了，到现在为止，谁又能有什么办法替她讨回公道，即使琴三爷不在云州，咱们可又能动琴家半分？”

冷洋沉默了，他们在云州根本调动不了一兵一卒，甚至云州府周边的人，都不愿意掺和这一档事。即使南秦月手上有太后的懿旨，除了赚取一些廉价的恭敬之外，没有任何作用。他们甚至连琴家绣坊都踏入不了一步，更见不到廉亲王。

冷洋不禁蹙眉：“琴家这般嚣张放肆，朝廷难道没有人弹劾他们吗？”

这般行径，也曾在一些封疆大吏身上出现过，但是时日长久之后，这些封疆大吏总会被忌惮，最后甚至被朝廷削权夺爵，不得好下场。

南秦月轻嗤了一声：“你怎么知道朝廷上下无人弹劾他们？”

她慢条斯理的地靠在冷洋的怀里，手指在他结实的胸膛上轻画，眼神有些诡迷："你根本不知道琴家，或者说琴三爷对朝廷来说是一个什么样的存在，甚至我也不明白，只是咱们这次算是太岁头上动土，若是不能将之在地宫里一击毙命，咱们就等于惹了大麻烦，所以只能先走为上。"

冷洋垂下眸子看向南秦月那略显干瘦的脸："我一直以为大人是一个极为骄傲的人，何况琴三爷并不知道咱们有参与这件事。"

南秦月轻哼一声，眼底闪过一丝冷光，她笑得有点诡冷："谨慎总是有好处的，何况我是一个识时务的人，我若折在这里，得意的只有那个姓陆的贱人，我和她斗了那么多年，可不想看着她得意。"

冷洋看着南秦月眼底憎恶的目光，抬手就抱住她的纤腰，笑哄道："大人何必不开心，属下一会儿就安排回去的事宜，必定不会让人知道咱们离开的消息。"

只是南秦月算盘虽然打得挺好的，但是她却忘了她盯着琴家，却也有人在盯着她。常圣黛是一个，她虽然不太明白南秦月为什么忽然要离开，但还是将消息递到琴家绣坊。于是在琴家船队抵达云州前的几天晚上，一支上京城的商队在半途遇了劫匪的袭击。藏在商队里的南秦月中了两刀，身负重伤昏死过去，虽然靠着身边的侍卫拼死保护，到底活下来了，但一只脚几乎整个被那一刀给砍下来，只连着一层皮肉，几乎算是废了。

县衙派出人去缉捕，也效果不佳，只好将消息上报了朝廷。宫里倒是有消息，表示上怒，督促人去捉拿贼子，却同样并没有什么结果。

这个消息传到常圣黛这里，她不禁一愣，心情有些复杂。她和南秦月的关系虽然已经不再如儿时那般亲近，彼此各走了彼此的阳关道和独木桥，但是这个消息还是让她怔然了许久。

身边的女卫低声道："将军，这件事可是琴家的人做的？"

常圣黛沉默了一会儿，淡淡地道："也许是个意外，谁能知道呢，到底没有证据。"

如果是琴家做的，那么琴家为何要在南秦月离开之后才动手？又为了什么下这么狠辣的手？

她看着窗外一轮明月，轻叹了一声："南秦月，从幼年起她便自诩身为天上皎月，必有光照四方，再无人可以忽略她的志向，却不想今日会落到这等地步。”

宫里虽然没有说要废了她的官职，甚至大加抚恤，但是她伤成那样，只怕日后仕途艰难。

“狠么，这也未免太轻了。”金曜冷冷地勾起唇角，看着手里鹰隼送来的消息。

他将手里的消息递给了金大姑姑：“她倒是挺聪明的，还知道要在咱们回来之前逃了。”

“不逃，她大概就不会只断一足了。”金大姑姑看了眼手里的信笺，细长的眼里闪过一丝冰冷的精光：“老金这人手段也颇粗莽了，断了她一足，不过是给她身后之人一点教训罢了，南秦月不过是那些人一颗重要的棋子。”

“南国舅那边倒是没有太多的消息，只是还在追问南芝菁的消息。”火曜也将手里的信笺递给了金大姑姑。

金大姑姑也接了过来，看了眼上面的字迹，神色却有些耐人寻味：“这人，倒是多年如一日地偏爱王妃所出之女，就是不知道他的偏爱是不是已经蒙蔽了眼，违背当年的誓言，插手藏海图之事。”

金大姑姑这话有些喃喃自语的味道，金曜和火曜都沉默着，有些事他们插不上嘴。

“让你们查宫少宸的消息可有什么结果了？”金大姑姑淡淡地道。

火曜迟疑了一下，脸上浮现出一点惭愧的神色来：“属下失职，到目前为止，只是查到确实有人看见不少黑衣人出现在唐家堡隔壁的山谷，但是最后还是失去了踪迹。”

“宫家那边呢？”金大姑姑蹙眉。

火曜道：“老样子，并无异样，宫老那一辈看起来没任何问题，但是他们牵扯进藏海图的事情也是最近这二三十年，宫少宸的身后应该是有人的。”

金大姑姑看着幽幽的江水叹了一声：“其实当时主上一直在追查黑海老魔，除了查到藏海图，也已经从他身上查到宫家牵扯其中，本想着趁着琴园大火将黑海老魔那些人处理掉之后，再召集金字辈的诸位整合消息，大家伙儿都已经齐聚乾坤院，谁承想……”

竟出了那样的意外，差点儿连主上都折在那琴园里。金曜和火曜眼里都闪过一丝阴郁和愧疚。这也是为什么他们当初一开始总针对楚瑜的原因。

金大姑姑淡淡地看了他们一眼：“以后小鱼就是咱们的主母，你们应该明白这是什么意思。”

火曜微微颔首，抱拳：“属下明白，效忠主上，自然也会护着主母。”

金曜桃花眼微闪，却还是沉声道：“属下明白。”

船上的日子便这么还算平静地过了。不多时，便到了云州。一行人皆上了岸，回了琴家绣坊。楚瑜人一到了地方，便立刻派人将唐门引魂剧毒的解药送到了廉亲王的房间里。

连着几日在老金悉心伺候下，廉亲王用了药以后，便渐渐地苏醒了过来。这一次唐鼎天将唐蒙、唐茹等一行人全都打发了过来。在唐门众人和老金努力之下，廉亲王恢复得也算是颇快了，只是依旧虚弱，但已经能被人推出去晒晒太阳了。

“殿下的情况，如今虽然已经大好了，但是引魂太霸道，只怕日后有损寿元。”老金看着在花园里吹着夏日微风，晒着太阳的廉亲王叹了一口气。

楚瑜闻言，心中不免有些心酸：“就没有办法了吗？”

廉亲王确实是个老好人，他醒来之后，稍微恢复了点，听说了唐家堡被陷害之事，便立刻强挺着不适，亲笔修书两封上奏朝廷和宫里，为唐家堡众人呈情平反。

这个人，哪里像一个从尔虞我诈的宫里出来的呢？他更像一个风雅诗人，甚至一个狂生。

老金摇了摇头，笑容有些复杂：“调理也只是个调理罢了，到底最后如何，还要看他自己的造化了。”

楚瑜忽然想到琴笙，她转脸看向老金，神色有些凝滞：“三爷他……”

他也受过很重的伤吧？

老金看着她道：“我们便是拼却了自己的性命，也不会让三爷出事。”

他顿了顿，轻叹了一声：“何况三爷与旁人总是不同的，他的心性之坚韧，非常人所及。”

楚瑜闻言，心中才稍微放松了一点，径自向花园而去，但见廉亲王正坐在八仙椅上眯着眼睛不知在看着什么，神色倒是惬意，只是原本丰神俊朗的容颜此刻看起来苍老了不少。

“殿下？”

“是小鱼呀。”廉亲王见到楚瑜，唇角弯起亲切温和的笑容，像是看见自己的小女儿一般。

楚瑜走到他身边坐下：“殿下今日可觉得好些了？”

“好些了，这些日子才是辛苦你一路冒险为本王寻药了，也不知道要如何才能谢你。”廉亲王有些感慨地看着楚瑜道。

随后，他的目光掠向不远处那正在布置红灯笼的仆人：“府上这是有什么喜事么，似乎四处张灯结彩的，可是有人要成亲？”

楚瑜有些不好意思地道：“那……是我要与琴笙成亲了。”

啪——廉亲王手上的茶盏瞬间落在地上碎裂成数片，他不敢置信地看着楚瑜，眼里有点愤怒：“小丫头，是他们强迫你的？”

“殿下何出此言？”楚瑜失笑，同时有些不明所以地看着廉亲王。

廉亲王消瘦的脸在阳光下，显得有些苍白，他看着坐在自己身边的少女，淡金色的阳光落在她娇嫩的脸颊上，花样年华的少女看起来鲜活而明媚，一双明媚的大眼里波光柔软。

楚瑜还记得自己准备偷偷离开云州的时候，廉亲王也曾经言辞间隐约似希望她离琴笙远一点。当时她并没有往心里去，但是今日亲王殿下这般激烈的表现实在是让她不得不多想。

廉亲王神色有些复杂，看着楚瑜那双清凌凌望着他的大眼，他迟疑了片刻，目光无意地扫过自己身后伺候的人，便也只苦笑一声：“本王只是觉得琴三爷如今身处这般非官非民的位置，迟早会惹来忌惮，何况他心性清冷，心思又深沉，非长情之人，亦非良配……咳咳……”

说着他又开始低声咳嗽了起来。身边伺候的人立刻将水端了过来：“殿下，您该服药了。”

楚瑜看着他咳得难过，又看了眼站在廉亲王身后伺候的婢女，她轻叹了一声："殿下，您要保重身子，我还打算请您为我和三爷证婚呢。"

老胡一家，她已经接回了云州，但是却不能出现在人前，毕竟她的身份还是琴三爷母亲娘家的小姨。琴笙要娶她这个小姨就已经够惊世骇俗的了。虽然人人畏惧，并不敢当面多言，她却也明白这外头少不了流言蜚语。所以，能请到身份贵重的廉亲王证婚，是能让很多人闭嘴的好方法。

"证婚，你真的要……嫁给琴三爷？"廉亲王强忍着胸口咳出来的闷痛抬起头看向楚瑜。

楚瑜点点头，微微红了脸："嗯，我与他是两情相悦，并无人强迫。"

谁能强迫谁呢？她的笙儿，是江南十景里唯一的人景，也不知是多少女子春闺梦里人。说与外人知道，只怕也以为被强迫的是琴笙吧？

廉亲王看着楚瑜俏丽可人面容上那一点绯红，他是过来人，心中也有些了然，看着面前少女的模样，有些欲言又止，到底还是叹了一声，低道："丫头……你心里高兴就好，你孤身一人飘零世间，只怕若是那头他欺负了你，他是势大的，也没有个娘家人与你撑腰，到底……还是门当户对的，倒好些。"

听着廉亲王这话，虽看起来似在觉得她与琴笙并不门当户对，但实际上竟暗藏着父辈们切心担忧的味道。这些年，她不管什么时候面对什么样的困难，哪怕是生死关头，她都努力地笑着去面对。毕竟生一日，哭一日是过了，笑一日也是过了。做人太难，何必让自己心里难受，脸上也难受呢？所有的竭尽全力，所有的劳心劳力，所有的投机取巧，不过都是为了一个最简单的词——"活着"。

哪怕活着的姿态并不那么的好看，哪怕那么的难，她到底活了下来不是吗？她尽力保持着本心不变，也不愿与他人诉说。

现在陡然听到廉亲王的这些如父亲一般贴心贴肺的絮叨，楚瑜心里陡然又暖又软，竟莫名地忍不住想哭，她红了眼圈，主动牵住了廉亲王的衣袖，笑眯眯地道："殿下不必为小女担忧，琴笙对我很好，金大姑姑他们也对我很好，怎么会欺负我。"

廉亲王看着面前的少女眼里强忍着泪水的样子，心里不忍，越发地觉得像看见自己小女儿受了委屈一般，便低声继续絮叨：“你这丫头心善，并不知道嫁人妇与在家里做姑娘到底是不同的，三爷上头虽无婆母要伺候，但琴家家大业大，这里当家做主的是金大姑姑，她这人我是知道的，只怕日后你要掌家很难……”

他顿了顿，又无奈地叹了一口气：“不过琴家这摊子深水无底，你不掌家只怕才是好的，丫头，你心里要有点数，若是受了欺负……”

他想了想，看着楚瑜的小脸，消瘦苍白的脸上浮现出一点儿苦笑的样子：“你且与本王说说，本王虽然在他们眼里也是个无足轻重的，但总归能说上一点二话，如能帮到你这小丫头，一定帮着你啊，丫头。”

楚瑜到底忍不住掉了泪，抬手擦了擦眼泪，笑着道：“劳殿下操心了，您真的……好好养病就是了，我先回去了，不打扰您休养了。”

廉亲王看着她，深深叹了一口气，笑了笑：“嗯。”

楚瑜站了起来，揖了一揖，转身便离开了。看着楚瑜的背影远去，渐渐没入花丛里，廉亲王的眼神有些迷蒙，低声轻喃：“真是……像啊。”

“不知殿下觉得我家姨小姐像谁。”一道沉稳，意味深长的中年女音忽然在廉亲王身后响起。

廉亲王一愣，转过脸看向来人，一道幽雅稳重的身影不知站在附近的花丛里多久了。伺候廉亲王的婢女，对着来人福了福，甚至没有等廉亲王吩咐，便默然离开。廉亲王看着她，神色一阵青一阵白，随后淡淡地道：“金大姑姑，非礼勿视，非礼勿听。”

“殿下说笑了，我只是担心我家姨小姐罢了，何况您也该明白，什么叫君子勿立于危墙之下，君子勿言是非。”金大姑姑微笑着，款步出来，在他身边坐下。她似乎完全没有察觉自己的话语里，对亲王透露出了威胁之意。

廉亲王消瘦的面容微冷，眼里闪过矜傲不豫之色，似想到方才离开的少女，到底还是忍着没有发作，最后只苦笑道：“你不必这么跟我说话，我并没有对小丫头说什么，只是觉得她看着有点像灵娘罢了。”

金大姑姑倒是有些意外，随后想了想，细长的眸子里闪过一丝异色：“您不说，草民倒是没有注意，小鱼和先王妃是有那么几分神似。”

她顿了顿，又不以为意地道：“但先王妃以贞静娴雅闻名，乃是第一淑女，世上这神似之人千千万万，不是吗？”

廉亲王沉默了一会儿，随后淡淡地道：“嗯。”

金大姑姑留意到他神色有些异样，便又挑了挑眉：“殿下，不是草民擅言，只是别人家的事情，终归是别人的家事，您一个外人就算知道了些什么，到底不过是外人罢了，别忘了当年亏欠的债，旧债未清，又要添新债么。”

廉亲王听得脸色有些发沉，他看着金大姑姑，苦笑一声：“本王知道的，是我们皇家亏欠了琴笙……不，亏欠了琴三爷的，这一生也许都偿不清了，但是……”

他顿了顿，到底忍不住道：“小鱼并不亏欠你们的，难道不是你们亏欠她么，别的不说，琴三爷他为何此生不打算娶亲的原因，你们都不打算告诉她吗？”

“这与你有什么关系，我只要三爷高兴就好。”金大姑姑到底冷了脸，起身，垂眸冷冷地看着廉亲王：“秋御庭，我们这些年对你客气，不过是因为当初你也算谨守了本心，但你不要太过分了，否则明日就请你离开云州回上京去。”

说罢，她径自拂袖而去。只留下廉亲王一人怔然独自地坐在原地，看着金大姑姑离开的背影，忽然整个人都有些颓丧地扶着眼，低低地笑了起来，笑声有些莫名地凄然：“灵娘，灵娘，若是我当年陪你去了就好了，到底不用煎熬这些年，反正我从来都是个没用的。”

日头一晃，便已经是夜幕沉沉。

霍二娘和霍三娘此刻却正立在一处奢靡的天地里，神色一片阴沉。幽冥人间，无所不卖。从天顶上吊下来的红色长帘上八个大字被风吹得悠悠晃晃，颇有点鬼气森森的味道。偌大的房间内不见天日，光线幽幽迷迷，分做上下两层，像个食肆又似青楼软红地，借着蒙昧的光线可见每个角落有模糊不清的人影坐着。

百金一寸鲛珠纱，西洋水晶琉璃灯，夜明珠镶嵌青玉屏风，暹罗孔雀羽扇壁饰随处可见，白虎皮铺地，桌椅台凳皆为彩贝嵌顶级红木所制。

霍二娘却目光死死地盯着那鲛珠纱后的慵懒人影。那人一身华丽的黑色织锦长袍，上面绽放着大朵的牡丹，却只显得他华贵而风流，神秘优雅，却并不显得丝毫的女气。

“霍二娘、霍三娘，别忘了你们依托的人是谁，才得以平安到如今。”旁边的中年掌柜冷笑一声。

“没错，我们是靠着幽冥酒坊卖出去，才有了今日平安，但到底是银货两讫，我们托的是如今主顾的福，也不曾违反幽冥酒坊的条约，你们凭什么要我们做下叛主之事？”霍三娘也冷笑一声，慢慢地摩挲着自己手上的大剪刀。

“没有人让你们叛主。”纱帘后被唤作少东家的男人的声音很好听，那是一种华丽的带着金属质感的声音，幽幽渺渺似从很深的地方传来。

他慢慢地用手上的精致细长的烟枪挑开了自己面前的轻纱，一双丹凤妙目似笑非笑地看向她们两人：“听闻我可爱的小客人后日就要大婚了，我只是想给她当面送上贺礼罢了，比如，明日就是个很好的见面时机，你们说是不是？”

看着男人那张俊美风流的面容，霍二娘和霍三娘两人脸色瞬间大变，同时一言不发地举刀就向他劈了过去。但是下一刻，她们手里的武器却齐齐砰的一声脱了手。霍家姐妹握住发疼的颤抖的手腕，恨恨地瞪着宫少宸：“你用了什么手段！”

“进了幽冥酒坊，你们以为你们还是恣意放肆的天山魔女？”那掌柜冷笑一声。

“也不看看这里是什么地方就敢对少东家无礼，任你是武功盖世，也休想放肆，若是没有能制住你们这些人的手段，幽冥酒坊也不用做买卖了。”

霍二娘冷冷地看着他：“哦，是吗，若是琴三爷呢，你们能制住他？”

中年掌柜噎了噎，随后嗤笑：“你怎么知道不行？”

霍三娘却有些不耐烦地摆了摆手，轻蔑地道：“想要知道行不行，只要告诉三爷，让他来一趟就是了。”

“那也得你们能先出得了这酒坊。”中年掌柜气结，冷笑道。

霍三娘和霍二娘脸色微微一变，是的，她们也得能出得了这个酒坊才能通风报信。

男人却悠悠地笑了笑："我要求并不高，只是想明日进天工绣坊送一份礼物罢了，很难吗？"

霍二娘冷笑一声："你休想再碰她一根汗毛，也休想见到她。"

男人看着她，凤眼微微弯，他轻轻地吐出细长烟枪里的烟雾，微笑："我相信你们会改主意的。"

天色将明，楚瑜早早地起了身，封逸早早地派了人来这里伺候她梳洗，唐瑟瑟也已经起来了将早餐布置好。

这唤作瑟瑟的十三四岁小小少女，乃是唐门里少年一辈的佼佼者，唐门惨案发生时，她被父母送去外地探亲，逃过一劫，如今被唐鼎天着人送来跟在楚瑜身边伺候，也是方便联系。

天工绣坊里已经一片热闹非常，明日吉时一到，便会有人来接新娘，所以如今整个绣坊都忙碌非常。

封逸指挥着人布置着将喜字全都贴好，一边的吴老儿牵着小孙子笑眯眯地摸着自己的下巴看着。楚瑜今日的任务则是最后再试嫁衣和上妆容。她实在不喜欢把自己画成个猴子屁股或者纸人的模样，便强行要求那妆娘替自己描了个轻薄灵动又不失喜庆的妆容。看着自己一身绣凤穿牡丹的嫁衣，再看看镜子里的模样，心情也莫名地有了点紧张和不安，又有些雀跃。

"我家妹子可真好看。"老胡看着楚瑜这般模样，笑得见牙不见眼。

一边的胡大娘和胡家媳妇，也拉着楚瑜一副喜极而泣的感慨样子。谁能想到呢？一别年余，自家的小妹竟有这般境遇，竟是要嫁人了。

楚瑜摸了摸鼻子，有些羞涩地笑了笑，看了看日头："中午了，干娘、大哥、嫂子你们先跟着瑟瑟去用膳吧。"

唐瑟瑟便领着老胡一家人去了偏厢去用膳，他们是不能露于人眼前的。楚瑜便转身回了房，准备换下自己的一身嫁衣。

却不想她才回了房间关上门，就瞬间僵住了。她慢慢转身看着房间里不知何时坐着的熟悉又陌生的身影，眸光微沉，随后她的目光又掠过一边沉默站着的霍三娘。

"霍三娘，你是不是该给我一个解释，这个人为什么会出现在这里？”

霍三娘脸色瞬间一僵，随后咬着唇，脸色苍白地沉默着，却没有说话。

“你不必怪她，是我让她带我过来的。”坐在房内一身华衣的男子微微一笑，摇晃着手里的描金折扇，挑了眼角去看身边的霍三娘：“你先出去吧。”

霍三娘却没有动，只冷冷地看着他：“你还有什么资格命令我，你的要求，我已经做到了，幽冥酒坊的少东家，我们两不相欠。”

楚瑜一愣，微微睁圆了眼看向宫少宸，却见他丝毫不因为自己的身份被霍三娘叫破有任何窘迫的样子，他只唇角笑意渐深：“哦，那么三娘你是打算在这里看着我和小女郎叙旧？”

“三娘，你出去。”楚瑜却闭了闭眼，冷冷地打断了她的话。

霍三娘看着楚瑜，却见她并不看自己，只是定定地盯着宫少宸，脸上看不出什么神色。沉默了一会儿，最终还是垂下头，沉重地转身越过楚瑜身边离开。

房间的大门再次关上，偌大的房间里只剩下宫少宸和楚瑜两人。空气里一时间安静得仿佛能听见彼此的呼吸，甚至空气里尘埃飘浮的声音。

“小瑜。”宫少宸看着楚瑜一身华丽的红衣，忽然轻笑了起来：“这一身苏绣的绣衣倒是够花心思，一百余种绣法，外罩鲛珠纱为绣底，缀进了金银线做天空银月纹，裙摆并以上千细鲛珠，确实比你我成婚的那日仓促的要贵重许多。”

他顿了顿，却复又有些讥诮地道：“但这绣法并不像是琴三爷的手笔。”

楚瑜淡漠地看着他：“你知道我算是外行人，至今分不出到底有多少种绣法，只要是三爷送我的衣衫，我便喜欢，是不是他绣的，我知他心意在这里。”

“他的心意……”宫少宸慢慢地站了起来，看着她，笑容有些冰凉：“那我的心意呢，楚瑜，你将我的心意放在哪里？”

楚瑜一顿，看着宫少宸，却忽然笑了：“宫少宸，你这样有意思吗，你这样的人，不肯放手一件事，到底不过是不甘心和意难平。”

宫少宸唇角的笑，渐渐淡淡了：“是，我是不甘心，我哪里又曾输给那个男人？”

楚瑜索性走到桌边坐下来，给自己倒了一杯茶：“不，你没有输给他。”

宫少宸闻言，凤眸里瞬间闪过一丝火焰：“小瑜……”

但是楚瑜的下一句话，却再次让他眼里的火焰瞬间湮灭。

“你输给那个人是我，我钟情的人是他，不是你，而已。”楚瑜抬起眼看向他，轻描淡写地道。

宫少身形微僵，随后垂下眸子，看向坐在桌边的少女，见她虽然不着脂粉，但那一身华丽红衣映衬下，却显得乌瞳红唇，眉目妩美。在提到琴笙时，她眼里毫不遮掩的柔光，几乎刺痛了他的眼。

“小瑜……”他看着她许久，垂下的凤眸里有些疲倦：“你是不是一定要嫁给他？”

楚瑜明眸定定地看着他，一字一顿地道：“是，我要嫁给他了，宫少宸，请你从此不要再为难于我。”

宫少宸看着她，眸光明明灭灭，他忽然抬起手，修长苍白的指尖轻轻地搁在楚瑜的发鬓边。楚瑜只微微一僵，却并没有动，只是淡漠地看着他。

“我让你很为难，是吗？”他的指尖轻轻地顺着她柔顺的长发慢慢地下滑到她的脸颊上，轻抚过她的眼角，轻而缥缈地笑了起来，“我也很为难啊，看着和我拜过堂的女子，转身嫁做他人妇，我还记得她漂亮的大眼睛里也曾为我流过泪的。”

楚瑜微微侧开脸，眼观鼻，鼻观心，只轻声淡道：“宫少主，若是你还记得我们曾有十日共患难的情分，就请离开吧。”

宫少宸看着她，笑了笑：“小女郎，你还真是无情呢，不过不用你说，我会走的，今日来原就是要给你道一声贺。”

说罢，他忽然一转身，后窗随着他的动作打开。夏日的凉风灌入，吹起他如墨长发和华丽的长袍。他轻笑一声，声音冰凉：“祝你新婚不快，楚瑜。”

说罢，他一旋身，便瞬间消失在房间里。

楚瑜闻言，有些无言以对地看着那空荡荡的窗前，轻摇了摇头："到底是宫家少主的作风。"

她转脸看向空荡荡的窗外，举目湛蓝，天高云淡。那蜀中遥远的霾雨绵绵，永远散发着潮气的日子，似从来不曾存在过。

楚瑜换了衣衫，出门的时候，便看见霍三娘正沉默地以一种护卫的姿态站在门边。见了她出来，霍三娘便扑通一声跪了下来，低声道："小姐，我已经叛主，按照西域的规矩，必要断一臂，您选罢了，三娘绝无怨言。"

说着，她一抬手，手里的锋利大剪刀瞬间叉开，架在了手臂上。

楚瑜看了她一眼，眉心微微颦，却问："二娘呢？"

霍三娘沉默着道："她被扣在了幽冥酒坊。"

楚瑜叹了一口气："因为生死蛊？"

霍三娘抬手，摊开手心，她手心里是一只朱红色的虫子，分明已经是死去的样子，她低声道："是，生死蛊发作之后，实在是……宫少宸没有催动我体内的蛊毒，但却催动了二娘体内的，我没有办法……看着她那个样子。"

她没有说话，只是身体微微颤抖，猩红了圆圆的大眼。楚瑜看着霍三娘神情有些复杂，她从没有见过她的这般模样，霍家姐妹什么时候都是天不怕地不怕，视世俗规则为浮云的混不吝，或者洒脱放荡。

她目光落在霍三娘的手心："你的蛊是解了？"

"是，他说我若带他来见小姐，便会解了我的蛊毒，也放了二娘，但他也保证绝不会伤害您，只是想给您送礼物。"霍三娘说这话的时候，声音里有些发抖。

她顿了顿，低声补充道："我想过，他若是敢对小姐不利，定要杀了他，用自己的命相抵，也不会让他伤您一根寒毛。"

楚瑜看着霍三娘，声音有些凉："三娘，宫少宸的手段，你觉得你能防得住吗？"

霍三娘到底忍不住，咬住了嘴唇，对着楚瑜叩了头下去："三娘确实背主了，任由小姐处置！"

楚瑜看着她，轻叹了一声："你去门外看看吧，二娘，她应该已经被送了回来。"

宫少宸既然能放了三娘，想来也不会太为难二娘。

霍三娘一愣，忽然有些颤抖和颓丧："小姐……您真的要赶我们走吗？我们的蛊……我们的蛊已经解了……"

楚瑜沉默了下去，轻声道："三娘，我们这一年多，名为主仆，实为姐妹，我不要你的手臂，你和二娘一起走吧，不要再回来，回西域去吧，总不会再被中原武林追杀了。"

说罢，她便转身要走，只是才走了一步，裙子就一下子被霍三娘拉住了。霍三娘哽咽的声音从她身后传来："小鱼，相信我，这是最后一次，我们不想回西域，我们回去，会……死的，我们是叛了师门才逃到中原的。"

楚瑜脚步一顿，转身看着霍三娘，见她眼里落下泪来。楚瑜深深地叹了一口气，蹲了下来，看向霍三娘："三娘，我以后就是曜司的主母了，我不能留不忠之人在我身边，那会害了笙儿，你明白吗？"

霍三娘红着眼愣愣地看着楚瑜半晌，忽然对着她咚咚咚磕了三个头："我霍三娘与姐姐霍二娘若是对楚瑜再有二心，雪山女神必叫我们生不如死，死后永不能升天。"

说着，她以迅雷不及掩耳之势抬手就划破了自己的手指在自己咽喉画了一道猩红的血痕。楚瑜都来不及阻止她，看着面前女子决然的神色，和她喉间血色，楚瑜有些怔然。

对有信仰的人而言，没有什么比这个更沉重的誓言了。

楚瑜摇了摇头，大眼里闪过一丝无念："真是拿你们没有办法，我信你就是了，你且去门口看看，将二娘带回来吧，若是受伤了就歇着，明日婚礼你们就不要跟着了，我让瑟瑟陪着就是。"

霍三娘又落下泪来，这一次却是笑的模样，眼底都是放松和感激："小姐，谢谢你。"

随后，她立刻起来，匆匆往门外奔去。果然，不久之前有人将昏迷过去，脸色死白的霍二娘送了回来。楚瑜也立刻让唐瑟瑟去照顾霍二娘，那小姑娘倒是有些手段，很快就发现是霍二娘是蛊毒发作，虽然蛊已经死了，但却是死在她身体里，形成了另一种毒物。唐瑟瑟到底是蜀中唐门出身，立刻用了不少手段，将霍二娘体内的毒解开了，但是霍二娘内伤不轻，霍三娘也需要留下来照顾她。

第二日的婚礼倒是真不能去了。

第二日一早，楚瑜还在被窝里，就被人从被窝里挖了出来。她看了眼天色，忍不住抱住柔软的枕头嘀咕："天还黑着啊，要不要这么早啊，瑟瑟！"

唐瑟瑟一点不客气地直接把枕头给抽走，脆生生地道："小姐，您还要梳妆，着衣，哪个新嫁娘能偷懒的，红袖姐姐提早就跟我说了您爱赖床，今日可不能如此！"

说着，她一扬洗好的手帕就往还迷迷糊糊的楚瑜脸上一盖。楚瑜瞬间被冷得一个激灵，彻底清醒了，看着唐瑟瑟那张一丝不苟的小脸，忍不住捂脸："娘啊……我给自己找了什么麻烦？"

虽然这么抱怨着，但是她还是很快地起身洗漱。

琴家绣坊派了不少婢女过来，红袖也来了，正领着喜娘在外头准备脂粉和一应头饰衣衫等。一见楚瑜，她们立刻迎了上去，将她给簇拥到梳妆镜前，动作迅速地打扮了起来。又请了城内有名的全福夫人过来替她梳头。

最后也不知道被红袖给掐了小腰几下，总之等到她彻底清醒的时候，却已经是自己盖上了盖头，正坐在天工绣坊的堂内。门外锣鼓喧天，喜乐欢闹，人们笑声此起彼伏，又有喜婆子拔尖了声音，喜气洋洋地喊着："新郎官来接新娘了，咱们可不能让他们这么顺畅。"

楚瑜坐在一边，瞬间清醒了，竟莫名地心跳加快了起来："他来了啊……"

封逸打扮的焕然一新，站在楚瑜身边，含笑道："大小姐放心，姑爷要娶咱们天工绣坊的主人哪能这般容易。"

楚瑜闻言，盖头下的唇角抽了抽："逸哥儿，筌儿耐性不太好……"

不要以为那猫儿如今批了仙仙温柔的皮，他那矜傲的本质就会改变，哪怕是仙仙的性情，对外人而言，也算不得好的。

封逸笑了笑："我有分寸。"

只是封逸大概也没有想到琴笙的耐性不好到这等地步……

“真不让本尊过去？”长身玉立，一身红衣华服的俊美男子，阳光下，倾国容貌艳烈到令人几乎不敢迎视。

封逸一直觉得这个男人穿白色如同谪仙，却不知道他穿这一身华丽的红衣，竟是这般摄人心魂的效果。

而楚瑜不知道为何在那一瞬间，自己心脏忽然一凉。那种语气，有些陌生，却又熟悉得令人战栗。她想要看清楚琴笙眼里的神色。

琴笙却忽然转开眸子，淡淡地吩咐一出事就立在他身边，全身杀气全开的金曜：“把那些西洋人全部拿下，若有违抗，就地格杀。”

楚瑜听着琴笙轻描淡写的语气下了那样无情的命令，不禁一怔，心中有些疑惑：“笙儿，他们有问题？”

金曜却忽然看了眼琴笙，眼底闪过一丝异样——主上的语气，实在是……有些过分的熟悉。但他从不会违背琴笙的意思，立刻跃了出去，半空一双猩红的袖箭出鞘，他冷声喝道：“武卫听令，拿下所有的西洋人，不从即格杀勿论！”

楚瑜虽然不解，却也并不多言，她相信琴笙做的决定。而且她也觉得有些奇怪，今日来的这些西洋客商还有留守的使团之人里，并没有看见任何一张熟悉的面孔。原本使团里大部分的人都带着客商们齐齐上京去了，留下一位侍从官亨利，那位侍从官为人一向热情，与她也算颇为熟悉。但是今日她一眼看过去，那位侍从官竟然没有出现，这已经是一件非常奇怪的事情。

那些身穿华服的西洋人忽然见武卫们朝他们扑来，他们原本还吱哇乱叫一通，操着别扭的中原话高声抗议着。却不想曜司武卫们根本不在乎他们说什么，一个个分手就将他们按倒在地上。有人立刻尖叫了起来。

楚瑜闻言，瞬间脸色一变，厉声道：“小心，他们身上带着短火铳！”

此言一出，一声闷响瞬间响起，有西洋人已经猛然掏出了腰里的火铳对着一名武卫的脑袋就是一枪，但好在楚瑜厉声提醒，曜司武卫一贯出生入死，早已警觉非常。那武卫头一偏，随后面无表情地手化利刃抬手就捏住那个西洋人脖子轻巧地一扭，只听得一声毛骨悚然的咔嚓之声，那西洋人的脑袋便以一种扭曲的角度给折了下来。

“折了他们的腕子。”金曜桃花眼里闪过戾气，冷冷地道。

随着他的一声令下，所有的武卫们都干脆地捏住了西洋人们的手腕。只听得一声声咔嚓脆响，伴随着一阵阵的惨叫声响起，所有的西洋人全都失去了反抗的能力。

“搜一搜他们的身上。”琴笙坐在护卫们搬来的八仙椅上，指尖轻轻地敲了敲椅子的扶手。

不过片刻之后，一堆火铳和短剑匕首全都被曜司武卫们搁在了琴笙的面前。楚瑜看着那一大堆凶器，脸色也是一片冰凉。参加婚礼需要带上这些东西？而且全是方便隐藏的武器。若是刚才那武卫没有防备，被一枪打在脸上，就算不死，也残废了。

楚瑜瞬间就想起了宫少宸……她忍不住闭了闭眼，揉了揉自己发疼的太阳穴。早知道她那日就该一搏，把宫少宸那个混账打一顿，凭着她如今的内力，至少让他起不来身，没法顺利作妖才对。

而与此同时，曜司武卫们迅速地控制了场面，另有木曜领着其余武卫们一一将人群疏散移进了屋内，同时随着他一声令下，所有的水龙和激桶都已经齐齐出动扑灭了火势。也不过一刻钟的时间，除了惊魂未定的客人们，整个琴家绣坊都恢复了秩序。

“审得怎样了？”琴笙一手搁在自己的手腕上轻轻地揉捏着，察觉自己今日竟似没有戴手套，他妙目微凉，有些莫测地看了眼身边楚瑜那双紧紧拽着帕子的柔荑。

楚瑜并没有注意到他的异样，只盯着走过来的土曜。土曜生得看起来年纪不大，十四五岁的少年模样，像个总是笑眯眯的阳光少年，偏他那模样，和他一边走一边摘掉手上染满鲜血的手套，并着那身上浓重的血腥味道糅杂成一种让人毛骨悚然的惊悸感。而不远处被他料理过的西洋人此刻身上盖着一块布，只露出只剩下白骨的手腕来。周围的西洋人都瑟瑟发抖跪了一地。

土曜道：“这些家伙呢，根本不是什么西洋使团和商团的人，是偷偷跟着使团和商团的洋海盗罢了，前些日子避开了咱们曜司的船队藏在附近的岛上，后来被人用船队偷偷摸摸地运上了咱们陆地，今日来据说是打算趁着主上大婚，来打劫一笔的。”

琴家是中原首富，财富庞大不可计，尤其是今日琴家家主大婚，那百里红妆早红了不知多少人的眼，何况是这些没见过世面的洋人海盗。寻常人的婚礼之上，确实容易戒备松懈，又是城里，云州势力衍射附近八州，黑白两道谁敢得罪琴家，听闻家主大婚，连被琴笙差点儿灭了的槽帮都屁颠屁颠地送来了贺礼，却连入席的资格都没有，他们也只得在客栈里分了点酒宴。也就是这些不长眼的洋海盗，真以为琴家是个软柿子，太岁头上动土。

琴笙听了土曜的禀报，艳烈的容貌此刻在幽暗不明的光线里，似笼了一层缥缈的雾气，让人看不出他的想法，只优雅地示意金曜替他戴上手套，“主使之人？”

土曜沉默了一会儿，目光不动声色地掠过楚瑜的面容，随后还是轻咳了一声：“看起来像是宫家少主。”

“看来宫家少主对本尊的婚礼很是不满意，所以才送上这两份大礼，又是飞火流星炸筵席，又是安排了海盗来光顾。”琴笙微微弯起精致的唇角，轻笑了起来，让人揣摩不出他的想法。

堂内一片沉寂，楚瑜静静地在一边坐着，忍不住闭了闭眼，也没有说话。任由谁被毁了盛大的婚仪，都不会有什么好心情。

“主上，这些西洋海盗如何处置？”土曜还是问了一句。

琴笙曲指轻敲了敲椅子把手，声音温柔幽凉：“割喉放血，吊在城门口就是了，大婚见红，是大喜呢。”

楚瑜听他说话，莫名地有点骨子里发寒。她还是第一次听到这般可怖的“大喜之事”。土曜却笑嘻嘻地应了，隐约里竟还有点兴奋愉悦的样子。

琴笙却忽然抬手握住了楚瑜的手，微笑：“小鱼，咱们这堂可是要继续拜下去？”

楚瑜一愣，看向坐在自己身边的男人，他的手有点莫名地冰凉，隔着手套渗进她柔荑的皮肤里。他的笑容温柔清雅，他眉宇之间的澄净温柔与对自己的专注，莫名地有一种蛊惑人心的气息。楚瑜怔怔然地看着他，心中莫名地有一点子近乎不安的情绪，但随后她只将之归咎为琴笙也许是有些生气了。

楚瑜愧疚地反手握住他的手，想了想，还是咬着唇说了实话："笙儿，是我大意了，若是我早点告诉你昨日宫少宸挟持了三娘来过绣坊，也许还能早作防备。"

她欠了他一个解释。

"哦，他昨日来过，来做什么？"琴笙挑了挑眉，却并没有生气的丝毫预兆，依旧是淡雅温和的模样。

楚瑜叹了一口气，道："你信我，他只是来说些气人的话罢了。"

琴笙看着她歉疚的小脸，幽幽琥珀眸里夜雾浓重，温柔地弯了唇角，指尖轻轻地搓着她细腻滑嫩的手腕："嗯，我总是信你的，是了，咱们还拜堂吗？"

他微微眯起眸子，似笑非笑地看着楚瑜袖子下的皓腕，指尖慢慢地顺着她的手腕一路轻轻地抚上去，仿佛在享受什么一般。琴笙的手套是一种极为特殊的金蚕丝所制，水火不破，刀割不断，细腻得近似皮肤。楚瑜察觉他的动作有些诡异，他冰冷的指尖抚在她的小臂上，有一种诡异的感觉。

她起了一身鸡皮疙瘩，想要抽回手，又有些丧气："我倒是想拜堂，但如今这样子……"

怎么拜呢？廉亲王身子本来就不好，刚才那一番惊吓混乱，他支撑不住，都昏了过去。

"那就不拜了，不过是一个仪式罢了，如今云州城里谁人不知我迎娶了自己的小姨。"琴笙却忽然微微收紧了手臂，看向楚瑜有些凉薄地微笑："咱们就直接进行最后一步骤，圆房吧？"

楚瑜被他陡然收紧的手捏得有些疼，只是他那并不遮掩的话语，让她瞬间红了脸。琴笙妙目幽幽，随后轻笑一声，便转身向前而去，手上却没有松开楚瑜的胳膊，近乎拽着她走一般。

第五章

似梦非梦

金大姑姑早已派人收拾出了楚瑜和琴笙的新房，就在他们长居的小楼里，那小楼本就是琴家绣坊里最精致的一处，还有露天的温泉池子。如今打扮一新，更显奢华。曜司武卫们都只护送着楚瑜和琴笙进了房间，没有再跟进去。

金曜原是习惯性地想要跟着进去，却见琴笙淡然地看了他一眼：“你就不必进来了，金曜。”

金曜几不可查地僵了僵，这才想起这是自家主上的洞房花烛之夜。他看着自家主上桃花眼微闪，似强压着激动的心绪，但随后他又看着楚瑜一脸无奈的样子并着她纤细的侧影，眼底闪过一丝近乎担忧的复杂光芒，但也只是一闪而过又恢复了平静无波，只恭谨地道：“是。”

房内空无一人。琴笙站定之后，目光微微扫过房间，随后径自向温泉房而去。楚瑜是知道他爱干净，便也跟了过去。琴笙进了温泉房，忽然一转身，静静地面对着她。

楚瑜一个不防，直接撞上他的胸膛：“哎……”

“宽衣。”他抬手扶住了她的胳膊，将她的柔荑搁在自己的领口上，垂下眸子幽幽地看着她，妙目里依旧笼着深浓的雾气。

楚瑜一怔，莫名地有些不自在起来，她莫名其妙的闻到了危险而陌生的味道，迟疑了片刻：“要不，你先沐浴，小姑姑再……”

“宽衣。”琴笙再说了一次，握住的她的手并没有松开，他笑容微深，但是却莫名地让楚瑜觉得他语气冰凉得有些瘆人。

她有些看不懂他眼里的情绪了。她的笙儿若是恼了，眼里是没有笑的。可如今他流光幽幽的琥珀眸里似笼着夜雾沉沉，笑意清浅地浮在那雾气外，看不清他的心绪。

楚瑜怔然的模样落在琴笙的眼底。面前的少女今日眉心一点细碎的紫晶花钿熠熠生辉，又用波斯螺子黛绘了两弯新月眉，越发衬得她明眸精致，一双乌亮如黑珍珠的大眼用细细黛色在眼位勾勒出微微斜飞的妩媚线条，眼角上仿了汉妆用飞霞色扫出一片如花瓣一般的淡红。看得出是极用了心思的妆容，她眼角各自勾勒的精致花瓣极衬她的气质，灵动妩丽。

如今有些茫然望着自己的少女，如月下绽开了诱人花瓣的睡海棠花妖，花叶带露，不自觉地诱惑着人将她的美丽揉碎了，吞噬殆尽。

琴笙眸光渐深，指尖轻抚过她娇嫩的脸颊，慢慢地滑到她的颈项上，修长的五指捏在上面仿佛要慢慢收拢一般。那么细致的小脖子，若是只要这么一收紧，便会听到清脆的骨头折断的声音吧。

楚瑜脑子还没有反应过来，身体却仿佛察觉了危机一般地向后退，但下一刻，她的衣领扣便被琴笙的长指钩住了。他指尖轻轻一挑，那几颗珍珠瞬间就全都被劲气划破了掉落在地上。

“又或者，换我来伺候娘子宽衣，也是可以的。”琴笙微笑，原本仿佛要捏碎她脖子的修长手指忽然向下一滑，轻巧地掠过她破碎的嫁衣衣领，修长精致的手指摊开按在她细致锁骨和娇嫩的胸口肌肤之间。楚瑜瞬间被他冰冷的手指这么一触，硬生生地打了个寒战，不知为什么她听着说“娘子”二字里带着一种诡谲而深长的意味。

“笙儿，你在生气吗？”楚瑜有些迟疑地看着面前的人，她虽觉得有些不对劲，但是却又下意识地告诉自己他也许只是不悦宫少宸婚前来见她。

所以她站着不动，任由他一颗颗地挑开自己嫁衣。或者说，是任由他一颗颗削掉她嫁衣上的珍珠扣，一点点撕裂她的嫁衣。

琴笙垂下纤长睫羽，在他白皙如玉的面容上落下莫测而华丽的阴影："若是我说生气了，娘子可愿意乖乖解了衣衫，与我共享鱼水之欢？"

她的嫁衣外裳和中衣都被他看似优雅轻柔地一点点撕碎，这种感觉让楚瑜觉得诡异莫名，仿佛身处莫名的危险之中，却又摸索不到头绪。她甚至觉得他不是在撕裂她的嫁衣，而是在撕裂她。

楚瑜冷得一个激灵，忽然一把握住了他的手，有些窘迫地道："等一下，我先你替宽衣吧？"

琴笙看着少女因为羞涩而愈发娇美的容颜，他瞳光微动，随后笑了笑，抽出了自己手："好。"

楚瑜低着头，绯红着脸颊抬手一颗颗地替他将琵琶扣给解开。他今日的一身红色华衣与她都是一个款式，琵琶盘扣领。她靠得离他很近，他能闻见她发髻上蔷薇露的香气，闻着这香气他唇角弯起一丝莫测的笑容。

琴笙身量很高，足足比在女子中间都算高挑儿的楚瑜高了一个半头，所以楚瑜似有些难替他解衣，拉了下他衣襟不得结果，便干脆地绕到了他身后替他解衣。

"这样好脱些……"

但是她一绕到琴笙身后，指间不知什么时候已经多了一根细长的牛毛针，针尖泛着幽幽蓝光。她唇角抿成冰冷的弧度，抬手就向仿佛一无所觉的琴笙后颈扎去。只是针尖才刺到琴笙的肌肤，不，或者说才差了分毫，楚瑜的手便再也不能动弹半分。

琴笙甚至没有回头，只抬手轻巧伸到身后握住了她的手腕，他声音温柔而幽凉："娘子，你要作甚？"

但那握住楚瑜手腕的力量几乎能捏碎她的柔荑。楚瑜手上的针瞬间便掉下了地。琴笙也转过了身，垂眸看向面前的少女。

楚瑜缓缓地抬起了头，冰冷地看着他，哪里还有方才半分羞涩与窘迫："不要叫我娘子，琴三爷，我不是你的娘子。"

“是吗？”琴笙眸子里一片夜雾深沉，唇角弯起凉薄的笑容：“你想让谁唤你娘子，宫家那位少主，还是你的笙儿？”

他的声音温柔清雅带着讥诮，却莫名地让人如坠入无边的寒潭冰雾气，远处雪原茫茫，寒凉入骨，几能冻僵楚瑜的心脏。她忽莫名地感觉自己仿佛不能呼吸一般，仿佛所有的气力都被抽走了。

楚瑜有些茫然地看着他冰冷莫测的琥珀眸，为什么呢？在习惯被人珍重与拥抱以后，在习惯被人依赖与照顾一个人以后，习惯他的音容笑貌，习惯他的呼吸亲吻与触摸，习惯他身体的温度，习惯了一切的一切以后，又要经历一次这样的疼痛与无望。

是她太奢望了吗？楚瑜慢慢地闭了闭眼，忽然心中激荡开似悲似怒，一颗心空荡荡的，似破了一个大洞。她手腕蓦然一震，全身剧烈的气流激荡，瞬间震开了琴笙禁锢住自己手腕的手，反手化掌为拳就朝琴笙的小腹狠狠地揍去。

同样未能触及琴笙的衣衫，她的拳头就被震开了。楚瑜并不气馁，但凡招式被挡，她便换手。所有她会的、能用的近身格斗搏击的招数，她全都用上了，甚至很不入流的——撕咬！

琴笙一手捏住她的膝盖，却见她猛然朝他贴了过来，张开的嘴朝着他的咽喉就咬来。

“咔嚓！”白皙牙齿咬合发出的清脆阴森的响声，颇让人毛骨悚然。琴笙抬手就捏住她的下巴，眸光清冷淡雅，似笑非笑：“果然是属狗的，不，属鱼的，从一开始就藏在暗处出其不意地咬人，逼得本尊的曜司都为你退让呢。”

楚瑜木着脸，小脸被他捏得变形，唇角却朝上挑起，朝着他露出一个近乎扭曲阴森的笑容：“去你的！”

她已经很久没有骂脏话了。她再次提膝朝着他膝盖狠狠踩去，没有被禁锢的手也朝他的脸一巴掌扇了过去。她几乎运尽了十成十的全部内力，一招一式，并没有任何花哨好看的地方，却都是实打实的杀伤力非常。琴笙甚至不得不放开她的下巴。

他一松手，楚瑜就抬手拔下自己头上的发簪，贴了上去，以发簪为武器朝着他扎了过去。动作之间，笼罩在她全身的气流瞬间震得温泉室里的东西簌簌作响，甚至承受不住瞬间爆裂开来。

他并没有想到楚瑜会这般近乎疯狂的打法，一时间不防，碎裂的瓷器，甚至有一小片划破了他精致的耳垂。细腻的血色慢慢地溢出来，琴笙抬手轻蹭了下自己耳垂，指尖上的猩红让他唇角的清冷笑容愈发温柔："新婚之夜，你倒是真舍得我见红，娘子。"

只是那温柔，却莫名地透露出一种近乎让人心发寒残酷的味道。他微微眯起眸，若是金曜等人在，便能知道自家主上心情越差，笑容便越温柔，越表示他失去了耐性，让他露出这般笑容的人下场便越……惨不忍睹。

琴笙忽然轻笑一声，瞬间在她面前失去了踪迹。但下一刻，冰凉幽柔的声音在她耳边轻响了起来："唐墨天那老东西也只能勉力与本尊一战，何况看这内力还不是你自己修的。"

楚瑜此刻已经心中一凉，知是失了先机，但是她并不死心，目光森凉，举肘向身后捶去，却不想下一刻，她的双手肘忽然缠上一片透明的细丝，她瞬间动弹不得。她试图震断那些细丝，却毫无作用，没了她手肘阻挡，琴笙手顺畅地掠过她的腋下，一手扣住了她纤细的咽喉。他以一种近乎整个人贴在她身后的暧昧姿势，垂下脸在她耳边温温柔柔地含笑道："娘子，你想死吗？"

与此同时，无数细丝将她的脚踝和腰肢蓦然缠住。她仿佛一只被蜘蛛丝裹住的猎物一般，动弹不得。

"不要叫我娘子！"楚瑜瞬间将僵住，只觉得左胸口的那只手上带来的冰冷，几乎能将她的心脏都冻结。她僵木地微微启唇，硕大的泪珠，忽然毫无预兆地夺目而出。为什么呢？明明是同样的拥抱，她会觉得那么冷？身后之人顿住了，那泪珠落在他的手上，滚烫。

许久，他在她身后忽然幽幽开口，声音不再温柔得听不出情绪，冰冷而讥诮："为什么要落泪，因为抱住你的人，回忆起了令你恐惧的过往与记忆吗？"

他轻笑了起来："所以，你便忘却了曾经月下的誓言，你便打算抛却地宫里的承诺，觉得我不是我，嗯？"

楚瑜一僵，他竟拥有白白和仙仙时的记忆？

是了……他怎么会不记得呢？上一回，他醒来不就记得很清楚吗？可是，那又怎么样？

她忽然清冷地笑了起来："琴三爷，你这是在打感情牌吗，当初仙仙是怎么对我的，你醒来以后又是怎么对我的，你怎么好意思来质问我可还记得月下的誓言。"

她的誓言给的是那个满心满眼，毫无理由以她为天地的纯稚少年，她以身相许的是地宫里为她流下血泪的矜傲少年。不是那个三番两次要杀她、逼迫他，让她恐惧的男人。

"他的武器绝不会用在我的身上，你和我的笙儿根本不同……呜！"楚瑜咬着唇倔强而愤恨地道。

"是的，不同。"他精致潋滟的薄唇贴在她耳边，温柔又冰凉地低声道："你所钟情的那不过是一个幻象，想知道什么是真实的吗？"

楚瑜被从身后钳制住，在他另外一只手的逼迫下不得不仰起头，靠在他肩膀上，露出纤细易碎的脖颈，有一种近乎绝望的脆弱之美。那种美，诱惑着琴笙清冷幽深如江南烟雾的眸子里渐渐地深了下去，瞳孔的颜色却渐浅亮，如蒙上一层妖异森然的光。

他轻吮上她的咽喉，轻舔过上面的肌肤，甚至纤细精致的血管，声音依旧温柔得令人胆战心惊："真实，就是虽然我从未想过娶任何一个女人，但与宫少宸那种可笑的拜堂不同，你已经在天下人的见证下成为我的妻子，真实就是现在拥有你的人是我，明白，嗯？"

那是一种危险的温柔，让人心神俱颤的气息一点点掠过她的耳边。楚瑜两眼濡湿水光氤氲，却依然冰冷而明亮，恶狠狠地吐出几个字："滚开，变态！"

"你哭泣着却不肯求饶还想咬人的模样，确实漂亮得生气勃勃，很容易吸引一些没有心的魔物和神祇，难怪连我的人都为你蛊惑。"男人温雅地轻笑。

他虽然不明白什么叫变态，但是毫无障碍地接纳了。下一刻，他修白微凉的指尖轻轻滑过，她肚兜便瞬间撕裂成了两半，连着红色的下裙也瞬间被撕碎。他的动作很温柔，但甚至没有耐性脱掉。楚瑜此刻四肢都被丝线缠绕了起来，她不管怎么挣扎都像是被蜘蛛丝缠绕的蝴蝶，无力地扑腾着翅膀却只能眼睁睁地看着残酷的掠食者一步步逼近。她一抬眼，便看见原本衣衫还算完好的琴笙正在优雅地褪去衣衫，露出性感而肌理分明的惑人身躯。

她咬着唇角，不动声色地开始往后退："你想干什么？"

琴笙如今身上只随手批了一件轻薄的长袍，见她向后蠕动，只温然地笑了笑，指尖轻动。

那些绕在他手上的丝线一下子就将楚瑜吊了起来送到他的面前。琴笙抬起他精致修长漂亮的手，潋滟薄唇轻咬着薄纱手套的指尖，慢条斯理地将手套褪了下来："今日是洞房花烛夜，春宵一刻值千金。"

楚瑜脸色有些发白，死瞪着他："琴……"

但是下一刻，他修长的指尖就径自刺入她唇间，压在她粉嫩的舌尖上，让她根本说不出话来　。

"你看，我是如此从善如流的人，你既不喜我唤你娘子，那就不唤，小鱼。"琴笙轻笑，只睨着面前瞪着他的少女，他眉眼间都是清冷与温柔。

却让楚瑜莫名地开始微微发抖，因为她似能闻见他温柔面具下，那种无边无际让人窒息森凉而极富侵略性的气息，几乎让她如坠入深海一般窒息。琴笙抬手抽落她发髻上所有的发饰，让她柔软的乌发散落下来，愈发衬托得她胭脂有些散开的小脸显出一种惑人的苍白与无助，还有羞窘。他欣赏着她苍白的模样。

"咱们有很漫长的时间让你来感受，本尊和笙儿有什么相同与不同，也许你会改变想法，当然，不改变也没有关系。"他似玩够了她柔软的嘴唇，抽出手指温柔地抬起她的下颌，随后，不那么温柔地狠狠吻上她唇，用几乎将她吻疼的力度。

"他喜欢与你玩的游戏，没有来得及试，今晚咱们一一都试过。"

门内的打斗声响起时，守在门外的金曜和火曜原本就身子一僵，火曜有些莫名，金曜的神色却不太好。他几乎就想要冲入门内，但主上已经吩咐过没有他的召唤不得入内。

半个时辰后，房间里响起什么东西的挣扎声，有少女的呜咽声传来，很快又像被什么堵住，随后细细碎碎的呜咽声音混合着水声并着各种奇异妖娆的声音，在暗夜深浓里，有一种绝望的靡丽。金曜木然地站着，深浓的夜色掩去了他的表情。

第二日一早，红袖已早早地领着人待在耳房，看着日头稍倾斜了一些，已经是平日琴笙起身的时辰，这才起身领着婢女们去敲门。房间里有温泉，不需要她们准备热水，但是昨晚爷和小姐一直都没有出来，金曜也挡了她们，并不让她们进去送吃食。不知道为什么红袖就是直觉地感觉里面应该是出事了，但是出了什么事，她也不清楚，只是有些不安。

金大姑姑听了也觉得有些异样，但倒是也没有多言，只让她候着守夜。就这么一夜过去了，她一大早就数着时辰准备进去伺候。却不想她才敲门，手指还没有碰到门，门便吱呀一声打开来了。

琴笙已经照旧一身绣飞云纹的白衣站在门前，领口的琵琶袖盘扣扣到最上面的一颗，乌发一丝不苟地梳在脑后，以玉扣扣住，无双容颜一脸清冷淡然，气息更不染纤尘。

仿佛昨晚他根本没有洞房花烛，而是打坐修仙了整夜。但是房间里那靡靡的似残红凌乱碾碎、开到荼蘼的气息……

红袖一呆，看着面前的琴三爷，眸子在对上仿佛永远笼着幽深冷雾睨望凡尘的精致妙目时，忽然打了一个寒战。原先那种因为主上性情改变，而褪去了一些的敬畏瞬间爬了上来，让她迅速地低下头，声音有些发颤地道："主上，属下来伺候……伺候小姐……不，夫人。"

她是习惯了改不了口。琴三爷驭下极严，曜司众人行事受他细致缜密，静水深流的行事风格影响，一贯也是严苛的。虽然自从三爷脑子不好以后，就已经没有再如从前那样对属下要求严谨。

他甚至根本懒得理会他们。但不知为什么在这一刻，红袖却忽然觉得她必须恢复到以前的行事风格。

琴笙看了她一眼，却只声音淡柔地道："中午再过来，她凌晨才睡，至于称呼，她大概不会喜欢夫人这个称呼，改不改并不重要。"

红袖一愣，有些不太明白，为什么小鱼会不喜欢？她一直也盼着这场婚礼不是吗？但是她的本能已经让她伏下身子，恭敬地道："是，您现在是要去何处？"

琴笙道："去东楼书房，让七曜与在琴家绣坊的金字辈的都来见我。"

红袖看着琴笙修挺的背影，忽然有些莫名地心头一跳，随后睁大了眸子："主……主……"

她立刻再次抱拳，强行压抑着激动："是！"

随后红袖只随意交代了一下跟着自己一同来的婢女，随后立刻运功飞身离开。

东楼书房，窗外远山起伏如墨氲，蓝天碧水，云幽幽，有风徐来。夏日的风吹起正负手看着书房墙壁上一幅大漠残阳图的修白人影如墨长发，但见他如雪气息压得窗外烈日的暑气都散了。

只一眼，金大姑姑和老金两个匆匆赶来的，就已经互看一眼，随后忍不住心头狂跳。他们今日已经大概听红袖和金曜说了。但是如今亲眼所见，竟有近乡情怯之感，他们已经失望过很多次，怕这一次再失望。尤其是老金，几乎有些不抱希望自家主上能恢复了。

还是金大姑姑先有些发颤地开了口，试探着道："主上？"

白衣人慢慢地转过身来，神色淡然地看着他们，唇角弯起温柔而凉薄的弧度："金大姑姑，老金，这些日子可是辛苦了，嗯？"

金大姑姑和老金两个忍不住瞬间老泪纵横，齐齐唤道："三爷！"

他们神祇一般的主上，曜司众人的信仰终于回来了。连着七曜等人都齐齐单膝下跪，神色之间都是掩藏不住的激动。

一番简单的交流之后，金大姑姑抱着之前堆积的许多奏事册过来，正见琴笙正抬手由着金曜伺候他换上手套，她忽然想起了什么，不动声色地道："三爷，小鱼她……"

琴笙戴手套的动作一顿，妙目淡淡地看着她。金大姑姑忽然打了个寒战。

那一瞬间，整间房里原本欢喜的气氛都冻结，所有人的呼吸都窒了窒。虽然琴笙脸上没有任何表示不悦的表情，他的唇角甚至是上翘的，但是房间里的空气仿佛都稀薄了许多。

琴笙示意金曜继续替他戴上手套，随后他单手支着脸颊，淡淡地道："她很好。"

老金见状，便一边为琴笙诊脉，一边不动声色地换了个话题：“主上，您如今可有头疼，又或者那里不适，之前的事情，您记得多少？”

琴笙道：“尚且还好，之前的事……”

他顿了顿，唇角弯起意味不明的弧度：“都记得清楚。”

众人互看了一眼，脸色瞬间变得有点古怪。主上此时，是何等心情呢？原谅曜司诸人全看不出来，此刻的琴笙，是九天琴神，永远没有人看得透他温润含笑眸子里那一片深邃幽暗的海。

金曜有些忍不住地开口：“您失去记忆前，曾经召集金字辈在乾坤院等候消息，那夜到底发生了什么事，可是与您召集我们有关？”

他实在不明白，到底是什么人能将主上伤成那样。他一直怀疑是楚瑜下的手，却又没有证据，更不明白她一介弱女子，怎么能动自家主上一根汗毛？

琴笙单手轻敲打着椅子的扶手，妙目幽沉，却并没有多言：“一点意外罢了，也是本尊大意了。”

他轻勾了下精致的唇角，神情有些莫测，随后便话锋一转：“至于召集你们是一来追缉多年，我得到了黑海老魔手上的那一幅最关键的藏海图，需诸位看一看；二来关于湘南宫家之事，他们与黑海老魔有所牵扯，很可能是他在中原的内应或者合作者。”

“黑海老魔背景复杂，黑海帮一贯混迹海上，大吃四方，与西洋海盗，琉岛人，东洋倭盗都有密切的牵扯，咱们船队曾经和这些人都打过交道，若是他们中有人觊觎藏宝，怕也是棘手之事，可能牵扯到国政。”金大姑姑沉声道。

老金闻言，随后轻哼一声：“牵扯国政，与咱们有什么关系？”

琴笙垂着鸦翅似的睫羽，让人看不出他在想什么，只是单手优雅地轻支着脸，另外一只手玉白的指尖轻划过自己面前的一幅羊皮海陆图，最后定在图上一处名为琉岛颇大的地方：“第四幅藏海图在琉岛岛主的手上。”

金曜一愣，桃花眼里闪过一丝冷色：“主上，这琉岛的岛主一向神秘，因这琉岛是那处海域上最庞大的岛屿，岛主占地为寇却自诩国主，前两年朝廷曾派海军去征讨过，但是败北而归。”

大元的海军一贯强悍，但是那次却败得极惨，后来因为琉岛附近礁石极多，暗流也多，乃是暴风雨频繁之处，琉岛之上也没有朝廷需要的资源，朝廷便索性直接封了去琉岛的海路，打算直接困死他们。

但是身居海岛，又怎么可能会真的被困死。虽然封了海路，但贸易商贸发达的地方，走私难绝禁。只是朝廷懒得理会，便睁一只眼闭一只眼。

“朝廷那些废物，哼，岂能和主上一手带出来的琴家战船队相媲美，自然用的这种绥靖之策。”老金轻蔑地冷笑。

“当初咱们也不是没有撞上过琉岛人，只是他们远远看见咱们琴家的大旗，并不来招惹，而是迅速离开，倒是有些眼力，只是咱们也没有和他们号称彪悍的船队战过一场。”金大姑姑道。

琴笙莹白如玉的指尖在那岛上的位置轻敲了敲：“当初藏海图六份，咱们琴家一份，其中五份流落出去，一为廉亲王所藏，一为黑海老魔所获，一为老金藏于蜀中唐门，一为琉岛岛主所获，另外一份藏于漠北，如今唐门与黑海老魔的那份都已经到了咱们手上……”

他轻轻地弯起唇角：“做些准备吧，咱们也许要走一趟琉岛。”

众人一怔，竟都有些恍然的感觉，曜司因为主上受伤，许多计划都暂停了，如今他们才瞬间清晰地感觉主上是真的回来了。

待众人都散去了以后，金大姑姑却停留在房间的门口，并没有离开的打算，神色也有些犹豫。

“大姑姑还有什么事吗？”琴笙淡淡地看向金大姑姑。

金大姑姑沉默了一会儿，还是轻叹了一声：“主上，我知道您原此生都没有打算成婚，但是小鱼她……是好姑娘，对受伤时候的您，一直都全心全意，照顾您一直都是极妥帖的。”

疼爱这个词儿如今在深沉的三爷面前说出来，充满了怪异的违和感。所以她换了一种说法。

琴笙抬起琥珀眸，看着窗外远处的山峦，神色幽幽地轻勾了下唇角：“这不是姑姑想说的吧，您想问我的是，我打算怎么处置她吧？”

金大姑姑呼吸有些微窒，意有所指地道：“那姑娘很是聪明，也是咱们琴家的恩人，何况对您也是一片真心，您在受伤时一直对小鱼一往情……”

但话音未落便被琴笙似笑非笑地打断了：“若是我与大姑姑说，两次受伤，都拜她所赐，你还会为她求情吗？”

金大姑姑一愣，似有些没有反应过来，好一会儿，她才神色极为复杂地苦笑：“这姑娘虽然心思慧黠，但若不是因为自己的安危受到威胁，是不会轻易与人动手，甚至取人性命。”

琴笙看着金大姑姑，忽然轻笑了起来，声音有些幽凉：“这丫头确实很有些能耐，不过年余时间，竟能让本尊身边的人一个个都向着她，嗯？”

金大姑姑脸色微微一变，随后还是无奈地对着琴笙一福：“主上，您怎会不明白我们这些人的忠诚，我们所有的一切都是为了您考量，又何须试探于属下？”

她是看着他长大的，其他人不明白，她又怎么能感受不到他此刻心绪并不如面上看起来这般平静清冷。哪怕是惊澜翻天，暴怒之中，他面上的微笑都从不会淡去，清冷出尘似红尘俗世不过眼，只谈笑间千百种手段让对手灰飞烟灭。

如今说话里都带了刺，分明已经是情绪极不佳。琴笙没有说话，只是依旧目光凉薄地看着窗外。金大姑姑也并不着急，静静地陪伴在他身边，祭起小炉子，如曾经做过千百遍一般，为他煮起香茶来。

房间里一时间只能听见咕噜噜的泉水在紫砂壶里煮沸的声音。不一会儿，便满室飘荡开雀舌茶的清香。金大姑姑将一杯泡好的碧绿的雀舌搁在琴笙的桌面上。那是琴笙失忆前最钟情的一种昂贵的茶，每年只出产五六斤，极为难得，上供也不过一斤，剩下的都是供着他用的。御书房里没有了供应，琴笙的书房里依然飘散着醇清的茶香。

琴笙忽然淡淡地开口：“我如今，与两次受伤之后区别很大？”

茶水的袅袅蒸汽轻轻舞动，有些模糊了琴笙美得惊心动魄的容颜，让人看不清楚他的表情。

金大姑姑轻叹了一声，却还是很干脆地道：“是，判若两人。”

当初的“仙仙”和“白白”看似性子相差极大，但如今和三爷对比起来，才能感觉那其实真真不过是纯澈稚子长成了更叛逆少年罢了，都是“笙儿”的不同年龄阶段，是一眼能看得见底的单纯，毕竟“笙儿”的性子再矜傲，再天生敏睿厉害，也没有那些十几年阴翳与沉重的记忆。

他不过是一个依赖楚瑜，又深爱着她的“少年”。她和老金后来之所以觉得这般的主上也不错，宛如抛却了过去所有黑暗沉重血腥的负累，重焕新生的琴笙，人生可以重新来过。

楚瑜那小丫头陪着他重新走过人生最初的纯稚淳雅，少年令人头疼的叛逆，再一路陪着他一起重新走向更轻松的路，一路扶持，一路相伴，重新获得幸福，白头到老。她知道那少女一定会紧紧地握住他的手不会放开，主上也算因祸得福，不好么……

但如今恢复了记忆的三爷除了拥有作为“笙儿”时期那些并不复杂的经历和被楚瑜陪伴的温暖记忆外，那几十年累积沉浸在他心中黑暗海域里的记忆才是塑造了如今深不可测的三爷性情的全部。

那是一个连她这个陪伴着琴三爷经历前半生风雨的老人都不能揣摩出心思的存在。

小鱼那姑娘给予的那些温柔与温暖，可能暖得他心中所有的冰冷水域，又或者是一点儿浮暖灯火也会被黑暗的海潮吞噬？

金大姑姑轻垂着眸子，掩去眼底一点儿湿意。不知为什么，如今越想，她竟不希望琴笙恢复原来的那些记忆了。琴笙看着金大姑姑的模样，随后似有些讥诮地闭上眼闭目养神，淡淡地道：“去将本尊放在楼里的那些刺青用的东西拿出来，色料……”

他沉吟：“先取来，本尊先调制。”

金大姑姑一愣，有些跟不上琴笙的思路：“主上要这些是……”

琴笙微微弯起唇角，神色悠悠：“大姑姑只管去拿就是了。”

金大姑姑福了福身子：“是。”

一边背着医药包站在门外等着再给琴笙诊脉的老金，见金大姑姑的模样，他到底还是忍不住了，提着医药包也不等召唤就进了门：“主上，小姐如今已经是咱们曜司的主母，您……”

琴笙指尖轻敲了敲桌面，缓缓睁开妙目，似有清冷雾气笼在其间，笑容幽暗莫测：“你们这一个个的，难不成真以为我会把本尊的小夫人怎么了？”

老金和金大姑姑都不敢再说话，只沉默着要么退出去，要么老实地低头继续替琴笙诊脉开药干活儿。琴笙看着老金倒腾一番完毕之后，他便慢条斯理地起身，看了看天色：“晌午了，也该是和我的小夫人用膳了，免得你们都以为她已经没了。”

老金脑门儿上冒出一层细汗，他干笑：“主上……”

新房里，一片红色，喜庆非凡。楚瑜只静静地坐在温泉池里，身上披着一件轻薄的红色纱袍，红袖在一边替她洗头，看着池子里安静的少女，还有她露出的胸前肩膀那青青红红的斑点痕迹，甚至连手臂、大腿、纤细的手腕、脚踝都有被缠绕的红痕。红袖眼里闪过一丝不忍和不安，她不迟钝，虽然进房间的时候，楚瑜安静地窝在被子里，她也能看出来有些不对劲。直到楚瑜披上一件红色纱袍，同意她伺候她洗头的时候，红袖才觉得事情有点……棘手。这姑娘从来不喜欢人伺候的，如今她像是一点都不想动弹，安静得过分。

“小姐，午膳已经摆上了，你想吃什么？”她笑眯眯地试图找点话题。

楚瑜垂着眸子，淡淡地道：“随便。”

红袖一怔，随后也没有多言，只替她将长发擦干，涂抹上蔷薇香露，顺便岔开话题：“这香气真的很合适现在的小姐呢。”

这五月蔷薇香露很好闻，用在楚瑜身上，会与她身上的味道一起混合成一种很清丽馥郁的香气，很衬楚瑜现在眉宇的那种介于少女和女子间清纯慧黠又妩丽的感觉。只是楚瑜闻着那香味，心情却有些不大好，冷淡地道：“下次还是换别的吧。”

“为何要换，这蔷薇是波斯进贡之物，宫里也不过一年十瓶，小鱼不喜欢？”一道温柔幽淡的声音忽然在温泉室的门口响起。

听着那声音，几乎让楚瑜有一种错觉，仿佛他们真是一对恩爱夫妻，他真似柔情如水。楚瑜有一瞬间的恍惚，随后有些自嘲地起弯起唇角——那个男人，本来就喜欢戴这种温情脉脉的面具，掩盖他冰冷残酷的内心。随后她冷冷地看着红袖起身有些尴尬地向门口的修白身影行礼。

"下去。"琴笙抬了下手。

红袖一愣，面上露出一瞬间的担忧和迟疑："但是，小姐……"

话音最后终结在琴笙幽沉冰冷的目光里，红袖室了室，身子微微一抖，不敢随便动弹，只恭谨地道："是，主上。"

琴笙顺手取过红袖搁在紫檀雕花架上的大布巾，走向楚瑜，垂眸居高临下地看着她，俊美出尘的容貌上表情温柔到莫测："小鱼，你比本尊想象的要能耐很多，本尊身边这些人，一个个都很操心着，只怕本尊一个不小心将你弄没了。"

楚瑜被他那目光看得浑身不自在，她拉紧了自己身上的红色纱袍，有些刻薄地轻嗤："那可见三爷你平日做人有多失败了，不过是我这般人物都能拉拢了你的人心，又或者你平日里行事太过残忍苛刻，让你自己的属下有那样的疑虑。"

"疑虑？"琴笙眸光幽幽如波，仿若无奈地轻叹："我怎么舍得将我的小夫人弄没？"

楚瑜拉着衣襟的手，讥诮地道："你是没有弄死我，不过也差不多了。"

琴笙挑眉，笑容清浅温润："不是还没有么，不过是取了点你在琴园和风烟山上差点儿要了本尊性命的利息罢了，要知道本尊一贯是一个睚眦必报之人。"

他说得那般自然，仿佛在说一件无比理所当然的事情。楚瑜一呆，这是利息？那本金是什么？她一对上他看不清情绪的眼里的那一片幽凉深暗的浓雾，就忍不住打了个哆嗦，暗自骂了声——禽兽！

琴笙慢条斯理地将手里的大布巾敞开："上来。"

她沉默了一会儿，还是拢了衣衫爬了上去，一身湿漉漉地抱着胸口，阴沉地看着他。

琴笙挑了挑眉："纱袍湿了，不打算换？"

楚瑜冷哼一声，索性转过身去，利索而干脆地将身上的袍子一扔。她穿着纱袍不过是为了不让红袖看见她背上的图，如今既然这魔神在这里，他也不是没有看过自己的背后，她也没有什么好矫情的。

楚瑜的干脆倒是让琴笙的动作微微一顿，他的目光落在她微微凌乱的潮湿乌发上，然后顺着她纤细的脖颈，到滑腻白皙的脊背上。少女的光裸脊背上有一双很精致的蝴蝶骨，微微地一动，便仿若两片蝶翼。

蝴蝶骨之间白皙的皮肤上此刻是一大片线条精致到华丽的山海图，浪潮精致，随风而起，山峦精致，花朵摇曳而华美，一看便是大家手笔。虽然没有色彩，但是却已经极为漂亮。

因着楚瑜才从温泉里上来，皮肤带着淡淡的粉色，让那图呈现出一种近乎香艳的惑人来。琴笙琥珀眸微深，指尖轻轻地挑开她垂落下来的乌发，搁在她的脊背细腻的肌肤上，慢慢地下滑，似在爱抚，又似在丈量。

那冰凉细腻的触感让楚瑜觉得脊背上莫名地酥麻。靠近脊髓的附近，正是神经集中的敏感之地，她微微颤了颤，忍不住咬牙道："你够了没有？"

琴笙轻勾了下唇角，抬手拿着帕子将她一包，径自打横抱起向温泉室外走去。楚瑜一惊，下意识地伸手去拉住了他的衣襟，靠稳了自己的身子。但她有一瞬间的恍惚……

仿佛之前，都是她的猫儿沐浴完毕，慵懒地唤她来抱他出去，若是她手上有事儿耽搁得久点，他便会不耐烦，有时候会使些小性子，在她抱起他的时候，趁机弄她半身的水。

可但凡她抱着他的时候，他总是很安静地，安静到乖巧，总是惹得她心中有点痒痒地想要揉他的头。如今，却似换了过来吗？可却已经没有了那时的心境。抱着自己的人，气息还是熟悉的清冷水香，怀抱还是熟悉的微凉，熟悉到她身体都没抗拒地靠进去。

但这怀抱里此刻仿佛多了一种危险却又成熟的幽广气息。楚瑜垂下眸子，神色复杂，而她并没有看见自己头顶上那双熟悉的琥珀眸子也正睨着她，亦是一片复杂而莫测的幽光。

琴笙抱着她在床边坐下，楚瑜立刻扯了被子把自己裹起来，冷眼瞪着他。

琴笙只挑了挑眉："本尊的小夫人打算裹着被子用午膳，本尊自然也无所谓。"

楚瑜冷淡地道："三爷，我不要求你非礼勿视，但既然你现在没有打算杀了我，也没有打算立刻描下藏海图，只打算用膳，那么就请你背过身去，我自然会穿好衣衫，毕竟你我现在也没有什么关系。"

红袖给她准备的衣衫就搁在床边的凳子上，他走开之后，她伸手一捞即可。

楚瑜的话，让琴笙唇角清浅的笑意渐渐散了不少，他垂下眸子，睨着她，淡淡地道："怎么，昨晚洞房花烛夜一个晚上，你都没有想清楚么，小鱼？"

他意有所指的话让楚瑜脸色涨红，她冷笑："你让我怎么想？"

她话锋一转，却轻嗤："哦，不，我想清楚了，经过昨夜，我更肯定你和笙儿根本就不同，他不舍得伤我分毫，对藏海图一点兴趣都没有，他不稀罕那玩意儿，自与三爷不一样的！"

话音未落，只听得一声巨响。她忽然就住了口，有些僵木地看着面前瞬间压低过来的俊美清冷的放大容颜。他几乎一瞬间逼到她眼前，抬手越过她脸颊，蓦然捶在床后的墙壁上，压低了脸，与她眼对着眼，鼻尖也几乎压迫到她的鼻尖上，她几能闻见他唇间的带着淡凉微醇的潮润气息。

琴笙目光幽沉冰凉地睨着她，似讥，似诮，声音却依然温柔如水："不舍得伤你分毫？地宫晶洞里，你若不主动吻上来，没有第一时间否认你对宫少宸有心，你已经被情绪彻底魔魇的他，嗯，不，是被我穿透了心脏在晶柱上锁魂了，一辈子魂魄和尸身都镇在身边。"

楚瑜闻言，瞬间一僵，神色复杂地咬住唇，几乎将自己唇咬出血来。但是下一刻，他却忽然抬指尖轻按在她的唇上，看似动作温柔，却毫不容情地强迫她松开嘴。

"怕吗？"他轻笑，笑容却很凉，很凉，凉到有些刺骨，声音却很慢："你所钟情的人，从来都没有改变过，是比起失去，宁愿毁灭自己钟情之人，所爱之物，也不会容许背弃的，残忍又冷血的存在，所以，你爱上的，钟情的，从来都是一个温情的幻象。"

他轻叹了一声，顿了顿，指尖轻轻地抚摸过她唇角上的血渍，淡漠又怜悯地道："后悔吗？"

说话间，他抬起指尖，慢条斯理轻嗅了一下，随后送进自己唇间。楚瑜脑子里一片混乱，此时却忽然一惊，抬手就擒住他手腕，怒道：“你疯了，有毒！”

唐墨天临死前说换了她一身至元毒血，她原是不信的，直到后来在唐门地宫之外，她还是心神不宁地割破了自己的手指，滴落在草叶上。那上面有几只蠕虫，一触到她的血便扭曲着身子仿佛瞬间被腐蚀一般死绝了。她恍惚着匆匆离开，却不想傍晚就听说了有两匹曜司的战马忽然无声无息地七窍流血而死，却查不出原因。

最后还是她想起那马儿吃草的地方正是她滴了一滴血的草丛，待她赶过去之后，唐鼎天蹲在那马儿附近，正呵斥把死马烤来吃的唐门弟子。他们饿了太久，不舍得浪费马肉，结果一吃，就立刻有人毒发。

唐鼎天是有见识的，猜测到了一些原因，立刻又借了她的血来调制解药，才解了毒。

“你在担心本尊？”琴笙淡淡地看着她。

楚瑜一僵，她只是习惯了。楚瑜强行抽回自己的手，冷冷地看着他，并不说话。琴笙也不恼，目光落在她方才动作时露出的胸口肌肤上，依然是温柔微笑的模样：“不必担心，昨夜又不是没有尝过。”

偏他说话的时候，精致唇上还染着她唇上的血，他下唇上那一片花瓣一般的印记愈发显得潋滟而妍丽。楚瑜俏丽脸涨红，抬手就捂住自己的胸口，左边心脏上方的柔软上那被噬咬过的细小伤口一碰便微微作疼。

“滚！”她闭上眼，羞红着脸咬牙切齿地道。

她竟忘了他除了迷药之外，百毒不侵！就算是迷药，在他的身上作用也比寻常人要作用的时间要短不少！此刻她心中一片复杂与混乱，实在不想再看见他。尤其是他像是要吃了她似的那种炽热又凶猛感觉，依然还残留在皮肤上。

琴笙指尖轻抚过她的脸颊，声音又恢复了平静与温凉：“你该用午膳了。”

说罢，他放开了她，起了身，径自在桌边坐下。楚瑜见他没有离开的意思，更没有避开的意思，只是没有刻意看向她而已。她一咬牙，直接抬手抓过衣衫，速度极快地换了起来。如今她这般慌乱，一下扯着经脉，楚瑜俏脸瞬间有点扭曲，僵在当场，再一动，就全不受控制地直接身子一晃，差点儿大头朝下地往床底砸去。

她正挣扎着维持平衡，却忽被一双微凉的手提了起来，“怎么这般不小心。”

“猫哭耗子假慈悲，三爷离我远点儿，我便也不会这般不小心了！”楚瑜一边拔下肚兜挡在胸口，一边咬牙切齿地恨声道。

琴笙看着她道：“既然本尊的小夫人不舒服，伺候新婚妻子也是应当的。”

“不需要，你走开！”楚瑜想也不想地拒绝，警惕又阴沉地扯过被子。

琴笙琥珀幽眸微闪，声音温凉悦耳：“既然你我已经是夫妻，也许你我当了解一下彼此，譬如本尊说话不太习惯重复第二次，一次不应便视为拒绝，我亦一贯很尊重他人心中的意见与想法。”

楚瑜听着他忽然来了那么一句，心里莫名地有点不太好的预感：“你想做什么？”

话音未落，便见琴笙忽然长臂一伸，直接将躲在薄被下的她一卷，就径自打横抱到了桌边坐下。琴笙抬手慢条斯理地盛了一碗竹丝鸡红枣莲子汤搁在她面前：“我看我的小夫人既不喜欢穿衣衫，那不穿便是，总归在房里，无碍。”

她咬牙道：“琴三爷，你……”

“小鱼你是觉得这身薄被有些碍事，那就脱掉吧。”琴笙轻品了一口汤，淡淡的地问。

楚瑜看着他唇角那温柔到凉薄的笑容，只一口气上不去，下不来。但她还是……很怂地别开脸，抬手就抓起了汤碗大口大口地灌汤，顺便挡住琴笙那张出尘脱俗俊美面孔。

“慢点，莫要噎着了。”琴笙淡淡地道，又抬手替她盛了一碗汤。

楚瑜用最快的速度吃完了碗里的东西，又将汤灌了一肚子，随后转身就往床边走，眼不见为净。但只走了两步，她一个踉跄，就停在了原地，转脸看着踩在自己拖地被单上的精致白色云靴。

“你到底想做什么！”楚瑜冷声道。

琴笙依然在优雅地用膳，并没有看她，只是淡淡地道：“只用这么点儿，抵不足你的体力消耗，你要是不想吃，我来喂。”

楚瑜冷冷地拒绝：“我饱了。”

琴笙搁下碗筷，用帕子轻拭了一下唇角，随后唇角弯起温柔弧度：“以前你喂我，现在换一换，也很好。”

说着他宽袖轻揽，楚瑜便整个人都不由自主地被他提拎到他大腿上坐着。搁在她细腰的手让她整个人都是发僵的。看着他送到自己唇边的汤匙，闻着他身上的清冷水香，她却忽然有些茫然，她垂下眸子，没有动。

他的手也就这么抬着，姿势温柔而优雅，仿佛一点都没有察觉她的冷淡与抗拒。许久，楚瑜慢慢垂下眸子，启唇含住了他递来的汤匙。琴笙眼底闪过一丝幽微的波动，随后他继续舀了汤，和夹菜慢慢地喂她。初时还有些不熟练，有些汤渍落在衣衫上，但很快，他的动作就熟练了起来。她也沉默着没有再反抗拒绝。

一顿饭，便在沉默中度过。搁下的瓷勺叮当一声，打破了一室沉窒的气氛。

楚瑜面无表情地问：“我可以走了么，三爷？”

琴笙慢条斯理地擦拭着她的唇角：“本尊觉得你我应当培养一下夫妻之情，你说呢？”

楚瑜到底忍无可忍，蓦然冷道：“你到底想要怎么样，琴三爷，你要我背上的图，便拓印下俩，你要我加入曜司，我也如你所愿，何须再做出这般温情脉脉的样子，你整日里戴着这面具，不累吗？”

琴笙笑容凉薄：“不累。”

楚瑜无言，半晌，一把捏住他的手腕，一字一顿地道：“你不累我累。”

她现在就是不想看见他，她想一个人待着，她自己至少目前没有法子面对着这样熟悉的面容和身体，却仿佛只能感觉到陌生与深不可测。面前魔神的行事作风与她熟悉深爱的少年全然不同。她甚至看不透他到底想要做什么！

琴笙好整以暇地看着她，琥珀眸幽幽如波，莫测幽凉：“你想要走？”

楚瑜一僵，随后然地点头，“我想回天工绣坊，但是你放心，我还是曜司中人，不会脱离你的掌控，三爷你也不必委屈自己对着我。”楚瑜冷静地道。

她不是妥协，而是因为她知道目前她并没有比天工绣坊更好的地方可去，她如今已经和曜司不可轻易分割，千丝万缕的联系，让她不再是那个想走就走的楚瑜。唐门那边更是在重整河山，虽然分支的势力仍然不可小觑，但却也正是最艰难的时候，她并不想给他们带来麻烦。

琴笙闻言，神色有些莫测，指尖微曲，轻敲着桌面，一下一下地，似敲在楚瑜的心头。片刻之后，他轻笑了起来：“可以，只要你有能耐打赢本尊，或者放倒我。”

楚瑜一愣，明丽的大眼里闪过怒气：“你这是刁难！”

琴笙颔首，轻描淡写地道：“没错。”

楚瑜捏紧了拳头，此控制住自己没一拳揍上去的冲动：“你为什么……”

“因为本尊是规则的制定者。”琴笙看着她，声音依然温柔到凉薄。

他顿了顿，站了起来，微微眯起琥珀眸，看着她再次咬着下唇，指尖便轻柔地抚了上去，逼她张开粉润的唇：“至于其他……”

他目光幽凉莫测，慢慢地俯下脸，轻舔上她的唇，同时温柔如情人低语：“还不明白么，是因为你钟情的那个人原就是已经消失的幻象，作为拥有你的人，本尊有责任让你了解这一点，不是吗？”

他一边扣着她的后脑，一边轻吮着她柔软的唇，抬手探入她身上的丝绸被单里，指尖温柔又粗暴地揉上她光裸的脊背肌肤。楚瑜手抵在他胸口，忍不住微微战栗起来，她抗拒不了他身体与气息的吸引力。

入手生温如羊脂暖玉又似豆腐膏脂的触感，让他享受地微微眯起眸子，感受着她娇躯的僵木，琴笙慢条斯理地轻笑：“放心，今日我不动你，你可以开始试着放倒我了。”

说着，他松开她，抬手轻轻一拍桌子，也不知他是怎么做到的，桌下便弹出来两把薄如蝉翼的云刀，锋利的刀刃发泛出幽幽的光来。

他顿了顿，笑容变得有些漫不经心："本尊一向公平，我坐在这里，也不用武器，总归你所钟情的从来都是那个单纯而肤浅的幻象，对我不必客气，十招之内能伤到本尊任何一点，你都可以走。"

楚瑜一愣，蹭了蹭自己被吻的有点肿的唇角，看着他，忽然心情有些复杂，目光落在那云刀上。她指尖微微一动，慢慢地向那云刀伸了出去。

琴笙妙目闪过一丝暗沉的光，随后微笑："输一次，便有一次的后果，你可想明白了？"

楚瑜沉默着收回了手，只是揉了揉眉心："没想明白，我要睡一会儿，你若是愿意在房里，就待着吧。"

说罢，她再不管他有什么反应，径自裹挟着被单回了床边，直接爬上去，抬手就放下了帘子，把整个人都窝进软枕里，彻底放空自己的脑子。

和这人相处，实在是烧脑——心累，又心塞。

琴笙看着窝在床上挺尸的窈窕人影，他垂下眸子，轻品了一口茶，温淡地道："后日是回门，记得准备一番，至于这个打败我的约定，永远有效。"

说罢，他便起身离开。只余下两把薄云刀在空气里散发着寂寥的冷光。楚瑜窝在被子里，先是不动，随后脑子里开始转了起来——三日回门？

后面两日，琴笙果然并没有再对她做点什么"人神共愤"的事情。他甚至没有回新房，歇在了书楼，也不知在做什么。只是每日里用膳，他是必然过来的。一过来也是与她温言谈笑，仿佛他们真是……寻常夫妻。

不过对话，通常如下。

"今日天高云淡，不算太晒，绣坊后凌波湖的睡莲与夏荷都已新出了花苞，小鱼可去散散心。"琴笙温然一笑，给楚瑜夹了一筷子鱼肉。

楚瑜冷哼："几朵破花有啥好看的，不去。"

琴笙慢条斯理地挑鱼刺："既觉得堵心，不若本尊与本尊的小夫人做点儿别的愉快的事情，身子骨儿累一累，脑子便不会胡思乱想，可好？”

楚瑜笑眯眯：“芙蓉出淤泥而不染，真是极好的，我真是迫不及待地去瞅瞅。”

琴笙温柔地将一筷子挑好刺的肉搁在她碗里：“嗯，本尊想着你总是喜欢的。”

楚瑜瞅着自己面前细致白嫩的鱼肉，忽想起一次——人为刀俎我为鱼肉，忽觉堵心，硬邦邦地道：“我不喜欢吃鱼，不必再给我夹。”

“本尊记得你喜欢梅花鱼。”琴笙又夹起了一筷子梅花鱼剔透雪白的鱼肉搁在她碗里，凉薄一笑：“或者是小鱼不喜我夹的鱼，那么咱们可以换一种鱼吃。”

说着，他似笼着深雾的妙目微微抬起，一点儿不介意让她看见他的琥珀眸里雾气下那一抹熟悉危险的金光。

他那眸光，让她忽然觉得自己像是一丝不挂……

楚瑜道：“不必换了，这梅花鱼很好吃。”

说着，她一抬筷子把整碟子梅花鱼都拨到自己面前，上上下下地一通乱啃，弄得乱七八糟全是口水，发泄一通之后，她再大咧咧地推到琴笙面前：“还吃不？”

琴笙淡淡地扫了一眼，夹了一筷子优雅地送进唇间，似笑非笑地弯起唇角：“味道不错。”

楚瑜看着他一脸平静地吃了满是自己口水的鱼，却又莫名地涨红了脸，冷哼一声——无耻！

好容易煎熬到回门之日。

金大姑姑特地亲自送了衣衫和新制的首饰过来。看着楚瑜面无表情地任由红袖和其他侍女穿上一身渐变淡紫色，绣鸾尾花飞蝶软云的裙装，再坐在西洋水镜前由着红袖给她梳髻。

“小姐看你梳个什么发髻，是飞云髻，还是翻荷髻，或者堕马髻？”红袖一边梳着楚瑜满头长发，一边轻声问。

楚瑜没有什么兴致地道：“随便。”

金大姑姑眸光微闪，随后抬手接过红袖手里的绿檀木梳，示意红袖先出去。

红袖退出去后，金大姑姑用木梳轻轻地梳过楚瑜的满头乌发，温声道：“小鱼，这几天还好吗？”

楚瑜心不在焉地敷衍：“好。”

金大姑姑看着她那模样，轻叹了一声：“姑姑知道你心里不安，也知道你心里难受。”

楚瑜看了眼镜子里金大姑姑的表情，没有说话。

金大姑姑淡淡地道：“主上没有详细说当初在琴园里到底发生了什么事情，但是那都是过去的事情了。”

她摇摇头，叹了一声：“你们在一起经历了那么多，出生入死，互相扶持才到了今日，不容易。”

楚瑜眼底闪过一丝复杂的目光，她看向窗外的流云清浅，忽然轻笑了一声：“是啊，不容易，那又这么样呢，该留的走不了，该走的留不住。”

金大姑姑看着她黯然落寞的神情，心情有些复杂，一边帮她梳头，一边低声道：“小鱼，你没忘了当初答应过姑姑什么？”

楚瑜淡淡地看着窗外道：“姑姑说的是那个永远会对笙儿好的誓言吗，您莫要忘了我答应是对笙儿好一辈子，但如今的三爷，他这般人物大概也不需要我这等小人物的好。”

金大姑姑见状，又有些焦灼地道：“小鱼，你不要钻牛角尖，三爷他心里是有你的，你明白吗，他和之前的主上区别只是他拥有了所有的记忆，就算你们之间有再多的心结，但是他曾经对你的好，对你的真，难道是假的，而你对他的情意，难道现在就因为他回忆起了曾经，便不再是你钟情的那个人了吗！”

楚瑜一怔，有些茫然，也有些复杂地看着镜子里的金大姑姑：“大姑姑，你听过一句诗——悔教夫婿觅封侯吗？”

金大姑姑闻言，有些不明所以：“什么？”

楚瑜抬手轻轻地抚过自己胸前的长发，神情有些寂寥与惆怅：“女子多愿良人能步步高升，做个策马夸街的状元郎，又或者是成为万骨枯的名将，但她们大约并不承想，当自己的夫婿走到那一步的时候，又可还是她们的夫婿，人总是会变的。”

她淡淡地道：“大姑姑，笙儿记不得太多，心里和眼里也只有咱们这一方天地，念的不过一人心，我很满足，但三爷呢，他念的是什么？”

金大姑姑已经彻底怔然，神情变幻而复杂，许久，她才长叹了一声：“丫头，你心里想的事儿，总是……”

太复杂，却也算不得妄想，妄言。

“姑姑，我就是这么一个浅薄的平凡人，胸无大志，唯愿独善其身而已。”楚瑜笑了笑：“所以，三爷已经不需要我了。”

她原长于市井之中，与琴三爷那样高高在云上的人物，本就是不可能，也不该有交集。而如今，需要她的那个人，已经不在了。她是不是该功成身退了？虽然每次一想起这个念头，她就整夜整夜地睡不着。床边的冰凉，提醒着，再也不会有一个人将她如生命一般依赖，再不会有一个人要抱着她才能安眠，再不会有一个人愿意为她付出所有。

金大姑姑看着楚瑜怔怔然地看着窗外清风恋浮云，一行清泪却顺着她脸上不知不觉地滑落下来。金大姑姑细长的眼里不禁闪过一丝心疼，这个姑娘从一开始的让人头疼欲除之后到今日被认可，被接纳，她实在是一个让人很难不喜欢的人。

金大姑姑重重地叹了一声：“丫头，你不明白的，比起之前什么都不明白纯澈如稚儿或者叛逆又矜傲的三爷，如今的三爷也许才是最需要你的人啊。”

楚瑜似才察觉脸上的濡湿，她抬手胡乱地擦了一把脸，看着镜子里花糊糊的面容，有些无奈地嘀咕：“哎呀，妆又花了，一会儿还要再麻烦红袖姐姐了。”

金大姑姑看着楚瑜那模样，便知道她是对自己的话，很不以为然的，心中不免又有些焦灼。

自家主上那性子，也不是个好相与的，他习惯了用超越常人的目光与手腕行事谋划，说难听些就是不择手段地达成目的。如今虽然不知主上心里如何考量的，但主上并没有对小鱼做任何处置，便知道小鱼在他心中的分量。

他想要得到小鱼，只怕对小鱼如今不让他近心甚至近身的忍耐是有限的，他总会有法子对付小鱼的。但这并不是她想看见的，强求而来的到底是强求而来的。

金大姑姑迟疑着，犹豫着，替楚瑜将脑后的发髻绾好，将精致的紫水晶点翠赤金流苏压发在她后脑戴好，又选了两只精致的水晶流苏簪子替她别好，才正色道："小鱼，可还记得姑姑与你说，等你们大婚后，与你说一个故事。"

原本，她想着这些事情最好是自家主上与小鱼说的，如果自家主上还是几十年都记不起往事，便由她来让小鱼知道好了，怎么说他们都是夫妻了，也该让小鱼有点心理准备。那时候她相信小鱼就算知道那些往事，也会一直对主上不离不弃的。但是谁承想出了这么个意外，如今想想，只怕主上是绝不会开口去说那些隐秘又黑暗的秘密。她便是冒大不韪也要与小鱼说了。

楚瑜看着镜子里金大姑姑的表情，一愣，她自然是记得金大姑姑说的事情，便迟疑了一会儿，她原本想拒绝的，但是却又忍不住好奇，她想知道琴笙的秘密太久了。

金大姑姑沉默了一会儿，苍老的声音缓慢而惆怅地道："咱们先说一个故事吧，很久以前，有一个富户世家，这家的家主最早是一个女子开创，女家主的家业做得很大，人又很开明，所以这世家传承从不拘泥于儿子或者女儿。"

"后来传到上一代家主的时候，虽然是男家主当家，但他的长女是孩子里最有才华的，家主早早定了家业传给她，这家主的子女与其他富户人家钩心斗角不同，关系自幼和睦，很是和乐，所有的弟妹们也都很崇敬自己的长姐。家主虽然有一妻三妾，但很是自豪自家的孩子们是这般和乐，长女一贯性情坚毅又温和跟在父亲身边学习管事，富户家中的管事们都早早认可她是下一任家主，她也时常抽空照顾和教导弟妹，弟妹们都很敬仰自己的长姐，长女最关照和疼爱的是一对妾出的年纪最小的龙凤胎，因为他们早早就失去了母亲。"

楚瑜忽然若有所感地道："难道这对龙凤胎出了什么问题？"

金大姑姑神色有些阴郁，她脸色变幻了一会儿，还是慢慢地一边替楚瑜戴上紫水晶的珠冠，一边道：“嗯，这龙凤胎里的小儿子天生容貌极佳，是所有孩子里生得最美艳的，脑子里也是最好使的，甚至修习武艺也是孩子们最厉害的。”

楚瑜莫名其妙地就想起水曜，随后立刻摇头，把这个诡异的形象赶出脑海，只随口道：“这能文能武的小儿子难道忽然想把自己的长姐弄死，然后继承家业？”

金大姑姑沉默了一会儿，脸上的神色有些古怪又复杂：“当时没有人知道他是怎么想的，他小时候分明是很敬重依赖他的长姐，但后来成为少年之后却忽然一夕之间变了，竟用几年时间细细布下宏大杀局，试图将长姐赶下继承人的位置，确实引发了血雨腥风，甚至用卑鄙的手段囚杀了好几个一直坚定保护长姐的哥哥和姐姐们，最后……”

她深深地叹了一口气，艰难地道：“他甚至逼迫自己父亲传家主之位给他……结果生生气死了自己的父亲。”

楚瑜叹了一声：“也是，家财千万，大权在握又怎么可能不引得人心浮动。”

金大姑姑苦笑：“当年谁都以为他是为了这个家主之位，直到好些年后，家里再也没有人能阻挡他，而他也终于将他的长姐赶下了继承人的位置，甚至关了起来，而就在他得到了那个位置的前夕……他却死在了一场大火里。”

楚瑜一愣：“是什么正义之士奋起反抗，或者长姐其实蛰伏起来，然后带着手下复仇了？”

金大姑姑摇了摇头，闭了闭眼：“不，因为他的长姐死了，也死在了那一场大火里。”

楚瑜不解，颦眉：“什么意思，他长姐死了，他就跟着死了？”

她一琢磨，忽然道：“我明白了，他的长姐是不是打算和这个坏弟弟同归于尽！”

打不过了，爹也死了，周围的兄弟姐妹也被逼死了不少，绝望里自然想着和这个坏弟弟一起死。

金大姑姑神色有些茫然，仿佛透过了遥远的时空，看见了许久之前的事，她垂下眼，眼圈微红地轻声道："并不是的，她原本打算的只是结束自己的生命……那个第二天就要得到家主之位的弟弟冲进去救她，却再也没有出来。"

楚瑜呆愣，茫然："啊，这又是个什么剧情，这是因为这个姐姐有很多忠诚的属下，所以他担心自己地位不稳，要控制那个姐姐，所以才要救长姐，结果不小心烧死了自己？"

"机关算尽太聪明，反误了卿卿性命……"楚瑜叹了一声。

她忽然想起了以前看过那一本《红楼》里的判词。

金大姑姑神色却更复杂了，迟疑了许久，却还是怅然地轻叹："要这么说，倒也是。"

"可是这与三爷有什么关系？"楚瑜有点不明所以，她歪着头想了想："难不成他是长姐的孩子，还是那个坏弟弟的孩子？"

金姑姑一愣，看着楚瑜，忍不住苦笑："你这丫头，倒是聪明，主上他……"

"金大姑姑，本尊的小夫人梳妆了这般久，还没有妆点完毕吗？"一道幽凉低柔的声音忽然在门外响起。

那声音仿佛带着淡淡的笑意，但那笑意却冰冷的令整个房间的温度都降低了一般。金大姑姑一僵，随后转身看向不知何时已经站在门边的那一道修长的白影行礼："主上。"

炎炎夏日，风裹挟着热气吹拂而入，撩起他长长的袍子，翩然如谪仙，但却一丝热气都没法吹入房间，又或者吹入房间的都是寒透人心的寒气。他背对着光，让人看不清楚他的表情。

但是，莫名地楚瑜就觉得有些寒意顺着尾椎爬上来，如同站在无边的雪原冰川间，仰见寒冰大雪将倾，不知自己何时将被吞噬埋葬，那种感觉只能称为——毛骨悚然。有一种人，他微笑的时候，你摸不透他的心，他不笑的时候，你却只能感受到无边的恐惧。

金大姑姑的背心已经被冷汗湿透了，她维持了这个姿势仿佛已经很久。但是站在门边的雪影却没有任何叫她起来的打算。

楚瑜到底忍不住了，也不忍心看着金大姑姑这把年纪在琴笙那充满威压的冷酷寒意气场里受罪，便不动声色地道："金大姑姑，您看我脸上这妆还花着呢。”

金大姑姑一愣，却没有动，心中生起一点暖意。这姑娘，本质到底是善的，她从未看错人。但金大姑姑却并没有动作，仿佛没有听见一般。

直到琴笙淡淡地道：“去。”

随后，他背过身去，在门边负手而立。他一转身，整个房间里的阴冷沉郁的寒意都瞬间消散，阳光仿佛才能透入。金大姑姑方才慢慢地起了身，轻喘了一口气，苦笑，只觉得浑身僵木。

主上，这是……怒了。

她看见楚瑜望着自己有些不安和忐忑的神情，她安抚地伸手轻拍了楚瑜的肩膀，笑了笑：“主上等着你呢，来姑姑替你重新整理一下妆容。”

楚瑜见金大姑姑没有什么太特殊的表情，也微微颔首，轻声道：“嗯。”

两人都不再多言。

楚瑜知道金大姑姑不会再敢对自己多言，而金大姑姑也暗自叹息一声，有些事情，依然是主上的忌讳，只怕要等主上亲自与小鱼说才是了。只盼这充满生气，小火苗似的少女，能成为主上的雪原里那一抹唯一的红，燃亮他剩下的漫漫浮生。而不是悄无声息地熄灭在那无边的冰原大雪间。

楚瑜整理完毕，走出房门的时候，心情是忐忑的。说真的，到现在为止，她见过仙仙不高兴，见过白白发脾气，但偏生是面前这人，她是真没有看见过他真正的怒意是什么样子。她微微紧绷着身子，警惕地睨着他。

琴笙侧身，垂眸看着楚瑜。但见她一身浅色层林渐染的薄裙，一件深紫色的绣莲花纹半臂，秀发盘成一个简单的圆髻，发髻上戴着精致的紫水晶雕花小冠，并各自斜簪着两只紫水晶的花簪。剔透的紫水晶不及金银翡翠红蓝宝石那般看起来奢华，却愈发显得女子容貌慧黠灵动，妩媚俏美，像是荷塘里的娇俏清美的睡莲化作了人形。

他琥珀眸依然雾气深浓，幽幽淡淡地凝视着她，随后温柔一笑：“小鱼这般妆容，很美。”

随后，他抬手将手递到她面前。楚瑜一愣，他的情绪竟然收得这般快，仿佛什么都没有发生过一般？

她面无表情地把手搁在他的手心里：“多谢。”

琴笙握住了她的手，微微一笑，握在手里向门外而去。

夏日炎炎，但还剑湖边依然是杨柳依依，凉风徐徐。一点儿带着潮湿气息的风轻轻吹过，撩起楚瑜马车的纱窗帘。窗外不少路人艳羡地看着那一长队插着琴家旗帜，载满了礼物的车队。楚瑜却只心不在焉坐在车里托着下巴，不知在想什么。她听了金大姑姑的故事，却并没有什么头绪，琴笙到底在这个故事里扮演的是一个什么角色？

他是肩负了为母亲复仇的使命，又或者肩负了为父亲复仇的使命？曜司这般庞大，根基深厚，实力深不可测，就算她已经成为琴家的主母，却依然不了解曜司到底是一个什么样的存在。楚瑜叹了一声，有些头疼地揉揉眉心。目光无意地瞥见戴着白纱兜帽，快了半个马身在自己马车前的修白身影。

她原本以为他会和自己挤一辆马车，看她不自在，却不想他却选择了策马慢行。风掠起他一身胜雪白衣，只这么看着便觉得君美胜似画中人，他甚至不需要露出的他的脸，只那一身风姿，便已经站在哪里，举手投足都像是一幅画，吸引了一群路人目不转睛的关注，甚至有路上卖画的画师都忍不住一路提着画笔追着车队跑。

楚瑜有些恍惚，若是她还是当年的那个小捕快，又怎么会与他这样的人物，有交集呢？偏偏造化弄人，她和他就这么一路交集无数。只是现在忽想起曾经她拒绝宫少宸的话，再想想自己如今的处境……

“我们都是不择手段的人，他和我有什么不同？”“我等着你有后悔的那一天。”他金玉相击一般的声音仿佛就还在耳边回响。

不过是三四日之前的事情，如今仿佛过了许久。然而，他的话，却似诅咒一般的应验了。她轻轻地摸着腰上那一只坠饰，那是一只活灵活现，栩栩如生，鳞片都片片分明的以立体绣绝技绣出的梅花鱼。这是火曜后来扔给她的，是那一次宫少宸在风烟山上与她约战第二局时，白白绣给她的。

沉浸在回忆里，楚瑜忍不住轻笑出声，笑容甜美。

忽然帘子一掀，琴笙修白的身影静静地站在车边，声音淡柔温和：“到了，小鱼，下车……”

他的声音陡然一停，目光落在她笑得甜蜜温柔的笑颜上，神情有些怔然。楚瑜却一抬眼看见他，笑容忽然僵在脸上，淡淡地道：“嗯。”

她如今已经是琴家的主母，自然不能在外人前与他不睦。

琴笙却看着她脸上淡漠的容颜，微微垂下妙目，轻翘起唇角：“我就这么让你讨厌？”

楚瑜一愣，抬起眼看着琴笙看着自己的幽眸里那一抹迷离的雾气，她忽忍不住心头一颤，竟习惯性地伸出手去：“笙……”

但随后明晃晃的日光落下来，照亮了他的唇角那一点莫测的笑容，楚瑜伸出去的手僵在了半空中。

琴笙却忽然伸手握住了她的手腕，淡淡地微笑：“下来吧？”

不知为何，楚瑜觉得他似乎心情不错的模样。方才那种在琴家绣坊里那些阴郁和压抑都全然消散了一般。楚瑜有点莫名其妙，只木着脸任由他牵着自己的手下了马车。

逸哥儿早早地就穿着一身新衣搀扶着吴老头儿并着绣坊里的师傅们，甚至不少合作绣坊的老板们都站在了门口外翘首以待。毕竟楚瑜是他们的商会会长，如今会长姑娘回门，他们怎么也算是娘家人。远远地看见楚瑜一行人的马车队过来，就已经一片骚动。

“来了！来了！”

逸哥儿搀扶着激动的吴老儿下来，迎向楚瑜。待看着琴笙亲自温柔地握着楚瑜的手下马车，甚至替她将裙摆也握在手里，免得她踩到裙摆的模样是这般的柔情万千。吴老儿瞬间老脸笑得花儿似的，其他人也都松了一口气，欣慰地互看一眼。

不管是天工绣坊的人，还是这些合作的商行们，大都极喜欢楚瑜，在天工绣坊这些时间，丝毫没有架子，再加上她天生就有能和三教九流等等打成一片的亲和力，手上也是有真能耐的，为人公私分明之下，却又很有人情味。这么个样子的小会长，都希望她能得到夫君的善待。

但是琴三爷那样食人间烟火的谪仙一般高不可攀的人物，却仿佛和那烟火红尘间打滚儿的一尾灵动的小鱼儿本是截然不同路上的人，站在一起都觉得格格不入。他们怎么也不会想到忽然有一天琴三爷就真的要迎娶了楚瑜。

封逸微微眯起眸子，看着楚瑜。那少女如今就算绾起了长发，妆容精致，形容娇美清灵，除了眉宇间多了一抹迷人的妩意之外，看起来却丝毫没有小妇人的模样。

“丫头，这几日可好？”吴老儿握住楚瑜的手，颤抖着笑问。

他的日子已经不长久了，能看到自己的传人和恩人过得好，他死了也才安心。楚瑜点点头，笑眯眯地道：“好，好。”

随后，她又转了脸与其他人说笑招呼了起来。

封逸的目光在楚瑜看似灿烂的笑容上停了停，不禁冷了冷——随后他冰凉锐利的目光转向琴笙，却见他戴了兜帽正在吩咐身边的金曜将回门礼搬进天工绣坊，长纱飘荡，挡住了琴笙的容貌，一时间看不清楚琴笙的表情。

封逸垂下眸子，按捺下怒气，抬手扶着吴老儿，温声道：“师傅，大小姐刚过来，咱们还是不要在门口站着吧，您身子也不好。”

吴老儿咳了好几声，随后笑道：“咳咳……也是，我这个老头儿真是脑子不中用了，来来，快让小鱼进去。”

一行人便欢欢喜喜地往屋里去。

楚瑜经过封逸身边时，忽然低声问：“胡大哥和我干娘嫂子他们……”

封逸颔首，压低了声音：“一切都好，已经送走，照着你的吩咐都换了身份路引。”

楚瑜松了一口气，低低地，又有些惆怅地道：“走了就好。”

他们始终是她心中最深的牵挂之一，也是她最大的弱点，早走早好，虽然她很想很想他们，却也希望他们永远不要再回云州城……

封逸看着她，眸光微幽。他很想知道，为什么楚瑜会在大婚第二天让瑟瑟暗中送来口信，让他立刻将老胡一家全部改换身份送走。

他明明记得她大婚前还对老胡他们笑得那般灿烂，道是接他们回来享福的，虽然不能相认，但一家人都住在天工绣坊里，她也能时常回来看望他们。但是看着楚瑜并不想多言的模样，他便又按捺了下心中疑惑与隐约的担忧。

楚瑜搀扶着吴老儿进了门。琴笙亦跟着领人一齐进门，但封逸却似走得慢了一步，正好与琴笙并肩。

他忽然淡淡地开口："三爷，小生一直觉得大小姐高攀了您，您说是吗？"

琴笙脚步一顿，慢慢地向封逸转过身。封逸轻嗤了一声，讥诮异常："小姐如今到底也是玉安县主之身，若是您厌了她，到底给她个体面，让她回来……"

只是话音未落，他的声音忽然就僵住了。

琴笙慢条斯理地挑起了自己兜帽面纱的一角，露出了半张精致无双的面容，还有一只幽幽妙目。

封逸浑身一颤，竟下意识地退了一步，做出闪避的样子。

等到他回过神来，再去看琴笙时，却见他依然是目下无尘的清冷神色，唇角弯着温淡优雅的笑容："怎么了，逸哥儿？"

封逸这才发现自己避开的姿态虽然不明显，却在琴笙身后之人的冰凉讥诮目光下，忽然觉得自己狼狈非常！

他干涩着嗓子，冷冷地道："小生无事。"

"无事就好，你如有事，只怕小鱼会难过。"琴笙淡淡地一笑，随后放下面纱，优雅地向工坊内款步而去，大批武卫们立刻训练有素地一部分跃上房顶和各个角落消失，一部分立刻恭敬地跟上琴笙，不远不近地缀在自家主上的身后。

封逸方才放松下来，而他这才发现自己浑身的肌肉都因为刚才过分僵硬，此刻隐隐作痛。他有一瞬间的恍惚，又立刻眯起眸子，神色凝重地看着琴笙修白优美的背影。

他认识和交手过的那个琴三爷分明并不是这样，一个眼神几乎就能让人窒息和陷入恐惧深渊的存在。那个琴三爷虽然手段狠辣，可他的喜怒从来都能轻易地被读懂，他也不屑去隐藏他的情绪。

可是方才那一个……竟然会对他笑？只是那笑太莫测，莫测到让他心中发寒。他这样的人竟甚至看不懂对方到底是喜是怒，一望过去便是无边深渊幽海。分明是同一张脸，同样的身形和气息，为何会差这许多？一个人是不可能一夜之间判若两人的，难道是这个男人隐藏了他的真面目？

但目的呢？封逸原本就是个心思深沉又极为敏睿之人，此刻他忍不住颦眉地脑海里转过不知多少念头，脸色都有些铁青……如果大小姐这几天面对的男人，是这一个琴三爷。他大约能理解为何她会强作欢颜。封逸越发担忧，他略想了想，还是决定先沉住气，再找机会与楚瑜打听一番。

主院内，趁着楚瑜被合作商行们拉着去绣房商议事情的间隙，封逸终于找到了一个机会去单独与楚瑜说话。

“大小姐，到底发生了什么事情，你和三爷……可是有什么不对？”他目光沉冷地看着楚瑜。

楚瑜闻言一愣，手里抚摸着丝线，沉默了一会儿：“没有什么，我很好。”

封逸看着楚瑜的模样，眸子闪过一丝幽光，他轻叹了一声：“大小姐，你知道不知道你现在的样子，很让人心疼。”

楚瑜沉默了一会儿，却忽然无奈地笑了一下：“逸哥儿，我知道你担心我，但这事儿不是三言两语能说清楚的，也是我和三爷之间的事情，不是外人能明白的。”

封逸听得她这般说，心中有些发沉，那一声“外人”再次让他慢慢地，仔细地收敛起了自己的心绪，恢复了平日里的冷静沉稳。

“那么属下可有什么能帮助小姐你的吗？”

楚瑜闻言，俏丽的脸上倒是露出了一抹若有所思来：“若是你真要帮我，不若帮我想法子去查一件事。”

封逸颔首：“小姐请说。”

“你去打听一下朝中几十年间可有哪些世家大族，主要是上一两辈的人里，接连因为家主或者爵位的斗争死了好些子女的，最好……”她沉吟了一会儿，左右见无人，便低声道：“最好是与火有关，譬如起过什么大火，大火烧死了什么人的世家大族。”

封逸一怔，眼底幽光微动，随后沉声道：“是，大小姐给出的条件，应该也不算难查，属下必定尽力。”

交代完了封逸事情，楚瑜心中微微松了一口气，随后道：“一定要小心谨慎……”

“什么事，需要小心谨慎？”一道幽幽凉凉的声音忽然在丝线储存室的门外响起。

楚瑜身形微僵，如今她的内力修为已经能让她迅速地感知靠近自己附近周围人的动静，但是琴笙是个例外。她转过身，不动声色地看向门外修白的人影，心中念如电闪，他应该不曾听到什么才对。

“来，小鱼。”琴笙此刻已经摘下了他的兜帽，正温柔含笑看着楚瑜，抬手伸给她。

温柔到危险，让人——不忍拒绝，更不能拒绝。楚瑜沉默了一会儿，还是提着裙摆，向他走了过去。封逸见状，几乎下意识地想要拉住楚瑜的手腕，却还是硬生生地控制住了自己。

楚瑜一走到琴笙身边，便被琴笙修白的手蓦然一拉，径自撞进他怀里。

“唔！”楚瑜忍不住揉着发酸鼻子，冷冷地瞪着他。

“怎么这般不小心。”琴笙温柔地抬起她的下巴，幽幽琥珀眸里一片看不清的雾气。

楚瑜并不说话，只是淡淡地道：“走吧，前面要用膳了。”

琴笙牵着她的柔荑，微微一笑：“好。”

随后并不曾多看封逸一眼，转身离开。

封逸望着楚瑜和琴笙远去的背影，心情愈发地复杂，最终还是深深地叹了一声。他现在帮不了她，不过是因为手里没有力量罢了。

他微微眯起眸子，看着自己修长的手，白净的手指间有握笔的薄茧，却看起来过分文弱。而他也记得琴笙的那双手一样修长，甚至更精致，更细腻白润，玉雕一般的手，漂亮得不可思议，看起来也脆弱如玉，当是供奉起来的。

可是那个男人的那看似精美而脆弱的手，却能握住最血腥的剑，也能控制住天下最庞大的财富，并着与之衍生出来的深不可测的权力触角。想要什么，就能得到什么。连着楚瑜的柔荑，也被握住他的掌心。

而他，不过是一个罪臣之子，不要说握住自己想要守护之人的手，就算想要放弃执念，只默默地守护对方，却也是这般无力。封逸闭上眼，怆然地轻叹了一声他还有太多想要做的事，若一直这般手无寸铁，又如何能实现心中之愿。

随后，他轻笑了起来，慢慢睁开眸子看着天际，一双清冷的眸子冰冷而深沉。许多年后，谁又能想到，玉阶之上，蟒袍玉带，风华无双，一人之下下万人之上，深沉老辣，却最得天下士子最敬仰的一代名相——封相，也曾有过那些黯淡无光，又黯然无力的时候。

一路上，琴笙握住楚瑜的柔荑一路顺着走廊慢行。两人之间都不曾多言一句。直到快到了前院，琴笙方才温淡地道："天热，我让人备了些云旋斋的冰碗，饭后用一盏之后我们再回琴家绣坊。"

楚瑜可有可无地颔首："嗯。"

琴笙忽然停下脚步，看着她："一会儿，你去见见廉亲王，他昨日特地搬到了天工绣坊。"

"我明白了。"她对着琴笙恭敬地福了福，淡淡地道："妾身先去请义父到前堂用膳，夫君且先行一步。"

琴笙一怔，目光幽幽沉沉地看着面前变得温然有礼的楚瑜，她惯了作揖的，如今做福，虽然姿势有些生硬，却也有模有样，谈吐语气更一如深宅妇人。

丝毫挑不出问题。

可他心中却蓦然一窒，淡淡地道："你何必做出这副姿态，你是什么人，难不成本尊不明白？"

"夫君说笑了，妾嫁人前是不太懂规矩，言行莽撞，既然已经成了琴家和曜司主母，自然一切都要重新学过，一切都变了，妾身自然也要跟着变的，必不让夫君操心。"楚瑜微微又福了福，抬起脸来，清丽妩媚的小脸上一片沉静温淡。通身的气度，让她看起来仿佛真是出身大家的女儿。

琴笙看着她忽然轻道："一切都变了？"

楚瑜看着他，不闪不避，眸光清冷："难道不是么，夫君，我会尽力履行一个主母的职责，不会给您添麻烦。"

她的笙儿从不在她面前戴面具，更不舍得那般伤她。琴三爷却永远戴着那温柔的面具，让人永远看不清他的想法，她又为何不能戴上这后宅端方女子的面具。他们之间不过是求仁得仁罢了。

“主母的职责……”琴笙睨着她看似温顺平静的面容，忽然抬手轻挑起她的下颌：“你可知道主母的职责最重要的是还有陪寝？”

楚瑜垂下眸子，淡淡地道：“妾身自然明白，总也不是第一次伺候您了，不是？”

她什么时候，有过拒绝的权力？随后，她再次福了福，也不等琴笙说话，转身离开。

琴笙见她一副淡然模样离开，他看着她的纤细背影，琥珀眸幽幽似有涩然的流光闪过，随后他忽然轻笑了起来，笑声分明清渺悦耳，却让人听着莫名地心头一疼。

“一切都变了么，变的那个人从来都是你……”

楚瑜在前面走着，听着他的轻笑声，却莫名地眼圈微红。

和笙儿同样的声线，说出这般话语，依然能牵动她心底最深软处，像一根丝线，一扯便疼。但很快那些曾经的那些阴霾的记忆瞬间涌上，让她身子微微一抖，冷了眼，头也不回地离开。

笙儿是一潭清澈透底的水潭，琴三爷却是一片危险的深海。她仿佛用尽了力气，也永远看不透他。更没有将自己置身险境的习惯。既然如此，就保持这般家主与主母的关系，反倒是最省心的了。就当她暂时从事了一份新的职业罢了。

楚瑜轻叹了一声，整理好自己的情绪，转过长廊，打听了廉亲王的住处，便一路而去。

琴笙还站在原地，静静地看着她的背影远去。

回门归来之后，楚瑜便被金大姑姑和红袖给拖走了，道是新来的衣衫到了，要她去试新衣。她便对琴笙段方便地行礼之后，随着金大姑姑她们走了。琴笙看着她离开的背影片刻，便转身去了绣坊里的凌波湖边。凌波湖乃是引入了还剑湖的湖水，是活水，湖边有好几处精致的大石。他静静地站在一处石边，望着湖水幽幽如少女柔软的眸光，他莫测的神色也渐渐变得有些温柔。

这个时候，一只小手忽然递过来一片西瓜：“吃不？”

琴笙看了眼那汁水淋淋的小手，挑了挑眉，指尖一捻，接过那片西瓜，优雅地咬了一口。坐在他身边的大石上的一只小小的身影大马金刀地跷着二郎腿，一边啃一边问：“傻大个儿，你娘还是不理你，你咋这么没用呢？”

琴笙沉默了一会儿，看着泛起幽幽金光的湖面淡淡地道：“不是。”

“还是楚瑜姑姑不理你了？”小宝抹了一把自己下巴上横流的西瓜汁液，深沉地叹了一口气：“总归像你这样的脑子不好使的大个子，总是经常遇到人生的难题，也只有我小宝大侠才会大慈大悲地在这里等待着为你们这些愚蠢的凡人解惑。”

琴笙握着瓜的手顿了顿，看着戴着不知从哪里搞来的破斗笠，一只冲天辫穿过在斗笠上的破洞，随着他大脑袋晃动，冲天辫就不停摇晃的小男孩儿，挑了下眉：“你在这里等了很久？”

“那可不是！”小宝啃了一大口瓜瓤，随后朝着水面比了比：“咱们前天不是约好了在这里一起吃瓜么，傻大个儿，你今天回来那么晚，所以本大侠刚才练功走火入魔，就多吃了几片瓜，所以你也不要怪本大侠只能分给你一片。”

琴笙这才留意到那花坛下的湖面上漂浮着六七片……西瓜片，一群鱼儿在拱着那瓜皮不停地晃动。

他微微眯起妙目：“本尊……我记得这湖里是不允许乱扔东西的，嗯？”

小宝大马金刀地一摆手：“不扔这里，难道还带回去，万一被我娘发现我偷吃给主上的冰镇瓜，不得揍死……”

话音刚落，他立刻硬生生地转了头：“总之，本大侠扔的瓜，也是开了光的，你看湖里的鱼不也吃得很开心吗！”

琴笙眸光微闪，只轻笑了笑：“是，吃得很开心。”

小宝一边啃完了自己手上最后一片西瓜，一边拿袖子胡乱地擦了一把自己的小脸：“说吧，你又怎么得罪楚瑜姑姑了，老子说唯小子和女子难养也，女人是很麻烦的！”

他老爹天天都说他老娘很麻烦，他也深以为然，他娘没事儿就拽着他读书，还不让他去听说书先生们说那江湖上行侠仗义的故事，一听他说要做大侠，他娘就爱揍他的小屁股，所以女人实在是太麻烦了！

琴笙慢条斯理地吃着瓜，纠正他：“是唯女子与小人难养，孔圣人言，并非老子。”

“哎呀，总之管他是西瓜子，南瓜子说的，不要计较这种细节，你这个傻大个儿就是太计较细节了，所以做不了我这样的大侠，所以楚瑜姑姑才不喜欢你啦。”小宝一手撑在自己小膝盖上托着脸，一手比了架势。

琴笙将吃完的瓜皮搁在石头上，用帕子优雅地擦了擦自己的手，或者说手套，轻笑了笑：“嗯，她不喜欢我。”

小宝一脸同情地道：“唉，傻大个儿，你好可怜，脑子不好使，还老惹楚瑜姑姑生气，你要是像我这么机灵英俊，也许楚瑜姑姑还会喜欢你一点儿。”

他忽然想起什么，凑过去压低了声音道：“对了，是不是以前我偷偷给你看的那个《一枝梅》，被你姑姑发现了，她要揍你？”

琴笙肩膀微侧，没有让他的手碰到自己：“你说的是《金瓶梅》，不是因为这件事。”

他当然记得，记得一切。

小宝大侠再次被纠正，略不高兴：“所以说你不要那么计较细节啦，学学本大侠，宰相肚子里能生蛋，这样才讨大人的喜欢！”

琴笙闻言，唇角微微翘起，望着小宝的目光有点莫测：“哦，你的肚子里能生蛋？”

“啧，没文化吧，这是教书先生说的打比方，做人要像本大侠这样文武双全，才能闯荡江湖！”小宝轻哼一声。

随后，他歪着小脑瓜儿望着琴笙：“哎，你到底又干啥坏事了，是掏鸟蛋了，还是偷吃了，还是去湖里抓鱼掉下去了，或者是把楚瑜姑姑的衣衫弄坏了？”

琴笙顿了顿，只是望着湖面淡淡地道：“她，不钟情于我如今的样子。”

“你的样子，你啥样，长歪了？”小宝大侠有些好奇，盯着琴笙老半天，然后叹息：“好像你是比前些日子看起来丑了点。”

琴笙：“是吗……”

小宝点头：“没错，你看起来阴沉沉的，不说话老吓人了，哎呀，心情不好吗？”

琴笙温然地微笑：“这样？”

小宝瞬间缩了缩身子：“妈呀，大个儿，你不笑还好，笑起来像要使坏或者吃人，难怪楚瑜姑姑不喜欢你呢！”

琴笙收敛了笑意，若有所思：“是吗，你是第一个这么说的。”

小宝见状，松了一口气，抬出小爪子就拍在他肩膀上：“大个儿，本大侠跟你说，女人虽然很麻烦，可是我做了再多坏事，惹我娘发火，就像上次我觉得我娘的头发长得像一把稻草，就想试试头发能不能烧，我偷偷点了一把火，把我娘的头发烧了，我娘提着擀面杖追了我八条街，一个月没理我，说是不要我了，吓死本大侠，后来半夜抱着枕头跑她门口去哭……嘿嘿，你猜怎么着。”

“嗯？”琴笙看了眼自己肩膀上那个红色和黑色交织的小爪子印，身子微僵，淡淡地看了小宝一眼。

小宝嘿嘿地笑得一脸得意：“我哭了半夜，我娘还是放我进门，我一进门就扑她身上号啕大哭，说我不是故意的，是想帮她煮饭，不小心烧了她头发，她要是不要我，我就去死，我娘心就软了，当晚就把我爹赶一边睡去了！”

琴笙挑眉：“这……”

“这可真是个好办法是不是，我告诉你啦，我娘那样的大人就是嘴巴硬，可还是心软的，你要使点儿那什么计……她们就不会再继续生气了。”小宝嘿嘿一笑，一脸高深莫测的样子。

琴笙慢悠悠地道：“苦肉计。”

“对，苦肉计……哎呀，都说了要做大侠的人不要计较这种细节，我看楚瑜姑姑疼你可不下于我娘疼我，我偷听我娘跟洗菜的王婆说——自家儿子再孬，也是自己用了心疼出来的，哪能真说不要，说不喜欢了就不喜欢了！”小宝得意地哼了一声。

琴笙闻言，看着湖面点点夕阳的金光，神色幽幽：“是吗？”

淡金色的阳光给他的面容镀上了一层淡淡的金光，愈发显得他肤光如玉，眉目若画。

小宝看着，就有点呆了，喃喃自语：“哎……你可真好看，比绣坊里最好看的姐姐都好看。”

琴笙侧脸看向他，微微翘起精致的唇角：“是吗？”

小宝莫名地有点脸红，随后咳一声，骄傲地挺起小胸脯：“当然了，比本大侠还是差了一点，但是也不错啦，你到底是本大侠的兄弟嘛！”

琴笙似被他逗得心情不错，轻笑出声：“那还真是荣幸。”

小宝瞥见他唇角那一朵清浅如风的笑，忍不住红着脸挠挠头，有些疑惑地嘀咕：“你看你现在笑得不就很好嘛，咋刚才那笑起来跟个要吃人肉的魔头似的？”

随后，他摸着下巴，一脸沉吟的样子：“对了，我听楚瑜姑姑说过，做人要多一些真诚，少一些套路。哎呀，我也不懂，总之我觉得你不高兴就不高兴呗，干吗装着高兴的样子，笑得老难看了，吓死个人了，傻大个儿，你以前可没这样，其实吧，大人都是很狡猾的，像我娘，我要天天在她面前假模假样的，她也会不高兴啦！”

琴笙一怔，眸光幽沉。小宝大马金刀地拍拍他的肩：“你长得也还可以，女人都喜欢好看的东西，像我娘就喜欢那些亮晶晶的首饰，除了本大侠刚才教你的，你再把自己捯饬好看点，去用那什么……美人……美人计，楚瑜姑姑一定会重新喜欢你的！”

琴笙没有再避开他的手，只看着湖面若有所思半晌，忽然悠悠道：“你刚才说我笑得很吓人，是不是这样？”

说着，他微微侧过脸，居高临下地睨着小宝慢慢地翘起唇角，露出莫测的笑，幽眸如晦，似有惊涛诡澜携着阴森寒意与巨大威压罩向对方：“呵呵。”

小宝顿时僵住，只感觉一股子寒气从脊背爬上来，瞬间尖叫：“娘啊！”

说着，他瞬间身子一晃就从石头上掉了下去，揉着屁股看着琴笙离开的修白背影，他一扁嘴巴，号啕大哭：“傻大个儿你欺负人！呜呜呜！”

这一头琴笙转过了一处湖边小径，火曜轻巧地落在他身后，转头看了看不远处号啕大哭的小子，随后有些莫名地道：“主上，您这是……”

为啥主上恢复了正常，还和小宝混一起？两人在湖边看风景的画面，简直……诡异。琴笙慢条斯理地取了帕子轻擦着自己肩膀上的红色小爪子印：“这小家伙，有点意思。”

前日，他与下属商议事情，路上遇见了小宝，小宝冲出来拉着他叙旧，还往他手里塞糖，还问他是不是最近又被“小姑姑”教训收拾了，还是被谁欺负了，心情不好。

约他今日湖边谈心，要传授他大招。他自然记得这孩子是谁，原也不想去理会的，但却也不知为何今日回来之后，竟鬼使神差地往湖边来了。

不过……他随手将帕子扔给了火曜，唇角微微弯起一点莫测的笑来。似乎小孩子的眼睛能看见很多大人看不见的东西的说法，倒是真的。

“告诉红袖，今晚在本尊的小夫人那里用晚膳。”

不远处的小林子里，一个少女提着个果篮子定定地看着那一幕，她歪着脑袋想了想，喃喃自语：“刚才好像明明和那个小家伙在一起的是三爷啊……小姑姑……难道是……”

唐瑟瑟若有所思地提着果篮子转身离开。

夜色渐临，楚瑜正坐在房间里，任由红袖替自己挽了一个灵巧的螺髻，簪了两只俏丽的红宝点翠流苏蝴蝶，眉心一点细紫珠花钿，薄施粉黛。

楚瑜看着镜子里自己的模样，淡淡地道：“口脂可以再深一点，红袖姐姐。”

她目光一扫桌面上的几个装口脂的水晶琉璃小罐，点了一只深红色的：“就这个吧。”

红袖一愣：“但是小姐，你并不太合适这种颜色。”

小鱼是灵动慧黠的女孩儿，眉宇间的灵气显得她容貌鲜俏如朝露晨曦，更合适一些清新的淡妆颜色。那种深红，若没有大妆红衣相伴，在她身上只会显得分外不协调和老气。

楚瑜笑了笑："我喜欢。"

红袖见她坚持，也没有办法，只好为她点了那红色。楚瑜看着镜子里自己瞬间老成怪异的妆容，满意地点点头："好了，一会儿三爷就要来了，布膳吧。"

说着，她转身进房间，又随便换了一件看起来老成华丽的褙子，整个人看起来一股子暮气沉沉的模样。红袖看着她那模样，心中有些无奈，也只得应道："好。"

膳食是早已备下的，不一会儿就有侍女们鱼贯而入，摆好了膳食。楚瑜便是径自安静地坐着，一言不发地等候着。不一会儿，门外便传来了交谈与说话的声音。

"嗯，此事一直是日曜负责，让他去做准备就是。"

"是，主上。"

那熟悉又陌生的幽凉低柔如流水的声音还是让楚瑜忍不住微微握紧了衣袖。不一会儿，那修白的身影便到了门口，身后还跟着金曜。金曜一见楚瑜，桃花眼里闪过一丝异样的光，随后又恢复了平静。楚瑜立刻起身迎了上去，到了门口恭恭敬敬地福了福："妾身见过三爷，三爷辛苦了，膳食已经摆下，您请用膳。"

她能感觉那微幽邃的目光在自己头顶停了停，随后便淡淡地道："嗯。"

楚瑜便直起了身子，领着琴笙转身进了席。姿态虽然有些生涩，却也足够优美和恭谦，十足十的大家夫人的做派。红袖在一边看着，只眼角不停地抽跳。金大姑姑平日也是这么姿态，看着只让人觉得赏心悦目，风范十足，但不知为何在小鱼身上，却看着——这么别扭！

"伺候三爷洗手。"楚瑜看了眼红袖。

红袖暗自叹息了一声，脸上却不显，只领着丫鬟们过来伺候。

琴笙神色淡淡，看着红袖过来，他虽然抬起手，却看向楚瑜温柔一笑："本尊以为会是夫人伺候我？"

楚瑜一顿，红袖立刻知情达意地站到了一边，让出自己的位置。楚瑜神色从容地站了过去，看着琴笙优美的手，沉默了一会儿，学着金曜平日里伺候琴笙的模样，抬手替他解开那特制的薄如蝉翼如第二层肌肤一般贴在他手上的手套。琴笙一双精致非常，肌骨莹润如玉的手露了出来，她将他的手轻轻按在盛满了花瓣与特制香露、药材调制的水晶盆子里。

楚瑜忽然不知道接下来要做什么。只是她按着他的手，觉得莫名其妙地——尴尬，顿了顿之后，她只好随意地用水在他手上胡乱地搓洗起来。

“咳，平日里金曜星君都会为主上按摩一会儿手指和掌心。”气氛异样，莫名地有一股子凝窒的气息，红袖连提醒楚瑜，都得小心谨慎。

楚瑜闻言，抿了抿唇角，全当没有看见琴笙落在自己身上的幽邃莫测的眸光，只抬手轻轻地用花瓣按摩他修长而骨节精致的手指。

琴笙的指尖细腻微凉，摸下去有一种玉骨金脉之感，她不止一次地牵过这双手，曾经仿佛被他握在掌心，便有了可以安放自己的温柔安全之地。但是，如今再握住这双手，她却只能感觉到莫测甚至危险和……诱惑？楚瑜微微一僵，脸上莫名地有点发烧，原本正在动作的手也僵了僵。

只因为琴笙的指尖在水下正慢条斯理一点点地轻抠着她的掌心。他指尖本就细腻非常，带着一点凉意，一点点地摸索着她掌心温热敏感的肌肤，那种诡异酥麻的感觉一下子就让楚瑜忍不住抬起眼瞪他。

却见琴笙正一脸温雅沉稳地和一边站着的金曜说着公务，仿佛这种轻浮的行为根本不是他所为。楚瑜瞬间无语，忽又想起自己还戴着“贤良淑德”的面具，便忍耐了下来，抬手试图避开他撩拨自己掌心的手。但是效果并不太好。

她避开了掌心，他的指尖就撩到了她的手腕上。她的手腕皮肤更细腻柔软如膏脂，他似乎更感兴趣，指尖竟在她脉门的附近轻佻地画着圈，一点点地、极轻地摩挲着她细腻的皮肤，像是羽毛划过一般。

楚瑜从来没有感觉自己的脉门附近居然也是敏感处，又或者是他的技巧太好，他指尖就这么轻轻一撩，一爱抚，像是一排小虫儿就顺着她手腕内侧的肌肤一点点地爬了上手臂。

楚瑜涨红了脸，避了几下，原本是打算帮他擦洗的手忍无可忍地一翻，蓦然抓住他的手腕，正打算粗鲁地直接跟洗鸡爪子一样洗干净拉倒。却不想，她动作太大，竟直接砰的一声打翻了整个洗手的水晶盆子。

“主上，小心。”金曜倒是眼明手快，抬手就去扶住那盆子。

但是不知道为什么，他手才伸出去，忽然手臂内侧一麻，竟就这么抬不起来了，半盆子净手的香水就这么泼在了琴笙的身上。

周围的人鸦雀无声。

“夫人，替我更衣吧。”琴笙淡淡地吩咐，也并没有怪罪，只站了起来转身向内间而去。泼在他身上的那些花瓣和清冷馥郁的香气一路蜿蜒拖曳了一地。

楚瑜抿了抿嘴唇：“伺候三爷是我的本分。”

楚瑜唇角弯起一点儿无奈的笑，独自进了内间的门。那魔头，总不会在外间里有这么多人的时候，还敢对她怎么样。楚瑜先去雕花紫檀的衣橱里取了另外一套白色的衣袍过来，才往琴笙那边走过去。琴笙已经站在西洋水银梳妆镜前，自行松了腰带，见她过来，便优雅张开手。

看着他那熟悉的动作和背影，楚瑜忽然有一瞬间的恍惚，仿佛站在那里的还是等着她去伺候的娇气又矜傲的“少年”，对着她撒娇似的不耐轻哼——“鱼，你怎么还不过来？”

……

第二天，楚瑜一出门，就看见房间里一屋子人都直勾勾地看着她，尤其是唐瑟瑟。

“瑟瑟——”楚瑜是第一次看见这个沉稳的小姑娘居然当着这么多人的面就把脑袋探过来在她身上嗅闻，她有点无语地轻推开唐瑟瑟的脑瓜儿。

金曜和红袖两人闻言，却都没有说什么，只是有些怪异地看着唐瑟瑟。却不想唐瑟瑟是个倔的，凑过来之后轻嗅了一下，随后秀气的眉微拧了起来，看了眼楚瑜，就干脆地道：“掌门，我有事情要与您商议。”

楚瑜这时候看出来唐瑟瑟是觉出什么不对，大概要与她说了，平日里她轻易不会在人前用掌门称她。

她略一迟疑，便点头起身："好。"

只是她才站了起来，一道修白的身影就从里屋优雅地款步而出，淡然地道："你们都下去吧，这里有夫人就够了。"

红袖闻言，立刻会意地对着琴笙福了福："是，主上。"

随后便退了几步，领着训练有素的婢女们悄无声息地退出了房间。

金曜则桃花目微闪，有些复杂地看了眼楚瑜，随后又对琴笙恭敬地抱拳："主上，属下方才接到了上京传书，牡丹御史陆锦年正奉皇命带着册封小鱼……小姐的圣旨与赏赐过来，听传书中的叙述，也是要来查看廉亲王的身体情况。"

琴笙指尖轻抚过自己领口最上方的一颗盘扣，将之一丝不苟地扣好，随后淡淡地道："陆锦年么，此事传与廉亲王一声。"

"是。"金曜沉声应是，随后起身退了下去。

琴笙看了眼一边站着的唐瑟瑟，微微一笑，并没有说话。唐瑟瑟却瞬间感觉到一股迎面而来莫测幽迷的无边寒意，如有实质，几乎让她皮肤都能感觉到痛意似的。

她虽然心性沉稳，但年纪小，又哪里能受得住这种上位者的心理逼迫。何况已臻化境的顶尖武者以气为形的无声倾轧，如同剑气一般同样可以伤人于无形。她下意识地退了好几步，胸口发闷，脸色有些发白。

楚瑜虽然有一身的强悍的内力，却是个武学上的初入门者，哪里知道这么多门道，只看着唐瑟瑟忽然很不舒服的样子。

她一愣，抬手就扶住了唐瑟瑟："你这是怎么了？"

少女摇了摇头，却发现自己竟然说不出话，喉咙似有什么东西压窒着，唐瑟瑟瞬间就傻了。她这是中毒了吗？不能啊！谁用毒了，她不能不知道。

"本尊看你身边这小丫头是有些不舒服，不若让红袖带她去看看？"琴笙一边倒了一杯茶，一边温然地开口。

楚瑜见唐瑟瑟呆呆愣愣的样儿，虽然直觉上是自己旁边那魔神有问题，但却一时间也找不到什么破绽，只看着小姑娘一副呆滞地张嘴，震惊并一副陷入沉思的模样。

她就叹了一口气："好。"

不管怎么样，既然琴笙不想让谁在房间里待着，谁就一定待不住。

先让瑟瑟出去，明儿她再找瑟瑟问清楚。

她喊了一声红袖，不一会儿红袖就进来了，她一看唐瑟瑟那可怜兮兮，一脸茫然的小模样便愣了愣，随后不动声色地牵着唐瑟瑟就出去了。楚瑜眼尖，早早就在红袖的脸上看见了她神情很是平静。

这种平静，仿佛是见惯了这种她家主子爷想让谁说不了话，就能说不了话的情况。楚瑜愈发肯定是琴笙在唐瑟瑟的身上略施薄惩了。

她这几天也并不是光闷坐着生气，而是慢慢地摸索着琴三爷是一个什么样子的脾性。那种对她处境会有很大影响的人。一开始是老胡和老胡家的人，然后是成为捕快之后，她可以和需要研究与打交道的人就越来越多，这个世间的规则也越来越被她摸透。楚瑜并不是那种志向高昂要改变规则的人，她所求所想不过是活下去，而且是很舒服很好地活下去。

第六章

今夕何夕

这个朝代开国之君是一代女帝，两百余年前，女帝那时还是一个从前朝末代贵族家庭里出来的女子，一开始女扮男装潜伏在前朝，文治武功皆非常人能及，竟坐到了宰辅的位置，力求开海禁，航商贸，中兴前朝。

然而中兴之兆初显，女宰辅的秘密就被政治对手揭破，她所有的努力都毁于一旦，但是她居然没走那些以死明志的忠臣之路。

在她锒铛下狱之后干脆就勾结前朝信众无数的大国师，编造了一个天降神女的身份，直接举了大旗造反，因她之前从武职，边疆平叛立下大功，在军中威望极高，不少将领受过她大恩，原本就对她被下狱之事，怨声沸腾。

正逢女帝登高一呼，竟从者无数。后来前朝末帝发现自毁长城，已是后悔不及，烽火燎原，数年之后，天极王朝被推翻，女帝一身华丽龙袍凤披登上大位，还不顾反对之声，直接封了那美貌的大国师做帝君。

从此，天下女子之禁，更去了十之五六。她每次听到那样的传奇，就很佩服那敢教天地换新光，重新制定规则的女子。可楚瑜对自己有几斤几两重是很明白的，她也没那么大的志向和能耐。

何况她觉得现在这个世上的规则虽然还不尽如人意，却已经算是民风极为开放，几胜过她自己那个历史里以民风开放著称的大唐王朝。如今也算是风调雨顺，国泰民安。顺着这个朝代的游戏规则过下去，她小日子也过得不错，没打算也没能耐改天换日。

而且，楚瑜擅长的，原本就是顺应规则，然后利用规则活下去，也让自己过得很舒服。其实不管是她现在这个时代，还是其他某个时代，大部分人痛苦的，也不过是自己本无大能耐，却试图成为制定规则的人。

偏世上百分八十的人成不了制定规则的人，其中不少人对那些规则心生不满与怨恨，结果非但不能制定规则，甚至不能驾驭规则，利用规则，让自己生活得更好，反而愈发煎熬。说白了就是，心比天高，命比纸薄。

楚瑜却并非这样的人，她擅长于研究人，研究那些会影响她处境的人，也是吃透规则极为重要和关键的环节。最直观的就是，被曜司抓住差点儿弄死的时候，她就发现金大姑姑更有全局观，不会意气用事，却也最目下无尘。

如果能让金大姑姑看进眼里，不管好坏，那么她就有机会好好地活下来，金曜和其他人也就弄不死她，甚至可能被她反制。后来，她孤掷一注，做得很好。金大姑姑果然正眼看她，甚至让步了。后来应付再次苏醒过来认不得她的白白、对付廉亲王、对付英吉利的使团等等，她的这个特长都发挥得很好。

如今，终于轮到琴三爷了。

根据楚瑜的观察——琴三爷是一个很“规矩”的人，至少他表面上看起来是一个很“规矩”的人，衣衫一定是白色的，即使脑袋受伤的那两次，情智受影响，都不妨碍他对非白色的不喜。

扣子在人前一定是要扣到最上面的那一颗，手套也一定要戴好，中规中矩，一丝不苟。大多数时候，食不言，寝不语，连坐的时候一定是脊背挺直，优雅端正，气度雍容飘逸，仿佛庙堂里供奉着不食人间烟火的仙佛，随时可以接受凡人供奉跪拜。

行如风拂云，洒脱飘逸，举手投足却并无一丝邪气风流之态，只一身优雅仙气。伺候他的身边人，除了七曜和金字辈，随便一个婢女侍从扔一个在宫里，她估计就算是尚宫大人都丝毫挑不出毛病。

谨言慎行，气息沉静，来去无声，不该问的不问，不该看的不看。这一切都说明他是一个表面上非常刻板，端庄，优雅，龟毛的——变态。

因为她见识过不在人前的时候，琴三爷是个什么样子。楚瑜叹了一口气，他会不喜欢瑟瑟的无礼，她是可以理解的。但是，她有一种预感，琴笙把瑟瑟赶走，不让瑟瑟和她说话，只怕目的不那么单纯。不过她也只能暂时按捺心中冒出来的一丝隐忧，先看看他到底想要做什么。

琴笙琥珀眸看了眼楚瑜，温柔一笑："不用膳吗？"

说着，他夹了一筷子梅花鱼肉搁在楚瑜碗里。楚瑜盯着自己碗里的鱼肉，沉默了一会儿，她这一次没有再拒绝，而是很柔顺地两三下就将那鱼肉吃完了。

她喜欢吃梅花鱼，不必为了矫情，而让自己的胃口不好过。但她一吃完鱼，就立刻站了起来，走到琴笙身边，取了一双干净的筷子也夹了一筷子鱼肉搁在自己碗里，一边开始挑刺儿，一边恭谨小意地道："妾身替三爷挑刺儿，怎么能让三爷动手，夫为妻纲，妾先伺候三爷用膳，爷用完了妾再用。"

她的手臂碰到琴笙的胳膊能感觉到他身体果然又因为她这一连串"妾身""妾"的温柔小意有些僵了起来。

琴笙虽然讲究规矩，但是却不代表他喜欢她这么规矩，因为她楚瑜从来就不是这么规矩的人。这种刻意而为的规矩，非常的膈应人。虽然他面上并不显，神色一样清冷温淡，只是唇角的笑意略淡了点。

可楚瑜决定先用这"贤良淑德"把琴笙给恶心走，毕竟，她总觉得有什么不对劲。

琴笙琥珀眸微闪，拢在其上的雾气渐浓，让人愈发看不清楚他的想法，只是淡淡地道："既然小鱼要伺候本尊，那就坐着吧。"

他话音一落，楚瑜就感觉自己身形一晃，瞬间就被他轻勾着腰肢固定在了他的大腿上。

她推拒着他的肩膀就要起身，一脸恭谨地道："妾身怎么能坐在三爷的腿上，这不合规矩。"

"本尊说的话，就是规矩。"琴笙轻轻地提起精致眼角睨着她温柔一笑，握住她细细腰肢的指尖却不那么温柔地往里一捏，正巧捏在她细腰的一处敏感的软肉之上。

如今他这么一捏瞬间让楚瑜就僵住了，脊背一阵酥麻，腿也开始有点软。她暗暗地一咬牙，抬手就轻扶在琴笙的肩膀上，仿佛借力推拒，指尖却捏按上他精致耳垂后下半寸的地方，指尖透出一丝内劲。

"三爷，妾还是站着的好。"她睨着明显僵住的男人，笑得有点阴森，又有点得意的妩媚。

琴笙却慢慢地抬手轻握住了她的手腕，唇角轻翘起一个惑人的弧度："不要闹，小鱼，还是你想换一个吃食的法子？"

他的声音很温柔，温柔到幽沉，那幽沉里却带着莫名的危险气息。

琴笙抬起眸子，也不介意让她看见自己精致妙目里的暗沉雾气。

楚瑜瞬间心悸，她非常了解他眼里的暗雾散去以后，里面会浮现出那种令人心惊的诡异惑人的金光。

那种全然与他清冷温淡禁欲气息截然不同的炽烈光芒一旦浮现，那就是老房子着火，救都救不回来，自己大概没什么"好"下场。

她瞬间不动声色地颔首，打算把自己的手抽回来。她真是愚蠢，才会和一个男人比挑逗的技巧。这不是找死吗？

琴笙这一次没强拉住她的手，但也没有放她坐回位子上去。他慢条斯理地开始用膳，自然也不忘帮楚瑜夹菜、夹肉。楚瑜坐在他腿上，如坐针毡。

"用膳，本尊不会动你的。"琴笙淡淡地开口，舀了一碗汤搁在楚瑜的面前。

楚瑜看着自己面前的汤碗，再次不动声色看看身边的人，见琴笙简直再一本正经不过了，一脸淡然沉静用膳的模样，仿佛那器官不是他身上长的。楚瑜心中微微松了一口气，她虽然摸不清楚琴笙的想法，他的心思深沉莫测，但至少他从不说谎，既承诺了她，便不会违背自己的诺言。

她一边用膳，一边分神留意着身边的人。食不言，寝不语之类的良好教养在这大神的身上体现得淋漓尽致，琴笙安静而优雅地处理着他的膳食。

他用膳的姿态很优美，虽然在仙仙和白白的时期，她记得他用膳的仪态也是非常优雅的，受过极为严格的教养才能有这般的仪态。

但是不管是仙仙还是白白，都喜欢腻在她身边，要她喂，可就算以前仙仙或者白白自己用膳的时候，虽也颇有认真优雅，无声无息的，却还不至于这般的……像不是在用膳，而是在完成一件公务，每一个步骤都精确到像经过测算。

这是一个很能隐忍，或者拥有极为精准强悍自控能力的男人，大部分人有控制别人欲望，对自己没有什么要求。后者轻松简单，对别人提要求只需要一张嘴，是一件愉快的事情；但是对自己提要求，控制自己的欲望，却需要付出太多的努力也未必能圆满，可以说是一件不愉快，甚至痛苦的事情。

能把一件痛苦的事情变成一种本能，只说明这样的男人不是很危险，就是很偏执很难对付的变态。

很明显，琴三爷兼而有之。虽然琴笙用膳的姿态赏心悦目，可是……楚瑜莫名地觉得看着就没什么胃口，心情也有些烦躁。同样的一张面容，同样熟悉的身体，同样的熟悉的气息，却仿佛全换了一个人似的感觉，让她心情有些压抑和复杂。

但是这种复杂里，有一种说不清道不明的心绪。这种近乎严苛的优美姿容用膳，是经历过多少训练和教养，才能做到的呢？琴笙似乎察觉了她的目光，抬起眸子静静地看了她一眼：“怎么，饭菜不合口味？”

楚瑜摇了摇头，垂下眸子，闻着琴笙身上那好闻冰凉水香，有一丝恍惚，随后干脆地专注在饭菜上，不再去研究琴笙了。任何事情都需要循序渐进，这个男人不是那么好把握探究的，她不妄想能一口吃一个胖子。

楚瑜吃饭却恰恰和琴笙相反，她在维持了基本的餐桌礼仪之后，怎么高兴怎么吃，偶尔还会发出一点不是太文雅的喝汤、吃菜的声音。很有胃口的模样，一下子就将餐桌上喜欢吃的扫荡了不少。琴笙看着身边的女子用膳，目光便慢慢幽柔了下去，静静地看着她动作，他不自觉地也跟着她夹过菜的碟子里多夹了几筷子。

楚瑜用膳完毕，这才打了一个饱嗝儿，摸着柔软的小肚子舒服地眯起眼："嗝——"

她一抬眼，就看见琴笙正捧着茶杯，轻品着茶，似笑非笑地看着她。

楚瑜瞬间收敛了自己惬意的表情，一本正经地起了身福了福："妾身已经用膳完毕，不知三爷可要用些饭后点心？"

平安地用完了一餐饭，她得再想法子把琴笙给支走了，她可没有忘记自己有话要问唐瑟瑟那小姑娘。琴笙见她大眼珠滴溜溜地转，便也只妙目幽转，微微翘起唇角："嗯。"

楚瑜转身走到门口，唤了一声红袖，轻声吩咐了一句："三爷要用些点心，就照以前的准备吧，不，多备一份。"

红袖一愣，照着以前的准备？她知道之前三爷脑子不好使的时候，饭后确实喜欢用些点心。但是三爷脑子好的时候，从来都很讲究和克制的人，用膳七分饱，绝不多用一分，也绝对不会少用一分。

但是既然楚瑜吩咐了，红袖迟疑了一会儿，还是颔首应了："是。"

不一会儿，红袖就领着一个小婢女端来了两个托盘。楚瑜径自接过了两个托盘，对着红袖笑眯眯地道："多谢。"

随后，她一转身，足尖一勾，灵巧地将大门关上，也顺便将红袖探究的眼神关在了门后。楚瑜端着托盘走到琴笙身边，搁下来，看似恭谨地道："三爷喜欢用玫瑰奶露，香橘奶露，还是用葡萄奶糕，又或者酸奶乳酪、莓子奶霜？"

两碟子香香甜甜的奶露、奶糕等制品一端上来，琴笙脸上的表情就有点微僵，虽然那一点儿僵硬，或者说不太好看的近乎尴尬的情绪迅速地被他温柔的笑容覆盖。

"本尊喝茶就是……"

但是楚瑜心中轻嗤了一声，随后将那些奶露点心一样样地摆在桌面上："当初妾身伺候在三爷身边的时候，三爷成天的闹着要吃奶味重的，所以金大姑姑就去让人专门养了一头奶牛呢，呵呵呵……”

琴笙脸上的笑容浅了点，握住水杯的修长白玉指微微紧了紧。

“哎，三爷也记起来了吧？”楚瑜一坐下，就举起一杯奶露，一脸怀恋疼爱模样地道：“哎呀，三爷那时候真是可爱得不得了，这一天不喝奶就浑身不得劲。”

“是吗？”琴笙脸上的笑容又浅了点，眼角微微一跳，温柔笑容看着不知怎么就吓人。

楚瑜瞥见他那模样，又不动声色地喝了一口奶露，一脸当娘的回忆自己儿子的满足：“那是，咱们曜司里的人都知道三爷喜欢喝奶，每天都拿着个奶糕满大街地转悠……哦……不，是拿着一杯奶露舔啊舔啊，也不知多天真可人，大家伙儿出门回来都会记得给三爷带点儿当地特产的奶点呢，呵呵。”

楚瑜话音刚落，便见琴笙唇角微微扯开的那弧度已经不叫笑了，叫——扭曲。

她心里那个惬意，那个得意。叫你装，装大尾巴狼，这些天才恢复，不知道以前什么羞耻的样儿吧？

楚瑜并没有说谎，琴笙是能分辨出来的。他拥有所有的记忆，然而记忆一恢复，他自然只会迅速地接纳一些有用的信息。至于某些……不太好，也没有用的记忆，自然是被选择性地忽略。曜司众人自然也没有人敢撩虎须，都知道自家主子爷爱装，谁敢不知死活地去提主子失忆的时候做过的事。

自家宛如谪仙的主子自然不会做出什么随便抱着准备敲死自己的路人大腿叫娘，也不会为了喝奶能和人大打出手，更不会……当众撒泼发飙尖叫砍人，就因为自家的小姑姑冷落了两天。

曜司上下在琴笙恢复之后，迅速地集体失忆了。人都有一种本能，只愿意记得他们愿意记得的事情。但是楚瑜不，她也不是第一次撩虎须了，抱着能把人挤对走就挤对走的心情，不能挤对人走，看着这大神，不魔神面具龟裂的样子，她也是很乐意的。

于是，她很热情地帮助琴笙恢复一下过去的这不短时间的记忆，看着他脸上的表情扭曲，微笑的面具一块块地掉落和周身气息渐渐地变化，她心中暗自乐不可支。

琴笙忽然砰的一声搁下了手上的杯子。他力气略大了一点，那杯子破裂了。楚瑜一愣，住口，但见琴笙站了起来，面无表情地拿了帕子擦了擦手：“有些不小心，可是吓到你了？”

她有些期盼地抬起眼看向琴笙：“主上这是要走了？”

琴笙却忽然松了手，帕子轻飘飘地掉了下来，抚过楚瑜的鼻尖。

他慢慢地弯起唇角，琥珀眸子幽幽看着楚瑜：“你希望我走？”

“嗯？”楚瑜一愣。

那帕子带着琴笙身上的冷香，原本楚瑜就闻着那味道有些心神不宁的，此刻莫名地更有些眼神迷离，抬起眼看向琴笙，却见他正看着自己，薄薄的嘴唇染了茶水看起来精致而潋滟，下唇上的花瓣印记鲜红得像含了一颗樱桃似的，很诱人的样子。

她记得他嘴唇的味道，清冷的，柔软的，潮湿的，却又是炽热的，舌尖很软，却很灵巧，吻上去，味道不要太好。

然后……

楚瑜清醒过来的时候，她就发现自己竟然不知什么时候鬼使神差地站了起来，嘴里正满是那种清冷的味道。她竟然一手扯着琴笙的衣衫，自己已经咬上他的嘴唇，舌头都伸到他嘴里去了，撩人地舔弄着他精致唇角内侧柔软的黏膜。

楚瑜瞪大了眼，死死地瞪着闭着眼，微微颦眉似在忍耐什么的琴笙。

这是个什么情况？

她一惊，瞬间就往后退，松开了抓住琴笙胸口衣襟的手。

唇间淡淡的冷香，甚至一点儿血腥味都提醒了她刚才干了什么。

琴笙缓缓地睁开了眸子，幽邃的琥珀眸里金光明暗不定，眼神有些潮湿，定定地看着楚瑜。

楚瑜一僵，她眯起大大的眼，感受着自己身子里不稳定的气息和焦躁，咬牙切齿：“你……给我下药。”

她用的是肯定句，不是疑问句。她怎么会低估他卑劣的程度！

楚瑜心中怒火炽烈。琴笙却轻勾了唇角，淡淡地只说了两个字：

“没有。”

楚瑜一愣，却信了。琴笙不说谎，他的骄傲不屑于此。那么，到底是为什么……自己会这样？她咬了下唇，眼底都是茫然，那些他身体里清冷的香气的味道让她没有法子冷静下来思考。

“承认你想要我，很难吗？”琴笙忽然抬手，指尖轻抚摸过她下巴，随后轻掠上她柔软的唇瓣。

他的声音愈发幽柔如流水，一点点地掠过她的心头，与他身上的味道一起覆了她的神智。

“鱼，你的身体比你的嘴要诚实。”他轻叹了一声，似带了一点儿无奈又带了一点儿不耐和讥诮。

炽烈的、靡丽的气息和喘息撕咬的声音一点点在房间里蒸腾而起，带着一点儿血腥的惑人的气味。暗夜如晦，凉风幽幽，窗外的清冷明亮的寒月渐渐被云雾笼罩，显出一点儿猩红的色泽来。

金曜在门外负手而立，静静地望着一轮血月，神色幽沉。

到了下半夜，红袖披了一件薄纱披肩领着一队提着灯笼的人过来。金曜一转脸，才发现和红袖一起的还有金大姑姑。

“我让人备了一些宵夜，怎么里面还没有唤人伺候吗？”金大姑姑淡淡地问。

“是……”金曜开口，嗓音有些暗哑。

金大姑姑看了他一眼，没有说什么，只是转脸看向门内，细长睿智的眼里闪过一丝担忧。说话间，大门忽然吱呀一声打开，露出一道披着一件白色披风的修白人影。

几人见状，立刻上前几步，各自行礼：“主上。”

“嗯，容易克化的羹点准备一些。”琴笙神色平静淡漠，清冷幽然的声音带着一点儿难以察觉的倦怠沙哑。

琴笙转身正打算关上门，却忽然侧过身看向一边的金大姑姑，温淡地问：“刺青颜料准备得如何？”

金大姑姑一愣，还是道：“已经准备齐全，都是顶尖的色料，花中提取，不伤身子。”

琴笙漫不经心地颔首：“嗯。”

金大姑姑沉默了一会儿，还是低声道："主上，此事您不打算和小鱼商量么，本就是个麻烦的过程，咱们可以换一种法子，不一定非要……"

"她会愿意的。"琴笙示意红袖将盘子递了过来，悠悠道。

金大姑姑微微一怔，示意红袖和金曜离开之后，才对琴笙轻声道："主上，小鱼那姑娘性子看似柔和，什么都可以，但却也最倔强不过，可她认定的人，被划入她心里的人，便会得她一辈子掏心掏肺的好，您不要太着急了。"

琴笙淡然地道："要一个人认清她到底想要什么，不易，但她总会明白的。"

"明白什么？"金大姑姑一愣。

他微微翘起唇角，轻笑："明白她是我的，对她，我总有办法的。"

说着，他转身端着托盘向房内而去，随后门无风自动一般，悄无声息地关上。

金大姑姑看着面前的大门，却神情越发复杂和无奈。她轻叹了一声："三爷，情之一道，不是都能用手段解决的。"

小鱼陪着您走过两次"重来"，握住您的手，这一次，也许该换您了……

楚瑜也不是傻子，早已发现了不对劲。

奈何，她控制不住她自己了。

何况她原本对琴笙的身体、气息就全无拒绝之力。那是她深爱的人。她想要他，对他有亲近的欲望，原就是本能，何况在那种奇异的血液沸腾，喝多了似的情况下，更是一发不可收拾，直接就把他……给推倒办了。

虽然现在她已经不知道要怎么形容如今她和他的状况了。

如果不是她知道宫少宸根本不知道琴笙失忆的事情，就凭着宫少宸三番两次说她会后悔之类的话，她几乎都怀疑自己婚礼上那一场巨大的混乱是宫少宸的阴谋。

一来毁了自己的婚礼，二来也是刺激琴笙苏醒。她并不是没有大脑的人，事后一分析，她就发现了琴三爷两次恢复记忆，都与火有关。

甚至他第一次失去记忆的时候，除了在她这条小阴沟里翻船遭受脑部重击之外，也是在大火之中。

可是这种也只有她和曜司中的高层知道的秘密，她不相信宫少宸能知道。那也就是那妖货选择炸了她的婚礼不过是一个巧合，却真真切切地报复了她一回，让她沦落到如今这等进退不得的地步。

楚瑜头疼地揉着眉心，心中咬牙切齿地把宫少宸祖宗十八代问候了个遍。好容易把自己混乱的思绪拉回来，楚瑜揉着眉心问站在自己身后的少女："瑟瑟，你刚才说三爷对他自己下药是什么意思？"

"属下闻着三爷身上的冷香有些不对，似浓烈了些，想来是为了遮盖里头带着的血腥味道，原本是想提醒小姐的，但是……"唐瑟瑟小姑娘一脸沉重地站在楚瑜身后。

她眼皮儿一掀，就能看见楚瑜雪白颈项上的一点儿红痕。她也不是小孩子了，学毒习医之人，早早就了解了什么是男欢女爱。

再加上楚瑜身上现在那一身味道沐浴之后都不散，唐瑟瑟自然知道发生了什么事情。但是——

"他给他自己下药，为什么我会……中招，我不是元毒之体？"楚瑜迟疑了一下，选了个合适的词语。

唐瑟瑟咬了咬嘴唇，还是低声道："您是元毒之体，毒药对您没有作用，但是迷药和春药这两种药物多少对您还是有些作用的，但就算是最烈性的迷药和春药对您作用的时间都很短，无须解药您自己也会恢复。"

楚瑜揉着眉心的手指一顿，有些无语，这特么叫什么元毒之体？

也就是对破坏机体的各种剧毒免疫，但是麻痹和刺激某种作用的药物反而不能完全消化？但是她也想起了琴笙的百毒不侵之体，但会被她用三娘她们给的针麻晕。

只是时间也不会长，那时候在风烟山上，如果她不是后来在琴笙昏迷的时候，又狠狠地砸破了他的头，可能后来死的那个就是她了。

她和他不管是元毒之体，还是百毒不侵对其余的两种药都无法做到完全免受影响，虽然影响不大也就是了。

"还有既然春药对我也没有太过的影响，为何我还是……"楚瑜立刻想起了唐瑟瑟说话的矛盾之处，又冷冷地补充了一句。

唐瑟瑟看着楚瑜颦眉的样子，一点儿不像平日里那种平易近人的活泼模样，大眼里的冷光让她有点担忧，于是迟疑了片刻，又鼓起勇气道：“因为三爷的体质，有点像以前属下看到书里记载的某种百毒不侵之体，他身上的那种香气是从他血脉里散出来的，这种香气非同寻常，能够让人……”

唐瑟瑟绞尽脑汁想了个词：“上瘾。”

楚瑜一呆：“你说什么？”

唐瑟瑟想了想，轻声道：“三爷的这种百毒不侵之体也是因为服用许多药物的后遗症，那些药物都是极为烈性之物，甚至每一样拿出来可以说是天下奇毒，合在一起就是一种极为烈性的药，几乎有肉白骨之效，但是一有不慎，或者配药之人稍有不慎，甚至服药之人神智不够坚定煎熬不住一年筋脉逆转，五脏六腑火焚之苦，连配药人都会死无葬身之地，所以无人轻易敢尝试。”

楚瑜闻言，整个人都镇住了，手无意识地捏紧桌面。筋脉逆转……她见过的，不，她体会过的。金曜第一次整治她的时候，用的那种手法就是逆转她体内的筋脉，整个人都不由自主地浑身抽搐，肢体跟着扭曲成畸形的样子。

而她不过是被整治了那么一会儿，就已经像是死了一回，恨不得咬死金曜。

一年？那是什么概念？还有五脏六腑火焚之苦……

她听过老金他们隐约地提过琴笙曾经受过极重的伤，所以至今到了春雨绵绵的春日都会有后遗症……

却没有想到连治疗的过程都是那么惨烈吗？楚瑜的心在隐隐作痛，她忍不住微微咬住了自己的下唇，随后苦笑。

可是，就算如今她和他成了夫妻。她依然对他——几乎一无所知。

曜司底层的人不会知道主上的秘密，高层如金姑姑他们却也不会说，金姑姑想等琴笙自己告诉她。

可是他会吗？那个人……不是纯稚依赖她的仙仙，不是骄傲却毫无保留的白白。

楚瑜深深地叹了一口气，强迫自己拉回注意力，听唐瑟瑟说话。

“但是一旦熬过去之后，这些奇毒在体内互相牵制，互相消融，渐入骨血，便会形成特殊的百毒不侵之体，这种体质之人的身体发肤都会散发异香，血液甚至可以解剧毒，但是这种香气闻久了，会有令人痴迷成瘾之效，但若不是极为贴身也不会很明显。”唐瑟瑟颦眉努力地回想着。

她是她这一辈唐门弟子里的佼佼者，虽然不到过目不忘的地步，却也能记得许多秘书中的大概。

她慢慢地道：“但是如果长期贴身接触，譬如接触过体血体液，对方又再服用一些加剧异香的药，那么与其贴身接触之人，便会……”

“迅速上瘾，还犯了瘾头？”楚瑜忍不住抚额，额头上蹦起一根青筋。

原来如此，一开始还是仙仙的时候，她就觉得她越来越喜欢他身上这种冷香，喜欢抱着他，如今她非但和他有亲密的身体接触，还特么喝过他的血！

她早就无法抗拒他了！

只是昨晚被阴了一把，直接跟吸毒似的，爆了毒瘾，才恨不得吃了琴笙。

唐瑟瑟忍不住神色沉重地道：“是，其实我闻到过三爷身上的冷香，以前也只以为三爷是喜欢薰香，昨晚却发现那香气浓烈得带着腥味，那种腥味令我一下子想起了秘笈上记载的这件事，原本我想告诉掌门的，但是……”

“行了，这不是你的错。”楚瑜闭了眼，有些无言以对。

她坐了好一会儿，才闷闷地问：“这种成瘾会有什么……后果？”

唐瑟瑟沉默了下去，好一会儿才迟疑地道：“属下，不知，因为服用这种联合药物治疗之人本就很少，活下来的人几乎没有，所以记载不清楚。”

她略一顿，想了想又道：“但这种煎熬大约也和罂粟之流不会差很远，掌门若愿意，瑟瑟愿意做记载之人，目前看来您的元毒之体似对这种香气也无法抗拒，实在是个很有趣的例子……”

"行了。"楚瑜忍不住又开始揉按太阳穴，打断唐瑟瑟的话。

这小姑娘一提到毒就兴奋，说出来的话堵心堵肺的。唐瑟瑟见楚瑜脸色不好看，便立刻沉默下去，不再多言。

楚瑜起身，静静看着窗外远处的凌波湖，湖上的凉亭里金大姑姑、老金带着红袖、火曜、木曜几个不知在商议什么，但远远望去姿态闲逸。

琴笙身上这种冷香会有令长期贴身之人上瘾，他们不会不知道。如今想起来，就算金曜是琴笙的贴身武卫，却也没有日日贴到床上去的。

琴笙那种看似温柔，实则目下无尘的莫测性情，更绝对不会允许不信任的人随意接近。也就是，她很可能是第一个享受了他身上那种特殊冷香的试验品？金大姑姑和老金他们这些曜司中人从一开始，大概就知道她一旦接纳了琴笙，留在琴笙身边，日日陪伴着他之后，便会离不开他了，是吗？

离不开，也不能背叛。因为唐瑟瑟和她并不知道如果她离开琴笙之后，最后这种香气对她会有什么影响和后果，但是金大姑姑和老金，大概很清楚。所以，他们才放心她和琴笙越来越亲近……

包括现在的琴笙，若是失去记忆的笙儿并不知道他身上这种香气。他喂她血，是为了保住她的命。但如今的琴笙，琴三爷，大约是一清二楚他身上的冷香之用，而且应用得当。

楚瑜闭了眼，轻笑了起来。她知道他的用意……他不过是想要她明白，他并没有变，她依然想要他。没错，她证明了自己依然渴望他，钟情之心仍深藏，甚至不因为那种异香，可他……

真的没有变吗？

楚瑜有些迷离地看向天边——又或者正如他说的，她钟情的从来都是一个幻影？

唐瑟瑟看着楚瑜脸色不太好，难免有些担忧，她想了想，便轻声道："小姐，瑟瑟会想法子查出这种冷香成瘾的后果，若是有碍于身体，属下一定会想法子解开！"

既然是药，必有克制之物。唐瑟瑟是习毒学医之人，她坚信这一点。

就算有解药，她心里的烦闷，却不是那药能解。楚瑜轻叹了一口气："好了，没事了，瑟瑟，你回去吧，顺便帮我看看二娘情况如何，若是她们不方便调理用药，便都移到琴家绣坊来，毕竟你在我身边，就近照顾总是好的。"

唐瑟瑟乖巧地颔首，认真道："二娘身体还有些余毒未清，会有些难受的，移到琴家绣坊是会方便一些。"

楚瑜打发走了唐瑟瑟，又发了一会儿呆，发现她自己一时半会儿也没法子把事情理出个头绪来，昨晚折腾了一夜，本就又困又累，她心里闷得慌，又找不到人说话。

于是她干脆爬上床睡觉去了。她如今一安眠，丹田里的气息便会自发运行三十六周天，对恢复体力和巩固身体底子很有好处。这年头，靠谁都不如靠自己有个结实的身体底子才是正理。

她这一觉一睡就是一整天，直到傍晚才慢慢地醒来，但她会醒来也是因为感受到了身边有人。熟悉的淡淡冷香，让她习惯性地伸手揽过去，迷迷糊糊地道："笙儿，你睡过来一点才抱得到……"

只是这一抬手抱过去，触手之感硬而微凉，让她瞬间清醒过来。

她一抬头，就看见琴笙坐在床边，一手拿着书正静静地看着，手边还搁着几本书。她的手这么一搁，就正正地搁在了琴笙的书上，指尖则搭在他的小腹上。楚瑜看过去，正见他下巴精致光洁如玉，又对上他垂眸望过来的琥珀色幽凉妙目，她一僵，随后慢慢地收回自己的手。

"醒了？"琴笙却忽然温柔一笑，抬手握住她的柔荑，不让她将小手收回，只握在手里慢条斯理地把玩。

楚瑜抽了一下没有抽回来，便干脆也懒得动，只淡淡地道："三爷怎么过来了？"

琴笙温然道："事情完毕了，便过来了，怎么，你不想本尊过来吗？"

楚瑜沉默了一会儿，淡淡地道："三爷多虑了，这里是三爷的地方，您想去哪里，哪里自都去得。"

琴笙听着这有些冲的话语，他微微挑起精致的眼角，神色温柔间有些莫测："小鱼，瑟瑟和你说了什么？"

楚瑜一僵，她几乎忘了面前之人的心比比干还多两窍，直有九窍，在他面前几乎很难隐藏自己的秘密。她抬起眸子看着他，笑了笑："说了一下三爷身上那好闻香味的来源，三爷……"

"小鱼，昨晚你唤得很好听，不是吗？"他却忽然淡淡地打断她，音线虽然温柔如故，温柔惑人中更有让人无法拒绝的寒凉。

楚瑜顿了顿，目光掠过他下巴上已经消失得几乎看不见的小小牙印，还有他脖子上那些用高领衣都掩不住的痕迹……

她记得昨晚自己也不知道是因为那冷香勾得瘾头激烈地发作，还是因为愤怒，在他身上是又咬又掐，动作很是粗鲁，甚至可以说粗暴地发泄从大婚之夜到现在心里压抑的情绪。

他都一一地承受了，也没有对她做什么。如果他想要她的愧疚，她却只能说是扯平了。

可是……楚瑜忽然微涩着嗓音，却没有改变自己的称呼："三爷，你就没有什么打算告诉我的吗？"

她和琴笙本该是没有交集的两类人，却机缘巧合一路相随。不管过去如何，但那个忘却前尘旧事的"少年"以命相护，痴心相待，奉上他的赤子之心却是真的，她好不容易才接纳了这么一个人，安置在心底最深的地方，比谁都安放得深。

那个"少年"是她心底的那一抹明月光，也是她心底的朱砂，盛放了她几乎此生可以给予的所有温柔与温情。

不管昨晚他用了什么卑劣的手段，至少确实让她明白，她精神的潜意识依然会想要拥抱他，她的身体依然和他无比的契合，她喜欢他占有自己的那种合二为一的满足感。

甚至欢爱的时候，他闭着眼隐忍又迷离，及至失控的惑人模样，依然让她想起她爱着的"少年"。

所以，也许该再试一次？尝试着……再次靠近。

楚瑜态度的缓和，让琴笙依然是幽雾弥漫的眸里闪过一丝幽光和若有若无的笑意。

他忽然抬手，轻轻地抚摸过楚瑜的发鬓，仔细而温柔地将她散落的发丝揉到耳后："想来你身边那个唐门的小丫头已经跟你说了，我身上神香的来源与作用，会让人上瘾，令人痴迷和失控，是不是？"

他的声音柔凉似水，让人舒服得几乎欲溺毙其中。那种清冷如雪，却让人上瘾的香气的名字是神香吗？还真是……恰如其分的名字。

楚瑜抬眼看着他，却忽然觉得静谧间，那张隐没在烛火阴影里的清冷淡漠的无双仙容此刻看起来让人心有点发慌，多了一种近乎魔魅的气息。

“你很生气。”他慢慢地垂低了脸，悠悠轻叹，带了蛊惑的味道，“但你依然想要本尊的是不是，小鱼？”

他的如玉指尖已经轻地搁在她左胸口的心脏上方。那掌心微凉细腻之感，像是能透过肌肤浸润进她血液里、心脏中。

“无关神香。”他垂眸凝视着她，幽幽琥珀眸里雾气渐散，一点金色的火焰跳跃其间，烧得人心慌。

“就像虽然任何冒犯本尊的人，要么生不如死，要么永远消失，你应该消失的，可我身上每一寸血肉都告诉我，我想要你。”他微微弯起唇角，精致的妙目温柔到莫测。

她微微咬着唇，大眼定定地看着他，黑白分明如夜空的明月，想要看进他的心底。

琴笙却忽然垂下眸，抬手轻轻遮住她的眼，低头下去，吮上她的唇，莫测地轻叹：“别这么看着我，小鱼，本尊怕忍不住会将你一点点拆了吃下去。”

“你是我的，永远不要试图离开。”

他的声音依然温柔，亲吻却毫不温柔，与他清冷禁欲容颜与气息截然不同，炽烈到冰冷，炽烈到凶狠，似要将她吞噬一般。

楚瑜被他的手按在眼睛上，眼前什么都看不见，唯能感受他唇间的温度。她有些茫然。却也有些释然，不让看就不看吧。

至少这一刻，她觉得吻着她的人，是那个——矜傲又赤诚的少年。

不是那个太多秘密，莫测深沉如幽暗之海，清冷如冰川雪原的“神”。

暂时，就这样吧。能走到什么时候？至少，此刻，就当她贪恋他的香气，他微潮细腻的皮肤，他炽热的拥抱，他的清冷呼吸。

第七章 离心离德

“逸哥儿，我托你调查的事怎么样了？”楚瑜站在绣楼的窗边，静静地看着不远处碧波荡漾的凌波湖水。封逸今日是专门带了各种礼物来探望楚瑜的，他怎么也算是楚瑜的属下，虽然知道自家主上不喜，但也没有人拦他。

封逸便大摇大摆地拎着礼物进了门，直进了楚瑜的绣楼。楚瑜心情不算太好，见了他，心情顿时好了不少，毕竟封逸才是她的人。一番寒暄之后，她就直入自己最关心的正题了。

封逸却沉默了一会儿，还是道：“暂时没有什么消息，但是也不会太久，这种秘闻不太容易探查，有了消息也要谨慎些。”

楚瑜闻言，轻轻地颔首，随后又道：“谨慎总是好的。”

她也没有指望马上就能有消息，便又问：“过两天牡丹御史就要到了，你对她有什么了解？”

“这个陆锦年得封牡丹御史，一直在朝廷里与明月女史南秦月分庭抗礼。”封逸站在楚瑜的身后，淡淡地说着他搜集的消息。

“但是南秦月以善于弄权闻名宫廷，这位牡丹御史却是正儿八经的御史台御史，掌的是参奏百官的活儿，据说性烈如火，疾恶如仇，声望要比南秦月好上许多。”

楚瑜闻言，一边捧着果茶喝着，一边好笑地道：“性烈如火，疾恶如仇，这简直像哪个青天大老爷，但一任清知府，十万雪花银，这位御史大人到底是不是真那么耿直，这般人物又怎么会接了陛下的圣旨专门跑一趟云州，难不成她想弹劾这里的哪位大人？”

她也算是在衙门里混了好些年的，琴知府任上往来，下官上官来来往往，她也不知见了多少。这官场上的事情，她就算看不透十分，也看透了六分。她有一种奇异的预感，这位御史大人只怕是冲着她或者琴笙而来的。

封逸沉吟了片刻：“这就不太清楚了，不过这位牡丹御史之所以能封牡丹御史，倒是有个典故在里头。”

楚瑜一愣，颇感兴趣地挑眉，大眼明丽：“哦，是什么典故？”

封逸略想了想，坐下来一边捧着清茶，一边慢悠悠地道：“这位陆家嫡女出身的牡丹御史，原本也是宫中女学里的佼佼者，少女时虽然容貌寻常，但以文辞华美出名，更兼所写的策论也颇有见地，在女学里风头极盛，被誉为宫学第一才女，得许多士子赞颂，连后来晚了她两届，宫里极为受宠的南秦月都不能掠其锋芒。”

楚瑜若有所思：“其貌不扬，却能名扬上京被誉为第一才女，想来总是有些真本事的。”

很多所谓第一才女，不过是因为容貌姣好，又写得几笔迂腐诗文而被风流子弟吹捧出来的。但是这位牡丹御史陆锦年容貌平平，却涉猎到了策论，还能得到眼高于顶的士子们的认可，想来不是银样镴枪头。

“嗯，我看过她的文章，确实颇有一些见地。”

封逸略一思索便颔首道：“但她出名的原因却并不光是因为她的文采，而是因为据说烈皇子看上了她，想要立她为妃，她却认为烈皇子为人风流，其身不正，又无出众之才，非其良人，不可托付，不愿嫁给烈皇子，要求陆家拒了这门婚事。”

楚瑜闻言，敏锐地抓着了一点异样之处：“这种拒婚的理由，怎么会让人随便打听出来，难道不需要顾忌皇家面子？”

陆锦年不会当面说出此类托词来吧？

封逸轻笑，有点似讥似诮：“没错啊，这位牡丹御史陆锦年当年拒婚的时候可是一点儿不客气呢，直接对来说媒的官媒吐了一番那样的话语，还道她不求荣华富贵，只求夫妻琴瑟和鸣，也不知道她是单纯还是耿直。”

楚瑜闻言忽然忍不住轻笑了起来：“听起来，怎么像是个单纯又任性的姑娘？”

居然这么干脆地拒绝，一点儿不给皇家面子。

“没错，民间早有宁为天家子的说法，皇家男儿容貌皆极为出众，但是内里是不是败絮其内又怎么能是寻常臣子家里可以议论的，当年烈皇子知道这个消息之后，勃然大怒，直接上书求了太后赐婚呢。”封逸似想到自己打探到的消息忍不住又笑了起来。

楚瑜愈发地对后续感兴趣：“哦，后来呢，后来如何？”

“圣旨自然是下了，皇家对于陆家的那位嫡女这般不留情面自然是恼怒的，不过大小姐猜猜这位牡丹御史做了什么？”封逸忽然轻笑了起来。

楚瑜一愣，下意识地道：“她不会逃婚了吧？”

随后，她又为自己的异想天开失笑。陆家是上京百年仕宦的大家族，嫡女抗旨逃婚这种事发生的话，大概就是不被皇家灭族，也在上京混不下去了。

“不，那陆锦年直接写了一篇万言书上金殿呈情，文采斐然更让听者都忍不住感慨，她更直接在金殿之上立誓一生不嫁人，愿意将一生都嫁给家国天下，只为民呈情。”封逸微微弯起唇角，清俊优雅的面容上却闪过一丝讥诮的神色来。

楚瑜知道他脸上为什么会有这样的表情。这种事情听起来实在有点沽名钓誉。但她倒是觉得一个女孩子能有这种以命抗旨的举动，如果不是她心有所属，就是另有谋划，但也不是没有可能这女子性情耿直，又胸怀大志。

楚瑜想了想，觉得自己没有见到人之前，不必急着下定论，她现在对这位传奇的牡丹御史到底能不能拒婚成功挺感兴趣的。

“后来呢，皇帝陛下什么反应？”

封逸轻品了一口茶道：“陆锦年当时虽然被以抗旨的名义下了狱，但是她的呈情书却在坊间流传开来，天下士子闻言，都道她是烈性女子媲美开国女帝，竟齐上万民书，请求皇帝陛下撤回成命。”

“媲美开国女帝？”楚瑜挑了下眉，忽然笑了：“让我来猜猜这位牡丹御史抗婚的后续吧，皇帝陛下本也不是昏君，又顾忌着陆家百年世家的声誉和天下士子们的请命书，陆锦年也发誓一生不嫁算是全了皇家颜面，所以陛下将她放了？”

封逸赞赏地看了眼楚瑜，慢悠悠地道：“非但将她放了，还将她破格纳选入御史台，钦赐牡丹御史封号，赞的就是陆锦年品格似牡丹——庭前芍药妖无格，池上芙蕖净少情，唯有牡丹真国色，开花时节动京城。”

楚瑜听着听着就有点想笑：“牡丹真是国色，却是赞美人的，若是陆锦年姿容平平，看来皇帝陛下虽然对她大加封赏，心里未必就真是全不计较了。”

“有几个做父母的会对自己孩子被当着天下人嫌弃毫无芥蒂？”封逸轻嗤了一声，随后看向楚瑜道：“虽然不知道陆锦年当初为什么拒做皇子妃，但她能在这陛下明褒暗贬的不利处境里过了十多年，还能成为今日朝中清流重要的几股势力之一，名声极大，她便不是一个好相与的。”

真正的耿直心肠，性烈如火，怎么可能在尔虞我诈的朝廷之中如鱼得水？

楚瑜微微颦眉：“我知道，她这一次亲自过来，会不会是想先看看我是个什么人，还有我们如今算是和南家翻脸了，她既然和南秦月是死对头，会不会有可能是过来拉拢我们和琴三爷对付南家？”

封逸微微颔首：“很有这个可能，总之大小姐不要和这种人太过靠近，您的身份如今也算是个把柄。”

楚瑜的身份是编造出来的，能知道内情的人不多，但是真正知道的必定都不是一般人，很有可能朝廷极有势力之人，甚至可能就是天家那几位，琴三爷的身份看似一介商贾，实则他的势力非同寻常，大灾当头连天家都会向他借钱借粮，只怕琴三爷与朝廷有着千丝万缕的联系。否则怎么可能在蜀地的时候调动了当地驻军强行驱散了所有愤愤不平的武林人士。所以作为琴笙妻子出现的小鱼，会引起各方面的注意简直是再正常不过了。

但不知道这种瞩目对小鱼是好还是不好。他总要想法子谈明白的，但是探询明白之前，封逸觉得楚瑜还是和那些人维持距离比较好。封逸的顾虑从来就是对的，他是谨慎之人。

楚瑜点头颔首："我明白。"

就像她虽然欣赏那个女将军常圣黛，但是她也不会刻意去接近对方，免得自找麻烦。

封逸看着楚瑜的脸色，沉默了一会儿，忽然倒了一杯茶也给她推了过去："大小姐，我看你脸色有些苍白，可是有什么心事？"

楚瑜看了眼站在门边伺候着的婢女，她迟疑了片刻，随后抬手从他手上接过了茶杯，轻品了一口："逸哥儿不必担心，一切都还好，只是这几天没有休息好，有些心累罢了。"

只是封逸抬起眼也掠过了站在门边伺候的婢女，才静静地转看着她，眼里却流露出了一丝涩然的温柔："大小姐，你只要记住，天工绣坊永远都是你的家，我们都是你的家人。"

封逸是眼尖之人，他看着她的柔荑，纤细的指尖上有一点儿伤痕，看着不像是被割破的，倒像是被人咬的。楚瑜嫁过去的那天，明明还是那么开朗而有朝气的样子，为何这短短几天，她看起来便有些魂不守舍，难道和琴三爷忽然像是变了一个人的事情有关吗?

封逸猜测着，却也得不到答案，只轻声道："晚点儿，我会把二娘和三娘送到你的身边来做伴儿，她们的忠诚如今是值得相信的，有什么事你就让她们告诉我，若是她们闹你，你也只管告诉我，我总有法子治她们两个的。"

他的温情与亲切，让楚瑜忽然心头一暖，她吸了吸鼻子，对着封逸弯起大眼笑了笑，难得的灿烂明丽："我明白的。"

封逸在她眼里，如今除了像下属，也更像一个大哥哥，取代了老胡此后不能陪伴在她身边的遗憾。

楚瑜抬手搁在他的肩膀上，轻声道："逸哥儿，之前拜托你的事情就麻烦了，看着你们，我就觉得我不是孤身一人在这世间。"

她也会觉得累的。尤其是和琴笙这几日相处，怎么能不累呢？

封逸轻轻看了眼搁在自己肩头的柔荑，眸光有些闪烁，他垂下眸子决定还是控制住自己不要去握楚瑜的手。她若是幸福开心的，他自然只有祝福，可是如今看着楚瑜并不是那么快乐，他又忍不住憎恶自己的无能为力，甚至连楚瑜和琴三爷之间到底发生了什么也没有办法探听出来。更无力带着她离开曜司这是非之地。

封逸闭上眼，无奈地低笑——还真是百无一用是书生。只是总有一日，他总不会这么躲在她羽翼庇护之下，而不能庇护她！

封逸再抬起眼时，眸里又恢复了正常的模样，却也看见不知何时站在门外不远处的琴笙。

他站了起来，对着琴笙不卑不亢地抬手作揖："三爷。"

楚瑜转身看向来人，但见琴笙一头乌发全都束在发顶，用玉冠简单的束住，乌发从头顶散下来，一身白色长袍随风轻动，简约却裁剪精致非凡，整个人都看起来除了常见的出尘脱俗之外，还有一种奇异的惑人英气，妙目之中幽幽沉沉，明暗不定。

楚瑜见了琴笙，便松开了搭在封逸肩膀上的手。

琴笙淡淡地看了眼封逸："原来是逸哥儿来了，只是巧了，牡丹御史陆锦年今日提前到了云州，请了两个戏班子在还剑湖上唱大戏，道是为本尊祝贺新婚，不知你有兴趣同去否？"

封逸一愣，随后道是颇识大体地站了起来，不卑不亢地道："小生不过是平民，怎么有资格参加这种宴会，小生告辞。"

琴笙见他这般说话，便轻勾了一下唇角，也没有阻止。

楚瑜便立刻对琴笙道："我去送送逸哥儿。"

琴笙却温柔一笑，抬手握住她的胳膊向房内而去："咱们时间不多，离晚膳还有一个时辰不到，小鱼，你需要换一身衣衫。"

楚瑜一愣，随后看着自己身上松松垮垮的几件袍子，也只要对着封逸无奈一笑："你先回去，晚点儿再联系。"

封逸含笑点头：“是。”

待封逸走了以后，琴笙一抬手就将楚瑜给带进了室内，随后温然道：“想要穿什么衣衫？”

楚瑜一愣，忍不住看着他：“三爷，你给我换，红袖……”

琴笙淡淡地看着她：“我替你换。”

楚瑜看着他幽邃的妙目里浮着一层轻雾似的，看不清楚他心里在想什么。但她还是敏感地察觉，他心情并不好。他生气是为什么？

她还在发呆，琴笙指尖已经不客气地挑开了她的腰带，径自优雅地一拉，就将她外袍松开来，露出大片白嫩的雪肩来。楚瑜有些异样地看了他一眼，随后抿抿嘴唇，抓着衣襟回了内室：“那就麻烦三爷了，您看着哪套合适就用哪套衣衫吧。”

琴笙跟了过去，顺手开了紫檀雕花的衣橱，看了一眼，便取了一套浅鹅黄色的衣裙出来。

他再进内室，便看见楚瑜的外袍子半松垮地垂在身后，露出半片娇嫩的雪脊来，纤细姣美的脊沟隐没在下半截儿的衣衫里。

他清冷的妙目微深，随后走了过去，优雅地抬手替她将柔软的长发搁在肩侧，指尖轻轻地抚过她的肩膀，慢慢地顺着她的脊背下滑。

细腻的微凉的指尖一点点的滑过敏感肌肤的感觉，让楚瑜微微僵了僵：“三爷，咱们这是……在换衣衫。”

琴笙有点心不在焉地道：“嗯，”

只是指尖依然慢慢地在她雪白的脊背上轻滑过，随后他抬手就轻轻一拉手套，将左手的手套给取了下来，整只手轻轻地贴在她的背脊上，软嫩滑腻如膏脂的触感让他眯起妙目，声音却依然清单温柔：“换吧。”

但是手上却依然如故地摩挲她柔滑的肌肤，像在抚摸心爱的顶尖玉器一般。只是想起来的时候，才漫不经心地钩住她衣衫往下滑，那动作不像在替她更衣，倒像是拨开妨碍他享受的障碍物。

楚瑜闻着身后淡淡蔓延过来的冷香，再加上背后那只手一直有意无意地在四处点火。她忍不住心神有些不稳，眼神微迷。从几日前那一场像溺毙在水底似的欢爱之后，身体的极致欢愉却让她觉得心底异常疲倦，而他也若有所觉，没有再来她房间里。

楚瑜咬了咬嘴唇，强行令自己平静下来，索性自己就把外袍子连同中衣一起扯了下来扔在一边：“逸哥儿是我的属下，也是哥哥一样的人，三爷不必如此。”

她也不傻，再细细想想就能知道他的不对劲大概是看见自己把手搁在逸哥儿肩膀上的时候。那时候她只是觉得有些情绪激动，但是也并没有做什么太出格的事。可看在琴笙眼里大约会不一样。

哪怕是忘记前尘旧事的仙仙和白白时期，他的独占欲都异常强烈，如今他虽然不显露面上，但是她却觉得更……明显。

琴笙轻笑了笑：“嗯。”

他随手取了另外新拿来的中衣。楚瑜见他只是淡淡地应了一个字，听不出情绪，心中有点异样的不安，却还是沉默着背对他张开手。

但是她没有等到他替她穿上中衣，而是等到了一个落在自己雪肩上柔软的吻。

楚瑜一僵：“三爷，还有一个时辰就要开宴了……”

琴笙却漫不经心地抬手环住她的细细腰肢：“让他们等。”

随后一个又一个的轻慢的吻顺着她雪白的肩膀到脊背落下。楚瑜忍不住轻喘了一声，但还是一把捏住了他的胳膊，声音有些暗哑：“三爷，别这样，回来你若想，我奉陪。”

她想过了，他们总是夫妻，有些事不是她能拒绝的，何况她一向是个对自己很诚实，也是会享受的人。只是身体的拥抱很契合，很炽烈……欢愉之后却会觉得心里空了一块，仿佛怎么也填不满。

但她既然决定再尝试一次去接纳……总要尝试的。

男欢女爱，她也不是没有经历过，不必矫情。

但是琴笙的动作却停了下来，楚瑜敏感地察觉身后的人身上原本渐渐浓郁的冷香，慢慢地淡了不少。

自从上次琴笙不知服了什么药，令他身上的冷香变得浓郁之后，她就发现平时他身上的香气还是清淡的，但是若动情之类血脉流速加快之后，那香气就会变得浓郁惑人。

如今那香气淡了。他静静地抱着她，她甚至能感受到他身体的微僵，那是他心情不好的象征。

她轻叹了一声，只平静地开口："三爷？"

琴笙轻笑了起来，指尖轻佻地掠过她纤细娇嫩的小腹，声音温柔异常："小鱼，你真懂得扫兴。"

楚瑜却觉得他大约是生气了，她沉默着，没有说话，心里却默默地松了一口气。琴笙没有再做什么，依然替她换上了衣衫，动作优雅而仔细。楚瑜换上了衣衫，看着镜子里的自己，暗自点点头。

琴笙的眼光一向很好，这鹅黄色的绣飞鹤衣裙，精致中也不乏大气沉稳，她原本是觉得自己偏活泼的气质不太衬这种衣衫的，如今穿上去却意外地显得合适。

琴笙居然会替人穿衣，还是女式的复杂衣裙，动作不如红袖和侍女她们那般熟练，但是也不算生疏，已经足够她惊讶了。

"坐吧。"琴笙按住了她在水银雕花西洋镜子前坐下，抬手取了绿檀木的梳子过来。

楚瑜看着那架势，简直眼珠子都要掉下来了："你……三爷你这是要……"

替她绾青丝？

琴笙淡淡地道："嗯。"

楚瑜看了他一眼，自从方才之后，他便惜字如金，神色淡漠得分明不想搭理任何人的样子。

她不免有点犯嘀咕，他居然不再时时刻刻挂那种微笑的面具了？

楚瑜坐着，看着镜子里琴笙继续不算熟练，也不算生疏地替她绾了一个锥髻，又取了一套翡翠头面替她戴上。等到他去拿眉黛替她描眉的时候，她的心情已经从震惊到……复杂。

她看着他专注却清冷的眼眸，迟疑了片刻，还是忍不住问出了口："三爷，您怎么会这些……琐事？"

他曾经为谁穿衣，绾青丝，描眉贴花黄？

琴笙只取了蔷薇色的口脂让她抿了抿，淡淡地道："学的。"

看着他丝毫没有打算解释的意思。楚瑜硬生生地把那句"为什么学"给咽了回去，面无表情地坐着，只轻嗤了一声："三爷可真是有雅兴。”

她和笙儿在一起快两年的时间，可不曾看见过他会学这些，那就是之前的时候学的了？什么样的女人能让他学这些连一般男子都不学的东西！

她并不曾留意到自己话语的酸意，琴笙却察觉了，他妙目微闪，幽潋如波，轻弯起唇角，淡淡地道：“好了，走吧。”

两人出了门，马车是早已备好的了。这一次琴笙没有骑马，而是与她一起乘了马车。紫檀雕花的马车车厢宽敞而奢华，布置得极为雅致和舒适，里面甚至有小书橱和可以下棋的桌子，可以容纳两个人躺下，各色茶水点心都备齐了。

琴笙一上车，便径自取了一些奏报事情的折子开始看了起来，一副生人勿近的样子。楚瑜看了他半晌，目光掠过他手边一本《刺青绣艺》，不禁有些莫名其妙，刺青什么时候变成了绣？

随后她也径自看着窗外的风景，神思有些恍惚。他为什么不高兴？楚瑜琢磨了半天，想不出来，她干脆地靠在车窗边打起了瞌睡。

自从唐墨天将所有的内力强行传给了她，她就变得越来越爱睡觉。因为睡着了以后，那些强悍的近百年的内力会自顾自地在她筋脉里流蹿，然后自行在她丹田里调运。

睡着了，她就不用面对某些……难题。

琴笙正在处理事情，忽然抬起眸子淡淡地扫向楚瑜。一心数用，原本就是他与生俱来的本事，他一边处理事情，一边看书，却也一直有一缕神思注意着楚瑜，迅速地察觉到她睡着了。

他看着她睡得喷香，嘴微张，口水都要流下来的样子，忍不住眯起眸子，抬手就扔了自己手上的折子，冷笑：“没心没肺。”

随后他似发现自己失态，强行压下心中的焦躁，闭了闭眼，片刻之后再睁开眼已经恢复了平日里清冷淡然的样子。他搁下书，淡淡地看着楚瑜，神色有些莫测，甚至阴冷。

一看，便看了一路。

楚瑜在梦里，并不太安稳，总觉得有什么可怕的东西在天上一直盯着自己，像是随时一道雷劈下来就能劈死她。忽然车身一震，她坐直，下意识地嘀咕："天亮了？"

车外传来红袖隐忍含笑的声音："小夫人，到了。"

在外人面前，红袖都是唤她小夫人的。楚瑜打了个哈欠，才想起车里还有人，转脸一看，却发现琴笙已经不在车里了。她才伸了个懒腰，赶紧下车。

还剑湖边凉风徐徐，夕阳晚照，风景极美。楚瑜看了看，发现琴笙已经上了接驳的船，依然姿容优雅地坐着和一个站在他身边的大太监模样的人说着话。扶着红袖的手，楚瑜也跟着上了接驳船。那大太监看见了她，便立刻露出个笑来："哟，这是玉安县主吧，咱家是宫里来传旨的，有礼了。"

楚瑜见那大太监的衣衫华丽，胸口绣着麒麟补子，通身气度不卑不亢，一看便至少是个天子近臣，不禁心中一惊。这人竟在琴笙面前站着，一副讨好的样儿？

楚瑜看了看那大太监，面白无须，约莫四五十来岁的模样，笑容亲切，却难掩精明。分明就是个活久见事儿多了成精儿的人物。

楚瑜的眼睛一向挺毒的，一看那大公公的打扮气度，猜测了个八九不离十。她打起十二万分的精神对着那大太监也露出个不卑不亢的礼貌笑容："您多礼了，一路南下，苦夏炎炎，您方是辛苦了。"

那大太监笑得依然亲切："早听闻三爷娶的小夫人玉安县主很是个人物，今儿一见果然如此。"

楚瑜一听这话说得有点不阴不阳，哪里有夸一个女人"是个人物"的？虽然她干的那些事儿，确实也影响挺大。她分辨不出来那大太监的话是不是有敌意，只对着那大太监也笑了笑，随后不多言，径自上了船后坐在琴笙身边。

琴笙却淡淡地开口了："鲁公公听闻的事情不少。"

鲁公公闻言，眼珠子转了一圈，赶紧媚笑道："哎哟，那是，三爷可不要嫌咱家多事，就是陛下和太后娘娘都对三爷关怀备至，这不您娶了亲，这般匆忙，陛下和太后娘娘都惊着了，来不及备上礼物，如今命着牡丹御史大人与咱家一起把礼物都送来呢。"

楚瑜越听着，越是心里有些异样。琴三爷的能耐上达天听，她自然是早就知道的，看廉亲王那态度也能知道琴笙的地位在朝廷里是一个异类的存在。

但是如今见鲁公公这么一说，竟是琴笙的婚事都能牵动上头那两尊大佛吗？琴三爷身份几乎是江南无冕王，封疆大吏，莫非朝廷原本打算利用婚事牵制他？

楚瑜坐在这里，脸上神色平静，心里却各种念头都开始发散出去了。琴笙却捧着茶，轻品了一口，抬起眸子似笑非笑地看了鲁公公一眼："怎么，陛下和太后娘娘对本尊定的亲事有什么异议吗？"

他声音温和有礼，笑容却温柔到莫测幽沉，让人看了莫名地就背脊发凉。

鲁公公呼吸一僵，随后硬挺着脊背，干笑："您真是说笑了，陛下和太后娘娘一向对您关怀备至，也那么信任您，当然相信您的眼光一定是极好的，只是……"

"没有异议就好，替本尊多谢陛下和太后娘娘的关爱。"琴笙慢条斯理地开口，让鲁公公的"只是"后面半句话硬生生地咽了回去。

楚瑜听着琴笙那些看似恭敬，实际上轻慢非常的话语，再看看鲁公公非但不敢叱责，反而一副谨小慎微，不动声色地观察琴笙表情的样子，不禁若有所思。看来朝廷对琴笙还真是……忌惮。

接驳的小船摇近了湖上那几艘精致的乐坊船，便忽然听得一阵悦耳的曲声。楚瑜抬眼看去，便看见那几艘船上都是张灯结彩，布置得极为雅致，两层楼船上曼妙的人影绰绰，除了大船的周围各自有放哨的护卫武装小船，船边都还有挎剑值守的禁卫军。

楚瑜他们的船靠近之后，立刻就有人走到了船边来迎接。

"这是贵客到了。"远远的楚瑜就听见了一道略喑沉的女子嗓音响起。

琴笙并没有急着回应，只优雅地先上了船又转身把手递给楚瑜。楚瑜一愣，但立刻将柔荑放在他的手里，任由他握住自己的手拉着自己上了船。

上了船后，她方才看见一名头戴攒金丝红宝石雕花牡丹冠，身穿着宝蓝绣牡丹，束玉带官服的女子在一群官员与随侍的簇拥下款步走了过来。那女子长了一张不大的脸，轮廓圆润，皮肤白皙，看着一副精神爽利的样子，只是眼皮和脸上的肌肉有些松弛了，看着竟是约莫年近四旬的模样。

楚瑜不禁一愣，看打扮这位女大人应该就是牡丹御史了，但是按照封逸告诉她的那些事，算算年龄这位陆御史应该最多三十出头的模样，怎么看着……年龄偏大。

那女大人已经微笑着迎了上来，抬手对着琴笙行礼：“三爷，许久不见，锦年有失远迎。”

女子的声音虽然有些暗沉，算不得好听，但却异常的爽利，有点介于男子与女子中间的感觉，倒是颇特别。楚瑜这才肯定了，这位还真是牡丹御史陆锦年。

琴笙也抬手，温然一笑：“是，陆大人依然音容不改，神韵依旧。”

他的话并不多，只一句就让陆锦年的笑容里又多了一分愉快，有哪个韶华已过的女人不喜欢被赞年轻，何况还是来自这样风华无双如谪仙男子的赞美。

“您谬赞了，三爷才是风姿不改，依然是一出现就令本官这里蓬荜生辉。”陆锦年含笑道。

说话间，其余大大小小的官员都是上前来向琴笙恭敬地见礼，琴笙都淡淡地颔首。这些官吏之中不少人是本地的，还有一小部分是跟着陆锦年过来的。

陆锦年含笑道：“三爷，上舱已经摆下了筵席，请吧。”

但琴笙却没有走的意思，淡淡地道：“陆大人是不是忘了什么事？”

楚瑜一直站在他身边，并没有说话，只是微微弯起了唇角：“陆大人大概是舟车劳顿，一时间忘了陛下交代的正事吧。”

因为廉亲王身体不适，不能参加这宴会，他们像是故意当她不存在吗？她虽然不喜欢这种场合，也不在乎这种虚假的恭维，但是如今她身份不同，这等忽视她的行为，等同于侮辱，便不能容忍。这话说得有些诛心，陆锦年身边的几个女官神色便变得冰冷起来。

但陆锦年眼睛里光芒一转，落在了楚瑜身上，却露出了一个真诚而歉意的微笑来：“真是抱歉，本官忙昏了头，又一时间看见故人略有些激动，竟忘了正事，还请三爷和玉安县主莫要见怪。”

楚瑜倒是没有想到陆锦年这般干脆地当着所有人的面认错，她愣了愣，虽见陆锦年身后的女官们神色冰凉阴沉，但是陆锦年却极为诚恳的样子看着她微笑，她便也收敛了情绪，不卑不亢地含笑道：“陆大人说笑了，您不远千里奔波，辛苦了。”

倒是琴笙依然神情淡淡：“既然陆大人记起来了，咱们还是先听旨吧。”

陆锦年笑了笑：“那是自然。”

随后她低声吩咐了一下身边的女官，片刻之后，那女官便恭敬地捧着一卷明黄的圣旨交给一直躲在琴笙后头沉默不作声的鲁公公，鲁公公这才笑眯眯地钻出来，捧着圣旨敞开，干脆地道：“圣旨下，琴家主母楚瑜听旨。”

红袖早就交代过楚瑜如何行礼领旨，楚瑜早已准备好了，立刻和所有人一起跪下来，领了册封她为玉安县主的旨意。

“谢主隆恩。”

她起了身，将圣旨交给了身后跟着的红袖收好，又一一见过这时候仿佛才发现她是谁的大小官员们。

“好了，都是故人，诸位不必拘礼。”陆锦年对着众人道，随后打量着楚瑜含笑道：“县主，本官早早在上京就听过你在云州三盘两胜，赢了湘南宫家的精彩事迹，不光是廉亲王，就算是英吉利使节对您都大加赞赏，今日闻名不如见面。”

楚瑜见她说得倒是真诚爽朗，便将方才那些芥蒂也去了，只也不卑不亢地微笑：“御史大人才是真正的传奇，巾帼不让须眉，我仰慕您的风采已久，今日一见才是幸甚。”

红袖原本还有些担心楚瑜在礼仪之上会有局促之地，如今看见她落落大方，心中松了一口气，也暗自赞道，楚瑜这姑娘还真是下九流能混，上三流她也毫不怯场，也不知到底是个什么出身，也是奇了。

陆锦年笑吟吟地抬手：“请吧，玉安县主。”

说着她亲自领着楚瑜和琴笙上了二层船舱。舱内早已备下很是丰盛的筵席，众人皆含笑入了座，一时间觥筹交错，推杯换盏，热闹非常。

琴笙和楚瑜坐在一起。楚瑜见他几乎很少动筷子，偶尔间搭理一下陆锦年和一些过来攀谈的官员，她想了想，也跟着不怎么动。

琴笙看了她一眼，却忽然抬手夹了一筷子肉搁在她碗里："多吃些。"

楚瑜一愣，明白他这是告诉她这里头的东西没有问题，便也当下不客气地用了起来。

见楚瑜吃得干脆，琴笙似永远笼着幽暗雾气的琥珀眸里闪过一丝温柔的轻笑来。

陆锦年看着琴笙的表情，挑了挑眉，含笑道："二位真是琴瑟和鸣，是了，最近美和班排了一出新戏叫龙凤合鸣，在上京很是受欢迎，倒是很喜庆，很合适新婚夫妇看，就算是本官送给二位的一点儿心意。"

说着她比了比隔壁的画舫。楚瑜闻言，倒是有些惊讶，这手笔不小，居然从上京带了戏班子过来。

她很感兴趣地抬眼看去，果然见另外一艘画舫上早已摆开了唱大戏的架势。

琴笙则是神色淡淡，一手在桌下慢条斯理地捏了楚瑜的手来把玩，一手端着清茶漫不经心地道："陆大人有心。"

只是待得戏台上的俊秀的生角第一声唱腔响起时。

他一贯平静清冷的俊美容颜便一白，把玩楚瑜的手也捏紧！

"且话当年，长姐怜我年幼，多照拂……"

楚瑜被琴笙捏得一痛，差点儿叫出声来，但一转脸却看见琴笙精致的面容异常的苍白，一双原本笼着幽凉雾气的眸子此刻阴郁非常，似深渊暗海有风暴凝聚，令人胆寒的巨澜渐起，寒意渐凝如片片泛起杀伐冷光的刀锋，看得楚瑜心惊。

琴三爷从来都是鬼蜮乾坤藏两袖，明处莲花台上玉面观音，亮里瑶池清冷天上仙。唯一一次见他情绪失控，还是在新婚夜，她激怒了他。

但今天……这是怎么了？楚瑜见周围都是人，便强忍着疼，顺着他的目光看向那戏台子。但见那戏台上的俊俏的生角竟是一身华丽的皇子衣袍拉着一个同样戏服更华丽似的公主的旦角儿一唱三叹："长姐既怜我年幼，可又知我臣弟一片痴心向明月……"

楚瑜心中一动，却忽听的身边的牡丹御史陆锦年疑惑地低声询问身边的女官："这美和班的龙凤合鸣的戏词改了吗？"

那女官也是颇为疑惑的样子："回大人，下官没有听说此事，但龙凤合鸣唱的是落难公主和状元爷一见钟情之事，怎么会出了个什么皇子和公主纠缠，听着这戏词不对劲，有点亵渎皇家的意思……"

陆锦年一听，便怔然，蹙眉道："去查一查怎么回事……"

话音未落，便见身边的白影蓦然拍案而起，一抬手砰的一声，所有人桌面上的筷子和碗碟瞬间飞了起来。他一挥宽袖，厉风狂卷，所有的碗筷全部一瞬间化作无数碎片直接撞向对面的画舫。

"撞"。

确实是撞，所有的碗筷碟子，脆弱的瓷器，竟在那一瞬间的暴戾之风里化作了利石一般，瞬间撞穿了对面画舫的船身。对面画舫一震，在一片尖叫声里，半边船身发出恐怖的吱嘎之声，瞬间瓦解成了碎片，整艘画舫连同船上的人都晃动着，惨叫着纷纷落入水里，画舫歪斜着船身，慢慢地沉没。

这边船上的所有人吓得噤若寒蝉，鸦雀无声，不少人脸上都被那些破碎的瓷器割破了脸颊或者割断了发丝，但没有人敢去擦脸上的血迹，呼吸都凝滞。

天子一怒，伏尸百万，在这盛世之中，他们尚且未曾有机会体会过。但是现在，他们在体会到了清冷云上仙之怒下的血染长湖，船灭人亡不过在他抬手轻拂之间。

"这就是你们的礼物吗？"琴笙面无表情地开了口。

他的声音依然轻柔如流水，却似冰川寒流几乎能将所有人都冻僵。船上的人甚至觉得，只要他们之中有人说错了一句话，就会沦落到比那刚才那艘船上的人更凄惨的下场。

陆锦年脸色铁青，她强行捏住自己不断发抖的拳头，力持镇定地道："三爷，是我等的失误，下官必定会一查到底，给您一个交代。"

到底是在上京顶级权力圈浸淫多年之人，陆锦年已经算是其中最为镇定的一个人。琴笙并没有说话，他静静地站着，凉风掠起他柔软的乌发，他像在欣赏着湖面上的风景，金色的夕阳在玉一般的容颜上镀上了一层冰冷的金光，美得令人恐惧。

因为湖面上的风景——只有落水的人凄厉的惨呼，水面上不断扩散的血色更让气氛增添了一种令人窒息的阴森。

在琴笙发难的第一时间，所有的禁军士兵身后都多了一道鬼魅的青影，冰冷的猩红的短刃咬在了他们的脖子上。没有人怀疑琴笙不敢毁了这条船，以及割断他们的咽喉。死并不可怕，等候宣判才是最让人难受和恐惧的，而巨大沉窒的压力令他们甚至不敢哭泣和求饶。

时间一分一秒地过去。在有人几乎要崩溃的时候，琴笙垂下眸子，唇角弯起了堪称温润的笑容："若是明日日出之前没有一个交代，陆大人还是趁着这个时候好好看看还剑湖吧。"

说罢，他转身便向船边款步而去。他在做这一切的时候，手并有没有松开楚瑜的手腕。楚瑜几乎是被他拖着走，她有点无奈地看着琴笙的修白背影，还是赶紧加紧了步伐。

一直到接驳的小船送了他们到岸边，她都没有问一个字。她默不作声地观察着琴笙的表情。他第一次，失态若此。

看着琴笙和楚瑜的小船远去，所有的青影也都在一瞬间消失，甚至没有人看得清楚他们是怎么消失在这广阔的湖面上。

一如没有人知道他们是什么时候渡过湖面出现在船上。

许久，忽然有人忍不住哭泣出声，这一声近乎崩溃的哭泣，才令所有人长长地松了一口气。陆锦年疲倦地靠向了椅背，她脸色铁青。就在刚才那一刻，她几乎以为自己会身首异处。

这种充满无边威压与恐惧的感觉，她已经许多年没有体会过了，唯一一次大约就是在她十七岁那年当着皇帝和满朝文武的面拒绝烈皇子的时候。

"大人，此事一定要禀报圣上，弹劾……"一名女官颤抖着扶住了椅子，勉强不让自己滑落在地。

陆锦年抬起手打断了她的话，冷冷地道："不要让我觉得跟在我身边的人是个蠢货，与其说这些没有用的话，不若立刻去查对面的美和班到底被谁掉了包，现在，立刻将本层的人全部疏散到下舱去。"

那女官立刻不敢再言，脸色发青地低头退了下去，扶着船舱慢慢地离开。等着大部分人都散到了下层，本层船舱之只剩下了一片狼藉。

另外一名女官则是稍微镇定点，忍不住低声问：“刚才琴三爷让您好好看看还剑湖是什么意思？”

其余女官也很是疑惑地看着陆锦年。陆锦年闭了闭眼，略显松弛的肌肉紧绷了起来：“若明日日出前本官不能给琴三爷一个交代，那么这里就是我们的埋骨之处。”

此言一出，所有人的脸色瞬间变得苍白如纸。

“他怎么敢如此放肆……”一名女官到底忍不住颤声道。

她们丝毫不怀疑琴笙敢做出这样的事。

陆锦年有点无奈又有点倦怠地闭上眼：“因为他是琴三爷。”

这些年弹劾琴三爷的奏折不知多少，上峰那两尊大佛从来视而不见，听而不闻。众人沉默无言，女官们脸上露出一种愤怒与恐惧间杂的表情来。

到底还有人清醒一点，忍不住疑惑：“刚才那荒诞的戏到底是怎么激怒了琴三爷，难道是之前您得罪过他，因此他借题发作于您，我记得琴三爷并不是这么一个容易被激怒的人。”

陆锦年沉默了一会儿，微微颦眉，似若有所思：“问题只怕还是出在戏班子上，查，等此事了了，再写折子上呈天听，琴三爷的气焰实在太过放肆了些，陛下那边还是当有所提点才是。”

她眼里闪过一丝冷光，随后看向早早就缩在一个角落，一副眼观鼻鼻观心模样的鲁公公身上。陆锦年一看他那表情，唇角就忍不住一抽，冷冷地哼了一声：“鲁公公，您不觉得应该助本官一臂之力吗？”

鲁公公抬起耷拉下来的眼皮子扫了一眼陆锦年：“咱家什么都没有看见，什么都没有听见。”

陆锦年闻言，瞬间沉下了脸：“鲁公公！”

鲁公公慢条斯理地用太监那种特有的尖厉嗓音道：“不过咱家能提醒陆大人一点的就是，写折子是一件浪费笔墨的事儿，您有那闲工夫，不若好好歇着。”

“鲁公公，您这话是什么意思？”陆锦年冷冷地眯起眼，目光锐利地盯着鲁公公。

鲁公公淡漠地靠着船舱道："没有什么意思，就是字面上的意思。"

到底不过是递上去以后，喂了炉灶当柴火取暖的玩意儿，库房里每年弹劾琴三爷的东西堆积如山，每年冬天倒是省了不少引火的东西。

他瞅着心疼啊，都是宣纸徽墨精致锦缎为面的折子，可比烧银丝炭还贵，偏生纸墨有烟，虽然烧出来的味道很香，但御书房还是不能用，倒是便宜了自己手下那些小兔崽子用来烧火取暖装风雅。

鲁公公轻嗤了一声，闭着眼靠着船舱——闭目养神。

陆锦年看着鲁公公那模样，眼底闪过一丝狐疑的寒光，随后沉声道："行了，现在先去打捞对面的船，看看到底怎么回事。"

"是！"所有的女官们都恭敬地应是。

琴笙上了岸之后，坐在马车里，面无表情地闭目养神。楚瑜看着他的脸，还有那一身生人勿近的森凉之气，心中琢磨了一会儿，还是开口问了："三爷，怎么了？"

琴笙并没有说话，楚瑜很有耐心地等着。

许久之后，琴笙忽然缓缓张开眸子，松开了她的手腕，温柔地问："疼么，小鱼？"

楚瑜一愣，顺着他的目光看向自己的手腕，上面几道清晰发青发紫的指痕触目惊心。他捧着她的手腕，像捧着珍贵之物，让她却觉得莫名地有点不自在，她轻声道："还好。"

琴笙笑了笑，随后一个蝴蝶一般的吻落在她的手腕上。

又轻又软的触感，让楚瑜一愣，她抿了抿唇，还是没有收回自己的手，只是看着琴笙："三爷，到底出了什么事，那戏班子那边到底怎么了，是人有问题，还是戏有问题？"

如果是人有问题，是什么人能令琴笙失态。若是戏有问题，牡丹御史那边看起来不像知情的样子，那么是什么人能偷天换日，又或者说在戏班子里做了手脚，换了戏。

而且，她敏感地察觉到了——"姐弟"二字。楚瑜忍不住颦眉，忽然想起了金大姑姑没有说完的那个故事。琴家绣坊，金大姑姑和金曜几个早早地就在门口等着了。见马车一到，便立刻迎了上去，"主上，小夫人。"

琴笙下了马车，抬手扶着楚瑜慢慢下来。他见她两腿发软的样子，便索性抬手将她拦腰一抱，淡淡地吩咐金大姑姑："本尊先送小夫人回房，你们全都在南书楼等着。"

楚瑜闻言，瞬间脸上有点发窘："我自己可以走。"

琴笙却垂眸温淡地看了她一眼，用传音入秘的功夫对她柔声道："你是打算让所有人都知道本尊在车上宠幸了本尊的小夫人？"

楚瑜一僵，只咬着唇不再多言。

"是，属下等先候着。"金大姑姑看着琴笙抱着楚瑜下来，又见楚瑜衣裙有些凌乱，那小丫头一副力持镇定，面无表情的样子，眼底闪过一丝好笑，随后点头应了。

前些日子，主上和楚瑜关系僵硬，她很是担心，如今看着虽然似仍有芥蒂，但是至少楚瑜愿意慢慢地尝试着去接纳主上。

主上虽然心思深沉莫测，没有人知道他在想什么，但至少……她能看得出他记得那些日子里对楚瑜的心意。

虽然连她都能看出他们之间的关系脆弱如西洋水银镜。但这至少应该算是一个好的开头。金姑姑看着他们的背影，心情有些复杂。只愿未来不会还有什么波澜。

南书楼掌灯时分，一盏盏宫灯已经点上，房间里柔和硕大的夜明珠灯也亮了起来。

"回主上，我们已经查过，这美和班的人在上船前就被掉了包，整个班的人都晕了，因为调包之人是穿了戏服、化了戏妆上的船，所以陆御史身边的人根本就没有怀疑他们有问题。"火曜恭敬地道。

琴笙端着馥郁的清茶轻品了一口，淡淡地开口："什么人换了戏班？"

金曜和火曜互看了一眼，金曜沉声道："戏班里大部分人身上并没有什么异常，但其中一具男尸的身上可以发现琉岛人特有的刺青。"

琴笙闻言，眯起了幽沉妙目，微微弯起唇角："这是挑衅吗？"

火曜颔首："没错，属下也以为对方只怕是有意留下线索，若是要隐藏身份，完全不必如此。"

刺青，这种印记实在太过刻意。琴笙指尖微曲，轻敲了下桌面，随后道：“前往琉岛的事情准备得如何了？”

火曜抱拳道：“已经准备得差不多了。”

琴笙淡淡地道：“好，十日之后出发。”

金曜迟疑了一会儿：“楚瑜……小姐……”

“她跟我们一起去。”琴笙吩咐。

金曜和火曜都是一怔：“但是……”

“本尊意已决，带着她有用。”琴笙并不多言，淡然吩咐完毕之后，便抬手示意他们退下。

金曜等人也只好颔首离开：“是。”

老金和金大姑姑却一直没有出声，沉默着坐在桌边。

等到金曜他们离开之后，金大姑姑才微微颦眉，细长深沉的眸子里闪过一丝担忧的光看向琴笙：“三爷，琉岛那边的人怎么会知道当年的事。”

琴笙抬手，挡住了金大姑姑的话，他唇角带着一抹清冷莫测的笑意，看不出什么情绪：“这世上从来就没有什么真正的秘密。”

若要人不知，除非己莫为。老金和金大姑姑的神情都有些发沉。他们是追随琴笙已久的人，看着琴笙长大，这么多年过去了，有些事情，仿佛不管怎么掩埋和隐藏，却总会忽然从黑暗的深处尖利的刺来，扎得人措手不及。

琴笙双手交叠，优雅端正地搁在小腹上方，神情平静：“不必担心，既然琉岛的人能挑衅，想必已经做好了等咱们会动手的准备。”

“对方只怕是有备而来，主上慎重。”金大姑姑颦眉，细长的眼眸里闪过寒光。

琴笙似笑非笑地弯起唇角：“对方设下这般大局，摆下戏台，本尊若是不捧场，岂非可惜了，本尊素来是看戏的，倒是许久没有唱戏了……”

他望着窗外明月轻叹着，仿佛在说着什么有趣风雅之事：“只是希望他们能支付得起这大戏的代价，莫要后悔才好。”

琴笙的声线温柔到莫测诡沉，似有诡谲水流从深渊里慢慢游动而出，带着黑暗腥膻的味道，弥散在空气里，让人莫名地生出悚然恐惧之感。

便是老金和金大姑姑都忍不住微微打了个寒战。一时间内，房间里寂冷无声。好一会儿，琴笙才转过脸来看向金大姑姑淡淡地问："大姑姑准备的人和东西如何了？"

金大姑姑这才微喑着嗓子回道："都已经准备好了，已经在密室里等候。"

琴笙颔首，漫不经心地道："嗯，试试吧。"

说着，他便起了身，向门外走去。

一行人走到北书楼，进了门，又穿过几内间，打开了墙壁上的密室，走了进去。密室里修建得像另外一个北书楼，机关精巧，陈设精致。内间里，已经有三个女子，三个男子躺在了六张石床上。

他们眼神迷茫，神智都有些不太清醒的样子，手脚都被铐在了床边，身边都摆设着一排颜料并着打开的针盒，每一个盒子里都摆着许多长短不一的金针。一座精致的铜架子上挂着一张羊皮图。若是仔细看去，就看出来那羊皮图上的图案与楚瑜背后纹着的线图一模一样。

幽幽的烛火照耀得室内一片明亮，却又莫名地充满了诡谲阴沉的气息。

琴笙优雅地抬起手，金曜和火曜两人立刻上前伺候，小心地替他先用绸线将袖子束好，又解开了原先的蚕丝手套，露出干净精致的手。

他走到一个女子身后，看着那女子不知服了什么药物浑身火热，皮肤上冒出一阵细细的汗珠来。他原本打算按在她皮肤上的手便停在了半空里。

琴笙幽暗莫测的妙目里闪过一丝厌恶，随后只抬手取了一只细长的银针沾了一点颜料，慢慢地扎入那女子皮肤上，随着针尖没入肌肤。

那女子瞬间发出一声细细的喘息，带着痛苦的声音并着空气里渐渐浓郁起来的血腥味，在暗夜深沉里悚然非常。

楚瑜一惊，抱着被子一下子就坐了起来："呼……"

她像是又做梦回到了那个大火之夜，被人按在桌子上，背上一阵阵尖利的刺痛，她惊惶之中却反抗不得的无力之感令人难以忍受。

"怎么了？"一道幽凉的声音忽然在她耳边响起。

楚瑜一个激灵，转头便看见一双莫测魅眸，距离她的鼻尖不到半寸的距离。

“三爷……”楚瑜瞳孔一缩，硬生生收回了自己差点儿一掌推出去的内劲，她往后靠了靠，幽沉月光透过窗口琉璃落在他精致的面孔上。

他毫无表情的脸一半隐没在黑暗里，一半在清冷月下被映照出苍白如纸一般，愈发显得那双在光线晦暗处便会泛出金光的眼眸里看起来像一片极冷的月光海，嘴唇却嫣红到诡谲。隐约间，她仿佛还闻见一点浮动的血气。

那一瞬，她几乎想起西洋某种血腥的主宰黑暗的生物，但不过是一瞬间的事情，他慢慢地向前倾了下身子，大半张面容露在月光下，薄唇弯起清浅温柔的弧度：“抱歉，吵醒你了。”

那笑容虽然漫不经心，甚至一点儿所谓歉意都没有，可却一瞬间让他整个人的气质都变了，清冷出尘。他依然是那个九天琴神，仿佛之前的一切不过是她的错觉。虽然，她还似闻到了一丝若有若无的血腥味。

楚瑜靠在床头，一边抱紧了被子，一边忍不住揉揉眉心：“三爷……能不能别大半夜突然出现，真的很吓人。”

大半夜忽然有个人坐在了自己的床边，就这么在黑暗神色莫测地盯着她，尤其是他的眼睛在敏感月光下实在是——很恐怖。

琴笙看着她的模样，忽然淡淡地问：“忙吗？”

她看着琴笙，谨慎地道：“挺忙的，累，忙睡觉。”

她要说不忙，他要干什么？琴笙抬手轻握住她的柔荑，温淡地道：“嗯，本尊也恰好忙着与小鱼一样的事情，介意一起睡吗？”

说话间，他却已经松开了自己衣衫上的盘扣。楚瑜还没有来得及消化他说的话，便看着他指尖一挑，便优雅地去了外袍，靴袜坐上床。

楚瑜眼角微抽，也笑了，笑得有点咬牙切齿：“三爷，你确定你是在问我的意见吗？”

永远温柔优雅礼貌地问你意见，至于要不要听，那是他的事情。可他大半夜跑来和她挤一起，这大神是个什么意思？她明明今天已经满足他了不是吗？

可她没想过和他同床共寝，她不能忍受抱着同一具熟悉的身体安眠，却充满了陌生的感觉。那少年拥抱她，如小兽一般蜷缩着身子栖在她怀里的记忆是她如今仅剩下的温暖怀念。

琴笙幽眸莫测地看着她，随后温柔到礼貌地笑了笑：“那就不要问了，睡吧？”

于是她干脆转了个背过去躺下。

琴笙看着背对自己的背影，随后也跟着躺了下来，闭上眼。月光清清冷冷地透过琉璃窗落在房间的地上。幽暗的夜色下，一片静谧。

楚瑜僵着脊背，听着窗外夏日的风掠过树梢，晃动的树影发出瑟瑟的声音，虫儿细细地鸣叫，她甚至仿佛可以听见房间里冰盆里冰块慢慢融化的声音。还有身边的人几乎难以察觉的清冷而绵长的呼吸。

身边的人，似乎睡着了。他仿佛过来，就是真的为了在她的床上睡觉。可是，为什么？他已经很久没有和她同床共枕了。他们之间仿佛有一种诡异的默契，可以翻云覆雨，把身体深深嵌入对方最私密之处，交换彼此的呼吸，却不会同床共枕。

而在他们还不是夫妻的时候，却可以拥抱着对方，一同入梦。她甚至记得她温柔的吻落在那“少年”的额上，眼睛上的触感，他长长的睫羽弯起最柔软的弧度，靠在她怀里，安静美好得让她怜惜。

楚瑜却睡不着了，她盯着窗子许久，许久，脑子里却一片空白。

直到她觉得自己的身体都有些发僵了，才慢慢地转过身体，试图舒展一下自己的身体，免得第二天早上，因为太过僵硬麻木起不了床。她转过身后，眼珠子微微动了下，不由自主地转向了琴笙的方向。

身边的白影安静地睡着，双手优雅地交叠在他的腰腹间，神色宁静。楚瑜看着那熟悉的“挺尸”睡姿，却忍不住暗自轻叹了一声，竟然有莫名放松的感觉。她慢慢地坐了起来，活动了下自己被自己压得发麻的手臂，看着琴笙，目光从他光洁饱满的额头，如墨勾的修长眼线、挺直的鼻尖掠到薄唇下那一片花瓣形状的印记，脸上神色有些复杂而迷离。

还是安静沉眠的琴笙，看起来……舒服。就像那个她深爱的纯稚矜傲的少年，从未消失。金大姑姑说过，仙仙和白白都是他曾经的过去的少年模样，可为何如今面对拥有所有记忆的琴三爷，她却会觉得有些茫然。他拥有爱她的记忆，却拥有更多她不了解的过去，像一片无边海域深渊，她不知自己能潜入多深，他又允许她这一尾鱼潜入多深。

楚瑜轻叹了一下，抬手轻轻地去拉薄被为琴笙盖上，却不想手才伸出去，还没有触碰到他的身体，便在半空里被另外一只素白的手一把握住。

楚瑜一惊，转眼看向琴笙。却见他依然闭着眼，只是手上一抬，径自将她一把扯倒，随后轻哼了一声，便整个人粘了过去，一只手熟练地扣住她的细腰，强行在她的腹间寻了个舒服的地方，便把脸靠了进去，微微蜷了下修长的身子，挤在她怀里，满意蹭了蹭——睡觉。

琴笙的动作一气呵成，全无半分犹豫和拖泥带水，做千百次一般的熟练。

她看着那把自己当抱枕，用熟悉姿势抱着自己腰肢睡着的人，却忽然有点想哭。她轻吸了吸鼻子，抬手停在半空中，好一会儿才慢慢地放下来，轻轻地抚向他的青丝，鬼使神差地轻轻哼起来一段歌谣。

她没有看见的是，靠在她怀里的人慢慢地睁开了幽暗的金眸，随后似笑非笑地闭上了眼。

……

夏日炎炎，靠着湖边的小楼里吹进来的风都是热的。楚瑜托着脸颊，只穿了单薄的中衣，一边晃动着扇子，一边望着窗外，有些心不在焉地听着唐瑟瑟在旁边磨药和嘀咕。

“断肠草一钱、五步蛇毒一钱，蝎毒一钱，斑蝥二钱……”

霍二娘一边往自己嘴里扔了一颗冰镇葡萄，一边看着唐瑟瑟轻嗤：“你这小丫头，这大热天倒腾这些毒物干吗？”

唐瑟瑟一本正经地道：“小姐不是要做点驱蚊虫的药吗？”

虽然楚瑜如今是元毒之体，蚊虫不近，但是靠近水边，总难免有些虫儿在房间里飞，唐瑟瑟这小姑娘自告奋勇能研制驱虫药。

霍三娘懒洋洋地将自己冰碗里最后的甜汤喝完后瞥了唐瑟瑟一

眼："你这是驱虫么，我还以为你打算药死一个绣坊的人。"

唐瑟瑟僵了僵，随后捧着药磨有些委屈地看着楚瑜："小姐，你也觉得属下的药不好吗？"

她还是第一次被质疑制药的能耐。

楚瑜有点好笑："瑟瑟，杀鸡焉用牛刀，真的不用这么毒的玩意儿，万一被人误食了，岂不是麻烦。"

"哦。"唐瑟瑟闻言，也只好收起自己的毒物，冥思苦想别的驱虫法子去了。

说话间，楚瑜忽然眯起大眼，看向不远处："哎，你们看看，北书楼那边好像又运出来什么东西。"

楚瑜的小楼虽然距离南北书楼不近，隔了一座大湖，但是她这边居高临下，倒是能将南北书楼外头的情形看个大概。这两天总偶尔有担架从书房运出来，看那担架上盖着的东西却像个人形。而琴笙这些天也一直泡在书房，很少到她房间中来，但每次出现，她似都能闻见一种若有若无的血腥味。然而，这种味道似乎只有她能闻见，其他人都闻不见。甚至连长了狗鼻子一样，最擅长捕捉蛛丝马迹的霍家姐妹都闻不见，只道她疑心生暗鬼。

"三爷不是说没几天咱们就要去琉岛了么，我的小姐，你就别操心那么多了，难不成三爷还能在书房里研究怎么肢解你好烹煮了吗？"霍三娘不以为意地嘀咕。

楚瑜没好气地拍了她一巴掌："你才肢解了！"

她想了想，却还是道："不知为什么，我总觉得心里不踏实，想去看看怎么回事。"

她并不是一个好奇心过分旺盛的人，可但凡她下意识好奇的，多半会与她自身安危有关。

如今这种感觉颇为强烈，她很想去查查看。唐瑟瑟也凑了过来，看了看那南北书楼，脸色微变，若有所思地道："这书楼乃是依照奇门遁甲所建，而且设置机关之人，非同寻常。"

楚瑜看了唐瑟瑟一眼，忽然兴致盎然地挑眉："瑟瑟，你能想法子进去吗？"

唐瑟瑟迟疑了一下，还是颔首：“能。”

“不是吧？”霍二娘差点儿被自己嘴里的冰镇葡萄噎死。

“唐瑟瑟，你回答那么干脆干吗！”霍三娘却也坐了起来，忍不住扶额。

琴笙以前不正常的时候，她们都本能地觉得危险。她们服楚瑜的一点就是她居然能哄得他团团转，如今他恢复了正常，她们更觉得最好能离那魔神越远越好，如今明明知道对方在干什么见不得光的事，却要偷偷摸摸地跑他房间。

唐瑟瑟看了她们一眼，有些不明所以地颦眉：“有什么问题么，二娘的毒昨天就清得差不多了，咱们又不是去龙潭虎穴，而且南北书楼的机关虽然复杂，我也很想试试，身为唐门弟子，本来就当遵掌门令，何况那样具有挑战性的机关……”

“行，行，别说了，金大姑姑跟你这么大年纪的时候估计没你这么一本正经。”霍三娘赶紧摆手，叹了一声。她算是看出来了，唐门那种地方出来的人对毒和机关不是一般的狂热，哪怕只是一个十四岁的小姑娘。可她觉得琴笙那散发着神秘气息的书楼就是个龙潭虎穴，她宁愿去跟着楚瑜闯唐门地宫，也不愿意去钻琴笙的书房。

随后，霍三娘看向楚瑜：“真的要去北书楼，万一被逮住了怎么办，想过后果吗？”

楚瑜摇晃了下扇子，想了想：“我也是曜司的人，还是曜司主母，大不了被臭骂一顿吧？”

那人总不至于真的会肢解了她。楚瑜有一种诡异的直觉，她虽然摸不透现在的琴三爷在想什么，但是她却本能地意识到他至少是需要她的存在的。若是要打个比喻，她觉得自己至少应该是他需要的一种“食物”。

楚瑜琢磨了半天，摸了摸鼻子，觉得自己把自己从“娘”这种地位降低到“食物”，情绪有点复杂，还有点低落。可要等那大神自己来说他在搞什么阴谋诡计，她觉得猴年马月都等不到。

霍三娘看着楚瑜一脸心不在焉的样子，想了想：“一定要去？”

楚瑜摸了摸下巴：“嗯，我总觉得那里头，有秘密。”

不知道最近是怎么回事，自从那日在马车里看见琴笙手边那本《刺青绣艺》之后，她晚上就开始梦见琴园大火之夜，她被黑海老魔按在桌上强行刺了一背藏海图的旧忆。

那种尖利的刺痛，能令她在被打晕的状况下痛醒了过来，实在……不是什么很好的回忆。再加上她前日还无意听到了红袖叱骂底下人的什么刺青料出了问题，可等她有些好奇的时候，红袖也发现了她的存在，又不动声色地转开了话题。

这令她心中越发地疑惑。其他人那里，她探听不到消息。琴笙那天夜里忽然跑来抱着她睡了一晚上，之后便再也没有来过。她大大地松了一口气。可不知道是不是她表现得太明显了，又或者他是真忙，他就没有再来过歇在了书楼里，她也失去了直接在琴笙身上探听消息的机会。

可她却愈发地对他们到底在干什么，生出兴趣来。霍三娘见她那执着的样子，还是没好气地叹了一声："算了，舍命陪君子，既然小姐你真的想去，我们就给你把风吧。"

楚瑜看着霍家姐妹和唐瑟瑟，大眼弯弯笑眯眯："放心，咱们小心点，不会那么容易被逮住的，估摸着也不会有什么要紧的。"

霍二娘看着楚瑜的表情，却有点不太好的预感，她总觉得……可能会看见令楚瑜不那么愉快的东西。但她还是没有多言，只摸出了各种暗器，慢慢地摩挲了一会儿，又瞥见远远站在书楼附近的熟悉身形，暗自下决心——管是谁布防，先保证自家小姐能进楼。

唐瑟瑟的武功相对一般，她更善于机关和毒药，而曜司中的武卫都不是省油的灯，楚瑜就干脆直接夹着唐瑟瑟走了。

唐瑟瑟嘀咕："医者父母心，不分男女。"

楚瑜如今的内力拎着一个人，就跟拎着一个袋子差不多，为了方便，她再次抬手夹住了唐瑟瑟钻进了南书楼。

南北书楼，她也只来过一次，这里是琴家绣坊的禁地，有时候这里也会被简称为书房，她上次来还是红袖领着进来寻还是"白白"的琴笙。同样的书楼，她在乾坤院也见过一次，那里的书楼更高大，不过那时候她还在生死线上挣扎，能活下去就不错了，哪里会想着往里钻。这一次没有任何人带领，她进来之后，却发现自己——迷路了。

“哎？”楚瑜放下了唐瑟瑟，忍不住左看右看：“不对呀，我上次来，就是穿过这条长廊就到了书房了！”

南北书楼的格局被布置得一模一样，皆是上下四层呈塔形，砖木结构，面积很大，四面都是雕花窗，窗内有走廊，走廊内侧才是搁满书架的内室，内室之内还有悬梯可通上下四层，精巧非常。

上次她来的时候，走了一会儿就看见内室入口。但是如今她走了好一会儿，却发现自己还在走廊上，她甚至有些迷糊，搞不清楚自己到底是在往上走还是往下走。而且极为诡异的是，仿佛连窗外的天空都变黯淡了，莫名其妙地看起来雾气蒙蒙，让人看不清楚窗外远处的景象，而近处的景象却都是一样的花园。

整个楼外防备森严，但楼里，居然——一个人都没有。楚瑜微微颦眉，不知为什么，她走在这里，忽然有了一种在黑暗唐门地宫里前行的压抑与危险的感觉。霍二娘看了一会儿，警惕地颦眉：“没有办法根据外面的景象判断咱们所处的位置。”

唐瑟瑟四处看了看，抬手从袖子里摸出了一个罗盘，皱着小眉头却一脸兴奋的样子：“这书楼走的是阴阳阵，这种最基本的迷魂阵，竟然摆在最难摆阵，最容易被看出破绽，四面洞开的高楼之上，真是太厉害了！”

楼宇这种地方，设机关容易，但是设迷魂阵却极难，因为人身处高处，很容易获得参照物，而迷魂阵最重要的却是令人失去参照物，敢在这里设下这种阵势的人不是天才就是蠢货。楚瑜看着唐瑟瑟四处抠抠摸摸一脸惊艳痴迷的小模样，有些好笑地挑眉：“瑟瑟，赶紧找路，我可不是带你来玩儿的。”

她已经闻见一点子诡异的血腥味，若有若无的。但她问了霍二娘，她们却分明是没有闻见那味道。唐瑟瑟立刻从墙壁边直起身子，一脸不好意思地摸摸头：“是，掌门。”

说着，她又开始捧着个小罗盘看了看，忽然脸色一怔，声音微僵：“等会儿你们都要跟着我走，千万别走错了，这里只怕不是寻常的阴阳阵。”

楚瑜一愣，见唐瑟瑟神色紧张，便挑眉道：“怎么了？”

“功盖三分国，名成八阵图……”唐瑟瑟慢慢地摸索着墙壁，长久地，她轻轻地吐出了一口气，脸上的肌肉有点忍不住的颤动，一字一顿地道：“这儿的阵势用的是当年蜀相名震天下，失传千年的——八阵图！”

走错一步，当年吞的那是十万大军。何况她们这几个人？

“主上，有人潜入。”一道幽暗不知从何处而来的声音忽然响起。灯火通明的内室，修白人影握针的手一顿，满是鲜血的手套上滴落下一滴浓稠的血。

“嗯。”他慢慢地弯起精致的唇角，漫不经心地收起同样满是鲜血的长针：“正好，这东西已经废了，有新鲜的替换了吧。”

那幽暗处的声音有些迟疑：“主上，闯入者是……”

琴笙淡淡地挑眉：“嗯？”

那声音知道琴笙不喜欢说话犹豫的人，立刻沉声回报：“闯入者是小夫人。”

琴笙刚刚捏起细长刀片的手一顿，片刻后，抬手转向身边的小台上，修长指尖一松。

“叮——”刀片落在了一边堆满了泛着冷光与血色的刀片的木盒子里，发出一种令人胆寒的诡异脆响。

他轻叹了一口气：“真是……”

没有人敢接话，他温柔叹息里的冰凉，让房间里的气息都仿佛寒了下去。

楚瑜这时候揪住了唐瑟瑟的衣衫，凑在她旁边看那个罗盘。那罗盘转得呼啦啦的，楚瑜看得眼晕，也看不明白，只是极为小心地跟在唐瑟瑟的身后。她虽然不如这小姑娘了解奇门遁甲，各种机关阵势，但这诸葛卧龙和他名震天下的神秘八阵图名声简直如雷贯耳。别出师未捷身先死，被逮着还是个好下场，万一真掉什么机关里死无葬身之地才叫倒霉。

刚才霍三娘已经查探过了，这楼古怪非常，楼里一个武卫都没有就算了，从窗外看出去，外头远处雾气朦胧，近处居然也一个活人都没有，这分明就是不正常的。空气里的气氛越发地压抑，明明是三伏天，楼里却一股子阴沉冰冷的气息。让霍二娘和霍三娘娘都浑身不自在，下意识地摸上了自己腰间的武器。

“这是奇门遁甲触发的幻境之像。”唐瑟瑟抹了一把头上的汗，也不知要怎么解释，只是每一步，她都走得极为小心。

但是再小心，她终究……还是一个经验不够丰富的人。她过分专注罗盘，脚下忽然轻滑了一步。地面上忽然发出一阵诡异的吱嘎声，随后地板竟然活了一样，瞬间蛇一样地抖动了起来，然后迅速地——塌陷，出现了巨大而黑暗的坑洞。

楚瑜简直不能想象这个坑洞是哪里来的，看起来比楼的面积都要巨大，更深不见底，远远地超过了目力所及的范围。如深渊之兽一般张开了口，等着吞噬猎物。霍家姐妹脸色一变，和楚瑜一起带着唐瑟瑟迅速地飞身向还有地板的地方而退。

但是眼看着就要退到墙壁上了，退无可退。楚瑜足尖一点，抬手就拿着匕首直接狠狠地扎在墙壁上。她深厚的内力能立刻将墙壁扎出一个洞来，她抬手一抄，将唐瑟瑟夹在腋下，一起挂在了墙壁上。霍家姐妹也早如壁虎一般趴伏在了墙壁上，这等难度的动作对她们几个人来说并不难。

只是几人还来不及松一口气，那坚硬的墙壁竟然似豆腐一般开始塌陷，不断地往下碎裂。楚瑜一惊，正准备抄着唐瑟瑟先跳出窗外，却不想——

“小心，窗外都是死门不能去！”唐瑟瑟忽然尖叫了起来，一把抓住楚瑜的手腕就往那黑暗的深渊里跳：“快点离开坎一位，进离九位，往景门走！”

她发现得慢了一拍，霍家姐妹两个已经早楚瑜一步跃出了窗外。

等到她们听到唐瑟瑟的尖叫时，已经晚了，她们试图在半空里强行翻转身子跃回楼里，但窗外忽然一阵邪风猛掠而过，吹得她们身形不稳就要往楼下坠。

“二娘，风铃！”霍三娘大叫一声。

霍二娘还算眼疾手快，抬手一把抓住了那楼边上装饰用的华丽铜制风铃，脚尖在霍三娘的腰肢上一勾，半空一个猴子捞月，硬生生地将霍三娘和她自己一起再次捞回了楼里。

但是当她们好容易抓住书楼的风铃翻身进了楼里的时候，却傻了眼——咦，楚瑜她们人呢？

不过电光石火之间，一个窗口外的翻转动作，再转个照脸。楼里竟然没有了一个人影。扭曲的地板，塌陷的地面，粉碎如豆腐的墙壁，全部消失无踪。在她们面前的还是一道幽暗的长廊。这长廊前后却都隐没在黑暗里，而窗外的景致依然是远处灰蒙蒙笼着诡异的雾气，近处，花园一模一样周围寂静到阴怖。

霍二娘，霍三娘两人面面相觑：她们好像把那条小鱼搞丢了。

而在楚瑜这里，接到唐瑟瑟的预警之后，先是惊愕于她拉着自己往黑暗的大洞里跳，她下意识地一把拽着唐瑟瑟，另外一手拽着窗棂转头试图通知霍家姐妹。

但是在她的视觉里，只能看见霍二娘和霍三娘跳出了窗子，随后迅速地坠落了下去。

楚瑜大惊失色，瞬间提气跃起，跪在窗边探出头去却错愕地发现——“二娘和三娘呢，去哪里了？”

楼下的草地上空无一人。楚瑜下意识地想要跃出去，却被唐瑟瑟一把死死拽着了胳膊，满脸严肃厉色：“不可以，掌门，跟我走，外头是死门，不能去！”

楚瑜转脸看了眼唐瑟瑟瞪得大大的眼，又看了看地面上的大洞，她一咬牙，冷静地松开了抓住窗户的手携着唐瑟瑟凌空掠向她说的位置。这一次，她干脆地掉了下去。

楚瑜迅速地提气，试图能踩踏到黑洞的墙壁减缓坠落，但是还没等她踩边儿，脚下便迅速地传来了地面坚硬的触感。楚瑜一愣，低头一看，她发现自己竟然再次看见了木地板。

“这黑洞怎么那么浅……”

而且，哪里来的光线呢？她再次抬头，瞬间又呆住了——她在自己头顶又看见了天花板，一盏精致的美人吊灯挂在天花板上，幽幽的烛火将她和唐瑟瑟的影子拉得老长，但走廊前后却又隐没在黑暗里，窗外的景致依然是云山雾罩的阴暗，没有丝毫变化，周围看起来阴森又诡异。

便是楚瑜这样在唐门地宫里历险过的人也忍不住倒抽一口凉气。

唐瑟瑟的小脸上却除了害怕还有一丝掩盖不住的兴奋："呼，掌门，我们过了第一关了！"

楚瑜闻言，瞬间俏丽的脸就垮了下去，忍不住抚额："难不成还要过五关斩六将，你赶紧想想法子，咱们先出去吧，或者找个人？"

这楼看起来太古怪了，只怕其中难闯更甚于唐门地宫。

因为这是琴笙一手所造，那个人啊……楚瑜咬了咬唇，叹了一声。她现在只想赶紧出来一个人，她投降，她自首，争取坦白从宽，抗拒从严。只因为她发现自己闯进来实在是冒失了，现在只想着赶紧先确定二娘和三娘可安全否。别没有折在外人手里，琉岛还没有去，就折在这古怪阴森的楼里。

唐瑟瑟闻言，有点不乐意，却也明白自己的那点能耐，要破这机关还是嫩了点。她想了想，又掏出罗盘看了起来。

楚瑜见状，抿了抿唇角，正准备干脆地嚎一嗓子："有人吗——"

但是她还没有嚎出声来，就忽然住了嘴，随后抽了抽自己的小鼻子，开始往前走。唐瑟瑟见状就是一惊，赶紧伸手去拉她："等等，掌门，不能乱走！"

这种地方，行差踏错一步说不定都是万劫不复。

但是在唐瑟瑟惊愕的目光下，楚瑜居然就沿着那走廊墙壁慢慢地一路向前而去，而周围竟然没有任何机关出现。

唐瑟瑟一咬牙，还是马上紧张地跟了上去："掌门，你这是在做什么，危险！"

楚瑜走了好一会儿，忽然停了下来，抬手轻抚摸过墙壁，深深地嗅了一下，目光冰冷又笃定地道："就是这里！"

那种琴笙身上若有若无混合着猩香的血腥味，在这里味道渐渐地浓郁了起来，凝聚在这墙壁里不散。可是墙壁上什么都没有。

楚瑜颦眉，忽然抬手轻叩，墙壁那头传来中空的声音。这时候唐瑟瑟已经赶到了，见状愣了一下，有些奇异地看了眼楚瑜："掌门好眼力！”

随后她忽然上前开始在墙壁上四处摸索。也不知道她是怎么做到的，楚瑜忽然听见一声咔嗒之声，随后墙壁竟然忽然软了下去，那种触感诡异非常，令楚瑜和唐瑟瑟都吓了一跳，迅速地退了一步，随后墙壁便悄无声息地绽开来。

楚瑜一看眼前的情形瞬间就脸色铁青。而唐瑟瑟直接忍不住捂住了嘴，差点儿就要吐了。

这是一间很大而且很精致的房间，或者说一间很精致的牢房。青砖雕花地面，墙壁上描山绘水，可见是名家手笔，地面上甚至铺着白色的软毛地毯，边上有纯铜镏金的兽头香炉。

只是这里四面都有许多黑铁架子，每个架子上挂着一具四肢张开的人体，有男有女。每一个人都是赤裸着上身，背朝外。而其中大部分的人体，背部的皮肤已经没有了，露出鲜红的还在颤动的肌肉和静脉血管。数一数，竟然有上百具之多。

这些人体吊着，没有人知道他们生或者死。空气里却没有弥散着难闻的血腥味，而是一种奇异的混合着腥味的香气。这就是楚瑜在琴笙身上闻见的味道了。

“这是……”唐瑟瑟年纪小，虽然她是唐门人，学医习毒之人，怎么会少见血腥的场面。但是这种类似华丽屠宰场的诡异画面让她还是很想作呕，浑身毛骨悚然。

楚瑜却僵木非常，身上一阵冷，一阵热，脑子发麻，却又生出一种胀痛来。只因为她第一眼就看见了不远处的那架子上有一具半裸的女体背后上的华丽精致的图案正与她背后的图一模一样。

她忽然间觉得脑子炸了一下，所有不能理解的、她闻见不对劲端倪的事情在一瞬间有了合理的解释，曜司在进行人体试验。

她背上的温刺图早已被过目不忘的琴笙记了下来。她居然还傻乎乎地奇怪琴笙为什么没有把她叫去拓图？

但是现在很明显，试验的结果并不尽如人意，否则就不会有这么多不知死活的“试验品”吊挂在这里了。这些试验品的结果似乎并不太好，那么，下一步……是不是轮到……

楚瑜白着脸微微退了一步，强行令自己镇定下来，伸手向背后去抓唐瑟瑟的小手，轻声道：“瑟瑟，不要出声，不要被人发现了，我们先走……”

只是她这手上向后一抓，便立刻感觉不对了。入手的那一只手修长，肌肤细腻，入手之感像握住了一块凉玉，极为舒服，让人舍不得放开，但是那绝对不是女孩子的手。

楚瑜在一瞬间就认出了这是被她握过无数次的手。幽凉的男音在她身后响了起来：“居然能闻着味找到这里来，小鱼，我真是小看你了。”

楚瑜僵住，没有回头，只是浑身每一个细胞都不由自主地紧绷了起来。

他轻叹了一声：“真是一个比一个不听话。”

那种带着一点儿无奈的、诡异的、宠溺感的叹息，并着从身后摸上脸的冰冷软腻的触感，还有那种她熟悉的血腥甜腻的香气，让楚瑜瞬间起了一身鸡皮疙瘩，寒毛倒竖。

她下意识地就想要跑，啥她都顾不上了。但是下一刻，她就趴下了。身前是冰冷坚硬的墙壁，身后是那冰冷甜腻的呼吸，一点点地擦过她的后颈敏感的皮肤。

“你，想去哪里？”背后的身体高大修长紧紧地顶着自己，用一种亲密到狎昵的姿态，像是要她挤到冰冷的墙壁里去，又或者把她挤进他的身体里。

她骨头都被压得吱嘎作响。偏生他身上熟悉的冷香里还夹杂着那种诡异腥浓香气，混杂成一种令楚瑜眩晕而战栗的味道。尤其是在这种满是血肉狰狞的恐怖环境里，让人难以忍受。她身上一阵阵地冒鸡皮疙瘩和冷汗。而背后紧贴自己的熟悉又陌生的身体的挤压和那令人窒闷的诡异血腥的香气。

琴笙，你到底在搞什么鬼！”她终于忍不住咬牙怒道，用尽全身的气力，狠狠地向后一顶，手腕速度地拧到身后一抓，直接抓住他的腰带，一个反身擒拿，将他狠狠往前一转。

几乎没有任何技巧，完全就是靠着勃然爆发的内力强行粗暴地硬拧。但却很有效。

琴笙似乎并没有料到她瞬间反应如此激烈，竟一下子被她扯到了身前。楚瑜用力过度，甚至把他的腰带扯坏了，另外一拳头直接越过了他的脸颊直接压进了背后的青金色的冰冷石壁里。不受控制的内力瞬间直接将那石壁给压碎了，细碎的石片在琴笙白皙的皮肤上擦出一道血痕。

楚瑜深深地吐出一口气，那种令她不正常的诡异香气在她暴怒之下，似乎被压制住了。她努力地平复自己的呼吸，随后抬起眸子冷冷地看着他，一字一顿地道："你对我用药，我可以不怪你，因为最早的时候你什么都不记得，但是现在呢，我背后这些'牲口'是怎么回事，你是不是应该跟我说明白？"

是的，牲口。背后这半身赤裸挂着在架子上的人，只让她想到了两个字"牲口"。这血腥的画面给她冲击太大，实在是让她头皮都炸了。她的笙儿，她的笙儿从来都不算一个好人，可……

楚瑜闭了闭眼，再次直勾勾地盯着琴笙的眼睛，她不想武断地去下一个判断，她需要一个解释。

琴笙垂眸看着面前喘着粗气、脸颊嫣红，因为集中精神对抗她体内骚动和愤怒而显得眼睛异常明亮的少女。是的，即使她已经和他有了那么多次的肌肤之亲，她明丽如黑葡萄一般的眸子，干净的面孔，还有身上那种鲜甜的香气，依然让她看起来像一个未经人事的天真处子。虽然，她的性情和天真这个词丝毫没有关系。

就像此刻，她背对屠宰场一样的内室，眼里并没有太多的恐惧，更多的是焦躁和烦闷。他似笼着暗雾的琥珀眸里闪过一丝幽光，忽然淡淡地开口："你为何不怕？"

楚瑜一愣，看了他片刻，冷道："怕什么，怕你，还是怕这屠宰场？"

琴笙却忽然垂下眸子，没有接她的话，只有些莫测地弯起唇角："你觉得这般手段很残忍吗？"

楚瑜额上浸出细汗，抵抗着体内的翻腾的血气，喘着气没有说话，只是定定地盯着他。琴笙看着她片刻，眸光温柔而莫测，指尖轻轻挑起她的下巴："跟本尊来。"

他并没有推开她，温柔的声音依然幽凉如流水，却比平时更凉薄，掠过耳膜，带着一种冰冷的诱惑感。楚瑜僵了僵，还是松开了按着他的手。

琴笙转身向内室走去，楚瑜默默地跟在他的身后，她没有问唐瑟瑟去了哪里，只是心中却相信那个小姑娘没事。房间很大，也很安静，只能听到细微的呼吸声。

穿过这上百具安静的，生死不知却血腥狰狞的躯体中，让楚瑜浑身都是紧绷的，如果不是因为她性情看似热情，却本就凉薄，这两年又数次在生死边缘徘徊，只怕早就腿软得走不动路了。

直到走到了一堵巨大的描绘着仙境的壁画前，楚瑜看着那些九重天阙中仙气飘飘的天女、仙君，飞鸟白鹿，笑语欢颜，琼楼玉宇，云雾缭绕的绝美画面，与后背那些狰狞死寂的血腥屠宰场一般的情境形成了一种诡异残酷的反差。

她有些恍惚。站在壁画前白衣翩然，一身清冷出尘气息的琴笙，几乎完全融入了那壁画中，一如九天之中的神祇，只是他睥睨人间的漂亮冰凉的妙目中，倒映的不是喜乐平和，却是一片冰凉的猩红。

琴笙看着她平静地道："这外头有一百一十七人。"

楚瑜一愣，随后便见他一转身，抬手在描绘着壁画的墙壁上轻拂，那墙壁瞬间打开来。随着那墙壁打开，楚瑜忍不住睁大了眸子，瞳孔却微微紧缩。

"这是……"壁画之后是一间幽深宽阔的长廊，又或者说——监牢。分成上下两层的牢房，楚瑜粗粗望去，竟约莫上百间囚室，每个囚室里都有人，或男或者女，或老，或少，所有人都穿着白色的中衣，如待宰的牲口一般关在其中。

"你……"楚瑜刚想开口，却敏感地察觉琴笙清冷幽暗的目光一直若有若无地凝在她的脸上，她硬生生地将所有的念头和质疑全部强行咽下去。只因为他观察自己的模样，像足了曾经矜傲又敏感的白白——那是眼里容不得一粒沙子的"少年"。

那种熟悉感让她下意识地强迫自己冷静下来，去观察那牢房。这监牢却与楚瑜平日里看见的漆黑肮脏不同，清一色的白色大理石墙壁，墙壁上是银色的鲛人捧珠长明灯，银色的精钢所铸造的牢笼门口挂着号牌，中间穿行而过的地板居然是——透明的白水晶打造。

这等奢侈程度，只怕连专门囚禁凤子龙孙的天牢囚房都比不了。

楚瑜眼角微微抽搐，目光不由自主地移动到琴笙的身上，却发现他好整以暇地看着周围，笑容里带着一点慵懒，仿佛在欣赏他的杰作。

她无言地转开眼，看向那些人，却忽然发现情况有些诡异，那些人看起来似乎全都表情呆滞而木然，并非用了药物，而是眼珠子里蒙着一层近乎绝望的灰色。

那种木然让楚瑜心头微微一缩，但那种木然和绝望却取悦了琴笙，她甚至能闻见他身上愉悦的气息。她还是强迫自己冷静下来，看向琴笙："这是怎么回事，愿意说一说吗？"

琴笙发现她的淡定，似乎让琴笙眼里闪过一丝异样，下一刻他轻笑了起来，淡淡地道："小鱼，你的表现让人惊讶，难怪金姑姑和老金这般赞赏你。"

楚瑜皮笑肉不笑："是吗，三爷谬赞。"

琴笙向她伸出了手，温淡地道："想知道吗，过来。"

楚瑜看着他的眸子，他琥珀色的眸底有幽幽金光闪过，带着冰冷莫测的笑容。她忽然想起许多年前，自己攀爬上一处顶峰，垂眸看向山下无边深渊的危险与眩晕之感。看久了，就会莫名地想要坠入其中，追求坠落的快感，摔成无数片。

她看着他玉白细腻的指尖，一咬牙，还是走上了那看起来透明而脆薄的水晶地面。琴笙看着她走了过来，却收回了手，只是看着她的眸底金光流转成诡谲炽烈的光，神色却依然淡然温和："这里，关着三百七十五人。"

"都……是你的试验品？"楚瑜声音有些喑哑。

琴笙颔首："是，之前已经处理掉了八十九个试验之物。"

楚瑜闭了闭眼，不去想那些数字之后一条条鲜活的性命，只干涩地道："是为了我背上的图？"

琴笙却没有回答，只忽然含笑问："你不觉得他们可怜吗？"

楚瑜沉默了一会儿，低声问："他们是……什么人？"

琴笙看了她一会儿，忽然失笑："因为对之前那个可笑的幻象的信任，所以即使看见这些场景，对本尊也无条件地信任吗？”

但这次，他的笑声里再不如之前的温柔平静，却满是毫不掩饰的冰冷讥诮和……厌恶。楚瑜抬起眼看着他，只觉得他眼中对她毫不掩饰的讥诮和厌恶像一把冰冷剥削的利刃，在她毫无防备的时候悄无声息地切进心房。

楚瑜紧紧地捏着拳头，唇角紧抿，盯着他，却忽然环着胸，凉凉地扯了下唇角：“琴三爷，你是打算在这里抒抒情，表达一下你对以前自己做过的蠢事的自我厌恶，还是打算继续有事说事？”

琴笙身形几不可见地微僵，仿佛刺出去的剑却没入了水面，除了飞溅自己一身水，没有任何效果。

他目光冰冷地盯着楚瑜许久，忽然收敛了所有的表情，淡漠地道：“这些东西，全部是前两年来行刺的刺客和死士，至于来源，从海盗、商场对手、武林中人到朝廷中人皆有。”

楚瑜一愣，几乎有点不敢相信自己的耳朵，这些人全都是刺客和死士？

她的目光迅速地掠过最近笼子里的那些人，果然能发现不少人的太阳穴都高高鼓起，虽然他们看起来灰丧如土，却分明都是练家子。

“也正是有这些源源不绝的东西送上门来，本尊的试验才不缺材料，而且都是身手不错之物，挺得过最痛的折磨，收集起来也容易。”琴笙唇角弯起满意的冰冷的弧度。

楚瑜看着他的背影，却忽然有些茫然。两年将近六百余名刺客，只怕这是连皇帝陛下都享受不到的“待遇”吧。

这是身为琴三爷的日常吗？日夜都需要防备着被杀，然后习惯成自然？她跟在他的身边这些时日却从来没有感受过，是因为他一手培养的曜司照常的运作，所以才能将所有的危险挡在了她看不见的地方？

从他还是个稚弱的小小少年时开始吗？需要多久，需要多少的年复一年，才能在死亡的威胁中习惯成自然，或者麻木。所以即使纯稚乖巧如仙仙，杀人的时候，他也毫不犹豫，从不眨眼，满脸染血，也能笑得一脸纯真。

原来，活下去竟对谁，都是那样艰难的事。楚瑜看着他沉静的背影，莫名地忽然觉得心口有些微微地发疼和紧抽，她轻叹了一口气：“我背上的图，为什么需要剥皮，或者用活人试验？”

琴笙漫不经心地道：“你背上的是总图，需上色之后展现出其中隐藏的海路，黑海老魔一手温刺图，独步天下，每个人的体温、血脉不同，呈现出来的色图皆不同，只有正确的才能显露出海路，人人血脉分布不同，所以进展极为缓慢，至于剥皮，自然是为了毁尸灭迹。”

楚瑜抿了抿唇，迟疑了片刻，忽然绕到了他的面前，抬起头盯着他：“你……为什么不直接在我身上试？”

她问的时候，紧紧地盯着他的眸子。

琴笙垂眸，平静地看着她，忽然精致的唇角挑起一丝轻浮又古怪的笑意：“怎么，你很想我在你身上试么，既然你这般要求，本尊自然可以满足你。”

楚瑜看着他，忽然摇了摇头：“你很想让我怕你么，琴三爷？”

说完，她有些讥讽有有些失望地弯了下唇角，转身就走。

只是尚未走出两步，她忽然就被人一把大力地捏住了肩狠狠一拽，抓进一个冰冷的泛着腥甜的怀抱：“你要去哪里，你要去哪里……”

他冰冷的呼吸抵在她的发鬓之侧，轻声地问。那幽柔的声音里，竟莫名地似带了一丝诡谲的颤抖。

楚瑜没有挣扎，任由他抱着。他的力气很大，他身上的那种冷香混合着血腥的香气如影随形地缠绕上来，又激得楚瑜体内气血翻腾。

她闭了闭眼，强行压抑下那种想要撕开身后男人衣衫的冲动。

以前她也不是没有和他分开过，在水寨之前失联那十天，她也从没有过这样的躁动，只是会想念他，想念他身上的香气想得紧。

看来是上次他阴了她一把之后的后遗症。这个男人……

实在是，心思藏太深，太习惯将那温柔却拒人于千里之外的面具戴在脸上。

不若白白，她总能知道他为什么不高兴，知道怎么能拿捏住那矜傲的猫儿，哄得他服帖并不难。这一次，若不是她来问，他根本不会告诉她，这般恐怖血腥的屠宰场似的阵仗，是为了不让她受痛。那一种暗藏在血腥冷漠里，沉默的温柔。怎么能让她心底没有触动。他的拥抱，力度大得让她心中隐痛。

可是……

“三爷。”楚瑜忽然淡淡地开口问了一个非常奇怪的问题：“如果你打开牢门，这些人会逃吗？”

“不会。”琴笙沉思许久，才慢慢地道，同时依然紧紧地将她禁锢在怀里，垂着眸子，轻轻地嗅闻着她的发鬓，让人琢磨不清他的情绪。

楚瑜闻着鼻息间那缭绕的甜腻又清冷的香气，似自问自答地道：“是，他们不会。”

她不知道他用了什么手段。但是以他的智商和手腕想要毁灭一个人的精神，让人绝望，是一件再简单不过的事。甚至死士和刺客这种专门训练出来意志坚定的人形凶器，对他来说，毁灭驯服他们的精神与意志也许像一个有趣而残忍的游戏。

笼子里那些刺客和死士的眼珠里已经没有一丝生气，身为死士不敢死，也不能活，放弃了思考，只有麻木如圈养的畜生一般生存，心甘情愿地献祭，就是最好的证明。

她慢慢地道：“恐惧、敬畏、崇拜、害怕，绝望确实是禁锢一个人的最好枷锁，让对方臣服，甚至像这些笼子里的刺客和死士一样变成麻木的畜生，即使打开了牢门，也不会离开，乖顺温驯地匍匐在你的脚下，任由你刺破他们的皮肉，剥掉他们的皮肉，甚至渴望你弄死他们给予解脱。”

他是一个很好的“驯兽师”，而且乐此不疲。

楚瑜每说一句话，琴笙的呼吸就越发地轻一点，到最后，她几乎都感受不到他的呼吸了，却能感觉他抵在自己发鬓边。

但她还是一字一顿地道：“但是，我、不、会！”

她宣告着：“我绝对不会成为里面中的一个，我的意志只属于我自己，绝不会被你驯服！”

话音刚落，琴笙抱住她的手臂收紧，白皙的手指几乎掐入她的肌肤里，另外一只手仿佛无意识地摸上她纤细的脖颈。他身上的香气随着他情绪的波动愈发地浓稠惑人，如有实质一般。楚瑜额上浸出细密的汗珠，浑身都浸在火里似的，只是一双明丽乌黑的眸子，此刻像冰冷的水洗过一般，冷静得吓人。

“你听好了，琴笙。”

她抬手握住了他的手，一点点、毫不客气地把他的手指从自己的手臂上掰开：“我知道我想要什么，我要的男人是谁，就算他忽然转了性子，不再是我熟悉的样子，但是我依然尝试靠近他，如果可以，我希望重新得到他，但是绝对不是作为一个奴隶被恐惧和绝望永远地禁锢在他身边。”

她强迫性地捏住他僵硬的手指，力气大得几乎要捏碎他的手，随后慢慢地转过身来，乌黑沉冷的大眼珠定定地看着他平静却苍白的面孔，声音有些喑哑：“不要再试图用你以前对付敌人，和征服你属下的手段来驯服我。”

他的乍暖还寒，他的时近时远，他的矛盾，他的冷，他的莫测，他的炽烈……在她看见这里之后，忽然让她明白了一件隐藏在他深深幽瞳暗海里的真相，或者甚至可以说阴谋。

楚瑜看着琴笙被鲛人灯照耀得愈发冰冷和苍白的面容，那是他温柔面具第一次彻底地出现了龟裂，她甚至可以看见其下狰狞阴森的表情。

若是曜司里任何一个人，只怕早就已经跪了下去。

但是楚瑜却觉得很愉快，她捏住他的手，凑近他的脸，轻声道：“我如果要留在任何一个男人的身边，任他得到我的一切，那只会因为我钟情于他，绝不是因为恐惧和绝望。”

琴笙琥珀色的妙目里，温柔惑人的夜雾已散尽，泛出冰冷狰狞金光，波澜阴惊非常，有狂风戾雨几能将人生生吞噬。

“楚、瑜，你很好。”

他忽然开口了，精致薄唇间一字一顿地念着，声音很轻。

楚瑜却觉得他像是要将她的骨肉血脉在唇间碾碎，咀嚼然后一点点地吞噬入腹一般的狰狞。

她却笑了，紧紧地握住他试图挣脱她的手，大眼慧黠而冰凉，慢慢地道：“是的，很高兴能认识你，琴三爷，你若是不会中意喜欢一个人的正确方式，我可以教你，也可以等你，一年、五年甚至十年，但是……”

她忽然不怕死地趁着他不备抬手一把粗鲁地扯着他垂落下来的乌发，将他身子微微扯下来了一点儿，同时踮起脚，抬头在他潋滟的唇瓣上狠狠地咬了一口：“别他娘的再用那种恶心的手段对付我，否则总有一天，我会让你后悔。”

楚瑜这一口一点儿也没有留情，带着惩罚一般，一下子就咬破了琴笙的下唇，血液一下涌了出来。

琴笙下意识地眯起冰冷暴戾的眸子，抬手就要扣住她的后脑，反咬回去。

楚瑜眼明手快地一把用巧妙的姿势扣住了他的下巴，低低地喘息着：“别再撩我，我忍得很难受了，你知道你的血的味道太香，我怕忍不住在这里当着所有人的面把你的衣服剥光，我一个混混儿是无所谓的，但是在你驯养的奴隶面前上演一场活春宫，你不介意？”

分明看起来稚嫩的少女，偏生一脸无谓的痞气，额头上浸出的忍耐的汗珠，还有她眼里的满不在乎，显露出她真的无所谓。琴笙脸上虽然平静，但身子却僵住了。

楚瑜笑了笑，抬手拍了拍他的脸，随后伸出柔软的舌尖温柔地在他唇上的伤口轻舔了一下：“你好好地想一想，三爷，我先回去冲个冷水澡，不然就要爆了，你想好了，随时来找我。”

说着，她慢慢地松开他，潇洒地转身而去。

琴笙看着她的背影，泛出金光的妙目里一片幽暗复杂，有暴怒，有阴戾，有轻蔑，更多的是迷离，显出一种诡异的靡丽来，一如他浑身散发出令人恐惧的不受控制的扭曲寒意，几乎让整个牢狱里麻木的囚徒们似都感应到了不安，竟自发地全部蜷缩在地上抖如筛糠，有些人甚至吓得裤子间都浸出了湿意。

琴笙安静温沉得太久，一切的风暴旋涡都在那平静深海之下，便是在还剑湖的船上，他的愤怒也是堪称克制的。藏在角落阴影里执守的曜司武卫状况并不比囚徒奴隶们好多少，他们僵木地站着，这是他们第一次见到几乎情绪失控的主上。

那种感觉，仿佛整个空间都会随着主上的情绪波动，扭曲，撕扯，然后分崩离析，连着他们一起飞灰湮灭。

只是许久之后，琴笙却忽然慢慢地弯起唇角，露出一个有点诡谲和无奈的弧度。

他抬起指尖漫不经心地蹭了下自己的嘴唇，上面还有被楚瑜咬出来的伤口："啧，居然被发现了，驯养失败了么，还真是一条……大言不惭的鱼，如果不是本尊有些犹豫，你以为你逃得掉么，嗬……"

但是下一刻，他抚在自己嘴唇上的手指僵住了。为什么会犹豫？为什么不用上最熟练的那些残忍的手段？只要驯服了她，打破了她坚韧的意志，还需要担心什么离开？

因为——你不舍得。脑海的深处，似有莫名的声音叹息着响起。当那个人，温驯乖巧，任由你予给予求，不再是那一尾聪慧狡诈，滑不溜丢得让人头疼的鱼儿。还是你想要得到的那个人吗？

他慢慢地眯起眸子，看着空荡荡的大门若有所思。

她说："你好，很高兴能认识你，琴三爷。"

琴笙轻笑了一下，很高兴吗？居然能在这种情形下说出这种奇怪的话。这条鱼，还真是个完全不按牌理出牌的奇葩。难怪年幼的他或者少年时期的他会被她拿捏住。他慢慢地眯起了眸子，露出一个温柔到莫测的笑容——允许你走进本尊的这个世界，你以为你还可以离开吗？

琴笙慢慢地收回手，伸出猩红的舌尖轻舔着自己的下唇，上面还有她嘴唇的温度和柔软的触感。疼痛里混合着血腥的味道，让他冰冷金属光泽色的幽眸泛起一丝靡丽的光。

"喜欢么，那算什么东西呢，骗骗小孩子的愚蠢玩意儿。"他低柔地轻叹，带着自嘲与讥诮："就算是所谓钟情的挚爱，也不过是随时可以抛弃的东西……不是吗？"

从很久以前，他的生命里，存在的那些想要控制得到和留住的东西，就没有比让对方永远失去逃离的意志，连试图离开和背叛的念头都不敢生出来的"驯养"更有效的。

但是……那条小鱼，却像一个特殊的意外。

琴笙摩挲着自己破了的精致薄唇，若有所思地眯起眸子，染了血的薄唇微微翘起一个迷人的弧度。这条牙尖嘴利的食人鱼，咬人还挺疼的。居然敢对他宣战吗？失败了，就会被驯养？这是越来越让他着迷的有趣存在呢，难怪就算是什么都不记得，最愚蠢的时候也没有忘记要先吃了她再说。

然而那个勇敢的，挑战大神的存在，此刻——“真是他娘的见鬼了，这破楼到底要怎么出去！”楚瑜一脸怆然地扶着墙壁，抹了一把脸上的虚汗。

在第三十二次，她发现自己又转回了同一个窗口边的时候，潇洒又勇敢的食人鱼姑娘不得不承认她迷路了！楚瑜叹了一口气，干脆在窗边蹲了下来。她就不信她在这里两眼一抹黑地满楼兜圈子，琴笙会不知道。

那大神十有八九一脸讥诮地冷眼着看她的笑话！楚瑜唇角抽了抽，随后有点无奈地揉了揉太阳穴。这算是看穿了他底牌，又羞辱了他的小惩大诫吗？要改变一个人根深蒂固的观念，尤其是长久以来成功缔造而出的观念并不容易。为什么不能一直维持幼体像仙仙那样乖巧又温柔，或者是少年期白白那样傲娇却直白的模样？

完全进化的终极大神——琴三爷，简直是终极挑战一样的存在，太能作了，明明对普通人只要一句——“我爱你”或许就能解决的事情，在他这里却完全行不通。

真是让人想干脆地再在他头上砸一下，看看里面怎么长的，光长智商，性子长弯成回旋镖了！

楚瑜有些无奈地扯了扯唇角，看向窗外不远处仿佛一直没有变过的灰色雾霭。可是如果她都放弃了，琴笙会永远都是那副样子了吗？不管是年幼的他，还是少年的他，都永远回不来了吧。

她从来都不是圣母，没有拯救任何人的宏伟大愿，可是……偏偏她遇见了那样一个他。她爱上了那样一个曾经温柔安静又细腻，矜傲敏睿却坦诚，可以为所爱之人付出一切乃至生命的少年，如今那少年变幻了模样，可她依然放不下他。

尤其是体会过他那残暴扭曲温柔面具之下，那连他自己都不愿承认，依然深藏的真正温柔——心。

折腾了那么多血腥的试验，不过是舍不得她承受那些针刺之苦。楚瑜轻叹了一声。那个大神啊，十有八九会一脸讥诮地觉得——喜欢算什么东西，爱又算什么呢？到底曾经经历过什么，才让一个那样渺渺清云明月光一般纯澈温柔的少年，变成如今的模样？

他在他的世界建了一个进可吞天下，退能噬十万甲兵立于九重天阙之上的八阵楼，但凡对他有所图之人都会被诱惑着进入这个深渊之域，永远走不出去，甚至失去自己的意志也察觉不到，身心皆为他掌控，生死皆由他。

可那九天琴神也被困在了自己的九重天阙，自己的八阵楼。楚瑜指尖轻轻地抚摸过窗棂，轻叹了一声。她也对他有所图谋之人……

一直以来，她都沉默着，试探着，观察着，如今既然察觉了他的底牌。她不可能成为被他“驯养”之物。可既然对他有所图，她也绝对不会轻易放手。她眯起清冷平静的大眼，抬头四处看了看，随后冷嗤了一声。这样就想困住她，给她好看？

楚瑜黑葡萄似的大眼珠子一转，站了起来，凉凉地看了下窗外，随后忽然拔高了声音，自言自语地道：“这大热天的，真是，转半天都出不去，算了，咱不出去了，咱脱衣服打地铺睡觉！”

说着，她伸了个懒腰，就干脆地开始解腰带，脱外袍子。

原本轻薄的丝绸外衫一下就脱了下来，楚瑜把衣衫往地上一铺，然后开始解中衣。

站在明亮书房内负手而立的修白身影，面无表情地看着挂在墙壁上的特殊水银镜，镜子里倒映出楚瑜的一举一动，一边墙壁上挂着九转镂空铃铛的通风口里还传出来她的喃喃自语。

站在琴笙身边的木曜和金曜，眼见着镜子里的女子宽衣解带，他们连同两名武卫已经眼珠子不知道要往那里搁了。

“主上……”金曜看着镜子里穿着单薄中衣的女子窈窕身影，桃花眼里闪过一丝异样，有些无奈，又有些喑哑地开了口。

“让她脱，本尊倒要看看她是不是真有这个胆。”琴笙唇角弯起冰冷的笑容。

方才被她一句话制住了，也是他一时大意，他倒是不信她一个女子能脸皮厚到那种程度。

他等着她出不去后来求他！

金曜和木曜互看一眼，露出一个有些无奈的表情。

自家主上明显情绪还不正常，那条鱼每次都能把自己主上激得脾气那叫一个……惊天动地。

金曜看着正在解腰带的楚瑜，还是忍不住道："主上，我觉得楚瑜……小姐的性子，只怕真做得出来。"

他早就体会过她是个没羞没臊的，尤其是她身边的霍家姐妹更是可怕，什么事儿做不出来？

但是他话音刚落，楚瑜解衣衫的动作就停了。众人一愣。

琴笙轻嗤一声，声音幽凉而讥诮："看着到底还是要脸的。"

金曜看着楚瑜的动作，却有点不太好的感觉，他颦眉道："主上……"

这时候，楚瑜忽然开始撩她中衣的下摆，一边撩一边左右看看，然后寻了一个窗子的角落，开始蹲了下去。

沉稳的木曜瞪大了眼，瞬间受到了惊吓，失声叫了起来："小夫人这是要……"

他嗓子在那一刻尖利非常，仿佛水曜附体。话音刚落，所有人都一脸呆滞地看见了楚瑜撩起了衣衫下摆，露出了一小截儿雪白纤细的小腰。然后，她开始往下拉裤子，很快，一点性感圆润的弧度就开始出现在裤子上方，而裤子还在继续下拉。再然后——砰的一声，镜子瞬间爆裂，细碎的水银玻璃飞散成无数片。

在曜司众人下意识地抬手去挡那些尖利的碎片时，所有的碎片却在刹那变成了粉末，撒了他们满头。

众人一头狼藉，一脸狼狈地赶紧去拍那些令他们眼都睁不开的银色粉末。

"都给本尊滚出去！"琴笙一贯温柔出尘的脸上此刻面无表情，声音冰冷似二月寒风。

整栋楼方才仿佛因为主上拂袖的怒气震了震。

“是。”能在琴笙身边混到七曜的地位，金曜和木曜两个怎么会是愚蠢之人，迅速地转身就拖着还没有反应过来的两个武卫朝门外退出去。

不退出去，在房间里等死吗？但是走了两步，却忽然听见琴笙更森寒入骨，咬牙切齿的声音响起：“去把那个没羞没臊的扔出楼外，本尊不想再在楼里看见她！”

金曜和木曜两人再次互看一眼，露出带着惊讶的苦笑来。从来幽晦如海，心沉如渊的主上恢复正常之后，气急败坏若此，简直是奇观。

也唯有楚瑜才能让主上如此吧？金曜轻叹了一声，淡淡地道：“我去把她弄出去，你在外头伺候着，听主上吩咐。”

木曜闻言，立刻颔首：“是！”

他才不要此刻去寻楚瑜那奇葩，天知道万一他去了看见什么不该看见的，就从此看不见第二天的太阳。

金曜看着木曜的模样，低笑了一下，有些无奈地转身离开。

且说这头，楚瑜才扯裤子，慢条斯理地露出个腰，再作势把裤子拉下去，就瞬间感觉整栋楼震了震，仿佛整个空气的温度都寒了下去。

她便挑了挑眉，轻笑一声，随后拍拍手，整理了下腰带站了起来。

等到金曜从一处暗门出来的时候，看见的就是楚瑜一脸好整以暇地抱着胸靠在窗边看风景。

她衣着整齐，连头发丝都不乱一根，地面上更没有什么可疑的水渍。他暗自松了一口气，桃花眼里静静地盯着楚瑜片刻，轻笑出声：“你还真是能耐啊。”

楚瑜转脸看向金曜，挑了挑眉，大眼弯弯：“过奖过奖，怎么金曜星君这是有何贵干？”

金曜轻慢地嗤了一声，桃花眼冷冰冰地睨着她：“果然不管是不是当了主子，还是这等没羞没臊的。”

楚瑜微微偏了下头，斜眼看他：“你还知道我也算你主子。”

金曜身形微僵，冷哼一声：“你真是我见过最奇葩的女人，也不知道你到底是不是个女人才能这么厚脸皮。”

楚瑜忽然唇角上翘成个痞气的弧度，眼明媚：“哦，你是不是男人，我不知道，但我是不是女人，你家主上一定知道，我和他坦诚相见过，要不你问问他去？”

楚瑜这般恣意放肆到流氓的样子，并着她那意有所指的话，瞬间让金曜俊脸一冷，随后染上一点红色。

随后他森然地看了她片刻，一言不发地转身就走。

楚瑜瞅着他一身冷气，忍不住嘀咕了一句：“什么人养什么属下，全都是怪胎。”

虽然知道金曜一直看她不顺眼，心里看不上她，但突然间一副怨言满满的样子做给谁看？再怨言满满他也不可能给琴笙生孩子。楚瑜一愣，随后摸了摸鼻子，暗自失笑——她什么时候变得那么浅薄了。

而且居然就开始想到给那大神生孩子上那么遥远的事儿上了。她目光无意识地瞥了眼自己平坦的小腹，轻叹了一声。

她还偷偷吃着二娘和三娘帮忙配的避子药，感情没有明朗之前，有了孩子也许在那大神眼里，不过是多了一个驯服她更有用的枷锁罢了。

金曜走着走着，一转脸就发现楚瑜远远地缀在身后，一脸心不在焉的样子摸着肚子，也不知道在想什么。

他没有好气地冷道：“发什么呆呢，你真想在这八阵楼里困一辈子？”

楚瑜闻言，立刻加快了脚步跟过来。她也不知道金曜是怎么走的，总之看起来就像红袖领着她一样，穿过了一处长廊和一间房，果然就看见了亮堂堂的出口在不远处，仿佛他们不过是从一间普通的楼里走了出去。

而窗子里落下的天光似乎也不知不觉地亮堂了起来，也不知从哪里开始，阳光穿透了云层，落了一个长廊的灿烂，窗外的景致也变了。

远处是熟悉的青山明媚，蓝天白云，近处是花园里花团锦簇，能看见绣工绣娘们依窗劳作。

楚瑜莫名地松了一口气。这看似简单的几步便是柳暗花明，可她知道其中太多玄奥之处，连走多少步，只怕都是有定数的。

金曜站在门边，冷淡地看着她：“走吧，不要再随便没有经过主上同意就进入书楼，否则下次就没有那么好运了。”

楚瑜立刻越过他走了出去，摆了摆手：“难不成他还能把我困这里头一辈子？”

金曜闻言，垂下精致的桃花眼，抿了抿唇角，转身折回了楼里。

楚瑜转身，看了眼古朴大气又不失精巧意趣的两座大书楼，微微眯起明丽的眸子。

她才不会被困在这楼里一辈子，虽然她没法子拆了这现实里的八阵楼，但是她迟早有一天拆了琴笙心里的八阵楼！

随后，她便赶紧地往自己的小楼里赶。说不得二娘和三娘还有唐瑟瑟都已经被扔回了楼里。她得先去确定她们的安全。

等她回去之后，才发现小楼里除了唐瑟瑟在窗边的雕花小榻上昏睡，霍家姐妹却不知道在哪里。楚瑜摸了摸唐瑟瑟的手腕，脉搏平稳，看着也只是被弄晕了。

但她随后颦眉嘀咕：“没有理啊，琴笙抓着她们不放做什么？”

还真不是琴笙要困住霍家姐妹。霍二娘和霍三娘早就被扔出楼外了。

这日晚上，楚瑜让人准备了饭菜，也让人去请琴笙过来用膳。往日里，不管她什么情绪，是否希望他出现，琴笙都会准时出现在饭桌边，与她一起用膳。

这是自从她和琴笙自那未曾拜完堂的大婚之夜以来，她第一次真心念着他来。但是没有多久，红袖一脸迟疑地亲自过来道：“三爷今日还有要事，让属下来告诉小姐，自行用餐。”

红袖已经惯用了小姐来称呼楚瑜，何况大婚第二日，主上也神色莫测地说过楚瑜也许未必喜欢听到“小夫人”这个称呼。

楚瑜闻言，微微颦眉，有些失望地嘀咕：“嗯，好吧。”

红袖看着楚瑜的模样，心中倒是有些欢喜，也许她应该告诉金大姑姑——小鱼似乎缓和了态度，开始对主上露出真心的好脸色了。

只是红袖看着楚瑜有些失落的样子，又看看满桌都是自家主上中意的饭菜，便有些不忍地宽慰楚瑜道：“小姐，莫往心里去，即将出海，主上最近确实很忙，有些事必须在出海前完成，但是事情进展缓慢。”

只是她话音未落，就看见楚瑜对着一桌子美味叹了一口气，干脆地拿起碗筷大朵快颐起来：“哦，那好吧。”

看着楚瑜胃口很好的模样，果然是完全没有往心里去啊！

红袖唇角忍不住抽了抽：“小姐先用吧。”

只是连续三日，楚瑜让红袖或者七曜里任何人去请琴笙，都没有请来之后，她终于明白了一件事。

“三爷不在。”楚瑜扶着楼前柱子的手忍不住用力捏了进去，捧着一只玉碗的碟子也差点儿摔出去。

她看着挡在自己面前，不让自己进书楼的木曜和土曜两人，笑得有点狰狞。她明明前一秒还看见他进了楼！现在他是在躲她？

坐在在书房里，双手优雅地在桌面上交叠着的修白身影从地图里抬起脸，一双幽幽妙目瞥了眼镜子里倒映出来的窈窕身影。

“她手里拿的是什么？”

金曜瞥了一眼，谨慎地开口：“新鲜牛乳，应该是庄子里养的奶牛产的？”

琴笙温柔的面容上瞬间阴冷了下来：“这种东西，怎么还会出现在绣坊里！”

众人都沉默了下去，无人作声。只金大姑姑从容地看了眼琴笙：“这是您以前让人养在庄里的奶牛，唤作小仙儿。”

琴笙清冷的容颜闪过一丝讥诮的轻笑：“这名字，也就是那条鱼能叫得出来。”

金大姑姑淡淡地道：“这是您第一次受伤以后给那乳牛起的名，道是要和您同名才好。”

琴笙唇角冰冷的笑意瞬间凝滞。不知为何，房内的曜司骨干们都仿佛听见了自家主子身上传出一声细微却清脆的龟裂之音。整间房的温度都冷了下去，冷得人背脊发毛。也不知过了多久，才听见那幽柔而熟悉的声音森冷地响起：“明日起，本尊不想看见绣坊里有此类物事再出现。”

“是。”比起众人的噤若寒蝉，金姑姑依然是不动如山颔首。

随后，一直沉默着的金曜也开口了：“那门口……”

琴笙面无表情地看了眼那镜子，惜字如金地道："让她走。"

楚瑜纠缠了许久，却不得入内，憋了几日正满心火大，此时她忽然若有所觉地抬起头，对着虚空里的某一处，笑得一脸甜蜜阴沉："有本事，你一辈子别出来，三爷，出来我弄不死你！"

这几乎就算是明着的挑衅了，上次这般模样的人坟头草已经三丈高。曜司众人齐齐为她的勇气感慨——果然好狗胆！琴笙看着楚瑜的表情，淡冷的琥珀眸瞬间眯了起来，闪过阴惊的光。

自从楚瑜放话挑衅之后，又过了三天。

琴笙依然没有出现，楚瑜依然使尽了法子也没逮住那仙儿一根头发丝。她这日垂头丧气地又端着一盘子奶点心进门，没好气地捏了几只塞了满嘴。

"怎么样，又没逮到人？"霍二娘懒洋洋地歪在长廊的长石凳上。

楚瑜干脆也跷着腿坐上石凳，身子靠在栏杆上，闷闷地哼了一声："嗯，怎么激都不出来。"

她都当着那么多人的面向琴笙下挑战书了，土曜和木曜看她的表情都像能生吞几个鸟蛋似的，一副她找死的模样了。

好歹他也得出来揍她一顿不是？打一架也是好的。她有点琢磨不出来，他为何躲着她。这绝不是琴三爷的风格。两军对峙，先发制人，未必胜券在握。她原本打算主动出击的，但如今对方临阵不出，城墙高筑，冷眼临观，倒是显得她跟个跳梁小丑似的上蹿下跳。

楚瑜托着下巴，想了想，琴笙这人做事善忍而后动，草蛇灰线，布局千里，虽然她小胜一局，一时间让他乱了阵脚，但那大神冷静下来便也应该能明白她无非使了一个最简单的"缠"字诀，目的无非是逼得他不能用他常用的手段待她吧。

先出手的人，容易被看穿底牌。就像她靠着自己误打误撞看见那"屠宰场"，才琢磨出他打算对她干什么。她如今的行为，看在他眼里，大约也没有什么"秘密"可言。

那大神如今冷眼看着，也不知道心里在盘算什么，他越沉静，她心里越是犯嘀咕。他最擅长也最喜欢牵着别人鼻子走进圈套，心甘情愿为他所控却不自知。

说白了就是把人卖了，不，是把人杀了，那人还跪下来膜拜地舔他的鞋，顺便问问要不要血淋漓的心肝肠肚都掏出来献祭给大神作践。

楚瑜这么一琢磨就有点心里犯嘀咕，只觉得自己这一出“驯夫记”，还不知道唱到最后会不会成“怨妇吟”。

她有点烦躁地扒拉了一头长发，又开始怀念甜蜜的仙仙和矜傲又直白的白白。罢了，罢了，总归他不会弄死她。没几天就要出海了，总有机会的。

唐瑟瑟正磨着药，忽然看见一只青鸟儿掠翅而过，她立刻抬手，嘴里吹出一声哨响，随后那漂亮的鸟儿便飞掠而来，扑了下小翅膀，停在了她的手上。

她拆了下鸟儿小脚上的条子，随后神色一愣：“咦，是封大哥，他说让小姐寻个机会回一趟天工绣坊。”

楚瑜微微挑眉，接过条子一看，果然是封逸的手信，不禁有些纳闷儿：“奇怪，逸哥儿怎么不直接让人来通报一声？”

一道身段妖娆修长的人影忽然落在她身边，喘着气擦了擦汗，轻嗤了一声：“这你还不知道吗，每次逸哥儿来绣坊通报，总要被人为难一番，他和你家那猫儿以前就不合，现在三爷恢复了正常，要给逸哥儿吃点苦头不是很容易的事儿吗？”

楚瑜叹了口气：“逸哥儿也是，不知道为什么就是看三爷不顺眼，从白白还在的时候就这样，这两人是天生对头吗？”

霍三娘也跃了回来，一边擦汗一边睨着楚瑜，老气横秋地摇头：“你这粗线条的，真是没药救了，满心里就三爷。”

不过也好，逸哥儿那等聪明绝顶，骄傲却进退有度之人，既然已经绝了某些念头，大约也不会喜欢被楚瑜看出来他心中的无力。

楚瑜想了想：“行，反正还有三天就要走了，咱们也得回一趟绣坊，先看看逸哥儿那边准备得怎么样了。”

她是打算这次东行，依然是和去蜀地时一样带上封逸和霍家姐妹，这次又多了个善毒善医的唐瑟瑟。只是楚瑜没有想到，她回到天工绣坊，查了查各方面绣品的进度，见一切无恙和顺利之后，却会听到了另外一个让她颇为惊讶的消息。

“大小姐，请让封逸留在云州。”封逸看着她，微笑着道。

楚瑜一愣，而霍家姐妹也同样几乎有点不相信自己的耳朵。

“逸哥儿，你说你不去了？”霍三娘有些奇怪地看着封逸。

封逸淡淡地道：“是，很快就要到庭外甄试。”

楚瑜一愣，随后有些神色异样地道：“你要参加庭外甄试？”

庭外甄试是为了朝廷官府和军中选择一些幕僚，专门干活儿的人，这种人拘泥于出身，非罪之人，不管祖上是罪籍，只要如今不在罪籍都能参试。

选的就是真才之人。只是进入其中以后，做到死，最高的官阶也就是区区七品芝麻官罢了，而且身为这种幕僚通常需要做的事情都是最多的，却要承担更多责任，甚至替上司背锅，但是粮饷却非常的低。

楚瑜沉默着，静静地看着封逸，却见他也定定地看着她，神色坦然。

楚瑜轻叹了声：“你还是不打算放弃你以前的志向吗？”

她了解过封逸的身世，他出身百年大族琅玡封家，与上京的陆家和白家齐名，但是家族牵扯到多年前一场朝廷皇子谋逆大案里，最后全族成年男女几乎都被抄斩，少年和女子发配边疆或者充入贱籍，只是后来新皇登基之后，不知为何突然又大赦天下道是为谋逆案中无辜者祈福镇魂，所以封逸作为未成年的封家嫡子侥幸逃过一劫，受尽流离之苦最终又被吴老儿捡了回来。

她以为他已经放弃了复仇或者复兴家族的念头，但是，很明显，她还是把人心想得太简单了。

封逸看着她，仿佛看出了她的想法，神色温柔而平静：“大小姐放心，我没有忘记当初在你面前发过的誓言，封逸早已绝了为家中复仇的念头，我明白既然家中先人当初选择了那条从龙之路已败，必要付出代价，如今想要参加庭外甄试，不过是封逸自己不甘心一生平淡罢了。”

他顿了顿，抬手对着楚瑜抱拳慢慢地一揖到底：“还望大小姐能见谅，封逸就算参加了甄试，不管到什么时候，都是小姐的仆人。”

楚瑜一愣，目光有些复杂地看着封逸束在头顶的整齐乌发发髻，好一会儿，她上前抬手扶起了他，淡淡地道：“逸哥儿，你我如今交情不比当初，我知你为人，自信你所言。”

她笑了笑：“我不需要什么仆人，我信你如兄长，既是我的兄长，又为何要去参加庭外甄试，我这就让人为你备下参加朝廷乡试的荐贴，相信不多时能听到兄长一路上金銮殿三元及第的消息。”

有她这个玉安县主、琴家主母，云州绣行商事会会长在这里，封逸就算是罪臣之子又如何？

封逸听得她那一声“兄长”，却不知为何心中一片翻涌，似有水浪温柔，却又冰冷入骨。

他一双藏秀含蕴的眸子里闪过复杂的情绪，竟有些涩然，他静静地看着楚瑜明丽乌亮如珍珠的眸子，好一会儿，微微一笑，却还是道：“大小姐，属下还是坚持参加庭外甄试，属下自有理由，望您成全。”

楚瑜闻言，见他依然坚持，却并不打算与她多言，甚至依然唤她大小姐，心中有些难受，但她却还是笑了笑：“好，我信你，逸哥儿既想留下就留下吧，绣坊里一切银钱财权和人力，你自由调配，唐门那边若有需要，也只管用我掌门令一用。”

封逸心低似有琴弦一动，余音温柔，面上却依然淡然地一笑：“好。”

随后，他沉默了一会儿，又道：“是了，大小姐，这一次东行，你们要小心，昨日我收到了这个东西，不知什么时候出现在绣坊里你的闺房之中，是每日都去打扫的小婢看见的。”

楚瑜抬手接过他递来的一只华丽的小盒子，但见上面只贴着一张龙涎香扑鼻的精致花签，上面龙飞凤舞地写着几个字——爱妻楚瑜亲启，见字如晤。

楚瑜心中一沉，有了不太好的预感。

“宫少宸。”

那妖货居然还敢出现，他又想作什么妖！

楚瑜看了看那盒子，随后眯了下大眼，转脸唤了一声：“瑟瑟，看一看这玩意儿。”

唐瑟瑟立刻过来，径自轻嗅闻了一下，随后道：“闻着倒是没有什么味道。”

她又看向楚瑜：“可以直接打开吗？”

楚瑜无所谓地点点头：“打开吧。”

她和宫少宸早已陌路，更没有什么不可以摊开在人前的。唐瑟瑟小心地拆开盒子，但见里面只一张叠成千纸鹤模样的信笺，并着一枚小指头大小的精致金色珍珠坠子。她一一仔细地检查过，拆开纸鹤的时候看见上面有字，但见楚瑜无所谓的样子，便也没多言，只继续检查了下。

检查完毕，她将东西交给楚瑜：“没有任何问题，这香气也只是正常的贵重龙涎香而已。”

楚瑜自然知道，那香气是宫少宸身上常用的熏香。他一贯喜欢这种华丽沉凝的香气，让人一闻便似见红尘人间富贵奢靡与风流极致。

她看向信笺，上面只写了一行字——“爱妻，一别数月，思之欲狂，茶饭不思，期待你我别后重逢日，必再续前缘，只海路遥遥，珍重娇躯——宫少宸。”

娇躯二字，他的字写得偏大，笔画转折间莫名其妙地让人看出一点桃色绮念来。楚瑜看着眼角一跳，很有点揍人的冲动。

“啧，这中原人写的情书也真是够肉麻的！”霍三娘瞥见之后忍不住揉了揉一身鸡皮疙瘩。

封逸的脸色也阴沉了下去，他厌恶一切对楚瑜轻薄之人。

霍二娘一直在把玩着那颗华丽的珍珠吊坠，嘀咕道：“这珠子倒是很好看，而且看着如此贵重，颜色还是如此罕见的金色，他倒是大手笔。”

封逸目光移向那金色的珠子，沉吟了片刻，随后目光一冷：“这珠子只怕有问题。”

他话音一落，霍二娘差点儿把那珠子扔出去。她自然是知道宫少宸那家伙从来都不是个简单的货色，在她心里，是仅次于琴笙手段非常的混账恶人。倒是唐瑟瑟马上拿过来再仔细地一看，随后一脸认真地道：“可是我认为没有问题，这珠子一没有内藏机关，二没有毒！”

任何人一旦质疑她的术业，唐瑟瑟小姑娘就会很严肃。

楚瑜都有点被搞糊涂了，但是略一想，便道：“逸哥儿，你说的，可是这珠子的来历有问题？”

封逸看向楚瑜，赞赏地颔首，淡淡地道："没错，属下见过这个珠子，当年属下仍然年幼，家中得过一枚这样罕见昂贵的珠子，后来家祖便令人打造成凤珠簪，献到了宫里，这珠子产地在东海上的一处岛屿附近。"

岛屿附近？楚瑜有了点不太好的预感，皮笑肉不笑地道："逸哥儿，你说的岛屿莫非是琉岛？"

封逸微微颔首："正是琉岛。"

楚瑜顿时捂额，从牙缝里一字一顿地挤出话来："我就知道！"

但想了该能想到的，既然他们能知道琉岛有图，宫少宸怎么可能不知道，他一定会去的，就是不知道那妖货是怎么得到消息他们准备出发的。

"这与其说是情书，倒不如说是宫少宸对三爷的宣战书。"封逸淡淡地道。

楚瑜叹了一口气，捏着那信笺在桌边坐了下来："你也看出来了，说起来他到底是个什么来历，怕不只一个区区宫家少主的身份吧？"

封逸若有所思地道："这宫家虽然是湘南大族，但是他们怎么敢与琴家抗衡，曜司难道没有查出什么来？"

楚瑜微微颦眉："他是城外那个幽冥酒坊少东家的事情我已经告知了金大姑姑，但是当时金大姑姑令人赶去时，幽冥酒坊早已人去楼空了，这幽冥酒坊来历神秘，在中原武林里它虽然不若藏剑阁那般屹立数百年，从前朝到今朝，却也有百余年的历史。"

金大姑姑如今也只查到以前酒坊东家乃是江湖出名的万事通——百晓生，后来百晓生十年前病重后将幽冥酒坊传给了现在的少东家，也就是宫少宸之后，百晓生连同他身边伺候的那一批幽冥酒坊的老人们就失去了踪迹。

照着金大姑姑的看法，这个世上没有人会真正失去踪迹，除非死。

所以曜司的高层们都偏向认为百晓生他们只怕已经不在人世了。

"至于宫家，看起来仿佛更没有问题了，宫少宸是他爷爷宫大师一手带大，据说其父母在产下他之后不久就双双意外身故，他是宫家嫡孙，由宫大师亲自教养长大，如今宫大师已经去了，宫家牢牢地掌控在他手里，所有的旁系全都要仰仗他的鼻息过日子。”楚瑜道。

封逸点了点头，沉吟道：“嗯，对了，大小姐，我还探听到一个消息，从你和琴三爷大婚之后，宫家在湘南的生意忽然陷入了困境，生丝原料总是出现各种问题，卖出的货物要么也出问题，要么就有什么意外无法按期交货，不是遇见山贼，就是被雷劈烧了仓库，甚至被山洪冲毁了所有的桑田，损失极惨。如今已被人逼上门要债，但宫少宸一直都没有出现。”

楚瑜闻言，眼角跳了跳——被雷劈？遇见山洪？这某人的手段，还真是……让人叹为观止。

封逸神色有些异样地扯了扯唇角：“据说宫家好些旁支如今备下厚礼正打算前来云州，给琴三爷磕头赔罪，盼望三爷能出手相助。”

楚瑜有些奇怪：“就算琴家家大业大，是行业翘楚，但湘南离咱们这有些距离，而且双方有旧怨，他们求助之人为何会选上琴家，难道他们知道是三爷出手？”

封逸淡淡地笑了笑，神色里有一丝莫名的情绪：“不，宫家的家业太大，他们面临的问题也很复杂，听说还牵扯官家之事，根本没有人能管得了他们的摊子，任何人唯一能想到的求助对象只有琴家。”

这等于是逼着他们来向琴家求助。

楚瑜闻言，愣了愣，随后喃喃自语：“果然是那位‘驯养’的手段，让人被切开卖了还要人感恩戴德，结草衔环来报答啊。”

封逸虽然不明白楚瑜说的“驯养”是什么意思，但他是个聪明人，自然早就明白这是琴三爷出手了，但他不明白的是——

“三爷之前一直都只是冷眼看着宫家上蹿下跳，甚至对亲王都下手了，也只是兵来将挡水来土掩，怎么现在忽然就出手了？”

楚瑜沉默了一会儿，有些心不在焉地道：“他大概有他的计划吧。”

难道她能说那是因为大婚前，琴三爷不是琴三爷，只是她的笙儿，曜司自然不会轻举妄动。

别过了封逸，楚瑜回到了琴家绣坊。

她有些心不在焉地坐在凌波湖边，看着波光粼粼水面，手里把玩着那一颗金色的珍珠发呆。

她到底要不要把这个消息告诉琴笙？

宫少宸，像一根刺，他大概还是会介意的。

否则不会对宫家出手那么狠辣，短短这些时日，眼看着百年世家大厦将倾，家破人亡了。

但宫少宸既然看着宫家大厦将颓，却一直没有露面，甚至还继续在追寻藏海图的路上，仿佛全然不在乎宫家的死活。

楚瑜看着自己手里的珠子，微微颦眉想了好一会儿，还是决定——这事儿必须得告诉琴笙，他既然现在不出现，就告诉金大姑姑吧。

她决定好了以后，便起身，转身向自己房间而去，决定今日晚膳请金大姑姑一起同用。

只是当楚瑜踏进小楼，刚一边推开门，一边心不在焉地唤："凌霜，替我去请金大姑姑……"

下半句话便硬生生地卡在了她喉咙间。

楚瑜有些不敢置信地揉揉眼，再一看，那坐在房间书桌的窗边，脊背挺直，姿态优雅地拿着一本书细看的修白身影，不是琴笙又是谁。她迟疑着退出了门口，转头看了看周围，没错，这是她的小楼，并不是她跑错进了八阵楼。

"三爷？"她试探着唤了一句。

琴笙眸都没抬，只幽幽淡淡地问："去哪里了？"

楚瑜道："回天工绣坊了。"

琴笙点了点头，搁下书："忙吗？"

楚瑜有些愣愣地道："不忙。"

琴笙搁下书，抬起头，温淡地看着她一笑："既然不忙，就摆膳吧，红袖准备了你中意的梅花鱼。"

楚瑜被他唇角那一抹温情的笑，搞得毛骨悚然，只觉得诡异非常——这是见鬼了？鬼畜大神突然变成这种温柔俊美丈夫等候小妻子回家，温馨日常气氛是怎么回事？

楚瑜有些警惕地盯着他："你……舍得出来了？"

说话间，她不动声色地将那金色的珍珠坠子悄悄地塞进袖子里。不知为何，她忽然觉得这些东西，还是交给金大姑姑比交给这让人捉摸不透的大神要好些。

琴笙站了起来，凝视着他的一双琥珀幽眸里依然笼着一层温柔的雾气：“这些日子冷落了本尊的小夫人，是我的不是。”

楚瑜沉默了一会儿：“能说人话吗？”

琴笙走到桌边坐下，慢条斯理地倒了一杯茶，似笑非笑地道：“小鱼，日子可是寂寞了？”

琴笙闻言，端着茶杯的手瞬间顿了顿，一滴滚烫的茶水溅了出来，落在他的手背上。

他恍若未觉一般，只片刻之后，他便恢复了正常，长长的睫羽垂了下来，在白皙的皮肤上落下精致莫测的阴影，唇角翘起一点笑来：“坐吧，上菜了。”

楚瑜莫名其妙地觉得他那要上的菜是——自己。

不一会儿红袖便推开门，对着楚瑜和琴笙行了礼，随后朝楚瑜眨眨眼，便起身领着端着菜的婢女们鱼贯而入，开始布菜。

一道道美味佳肴端上桌面，每一样分量不多，却极为精致，五菜一汤，却刚好是两人的量。琴笙的生活习惯一贯极为精致讲究，但却并不爱浪费。他夹了一筷子梅花鱼搁在楚瑜的碗里，微笑：“用吧，后日出发，到了海上新鲜的梅花鱼不好随身运去。”

楚瑜看着碗里晶莹剔透的梅花鱼肉,随后不动声色地瞥了他一眼:“去琉岛要多久？”

琴笙道：“来回两月余是最少的，若是天气不好，或者有事耽搁半年以上也是常事。”

楚瑜闻言，心思便飘到了别的事儿上——若是一去半年，庭外甄试应当已经结束了，逸哥儿那样真才实学之人，必定会甄选上吧。

“封逸这次不与我们一同去琉岛，很失望？”琴笙淡淡地看了她一眼。

楚瑜一惊，随后瞥着他：“三爷倒是足不出户，天下事却皆在你掐指一算中。”

这大神的耳目还真是无所不在。但看样子，他应该还不知道宫少宸送的那些东西吧？毕竟逸哥儿不打算跟着去琉岛的事儿，算不得隐藏的秘密，即将出发，但他东西没有收拾就是最明显之处。但宫少宸的礼物，却是他们私下密谈。楚瑜拿定了主意，这事儿，还是告诉金大姑姑比告诉这尊大仙要好。

琴笙眸光幽微，波光潋滟而惑人，却隐有凉薄之意："本尊小夫人的事情，自然要多上心一些。"

楚瑜闻着他身上那渐渐变得有些馥郁的香气，屁股歪了歪，望靠着窗边的通风口的方向坐过去了一点，免得那味影响到她太过。等会儿一顿饭没吃完，她就扑上去，把大仙给按在桌上了。平白浪费一桌子好菜。他心情不是很好，情绪才会出现波动，他情绪这一波动大了，身上的香气便会有变化。

这大仙儿大约并不知道他身上的这味儿的浓淡会出卖他的真实心情。可他为什么心情不好呢？

因为逸哥儿？楚瑜笑了笑，也学夹了一筷子鱼肉搁他碗里："多谢三爷关怀，您老也多用点儿。"

琴笙手上筷子一顿，身上气息又冷了两分。您老？

楚瑜大眼珠子一转，笑眯眯地问："您想喝点儿啥，三爷，喝奶？"

琴笙身形一顿，淡淡地道："那头乳牛已经处理掉了，你若是喜欢那种东西，就让红袖采买就是。"

楚瑜一愣："你把小仙儿处理掉了？"

琴笙轻慢地道："是。"

楚瑜看了他片刻，心情有点复杂，目光落在他手里的茶水上："三爷，做自己，承认自己，有那么难吗？"

不管是"年幼"的仙仙还是"少年"的白白，口味从没有改变过，他从来不喜欢喝茶，就喜欢喝牛乳。她就不信，分明只是同一个人不同成长期，会有这么大的不同。

琴笙素白如玉的指尖轻点了一下茶水上的浮沫，漫不经心地轻勾了下唇角："本尊不是自己，又是何人，小鱼，听你这意思，倒像是你比我更了解我似的。"

楚瑜沉默了一会儿，随后站了起来，走到他面前单膝蹲下来，抬起明亮乌黑的眸子看着他，认认真真地道："你愿意让我了解你么，三爷？"

琴笙一怔，似没有想到楚瑜会这般认真地问自己。他的人生从来不能暴在阳光下，也早已从很多年前就学会隐藏了自己真实的情绪，说话行事曲中求直，惊涛骇浪，鬼蜮伎俩皆掩藏在风轻云淡，风平浪静下。

所有人都习惯了跪在他面前，低着头颤抖，或者抬着头仰望。

这是第一次，竟会有人这般直截了当的来问他。

"你愿意让我了解你吗？"

真是，愚蠢。

许久，没有看见这么大胆又愚蠢的人了。他有些感慨地轻笑了起来，垂下的琥珀眸静静地掠过她面容上每一寸肌肤，停在她黑珍珠一般的眸子上，似笑非笑地道："了解我的人啊……其实不少。"

楚瑜一愣："嗯？"

他抬起素白的指尖，爱怜地轻抚过她脸颊上细腻的肌肤，像在看一只可爱又无知的宠物，温柔地道："不过他们都死了。"

他的笑容温柔到凉薄，三伏天里，却让人只感觉寒意刺骨。

楚瑜顿了顿，忽然笑了，大大的眼眯了起来，一副没心没肺的样儿："你要杀我吗，三爷？"

说话间，她忽然抬手一把扯下他的衣领，另外一手扣住他的后脑，就一点不客气地咬上他的唇，舌尖直接挑开他艳丽的薄唇，轻舔着他口腔里细嫩的黏膜，轻喘着："没关系，你试着弄死我，弄不死我，你就是我的，一切都得听我的，怎么样？"

空气仿佛因为她柔软的喘息和恣意的挑衅变得有些黏稠而凝滞。琴笙静静地凝视着面前的少女明亮得吓人的眼眸，他危险地眯起眸子，抬手蓦然捏住她柔软的腰肢往上一提："你……"

楚瑜收了拉住他衣襟的手，偷偷瞥了眼琴笙，却见他垂着长长的睫羽，挡住了眸子，让人看不清楚他眼里的情绪。

楚瑜轻咳了一声，站起来："那什么……要喝水吗？"

琴笙看了她一眼，眸光幽深如海，随后松开了放在她腰肢上的手：

“好。”

楚瑜转身取了一杯水递过去，琴笙接过来，却将她握着杯子的柔荑一起握在了手里，随后慢条斯理地就着他的手喝了一口水。楚瑜定定地看着他，只觉得他握住自己柔荑的手异常冰凉，力气却大得似要捏碎她一般。

楚瑜微微挑眉，不动声色地暗自灌注内力于手腕之上，试图震开他的手。琴笙轻笑一声，蓦然手腕一转，不容拒绝地一把将楚瑜扯进怀里，另外一只手扣住她的后脑，低头近乎粗暴地吻住她的嘴唇。

另外一只手挑开了她的衣襟，熟练地抬手探了进去摸索起来。

楚瑜轻喘着，却眯起眸子低声道：“三爷，可是想好了？”

“想好了什么？”他喑哑地问，声音轻缈而危险。

楚瑜看着他眸光幽邃如海，清冷夜雾轻拢其上，却依然看不见海中深处。她冷冷地眯起眼，一把扯住他的手腕：“我以为我们说好的，我绝对不会做仰望永不背叛的下属，甚至跪下不敢离开的奴隶，我不求现在你能打开心扉告诉我你的一切，但是至少别再试图驯养我，别用你对付底下人或者对付敌人的手段对付我！”

她顿了顿，轻声道：“如果你还想要我。”

琴笙垂着琥珀眸睨着怀里的少女，随后指尖微勾，轻挑起她的下颌，似笑非笑地道：“仗着我不会杀你，所以这般恣意放肆，嗯？”

楚瑜大眼弯弯，笑得一派天真甜蜜，只凑近他眼前的眼珠子冷静而清醒：“是，所以呢，你要杀我吗？”

琴笙垂下眸子静静地凝视她，眼里幽暗似无边深海，夜色里暴雨狂风将临，寒风巨澜如刀能将人撕裂成无数碎片，吞噬入腹，尸骨无存。

“好。”偏他唇角笑容却愈发地温柔，语调轻幽如流水，指尖轻挑开她的袍子，似诱惑：“证明给我看，鱼，证明你的喜欢，证明你的爱比我的驯养更适合你我之间，证明我舍不得杀你，是因为……我钟情你。”

说话间，他的呼吸轻掠过她柔软的鼻间，精致的唇也似吻非吻地停在她唇上。他身上的冷香渐浓，靡丽惑人，楚瑜深深地嗅了一口，只觉得血气翻腾，她轻笑了起来，手指也挑开他的衣袍，手心贴上他性感胸口微凉而干燥的光洁皮肤，轻佻地舔了舔他潋滟的薄唇：“这可真是个难题，三爷，不过我可以试试，首先来证明一下，我能填饱你，你也只能让我填饱，至少这题目好像比较简单呢。”

其实她比较喜欢用饲养，但是他大概不会高兴。

说着，她细碎的吻一路轻吮过他脸颊直到白皙脖颈上微微凸起的精致喉结，像要烙个自己的印记一般，随后用犬齿一点儿不客气地咬上去。琴笙轻薄的呼吸瞬间变得沉重，随后一转身粗鲁地掐着她的细腰，一把按在桌面上，他双琥珀眸已经变成浅金色，光芒炽烈又冰冷，定定地看着身下大眼氤氲又满是挑衅的人。

他喉间发出一声短促的轻嗤声，随后温文尔雅地微笑：“随你。”

不知为什么，楚瑜却在他那轻笑里听到了一点近乎阴戾暴躁的味道。腰上被他大手掌控捏得发疼，被她却不在乎地眯起眼，抬手扯掉他头上的玉簪，琴笙一丝不苟束在头顶的乌缎青丝瞬间散落了下来，覆在她身上，也将她和他与外界隔开一个私密的空间。

随后她看着他冰凉的眸子，满意地颔首，扯开他衣领，喑哑地轻笑：“来，我们好好地重新认识一下，三爷。”

第八章

杨帆出海

九月的海，艳阳高照。波涛温柔而平静，起伏间似摇篮晃动。一道戴着斗笠的窈窕纤细的人影蹲在甲板船舷上，手里的鱼竿一晃，瞬间一条粉红色拳头大的影子被甩了上来。

那影子在甲板上弹跳了几下，立刻八爪并用地朝着船边爬过去，但是下一刻就被一个少年扑过来抓住了：“嘿，粉红色的鲜嫩小八爪鱼，掌门要蒸还是炸？”

蹲在船舷上的窈窕人影一个后空翻，利落地跳下来，看起来也比那少年没大几岁，她抬手在那少年脑门儿上弹了一下：“说了多少次，要叫小东家，瑟瑟！”

唐瑟瑟一脸认真地道：“是，小东家，要蒸还是炸！”

楚瑜低头看了下被唐瑟瑟抓在手里，使劲扭动着的粉红色小八爪鱼，见那小家伙两只大眼睛圆溜溜地瞪着她，她挑眉戳了它眼睛一下：“哎，煮了卤一卤，或者剁碎了做章鱼丸子？”

此时，一道高挑儿人影含笑来敲了敲船舱的门板。

“小东家，一会儿就要到凤栖城了，咱们船队会去补充一些给养，出了凤栖城，会有很长一段海路没有法子补充东西，咱们要进城采买一些东西，你上不上岸，若是不上，可能会有一个月都不能踏上陆地哟！”土曜含笑凑到楚瑜身边，指着不远处的堡垒道。

楚瑜看着那悬崖上的坚石堡，忍不住微微睁大了眼，有些惊讶：“这房子怎么看着有点不像咱们中原的风格，像是西洋人建的。”

土曜笑眯眯地弹了下手指：“答对了，这是凤栖城的城主请的西洋商人帮忙建的堡垒城，这里算是一个非常关键的海边要塞，扼守一条重要的进入中原的通道，是这片海域唯一安全的航线，附近的海面潮汐起伏极大，而且暗藏了大片锋利如刀的礁石，吃水稍深一点点的船只都过不去呢！”

楚瑜一怔，举着单筒铜质聊望镜打量着那雄伟的堡垒城：“也就是说，不管是出，还是进这一片海域，都必须经过这个凤栖城了？”

凤栖城的堡垒上还架着大片的重炮，远远的，她都能看见里面暗藏着的许多机关垭口，正对着进出的海域。

“没错，这里防备森严，原本是东海侯的镇守重地，也是许多商户往来的重要进出采买之地，以前许多海盗觊觎凤栖城的富庶，总想试图来干一票大的，但是从来都是有来无回，而且，小东家看看咱们船下有什么东西……”土曜笑嘻嘻地比了比水下。

“什么？”楚瑜有些好奇地低头，瞬间就起了一身鸡皮疙瘩。

船下几个白色小风帆似的背鳍扬了起来，其下灰色的阴沉的巨大鱼身，不是鲨鱼又是什么？

而且还是……

“鲨鱼群？”楚瑜忍不住惊了一惊。

“没错，凤栖城的规矩就是死刑犯不会如内陆一般秋后处斩，而是扔进这里喂鲨鱼尸骨无存，久而久之，几百年下来，这里就成了鲨鱼最喜欢出没之地。”土曜点点头。

楚瑜果然看见一些深处的水藻里缠绕着几个散碎的骷髅架子，骷髅架子都长了海藻，也不知道被泡在水里多久了。

她瞬间起了一身鸡皮疙瘩，忍不住蹙眉：“东海侯这也未免……朝廷没有意见吗？”

“反正都是死，怎么个死法而已，朝廷有什么必要因此得罪封疆大吏？”火曜带着一点慵懒的声音响起。

楚瑜转头瞥了他一眼，点点头：“嗯，这位东海侯爷为人如何？”

琴笙那样近乎国中之国的存在，朝廷都没有放一个屁，东海侯这样已经算是很客气了。

火曜道：“东海侯爷为人倒是大气而仗义，从不会因为自己是封疆大吏而作威作福，只是上一回听随着船队归来的日曜说他最近病重，朝廷派出了御医千里迢迢过来，如今也不知如何了。”

说话间，船队的速度慢了下来。

她看着不远处的港口，果然热闹非常，有不少穿着黑衣短打，一看便是官吏海兵的人在查验进港的大量船只，来自本国的船只和其他各国的船只一起都在排队等候查验。

通过查验之后，便会发下一块令牌，允许船只和船员靠岸。楚瑜笑看着那些来自异国的船只，忍不住有些兴奋地道：“我去叫三爷一起上岸走走去，看看有什么新奇的玩意儿没有！”

但是楚瑜才转身，就看见土曜身子一转，挡在了她面前，笑道：“小东家，不必去叫三爷了。”

楚瑜一愣：“为什么？”

火曜有些凉薄的声音在她身后响起：“三爷是不会踏入凤栖城一步的，若是你不信，便自管去问吧。”

楚瑜有些好奇：“为什么？”

土曜和火曜互看了一眼，随后火曜闭嘴，土曜只笑眯眯地道：“不若您去问三爷。”

楚瑜微微眯起了大眼，上下打量了那两人一回：“古古怪怪的，我自己问去。”

说着，她便一转身朝着上舱而去了。琴笙却不在上舱里，等到楚瑜在隔壁的船舱里找到他的时候，就看见他站在隔壁的底舱里，面前泛着森然冷光的长针和香气四溢的颜料摆了一溜儿。他正站在颜料台后，双手优雅地张开，金曜并着两名武卫正拿着盛满鲜花精油的水盆伺候他净手。楚瑜一看那阵势，又闻见了空气里一阵弥散的血腥味，虽然舱房内没有尸体，甚至没有一个血点子，她都忍不住有些头皮发麻。

这时候琴笙慢慢地转过身，眸色幽凉，声音却依然温柔：“你怎么来了，有事？”

楚瑜按捺下心头那点窒闷，随后笑了笑：“我想上岸走走，三爷可愿同去？”

琴笙看了她一眼，淡淡地道：“你带上霍家姐妹去就是了，我还有事。”

楚瑜看着他，又看了看他身边的金曜和两名武卫，随后迟疑了片刻道：“三爷，我能问问，为什么你不想踏入凤栖城一步吗？”

她是真好奇。但既然火曜和土曜能将这个消息告诉她，其中应该不算很避讳的秘密才对。

琴笙漫不经心地坐了下来：“没有为什么，既然小鱼知道本尊不喜凤栖，便自行上岸就是。”

楚瑜一怔，暗自叹了一口气。连这一点原因都不想告诉她吗？她正想再接再厉地套话，却不想忽然整个船身震了震，随后便听到了一阵吵闹声。因为他们的船离港口已经很近，那港口官员的声音便一点儿不客气地传了进来。

“抱歉，琴家船队虽然曾经有东海侯爷颁发的特别通行金令，但如今侯爷病重，主事的是凤栖长公主，长公主殿下有令，所有的琴家船队一律不得进港，你们速速退出去，否则我们就要不客气了！”

“凭什么！”

吵闹声让船舱内的数人瞬间脸色一变。便是一贯不动如山，静水深流的琴笙脸上也浮现了一抹冰冷的笑容：“一些时日不来，这是要变天了么，去把日曜他们都唤过来。”

这泱泱中原海境，还没有琴家船队去不得，过不了的海域。居然会被人拒绝，这想来也是第一次。

楚瑜有些搞不清楚状况：“哎，怎么又来个凤栖公主？”

金曜有点不耐烦地看了她一眼，随后走了出去。楚瑜虽然有点想抽他，但也明白琴笙是要谈正事，还是立刻乖觉地退了出去。

土曜刚好走了过来，仿佛大老远就听见楚瑜的嘀咕一般，便立刻凑过来，亲切地解答："是凤栖长公主，乃是当今的妹妹，虽然非一母同胞，但是却也颇为受宠，所以封了个长公主，后来嫁给了东海侯爷，还生了个女儿，唤作瑶瑶郡主，也是东海侯爷的独生女，很受侯爷的宠爱。"

楚瑜瞥了眼土曜笑眯眯的样子，抬手感慨地拍了下他的肩膀："果然，有人就是识相，有人就是不识相，土曜，有前途。"

土曜立刻笑容更灿烂温和："多谢小东家夸奖。"

那笑容灿烂得楚瑜都忍不住抖了抖，也佩服土曜，这人能把狗腿都演绎得如此贴心。

且说这头，船队暂时退出了港口，琴笙召集众人议事，一商议就到了月色西沉。楚瑜就趴在船边看着那高高的堡垒，暗自想了想，也不知道爬上去难不难。

"你不是想要偷偷爬上去，潜入城内吧？"霍二娘叼着一只鸡腿凑到楚瑜身边。

楚瑜笑眯眯，眼底狡黠的光芒一闪而过："是。这城我一定要进！"

有些答案，他不说，她就自己找。

"可是你要怎么说服琴三爷？"霍二娘嘀咕着又啃了一口烧鸡腿。

楚瑜笑了笑，明丽的大眼闪过狡黠："这我会自己解决的，你和三娘准备一下吧。"

霍二娘大咧咧地一笑，随手就将鸡骨头扔进了海里，拍拍手："好嘞，没问题！"

"你要自己进凤栖城？"琴笙停下了手上的笔："不行。"

楚瑜一愣："为什么，你知道我如今的修为完全可以自保，我去看看就回来，三爷不想知道到底城内发生了什么事情吗？"

琴笙抬笔优雅地继续写东西，却漫不经心地道："不想。"

楚瑜准备了一肚子的话瞬间卡在喉咙了，随后瞪着琴笙半晌，到底憋不住："为什么，如果能找到原因，咱们就能入港，顺利经过凤栖城，我听金曜他们说如果咱们打算绕开凤栖城，就需要绕一个大圈子的远路，时间会比原来长一倍不止，难道三爷打算绕远路？"

琴笙慢慢地写着："谁说本尊要绕远路？"

楚瑜看着琴笙淡定的模样，似完全没有把这件事放在心中，不禁有些疑惑："三爷，有法子过港？"

琴笙轻描淡写地道："当门而过，当先以礼，既礼之不从，炮火叩关。"

楚瑜闻言，悚然："三爷，你说什么？"

琴笙抬起眸子，微微弯起唇角，温淡地道："这中原海域，还没有琴家船队叩不开的关门。"

他分明神情平静，仿佛不过在说一件简单不过的事情。楚瑜却莫名地听见了其中冰冷的金戈杀伐之音，甚至炮火与血腥的味道。

她自然是见识过琴家船队上的炮火，全都是经过琴笙改造的火炮，结合了西洋的易操控和中原的重炮火力，虽然还没有达到后世那种程度，楚瑜也没有见识过西洋的船炮，但琴家船队，彪悍和火力之凶猛，担当得起坚船利炮四个字。

"咱们也就是三四艘船，这里可是堡垒之城，还是西洋式青石砖的城，哪里是这么容易能轰开港口的？"楚瑜忍不住嘀咕。

琴笙轻抖了一下信纸，仔细地收进了信筒："三日后，琴家船队便会出现，咱们等着就是。"

说着，他一抬手，金曜立刻从门外进来恭敬地接过信筒，同时道："回主上，所有的信鹰都放出去了。"

楚瑜叹了一口气，忍不住揉了揉跳筋的额心："但重点不在这里，我说三爷，您为什么说轰开帝国要塞，像在说轰开一处山贼的寨子进去一游，这种事情难道不是谋逆么，九族抄斩啊！"

重点是这件事好不好？且不说要塞里守的是自己国家的子民，轰开帝国海防镇守的要塞，就算琴笙是封疆大吏一般的身份也都是全族抄斩的大罪吧！为什么他们这些怪胎一个个地都完全不放在心上？

琴笙闻言，轻笑了一声，薄唇间慢慢地吐出几个字："抄斩九族？"

他垂下眸子，掩去底下阴郁森然的一点儿诡异火焰："本尊的九族若完了，这大元王朝也要完了吧。"

楚瑜无语："三爷，您这是威胁皇帝陛下吗？"

她咋就没看出来这位野心有那么大？

琴笙表情清冷莫测地抿了抿唇角，随后淡漠地道："小鱼，该用晚膳了，你想用些什么？"

楚瑜看着他那分明"闭嘴，此事本大神不谈"的模样，大眼珠子转了转，随后道："三爷，咱们来做个交易吧，不是还有三日船队才会来吗？"

琴笙闻言，转脸看向她，似笼着轻雾的幽眸挑了下眼角，异样地轻笑了起来："哦，本尊的小新娘想要做个交易？"

楚瑜看着他一副颇感兴趣的模样，心头莫名一动，曾经一脸渴望唤着她小姑姑的"少年"，仿佛忽然一下子成熟得超越自己许多，完全俯视自己的这种感觉忽然变得异常清晰，有点……怪异。

她却莫名其妙地开始脸上发烫，眼神四处乱瞟："那什么……你喜欢吃肉吗？"

她问了一个诡异的问题，但她想他是明白的。

琴笙果然瞬间似有所解，淡淡地挑眉："嗯。"

楚瑜看向他望着自己似笑非笑的目光，只觉得浑身发烫，结结巴巴地道："那什么……我不是很喜欢吃肉，尤其是三爷你的'肉'。"

琴笙若有所思地笑了笑："为什么，不喜欢我的味道？"

楚瑜觉得自己很厚脸皮，大神脸皮儿薄，但是不知道为何这一刻仿佛两人脸皮厚度对调了。

这大神，这大仙儿能不能不要用这种探讨人生哲学，研究寰宇终极的认真态度来说这种事情！

"不是！"她觉得自己快烧起来了。虽然很不要脸，但是她必须承认客观事实，大神的味道很可口！

楚瑜一咬牙道："如果三爷愿意让我先去城内一探，再做最终的决定，我……我可以考虑……你让我做什么，我就做什么……"

"你说什么，我听不明白？"琴笙似觉得她脸皮冒烟的样子很是有趣，好整以暇地看着她，唇角那一抹温柔到莫测的笑容让楚瑜看着就火大。

楚瑜一抿嘴唇，干脆地转身就走："算了，当我什么都没有说。"

只是才走到门口，琴笙幽凉低柔的声音响起："准了。"

楚瑜一僵，随后大踏步地走了出去，仿佛还能听见琴笙颇有些愉悦的惑人轻笑。只是琴笙自也没有看见楚瑜转身离开舱门之后，大眼睛里露出诡谲又狡黠的笑容。

"笑成这个样子，又想阴谁？"一道冷冰冰，含讥带讽的声音在楚瑜身后响起。

楚瑜一转身，就看见金曜修长的身形靠在船舷边，双手环着胸，一双桃花眼正冷冷地看着她。

楚瑜斜眼睨着他："这个世上的事儿，无非两种——第一关我屁事，第二关你屁事。"

金曜轻哼一声，有些不耐："你以为我想跟着你么，不是你向主上提出任性的要进城一探的要求吗？"

楚瑜一顿，叹了一口气："三爷不是把你派来了吧？"

金曜面无表情地颔首："是。"

楚瑜有点忍不住，她干脆彻底转过身上下打量他："我到底哪里得罪你了？"

金曜闻言，睨着她，轻嗤了一声，有些讥诮地道："就算你已经成为三爷的枕边人，也不值得信任。"

楚瑜难得好脾气地挑眉："理由？"

金曜盯着她，忽然抬指一弹她肩膀，桃花眼里幽凉："你的眼睛里太多的不驯，这种不驯，对主上而言是危险的事情。"

说罢，他绕开她，径自去取要上岸的东西去了。

楚瑜看着他的背影，忍不住揉了揉自己的肩膀，大眼弯弯，有些讥诮地暗自轻哼了一声："倒是个眼睛尖的，我要和你一样，还能把那大仙儿给吃了，只能像你们一样被他控制吧。"

她要的，从来不是仰望九天的神祇，像献祭的祭品，被他控制，被他吞噬自己的意志，她要的是可以握住他的手，站在他的身边，可以拥抱他的未来。就像她曾经拥抱过那个"少年"一般。

"唉，真是一点儿都不想带上那家伙。"楚瑜看着金曜在不远处指挥人，忍不住转身一边往自己舱房走，一边嘀咕。

“金曜是除了日曜以外最熟悉凤栖城的人，不过小东家，您还得带上我，因为我需要顺便收集一些补给。”一道亲切的声音响起。

随之出现的是土曜笑容满满的娃娃脸。

楚瑜看了眼土曜，这位星君大人的温柔亲切与琴笙的温柔是不同的。

琴笙的温柔清冷而高远，属于高坐莲台的观音，立于九重天阙的神祇俯瞰人间众生。

但土曜完全就是那种仿佛发自心底的温柔与亲切，衬着他那一张看起来未及弱冠的少年娃娃脸，很容易让人生出深厚的好感，浑身都散发着“我是人畜无害的好人”的气息。

当然楚瑜一点儿不认为能亲切地微笑着，把一起长大的水曜给折磨成那样的土曜真是什么人畜无害的好人。

不过他这张脸和周围气息，倒是极容易和人亲近，买卖东西这种事儿交给他颇为合适。

楚瑜点点头：“嗯，也好，你到时候帮我盯着金曜，别让他坏我的事儿就行，必要的时候我可能会打晕他。”

她的武功招式和对敌经验完全不如七曜星君，也许实战的时候，只是勉强能压制住七曜里武功最好的金曜。

但是内力修为却是几乎可以媲美琴笙已臻化境，要在金曜没有防备的情况下瞬间弄晕他，并不难。

土曜笑着颔首：“没问题，运尸的任务交给我，小东家。”

楚瑜眼角跳了一下：“呵呵……你还真是自觉，但我没谋命的打算。”

土曜笑眯眯：“小东家怎么说，我就怎么做。”

楚瑜：“……”

为什么世上会有如此卖狗腿，都能卖得如此亲切的怪胎？

完全不知道被同僚卖了的金曜，忍不住打了个喷嚏，他抬起眼看了眼远处楚瑜和土曜说话的背影，桃花眼里闪过冰冷而复杂的流光。

一切准备就绪。

楚瑜、霍家姐妹并着土曜，在金曜的带领下，趁着夜色，轻松地几个纵跃，攀着悬崖峭壁爬上了堡垒之城的坚硬高大厚实非常的城墙。

不一会儿就跃进了城内。

凤栖城的夜晚是有宵禁的，但是宵禁的时间差不多在子时前后，所以现在这段时间还是颇为热闹的。

楚瑜一行人到的地方还是最热闹的夜市，夜市上不但有本地中原卖的各种东西，来自各国的客商，于是什么肤色，什么颜色的头发的人都能见到。

原本还半遮了脸的霍家姐妹就干脆地解开她们脸上的面巾，露出深邃的五官来。

这里高鼻深目的西洋人不少，她们一点也不扎眼。

楚瑜兴致勃勃地看着四周热闹的集市，接踵摩肩的人群，还有各色小摊儿，她便立刻开始瞎逛了起来。

霍家姐妹都是女人，自然也对这些最感兴趣，三个人立刻四处叽叽喳喳地又逛又买。

金曜目不斜视、面无表情地跟在她们身后，土曜则也是笑吟吟地不时四处看看，偶尔会凑到小摊儿前也买点东西。

将近一个时辰之后，金曜终于有些忍不住了，上前挡在楚瑜面前，冷淡地道："小东家，差不多了，咱们是不是该干正事儿了？"

她们这群女人是来逛大街来了么！

楚瑜抬眼轻瞥了他一眼，没有立刻回答，只转脸问了一下霍三娘："什么时辰了？"

"快要子时了。"霍三娘从一边的小贩手里接过一个大油纸包，纸包里散发着香喷喷的味道。

楚瑜凑过去闻闻，满意地笑道："好，今晚咱们去找个热闹的客栈打尖，听说子时左右，虽然街道上宵禁了，但是客栈里会有草台班子的小戏，很热闹呢。"

楚瑜的话让金曜到底忍不住了，他抬手就挡在楚瑜面前："等等，小东家，难道咱们不需要干正事儿吗？"

他桃花眼里的寒意和警告，楚瑜根本视而不见，她只漫不经心地啃了一口糖葫芦："是啊，我这不就是在干正事么，赶紧地，金曜推荐一家热闹的小客栈。”

金曜很想说些什么，却被人拍了下肩膀。

他一转头，便看见土曜笑眯眯地抬手揽住他肩膀：“首领，小东家自有小东家的道理，咱们既然答应了主上陪小东家来办差，就不要再多问了。”

金曜冷冷地扫了他一眼，他并不是一个不冷静的人，此刻见土曜说话，他一转身，淡淡地道：“跟我来，希望小东家真是要办差。”

听着对方完全不信任的话语，楚瑜倒是一点都不恼，只笑盈盈地领着提着大包小包东西的霍家姐妹跟在他身后。

不一会儿，他们就赶在宵禁前寻了一家看起来门脸不大，看起来似乎没有什么特别，却似乎客人极多的客栈。

楚瑜一进门，小二就迎了上来，一脸歉意地道：“抱歉，客官，咱们这里已经客满，要不您到旁边的客栈去？”

楚瑜一愣，刚想要说什么，却见金曜忽然从袖子里取了一块玉牌递了过去，比了个三的手势。

那小二一看那令牌，立刻眼睛一亮，转身就含笑道：“来嘞，三间上房！”

他的干脆瞬间引得一边不少被拒绝入住的客人不满。

“凭什么，不是说了没房吗？”

但是小二一点都没有在乎对方说了什么，只径自将楚瑜一行人领到了院子后，带着他们进了房间。

“一会儿热水就给诸位客官送过来，不知诸位还有什么吩咐，可需要厨房备下宵夜。”小二毕恭毕敬地道。

楚瑜虽然有些惊讶于店小二的恭谨态度，却还是摆摆手：“不必了，一会儿可是有个戏堂？”

小二含笑：“是，您需要的话，可以给诸位留好位置。”

楚瑜也笑得客客气气地点头：“多谢了。”

随着小二的离开，楚瑜一屁股坐在桌边，随后手指屈起敲了敲桌面：“来坐，大家都说说自己的见闻和见解。”

楚瑜这话一出，金曜就愣了愣——

她不是一直在玩吗？

倒是土曜立刻很配合地坐了下来，亲切地道："不如小东家先说说？"

楚瑜点点头："你们看到了，凤栖城内的秩序井然，并不因为东海侯爷的病重而出现混乱，如果不是侯爷余威深重，就是这位长公主的手腕也不差，虽然威望不及东海侯爷，但是也颇得敬重，所以要收买官员通过凤栖城的港口只怕很难，也很费时间。"

霍二娘点点头，懒洋洋地道："没错，虽然会有些小偷小摸，地痞流氓，欺行霸市，但是整座城的治安在水准之上，方才探听关于琴家船队的消息，有些流言是道船队的人无意得罪了长公主，所以才会有如此针对之举，但是我认为没有那么简单。"

霍三娘也一边吃刚买来的葡萄，一边吐葡萄子："是的，琴家船队曾经时常往来凤栖城，在前一段时间侯爷未曾病重得下不来床的时候，可是非常受欢迎呢，船队首领经常出席侯爷的接风宴，但是接风宴上长公主从来不露面。"

"这对夫妻关系据说极好，东海侯是早年陪伴照顾长公主的贵族伴读，这种情形看起来倒像是长公主对琴家船队结怨甚深。"楚瑜摸了摸下巴，若有所思。

"为什么？"

没有人不喜欢财富，琴家船队也不光是靠着强悍的武力就能横行天下。还靠的是他们能带来的巨大财富。一个长公主，嫁到这种海边要塞来，就算有食邑，但要想继续维持奢侈的生活，自然不会和钱过不去。

楚瑜忽然留意到金曜和土曜的神色有些异样——异样的沉默。

金曜原本在明白她不是单纯除了逛街乱买，更多是为了刺探情报和消息之后，表情微微一愣之后，便立刻恢复了正常，和土曜一样沉默着。

楚瑜微微眯起大眼："你们是不是知道什么？"

还有琴笙，他睥睨天下的狂与他的傲慢，都深藏在温柔清冷的面具之后。

他很少会像今日上午那样，完全肆无忌惮地释放他性格里的霸道和残忍，说要将凤栖城轰开，就直接发令去调动琴家在附近海域的船队或者可以说是海军参战。

金曜淡淡地道：“没什么，只是凤栖长公主确实和三爷有些旧怨，你说的这些三爷其实早有定论。”

土曜也笑眯眯地颔首：“我们没有骗小东家呢。”

楚瑜见状，也只叹了一口气，没有多问，她知道她问不出什么。

但这叫不开门，就打，不听话就打到你成死人，死人总不会反抗的这种逻辑怎么听都觉得不安。

楚瑜看看时间差不多了，便决定下楼去看小戏，或者说戏法。

来自西洋商人折腾的小把戏，还融合了南洋的巫术障眼法的猎奇小剧，再加上衣不蔽体的异国美人袒露出诱人的酮体，确实很能吸引人的眼光。

这种地方探听消息也是最合适不过的了。

楚瑜和霍二娘、三娘都准时地坐在了大堂里，凑着热闹看戏。

金曜没有下楼，土曜倒是陪着他们凑了一桌。

“那家伙不下来吗？”楚瑜看了眼金曜和土曜的房间。

土曜笑盈盈地给她倒了一杯茶：“首领正在接见曜司分部的人。”

楚瑜收回目光，淡淡地点头，接过土曜的杯子：“多谢。”

“我说，土曜星君，你倒是和你的同僚们不太一样，为什么会对咱们小姐这么亲切。”霍三娘的目光掠过台上性感健壮的金发西洋杂耍男子，忽然漫不经心地开口问。

“中原人说无事献殷勤，非奸即盗，你难道想打小姐的主意？”霍二娘也阴阴地睨着土曜。

她对这个把水曜伤得下不来床，无法跟着出海的家伙，还是完全没好感。

土曜的娃娃脸上，满是无辜的神情：“我可不敢觊觎小东家，一来本星君本来就是很亲切善良的人，二来小东家是主上的人，主上喜欢什么人，我就会很自觉地对她很好，有什么问题吗？”

霍家姐妹齐齐嗤了一声：“你真能往自己脸上贴金……”

倒是楚瑜慢悠悠地捧着茶水喝了一口："没什么问题，只是你家主上如果不喜欢我，亲切善良的你应该会毫不犹豫地将我切碎了送到你家主上的面前吧，或者一定会热心地给出怎么把我切碎了，还能让我活着讨他开心的建议吧？"

土曜笑得愈发亲切："小东家果然如传言里一样聪明。"

楚瑜也笑了笑："不，我只是比较了解你们是什么德行。"

有因为主子钟情所以特别讨厌她这个"不稳定"、"影响"自家主上的金曜，当然就会有因为主子钟情，所以特别"喜欢"她这个"不稳定"因素的土曜。

七曜和他们主子本来就是一样的怪胎。

土曜笑眯眯地给楚瑜倒了一杯茶："属下一直佩服于小东家的勇气。"

楚瑜笑了笑："我也很佩服我自己。"

想想，敢钟情上琴笙那种变态，还不客气地把他连吃带挑衅的她，确实也挺佩服自己的勇气。听着两人的对话，霍二娘和霍三娘都忍不住有点背脊发寒，起了一身鸡皮疙瘩。这里的人，真是古怪又可怕。

且说这头热闹的小戏开场，堂内坐得满满当当的。楚瑜和霍家姐妹都开始眼观六路耳听八方，土曜也不阻止，只一脸兴味盎然地看小戏。在她们的刻意打听下，楚瑜果然得到了不少有用的信息。

譬如这位凤栖长公主在民众间的威望仅次于东海侯，不光是因为她公主的身份，还因为她也曾在几次大规模的海盗来袭里，亲自披甲上阵，坐镇后方或者指挥战役。

譬如这位长公主虽然得了长公主的封号，却似并不得皇家喜爱，甚至可以说几乎被遗忘了，逢年过节几乎很少给她送份例，就算是太后大寿的千秋节或者今上的万岁节，这么多年都从未宣召她进过一次宫，看起来如果不是因为东海侯是镇守一方的封疆大吏，只怕这位公主也是根泯然众人矣的路边草了。

譬如东海侯很钟情长公主，即使长公主多年前生下小郡主伤了身体再无所出，只有一个独生女瑶瑶郡主，也一直不曾纳妾。

但东海侯却在对待琴家的船队上与长公主持相反的意见，长公主似乎极为厌恶琴家船队，但东海侯却一直与琴家保持了良好的关系。

“看来如果不是这次东海侯病重，这凤栖长公主也不敢如此封了琴家的船队进港的许可。”楚瑜指尖微曲轻扣了下桌面。

“咱们得找个法子打听下这个凤栖公主到底什么原因对琴家船队拥有那么大的敌意。”

说话间，她的目光掠过土曜，却见土曜恍若未闻一般地托着腮看小戏，见她看过来，便露出个无辜又亲切的笑脸。

可分明是既不打算插嘴，又不打算插手的样子。楚瑜暗自冷嗤一声，这狡猾的七曜。明明他们就是知道原因的，偏一个个嘴巴比蚌壳闭得还紧。难道他们不说，她就探听不出来了吗？

楚瑜一转脸，心中已经拿定了主意，便背着布包起身向门外走去：“走吧。”

霍家姐妹立刻也跟着起了身，只土曜眼底闪过一丝精光看了眼楼上仍然紧闭的大门，便也跟了出去。

走到了院门边，便能看见街道上一片冷清，一个人影都没有。

土曜见楚瑜打算出去，立刻含笑上前问：“小东家，咱们这是去哪里？”

楚瑜把背后的布包紧了紧，随后干脆地道：“夜探东海侯府。”

土曜一听，瞬间愣了一下，立刻继续扯了唇角：“这太危险了，小东家，咱们说好了只是来探消息。”

楚瑜抬眼看着他，轻描淡写地道：“不入虎穴焉得虎子，既然有人不愿意告诉咱们，咱们就只好自己去探查了，至于危险……我相信凭借天山魔女能闯少林武当的身手和我这一身内力，便是大内皇宫也不是去不得的吧？”

“但是……你们怎么知道地方在哪里？”土曜有点头痛。

楚瑜轻笑着在土曜惊讶的眼神里摸出一张薄薄的纸，狡黠一笑：“因为我有刚才买到的图呢。”

说罢，她足尖一点，瞬间掠出了院门，霍家姐妹互看一眼，霍三娘笑眯眯地拍了下土曜的肩膀：“怕的话，就等着好了。”

说着，她们也飞身掠出院门。

土曜有点无奈地看着黑夜瞬间吞噬了她们的踪影，随后他转脸看了下那院子里，但见金曜不知何时已经站在楼上的窗边，面无表情地看着他。

土曜朝着他点点头，也跟着立刻拔身而起追了过去。

楚瑜一路和霍家姐妹一起飞驰，悄无声息地朝着东海侯府的方向而去。

只是到了快接近侯府的时候，突然身形一顿。

霍二娘眼明手快地抬手一把将她扯了过来，两人一翻身子就钩住了一处房梁，同时潜上了那房子的屋顶，霍三娘也跟着摸了上来。

三人齐齐看着不远处的东海侯府。

“那是在干什么，想不到今晚除了咱们，还有人对东海侯府也感兴趣。”霍二娘凝神，借着月光清晰地看到东海侯府高大的城墙边聚集了好几个鬼鬼祟祟的黑影，提着绳梯似正往东海侯府里爬。

“咱们要进去的话，可能会被他们连累，那些人有些身手，但只有一人勉强算一流，其余之人身形拙滞，怎么看都是二三流货色。”霍三娘挑了下眉，一脸扫兴。

楚瑜仔细看了一会儿，却有点纳闷儿地道：“我怎么看着这一伙人不像是要进东海侯府，倒是像从里头爬出来的？”

霍二娘闻言，立刻仔细看去，随后道：“果然，是从里头往外爬，外头这几个是接应的？”

说话间，那五个人影收了绳梯，便开始往外走。

“听听侯府里有没有什么动静。”楚瑜吩咐霍三娘。

霍三娘闻言，立刻颔首，一转身便跃下地面，伏在一处无人注意的暗影里，整个侧脸贴在地面上。

好一会儿之后，她才跃回屋檐上，低声道：“没有什么动静，一切正常。”

“咱们要不要等着他们走了，再潜伏进去？”霍二娘低声问。

楚瑜却大眼里幽光一闪道：“不，咱们先跟着这几个人。”

土曜这时候也已经跟了过来，蹲在房顶的隐蔽处，挑眉道：“为什么，小东家？”

楚瑜盯着那几个人笑了笑："这种身手，还有这么多人，居然能摸进东海侯府再毫发无损地摸出来，你们信么，我是不信的。"

那就是说这只有一个可能——他们本来就是东海侯府的人，而且因为某种目的不得不偷偷摸摸地爬出墙来，要做的事情必然需要背着东海侯府的主子。

"既然是背主之人，要问出消息会容易不少吧，咱们至少有把柄了不是？"楚瑜说罢，直接飞身悄悄跟了过去。

她的分析让土曜眼底闪过一丝亮色，也笑眯眯地跟了过去："难怪金曜会栽您手里。"

这等敏锐程度，堪媲美金大姑姑了。

霍家姐妹得意地齐齐点头："那是，也不看是谁家小姐。"

一行人齐齐跟了过去。

楚瑜发现那四个人影护着中间的一个人影竟然直接奔港口去了。

难道他们是东海侯府的人勾结了海盗？

她琢磨了一会儿，还是领着人也跟了过去。

城内的宵禁虽然严格，但是也还松了些，可是等到港口附近却是十步一岗，五步一哨，还一直有人持着火把来回巡视，每个人高楼哨口都有黑羽长弓配备，严密地控制着港口附近的进出。

楚瑜他们一行人都是一等一罕见的高手，要摸过来自然没有问题。

但是这些人却没有那么大的能耐，一下子就被困在了一处哨口的阴影下。

楚瑜几个摸到哨口附近，轻巧地趴在墙壁上，就能听到他们焦灼的对话。

一道男音忍不住惊讶地道："怎么办，这里怎么会突然多了那么多巡视的海兵？"

忽然响起的女音有点愤怒："大海，你是怎么回事，不是看好了说这里防备最薄弱吗？"

另外一道略微粗的男音委屈地道："小主子，我也不知道啊，我巡营的时候，这里一向人最少的，这些岗哨应该都是今天突然增加的。"

楚瑜心中不免有些惊讶，这些人看样子居然还是在海军中有职位的。

她不禁蹙眉，若是军中、东海侯府都有人勾结海盗，这凤栖城算什么要塞，里面的民众怎么还能安居乐业？

很明显霍家姐妹她们也是这么想的，脸色都不是太好，倒是土曜一脸无所谓。

楚瑜看了一眼土曜，心中倒是也明白——

以主子意志为天的曜司众人，主子都能调剂船队来炸凤栖城，他们又怎么会在乎凤栖城的安危？

但是接下来她听到的对话却让楚瑜都忍不住有点……愣神儿。

那一道略粗的男音有些不安地道：“要不，主子咱们还是回侯府吧？”

“不行！”那道清脆的女音一点不客气地拒绝了，她咬着牙道：“如今父亲病重，母亲没有精力管我，我才能跑出来的，我一定要去琴家船队看看！”

另外一道女音有些弱弱地响起：“可是，郡主，您也只是听到了一些消息说琴三爷会出海，但是琴家船队不止一队，您怎么能确定三爷就在那船上？”

“因为我听刘叔说了，他在这支船队里看见金曜星君的身影，传说金曜星君和日曜、月曜两位星君不同，他一贯是跟着琴三爷的贴身武卫首领，前几次他来的时候，三爷都会出现的！”那被唤作郡主的少女坚定地道。

这时候，那道比较清雅的男音则是轻声响起：“郡主，就算琴三爷在船上，一来，他也未必愿意见您，他从未踏入过凤栖城一步，就算是东海侯爷亲自来请，他也从未露面；二来，咱们根本不可能出去，这里明显就是长公主殿下为了防着琴家船队，才特地设下如此严密的岗哨，我们若是要硬闯，只怕会马上惊动了长公主殿下。”

“没错，若是让长公主殿下知道您跑出来寻琴家船队，只会加剧双方的冲突。”之前那略粗的嗓音也压低了声音劝着。

“可是……”少女似还有不甘心。

楚瑜和霍家姐妹，甚至土曜都在听到这般对话以后，脸上露出惊愣的表情。这……算是钓到大鱼了？居然一来，就撞上东海侯府的郡主跑来了？而且，还是打算往琴家船队上去？

楚瑜摸了摸下巴，心情有些复杂。听着那女孩子的声音就是个妙龄少女，一个身份高贵的妙龄少女大半夜地翻墙出来，去爬男人的船，这是个什么道理？

“那什么……小东家，咱们家主上从来没有见过这位郡主，这种花痴，咱家主上绝对看不上的。”土曜用传音入秘的法子，一点儿不客气地在楚瑜耳边把小郡主给贬低了下去。

楚瑜有些好笑，对着土曜摇摇头：“你想太多了。”

她能不知道琴笙那是个什么德行，别看着一身仙气飘飘是江南女儿们的梦中人，但从来就没有传出来过什么绯闻。

何况以他那种变态的心性，根本不可能随便让人接近他，连贴身伺候的都是七曜这些男儿身。

与其相信琴笙会在外头招惹野花，她更愿意相信金曜是“情敌”。

霍二娘忍不住嘀咕：“这位小郡主难不成是单相思，这大半夜地爬墙，爬男人船，倒是有点我大漠女儿的豪爽！”

霍三娘却摇摇头：“我看未必，中原人有话言——奔则为妾，聘则为妻，她一个郡主总不会连这个都不知道，不过也难说……毕竟情难自禁也是有的。”

说着，她有些揶揄地用手臂戳了戳楚瑜。

楚瑜却并不以为然，只打算继续听听这瑶瑶郡主到底要干吗。

楚瑜他们几人说话都用的传音入秘，这种特殊以内力定向人耳边传音的功夫，自然不会被人察觉。

但是瑶瑶郡主这几个虽然压低了声音，但他们原本就没有什么经验，这般动静却还是引起了注意。

“什么人，出来！”一个岗哨忽然发现了不对劲，立刻厉声呵道。

不过一瞬间，所有的岗哨都开始吹动骨哨儿，尖厉鸣响之音震得楚瑜都忍不住捂耳朵。

这等哨响威力简直堪堪媲美前生高音喇叭。

果然不愧是凤栖城要塞。

楚瑜几个对于迅速地朝他们围过来的卫兵们一点都不在乎，只低头盯着躲着的那几个人，看看他们打算做什么。

“不好，被发现了，分头快走！”那道清雅的男音瞬间低叫了一声，随后整个人都蹿了出去。

楚瑜能看见他背上还背着一道少女的窈窕身影。

那少女还不忘咬牙命令剩下三个人：“不准被抓住，我们被发现了，会连累琴三爷，听到没有！”

那三人也应了，匆忙地飞奔离开。

土曜看着四散而逃的人影，轻笑了一声：“倒是还没有蠢到家，知道分开溜，咱们现在追哪头，小东家？”

楚瑜干脆地道：“当然是跟着大鱼了，不过二娘、三娘，你们想法子不要让人抓住剩下那三个鳖脚货！”

别的她不知道，但是她认同瑶瑶郡主说的话，如果这几个被逮住了，供出来他们主子半夜翻墙去爬琴三爷的船，大概任何一个身份尊贵的母亲都会愤怒不已，将怒火撒在那个勾引了自己女儿的男人身上。

虽然琴笙压根儿不会将区区一个凤栖长公主的怒火放在眼里，可是在楚瑜看到了要塞内这一片歌舞升平，民和喜乐的模样，她实在不是太想琴笙一怒之下，毁了这里的太平。

说着，她足尖反踢墙壁，直接朝着瑶瑶郡主的方向飞掠了出去。

霍二娘和霍三娘忽然一眼，也瞬间消失了。

只土曜托着腮低叹一声：“主上，您这条鱼真能折腾，翻出个浪朝天呢。”

说着，他则是朝着楚瑜的方向追了过去。

楚瑜飞掠的速度很快，也极为隐蔽，她发现那个驮着瑶瑶的年轻侍卫速度很快，也就是霍三娘说的那个武功最好的一流高手。

而且他对地形非常熟悉，专门钻小巷子，三下两下，避开了所有小巷子的障碍物，眼看着就要甩脱了追兵。

楚瑜见状，大眼一弯，计上心来。

在那侍卫就要甩脱追兵的几个拐弯处，她都下去插一脚，要么踢翻箩筐，要么弄倒了桌子，给追兵们留下线索。

于是原本最有希望逃脱追捕的这两人，如今反而被追兵追的满城地跑。

趴在年轻侍卫背上的瑶瑶为了减轻负担，都跳下来，自己运功跟着狂奔。

但眼看着整个城内的官兵都要惊动了，四处亮起了火把。

那两人也都累得不行，快趴下了，直喘粗气。

“怎么办，这是要被逮住了，出不去啊！”

“实在不行，就不跑了，郡主，长公主不会把您怎么样的。”那年轻的侍卫浑身跟从汗里出来似的，叹道。

“不行，我不要连累琴三爷！”那少女咬着唇道。

隐没在暗处的楚瑜闻言，兴味盎然地挑眉，随后她忽然推开窗，大眼一弯，笑吟吟地看着站在窗边的少女：“要进来躲躲吗？”

那少女看着窗边探头出来俊秀少年，陡然吓了一大跳。

“你是谁？”那侍卫瞬间警惕地盯着楚瑜，将那少女整个人都挡在了身后。

楚瑜借着月光看见他生了一张极为俊俏英气的面容，笑了笑：“路人，二位要进来躲一躲吗，好像追兵要过来了。”

那侍卫警惕地道：“路人？路人会随便邀请人进自己的房间？”

楚瑜扫了眼不远处那人影憧憧和火光，摇摇头：“二位惹的麻烦不小。”

随后她又笑了笑：“这里也算是我的房间，此地看起来应该是无主空房，我暂时借用，如果二位不打算进来的话，那就算了，我也不想被牵连。”

说着她就要顺手关上窗户。

却不想窗门被一只素白的手一把撑住。

楚瑜看向那素白手的主人，好整以暇地微笑：“怎么了，这位姑娘有什么要说的？”

被挡在侍卫身后的少女露了一张精致的面孔出来，月光将她白净的容颜镀上一层朦胧的光，秋水眸、翘鼻红唇，倒是极为秀美。

她看着楚瑜有片刻迟疑，还是干脆地道：“这位小哥，麻烦借个地方让我们躲一躲，避开追兵，若是以后你们在凤栖城有用得着我二妖的地方，必会全力相助。”

楚瑜听着那少女虽然一副贵族少女的模样，说话却很是爽利，甚至带着一点江湖味，不禁有些怔然，随后她眯了眯眸子，微笑：“二妖姑娘客气了，请进。”

二妖？这古怪的名字是化名？

那少女点点头，也不管那侍卫试图拦住她的手，直接身子一撑，就要爬进来。

奈何她之前被追了好几条街，腿脚发软，一时间身形有些踉跄，下来的时候竟差点儿扑通摔一跤。

楚瑜眼疾手快，抬手就把她接了个满怀：“仔细脚下。”

那秀美少女一下撞在楚瑜怀里，再一抬头看见那俊秀少年似笑非笑地的明亮大眼正睨着自己。

瑶瑶瞬间涨红了脸：“不好意思……”

话音未落，她就被那俊俏的侍卫一把利落地抓了过去，直接抱在怀里，冷冷地瞪着楚瑜：“多谢。”

楚瑜感觉着他身上散发出来的敌意，摸了摸鼻子，笑笑：“不客气。”

随后，她就走开了一点，将窗边的空间留给那瑶瑶郡主和她的护卫。

土曜此时已经将窗关上了，等着那些喧嚣的官兵搜捕的脚步声过去了以后，才看了看那一男一女，淡淡地挑眉：“小东家，外头已经乱了，咱们可能要明日晚上，甚至后天才能出港了。”

楚瑜点点头，仿佛有些犯愁似的道：“这几天城内也会风紧，咱们船队如今被禁止入港，也只好等一等了，看有没有什么转机。”

她话音一落，立刻引来了一声轻轻的抽泣声。

楚瑜只做没有听见的样子，对着土曜道：“我们找个机会先安顿下来，如今已过了子时，很晚了，既然咱们船队昨日被禁止入港，这城里又风声紧了，采买的事情先放一放吧。”

话音刚落，被侍卫护在角落的少女便迟疑着问：“请问阁下你们是什么船队，为何会被禁止入港？”

凤栖城是个大港口，往来商船无数，偶尔有些特殊情况的船只被禁止入港，譬如有勾结海盗嫌疑的，甚至就有可能是海盗船。

但是昨日被禁止入港的只有一只船队——琴家的船队。

楚瑜背对着少女，面对着土曜的俏脸上露出一丝狡黠的、阴谋得逞了的笑容，还朝他挤了下眼。

土曜有些哭笑不得，但也很配合地做出一脸防备的样子："我们是什么船队，与你有什么关系？"

那少女迟疑了片刻，似要说什么，但却被那护卫捏了一把手腕。

"小姐！"那侍卫不赞同地摇头。

瑶瑶却反手捏了一把他的胳膊："君文，这两位今日救了我们，当不是坏人。"

说着，她便一脸平静地道："我家中在城内有些势力，今日不巧得罪了一些人，所以才被追捕，二位救我于危难之中，如果是两位的船队进港有麻烦，也许我可以帮两位一把。"

楚瑜睨着她，黑白分明的大眼里闪过一丝精光，这姑娘倒是不蠢，竟马上就想出了这样的幌子。

她笑了笑："多谢姑娘了，但是恐怕您很难帮得上忙，我们船队是直接被城主拒绝入港。"

昏暗的光线下，她都能看见瑶瑶似愈发地激动了起来。

但见那少女强行挣脱了俊美侍卫捏住她的手腕，上前一步，强行压抑着激动："敢问您的船队，可是琴家船队？"

楚瑜仿佛怔然的模样，随后她笑了笑，没有承认，也没有否认。

她知道自己越是不说话，留出空间来，对方反而越发地相信。

果然那少女咬着唇角，秋水眸定定地锁住楚瑜："看来我是猜对了，久闻琴家家主九天琴神的琴三爷的美名，我家乃是这凤栖城的大商家，对琴三爷倾慕已久，希望能和琴家家主见一面商谈日后合作之事。"

那侍卫微微颦眉，依然警惕地看着楚瑜等人，却没有阻止瑶瑶。

楚瑜心中都忍不住佩服这个姑娘脑子的好使了，还能一会子就想出来这么个幌子。

不过既然对方都已经搭上戏台了，她又怎么能不上台唱大戏呢？

楚瑜挑眉，做出迟疑又警惕的样子："我家主上非寻常人能见的，不知道二妖姑娘有什么依仗。"

她顿了顿，仿佛有些讥诮的样子，放肆地打量瑶瑶："莫要说您可以帮我搞到进港的许可，难不成您还能买通了凤栖长公主不成，这可不是什么寻常商户人家能做到的事。"

楚瑜露骨的目光，明显让那名唤作君文的侍卫很恼火，他冷冷地上前将瑶瑶挡在自己身后。

瑶瑶也被楚瑜那目光看得有点不自在，她迟疑了片刻，计上心来，站在君文的身后，声音清脆地道："我们是没有那个能耐劝服凤栖长公主给你们通行入港，但是我知道有一个法子，你们可以得到过港的许可。"

楚瑜闻言，瞬间大眼一亮，很感兴趣地道："哦？"

瑶瑶道："虽然拿到那通行证，你们没有时间在凤栖城买补给，但是让船队通过却是可以的。"

楚瑜立刻笑盈盈地道："补给可以去别处搜集，过港才是最重要的。"

凭借土曜和金曜在凤栖城内的势力，暗中搜集补给，明修栈道暗度陈仓什么的，不要太简单。

但是过港就没办法了，庞大的船队，怎么也不可能乔装。

瑶瑶点头，正要说话，但那唤作君文的侍卫终于忍耐不住，一把将她拖到身后，低声在她耳边道："小姐，您不能太不谨慎了，别人说什么你就信什么！"

瑶瑶不耐烦地甩开他的手："君文，你别管！"

楚瑜看着他们的互动，眸光微闪："二妖姑娘？"

瑶瑶立刻上前道："我可以帮你们，后日就是我……东海侯爷的寿辰，因为东海侯爷卧病在床，凤栖长公主打算请来各大戏班办热闹些，为东海侯冲一回喜，各国商人都会当场奉上礼物。"

说到东海侯卧病在床，瑶瑶的眼里微微泛起泪光，她却还是强忍了下来："若是能得了凤栖长公主和东海侯爷的点选前三名，便可以得到长公主发的玉令，优先入港和过港，还能提供不少补给，你们既不需要补给，过港即可。我想琴家船队往来环海之洲，必有许多珍奇吧。”

楚瑜挑眉：“且不说就算有珍奇能否得了侯爷和长公主的眼赢得玉令，只说这令牌，咱们船队可是有侯爷金令的，也一样被拒之门外不是吗？”

或者说长公主拒绝的是琴家船队，不管拿着什么令牌文牒的琴家船队。

瑶瑶咬了咬嘴唇，还是道：“那不一样，如今是长公主主事，侯爷白日里清醒的时间很短，主事官员都听命于长公主，认令不认人，所以你们若是能拿到长公主的令牌，至少我能想法子在让你们过港之后，才让消息传到长公主那里，反正你们都已经过了港，长公主也奈何不得你们了。”

楚瑜大眼微亮：“这个主意不错。”

守着港口的官员认令不认人，如果瑶瑶郡主能拖住琴家船队过港的消息传递到长公主那里的速度和途径，那么等到他们都过了港，凤栖长公主总不可能还派船追缉吧？

若是能顺利通过港口，那么三爷也不会需要轰开港口。

“但是我们要怎么参与献礼呢，尤其是如何进入宴会现场？”楚瑜看着瑶瑶。

瑶瑶一点都没有犹豫地道：“不知道小哥姓什么，你可以用你的姓为商队命名，我会帮你们进入会场。”

“小姐，这样太危险了，你都不能确定他们是什么人，岂能如此胡闹，万一他们是海盗化名的刺客，入了府岂非连累你，到时候长公主殿下追究起来怎么办！”那侍卫瞬间冷了脸，厉声道。

瑶瑶一愣，似也有些犹豫，冷眼看向楚瑜和土曜：“你们怎么证明你们是琴家船队的人？”

楚瑜看了一眼土曜。土曜笑了笑，抬手亮出了手里的一块赤金打造的令牌，上面一个精致的篆体琴字：“这应该可以证明了吧？”

琴家金令和曜司玉令不同，琴家金令乃是明面上琴家武卫统领们特有之令牌，每次日曜和月曜通行各大港口，皆会用上。

瑶瑶一见，立刻眼中一亮：“你们是琴三爷身边的武卫之首？”

楚瑜笑了笑：“没错。”

瑶瑶愈发欣喜：“太好了，等我带你们拿到令牌之后，请千万记得你们的承诺带我面见三爷！”

楚瑜淡淡地挑了下眉：“好。”

她真是好奇这姑娘为什么对见琴三爷一面有那么深的执念。

随后，楚瑜的目光在她身后的侍卫身上掠过，她若是没有看错，这唤作君文的侍卫周身的气势，以及和瑶瑶相处的方式，并不像单纯的护卫对待自家的小姐那么简单。

他不会吃味吗？

君文察觉到了她探究的目光，冷冷地看着她，并不说话。

主意拿定之后，见城内搜索的卫兵们远去，瑶瑶便被君文带走了，临走前约定了明日见面的地方。

土曜和楚瑜也决定回客栈休息。

“难怪你们那位首领不出门，大概是因为他曾在城内露面过，所以一出现就会被人盯上吧？”楚瑜远远地看见客栈的灯火下，那站在窗边长身玉立的人影。

连瑶瑶郡主都知道金曜的身份，也知道琴家金令的存在。

土曜笑了笑：“没错，金曜首领曾经来过凤栖城三次，所以上层不少官员都认识他，首领最好是不要在那些高官的面前露面。”

他顿了顿，有些迟疑地看向楚瑜：“您真的打算用瑶瑶郡主的法子混进东海侯爷的寿宴么，凤栖长公主与三爷有旧怨，若是咱们被发现了，只怕没有什么好果子吃？”

楚瑜微微抿了下唇角，大眼冰凉：“咱们总要试一试的，凤栖城到底是咱们中原百姓抵抗海盗侵袭的依仗，若是能不动干戈自然是最好的。”

不管是为了琴笙不愿明言的旧怨往事，还是她不忍心一方平安因为凤栖长公主的固执被毁，她都希望能一探东海侯府。

土曜沉默了一会儿，却叹了一口气：“但最要紧的是，咱们能有什么奇珍异宝夺得凤栖长公主和东海侯的青眼？”

这一次，他们出海自然不缺财物，但是并非去贸易航行，确实没有带什么稀罕物件。

楚瑜一愣，随后也摸着自己的小下巴，若有所思："嗯，奇珍异宝倒是不一定就能得了那两位的青眼，我看不如探听下这两位最近缺什么，最需要什么，也许那位瑶瑶小郡主能帮忙。"

土曜一愣，随后看着楚瑜颔首微笑："小东家机敏。"

楚瑜一大早用了早膳就和霍家姐妹又一起出去闲逛了，土曜则和金曜一起安排暗中采买补给的事儿去了。

晃荡了半日，等过了午时，她看看逐渐炽烈的日头，便拎着大包小包心满意足地折回客栈去了。

楚瑜一开门，又瞅见了君文那张冰块脸，还有他身后做平民少女装扮的瑶瑶。

楚瑜大眼一弯，笑眯眯地开门把他们迎了进来："二妖姑娘来了，用了午膳没有，没有一起用膳吧，刚好我有事儿要请教你呢。"

瑶瑶看见面前俊俏少年盯着自己，态度亲切自然，她莫名地微微红了脸，点了点头："我已经用了午膳，多谢火曜星君。"

楚瑜昨日对瑶瑶冒称自己是火曜，她知道火曜删除机关，但同时也与金曜差不多，坐镇内陆，很少会跟着琴笙出海，这一次若不是水曜受伤，他也不会跟过来，自然见过他的人也少。

将瑶瑶脸上的红晕和不自在看在眼里，瑶瑶身边的文君眸光微寒。

楚瑜却也将文君和瑶瑶的表情都看在眼里，心中有些好笑，面上却不动声色地道："都坐吧，咱们来说点儿正事。"

一提到说正事，瑶瑶也神色肃然起来。

尤其是楚瑜向她探讨凤栖长公主的喜好时，瑶瑶沉吟了片刻，一一将她母亲的喜好说了一遍。

楚瑜听着就有些发愁："这位长公主殿下似乎没有什么特殊癖好，或者对什么东西有不同寻常的关注。"

既没有特别附庸风雅喜欢名家字帖，更没喜欢的奇珍异宝，也没有特别喜欢吃的，虽然能主持战役，但对兵法和兵器也没有特别痴迷，金银珠宝她也不缺。

既没有特殊偏好，也就难以投其所好。

瑶瑶叹了一口气，也替楚瑜开始犯愁："我……我们凤栖长公主对什么都算不上特别钟情，不过要说一点比较特殊的……"

她歪着脑袋想了想："凤栖长公主原本也不是偏好华服的人，更不是偏好书画之人，但是她书房里有一幅她珍藏的仕女图，那图上之人画的是她少年的时的模样，衣裙华丽，而且有一套非常相似的衣衫收在那书房内，那衣衫很美，连……连她的女儿都不允许去触碰，可也从未看见过凤栖长公主穿过。"

楚瑜一怔："衣裙？"

这确实有些古怪，怎么会有人收集一套衣裙，宝贝似的藏起来，却从来不穿，除非是很有纪念意义的东西。

"是啊，不过母……长公主不穿也有可能是因为那衣裙看起来不像她身量能穿的，有些偏长和偏大呢。"瑶瑶嘀咕。

丝毫没有发现她透露出的这些细节，就不像是一个和侯府关系很近的大商户人家当家姑娘能知道的东西。

哪怕她自称是瑶瑶郡主的闺中好友。

倒是一边的侍卫君文忽然轻咳了一声："小姐，我们该回去了。"

"那衣裙什么模样，若是有图就好了。"楚瑜沉吟道。

瑶瑶一愣，随后道："我想法子弄到一副赝品如何？"

楚瑜看着她一笑："那就多谢了，一切拜托二妖姑娘了，如果可能的话，能取一片那衣裙的料子，哪怕一丝过来也是好的。"

瑶瑶在她那明亮炽热的目光下，瞬间脸上微赧，虽然有些犹豫，但还是下定决心一般地点点头："火曜星君，我尽力而为，傍晚我再送来。"

送走了瑶瑶，霍二娘有些好奇地坐了回来，问楚瑜："你不是一直很想知道三爷到底和凤栖长公主有什么过节，怎么不问那个瑶瑶郡主？"

楚瑜摸了摸鼻尖，眼里闪过慧黠冷光："因为看着土曜和金曜的样子，大约是知道为什么凤栖长公主和三爷有旧怨的，我若直接暴露出我并不知道原因，只会招惹瑶瑶郡主的怀疑吧，等傍晚过来的时候，她应该会比较放松戒备，我再想法子旁侧敲击出结果！”

霍二娘闻言，点点头：“也好，咱们先用膳吧。”

凤栖长公主倒霉催的皇家身世、还有那一幅画、一件和画上一模一样的衣裙……她和琴三爷的旧怨。

楚瑜不知为什么总觉得眼前有一片奇异的迷雾，看似深浓，却又仿佛一阵风吹过之后就会散开，她能看见属于琴笙的过往。

她莫名其妙地有点期待和兴奋，仿佛又离他更近了一些。

到了傍晚的时候，瑶瑶果然又守信地带着侍卫君文如约而至。

楚瑜看着她交给自己手中的一指见宽，半指长红色小布条，微微挑眉，眼底闪过异样的光芒。

瑶瑶以为她是在嫌弃这布条子太小，便苦笑道：“就这么一点点还是我托了许多关系，想尽了一切法子从郡主那里拿到的，若是让长公主发现了，只怕就算是她的亲女儿都逃不得责罚。”

楚瑜抬起眼看了看她，却笑道：“嗯，要多谢二妖姑娘的尽心尽力了！”

她小心地放下布条，随后慢慢地打开了那一幅画。

这一幅画虽然是临摹的，非常崭新，却也能看出临摹之人的功底，走的是沉稳中不乏大气洒脱之风，还兼并了一些西洋式人物肖像的画法，色彩鲜艳，人物眉目精致。

楚瑜这个外行都能看出好来，忍不住赞了一声：“真是好画。”

瑶瑶有点得意地拉过君文：“这是君文画的呢。”

君文被瑶瑶一拉，似有些怔然，随后有些不自在地沉声道：“我的功力尚且不及原画作之人的十分之一，那位作画之人笔力才是最出众的。”

楚瑜闻言，仔细去看那一幅画。画里的贵族少女不过十四五岁的模样，眉目秀美非凡，皆是天真不谙世事，巧笑倩兮的模样，很难想象这少女披上战甲的样子。

但她知道这就是凤栖长公主少年模样。画里，凤栖长公主一身华丽红衣裙更显周身气息尊贵。不过……似乎太过尊贵了。

楚瑜微微挑眉，那少女华丽红衣上似有暗红衣纹，她凑过去细看，竟发现上面那衣衫纹路是很像暗织进去的“龙凤飞云纹”？

她心中一惊，立刻取出那一片布条对着窗边的亮光慢慢地翻动了起来。

果然，随着她的翻动，即使过了那么多年，丝毫不褪色的布条还显出了不同的凤凰和飞龙的纹路。

这种纹路，只有……女帝才能穿吧？

楚瑜在这世间生活多年，又在琴家绣坊待过，自然对这些纹路服饰都有些了解。区区一个小公主，怎么能，又怎么敢穿上这种衣衫？这是明目张胆的谋逆！这对兄妹还真是张扬，明明就不是嫡出的身份，也敢这样张狂？

但是……楚瑜又忽然想起了瑶瑶所言——“这衣衫并不合长公主的身量。”

她微微颦眉，琢磨着，难道这衣衫不是长公主的？

瑶瑶看着楚瑜在那一会儿皱眉，一会儿发愁，不禁有些担忧：“怎么样，看出来什么没有？”

楚瑜摇摇头，不动声色地道：“这衣裙这么多年了，仍然鲜亮如新，看来长公主很是中意，但保存得如此谨慎，却又不是她身量能穿的衣裙，莫非是什么故人所有的东西？”

瑶瑶郡主沉吟了一会儿，摇摇头：“我问过……郡主，她说从未曾听到她母亲提起过，但是凤栖长公主甚至不允许自己的女儿去触碰这衣衫和画，听说郡主当年摸了摸，就被长公主打了手心，罚跪了一日，因此这两件东西当是她的逆鳞。”

楚瑜看着瑶瑶在说到被打手心和罚跪时眼中不由自主流露出来的委屈和纳闷儿，若有所思：“逆鳞吗？”

她指尖搓了搓那一小片布条，忽然拿定了一个主意：“我知道要送长公主什么了。”

夜色初临，华灯初上。

楚瑜看着镜子里的自己一袭男装华服，她抬手稳了稳自己头上的玉簪，目光却从窗子里望向远处的大海，心中有些发沉。

今日回到琴家船队上除了取染料必备之物，也是为了打听琴家船队汇集的消息，最晚船队明日就会到达。

所以，她一定要成功。

不光是为了琴笙的心结，也是为了这凤栖城的百姓。

她见过被海盗劫掠的城何等的民不聊生。

东海侯府

东海侯府这日张灯结彩，大红寿字高悬，一片热闹。

楚瑜拿着瑶瑶给她伪造的名帖，大摇大摆地领着土曜和霍家姐妹一齐化妆成了客商进了府邸之内。

瑶瑶给她的名帖安排的位置既不会靠得太前，也不会太后，刚刚好隐藏在客商和船长们中间。

楚瑜看了看周围的环境，她身后就是一扇窗，若是有什么变故，她可以和同伴一齐从窗口跃出离开。

她暗自点点头，这郡主倒是挺细心的。不多时，宴会的正主儿就出现了。

“东海侯，凤栖长公主到。”

楚瑜抬眼看向不远处浩浩荡荡而来的一队人。

为首一人是坐在软椅之上的中年男子一身蟒袍华衣，唇上两撇美须，看着虽然消瘦，脸上带着倦怠的病容，印堂发青，但是一双细长的眼睛里倒是精锐之光不减，气势沉稳，不怒自威。想来就是东海侯了。

另外一位穿着秋香色华丽绣寿字团花，并凤凰飞云锦缎宫装的中年女子，眉目精致中不乏精明，只是眉宇间有些皱纹，可见是经常蹙眉的，亦同样气势沉稳间带着凌厉，想来也就是凤栖长公主了。

楚瑜的目光落在那中年美妇身上，心中有些感慨，这位公主殿下如今的样貌虽然还能看得到那一幅肖像图里的模样，但是整个人感觉都变了，不要说无忧无虑了，只整个人看起来都显得有些沧桑，全是被岁月摧折的痕迹。

东海侯夫妇一过来，便有许多城内官吏、客商和船长与他们打招呼。只是一轮招呼下来，东海侯的脸上的疲倦之色渐浓，似有些眼皮都撑不住的模样。

凤栖长公主抬手就扶住了他，小心地伺候着东海侯坐了下来。

随后，东海侯身边的丫鬟、大夫都围了过去，小心地在一边服侍。

凤栖长公主则转了身，淡淡地对着众人一笑："咱们东海侯府，从来不爱讲究那些虚礼，能接到请帖来访的都是朋友，诸位吃好、喝好、玩好，便是我们夫妇的福分了。"

楚瑜听着这话，不免多看了一眼这位长公主，发现她虽然容貌看起来显得严厉，但是整个人倒是有一种爽惬之感，并不像心胸狭小之人。

也不知道为什么非要和琴家船队过不去。

"祝侯爷福如东海，寿比南山！"众凤栖的大小官员、各国的客商们和船长都齐齐起身对着东海侯抱拳行礼，或者各自躬身行自己国家的礼仪。

东海侯爷强撑着身子坐了起来，对着众人微微一笑，点头示意。

凤栖长公主便又含笑示意众人坐下，随后转身对着东海侯爷轻声道："侯爷，您先在后室歇着，一会儿若有什么有趣之事，本宫再去请您出来看个稀奇可好？"

东海侯颔首，低低咳嗽了几声，便被人抬到了座椅之后的一处内室里，放下了一片水晶帘子，所有的大夫和侍女都跟着进去伺候着。

"诸位可以开动了。"凤栖长公主威严地一笑，示意众人举杯。

"多谢侯爷和长公主殿下款待。"众人也齐齐举杯。

随后便是一片热闹的推杯换盏，并着来自各国的稀奇小戏和舞蹈。

楚瑜也不急，和土曜、霍家姐妹一起慢条斯理地吃东西。

直到一个时辰之后，随着一声清脆的击钵之声响起，所有的舞女和耍把戏的人全都退了下去。

"献礼之仪开始。"随着一道有些尖厉嗓音响起。

所有的商人和船长们都开始将自己的礼物端了出来。

楚瑜她们排在后面，只兴味盎然地看着大家伙儿献上来自各国的珍奇去讨东海侯夫妇喜欢，或者说讨凤栖长公主的欢喜。

暹罗的象牙雕、东海的红珊瑚树、西洋的华丽宝石首饰……种种不一足道。甚至有人献上了一头小象和雪白的豹子！

楚瑜看得那叫一个叹为观止，暗自道这东海侯夫妇在这里果然是油水富足啊，但就算如此，也不可能不理睬琴家船队吧！

又过一个时辰，凤栖长公主选了两件东西出来，楚瑜看得出应该都是东海侯喜欢的。一件是华丽的西洋骑士战甲，一件是东瀛的奇特壁画，里面的人物能动，展现春夏秋冬四季景色。

眼见着就要选出第三件东西，还没轮到自己，楚瑜有点忍不住了，干脆地在一个波斯商人献上一块华丽的宝石手镜，被凤栖长公主拿在手里似颇为喜欢地观赏时，准备定下来作为第三件满意的礼物时。

她抢先一步将自己手里的东西一抖，躬身含笑道："长公主殿下，您要不要看看在下的献礼，再决定。"

那华丽的红色衣裙一抖出来，瞬间就满堂显出艳丽的鲜红，众人不禁都怔住了。而凤栖长公主却一愣，随后砰的一声，竟站了起来，不小心地踢翻了面前的长桌，脸上浮现出似哭，又似笑的激烈情绪来。

"这是……"

凤栖长公主的失态看在众人眼里，令人吃惊。没人见过一向严厉的凤栖长公主这般模样。然而她似乎完全没有察觉众人的目光一般，慢慢地走了过去，一路衣摆带倒了桌面上的碟盘，在地上摔了个粉碎，吓得她身边的侍从和嬷嬷们都担忧地看向她："长公主！"

凤栖长公主却只顾着走到楚瑜面前，抬手去摸那一件华丽的衣裙："这裙子……这裙子……"

她嘴唇翕动了几下，仿佛想要深呼吸，却又呼吸不上来，竟哽咽着出了声，一双略显苍老的眼中泛起了潮意。

楚瑜看着长公主的表情，也不禁愣住了。她没有想到长公主会这么激动，失态若此。筵席上传来一阵阵的窃窃私语，凤栖长公主却仿佛没有听见一般地捧着那衣袍，仿佛被那绚丽的生动的火红迷了心神一般。

楚瑜单膝着地，半晌不见人喊自己起来，又见长公主这般模样，只好硬着头皮低低地唤了一声："长公主殿下？"

然而并没有人搭理她，凤栖长公主一副魔怔了的样子。

楚瑜暗中环顾周围，见长公主身边伺候的人也是一副不敢上前的样子，可见这位公主殿下真是积威甚重。

她叹了一口气，也不管什么礼仪不礼仪了，干脆地站了起来，将那裙子蓦然一收，从凤栖长公主手里硬扯了回来。

“长姐的衣裳……谁敢放肆！”凤栖长公主横眉一挑，厉声道，蓦然伸手去抢。

楚瑜哪里想到凤栖长公主会那么激动，一身戾气的模样，让她一愣之下，手里就衣裙就被凤栖长公主抢了过去。这下子，堂内的气氛瞬间僵到极点，鸦雀无声。

“殿下，殿下！”那伺候凤栖长公主许久的老嬷嬷终于是忍不住了，立刻上前一把拉住了凤栖长公主的胳膊。

凤栖长公主方才如梦初醒一般，有些茫然，随后环顾了一下四周，方才记起自己身在何处。

她的目光停在了楚瑜身上，神情复杂而茫然，楚瑜几乎都能感觉到她心中情绪的起伏。

但到底是经历过大风大浪的人物，凤栖长公主还是很快就冷静了下来，目光锐利地打量着楚瑜，好一会儿才沉声道：“这裙子可是你献上的，你又从何处得到衣裙，你是何人？”

楚瑜见状，知道有戏了，便垂下眸子，一副恭敬地样子：“回长公主，在下乃秦家商队的少东家秦瑜，这衣裙乃是在下亲手所染制。”

凤栖长公主在听到“秦”字音时，神情微微一僵：“琴……”

“是，秦岭的秦，我们乃是泉州的商户，往年都在内陆漕运上行走，今年是第一次走海道，还望能得侯爷和长公主多多照拂，感激不尽。”楚瑜抱拳半躬了身，看似恭恭敬敬地道。

凤栖长公主也会意到此“秦”非彼“琴”，她锐利的眸光上下打量了一下楚瑜：“秦家的少东家，这是你亲手染制的衣裙？”

楚瑜颔首：“正是。”

凤栖长公主微微挑眉，冷冷地看了楚瑜好一会儿，随后低声对身边的嬷嬷说了什么。

楚瑜瞬间有些紧张，她倒是没想到凤栖长公主竟这般谨慎，见她面生，便直接着人去核实她的身份。土曜和霍家姐妹这时候也慢慢地将手都搁在了自己身上暗藏的武器之上。他们是被瑶瑶郡主瞒天过海地带进了宴会，但身份是不经查的。

不一会儿，那嬷嬷呈上了一份文牒，凤栖长公主打开查看了一下，又看了一眼楚瑜，随后方才放松了下来，示意那嬷嬷可以将文牒拿走了。楚瑜抽紧的心头，这时也松了一口气，暗自轻笑——果然还是内鬼难防，瑶瑶郡主替她摆平了身份文牒的事情，这大概是凤栖长公主也想不到的。

核实了楚瑜的身份，凤栖长公主此时也已经拿定了主意。她抚摸着手里的红裙，神色有些惆怅地宣布："这衣裙确实艳丽夺目，本宫很喜欢，这第三块玉牌就赐给秦家商队的少东家。"

楚瑜闻言，瞬间心中一喜，她也不掩饰自己的喜欢，抬手就又对着凤栖长公主深深地揖了下去："多谢侯爷和长公主赏！"

便是土曜和霍家姐妹都暗中松了一口气。

凤栖长公主的最后一块玉牌颁了出去，众商人们都忍不住遗憾又郁闷地叹了一口气，窃窃私语起来。

不少人对楚瑜都投去了感兴趣的目光。

毕竟比起那块玉牌来，楚瑜展露出来的这件衣裙更吸引人，如有那样的织染技术，何愁不能日进斗金?

但楚瑜只坐在席上，眼观鼻，鼻观心，仿佛对那些热情的目光都视而不见。

凤栖长公主得了那裙子，令人收好之后，心情似乎也不大好，心不在焉地吩咐人将已经再次陷入昏睡的东海侯送走之后，她自己也只略坐了坐。

随后她便道她精神也不太好，令王府里的总管继续招待众人，她也起身离开了筵席。

楚瑜见她离开了筵席，便立刻低声询问土曜："港口晚上可放船通行？"

土曜也压低了声音道："港口倒是十二个时辰不停的，因为会不断地有船入港。"

楚瑜想了想，又问："那若是咱们船队要出港口，会不会被拦下？"

土曜一愣，随后明白了楚瑜的意思："您是想着连夜将船队送出港去？”

楚瑜颔首：“夜长梦多，今晚侯爷大寿筵席，长公主也不会有那么多心思去处理公务，就算港口官员对咱们过港存疑，打算上报，也要掂量一下，今天是什么日子，要不要打扰长公主殿下，所以一定要快，就是不知道咱们拿到玉牌以后，船队夜里能否过港！”

越快过港，越安全——避免他们这把戏被拆穿的可能性。而且船队能顺利过港，也会对港口越安全。

土曜沉吟了片刻：“晚上的话，以前也是有船队过港的，但是非常少，但如果能有玉牌的话，应该问题不大。”

楚瑜点点头：“好，咱们筵席一散就马上走。”

但话音未落，楚瑜就看见一名侍从往她的方向而来。

“请问是秦家商队的少东家吗？”那侍从看着楚瑜，恭声问。

楚瑜颔首：“是我。”

“长公主殿下有请您到内殿一叙。”那侍从恭敬地道。

楚瑜身形一顿：“这……我有些不太舒服，想要先行告退。”

“怎么了，秦家少东不愿面见长公主殿下吗？”那侍从大概从来没有看见得到长公主召见的人，还会犹豫的，不免觉得楚瑜在拿乔，神色冷了冷。

土曜微微挑眉，正要说什么，却被楚瑜按住了手臂。

“好，我这就去。”说话间，她已经敏捷地将那玉牌传到了土曜的袖子里。

同时，她用传音入密道：“土曜，立刻回去，想法子说服三爷带着船队连夜起程，我在这里拖延住长公主殿下，二娘和三娘也退到公主府外以为接应，我一个人脱身，目标小，要离开港口追上船队不难。”

安排完毕，楚瑜便起了身，跟着那侍从款步离开。

霍二娘微微颦眉，想要说什么，却见土曜对她一笑：“还是按照小东家的安排行事。”

霍三娘也沉声道：“没错，小东家如今是元毒之体，虽然临敌经验少，但是一身内力修为要离开并不难，何况她性子一贯机敏，你我不要担忧，也不要让小东家的努力白费。”

三人拿定了主意，虽然心中有些发沉，但还是立刻等着筵席结束便分头行动。

土曜拿着玉牌潜回了船上，将玉牌交给了琴笙。

“主上，这是小东家送来的。”土曜单膝着地奉上玉牌的同时，他也将楚瑜的打算说了出来。

琴笙看着手上的玉牌，似笑非笑地眯起了眸子：“这条鱼倒是能耐了。”

他轻慢地一甩，那昂贵的玉牌便被扔垃圾一般地落在了地上，他拿着帕子擦了擦手，淡漠地道：“既小鱼喜欢这么玩儿，这次就饶了凤栖那蠢物。”

土曜颔首，心中也微微松一口气：“是。”

不知道为什么，他也不希望楚瑜失败，也许……不为什么，就因为她身上那种……专注和他们这些人都没有的“悲悯”。

“大人，琴家船队送来的玉牌，他们要求连夜过港。”一名海兵托着一只盘子送到了那值夜守备的面前。

港口的守备一愣，随后笑道：“这怎么可能，长公主殿下严令不允许他们过港的，怎么会……唉？”

他看着那块雕刻着牡丹花的玉牌，不禁愣住了：“真的是公主殿下的玉牌，但是，这怎么可能呢？”

长公主殿下三令五申了严禁琴家船队过港，还为了防止他们硬闯，布置了大量的人手和炮火在港口和堡垒之上。

怎么会忽然说放人就放人了？

“这……会不会是假的，要不问问长公主殿下？”那守备端详着令牌，很是怀疑。

说话间，他身边的副守备不知何时进了房，看着那守备手里的令牌，便摇摇头：“今日是侯爷寿宴，长公主说了没有大事不要打扰她，而且……”

他顿了顿：“我听说了，今晚的筵席之上，确实有琴家商队的人呈上了什么东西，听说很得长公主青眼，长公主很是激动，当场就发下玉牌。”

凤栖长公主因为一件礼物失态的事情，不是秘密，早已有不少人听说了，但这副守备也未曾参加宴会也只了解了个大概。

哪里就知道此“秦”非彼“琴”。

那守备一愣：“原来如此……这琴家商队不愧是天下首富，琴三爷还真是有本事，三两下就博得长公主的欢心。”

他摇摇头，暗自道，果然是女人容易耳根子软。

他看看刚才琴家船队让人送来的一盘黄金，随后笑了笑，随意地一摆手：“行了，既然如此，开闸放行！”

他一声令下，鸣号声响起，闸门便慢慢地开启。

四五艘坚固华丽的大船便扬起了帆，一艘艘地穿过了闸门，向黑暗的海域慢慢驶去。

冰凉的海风吹过，楚瑜揉了揉自己耳边的发丝，站在内殿，看向窗外，轻叹了一口气。

这个时辰，如果顺利的话，算算船队应该已经过了海港了吧？

“秦家少东？”一道中年女子沉稳的声音忽然在楚瑜身后响起。

楚瑜转身看向来人：“长公主殿下。”

凤栖长公主在内殿的上首坐了下来：“多谢你给我送上那一袭华裙，本宫已经许多年没有看到这么美丽鲜艳的颜色了。”

“长公主谬赞。”楚瑜不卑不亢地道。

凤栖长公主微微含笑，低头品了一口茶：“不过本宫有一事不明，能织染出这般颜色衣衫的技巧只供应皇族，而且应该在十余年前就已经失传了，这是世间绝无仅有的绝技，你是怎么做到织染出这般颜色的衣裙呢，秦少东？”

楚瑜眼底幽光暗闪，这位殿下果然心思缜密，开始怀疑她了。

她只抱拳含笑道：“回殿下，这织染绝技，唤作天工织染，天工织染的最后一位坊主吴老先生正是在下家师，家师被流放之后，虽逢大赦，但家中已经无人可供养他，是家父救了他，为他养老。”

凤栖长公主点了点头：“不错，这是个好借口，听起来并没有什么问题，也难为你能想出来这法子了。”

楚瑜心中咯噔一下，只觉得空气渐凝，随后她不动声色地抬眼：

“在下不明白长公主殿下的意思。”

凤栖长公主冷笑一声，站了起来，居高临下地看着她：“天工织染可以被找到传人，但是那衣裙的款式，却是故人所独有之样式，本宫确定天下再无人会有第二件，你别告诉我，你也刚巧是本宫的故人之后。”

楚瑜干笑了两声：“这个……也说不准呢。”

完蛋，她光顾着留意花纹，只想着没有那敏感的御用花纹了，便一切万事大吉，何况当初只是觉得这衣衫款式很是漂亮，又哪里能想到这衣衫款式竟然是独有的款式。

凤栖长公主眯起眸子冷冷地道：“呵呵，本宫不光是故人，连着故人之后都已经死绝了。”

凤栖长公主一身森寒之气直逼过来，随后，她一抬手砰的一声，手上的茶盏瞬间落地。楚瑜原本正打算飞身离开的身形瞬间一僵，硬生生地停在了原地。

只因为伴随着凤栖长公主手里的茶盏落地，周围立刻出现了大批侍卫，连周围高处墙上都出现了人影。若只是寻常侍卫持刀围困，她倒是无所谓，问题是这些侍卫的手上全都握住了一杆火枪，黑洞洞的枪口正森冷地瞄准了她的全身。他们的手上全都是最新款的西洋长火枪，这种长火枪虽然不能连发，也很怕遇上水，容易走火。

若是只对上一杆，或者几杆洋火枪，楚瑜倒是觉得自己还是很有把握的。但是这么铺天盖地似的黑洞洞的枪杆对着她，她并不能确保自己真就能安全无恙地走脱。

毕竟如今不是两军对峙，而是她被困在中间，如此近的距离，对方只要每一杆枪能打响第一发，她就能被轰成渣渣。

她隐约地似看见，墙上还有士兵手里提着——天雷霹雳弹！

气氛瞬间紧张了起来。楚瑜闻着空气里的火药味，额角不禁抽了抽，她看着凤栖长公主，叹了一声：“长公主殿下，您对付我这么一个小角色，弄出这等天罗地网的阵仗，不觉得太小题大做了吗？”

凤栖长公主森然地一笑：“对付琴三爷的人，本宫从来都觉得用上什么阵仗都算不得过分。”

楚瑜一顿，看着凤栖长公主的眼里幽光微微闪，随后她耸肩：“好吧，不知在下到底哪里穿帮了，请公主殿下赐教。”

凤栖长公主阴沉着脸：“能有法子查看到本宫在书房里的画，还能哄得本宫的蠢女儿掏心掏肺，连本宫珍藏的衣裙都动了手脚的，这天下除了琴家的琴三爷，还有谁？”

她从一开始的激动里冷静下来之后，立刻折回了房间去看自己的画和珍藏的衣裙，果然被她在衣裙的角落里发现了异常。一个不起眼的内裙角里被剪了一小片的布条下来。她立刻就明白了这里头有猫腻！

楚瑜闻言，笑了笑：“郡主并不愚蠢，在下倒是觉得您有些愚蠢，虽然不知道您为了什么旧怨会这般不依不饶，但是……”

她话音未落，便被凤栖长公主厉声打断了：“住嘴，你这个无耻之徒，你就跟你的主子一样无耻，跟他一样肮脏，就不该存在这世间！”

楚瑜一怔，冷冷地道：“公主殿下，请自重！”

“自重？”凤栖长公主冷笑，目光森然地凝视着她：“你们这些恶心的东西，都该死！”

“咔嚓！”随着凤栖长公主近乎冷厉的呵斥，枪支抖动的声音同时响起。

楚瑜微微一僵，她知道只要对方一声令下，这些侍卫会毫不犹豫地动手。她慢慢地凝气在手，不动声色地划破了自己的指尖，一点儿血色慢慢浸润出来。

但就在她准备先发制人的时候，忽然一道纤细的少女身形蓦然扑了进来，踉跄地跪下来：“母亲，您不能啊，您明明知道父亲这么多年都希望你和三爷之间化干戈为玉帛，都是骨肉……”

“闭嘴！”凤栖长公主先是一怔，随后陡然暴怒，抬手就一巴掌甩在了少女的脸上：“你这个吃里爬外的蠢东西，失心疯了吗，还不闭嘴！”

瑶瑶捂住自己的肿痛的脸颊呆愣住了，她这辈子父母双全，慈父严母，虽然母亲严厉了些，从小到大也是对她极为宠爱的，什么时候对她动过手？

她原本性子也随了凤栖长公主，是个吃软不吃硬的，此时眼泪瞬间就出来了，直愣愣、死死地盯着凤栖长公主：“母亲！”

凤栖长公主厉声道：“丢人现眼的东西，还不滚出去！”

瑶瑶红着眼竟一下子站起来，却没有转身跑走，而是一转身就冲到内殿中央，拦在楚瑜面前，厉声道：“你要杀火曜星君，就先杀了我吧！”

这一下，场内瞬间鸦雀无声。不光是所有人都呆住了，连楚瑜都愣了，有点不可置信地看着拦在自己面前的少女，却见她忽然转脸看向自己，露出个倔强却带着一点儿羞涩的笑容：“抱歉，骗了你，但我不会让他们伤害你的！”

说着，她又调换头，警惕地瞪着凤栖长公主和周围的侍卫们。

楚瑜一个激灵，瞬间起了一身鸡皮疙瘩，也不知自己是该哭还是该笑，她怎么觉得这个郡主好像对自己……呃……有点不一样的情愫？

只是她一点都不想在这个时候上演什么梁山伯和祝英台之类的戏码，那只会激怒凤栖长公主吧？果然凤栖长公主看着她的眼神，已经从原本的冰冷无情到狰狞了：“瑶瑶，你给本宫过来，这么多年的教养，都被狗吃了吗，还是本宫没给你生脑子！”

瑶瑶咬着牙，倔强地道：“你让他走，否则我不过去！”

她顿了顿，又对着楚瑜笑了笑，很有点欣慰的样子：“琴家的船队已经顺利过港了，你放心吧！”

此言一出，一干侍卫都面面相觑。凤栖长公主瞬间踉跄了一下，仿佛受到了极大的羞辱一般，颤抖着嘴唇，表情扭曲地抬手指着楚瑜，连说了三个好：“好，好，很好，果然是贱种带出来的人，血液里就流淌着的卑劣和下贱，连身边人都是一路货色，竟然连我的女儿，你都敢下手迷惑她。”

楚瑜只看着面前的少女，淡淡地一笑，真心实意：“多谢你，瑶瑶。”

瑶瑶郡主秋水眸一弯：“我自愿的，你放心，我会让你顺利离开这里的！”

说着，她一转身，看向凤栖长公主：“母亲！”

只是她并没有看见自己身后的楚瑜眸光微冷，慢慢地抬起了手。

“瑶瑶——”凤栖长公主却注意到了，瞬间脸色一白，朝着楚瑜厉声大呵斥：“你要做什么！”

瑶瑶一怔，有些茫然地正要回头，然后楚瑜已经以手为刀，利落地在自己面前的少女脖子上一砍！

瑶瑶身形一晃，便软软地倒了下去，被楚瑜在身后接了个满怀。

“混账，你要对我的女儿做什么，你放开她！”凤栖长公主看着瑶瑶落在楚瑜手里，脸色已经是一片铁青，横眉怒目地叱责。

楚瑜扶住瑶瑶，随后看向凤栖长公主，淡淡地道：“殿下，您真的打算和琴家继续为敌下去吗？”

“你这是在用瑶瑶要挟本宫吗，亏瑶瑶一心为你打算，真是所托非人，你这个卑劣、无耻之徒，果然和你主子一样该千刀万剐！”凤栖长公主愤怒得浑身颤抖，暴跳如雷，却又不敢下令让人开枪。

毕竟瑶瑶如今被楚瑜扣着，这火枪一不小心就会打中瑶瑶。她终归不过是一个母亲，虽然愤怒女儿的背叛，却哪里敢下狠手。

楚瑜眯起大眼，看向凤栖长公主：“长公主殿下，请你不要再言辞攻击三爷，我们是不是该千刀万剐，不是你说了算的，但我觉得有一件事需要澄清一下。”

说着，她一抬手，就扯掉了自己戴在头上的帽子，满头青丝立刻便散落了下来。站在内殿里的少年，瞬间变成了高挑的少女。

“你……是女儿身？”凤栖长公主也愣了好一会儿，才有些不敢置信地盯着楚瑜，一字一顿地道。

楚瑜挑眉，大眼弯弯：“没错，我是女的，我已经连累了瑶瑶郡主被您叱责，但是我不想连累她的名声。”

瑶瑶郡主虽然有这么个不通情理的娘亲，但她确实帮了他们不少。楚瑜并不想连累无辜。凤栖长公主脸色变幻莫测了好一会儿，她锐利地盯着楚瑜好半晌，轻蔑地冷嗤了一声：“原来是琴笙那贱种的女人。”

楚瑜眸光骤冷，她指尖一点凝气聚神，指尖血滴化作暗器，瞬间飞弹向凤栖长公主。凤栖长公主只感觉面前有厉风一闪，身边的护卫紧张地高声叫了起来：“殿下，小心暗器！”

说着那些护卫一下子就扑了过去，挡在凤栖长公主的面前，将她扑倒在地。

凤栖长公主狼狈地跌落在地，却悚然地发现伏在自己身上的几个侍卫脸上被擦出了一道血痕，可那些侍卫却仿佛痛不欲生地滚倒在地，发出凄厉的惨叫来。

“你……你对他们做了什么！”凤栖长公主被身边的其他侍卫们狼狈地扶了起来，脸上苍白而凌厉地瞪向楚瑜。

楚瑜冷冷地道：“凤栖长公主，我敬你是瑶瑶的母亲，才这么客气，但你若再侮辱三爷，就休怪我的暗器不客气。”

她是唐门元毒之体，血液有剧毒，要毒倒个把人，易如反掌。

不过她并不打算暴露这一点，毕竟若是到最后一言不合，真的开打，这放血毒人是她最后保命的招式。

所以，就让他们以为她放了暗器吧。

凤栖长公主脸色阴沉了下去，她看了看还在楚瑜手上的瑶瑶，随后忽然冷笑了起来：“看来，你很喜欢那个贱……坯子。”

在楚瑜骤冷的目光下，她只好硬生生地改了蔑称。楚瑜看着她，并不说话。凤栖长公主轻扯了下唇角，示意众人将那些没了声息的侍卫们带走，随后面容僵冷地道：“你到底要怎么样，才肯放了瑶瑶？”

楚瑜看着她，平静地道：“在下并不想怎么样，我只想知道到底是什么深仇重怨，让凤栖长公主不惜一切代价与三爷为敌？杀敌一千，自损八百，甚至可能会付出更惨重的代价。”

“惨重的代价，本宫还能付出什么惨重的代价，呵呵……”凤栖长公主冷笑。

随后，她眯起眸子上上下下地打量楚瑜，神色晦暗：“听说琴笙日前迎娶了他的母家小姨为妻，本宫一直以为那是个笑话，但看起来，你就是那个——小姨？”

楚瑜倒是没有想到她竟然一下子就猜出了自己的身份，她想这个时候也没有什么好隐瞒的了，毕竟琴三爷不近女色是天下人皆知的八卦。

她淡定颔首：“没错，就是我。”

“哈哈哈哈哈——果然是个笑话，小姨，就你……也配？”凤栖长公主忽然笑了起来。

她像是听到什么好笑的事情一般，竟愈发控制不住地大笑起来，近乎癫狂的笑声让周围的侍卫们都怔住了。

“哈哈哈哈……真真是个天大的笑话，也就是琴笙那无耻之徒才编撰得出来了！”

楚瑜目光微冷，正要说什么，却见凤栖长公主忽然笑声一收，老眼盯着楚瑜，露出个古怪到充满恶意的笑来：“看样子，你什么都不知道啊，那孽畜一定很在乎你啊，小姑娘……所以把他恶心的秘密瞒得死死的。”

楚瑜在凤栖长公主那种诡谲的目光下，起了一身鸡皮疙瘩，她竟不由自主地联想起了封逸给她的一封信。封逸的信里后半部分说得比较笼统，毕竟是皇家内情。信中只道后来那位虚怀若谷、沉稳持重，在朝中威望极高的明烈皇太女被自己一手照顾和培养大的龙凤胎小皇子——当年的宸亲王陷害圈禁三年之后，于一场滔天大火里殒命。

宸亲王原本第二天就要登基，却莫名其妙地也跟着葬身了火海。

没有人知道宫里发生了什么事情，只是在明烈皇太女和宸亲王长达十余年的政治斗争里，不少皇子和公主都被牵连其中，因各种原因殒命。

到宸亲王登基之前，就剩下如今太后所出的当今陛下和廉亲王，并着一位宫女出身，母家毫无势力庶出的皇子，两位最年幼的、又即将出嫁的庶出小公主。

看似嫡出承嗣还有两人并不算少，但当今陛下性情温厚且体弱多病，一年里有半年缠绵病榻，娶了后妃多年，却连个子嗣都没有。廉亲王虽然健康，却又是个性情放浪不羁的，坚持不肯继承帝位，四海浪迹，不肯回朝。

毫无选择之下，还是太后力挽狂澜，将当今陛下从病床上抬上龙椅，匆忙继位。死去的明烈皇太女被追封为孝烈女皇，以最高礼仪厚葬，而那位宸亲王则是被废黜了一切封号，贬为庶人，连骸骨都不知扔到了哪里。只是当时来不及细想，她还要忙着制作送给凤栖长公主的礼物，如今听着她那意有所指的话，楚瑜突然觉得这位宸亲王和明烈皇太女之间……似乎有些古怪。

看着楚瑜似乎陷入沉吟的样子，凤栖长公主笑容越发诡谲和恶意："也是，那孽种的秘密如果被人知道，谁能忍受他那样的怪物！"

楚瑜听着凤栖长公主那充满侮辱的话语，心头实在火大，但她也知道只有凤栖长公主知道琴笙的秘密，她并不想打断凤栖长公主。

她只扣着瑶瑶退到墙边，冷冷地凝视着凤栖长公主："三爷不是怪物！"

"不是怪物？"凤栖长公主像是被人刺了一下似的，竟直接踉跄着跳了起来，尖厉地吼道："如果像他那样，是长姐被自己幼弟玷污生下的孽畜，不是怪物，还有什么是怪物！"

楚瑜瞬间觉得自己脑子就炸了，她几乎不敢置信地瞪大了眼，下意识地吐出了一个名字："明烈皇太女……"

她在一瞬间就联想起了金大姑姑说的那个故事，还有面前激动非常的凤栖长公主，对琴笙的无礼包容得过分的廉亲王，还有封逸送来的那封信上写到的皇家秘辛。

"哈哈……看来你也不是一无所知。"凤栖长公主阴沉地笑着，双目异常猩红："你猜猜我是谁？"

楚瑜看着凤栖长公主，忽然心中一动："你……是龙凤胎里的公主！"

凤栖长公主表情有些扭曲："呵呵，没错，虽然很不想承认，但本宫确实有那么一个猪狗不如的兄长，那畜生精心筹谋多年，为了得到皇位将父皇软禁，将我们的长姐圈禁，甚至将试图保护长姐的兄长和姐姐们一个个在长姐面前折磨杀掉，就是为了看她痛苦，还将长姐……"

她说着说着，便浑身颤抖起来，再说不下去。仿佛陷入了过去恐怖而血腥的回忆，目眦欲裂，眼眶里似能掉下一颗颗泪来。可是她的眼眶似早已干涸，一滴眼泪都流不出来。

凤栖长公主死死地瞪着楚瑜："你说说看，那个猪狗不如的畜生强行逼迫长姐生下的不是贱种是什么，那怪物他一出生未曾足岁就会流利地说话，三岁就能看得懂策论，五岁就能跟随秋玉之那个畜生一起去逼迫长姐让出太女之位，小小年纪，像是什么都知道，把身边的人耍得团团转，还做出乖巧的样子，这孽种不是怪物是什么，怪物就该死！”

楚瑜愣了，整个脑子都是近乎空白的，仿佛无数浪潮在脑子里翻腾，却还是强自镇定地道：“不……琴笙不是怪物，他只是太早慧！”

秋玉之……是宸亲王的名字？如果身体里流淌的血液是不可原谅的原罪，但早慧，为什么也会成为原罪？

凤栖长公主尖厉地笑了起来：“哈哈哈……早慧，哪个早慧的孩子会逼自己的母亲让出可以保命的帝位，有哪个废太子或者废太女能活着的，他和他爹一样都是个天生狼心狗肺，身体里只流淌着冷酷血液的禽兽！”

楚瑜下意识地摇摇头，脸色发白：“不，琴笙不是那样的人！”

凤栖长公主看着楚瑜，慢慢向前倾身子，阴沉诡谲地扯着唇角，一点都不掩饰她的嫉恨和怨毒：“他那畜生爹从小就凭借着那皮囊哄得长姐对他最疼爱，从文习武，什么都是长姐亲自教授，结果却教出了一条毒蛇，因为他的心就是泡在坏水里长大的，天生就是个畜生，他的孩子也是一样！”

凤栖长公主顿了顿，有点神经质地眯起眼，冷冷地道：“本宫第一次看见他，就知道小畜生是个怪物，拥有和他爹一模一样的美貌皮囊，不，甚至更好一点，哪里像我们端庄大气的长姐，我求长姐杀了他，他一定会害死长姐的！”

楚瑜呼吸窒了窒，琴笙……是在多少人的恨意和杀意里诞生的？

凤栖长公主闭了闭眼，怅然地道：“可长姐却不舍得，果然……如果不是他帮着秋玉之逼长姐让位，长姐后来也不会被害到那般地步，她本来可以赢了秋玉之那畜生的，就差那么一点点！这孽畜真是该被千刀万剐，他该死！”

最后一句话，凤栖长公主睁开满是猩红血丝的眼，盯着楚瑜一字一顿地道，声音里杀气凛然。楚瑜几乎被她那近乎暴戾的杀气逼得又退了一步。她微微颦眉，她是第一次看见内力寻常的人身上会有那么大的杀气，这执念几乎如刀一般凌厉。

"该死？呵呵，这么多年了，你还是和以前一样愚蠢。"一道轻柔的声音似被风从遥远的海上吹来，却带着森凉的气息，一点点侵袭过内殿每一寸空间。

长长的柔软白袍无声地拖曳过地面，却带来令人窒息的冰冷和黑暗。楚瑜讶然转身，有些不敢置信地看向那一抹不知何时出现在内殿里的修白人影，静静地穿过了团团围住内殿的士兵和侍卫们。

"三爷……"楚瑜有些发愣。

凤栖长公主一见来人，脸色瞬间变得铁青，她一指琴笙："拿下！"

却不想，那些侍卫和士兵竟一动不动。

凤栖长公主一愣，厉声向着那些站在琴笙身边的侍卫和士兵们喊道："你们到底在干什么，把那个畜生拿下啊，快动手，杀了他！"

琴笙微微翘起精致的唇角，淡淡地道："你是在唤这些废物么？"

说话间，他轻轻抬手一拂。

宽袖掠起一片轻风，但那些原本站着的人影却纷纷一晃，随后悄无声息地倒了下去。楚瑜一惊，这才发现大半个内殿的侍卫和士兵们竟不知什么时候已经悄无声息地站着——死绝。没有人知道他们什么时候就已经没了呼吸，却还维持着站立的姿态，如同雕像，若非琴笙这么轻轻抬袖一拂，他们看起来仿佛还是活人。

此时内殿只剩下一部分侍卫和士兵站在楚瑜附近和围在凤栖长公主那里。

楚瑜几乎能感觉到她身边的士兵和侍卫们瑟瑟发抖，心中惊恐。

对身经百战的士兵而言，死亡并不可怕，可怕的是你不知道自己下一刻会怎么死。

她心中有些发凉，这才是琴三爷真正的手段么？

"你这个怪物……不要过来，护驾……"凤栖长公主浑身发抖，一下子踉跄地倒退了几步，靠在身边的嬷嬷身上，又恨又怕地死死瞪着琴笙，尖叫了起来。

琴笙站在内殿中央负手而立，没有再往前而去，只是幽眸凝视凤栖长公主，潋滟的薄唇边荡漾开一个温淡的笑容："动手，处理干净。"

雪亮的一把把长剑上剑光闪过，伴随着闷哼之声，一片片猩红飞溅而起。那些士兵和侍卫，茫然而惊愕地看着自己的同袍，看着原本睡在自己隔壁，与自己笑眯眯同一个碗里吃过饭，甚至在战场上救过自己命的同袍手里的剑就这么干脆利落地穿过自己的心脏或者割断了自己的喉管。

片刻之后，内殿里尸横遍野，站着的不足二十道人影，他们浑身染血，却依然面无表情。

一片死寂之中，一道尖厉的女音瞬间响起："啊——救命，来人，护驾，护驾！"被身边亲卫的血飞溅了一脸一身的凤栖长公主终于再也受不了地尖叫了起来。

但是下一刻，一把匕首咬上了凤栖长公主的咽喉，苍老的女音毫无感情地响起："闭嘴，主上面前，休得放肆！"

凤栖长公主剩下的半声尖叫卡在了喉咙里，她不敢置信地看着身边的嬷嬷："淑云，你……你是我的贴身陪嫁，为什么连你也背叛我！"

那嬷嬷冷淡地道："抱歉，公主殿下，你的陪嫁十年前就已经没了，在下是曜司武卫中一员。"

说着，她一抬手，将脸上的人皮面具扯下，露出一张陌生的面孔来。凤栖长公主倒抽一口凉气，踉跄了一下跌坐在地，心头剧痛，浑身颤抖，也不知是恨的，还是怕的，她一捂住唇，气急攻心之下，竟吐出一口血来。

凤栖长公主艰难地抬起头，看向琴笙，喑哑着嗓音，颤声道："好……琴笙……你好！"

她从来没有想到自己引以为傲的海军里，甚至贴身侍卫里竟然有那么多曜司潜伏进来的人。

而且在场里活下来的那些人，大部分都是侍卫统领和校尉，这些她自以为的亲信里居然有那么多根本就是琴笙的人，其中不少人都是跟在东海侯和她身边十多年的人马！

说话间，几名校尉已经利索地给琴笙搬来了长椅、长桌，伺候在琴笙身边。

琴笙微微一笑，一拂衣袖，优雅地坐下，接过一名侍卫统领递来的香茶，轻品了一口：“不是我好，而是你太蠢了，这么多年，一点长进都没有啊，凤栖。”

说着，他微微颦眉，另外一名原本伺候在凤栖长公主身边的嬷嬷立刻抱着一只精致的仙鹤赤金宝石香炉过来搁在琴笙的案几之上，恭敬地道：“主上，暂时先用定神香，驱一驱这血腥气吧。”

琴笙微微颔首。整个内殿里，森凉烛光下，满是躺着的尸体，血色遍地，宛如修罗场，偏只内殿中央一片，却干干净净。白衣谪仙静静坐着品茗，幽幽熏香白烟轻轻从仙鹤香炉的嘴里飘出来，幽幽袅袅，如梦似幻。巨大的差异，让这些画面看起来诡谲非常，却又带着一种狰狞的和谐。那些鲜血，仿佛不过是给神祇最原始的祭品。

楚瑜有些恍惚，不禁微微退了一步。

她这一动，便见琴笙原本泰然自若地端着描金青花茶盏的手微微一顿，茶盖轻轻地撞上了杯身，瓷器清脆地发出一声悦耳的“叮”。

那一声，像是瞬间敲打在了楚瑜心口，让她微微一僵，似清醒了不少。但也不过一瞬间，琴笙便抬起茶盏，平静地轻品起茶水。看着琴笙的侧影，楚瑜抱着仍然在昏迷中的瑶瑶的手臂不自觉地收了收。

不知道为什么，他这般从容不迫，平静淡然，面对凤栖城的局势，早已谋敌于久远的时间之前，制胜于千里之外。

她不应该替他担心的，可是这一刻琴笙身上的气息越平静，神色越从容，楚瑜却越发觉得心中抽紧。

“我就说他是个怪物吧，十年前，他才几岁啊，就知道把自己亲人的贴身亲信弄死，派人潜伏进来，安插眼线，你看看你喜欢上的是一个什么东西！”凤栖长公主终于回过神来了，但却仿佛被刺激得更厉害了，指着琴笙，整个人都有些歇斯底里地冲着楚瑜狞笑。

琴笙优雅地垂着眸子轻品着茶水，仿佛没有听见凤栖长公主在说什么一般。

凤栖长公主见没有人阻止她，对着楚瑜笑得愈发扭曲诡谲：“本宫告诉你，还不止于此呢，这个畜生很小的时候就会这一套了，小小年纪，他便在长姐身边阳奉阴违，逼着长姐退位就算了，他还在秋玉之——他那个畜生爹身边都安插了眼线，你知道秋玉之登基前的那一场大火么，那大火是这贱种放的，这是个杀父弑母的畜……”

啪！一声清脆的巴掌声瞬间响起。凤栖长公主愣住了，不敢置信地瞪大了眼，死死地瞪着不知何时飞掠到她眼前的楚瑜：“你……你敢打我，你敢打本宫！”

楚瑜轻哼一声，随后一边将怀里的瑶瑶小心地放在地毯上，一边冷冷地看着她道：“没错，我打的就是你，凤栖长公主，我说了，我敬你不过因为你是瑶瑶的母亲，再这般口出不逊，我不会对你客气！”

“你不相信本宫的话，还是你明明知道了这个贱……他一切肮脏的秘密，你还要跟在他身边？”凤栖捂住脸，颤抖着，厉声道。

楚瑜挑了下眉，看向琴笙，却见他依然垂着眸子品茶，优雅淡然地坐着，仿佛在欣赏一出好戏一般。

她暗自叹了一口气，冷冷地看着凤栖长公主，她生平第一次后悔了。

也许，她根本就不该窥探琴笙的秘密。可是，若是不能知道他的秘密，照着琴笙的性子，她只怕永远都走不进他的世界里。既然事已至此，只能继续下去。

楚瑜目光一瞥，见琴笙仿佛没有看见她一般，也并没有要阻止她的打算。心中暗自叹了一声，目光一转，忽然看见凤栖长公主身边的那一卷图。她足尖一挑，将那一卷图抖开，里面果然是瑶瑶给她的那幅画的原品。

那画果然画风更大气，所用绘画技巧更为娴熟，将画中美丽的少女含情脉脉的样子描绘得极为到位。

楚瑜目光落在了那画的落款之上：“这画上的人是你吧，但光是明烈皇太女的小字，还是大名？”

魅丽文化 花火工作室

绣色可餐

华嫁篇（中）

青青的悠然 著

江苏凤凰文艺出版社
JIANGSU PHOENIX LITERATURE AND ART PUBLISHING, LTD

目录

CONTENTS >>

目录

<< CONTENTS

第一章 凤栖梧桐

凤栖长公主看着楚瑜拿了她的画，抬手就要扑过去夺回来，但楚瑜一打开画，她就有些眼神迷离了：“没错，这画上的人是我，那一年我才十四岁，这一袭红裙是长姐祭天时的礼服，那时候我尚且年幼，见长姐穿着极为美丽，便闹着也要穿起来，长姐一贯对我和秋玉之很好，纵着我任性而无礼……不过，那也是我最后一次可以这般任性了。”

一提到明烈皇太女，凤栖长公主便神情温柔了起来，似恢复了平静。在我前半生年少的时光里，虽然也曾因为母妃的早逝，而伤怀过。

可从五岁那一年，被父皇从母妃挂满白色灵幡的宫殿里带到皇后的坤宁宫，在看见那被誉为帝国晨光的少女的高挑身影时，在她伸出依然纤细稚嫩的手握住我的手，对我露出温柔而耀眼的笑容时，我懵懂的悲伤仿佛水上的雾霭，在日光出来那一刻渐渐消散。她蹲下身子，将我抱在怀里，温柔地在我耳边说：“幺娘啊，不要哭，以后长姐会替你娘照顾你，一辈子都不会让人欺负你。”

即使岁月流逝了几十载的今日，我依然记得她的拥抱多么温暖，比永远只顾着打扮盼着父皇来临幸的母妃更温暖。长姐的身上永远只有阳光的芬芳和温暖的体温，她从来不会在乎我们扯掉她的发簪，拉扯她的头冠，压皱她的衣衫。即使那一年，她也只是个十岁的少女，可她却已经长到了侍卫的肩头，像一株坚韧的金色小树，能轻易地将五岁的我抱起，甚至将总爱哭泣，又不爱吃饭的瘦瘦小小的玉之也一起抱起。

南皇后生了我们最小的弟弟以后身体一直不太好，那是一个温沉如水的女子，虽然没有母亲的美丽，可我觉得她比母妃更像一个温柔的母亲。她要殚精竭虑地照顾身体更不好的二哥哥和最年幼的幺弟，所以她很少到我们的偏殿来看我们。

当然，她也并不那么喜欢我和玉之，这两个夺走她夫君宠爱的女人的孩子。奶娘嬷嬷说让我学着讨好南皇后娘娘，可我更愿意用这样的时间来跟在长姐身后，哪怕只是看着她，都会感觉到温暖。

我只想跟在长姐身后。

长姐每天都很忙，所有的人都知道长姐是要继承皇位的，在她及笄礼之前，就会先被册立为皇太女。她每天都要跟在太傅身边学习许许多多的东西，还要陪伴父皇身边，观看他是怎么处理政事的。可她从来不会不耐烦，就算我和玉之哭闹耍赖，她都会很耐心地抚慰我们，仿佛这个世上没有人能令她动怒。

可是也没有人敢惹她生气，不光是宫人，也包括我和玉之。小弟一直都忌妒我和玉之能得到长姐最多的关爱，虽然那是他的亲姐姐，可是他已经有了南皇后娘娘了，为什么还要和我抢长姐呢？

或者说不光小弟，所有的兄长和姐姐们都忌妒我和玉之，没有母亲又如何，我们有长姐。她十三岁的册封之礼，办得意料之中的隆重，我和玉之都准备了自己最心爱的礼物要送给长姐。

我到现在依然记得，长姐一袭红袍站在金殿之上，面容依然带着几分稚嫩，但她的眉宇愈发美丽而英气，她面容上的那一抹笑容温沉又大气，她下唇上红色的樱花印记鲜艳而美丽，她俯瞰朝臣与我们的目光悠远而深邃，夺目却不刺目，和我们这些黄口小儿全然不同。

那一刻，我忽然觉得，果然没有比帝国晨光这样的称谓更适合长姐的了。我们所有的兄弟姐妹都欢喜地跪下，仰视着我们的长姐，她是天生该坐在金銮宝座上的光。那一年我和玉之都是八岁……

只要长姐还在，这让母妃殒命的宫廷，就是我和玉之最温暖的家。因为长姐，没有人敢看轻我们，甚至连南皇后都对我们多照顾几分，展露出少有的温柔，即使她杀了我们的母亲，可我们还是除了嫡出皇子之外，在宫里最受宠爱的孩子。不得不承认，南皇后是一个合格的皇后，母妃斗不过她，是理所当然的。

在我十四岁前既漫长又短暂的童年里，我大部分时间快乐得像一只无忧无虑的小鸟，我的世界里只有长姐和爱哭包双胞胎哥哥——玉之。长姐是我们的师傅，是我们的姐姐，是我们的朋友，她从来不会觉得我们幼稚的言语有多可笑。她说我们是天降的祥瑞，必定会庇佑东宫，庇佑王朝；她说我和玉之只有八岁，只是无知丧母的稚子。

可是那时候的她不知道，父皇不知道，南皇后不知道，朝臣不知道，天下人不知道，皇天后土都不知道。我们根本不是祥瑞，也不是单纯的稚子，我们没有庇佑任何人，我们是带来灾祸的凶兆！

尤其是我的双生哥哥——秋玉之。他和我长得一点都不像。他和历代皇家儿郎一样，拥有特殊的好相貌，或者说得更直白一点——他拥有着惑人的美貌

在我后来漫长而煎熬的一生里，我总是一次次地回想。到底是什么，让他变成那副可怕的模样。明明年幼时，他是那般爱哭而软弱的人。后来，我想，大概有人天生就是生在毒潭里的，从内心开始腐烂如泥。秋玉之，就是那一朵毒潭里的恶之花。

每一个夜晚，每一次午夜梦回，我都辗转反侧，流泪而醒。为什么当年的我会如此懦弱，为什么我会受他的威胁——那一年，那一天是我十四岁的生辰，前一刻我穿着长姐皇太女祭天穿的似火华衣，拉着长姐的手，撒娇求她替我画一幅画作为及笄诞辰的礼物。

朝内谁人不知明烈皇太女师承百年难遇的书画大家颜大师，还有来自西洋的传教士，画得一手好画。而就在长姐刚写了落款的开头一

字时，就被父皇唤走了，然后我的哥哥进来，将我身上的衣服硬生生地扯下，不顾弄疼我，不顾我少女的羞耻，一脸轻蔑地嘲弄我：“你也配吗？”

“如果你告诉长姐我做的那些事情，长姐就不会再喜欢你了，会将我们都赶出去的，我和你就永远都看不见长姐了。”那个美貌近妖，多智近魔的瘦削少年挑起我的下巴，轻蔑地笑着对我说，“幺娘，你是那么愚蠢的小姑娘。如果没有我，你什么也不是！你以为南皇后对我们好，只是因为长姐么，如果不是我乖巧地讨好她，她说不定早弄死我们了！”

那时候，他手里满是我身边宫人的鲜血，他嘲笑我的懦弱，嘲笑我的无知。而那时候的我居然相信了他的话。我不知道，什么叫千里之堤，溃于蚁穴。他以前做的那些事情被我撞见的时候，会一脸无辜地哭泣着找出许多借口，于是我偷偷地告诉自己，那是恶作剧，他是我的哥哥，却那么瘦弱，那么爱哭，我要护着他，不告诉任何人。

在十四岁这一天，我忽然明白，那些过往看见的种种关于秋玉之的事情，根本就因为他本身是个恶鬼！可是，我沦为了恶鬼的帮凶，让他羽翼渐丰，一个个地害死了我的兄弟姐妹，甚至害死了我深爱的长姐！因为在我和他同一天诞辰的那日，他居然向父皇请求随着年大将军出发，去戍守律方。父皇和长姐开始并不同意，因为秋玉之真是太瘦弱了，看起来像一种艳丽却纤弱的植物，就算是二哥哥，看起来也比他高壮，所有人都认为他受不了风沙的摧折。

只有我，在心里拼命地呐喊——去吧，去吧，去律方吧，让那风沙将你掩埋，你永远都不要回来了！那是我第一次，有了让人去死的念头！而对象是我的孪生哥哥。他似乎察觉到了我的念头，毕竟我们是双生子，他对我露出诡异的微笑，只对我无声地说了四个字：“如你所愿。”

十余年后，我曾经问过被圈禁的长姐，她当年是不是看出来了什么？

长姐坐在华丽的椅子上，脚上戴着黄金镣铐，脸色苍白如纸，神情平静地道：“往事不必再提。”

那是一个秘密。在岁月里沉寂消失。直到如今，我容颜苍老，不复青春年华，依然不明白长姐到底是不是察觉到了什么，只是她依然和我一样，对那个恶魔心存幻想？毕竟，她是那样明睿沉稳却拥有一颗温柔心的人。而我天真地以为秋玉之离开了皇宫，离开了我们的家，也许永远都不会回来，至少，他也许会变成一个正常人？

秋玉之离开的那一天，长姐亲自宣读了父皇册封他为宸亲王的圣旨。而秋玉之这道请封的圣旨，是长姐给他求来的。秋玉之比谁都装得乖巧。从小吃饭要喂、洗澡要长姐抱、睡不着要长姐陪着讲故事，再大点，学文习武，都是长姐亲自教导。

而我只能跟在他屁股后面，眼巴巴地分得长姐的关爱，还自以为自己要多照顾这个瘦小的哥哥一点。就因为他看起来漂亮又孱弱，像昂贵的瓷器，需要长姐呵护，需要我的呵护。可他依然是长姐最疼爱的弟弟，连幺弟都不如他。就要离开皇宫，还得到长姐的照拂。

我看着他就要离开了，心中雀跃无人能知，因为太过兴奋开怀于长姐以后温柔的目光会更多地落在我的身上，以至于我忽略了他看向长姐，或者说太女御君的眼光里，满满的恶毒。

在长姐十六岁那年，东宫迎来了它的男主人——定国公家的嫡出长公子，当朝状元郎，天下闻名的才子甘长卿，长卿御君文武双全，是长姐的侍读，两人自幼青梅竹马。父皇早早和定国公定了他们的婚事，长姐嫁给长卿御君是水到渠成的事情，也是天作之合。

长姐说，她也许会有一个小宝宝，我这个小姨会带着他或者她一起玩。虽然我并不那么期待再有一个小孩儿分走长姐的注意力，可是我知道长姐的身份必须有一个孩子。她是皇太女，皇太女怎么能没有继承人？

可是，长姐和长卿御君成亲三年有余，我都已经及笄了，十九岁的长姐的肚子里依然没有任何消息，到我十四岁那年，朝中开始流传关于长卿御君的流言蜚语。长姐是皇太女，没有人敢议论身为帝国晨光的她。连父皇都有些着急，开始命令御医给长卿御君和长姐诊治。

我那时根本没有想到秋玉之这个畜生，竟然会做出那样恶毒的事情。直到四年之后，在我哥哥和姐姐们祝福声里，在我即将嫁给邱郎的前夕，他回来了。

那个恶鬼带着满身的风沙，携着他愈发出挑耀眼的美貌和同样老辣恶毒的心回到了京城。他变了，四年过去，所有人都在欢呼宸亲王的名字，这四年里，他骁勇善战、足智多谋的名声和他狠辣的手段一起传遍了京城和天下。他喜欢鲜血的味道，毫无理由地喜欢，就像他对权力的追逐一样。

就如后来在他和长姐漫长的斗争里，在长姐面前将大哥凌迟，将二姐斩首，将三姐烧死，将四哥车裂……所有敢帮助长姐，甚至因为恐惧他的权势而不得不投靠他，或者中立的姐姐和哥哥都逃不过他恶心又恶毒的杀戮癖好。他留着和长姐一母同胞的病弱二哥和天真的幺弟，不过是为了品尝长姐的恐惧和逼迫长姐对他屈服。

而他留着我，却是为了——“亲爱的双胞胎妹妹，你愚蠢的善良就像我身体里缺乏的养分，看着你那么痛苦，那么无助，才让本王越发能体会善良是多么无用的东西，所以你和长姐一样，千万要长命百岁。”

……

“这个人……”坐在地上、狼狈的凤栖长公主仿佛梦呓一般喃喃自语。她忽然停了话语，抬起手指着坐在殿内，依然一脸平静的琴笙，面容狰狞地厉声道，“像他这种东西就该生出来被掐死！”

楚瑜听得心绪起伏不定，几乎有些不敢回头去看琴笙的眼睛。他的心绪从来都深藏在幽深如海的眸子里，而此刻，她甚至感觉不到他情绪上的任何波动。这让楚瑜心中愈发不安。

楚瑜深深地吸了一口气，垂下眸子，看着凤栖长公主一字一顿地道：“没有人生来就该被掐死！就算他是妖魔之子。何况我从来不认为他是妖魔之子，他是他，他的父亲是他的父亲！”

凤栖长公主愣愣地看着她，好一会儿，她仿佛被踩着尾巴的老猫一样，瞬间炸了毛，猛然跳了起来，浑身颤抖地朝着楚瑜扑过去，扯着她的衣襟号叫："你这个白痴，你这个懦弱的女人，你为什么不相信我，我没有告诉长姐关于秋玉之那个禽兽的真相，可我告诉你了，你为什么不相信，为什么……你要杀了他，你要杀了他，只有你可以杀了这个妖魔！"

楚瑜吓了一跳，看着面容扭曲的长公主，忍不住蹙眉，抬手去捏她的手腕："你疯了么，凤栖长公主！"

"长姐有机会杀了玉之，她下不了手，她疯了。你有机会杀了琴笙那个贱种，你也不肯吗……！"

凤栖长公主忽然一僵，低头看着自己胸口穿出来的细长丝线，又抬手摸了摸自己的喉咙，那里也穿过了一根细长的丝线，丝线正好穿过她的声带，轻轻一提就让她再也出不了声。

"太吵了。"琴笙幽凉温淡的声音在内殿响起，他搁下了手里的茶盏，素白的指尖上缠绕着一条条纤细如蛛丝的丝线。

楚瑜看着凤栖长公主在自己面前挣扎了几下，嘴像被拖出水的鱼儿一般开合了几下，眼珠子向外凸，随后她颤抖着慢慢地松开了手，倒在了地上，痛苦得整个人蜷缩成一团。那些细长的丝线穿过肌肉和血管，不会要了她的命，却会让她动一动就苦不堪言。

楚瑜心头微悸，随后看向琴笙："你打算杀了她么？"

琴笙看向她，微微翘起唇角，仿佛在琢磨着这个问题一般，慢慢道："我想杀她么？"

他顿了顿，懒洋洋地抬手托着腮，指尖有一下没一下地牵扯着手里的细线："本尊听本尊的小夫人的如何？"

他说话的时候，眸光幽淡而平静。楚瑜却敏感地察觉他琥珀眸上蒙着那层淡漠的雾气更深，更浓，他身上一股子平静，惫懒疏怠，愈发漫不经心。可楚瑜知道琴笙并不是那样的人，他人前人后脊背永远挺直如玉柱，优雅、克制、从容。

何曾这般慵懒。

她轻叹了一口气，看着琴笙淡淡地道："且先不管你要怎么处置凤栖长公主，她死活与我并没有关系，可是，三爷……"

琴笙抬起眸子看向她，他眸中雾霭沉沉，神色有些冰冷，又似阴沉，最后却笑了起来：“嗯？”

楚瑜深呼吸了一口气，道：“我想吃烤乳猪……好饿。”

伴随着她的话音，她的肚子里果然响动了一声清脆的——“咕嘟嘟”。

而琴笙沉默下去，目光幽凉地看了她半晌，仿佛在打量着什么奇怪的生物一般。楚瑜一脸不好意思地摸了摸肚子，嘀咕：“今儿一晚上，都在琢磨怎么阴凤栖长公主，其实都没吃饭啊……”

琴笙垂下眸子，忽然开口：“好。”

随后，他站了起来，向门外走去，白色的衣袍在地面上轻轻拂过，依然是行云流水一般的姿态，仿佛他走过的不是修罗狱一般的血腥内殿，而是云端庙堂。细看却能发现，他宽袖下隐着勾住凤栖长公主性命的丝线，轻轻地松开了。

楚瑜一愣，随后立刻追了过去：“哎呀，等等，三爷你知道厨房在哪里么，别跑错地儿？”

……

“都在这里等着。”不知何时出现的金曜淡漠地环胸而立。

“是，首领。”众曜司武卫们齐声应是。

土曜笑眯眯地从门外进来以后，凑了过来，没个正形地歪在金曜肩膀上：“那这个小郡主和凤栖长公主要怎么办，尤其是这个凤栖长公主，既然身子里埋了三爷的勾魂丝，就算三爷不要她性命，若是一个时辰后没有解，都会活活疼死呢。”

金曜冷冷地瞥了眼土曜：“这个人的死活与我们何干，到底三爷是你的主子，还是那条咸鱼是你的主子？”

土曜一脸无辜地道：“不，他们都是我的祖宗，一个大祖宗，一个小祖宗，难伺候啊。”

金曜冷嗤一声，转过脸，懒得理会土曜。

土曜也不以为意，只慢条斯理地弹了弹手指：“我说首领，像你我这种没什么道德，也没什么节操和是非观的人，主上身边已经很多了，难得有那么一个鲜活的活物，你就不要总是为难她了，看不出来主上如今觉得她是个烫手山芋么？”

金曜面无表情地道：“她不是山芋，她是条会咬人还一身逆鳞的鱼。”

“总之不管是什么，主上如今这是既想把那条鱼从内到外给吃得渣也不剩，却又无从下手，咱们这些做属下的，看着就好，不要插手。”土曜笑眯眯地道。

金曜忽然微微侧了脸，桃花眼里闪过幽冷的光：“你现在是为了那条鱼在威胁本首领？”

土曜立刻举手表现他真的是天真又无辜：“不，我只是在和首领谈一谈人生。”

金曜不耐烦地摆摆手，冷着俊脸：“少贫嘴。”

土曜靠在墙边，慢条斯理地道：“人生啊，佛说有七苦，这求不得乃是苦中之苦，不知首领以为如何？”

金曜面无表情地转开脸，淡漠地看着窗外的明月：“不以为如何。”

……

“三爷，你是没见过南洋的客商烤的那个香乳猪吧，皮薄肉细，简直不能再美味，我们那时候每人只分得了两片，想多吃都没有，可我知道厨房那里还有，土曜去看了……”

聒噪的少女声音一直在安静的侯府里响起。整个侯府在这一刻，仿佛所有人都睡死了，一片死寂。而说的人也似乎一点儿不觉得自己的聒噪嗓音这么大有什么问题，会不会招来人，抓他们这两个在主人家信步闲庭的贼。

说话间，琴笙的脚步一顿，楚瑜在他身后紧紧地跟着，差点撞上去，“怎么不走了？”

琴笙却忽然淡淡地开口：“楚瑜。”

楚瑜站在他身后，看着幽凉修白的身影，仿佛有些愣怔：“嗯？”

她目光一扫，这才发现自己竟然不知道什么跟着他就这么走到一处东海侯府后面的悬崖上来了。东海侯府也是仿造着西洋式的堡垒，建在一处峭壁之上，易守难攻，就算凤栖城沦陷了，东海侯府也能抵挡上好些时间。如今他们就站在悬崖上，海风冰凉，迎面而来，不远处黑暗的海面上，波光点点，银色的满月静静地挂在天空上。

“今天的故事精彩么？”琴笙背对着她开口问，声音平静里带着一丝幽沉莫测的凉意。

楚瑜看不见他的表情，只微微偏头，仿佛在沉思一般：“三爷说的故事，是说你原本其实完全不必调集船队，轰开港口，因为整个东海侯府，甚至整个凤栖城都在你和曜司控制之下，但你却喜欢看着我上蹿下跳耍猴似的故事么？”

琴笙顿了顿，看着大海，微微一笑：“这倒不是，凤栖这个没脑子的蠢货，并不值得动用武卫。你刚刚听得高兴么？”

楚瑜没有马上回答，而是低头看了看琴笙站着的地方，试图寻找一个自己可以站过去的地儿。但是，她却发现，他站的地方却是悬崖上突出的一块尖石，着立点只有一个尖儿。

琴笙轻飘飘地站在上面，如履平地，只束在头顶的乌发被吹得有些散，并着他的宽袖飞扬，让她忽然想起很久之前，第一次看见少年白白站在屋顶的飞檐之上，他一转头，如神祇翩然而舞，就这么跳下来，坠进她的怀里。

然而，此刻，她却觉得站在这里的那一道白影，如此的虚无，仿佛随时会散入无边的暗夜与幽海之中，然后毁灭吞噬人间的一切。楚瑜心头微冷，她蹙眉，一字一顿地道：“我不喜欢站在你的背后，看不见你的脸，我要站在你旁边。”

琴笙忽然轻笑了起来，笑声冰冷而恣意，却带着无边的阴郁：“呵呵……你确定要看我的脸吗？”

他的声音很轻，轻得让人毛骨悚然。楚瑜想了想，揉了揉自己汗毛倒竖的胳膊，也放轻了声音：“你的脸很可怕吗？”

琴笙意味难辨地说道：“我的母亲说过，我的脸和秋玉之很像，尤其是眼睛。”

楚瑜沉默了一会儿：“好。”

琴笙慢慢地侧过脸来，暗夜月光下，他漂亮的妙目里散去了所有的雾气，淡金色的眸子仿佛会发出惑人的光一般，倒映山海与明月。满满的浓烈的深厚黑暗、猩红的欲望和无边无际的恶毒，仿佛海底深渊的食人无数的恶兽翻开了漂亮的皮肉，露出它最狰狞的面目，死死地盯着楚瑜。

楚瑜是第一次看见人能露出这种扭曲到极点的目光，仿佛盈满了人间所有的纯粹的恶，那些恶像毒液一般，仿佛能流淌而出，带着满满的压迫感，似能将人撕裂。楚瑜几乎瞬间就觉得窒息，忍不住腿软，本能想要后退。

半晌，她强行闭上眼，忽然艰难地笑了一下："还，真是……够丑的。"

然后——她伸手用力狠狠地向前一推，似用尽毕生的气力一般，将那白影朝悬崖推了下去。

一声幽幽的，带着冰凉的平静轻笑声响起，"呵……"

楚瑜仿佛受到了极大的惊吓，所以手上的力气极大，那仿佛拼尽了全身力气的巨大的力道，若是对方不被推下去，她自己就会被惯性带下悬崖。而那道清冷的身影，没有移开，仿佛毫无所觉，又仿佛他早已明白这个结果，就这么一晃，直接轻飘飘地从悬崖坠了下去。坠力和呼啸的海风吹起他宽大的白色衣袍，像坠落的白鹤苍白的羽翼，却托不起那一抹清影，直向最深的海渊坠去。

楚瑜站在悬崖边上，有一瞬间的恍惚，那些撞碎在海崖壁上的波浪，如珠玉撞裂其中，泛出点点冰冷的光泽，又仿佛与那白影融在一起，月光下飞起片片白浪，碎成片片光点。她轻叹了一声，想也没想，足尖蓦然发力，似一尾鱼儿跃向水浪深渊。巨大的海风吹得脸颊生疼，她太轻，被风半托晃动着，只见那白影慢慢地远离视线，她眯起了眸子，半空里翻个身，内力翻转下一个千斤坠，如同离膛的火弹一般直撞向海崖深处。

狂风掠过处，海水清咸味道渐浓那一瞬，她的指尖突然摸到一抹柔软的白色衣角。她狠狠一拉，整个人一翻身就直接攀附上了那修白的人影。呼啸而过的风掠过他的发鬓，掠上她的眉梢，细碎的水珠染上谁的唇瓣。她低头看着他苍白而毫无表情的面容，还有那一双泛着淡金色，却仿佛凝聚了无数的黑暗雾气，诡谲森然如深渊的眸子。

"绝望，这种情绪一点都不适合你，琴笙……"楚瑜笑了笑，也不管巨大的呼啸风声之下，那人能否听到她的声音，只忽然俯下脸，在坠入海浪前的一刻，将柔软的嘴唇印在他柔软冰冷又黑暗的淡金色眼眸上。

“我爱你。”

第二章 琴神之殇

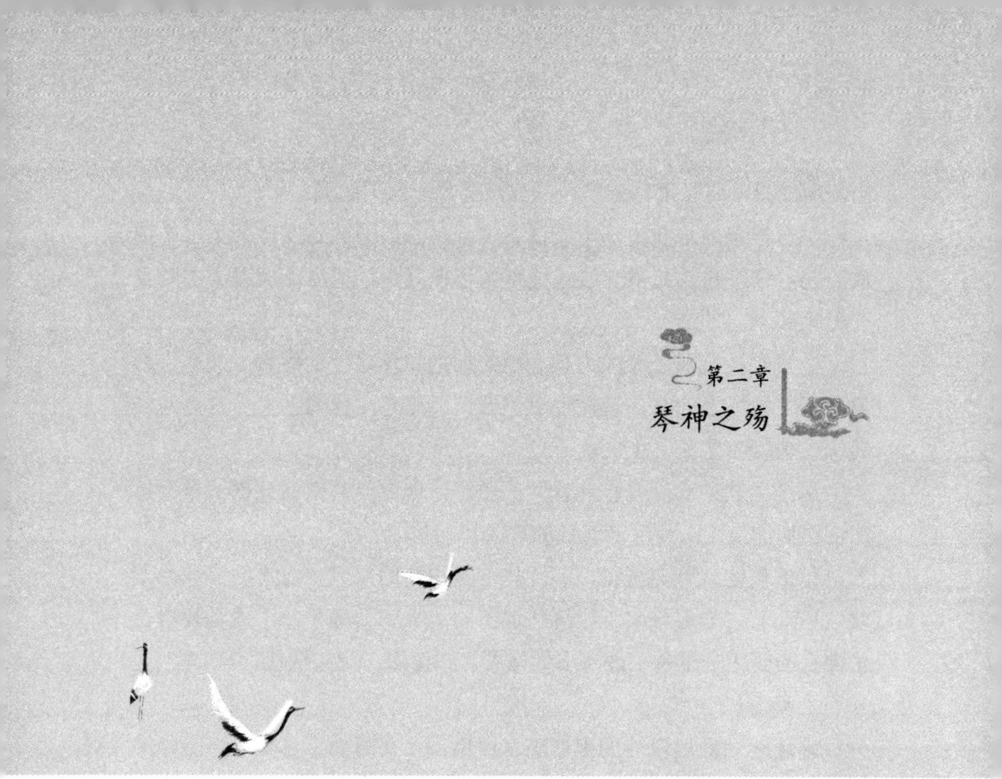

无关怜悯，只关——心。无关你血管里流淌着什么样的血。无关你的过往遇见过什么，经历过什么，做过什么。无关你是神，或者是魔。越过遥远的空间与时间，在我下定决心，用我凉薄却已是毕生最大的勇气拥抱你的那一刻起。

我曾对你承诺过关于永远的誓言，在我余生的岁月里都不会改变。

飞溅的冰冷巨浪吞噬他们的那一刻，楚瑜紧紧地闭上眼，紧紧抱住怀中冰凉身躯的腰肢，准备承受坠落冲力带来的巨大冲击和痛楚。

从二十米的水面上方落在水中与落入平地，区别并不大，何况这悬崖足足有数十丈。然而震动冲击的痛楚传来的那一刻，她忽然感觉怀里一直没有任何反应的冰凉身躯忽然微微一动。巨大的气流不知何处而来，似海风有了生命一般，温柔地将他们托了一下。

随后，一双修长的手臂一抬，穿过她的腋下，从背后紧紧地箍住了她的脊背，力道之大，几乎像是要将她嵌入他的怀里一般。

潮湿的水露，染了谁的眉，谁的眼，像剔透的泪。

巨大的落水声响起，楚瑜模糊地似看见那飞溅的水花在月光下泛出美丽的光，照见谁精致唇角的怆然笑容，倾国倾城。

沉沉浮浮的水波浪潮中，白衣神祇乌黑如缎的长发散开如水中绽放的花，细细长长花瓣一缕缕地将她包裹其中，他冰冷而温柔的吻也如影随形。

她没有拒绝那过分大力勒疼她的拥抱和那冰冷的嘴唇。那么小心翼翼落在她唇上的吻，轻轻地触碰着，舔舐着，他的舌尖一点点地轻轻抚过她口腔里每一寸软嫩。

那个柔软的吻，像稚儿软嫩的撒娇，像少年骄傲的试探，像青年深沉得似能烧灼一片深渊海域的欲望和痛苦。

楚瑜被吻得有点恍惚，胸腔里都是炽热的空气，而水波又冰凉柔软地晃动着，与那悬崖下惊涛怒浪不同，水底那般平静，她觉得自己仿佛真的变成一尾鱼，被海水拥抱着，纠缠着，起起伏伏。

“哗啦！”

她迷迷糊糊地似被拥抱着破水而出，浮在海面上。头顶一暗，又是一次无声的吻，汹涌而热烈，一点都不掩饰他胸中心潮的激越，甚至狂烈，几乎想要吞噬了她一般，让她几乎再次窒息。

她迷迷糊糊地回应着，本能地环住他的脖颈，免得自己又瘫软进水里。

“鱼，我的，是我的，所有的都是我的……么？”她几乎能听见他胸腔里发出的声音，似叹息呢喃，一分悲凉寂寥，三分茫然，三分炽烈，三分满足，纠缠成十分汹涌的情绪，比海潮更激越。

细腻安慰的吻，渐渐地变得灼热，恣意到似能让冰冷的海水闻起来都有温柔的味道。

“唔……琴……”楚瑜挣扎了一下，睁开原本迷离的大眼，抬手扯住琴笙的长发向后一扯，逼着他松开她。她水洗过一般的眼眸仍有情动，明丽得能倒映漫天的清凌月光，翘起唇角有些喑哑地道：“琴笙，你清醒了没有？”狠狠地掉一回水里，冒着摔成肉饼的危险，就是为了洗一洗他的脑子和心。

琴笙被她扯着后脑的长发，不得不轻叹了一声，有些不甘心地抬起头来。他静静地凝视着怀里的少女，仿佛能看到她心底去一般，温柔地开口："清醒了。"

一轮硕大的圆月下，海面波光粼粼，海风似都变得轻柔，有交缠的人影如化在银色的水波中，细微的呢喃化在亘古不变的海潮声中。

……

海潮声阵阵，一片片水波在岸边泛出银色的水花。

楚瑜将一块劈开的柴扔进面前的火堆，点点火星飞溅而起，带来的暖意驱走夜深的潮凉。她翻转这手里的木叉，叉子上的鱼儿发出好闻的焦香来，鱼儿脂肪烤出来的油脂滴落在火堆，发出滋滋的诱人响声。

一道修白的人影从海中缓缓地浮起，向岸边而来。

"给。"琴笙走到她面前，一边将自己过分潮湿的长发拨了一下，一边将手里简陋的木质插鱼竿递给她。

她赶紧低头去看手上的插鱼竿，上面挂着一串新鲜的鱼，还有一只硕大的张牙舞爪的龙虾。她顿时笑得大眼弯弯："啊，有好吃的了。"楚瑜有些诧异地看了眼黑暗的大海："鲨鱼为什么不攻击你？"

这一片海域附近都有食人鲨，她当初敢把琴笙推下去，是因为她发现自己爬堡垒高墙的时候，那些原本发现人影就会聚拢过来等着享用美味的鲨鱼，一靠近她便像见了鬼似的，逃也似的飞游而去，完全不敢靠近。她便知道自己身上的元毒之血的威力了，推琴笙下去的时候，自然不担心鲨鱼会来。事实也证明了，方圆十几丈的距离之内，根本没有鲨鱼敢靠近他们。但是琴笙就这么下水捕捞，那些鲨鱼为何不敢攻击他？

琴笙淡淡地道："我以前服用过的药物里，有一味算是驱鲨的剧毒，所以它们不会过来的。"

楚瑜闻言，看向琴笙，正色道："你当初的伤和凤栖长公主说的那些事情有关系么，你可愿意亲自给我讲一讲过去到底发生过什么，我从不信人性本恶，如果你……"

她顿了顿，轻声道："信我。"

她不信他会逼死他的娘亲，有些故事，她更希望他能亲口讲给她听。琴笙原本寻了一块大石，准备坐下来的动作在半空停了停，随后，他还是坐了下来，靠在大石边，曲起一边长腿，姿态闲逸而慵懒地看着火堆，沉默着。

楚瑜随后提着烤好的鱼坐到琴笙的身边：“吃吧，折腾了一晚上，别饿坏了。”

琴笙看着那焦香的烤鱼片刻，随后抬手接了过来，不过他接过烤鱼的时候将木棍和楚瑜的手都一把握在了手里，随后将她一把拉下来。楚瑜一愣，但也没有抗拒，只是撞在他宽厚的怀里后，自动调整了一个舒服的位置窝了进去。

“你不相信人性本恶，也是你没有见过世上有一种人，也许生来便享受别人的痛苦。”琴笙漫不经心地慢慢开了口。

楚瑜沉默着，听着身后幽淡的声音在耳边缭绕。

“凤栖在这一点上并没有撒谎。”

楚瑜一怔，有些不明所以，但还是克制着自己发问的欲望，只沉默地靠在他怀里听着琴笙说话。

他握住她的柔荑，轻轻地把玩着：“很奇怪是吗？但那种人的行事，只遵从于自己的欲望和喜好，并不能体会他人的痛苦，在他们心中，没有愧疚，只喜欢享受心中的欲望和因此产生的快感和欢喜……”

琴笙淡淡地道：“那个男人就是这样的东西，他被他的长姐照顾着长大，他的长姐知道他很聪明，只是她大概没有想到自己照顾着的漂亮而孱弱的孩子会聪明到恐怖，并且他享受他的聪明带来的一切便宜和好处。”

他轻嗤了一声，不知是讥还是讽：“他聪明到跟随着他的长姐，以旁观者的姿态学会了帝王心术，譬如怎么成为一个优秀的帝王，怎么控制朝臣，政事利益上怎么取舍，怎么决断，一切的阴谋和阳谋，他都学会了，却唯独没有学到他长姐身上的作为帝王应有的宽宏与慈悲。”

楚瑜下意识地喃喃自语：“若是这样，这样的人即使登上帝位，也永远成不了明君，只能成为隋炀帝那样聪明的暴君。”

琴笙顿了顿，是有些讶然于楚瑜的话语，随后，他幽幽地轻笑了起来，指尖轻滑过她的掌心：“你总是能让人惊讶，小鱼。”

楚瑜反手握住他的指尖，没有再多言，只继续安静聆听。

“那个男人……在他的心目中，他想要的东西就都是他的，即使他不过是一个庶子，又或许正因为他是一个庶子，所以他想要的更多，更多的关爱，更多的权力，而不知什么时候开始，他的目光放在了他的长姐身上，也许……”琴笙顿了顿，继续道，“是从他的长姐十六岁嫁人那一天开始，他才第一次发觉原本他认为一辈子理所当然是他私人所有物的长姐，原来眼里不可能永远只看着他。”

“他终于发现长姐从来都不是他的专属，即使她亲自照顾着他长大，即使她对他的宠爱超过任何人，可她身边会有御君，她的枕边会染上完全陌生的男人的气息，并且随着他的成长，她也不会再毫无芥蒂地抱起他。”

楚瑜颔首：“嗯，就算不是男女七岁不同席，儿大尚需避母。”

琴笙轻笑了起来：“可那个男人从来就不是在乎别人看法之人，他只发现他的长姐任由别的男人拥抱，甚至做出更亲密的、他都不被允许的动作，他明白等着长姐怀上御君的孩子之后，她的关爱也会更多地给了那个孩子，他觉得自己的私有物被别人夺走了，可惜他那时候太弱小了，空有一腔恶毒心机，却抵不过别人一巴掌。”

“所以，他选择隐忍到十四岁，然后跟着边关大将一起前往律方，伺机夺取兵权？”楚瑜若有思地问。

“可是他凭什么认为他一定能在边关活下去，或者说他一定能得到军权，战死了怎么办？”

琴笙淡漠地道：“你并不知道，那样的男人为了达到目的，可以做出什么事情来，他教会我唯一的一件事，就是——对自己够狠，你才有资格对别人狠。”

楚瑜一怔，想要回头，琴笙却忽然抬手轻轻地搁在她脸颊两侧，固定住了她的头，侧脸在她耳后轻声道：“不要回头，等我说完故事，鱼。”

“好。”她知道他愿意将那些故事说出来，无异于展露那些遥远的腐烂的伤口，已是不易。

琴笙继续悠悠地道：“那个男人就如凤栖说的一样，他享受鲜血，享受死亡，享受脆弱的生命被他折夭的快感。”

“那也不过是个开始，他发现他对杀人这件事没有丝毫恐惧和担忧，但他最初会将之归于他在替天行道，但慢慢地……他开始享受这种快乐，从小动物到宫里一些不起眼的宫人们，有些犯错的宫人会被神秘地虐杀，死状惨烈，尸骨不全。”

楚瑜咬着嘴唇道：“明烈皇太女不知道？她不是很聪明么？不是皇位的继承人么？自己眼皮底下的事情，都没有发现，她怎么能成为一个合格的继承者？”

琴笙讥诮地眯起眸子，“她或许是除了凤栖之外，第二个发现那个男人不对劲的人吧，可惜，她愚蠢的慈悲和对家人的疼爱让她居然选择了包庇他，毕竟对至高无上的皇族而言，死那么几个刁奴又如何？”

楚瑜真是有点忍不住火大，气闷非常，很想吐槽难怪后来明烈是那个下场，但她还记得那是琴笙的母亲，硬生生地把话憋了回去。

他顿了顿，淡淡地道：“嗯，那个时候他还太弱小，也不敢做得太过火和打眼，毕竟他算是除了南皇后嫡出子女之外，最受瞩目的皇子，于是选择下手的对象大部分都是犯了大错关进宫刑司的宫人，只有极个别是无辜的宫人，她大约以为她最疼爱的弟弟不过是因为年幼失母，心性阴郁了点，总能教上正道。”

“只是明烈大概也没有想到她的妇人之仁，最后会害得她家破人亡，连她自己最后都不得好死。”琴笙抬手有意无意地轻轻在楚瑜脊背上滑过。

“就像她大概也不会想到有一天她最疼爱的弟弟会为她打造一副沉重的黄金镣铐，黄金质软，以她的本事要弄开易如反掌，可她却根本不敢打开那副镣铐，任由那个男人日日讥讽她的软弱。”

楚瑜一愣，努力忽略脊背娇嫩皮肤上传来的瘙痒酥麻，有些小心翼翼地道：“你是说……明烈皇太女最后被圈禁的那三年？”

琴笙淡淡地道：“是，大元皇室这一辈里因为她年长众人，又实在太过才华出众，性情豁达明睿，很会收拢人心，所以兄弟姐妹之间虽有些嫌隙，但是在对待她的事情上却难得的和睦，毕竟一个人若是站得太高，所有人都无法企及的时候，就只能仰望与憧憬，也没有人想要夺走她的权力，反而都极维护她，但是……”

琴笙讥诮地道：“但她为她的愚蠢和妇人之仁付出了此生最惨烈的代价，那些崇敬着她的、保护着她的兄弟姐妹一个个在她面前惨烈地死去，就因为那个男人试图逼她低头与臣服，那个男人要的很绝对，他私人的东西就必须是他的，彻底地跪在他面前，永远臣服于他。”

楚瑜莫名其妙地想起了琴笙之前在云州时对待她的手段，忍不住身形微僵。

“怎么，想起来了，虽然不想承认，但我是他的血脉，很难不像他呢？”琴笙轻叹，在她耳边似笑非笑地幽幽道，“明烈被迫生下孽种的时候，大约也想到了这一点，所以她倒是很愿意处理掉这个孽种。”

楚瑜一僵，下意识地握住他白皙的手，在他吐出孽种二字时，她只觉得心中一痛，有些茫然无措，她不喜欢听见他这么平静地形容他自己，她咬着唇道：“但是明烈皇太女到底怎么会着了他的道，她不是有御君么，宫里那么大……难道没有人知道……说不定那个孩子是她御君的？”

琴笙看着怀里的少女一副无措的样子，眸光微闪，随后轻轻地将下巴搁在她的头顶，反手握住她的小手，悠悠道：“他那样聪明到可怕的男人，当然不会在宫里那种明烈的势力眼线遍布之处下手，他选择了宫外，那一年，他从律方归来……”

秋玉之声名大噪，回朝第二年，天降寒潮，律方城颗粒无收，朝廷的赈灾粮食尚且未及边关，忽然出现平民暴动，打开了律方城门，放了犬戎人进城劫掠，原本就已经是强弩之末的律方，顿时死伤无数。边关十二城岌岌可危，这种情况下，需得朝中身份贵重而具有威望的皇族表明朝廷的立场，而明烈皇太女自然是不二人选。

她奉命前往律方安抚民众，分发粮食，安定民心，同时驱逐犬戎。但是明烈乃储君，储君亲临，自然需要强悍的武力以备不测，这个护送储君的人选自然也落到了有战王别号，又在律方驻守四年，与律方外族打过多次交道，战无不胜，威名赫赫的秋玉之身上。

这个人选甚至是明烈自己选出来的，但是她并不曾想到这一场边关之行会成为颠覆她光明人生的噩梦之旅。

秋玉之的手段，简单而粗暴。明烈生下标志着她此生污点的孩子。掌控了这样的把柄，何愁明烈不屈服，若是她还想要皇位，那么就不能有这样大的污点。帝国之光，若是染了污秽，跌落云端的后果只有失去一切，然后——死。

“可明烈皇太女明明成婚那么久都没有孩子，为什么竟然会……”楚瑜忍不住咬牙嘀咕。

“很简单，那个男人早在他离开宫廷前往律方前三年，就一直在给长卿御君下了绝子药，长卿御君当时经常教导和指点他的武艺，对这么个十一岁的孩子并不设防，所以长卿御君是不可能令明烈有孕的。”琴笙讥诮地勾起唇角。

楚瑜闻言，简直从心底一路发凉到头皮，瞠目结舌：“你是说……秋玉之十一岁就会对自己的师傅下断子绝孙的药，一下三年？”

“而且，那个男人并不在乎明烈会不会生出来个怪物，他要的不过是一个筹码罢了。”琴笙淡淡地道。

楚瑜听着，心中一颤，捏着他手的手指忍不住又紧了紧：“不是怪物……”

“嗯，至少那个婴儿看起来四肢健全，五官齐整，看着并不像个怪物，秋玉之很满意。”琴笙轻嗤了一声，漫不经心地道。

“但是谁说怪物看起来一定面目狰狞，那个男人少年时看起来不也人畜无害，甚至被钦天监宣布为吉兆么？”

楚瑜哑然，却只会定定地看着大海道：“他不是怪物！”

琴笙看着怀里少女有些激动而发僵的背影，他轻笑一声，眸光幽幽莫测，俯下脸来，温柔地在她光洁雪腻的小肩膀上轻吮：“嗯……”

“他一开始甚至并没有想过要得到帝位，只是用帝位在威胁明烈，直到后来他发现，若是他拥有了帝位，那么不光是明烈，他想要做什么，都没有人能阻止。”

楚瑜一愣：“可是，若是明烈不能登上帝位，岂不是也没有好下场……”

“因为那个男人发现，他的长姐比他想象中要难对付多了，明烈即使在生下那个孩子之后，依然不愿屈服，不断地试图逃离，而明烈一有机会接触到那个孩子便会试图弄死他，这让他明白若是他的长姐拥有了帝王的权力，他根本不可能掌控得了她。”琴笙轻笑了起来，仿佛在说一件极为有趣的事儿。

听得楚瑜心头一阵凉，一阵紧，她忽然想起琴园大火之夜，琴笙被她砸伤了头以后，他睁开眼后的那一幕——他似疲倦至极地闭上眼，喑哑着道：“娘……”

楚瑜忍不住红了眼眶，强行忍着自己不要掉下泪来，无意识地抬手反复搓着他的手指，喃喃自语：“算了……不要说了。”

琴笙淡淡地道：“那个男人又怎么可能让明烈毁灭了孩子这样一个重要的筹码，那个孽种的存在既是他玷污了那道帝国之光的证明，也是逼迫对方跪在脚下臣服的有用工具，只要这个孽种存在就是明烈最大的污点，他想要毁了明烈易如反掌。”

听着他平静的声音，仿佛在述说别人的故事，楚瑜的心中却莫名地一窒，心中震撼而悲凉。从自己出生的那一刻就带着血缘的原罪，尚且未曾睁开眼就被世界厌弃，在无数人的憎恨与杀意中成长。原本应当给予呵护和爱的父母，一个想要抹杀他这个污点，一个想要利用他让对方臣服。天地浩大却无可容身之地，稚子何辜？

“琴笙……”楚瑜轻喃，却不知该如何安慰。

她无意识地轻轻搓着他冰冷细腻的手，仿佛这样可以让他感觉温暖一点。

“他忽然发现毁了明烈，会比让她接受他更容易，他喜欢掌控他人的生死，若是登上帝位，生杀大权在握，便能将明烈的生死都掌控在他手里，整个天下都是他予取予求的乐园，可以满足他一切欲望，他原本就钟情于权力带来的快感。”琴笙悠悠地道。

“他享受夺权过程中的腥风血雨，可惜第二局他和明烈的交手以他的失败告终，明烈到底当了太女多年，怎么会一次就被人制住，那个孩子被明烈的人带走，明烈也顺利地回到上京。”琴笙抬手把玩着怀里人儿的长发。

楚瑜一愣，心忽然悬了起来：“但是明烈不是一直想要那个孩子的命吗？”

琴笙漫不经心地道：“因为明烈发现，那个男人很在乎孩子这个筹码，所以她可以反过来利用这个筹码要挟对方，以其人之道还治其人之身，毕竟这个孩子若是活着，才是皇太女的丑闻，那个男人才有机会用这个孩子逼她让出皇位，若是这个孩子死了……”

琴笙轻嗤笑出声，幽幽地道：“那个男人筹谋多年的心血便废了，他要再想令已经有防备的明烈怀孕，几乎是不可能的事情，说起来，明烈皇太女倒也不愧她太女之名。”

楚瑜简直无言以对：“那孩子被明烈的人带走，不会刚好就是琴大老爷吧？”

琴笙一顿，笑了笑：“没错，琴家这位大老爷原本是明烈的心腹大将之一，愿意为明烈做一切事情，只是朝中之人只知道琴将军因伤而英年早辞，回乡成亲，并且夫人早逝，只余下一个孩子。鳏夫抚养这个孩子。”

楚瑜沉默了一会儿，轻声道：“后来呢……”

琴笙抬手，白腻的指尖插进她的小拳头里，慢慢地一根根地将她捏在一起，连指尖几乎陷入掌心的小拳头掰开：“这个孩子自幼便与常人不同，过分早慧，未及一岁，种种事情，他皆过目不忘，过耳留心，而彼时，那些抚养他或者说监视他的人并不知道他什么都记得，说话并不避开他，虽然一开始他并不能理解自己听到的话是什么意思，但他总会长大，总会慢慢学习……”

他顿了顿，将楚瑜的手牢牢地握在手里：“所以他很早就明白自己并不是那位琴将军的孩子，他有自己的母亲，有自己的父亲，琴将军只是义父，而他像一头愚蠢的幼兽，心中固执地认为他的母亲和父亲一定会来寻他。”

他似想起了什么有趣的事，忽然嗤笑了一声：“不过那个孩子最早见到的皇室亲人，居然是凤栖那个蠢货，那个蠢货在嫁给现在的东海侯，当年她的侍读之后，偷偷摸摸地跑到了江南。”

楚瑜一愣：“她来江南做什么，难道明烈皇太女告诉她，那个孩子在江南？”

“那个愚蠢的女人是无意中得知这件事的，她来江南，是因为她愚蠢地以为明烈留着这个孩子，是因为舍不得，所以她以为她带人杀了那个小孩儿以后，再也没有人能威胁到她崇敬与深爱的长姐。”琴笙讥诮地轻笑了起来。

楚瑜又开始不淡定了，她猛然坐直了身子，忍不住开始呼气儿，吸气儿，再呼气儿，她觉得她再不冷静一点，就要气炸了。

琴笙看着怀里少女的背影起起伏伏地大喘气的样子，他几乎能想见她小脸上那扭曲愤怒的样子。

“鱼……”他修白的指尖一挑她的下巴，想要将她转过脸来。

却不想，楚瑜抬爪子就抓住了他的手，梗着脖子不回头，只瓮声瓮气地道：“别看，你可爱的小夫人现在样子太狰狞，看起来比较像食人鱼要吃人肉，怕吓着爷！”

琴笙闻言，沉默了一会儿，唇角抑制不住地翘起一个弧度，轻笑出声：“好，我不看。”

他静静地看着怀里少女的背影，将她拢得更紧，神色有些少见的迷离。有人为他的痛而痛，为他的伤而伤，悲欢都被人珍惜的滋味……原来是这样的感觉。所以他即使受伤什么都不记得时，却如此偏执地非她不可。

“继续，我倒是想知道这群所谓的天之骄子贵女们的下限在哪里，不过很明显凤栖那蠢货失败了！”楚瑜深深吸了一口气，恶狠狠地自觉地学着琴笙给凤栖的名讳加了个定语。

“嗯……”他眯起眸子，似有些心不在焉，“她确实失败了，她见到了我，第一回出手就被琴家大老爷和明烈安插在宅子里的人发现，所以她虽然看见了那个孩子，但是却再也无法对他出手，她尖叫着让那个孩子去死，尖叫着一切都是他的错，虽然那个孩子安然无恙，但她让那个孩子忽然明白他的出生并不受期待。”

“他虽然早慧，但也依然像所有的幼兽一样愚蠢而固执地认为，他的母亲不要他，从不来看他只是因为他不够好，都是他的错，只要他足够乖巧、足够好，就能见到他的母亲，还有……父亲。”琴笙悠悠地道，轻描淡写得像在说一个与他无关的故事。

楚瑜眼眸却再次发软和潮润，难怪仙仙一睁眼就固执地认定了她，她只稍对他好一点，哪怕虚伪的好，他都可以掏心掏肺地为她付出一切，连命都可以豁出去。以前不能理解，如今才明白原来是那小小少年心中无法放弃的执念。

琴笙没有留意到楚瑜的异样，只微微眯起眸子，似陷入一些遥远的回忆，看见一些遥远的画面："那个孩子极尽所能地做一个乖巧的孩子，极尽所能地学一切可以学的，只希望能见到他的母亲或者……父亲，于是在他三岁那年，他果然在自己的后院遇见了一个漂亮得过分，眉目邪气的陌生年轻男人。"

楚瑜一愣，心中升起不太妙的感觉："秋玉之找到他了？"

她心中忽然灵光一闪，冷道："是因为凤栖？"

琴笙淡淡地颔首："没错，凤栖那一次的行动怎么可能瞒得过秋玉之，那个男人找到了江南的别院……那是他的父亲，也是那个孩子第一次拥有意识以后见到他，他原本对那个俊美而一身煞气的男人很崇拜，也充满了仰慕，尤其是在知道那个男人正是传说里战无不胜的宸王爷时。"

他顿了顿，轻笑了起来："不过很快，他就明白了父亲这两个字于他而言，不过是代表着欺骗、疼痛和利用罢了。"

楚瑜心中发颤，却还是咬牙问："那个男人对那个孩子做了什么？"

她有一种预感，她就要听到凤栖口中琴笙小小年纪便要逼明烈退位的真相了。

"他将那个孩子强行带走，他真想要做的事情，谁也阻止不了，义父在那一次危机里身受重伤，但是冒死将消息送给了明烈皇太女，可已经没有任何用处，明烈根本找不到那个孩子，秋玉之每过一段时间就刻意将那个孩子身上的东西放在明烈的桌上，有一次甚至是那孩子身上的一块肉。"琴笙轻弯了下唇角，淡淡地道。

"他喜欢欣赏明烈看见那些东西时神色里闪过的痛苦、憎恶与无奈，他喜欢高高在上被称为帝国之光的女人脸色惨白的样子。"

楚瑜瞳孔猛然一缩，指尖几乎捏进他的胳膊肉里，嘴唇颤了颤："什么……肉？"

“嗯，大概谁也没有想到他会将那个孩子扔进他的近卫训练营里，学文习武，还有学着……杀人，那个男人弄了很多大牢里的重犯和一些饥饿的野兽扔在近卫营的兽牢里，近卫营每天都要习惯徒手杀人或者杀死野兽，杀不死犯人和野兽，就要被杀，并且没有饭吃，包括他的孩子，那一块肉就是那个孩子被一只野狗咬下来的，顺便作为礼物送给了明烈。”琴笙淡淡地道，仿佛被咬下一块肉的并不是他。

楚瑜手都颤了，嘴唇微抖：“畜生……”

“不必担心，那个男人自然不会让那个孩子轻易死的，他尚且未曾物尽其用。”琴笙垂眸看着怀里的人儿，淡淡地道：“还有你的肌肉太僵硬了，会把自己拉伤。”说着，他低头再次轻轻地在她娇嫩的肩膀轻吮了一下，指尖慢慢地揉向她背后的大穴。

楚瑜抬手按住他的手，暗哑地冷道：“秋玉之想培养另一个他？”

“没错，那个男人实在太无聊了，什么诡异狠毒的念头他都能想出来，他迫不及待地想再造出另外一个残忍而病态的孽种，好去刺激明烈，并且对此充满了热情，那个孩子的武学根骨也好得让秋玉之惊讶，他不断地用各种闻所未闻的手段试探那个孩子的底线，生生死死，死死生生，那个孩子也算学了不少，在这一点上他倒是应该感谢那个男人，否则……”

琴笙轻笑，悠悠地道：“否则日后总总阵仗，他大概都不知道他要死多少次。”

楚瑜实在听不得他的笑，那笑让她心肝颤疼，索性道：“后来呢，为什么凤栖说他逼明烈退位？”

琴笙淡淡地道：“嗯，那是因为那个孩子依然很愚蠢，那个男人是父亲，父亲说什么，他听什么。那个男人说他不够优秀，不够狠辣，所以他见不到母亲，他便乖乖地学着杀人。那个男人说他如果能逼明烈退位的话，他的母亲就会回到他身边，一家团聚，他居然也信了。”

他慢条斯理地揉了揉楚瑜的后脊背，将她再次抱紧：“秋玉之曾经策划过在朝堂百官面前，让那个孩子和他的母亲母子相认的恶毒戏码，他几乎就要成功了，然而……”

“然而什么？”楚瑜一颗心又悬了起来。

“然而，那个孩子那一次大约是忽然开窍了，他想提前见一见他的母亲，问一问她为什么总不来看他，于是装成刚净身的小太监，但……”

琴笙顿了顿：“他大概没有想到，他的母亲第一眼见到他的时候，就认出了他，毕竟他长着和她一样的嘴唇，和那个男人如此相似的脸庞，所以她立刻识破了秋玉之的阴谋，她甚至没有和他说一句话，便让小太监将那个孩子马上处理掉。”

楚瑜再也忍不住，红着眼，转身一把抱住身后之人：“没事了，没事了……”

“是没事了。”琴笙轻笑，伸手抚摸着楚瑜的后脑乌发，淡淡地道，“那个孩子早已会杀人，怎么可能被一个小太监杀死？”

他眯起了眸子：“他把那个小太监杀掉了，却也没有再被秋玉之找到，他固执地再次出现在明烈皇太女的房间里，他想问为什么，明烈皇太女没有给他答案，但也没有杀他，再次令人将他送回了琴大老爷家。”

琴笙眯起眸子，温淡地叹了一声：“那是那个被称呼母亲的女人第一次和他说话。”

“从此后将近七八年的时间他都没有再见过那个女人，但这七八年里，总会有人来试图杀了他，或者掳走他，这种环境之中，那个孩子轻易地学会了更多的保命方式，他努力地习武学文，别人一年会的，他一月便能掌握，他依然相信他做到最好、做最乖巧温柔的孩子，他的母亲会愿意接纳他。”

然而，直到七八年之后，他再次见到了他的母亲。也就是他十三岁那一年，秋玉之再次找到了他。琴笙轻笑了起来：“那个男人和明烈的斗争已经到了最激烈的尾声，无数人死去，朝廷上下一片凝重杀伐之气，那个女人输了，而秋玉之将那个孩子找了回来。”

他顿了顿：“其实，秋玉之很早就知道那个孩子在哪里，他甚至不动声色地给那个孩子安排了许多武学和玄门宗师作为他的师傅，他的手段足以让琴大老爷以为那些能人大师都是自己送上门的，丝毫没有怀疑。”

楚瑜一愣，不明所以："为什么？"

琴笙轻笑了起来："那个男人知道明烈身边的人总要杀他，如果这个孩子没有自保之能，岂不是功亏一篑，何况他喜欢看着那个孩子杀人，手段越残忍越好，就像当初的他。"

"那个时候，秋玉之已经气死了老皇帝，将南皇后打入了冷宫，又将明烈圈禁了三年，但很多朝臣依然支持明烈，他将那个即将满十三岁的孩子找来，就是为了给她最后一击，当着所有人的面宣布这个孩子是他和明烈的，他要明烈永世不能翻身。"琴笙悠悠地道。

楚瑜已经无力了，她眼眶酸涩，却忽然发现自己连流泪的欲望都没有了，只努力地抱住他的腰肢，把自己贴在琴笙怀里，这一次，轮到她试图将自己嵌进他的怀中，另外一只手也依然一直在他背后轻轻地抚着。

"呵……"琴笙将下巴搁在她的头顶，指尖一点点地顺着她的乌发，"还要听么？"

看着怀里的人儿这般蔫蔫儿难受的模样，他没来由地觉得心中那冰冷黑暗的荒原融冻的水流都温柔，也莫名地多了一丝不舍。

楚瑜把脸贴在他的胸膛上，他微凉潮润的皮肤就贴着自己的脸颊，柔韧结实的肌肉下还能听见他沉稳悦耳的心跳，这让她忽然觉得好受了许多。至少他还活着，还在她的身边。不管是单纯的仙仙，还是矜傲的白白，抑或是现在深沉莫测的九天琴神，他还在。

"不。"楚瑜沉默了片刻，轻声道，"继续吧，我听。"

她的情人，她的爱人，从来都不是寻常人，她要走进他心中最深处，势必要了解他的所有。一个好的情人，应当还是好的聆听者。何况这大概是琴笙十几年来，第一次愿意说这么多的话，让人听见他内心那些隐秘黑暗而不可触及的过往。

琴笙似也料到了她的回答，便一边用指尖一点点地顺着她的乌发，一边道："那个男人出现在那个孩子面前的时候，那曾经的幼兽已经长成了少年，但是秋玉之并不太满意，因为那个少年除了一张漂亮的皮相，还有那双拥有相同瞳孔颜色的眼睛像他以外，少年看起来太温文尔雅，谦逊温和，像那个男人最厌恶的君子。"

秋玉之讨厌一切和君子有关的人与物，因为明烈皇太女几乎完全符合君子这样的定义，即使她同样用着卑鄙的手段，即使她手上也染满鲜血，但是却依然让人感觉不到丝毫的阴暗之气，依然是帝国之光。

他既憎恨她的不屈服，却又着迷她的不屈服和与自己媲美的高明手段和与他截然不同的品性。但不代表他会喜欢看见另外一个君子，那让他恶心。不过那个少年并不在乎他的父亲怎么看他，他在他的父亲三岁那年带走他，将他扔进兽营折磨了整整两年有余，又欺骗他去对付明烈皇太女，他就明白根本不必将这个男人再当成自己的父亲。

十三岁的他温文尔雅，濯濯清泉一般柔弱美丽的少年面孔下，他的武功修为甚至连秋玉之都无法与之抗衡。可他依然跟着那个男人一同去了上京，不为什么……也许是因为那个被称为帝国之光的女人，第二次见到他的时候，并没有亲手杀了他，他依然希望那个女人能见到他如今的样子，因为就算明烈放在他身边的人都忍不住感慨，他容貌肖父，但是性情肖母。如果母亲不喜他像父亲的容貌，是否会如金姑姑他们那样，喜欢他的性情？

“不过……他注定失望了。”琴笙淡淡地道。

那一天大雪纷飞，寒意森凉，大雪染白了整个宫城。那个单薄的少年出现在东宫里，站在明烈面前那一刻，明烈皇太女就知道他为何出现在这里，秋玉之是她看着长大的，何况他们斗了整整十三年，从风华正茂到步入中年。

即使不管是秋玉之，还是明烈皇太女，他们看起来似乎并未被岁月摧折，仿佛与十三年前并无不同，尤其是那个被称为帝国之光的女人。她被圈禁这些年，秋玉之每个夜晚都毫无顾忌地进入她的宫殿，一点都不在乎宫人们恐惧和惊疑的目光。但是，如今坐在他面前的这个被柔软黄金脚镣圈束缚着的女人，素衣脱簪，容色却依然如他七八年前见到时那般美丽而耀目，甚至因为她神色沉静而从容，不悲不喜，不怒不哀，更有一种上位者博大深沉的气度。即使沦为阶下囚，被玷污、被凌辱，明烈皇太女依然是不坠的帝国之光。

那个少年怔然地看着他的母亲许久，却还是看出了她幽深眸子里的沧桑。

“你还是来了。”美丽的素衣女子看着他，片刻后，淡淡地道。

少年期待地看着她，他甚至不明白，自己在期待什么，紧张什么，只是静静地站在她的面前。

“过来。”她轻叹了一声。

他鬼使神差地走了过去，在她的面前蹲下来，想要开口：“母……亲。”

但是下一刻，冰凉的匕首光芒一闪，直袭向他的咽喉。少年如今的武艺，以及逃过无数次暗杀明刺的本能，怎么可能还会被这样的手法伤到，他身体本能地直接一侧身，以诡谲的角度避开了致命的一袭，迅速地退开。明烈看着他的身手，却似一点都不惊讶，只微微眯起眸子看着他道：“我有没有说过，你再出现在我的面前，就是你的死期？”

少年心中茫然，他静静地看着她许久：“你……真的要杀我？”

明烈冷冷地挑眉，淡淡开口：“你选择和秋玉之一起来这里不就是为了最后毁掉本宫么，本宫说过你是不该出生在这世上的罪子。”

少年忽然间失去了所有想要说话的欲望，他慢慢地后退，转身只想离开这令他窒息的宫殿。身后却忽然再传来明烈冰凉而平静的声音：“逃吧，永远不要再让本宫看见你，下一次，你就不会这么幸运了。”

少年脚步一顿，他忽然明白，不管他多么乖巧，多么努力，多么优秀，他的母亲永远都不会接纳他。

他永远是所有人眼中的孽种！

他不再停留，踉跄着向宫外而去。在他跨出宫门的那一刻，身后却传来一点女子缥缈的歌声，仿佛在哼着一首久远的童谣：“春色转呀夜色转呀，玉郎不还家，真教人心啊梦啊魂啊，逐杨花，春花秋月小楼昨夜，往事知多少，……新秋年年有，惆怅还依旧，只是朱颜瘦……”

少年茫然地抬起苍白的脸，寒光天欲雪，冰凉的雪纷纷，落了他满脸满身，他闭上眼，凉薄地轻笑出声。那一天的节气是大寒，上京最冷的一天，漫天的大雪纷纷扬扬，寒霜凝在谁的睫羽上，浸了人的眼。少年深一脚浅一脚地走到了圈禁着明烈的东宫大殿之外。

大殿之外，沐雪而立的除了无数甲胄森严、一身铁血气息的宸亲王近卫营士兵，还有许多被近卫营士兵从被窝里拖出来的大臣们。他们大部分都是依然暗中支持明烈的肱骨大臣，如今皆面如土色，被冻得瑟瑟发抖、茫然又戒备地看着那个穿着单薄的美貌少年失魂落魄地从圈禁着太女的东宫里走出来。

他们没有人知道这个少年为什么会出现在这里，他又是谁。只有那个男人——同样一身华丽甲胄，披着绣飞龙紫狐裘站在所有人面前的宸亲王精致的眼里闪过阴郁而嗜血的兴奋之光。

“只是那个男人的兴奋并没有维持多久，他甚至没有来得及宣告那个少年是谁，所有的得意和他的兴奋都瞬间消散在东宫里忽然燃起的大火中。”琴笙淡淡地笑了起来，仿佛那是多么愉快的回忆，眉梢眼角都是愉悦。

只是楚瑜看着他的笑容，却只觉得心中窒痛，她闭了闭眼，再次沉默地轻轻伸手轻拍他的脊背。

那是一场突如其来的大火，火势凶猛得让所有人目瞪口呆，非同寻常的泛着绿色的火焰几乎是在短短的一瞬间爆燃，吞没了东宫大殿和内殿的门窗，炽烈到任何人都来不及救火。而那个可怕的男人僵木地站在原地，怔然地看着那一场大火，那是少年第一次在他精致到阴郁血腥的面孔上看见了几乎可以称之为茫然的情绪。

少年震惊之后，怆然地望着漫天大火，他忽然很想再看到那个男人的表情皲裂，最好能看见那个人痛不欲生，或者面容狰狞。少年忽然恶狠狠地向那个男人叫嚣着大火是他放的，他知道那个男人多在意明烈，就如同他在意这权势和享受它带来的胜利快感一般，那个男人痛恨失败。

所以他告诉那个男人，如果可以他恨不得能将明烈和他一起烧死，让那个男人体会什么叫败得彻彻底底，永远不可能实现他最想要做的事情——毁了明烈皇太女。

因为明烈皇太女这一把火，连着十几年的恩怨和她自己的一切都烧尽了，所有人都只会看到她的节烈和大义，看到她为所有人做出的牺牲与妥协——她离开了，秋玉之再也没有理由去逼杀朝臣。

无数的大臣只会认定了是宸亲王秋玉之杀了她，而所有关于她的流言，即使是事实，都会被视为诋毁，即使多年以后最多也不过成为野史上的一笔。在正史里她依然是那个明睿沉稳、慈悲宽厚，照拂着所有的人，与恶势力斗争到底，最后在烈火里以身殉道，永铭史册为人歌颂的明烈皇太女。

“她赢了，那个男人输了。”琴笙淡淡地道，“而且他再也没有机会翻盘。”

只是大概所有人都没有想到，在少年竭尽所能地用他十三年生命里能想到的最恶毒的话语去讽刺、去辱骂那个男人之后，连朝臣们都吓得脸色发白。那个男人却只侧着他精致而阴郁的脸看着那少年片刻，随后唇角挑起一抹复杂又轻蔑的笑容。

那个男人到底临朝多年，又是战场杀神，浸淫在血腥与黑暗威压甚重，所有的人都在他森冷讥诮的笑容里，噤若寒蝉，连少年都只能恨恨地闭了嘴，死死地瞪着他。

他以为那个男人会杀了他。那个男人的武艺修为已经不如他，可杀人不一定要武艺，少年知道自己还太稚嫩了，他明白那个男人在铁与血、在权力的争夺里度过了几十年，只要男人愿意，依然有的是手段可以弄死他，何况这里还有近卫营，双拳难敌四手。

但是那个男人并没有这么做，他对着少年露出那个无比轻蔑的笑容之后，便转身，竟然就这么走进了熊熊大火中——“你以为你去哪里呢，长姐？”

所有人，所有的官员、宫人，甚至近卫营的将士们都彻底呆怔，近卫营的将士们原本就是野兽一样的存在，动作极快，他们几乎在一瞬间扑上去，试图拦下未来的新帝，他们的主子。但是也在一瞬间，男人抬臂，长剑震出巨大的气劲将所有的近卫营将士震出了数丈远。

随后，他从容地踏进了那燃烧着的绿焰的宫殿里，不过一瞬间，他身上的华丽皮裘就燃起了焰火，他却仿佛毫无所觉，依然平静地向深处走去。

而殿外所有的人都怔然，如着魔一般丝毫感觉不到冷，在大雪纷飞中站了几乎一天，只茫然地看着那火焰跳跃。或许并不冷，那烧了三天三夜的大火太过炽烈，烧化了附近所有的雪，像一场雨，冲刷了所有的罪与血，还有许多不能言喻的恨，不能阐明的……爱。

……

“落了片白茫茫大地真干净。”楚瑜轻声呢喃，恍然如在梦中，只觉得苍凉。

“白茫茫大地真干净……这判词不错。”琴笙幽幽一笑，轻声道。

楚瑜惆怅地轻叹：“是，这判词还有前句。”

“说来听听？”琴笙似颇有点兴趣地问道。

“……无情的，分明报应。欠命的，命已还；欠泪的，泪已尽。冤冤相报实非轻，分离聚合皆前定……痴迷的，枉送了性命。”楚瑜慢慢地回忆，轻声道。

琴笙沉默了片刻，轻笑了起来，却不知在想什么，笑声里的讥讽凉薄却听得楚瑜心中微疼。她实在不忍他再沉浸在那情绪之中，眼珠子一转，干脆问：“后来呢，皇位继承人都不在了，那岂非一片天下大乱，那少年又如何脱身？”

琴笙垂下眸子，似笑非笑地看了楚瑜一眼，随后抬手慢慢地将被海风吹乱的乌发拨到耳后：“那个男人，从来都是这么任性，恣意妄为，只遵从自己心中的欲望，对任何事情仿佛都不能保持很长久的热情，唯一执着的事情就是要毁了明烈，竟就这么将所有的一切都扔下，他一手训练出来战无不胜的近卫营、他明日就要登上的皇位，他的追随者、他的如画江山……”

“他是个疯子。”楚瑜颦眉，冷冷地道。

“艰难复出的南太后匆忙将二皇子扶上皇位之后，将他留下的庞大势力一扫殆尽，只余下近卫营……”琴笙微微挑起唇角，幽幽琥珀眸里闪过锐利冷戾的光。

“近卫营？”楚瑜一愣。

“没错，近卫营不光是一个军营，还是那个男人最强悍和核心势力的机构，暗杀、刺探、构陷、征战……无所不包，南太后应该打过这个近卫营的主意，可惜在那一夜大火之后，少年便已经先捷足先登。”琴笙淡漠地道，眼底闪过冰凉暴戾的光。

暗夜昏暗的星光下，琴笙的面容看起来异常冷酷：“那个少年在那一个雪与火交织的夜里，忽然发现他的世界不过都是由自欺欺人的谎言构成，而他也终于明白只有实力才能令他不再为人操控，让所有人的意志追随他的意志，而不是追随别人的意志，与其跪着看人，不若让人跪着看他。”

楚瑜暗自叹了一声，心情有些复杂。从多年前大火之夜的那一刻开始，那个温柔顺从、善解人意的孩子终于如那夜纷飞在东宫上空的白雪一样，从此彻底消融在火中，永不复还。

而留下的只有那个愤世嫉俗，心狠手辣的少年——“白白”。

琴笙继续悠悠地道：“那个少年在近卫营待过，那里有不少都是他的同龄少年，那个男人当初建立了不少慈安堂，用以接收来自各地的孤儿……”

楚瑜挑眉，冷道：“那个男人会那么好心？那些孩子最后被他扔进近卫营，当作杀人工具吧……”

楚瑜一顿，忽然想起什么，猛然直起身子，愣愣地看向琴笙：“你在各州也建了类似慈安堂的……”

“想起来了？”琴笙垂着眸子，似笑非笑地睨着楚瑜，凉薄地道：“我说过，我身体里流着那个男人的血，自然肖他，或者说我比他更善于做表面功夫，除了类似慈安堂，曜司旗下还有养着孤老之人的荣养堂，这大善人的名声一起，自然有无数不想要自己孩子的人将儿女放心送入慈安堂。”

楚瑜看着他，怔怔然，竟一时间不知说什么好。

琴笙淡淡地看着她：“怎么，终于觉得本尊……”

“唉，总归都是被遗弃，不管最后如何，至少你给了被抛弃的人一条活路，何况就算是做面子功夫，你还养了那么多鳏寡孤独之人，伪善也是善，毕竟世上部分人连虚伪的善良都吝啬给予。”他话音未落，就见楚瑜忽然长长地吐出一口气，干脆地打断他。

琴笙失笑出声，伸手将她抱回自己怀里：“唔……你这鱼儿还真是口无遮拦。”他顿了顿，低头温柔地在她额上印下一吻：“不过，本尊喜欢。”

楚瑜干脆地又窝回他怀里，伸手戳戳他线条优美的胸肌：“呐，三爷知道念着你小夫人的好就成，别整天什么都憋在心里不跟我说。”

琴笙微微眯起眼，眼底金光微沉，声音喑哑地轻“嗯”了声，抬手轻揉了下她的细腰，轻笑：“咱们换个说话的方式如何？”

楚瑜红了脸，没好气地拍开他不安分的手，一本正经地道：“不行，你故事还没说完呢。”

琴笙顿了顿，轻笑一声，也只颔首：“好，那就继续……”

楚瑜悄悄看了看他漂亮的眼，见他眼中那深邃冰冷的暗流淡了不少，方才悄无声息地松了一口气。最难熬的回忆，已经过去。

琴笙指尖从她的长发慢慢地滑落到她光裸细腻的脊背，漫不经心地道：“秋玉之除了会在他收容的孤儿里将根骨不错的少年扔进近卫营受训，甚至会掳走一些他认为根基不错的孩子，在兽营里改造成未来近卫营的新血，这也是近卫营的战斗力如此强悍的原因。”

“可是这些少年原本就是为了秋玉之的存在而存在的，他们效忠的是秋玉之，只怕短时间不容易收服吧。”楚瑜若有所思地问。

他顿了顿，唇角翘起一丝兴味的笑容：“虽然不算太容易，但那夜之后，他手段暴戾的程度丝毫不亚于他的父亲。”

琴笙道：“而在群龙无首又面临朝廷绞杀的情况下，少年要收服那些近卫营里野兽一般的其他少年们到底不是什么难事，凭借着怪物一样的武学根骨和领悟力，他的武艺已经超过那些少年太多，而且除了以血腥手段征服他们之外，他还拥有和他父亲一样恶毒的聪明，也许更甚……所以他带走了那一大批近卫营的新血，朝廷虽然知道，却因为当时朝中大乱，无力追究。”

楚瑜发现这是琴笙第一次在回忆里露出带着一丝真心意味的笑容，楚瑜有些怔然，随后忽然轻声问：“那些少年里有如今的金曜、火曜、土曜他们么？”

琴笙淡淡地笑，笑容温淡：“嗯，他们是后来无数生死搏杀里，踏着同伴和敌人的尸骨走到如今的佼佼者。”

楚瑜嘀咕：“难怪呢，一个个都是怪胎。”

她若有所思地道：“但是金姑姑和老金他们那些金字辈的老人儿，看起来实在不像近卫营出来的。”

看着像是从小伺候他的，莫非……她悄悄地瞥了眼琴笙，却见他的目光落在了远处泛着银光的大海上，神色平静，却不知在想什么。

楚瑜耐心地等待着，也并没有追问。琴笙沉默了许久，才淡淡地道：“他们和琴大老爷一样是明烈皇太女的心腹，当年他们原是来监视少年之人，后来少年用了些手段将他们收服，他们便成为效忠他的人，明烈死了以后，他们无处可去，便也留了下来，和近卫营的人成了只以少年意志为存在的曜司之人，这便是故事最后的结尾。”

说完之后，他轻轻地笑了一声，听不出情绪来。

楚瑜忽然抬起眸子定定地看着他道：“琴笙，这个世上有人之所以是疯子，除了他血脉里原本的疯狂之外，更多是因为每个人最后心的选择不同，血脉从来决定不了一个人最终的命运。”

琴笙闻言，淡淡地道：“是吗？”

楚瑜见他模样，便知他也许并不以为然，便轻叹了一声：“若是血统原罪论，难道先皇和慎贵妃也是疯子么，否则为什么会生下秋玉之那样的疯子？”

琴笙幽眸底闪过一丝异样，看了她片刻，随后微微一笑：“不，他们似乎还算正常。”

楚瑜颔首一笑：“所以，你想成为什么样的人，自然就会成为什么样的人，人之所以为人，不就是因为会压抑心中的欲望么，而不像兽一般只追随本能。”

秋玉之不能或者不愿压抑他的本能，但是明显琴笙做到了。

琴笙望着怀里的人儿，眸光渐深，他忽然微微倾身，一手抚上她纤细光裸的细腰将她贴向自己的小腹，同时凑近她的脸，轻声道：“是吗？其实都如兽一样地追随本能也没有什么不好？”

他顿了顿，让她看清楚自己眼底泛起的金色，随后俯首吮上她丰润柔软的嘴唇，呢喃：“比如现在，鱼，故事讲完了，你该给说书人报酬了。”

楚瑜一愣，唇间瞬间充盈他的冷香，身子不由自主地一热，呼吸一窒之后，她唇儿轻启，迎接他恣意的吻。

两人厮磨了许久，楚瑜忽然觉得自己身子一凉，她动了动，低头就发现自己已经半软在他怀里，上半身一丝不挂，她忽然咬着唇，喘着大气将手抵在他的胸膛上：“不行！”

琴笙的妙目已经变成了淡金色，眼底都是欲望的炽烈和侵略性，喑哑着嗓音：“为什么，本尊不赊账。”

楚瑜忍不住红着脸，结结巴巴地道：“咱们掉下来这么久，上面的人要怎么办，他们都得等急了！”

她顿了顿，轻声道：“先把事情处理了吧，凤栖还在上面。”

琴笙一顿，随后神色淡淡地颔首：“好。”

随后，他轻嗤了一声：“如果她现在还有命。”

楚瑜一愣：“嗯？”

琴笙站了起来，抬手将衣衫优雅地穿上：“小鱼，你不想我杀了她，是吗？”

楚瑜挑了下眉，也站了起来整理衣衫和自己的背包：“她于我而言，不过是帮过我的瑶瑶郡主的母亲，后来是一个想要利用我威胁你的陌生人，甚至是敌人，我之前不会阻止你杀她，现在更不会，三爷，那是你与她之间的决断。”

她可不是什么圣母，尤其是对一个曾经三番两次想要害琴笙的人，她不动手不过是因为那个女人的生死原就不是她应该插手的。那些纠葛和爱恨，从来只有当事人才有资格下决断。

琴笙一顿，垂眸看着她，眸光幽暗不明，深邃如海，许久之后，他轻笑了一声：“鱼，还好……”

他顿了顿，低头在她额上烙下温柔如水的吻：“当初我没有杀了你。”

他说完，抬手就将楚瑜抱了起来，足尖一点，飞身掠去。楚瑜一愣，也靠进了他的怀里，任由他的冷香和着温柔的海风一起掠过她的脸，唇角翘起一丝笑来。是的，还好，当初我没有杀了你。还好，你也没有杀了我。

离开凤栖城的海域时，楚瑜看着琴笙静静地矗立于船头的背影，心情有些复杂。看在瑶瑶郡主和东海侯爷人之将死的面子上，或者说看在她的面子上，琴笙没有要了那位凤栖的命，但是那位公主剩下的十年生命却将在无尽的痛苦中度过。楚瑜轻叹，上前轻轻地拉住他的手。他不曾回头，却慢慢地将她的手握紧。她心中一片温柔，宛如这海面上的风。若过去，太多的离弃，从此余生，她愿陪他漫漫一生，不再分离。

第三章 琉岛美姬

只是，有时候，人算不如天算。何况人心鬼蜮如大海，看似平静的海面下，处处都有陷阱阴谋。尤其是她背上背负着那样的秘密藏海图，从她遇见他开始，也许就是命运的阴谋。

两个月后，楚瑜昏昏沉沉地躺在不见天日的洞穴里，昏迷过去前，深深地叹了一声，可她甘之如饴。

“啧……瞧，就算是神仙又如何，不也会沉醉在美色里，前一刻与你山盟海誓，下一刻不也美人在怀，不知今夕是何夕，嗯？”不知何处的黑暗房间里，阵阵海潮声伴随着一阵缥缈的惑人琴声，有男子微微沙哑的声音带着嘲弄声响起。

被他抱在怀里的纤细女子，有些艰难地揪住他的衣襟才能稳住自己的身形。宫少宸伸出修长的手指托起楚瑜的下巴，让她看向那镶嵌在墙壁上的大镜子。

楚瑜小脸痛苦地皱起，伸手想去抓那面镜子。

“不必伤心，神也有欲望，否则他怎么会从我这里把你偷走，他不是最喜欢做出那种高高在上，不食人间烟火的样子？”俊美的男人微微眯起狭长的凤眼，垂下脸在她耳边轻声道。

声音讥诮而冷漠。被他抱在怀里的人儿抬手，微微颤抖着捶了他一下："放……开！"

她声音虚弱，连捶打他的力气都很小，打在男人结实的胸口，仿佛挠痒痒似的，伴着她虚软细微的声音，听起来甚至像撒娇。

"你这样说话的样子，真是让人心动啊，小女郎。"他轻笑着，她愤怒却娇弱无力的样子，似撩着了他心底的痒处。

"可我怎么舍得放开你，我废了手里笼络来的海道上的海盗势力，趁着他分心对付我的人，才将你偷到手呢。"

男人手臂忽然一收，紧紧地将她扣在怀里。

"痛……"她抓着他的衣襟，眼泪顺着眼角落下来。

"嗯，痛么，便是要你痛才好，否则你怎么会知道看着自己的妻穿着嫁衣成为别的男人的禁脔是什么感受呢？"男人温柔地在她耳边轻笑，带着冷戾的味道。缥缈的乐声伴着那镜子里的画面，看起来异常冷酷。

女子猩红着眼，随后闭上眼，咬着唇只冷道："把房间的音阵……停下……"

男人动作一顿，随后叹了一声："还真是固执啊，小女郎。"

华美如水晶宫的大殿内，欢声笑语，轻歌曼舞，一片靡靡之音，穿着各异的男人们搂着美人高声谈笑着，眼中却各带精光地四处打量着华丽的大殿。

而坐在右上首的白衣人面色淡淡地看着自己杯子里的茶，目光丝毫不在那个趴在自己膝头上的半裸女子身上停留分毫。

"三爷，奴家仰慕您许久……"那妖媚的女子妩媚一笑，正要抬手去抚上对方的胸膛，但是下一刻，她忽惨叫一声，摔下座来。再细细看去，她的手腕迸出血线来。周围站着的穿着紫色短打的侍卫们瞬间拔出刀子来。一瞬间，整个场面都冷了下来，所有人，不管是宾还是主都死死盯着堂上剑拔弩张的场面。

而金曜却仿佛没有看见一般，只冷冷地将手上染血的短刃轻轻一弹，将那血色弹开后，利落地收回鞘中，面无表情地看向坐在一边的老者：“穆先生，三爷的话从不重复第二次。”

那被唤作穆先生的老者脸上一僵，随后一抬手，示意其他婢女将那妖媚女子扶下去，同时对着面色清冷淡然的白衣人恭敬地一拱手：“三爷莫要动怒，老岛主如今驾鹤仙去，公主殿下主持岛上事务，听闻贵客来临，特意着了美人相陪，却不想不合三爷心意，还望您见谅。今日是我们小公主甄选招亲之日，这里都是来参选的人，三爷就当作给老岛主一个面子。”

琴笙淡淡地看了眼穆先生，忽然似笑非笑地翘起唇角：“嗯，老岛主倒是生了两个好女儿。”

穆先生被那一眼看得浑身发寒，干笑了两声：“呵呵，您过奖。”

说话间，忽然有风铃叮当作响。一阵缥缈得宛如来自云深处的音乐声响了起来，随后十余名穿着华丽曲裾，长发垂在身后，化汉妆的侍女各自提着一盏金色的风铃走了进来，香风与乐声响起间，所有人都屏住了呼吸，齐齐看向那些侍女身后的女子。

那女子穿了一袭淡紫色绣牡丹的华丽长袍，看着也不像中原的样式，倒像是东瀛平安时代的衣裙，长长的繁复华丽的衣摆在地面上铺开如同一朵华丽的深紫牡丹。而最迷人的应该还是她精致的面孔，她戴着半张华丽的白色镂空面具，但只露出微微削尖的下巴，艳丽的菱角唇镶嵌其上，就已经足够惑人。一顶华丽的花冠戴在她的头顶，那是一种典型的唐式花冠，金色的花蕊中央挑出几条弧线来，尾端勾着金色的小铃铛与流苏垂落在她的肩膀上，随着她的走动发出“叮叮当当”的悦耳声音。

“果然是个尤物，看这些男人都被迷得不知道自己是谁了。”霍二娘跷着二郎腿坐在下席上，眯起绿色的眼珠子盯着那位绝代佳人在侍女的服侍下坐上宫殿里最高的岛主之位，又扫了眼堂上。

唐瑟瑟蹙眉扫了眼那美丽的女子：“那是岛屿上甄选夫婿的公主？”

“并不是，这位是琉岛的新任岛主——辉夜姬，需要甄选夫婿的是她的妹妹。”土曜品了一口酒笑眯眯地道。

唐瑟瑟面无表情地低头看着手里的瓶子，里面有虫子轻轻动了下：

“我管她是谁要甄选夫婿，我只知道跟踪着这种能识别掌门身上元毒之血特殊味道的虫儿，查到了掌门就在这个岛上！”

“少安毋躁，三爷自然是知道小夫人被带来了这里，所以才会来这里。”土曜低声道。

说着，他扫了眼附近那些盯着上首美人满眼痴迷的男人道：“当初琉岛原是中原管辖之岛，这里附近盛产珍珠，因为颇为富庶，尤其是附近海域产的一种金蝶贝所产的金色珍珠价值不菲，曾经是我朝皇家贡品，几代的皇帝都曾派人巡视和安排海军屯兵驻守。”

他顿了顿，轻嗤了一声：“但是毕竟中原和这里距离太远，很多年前对这里的控制就一直松懈，而且中原新旧帝王登基总有自顾不暇之时，所以当今陛下登基时，驻守琉岛的海军便撤离了，老岛主当初与三爷交好，怎么会做下掳走小夫人的事情，但是如今看来，岛上是变天了，也不知是个什么情形。”

霍三娘的目光却停在那些琉岛的侍卫身上，她忍不住勾了勾霍二娘的衣袖，压低了声音有些古怪地问：“这些琉岛侍卫怎么看起来像东瀛人？”

霍二娘嘴里叼着一根狗尾巴草，一边嚼，一边四周打量，也压低了声音道：“也不完全像，你看他们这些打扮也有中原人短打的样子。”

“那是因为琉岛原本就是四面八方，哪里的势力都有掺过一脚，当初琉岛因为出产金色珍珠最是富饶，如今老岛主去世，就两个娇弱女子守着这么大的财产，自然引来四面八方的觊觎。”土曜笑眯眯地道。

“何况这里的岛主原本出身就很复杂，既有中原人的血统又有东瀛人的血统，还有些西洋人的血脉混杂，琉岛的文化更像早期大唐和东瀛文化的杂合，所以这些名字才听起来奇怪，譬如这位辉夜姬，就是源自东瀛语，意味月亮、月光之意。”

霍家姐妹若有所悟：“原来如此。”

说话间，那辉夜姬扶着侍女的手，对着琴笙微微屈膝行了个礼，娇柔地道：“三爷，多年不见，您依然风采依旧。”

她的声音也极为悦耳，如黄莺出谷一般，软软地掠过人的耳边，让人骨肉酥麻。

“殿下客气。”琴笙琥珀眸微闪，神色淡然地一笑。

“三爷谬赞。”辉夜姬优雅地笑了笑，随后在侍女们的伺候下坐下。她看向坐在内殿的众人，微微拔高了声音：“多谢诸位今日光临我琉岛，音宫招待不周，诸位自便，来者是客，还是参与甄选舍妹夫婿的客，若有什么要求只管与我们提就是了。”

这一次来求婚的自然皆是男子，而且琉岛并没有限制求娶的对象，所以什么三教九流的人都来了。

辉夜姬顿了顿，又站了起来，抬起手微笑道：“遵从父亲的遗命，我为我可爱的妹妹甄选她的夫婿，现在开始吧。”

话音初落，鼓乐齐鸣，优美的音乐声响了起来。而穆先生则走到了大殿之中，对众人道：“诸位，不知可曾听过东瀛的竹取传说？”

一名男子点了点头：“我听过，那是一位来自月宫的公主，她小时被一对东瀛的老夫妇从竹子里带回家中抚养，长大之后，美貌映照四方，照亮了夜色，便被取名为辉夜姬，有许多贵公子来向她求婚，需要答应她的三个要求，方能抱得美人归……”

“没错，我们的老岛主虽然是中原人，但辉夜姬殿下的母亲来自东瀛扶桑，她的名字便来源于东瀛的传说，所以这一次的比试，也将由辉夜姬殿下提出三个要求，所有的要求都做到的大人，便能娶走辉夜姬殿下的妹妹，珍贵的琉岛小公主，并得到琉岛一半的财富和传说中的一份中原前朝帝王的藏海图。”穆先生抬手宣布。

此言一出，所有人瞬间哗然。巨大的财富，还有传说中的藏海图，哪样不让人激动？

“三爷，不知您可有什么意见？”辉夜姬忽然转过她精致的面容看向琴笙。

琴笙指尖微顿，随后淡淡地看着她，琥珀眸里似笼着幽暗无边的雾气：“本尊只是来祭奠探访故人，不过问贵岛的事情。”

琴笙淡漠的话语让辉夜姬身边的人都冷了脸，但辉夜姬却掩唇优雅地轻笑了起来：“三爷也算是本宫的长辈，所以斗胆一问，不过是希望三爷对接下来的比试做个见证罢了。”

随后，她转过脸，慵懒地靠在了软枕之上，抬手示意：“穆先生。”

穆先生细长的眼里闪过精光，随后含笑看向众人："诸位，随老朽来。"

他们的目的地不远，就是大殿外的那一片竹林。进入竹林之后，立刻有侍女们取了一条长长的纯金色的铃铛链条将竹林内外全圈了起来。远远看起来，仿佛她们只是用纯金的铃铛金线将那一片竹林围成了相对独立的空间。海风吹过，金线上的铃铛叮当作响，极为悦耳。

穆先生站在内殿的高处，抬手宣布："这竹林里是一片迷宫，诸位在一个时辰之内只要能走出这竹林，便是赢家，将得到最好的招待。"

原来这一大片的竹林竟然是种成了迷宫的样子么？这倒是看起来简单许多，不少人都松了一口气，一个个摩拳擦掌，跃跃欲试。

只坐在上首的琴笙微微眯起琥珀眸，幽凉的目光掠过悬挂着金片、银片的竹林，还有那些金色的铃铛，唇角浮现一抹莫测的笑容来。

辉夜姬似注意到琴笙唇角的笑容，她微微侧过脸来："怎么，三爷，有兴趣下去玩一玩么？"

琴笙淡漠地看着那竹林："本尊说了，并不参与贵岛的事情，也对小公主没有任何兴趣。"

"那还真是可惜，也许您见到了本宫可爱的妹妹，会改变您的主意呢。"辉夜姬摇晃着手里的羽扇，红唇抿成诡谲的笑弧。

琴笙却忽然淡淡地道："虽然本尊不参与这游戏，但是让人下去尽兴一下，倒是可以的。金曜，你不是一贯喜欢这些迷宫游戏么？"

金曜一怔，随后抱拳沉声道："是，属下愿意一试。"

辉夜姬反应过来，目光在金曜身上打量了一下，随后摇晃着羽扇含笑道："这位星君大人，这是舍妹甄选夫婿的关卡，并非随意可以下去游玩的迷宫游戏，方才本宫询问琴三爷，是因为三爷地位非凡，与众人不同，也算是我琉岛的恩人，便是让我将妹妹拱手相送，也不是不能考虑。但是金曜星君，您并非琴三爷，您若是要参与，只怕还是要按照规矩来，是不是，穆先生？"

穆先生闻言，也立刻接过话来，看向金曜含笑道："没错，若是金曜星君打算参与，就请跟我进入竹林迷宫之内。"

琴笙则是淡淡地轻品了一口茶："这迷宫与音有关，仔细些，莫要出丑了。”

金曜目光掠过那些林子里的金色铃铛，抱拳称是，随后足尖一点飞身向那竹林掠去。

辉夜姬看见对自己的容貌毫不动容的男人，冷冷地看了眼穆先生：“开始吧。”

竹林中的男人们却有些茫然，只四处开始乱转，试图寻找走出竹林的路径，却毫无头绪。有人生了投机取巧的心思，竟打算直接绕开那些围绕在竹林外的金色铃铛，从外围绕出去。只是不想他才一碰那些铃铛，铃铛便“叮叮当当”地响作一片，那些铃声即使混杂在音乐声里也异常刺耳。那人瞬间痛苦地抱住了自己的头，眼珠子暴突，竟在下一刻猛然吐出一口血来，惨叫着七窍流血躺在了地上打滚。

穆先生温文尔雅地笑了，他摸着自己的胡子，以内力传音道：“人为财死鸟为食亡，诸位既然已经上了岛，参加了我们的甄选，便要遵循辉夜姬殿下的规则，进了竹林便没有退路，只能寻到正常的路径出去，否则下场也只能是暴毙当场了。”

穆先生的话瞬间让场内众人一片哗然，所有人立刻暴躁了起来。不少人一边骂着一边就要往外冲。穆先生一抬手，殿内的侍女们便开始继续演奏。然而这一次的幽幽雅乐，却是致命之曲。一阵阵的音波响动，竹林内的铃铛与金属片开始无风自鸣，竟是“嗡嗡”响作一片。所有试图闯出竹林外，或者扯下那些铃铛的人都痛苦地抱着头，开始七窍流血，跌在地上，倒作一团，痛不欲生，惨叫不止。

穆先生忽然转身一笑：“诸位最好不要轻举妄动，整座音宫都会发出悦耳的乐声，一个不小心，就会有人葬送在美妙的音乐声里。”

血腥的味道顺着海风慢慢地吹了过来，弥散了整个内殿。留下一群竹林之内不敢再轻举妄动的参选之人。辉夜姬却轻笑了起来，声音宛如银铃一般婉转迷人：“这些无趣之人，怎么配得上我可爱的妹妹呢。”

不过片刻间，美妙的音乐声里，掺杂着凄厉的尖叫声，形成一种诡谲的乐阵，听得人毛骨悚然。金曜武功了得，与一批身手还算不错的人不断地在竹林间飞跃而起，却又不能越过那些竹林外围的金线，只能哪里响，便避开哪里。只是这般不断地奔波躲避，难免狼狈万分，而且不知道何处还会响起那杀人的铃声与乐声。

金曜捂住耳朵，一转脸看向远处内殿，一闭眼，顺着声音弱的地方循声而去，但凡遇见鸣声震震的便避开。

一番看似毫无目的地闯荡下来，他竟与几个参选者勉强地避开了杀阵，渐渐靠近了竹林的出口。而此时竹林内已经一片血迹斑斑，尸横遍野。

“真是太有趣了，曜司中人果然不同凡响。”辉夜姬握着酒杯轻笑了起来，仿佛那些血腥取悦了她。

“不知道若是三爷在音阵内，会是个什么情形，一定轻而易举就能走出来吧，我听说三爷是极擅长奇门遁甲呢。”

琴笙垂下华丽的长睫，冷淡地轻哼了一声，随后他顺手将手里的粉彩描金瓷茶盏扔在了桌面上。

哐当一声，那粉彩描金的瓷杯子发出一声清脆的碰撞声，刺耳非常。一名弹奏箜篌的婢女忽然噗的一声喷出一口血来，随后身形一晃，在殿内众人错愕的目光下忽然倒地不起。周围的音婢们吓了一跳，其中一人大着胆子抬手去摸了摸她的鼻息，随后惊惶地收回手，看向辉夜姬和穆先生：“死……”

穆先生目光变了几变，看向琴笙，恭谨而狐疑：“三爷，您这是……”

“不是想知道本尊若下场，是个什么局面么？”琴笙站了起来，似笑非笑地看了眼辉夜姬和穆先生，声音轻而缓。

只那一眼，却让辉夜姬和穆先生只感觉浑身冰凉，仿佛浑身淋了一通冰水一般。他们有些木然地看着那一抹高挑的白影缓步而去，长长的白色袍子在海风里轻轻地拂动着。

第二日，夜色降临。音宫里一片歌舞升平，竹林中所有的尸体和血迹都已经被清理得干干净净，完全看不出前一天这里曾经一片惨烈血腥的模样。目睹了前一天的惨烈状况，活下来的甄选者已是一副心有戚戚焉的样子，但依然还有人不死心地期盼着美人与权势。

辉夜姬换了一身华丽的绣百蝶穿花红色长袍，裙尾长长地拖散开来，宛如一朵艳丽的牡丹。辉夜姬看向众人，“诸位大人，第二关要开始了。”

众人顿时打起精神来，目光警惕地看向辉夜姬。

穆先生含笑站了起来：“诸位，这第二关很是简单，只要有人能吹奏出令辉夜姬殿下动容，愿意随之起舞的乐声，便能通过第二关了。”

如此要求一提出来，剩下的甄选者瞬间哗然。其中不少人根本就不会弹奏乐器。

“这不公平！”不少人喊了起来。

穆先生闻言，笑了笑：“辉夜姬殿下允许诸位寻求帮手，不一定要甄选者自己会乐。”

此言一出，抗议声倒是少了不少，毕竟不少人都知道辉夜姬好乐曲，这一次甄选妹婿，不少人也都猜测到了她会让人比乐，因此都带了乐师过来。抗议之声少了之后，不少人都开始按照穆先生的安排抽签上来演奏。

第一个上来的是一个五大三粗，眉目深邃，但是穿金戴银的高大男人，也是附近海岛的岛主，他是带着乐师上来的。那乐师战战兢兢地坐下，吹奏出来的笛声软绵颤抖，不要说辉夜姬了，就是寻常人都能听出这不是什么好笛声。辉夜姬冷冷地一挥袖，那乐师便立刻被侍卫们赶走了，连同那个的岛主也被人拖走。

穆先生含笑安抚道：“诸位不必紧张，今夜不见血，只是驱赶些扫兴之人罢了。”

坐在下首的土曜一边喝酒一边眯起眸子，是啊，今夜不见血，明日见血呢。

气氛却并未因此紧张，反而越发的靡丽而疏狂，渺渺的背景乐声、美酒的香气、侍婢们的娇笑声，让整个气氛都热烈了起来。也有那真才实学的、会演奏的甄选者带来一波波的气氛高潮，被辉夜姬留下，奉为座上宾，甚至得到辉夜姬亲自敬酒，辉夜姬兴起时甚至会坐进那演奏者的怀里，整个内殿似陷入了奇异的狂欢。

只是辉夜姬一直没有站起来舞蹈。很快便到了金曜上场。然而这一次，金曜站在场内，平静地没有任何动作。

“金曜星君是要为我们表演什么呢？”辉夜姬慵懒地趴在条案上

看着金曜。

金曜没有说话，一直淡然坐着的琴笙却忽然淡淡地开口：“本尊替金曜下场。”

此言一出，所有人都静了静。琴笙一直戴着兜帽，遮着脸，只是他周身出尘的气息，在这靡靡的音宫中，仿佛自成一片天地，根本不允许人触碰和沾染。

“三爷要亲自下场么？”辉夜姬轻笑了起来，忽然歪了身子，靠近琴笙耳边，吐气如兰：“九天飞雪凝冰骨，清风夜露月为魂。高高在上的九天琴神，竟真会弹琴么，本宫原一直以为您姓琴罢了……”

穆先生见状，微微蹙眉，抬手扶住了辉夜姬，一脸歉疚地对着琴笙道：“抱歉，三爷，殿下喝多了，她平日并不如此。”

琴笙微微一笑，神色淡漠：“无妨。”

穆先生闻言，干笑一声：“不知您要用什么弹奏呢，可有准备琴或者笛？”

琴笙指尖一转，抬手间，无数细长的丝线瞬间直弹入墙壁，淡淡地道：“以线为弦即可，不过是一场游戏，本尊没兴趣大费周章。”

琴笙根本自始至终都未曾看辉夜姬一眼，也未曾焚香净手，只是指尖一转，便勾住那丝线轻轻地拨动了起来。

幽幽的琴鸣声瞬间响起，似瞬间驱散了整个内殿的靡靡之气，如白雪飞舞的静静雪原呈现在众人面前。这是一首哀乐，又或者说是一首充满着诡谲幽野情调的东瀛小调。凄远而哀婉，空灵幽寂。

即使周围的音婢们还在弹奏那靡靡之乐，但伴着琴笙的琴声，却莫名地让人生出一种飞雪茫茫，万事皆空，凉风幽幽，红尘寂寂之感。

辉夜姬忽然站了起来，只是她却并没有随之而舞，这并不是一支能让人想要歌舞的和歌。

她缓缓地走到琴笙面前，妖美的大眼里泛出幽幽的泪雾：“东瀛的和歌啊……您为什么会弹奏这么美妙的歌曲？记得我年幼时，父亲也曾弹过与我听，道是母亲很喜欢的乐曲。”

琴笙淡淡地看着她，或者说，根本没有看她。辉夜姬忽然一晃手里的羽扇，立刻便有音婢上前将所有人强行驱散。或者说她们的动作算不得强行，音婢们只是搀扶起了几乎瘫软在地的人。

乐声停了以后，曜司众人仿佛也很顺从地都退了下去，只是眼神都有些茫然的样子。

不一会儿，殿内便一人都不剩了，只一片幽幽靡靡的香风。

“您总是不理会人。”辉夜姬低头，她抬手慢慢地解开自己的外袍，一件件华丽衣袍落在了地上：“您要不要试试……本宫相信会让您满意的。”

她的声音带着一种诡异的金属质感，仿佛能勾动人心最深处的欲望。她取下脸上的蝴蝶面具，露出妖美惑人的面孔，同时抬手，以一种极为诱惑的姿态慢慢地将琴笙的杯子靠近自己的唇边，红唇轻启，做出品尝的样子。只是杯子才靠近她的唇边，忽然砰的一声，瞬间碎裂成了无数片。细碎的碎片将辉夜姬娇嫩的脸划出血痕来，牛乳洒了她一身。

辉夜姬捂住自己的脸，看向他，却一点也不恼，“您这是在害怕么？”

她抬手轻轻蹭过自己锁骨上的牛乳，暧昧地就要伸出舌尖轻舔指尖的牛乳。

“母牛，做出这种恶心的动作，你是活得不耐烦了么？”琴笙淡然的声音忽然悠悠地响起。

琴笙的话音刚落，便忽然听得一声极为短促的抽气声，声音极轻，融在了风声里。然而琴笙还是冷冰冰地抬起幽沉的琥珀眸看了眼仿佛空无一人的屋子上方。

“母牛……”辉夜姬僵在半空中，有些呆滞地看着琴笙。

她几乎不敢相信自己的耳朵，居然会有男人这般平静地说出侮辱自己的话来。

“您……是在说笑么？”辉夜姬强自镇定下来，妖美的大眼微微眯了起来，抬手轻轻地扯住琴笙的衣袖。这一次，她干脆地将衣衫解了下来，露出自己性感诱人的躯体，长长的乌发散落下来，半掩不掩的娇躯，魅惑得惊人。

琴笙忽然眯起眸子，淡淡地笑了：“是的，本尊在说笑……你过来。”

辉夜姬一愣，不知为什么看着琴笙的眼睛，她心底有些发怵，却还是水蛇腰一扭，抬起脸看着面前的男人，手里依然捉着他的衣袖。她知道这个姿势会让她看起来楚楚动人，并且带着一种娇美的孱弱，没有男人能拒绝这种纤细惑人的美。

但是，下一刻，女子纤细的脸被一只修长的白色靴子给踩在脚下。那靴子的主人用的力气并不大，正巧却让女子动弹不得。她一动，脸就被踩得生疼，她甚至能听见皮肉与条案摩擦的声音。琴笙一脚踩在她脸上，一边慢条斯理地收着丝线，温淡地道："到底是什么给了你勇气在本尊面前献丑。"

"哪里就丑了！"辉夜姬被踩在他鞋子下，脑子里此时还是一片空白的状态，但是本能的羞愤令她忍不住脱口而出。

琴笙睨着她，继续温文尔雅地喷洒毒液："论容貌你粗鄙庸俗比不得本尊，论手感……"他淡淡地扫过辉夜姬几乎半裸的雪白娇躯："一身老皮看着便知粗如老树，也不知老岛主怎么生了你这么个丑陋的虫豸出来。"

琴笙的语气很平静，他甚至抬起手，轻轻地在他的衣袖上一弹，将她摸过的那一片衣袖削了下来。而正是因为如此，辉夜姬才愈发不能忍受，只觉得僵如木石。

琴笙淡淡地道："第二关，过了么，还是你打算用你丑陋的身躯跳一支舞？"

辉夜姬脸被人踩在脚下，偏生她又把殿内的人都打发走了，她愤恨得全身发抖，偏偏求救无能，尤其在对上琴笙那双令人胆寒的眸子时，结结巴巴地开了口："过了……"

……

幽暗的房间里，那幽幽渺渺的乐声与悬挂在窗口的风铃叮咚作响声一直不曾停过，让人昏昏欲睡，头晕目眩。穿着华丽十二单的女子静静地伏在床上，如果不是衣袍的起伏，便仿佛死人一般。

她目光专注地看着窗口，看着天边渐渐泛起鱼肚白，忽然开口："我要如厕。"

不一会儿，便有两名高大的音婢走了进来，抬手熟练地扶起她。

她们手上依然戴着手套，小心仔细地扶着她，甚至避开她露出来的手腕肌肤。她不禁有些好笑，虚弱地道："我身上是带毒，可不破皮就没事，难道你们主子没有告诉你们么？"

她看了看墙壁上的小窗子，淡淡地道："清晨与夜晚的交界，听说这种时候人是最容易疲倦的，你们疲倦么？"

两名音婢互看一眼，有些疑惑，下一刻，她忽然张嘴，朝着她们脸上喷出一片细腻的血雾来。那两名音婢叫都不曾叫出来，便瞬间软倒在地没有了声息。楚瑜闭了闭眼，扶住墙壁，勉强站了起来，踉跄着走到窗边，深深呼吸了一口新鲜的空气，将从音婢身上搜出来的匕首收好。随后她慢慢地扶着墙壁向外走去。这房子里周围布置着音阵，有特殊的机关控制特制的乐器演奏出奇异的音频，和着人的血脉韵律，能针对个人进行控制，其他人可以不受影响。

她一直都被控制着，虚弱无力，连内力都无法使用，但是这种音阵威力虽然大，却必须布局精妙，一旦走出去之后，就能脱离这种音阵的控制。楚瑜艰难地往外走着，也许是因为太自信音阵能控制她，又是清晨时分，所以偌大的房子竟没有人出没。

一直到她走出大门外，才有人发现了不对劲，"小姐，你要去哪里！"

"抓住她！"立刻有守卫叫了起来。

那种让人头晕目眩、酸软无力的乐声渐远，楚瑜的脚步渐渐不再那么无力。只是被控制的时间太过长久，她听到了身后的喊叫声，一时间也只能拖着脚步向外努力地奔去。直到出了门，她才发现房间被建在岛屿的山壁之上。

她看着陡峭而险的阶梯，暗自骂了声，一咬牙就扶着木栏踉跄着半滚半走了下去。

而此时，一处宽阔的密室内，弥散着异香，装饰奢华的内室里，原本精美的幔帐上一片猩红，看着有些骇人。

"少主……我错了。"辉夜姬狼狈地再次吐出一口血来，狼狈地蜷缩在地板上，漂亮的面容因为痛苦而扭曲，浑身颤抖着。她匍匐在地，努力地仰起脸看向坐在软榻上的俊美男人，一脸祈求地向他伸出手：

“求您，给我药，给我药吧。”

男人挑了下眉：“你错在哪里，尊贵的岛主？”

“我是您的奴隶，我以后再也不敢妄自尊大……您饶了我这一次吧……”辉夜姬半蜷缩着身子，嘴角流着带血丝的口水。她拼尽了气力爬到男人的脚下，抱着男人的靴子，断断续续地哀求着。

一边的猫眼少年似乎觉得她的样子很是有趣，忍不住咯咯地笑了起来：“哎呀，岛主，你这个样子真是好丑啊，难怪琴三爷看不上呢。”

而这时候辉夜姬却已经没有气力去维护她岛主的尊严，那种从心底爬出来的瘙痒难耐和腐蚀神智的痛苦让她求生不得，求死不能。

坐在上首的男人似乎欣赏够了她痛苦的模样，一只小小的瓶子浮现在他的掌心：“想要么？”

辉夜姬狼狈地抬头，立刻兴奋地睁大了眼，她也不知哪里来的气力，竟坐了起来，急切地抬手去抢那瓶子。男人轻笑了一声，手一松，那瓶子便落在地上摔了个粉碎，里面的粉末撒了满地。辉夜姬立刻扑了上去，一脸兴奋地伸出舌头舔了起来。但是她才舔了几下，一只精致的靴子就踩在了那粉末上面，一点都不怜香惜玉地踏在她的手背上，男人冰冷的声音响起：“再敢因为你愚蠢的自尊心和欲望，坏了本少主的事，下次你就没有那么好命了。”

此时，一名音婢走了过来，恭谨地在他耳边说了什么。男人猛地站了起来，俊美的面孔也瞬间阴沉了下去，转身向外匆匆而去。

……

连滚带爬地下了陡峭的悬梯，楚瑜膝盖发颤地还没有走到一半，便忽然觉得有些不对劲了。周围安静得太过分，那些隐约传来的追捕喊叫声都没了。她抿了抿唇角，扶着梯索加快了脚步。

只是才走了几步转过一个弯，她便看见一道高挑的穿着华丽长袍的身形站在山壁转弯处，海风掠起他的袍子，倒是显出几分闲逸来。

楚瑜脚步一顿，冷冷地看着他。男人则是看着远处的大海，轻叹了一声：“小女郎，你为什么总是那么不听话，随便乱跑呢？”

楚瑜挑了挑眉：“宫少宸，你居然指望你抓来折磨的人，安分守己地待在你身边，你脑子有问题？”

“你知道他来了，所以很想去见他？”宫少宸忽然眯起眸子，神色莫测地开口。

楚瑜轻嗤了一声：“我不去见他，难道去见你？”

宫少宸忽然笑了笑：“好，既然小女郎那么想见三爷，我便成全你。”

说着，他向她伸出手：“来。”

楚瑜冷冷地看着他，身形却慢慢地向楼梯边靠去。她可不相信这人会有那么好心，只怕包藏祸心。

宫少宸慢慢地向她走了过去：“怎么了，你不是想要见他么？”与此同时，周围悬梯附近都各自出现了一名手持玉箫的音婢。楚瑜却忽然身子一歪，竟直接从悬梯边上坠了下去。

宫少宸一惊，随后身形一点，直接掠过悬梯，抬手一把抽出腰间的腰带，就向她卷过去，同时也跟着坠了下去。半空里，他腰带一抽，便将楚瑜强行卷到了自己的怀抱里。

“你就那么不想待在我身边，宁愿死么？”宫少宸脸色阴郁，目光森然地抱着楚瑜在半空翻了个身，足尖踹向山壁，身形一拔，便掠回了悬梯之上。

楚瑜垂下眸子，并不说话。

宫少宸似要发怒，全身气息森冷，最后却只将她往肩膀上一扛，便径自顺着悬梯向上而去：“既然你那么想要见到他，我就成全你，总要叫你们见一见的。”

他冷笑了起来。楚瑜被迫倒伏在他的肩膀上，神色却有些莫测，无声地笑了笑。我可不想死，你不是接住我了么？她忽然手腕一转，一把银色的利刃瞬间出现在她的手中。所有人都没有反应过来的刹那，她抬手一刀狠狠地刺进了宫少宸的腰间。

“少主！”众人声嘶力竭地叫了起来。有侍卫眼疾手快一掌过来将她掀翻在路边，扶住了宫少宸。

“住手！”宫少宸捂住自己腰腹上的伤口，阻止了侍卫对楚瑜再下杀手，只脸色苍白地看着同样脸色苍白的楚瑜，忽然低低地笑了起来：“你果然够狠，小女郎。”

楚瑜别开脸，不去看他，目光只看向自己的指尖，那里一道细长的伤口，并未结痂，一滴细小的血珠子轻轻地落在周围的草木之上。

不一会儿，那草木便渐渐发黄，还有几颗红珠子早在半空里她坠下去的时候直接落在半山腰的草叶和山下，然而这样的异象，并没有人注意到。只一阵阵的海风微微吹过，带走那几乎闻不见的血腥气。

“有了，味道浓起来了！”唐瑟瑟忽然从床上蹦了起来，一手提着裙子，一手捧着瓶子就往外冲。

霍二娘和霍三娘还在那琢磨怎么前一天的晚上，那些人让她们走，她们连同不少曜司的武卫就这么迷迷瞪瞪地走了。忽然见唐瑟瑟跳了起来往外冲，她们皆是一惊，立刻赶紧跟着冲出去：“你等等，瑟瑟！”

只是不想她们才出门，就看见一道修白的身影不知何时站在门外，正淡淡地看着一脸兴奋，又因为见到他有些发怵的唐瑟瑟。

唐瑟瑟鼓足勇气对着琴笙举起手里的瓶子道：“那虫儿闻到了浓烈的掌门身上的味道！”

琴笙低头一看，冷冷地道：“走！”

唐瑟瑟立刻在前领路。

“这里应该是……”唐瑟瑟压低了声音，蹲在一处枯黄的草叶面前看了看。

琴笙的目光掠过那一片枯黄的草叶，随后眯起眸子，轻嗅了下：“是她的血。”

唐瑟瑟只感觉琴笙身上的气息变得异常冰冷，令她忍不住瑟缩了下。但她还是顶着压力低声道：“但是从血量来看，掌门应该没有受到很严重的伤害，而且从这些血迹从山脚下到这里的分布稀疏的程度来看，应该是她自己刻意留下的，毕竟掌门的元毒之体，只需要一定血迹，就能留下比较明显的痕迹。”

琴笙身上的寒意因为她的话，稍微淡去了点。金曜忽然与日曜一起飞掠出来。日曜在琴笙面前恭敬地抱拳：“主上，我们已经查过了，这里的山壁处有一处开凿极深的洞穴，有人把守，我们潜入之后，也顺着小夫人留下的印记一路寻入了山壁之内，查到了一处应该是囚禁小夫人的地方，但是并没有看见人影，房间里有人被拖拽的痕迹。”

“所以我们判断应该是小夫人曾经放倒了看守逃出来过，但是又被抓了回去。”

金曜接过话：“如果没有猜错，这些血迹，应该是小鱼……小姐逃出来后，刻意给我们留下来的痕迹，她应该知道主上到了岛上，现在我们要不要继续顺着那洞穴追进去？”

琴笙抬起眸子淡淡地看着那通向远处洞穴的路，却忽然道：“不必了，我们直接去音殿。”

“没错，这个洞穴原本是天然洞穴，再加上已经开凿了多年，里面的通道和机关都四通八达，就算三爷这样的机关高手，如果没有目标，一一破解也不过是浪费时间罢了，飞流岛上也有类似的洞穴，多年前我们来过琉岛，飞流岛上的洞穴就是参照琉岛的洞穴所建。”金曜道。

火曜也沉声道：“这个洞穴，如果我没有记错，是一直通往前岛，也就是音殿，三爷想来也发现了，您若是选择前往音殿救人，那么属下领人从这边洞穴进入，与您里应外合，同时断了对方的后路。”

琴笙忽然淡淡地开口：“你和日曜领着人从洞壁上下去，你对琉岛应当也算熟悉。”

说着，他足尖一点，竟直接从悬梯上掠下山崖。众人只见他宽袍子翻飞，宛如白鹤展翼，飞掠而去，白影瞬间便消失在雾气间。

音宫前，空空荡荡。

只穆先生一人静静地坐着，指尖轻轻地拨弄着手中古琴的琴弦，乐声悠扬。风儿一吹，附近的竹林里金属片与铃铛齐齐应和着发出悦耳的声音来。

一道修白的人影翩然落在他的面前，慢慢地走了过来：“穆先生好雅兴。”

“三爷客气了。”穆先生微微一笑，苍老的面容上露出谦逊的笑意来：“老朽在这里等候您多时了。”

琴笙微微挑眉：“哦，是吗？”

穆先生点点头，神情有些惆怅：“不知您可还记得这把琴，当年您第一次来到琉岛，还是个十来岁的少年，辉夜姬殿下还是个孩子，因为她自幼喜欢音律，这把琴还是您送给老岛主作为辉夜姬殿下的礼物……”

“人在哪里？”琴笙忽然淡淡地打断他。

穆先生一愣，随后笑了笑：“您说什么？老朽不明白。”

“不明白？”琴笙看了他一眼，微微颔首，“好。”

说罢，他径自掠过穆先生的身边向音宫而去。

穆先生一愣，神色有些冷：“等等，琴三……”

但是他再也没有机会说话了，他面前的古琴忽然爆裂开，细长的琴弦直接弹射进了他的咽喉，直接割破了他的喉咙和胸口，血色飞溅，琴弦发出一种诡异的争鸣声，这残忍的绝命音，竟然异样的好听悦耳。

金曜经过他身边时，只冷冷地一笑——故弄玄虚，还是在主上耐心用尽的时候，真是自寻死路。

内殿里热闹非凡。

里面倒是布置得如日前的晚宴一般流光溢彩，仿佛在等候着谁的驾临，甚至每一张桌子面前都坐了来参选的人，只是每个人都茫然的样子。坐在上首的辉夜姬捧着酒杯，看向从门外款步而入的琴笙，她妩媚地笑了笑，“琴三爷和金曜星君都来了，看来咱们最后的甄选就要……”

她话音一顿，因为她清楚地看见殿门外坐着已经毙命的穆先生。她霍然站了起来，恨恨地瞪着琴笙：“你对穆先生做了什么？”

琴笙看向她，平静地向她问了同一个问题：“人在哪里？”

琴笙的淡然，却让辉夜姬莫名地一颤，心中生出一种诡谲的恐惧感来。看着面前的白衣人，眼底闪过极大的愤怒与恐惧。毕竟之前被他踏在脚下的屈辱与恐惧，她依然记得。

她一咬牙，看着殿门外穆先生的尸体，她似脑中灵光一闪，忽然笑了起来：“三爷想要见的是我的小妹妹，飞羽姬吧，正好，我邀请诸位过来就是为了让你们见一见她，今日这第四关……”

她忽然一拍桌面，整个人都消失在桌下，只余下一道讥诮愤恨的声音：“第四关，谁能活到最后，谁就能见到我可爱的小妹妹。”随着她落进机关里，忽然间整个内殿里鼓乐齐鸣，而同时殿内的所有甄选者几乎瞬间就抱着头发出了凄厉非常的惨叫声，七窍流血。

琴笙琥珀眸幽幽如海，只看着辉夜姬就这么落进地缝里，却并没有多余的动作，也仿佛完全没有受到那乐声的影响。只是那一瞬间长长白色袍无风自动，瞬间气劲爆开，将身边扑过来袭击他的那些目光呆滞、七窍流血的甄选者全部震开。

但与此同时，那些原本跟在他身后的青影们，曜司武卫竟莫名地双眼都有些发直，两眼猩红，仿佛不受控制地向琴笙围了过来，连手中的红色短剑也都向琴笙刺去。曜司武卫最强悍的并不是单打独斗，而是他们之间一贯行云流水的配合，动起手来，狠辣非常，一人倒下，也会有一人迅速补上，本能地配合攻击，阵势变幻，这是无数残酷实战之中演练出的杀阵与默契，即使剩下最后两个人，也一定是一同配合攻击，不惜性命地封死敌人的生路，这便是他们最可怕之处。

如今就算剑指琴笙，他们的配合也同样的默契。琴笙目光一寒，抬手间无数细长的丝线爆出，直接罗织成一片网不断地绊倒武卫们。但是随着不知何处的乐声越来越响，那种震慑人心的鼓声越来越激越，武卫们目光越来越涣散，只是攻击的本能却还在，不要命般扑向琴笙，甚至不在乎自己是否被绊倒、是否会受伤。金曜和土曜算是其中武艺修为和定力较好的，在那乐声响起一瞬间也都捂住头，脸上浮现出痛苦的神色来，勉力地维持着不被控制。

这些没用的甄选者不过是一些幌子和迷雾，对方的音阵要控制和针对的根本就是曜司武卫，难怪连续几日设下所谓的比试，不过是在暗中测试什么样的音阵能控制他们。

“主上！”金曜眼神模糊，颤抖着，勉强控制着自己提剑刺过去的冲动，喑哑着嗓音，半蜷缩着身体，痛苦地呻吟。

“嘻嘻嘻……”不知何处响起了女子柔媚笑声，难掩其中的得意与冷酷：“怎么了，这种滋味好不好受，以子之矛攻子之盾，琴三爷，你养出来的狗咬人一贯是很疼的，现在咬你如何？”

琴笙面色淡然，只指尖一转，身形翩若游龙地游走在曜司武卫们攻击他的剑阵里，丝毫不曾去理会那嘲笑声。

“本宫平生最恨你这样的男人，自以为高高在上，便可以将人践踏在脚底，视他人如蝼蚁，你真的以为你是神么，今日音殿就是你的葬身之处！”辉夜姬似乎看着琴笙被武卫们攻击，心情异常愉悦地大笑了起来，满是畅快和狠戾。

金曜闭了闭眼，忽然一咬牙直接咬破了舌尖，痛楚让他瞬间清醒了不少，他手中猩红的双剑出鞘，瞬间插入地面，同时拼尽了十成内力怒吼：“曜司武卫听令，抱元守一，归剑入鞘！”

他们绝对不能被敌人控制，去攻击自己的主上。这般怒吼让失去神智去攻击琴笙的曜司武卫们都齐齐一震，身形一顿。多年听从命令的习惯和训练有素，让他们的身体比思维反应更快，顺着熟悉的声音下达的命令，竟齐齐地收住了攻击琴笙的动作，还有不少人直接收势后，原地坐下，归剑入鞘。土曜和金曜都齐齐地松了一口气，他们都没有想到这音阵的威力这么大。

而辉夜姬仿佛被激怒了，她冷笑了一声：“你们以为这就算完了吗？”

她话音响起的同时，忽然鼓乐大作，数十道尖锐的笛声如剑一般划破空气。那些原本参选之人，虽然幸存者武艺也不差，但是大多数人毫无防备，原已经是被音阵控制了，这等操控人的音阵完全不在乎其中的傀儡死伤，所以他们已经是内伤不轻。此时陡然再响起这样的声音直接令他们喷血不止，不少人哼都没哼一声，直接两眼圆睁着横死当场。而原本抱元守一的武卫们却都忽然颤抖了起来，目眦欲裂，眼中流出细细的血丝，不少人都踉跄着再次拔出剑站了起来向琴笙冲去。

“三爷，你不是很厉害吗？杀光他们，你就赢了，哈哈哈……”辉夜姬忽然大笑了起来，得意非常。

金曜和土曜则已经是自顾不暇，只能强行按捺下翻腾的气血，控制自己的神智，眼睁睁地看着武卫们攻击琴笙，却连声音都发不出来。琴笙看向攻击自己的武卫，他琥珀色的眸里陡然一寒，忽然抬起手中丝线，面无表情地狠狠一扯。只听得一阵阵的“扑哧”之声，瞬间所有的武卫颈项间爆出一片血花。武卫们浑身一僵，随后一个接一个地倒了下去。

金曜几乎瞬间厉然喊了起来：“三爷！”

琴笙淡淡地收回手中染血的丝线："叛主者，杀无赦！"

"真不愧是琴三爷啊，连自己养了多年的狗都能这般毫不犹豫地下杀手，佩服佩服。"辉夜姬轻蔑又冰凉的声音响了起来。

"金曜星君，看看，这就是你们效忠了多年的主子，在他的眼里，你们的性命猪狗不如，你们还要效忠这样的人么！"

金曜捂住被乐声挑弄得异常痛苦的头颅，厉声道："闭嘴，贱人！"

"真是愚蠢，既然你们愿意死，那就死在你们的主上手里好了。"

伴随着辉夜姬恶意满满的笑声，一道急促的琴声霎时响起，那凄厉的笛声仿佛无形的巨大音波逼向内殿。金曜早有准备，强行调动内力对抗那乐声，血脉里的血仿佛瞬间沸腾起来，让他忍不住吐出一口血来。

而土曜却似已经被控制，失去了理智，鼻间流出鲜血，直接抬剑就冲向了琴笙。琴笙目光淡漠，仿佛依然全不受音阵影响，负手而立，只待土曜凌厉的剑势袭过来的瞬间，他身形忽然后飘，随后，他一转身，指尖的细长丝线便与土曜的双剑缠绕在了一起。

然而土曜的武功虽然不及金曜，却也是曜司中的佼佼者，哪里会轻易束手就擒。而琴笙在面对土曜时，似也有些犹豫，并不忍心直接下杀手。就是这种犹豫，竟让琴笙瞬间被土曜的短剑直破肩头，一道血光飞射而出。

土曜一僵，似瞬间清醒了一点，忽然抱着头痛苦地叫了起来。而琴笙一抬手，目光微寒，直接抬手就将土曜击飞了出去。土曜撞上了大柱，随后滑落在地，身形微微弹动了一下，也仿佛没了声息。金曜茫然地看着眼前的情景，随后他闭了闭眼，痛苦地捂住额头。

这时候，辉夜姬的笑声，再次响了起来："好……真是太好了。"

说着，她抬手鼓起掌来。掌声仿佛在每一处响起。

琴笙脸色微微有些苍白，面无表情地道："他们都是我训练出来的，你真以为他们能动得了本尊么？"

辉夜姬含笑道："当然，这些人都是三爷您养的鹰犬，自然伤不了你，您已经是这次第四关的优胜者，欢迎进入第五关，也是最后一关，就让我们先看看我美丽的妹妹——飞羽姬。"

说话间，那激昂的乐声忽然都慢慢地弱了下去，取而代之的却是幽幽乐声，而辉夜姬原本坐着的上首位置的墙壁慢慢地打开，一道窈窕的身影缓缓地伴着乐声走了出来。女子拥有娇美而略显苍白的面容，明丽的黑色眸子此时仿佛蒙了一层淡淡的雾气，她头戴花冠，长长的珍珠流苏与乌发落在肩膀上，愈发显得容颜娇美。只是她一身华衣却掩不住她动作的僵木，而她手里泛着寒光的长剑落在琴笙眼里，让琴笙瞳孔微微缩了缩。

“这就是我美丽的妹妹，飞羽姬，琴三爷看着眼熟么？”辉夜姬不知什么时候出现在了飞羽姬的身后，似笑非笑地从飞羽姬的肩膀上探出脸来。这个角度刚好躲在飞羽姬身后，不会被琴笙攻击到。

“第五关很简单，你要能杀了飞羽姬，或者让飞羽姬杀了你，你们便可以生死相依，永结同心了。”辉夜姬阴冷地轻笑了起来。

“小鱼……”琴笙看着飞羽姬，许久，他忽然淡淡地一笑，“这算是新的求亲仪式么，前两次都是他们，这一次，也该我了？”

站在上首的女子似有些茫然，却又似并不完全不清醒。

琴笙看着她，神色复杂却异常温柔：“小鱼……”

她看着琴笙，眼神闪过一丝痛苦，张了张唇，却仿佛不知要说什么。

“去，替姐姐杀了他，飞羽姬，他害死了我们的父亲。”辉夜姬站在她的身后，森然盯着琴笙，贴着她耳边一字一顿地道。话音一落，她立刻就退回了墙壁之中，只留下楚瑜和琴笙两人。

金曜此时也只勉强扶着剑，神色紧绷地看着楚瑜，厉声道：“楚瑜，你睁开眼，看清楚到底是谁站在你的面前！”

幽幽的乐声渐渐大了起来，楚瑜眼里的一丝清明却仿佛已经没有了，只剩下一片冷漠，更对金曜视若无睹，只冷冷地盯着琴笙。她足尖一点，手中寒光四射的长剑携着雷霆万钧之势陡然向琴笙刺了过去。

琴笙轻叹了一声，身形一顿，如一片叶子一般顺着她的剑风直接向后飘了过去，随后身形一侧便避开了她手中长剑的攻击。

但是下一刻，楚瑜持剑横扫，直逼琴笙的咽喉。剑锋锐利，剑气如虹，直激得空气一片震荡，琴笙巧妙避开，却也不得不抬手接招。

他手中长长的丝线一弹，直接缠绕上楚瑜的剑锋，强行扯开她剑锋的准头，但是他手中坚韧的特制丝线还是被楚瑜的长剑震断。楚瑜手中的长剑携着暴涨的剑气直挑上他的胸口命门。

琴笙微微凝神，直接抬手，指尖在那剑身上狠狠一弹。只听得一声锐鸣，那剑身猛然被弹开，巨大的力道也令楚瑜整个人被剑带飞了出去，她在半空翻了个跟斗才落地，踉跄着退了好几步。

上古十大神兵之一镆铘剑！琴笙看着楚瑜手上剑光如紫电青霜的宝剑，神色微冷，“宫家少主，倒真是费心，研究了本尊许久吧。”

辉夜姬嘲弄的、恶意满满的声音仿佛在音殿的每个角落响起：“哈哈……对付琴三爷这样的对手，谨慎点自然是应该的，既然您已经认出了镆铘剑，应当明白这剑开金裂石，要破你的千仞丝，轻而易举吧，就算是几百年前的海上魔宫魔尊的傀儡蛛丝也受不得这镆铘一挑，今日两种武器对绝，你们正好决一死战，也算是江湖盛事呢。”

楚瑜此时再次足尖一点，如一支离弦的利箭一般朝着琴笙飞射而去，抬手间长剑再次直挑琴笙胸口。琴笙微微凝神，每一处用上的那些丝线不断地被楚瑜挑断，他只不断地闪避，同时也不断地用丝线勾上四肢，试图绊住她。然而楚瑜毕竟不是曜司中的武卫，她手里的武器更是上古神兵，收效甚微。满殿内两人一攻一避，分明实力差距颇大，却一时间打成了平手。

辉夜姬隐在机关的内室里，冷眼看着水银镜子里倒映出来的景象，尤其是掠过楚瑜的时候，她眼底闪过阴狠的目光，却在转头看向内殿深处的时候一脸恭谨：“少主，游戏既然已经开始，一时间陷入僵局，琴笙此人心思多狡，时间拖久了，只怕他会想出法子来脱困，不如咱们再加把火，利用飞羽姬速战速决杀了他，就算不能杀了他，也能重创于他！”

内殿深处，正让宫少司替自己处理腰腹伤口的宫少宸俊脸上神色冰凉，眯起眸子看着面前几面不同镜子里倒映出来的情形，并未说话。

宫少司却绷着小脸，冷冷地开口：“我们都知道小姐姐的内力虽然不知为何突然暴涨，但是她的修为如何能与琴三爷媲美，若是强攻之下，琴三爷失手伤了小姐姐怎么办，而且音阵狠辣，尤其是控制攻击音阵，若是太过着急狠辣，定会有损于被控制者。”

辉夜姬闻言，低垂的妖美眼底闪过狠色，声音却依然柔媚如水：“话不能这么说，飞羽姬分明就是琴三爷的最大弱点，现在是催动音阵的最好时机，如今少主冒险让飞羽姬单独在外面对琴三爷，琴三爷初见之下，投鼠忌器，一时间没有想到法子，若是他有法子将飞羽姬制服的话，只怕飞羽姬就要落在他手里了……”

辉夜姬话音初落，宫少宸眼底寒光一闪，冷声下令：“让小鱼杀了他，速战速决！”

“哥哥！”宫少司闻言，忽然站了起来，大大的猫眼里都是愤怒，“那个女人分明就是忌妒小姐姐，恨不得小姐姐出事！”

宫少宸冷冷地看了他一眼，忽然道：“是吗？她忌妒小鱼，那么你呢，你是喜欢她，还是忌妒她，你是希望她留在我的身边，还是希望她离开我，回到那个男人的身边？”

宫少司一窒，一时间竟哑然。宫少宸没有再理会他，目光落向了另外一面镜子，狐疑地眯起了眸子：“山壁之上的内堡，似有些不对劲。”

同时，辉夜姬听着内殿深处传来的话语，她顿了顿，唇角弯起得逞的森冷笑容：“呵……”

随后，她一抬手，冷冷地吩咐身边的音婢：“取我的鸣古琴来。”

一名音婢立刻颔首，转身去拿琴，但是她一转身，另外一名垂着脸的音婢却抢先一步恭敬地抱着一把包着丝布的古琴过来：“是，殿下，琴已经取来了。”

随后，她挤开那名原本准备去拿琴的音婢，殷勤地走了上去，跪在辉夜姬面前，恭敬地奉上自己手里的琴。

辉夜姬轻慢地笑了笑，挥了挥手，随后抱着琴看向那镜子，指尖轻轻一拍墙壁上的机关，对着镜子冷笑了起来，阴沉地道：“三爷，我记得您最可怕的武器应该是那一柄吞噬吧，真武大帝的吞噬一出，无血不回，定能与镆铘一较高下，您这是舍不得拿出来一试么，还是舍不得伤了我可爱的妹妹，那这关您可过不了，不如我来帮你一把吧？”

说着，她冷笑了起来，指尖在琴上轻轻一拨，一串幽诡而急促的东瀛小调瞬间响了起来。那鬼魅的乐声瞬间响彻了整个内殿。楚瑜眼神骤然一厉，杀气暴涨，手中长剑招式一变，却不再是之前的行云流水，也不再与琴笙纠缠，这一次她再次向琴笙袭过去的招式朴实无华，全凭借着曾经学过的招式攻向琴笙，虽然招式简单基础，但是每一处招式皆是杀招，并拼尽了十成的内力。她原本内力只差琴笙一点，只是实战经验和武艺章法太过欠缺，如今这等狠辣的招式使出去，随着爆开的内劲剑气瞬间笼向琴笙全身，竟令琴笙一惊，犹豫了片刻，便是这犹豫的片刻，令他一下子就陷入了死境。

他目光微寒，看着楚瑜旋身一记劈挑上来，那招式狠辣，角度刁钻到恶毒，还是当初他亲自指正过的招式。唯一的破绽却也是最大的破绽，便是楚瑜的下盘，那是个陷阱，若是着了道攻向她的下盘，也不过是伤她一条腿，但是自己必定要被她这狠辣非常的一剑挑成两半。

但这招式是他所创，若是他动手，不光能伤了她一条腿，还能废了她一条腿，但只要废了她一条腿，便也可以破了她的杀招。琴笙眼神一凉，看着长剑携着无边杀气袭来，破开他手中重重丝线，目光杀意重重陌生又熟悉的那张娇俏的脸，轻叹了一声，身形不动，袖子忽然一震，一柄猩红的长剑忽然现出在他的手里。

“抱歉，小鱼。”猩红的长剑笼着一层阴森的红光，如有生命一般起起伏伏，剑气吞吐，慑人非常，杀气凛然。

辉夜姬突然兴奋了起来，这种兴奋甚至让她站了起来：“琴笙出剑了！”

而宫少宸脸色却猛地一变，眼里闪过错愕，似完全不相信自己看见的——那个男人竟然真对楚瑜拔剑了！

他瞬间就厉声大喝：“辉夜姬，停下音阵。”

宫少司闷声不吭，直接杀气凛然地就往殿外冲去，手里提着一把短刃。只是辉夜姬似早有准备，抱着琴的手蓦然急促地弹了起来，同时近乎疯狂大笑了起来：“杀了她，哈哈哈哈！”

同时，她整个人就往一个房间里退，直接躲进了那个房间。一边的音婢们都愣住了，一时间反应不过来，只眼睁睁地看着她躲进了密室。而只有一个音婢反应过来了，立刻身形一闪在千钧一发之际跟着辉夜姬躲进了密室。

辉夜姬一惊，警惕地低头一看，发现是方才那名讨好自己的音婢，她冷冷地道："若是打算跟随我，就立刻去守着门，任何人都不要放进来！"

却不想她才一动，一把短刃就瞬间咬上了她的咽喉，那名音婢抬起头，露出一张有些诡异的面孔，对着她一笑："不，我是来杀你的。"

说话间，她骨骼咯咯作响，竟一下子长高了起来。

辉夜姬瞬间惊慌地睁大了眼，看着面前这诡异的一幕："你……"

辉夜姬看着面前突然出现的一道高挑的人影，虽然他还是那张面孔，虽然清冷俊秀，却分明是男子的容颜。她几乎不敢相信自己的眼睛，她结巴了半天："你……是人是鬼。"

那"婢女"活动了下脖子，随后睨着面前妖美非常的女子，笑了笑："我是人，你可以唤我火曜。"

辉夜姬闻言瞬间脸色大变："你……是琴笙的人？"辉夜姬神色一阵青一阵白，抱紧了怀里的琵琶，指尖一动，悄悄摸向琴弦，却不想指尖一凉，一道寒光闪过，血色飞溅，甚至溅上了辉夜姬的脸。

她微微垂眸，不敢置信地看着自己五指齐断，只剩下一个手掌，看起来无比诡异狰狞。她瞬间惨烈地尖叫了起来："我的手——"

她愤怒到几乎失去理智地扑向火曜："我要杀了你这个畜生！"

但火曜一手大力地捏着她的肩膀，正捏在她的穴道上，却让激动的辉夜姬动弹不得。她虽然善以音阵控人，武艺却极差。面前残忍的男人一边顺手将染血的匕首在她的衣襟上擦了擦，一边冷酷地道："吵死了，再叫得那么难听，一会儿你断的就是另外五只手指。"

辉夜姬浑身颤抖，痛不可言，眼泪直往下滴，却在火曜冰凉的目光下，不敢动弹。

她死死地抱着自己鲜血四溅的手，怨毒地瞪着火曜："你想……怎么样，杀了我，杀了我啊，你就算杀了我，你的主子和飞羽姬那贱人都没有好下场！"

话音刚落，她忽然感觉手上一痛，又是一片血色飞溅开来。她惊惶痛苦地看着自己左手的五指又瞬间在火曜手间翻转的银光里断裂。火曜手里不知何时多出来的另外一把细长尖利弯曲的匕首已经毫不犹豫地直接地穿过了喉咙，刺进了她的咽喉深处。

她惊恐地抽搐了起来——那一把匕首不像杀人的武器，而更像一把刑具！那尖利的刀刺避开了她的气管和血管，竟然以一种极为刁钻的角度抵在她的声带上。那种喉咙里扎着一把金属利刺的感觉，呼吸间，仿佛就会割破气管和血肉，让辉夜姬瞬间僵如木石，脸色苍白如鬼。

“我有没有说过我最讨厌噪音了？”火曜淡淡地一笑，看着面前像被鱼钩钩住的鱼一般的辉夜姬，仿佛一点都不觉得他的手段有多残忍。

“放心，虽然我很想杀了你，但现在还不是时候，你还有点用。”他的目光看向那密室里的镜子，随后眯起眸子冷笑：“至于你认为会不得好死的人，也许也要让你失望了，辉夜姬殿下！”

且说辉夜姬闪身躲进密室的瞬间，也正是琴笙出鞘的瞬间。猩红的吞噬泛出的红光，如有实质一般，猛然敲在了楚瑜手中的镆铘剑上。只听得一声刺耳异常的巨大金属撞击声响起，“砰——”

琴笙的吞噬灌注了巨大的内力，剑气暴涨，几乎与镆铘的青峰同时撕咬在一起。他亦没有用任何招式，也没有选择攻击楚瑜的下盘，反而弃繁就简，直接以内力灌注剑身，实打实地与那道要将他劈砍成两半的剑锋撞在了一起。

那神兵宝剑互相撞击之后的巨大的声音，几乎让整个音殿内部的砖瓦墙都齐齐震了震，竟瑟瑟地掉灰，也掩盖掉了那无所不在的共振音阵。镆铘剑到底是千年神兵，丝毫没有碎裂，但楚瑜虽然得了唐墨天的百年内力，到底非她亲身修炼，运用起来，又如何能与琴笙媲美。

这等硬撞之下，她握剑的手瞬间就虎口崩裂，血色飞溅，眼看着她的一条手臂就要骨肉迸裂，废掉了。琴笙却忽然强行收了内劲，吞噬剑尖一歪直接蹭过了那些她虎口之上飞溅过的血滴。

吞噬剑身大震，贪婪地吞噬下那血滴，仿佛如有生命一般地震颤着，撞开了镆铘之后，就要朝楚瑜的臂膀肩头劈斩下去。

但是琴笙手腕狠狠一抽，强行地控制着剑身，就是这么电光石火间，楚瑜手中的镆铘已然脱手，但她却仿佛感觉不到自己手掌的剧痛一般，直接抬手，五指成爪就向琴笙的咽喉抓了过去。而此时，琴笙正以十成内力控制着手中的吞噬，只在楚瑜袭过来的瞬间，身形一侧，干脆地将肩膀送到她的掌下，楚瑜的五指瞬间插入了他肩头的血肉和骨骼里。鲜血飞溅，而琴笙竟硬生生地用肩膀血肉强行困住她的纤指，同时手上的吞噬也横然一转，让自己肩膀上飞溅的血也硬生生地浇在了吞噬之上。

吞噬邪剑认主，便是吞了主人的血，此时再以主人之血覆之，剑气瞬间暴涨，震鸣不已，但也同时乖巧地躺在琴笙的掌心，不再弹动不止。而剑鸣之声覆掉了音阵之声，楚瑜眼神一闪，那一层笼在她漆黑明丽眸子上的雾气瞬间消散了开来，她慢慢抬眼，便对上琴笙正静静看着她的琥珀眸。

“天亮了……到底醒了么。”琴笙看着她，淡淡地一笑，一如平常，平静温柔。

楚瑜有瞬间的迷惑，她几乎以为自己依然在船上，清晨在他的怀里醒来。

“琴……笙。”她轻轻地张了张嘴，指尖传来诡异的滑腻却炽热如熔岩的触感，让她的目光掠过他的肩膀，一滴泪水就这么掉了下来。

她指尖抚摸与触碰到的是他的血肉。她颤了颤，喑哑着嗓音：“你……”

“疼么？”他抬手握住她发抖的手，慢慢地将她沾满鲜血的手从自己的肩膀血肉模糊的伤处慢慢地拿了出来，温柔地握在自己的掌心里，轻叹了一声：“抱歉，我舍不得死在你剑下，我用尽自己幼年、少年与如今的气力，只换了一个你，怎么能就这么死在你的剑下。”

他笑了笑，低头轻吮了下她颤抖的指尖上的猩红，眼底温柔如水的琥珀色与暴戾的金色并存，近乎病态的令人战栗的光芒：“你是我的，绝不拱手相让，生与死都不能将你夺走，何况人。”

楚瑜颤抖着，“你这个疯子……可你就没有想过我会心疼。”

琴笙抬手将她抱进怀里，温柔地轻吻她的耳畔：“乖，不疼，我找回你了。”

说着，他抬起眸子，看向虚空里，轻轻地露出了一个冰冷而森凉的笑容。那一个笑容，看得外殿里正看着镜子里的宫少司和内殿里的宫少宸都忽然感觉心头一寒。宫少宸看着被琴笙拥在怀里的楚瑜，还有琴笙那冰冷的微笑，几乎不能控制地浑身颤抖了起来，他厉声怒道："音阵，继续加强……"

只是话音未落，他忽然看见琴笙轻轻抬起没有受伤的臂膀，做出了个扯动的姿势——轰隆一声，巨大的响声猛然响起，整座音殿周围的墙壁轰然崩塌！原来在方才不断的交手中，琴笙手里的丝线早已无声无息地刺进了墙壁里机关间隙，形成了一个巨大蜘蛛网，他早已观察到整个音殿里的机关薄弱处，灌注内力的一扯之下，竟如在唐门地宫中一般，硬生生地将整片宫墙都扯了下来。而与此同时，一片青影突然跃了起来，那些原本死去的武卫们竟同时跃起，手持一双猩红向那四面坍塌的墙壁冲了进去。

那些墙壁之后竟埋藏着厚实的金属板！但是在琴笙的坚韧的丝线撕扯下，不少都被撕裂开了一个口子。露出里面一个个如同巢穴一般的窟窿来，还有里面藏着的音婢与音奴们。陡然暴露在阳光下，他们惊慌失措，哪里还来得及去摸乐器，只忙着四处奔逃。曜司武卫们迅速地抬手一击，直接窜进那些窟窿里，举手夺命。

"可恶，着道了，那些曜司中人根本没有死！"宫少宸脸色一阵青一阵白，咬牙低声怒道。他居然没有注意到，琴笙的丝线不过划破了那些武卫咽喉的表皮，而早已用丝线击中了他们的昏穴，如今时辰一到，他们就迅速苏醒了。之前的那些血色四溅，不过是为了迷惑他，让他放出楚瑜！他竟着了他的道！

"他那样骄傲的人居然会屈尊让身边的曜司武卫首领，甚至他自己参与甄选夫婿的游戏，本来就是一个可笑的笑话，我们以为在给他们下套的时候，大概也不知道琴三爷设下的计中计，他这两日所有的平静，不过是在寻找音殿、音阵和我们的破绽罢了！"宫少司走了进来，看着宫少宸笑了笑，有些讥诮。

"哥哥，你算的是计谋，可那个男人算的是人心，他算准了你的愤怒，你的忌妒，甚至在最短的时间内，他连他自己都算计进去，带回了小姐姐！"

"你说够了没有？"宫少宸冷冷地开口。

宫少司却仿佛故意要惹怒他一般，冷笑着道："我劝过你的，不要利用小姐姐出手，太贪心的人会失去所有的哦，哥哥，你本来可以拥有小姐姐的。"

他话音未落，宫少宸的一巴掌已经甩上了他的脸。

"住嘴，还轮不到你来教训我！"宫少宸阴沉地勾了下唇角，"还是你在幸灾乐祸？"

宫少司似乎早已被他打惯了，他只转回脸，伸出舌尖舔了舔唇角的血迹，只弯起大大的猫眼笑了笑："哥哥，我们走吧，你已经失去了小鱼姐姐，难道你还要被三爷抓住么？"

不过两刻钟，曜司的武卫们几乎就将整个音殿翻了个遍，提着红色的双刃将那些音婢擒下或者斩杀，而原本华美的音殿早已摇摇欲坠。楚瑜站在琴笙身边，一边任由唐瑟瑟替她包扎手上的伤口，同时看着琴笙肩膀上那血肉模糊的伤口，就忍不住红了眼睛，泪珠子在眼眶里直打转。尤其是一想到那伤口是她抓的，她差点将他的肩膀给撕下来，就瞬间不寒而栗。

琴笙却仿佛感觉不到肩膀的疼痛一般，任由金曜替他处理伤口，只抬手用帕子轻擦了擦她的脸，似笑非笑地道："你是鱼，怎么这是打算改行当兔子么，总红着眼珠子？"

楚瑜绷不住脸上的表情，露出个似哭又似笑的表情，她略有点粗鲁地抓过帕子擦了把脸，忍不住喑哑着嗓子道："你真是……不会逗人开心，就继续摆着你的仙儿脸好了。"

她从没有听见过他开玩笑，这种时候，明明脸色都已经苍白，却还是一副泰然平静的模样与她玩笑，无非是不希望她心中为他的伤难受和介怀。琴笙一顿，轻笑了起来，原本苍白的容色有些莫测："好歹将你这条鱼儿捞了出来，你便要与我说这些么，小夫人？"

楚瑜看着他那张没有血色的脸，张了张嘴，眼泪珠子又吧嗒吧嗒地掉了下来，忽然在他面前蹲了下来，也顾不得有其他人在场，突然单手一抬就抱住他柔韧的修腰，"瘦了，你本来就不胖，这会子更硌手了，这要养多久才能养回来啊。"

琴笙低低地轻道："小鱼……"

“我想你，我每天都在想你，睡着了想你，醒了想你，吃饭想你，昏昏沉沉的时候想你……我好怕，怕再也回不到你的身边。”楚瑜把脸搁在他的胸膛，蹭了把自己脸上的眼泪，轻声道。

“你呢，你想我了么，笙儿？”

琴笙琥珀色的眸子里雾气散尽，闪过温柔的光，指尖温柔地抚过她的发鬓，轻道：“我想你了……小姑姑，很想。”

楚瑜抬起脸，对上他深邃的眸子，忍不住破涕为笑，抬手死死抱住他的腰，把脸搁在他没有受伤的肩膀上：“永远、永远都不要再伤害你自己了，你不是真的神！”

他用尽了他幼年、少年和如今的气力才得一个她，她又岂不是一路艰难地陪着他重新走过茫然的幼年、晦涩的少年，到了如今。他是她为自己“养”的夫君，如此艰难，步步惊心，以命相陪，才得了一个他。

琴笙唇轻轻地印在她的额上，用没有受伤的手轻轻地环住她的腰肢，只幽幽地轻笑：“我若成神，天下只你这魔能破神心，我若成魔，天下只有你，才是那个能伤我之神，生死都只随你。”

他顿了顿，又似笑非笑地轻叹了一声：“总不会让你一个人待着，一不小心就要被那野猫野狗的叼走了，成仙成魔皆不能甘心。”

楚瑜瞬间眼泪就又下来了，珍珠似的乌眸跟水洗过了似地盯着他半晌，抬手就忽然扯着他的长发，粗鲁地一把将他的俊颜扯低，不管不顾地在他薄唇上就狠狠地一咬：“你就想看我哭呢，磨人精！”

琴笙被她咬得微微一疼，随后又无奈——再不习惯在人前这般情绪外露，奈何怀里的小鱼妖，却是个跳脱的性子。他闷闷地轻笑了起来，由着她扯着他放肆地亲昵。只伸出修长如玉的指尖，轻轻地抚摸她的腰肢与脊背，姿态极尽温柔。

“我……先去处理下身上的衣衫和伤口。”楚瑜垂下眸子，她瞥见不远处火曜押着人过来。

金曜看了眼渐渐行近了的火曜，还有他身后的被拖着过来的辉夜姬，他桃花眼里闪过一丝阴沉：“主上，要不要清场？”

琴笙接过身边的武卫递来的奶露，垂眸颔首：“嗯。”

金曜立刻冷色吩咐:“除了土曜星君和火曜星君,所有人都退下。”

不一会儿,人就被拖到了琴笙的面前,火曜身上的那一身被撑得残破的音婢女装还没有换下来,单膝跪地,“属下,见过主上,是属下失职了。”

琴笙看着他,淡淡地道:“我曜司一向赏罚分明,但这些日子你辛苦了,不是你暗中跟随潜伏,打探消息,咱们也不会那么快就破了琉岛,虽有过,却也有功,功过相抵,不罚不赏。”

火曜闻言,脸上闪过一丝激动的神色,随后深深地俯首:“谢主上!辉夜姬,等候您的审讯。”

土曜笑了笑:“这就交给属下来吧,主上想要问什么,我可是让人给这位岛主大人上了好药呢,绝对不会就那么轻易地死去。”

辉夜姬失魂落魄地抬起头,她的咽喉已经和手指一样都被上了药,此时虽然说话有些疼,却不是不能说话,她一看见琴笙,低低地喑哑地笑了起来:“到底是本宫失算了,琴三爷不愧是琴三爷。”

“岛主过谦了,这些年遇到过不少局,让本尊受伤的,倒是越来越少,宫家少主亦好能耐,只可惜功败垂成。”琴笙轻品了一口奶露,悠悠地道。

辉夜姬一僵,随后,她像是被什么刺激了似地抬起脸,朝着琴笙冷笑了起来:“哈哈……你以为你就赢了么,飞羽姬早就是宫少宸的人了,怎么,她还没有告诉你吧,哈哈哈哈……还是你以为分开那么长久的时间,她会为你守节?”

说着,她恶意满满地看着一脸平静的琴笙:“三爷,这顶绿帽子你戴定了,传出去,琴三爷的夫人被别的男人睡过,多有趣!”

琴笙垂眸淡淡地扫了她一眼,并没有说话。金曜桃花眼底却闪过森冷暴怒的目光,“贱人,住口!”

辉夜姬痛苦地蜷缩成一团,她颤抖着吐出恶毒的话语:“你们杀了我……飞羽姬也是个不贞的女人,这是事实!”

琴笙淡淡地看了眼土曜,似根本懒得理会地上的女人,只捧着奶露慢条斯理地用着。土曜微微颔首,随后笑容亲切地蹲了下来,温柔地扶起辉夜姬,惋惜地道:“这么美丽的女人,可是万里挑一,比那所谓的武林第一美人都要迷人。”

说着他抬手仔细地替辉夜姬将发丝拨到耳后，端详着她的脸，亲切地笑道：“不要去理会那些粗鲁的家伙。”

辉夜姬剧痛之中，几乎没了理智，这时候土曜的温柔简直如同救命的稻草一般，让她失去了基本的判断，她下意识地就偎进了他的怀里，如受惊的鹿一般，恐惧地发抖着，泪如雨下。只是她并不知道她自己此时的模样，虽然面皮依然美丽，但是肉体的痛苦早已扭曲了她的面容，哪里还有之前那个高傲神秘、艳冠群芳的琉岛岛主辉夜姬的模样。如今的她不过是一个惊慌失措、满心恐惧的妇人罢了。

“让我看看，美人。”土曜温柔地捧起了她的脸，垂眸看着她的眼睛，亲切地道，“你的眼睛可真美丽啊，辉夜姬，是东瀛传说里那个美丽的月宫公主么？”

辉夜姬对上土曜亲切温柔的弯弯眼眸，竟不由自主地微微颔首：“嗯……这是父亲给我取的名字。”

土曜的表情更温柔了，在她耳边幽幽地含笑问：“嗯，那么美丽的殿下，你能告诉我，宫少宸，宫家少主与你到底是什么关系么？”

辉夜姬在土曜温柔的声音与怜惜的表情里，似乎神情越来越放松，对方的声音宛如一泓温泉，让她浸润在里面，浑身舒爽，连手指和咽喉的痛苦都淡了许多。

听到了“宫少宸”三个字，她脸上的肌肉微微一颤，唇角紧抿，浮现出一种欢喜又痛苦的表情来：“他是我的主子……是少主，不可以违逆。”

众人对这个答案，心中都有些异样。土曜顿了顿，又继续含笑问：“殿下，您中意宫少主是吗？你们什么时候开始接触的呢？”

辉夜姬身形一颤，脸上浮现出羞赧来，迷迷糊糊地低低轻笑：“在我十岁那年，我第一次见到少主开始，第一次接受他的命令开始……就一直想着我终有一日会嫁给那样高贵的少年，只有他才配得上我……这是在我知道自己身世的痛苦时光，一直支持着我的信念呀。”

土曜继续在辉夜姬耳边温柔地问：“辉夜姬殿下，您是琉岛岛主唯一的女儿，出身高贵，是琉岛的公主，你又如何会配不上他呢？”

“我不是父亲的女儿……”辉夜姬下意识地说了这一句话之后，整个人仿佛忽然又陷入了一种极为痛苦的情绪里，她伸出双手试图抱住自己的头。但她光秃秃的手掌一碰到头，就痛得她浑身一颤，忍不住尖叫了起来：“我的手……好痛……”

她开始挣扎了起来，剧痛令她仿佛从土曜的魔障里清醒了过来，她神色痛苦地恨恨地看向土曜：“你们都是一丘之貉，休想从我嘴里套……套出话来！”

土曜弯了弯眸子，忽然指尖一弹，一根几乎只有头发丝般粗细的细针就从他指尖弹了出来，他一手点住了辉夜姬的哑穴和麻穴，令她动弹不得。

“殿下为什么要生气呢，生气会让您变得不那么美丽，多可惜？”土曜亲切地微笑着，一手挑起她的脸孔，啧啧地惋惜着。但指尖那长得可怕的细长金针在辉夜姬惊恐的目光下，一点点地从她的太阳穴残忍地扎了进去。随着土曜指尖的细长金针扎得越来越深，辉夜姬的表情呈现出一种扭曲又诡异的变化。

辉夜姬浑身颤抖了起来，脸部的肌肉开始抽搐起来，仿佛在忍受着巨大的痛苦，两只眼珠子也呈现出一种向不同方向转的诡谲的，几乎不是活人能转动出的弧度，看着极为恐怖。土曜亲切俊秀的脸孔上却依然呈现出一种兴致盎然的样子，他认真又仔细地转动着自己手里的细针，几乎让人以为他要将那针直接扎穿辉夜姬的整个脑袋。直到只剩下一截针柄露在外头，土曜方才停下来继续送针的手，微笑着抬手在辉夜姬面前晃动了一下，声音低沉温柔，蛊惑人心：“辉夜姬殿下，您不是琉岛岛主的女儿，您又是谁呢？”

辉夜姬脸上此刻已经一片木然，只是诡异地扭歪着脑袋，姿态看起来颇像某种几乎要被折断了脖子的人偶，声音微弱却极为乖巧地道：“父亲原本的女儿早在岛主夫人生产时随着岛主夫人一起死了，我是被提前送到岛上来，穆先生杀了岛主夫人和她的女儿后，用我在产房里顶替了死去了的那个女孩，作为父亲的女儿被养大的。”

琴笙品着奶露的手一顿，随后微微眯起了眸子，若有所思。土曜看了眼琴笙，继续笑眯眯地问：“穆先生和你听从谁的指挥，宫少宸么？”

辉夜姬木然地道："我听从少主的指挥。"

土曜又问："宫少宸是什么背景，他到底是什么人？"

辉夜姬木然地道："少主是……皇子，未来要统治天下的人。"

此言一出，众人皆惊，齐齐互看了一眼。只琴笙幽暗的眸子忽然一冷，手中的杯子猛然被他搁下，瓷器发出清脆的叮的一声冷响。

……

"你的元毒之体，只要不破皮就没有事儿，宫少宸不知道么，他没有占了你的便宜？"霍二娘在楚瑜身边蹲着擦刀子，看着她一边擦脸，一边忍不住问。

楚瑜擦了把脸，淡淡地道："他不敢冒险，是人，总怕死，何况我要弄破自己的皮，见点血再简单不过。"

"也是，他要死了，岂不是便宜了三爷？"霍二娘感叹。

楚瑜顿了顿，哭笑不得地看着霍二娘："便宜了三爷，怎么，你很希望不便宜三爷么？"

霍二娘嘿嘿一笑，随后很有些感慨："倒是没有想到辉夜姬竟然不是岛主的女儿，宫少宸他们的组织布局布线竟然长达几十年。"

从二十年前便开始这样的精心布局，是为什么呢？难道，是为了琉岛老岛主手上的藏海图？还有辉夜姬说宫少宸竟然是……皇子？

楚瑜脑子里突然闪过一道灵光，抬眼看向霍二娘，迟疑了片刻："这辉夜姬和宫少宸……"

一道幽凉的声音忽然在她们身后响起："你想问什么？"

霍二娘闻言，赶紧抱拳行礼，乖巧地告退。

楚瑜转脸看向出现在自己身后的琴笙，还是直接地问出了心中的怀疑："他们会不会和当年的明烈皇太女、宸亲王夺嫡之事有关？还有藏海图……我想知道，你明明已经富甲天下，为何还要去寻那藏海图的宝藏，值得么？"

琴笙身形微顿，随后转身看着她，淡淡地道："我一直在等你问我，倒是没有想到你能忍到现在才问。"

楚瑜一听这话，挠挠头："之前我和你的关系是什么样子，你也不是不知道，我就算问了你，你也未必会答我，至于最近这段时日，我那什么……忘了。”

琴笙眼尾微挑，悠悠地道：“你不问，怎么知道我不会告诉你？”

楚瑜叹气：“我说……你下一句是不是要说我不信任你，你可伤心了，咱们别纠结这问题了好吗？”

楚瑜直白的话语，竟令琴笙顿了顿，沉默了下去，转过脸去淡淡地看向远处的大海。她瞅见他微抿的唇角，和微红的耳朵，暗自忍不住想要笑——这位爷这是被揭穿了，窘了。倒是难得看见他脸上会出现这样的表情。

“这份藏海图乃是前朝传下来之物。”琴笙忽然幽幽地开了口，边行边道。

第四章 相思无尽

楚瑜见状，知道他这是要说正事儿，立刻收了嬉笑的心情，由他牵着自己边行，边认真地倾听。

“此事，你猜测得很准，确实与当年的明烈皇太女和宸亲王秋玉之有关。”琴笙道，“当年明烈皇太女其实原本有机会赢的。”

明烈皇太女那样威望深重的人，以她的心机和手腕又怎么会没有机会赢？

“当年夺嫡如火如荼之际，秋玉之虽然掌了军权，但是明烈皇太女毕竟树大根深，在朝多年，控制整个户部，甚至兵部，朝廷的百官多为太女派系，更是暗中一直在卡宸亲王的军饷，试图逼他放权。”琴笙目光有些幽沉。

楚瑜若有所思地道：“秋玉之手握军权，若是粮饷被卡，他就算在军中再有威望，也是巧妇难敌无米之炊，极易哗变，但是克扣边军粮饷，这实在不像是明烈皇太女能做出的抉择，此乃下策，将士易失心，对朝廷不满。”

琴笙深深地看了她一眼，“明烈皇太女手下有一批极为忠诚又精于计算的算师，其中还有来自西洋的算理大家，所以他们能精确地计算出一批军人，不同时间所需要的粮饷有多少。”

他顿了顿，又道：“军中那些文书们，也多为太女之人，所以除必要粮饷，秋玉之想要多一个子都不能，明烈又道年年天灾，她以身作则削减自己东宫的份例在先，逼扣了不少秋玉之的亲王份例，又以查贪腐为名，令御史台严查肃清他所有的封地和进项……”

“秋玉之既然想要夺嫡，造反，那么必定不可缺钱，只是明烈皇太女这一手倒是真从源头上釜底抽薪，就怕其他官员有意见，毕竟水至清则无鱼，朝廷势力盘根错节，别反而牵连她自己失去百官支持。”楚瑜忍不住笑了起来。

琴笙轻嗤一声：“她自然明白这个道理，所以对其他官员也只是多敲打警告，抓些无关紧要的人，并不曾伤筋动骨，还让百官对她的宽宏极为感激。”

“后来秋玉之曾经一度被逼得极为狼狈，他只能靠着暗中与漠北之人做些走私交易，却又不敢现于人前，因为这随时都会让他背上一个通敌叛国的罪名。”

楚瑜颔首：“确实，戍边大将暗中和外族有些走私交易，虽然是极为冒险之事，但哪朝哪代都免不了，只是单看会不会被发现了。”

琴笙接过话语：“秋玉之需要粮饷，需要银子，需要暗中筹备一切，此时，他也不知从哪里翻出了那张藏海图。”

到了重点，楚瑜凝神看向琴笙，见他淡淡地道：“当年兽营被南后解散后，有传言那张图当年是海上魔宫的后人带出来，又流落到中原，正遇上秋玉之暗中四处想法子筹集银钱，被他得了去，也有人说是他在宫中的密室里翻着开国太祖的东西翻出来的，不一而言，但是他确定此图是真物。”

“但是唯一能知道的就是这份藏海图里标示的地点在海上，是吗？”楚瑜想了想道。

琴笙抬手优雅地拂去被风吹到眼前的细长发丝，轻嗤了一声：“没错，于是秋玉之当年便暗中招兵买马，一直在沿海召集能够出海之人，当年的帝国海军比现在要强悍，控制在另外一位老亲王的手里，这位老王爷却是支持明烈为正统的，一贯看不上秋玉之，所以秋玉之不能轻易惊动他，于是就托了江湖人士招兵买马。”

“秋玉之在江湖中颇有些势力，是朝廷无法控制的，他利用手中的势力暗中募集了一批亡命之徒为他效力，准备出海去寻这批宝藏。”

“找这批宝藏，看来你们不是第一批寻找这批前朝海上魔宫宝藏的人，那么秋玉之都找了些什么人，结果如何？”楚瑜忍不住好奇道。

琴笙轻笑了一下，神色有些冰冷：“三教九流的中原武林高手做打手，海盗开路驾船，还有一些东瀛浪人和西洋流亡来的异教徒观星师。”

楚瑜一怔：“这么些亡命之徒出海，瞅着都是刺头，彼此间谁都不服谁，怎么能合作？”

琴笙淡淡地道：“所以他说得极为明白——这就是卖命的买卖，也命了亲信之人主持大局，那亲信领着一批兽营的士兵掌控着所有船上之人的性命，杀人不眨眼，极为狠辣，却也许诺了极为高昂的价钱。”

“原来如此，人为财死，鸟为食亡。”楚瑜颔首道。

如此一看倒是没有比这个更合适的组合了——中原黑道上的高手、东瀛浪人都是要钱不要命的，海盗熟悉海路，西洋的流亡观星师是为了根据天象寻找藏宝图的位置。

“是了，那亲信，你也认得。”琴笙似想起了什么，对着楚瑜似笑非笑地挑了下眉。

楚瑜一愣，指着鼻子，不可置信地道：“我认得，怎么可能？”

琴笙忽然抬手抚上了她的背，意味深长地道：“不认得？”

楚瑜有些莫名其妙：“等等……你说的是……”

她脑海里瞬间闪过一张惶恐苍老的面孔，忍不住惊叫出声：“你说的是……黑海老魔？”

黑海老魔居然是当年秋玉之的亲信，这可真是……

“缘分啊，嘿嘿。”楚瑜忍不住抬起自己没有受伤的手捂脸，复杂地低笑。还真是……原来从她遇见黑海老魔的那一刻，就注定了和琴笙纠缠一生么？

琴笙看着她淡淡地一笑，神情变得温柔了不少：“倒也是，如果不是黑海老魔，你我未必能有今日。”

楚瑜放下手，斜眼睨着他：“是哦，说不定我就不用被你追杀了，不是？”

琴笙停下脚步，唇角弧度上扬，微微倾了身，靠近她的脸。但见他妙目微弯，长长的睫羽柔软细绒，衬得整张清冷的容颜此刻看起来异常温柔清澈，甚至带着一种莫测的乖巧。

琴笙幽幽轻笑：“说来也是，说不定就不用被你打破头，变成个任由你摆布的大傻子，还连着打了两次……小姑姑，我的头很疼呢。”

楚瑜微微红着脸别开眼：“总之，扯平了。”

这人，以前明明死要面子，不喜欢她提起以前和仙仙、白白相处的日子，今儿这是怎么了，没事儿就做出以前仙仙和白白时期的样子来戏谑她！

“而且，你也把媒人给杀了。”楚瑜咕哝。

琴笙见她那心虚的样儿，琥珀眸闪过一丝兴味的轻笑，随后放过了她，只继续道：“我杀了他，他必须死。”

楚瑜见他轻描淡写的样子，眼中的幽暗光芒却让人不寒而栗，她有些怔然：“为什么，因为他有藏海图？可是若他手里拿着藏海图，是不是说明当初秋玉之寻找宝藏的计划失败了？”

琴笙眯起眸子，看向不远处有些阴郁的天边：“没错，他们的船在出海之后，没有多久就失踪了，秋玉之的计划落空，不过很快他就知道是明烈出手了，但明烈太心急了点，她的出手让秋玉之更加肯定了关于这个宝藏的传说。”

“传说？”楚瑜一愣，“你是说……”

“海上魔宫藏着几百年前灭国的西狄王朝的大量宝藏和金银，据说几乎能买下半个大元帝国，更有当年海上魔宫的宫主研制的各种神秘武器，堪媲美诸葛卧龙的发明，据说若是得此宝藏，便能双分天下。”琴笙悠悠地道。

楚瑜闻言，有些无言，还是忍不住一脸怀疑：“这种事儿……是真的么？”

琴笙不置可否地道：“至少明烈认为是真的，又或者她知道了些什么，所以才暗中通知了老亲王，老亲王立刻派出海军去截杀秋玉之派出去的寻宝船，抢回那一幅藏海图，这举动更加让秋玉之相信那图是真的。”

楚瑜挠头：“但是秋玉之最后还是赢了明烈啊。”

琴笙顿了顿，有些轻蔑又森凉地笑了起来：“因为没有底线的卑劣之人总是比较容易赢的。”

“秋玉之又一次派人出海？”楚瑜疑惑地问。

琴笙摇了摇头，淡淡地道：“是，他是派人出海了，但是是为了抢回那藏海图，第一次明烈的人做得不够干净，低估了那群乌合之众的能耐，让黑海老魔领着部分兽营的人和一些东瀛海盗逃出生天，后来秋玉之比明烈更早地寻到了黑海老魔他们。”

楚瑜忍不住又追问了一句：“然后呢，然后他们再次暗中组织了人去寻宝？”

琴笙微微眯起了眸子，轻嗤了一声：“不，他拿着藏海图去威胁明烈，令她交出户部的控制权，不得再卡他的粮饷。”

楚瑜无语了一会儿，才忍不住道：“这位宸亲王的手段果然直接而高效，可是……明烈皇太女怎么会轻易答应？”

琴笙淡淡地道：“因为秋玉之在这次事件里，发现了老亲王的弱点——他只有一个独生女儿，所以他控制了老亲王的独生爱女，又用了些卑劣手段，逼得老亲王转而支持了他。”

楚瑜忍不住瞪大了眼：“他用什么法子控制了老亲王的独生爱女？”

琴笙讥诮地眯起了眸子：“那位郡主据说怀上了他的孩子，以命逼老亲王支持秋玉之。”

秋玉之那疯子，连自己的亲姐姐都可以下手，何况堂妹？不过，按照秋玉之的那张面皮和他的那种性子，想要迷惑世间男女，应该都是轻而易举的事情吧。何况一个养在深闺里的单纯少女……

“老亲王上了他的贼船，只怕是下不来了，秋玉之控制了帝国海军，难怪明烈后来会输。”她叹了一声气。

琴笙忽然意味深长地道：“胜负输赢在人心，明烈输就输在她顾忌太多，秋玉之赢在他的无底线，也许他享受的只是这种征服中的纠缠厮磨，若他只是想要明烈，那么他终归是蠢了，这般大费周折作甚，若是本尊……”

楚瑜看向他，有些好奇：“若是你会如何？”

琴笙轻描淡写地道：“蛇打七寸，人捏软肋，若我想要的人在乎这天下，那天下狼烟四起时，众生流离失所，血流成河时，便是她屈服膝下，一生为我所锢之时。”

楚瑜闻言猛然打了个寒战，停下脚步，看向琴笙的背影。琴笙亦停住脚步，并没有回头：“怎么不走了？”

楚瑜看着他修白的背影，忽然认真地道：“你不会那么做的，对么，琴笙？”

琴笙顿了顿，转过身来，看着她，眸色幽晦如海，似有雾气暗沉，让人看不清楚他眸底的光。片刻之后，他忽然垂下眸子掩去幽暗的流光，微微一笑：“嗯，玩笑罢了。”

楚瑜抿了抿唇，按下心中那一点诡异的危险感，还是松了一口气，上前几步，索性主动岔开话题：“是了，后来呢，藏海图回到明烈皇太女的手上了么？”

琴笙却轻嗤了一声：“她那么大费周折要找，自然回到她的手上了，只是被她最小的弟弟给撕成了六片，分别流落了出去。”

楚瑜再次瞪大了眼：“你是说……廉亲王？”

琴笙颔首，神色有些讥诮：“这位小王爷，从来便是被宠坏了的，当年自诩清高，忘情诗书琴画之中，自诩文人狂生，他自知道明烈朝堂上失利之后，便认为藏海图是个祸害，竟偷偷将那图再次弄出密室，打算要烧掉。”

只是当年年轻气盛，才十几岁的稚嫩少年王爷哪里知道他早已被秋玉之的人监视着，他一举一动都有人盯着的，待他才将藏海图拿出，黑海老魔便领人到了。而廉亲王身边自然不可能没有皇家暗卫，双方交手抢夺起来，情势危急之下，少年廉亲王怒将那图强行撕碎抛洒进了宫里的大湖中，双方人马纷纷跳湖去抢。

“最终，明烈的人抢回了廉亲王、金大姑姑、漠北、唐家堡手里的四块，剩下两块被黑海老魔抢走，明烈当初将藏海图送到天南海北不同之地藏起来，黑海老魔当即也将另外一份图送到琉岛岛主手上，其实都是为了防范被对方抢走，这点他们倒是殊途同归。”琴笙道。

“所以……”楚瑜没有察觉琴笙看自己的目光有些深邃，只沉浸在自己的思绪里，有些迟疑地问，“这就是你要追回藏海图的原因么？”

她原本以为他根本不愿再与皇家有任何牵扯，若只是为了这个原因，这理由也未免有些单薄了。

“秋玉之和明烈死在东宫那场大火之后，明烈身后事有南太后帮着收拾，但是秋玉之的人面临朝廷清算，死伤无数，黑海老魔逃了出去，却并未偃旗息鼓。”琴笙悠悠道。

“他如今是一个人了，又面临朝廷的追杀，所以他决定自己单干，去寻找那一批宝藏，成了亡命之徒？”楚瑜猜测。

琴笙微微颔首：“没错，他当年对秋玉之忠心耿耿，也是唯一一个看过藏海图全图之人。”

“所以他能在我背上刺下温刺图，也就是藏海图的全貌？”楚瑜有些奇道，“可若他记得全图，只管去寻就是了，何必还要找齐六块？”

琴笙忽然看着她，温柔一笑：“当年为了破解藏海图寻找通往宝藏的海路，秋玉之倒是费了不少人力和工夫，其中最重要的成果就是你背上这张温刺图，将六份藏海图集齐，按照某些顺序在你背上绣色，便能显露真正通往宝藏的海路。”

黑海老魔拥有温刺图，却只有两份藏海图，自然无法寻到真正的海路。楚瑜怔然，下意识地摸了摸自己的背：“所以……”

“所以，这就是我和皇室的交易。”琴笙神色忽然淡了下来，“他们不对我多加干涉，我替他们寻回藏海图，免落入居心叵测之人的手中。”

楚瑜忍不住补充了一句：“然后你还得养着他们？”

“不必替我愤愤不平。”琴笙似觉得楚瑜恼火的模样颇为可爱，伸手温柔地抚了抚她的脸颊，平静地道，“有求于人者，受制于人，那年东宫大火之后，我便说过，此生我命由我不由天，如今皇室正是有求于我。”

楚瑜看着他，忽然有些鼻酸，她抚住他的手，微微一叹。也许皇室并没有想到有一天，琴笙会成长到他们都无法控制的地步，羽翼之丰，令他们无可奈何受制于他，只是其中多少艰辛，也只有他自己才明白。

"宫少宸……"琴笙忽然慢慢地道，"我原本以为此人牵扯进黑海老魔的事中，是近十年之事，但从幽冥酒坊、琉岛这些事情来看，只怕这布局并不是只有十年，应该要早得多。"

楚瑜若有所思地道："没错，辉夜姬如今双十年华，此事布局至少在二十年以上。"

她脑子里忽然冒出一个有些诡异的念头，这个突兀的念头令她自己都有些惊悚。那位老王爷只怕没有料到自己最终站错了队，又或者料到了却再无回头路，夺嫡失败方的朝臣只能面临被清洗屠杀的结局。但是那个郡主和秋玉之的孩子也算是流着贵重的皇家之血，算得上皇子……如果他活下来的话，岂不会是琴笙的……弟弟？而辉夜姬说宫少宸是皇子，算算年龄，大概也能对得上……

楚瑜脸色有些发绿，但还是忍不住问："那个老王爷的郡主和她的孩子怎么样了，还有后来的帝国海军被谁接管了？"

琴笙看她的表情就知道她在想什么，他淡淡地道："老王爷自裁于御林军闯入王府的那一刻，至于那位郡主，据说在她怀孕的时候，就已经被老王爷送走了，道是秋玉之的人马接应的，但是我在兽营里并没有查到她和那个孩子的消息，生死不明。"

楚瑜揉了揉眉心："下落不明……"

琴笙看着她那有些发绿的小脸，似觉得有趣一般地轻笑了起来："怎么，若宫少宸真是那个身份，你会不会觉得是缘分？"

"不，是猿粪！"楚瑜从鼻子里喷了两股气出来，同时朝琴笙怒瞪了一眼，"你怎么还能这么冷静地跟我开玩笑？"

她真是想扒开他的脑袋，看看他脑子里在想啥！

琴笙却淡淡地道："就算他真是秋玉之之子又如何，当死之人，总是要死的，并无不同。"

楚瑜转过脸，还是忍不住叹气，又有些纳闷。她实在想不到，秋玉之那样的偏执狂、神经病，竟然会让除了明烈之外的人生下他的孩子。这实在太不符合他的性情。现在虽然没有个结论，但是一想到琴笙和宫少宸可能存在某种亲缘关系……楚瑜揉着眉心，只觉莫名地心里很怄。

楚瑜看向琴笙，神情略有些抑郁："只是这一次，宫少宸逃了，只怕他手上的藏海图是拿不回来了。"

琴笙看着她，眸光深深，细细地看着她："拿不回来便拿不回来吧，宫少宸设下这等陷阱，原本是冲着我来的，若非他想着一箭双雕，甚至一箭三雕，亦不知何时能找回你。"

楚瑜微微颦眉："可是皇室那边，你应过他们会寻回藏海图，若是到底不能做到此事，他们会不会为难你？"

毕竟虽曾经历过多年前那一场夺嫡之难，东宫大火，差点烧塌了皇家的顶梁柱，但是南太后也算是个人物，支撑着病弱的今上直到今日，虽不若先帝和明烈在时那般昌盛，但也算天下承平，非乱世之兆。

琴笙就算最后覆灭秋家皇室，名不正言不顺，只怕也要担上乱臣贼子之名。他幼年与少年时经历太多的颠沛流离，风霜雨雪，剩下半生，她只想与他一生平顺，卧看潮起潮落。

他一眼便看穿她心中担忧，也不即刻多言，便只牵了她的手慢慢地向洞外走去。一直走到了洞口，海风迎面瑟瑟而来，月光满地，他才淡淡地道："我对明烈和秋玉之那两个人想要的东西没有任何兴趣，但若是本尊想要，有的是法子令他们不想让也要让，毕竟……虽然不想承认，但我似乎不想姓秋并不容易。"

他顿了顿，转身看着她，指尖有些痴迷地抚摸她的脸，"我极厌秋玉之，但如今想来，谁若想毁了本尊所有的，所想要的，我并不介意做第二个秋玉之，送挡路的人上路。"

楚瑜看着他眸子里倒映着自己的面容，心头一震，她抬手环住他的腰，将脸靠进他怀里，轻叹："笙儿……你总能如愿的。"

他所求的，从来不多。此生，她只愿他心中的大雪终有一日，因她放晴，拨云见日，终得命运温柔以待。

……

上船之后，楚瑜整个人都放松了，迷迷糊糊地睡着，一觉仿佛极沉，却又有些迷迷糊糊地听见耳边多少有些声音，细细碎碎的，幽幽靡靡的男音颇好听，待她想要细听时，却又听不清楚。她蹭了蹭自己身下的枕头，闻着那熟悉的令人心安的冷香，仿佛驱散了曾经梦乡里长久的阴霾，索性一转身又睡过去了。这一觉睡到第二日她翻身爬起来，迷迷糊糊地开眼看了看天色，见琉璃窗外的天空灰灰沉沉，几不见光线，阴霾非常。

她想着，这是未曾天亮了，便耷拉着沉重的眼皮准备下床，睡迷糊了，却忘了自己的手上有伤，就这么一撑，忍不住嘶了一声，身边传来幽幽微喑的声音："你方才可是做噩梦了？"

楚瑜脑子并不清醒，只胡乱地摇摇头，又点点头："不……不记得了。"

抱着她的人，轻叹了一声："昨夜你梦里嘟囔了几次让人滚开，想来是前两个月回忆不太好。"

楚瑜这时候才有点清醒，但是她没有来得及让脑子恢复运作，随后便被人捞了起来，翻了个身趴着。只听得身后传来淡凉的声音："鱼只管睡你的便是了，我给你补点别的记忆，总要让你不记得那些事才是。"

随后，那绵密的吻便继续一点点地顺着她光嫩的雪背一路下去，楚瑜迷迷糊糊间，身上又酥又痛又麻，鼻间冷香渐浓，让她本能地跟着热了起来，等到她彻底清醒的时候，也只剩下呜咽着任身后的"猫儿"蹂躏的份儿了。

直到疾风骤雨皆消，天光明亮。

"醒了？"琴笙温淡的声音响起，打开墨盒提笔在画纸上画了起来，同时道："明日我们就启程回中原吧。"

这一走过去，她便见着琴笙下笔如游龙惊凤，片刻间，一幅大气磅礴的天涯海角图已经初见雏形。楚瑜看着那图非黑白水墨，却是带了艳丽的彩色，那色彩极艳鲜明，竟有点西洋画的意境，她心中一动："这墨……"

琴笙笔下微顿，随后看向她，微微一笑："忘了告诉你，刺青的色料已经准备妥当了，便是如今用来作画的。”

楚瑜想了想，也是，过了足足两个月了，以琴笙的手段也该调制出那刺青的色料了。她看着那画，眸子里闪过一丝复杂，但还是坦荡地道：“宫少宸将我掳去，这些日子，给我下过药，虽他未能对我真做什么，但是我意识时常模糊，并不知身后的图是否因为发热和浸泡热水显出来过。”

琴笙径自放了笔，看着她，却见面前的人儿小脸微绷，神色淡淡地看着他，偏一双眼明丽非常，水洗似的直勾勾地看着他。

他轻叹了一声，忽然脱了手套，指尖抚上她的脸颊：“知道便知道了，那又如何，到底现在咱们手上三份图，他手上两份，就算知道你背上有图，也奈何不得。”

直到夜里，楚瑜看着那一盆子烧在精致小炉上温着的水，排摆了满满一桌子的粗细长短不一的银针并着另外满满一桌子散发着异香的颜料就头皮发麻。

琴笙看着她，略顿了顿：“你若是怕，我就用以前的方式来，此事总归急不得。”

楚瑜一愣，随后咬着唇角，还是坚决地道：“不，我自己来，反正还有麻药呢。”

她知道他舍不得她疼，可是有些事儿，她需得亲自来，她想要为他积福德，自然少造杀孽，何况还有什么比在自己背上下手更直接的呢。只是她和他都知道她背上这图要上色怕不是几次就能完工的，当初那黑海老魔在她背上留下的不过是一副线稿，才用时短了。

琴笙见她乖乖巧巧地趴在深紫软枕里，一片精致的背脊被映得异常雪嫩，豆腐凝脂似的，他眸光不禁深了深，一边慢条斯理地解了手套，一边用修白细腻的指尖轻轻在她脊背上按了按：“那还真是抱歉了，谁让本尊小夫人这身子与寻常不同，让人沾了药似的，亦怨不得人手段过火……”

琴笙从热水里取了帕子拧干，覆上她雪白的背脊。楚瑜只感觉背上一热，她瞥见琴笙随后从桌子的两个角各自取了一个铜质手铐，手铐里垫着极软的皮垫子，这样的手铐就算卡在手上挣扎起来也不至于伤了皮肤。她闭了闭眼，没有动弹，任由琴笙将自己的双手铐上。

琴笙轻抚着她僵硬的后腰，指尖以一种特殊的手法替她舒缓紧绷的背部，一手持针，一手拿了滚水烫过晾干的白色绸布轻轻地在她背上那血点上一擦，复又用针蘸了色料重复之前的动作。

楚瑜背上一阵阵刺痛，她忍耐着，只揪住桌子两个包了软绵包的角，低低地笑："轻点。"

背上刺痛渐渐厉害起来，楚瑜有点难忍，额头上浸出细细的冷汗来，她抬头看着镜子，但见他落手间，长针短针或深或浅，动作间如行云流水，又利落非常，竟似在绣图一般。她忍不住时，只从面前的镜子里看着他在自己背上刺青的动作，真真是秀色可餐，慢慢地她竟有些痴了，注意力被分散，仿佛背上也没有那般疼痛了。她还是第一次见他"刺绣"的模样。

琴笙也察觉了她在从镜子里看着自己，心中忽涌上一种酸酸胀胀又涩然的情绪，一贯自诩冷情，此刻竟忽然有些迟疑地下不去手。楚瑜趴在软枕上，对着镜子里的人有些无力地一笑："三爷，可稍再利落点，也好叫你小夫人少受点罪。"

琴笙闻着空气里淡淡的血腥味，也知道自己就算心中再怜惜，再忍不得这一尾小鱼儿受罪，但她的催促才是有道理的，随后幽眸微沉，除了随口与她说话，手下动作却又利落干脆了起来，竟有点飞针绣墨的意思。

可那种疼，仿佛永无止境一般，如火一直炙烤着皮肉。

……

楚瑜看着窗外，轻叹了一声，一来一去，已经是霜雪又落时。片片飞雪落满了乾坤院屋檐上的瓦片，晶莹剔透地压了一墙，蜡梅与白梅开了满院子，芬芳无比。

楚瑜偎依在琴笙身边，抬手轻捻了他垂下来的一丝乌发在指尖轻转了转："你身上这春日便犯的重湿寒病，到底是在哪里出的事，金大姑姑说你曾经受过很重的伤，用了虎狼之药，才保住了性命。"

不知为什么，她就是会将他身上的病症和漠北联系起来。

琴笙闻言，随后握住她的柔荑，淡淡地道："是，曾经在漠北遇到极危险的局面，到底是老金他们在所以捡回来一条性命，却落了一身伤。”

她见他轻描淡写的样子，却不知怎么就想起凤栖城时他静静站在悬崖之上，猎猎海风吹散他长发的孤寂背影，心头瞬间软痛。楚瑜抬起手臂环住他的脖颈，眼底酸涩：“过去的事我且不问了，只是要你应我一件事。”

她原本大咧咧，不是那样悲春伤秋的人，但如今都有些怕听他说起那些曾经，只怕心肝肺都跟着疼。或许因曾经历经苦痛的是自己所爱之人，才会越发心痛。

琴笙见怀里的人儿原本泛粉的脸儿此刻却有些苍白，黑珍珠似的明丽大眼如今盈了一汪水似的，细密的睫羽都湿了，贝齿咬着涂了玫瑰花汁膏子的粉润唇儿，娇憨慧黠，愈发地显得娇美灵动，她只眼巴巴地看着自己，眼底的怜意和温软甚至祈求丝毫不遮掩。

琴笙只感觉她娇躯上的暖气传来，暖意温融透衫而来，浸入肌体，蔓延至心底那些冷潮黑暗之处。

“小夫人说什么本尊是不应的？”他声音不自觉地又温润了三分。

楚瑜正色道：“不要再为了不相干的人，不相干的事儿，随随便便就豁出命似的，你我相识一场原本是意外，相守更不容易，那些外物外事，都比不得你我能相守终年。”

琴笙深深地看了她片刻，琥珀眸里有细碎剔透的光，随后幽幽叹道：“我自舍了谁，都不舍得你的。”

说罢，他顿了顿，又稍稍低头，挺直鼻尖抵上她的额头，轻道：“传说食人鱼肉者，益寿延年，长生不老。我既享用了你这一尾小人鱼，又怎么能丢得开手，自要长生不老的不是？”

楚瑜闻言，心中温软得像要化了，明媚大眼弯弯如含春风，抬头就奖励似地轻碰了碰他的薄唇：“长生不老也就罢了，总要教三爷长命百岁才是。”

琴笙忽然身形微微一僵，片刻之后，他似无意一般地温声笑道：“小鱼喜欢孩子么？”

楚瑜还沉浸在柔情蜜意里，靠在他怀里，忽然想起仙仙的样子，轻笑一声："若是像你这般的孩子，我自然定要养一两个的。若是白白那样的性情，可是有些头疼。"

琴笙顿了顿，眼底的金光渐渐淡了去，随后轻抚着她的脊背："像我么？"

虽然他声音里并无异样，但是楚瑜离得近，她原本也是敏感之人，否则也不会死里逃生多次。此刻她立刻察觉到了琴笙的情绪有些异样，她转脸看向琴笙，见他依然神情温柔，眸光却又有些莫测。忽然想起之前在船上，她和他也讨论过这个问题，当时他并没有多言，她也没有多留意他的表情，但是此刻想起来当时他身上的气息似都冷了下去，正如此刻一般。

楚瑜看着他，忍不住试探道："怎么了，你不喜欢孩子？"

她可是期待着有个和他一样的孩子。

琴笙微微一笑，拢了她在怀里，只淡淡地道："只是觉得若孩子像我，那倒是不如没有。"

"琴笙，你要知道，我不是明烈，你也不是……秋玉之。"楚瑜顿了顿，看着琴笙神色，斟酌了一下，还是继续道，"你我若有了孩子，我必定会给他我所有的爱，你和孩子都会是我心中最重要的人。"

琴笙一顿，看了她半晌，忽然轻笑了起来："是么，若是我让你选一个，孩子和我，你会选谁？"

楚瑜一愣，有些莫名其妙，全然没有想到琴笙会问出这样的问题。

琴笙见她表情惊讶，便垂下了长长的睫羽，掩去眼底的暗涌，也只淡淡地一笑道："罢了，不过玩笑而已。"

楚瑜见状，却总觉得哪里有些不对，抬手固定住他的脸："等等，你是不是觉得看到孩子，会让你想起曾经的那些往事，或者有些别的什么原因，所以才如此介怀？"

琴笙一顿，看着她微微一笑："小鱼，你想得也未免多了些，尚且八字没有一撇的事情，何须如此认真？"

说罢，他看了看天色："雪停了，你可是还要去绣坊，若是不去的话，便陪我吧……左右我已经回来了，下午并无什么事情，咱们可以在房间里取暖赏雪。"

说着，他似笑非笑地轻吮了下她的雪腕，意味深长地看着她。楚瑜瞬间红了脸，一下子抽回自己的手：“晚上再说吧，我下午是真有事儿，逸哥儿去参考之后，听说录了第一名，在隔壁睦州衙门里学着做事，今儿就要回来了，说好了要在绣坊里吃上一桌酒的。”

听到封逸的名字,琴笙原本就有些幽沉的眸子里闪过莫测的暗光:“是么，你却未曾告诉我，我还没有给他送上贺礼。”

楚瑜看着他，有些迟疑地道：“你和逸哥儿素来就不对付，我以为……”

“不必多想,你自去吧,路上小心。”琴笙忽然笑了起来,温润如常。

楚瑜见状，也没有多想，便站了起来点点头：“好。”

待得目送楚瑜的马车离开，琴笙忽然淡淡地开口：“金大姑姑，老金当年说的那关于本尊身子的事情可有转圜的余地？”

金大姑姑看着琴笙修白优雅的背影，眼底闪过一丝黯然，迟疑了片刻，还是低声叹息道：“只怕很难，原来您的身子因为身上血脉的关系就不易让人有孕，何况后来还用了虎狼之药。”

琴笙闻言，冷笑了一声：“本来便不该有，省得出来也是如我这般……”

他刚要说什么，耳边却忽然响起楚瑜那一句“我不是明烈，你也不是秋玉之”，剩下的那话尾便悄无声息地没了。他静静地站着，也不知站了多久，忽有细细碎碎的冰凉落在脸上，他微微抬眸，便见原本那些快停的雪又渐渐大了起来。

“主上，雪大了，回屋吧？”金大姑姑低声道。

琴笙却并不动，只看向远处，见着纷纷扬扬的大雪渐渐地掩住了楚瑜马车的车辙，他轻笑了一声：“到底是我给不起。强留她在身边，也不知是对是错。”

金大姑姑心中一颤，她的这位主上，自东宫的那场大火之后，多少年从不曾露出这般暗伤之态，虽然并不明显，却已经足够叫金大姑姑心中难过又感慨。

“主上……莫要再自苦，便是让小鱼知道了，还是因为她，只怕也不会……快活的。”

金大姑姑轻幽幽一叹，复又道：“何况我看小鱼从来不是寻常女子，她一贯想法行事都有些惊世骇俗，想来也不是非有子嗣不可。”

琴笙抬手，一片轻软剔透的雪花便落在了他戴着透明蝉翼手套的掌心，他凝视着那一片雪花，复又慢慢地拢起了手心，将那雪花拢在掌心，轻弯了精致唇角：“那条野狗虽当杀，但他有一句话倒是说得不错，我和他是一样的，而天下之大，她若不死，便终是我的，便是死了，也总有法子让她走脱不得。”

……

这日，一辆马车浩浩荡荡地趁在一个雪晴了的日子向北出发。楚瑜坐在里面舒舒服服的，忍不住撩开了帘子，看着碧蓝如洗的天空，舒服地哼起了小调儿。

“小夫人，仔细被风扑了身子，潮冷气上来，熏病了。”红袖一边煮茶一边看着楚瑜的脸儿被吹得泛红，便忍不住低声道。

楚瑜不以为意地笑了笑：“哪里就有这么娇弱，咱们都是江湖人，这是咱们第一次上京，若是这点风寒都受不住，漠北那边要如何是好？”

这次，皇帝实在忍不住想要见琴笙，她也只好跟着一起去，顺便去一趟漠北，和琴笙一起拿回漠北的藏海图。红袖也无可奈何，只好拿眼去偷偷看自家主上。琴笙一边批阅手里的奏报，一边温淡地道：“由着她吧，一会子病了，便让唐瑟瑟给她开些苦药灌下去就是了。”

红袖瞬间就忍不住笑了起来。

……

到底紧赶慢赶在大年三十的时候赶进了京城。一下了船，楚瑜就见码头上早已清空，昨夜地面的积雪都扫了个干净，而且竟是禁军禁卫在值守码头，虽然没有任何官员，但鲁公公却早早地站在码头上翘首以盼。琴笙牵着楚瑜的手上了码头，便见鲁公公领着一名穿着宫装的中年女子匆匆过来，对着琴笙恭恭敬敬地打了个千：“三爷、小夫人。”

琴笙见着那中年女子，妙目里闪过一丝笑意：“林尚宫。”

随后，他看向楚瑜道：“这位是林尚宫，太后面前头一份儿的体面人。”

林尚宫含笑道："三爷谬赞。"

楚瑜见那中年女子圆脸长眸，笑盈盈的样子，倒似一尊笑面菩萨，只眼里精光四溢，一看便是精明人，正一脸审视地看着自己。

她点头含笑行礼："尚宫大人。"

"玉安县主。"林尚宫见她礼仪毫无可挑剔之处，便也还了一礼，倒是收起审视的目光，含笑道。

鲁公公见状，赶紧堆着笑脸道："三爷，小夫人，陛下和太后在宫里等候多时了。"

……

"到了这里，便需要步行了。"鲁公公亲自陪伴着楚瑜和琴笙一路到了乾元宫，又领着他们进内殿。楚瑜忍不住有些好奇地打量了下乾元宫，发现这里的宫殿果然雄伟大气，雕梁画栋，与前世明宫紫禁城宫殿的制式很有些相似。乾元宫的内殿里伺候的人却并不多，一名小太监看见鲁公公领着人进来，立刻迎了上来，附在鲁公公耳边低声说话。鲁公公立刻点头，带着他们转到内殿后的一处书房门口对着琴笙恭谨地道："三爷，您先请，陛下已经在上书房里面等候您和小夫人多时了。"

琴笙握了握楚瑜的手，见她对着自己笑了笑，方才转身进了书房。楚瑜说不紧张是假的，毕竟是第一次看见这个帝国的最高统治者，眼前晃过一道明黄的身影，她也没有看清楚人，就跟着琴笙拜了下去，口称："参见陛下。"

但是下一刻，她就看见那绣着海水纹的明黄袍子在自己眼前晃了一下，一双戴着玉扳指的大手各自虚托了把琴笙和她的手，同时一道温和的声音在她的头顶响起："快快起来，让朕好好看看。"

楚瑜听得那把声音，几乎有点恍惚——这声音和琴笙竟有了五分像，只是音质有些偏暗沉罢了。

待得她真跟着琴笙起身，抬眼看去，不禁更是心中一阵波澜起伏，只是脸上并不表现出来。前的中年男子身形修长，面容白净消瘦，脸上三绺长须到胸口，凤目修眉，眉目温和，头顶发髻只一根简单白玉簪子，虽是一身华贵明黄，但是因着他的消瘦身形看着有些空荡荡的，竟不见华贵，而见出尘飘逸之感，这就是当今兴平帝。

兴平帝的目光此刻也从琴笙的身上落在楚瑜的身上，见楚瑜大眼睛直看着自己，便也微微一笑：“这位小友看着朕如此认真，可是看出什么名堂来了？”

楚瑜已经知道自己因为心中震惊，所以有些失了规矩，算是冒犯天颜，原本正经的应当躬身请罪，但是琴笙一直拽着自己的手，似乎一点不在乎她是不是会失了规矩。她心中自然定了不少，又见此时兴平帝说话间，却也没有太多想象中帝王威严不可冒犯的模样，心中一转，她便笑道：“陛下恕罪，因着民妇初见天颜，只想着陛下龙颜是极为威严的，却不想除此外还这般仙风道骨，竟让民妇以为看见了画上的仙人。”

可不是见了仙人么？这位陛下如果剃掉胡子，再年轻个二三十岁，穿上白衣，和她右手边这位大仙岂不是也像六分？所以这才是令她心中大震的原因——琴笙这般相貌，难怪不愿进京，竟和兴平帝这般相似，没瞎了眼的人都能看出来他们有血缘关系，但却实非幸事，就算没有人想要做点什么文章，就算是琴笙看着皇帝陛下的模样，大约也不会开心到哪里去吧。

楚瑜的马屁功夫那是在衙门里学的，虽然算不上有多高明，直白太过，庸俗太过，但是在兴平帝这种见惯了高明马屁功夫的帝王眼里，她的直白却也代表了率真。何况面前的小姑娘大眼里亮晶晶，全不掩饰眼中的惊讶，更增加了真实性，让兴平帝心觉有趣，他摸着胡须温润地大笑了起来：“呵呵，琴笙，你这小妻子，倒实在是有趣得很。”

琴笙淡淡地弯起唇角道：“草民也觉得她是极有趣的，陛下既夸了人，不赏赐点什么东西么？”

楚瑜一愣，有点莫名地看着琴笙，她可从未见过清醒之后的琴笙跟谁说话这般无礼，他的狠从来都是掩在温润静雅之下的。而且对象还是一国掌控生杀大权的陛下。

兴平帝一愣，竟不觉得琴笙这般说话有任何问题，反而愉快地笑了起来，眼里闪过兴味的光来：“好好，难得你开口，朕又是第一次见你的小媳妇，自然是要赏的。”

说着，他想了想，从自己腰上摘了一只玉佩下来直接递给楚瑜，笑道："若是赏赐些俗物，想来琴笙也要嫌朕庸俗了，就这枚朕戴了三十年的玉佩吧，虽比不上琴笙有的那些，但到底也算是朕的随身之物。"

鲁公公见状，脸上瞬间露出震惊之色来，楚瑜瞥见他那表情，又听得这是皇帝随身多年之物，便知道这玩意怕是不好收，正想着如何拒绝。但琴笙看着兴平帝拿出那块雕着青竹流水纹的白玉佩，瞬间唇角一抿，眼神晦暗莫名，随后看向楚瑜淡淡地道："小鱼，这是陛下的赠礼，谢恩收下吧，随身戴上，以感陛下恩德。"

楚瑜何等乖觉之人，立刻明白这玩意儿收了，自己自有大好处，便立刻含笑对着皇帝恭恭敬敬福了福："多谢陛下恩赐。"

兴平帝见她笑得眼儿弯弯，心中有些好笑，随后摆摆手："鲁公公，送玉安县主到后宫去，太后老人家只怕等着看她，等急了。"

鲁公公立刻上前道："是，县主，随老奴来。"

楚瑜一顿，看向琴笙，见他点点头，淡淡地道："去吧，一会儿我去接你。"

她便含笑反手轻握了下他的手，示意他不必担心："三爷，放心。"

鲁公公领着楚瑜离开了，上书房内就只剩下了琴笙和兴平帝。兴平帝看着琴笙片刻，神情有些复杂："想不到你竟会向朕开口要东西，看来笙儿你很在乎那个小丫头。"

"所以，相信陛下一定能看顾好您身边的那些人。"琴笙抬起琥珀眸淡淡地看着兴平帝，看似温润恭敬，只是话里的凉意却让兴平帝心中不寒而栗。

兴平帝静静看着面前的人许久，才有些无奈地笑了起来："这么多年过去了，朕原以为你这性子真和他们说的那样变得温和淳厚，如今看来还是当年那般的桀骜。"

"草民是什么样的人，陛下应该很清楚，若是陛下无事，草民就告退了，江南那边的事务，红袖自会带人按照老规矩与鲁公公和您身边的侍卫们交接。"琴笙说完之后，垂下眸子，优雅地欠了下身子，转身就准备离开。

“等等，笙儿！”兴平帝看着他要离开，忍不住拔高了声线。

“陛下，还是唤草民琴笙比较好，毕竟草民连臣都不是，如何担得起您的厚爱。”琴笙停住脚步，温淡地道。

兴平帝看着琴笙修挑的背影，脸上露出复杂的神色，有些小心地问：“好，但朕想唤你一声子非，可好？你这字还是当初朕赐的。”

兴平帝虽然为人温和，但是对待琴笙温和过度的态度，甚至超出他对自己子嗣和身边其他人的温和，若是落在其他人眼里只怕要道声——咄咄怪事，不知要生出多少流言来。鲁公公站在角落，眼观鼻鼻观心，连呼吸都轻得像是不存在一般，几乎让自己和身后的柱子融成了一体，往日里在宫中和朝前都是极有面子的皇帝近侍，此刻看起来就像一尊没有生命毫不起眼的雕像。

“子非……”兴平帝见琴笙虽然没有转过身来，却没有拒绝，有些苍老的眼底闪过一丝无奈而涩然的笑，“朕知道你这孩子还是在怪朕，当初朕就不该听了那些混账话，将你置于今日这等尴尬的位置，甚至连千城那孩子都被嫁给……”

“陛下，”琴笙猛然转过身来，面色清冷地看着陛下，凉薄地道，“草民从那年离开上京之日，便已忘却前尘旧事，您又何必还耿耿于怀。君不闻，弃我去者，昨日之日不可留，还是您很希望草民永远只记得那些寡恩之事。”

琴笙眼里的幽幽寒意和疏冷淡漠让兴平帝僵住了，满腹心事都吐不出口来，只看着琴笙怔怔然，心中却异常难受，最终那些积累了许久的问候和关怀都只变作一句：“子非，那小姑娘……待你可好？”

琴笙闻言，沉默了一会儿，忽然唇角弯起一点奇异的笑意：“内子……待我很好。”

琴笙的那点笑意如万里冰封的大地上春风掠过，冰雪消融，有流水温柔。但也不过片刻，琴笙便又恢复了平日里那种淡冷的模样：“陛下，若无事，草民先告退去接内子。”

兴平帝见他离开，下意识地又有些焦灼地唤了一声：“子非……”

琴笙脚步一顿，再次开口，声音幽凉如晦，仿佛从深渊里传来：“子非鱼，焉知鱼之乐也。陛下曾以此意赐字望人常乐，只是陛下莫忘了，秋子非此人早已死在漠北，尸骨早寒。”

他轻笑，笑声似染寒意，如窗外大雪寒风，浸人心骨：“何苦还要拖出来鞭尸。”

说罢，他翩然离去。

兴平帝站了不知多久，身子晃了晃，随后竟直接就往后倒去。鲁公公早有准备，迅速冲了过来，一把接住了兴平帝的身子，满脸的焦灼：“陛下，太医……”

“住口……朕不需要太医，你这老东西休得自作主张。”兴平帝捂住胸口，有些难受地在鲁公公的扶持下到一边榻上坐下，好一会儿才缓了眼前的乌云。

好一会儿，皇帝才缓过气儿来，他看了看那一碗药茶，闭了眼竟落下一行泪来：“是……是我对不住长姐，长姐当年火烧东宫前托孤，我应承过一定会拼了性命也要护住她最后这一点骨血，可这么多年过去，那孩子落了和我这样的一身病，又被放逐到江南去……连他的婚事，竟配的是那样一个来历不明的平民少女，以笙儿那样的资质，就算是娶个嫡出公主都是屈污了他，都是我的错，是我这个当皇帝的太懦弱……”

“陛下又说傻话了不是？”鲁公公身形有些发僵，但片刻之后，他还是笑了起来，手上轻拍舒缓着皇帝胸口的闷气，一边细声细气地低声道，“公主自然不能配给三爷的，这都是一家血脉，自然是对谁都屈污了，何况您给三爷取个子非的字，不就是希望三爷此生都能万事从心，优哉游哉地过，总有常乐相伴么？”

鲁公公老眼瞥见皇帝的面色渐缓，他顿了顿，又继续宽慰道：“如今江南那边的人来报，都说三爷是极疼宠那位小夫人楚瑜的，虽然楚瑜姑娘出身平民，但好歹也是效力过官家的，资质不差，西洋人都夸她小小年纪不得了，还有廉亲王说她灵慧天成，又是极为良善之人……”

“嗯……英吉利的使节确实在朕面前对这姑娘赞不绝口，倒是想不到她一个区区地方小捕快竟有那等眼界。”兴平帝若有所思地点点头，轻嗤了一声，“老小那人，这一把年纪了，还来朕面前撒泼非要收她做义女，想来也是个很有心计手段的，竟让笙儿对她这般另眼相看……今儿看着第一眼倒是觉得还算清透。”

鲁公公伺候着皇帝靠在软枕上，又去替他除掉靴子：“您说的是，看人得看眼，老奴瞅着那姑娘也不是个心机狡诈的，但是话又说回来了，若是真没有点手段，您要放个傻甜的丫头在三爷身边，只怕不得几日就要熬不住了吧，三爷那性子您是知道的……”

看着皇帝又要陷入伤感自责的情绪，鲁公公抹了一把头上的汗，立刻细声细气地岔开话道：“所以啊，人是什么出身不打紧，能入了三爷的眼，还陪在三爷身边好端端地活得这般欢畅的人，那就是比这世上大部分女子都能耐的能耐人儿，最主要的是，三爷钟情那叫作小鱼的姑娘，千金难买心头好，三爷身负何止千金，但这辈子也就得这么个心头好，只盼他不会再失所爱。”

鲁公公给兴平帝递了一盏药茶。

皇帝接过茶盏喝了一口，忽然想起了些什么，挑起凤眼睨着鲁公公冷冷一笑：“鲁大贵，朕发现你这老小子今儿可是一直在为那小丫头说好话，若不是朕太了解你，都要以为你收了她的好处了。”

天子脸，六月天，说变就变。上一刻他是伤怀的老娘舅，下一刻，他就能把你大卸八块。鲁公公瞬间腰就弯成了九十度，一脸欲哭无泪：“我的陛下，老奴这不是怕您难过，一时间想不明白，三爷那头恼了，您说老奴这多冤枉，三爷是您心尖上的，老奴好歹也陪伴了您许久吧？”

兴平帝一顿，嗤道：“你这老东西嘴厉害！”随后他看着手里的药茶，目光沉沉地道：“不，这一次不会了，再不会发生当年漠北那样的事了。”

兴平帝顿了顿，忽然又想起了什么，眯起眼问：“朕好像听说，苏千城那丫头前段时日回京过年了？”

“是，千城小姐是回来了，毕竟定远夫人已经上了年纪，又病了一段时日，年前就发了好几封信给千城小姐，所以千城小姐特地从漠北赶回来看望祖母。”鲁公公恭敬地低声道。

“是啊……”兴平帝叹了一声，“定远夫人也快七十了，当年她就苏灵娘那么一个老来女，就跟朕的仁儿一样，天下父母心啊，若不是……”

兴平帝闭了眼，没有说话，脸上浮现怆然之色。鲁公公沉默了下去，那是一场皇族的浩劫，改变了太多人的命运。

兴平帝忽想起了什么，随后又问：“若是朕没有记错，那丫头每次回来，都要进宫见一见太后吧？”

鲁公公点点头：“是的，太后很喜欢千城小姐。”

兴平帝若有所思：“嗯，北境如今并不太平，赫金人一直虎视眈眈，听说他们最近和红夷人走得很近，弄了不少武器，既她是回来探望老祖母的，看过了人之后，年初一就让她回漠北吧，不必进宫了。”

鲁公公一愣：“可是千城小姐这才回来，只怕定远夫人是不会放人的，还有太后那里……”

“母后那里，朕自然有说法，至于定远老夫人，她是女中英豪，当年曾与父皇并肩在北境作战，只要告诉她北境的状况，她不会拘着苏千城的。”兴平帝淡淡地一笑，随后又想了想，“是了，常家那位少将军现在在京城么？”

“您说的是常圣黛常将军吗？她在。”鲁公公道。

兴平帝点点头：“太后不是觉得常家在西疆时间太久了，担心一方诸侯尾大不掉么，那让常圣黛跟着苏千城去漠北吧，也到了要调防的时候，将她耽搁在上京是屈才了。”

鲁公公想了想，小心地道：“您是不是觉得只让千城小姐大年初一去漠北……目的太明显了，所以就将常少将军一同打发去更有说服力一点？”

兴平帝看着鲁公公那怪模怪样的老脸，忍不住低低地笑了起来，抬手敲了下他的头：“你这老东西，可是欠打？”

鲁公公装模作样地捂住头，看着兴平帝眼底有了放松的笑意，心中这才松了一口气，随后又嘿嘿一笑：“老奴这不是给您逗个乐子么，说起来苏家的姑娘们这是真能耐，当年的苏家双姝，冠绝京城，大娘子嫁了廉亲王，小娘子乃是大娘子的嫡亲堂妹，嫁了国公爷，都让两位爷惦念一辈子。”

兴平帝闻言，摸着自己胡须笑了笑，神色莫名地有些悠远和怅然：“是啊……一辈子，人活了一辈子，心里总有些需要惦念一辈子的人，也不枉走这人世一遭。”

鲁公公出得门来，这才松了一口气，彻底地放松下来。

“干爹，陛下可是睡了，您乏了吧，喝点儿热茶，这是儿子刚才煮好的。”一个蓝衣小太监捧着茶杯和一条热气腾腾的毛巾殷勤地递给鲁公公。

鲁公公接了毛巾擦了把脸，这才觉得毛孔都散开来，舒服了点，随后端了茶水轻品一口，然后斜眼睨着小太监：“嗯，睡了，小沈子，你怎么这会子过来了？”

“回干爹，是红袖姐姐带了人来了，在您院子里等着您呢，带了不少好东西。”小沈子附在鲁公公耳边笑眯眯地道。

鲁公公闻言，老眼一亮，随后笑道：“不早说，咱家先过去了，你在这里好生伺候，陛下屋里少不得人看着。”

鲁公公掸了掸自己的衣襟，转身让一个撑着伞的小太监伺候着往自己院子里去了。

第五章 黏妻狂魔

“你打算去廉亲王府上几天呀，三爷不担忧？”霍二娘啃了一口热气腾腾的大包子。

琴三爷是个黏妻狂魔，一日不见楚瑜，就跟见不到娘的奶娃似的，当然她是断然不敢在琴笙面前说这话的。楚瑜看着窗外热闹的街道：“廉亲王府不是早就发帖让我去住几日么？就住几天好了。”

最近几天，她发现琴笙偷偷背着她在喝药，她总觉得那药有点问题，让唐瑟瑟一查，竟有治疗不孕不育的成分，这让她一时间有些懵然，忽然想起在云州时，琴笙来问她的那些关于子嗣的问题，这让她心里有了不太好的猜测。

一时间，她整个脑子都是乱的。趁着廉亲王府发了帖子过来，她也好避出去，让自己脑子清醒一下，也免了她忍不住揪住琴笙脖子摇晃找他算瞒她的账，更能免去那些七大姑八大姨却又不得不出席的场合，再看见那些狂蜂浪蝶围着琴笙转的烦心。

此时前方忽然一阵混乱，不一会儿就听见一阵马蹄声，周围人迅速地让开一片地来。楚瑜的马车也跟着被挤到了一边，和另外一辆华贵的马车挤在了一起。

“哎呀，这是怎么回事！”楚瑜还没有探头看就听见隔壁马车里传来女子没好气的叱责，随后另外一道应该是贴身婢女的声音响起：“小姐，是苏家的千城小姐领着骑兵打马儿去校场呢，好威风。”

那小姐冷笑了一声，带着点轻蔑和嫉恨：“威风什么，不过是苏家嫡系死绝了，定远老夫人从旁支远房抱养来的，没出阁时整日里就把自己当正经小姐了，养得比公主还娇贵，如今守了寡，也不知道在漠北好好待着当她的寡妇，竟又到京城抛头露面招蜂引蝶，不知检点。”

“驾！”

因楚瑜光顾着听隔壁马车说的八卦，以至于掀开窗帘的时候，楚瑜也只看见了一队精骑策马而去，而为首的那男装女骑士一身精致非常的红色戎装束出腰肢纤细，更显背影窈窕清瘦，却气势非凡。让楚瑜没来由地想起自己认识的另外一名同样戎装打扮的黑衣女子——常家少将常圣黛，也是南国公的现任夫人。

只是那位常家少将，却是气质沉静淡冷，光华内敛，而这位苏家的千城小姐，看起来也是个领兵的，却更外放恣意，带着一种贵族的娇艳与张扬，截然相反。也许是因为认识那位常家少将，她倒是觉得那位更像一个手握长枪，镇得山河无恙的少年将军。

“什么东西，这般抛头露面，怕他人不知她如今正打算重新招婿么。”隔壁马车里娇滴滴的小姐又忍不住骂了一声。

有婢女谄媚地笑道：“南国公先头那位世子爷也去了好些年了，而这位千城小姐也已经守寡四年了，脱了热孝，自然要出来招蜂引蝶。”

“哼，也就是南国公爷好性情，竟还同意让这克死自己儿子的女人重新嫁人，可就算苏千城曾经是咱们城里数一数二的贵女，如今也是明日黄花，我看她一个克夫寡妇能选一桩什么样的好婚事。”那小姐冷笑一声。

那婢女笑道：“您莫要忘了，那位世子爷是南国公折在边关的兄长的唯一嫡子，被南国公养在膝下的，毕竟不是亲儿子，说是看得比自己儿子还亲，但到底不是亲生的，自不在乎。”

“这倒也是。走吧，回府。”

楚瑜一听南国公府，就忍不住挑了挑眉，暗中琢磨了一会儿，又见那小姐的马车走了，便也敲了敲门对着驾车的霍三娘道：“没热闹看了，咱们去廉亲王府吧。”

车子一路摇摇摆摆地向朱雀大街尽头的廉亲王府邸而去。

一番通报之后，那廉亲王府的管家领着不少人匆匆出来，给她齐齐行礼之后，抬手就命人将门槛拆了，殷勤万分地引着马车进了府邸，搞得楚瑜都有点不好意思。亲王府雕梁画栋，面积虽然不算大，甚至没有乾坤院大，但是由于上京豪门聚集，所以这块地盘已经算极好极大的了，可见南太后对这个小儿子的宠溺。

马车直到内堂里才停下来，楚瑜下车的时候就看到一个满头银发的宫装嬷嬷领着人在门口等着她，一见她便亲自上前行了礼，含笑道：“老奴是亲王身边伺候的，见过县主，您唤老奴一声吴嬷嬷就是了，主子已经在花厅等着您了。”

楚瑜下了马车，赶紧去扶了那吴嬷嬷一把，也笑吟吟地道：“不敢当，嬷嬷快起。”

这老嬷嬷一看在亲王府地位就不低，周围的人对她也很客气尊重，十有八九不是南太后派来照顾廉亲王的就是廉亲王的乳母之类。老嬷嬷见楚瑜笑容可亲，举止有礼，鹅蛋脸上一双大眼明丽乌黑，水洗过的葡萄似的，娇俏可人，忍不住暗中点头，难怪自家主子对这个平民姑娘如此疼爱，竟与自家小郡主有那么几分神似。

楚瑜跟着吴嬷嬷进了房间，果然见廉亲王正坐在暖榻上，眼望着门的方向，一见楚瑜进来，他就要起身：“小鱼……”

吴嬷嬷一惊，正要唤人赶紧拦住廉亲王，楚瑜已经几步上前将廉亲王扶住了，不让他下床：“殿下，身子要紧！”

楚瑜大眼一弯，含笑唤道：“义父。”

“哎。”廉亲王这才含笑应了，“小丫头，终于舍得来看你义父了，说说看这都回京几天了，今儿都初四了！”

廉亲王因为身体不太好，尤其受不得冷，所以太后和皇帝大年三十赐了一桌丰盛的席面给廉亲王，却不让他进宫参加筵席，在大年初一太后又亲自来王府探望小儿子，叮嘱了不许皇亲朝臣来打扰。所以廉亲王基本上都在府邸里哪里都没有去，也只偶有关系极好的朋友往来那么一两回，更不要说见楚瑜一面了。

楚瑜看着自己的义父，心中叹了一声，露出个笑颜来：“初四了，我也来了，义父就不要怪我来迟了。”

她这位义父也是个货真价实的老好人——被南太后和明烈皇太女保护得太好了，平白因为她遭了无妄之灾，现在只希望他身体能尽快好起来。说来，进了宫，她才明白这皇城里水这般深，也不知义父到底是怎么保持着这般稚子之心的。皇帝陛下没有对琴笙动过杀心，她也许还勉强相信，毕竟如今的陛下也并不是作为一个皇位继承人来培养，心没那么狠。

但南太后那样见惯了大风大浪，进退有度的女子，怎么可能不知道琴笙的存在就是一个隐患，何况秋玉之害死了她最骄傲的女儿，在她眼里只怕琴笙除了是明烈的骨血，更是毁了明烈，给所有人带来痛苦的存在。前些日子她进宫，太后只远远地见了她一面，就打发了她，那厌恶冷淡的情绪连她一个局外人都能感觉到了。

楚瑜见左右无人，便忽然问：“义父，我偶然间听到三爷似成年左右曾进京待过不短的时间？”

廉亲王闻言，看着她点点头：“是，东宫大火之后，他从海域归来，进京成了御林军副统领。”

楚瑜一愣，不明所以。那时琴笙的性情应是遭逢大变之后，乖戾桀骜，就白白那种性子，他怎么会乖乖奉密诏进京？而且京城暗中对他的追杀一直没有中断过。难不成是皇室用了什么威胁手段？

廉亲王叹了一声：“其实那孩子当年抱着什么心情进京，我不是太了解，只是皇兄对外道琴笙是远房宗室子，却又没有封号地把他放进了京城禁卫，要知道当初皇兄与我说的是不想再让那孩子受苦，让他做个富贵闲王！”

“可琴笙拒绝了皇兄的提议，明明是长姐的孩子，流着皇族的嫡血……你说这不是戳咱们这些长辈的心么？”

楚瑜一顿，按照她对琴笙成长三个阶段经历的了解，刚进化成白白那样乖戾性情的少年琴笙，已经是孑然一身，大约也没有什么能威胁到他了。所以他会乖乖进京大约是他腻了在江湖和海道中搞事儿，又一直不耐烦京城里不断派来找他的人和想要杀他的人的骚扰，于是干脆进京去光明正大地当人的眼中钉和肉中刺吧？

“但琴笙那孩子真的质如美玉，天资出彩，竟短短半年内就坐上了禁军副统领的位置，不愧是明烈长姐的孩子。”廉亲王很有些感慨，眼里露出赞色来。

楚瑜：“可是我想太后那一段时间大概睡不好吧？”

她的大情人出色优秀是事实，能收服兽营，又把武林和海道搅浑得一片混乱或者腥风血雨，难度都比当上禁军副统领要高得多。但她怎么觉得琴笙选择当这个禁军副统领就是为了膈应很多人，比如太后、南国公之流……

拥有很多人忌惮的血脉，又如此不可控的少年，如果是一个富贵闲王，尚且勉强还能让人放心，可他却是掌控了宫中安危的禁军副统领，这等于一箱子不知什么时候会炸的天雷弹被放在了许多知情人的枕边吧？东宫浩劫这才过去三年，秋玉之的骨灰未凉，他的娃忽然又冒出头来，那得让多少知情人心神不宁，甚至夜不能寐。

果然，廉亲王很有些惊讶：“你怎么知道，母后那时候掉头发掉得厉害，吃了不少生发和黑发的方子，用处却不大。”

想来琴笙彼年也应该用了些手段挑拨得皇帝为了他和太后作对吧？廉亲王也并不是真傻，只是他不愿意去相信一些事情罢了，此时见面前小丫头那不以为然的表情，哪里有不明白的，可他依然不愿去多想。

他沉眼里闪过一丝痛色，随后转开了话题：“总之那段时日，琴笙一直很高调，禁军副统领秋子非算是京城里最神秘却也美名最盛的少年之一，与南国公府世子南亭羽齐名并肩。”

“神秘？”楚瑜有些疑惑，琴笙容貌之盛，见之无人能忘，可是他有了合法身份，神秘从何而起？

廉亲王眼里闪过一丝惆怅：“他从不在外人前表露自己的模样，便是宫中值守脸上也戴着半张银色面具，只对外人道是被火烧留下的疤痕，性情桀骜冰冷，从不卖人面子，出手狠辣，又少与什么人往来，所以才被道神秘，可他行止间风姿卓绝，所以依然吸引了不少狂蜂浪蝶。”

楚瑜唇角一抽，冷嗤一声：“这是他的作风……”

廉亲王留意到她神色不对，便摇头道：“你这小丫头吃醋了吧，莫要吃醋，你家三爷的性子一贯是眼高于顶的，怎么看得上庸脂俗粉。”

楚瑜扯扯唇角：“是吗？没有庸脂俗粉，难不成有蓝颜知己？”

“蓝颜知己？”廉亲王听到这个新鲜的词儿，琢磨了一会儿，不禁失笑，“你这古怪的小丫头哪里来那么多稀奇古怪的念头，不过倒也被你蒙对了，当时能接近他一些的，大约就是南国公家的那位世子爷——南亭羽了，两人因为谁也不服谁，打了一架大的，竟成了不打不相识的莫逆之交。”

楚瑜：“怎么又和南国公府扯上了？”

还有那么一个如今已经去世好些年的南国公世子？楚瑜总觉得这事儿有些古怪。如果她没有记错，琴笙曾隐约地提过南国公府是坚定的太女派，一直觉得琴笙是明烈皇太女的污点，在琴笙幼年时遭遇的那些来自自己母亲一方派系的刺杀里，就有过南国公府的手笔。

琴笙居然允许南国公的世子接近自己，也不知是这位南国公世子不怀好意，还是琴笙不怀好意啊……也许两个人都不怀好意。

廉亲王轻叹了一声：“没错，南国公的这位亭羽世子爷当年可是出了名的文武双全，是如今南国公的嫡亲兄长所出，南国公府满门忠烈，我那位大表兄本来是袭爵之人，但他战死漠北之后，就由小表兄袭了爵，同时将亭羽养在了膝下，视同亲生骨肉，也不改他世子之位。”

“后来他们关系极好，人称京城双璧——公子羽和公子非，琴笙性情依然冷淡高傲，手段狠辣，但是亭羽是典型风雅少年，一时间两人斗酒、斗琴、斗棋、比武切磋，倒是兴趣相投，仿佛伯牙子期一般传为佳话，走到哪里都是最让人侧目的。”

楚瑜忽然冷不丁地冒出一句话：“哦，那公子非和公子羽都是目下无尘之人，自看不上庸脂俗粉，所以他们从此愉快地抱着彼此共享鱼水之欢了？”

“你这丫头胡说八道什么呢？”廉亲王差点被自己口水呛着，忍不住拔高了声音，“他们身边的自然不是寻常庸脂俗粉！”

楚瑜笑盈盈地仿佛很是好奇：“哦，那么三爷身边那不是庸脂俗粉的美人儿是谁呀？”

廉亲王不觉道：“苏家有千城，再顾倾人城与国……自然是那位苏家老夫人养大的小姑娘。”

楚瑜眯起大眼，嗤了一声：“这故事真俗，还不如公子羽和公子非相爱相杀的呢。好了，义父，咱们来说说公子非、公子羽和这位倾国倾城的苏姑娘的故事吧。”

廉亲王略一回忆：“这具体的，我也不是太清楚，只大约是南亭羽引荐的吧，千城那个孩子养在定远老夫人膝下，自幼聪敏，也是个文武双全的姑娘，年纪渐长后她的名声也渐渐大了起来，文之道甚至有了小牡丹御史之称，武之道也不落于人后，尤其极善骑射，有一年曾夺下春猎的头筹，因此声名大噪。”

五花马，千金裘，少年多情，贵人公子美人，又皆是上流权贵圈子里的翘楚，正是最风流青杏好年华，相识相好也不出奇。何况大元民风开放，这等风流佳话自然为人津津乐道。

楚瑜哪里有不明白的，“我倒是听说这位苏家小姐后来嫁给了南亭羽吧，可惜蓝颜薄命，这位公子羽虽抱得佳人归，最后却怎么呜呼哀哉了，听您的描述，他也不像个短命鬼呀？”

难道是琴笙动了什么手脚，要了这个公子羽的命？

廉亲王看着楚瑜片刻，随后喝了一口手里的热汤，有些迟疑地道：“这只能说是缘薄吧。”

楚瑜歪着脑袋看着廉亲王：“我说，义父，你是不是还瞒着我什么，看您吞吞吐吐的样子，莫非和琴笙有关？”

廉亲王捧着碗的手一顿，有些无奈地抬起眼来看着她：“你这小丫头，怎么如此敏感？”

楚瑜轻哼一声：“不敏感，我都不知死多少回了，总之您若是不愿意与我说，我也总有法子能打听到的，反正离正月十五还有不少时间呢。”

廉亲王摇摇头，叹气儿：“真是拿你这小丫头没法子，其实也不是什么大事儿，就是当初皇兄一直觉得琴笙太过孤僻，也不与京城里什么人有往来，除了在禁军值守巡查，便是在自己府邸里待着，唯一有往来的就是亭羽和千城，所以曾经有意将千城指婚给他……”

“这也只是皇兄的一厢情愿罢了，只是赐婚的旨意还没有下来，就传出了苏家和南家结亲的消息了，后来便不了了之，丫头，你要听义父的，这事儿都过去那么多年了。”

“我知道，都过去那么多年了，公子羽死了，苏家的小姐守寡，三爷也成了我的夫君，还有什么好追究的。”楚瑜摆摆手，轻笑了一声。

她又不傻，只是骤然听闻这个消息，想到她家的大仙差点成了别人的，心里还是有点不舒服而已。不过照着她对自家那位爷的了解，他心里要是真有这位苏家小姐，只怕不会将心头好拱手相让。他还是白白那种乖戾霸道性情的时候，能为了封逸一点不妥当，就冲出去杀个血肉横飞，怎么可能让苏千城落入其他人手里。

不过呢……楚瑜有点危险地眯起眼，她现在有些怀疑琴笙后来对女子的不信任，或者说对人的不信任与这位苏家小姐有关了。

又或者与公子羽——南亭羽有关？

廉亲王见楚瑜这般说法，倒是也宽心了点，拍拍她的手：“放心，三爷既然能将关于他身世那等干系重大的事情都告诉你了，如今这些也不过是无关紧要的过去，为父想三爷没有将此事告诉你，大约也是怕你多心，可若是他敢欺负你，为父一定会为你讨回公道！”

“嗯，义父，我想知道后来可是发生了什么事情，为何三爷后来又离开京城回到了云州？”楚瑜想了想，还是决定先看看明面上到底事情是怎么发展的，她也好再斟酌要不要继续查探此事。毕竟听起来那个苏千城可是在漠北待着的，而他们十五以后就要出发前往漠北。

廉亲王见楚瑜很是冷静的样子，方才继续说道：“你慢慢听为父说，当年皇兄会想赐婚，其实也是一番好意，也是因为当时漠北赫金人联合北狄人来犯，公子非竟请命随着南宫大将军去了漠北历练，苏千城当时正替定远老夫人去漠北省亲，后来遇上敌袭，子非带人亲自来解救，护了她一路杀回律方，有些流言……所以才让皇兄动了心思。”

楚瑜一怔，第一个反应不是关心苏千城和秋子非这一路发生过什么，却忍不住挑眉，声音拔尖了起来："琴笙请命去漠北历练？"

还是在赫金人和北狄人齐齐来犯，大军压境的时候？她家这位爷玩腻了京城，手伸到军中去了？难不成兴平帝和南太后忘记了当初的宸亲王秋玉之是怎么从一个后宫软弱的庶出皇子长成那吞噬帝国之光的黑焰了？

秋玉之当年若不是去了律方，也不会有机会掌控军权，掀起如此大的风浪吧！他们竟然还敢让琴笙染指军中？如果不是南太后是个心大的圣母，就是这里头根本有阴谋啊……

廉亲王并不知道楚瑜心中千回百转，他只是点了点头，叹了一声："其实为父也不明白琴笙为什么会提出这样敏感的要求，但最终皇兄还是拗不过他，同意封了他一个云骑校尉，让他去了漠北，若是当年我能阻拦下此事，也许就不会有后来的事情了……"

"什么事情呢？"楚瑜心中有些发紧，忍不住追问。

廉亲王神色有些悠远惆怅地道："那孩子真的很出色，秋子非在漠北不过半年，便凭借毫无争议、力压众人的军功由南宫元帅亲自撰折请奏得以晋升为骠骑少将，基本上军中最艰难和最危险的任务都是他亲自出手，战无不胜攻无不克，成就了一个传奇，只是可惜……"

楚瑜心中一阵发冷，那时候的琴笙才多大呢……十八……还是十九，可满了二十？战场冲阵厮杀，只怕比周游武林和海路更危险。

可是他为什么，要去漠北？

她心中猜测繁杂，一时间有些心乱："只可惜什么？"

廉亲王又缓缓地道："只可惜后来……最后与敌军决战之中，骠骑少将担负极为重要的任务，却中了敌人的埋伏，所带一支三千人的轻骑全军覆灭在大雪雪崩之中，也差点连累了大局，若非亭羽力挽狂澜，不顾众人反对，率军前去解救，道是不管如何都要带回尸首，才找到了被埋在冰川雪水里都已经冻僵了、没了气息的他。"

楚瑜忍不住握紧了冷汗涔涔的手心，面无表情地开口："可是，他活着。"

"是的，他一个人活着，琴笙终于是活了下来，但是骠骑少将、公子非已经死了，他若是归来，只能承受因为决策失误的军法处置，一样要死。”廉亲王苦笑。

“所以秋子非只能死。”楚瑜有些凉薄讥诮地笑了起来。

廉亲王长长地叹了一声：“是，那时候也是没有法子，他受伤太过严重，整个人在千年冰潭里浸了半个月，时间太久，寒湿入骨，几乎四肢尽废，当时所有看过的大夫都说他此生都站不起来了。”

楚瑜闭了有些发红泛潮的眼：“可他……站起来了。”

廉亲王也红着眼，宽慰地拍了拍她的肩膀：“他不是别人，他是琴笙，琴三爷，是明烈长姐的骨血！”

楚瑜闭了眼，好一会儿，心情才平复了下来：“他现在……很好。”

这就是琴笙身上那寒症的来源罢了……秋子非死了，死在漠北的冰川雪水里，而琴笙坐着船回到了温暖的江南云州。

楚瑜叹了一口气，心里有些不是滋味。她还是不知道这里头发生了什么事情，而廉亲王看起来也不会知道得更详细了。

琴笙怀着什么目的上京，为何认识的那些朋友如此巧合是南国公家的世子，甚至为什么去漠北，在漠北到底发生过什么事情……她一无所知。但她唯一知道的是，琴笙怎么会如此轻易地被人坑成那个样子，那实在不像他，其中不知多少惊心动魄。

她顿了顿，又想起了什么：“是了，南亭羽是怎么死的？您还没有说。”

廉亲王叹了一声：“他是病故的，当年漠北决战中，他坚持要去带回公子非，回程路上遭遇敌袭，亦身负重伤，从此昏迷在床，没几年便病故了，从此京城双璧玉碎。”

楚瑜一怔：“什么，他也是在那一战中出事？”

廉亲王唏嘘不已：“是，那时千城才刚与他成婚。”

两人说话间，忽然听得门口响起了一声：“殿下，郡主回府了。”

廉亲王闻言，眼睛里瞬间一亮，原本的愁绪一扫而光，含笑道：“快，将念灵唤到这里来。”

楚瑜一愣，忽然有些不自在，她还真没有见过自己认的这个便宜姐妹呢，毕竟廉亲王都是个便宜爹。

廉亲王却是很高兴的样子，对着她道：“念灵与你年纪差不多呢，她性子也是个活泼的，你会喜欢她的。”

楚瑜对此表示了怀疑，毕竟她自己这个不被南太后喜欢的名声在外头，何况她原本也只是个父母不详的平民，和那些娇养出来的贵女们更是格格不入。这几天不得不出席那些筵席里，可没有什么贵女愿意接近她，更不要提喜欢她了。可楚瑜也不好扫廉亲王的兴，只淡淡地点头：“只盼郡主不要嫌弃我就是了。”

“谁嫌弃谁了？”楚瑜话音未落，就听见门外响起了一道娇俏的女音。

随后，只见门帘子一掀，就走进一个娇小美丽的女子来。但见她眉若远山，眼眸含秋水，未笑三分情，挺鼻红唇，身着一件鹅黄色的绛丝宫装，胸口带着精致的红宝璎珞，披着厚厚的雪狐披风，衬得女子娇颜妩媚如一朵盛开的牡丹。

楚瑜都暗暗赞叹了一声，确实是个美人，到目前为止，她见过的美人里，只有辉夜姬能与她一较高下。长乐郡主眉目轮廓肖似廉亲王，只是这一双眼睛倒让楚瑜看着有点眼熟，等她过后细想就会发现她那双眼睛与自己是有些相似。

“这位就是我那妹妹了吧，怎么看着有些神色不好呢，父亲莫不是训了妹妹了？”秋念灵见楚瑜盯着自己看，神情却还有些沉寂的样子，她便含笑转脸看着自己的父亲。

廉亲王无奈地笑着道：“你这丫头怎么说话呢，父亲哪里舍得训你们，只是方才与小鱼说些旁的事情，牵动了些情绪罢了，你不帮忙开解也就罢了，怎么上来就怪到为父了？”

楚瑜见他们父女间相处亲密，很是亲昵的样子，丝毫不像她曾见过的一些大族家中父女和父子间的威严与距离感，倒是很像平常人家里的一派亲近，她心中也忍不住有些惊讶。

说话间，长乐郡主已经走了过来，抬手就拉住了楚瑜的手，左右上下地看了看，笑道：“妹妹是叫作楚瑜对么，我早就听父亲说了他给我带了个了不得的妹妹回来，如今可算是见着了，果然是个妹妹呢，看着脸儿嫩的，哪里像是只比我小几个月，倒像是比我小了好几岁。”

楚瑜的容貌与气质确实较为奇特，就算梳起了头，看起来还完全像个未婚的十来岁的纯澈灵秀的少女，丝毫不像已经嫁了人的。

楚瑜倒是第一次看见上来就这么热情的贵女，而且身份不低，甚至可以说是她目前接触到的年轻姑娘、夫人里身份最高的女子。毕竟多年前那一场浩劫后，皇室子嗣单薄，这一辈里甚至没有成年的公主，身份最高的就是廉亲王的这位小女儿了，连南太后对她都很是疼爱。可楚瑜在长乐郡主眼里没有看到任何让人不舒服的虚伪和鄙夷，连她的那份热情都是恰到好处的，让人不至于尴尬。

楚瑜必须承认，她对这位长乐郡主第一印象很好。所以，当夜，投缘的两人便宿在了一起。夜色渐沉，窗外大雪渐停，寒风呼啸，吹开了云朵，慢慢地露出一钩弯月来。精致的女儿闺阁内，只亮着一盏光线柔暖昏暗的夜明珠，偌大的黄花梨拔步床上歇着两道窈窕的身影，房间里被地龙烘得暖洋洋的，空气里弥散着轻暖的女儿香气，夜半三更正好眠。

然而……

楚瑜忽然身子动了动，闭着眼侧翻个身子，迷迷糊糊地嘟哝了两句，随后却忽然睁开眼，一脸惊恐地看着不知什么时候出现在自己鼻尖上方一张惨白惨白的面孔，一双发着金光的眸子正直勾勾地盯着她。

“妈呀……”她下意识就一掌推出去，但是掌送到一半，她脑子里才清醒了点。

金色的像在夜里会发光似的眼睛！随后，她的爪子就被人一把捏住了，当然嘴也被人给捏住了——货真价实地捏住。两只修长冰冷的手指上下一夹，把她嘴唇挤在一起，让她看起来像一只被夹住了嘴巴的鸭子。

“出去么，还是在这里？”惨白的脸孔无声地对她笑了笑。

楚瑜狂点头如捣蒜：“出去，出去！”

于是半刻钟之后，她就只穿着单薄的中衣乖乖地蹲在屋顶上，吹着寒风赏月。正儿八经地赏月。一只精致的雕花紫砂火炭小炉子上烤着肉串，还滋滋地滴着油，一块只能容纳一人的华丽长毛毯铺在屋顶上，边上还有一小壶看着就是热好了的酒。

楚瑜：“……”

楚瑜抱着胳膊，光着脚丫子站在雪里，缩着身子，看着面前的人一身夜行黑衣斜靠在毛毯上，拨弄着那炉子上香气四溢的烤肉，跳跃的火光将他的脸镀上一层精致又莫测的光晕，看着很是秀色可餐。这是她第一次看见琴笙穿夜行衣，不再是宽袍大袖，夜一般的黑色，紧紧地包裹着他修长的身体，黑发束在头顶，整个人像是融进夜里一般，周身散发着子夜一般的气息，危险而惑人。

她看了片刻，随后蹲了下来，托着脸颊看着他，“义父的故事我听完了，可是我还有很多当年京城双璧的疑惑，不知公子非可愿与我月下饮酒话当年？”

……

第二日一早，秋念灵疑惑地盯着楚瑜的脸，“你这是怎么了，嘴儿怎么肿了？”

楚瑜有些头疼地揉揉自己的额角，她也不知道自己怎么会那么过火，大冷天在房顶上和那大神纠缠了一个时辰，虽然琴笙那脸皮子薄的并没有做什么实质性的事儿，但是就这么在房顶卿卿我我地待了半宿，她喝得有点多，竟将想要问他的问题抛到了脑后。

“小鱼？”秋念灵蹙眉，“可是昨晚被什么虫儿咬了，不过看着还不是很严重，我来替你遮一遮就是了，总不会让人看出来。”

楚瑜也只好点头：“好。”

廉亲王府的家宴，不是什么人都有资格进的，尤其是廉亲王身子不好，陛下和太后都专门吩咐了不许朝臣宗室上门叨扰的时候，这一场家宴就颇显得引人注目。而且还是长乐郡主亲自主持的家宴，不少人虽然知道这是为了正式向外界宣布廉亲王多了一个平民义女玉安县主，也知道太后似乎并不喜欢这位玉安县主，可拦不住廉亲王喜欢，所以还是有不少人想要拿到帖子让自己的女儿能进入廉亲王府参加筵席，这算是与亲王府亲近程度的象征。不过长乐郡主秋念灵发的帖子也不多，除了一些必须要请的宗室长辈，多的就是一些亲近的闺阁里或者刚成婚的年轻贵族小姐们。

这一日，马车一辆辆地走过了廉亲王府门口，夫人小姐们来了十余人，年纪最长的便是德高望重的定远老夫人，众人齐齐在温暖的花厅里坐下，老夫人和长乐郡主坐了上首，小姐们可以留在花厅里，若是嫌拘泥了，也可以自行到边上的暖阁里。因着秋念灵甄选的人，都是些知书达理，又有身份的，自然不会像之前楚瑜参加的大型筵席有那么多不知所谓之人，见了楚瑜面上多是彬彬有礼的，更何况谁都不傻，看得出长乐郡主很是重视这个义妹。

“外祖母，这就是我父亲与您说过的小鱼。”秋念灵挽着楚瑜的手直接就引到了自己外祖母面前。

楚瑜一直维持着红袖之前专门给她训练过的姿仪，也不抬眼，只恭恭敬敬地给老夫人行了礼：“楚瑜见过老夫人。”

随后，她便听到了一道温和苍老的声音响起：“哦，老身倒是听了洋人说的不少故事，这是那个故事里的小姑娘么，抬起头来看看。”

楚瑜闻言，便抬起了头，入眼便是一个杵着龙头拐杖的精神矍铄的老人，满头银发，却童颜不老，周身气息深沉高雅，正含笑用审视的目光看着自己。

楚瑜对着她笑道，眉眼灵动：“老夫人。”

却不想，定远老夫人对上她的眼睛的时候，先是有些愣怔，似有些恍惚，随后竟颤了颤，轻轻地唤了一声：“灵娘……”

秋念灵站得离自己外祖母最近，此刻见老夫人那般模样，不禁有些好笑：“外祖母，您唤的是母亲的名字，这是楚瑜，您唤她小鱼就是了。”

定远老夫人却恍若未闻一般，只直愣愣地看着楚瑜。秋念灵见状，觉得有些不对，担心地扶住老夫人的手，低低地唤：“外祖母、外祖母，您可是哪里不舒服？”

楚瑜也有些纳闷，只觉得面前的老太太盯着自己那目光，直盯得她有点悚然，像是要剥开她的脸皮似的，她能感觉到老太太情绪激动，但却感觉不到恶意。她正打算不动声色地退一步，却不想定远老夫人枯瘦的手一顿，忽然目光锐利地看着她：“孩子，你叫什么，年岁几何？”

楚瑜有些无语，但还是不卑不亢地又行个礼道：“我叫楚瑜，今年与郡主同岁，只是小她几个月。”

“啊……”定远老夫人闻言，眼底露出极其失望的神色来。但片刻后，她又迅速地恢复了正常，只含笑道：“老身只是看着你这丫头与念灵有些相似，所以有些惊讶。”

周围人听着这客气话，也都含笑并不戳破。娇妍美艳的长乐郡主和这位俏丽灵动的玉安县主唯一勉强称得上有点像的大约就是眼睛了，只是一个更偏狭长妩媚，一个圆润明丽如天上星。

楚瑜看着老人家亲切的笑容，便也弯了大眼：“我哪里能及得上念灵姐姐美貌，不过若是一点不像，大概义父也不知道我是谁了，您这夸奖，小鱼就厚脸皮地收下了。”

定远老夫人闻言愣了愣，随后忍不住对着左右的夫人们指着小鱼笑了起来：“你们看这小丫头，果然如传闻里机灵又有趣得紧，我那女婿没有白收这么个义女，不是一家人，不进一家门。”

众夫人都忍不住笑了起来，见楚瑜进退有度，机敏灵慧，礼仪优雅，于是印象都好了不少，暗自道看来廉亲王确实眼光也不太差，这进皇家玉牒的义女也不是随便认的。

楚瑜转头私下偷偷问秋念灵：“说来，这灵娘不是你娘么？”

方才老太太怎么拉着她那副样子？她如果没有记错，苏灵娘是被秋玉之给凌迟活剐了，死得极惨。

秋念灵暗自叹了一口气：“我没有见过我娘的样子，我生下来后，娘就不在了，我长得又不肖似我娘，我外祖母一直都放不下我娘去世的事，所以总是会忍不住在找娘的影子，疼苏千城比我更多些呢，今日看来也是见你眼睛与我娘有些相似，触动了心事。”

楚瑜闻言，有些唏嘘，也叹了一口气。不多久，便开了筵席，欢声笑语，逗趣之声不下于耳，定远老夫人尤其喜欢楚瑜，让她坐在自己身边陪着。一时间堂上倒也和乐融融，都是有眼色的人，并没有那等尖酸刻薄之事。

……

天上哪及人间好，红尘处处销魂景。人间，此处原本是上京最大的一处酒肆，在寸土寸金的上京里占据了几乎两个廉亲王府那么大的地界，乃是一等一奢侈的销金窟。最好的酒、最顶尖的乐者、最奢美的房间、来自五湖四海最奢侈的菜肴，还有你能想到的各色美人，与尔共享风月人间，醉笑三千场。出者皆是达官贵人，入者非皇族宗室与巨富者不可。只是大部分人，都进不到人间最深处这最清雅清净之处——扫雪待仙临。

甚至并不知道这扫雪院里也属于人间，只以为这里是背靠着人间的哪家贵人的府邸别院。这也一直是楚瑜极为喜欢的地方，她最喜欢坐在那假山的高亭上，眺望着雪落人间里的纸醉金迷，懒洋洋地品着酒壶里的醇香佳酿，再远些便是尽收眼底的京城景致，经过特殊的角度设计，让人不会注意到那高高的小亭上，还有一尾灵动的鱼儿伏在栏杆上眺望——人红尘间。琴笙静静地坐在镶嵌着透明琉璃的窗边，看着远处空荡荡的小亭，忽轻笑了笑，眉眼温柔。

“三爷，小夫人都在廉亲王府里待了快三日了，您不打算接她回来么……”红袖端着热气蒸腾的汤药站在琴笙的身边，看着琴笙，忍不住有些担忧地开口。

琴笙微微一笑，悠然地道：“那丫头都不着急，我着急什么？是了，月曜的消息早已送到，他传来关于宫少宸与东瀛人有牵扯的事情让本尊很好奇，至于南秦月效力于宫少宸的事情，南国公到底知道多少，太后又知道多少，大元的朝廷里又有多少人知道。”

红袖一惊：“三爷，您是想趁着小鱼不在这几日处理这些暗中蹦出来，与东瀛人牵扯在一起的人，将他们一网打尽，可若是太后他们……”

琴笙微微眯起眸子，幽幽的水汽蒸腾上来，氤氲了他幽晦莫名的妙目：“几十年前那场秋玉之发动的浩劫里，皇室与朝廷的血流得够多了，不知再流一次，还能否撑得住这庞大的天下？”

红袖忽然有些不寒而栗，三爷从来说得出做得到。她心情纷乱地端着药碗下去了。金曜上前在琴笙身边单膝跪下，替琴笙仔细地将他手上染了药气儿的手套换了下来。金曜一直沉默着，此刻却忽然开了口：“三爷，廉亲王府对小鱼来说未必安全。”

琴笙看着金曜，忽然唇角弯起温柔莫测的笑来：“金曜，你不是一贯与那丫头不对付么？”

金曜简单地道：“她是曜司的主母。”

琴笙托着腮，似笑非笑地道："很好，你还记得。"

金曜忽然身形一顿，垂下自己的桃花眼，平静地道："属下一直记得。"

随后他站了起来，单膝跪在榻上，双掌轻轻地搁在琴笙的肩膀，替他松弛肩颈因为长期伏案而微微僵硬的肌肉。一切都如平常的样子，并无二致。

琴笙靠在他的腰腹间，目光看向窗外远处那高高的红色小亭，悠悠地道："《逍遥游》曰：北冥有鱼，其名为鲲。化而为鸟，其名为鹏。鹏之徙于南冥也，水击三千里。而本尊……"

他莹白如玉的指尖轻轻地叩击着桌面，轻叹了一声："并不喜欢那鱼儿化鸟，扶摇而上，脱离我的身边，她应该是我初见那一尾无名的桃花鱼，只在本尊心中方寸之地游弋。"

他不喜欢她游离自己身边的感觉，不喜欢她在自己看不到之处，不喜欢她眼里有旁的人，哪怕是所谓的亲人。她只需要他，就够了。这些日子她不在自己身边，却让这个念头如藤蔓在他潮湿的心底生长。金曜却为了他语意里的森凉冰冷，心中莫名地一寒。

琴笙的身形忽然一顿，沉默了下去，金曜心中忽然有不好的预感，一低头，却见面前那修长的身形忽然靠在他怀里，竟没了声音。

"主上！"他瞬间神色大变，一颗心几乎瞬间缩紧，抬手就抱着琴笙的肩，另一手蹭到琴笙的下巴，一摸——一手血！

"红袖！水曜！"金曜惶然，摇摇欲坠，他勉力定了神，抬手就将琴笙打横抱了起来冲了出去。

……

楚瑜坐在寝房内，看着安安静静地躺在床上的人影，见他脸色苍白得像透明的一般，她忍不住鼻尖一酸。

她强行忍着眼里的泪珠子，伸手温柔地抚过他的脸颊，随后低声问："这到底是怎么回事？"

红袖迟疑了一下："主上这是旧疾复发……"

"瑟瑟！"楚瑜忽然冷声打断了她的话，转身唤了一句。

背着药箱的唐瑟瑟忽然从房门外走了进来，看得红袖和金曜都是一愣。楚瑜面无表情地道："帮三爷诊脉，我要知道这到底是怎么回事。"

唐瑟瑟立刻颔首："是，掌门。"

但是她才走了几步，就被红袖给拦住了。

红袖叹了一口气："好了，瑟瑟你先出去吧，我跟小鱼说实话。"

唐瑟瑟没有动，只看着楚瑜，她只听掌门一人的命令。

红袖知道自己挡不住楚瑜的，楚瑜终归是曜司正儿八经的主母，她只好苦笑着看向楚瑜，有些哀求地道："小夫人……"

楚瑜这才淡淡地道："瑟瑟，你先出去等着吧。"

金曜带着唐瑟瑟出去之后，红袖才叹了一声气："这事儿，有些复杂，简单说来就是……"

红袖一咬牙，还是说了出来："三爷曾经受过很重的伤，你应该知道的……"

"你说的可是当年三爷遇袭埋在雪中多日，后来被南国公世子南亭羽带回来的那一战？"楚瑜忽然问。

红袖一愣，她倒是没有想到楚瑜竟然已经知道了，随后她颔首："没错，就是那一战，三爷回来的时候已经连心跳都没有了，最后是用了唐门的数种虎狼秘药才将他救了回来，其中惨烈之处不必说，只三爷将养好了身子之后，除了畏春日湿寒之症外，还……"

楚瑜一颗心提了起来，仿佛那个答案呼之欲出，却又忍不住暗中捏紧了拳头。

红袖再次长叹了一声："还留下了子嗣艰难的后遗症，因此三爷才让老金备下药物服用，老金说了这药太燥烈不能急，要一边喝一边看情况调整药方子，但是三爷……"

"我知道了。"楚瑜忽然出声打断了她，低低地问，"三爷用这个药，可能有几成希望？"

红袖迟疑了一会儿："老金说……满打满算是三成。"

她看着楚瑜微微蹙眉，若有所思的样子，心中愈发地担忧，不禁又想说什么："小鱼，我知道每个女人都有做娘亲的权利……"

"行了，你先出去吧，我想和他一起静一静。"楚瑜摆摆手，没有让红袖说完话。

红袖看着楚瑜的样子，也只好黯然地点点头：“好。”

有些事情，不是当事人，哪里来的感同身受这回事？楚瑜抬手抚了抚琴笙精致清冷的眉宇，“都说你脑子好使，却不想你还是个傻子啊。”楚瑜眸光温柔而无奈，她俯下身子去，将脸儿靠在琴笙的肩膀上，眼里慢慢地泛红。

待得楚瑜从房里出来的时候，却见金曜抱着胸靠在门边的柱子上。楚瑜打量了下他：“金曜星君，你这是……在等我？”

“今夜不是我值守，有空谈一谈么？”

楚瑜看了看他手上提着的酒壶，轻嗅了一下空气，挑眉道：“云中白？”

“果然是有个狗鼻子。”金曜看着她，轻嗤了一声，“来不来？”

楚瑜看着他桃花眼里的挑衅，随后笑了笑：“不用激我，去就去。”

金曜足尖一点，直接向远处那高高的假山亭上飞去。楚瑜抿了抿唇，人间亭，倒是她最喜欢的去处，也够坦荡开阔，打起来大概整个扫雪院都能看见吧。

楚瑜在亭中坐下，扫了眼面前的小台上，有酒有锅子滚着肉，还有两个蒲团，她似笑非笑地看了他一眼：“看来金曜星君这是要跟我促膝长谈。”

金曜坐了下来，看了她一眼，却没有说话，只盘膝在其中一个蒲团上坐了下来，抬手倒了一杯酒，又在另外一只杯子里倒满了酒。

楚瑜抬手取了杯子凑到唇边轻品了一口，“果然是云中白，这味道够醇，只是你这酒后劲不小，金曜，你可留神了，别喝多了一会儿打起来，找不着北。”

却不想金曜只淡淡地道：“主上在房里躺着，你怎么还能吃得下？”

楚瑜一边吃，一边理所当然地道：“为什么吃不下，我蹲大牢里都吃得下睡得香，倒了一个还不够，再倒一个才算是有情有义么，要想找哭哭啼啼的女人，出门左转，绕过半座府邸去前面的人间找。”

琴笙的病又不是她不吃不喝就能好的，她在牢房里就算心急如焚，但不吃不喝倒了的是她自己，她还得留着精气神照看他呢。何况这病还是那大仙儿自己作出来的，她还没想好要不要像对待仙仙和白白那样收拾他一顿呢。

“没心没肺。”金曜看着她，却忽然嘲弄地嗤笑一声。

楚瑜挑眉，再次举杯：“过奖了。”

“我跟着主上这么多年，从未曾见他那般人物会为一人患得患失，你可知？”

金曜嗓音有些暗哑，在凉冷的风中，在夕阳下，听起来有一种让人心头沉寂之感，让楚瑜握酒杯的手一顿，她垂下眸子看着杯中酒，慢慢地道：“嗯……我知道。”

金曜笑了，桃花眼里闪过黯然幽远的光，冷冷地道：“不，你并不知道，主上对于我们的意义。”

楚瑜一怔，她抬起眸子看着金曜的模样，却见他眼里竟微微泛红，也不知是喝酒喝的，还是别的什么原因。

金曜闭了闭眼，一口饮了杯中的酒，许久，才轻声道：“七曜，或者说曜司武卫大部分都是当年宸亲王的兽营中的少年士兵，宸亲王用养蛊的方式豢养着我们，你应该知道吧？”

楚瑜一顿，点点头：“我知道，三爷当年也是兽营里的一分子。”

金曜看了她一眼，神色有些复杂：“看来三爷告诉你不少事儿，没错，当初三爷也在兽营里待过，当年没有人知道他的来历，只是听人说宸亲王对他一直很感兴趣，甚至交代了我们的驯兽师不能让他死……”

“驯兽师？”楚瑜愣了愣。

“没错，驯兽师，那是我们兽营教头的统称，对宸亲王而言我们和兽养在一起，没有什么区别。”金曜讥诮地勾起唇角。

金曜轻笑了起来：“你可知道对于一个长得细皮嫩肉，看起来就像个公子哥的孩子，又得到宸亲王的关照不能弄死意味着什么，在此前宸亲王从来不在乎兽营里的幼兽的生死。”

楚瑜顿了顿：“大概，意味着那只幼兽是特殊的，但这种特殊只会让其他的幼兽对他充满了难以言喻的敌意和憎恶。”

“那种比女孩子还要漂亮，看起来柔弱得随时就会死掉的幼兽，凭什么得到免死的特权？”金曜看着渐渐黯淡下去的天色，淡淡地道，

“所以，他几乎没有朋友，或者说即使有愿意接近他的人，也不过是满怀想要弄死他的恶意而已，其中也包括……我。”

楚瑜一愣：“包括……你？”

金曜居然曾经想要害死琴笙，这算是她最近听到最惊悚的消息了。

“怎么，很奇怪吗？”金曜轻笑了起来，眯起眼，用一种有些嘲谑的目光看着楚瑜，仿佛在嘲弄她根本不可能明白他们的过去：“七曜里，包括年纪最小的水曜，都曾对三爷满怀杀意，都曾对他出过手。”

“当年三爷出现在兽营让我们跟他走的时候，我第一眼就认出了他，那个得到宸亲王另眼相看，受尽所有人恶意却还坚强地活着的那只幼兽，我们兽营里曾经消失了好些年的同伴。”

他眯起了眸子看向天边最后一丝微弱的光，仿佛陷入了长久的回忆里：“那时候，我不叫金曜，我叫一，兽营里所有的幼兽都没有名字，只按照实力的高低排序，上了战场或者成为主人的死士死去之后，后面的人就会顶替你成为那个数字，而原来的人仿佛从来不曾存在过。”

第六章

君莫思归

“你用宸亲王殿下的令牌把我们骗到这种地方来，要做什么？”上千名目光阴冷，身上带着一股子兽性血腥气息的少年士兵们手持利刃，将那白衣少年围在上京远郊的树林里。为首的少年士兵面容清秀，桃花眼里闪过警惕的光，手持猩红的两把短刃指着那白衣少年。这是兽营新血的象征，他们很快就要被编入兽营正式编伍之中，到时候手中的短刃就会换成猩红的长刃，当然他们也另有自己擅长的独门武器。

被包围在其中的白衣少年面容精致得如同误入凡间的谪仙少女，站在雪地间，纷纷扬扬的雪落在他苍白的面容上，有一种让人心悸的美。只是他身上的气息太冷、太淡薄，一双妙目里却跳跃着一种让人心惊的可怕冰焰，仿佛能烧毁世间的一切。

“我想要做什么？”白衣少年笑了笑，很温和的样子，“我想要你们从此以后跪天跪地之外，只跪我一人，效忠我一人。”

此言一出，所有的少年士兵都忍不住哈哈地笑了起来，放荡不羁又满是不屑，嘲笑着他的不自量力。身为统领的一更是如此，他脸上闪过狰狞的笑，轻舔了下手里的匕首：“哦？你要我们效忠你，凭什么呢？”

“凭那个你们以前追随的男人已死，而我可以让你们活下来。”白衣少年看向这些大部分与自己年龄相仿的野兽一般的少年们。

凉风掠起他有些凌乱的长发和身上的白衫，白衫贴着他纤细的身体，让他看起来异常的单薄，除了那双眼里跳跃的荫翳火焰，毫无说服力。

宸亲王已死？野兽少年们再次看着面前仿佛风一吹就散了的白衣少年发出不屑的笑声，没有人相信他。那个恐怖的男人就像大雪时天边的乌云一般，怎么可能会被吹散？

倒是一却愣住了，他冷冷地看着面前那瘦弱的白衣少年，他当然认识面前的人是谁，野兽不会轻易忘记曾经同类的味道，不，正确地说他是混进他们中的异类。他本来以为他已经死了，想不到竟然又出现了！

一并不像其他人一样认为面前的白衣少年在说谎，因为他已经是少年兽营里的统领，所以知道的，自然比别人多。他隐约地明白发生了什么事，也知道面前少年的身份，如果宸亲王真的出事了，兽营一直都是宸亲王手里最尖利的一把刀，宸亲王用养蛊的方式养他们，却也并不吝啬投入，他们是宸亲王的嫡系，只忠于……

面前的白衣少年却似不耐烦了：“最后问你们一次，到底要不要跟我走？”

一眯起了桃花眼，冷道：“跟你走，就看你有没有那个本事了！”

白衣少年笑了，笑容里带着一种他们在宸亲王脸上都没有看见过的残忍和阴狠，艳丽得让人不寒而栗。他忽然抬身直接跃上了一个最高壮嘲笑声最大的兽营少年士兵的肩膀，徒手就用他那漂亮纤细的手指将那士兵的头颅扭了下来，同时夺了他手上的匕首，瞬间掠入了兽营少年们之中，掀起一片腥风血雨。

而一甚至没有来得及反应。

……

“主上用了最简单粗暴的方法，将我们这些最厉害的兽营头领全部打败，他没有要太多人的命，而是将我们吊了起来几乎凌迟了一遍，把我们的血放了一地，他身上的白衣也被血染了个通透，分不清是他的血还是我们的血，而上千人竟没有人能上前将我们几个救下来，所有人都被镇住了。”金曜轻品着酒，笑了起来，仿佛那个全身被琴笙用匕首割出上百个口子、鲜血淋漓之人不是他。

金曜的语气平静清淡，但其中情境惊心动魄，楚瑜听得心中澎湃，忍不住道：“只怕你们是被他的残忍手段给震住了吧？”

白衣少年，满身血染，孤傲地站定于风雪尽头，一夫当关万夫莫开，无人掠其锋芒。金曜闭上眼，微微一笑：“当然还有主上引来的追兵，我们没有太多的时间选择。”

楚瑜一顿，心悸地点点头：“没错，果然是三爷会干出来的事儿。”

以武慑人，以势逼人，双管齐下，断人后路。不想跟他走，就得死！

“没错，这就是三爷，他能让我们死，也能让我们生，足足上千人的队伍，他却能有条不紊地将我们带出了险境，所以从今以后，我们的命就是他的。”金曜轻笑了起来。

楚瑜不以为然地扯扯唇角，原来琴笙那种喜欢让被他算计的人，在他面前俯首帖耳，膜拜欢喜，把他当救世主的恶趣味是从那么小的时候就有了。

金曜却忽然睁开桃花眼，冷冷地睨着她：“你又比我们强到哪里去，主上当初要你的命，剥你的皮，你还不是……”

“是是是，我还不是把他当小祖宗供着，陪吃陪喝陪玩陪睡，四陪，我特么比你们还亏，行了不！”楚瑜伸出四个手指，眼角直抽搐，“然后，你从此就对三爷再顾倾心了？”楚瑜这时候看着金曜，忽然觉得他看起来有点难兄难弟、同病相怜的味道，她主动给他倒了一杯酒，还夹了一筷子肉。

金曜有些怔然，淡淡地道：“三爷，救过我的命，他是我此生最重要的人，漠北那一战中……不是三爷，我们七曜里许多人大概会和其他兄弟一样，埋骨漠北冰川雪海。”

楚瑜拿着酒壶的手微微一颤：“是吗？”

“主上从未对谁如此上心过，为那一人辗转反侧，为那一人心中涩然煎熬无人说，还是一个配不上他的人，所以……”金曜忽然抬起身子，几乎整个人都逼到楚瑜面前，桃花眼冷冷居高临下地看着楚瑜，“我们绝对不会允许有任何人伤了主上，哪怕那个人是你。”

楚瑜忽然觉得一股火意冒起来，她忍不住气笑了，一口喝尽了杯中酒，挑衅似地看着他：“我配不上他，他也是我男人，与他相伴一生的人是我，每天晚上他抱着入睡的那个人是我，他心中为之辗转反侧的人是那个配不上他的我！他眼里看着的人又不是你，你凭什么来替他警告我，你以为你是谁？”

能忍着他没事儿就和她针尖对麦芒，不过是因为他是琴笙的左膀右臂，这货倒是蹬鼻子上脸了。却不想金曜在听到她的话后，似愣怔了一下，低头看着面前的女子，她的眼睛形状极美，瞳子漂亮得像出水的黑珍珠，让人想要触碰。

“是呀……看着的人又不是我，凭什么呢，我是谁……我是他的，你也是他的。”他忽然低低地笑了，唇角弯起惆怅的笑容来，抬起微微颤抖的手指轻轻地触上楚瑜的眼角。

楚瑜看着金曜有些愣怔，以至于他触上自己的脸庞都没有反应过来，只因他一贯带着嘲讽的漂亮桃花眼里此刻带着一种奇异的温软，也许是因为喝多了，甚至染上了一层水雾，里面翻腾着她几乎看不懂的复杂情绪。

而他那似语无伦次的话，却让她听出来一种——痛苦。

她看着金曜那双近在咫尺的眼眸，口气不由自主地温软了下去：“金曜，他是我的，也只能是我的……”

“你什么都不知道！”金曜看着面前的人仿佛在安慰自己，忽然心中一阵巨大的烦躁，酒意上来，他抬手一把捏住了楚瑜的肩膀，整张俊脸都逼到她面前，头抵着头，死死盯她片刻，看着她眼里的怜悯，他却忽然冷笑了起来：“没错，我就是要和你争，你待如何？”

楚瑜彻底呆住了：“你……”

楚瑜看了面前那双近在咫尺盯着自己的桃花眼许久，看着他眼里她根本看不懂的复杂情绪。那些复杂让她忍不住蹙了蹙眉，只觉得哪里怪怪的。她抬手稍微推开一点金曜的俊秀的脸庞，顺手摸了摸他的额头：“我说，没病吧？”

金曜似因她的动作怔住了：“你……”

楚瑜收回了手，看着他，叹了一声：“这种话，我想最好不要被三爷听到，除非你不想再留在三爷身边。”

金曜这人，虽然嘴巴真是贱了点，没事儿就和她针尖对麦芒，但确实对琴笙忠心耿耿，在琴笙身边伺候多年，把琴笙看得比他的一切都重要，所以他除了一开始敌友不明时针对她，此后再未曾对她不利。

最重要的是他确实很有能力。她并不希望因为这种原因让琴笙损失一员大将。若是他像当初南芝菁那种人，对着她喊打喊杀，想尽法子弄死她，他们算是敌人。但这么些年下来，虽然嘴上贱了些，金曜也算是尽心尽力地保护着她。毕竟这仆随主，金曜那一贯的高傲冷峻的性子忽然变成这般为情所困的模样，着实让楚瑜对他生出一点莫名其妙的同情来。

金曜看着楚瑜那一副无奈的模样，掩都掩不住她眼里的怜悯，他嘴唇轻轻地抿了起来，随后捏着她肩膀的手紧了紧，忽然低了头，紧紧地闭了下桃花眼，仿佛在忍耐什么似的，随后沙哑地笑了起来，满是讥讽和自嘲：“我的事用不着你操心，果然是条……无可救药的蠢鱼。”

这一场凡人对坐人间亭，瞭望人间烟火的闷酒就喝到了夜半。

楚瑜看着面前醉得趴在桌面上，皱着眉没声没息的男人，再看看高高的假山，不禁有点头大。这下好了，要怎么把这货弄下去？

楚瑜叹了一口气，左右张望了下，唤了一声：“曜司当值者何在，出来两个人！”

“小夫人！”不过片刻间，两道青色的劲装人影忽然鬼魅似的飘上了人间小亭。

“你们首领喝醉了，把他扛回去吧。”楚瑜吩咐。

两名曜司武卫互看一眼，再看了眼半靠在亭子边，闭着眼脸颊泛红的金曜，忍不住有点诧异，但还是齐齐抱拳：“是。”

等她发现两名武卫将金曜架进了琴笙的院子后，这才后知后觉地想起，是了，金曜作为贴身武卫，若非出去办事执行任务，便多居住在琴笙附近的侧屋中。她看着两名武卫将金曜扶着进了侧屋，方才叹了一口气，这金曜天天看着他主上与她卿卿我我，也难怪没事儿就对着她阴阳怪气的。

楚瑜正在感慨，忽然见自己房门口探出一个头来，红袖看见了她，忍不住唤了一声：“我的小姑奶奶，你大半夜站在风里做甚，快进来，三爷好像有些起色了。”

楚瑜闻言一惊，立刻三步并作两步进了自己的房间。床边坐着一个熟悉的佝偻身影，正捏着针在琴笙的手腕上扎着，不是老金又是谁。

“老金，你怎么那么快就赶到了！”楚瑜接过红袖递来的热糖水喝了一口，随后便走到了床边坐下，看着老金有些惊讶。不是说了他从云州过来至少要一个月才能赶到么？

老金抬起三角眼看了眼楚瑜，摇头叹气儿：“你们这对小夫妻，真是够我老儿操心的了。”

红袖忍不住笑了起来，拿了热气腾腾的帕子递给楚瑜擦脸：“这回是运气好，老金其实不在云州，就在附近的州县，所以接到金大姑姑的消息立刻赶了过来。”

楚瑜点点头，有些不好意思地看了眼琴笙：“三爷……还好么？”

老金点点头，没好气地瞪了眼红袖：“你们怎么也不劝着点，我都说了这药燥热得很，不能着急，喝多了、喝急了会血气上头，轻则口舌生疮，重则与经脉里的寒气相冲，经脉逆行。”

楚瑜沉默了一会儿，总结：“所以，三爷这是因为着急自己不能生孩子，没有按照医嘱服药以至于冲了药性，燥热到流鼻血昏倒了？”

房间里一片静默。

片刻之后，老金咳嗽了一声：“那什么，今儿老朽扎了几针，一会儿再给爷煎一帖药，他明日就能醒来了，以后……看着爷点，任何事都不能操之过急。”

随后，他看了眼楚瑜，皱着白眉，有些犹豫地道：“小鱼丫头，红袖与你说了罢了，就算服了药，三爷的身子也可能不能……”

楚瑜看着床上安静睡着的人，忽然淡淡地道：“他喜欢喝药，就让他喝吧，我也算……看着他长大了，这大仙儿比谁都固执，但若是药太厉害，还劳烦您把里头厉害的药都减半。”

她顿了顿，抬手用指尖温柔地抚了抚他的精致修长的眉尾，笑了笑：“孩子，没有，就没有了。”

有什么比他更重要的呢？

老金一愣，随后站了起来，对着楚瑜深深一拜：“老朽铭感小夫人之心。”

……

“三爷可还是没有醒？”定远老夫人看着楚瑜从宫里出来，见她眉心微颦，不禁有些担心地唤住了她。

楚瑜一转身正见着定远老夫人，便抬手去用手腕扶了一把慈眉善目的老夫人，叹了一声：“陛下今日召见小女也是为了此事，不必担心，三爷没有什么大碍……”

“丫头，你是何年何月生的，父母又是何人，你真的记不得了？”定远老夫人却忽然拔高了声音打断了她的话。

楚瑜一愣，有些不明所以地看着定远老夫人捏住自己腕子的手，定远老夫人忽然抓得她生疼。而老夫人的表情更是极为古怪，目光死死地盯着她的手臂。楚瑜对于老人家倒是没有一点不耐，只忍耐着道：“是的，真的不记得了，年岁什么的，也是捡回我的人家根据我的身形容貌而随意判断的。”

定远老夫人眼底闪过一丝异样，又上上下下地打量起了楚瑜，却松开了手。楚瑜心中暗自叹了一声，她早就知道自己上京，因为出身不明会被各种追问，但是这位老夫人到底是怎么回事呢？

定远老夫人看着她许久，轻叹了一声：“老身失礼了……只是觉得你有点像老身的一个故人。”

“哦，是吗？”楚瑜颇有些兴致地问。

老夫人看着楚瑜抬手时露出的手腕白皙娇嫩的肌肤，眼神有些恍惚：“你可愿意送我这老太婆一程？”

楚瑜立刻颔首：“自然是可以的。”

老夫人看着面前的女子，眼神有些恍惚：“老身认得的那故人自幼就一身肌骨娇润如琼脂一般，让人爱不释手，及至年长时，她聪明伶俐，很是早慧，早早就被她母亲送入女学陪伴一位家主继承人读书……”

楚瑜听着这描述觉得有些耳熟，吃橘子的动作不免慢了下来。

“这女孩儿早慧，素有神童之名，小小年纪行事沉稳，一直很得主人家赏识，后来嫁了这家主人年纪相仿的幼子。那少年天真活泼，她也很是照顾他，一边帮着那家主人打理生意，两人琴瑟和鸣的日子过了好些年，只是，这女孩儿运气不太好……”定远老夫人叹了一声气。

楚瑜颦眉，不知为什么有些揪心：“她运气为何不好？夫君在外头养了小妾？”

定远老夫人摇摇头，有些惆怅：“不，她的夫君对她很好，一直敬她爱她，只是这家主人家里出了内鬼，一直在祸害这家主人，想要从那大小姐手里抢夺家业，这女孩儿为了帮助这家大小姐，得罪了那内鬼。一次那女孩儿帮少东家查账时被坏人掳了去，大半年后，她家里人再见到那被放出来的女孩儿的时候，她已经身怀六甲，即将临盆……”

楚瑜微微瞪大了眼，忍不住怒道：“那内鬼玷污了她么？真是太可恶了，有本事明刀明枪地抢人家业，还敬他是个绿林大盗，这种阴私手段算什么！”

定远老夫人苦笑：“不，那女孩儿咬死不认那肚子里的孩子是内鬼的，却也不肯说是谁祸害了她，但是因为她肚子已经很大了，不能不生，何况她也不舍得打掉……”

楚瑜怔然，蹙眉想了想：“那内鬼这种时候将那女孩儿放出来，只怕打的就是逼她将孩子生下来，然后让她和夫君，甚至主人家都离心的主意。”

定远老夫人叹气：“没错，谁都知道那个孩子不能要，连父亲是谁都不知道，若是让她的夫君知道，只怕后果不堪设想，但她自己也舍不得那孩子，道孩子是无辜的。她的家人藏着她，直到她生下了那孩子，就让家里帮着暗中养了起来，她自己则回到了她夫君的身边。”

楚瑜：“她夫君一直都不知道自己的妻子在外头养了孩子么？”

定远老夫人点点头：“没错，他并不知道，爱妻得以回来，他欣喜若狂，而且没有多久那女孩儿再次怀上了孩子，这一次，这个孩子是她夫君的。”

楚瑜听着，有些感慨：“这也算是苦尽甘来了，只希望这小少爷就算发现自己的妻子在外头有孩子，也是不得已的，毕竟这姑娘也是为了他们家才被贼人祸害了……”

“他没有机会发现了。”定远老夫人耷拉下自己的眼皮，面色沉沉地道：“那女孩儿生下最小的女儿没有多久就死了，连着家里几乎所有人都死在了贼人的手里。”

不是所有故事都会苦尽甘来，总有更悲惨而无奈的结局。

定远老夫人闭了闭眼，随后淡淡地道：“人世无常。”

楚瑜觉得胸口闷闷的，随后又剥了瓣橘子塞进嘴里，那清甜的味道方才让她觉得精神舒服了点。定远老夫人看着她，神情有些复杂：“方才见了你这孩子，便觉得你有些像她，一时间感慨。”

定远老夫人也没有再说下去，只平静地换了些别的话题，也无非是问她与琴笙夫妻感情可和睦，琴笙对她可好。楚瑜这次回答问题时，又更谨慎了不少，只是简单客套地笑眯眯地道一切都好。

没有多久，楚瑜到了定远老夫人府上，将老夫人小心扶下马车，拜别了她以后，看都没看那高大气派的府邸，干脆地上马车走人打道回府。府上的管家早已领着婢女、嬷嬷们在门口等候着。那老管家看着老夫人看着马车远远而去，心中有些好奇，却还是道：“老夫人，小小姐的信从律方发到了，她已经平安回到了漠北，一切顺利，让您莫要挂心，注意身子。”

定远老夫人见楚瑜的马车都走远了，方才转头示意那些婢女和嬷嬷都退开，然后扶着老管家的手缓缓地向府邸里而去：“老陈，你可知道刚才那是谁家的小姐？”

老陈想了想楚瑜的模样，便笑道：“依稀看见一位眉清目秀的娇俏小姐，不知是哪家贵女，年纪看着不过十六七岁的模样，倒是有一两分千城小小姐的模样，所以老夫人喜欢么？”

定远老夫人神色有些复杂，随后叹了一声：“她是有一分像念灵，两分像千城，可我却觉得她有七分像……灵娘。”

老陈管家瞬间愣住，方才那位送老夫人回来的姑娘，老陈管家是看见了的，也只是觉得眼睛和轮廓隐约有点像，若不是极为亲近的人，根本就不会往那方面想，要他自己说，像三分都勉强了，也只是比长乐郡主更相似一点。

老陈管家有些不能苟同，但是他也是知道老夫人的心事的，他遣退了左右，扶着老夫人一路沿着府邸里花园慢慢走，“老夫人，您是不是还在惦记着那个……孩子？”

“我能不惦记么？”老夫人闭了闭眼，眼角闪过一丝泪光，“那是灵娘交给我的最后托付，她的骨血，我亲自养在身边，带到了一岁就被宸亲王那个没人性的畜生当着我的面扔进了河里，你不知道那小丫头早慧，未及一岁就会叫我姥姥了，大眼睛扑闪扑闪的，像足了灵娘小时候，是我护不住她……”

老夫人说着就红了眼，泪光盈盈。老陈管家立刻拿出帕子递给定远老夫人，软声安慰：“老夫人，您莫要伤心了，当初宸亲王那贼子当着您的面将苏家上下几百口人处斩，您都不曾屈服，他就是为了要戳您的心窝子，看您倒下去，您当年没有如了他的愿，如今更不能如他的愿了。”

“我知道……”老夫人抬手擦了擦眼，冷笑一声：“那疯贼留下我，却将我的灵娘凌迟，夷苏家三族，就是想让满朝文武看看敢和他作对支持太女的下场，但如今我都熬过来了，熬死了他，熬到长乐也长大了，如今我就剩下一个心愿……”

老陈管家闻言，却忍不住低声打断她：“老夫人，当初宸亲王将那个孩子放在木板上，扔在如此湍急的河水中，虽然咱们一直都没有找到小小姐尸体，我知道您相信小小姐没死，但是这么多年过去了，也不能排除太多的可能，若是有人想要假冒……”

“行了，你不必多言，我半截身子入土了，若是我没有看见任何希望就当那孩子已经去陪她娘了，但如今看见了，我绝不会再带着这遗憾去见灵娘。”定远老夫人眉宇间闪过冷冽的气息，“老陈，立刻用尽所有手段去将那孩子的来历打探清楚，包括她十二岁之前到底在什么地方养着，一定要弄清楚。”定远老夫人做了决定。

老陈闻言，便也点点头：“是，属下明白。”

定远老夫人顿了顿，微微蹙眉："查的时候谨慎点，避开曜司的人。"

不知为什么，她总觉得按照琴笙的能耐，他不会真的对自己枕边人的过去一无所知，但是从楚瑜那里听来的却是琴笙仿佛根本对她的过去不感兴趣，这不太像她认识的公子非的作风。就算如今的琴笙看起来淡然温和了许多，仿佛清心寡欲的庙里神仙像，与之前的桀骜不驯、心机狠辣深沉截然不同，但定远老夫人相信这世上的人，江山易改本性难移。若是琴笙真的知道什么，小鱼却一无所知，那就只有一个可能——琴笙不想她知道太多。

……

这一头楚瑜坐在马车上，继续剥她的橘子。

一边陪着的霍二娘看着她，用手肘挤挤她："喂，我说那个老夫人是不是认识你失散多年的爹娘？"

楚瑜淡淡地道："别人说什么，你就信什么吗？这上京的贵人们肚子里的肠子都打结，总之这事你先不要与任何人说。"

扫雪院很快就到了。楚瑜下了马车，便径自加快了脚步往自己的房间走去。只是她发现一件很奇怪的事儿——所有的丫鬟都在旁边的小暖阁里，连火曜都蹲在走廊上。

她挑眉："发生什么事儿了，爷醒来了？"

火曜一见她，便立刻点头："是，醒了！"

楚瑜立刻进了门，果然看见琴笙坐在桌边正捧着奶露品着，她抬手就去摸琴笙的脑门，琴笙倒是没动任由她将手搁在自己额上，只是垂着眼看她。楚瑜叹了一口气坐下来，握住他的手："爷打算怎么跟我交代一下，你瞒着我喝药喝到昏迷的事情？"

琴笙闻言，被她握住的手微微一僵，整个人都沉静了下去。楚瑜看着他仍然有些苍白的容颜，心中有些恼火，却还是忍着，只双手抱臂看着他："若是这次没有事发，你是不是打算一直喝药喝到流鼻血而亡？"

琴笙苍白精致如玉的面容上泛起一丝红晕，恢复正常之后，一贯波澜不惊的面容上终于出现了一种可以称之为"窘"的表情。他沉默着，依然不说话，只是抬起长睫，妙目静静地看着她。

楚瑜抚额，朝着他摆摆手："行了，行了，别这么看我，不知爷你还有两副面孔呢，别拿仙仙的那面孔来对着我，今儿咱们就要把话说清楚。"

琴笙看着她，轻叹了一声，只道："小鱼……"

楚瑜看着他："嗯。"

谁知唤了她一声之后，琴笙还是沉默地看着她，眸光幽沉而复杂，一字不言。楚瑜觉得自己就要被他打败了，索性叹了一口气："罢了，你既不想与我说，那我走了。"

只是话音才落，她的手腕就被琴笙一把拉住，随后用力一扯，一翻身便将她禁锢在身下。楚瑜有些气笑了："看来三爷的身子骨果然恢复了，身手利落得很。"

琴笙看着身下容颜娇俏灵动如晨曦的女子，声音低柔微喑："鱼，别走。"顿了顿，他轻声道："此事，是我不该瞒你。"

楚瑜能感觉到他压着自己的身子颇有些僵硬，无意地泄露了他的紧张，那种紧张和不安的僵硬让她心中某个柔软的角落瞬间就被击中了。她抬手温柔地抚上他的发鬓，缓了语气："你，难道不明白么，在我的心中，你才是那个会陪伴我走完余生的人。有孩子固然圆满，若是没有又有什么大不了的呢，我无父无母不也活到了这么大么？"

琴笙怔然地望着身下的人，他是见过她含笑与他想着未来孩儿像谁的模样的。

"何况，谁说我没有孩子呢？"楚瑜有些无奈地一笑，眉目间有些促狭地抬手拍了拍他的脸："我这身上还压了一个曾经天天追着我叫娘的呢，伺候你一个祖宗就够我受的了，再来几个和你一样的小祖宗，那可真是精尽人亡了。"

琴笙闻言，表情瞬间出现一丝扭曲，随后他忍不住低下头去，将脸埋进她的颈窝，闷闷地低喃："鱼，你是我的……"

她这样的鱼儿，硬生生地游进了他心中的冰城，让他此生如何能将她放生？

楚瑜抱住他，轻声道："嗯，我是你的，永远都是。"

两人相拥了许久，直到楚瑜的肚子发出咕噜声，琴笙才让人去准备吃食，一齐用午膳。午膳是一只鸳鸯锅，周围摆了许多配菜，精致如雪花的切薄牛肉片与羔羊肉片一滚，香气四溢。楚瑜吃得一身寒气都去了，忍不住满足地打了个饱嗝：“这可比昨夜的那一顿吃得舒服多了。”

昨夜的东西倒不是不精致，只是她和金曜两个都心不在吃食上，自然吃得不舒服。

琴笙夹菜的手顿了顿，随后看向她，淡淡地道：“是了，你既然不喜欢金曜总在我身边，我已经让他先行出发去漠北了。”

楚瑜愣了愣：“啊，我倒是没有……”

琴笙径自打断了她的话，温柔一笑：“金曜这个时候应该已经出发了，你放心，我不会因此对他有成见，跟了我那么多年的人，我自是了解他的。”

一句话直接堵了楚瑜要问的事儿，她一脸莫名地想了想，便也颔首道：“好吧，反正你不介意就好。”

她只是不希望琴笙因这件事对金曜心怀芥蒂，毕竟金曜是琴笙的臂膀之一，连她都能明白金曜那样忠心耿耿之人，对她根本没有威胁，更不会对琴笙有什么困扰了。

琴笙看着她微微一笑：“没关系，漠北比上京还冷，他去那边脑子大约会更清醒一点，这是好事。”

楚瑜看着他，神色有点复杂：“说到清醒，你如今醒来有些事也不打算跟我交代了是不是，比如苏千城到底是什么人，我仿佛听人说她是你……的初恋情人。”她顿了顿，想着莫名其妙地就有点火大：“亏我还以为你他娘是个雏儿呢，对你温柔小意的，含在嘴里怕化了，捧在手心怕摔了，原来你早就是个过尽千帆的老鸟！”

琴笙听得楚瑜这久违的不着调又粗鲁彪气的骂人话，忍不住挑了挑眉，这丫头是忘了他不喜欢她对着自己骂脏话受的教训了吧？

可她大吃飞醋，眼儿圆睁像一尾愤怒的鱼儿从水里弹出来想要咬人的样子，却让琴笙从今早听到金曜和她对饮坐谈就很不舒服的心情瞬间消散开来。他转身倒了一杯奶露，慢条斯理地走到楚瑜身边递了过去：“小姑姑何必这般恼火？”

楚瑜一听他这么叫自己，又温声优柔的样子，顿时就想起了仙仙温柔乖巧地任自己搓圆捏扁的样子，一时间火气也散了点。可她清楚，这人已经长大了，就算顶着和仙仙一样的面孔，哪里还能是以前乖巧温顺的少年！但她还是接过奶露牛饮一口，冷嗤一声：“别，三爷这声‘小姑姑’我可担不起。”

琴笙见状，翘起唇角，用指尖擦掉她唇角的奶渍：“小姑姑何必要为了一个笙儿都记不起的外人这般恼火？”

楚瑜抬手推了他一把，琴笙顺势便坐在床上，也将她一把拉下来，让她坐在自己长腿上。楚瑜跪坐起来，戳戳他的胸口：“说清楚，当年到底怎么回事？”

琴笙看着她慢条斯理地一笑，依然很正人君子的样子：“坐下，小姑姑。”

楚瑜睨着他半晌，最后还是在他腿上靠外处坐下了：“行了吧，别想色诱我糊弄过去！”

琴笙看着半边屁股都坐到他膝盖上去一脸警惕的人儿，眸底闪过一丝诡笑，随后淡淡地道：“苏千城是公子羽的妻子，与本尊没有任何关系，当年南亭羽引我见她，倒也是打着让她接近我的主意。”

“南亭羽打算让苏千城勾引你？”琴笙说得文雅，楚瑜却直接听出了里面的猫腻。

琴笙微微颔首，唇角弯起一点嘲谑的弧度：“亭羽那时候觉得他是聪明人，自然要干点聪明事，我当年亦自诩聪明，看不得有人显摆，便存心与他游戏一番，让他将那塞过来的酸臭果子自己吞回去。”

楚瑜闻言，心中忍不住想要笑，却还是板着脸问：“可公子羽为什么要给你塞女人？”

“为什么？”琴笙把玩着她的发尾，淡淡地道：“大概是因为他觉得我太过凉薄，想要看我失态的样子吧。”

楚瑜敏感地一顿，看了他片刻，有些疑惑：“南亭羽……和你之间到底是什么关系？”

琴笙只微微一笑：“他算是我真正意义上的，第一个……朋友。”

楚瑜一愣：“第一个……朋友？”

“我的生命里一贯只有下属、合作者和敌人这三种人，所以他说他要做我的朋友时，我觉得很有趣，居然有人敢与我做朋友。”琴笙轻嗅着楚瑜的发鬓边属于她的女儿香，像植物一般清冽的味道。

楚瑜微微侧脸，睨着他：“哦，我怎么那么不相信琴三爷会因为有趣而与一个人做朋友呢，而公子羽只怕最初也不是真想要与你做朋友吧？”

琴笙轻笑了起来：“他接近我，是得了南家，或者太后的命令，不得而知，但不外为了朝廷安危，以监视或者除掉我这个危险因素。”

楚瑜看着琴笙，神色有些复杂：“那时候的公子非，只怕确实很危险吧。”

彼年性格桀骜孤冷又叛逆的少年，没有亲人、没有朋友、没有子女，没有信仰，江山天下、人间大义都束不住他的心，他原本就是超脱世俗规则的产物，少年找不到自己在世间存在的意义。这样惊才艳绝到惊世骇俗的人物，原本在他厌倦了人间后，未必不会成为第二个秋玉之。众人该庆幸的是，同样拥有毁灭性人格的少年实在太厌恶秋玉之，以至于竭力成为那个男人的反面，那种骨子里的厌恶与恨意倒是让他以另外一种诡异的姿态成长为如今的王朝庇护者。

只是当年的少年依然危险，他冷眼看着那些庸碌之人年复一年跳梁小丑一般地对付着他，算计着他。也难怪太后觉得他太过危险。

果然，琴笙漫不经心地道：“嗯，闲的，本尊见他们自本尊出生就锲而不舍地想要我性命，却总不能如愿，损兵折将，着实可怜，所以便送上门去，也算尽了点为人子孙的孝心。”

他不会出手毁了秋玉之想要毁灭的一切，却不代表他不会玩一场颠覆朝野权贵地位生死的危险游戏。

楚瑜看着他，“所以你成为禁军副统领之后，少与任何人往来，却偏偏接纳了南亭羽，是存了耍弄他和他身后人的心思。”楚瑜道。

琴笙悠悠一笑：“算是吧，他存了较量之心，我存了戏耍之心，他是难得一见的聪明人，不过是一场默契的游戏较量罢了。”

这是楚瑜第一次见琴笙夸人，不禁一愣，“后来呢？”

“亭羽一开始就将话挑明了，他是来监视本尊的，用的法子看似很蠢，却相当聪明。”琴笙微微眯起了妙目，仿佛记起过去有趣的事情，“本尊若是不理会他，他便自己日日在我门口摆着棋盘等我来下，连被褥都一起搬来在门口睡了三日三夜……”

这是楚瑜第一次看见他回忆过往时，会露出笑容。两个同样骄傲的少年公子，拥有同样过人的头脑，出色的外表，斗智斗勇斗文斗武亦是难免。虽然公子非沉默的面具后，眼界与实力明显远远超越对方，但聪明人是这个世上最孤独的人，忽然闯入那么一个同样拥有聪明头脑的同类，少年轻狂却并不轻佻，明知不敌却死缠烂打，时日久了，仿佛冷眼旁观对方会做什么蠢事，什么时候对自己出手，也成了一种习惯。

“我倒也认他是个有脑子的，却没有想到他没脑子地带来了苏千城那么个女人。”琴笙轻哼一声。

楚瑜敏感地察觉到他语调里的轻蔑，她看着琴笙，疑道：“你似乎不太喜欢那位苏千城小姐，为什么？”

这倒是有点出乎她的意料。在所有人的眼里，苏千城仿佛是琴笙的心头朱砂，可如今听着琴笙的意思，那苏家大小姐倒似墙壁上的蚊子血一般惹人厌？

琴笙淡然道：“苏千城不算蠢，顺应亭羽的意思接近本尊，不过是因为她心中倾慕的人是亭羽罢了。”

“若是如此，她最后用了手段逼得陛下都不得不收回成命，最后成功嫁了南亭羽世子，倒是可以理解的。”楚瑜若有所思地道。

她微微松了一口气，随后忽又想起了什么：“那为何全天下都认为公子羽死后，她该与公子非破镜重圆？”

琴笙没有马上回答她，而是伸手牵着她到梳妆镜前坐下，拆了她的发髻，又取了一把梳子替她慢慢地梳头，“当年，她知道了我的身世后，看不上我这等身份，便想利用我来让亭羽吃醋，何况京城双璧同求一美的传言，能令她声名鹊起，不多时便成了京城第一名媛，如此也能在身份上与南国公世子更匹配。”

修长微凉的手指抚过头皮的感觉，让楚瑜舒服得忍不住眯起了眼，托着腮由着他替她梳头。这是他第二次替她梳妆，动作自然比不得红袖身边的侍女，但是却很流畅自然，仿佛他也曾做过千百遍一般……

楚瑜心中忽然一顿，从镜子看着他，懒懒地开口："我一直以为琴三爷是个衣来伸手、饭来张口的人物，毕竟仙仙和白白都一直是我在亲手照顾，只是不想原来三爷还有这等梳妆的手艺，这般千锤百炼的样子，也不知曾经为谁窗前梳妆描眉呢？"

琴笙手上动作微微一停，随后淡淡地道："幼时曾让金大姑姑给了个丝线做的假头套子和胭脂水粉玩耍，想着多学点技艺，自以为或许能讨一人欢心，但那人身边宫婢成群，不需假我之手，小鱼是第一个。"

他说得轻描淡写，却让楚瑜愣住了。能让幼年琴笙这般乖巧殷勤之人只有一个——先太女明烈。

她的心忽然像浸入了温凉的水里，说不上什么感受，又酸又涩又甜又软，她忽然抬手握住了他拿着梳子的手，哑着声道："琴笙……"

她是见识过仙仙是怎样温柔体贴又细心的孩子，所以此刻愈发地心软到发疼。楚瑜亦想起了彼时他尚未曾与她交心时，便已替她梳过妆。他的心，从未变过，只是她一开始便未曾留意。

琴笙目光幽润："画眉之乐也算是闺房情趣，小鱼可喜欢？"

楚瑜点头如捣蒜，忽然侧脸，握住他的手，低头在他的白皙的能看见微青血管的手背上轻吻了一下，随后抬起脸认真地看着他道："琴笙，我绝不会辜负你，此生，我一定会好好地保护你、珍惜你，再不让人伤害你。"

琴笙一愣，他有些想要失笑，却又莫名地笑不出来，只是深深地望着她，轻道："楚瑜，你是第一个对我说这话的人。"

楚瑜知道自己的话很愚蠢，时至今日，这世上还有谁能动得了琴三爷？可她就是忍不住想要说出口，说给那个曾经被辜负太多，亏欠太多，已消散在时光里永不复来的小小少年听，终有一天，会有人欣赏他的一切，疼他，爱他。

楚瑜抬手环住他的修腰，将脸贴在他的胸腹间，笃定地道："也一定是最后一个！"

他的好，他的坏，他的傲，他的悲，他的恨，他的爱，他的一切都会有人温柔以待。

琴笙垂下妙目看着抱着他的人儿，幽幽眸底似有波澜起伏，滔天浪起，却又最终渐渐化作暖意温存的涟漪。许久，他抬手轻轻地抚上她的后脑，轻叹：“小鱼，你……似抢我的词，让本尊不知如何接话才不至于像个软弱愚蠢的闺阁小姐。”

楚瑜忽然抬起头来，看着他笑得狡黠而灵动：“琴三小姐风华绝代，倾国倾城，在下倾慕你多年，得娶你为妻，不知走了何等狗屎运啊。”

说着，她直接起身站上凳子，居高临下地用双臂环住他的肩，见他抬起的琥珀妙目里一片静水深流，正静静地看着她。楚瑜又笑了笑，舔舔嘴唇，然后低头吻上他的薄唇：“我爱你。”

琴笙似怔了怔，感受着唇上软嫩的触感，他忽然抬手扣住她的细细腰肢，反客为主，近乎狂烈地回应，深深地吮上那一片柔软。

……

时光一晃，又是数日。

琴笙端坐书房，低头看着手里的这块绿檀木料，目光有些悠远，也不知在想些什么，只是原本有些清冷深邃的目光渐渐地变得温柔起来。

“主上，您要的刻刀。”火曜上前递上一套精致的刻刀。

此时，月曜从扫雪院里进了门，对琴笙行了抱拳礼，又低声在他耳边道：“最近苏家的人在探查小夫人的身世，已经查到夫人的义兄和义母身上了。”

琴笙动作一顿，淡淡一笑：“到底是历经多朝的定远老夫人，有些能耐。”

“可要让底下人将线索掐断，把人送走？”月曜问。

琴笙妙目微闪，看向远处人间亭上对着他使劲挥手的人儿，片刻之后温淡地一笑：“不必了，定远老夫人想查就让她查吧。”

月曜一愣，他可是记得琴笙之前完全不想让任何人触及楚瑜身世这块，如今怎么忽然改了主意。但主上的话就是命令，他自然不会违背。只有琴笙自己明白，他之所以不想让楚瑜知道她的身世，不过是心中私欲作祟罢了——她生命里最大的一场危机是秋玉之带去的，她的母亲也是死在那个男人手里，她的亲人恨秋玉之入骨。

虽然知道她不是拘泥于世俗观念之人，但他并不想让任何人与任何事让她心中对他生出任何芥蒂来，一丝一毫都不想去赌。更不想让所谓的亲人分去她的任何注意力，她在这世上的亲人应当只有他！

但前几日，她的那一番见解与想法，她的温存怀抱，却忽然让他释怀了。嗅闻着幽幽的绿檀香气，琴笙摩挲了一下那有些粗糙的木料，便取了刻刀仔细地在上面刻了起来。刻了一会儿，他又看了看图纸，若有所思地道："这绿檀上似并不合适镶嵌珠宝玉石。"

火曜见状，想了想道："主上，这绿檀，其实算不得真正的檀木，是番邦进贡之物，论贵重比不得沉香，香气虽然不错，却也并不罕见，比不得檀香，只是这木料纹路及颜色都相当清雅，若是往上头嵌刻宝石等物，反倒是坏了这雅趣，不若雕得古朴有趣些。"

琴笙闻言，微微一笑，倒是释然："嗯，若要论华贵，当初不若直接选了宝石材质，既择了绿檀，何须如此画蛇添足，只是多年不动手，本尊这雕工怕是要让那丫头诟病的。"

虽然这么说着，他眼角唇边却都是温润笑意。

……

转眼间，就已经是正月十五了。扫雪院里早已准备妥当，行装都打点完毕，只待第二日出发。宫里摆下了筵席，邀了皇亲国戚、朝中百官进宫同宴饮。

楚瑜和琴笙自然是要同去的。她原本想着明儿自己就要启程了，这皇帝或者太后说不得就要给她小鞋穿一穿。但是出乎意料的是，太后依然对她冷淡以待，看都没有多看她一眼，陛下倒是因着琴笙的关系对她依然很是和颜悦色。

一场宴饮下来，倒也算相安无事。只是外臣筵席这一处，琴笙素来不饮酒，简单用了饭菜，他径自推拒了过来给他敬酒的官员们之后，有些不喜这酒气，便往殿外而去。

琴笙站在白玉栏杆前，看着远处明灭不定的宫灯，清冷的神情渐渐温柔下去，他知道那里是楚瑜在的地方。

"子非。"一道幽幽的声音忽然在琴笙身边响起。

琴笙身形一顿，慢慢地侧了脸过去，对上不远处一双似曾相识的弯弯笑眸。

两人对视片刻，琴笙看着面前一身宫人打扮，面容娇憨的女子，微微挑眉："你怎么会在这里？"

那宫女打扮的女子脸儿微圆，琼鼻樱唇，一双略长的水眸盈盈含笑，顾盼生辉，乍一看竟与楚瑜有那么三分相似，只是楚瑜的眼眸大而明丽濡湿，宛如明珠星辰，连带她的容貌都灵动似晨曦朝露，活泼慧黠。而此女眼尾一颗殷红泪痣，却让她看人的时候多了几分妩媚柔软与无辜，可偏身上自有一股高雅沉稳气势，全不似一个寻常宫人，更不似一个少女。

那宫女闻言笑了笑，撑着一把伞走了过去，也并不靠他太近，只转身也陪着他看向远处："我一直都是在猜测，也有了些线索，只是犹豫着到底要不要追查故人过去，子非。"

琴笙淡淡地道："既是故人，就活在过去里，追查作甚，莫非你打算给过去陪葬？"

那宫女仿佛有些无奈地轻嗤了一声："人人都说琴家三爷是温润清冷天上仙，如今看来当年京城双璧中的公子非并没有改变，嘴还是那么刻薄。"

琴笙看着那远远的晃动的宫灯处人影绰绰，似有人提着灯一路往这边来了，他唇角微微一翘："自然是变了的，这世上没有人能不变。"

那宫女闻言，目光落在琴笙纤长睫羽下那温柔的目光上，神情有些怔然，她见过他许多的表情，却从未见过真正的——温柔。她早就知道面前之人姿容绝伦，清冷如仙，对人冷酷无情时就已经令上京少女们掷果盈车。如今垂眸一顾的缱绻又怎教人不怦然心动？

她再次轻叹了一声，随后也顺着他的目光一起看向远处的那一排宫灯，片刻之后，翘了翘唇角："原来如此，是因为那位玉安县主吧。能让堂堂的骠骑少将、京城双璧的公子非露出这般温柔表情的女子，一定很出色。"

琴笙微微眯起眸子，淡然道："珍珑夫人此刻应该在回律方的路上，这般私下违逆陛下的旨意折回上京，是不担心被陛下治罪么？"

珍珑夫人，就是苏千城，也是南国公世子夫人，此刻本该已经快到了律方的人，却不知为何忽然换了一身宫人的衣衫潜进宫中，若是传出去，必是轩然大波。

苏千城听着他冷淡的声音，忍不住黯然地道：“子非……”

“骠骑少将也好，公子非也好，都是死人，珍珑夫人一直在提起，莫不是很想见一见死人？”琴笙忽然打断了她，声音虽然优柔，却带着一种让人心寒的诡冷。

那种诡冷让苏千城身形僵了僵，摇摇头，还是换了称呼：“三爷，你可是忘了许多年前，我们三人约定过的事，也许你忘了，但是还有人未曾忘记。”

琴笙没有说话，只淡漠地站着。苏千城见状，眸光微转，搁下了手里的伞，从自己怀里取了一只精致的小瓷瓶出来，搁在了白玉栏杆上。她微微仰头，看向更远处的朦胧山冈，闭着眼双手轻轻合十：“亭羽，你临去前，曾与我说，你再不能践诺，陪着子非与我看这上京的漫天飞雪，上元灯火阑珊，如今他终于回上京了，我也将你带了来。”

她顿了顿，抬起头时，目光仿佛有些空茫，唇角的笑容却轻软如少女：“你看，亭羽，这就是上京元宵的雪，这就是繁华古都的灯火，还有你，还有我，还有……”

琴笙一怔，目光落向那白玉栏杆上的小瓷瓶。却见她忽然抬手，将那小瓶塞取下，蓦然一抬手，就将里面的白灰撒向了落雪的天空。

琴笙一怔，目光晦涩难明地看着那一抹撒向天空的白灰，眼前依稀是那少年的笑容，许久，他终是幽幽地开口，“亭羽……”

那是那个记忆中翩翩无双的少年公子身体的一部分吧……三个人的灯火阑珊仿佛是前生的画面。

苏千城转脸，眼里盈盈地含了泪光，柔和了眉宇间的沉稳，倒是愈发显出一种迷人的脆弱来。她似不想被人看见自己的脆弱，又转过脸去：“他遗愿已了，我这就走了。”

她顿了顿，笑了笑，眼泪却顺着脸颊滑落了下来：“还是很高兴能见到故人安好。”

说罢，她转身举起了伞缓缓离开。走了两步，她仿佛想起什么，脚步停了停，转身侧脸轻问：“忘了一件事，当年亭羽与我都曾猜测过公子非的妻子当是何等无双的女子，如今亭羽也在，不知可否介绍我们认识？”

琴笙却依然负手而立，并未看她，只是淡漠地道：“不可。”

苏千城一怔：“为什么？”

她原本早有准备他不会搭理她，只是如今看在南亭羽的面子上，也许气氛能缓和些，却没有想到琴笙拒绝得如此果决。

琴笙微微翘起唇角，侧了脸，倒是给了她第一个笑脸，只是那笑容冰凉如雪，让人冷彻心扉，“因为，你不配，而她会不悦，她不悦，便是本尊不悦，本尊若是不悦，就一定会有人死。”

他轻描淡写的话语，却让苏千城心中一滞。随后，她挺直了脊背，转回头去，苍白着脸：“这是警告么，子……三爷，你还在恨亭羽和……我么？”

琴笙淡淡地挑眉，丝毫不掩饰他的不耐：“有些话，本尊从不说第二次，你是南亭羽的女人，看在他的面子上，你若是不犯蠢，本尊不会对你做什么。”

说罢，他转身悠悠地向白玉台阶而去。

楚瑜裹在软软的雪狐披风里，提着灯笼跟着朝臣们的家眷一起往大殿这处来，见琴笙率先走了下来。她一笑，提了灯加快了步子迎了过去，抬手握住他的手上下打量一番，又凑近嗅了嗅他身上，这才满意地颔首：“没有酒气。”

琴笙抬手温柔地替她擦掉雪花，温润一笑：“回去吧，早点休息，明早还要早起出发。”

楚瑜颔首，笑眼弯弯：“嗯。”

只是目光掠过他的肩头，看向刚才他站的地方：“刚才我好像看见有人站在那里，是个女子，怎么一晃眼就不见了？”

那白玉栏杆边上一个人都没有，几乎让楚瑜疑心自己眼花。

琴笙微微一笑：“无关紧要之人，来送点东西罢了。”

“嗯，反正谅琴三小姐你也不敢在我背后偷汉子。”楚瑜微微颔首，见他不愿多言，也只当是什么宫人来送东西罢了，毕竟这宫里琴笙也定然安插了不少眼线的。

琴笙闻言，眼角忍不住跳了跳，抬手在她嘴儿上一弹："口无遮拦。"

随后他抬手握住她的柔荑，牵着她向宫门外而去。

"不去和陛下道别么？"楚瑜可是看得出来兴平帝对琴笙倒是真上心的，只是琴笙照样不怎么待见他罢了，就像不待见廉亲王一般。

琴笙淡然道："不必。"

既然琴笙这么说了，楚瑜自然不会多嘴，只笑盈盈地任由他拥着自己离开。

……

远远的大殿的白玉台阶栏上，一道倩影不知何时出现，只静静地持着伞看着那两道亲密的人影走远。她静静地抬起眸子看着天空，原本柔软的眸子里此刻一片冷冽与平静，只轻笑了一声："亭羽，想不到你我还有一日能看见他拥抱着一个女人的样子，也算是全了你当初的好奇吧，不过那个女孩子的样子居然与我有那么几分相似，倒是一件有趣的事情。"

"夫人，咱们必须走了，太后那里的筵席既然已经散了，陛下这里应该很快也会散了。"一名小太监凑了过来，低声道。

她转身撑着伞毫不留恋地离开，同时低声问了一句："你说祖母一直在查这个玉安县主的过去么？"

"没错，老夫人似乎对这个玉安县主很上心，派了不少人手，甚至动用了过去不轻易动用的关系，这些都是咱们放在老夫人身边的人回报的。"小太监道。

苏千城垂下眼皮，眼尾的红痣此刻让她的眼睛显出一种冰冷的艳丽来，她沉默了好一会儿，也不知在想什么，半晌才轻嗤了一声："这事情倒是有些意思，一个与本夫人相似的小姑娘，嫁了公子非，又引得本夫人的祖母一直在查她的过去，看来这小姑娘应该与本夫人有些血缘关系。"

或者说与苏家有些关系了。这对她来说，算不得什么好消息。

苏千城抬头看着漫天飞雪轻叹："去，把老夫人查到的所有消息，截下来。"

那小太监一惊："这……要截下来老夫人的所有消息？"

苏千城唇角微抿，淡淡地道："所有经过老夫人眼前的奏报消息，我都要先过目。"

那小太监有点犹豫，随后还是抱拳："是！"

苏千城忽然转头，远远地望了眼琴笙与楚瑜消失的方向，再次吩咐："万万不可惊动了琴三爷的人。"

她对琴笙说的那些她才知道他身份的话自然不是真的，南亭羽去世之后，她就已经若有所觉，但在南亭羽那里察觉到公子非还活着的事实之后，她的调查就停滞不前。毕竟能让皇室和曜司联手守住的秘密自然不是寻常人能查到的。若不是定远老夫人以为她已经知道了什么，又不曾防备她这个唯一的孙女儿，稍微露出了些痕迹，她也不会确认琴笙就是公子非。

自打知道了琴笙还活着，她才发现原来公子非的真正实力完全超乎了她的想象，整个帝国都覆盖在他的羽翼阴影下，与皇室的渊源更是不可触碰的禁忌。正是因为如此，她更不敢轻举妄动。

但是，他身边的玉安县主，让她必须查个清楚明白。

……

"你这就要走了？这才几天哪，漠北那么冷，何苦一定要去走一遭？"秋念灵拉着楚瑜的手，眼里都是不舍得。

不知道为什么，她就是觉得这个认来的义妹很得她的眼缘，天生一股子亲切感。楚瑜自能分辨人的真心假意，她反手握住秋念灵的手，笑眯眯地道："云州夏日长，义父也可以经常去调养身子，等我们回云州了，姐姐可以带着孩子、姐夫一起来玩儿。"

秋念灵叹了一口气，依依不舍地颔首："父王身体不好，他今儿没法来送你，但是送过来的金炭应该能顶些用处，可别不舍得。"

楚瑜心里是极感激的，因为琴笙的身子骨虽然不惧寒，但是畏乍暖还寒时节的湿气湿寒。虽然漠北天寒地冻，能暖着他身子多些也是好的。

"我们走了，义父那里，姐姐多替我尽些孝心。"楚瑜神情温软地道，随后就在一边的红袖的催促下上了马车。

秋念灵颔首，看着她的马车夹在车队里远去，她用力地对着马车挥了挥手。眼见着车队在武卫们的护卫下渐渐消失，秋念灵方才转回头，却不想就看见一辆熟悉的马车。她愣了愣，便领着贴身的侍婢上前，对着那马车行了个礼：“念灵见过外祖母。”

那马车上的车夫赶紧下来行礼：“郡主。”

说话间，马车的帘子被人掀开来，果然露出里面定远老夫人沉静的面孔。

“外祖母是来送小鱼的么？”秋念灵抬头，有些奇怪地看着定远老夫人。但就她对外祖母的了解，可不认为外祖母是那等慈悲心肠的人。

定远老夫人看着秋念灵眼里的探询，随后笑了笑：“算是吧，我看那孩子也得我的眼缘，听说她今日离开，便来看看。”

秋念灵颔首笑了笑：“天寒地冻，外祖母先回去吧，莫要感染了风寒，让千城姐姐知道了，不定多么心焦呢。”

定远老夫人也叮嘱了一句让她早点回去，又问了几句廉亲王身体的情况，方才放下车帘子，有些疲倦地靠在车厢的软垫上。

“老夫人，您……”一边伺候的彭嬷嬷也和管家一样是定远老夫人的亲信，见老夫人这般模样，不禁担心起来。

“没事，只是心里有些不得劲罢了，今日本是来送那小丫头走的，却连话都没有说上一句。”定远老夫人叹了一口气，心中忍不住有些难受。

“三爷那边似乎没有再刻意阻挡咱们的人去查玉安县主的身世了，老奴想他应该不会太……介意才是。”彭嬷嬷若有所思地道。

定远老夫人荫翳多天的面容上露出了一丝笑容，“是了，飞鸽传书过去，让千城那边要多多关照小鱼他们。”定远老夫人含笑吩咐，但是不知想起了什么，她又转了口径，“不，飞哥传书给那边的苏宇他们，看顾下小鱼他们，若是小鱼那孩子有什么难处和需要，一定要出手相助，不要让她为难。”

彭嬷嬷闻言，忍不住抽了一口气：“老夫人，可是咱们还不能确定楚瑜小姐就是当年的小小姐。”

律方是什么地方？那原本就是苏家的守境，苏家的老爵爷当初就是律方督抚，只是当年被宸亲王暗中夺了权。只是宸亲王一死，律方无人能镇服，外虏虎视眈眈，兴平帝和太后逼不得已只好将定远老夫人派过去待了一段时间。

定远老夫人在律方收拾残局，她威名在外，重拾山河，将那些残存下来的苏家门将再收编了一回，又有朝廷的大力支持，这才勉强支撑了起来，这么多年下来，虽然根基不比当年，但如今律方也已经算是重新掌控在苏家手上了。何况又有苏千城一直代表苏家镇守律方，这些年下来倒算是平静。

“你不懂，我看着那孩子，就觉得……”老夫人摇摇头，原本平静苍老的面容上闪过一丝忧伤：“就觉得像，实在太像了。”

苏家嫡出的女儿那一身肌肤一直都很特别。这算是一种特殊的标志，所以当初她将苏千城养在膝下，唯一的遗憾就是那孩子并没有传到那身肌肤，也许是早已出了三族的缘故吧……

“老夫人……”彭嬷嬷看着老夫人那老眼含泪的模样，心中忍不住难受，咬着牙道：“您放心，老奴一定尽快将楚瑜小姐的身份查个清楚。”

……

楚瑜和琴笙一行人一路往北而去，越是北上，风雪越大。

原本天落下的是雪花，如今落下来的都是雪粉子，吹得楚瑜只躲在大马车里轻易不肯出去，只窝在马车里，或者窝在自己夫君怀里——不愿起。

一晃半个月过去，终是到了律方。待得到了律方督抚衙门就停了下来，楚瑜远远地就看见一名穿着武将常服脸带络腮胡的伟岸男子领着许多人站在府衙前等候着。一见楚瑜上来，那男子便抬手对着她抱拳，含笑道：“玉安县主，一路辛劳。”

楚瑜见状，不禁一惊，立刻下车，也对他作揖：“苏大人实在太客气了。”

她怎么也没有想到会是身为封疆大吏的律方督抚亲自出来迎她。

而待琴笙出来之后，苏宇眼中闪过异色，随即又消失不见。

“请吧。”苏宇豪气一笑，抬手朝府内示意。不少官员是不住在衙门里，而另起府邸的，但是类似律方和凤栖城这样的边疆要塞，因为常有军情与各种事务需要主官及时处理，所以这样的地方大吏都会住在衙门府邸之中。

楚瑜一进门，便觉得这边塞府邸布局雄浑大气，真与京城里的奢华精致截然不同。进门就是公务衙门议事之处，侧边竟就是一片极大的校场，刀枪林立，可见不少亲兵在场中操练，杀声震天。

那督抚夫人徐氏让自己的儿子苏珂去给楚瑜等人领路，她稍稍落后了一步，看着自家夫君忍不住低声问：“夫君是怎么回事，可是觉得那琴三爷有什么问题？”

苏宇略一迟疑，看着不远处的背影，轻道：“陡然一眼过去，我觉得这位琴三爷的身形，仿佛有些眼熟，却又想不起到底在哪里见过。”

徐氏一愣，随后忍不住笑出了声：“若你是对玉安县主说这话，妾就要吃醋了。”

苏宇也有些尴尬地笑了笑，压低了声音道：“应该是为夫眼花了，两个人的气质差得远了，何况……”他不知想起了什么，深深地叹了一声：“那传奇早已被尘封了。”

说罢，他自嘲地摇摇头，转了话题：“是了，怎么没有看见千城小姐？”

“她说今儿会晚来一些。”徐氏道。苏千城是御封的珍珑夫人，在律方的地位非凡，代表着定远老夫人，也代表着苏家，自然不可能缺席今天的接风宴。果然在徐氏领着楚瑜等一行人进了府邸，指挥人协助楚瑜和琴笙等人安顿下来，领着他们出席接风宴时，已经有人在花厅筵席上等着他们了。

一道身着精致玫瑰红色锦袍，披着狐裘的窈窕人影静静地站在花厅门口，听得有人过来，便转过身来，对着众人爽朗地一笑：“大哥嫂子，你们怎么才来？”

但见那女子眉目弯弯，秋水美目盈盈含笑，温润雅致，眼角一颗鲜艳的红痣衬得她笑容娇妍，虽不如秋念灵那般容貌华美，一颦一笑间却另有一番让人移不开眼的魅力，宛如空谷幽兰一般，连楚瑜都看得愣了愣，总觉得，仿佛……有些眼熟。

“千城，你终于来了。”苏宇爽朗一笑。

楚瑜恍然大悟，原来这位就是传说名动京城的苏家小姐——苏千城。

苏千城有些不好意思地道：“知道贵客临门，所以特意猎了些野味带过来，不想来晚了，这菜怕是都做好了，麻烦大哥了。”

随后苏千城转脸看向楚瑜，含笑道：“这位就是玉安县主吧，你是念灵的妹妹，自也就是我的妹妹，之前我们同在上京，但是匆忙擦肩而过，倒是错过了姐妹相聚的机会，原本想着这次你过来，给你准备一桌好饭菜，尽个地主之谊的，结果倒是让大哥抢先了。”

楚瑜见她笑容真诚，倒全不是自己想象中飞扬跋扈的模样，便也客气地一笑：“珍珑夫人客气了。”

苏千城笑盈盈地上前握了楚瑜的手臂，引着她往主桌而去：“既是姐妹，不要叫得这般客气，就唤我一声苏姐姐就是了，平日里哥哥他们私下都这般唤我。”

这苏家大小姐的热情，倒是有些出乎她的意料，虽然不讨厌，但她还是觉得有些怪怪的。尤其是在琴笙告诉过她，苏千城像陆锦年之后，她这热情就让楚瑜有些消受不起。而且不知道为什么，苏千城仿佛全没有看见她身后还跟了个琴笙一般，只拉着她坐下。

“内子在这里似乎并没有什么姐姐。”冷不丁一道淡然的声音忽然响起，打断了苏千城的热情，一点都不给她面子。这般疏冷不客气的话语若是从旁人口里说出来，自显得很是无礼，但是从琴笙的嘴里说出来，衬着他那淡漠的模样，却莫名地让人觉得再理所当然不过。

苏千城手上的动作略一顿，转眼看向琴笙，不愠不怒地淡淡道：“这位应该就是江南十景之一的琴三爷了吧，素闻三爷是温润如玉的谦谦君子，今儿可是一路行来，太过劳累，心情不好，或者是我哪里得罪了三爷？”

琴笙那一句话后，若苏千城打个哈哈过去也就罢了，但她竟就这么直接顶了上去，虽然是笑吟吟的模样，但场内的气氛瞬间僵了僵。

徐氏有点无奈，只和自家夫君对视一眼，便含笑道：“是我想得不周到，这大冷天的走了那么远的路，琴三爷和县主想必都累了，大家用了膳后，也就不耽搁三爷和县主安歇了。”

说罢，她主动夹了一筷子鹿肉给楚瑜，楚瑜含笑接了：“多谢夫人。”

气氛这才缓和了下来。苏千城也仿佛全忘记了方才的事情一般，一边与席面上众人说笑一边用膳，竟也全无大家闺秀食不言寝不语的样子，倒将气氛活跃得正好，一场接风宴下来，欢声笑语，如同寻常人家里的团圆饭一般，倒是宾主尽欢。

一顿饭用完，苏千城陪着徐氏将楚瑜送出门外，她便止住了脚步，对着楚瑜怡然一笑：“好了，虽然我这自称姐姐也许有些招人讨厌，但到底比县主虚长几岁，在律方若县主妹妹有什么需要我帮忙的，只管找我就是，我也就不杵在这里碍眼了。”

说罢，她朝着楚瑜眨眨眼，转身就走了。

楚瑜一愣，但见徐氏忍不住笑着摇头：“千城小姐这么多年，还是这般模样。”

楚瑜微微挑了下眉尾，看着苏千城远去的背影。知进退，懂审时，明度势。即使如她这般心里多少对苏千城有些成见的人，也都不得不承认苏千城的个性确实很难让人讨厌。

“难怪她当初能够插进你和南亭羽之间，与你们成为莫逆之交。”楚瑜回了房间之后，一边脱披风一边看着琴笙道。

琴笙脱手套的手略一顿，淡淡地道：“莫逆之交，凭她？”

楚瑜听出了他话里的轻蔑，不禁微微蹙眉，琴笙来到这里之后，仿佛情绪格外地外露，性情里当初属于白白的霸道、桀骜和阴沉都有些浮头。她走到了琴笙身边坐下，明眸定定地看着他：“也许在你眼里，她不过是南亭羽的附属，若不是你当年与南亭羽斗法，她根本没有机会进入你和南亭羽这京城双璧间，但是这个女人确是个心如明镜的聪明人。”

楚瑜眼儿弯弯，抬手捏了捏手腕：“今晚夜色不错，笙儿要与小姑姑我说故事么？”

琴笙轻叹了一声，抬手牵住她的雪腕，带着她在窗边暖榻上坐下，又取了热茶各自倒了一杯：“也算是雪夜共饮了。”

楚瑜接了过来，半偎在他怀里，轻啜着茶水，也不多言。

琴笙微微眯起眸子，看着那从窗缝里落进来的雪花，悠悠地开口："当年亭羽与我一直都在角力，我冷眼看着他能做到什么地步，他也想要知道怎么样才能动摇我，或者说抓到我的把柄。"

"他背后的人是太后还是南国公？"楚瑜忽然问。

这一次入京进宫一番折腾下来，她最大的收获就是得知太后似乎并不与亲生儿子的兴平帝一条心，皇帝对琴笙的热络与太后的冷淡形成鲜明的对比。

琴笙淡淡地道："当初南国公与太后并未离心，亭羽的身后正是这两位，只是他们试图处置我早已不如当年便利，陛下更是坚决反对。"

"所以你就更刻意地杵到他们面前让他们更不舒服，甚至刻意与南亭羽结交？"楚瑜点点头，有点想要笑，"看来这位南世子果然非同寻常人。"

"当年他早已看出我的心态，便也顺势而为，在我面前把话挑明以后脸面都不要地贴了上来，也不知什么时候开始，我确实被他勾起了兴趣……"琴笙顿了顿，唇角勾起一丝莫测的笑。

各种上九流下九流的玩意，南亭羽都不遗余力地拖着琴笙玩得风生水起。他那样的贵公子，玩起来也都是人尖的玩法，不落俗套，危险又刺激，却让人极开眼界，三教九流什么人不曾见过。少年琴笙虽然早已血洗海道，纵横大洋，剑掠武林，但是他确实未曾体会过那市井人烟与纨绔生活，这等见识上自然比不得南亭羽，更有一股子傲气，在这些上头，怎么都不能示弱于人的。在这些看似你来我往、暗藏刀光剑影的较量里，两人渐渐生出惺惺相惜之情来。

"就你的性情，能让你惺惺相惜之人着实不易。"楚瑜忍不住轻叹了一声。

"我和他早已心知肚明，总有一日会刀兵相见，甚至不死不休，但在那日到来前，依然是……同伴。"琴笙忽然轻弯了唇角，目光落在杯子里的茶水上，神色有些莫测。

同伴，那是他第一次知道这世间，除了下属与敌人，还有这样的一个词。

楚瑜看着琴笙，轻叹了一声，依在他怀里没有多言。如果她没有猜错，南亭羽和琴笙虽为伯牙子期高山流水之交，却最终还是有那反目的一日吧。所以，桀骜清高的白白最后成了现在心思难测、深沉如海的琴三爷。

数日后。

“主上，东西已经准备就绪，再过两日，咱们就可以出发进雪山了。”金曜平静的声音在房间里响起。

琴笙看着桌面上的地图，平静的神情里闪过一丝异样，随后忽然抬起头，看向远处起伏的雪山：“金曜，离咱们最后一次看见漠北雪山有多久了？”

金曜沉默了一会儿，垂下眸子道：“属下已经……记不得了。”

这是他第一次在琴笙面前做出这样听着就是敷衍的回答。

琴笙一顿，却也只微微眯起妙目，静静地看着远方：“是，本尊也记不得了。”

金曜仿佛也能感觉到他身上沉寂的气息，忽然轻声道：“不知道，兄弟们还好么？”

两人都沉默着看向远处。

金曜低声道：“属下先下去了。”

只是他才到门口，便看见一道窈窕的身影站在门前，见他出来，来人对他笑了笑：“金曜。”

金曜淡漠地扫了她一眼，点点头，一言不发地转身离开。苏千城也并不在乎对方的冷漠，只提着篮子转身进了房间，“三爷，听说你们要进山，我准备了些东西。”

琴笙看着苏千城手里提着的篮子里的纸钱和香烛元宝，淡淡地道：“不必了，金曜都已经准备好了。”

苏千城叹了一声，将篮子递过去：“这里不光是纸钱香烛，还有木曜喜欢的书、火曜喜欢的木器。他们是双生子，可喜欢的东西不同，都给他们准备好了。”

琴笙一顿，看着篮子里的东西，眼底有了些异样，抬手接了过来。

苏千城一顿，忽然反手拉住琴笙的衣袖，目光复杂地看着他：“子非，我……”

琴笙妙目一寒，落在那袖子上的目光让苏千城瞬间一惊，正要收手，却听得咻的一声，那一截衣袖却忽然直接断裂开来，落在地上。

苏千城脸色变得一片：苍白，她看着落在地上的半截衣袖，垂眸低低地苦笑了起来：“三爷，您就厌恶我到如此地步么？当年……”

“当年没亭羽，你是个什么东西？”琴笙看着她，淡淡地一笑，说出的话却淡漠刻薄得让苏千城脸色又难堪两分，不自觉地捏紧了拳头。

随后，琴笙径自手一松，原本握在他手里的篮子就砰的一声跌在桌面上，里面的各色香烛、纸钱等等滚了一桌面，一桌狼藉。

苏千城看着桌面上那些乱七八糟的东西，神色怔怔，仿佛心里也这般乱糟糟的。面前之人就是有这等本事，再刻薄尖酸的话从他嘴里说出来，都似温淡平静，竟一点不损他半点飘逸出尘，却足以让人感觉心上如插箭一般的难受。这份道行早已比当年那个桀骜冷傲的少年高了许多。更不要提在他通透淡漠琥珀妙目下，仿佛赤裸裸地，一切龌龊心思都无所遁形。

她随后闭了闭眼，深深地吸了一口气，再抬眼看着琴笙，脸色虽然不太好，却已经平静了下来：“我明白三爷心里是怎么想我的，没错，当初是亭羽要用我来接近你，我也顺势而为，但我从未冒犯过你，当年我们三人玩在一处，三爷你也很明白，我所倾慕之人是青梅竹马的羽哥哥，而你从那时候就觉得我很势利，在用你造声势，看不上我。”

她顿了顿，抬起微红的眼，直勾勾地看着坐在桌前的人：“可三爷也知道，我是定远老夫人领回来养大的，上京里的人面上称我一声苏大小姐，可背地里也认为我不是嫡出，怎么能配得上那些县主、郡主都芳心暗许的亭羽哥哥，你不也利用了我的这份心思让亭羽哥哥吃了瘪么？”

说着，她笑着笑着，眼泪珠子便滚了出来：“亭羽娶我那些年，连大婚之夜都没有在我房里过，他从未碰过我，只因他以为你也钟情我。”

琴笙却只坐在桌前，淡漠地看着她不说话。苏千城咬着唇角，看着他半晌，也没有在他眼里看到一丝动容，她自己倒是越发地在那深海一般的目光下，快要撑不住膝盖发软了。

她实在无奈，眼里已是有了泪，犹豫了半天，仿佛破釜沉舟一般地下了决心地开口：“我知道三爷的能耐，所以今儿才对你开了这个口——赫金左贤王打算让可汗进国书，命我和亲！”

琴笙精致的眼角一挑，目光幽沉：“哦？”

苏千城仿佛说出了自己一直隐瞒的事情，终于大大地松了一口气般，揉着眉心：“没错，我在这里镇守的时间太长了，早两年因着押送朝廷赐物的钦差身子不适，不得已由我带着朝廷赐下的各种物品送去交接，竟就遇上那麻烦，后来我再没有去过，但是他贼心不死。”

“你这些年的长进大了。”琴笙莫测地一笑，让人全看不出他的态度。

苏千城看向琴笙，有些无奈地道：“若非如此，我也不会再将主意打到三爷你这里，可也只有你才会让陛下如此上心。我知道你为人的心性，最恨人逼迫与利用你，若非对方实在逼人太甚，我又怎么敢冒险呢？明知你看不上我，可咱们到底相交多年……”

琴笙微微地眯起妙目，淡淡地打断她：“苏千城，势利之人，多识相，并没有什么可被看不上的，只是本尊一贯讨厌自作聪明的蠢货。”

苏千城脸色一白，没有再说什么，只是又苦笑了一下：“罢了，三爷，我来这里说这番话，只想让你明白我并没有什么非分之想，到底是我做错了事，原不原谅在你……”

她抬手一边收拾桌面上的那些香烛纸钱和其他物事，一边轻声道：“你们多年不来漠北了，这次既要进山祭拜，我想着到底我也在漠北多年，与你们一同进山，也好亲手将亭羽的骨灰放一部分在那边。”

琴笙闻言，一点不容情地拒绝了她：“这就不必了。”

“可是……这是亭羽的心愿，我做妻子的必须完成，何况你也知道当年火曜和木曜他们都唤我一声苏苏姐，这一份香烛元宝和他们的东西，是我的心意，与三爷你们无关。”苏千城抬起眸子定定地看着他，微微泛红的眼底都是倔强，却又显出三分无辜的楚楚可怜来。

琴笙目光凉薄地看着她，只道了两个字：“出去。”

苏千城在那诡凉入骨的目光下，竟脚步一软，差点站不稳，却不敢再拂他逆鳞，多言一字，只怆然地看了他一眼，红着眼退了出去。

她一下楼就见自家两个婢女正朝着她的方向张望，见她一出来，其中年长点的那个眼睛一亮，急忙迎了上来："小姐，怎么样？"

苏千城握住了她的手，轻叹了一声："该说的都已经说了，那位若是心里还不得劲要对我如何，却也是无可奈何之事，到底是我先不地道的，尽人事，听天命吧。锦心、绣心，我们回去吧。"

锦心看着她，眼底都是怜惜和懊恼："子非公子也太不念旧情了，小姐到底与他有那一段少年情谊，不看僧面看佛面，小姐深陷困境，也没求着他助你一臂之力，只不过用了点他的名声罢了，就算看在姑爷……"

"够了，走吧。"苏千城眼底闪过一丝深沉之色。

倒是一边的绣心忽然抬眼瞟了一眼远远走过来的人，讥诮地勾了勾唇角："只怕三爷是为了避嫌呢，毕竟照着三爷如今的身份，若是小姐改嫁了他，这赫金人的左贤王又敢拿小姐如何，不必小姐绞尽脑汁，陛下就会先让人狠狠地抽那癞蛤蟆的脸，在陛下和太后眼里，这满上京的姑娘哪个能及得上小姐你，但有那么个玉安县主的拦路石……"

她话音未落，手腕就被苏千城狠狠一握，指甲刺进皮肤的痛楚差点让绣心叫出声来，她一抬头就看见苏千城冰冷的目光，让她不禁打了个寒战："小姐……"

"不要妄言，你是听不懂么，绣心！"苏千城冷冷地看着她。

绣心却还是不服，咬着唇道："难道不是么，小姐你与子非公子也算是青梅竹马，您总觉得自己是老夫人领养的，可那玉安县主又算是个什么东西，她的出身和奴婢有什么区别么，也不知是哪个旮旯角里捡来的！"

她越说越不甘心："而且从老夫人那里截获的情报上说她十二岁之前都不知在哪里养大，但绝不是好人家里出来的，说不得是青楼里逃出来的低贱童奴，可您到底是正儿八经的苏家血脉，凭什么把大好姻缘让出去，子非公子当年明明应过与您的婚事……"

啪！她话音未落，苏千城已经一巴掌甩了过去，仿佛气得浑身发抖："闭嘴，你嫌命长么！"

"这是怎么了，珍珑夫人这般恼火？"一道似笑非笑的声音在她们身后不远处响了起来。

苏千城背脊一僵，但再转过脸来，已经是一派平静，她有些歉意地对缓缓走近的楚瑜和霍家姐妹笑了笑："县主妹妹，真是见笑了，我这家奴言行无状，所以才惩戒她一番。"

楚瑜看着跪在地上，却悄悄瞪着自己的婢女，好脾气地笑笑："是么，确实，有些不知轻重的婢子很让人头痛。"

此时霍二娘却忽然走了上来，似笑非笑地睨着跪在地上的绣心："听说珍珑夫人身边的婢女武功高强，不知可有幸切磋一番？"

苏千城一愣，似有些没反应过来："这……"

楚瑜却淡淡地道："难得我家二娘有兴致，不知珍珑夫人赏不赏脸？"

绣心冷冷地瞪了眼楚瑜，站了起来："比就比。"

说罢，她率先向院子外而去。霍二娘眼底闪过一丝冷笑："不知死活。"随后跟了上去。

而苏千城看向楚瑜，脸上闪过一丝无奈，她沉默了一会儿道："不知县主妹妹现在有时间么，我们可否聊一聊？"

楚瑜看着她，大眼弯弯："好。"

……

"这些事儿……我已经都与三爷说了，县主妹妹这里，我也只得先赔个不是。"苏千城坐在榻上小桌边，看着楚瑜一脸无奈与黯淡。

楚瑜看着她笑笑，也并不说话，只慢悠悠地喝着热茶。苏千城见她并没有如自己想的那般把话接下去，一副安静聆听的样子，她也只好硬着头皮道："我说这些，只是不想你误会罢了，并无他意，也不指望三爷能网开一面，这到底是我的不是。"

楚瑜微微翘起唇角："嗯，我知道了。"

苏千城愣了愣，就这样么，她已经是将自己摆到这般低姿态与她解释了这许久，她便不痛不痒地留下这一句？她见楚瑜没有别的表示，也看不出态度来，只好讷讷不言。只是这沉默并没有持续太久，就被一声尖叫打破了。

苏千城蹙眉道："怎么好像是……锦心那丫头在唤我，莫不是出了什么事儿？失陪了。"

说罢，她匆匆忙忙地出了暖阁，向院子外而去。

楚瑜挑了挑眉，转身跟着她一道出门，待到了校场的时候，就正见着那边一团混乱。苏千城一赶到，就看见绣心满肩膀都是血色，人已经昏迷了过去，一边赶来的军医正在努力为她止血。

苏千城忍不住脸色白了白，完全没有想到绣心会伤得这般厉害，声音也冷沉了下去："这是怎么回事？"

锦心在一边泪流满面，颤抖着看向自家主子，又指控性地看向一边的霍二娘："小姐，绣心她……她被这女人伤了，这西蛮女分明是故意挑衅，要伤绣心性命的，你一定要为她做主啊！"

苏千城看向霍二娘，正要开口，却见霍二娘冷笑一声："哎哟，可别恶人先告状，就算是我要求与她切磋，可应战的人是她，她出手难不成就比我温柔？比武原就不论生死，如今算是切磋，我也已经是手下留情了，技不如人罢了，还要告状不觉得丢中原人的脸？"

"你……"锦心见没什么人再帮她说话，心中不忿，还要再说什么，却见自家主子正冷冷地瞪着自己，她瞬间便不敢再多言，只是默默地掉泪。

"好了，别再废话连篇，赶紧先将绣心送下去医治。"苏千城冷声道。

几名士兵立刻上来将绣心抬了下去，那军医也赶紧提着药箱跟着下去。楚瑜这时候才慢条斯理地叹了一声："真是抱歉，珍珑夫人，我这位贴身武婢，性情有些暴躁，又是个武痴，这次切磋伤了您的人，晚些时候我会让人奉上礼物赔个不是。"

这已经算是一种让步，虽然很明显她并没有什么诚意，可是话却挑不出错来。苏千城勉强弯了弯唇角，一脸忧心地道："此事也是个意外……"

霍二娘立刻勾起了唇角，恣意地一笑："虽然珍珑夫人也说了是意外，但总归是我出手没有注意，若是您身边还有哪些高手要来与我切磋，顺便报仇的，我一定奉陪，这个梁子也算是结下了。”

苏千城倒是没有想到霍二娘一个武侍婢，居然敢这般直接地撕破脸，她眸光略沉，却还是保持着礼貌对霍二娘淡淡地道：“既然是意外，我们自然不会计较。”

“计较也没关系。”霍二娘傲慢地一笑，随后看向楚瑜：“大小姐，三爷还在等着您用膳呢。”

楚瑜闻言颔首，又对着苏千城仿佛有些歉意地一笑：“真是抱歉了。”

说罢，她转身就施施然地领着霍二娘离开了。

苏千城看着她的背影，眼底闪过一丝复杂的情绪。锦心站了起来，看了眼自己一身狼藉，便在苏千城身边愤怒又委屈地低声道：“小姐，难道咱们就这么吃哑巴亏么，那女人一定是听到了绣心的话，怀恨报复！”

苏千城淡淡地道：“这位玉安县主，不是个省油的灯，但绣心应该庆幸听到这话的不是琴三爷，她嘴上没个把门的，这哑巴亏，她是吃也得吃，不吃也得吃，以后若是不会谨言慎行，还有你们吃亏的时候。”

隔日。

“是了，上京有些新消息来，你可要听？”琴笙坐在暖榻上，衣衫齐整，除了满头乌发只简单地在脑后用发绳随意一束，一点都看不出方才才享用了“午膳”的模样。

倒是伏在他膝上的楚瑜，抬头看了看外头的天色，还是大亮的，她一边打哈欠一边道：“什么消息？”

“太后这些日子病了，苏家老夫人进去探望，不想自己也跟着感染了风寒；陛下接了一道赫金人的折子，商议今年进贡之事；还有你绣坊里出来的逸哥儿不知用了什么手段，连升三级。有趣么？”琴笙慢条斯理地道，舀了一碗汤递到了楚瑜面前。

楚瑜正是饿得前胸贴后背的时候，听着他说话便轻哂了一声：“逸哥儿原本就非池中物，当初我就是觉得他会想着为他家里人复仇洗冤，怕他连累绣坊，所以不愿意用他，但如今……他在表面上断了与绣坊的关系，那就随他怎么样吧，那是他毕生的心愿。”

琴笙温淡地微笑：“后日我们就要进雪山，你也准备一下吧，这山里的路不太好走，还要走过一段冰川。”

“进雪山，为什么？”楚瑜知道他在谋划着什么，只是没有想到要进山。

琴笙眸光微闪：“漠北这一份地图，在天鹰大营里，而天鹰大营葬在雪山里。”

楚瑜手上的勺子一顿，有些怔然地看着琴笙，目光有些复杂：“是当初……公子非身边那三千铁骑？”

琴笙看着她，温淡地颔首：“是。”

两人间有半刻沉默，楚瑜抬手往他嘴里喂了一勺子粥：“好，我等你带我去见你的……袍泽。”

自古由来征战地，不见有人还。她知他到了漠北，多少便有些心事沉沉，想来是旧忆太深。今日见金曜提出去的苏千城的篮子里分明有香烛纸钱，再加上那些小物件，原来皆是祭拜用之物。

她慢慢道：“当年的离殇，我等你愿意的时候，慢慢与我说。”

琴笙妙目如幽澜浮皎月，深深地看着她，抬手将面前的人儿拥在怀里，温柔地在她耳边轻道：“好。”

……

“好了，夫人，老夫能做的都做了，接下来就看这绣心姑娘的命了，她的命若是够硬，应当能缓过来。”老军医擦了擦手上的血渍，随后看着苏千城有些疲倦地道。

“小姐，绣心一贯是个心直口快的性子，从没有什么坏心眼，这么多年一直如此，那玉安县主身边的西蛮子武婢分明就是因为绣心得罪了她主子，才下这样的狠手，您心里真的一点不生气么？”锦心这时候已经换了衣衫出来，坐在绣心身边，看着她奄奄一息的样子，一边掉泪，一边哀怨地低声道。

苏千城揉了揉眉心，原本一贯娇妍的面容上也显露出几分疲惫来：“我说了谨言慎行，绣心这丫头也是到了吃一堑长一智的时候了。”

“可是……”锦心还是忍不住想要说什么。

这时候，一名与她同样打扮，却容貌寻常的婢女端着热气腾腾的药进来，顺便也打断了锦心的话：“锦心，不要逼小姐了，你明知小姐如今是个什么处境，外有赫金人，若是再得罪玉安县主，这律方还哪里有小姐的容身地？”

玉心搁下了药碗，对着她道：“好了，不要再说了。”

说着，玉心看向苏千城，温柔地道：“小姐已经很累了，您先回去休息，这里我和锦心两个人守着。”

苏千城闻言，便也颔首，淡淡地道：“好，仔细些就是了，今日三爷并没有允我跟着他们一起进山祭拜，我这里还一筹莫展，你们就守着绣心吧，不用为我值夜了，切记，莫要再生事端。”

说罢，她便也转身离开。

玉心送走了苏千城，方走到锦心身边坐下，看着她苦口婆心地道：“小姐有小姐的难处，为人仆从者，不能为主子分忧，也不该再给主子惹麻烦。”

锦心越听越是委屈，眼泪又忍不住了，咬着唇道：“我们堂堂苏家大小姐，当年上京第一贵女，怎么就沦落到这等地步了？”

玉心拍了拍她的手背，叹了一声：“形势不由人，正如绣心说的，三爷原本该是小姐最好的归宿，有了三爷的庇护，赫金人就不敢打小姐的主意，只是三爷如今身边有了玉安县主，小姐那等人品是不肯去做那夺人夫君的事情的，但若是能经由三爷这头入了太后和陛下的眼，再寻个好归宿也不错。”

两人默默无言地分头守夜。上半夜玉心守，下半夜锦心守着。等到了交班，玉心细心地将要注意的事儿又叮嘱了一遍，锦心道：“我知道了，一定会小心的，玉心姐姐，你快去休息吧。”

……

夜深人静，只有落雪声瑟瑟与寒风声潇潇。

玉心进门前，左右看看见无人，进门之后便利落地将门锁上，再将窗户也全部扣好。随后，她也不点灯，直接摸到自己的衣柜，仔细摸索了一下，不一会儿，那衣柜便悄无声息地向边上移开了，露出一道黑漆漆的入口来。玉心这才从腰上摸了火折子轻轻一抖，折子亮起光来，她也利索地进了那黑洞洞的入口里。随后，那衣柜门又移了过来，将门给堵上了。借着手里的火折子的光，照亮了暗道，她小心地一步步走下去，不一会儿就到了一处密室里。

她将密室桌上的蜡烛点燃，随后便在放置了笔墨纸砚的桌前坐下，然后提起笔在纸上写了一句话。那话语极为简单——雪大，鸟入林。写完之后，她便将信笺仔细地折成了一只飞鹤的模样，搁在桌面上。做完一切之后，她便又把东西都收拾好，回到了自己房间，将密道封好，然后仔细地查看没有什么破绽之后才去了衣衫睡下。

而那密道里，玉心将密道重新封好之后，蜡烛的火焰忽然弹了弹，竟变成了诡谲的绿色，照得整个房间阴森非常。一道阴风不知从哪里吹过，那纸鹤慢慢地飘荡了起来，竟没入墙壁不见了。

几日后。

“呼，真够冷的。”楚瑜一边扯着马缰，一边忍不住用手捂了捂自己的脸。虽然已经是三月了，她穿了一身极厚实的男装，还披着雪狐披风，可森冷的寒风依然吹得她脸都僵了，这才走了一个时辰呢！

琴笙看着她的脸儿被风吹得绯红，眼底闪过怜惜，便抬手扯住了她的马缰：“过来我这里。”

楚瑜一看他示意自己与他共骑，便大咧咧地摇摇头：“可别，这么多人看着呢。”

琴笙精致的眼角一挑，抬手就将她抓了过来，直接搁在自己的身前，双臂从她腋下绕过去，再扯住马缰，淡淡地一笑：“这里路不好走，只有马匹还能走得顺畅些，马车是没法子用的。”

“喂，咱们今天天没亮就出城了，都没有和苏大人打个招呼，这样好吗？”楚瑜忍不住蹙眉。

琴笙轻嗅着她发鬓间的香气，漫不经心地道：“我们这次过律方，原本打的就是周游采买贡品的名号，为皇家办差，所以咱们才会寄宿在督抚司里，苏宇是管不着咱们行动的，何况我已留书了。”

楚瑜闻言点点头，看着他灿烂一笑：“嗯。”

她想这一路就当是冬日赏雪出游祭故人，总不至于再出现什么如去琉岛取回地图时差点人图两空的倒霉事儿了吧。然而，人真是怕什么来什么！一行人才走到一半，却遇上了山道塌方！

楚瑜一脸无语地站在一块相对安全的山道上拍打着自己身上的灰土，刚才突然塌方，还好她机灵，没有滚下陡坡去，只是染了一身泥，还……她看了眼一边站着的神色有些不安的主仆二人。

苏千城见她看过来，便微微一笑："妹妹，可是无事了？"

楚瑜干笑着扯了下嘴角："是没事了。"

这两个女人竟偷偷摸摸地跟在他们身后来了，还在塌方的时候不知道怎么突然冲出来拉了她一把。虽然她根本不需要这个女人出手，但是……也算是救了她，搞得她现在都不好开口让琴笙赶人滚蛋！

这一边，琴笙正等着人来报告损失。

火曜抱拳道："报告主上，并无亡者，但伤了三个人，不过都是皮外伤，不打紧，只是马匹滚下去，折断腿的不少。"

这次曜司挑出来陪伴着三爷进山的都是一等一的高手，就算方才塌方那般突然，也没有让他们伤亡惨重。

楚瑜闻言看向那些被硬拉上来的马儿，忍不住蹙眉："人没有受伤，但是马匹如果不成，咱们进山就麻烦了。"

琴笙若有所思，片刻之后他淡淡地道："咱们要继续走。"

金曜一愣，忍不住道："三爷……"

"咱们这一次是秘密前去取图和祭拜，若是折回去，又再进山难免引起有心人的窥视，徒增危险。"楚瑜忽然开口打断了金曜。

琴笙看了眼楚瑜，微微一笑。金曜一看便知道这果然是自家主子爷的想法，楚瑜是领会到里头的意思了，他脸色又冷了冷，却还是看着琴笙道："但是咱们这次折损的马匹……"

"折损的马匹不过是为了运大半个月的粮食，保证我们能活着进出雪山，但是如果我知道一条路，可以减少一半的路程呢？"一道女子纤细却沉稳的声音响了起来。

楚瑜等人才若有所觉地顺着那声音看去，就见苏千城正走了过来，面容神色有些犹豫的模样，两弯柳眉微颦。琴笙妙目在看见苏千城的时候微微一闪，随后淡漠地道："你说你认得近路？"

苏千城闻言，苦笑了一下，坦然地看着他："是，我认得近路，这么多年，并不是只有三爷您惦记故人，我和亭羽也想要给故人上香，只是因为三爷将当年通往天鹰大营处的地图都收走了，所以我们只好另外派人根据当年的路线重新探路了。"

"哦，是么？"琴笙看着她，平静地问。

苏千城垂下眸子，轻声道："没完全走通，但是到天鹰大营进冰川前的驻扎地的时间只不到三天。"

金曜却已经忍不住了，妙目里都是愕然："不到三天？"

天鹰大营最早在冰川里的驻扎地就是他们进山开始预计要走得最远的地方，苏千城竟能有这样的一处捷径么，还是当年的南亭羽发觉的？

苏千城轻叹了一声，目光定定地看着琴笙："是，不到三天。"

楚瑜看着她，大眼里闪过一丝凉光。这女人到底想干什么？

……

"这是一处冰湖，虽然依然还冻着，但过去的时候千万小心，毕竟如今已是三月了，融化的程度我们并不知道。"苏千城指着前面一处看起来异常开阔的地面道。

楚瑜顺着她的指尖看去，大眼转了转，随后看向身后与水曜在那斗嘴的霍二娘："二娘，你看看这湖，方便过去么？"

霍二娘停下调戏水曜，策马上前几步，看了看那湖，随后道："我先去勘察一番，若是能过去，也没有赫金人动手脚的痕迹的话我会通知大家伙。"

楚瑜点点头。

火曜却抬手拦住了霍二娘，同时转身看向身后的人，点了几个曜司武卫的名字，又对琴笙道："属下几个都追随主上多年，承蒙您的教导，也是善机关者，与二娘同去查看。"

不是不信任霍二娘，这湖看着极为广阔，底下就是湍急的水流，他们的马匹损失了一半，虽然也减轻了些负重，但若是有陷阱，所有人都跟着倒霉。

琴笙淡淡地颔首："去吧。"

火曜几个便立刻随着霍二娘一路往山坡下策马而去，小心地踏上了湖面。水曜看着霍二娘的背影，微微担忧地蹙眉，但还是沉默着看她离开。不多久之后，就见他们在湖面上晃动着几面旗帜。

琴笙微微一笑：“走吧！”

一边跟着上来的曜司武卫们也各自将工具归位，同时佩服地看着楚瑜。

他们损失的马匹，原本打算就地掩埋，小夫人却提议将马匹简单地宰杀之后，沿途挖掘冰层，建立食物窖，将之作为后备粮食与那些无法驼走的粮食一起掩埋在冰雪里，再做上特殊的标记，记录下方位。

若是回来的时候遇到什么意外，只要路线还正确，就能得到补给，就算没有遇到意外，冰天雪地里，食物极为难寻，自然是储备越充分越好。这法子让琴笙都赞了一句妙，这法子若是用在漠北冬日战争里甚至还有一定的军事价值，轻装简从，还能保证补给线。

“脑子里没正事儿，倒是歪点子不少，走吧。”琴笙轻笑着弹了下她的额头。

虽然有霍二娘和火曜在前面探路，但大批人马过湖依然小心谨慎，待过了湖后，众人才松了一口气。

接下来的一路上，跟着苏千城的指点，又有霍二娘领着一批武卫在前领路探索，并没有什么大的危险，也没有赫金人出没的痕迹，三日左右的时间过去，他们果然顺利地赶到了目的地——永冻川入口。

楚瑜有些怔然地看着面前巨大的冰川入口，忍不住赞叹这大自然的鬼斧神工。

琴笙抬手轻抚了她发鬓边的霜雪，陪着她看向那冰川：“就是这里了。”

楚瑜转脸看向琴笙，见他妙目里幽幽沉沉，唇角的微笑里却没有任何欣喜，反而闪过一丝异样的复杂和怅然。她很少在他的面容上看到那样的表情。甚至在凤栖城他说起明烈与秋玉之那段往事时，表情也不过是嘲讽与冰冷。

她伸手握住他的手，十指相扣，轻声道：“我陪你吧。”

说话间，她忽然闻见一阵淡淡的烟雾檀香。楚瑜转过脸去，就看见苏千城已经示意自己的丫头一起摆出了个小小的镏金嵌宝的香炉，然后取了火石点了火，在一边烧纸焚香。见楚瑜看过来，苏千城一边轻轻吹着手里的香，一边对楚瑜温声解释："这是进永冻川前的规矩，祭的是冰神，保佑咱们顺顺利利地进出。"

随后，她美目深深地看向琴笙："三爷，不知可忘了这军中规矩？"

琴笙凉薄地轻弯了下唇角，眼底泛着幽寒的雪光："祭了冰神，当年的天鹰大营不也全军覆没，连主将骠骑少将都保不住么？"

说罢，他径自抱着楚瑜翻身上马，策马一声："驾！"便立刻向冰川深处飞驰而去。马蹄飞溅的雪花，撒了苏千城一脸一身。

……

等众人进了冰川约莫两刻钟之后，一道窈窕的蒙面人影也出现在了冰川裂谷入口处。她低头看了眼地上的香灰，伸脚轻踢了下，微微蹙眉，随后冷笑一声，从腰上摸出了一只骨哨，然后取下自己的面纱，放在嘴边吹了起来。她吹奏的骨哨，宛如鹰鸣，不一会儿，原本只是盘旋在远处山上的飞鹰猛地朝她飞来了。她迅速地在飞鹰的脚上绑上了纸条，又放飞了它。做完这一切之后，她看了看那冰川裂谷，便又策马立刻往里头而去。

只是她也没有注意到，两道人影悄无声息地从冰川边的大石旁飘了出来。

第七章

生死悠茫

且说这头琴笙和楚瑜率先进了冰川裂谷。楚瑜忽然发现琴笙对这里似颇为熟悉，虽然地势险要，这里的路不过是一条条裂开的冰川谷底露出的冻土路，沿途还有许多碎石，但是琴笙却走得极为顺畅，策马顺利而利落地避开那些天然的危险处和不好走的地方。

楚瑜忍不住低声道：“你，居然还记得这里的路呀？”

虽然也能明白这里人烟罕至，连动物都很稀少，所以原始路面形貌不容易改变，但是这么多年过去了，多少都有变化，琴笙居然还能驾轻驭熟地飞驰其中，仿佛他昨天才来过一般。

琴笙淡淡地道：“这条路，我，一辈子都会记得。”

大约又这么走了一整个日夜，到了第二日的夜幕降临，天边寒星挂空的时候，琴笙忽然抬手扯住了缰绳，翻身下马：“到了。”

先前派去勘察的霍二娘和火曜、水曜几个都迎了过来。

火曜沉声道：“一切都如从前，没有什么危险。”

楚瑜看了看面前的一处冰缝，或者说——冰洞，不禁有些愣怔。

琴笙微微颔首，握住翻身下马的楚瑜的柔荑，忽然转身低头看着她，唇角的笑容有些古怪："怕吗？"

楚瑜一愣，看着他的眼，随后淡定地摇头："不怕。"

"那就……走吧，跟紧了我。"琴笙替她拢了拢衣领，牵着她的手往前走。

一行人下马，令人看守好马匹，点燃火把，向那冰洞里走去。

楚瑜知道大自然的鬼斧神工之力，却没有想到自己会看见这般水晶宫一样的冰世界。巨大的冰洞，深不见尽头，入目皆是晶莹剔透的冰壁、冰柱。在火光照耀下，冰洞折射出幽幽的漂亮幽远而神秘的光芒来，仿佛在照着无数面镜子。却美得让楚瑜心里有些不太舒服，总觉得四面都能看见自己，冰里怪影重重，仿佛总有人陪着他们在走路一般。

也不知走了多久，楚瑜只觉得身上有些发冷，她内修上来之后，除了下雪寒风刮得厉害有些受不了外，还很少觉得这般冷的。

琴笙却忽然开口："歇一歇吧，准备东西。"

楚瑜一愣，只觉得琴笙的声音幽幽地回荡着，很轻缈却又仿佛很沉，她正以为自己生出错觉来时，金曜却忽然上前一步，沉声道："是。"

随后，他便与火曜等人一起去准备东西了。

楚瑜有些担忧地看着琴笙的背影："琴笙……"

琴笙淡淡地一笑："再往前，路会不太好走。"

跳跃的火光将他的容颜照耀得仿佛有些清冷苍白，静静站在冰上，面无表情的模样犹如一尊冰雕的神祇，周身的气息几乎与周围的冰融在了一起。

正在此时，一道女子的尖叫声忽然响起："啊啊啊啊——"

这冰甬道里，原本就空旷幽深，这尖叫声一响，仿佛四面八方都响起尖叫声一般，连曜司武卫们脸色都白了白。楚瑜立刻听出来那声音是苏千城身边婢女锦心的，她却没有像所有人那样回头，而是抬头看了看上方，见有些雪粉落下来，又听得一阵阵诡谲的喀拉声响。

楚瑜脸色一冷，看了眼霍二娘："让她闭嘴。"

她前生经常参加野外的活动，虽然这种冰天雪地的地方来得少，但在这种地方随意地喊叫，声波震动下，谁知道会招什么灾，就算震不塌冰川，把那些尖利的冰柱子给震下来，就能将人穿糖葫芦似的穿个透心凉。

霍二娘这雪山里长大的，自然更明白，她立刻飞身过去，准确地一把抓过锦心："闭嘴。"

苏千城见状，想上来拉锦心："锦心……"

但是锦心却仿佛什么都没有听见一般，只顾尖叫。

霍二娘抬手直接狠狠抽了她两个嘴巴子："给老娘闭嘴，你找死么！"

霍二娘的手上自然是辣的，而且她打人的法子声音并不大，可两巴掌下去，锦心的脸就肿了起来，脸色的剧痛也让锦心安静了下去。

但锦心却还是魂不守舍的样子，只颤抖着指着自己方才站的那块冰墙前，抖如糠筛："冰里有……有人……"

周围的人瞬间一惊，第一个反应就是赫金人来伏击，所有人都把手放在了腰间的兵器上，全身戒备地看向那冰墙。

但是下一刻，锦心却颤着声道："不……不……不是人……是……鬼……是鬼。"

这一声幽幽的"鬼"，飘荡在冷寂黑暗的甬道里，瞬间让所有人毛骨悚然，也都齐齐发现，火把跳跃下，那幽暗的冰墙里仿佛真的有一道不太清晰的大约一人大小的黑色影子，光线折射下，那影子仿佛还会动一般。

"哪里来的鬼，闭嘴。"霍二娘忍不住怒喝，心里却有些发怵。

她们西域魔门虽然行事狠辣诡谲，杀人如麻，但见多了诡谲现象，最敬畏的还是鬼神，这地方看着简直就像壁画里的神域或者寒冰地狱。霍二娘心头火起，更怕真是触怒了什么东西，抬手就要打锦心。

但苏千城身子一闪拦在锦心面前，目光锐利地看着她："霍姑娘是不是打人打上瘾了？"

此时，楚瑜已经走了过来看动静，见她一副义正词严的样子，便弯了弯唇角，笑容却很凉薄："在这种地方随意呼喝，若是再出现个塌方，咱们都要埋在这里，千城你也算是行过军的人，知道令行禁止，虽然这里算不得军中，但曜司的规矩却一向严厉，这般无状者，一辈子不能说话都是轻的。”

锦心这时候回过点神来，躲在苏千城身后颤声怒道：“我不是曜司的人！”

“那就滚出去！”楚瑜冷声道，目光锐利，看得锦心浑身一颤，下意识地退一步。

小姐是好不容易才跟到了这里，她咬牙颤声道：“你摆什么曜司主母的脸。”

楚瑜眯了眯眸子，唇角弯起一丝没有任何温度的笑容：“呵。”

她什么都没有说，但水曜已然飘过来，面无表情地抬手就掐上锦心的咽喉，出手就是要命的招式：“辱我曜司主母者，死！”

水曜出手快如闪电，一把捏着锦心的咽喉，瞬间就让锦心喘不过气来，咽喉剧痛，两眼暴突，眼看着就要被捏碎咽喉，命丧当场，她惊恐万分地挣扎着，一身武艺也不算差，但在水曜五指下就如同一只小鸡仔一般。

“等等。”苏千城终于出声，眼里已经是含了泪，咬着唇看向楚瑜，仿佛极为无奈：“楚妹妹，婢女言行无状，是我教导无方，但她跟随我多年，情同姐妹，求你……饶了她这一回。”

楚瑜看着她，弯了弯眼角，却没有说话。苏千城一咬牙：“求你就看在之前姐姐拉了你一回的分上吧，你我互不相欠。”

楚瑜闻言，淡然道：“好，这个面子我给珍珑夫人。”

闹了这一场，其实也不过片刻工夫，楚瑜懒得理会她们主仆，目光看向那冰墙，心中忍不住疑惑，她也看见那墙壁里的黑影，而且火把的光线下，仿佛活了一般，左右晃动，让人看着就心里发凉。楚瑜正打算举着火把上前看看，是不是因为冰中棱镜折射的原理出现这种异象，却有人拦住了她。

苏千城握住她手上的火把，看着她叹了一声：“让我去看吧，替这丫头将功折罪。”

楚瑜看着她沉静的面容，挑了挑眉，松了手，让她拿着火把走了过去。她则转了脸，想看看琴笙在干什么，依照那大仙儿的性情，居然在这种时候沉默，实在是古怪。谁知楚瑜这一转脸，却发现原本站在队伍最领头处的琴筌已经不见了，甚至连金曜都不知什么时候悄无声息地消失了。

楚瑜蓦然一惊，心中隐约觉得古怪，她忍不住四处张望，正要抬脚过去寻人，却忽然听得身边咣当一声，火把落地，引得她也跟着转头看过去，却见苏千城踉跄着退了好几步，脸色苍白如纸。

“那里面……有东西……很可怕的东西。”苏千城嘴唇微微颤抖着低声道。

她不是没有见过世面的锦心，却有这种异常的表现，幽暗的空气瞬间又阴冷了几分，便是一贯面无表情的曜司武卫们也都微微变了脸色。

楚瑜眉心一蹙，却见水曜就要过去看个究竟，她怕出事，只得先一个折身拉住了水曜：“你们看不出个所以然。”

随后楚瑜自己捡起了那个火把，凑了过去。

水曜忍不住道：“等等，你又能发现什么，小心……”

话音未落，他就被霍二娘扯住了，只得看着楚瑜过去。楚瑜靠过去后，就发现方才苏千城的火把已经将外头粗糙的冰面融了些，露出里面剔透的冰体来。

她小心地凑了过去，仔细凝聚目力看过去，果然在冰体深处，露出了一个面目狰狞、浑身鳞片的黑影来，火光晃动下，那黑影晃动着，面色诡异铁青，竟仿佛是活物，火光远远近近地晃动着，看着仿佛要扑上来一般，而且距离极近。

楚瑜猛然倒抽一口凉气，差点也拿不住火把，下意识地想要往后退，但就是这一瞬间，一道银光一闪，让她停住了脚步。

那种金属质感的光，她还是比较熟悉的，忍不住举着火把又凑近了点，还是看得不太清楚，只确定是金属闪光。她干脆又拿火把燎那冰面。

苏千城见状大惊失色，忍不住低声叫道：“不要，万一冰面融化，那些东西就要扑出来了。”

火曜见苏千城这般模样，看向楚瑜的目光便有些担忧，但见楚瑜那模样却到底忍住了。

他对楚瑜还是有些了解的，这条鱼虽然有时候有些不着调，但是大事上多有一些常人不及之处。

但随后他又想起了什么，立刻转头，却也是一惊，他也发现了琴笙和金曜没了踪迹。火曜脸色变了几变，但想到琴笙的能耐，最终还是什么都没说，只看向水曜，示意他去看看怎么回事。

水曜才一动，便听得楚瑜幽幽的声音："这里面的不是什么怪物。"

火曜等比较熟悉楚瑜的人都忍不住看了过去，因为她的声音听起来太沉，带着复杂而伤感的味道。

楚瑜拿着火把慢慢地转过身来，目光惆怅而复杂地看着众人，眼眶微红，轻声道："这里冰封着的不是怪物，是天鹰大营啊。"

此话一出，曜司众人瞬间脸色一变，却见楚瑜轻轻地晃动着手里的火把，将最外面的冰层粗糙处再次化了些去。

露出大半人高的剔透冰面来，随着冰化水融，只见里面一道暗影在火光下渐渐地浮现出更清晰的模样来。苍白泛青的容颜，分明是人的模样，那是一张很年轻的面孔，飞眉秀目甚至称得上俊秀，铁甲银剑，战靴披风，闭着眼静静地站在冰中，但他甚至还维持着持剑攻击的模样，所以方才影子初看起来才那般的吓人。

一片死寂中，忽有一道人影踉跄了一下。霍二娘一把扶住他："小水儿？"

水曜却推开了她的手，踉跄着走上前，忽然扑通一声跪了下去，颤抖着伸出手去触摸那冰层，嘴唇翕动了几下，声音却仿佛被卡在咽喉里。霍二娘从来没有见过这样的水曜，却只能默默地看着他。好一会儿，他才哽咽着颤声道："水曜星君，水凌来给你磕头了。"

楚瑜和霍二娘都愣住了，水曜星君？

水曜话音刚落，就听见啪的一声，整个幽暗的甬道都忽然亮了起来。一盏接一盏的幽幽长明灯忽然亮了起来。曜司众人蓦然一惊，立刻戒备起来。

而琴笙幽凉如水的声音也响了起来："是，这里面冰封着的不是鬼怪，是天鹰大营。"

此时，众人面前的已经是一片光亮，原本光线不明时看着像是天然的冰壁原来是一面人造的巨大冰墙。或者说，冰棺。绵延不绝，巨大而漫长的冰墙后，那铁甲银剑的年轻校尉身后渐渐地显露出一道又一道的影子，每一个战士都手握武器，面色苍白，不少人的身上甲胄破烂，还带着许多伤痕，只是他们身上都已经没有了血迹。干净，静谧，却维持着他们生前的最后一个姿态，直到永恒，直到人间的尽头，直到黄泉碧落。

这巨大的冰塑让人看着——凄然冰冷而震撼。

哀沉到极致。

“扑通！扑通！”曜司武卫中一道道的人影接连双膝着地，不少汉子都猩红着眼，或者颤抖着膝行到墙壁前熟悉的影子前。

楚瑜虽然已经有心理准备，然而这般转身，看见那冰封的灵世里，那成百上千，不，数千条鲜活的生命在那一刻仿佛永远地定格，却依然维持着战斗和守护的姿态，她眼里已经不受控制地浮现出泪光来。

一滴滴的泪水无声地落下。人间未老，君已远。抛却生死，守得山河无恙，岁月长。冰雪覆峰烟，一别从此是天涯。

曜司武卫七尺高的男儿们，见惯了生死离别，刀光剑影，第一次在这巨大的“冰塑长画”前，一张张熟悉或者陌生的面容前，紧紧地握着手中的剑，无声地流泪。

男儿有泪不轻弹，只是未到伤心处。水曜跪在那冰墙前双手按在那冰墙上，几乎将皮肉都按进去：“水曜星君。”

而火曜则走到了另外那头不远处，在另外一道几乎断了一臂的军人面前沉默地跪了下去，深深地拜了下去，以额触手背，行了三个大礼：“火庭来见星君，这些年，幸不辱命。”

他维持着叩拜的姿势，泪如雨下。

楚瑜怔然地看着他们，此时金曜幽幽的声音在她身后响起：“那是初代的水曜与火曜，他们是双生子，当年追随骠骑少将参加最后一场战役的四位星君里，只有我活了下来，木曜、水曜和火曜都牺牲在永冻原里。”

楚瑜轻颤了一下，看向他，却见金曜垂下的桃花眼里弥漫着她从未见过的深深痛色。她心中一颤，转脸就去寻琴笙。

琴笙不在这里，她一路顺着那巨大冰墙向前而去，却见他站在一处天然的冰桥尽头。暗冷的空气轻轻地拂起他的乌发，白色的衣袍干净得一尘不染，衬着他略显苍白的肤色，平静的精致容颜，让他看起来仿佛冰雪凝成的幽影。

让楚瑜几乎产生一种错觉——她看见的他，不过是一抹清冷孤傲的神魄，那沉寂在冰川里的上千将士们一直等候着他们的主将归来，而他的本体是那冰雪墙中一员，如今要回到那雪墙冰界里去。

楚瑜心头一颤，下意识地掠过去，一把握住他的手："琴笙。"

他没有动，楚瑜只觉得握住的那只手仿佛冰得毫无人气，冷得她心脏都颤抖。她大大的眼里便有了泪，死死握住他的手，咬着唇："笙儿，你不要这样，我会怕。"

一滴滚烫的泪珠落在琴笙的手背上，他仿佛被烫了一下，指尖轻抽，随后慢慢地收拢，反握住她的手。

"小鱼，我不会走的。"琴笙幽淡如水的声音响起，带着一点空灵和冰凉，像是从另外一个世界传来。

楚瑜眨去眼里的泪光，靠了过去，想要紧紧地将脸贴在他背后，但琴笙手腕一转，将她拉了出来，轻轻地圈在自己怀里，维持着一个让她看向前方的姿态。

"你看。"楚瑜想要看看他的样子，却被他轻轻按住了脸颊，让她不得不顺着他的手向前看了过去。

冰桥对面的冰墙里，仿佛单独封印着一道气势英武，着将军战甲的高挑人影，横剑策马。她有些怔然，那一道人影看起来似乎有点眼熟。难道曜司当年还有她熟悉的人？但是下一刻，她微微睁大了眸子，随后捂住嘴，又红了眼圈。

那是——琴笙的身影，不，应该说那是琴笙的战甲。

"骠骑少将并未幸存，他已与他的三千天鹰军长眠冰原许多年，从未离开，这便是他和他们的墓地。"琴笙的声音温淡到凉薄。

不哀不痛，平静如水，却让楚瑜忍不住泪流满面。

"琴笙。"楚瑜握住他的手，轻声道："跟我说说他最后一场战役吧。"

身后的人沉默了许久，才轻声道：“好。”

桀骜的少年将军公子非，过分睿敏的头脑，一身禁忌血脉甚至那张只能挡在面具下的脸孔，早已是他人眼中的死讳，承载太多人的恨与忌惮。他不该存在这个世上，却偏偏不如那些人想的那样暗藏地下如被追杀的过街老鼠，苟且偷生，他活得恣意而放肆，活成了一把插在某些人心头的剑。

那个上京第一风流人物，翩翩少年公子羽拼尽一切气力与手段试图成为他唯一的朋友，不过是为了取他性命。这一场赌命的游戏，公子羽认了输，人生在世，高山逢流水，伯牙遇子期，难得一知己，抛却性命尤不悔。公子羽愿替公子非挡下来自宫中朝廷里的所有恶意，也因此终于打动了公子非沉冷桀骜的心，两人最终放下成见成为挚友。然而，公子羽身后太多的人并不认输。

他大约也没有想到，待自己比待儿女更好的叔父，会将自己的命与一腔保家卫国的热血也算计成夺走他的子期的性命的利刃。他带他看心中豪情壮志，家国天下，愿好友不再偏激冰冷；他随他共战沙场，想看的不过是这天下人的血，这战火，可还能比东宫的萤焰更热，还能热得起自己这一坛灰烬否。却不想最后换来的是另一场离殇。

骠骑少将秋子非一路从校尉晋升到少将不过短短数月，功震朝野，旗下天鹰大营策马雪原，天鹰长翼覆处，所向披靡。天鹰大营是一把最利的刀，最狠的利刃，走最奇的刀路，从来只斩最硬的头颅，劈开一片血肉路，让赫金人闻风丧胆。却也让宫里与朝中的人想起了当年的帝国恶鬼宸亲王秋玉之，又如何能安坐明堂？

最后一场决胜之战役，天鹰大营领到的任务是抄断赫金人的后方，焚其粮草后路，同时截杀赫金人王帐残兵，与正前锋大营形成合围之势。天鹰大营再厉害也不过三千骠骑，对上疯狂逃窜的赫金人必定折损不小，但这种任务仿佛从来就应该是天鹰大营的，因为他们创造过太多战场上的奇迹。

朝廷承诺会有大军从侧翼合围，支援他们。公子羽跃跃欲试，最后一场决战，他率领的三万前锋是追杀赫金人王帐的主力军，正欲与秋子非会师雪原，擒下赫金人的王帐，绑了大汗回上京，不但可建立不世功勋，更能保律方内外平安数十年。

但是如何能绕到雪原后方，去断赫金人粮草后路，帅营却并没有多言。有人等着看他们完成不了这个不可能的任务成为罪人，有人暗中期待他们顶不住疯狂逃窜溃败的赫金人。只是没有人想到骠骑少将居然领着天鹰大营穿越传说中冰原鬼神宿地，最艰险崎岖的万年永冻原，奇兵直袭赫金人后方。一路虽然艰险，但是却也顺利，天鹰大营神兵天降一般地出现在赫金人溃败的路上，烧了他们粮草的烟火宛如绝望的狼烟，激发了赫金人最后的绝望与恐惧。

歇斯底里的赫金人如潮水一般冲杀过来，一场日月无光的血战拉开序幕。不过是打着将天鹰大营在最后这一场战役里彻底消耗殆尽的主意，只是谁也没有想到骠骑少将秋子非面对十多万赫金人，天鹰大营三千将士边战边退，留下敌人无数尸体的同时还保住了自己的大部分有生力量。

秋子非赌的就是帅营不敢真将赫金人放归雪原，过了阴山口，就再拦不住赫金人逃散的脚步。赫金人的王帐若是逃出去，就算天鹰大营要受责罚，主帅也罪责难逃。他从来最知如何算计人心，主帅与南国公虽是一系人马，却绝不可能愿意担当这样掉脑袋的罪责。

只是秋子非又是何等人物，他从来不是愚忠之人，天地日月皆不在他眼里，他做任何事，只唯心所欲而已。策马纵横疆场，领受无数难题，是新的挑战，是兴趣，是对南亭羽心中天地的观望，也是一种对某些人的挑衅。若主帅都能放弃家国利益，他又何必为蠢人牺牲自己的心腹？

果然，在天鹰大营要退到阴山外的时候，左锋大军和右锋大军“终于冲破了”赫金人的两翼，赶到支援天鹰大营，将赫金人的王帐合围。

一切都如骠骑少将秋子非所推测的进行，唯一的意外是——前锋左飞羽少将南亭羽在得知天鹰大营将独力挡住赫金人十几万大军时，竟违抗军令，私下抽调了一万寒羽卫半途折出去，打算循着天鹰大营进入冰川之路，前去支援天鹰大营，却闯入了另外一股几万赫金逃兵潜伏的山谷，这一批逃兵的主帅却是以勇武狠辣出名的赫金南王。

南亭羽毫无防备之下几乎全军覆没，却没有人能支援他这一支“战场逃军”。

这是公子羽能干出来的事情。让他等着看南亭羽死，又或者坐收赫金王帐大功？秋子非最终还是选择铁甲红刃，孤身一骑绝尘杀入王帐内，吞噬锋芒如血，斩了王帐里所有活着人的头颅。待看到可汗和王子们的头颅全部血淋淋地滚落一地后，赫金人彻底溃败，丧失了所有抵抗的勇气。

他转身策马带了天鹰大营再次折回永冻川的冰山雪峰里，折回救援南亭羽。骠骑少将从不欠人情，更何况是自己朋友的命和一万将士的生死。

就算，那是陷阱。

赌一场，以你我性命为筹码。

秋子非知道雪有多冷，数年前，东宫的那场萤焰烧着他心里最冷的雪。曾以为再没有比东宫的大雪更冷的冰雪。然而，永冻川里一声巨响，无数冰雪翻滚而下时，他还是感觉到了刺骨的寒意。而那时，他的天鹰大营刚刚借着地形优势杀翻了赫金人南王的几万人马，准备接应寒羽卫。却见寒羽卫忽然裹挟着南亭羽向后撤去。

秋子非眼前覆上冰雪的时候，轻笑了一下，然后闭上眼。天鹰大营三千将士却闭不上眼，与敌人一起撕咬着被封印在永恒的冰雪下，至死维持着最后杀敌的模样。

而最后一刻，秋子非附近的曜司出身的军官们几乎做了同一个选择——扑过来，将负伤的他推进一处冰川的缝隙，那里是一股仿佛永远不会结冰的暗流冰潭，也是他们曾经取水的地方，冰水刺骨，却是唯一不会被雪冰封住呼吸的地方。同时一个接一个地靠在一起，挡在那缝隙上方，用自己的身躯为盖封住了缝隙的口，竭尽一切挡住冰雪的下落。

“几日后，老金得到金曜的通知，领着曜司所有的金字辈和人马赶了过来，终于和他一起将我挖了出来。”琴笙淡淡地道。

这个他是南亭羽。

“你们若是不去救公子羽，南国公会放任南亭羽死在赫金人的手上么？”楚瑜问。

但是，不等琴笙回答，她又轻轻冷笑道："是的，他会，因为南亭羽若死，你和天鹰大营都是罪魁祸首，就算奈何不了你，天鹰大营却难逃责罚；而南亭羽若死，你心中也会永远有一根利刺，因为他是为你而被自己的亲人送上死路。"

有时候，一个人疯狂的时候，做出任何丧尽天良的事情，也不过是为了在敌人的心上扎一根刺。譬如秋玉之，譬如南国舅。一个天生的疯子，一个不择手段的卑鄙小人。所以，秋子非就算知道可能会有陷阱，但有些事，却必须去做。

"公子羽知道这件事么？"楚瑜现在只想知道这件事。

琴笙幽凉的声音在她身后响起："当年那部分赫金人已被人收买，条件是帅营会放他们一条生路，而亭羽身负重伤，却并不至于瘫痪在床。"

楚瑜一愣，捏紧了手，忽然有些讥讽地弯起唇角："若是我没有猜错，他也许一开始不知道，但是在遇上那几万赫金人之后，大约也是知道了的吧，他的命被当成要公子非性命的陷阱，而他……最终妥协了。"

只是那些刀光剑影里，南亭羽最终还是选择了沉默，选择了他的亲人，他的朝廷。默认了以自己的性命为陷阱将秋子非和天鹰大营葬送在这冰川之中。他原本就是公子羽，原本就是南国公世子，从最开始的时候就和秋子非说过，他是他的敌人。

"他大约以为天鹰大营没了，秋子非若是还能活着，他若是能将秋子非单独带走，从此便能远离纷争，全了忠孝，也全了义情，真是愚蠢。"琴笙悠悠地一笑，带着点冰冷，笑声凉薄得浸润人心。

如何不蠢？一场冰雪崩塌，山川被震炸，谁能保证生机得存？

所以，曜司金字辈们领着剩下曜司中人，用尽手段将那些牺牲的三千天鹰将士们一一挖出来，收敛清理了尸身，一层层地浇筑冰墙为棺，质本洁来还洁去。许多战士依然维持着生前最后一个姿势，于是他们成了冰墙中永远的雕塑，永远的丰碑，死后依然镇守着当年战斗过的地方，永远在冰川上凝望着这一片江山雪原。而他们拼死相护的少将以盔甲坐骑冰封其中，永殉山川。

此后，老金将南亭羽浑身骨骼都寸寸打断，在随后几年，金字辈们几乎杀光了所有参与此事的人，或者一样样地夺走那些人最在意的一切。这是报复的折磨，也是警告。为了三千将士的血债血偿。

楚瑜忍不住握了他的手，轻道：“公子羽并不蠢，只是想要相信他自己想要相信的东西。”

后有亲人以自己性命为陷阱，有他的忠孝之情逼迫，前有知己挚友舍身来救，却注定踏上死路。他没得选，这是他和秋子非的无间道，无间地狱。从一开始的相遇，就注定了那一天的结局。

“琴笙。”楚瑜转身，将脸埋进他的怀里，轻声低喃，“这样，也好，现在我身边的只有琴笙。”

那个桀骜睿冷的少年将军，从此之后，也随着他的天鹰大营长埋冰川雪原里。

“子非。”一道女子哽咽的声音忽然在琴笙和楚瑜身后响起。琴笙只静静地站在楚瑜身后，背对着苏千城，仿佛全没有听见她说什么，更不曾察觉身后有这么一个人。

“子非，亭羽他有话想跟你说。”苏千城见状，微微红了眼，但还是一脸平静地开口。

“琴笙。”楚瑜听着身后那把声音，略收敛了些心中的情绪，轻轻地握了一握他的手：“我先去看看水曜他们吧。”

她虽然总对苏千城心怀戒意，但既然此事涉及南亭羽，那始终是他心中的一个结。说着她便打算退出琴笙的怀抱，先行离开。琴笙却手腕一收，将她拢回了怀里，挡住她离开的路，淡淡地道：“没有什么是你不能听的。”

楚瑜一愣，随后心头一暖，唇角不自觉地微微翘起，却还是温柔地反身抱住他，抬手轻轻地抚摸着他的后腰，一如当初安抚白白一般，低低地道：“乖，我不走远。”

苏千城看着那只搁在琴笙后腰上的小手，熟练地做着如此亲昵抚慰的小动作，她目光微微一闪，随后垂下眼去。

楚瑜又安慰地从背后人看不见的角度，主动抬头亲了亲他的下巴：“我在那边，有什么事儿就叫我，我在呢，没人能欺负你。”

琴笙到底是忍不住唇角微翘，却见她一脸认真的模样，心中那些霜雪仿佛都在她的那认真里渐渐消融，妙目里浮出一点优柔的笑意来：“嗯。”

楚瑜绕过琴笙，向外头走去。

经过苏千城的身边时，苏千城忽然低低地开口：“谢谢你，玉安妹妹。”

楚瑜停住脚步，冷淡地看了她一眼：“不必急着谢我，好自为之，别让我发现琴笙的情绪再因为你那死成灰烬的夫君受什么不好的影响。”

苏千城微微一僵，楚瑜只提到了南亭羽，却没有提到她，是觉得她不值得一提，不可能对琴笙造成任何影响么？

但，仿佛也没有什么不对的。苏千城看着琴笙的背影，清冷飘逸，长袍翩然，站在冰桥之上的冰冷白影不染一分人间烟火气息，仿佛几乎能融进冰雪里一般，让她只想起那一句“霜雪凝冰骨”，与当年那个烈烈旌旗下，箭袖束腰黑云靴，烈马红剑挽长弓的传奇少年将军全然不像一个人。

“子非。”苏千城轻轻地开口。

“秋子非已经葬在这里，你很想念一个死人么？”琴笙淡然地开口。

他语调幽凉而平静，却让苏千城忍不住打了个寒战，仿佛她再唤那个名字，就会被封进冰里，也变成一具冰塑。

她苦笑了一下：“琴三爷。”

琴笙冷淡地道：“不知南世子托世子夫人要说什么，不过是死人而已，世子既然已死，有什么到了九泉之下再和故人说就是了。”

苏千城摇摇头，叹了一口气，幽幽地道：“不管三爷怎么想，亭羽哥，一直都希望临终前能再见你一面，你知道他一直觉得此生最大的幸事，就是识得了你。”

南亭羽全身骨骼尽断，让他从此瘫痪在床，忍受自己成为一个废人的事实，忍受所有人的怜悯。对于一个天之骄子而言就是最大的惩罚。再加上愧疚和痛苦的折磨，让南亭羽撑了些年之后形销骨立，黯然而逝。

琴笙淡淡地道："说完了？"

苏千城看着那一副被冰在墙壁里的盔甲和战马，慢慢地走了过去，从怀里拿出了一只小的白瓷瓶子递了过去，轻声道："他说，若有来生，愿为你座下战马，驮着子非南征北战，走遍天涯海角、大漠江南，若不为人，便不必再辜负太多。"

琴笙没有看她手里的瓷瓶。

苏千城垂下眼睑，已是有了泪，她蹲了下来，将那小瓶子放在了琴笙脚边的冰桥面上，然后默默地退了出来。

琴笙静静地站在冰桥之上，也不知站了多久，但周身冰冷沉静如昆仑霜雪的气息，却让人不敢接近，只能静静地仰望着。

金曜静静地站在远处，看着那道白影。楚瑜则站在他旁边，又看向那些冰封在冰墙中的天鹰大营，幽幽地轻叹一声："他一直坚持要去收集藏海图，为的不光是与朝廷的交易，为的是——长眠冰川里的天鹰大营三千将士吧。"

只是，从来名将如红颜，不许人间见白头。从此大元王朝没有了名震天下的少年骠骑将军，却多了一个人间江南翻手云覆手雨，袖中藏乾坤的琴三爷。

"主上是值得我们付出一切的存在。"金曜轻声道："那一年，他让我领着人折回律方通知所有人的时候，就已经知道此行凶险非常，可他还是去了。那一年，我不愿离开大家，我是武卫首领，怎么能抛弃主上和我的下属，让他们置身险境，但我还是走了。"

楚瑜看着他俊秀却苍白的面容，没有了平日里的尖锐与矜冷，她明丽的大眼里柔软下来："一切都过去了，他们没有白白牺牲，生死不由人，你们好好地活着，便是他们拼尽一切要成全的所有。"

琴笙忽然动了动，他低头看了下搁在自己脚边的小瓷瓶，那里面是南亭羽的骨灰。他妙目微动，有复杂的光闪过，最后还是归于深沉。他一翻手掌，那小瓶子便瞬间飘了起来落入他的掌心。琴笙看着手里的瓶子，指尖轻轻地摩挲过那光滑冰冷的瓶身。

"但使龙城飞将在，不教胡马度阴山。"那个风流少年，策马扬鞭，醉卧大漠黄沙，曾经望月而叹，誓要做下一个飞将军。

“子非，子非，你看，我这一身银甲可好看？”他一身银甲含笑看着自己，仿佛永远都不会老去，永远沉寂在时光与岁月里。

那年并辔沙场，那年穿过江南的杏花春雨，那年上京十五元宵烹雪煮茶，那年长剑流光破青云，都化作那一抹灰烬与粉尘。琴笙幽幽妙目微微挑，抬手间，忽然将那瓶子抛起，宽袖一拂，那瓶子被挑起，直接整个飞向冰桥对面封印着那盔甲和战马的冰壁。只听得砰的一声，那瓶子瞬间嵌入了冰墙中，竟没有碎裂。

琴笙并不恨南亭羽，一如南亭羽并不恨他令人折了自己的骨骼经脉，苟且残生。立场不同，生死不能由人，他们站在自己的无间道里，不能回头。也许亦是为了曾经的那第一个“朋友”，至少是那个人才让他知道这世间还有与子同袍。

恨也好，爱也罢。已是人面不知何处去，桃花依旧笑春风。寂灭于尘土。

“三爷从来不恨任何人，不值得，他也不屑，南亭羽，我想他大约也是如此。”楚瑜轻笑了笑，径自转身向琴笙走了过去。

苏千城看着她的背影，若有所思，随后抿了唇，有些颤抖地捏紧了自己的衣袖，脸色沉冷。

金曜看了她一眼，冷淡地道：“看在你我也算旧识，也是看在公子羽的分上，我奉劝你一句，离小鱼小姐和三爷都远点，自作聪明，迟早反误了性命。”

苏千城抬起眸子看向金曜片刻，冷声道：“多谢。”

说罢，她亦转身离开。

琴笙转身看着楚瑜，随后缓缓地行了过来，抬手牵住她的素手，慢慢地将她的手紧紧握在手心里，轻轻一扯将她抱进怀里。

楚瑜一愣，目光扫过不远处的金曜和苏千城等人，还有这冰墙里的一道道天鹰大营士兵的身影，她到底有些不自在地微微绯红了脸：“琴笙。”

“我带你来见他们，上一炷香，也让他们知道他们有了将军夫人，曜司的主母。”琴笙在她耳边轻声道。

楚瑜一怔，随后颔首，轻声应：“好。”

琴笙便携着她一路走了回去，水曜已经准备好香炉和化纸盆还有一直温在炭炉里的酒水。两人分别上了香，也焚烧了纸钱，这次来的曜司武卫都齐齐下跪，也跟着他们同祭拜。祭拜完毕之后，楚瑜看着他上了最后一炷香，看了眼不远处的苏千城：“琴笙，藏海图，你可寻到了？”

琴笙微微颔首：“嗯。”

楚瑜松了一口气。想来方才琴笙和金曜趁着大家都不注意的时候，大约就去取了藏海图。

说话间，忽然见外头传来一阵脚步声，随后一道人影就被人给扔在了地上。

“主上，这女人自从咱们进入冰川之后就一直跟着咱们，鬼祟得很。”

曜司众人的目光齐齐落在那女子身上，她被摔在地上，发髻凌乱，整个人都显得狼狈。但还是有人立刻认出了来人，苏千城愣住了，仿佛极为疑惑：“玉心？你怎么会在这里？”

玉心抬起眼，目光有些闪烁：“我是不放心小姐的安全。”

说着，她扫了眼楚瑜，目光却不太敢往琴笙脸上掠，只下意识地掠过他的衣角。“您说了三爷和玉安县主不让您跟着来，但到永冻川来，也是姑爷最后的心愿，您一定要完成，奴婢是怕您跟来的路上出了事儿，奴婢怎么跟老夫人交代呢？”

苏千城看她眼里有泪，脸上露出一点不忍，随后还是看向楚瑜，微微躬身行礼：“妹妹，是我这个婢子不懂规矩，还请你原谅则个。”

楚瑜见锦心和玉心都一副脸色不好瞪着她的模样，她便微微弯了唇角：“我这个人素来心眼子小。”

苏千城主仆三个脸色都有些发沉，苏千城忍不住看了眼琴笙，见他看着楚瑜的目光深沉温柔，不禁垂下眼睑，也不再看。

但她却又听得楚瑜忽然话锋一转，人也走近了玉心：“不过若只是担忧自己主子的安危，倒也是个忠心的仆人，也不是不能网开一面。”

苏千城几个闻言，这才松了一口气。却忽然见楚瑜抬脚一点不客气地一脚踹在玉心的肩膀上，竟直接将她踹倒在地上，一脚踏在她的肩膀上，冷冷地看着吃痛得整张脸都皱起来的玉心：“说，你到底是什么人？”

锦心见状，忍不住拔高了嗓音：“县主，您不是说饶了玉心么，怎么如此残忍？你明明看见她都受伤了，你怎么能仗势欺人！”

话音未落，就见楚瑜抬起眸子，大眼冷冰冰地看着她：“珍珑夫人若是不知如何管教下人，我可以替你管教，至于仗势欺人……”她顿了顿，笑得一脸痞气，“没错，我就擅长这个。”

说话间，霍二娘早已上来，抬手就是正反手两个巴掌又甩上了锦心原本就没有消肿的脸，特意用了些内力，两记响亮的耳光抽下去，锦心直接扑哧一声吐出一口血和两颗牙齿来，整个人都蒙了。

“瞧，这就叫仗势欺人，若有蠢人不学乖，这被欺的时间还长着。”楚瑜双手环胸，一脚踩在玉心的肩膀上，笑吟吟地看着锦心。

但苏千城只深呼吸了一口气，看向楚瑜，微微蹙眉：“我的奴婢不懂规矩是我没有教好，但是我想知道玉安妹妹方才那一句‘你到底是什么人’是什么意思。”

楚瑜淡淡地扫了眼冷眼瞪着自己的玉心道：“她身上有伤，而且将她带来的武卫身上也有格斗的痕迹，想来是交手不少招式，这一次能被挑选跟随来的武卫身手都是一流，她以一抵二，难道珍珑夫人身边的婢女随便一个都是江湖一流高手么？”

此言一出，苏千城脸色就变了，看向那两个擒拿了玉心过来的曜司武卫，果然看见他们身上也不是太齐整，有一个脖子还有血痕。她转过脸几乎不敢置信地看向玉心，眼底闪过困惑，仿佛有些东西是她也不了解的。

“玉心，你什么时候身手变得……”

玉心倒是没有想到竟被楚瑜从这里看出破绽来了，她咬着唇，冷冷地看着楚瑜：“我会武艺很奇怪么，玉安县主身边的人难道就不是一流高手？”

霍二娘闻言，就忍不住讥诮地笑了起来：“就凭你也和我们比？我家小姐是蜀中唐门的掌门人，走的是江湖路，行的是武林道，我等都是江湖中人，堂堂掌门身边怎么可能没有一等一的高手？”

玉心脸色大变，她也是听过唐门毒药的厉害，她看着楚瑜咬牙道：“我们小姐原是苏家唯一的大小姐，也是南国公世子夫人，如今更是一品御赐珍珑夫人，律方不安全，我自然要苦练武艺，否则万一那赫金人将小姐掳走，当如何是好？”

说罢，她眼泪盈盈地看向苏千城：“小姐，玉心是为了您才一直刻苦习武的。”

“刻苦习武，哦，敢问你师从何人？”霍二娘倒是很感兴趣的样子。

楚瑜却没有理会脚下的玉心，而是看向苏千城，微微一笑：“珍珑夫人怎么说？”

苏千城垂下睫毛看着玉心，神色有些苍白，咬着唇看了她片刻，仿佛在想什么一般，然后忽然冷冷地出声道：“你不是玉心，你到底是谁？”

霍二娘只是讥讽地笑了笑，忽然上前一步，抬手往自己袖子里一摸，沾了一手药水，就要直接摸上玉心的头皮。玉心瞳孔一缩，就要挣扎起来。楚瑜轻嗤了一声，脚尖忽然干脆利落地在她下巴上狠狠一踢，只听得咔嚓一声，直接将玉心的下巴给踢错了位置，也阻止了她咬舌自尽的意图。

霍二娘也不知用了什么手法，竟直接在玉心头皮和脸颊的部位一扯，硬生生地剥下一层皮来——一张做工极为精致的人皮面具。面具下是一张平淡无奇的男子面孔，鼻子扁平，眉目细长，骨骼也没什么棱角，被霍二娘硬生生扯下人皮面具，痛得他死死地瞪着霍二娘。

“呵呵，果然是一张很好易容的面孔，看来是专门的细作了，否则怎么会如此专于此道？”霍二娘兴味地道，手里拨弄着那张人皮面具。

那细作只是冷笑了一声，嘴巴被踢歪了，说不得话，只是目光阴狠地瞪着楚瑜和琴笙。

楚瑜冷冷地看着他片刻，她这次一脚踏在他的胸口：“说，是不是宫少宸叫你来的，叫你来做什么？”

那细作一愣，硬着脖子不说话。楚瑜眼底闪过一丝火光，冷笑了一声："很有骨气是吧，你放心，我不杀你，不过有的是法子让你吐话，咱们先让你销魂一把，你既然那么喜欢易容成女人，不若我再帮你去势罢了。"

但是她还没有踩上对方的胯，就被人从背后拉了一把。

琴笙直接将她禁锢在自己怀里，淡淡地道："不要脏了你的脚，人死不了，带回去，让土曜审。"

只是他话音刚落，忽然就感觉地面震了震。众人脸色微微一变。琴笙微微挑眉，随后抬手就近往冰壁上一按，露出个若有所思的神情。

"我们先出去再说吧。"

楚瑜闻言，心中有些不安，但还是冷冷地瞥了眼那细作："把这家伙带上。"

说话间，她见琴笙在看那冰壁，目光又向上方掠了掠，他们是进了一处冰山内部，那些山顶上方凝聚着一道道的冰锥，若是这些冰锥落下来……

曜司武卫们便也立刻簇拥着琴笙和楚瑜等一起顺着来时的路急速地撤去。

好在此时地面已经极为平静，没有任何异常，空气里除了脚步的细微摩擦声，便没有其他异常的响动。但楚瑜却觉得这种死寂让人很不舒服，并不能让她安下心来。他们进来的时候走了很久，再出去的时候，更觉得路太漫长。

楚瑜心中轻叹了一口气，有些不安地抬手握住琴笙的手腕。琴笙见她大而明丽的眼睛里都是担忧，幽眸一闪，随后抬手就将她往怀里一拢，一手揽住她的细腰，将她打横抱起。

楚瑜瞥见他身后跟着的大批人马，瞬间就忍不住有点脸红，她咬着唇角嘀咕："我会走。"

琴笙唇角微挑，温淡地转了话题："当年我身负重伤，昏昏沉沉，所以交代金字辈的人来收殓天鹰大营，寻了这一处冰山洞穴，也做了些机关。"

楚瑜不动了，定定地看着他，素手无意识地抓紧了他的衣襟："后来呢？"

琴笙微微一笑："那一份藏海图，当初在南国公手上，也在亭羽手上，他将藏海图送过来的时候，老金他们正恨他入骨，也没有多想，就将那藏海图和天鹰大营一起封印在冰雪里。"

"他知道那是明烈皇太女的东西，送给你是想求你原谅他，还是希望你能应承下这一桩找宝藏的麻烦事？"楚瑜忍不住挑眉。

琴笙淡淡地道："也许二者皆有。"

"可你最终还是接了这活儿。"楚瑜轻叹了一声。

琴笙微微翘起唇角，凉薄地道："也没有什么不好，本尊很喜欢做别人的眼中刺，尤其钟情别人非但拔不出来本尊这刺儿，还扎到他们心里去的感觉。"

楚瑜想起琴笙如今的势力，又想起宫里这些年太后和南国公似乎都沉寂安分，但日子似乎却并不好过的样子，兴平帝与太后离心，太后与南国公离心，这心头才舒服了些。

想要除掉的眼中钉，到头来却得求着他办事，还得在眼中钉面前夹着尾巴做人，尤其是南国公，世子没了，女儿也没了，如今真真个断子绝孙了。

楚瑜忍不住轻嗤了一声，愈发地幸灾乐祸。"这群为老不尊的，最好堵心堵肺地日日煎熬才好。"

只是她幸灾乐祸完毕，话锋一转："这里是出了什么问题么？"

琴笙看着她眼里明锐的光，妙目微闪，还是淡淡地道："最近这几年，北地的夏日有些漫长，冬日少了，雨水也少，永冻川地势略有些变化，当年我病重，这里机关非我亲手所出，这变化超出了我的预计，从此以后这里怕是不便再走人了。"

楚瑜一愣，脸色有些发白："你是说冰川融化，可能会导致地形变化，这里冰川脆弱？"

冰川并不会一成不变，永冻川不过是因为冰川历史悠久，但是不代表不会融化，只是因为冰川体积巨大融化速度缓慢，周期很长而已，冬日来临的时候，又会再次冻结。可一旦夏日太过漫长，冰川融化多了些，冰川山体就会出现一定程度的形变，外层冰块崩塌、冰缝融合、雪水融化都是正常的现象。而这个山洞，其实就是冰川内部的缝隙。

一旦出现这异象，虽然冰川内部并不会融化，但是万一塌陷或者归拢在一起，就能将所有人硬生生埋了，再高强的武艺，在大自然面前，都是无用。

琴笙轻拢了拢手臂，将她拢在怀里，似笑非笑地道：“怕么？若是你我都拢在这里，出不去了，便真是生死同归。”

楚瑜看着他幽幽的如笼着无边迷雾的眸子心头一悸，却忽然轻翘了下唇角：“有什么好怕的，我应承过你的，只是三爷平日里每日都要沐浴个几次的人物，真想和后头某些人一起死同穴，不嫌腌臜了？”

说着她的目光就向队伍最后那被曜司武卫提着才勉强跟着队伍行进速度的苏家主仆。

琴笙一顿，忍不住低低地笑，忽然低头在她唇上轻咬了一口：“自然……不愿意。”

约莫走了半个时辰，看到了出口的亮光时，楚瑜这才松了一口气。

这一路的甬道明显变得逼窄了许多，地面上碎裂的冰柱也不少，一路奔来掉落的冰柱都被无声息地扫开了，没有人说话，气氛却越来越紧张。

待出了那狭窄的冰山口，重新见到了黑丝绒一般的天空和漫天的繁星之后，所有人这才彻底松懈了下来。他们的马匹和粮食都还在外头拴着，另有武卫看着，他们似乎也发现了异常，见琴笙他们出来也都松了一口气。

其中一人立刻上来对着琴笙一抱拳：“主上。”

随后，他在琴笙耳边低声说了些他们在外头守着的时候看到的异象。琴笙一转身，看着面前的高大的冰川，目光有些深沉。

琴笙还没有开口，霍二娘就已经摇头道：“夜里没有光，行路更不方便，在永冻川里行路危险，一不小心就掉进冰崖下去了。”

楚瑜蹙眉，看向琴笙：“琴笙……”

琴笙轻叹了一声：“确实如此。”

楚瑜见状，看了看周围，觉得这洞穴口还算开阔，也比较安全，便主张先升起火来，在这里将就一夜。她看着琴笙的意思是连火都不升，便坚决不同意。就算冰川会融化，也是大气候的缘故，他们这点御寒的火根本起不到什么影响，但是夜里风从冰川里刮过，如刀子一般，再好的武艺如此熬一夜也要遭大罪。

琴笙拗不过她，也觉得她说话有些道理，便让人生了火。

……

第二日一早，众人天光微亮就已经收拾妥当，神色都有些肃然。

一夜过去，地底那细微的震动声也许不大，但是对于他们这些练家子而言，动静就已经足够响的了。

而且，他们就着那山的轮廓看，也能隐约地发现冰山仿佛有些移动。此地不宜久留，是所有人的共识。

楚瑜和琴笙牵了马，楚瑜看着那仿佛忽然变大了些的冰山洞口，轻叹了一声："看来，以后是不能来冰冢祭拜了。"

"他们也不需要，若是有心，哪里不能上香祈福，若是无心，便是带着一棺材纸钱下地府陪他们也未必能让他们愿意受那香火。"琴笙却淡淡地开口。

原本还蹲在冰山洞口烧纸的苏家主仆二人就僵了僵。而那个被点了穴道的细作则是靠在冰山边冷冷地看着天空，那上面两只鹰在天空飞掠而过，他唇角露出一个古怪的笑容。

楚瑜忍不住挑眉，她家三爷这把嘴儿还真是够狠。

琴笙看着那洞穴，略沉吟一会儿："封了这入口吧，他们不会希望再有人来打扰他们的。"

这是封坟了么？金字辈早就做了机关，只是这么多年主上一直没有吩咐封坟，大约就是为了等着有一日亲自来祭拜吧。

金曜一怔，脸上浮现出一丝似悲又似喜的复杂情绪，红了桃花眼，随后抬手抱拳："是，属下这就去。"

琴笙却拦了他，淡淡地道："我是曜司的主上，最后这一程，我亲自送他们。"

说罢，他立刻飞身而起，直掠向那冰山的山腰。

楚瑜看得嗓子眼都提起来了，下意识地就上前一步："小心……"

不知为什么，她心里总有些不安。

金曜拦住她，轻道："机关是金字辈们按照主上的吩咐设在半山腰的冰壁上，他不会有危险的……”

只是他话音未落，便忽然听得一声尖厉的响声，随后便见那细作不知什么时候忽然踉跄着站了起来，他身子不能动，但脚能动，他猛然一跺脚，那尖厉的响声就是从他鞋底发了出来。

楚瑜一怔，忽然脸色一变，抬手就一掌击向那细作的腿，竟瞬间就扫断了他的双腿。那细作惨叫一声，整个人就飞了出去撞在山壁上。

但是已经来不及，只听得闷闷的响，一阵连一阵，竟在片刻间就从远处蔓了过来，那种闷响听起来仿佛什么回声一般。

霍二娘脸色大变，抬头看向楚瑜：“不好，是大面积的雪崩！”

“轰隆！”

金曜咬牙愤怒地道：“怎么可能，我们早已勘察过这里许多次！”

怎么能再重蹈覆辙？！主上已经做了最周全的谋划！

霍二娘脸色阴沉：“这雪崩不是从冰山这里开始的，是从赫金人那头的雪原一路崩塌过来的，趁着现在还能走，立刻走！”

楚瑜忍不住立刻抬头，却见那冰川上簌簌落雪，漫天雪雾，竟不见了琴笙的踪影！

她大惊失色：“琴笙！”

虽然那沉闷的声音依然似从远处传来，但地面已经开始剧烈地震动了起来，那冰山上已经震成一片，不断地有可怕的开裂声。楚瑜这一抬头，正见着一块巨大的碎冰当头砸了下来。金曜正站在她身边，瞳孔一缩，便要伸手去拉她。却不想楚瑜反应比他更快，竟然软腰一折，就直接哧溜一声从那大冰砸下来的缝隙之间穿了过去，甚至足尖一点，就借力蹭上那大冰块，整个人直接向琴笙所在的半山腰飞掠而去。

金曜一把没有扯住她，见她就这么不管不顾地朝着正在崩塌的山腰而去，瞬间忍不住低低地咒骂了一声：“该死，说她是鱼，竟这般滑溜！”

他到底身经百战，一转脸，朝着一边的火曜和水曜道：“你们在这里归拢人马，我去接应三爷和小鱼！”

他们的马匹都是精选的雪地马，看着虽然不算高壮，脚力却很好，而且见惯了冰雪风霜，此时就算地面震动，马儿很是不安地喷着鼻子，踢着蹄，却没有撒开四蹄乱跑。

火曜和水曜等人都立刻颔首，神色肃冷地分头去安排了。霍二娘脸色也一片铁青，看了看天，又伏下身子，也不顾及地面脏，脸贴着地面听了听，咬着牙道："马上撤，咱们就还能走得了，否则就又要等你们后头的人来挖咱们了。"

最后能活下来几个，谁也不知道。天鹰大营三千鹰卫只活了琴笙一个，还是武艺最高强、底子最深厚的一个窝在冰缝里才有口气，曜司又用了多少精力和财力才保住他的性命。

金曜闻言，一抿薄唇，也直接追着楚瑜的身影飞掠上去。

楚瑜此时一边躲避那些砸下来的冰块，一边看着那不断开裂的冰山山体，心里一片寒凉，却不敢大声喊，只怕将冰山震得直接碎开来。

她只不断地提气，向冰山上飞掠过去，目光焦灼地四处搜寻琴笙的身影。他偏偏又穿着白色，一片雪粉中，几乎完全看不见他的身形。

又避开几块碎裂砸下来的尖利冰块，抬头间她终于隐约看见了一抹熟悉的人影，正在一处冰山裂崖上飘飘荡荡地向下掠来。

若非她熟悉那身影，几乎就不能认出那是他。楚瑜终于忍不住了，焦灼又惊喜地低喊了一声："琴笙！"

说话间，她又加快了脚步要迎上去。那白影似也看见了她，正巧在他要退下来的路上，便立刻准备向她这里掠过来。楚瑜才准备再提气迎上去，就惊惶地睁大了眼看着那修白人影的身后——一块巨大的冰块似承受不住震动，竟瞬间啪的一声闷响，直接整块地裂开来，携带着无数雪粉雪尘直接砸了下来，瞬间就朝着琴笙覆了过去。

楚瑜再忍耐不住："琴笙——"

下一刻，她还想冲上去，却忽然被人一把拉住了手臂，硬生生地向后扯了一把。

"你不能上去！"

楚瑜不管不顾地竭力挣扎起来，只觉得心都要被冻结在了一起，死死地盯着上方，红了眼："那是我的笙儿！"

金曜看着拼命挣扎的楚瑜，两人原本在半空里就凭着一口气跃上来，这一挣扎，哪里还撑得住，直往下方坠去，何况半空里还不断有碎冰落下，砸着就是一个血洞。

金曜只能勉力扯着她，维持着身体的平衡：“不能上去！”

可楚瑜力气太大，他竟一下子拉不住，眼看着楚瑜就要挣脱他，冲向那一大团砸下来的碎雪尖冰里找琴笙。

却不想此时，一道声音忽然响了起来——“鱼，走，我等你。”

那幽凉的声音极具穿透力，幽凉而淡然，穿过了那巨大的、嘈杂的雪崩冰塌闷响，直透到楚瑜的耳边，那是琴笙用了内力传过来的声音。

楚瑜只浑身一僵，抬头向上看去，但太多的雪粉和冰碴儿织成一片雾气，迎面逼砸下来，她什么也看不见，看不见那熟悉的白色修影。

可她知道他就在里面，一定是被困住了。

看着那越来越大的，滚成一片压下来的夹杂着几层楼高的巨大冰块的白色，金曜再顾不上什么顾忌了，他抬手一把就圈住楚瑜的细腰，将她裹在怀里，翻个身用背对着那砸下来的碎冰，直接就使了一个千斤坠向下坠去。

“走，你在这里会拖累主上！”

话音一落，他趁着楚瑜那身子一僵，立刻点了她身上的几处大穴，随后她就只能由着金曜裹挟着她往冰山下坠去，只一双乌黑的大眼死死地盯着那一片吞噬了琴笙的巨大如半个山头的雪团冰块，仿佛能穿透其中看见熟悉的白影一般。

“琴笙……”楚瑜只觉得自己心里一团冰在凝缩着，翻滚着，冻得她五脏六腑都生疼，眼底慢慢地浮了一层泪光。

最后，她到底忍不住把脸埋在金曜的肩头，红着眼张嘴就狠狠地咬了上去。

金曜肩膀一痛，桃花眼里却闪过复杂的神色，只圈紧了楚瑜的细腰，不让她还有动弹的机会。他知道她内力极高，只是招式和应敌经验太差罢了，他匆忙之下用了重手点了她的穴道，但若她要拼了那百年修为挣开他的束缚，两败俱伤，他也是拦不住她的。

他只当什么都没有感觉到，抱着楚瑜加快了身形闪避的速度，一路竭力向下飞奔而去。楚瑜没有竭力挣扎，两人都落到了地面上。

一落地，金曜就要把她扔到马上，却听得楚瑜微哑着声音道："给我解开穴道，我不会再贸然行动。"

金曜一愣，但见楚瑜低着头，一时间不知她说的是真还是假，直到楚瑜忽然抬起头看他，一双乌瞳如墨玉一般，清冷地照见他的模样，带着一种他从没有见过的幽沉，竟让他有些恍惚，仿佛看见了琴笙的眼。

金曜便一抿了唇，抬手解开了她的穴道。

楚瑜解开了穴道，也不回头，直接翻身跃上早已准备好的马，冷声问霍二娘："还有多少时间？"

看似没头没脑的问题，霍二娘却立刻会意，青着脸道："听着动静，还有一刻钟左右，震动会令这里崩裂塌陷。"

永冻原不会产生太过巨大的变化，永冻原大地上不过是出现一些细微的裂缝和冰山崩塌，大自然的这一点变化，就足以将他们都吞噬在这里。

楚瑜点点头："快马加鞭奔出去！"

金曜桃花眼深深地看着她窈窕的侧影，随后冷声吩咐："火曜、水曜，你们带大部分人马护着小鱼小姐离开，剩下的人跟我去接应主上。"

他们是武卫，也是死士。就算留下来九死一生，也不可能置主上不顾。

苏千城见状，忽然也出声："我也留下，当年我夫君的罪，欠了的一切，我用命来赎。"

金曜冷冷地看了她一眼："我们不需要！"

却不想话音刚落，就听得楚瑜冷眼扫过来，面无表情地道："你们谁都不准留下，我以曜司主母的名义命令你们立刻撤离！"

金曜一愣，有些复杂和疑惑地看着楚瑜，她方才明明比谁都要疯地冲上去，此刻却……

"我说的话，没有听到么，一个人都不准留下，只留下一半的雪地马和粮食！"楚瑜蓦然一抬鞭子就抽在地面上，目光森冷。

啪的一声，鞭子在雪上留下深深的鞭痕，连下面的冰层和黑土都穿透了。曜司众人脸色都是一变，看着楚瑜的眼中都出现了怔然，在那双幽暗冰冷的大眼下，竟都不由自主地按照她的吩咐去行事。

金曜眉头一蹙想要说什么，却见楚瑜冷着脸盯着他：“你们留下来等死么，还是继续给三爷当累赘，让他顾此失彼，还是你们不信他能自救？”

“走啊，发什么呆，你们犯什么蠢，留在这里，不如回去搬救兵，多一条命就是多一个人手！”霍二娘忍不住勃然大怒地吼道，也不顾她的声音太大会引起什么塌方了。

眼看着那雪就要把人砸成肉饼，这些人不是平时自诩聪明，还发什么呆！

楚瑜冷冷地看着金曜和其余武卫，唇角弯起嘲讽的笑容：“要当蠢货寻死请自便。”

说罢，她一转脸，抬手用鞭子一扫将那半死的细作扫上身边的一匹马，又干脆地将自己马上的粮食扔在地上，同时扯了霍二娘上马，率先一抽自己座下马儿一鞭子，扯着另外一匹驮着细作的马匹朝着前方飞奔而去。仿佛看着马儿不够力，楚瑜索性抬手抽了霍二娘的匕首，手腕一转，狠狠地插进了马屁股里。雪地马惨鸣一声，撒开四蹄疯狂地向前奔去。

楚瑜和霍二娘本就有轻功，两个人共骑一匹马，那马儿只觉得比驮粮食还轻，一路狂奔过去，不过片刻间就跑出老远，基本跑出最大那一团冰雪的砸落范围外。楚瑜连头都没有回，也没有去看那团可能裹挟了琴笙的巨大的冰雪，只疯狂地策马前奔。

“你真的，不理他们了？”霍二娘只觉得楚瑜的背硬得让她有些担忧。

楚瑜没有回答，只仿佛什么都没有听见一般。只是不久，身后便传来马蹄奔跑之声。霍二娘松了一口气，看着楚瑜的后脑勺，却更担忧起来。一行人策马狂奔而去，仿佛背后被什么可怕的怪物追杀吞噬着。

地面的震动越发地强烈。穿行在冰川的缝隙之间，原本就要非常小心，免得地面打滑塌陷或者撞上冰柱，这般策马狂奔下，还要避开落下的碎冰雪块，愈发地显得路程艰险。

“快！”霍二娘听着后头层层塌陷的巨大闷响声，头皮发麻，浑身发抖，却还硬着头皮去细听动静，不时就直接拿着匕首去扎马屁股。

楚瑜在她的指引下，倒是头都不回地直看着前方奔去，雪地马倒是也还认识来路，知道背后有危险，撒蹄子狂奔。后面的曜司武卫们也有样学样，再加上他们原本都是修为非凡、身经百战的高手，险境之下，虽然危机意外连连，却也都还算有惊无险。

一行人一路直奔到了原先的冰川入口处，待得策马狂奔出了那入口又渡过冰河之后，他们才一拉马缰，在山下转过身去看身后的情景。

远处的永冻川上一阵阵的雪尘翻滚，仿佛整个都笼罩在雪雾当中，看得人心发凉，最后轰隆一声，整个山川入口都被冰雪封了。

所有人都有些狼狈，身上多少都有些挥开落下的冰砖雪笋的擦伤，天色已晚，看着那山川入口塌陷，所有人的心都瞬间凉了凉，竟不觉得身上有什么痛处。

楚瑜定定地看着那被冰雪堵住的狭窄入口，目光又转回了曜司武卫身上，正撞上金曜看过来的桃花眼，她唇角微微一勾，淡淡地道：“二娘，带着水曜他们一起去附近的雪窖里把咱们之前藏起来的那些粮食还有马匹启出来吧。”

楚瑜的声音因为一天的奔驰而喑哑，还有些喘，却显得异常的沉稳，让人不能拒绝。

霍二娘点点头：“是。”

随后，她转身看向水曜，水曜原本目光停在楚瑜身上，脸色有些深沉，全无平时那妖娆模样，此时见霍二娘看过来，他眼里光芒闪了闪，便点了自己的人随着霍二娘一起去了。

他们在冰川里的所有粮食还有一半的马匹都留在天鹰大营的墓地里，剩下的人几乎是两到三个人交替乘坐一匹马，无马匹可乘就间歇地运起轻功竭力追上。

就是这么全力奔驰，把两天路程化作了一天，一路几乎感觉不到饿，连马匹都仿佛疯了一样狂奔。但是此刻缓下劲头来，脱离了险境，瞬间就人困马乏了。那些马儿都瘫痪在地上喘着粗气，武卫们脸色也好不到哪里去，丹田里的内劲几乎都耗尽，好在他们都不是一般人物，这才还能站着。

不一会儿，霍二娘他们就将食物和马匹都启了出来。

楚瑜唇角的弧度微微上翘：“好，准备下，生火准备做饭吧。”

“你怎么还能笑得出来，不是说出来之后要去搬救兵么？”金曜见她仿佛全不着急的模样，桃花眼暗了暗。

楚瑜大眼微抬，冷冷地看着他：“你要是看不惯我笑，可以现在就滚，只要你们任何一个人有本事不吃不喝地走出这座山，搬得到救兵。”

金曜一顿，被噎住了，连着原本都有些愤怒的武卫们都在楚瑜那诡冷的目光下，沉默了下去。

“没有废话了，那就生火做饭，别让我听见任何人在那里号丧，三爷还没有到那个地步，让我听到一次，你们回去都去土曜那里点卯。”楚瑜淡淡地说完，便蹲了下来，去归拢一些干冷的枯枝树叶，准备生火。

土曜是刑司首领，没有人想去尝试他的手段，但曜司武卫们心情原本因为失去了琴笙而异常的沉闷与痛苦，群龙无首时看着那道窈窕沉稳的身影，甚至她冰冷的话语，却让他们心中那些不安和痛苦渐渐地消散了些。

“还不去，在这里等着你们小夫人伺候你们用膳么？”霍二娘脸色阴沉地冷笑了一声，转身去帮楚瑜的忙去了。

金曜看着楚瑜纤细沉静的身影，不知为什么，他忽然觉得面前的少女像是变了一个人一般，又或者她从来没有变过，只是在三爷的庇护下从未需要拿出这样犀利的一面来，又或者她曾经露出过这一面，只是自己未曾见到过。

她总是懒散的，身上笼着一种清灵娇俏的气息，但此刻说话做事，都有一种他从未见过的冷冽和深沉之感。

金曜桃花眼里闪过复杂的光，随后摆摆手，所有武卫们立刻都四散开准备饭菜。苏千城抬脚过去蹲在楚瑜身边一起动手收拾柴火准备生火。

她目光微闪，看向楚瑜，神色有些发沉地开口：“若是按照正常的一日三餐折回去，只怕会耽误救援的时间，不若晚上烤了肉，然后连夜跋涉回去请求救援？”

她并没有说任何废话，给出的也是有用的建议，金曜等人听着，便看了过来，似有些意动。楚瑜手上的动作顿了顿，没有说话。

苏千城见状，也仿佛没有在意的样子，只继续一边堆柴火，一边沉声道：“这入口处封了，玉安妹妹后面有什么打算，与我说说，回去之后我也好与苏大哥他们商量救援之事。”

她一直唤律方督抚大哥，确实也有参与一些律方的地方军务和事务。

楚瑜已经堆好一堆柴火，火也生了起来，才淡淡地开口：“珍珑夫人已经筹谋好了，只管行动就是，不必与我商议。”

苏千城手上动作一顿，叹了一声：“妹妹，我知道你心情不好，但是此时不是闹情绪的时候，救人要紧，你自幼生长在江南，永冻原的厉害你并不知道，我只是希望能早点将三爷救出来，也算是将功折罪了。”

楚瑜看着她忽然笑了笑：“是么，那就多谢姐姐你的好意了。”

苏千城听她居然唤自己姐姐，莫名地觉得有些不安，而她脸上没有任何悲色，只是那目光幽凉淡薄得像能看到人心里去一般。

她略一僵，还没有细想就见楚瑜转过脸，看向金曜等人，微微一笑：“你们若是谁觉得苏夫人的主意好，能最快地救出三爷，你们只管跟着去就是了。”

楚瑜平日里总是爱笑的，武卫们都觉得她有些太佻了，加上那张粉嫩娇稚的脸儿像个没有长大的十几岁小姑娘，不时又折腾点事儿让主上忙活，虽是主上夫人，尊她为主母，必定誓死维护，但是却并没有如对琴笙的尊崇和敬意，只当成了琴笙身边的附属品。

只是此时她那笑幽幽凉凉的，竟有了几分莫测的味道，却不由自主地让人不敢造次。

金曜看着她，心中说不出什么滋味，只微微蹙眉，冷淡地道：“曜司还轮不到一个外人做主。”

苏千城闻言，手上动作一僵。楚瑜则动作干脆利落地将手里的刀子一转，就利落地劈下一截马腿，烤了起来，看都没有看苏千城和曜司其余人。

苏千城见状便垂了眸，叹了一声，不再多言，只是转头静静地看着那远处的冰川，无人注意处，她眼里却闪过一丝戾气，暗自冷笑。

“那个浑蛋……想杀琴笙也就罢了，竟然，连我都想下手么！”

气氛阴沉又古怪，曜司武卫们都静静地坐着，就着简单的烧烤，所有人都匆忙地用了一顿。只是他们的锅子已经扔在了冰原里，只能随意地在雪地抓两把雪吃了。他们执行任务的时候，风餐露宿惯了的，连苏千城都是如此。

金曜觉得现在楚瑜心思有些深，不知到底在想什么，但是他确实不是太敢将救回主上的希望寄托在楚瑜身上。

他顿了顿，看向水曜：“你带上几个人，一会儿把吃食一起带上，沿着咱们来时的路不要停歇，立刻回律方求援！”

随后，他又看了眼楚瑜，怕她有什么反对意见，毕竟她才是曜司主母。却不想楚瑜恍若未闻一般，让人看不出来她在想什么。

金曜随后蹙眉，桃花眼里也有些冷。他当初也是竭尽全力赶回律方，才能及时带回金字辈们，救下三爷的。水曜等人虽然看不上苏千城，心里却也是赞同苏千城的主意的，此时见金曜吩咐，立刻就准备好了一切东西。

霍二娘则冷笑一声：“马匹已经成了这个样子，再走，也得废了，你们要是谁想废了丹田内力，就只管去。”

曜司众武卫们脸色都阴沉下去，水曜眯起眸子看了霍二娘一眼，淡淡地道：“曜司武卫亦是兽营死士，原本就当为主上尽忠。”

霍二娘看着他那双深沉的妖眸，勾起唇角，忽然略靠了水曜耳边，似笑非笑轻嗤了一声：“你露出真面目的样子，真是勾人，但是你要去送死，我也不会拦你。”

说罢，她起身，继续生另外一堆火去了，似全然看不到水曜看着她那目光里的阴沉。

不多时，一行人就走了。楚瑜照样看都没有多看一眼，坐在石头上，忽然淡淡地道：“我且与你们说个明白，我这一路是至少还要喝上一顿热水，吃上一顿热食的，我不想身子坏了只能躺在床上养病不能亲自再入冰川，你们要赶，就立刻滚。”

此言一出，金曜脸色僵了僵，桃花眼冷冷地看向楚瑜，见她面色如常，心中不免生出挫败来。没错，那次他竭力赶回去，却只能通知了人来，自己却是撑不住了，在床上烧了许久，又痛又悔。

“妹妹说得有道理，可你就不担心去迟了有个万一？”苏千城深深地看了眼似换了个人的楚瑜，忍不住蹙眉问。

楚瑜平静地道：“不会有万一，他说了会等我。”

那是她的男人，她信他，为了他，她一定会保重自己，也没有兴趣去表现得像个失心疯的妇人，靠着那种方式表现自己的在乎。

火曜讥诮地开口：“你就那么确定么……”

楚瑜忽然一抬手，一字一顿地道：“我说了，你们若是想要号丧，就马上滚，回去了在土曜那点卯；要是有任何不同意见，也马上滚，无人拦你们。”

哧一声，那火苗弹动了一下，照得让楚瑜的清丽娇俏面容看起来有一种让人心惊的冷酷。

楚瑜轻笑了一下，随后道：“二娘，歇一个时辰，然后立刻出发。”

听到楚瑜还要歇息，曜司武卫们的气息不禁有些浮躁甚至愤怒，但在金曜冰冷的目光下，又沉寂了下去。楚瑜是主母，也是琴笙的命，再行事荒诞，他们也必须护着。

霍二娘则啃了一块马肉之后，将其余剩下的烤好的马肉全部切片分成两包打包好，又裹在了自己怀里，冷笑着扫了曜司武卫们一眼，跟着楚瑜一起走到另外一个火堆边坐下，两人把自己的马匹拉过来，让它卧下，又一起靠着马儿歇了下去。

所有人都盯着楚瑜，见她居然真的和霍二娘就这么睡着了，瞬间脸色都有些不太好。苏千城苦笑了一声，也拉着锦心在火堆边歇着。

曜司众人只闭了眼打坐调息。

一个时辰之后，楚瑜第一个睁开眼，利落地坐了起来，活动了下筋骨，同时牵起了自己的马儿，直接和拿了火把的霍二娘一起翻身而上，她淡淡地扫了金曜等人一眼：“走。”

随后也不等其他人，策马就直接往山下去了。

金曜见楚瑜身上利落，竟不似之前气息沉沉，便知道她一个时辰也是在调息。

武卫们训练有素，同一时间也都分头策马或者用轻功跟在楚瑜身后追了上去。

他们心中虽然不满楚瑜的任性娇气却也不得不承认，就算是再强悍的身体，今日这般狂奔逃命出来也是力竭，这般歇息调养一个时辰之后，果然舒服了许多，连马儿也因为烤了火，舒缓过来，动作也敏捷了起来。

一行人小心又尽量快速地在山间疾驰。

行到天光大亮，楚瑜也没有停下来，只饿了的时候，随意从怀里掏了用身体温热着的马肉往嘴里塞一片，也随手在树上摘雪吃，金曜和火曜互看一眼，这才松了一口气，还真是怕楚瑜会一直就这么走走停停。

但到了晌午时分，楚瑜却忽然道要在前面歇上一个时辰。

这种间歇式前进的行军方式，或者说野外穿越方式，是她前生在户外运动里学到的，只是她现在身体内力底子好，所以间歇的时间可以间隔比较长，但是她依然坚持要间歇，保持体力，绝对不要折腾到油尽灯枯。

这次曜司武卫们都不愿意了，虽然不好明说，但也要求金曜去和楚瑜表示，他们也曾执行任务三日也不眠不休，虽然过后必定要大歇一场，但是白日赶路肯定要比夜里好。

霍二娘很火大，若是琴笙的命令，他们大概早已无条件遵从了，如今非要和楚瑜对着干是什么意思？！

楚瑜冷笑一声，拦住她骂人，还是那句话——“谁要滚，立刻滚。”

正是僵持的时候，在前面探路的火曜却脸色不太好地带了一些人回来，其中还有人是被背回来的。

打头走得有些踉跄的就是水曜，他脸色阴沉得能滴水——

昨夜他们连夜赶路，却到底还是雪山路滑，虽然有之前留下的标记，没有迷路，但是因为冰川变动的震荡，这山里的雪震得变了模样，整个地形都有些变化。导致他们疲惫之下，竟有人无意踩空摔下悬崖，还好凭借着高强的武艺捡回了一条命，但是再勉强往前走，又还有折损。

他们越发地心中焦灼和不冷静，跌跌撞撞的，马匹又死了几匹，这么拼死拼活地连夜赶路，结果，居然没有楚瑜和霍二娘这边歇息了一个多时辰的快，就被追上了。

霍二娘见状，讥诮地抱着胸冷笑："没有老娘，你们以为你们能顺利地在这变形了的地貌上跑得比老娘带的人快？"

水曜看着她，妖娆的眸子里愈发地荫翳，心中明白霍二娘早就预料他们会有这一遭了，所以昨夜才会说出那样的话来。

楚瑜却并没有讥讽他们，只依然一副什么都没有看见的样子翻身下马，继续堆她的柴火堆，用油纸包烧水，又将肉片拿出来热了热，继续和霍二娘吃了起来。

这一回，曜司众人都没有话再多说，沉默下来，也学着楚瑜生火，吃东西，休息，甚至学着楚瑜拿油纸包成漏斗的样子试图烧热水。

因为他们在这一刻，忽然理解了楚瑜昨晚说的话。

他们不想就这么折了身体，然后只能盘桓床榻，等着消息，满心痛苦与煎熬。金曜看着楚瑜的背影，桃花眼里神情愈发地复杂。

……

曜司武卫们对于楚瑜的安排，没有太多的异议了，就这么走走停停，终于翻出了山，放出了消息信号，又直奔律方而去。

律方这边已经得了信，督抚府早已打开了门，苏宇等人都早早地等候在府邸里。

楚瑜把座下累得奄奄一息的雪地马缰绳一扔给小厮，直接鞭子一甩，就将那陷入昏迷的细作一卷，直接砸向迎出来的土曜，冷冷地道："我不管你用什么法子，一个时辰之内，让他醒过来，同时问出他的身份来历与目的。"

金曜一愣，来历与目的？难道楚瑜怀疑那细作不是宫少宸的人？

随后，楚瑜又看了眼水曜。水曜也不顾得身上狼狈，只抬手对楚瑜抱了拳，便陪着土曜一起直接离开。

楚瑜看着脸色苍白，却还算整齐的苏千城，眼儿微弯地一笑："苏姐姐就不必跟着我们去了，你好好歇息，哪些话该说，哪些话不该说，我想您一定比我清楚。"

说着，她便转身利落地向花厅而去，霍二娘也冷冷地瞪了瞪苏千城和锦心，立刻跟上了楚瑜。

锦心搀扶苏千城，忍不住低声嘀咕："你看她那个样子，还笑呢，三爷都生死不明了，她还有心情来排挤小姐你，什么人啊，她凭什么对您这般颐指气使？"

旁边有人侧目，苏千城蹙眉，低声叱责："够了，不要添乱。"

楚瑜一路往花厅去，一路吩咐迎出来的霍三娘："立刻飞鸽传书，让瑟瑟通知唐门分舵，令他们能用的人都立刻奔赴律方。"

霍三娘一愣，见楚瑜神色苍白，明丽的眸子漆黑如墨玉，泛着一种幽冷的光泽，看得人心一颤，仿佛换了一个人一般，她随后颔首："是。"

楚瑜一进花厅，就见苏宇等人站了起来，她没有行福礼，抬手略一抱拳："请诸位过来，还是希望诸位能帮我一个忙。"

苏宇大约是知道琴笙出事了，而且楚瑜是得了老夫人招呼要多照顾的，他便立刻颔首："我已经去派人召集人马，玉安县主不必着急，立刻就进去寻人。"

楚瑜顿了顿，却忽然扯了下唇角："不，这次搜寻的行动，不必苏大人带人，您这边的人都公务繁忙，我想请另外一个人出山。"

苏宇一愣："啊，谁？"

楚瑜淡淡地开口了："常家将军，常圣黛。"

苏千城进花厅的脚步略一顿，正巧听到楚瑜的话，眼神微闪。常圣黛？苏宇闻言，脸色闪过一丝不自在，心里也有点不快。前些日子陛下传来旨意，让常圣黛护送苏千城回漠北，同时还担了个调防训练的名头，所以常圣黛上奏要将她旗下一支一万人的亲卫兵马调过来同训。

兴平帝考虑了几日，想着常家的继承人就她一个，若是做得太过火了也不好，而且律方常年驻扎二十万大军，来个一万外人，也翻不起大浪来，还是允许了。

这一万人的兵马是原本常家军里精锐中的精锐，虽然名义上苏宇才是律方最高军事指挥官，但是他们根本不受苏宇辖制，只听常圣黛的。常圣黛封的将军只是个少将，虽然在苏宇之下，但是她身为西疆常家的继承人，又是国公夫人，地位若按照在朝里算的话实际还在苏宇之上。

所以苏宇也不好拿着律方督抚的名头强令她做什么，虽然常圣黛并不是那种嚣张之人，但她常年一身黑衣，玉面含霜，从来都一副不可轻易接近的样子，让苏宇看着心里多少有些不舒服。

楚瑜一来就指定了常圣黛帮忙搜寻琴笙，分明就是不信任他，亏得老夫人还专门交代一定要照顾好楚瑜。

苏宇心中不虞，他常年驻守律方，本不是那等朝野里的老油条，脸上便带了点不悦的神色出来："那位常将军如今带了人在山里冬训，说来，本官都不知她如今带着人在哪里，二位来的时候，接风宴上不也没有见到她么？"

徐氏见苏宇这话说得不客气，心里有些着急，便立刻打了圆场，含笑道："这个常将军是个厉害人物，她带着人马在山里冬训，只怕一时半会赶不回来，再通知过去也只会耽误事儿。"

楚瑜却忽然挑了挑唇角："回来的路上，我已经让二娘想法子去查那位常将军的行迹，他们已经快回到了，我记得律方驻军已经有些年头没有专门拉进雪山里拉练了，常家军才进了山出来，经验丰富，也习惯了冰天雪地，补充些补给就能进山了。"

苏宇等人闻言，脸色更是难看。尤其是苏宇，脸都几乎黑了下来——楚瑜这话简直是打他的脸。

"多谢小夫人看得起我常家军。"一道清冽的声音忽然响起。

一道黑色的高挑人影大步从外头走了进来，乌发墨衣，飞眉秀目，气息清冽淡漠，那年轻将军一边走还一边将身上的轻甲扯了下来，随意地向后抛给了跟在身后的女武卫。

"常……将军？"苏宇一愣，他没有想到常圣黛居然正巧在这个时候回来。

“督抚大人。”常圣黛对着他抬手抱拳，神色不卑不亢，自有一股子率性傲然的气势。

楚瑜弯起唇角：“不知将军可曾看到我的飞鹰传书。”

常圣黛颔首，淡然道：“诺。”

这个“诺”，就是同意了带兵进山搜救。

楚瑜唇角虚浮的笑意稍微深了点：“那就多谢将军了，我们今晚准备东西，明儿一早启程，因是需要快马兼程，麻烦你们了。”

随后，她看向苏宇，再次抱拳深深一揖：“有劳将军多准备马匹和粮食与一应搜救物事，清单我已经列好。”

苏宇见她忽然行此大礼，脸上僵了僵，但那些不虞也少了点，也颔首道：“自然！”

常圣黛看向楚瑜：“我先去准备了。”

楚瑜微微颔首：“好，有劳了。”

说罢，她转身朝着其余人点点头，便离开了。

楚瑜出得门来，金曜也已经跟了出来，拦住她，桃花眼中寒光微闪：“为何一定要常圣黛，难道你怀疑这里的驻军不可信？”

常家军是西疆的军队，刚来漠北，又是常圣黛一手提拔的精锐，最不容易被渗透。

楚瑜挑眉看着他：“算你还是个当过校尉的。”

金曜目光闪过阴冷的光：“你是怀疑有人勾结了赫金人，对三爷痛下杀手？”

楚瑜转脸看向不远处款步走过来的土曜，唇角弯起一丝冷黠的笑容：“很快我们就会知道了。”

……

房间里，几人相对而坐，有人心急如焚，有人悠然自在。

心急如焚的金曜目光锐利地看着土曜：“查出来了？”

土曜拿着帕子擦了擦他手上还没有来得及弄干净的血液，脸上那老好人的笑容此刻看起来带着无比血腥的味道：“赫金人的胆子是越来越大了，应该是他们上头有人知道了三爷的真实身份，所以这次竟不惜付出沉重的代价也要将三爷埋在雪里。”

水曜也阴沉着妖娆的眼，看向一边神色自若的楚瑜：“不是宫少宸。”

楚瑜淡淡地道：“赫金人将连接他们那边的牧地的雪山都想法子炸成那个样子，损失惨重，不是一两日可成的，此事无非就是南国公，或者宫里那位老人家，要么就是宫少宸与赫金人做了什么交易，不管背后主谋是谁，此刻出手的人是赫金人。”

这笔账，她算在了赫金人的头上。

楚瑜又看向金曜，冷冷地问：“月曜那边查苏千城没有查出问题么？”

“没有。”金曜桃花眼微微眯起，闪过冷光：“苏千城身边三位武婢，只有那玉心确实是被人替代了的，尸首也被启了出来，苏千城确实没有任何不轨的迹象。”

楚瑜看向火曜：“今日已晚，明日出发的时候，我希望能看到我交给你们做的东西。”

火曜一愣，想起楚瑜交给他的图纸，虽然不知那两块板子是什么东西，但还是点点头：“明白，下面的人已经在赶工，只是时间太紧张，可能赶不出多少对。”

楚瑜蹙眉，抿了抿唇，随后轻嗤了一声：“没有关系，也不是人人都能有本事用得上的。”

火曜听得她那么说，心中不禁愈发好奇那到底是个什么东西，难道是要内力修为很高的人才能用得上的武器？

楚瑜明显没有什么心思要给他们授业解惑。土曜看着楚瑜放下杯子站起来就要走，一副丝毫没有兴趣与他们多待在一起的样子，他眼珠子一转，便唤住了楚瑜：“小夫人，刑房里头的那细作是赫金人北王的人，并不是南王的人，这两王如今正在争夺可汗之位斗得极厉害。”

楚瑜一顿，若有所思地眯了大眼：“北王……”

要求娶苏千城的是赫金人的南王，这么看起来仿佛真的是与苏千城没有任何关系。

她看向土曜：“让月曜的人盯死了苏千城，不，盯住苏家的势力，看看他们最近有没有什么异动。”

苏千城如今是苏家唯一的继承人，她的势力不容小觑，如果漠北确实查不出任何问题，那么就再把盯住的范围放大好了，如果那个女人没有问题，只是被人利用了，倒也没有什么，若是那个女人在这些事情里掺和了一脚……

土曜看着楚瑜平静到有些令人心惊的面容，对于她的命令竟不由自主地接纳了，回了一声："是。"

楚瑜没有多留，径自转身离开。

她领着唐瑟瑟到了曜司旗下的作坊里，唐瑟瑟道："叔叔说了，他会立刻派人日夜兼程过来，这边分舵最近的人也会赶过来，咱们在律方也有一处药铺子，地方不小，专门收集北方的药材，不必寄居他人旗下。"

楚瑜一边看着作坊里的人做出来的板子，又指点着工匠打磨了一些细节处："嗯，这次进山你跟着我一道去。"

唐瑟瑟点点头："是。"

楚瑜看完了作坊，正巧见着一道黑色高挑的人影领着两个女武卫走了进来："请问，这里是……"

常圣黛正要说话，忽然看见楚瑜望过来，她挑了挑自己英气的飞眉："小夫人？"

楚瑜看着她微微一笑："将军唤我楚瑜就是了。"

常圣黛并不客气，点头："小鱼姑娘。"

楚瑜抬手比了比作坊里："将军请入内一叙。"

常圣黛便跟着她进了作坊，一进门就看见工匠们正热火朝天地打磨板子，烘烤出板子的弧度，眼底闪过异色："这就是你说能交给我的秘密武器？"

两名女武卫也是一脸莫名，那些木板又不是刀子，怎么能做武器？

楚瑜墨玉眸弯了弯，指尖轻抚过那细长的木板："没错。"

她让曜司的鹰与常圣黛通了消息，提出要求让她出兵搜救，条件是琴家以后会支持常家在漠西的生意。常家是一地封疆大吏，手下驻军也有二十余万，虽有朝廷的给养，但青黄不接的时候，粮草军饷依然是个大问题，所以常家有些私下的生意养着兵马。

这本是朝廷大忌，但是也多睁一只眼闭一只眼。有了琴家的支持，对于常家而言，会便利许多。但楚瑜明白人情只能用一次，常圣黛是个聪明人，未必愿意就这样掺和进这一摊浑水来，所以她多给了一个筹码——她会交给常圣黛新的武器，让她的常家军精锐即使从漠西西疆过来，也不会在律方驻军里泯然众人。

没有将军能拒绝这样的提议。虽然常圣黛身边的人都很怀疑楚瑜能有什么秘密武器，但是常圣黛是见过她在江南绣坊里捣鼓出来的那些奇特的东西的，心中莫名地相信楚瑜会给她一个惊喜。

于是权衡再三后，常圣黛答应了楚瑜的要求。

只是按约定来楚瑜的作坊里一看那些木板子，还有两根细长的一头还穿着个铁片的金属杆子，常圣黛就有些莫名了："此物有何用？"

楚瑜低声在常圣黛耳边说了几句话，常圣黛看着那些木板的眼神就变了，唇角翘起迷人的弧度："哦，果然如此？"

楚瑜一笑："将军明日寻那些身手轻盈、平衡感好的士兵来就是了。"

常圣黛点头："好，没问题。"

……

第二日一早，天色未亮，律方城内外已经一片灯火通明。大队人马已经在律方城外集结，厚皮甲，皮绒帽，挎弓配刀，手握火把，神色冷肃，黑压压一片却齐整而安静，军容威严肃穆。

当先一骑英气非凡的身影正是常圣黛，她策马而出，众士兵齐齐抱拳，吼了一声："将军！"

其声如雷鸣震耳，令人心悸，若是胆子小的只怕要摔下马去。

楚瑜跟在她的身后，神色淡然自若，前生她见过更令人惊叹的华夏军容。常圣黛见她神情自若，清冷的锐眸里闪过一丝异样的目光，看着她微微一笑："常家军一万人都已经准备好了，何时出发？"

楚瑜见状，看了下身后的霍家姐妹还有唐瑟瑟，见她们也都对着自己点点头，便微微一笑："好，可以出发了。"

曜司武卫们在金曜的带领下早早地就已经准备就绪，这一次他们每个人都换了一身白衣，寒气清冷，却又与常家军的肃穆截然不同，那是一种近乎没有人气的清冷，偏生他们手里沾过的血腥只会比军人更重，一身莫测暗冷的幽冥气息，让人不寒而栗。

雪落无声，数百道人影，静静地策马而出，竟没有任何声息，仿佛一道道从异界来的幽灵。

常家军众人一见便不由自主地戒备，不过几百人马，却让人不寒而栗，如临大敌，连座下马儿都喷着粗气不安地踢着马蹄。

常圣黛见状，挑了挑眉，她是军人，自然对这支神秘的雪中幽灵般的人马很感兴趣，却识趣地没有多问，只看向楚瑜。

楚瑜策马到了金曜身边，墨玉一般的眸子晶莹剔透，却一片凉薄："走吧，进山的时候跟紧了，若是到时候落下了走慢了，不要怪我没提醒你们。"

金曜见状，微微扯了唇角，轻嗤："是么，那倒是要见识一下那打出来的新玩意儿了。"

楚瑜打出来的玩意儿，并没有打算交给曜司众人，曜司武卫们心中虽然有些不快，却也并不以为意，他们并不认为自己会需要那些奇怪的木板条子。

但是楚瑜既然说出了这样的话，顿时让火曜等人听着就有了一点较劲的心思。

楚瑜轻嗤一声，转身策马而去。

这一次，他们依然是按照原路折回。

因着做了准备，路也是已经走过两趟了，又有霍二娘和霍三娘两人作为尖兵勘察，去的时候倒是比原来快了许多。

不多时，就看见了那一大片冻结的霜湖。

楚瑜却拦着众人并不让所有人一齐过去，所有人都分散开来，用了不少时间去过湖。

金曜等人心中虽然焦灼想要飞奔过去，却被楚瑜一句冷冰冰的话压得无话可说——"已经三月，又经历了这般大的冰川震动，若是想要进冰湖一游请自便。"

等到过了河，看着被冰雪塞住了的入口，众人都忍不住有些傻眼。

楚瑜看了看那雪峰，淡淡地道："爬！"

于是众人也无可奈何地寻了个缓坡顺着山往上爬。

不爬又能如何？还好常家军也都是刚从雪山里拉练出来的，倒是也有一套自己的攀爬工具，而曜司武卫这边原本都是武功高强者，自然也不在话下。

只是那些雪地马儿，实在有点吃力了，很难往上爬。

等到好不容易爬了上去，看着那一脚踏进去就积攒了一腿深的积雪，曜司武卫们都脸色铁青。

因为这些冰雪都是坍塌下来的，最近又没有再落大雪，所以不若之前的雪地结实，走起来很是艰难，而且还要避开那些看着结实，但是一脚下去就整个都松垮的雪陷阱，若是要这么走，得走到什么时候？

就算是之前路面还好的时候，也有足足两天路程！

若是用了轻功倒是便捷，只是这么连着两日轻功奔驰，只怕赶到天鹰大营墓地的时候也会接近力竭，若是走走停停地歇息，也不知还要拖延到什么时候？

常圣黛见了这种状况，却拿眼去看楚瑜，清冷的锐目眼尾微微上挑。

楚瑜正巧也抬眼看向常圣黛，微微点头："既然这种状况，那么就要拜托常将军依前计所行，我们分成三批次前行，快的前锋打阵，中间的大军压阵，留意周围是否有异常，后军粮草缓行，所有行动都以保证安全为主。"

金曜见楚瑜说话里，满是什么行军之策的样子，桃花眼里闪过异色，看向楚瑜那一副淡定的模样，心中有了不太好的预感："这是什么意思？"

却见楚瑜正和常圣黛指挥着一些士兵将那一条条的木板全部卸下来，然后往脚上穿，那木板前端略微翘起，中间则一些牛皮带子将木板固定在脚踝和小腿上，楚瑜自己也在往脚上套。

楚瑜踢了踢脚上的滑雪板，虽然觉得不尽如人意，但是仓促之下有这样的成果也算不错了。

她没有搭理金曜，只看向常圣黛："将军，你挑的人应该都不错吧，这玩意现在要尝试着现学现用，我们时间不多，只有半个时辰练习。"

常圣黛自己也穿上了滑雪板，正在那里尝试平衡的效果，听得楚瑜问，便笑了笑，朗声问：“都是聪明伶俐的小子们，是不是？”

一边被挑选出来的上百名士兵们也都早早得了招呼，穿好了滑雪板后，都对着常圣黛抱拳，大声道：“将军放心，定不辱命。”

金曜见楚瑜一直不搭理自己，神色便有些沉了下去，俊面上闪过冷色：“楚瑜。”

火曜却看着那些滑雪板，心中有些惊异，却也大约知道楚瑜这是要做什么，抬手扯了一把金曜，示意他少安毋躁。

楚瑜淡淡地看了眼金曜：“你们立刻向前出发，最迟一个时辰，我一定会追上你们。”

金曜脸色彻底冷了下去，桃花眼底隐含了怒气：“你这般拖三拉四，什么时候才能赶到墓地？”

她居然和常圣黛那些外人私下计划了些什么，却不曾透露给他们知道。

楚瑜挑了眉，冷冷地道：“嫌我慢，所以让你们滚快点，不是么？”

她甚至懒得和他们解释。

说话间，常圣黛已经吩咐了副将先行带着一部分士兵领了送上来的部分马匹先行。

常圣黛看向楚瑜，微笑：“小鱼姑娘，我们没有人带路，只怕到不了你说的地方。”

金曜一脸冷酷地扫了眼常圣黛，待还要说什么，却被火曜按了下手，用传音入秘对他道：“首领，你先和咱们的人跟随他们过去，我领着火司的部分人留下来保护小夫人。”

金曜看着火曜的表情，最终还是阴沉着脸，冷哼了一声转身，连雪地马也不要了，径自飞奔而去。

水曜面无表情地看了楚瑜一眼，目光又掠向一边的霍二娘，见霍二娘正专心地在那里扯着那金属小杆子往地上撑，平衡着身体，连看都不看他一眼，最终还是指挥曜司武卫们都扯了马儿前行。

曜司武卫们脸上都露出不虞的神色，虽然他们素来冷面，但周身气息都冷了冷，却也是不信楚瑜能那么快的，可他们是属下，却不能说什么。

火曜则点了他的手下留了下来，一脸异样地看着楚瑜在那教导常圣黛和她旗下那百余士兵们怎么使用滑雪板。

他们越是看越是心惊。

那东西若是用得顺畅起来，前进速度不但快，而且也不容易压塌雪，不会陷入雪里去，甚至某些浮雪陷阱都能顺利过去。

而常圣黛则是越用越兴奋，她是军人，自然知道这滑雪板若是用于冬日战争里的意义。

而她选出来的这批士兵确实身手很是利落，而且平衡能力很好，半个时辰的摔滚之后，虽然跌得鼻青脸肿，但几乎已经掌握了滑雪板的使用诀窍。

唐瑟瑟几个原本就有轻功的，掌握速度更快。

常圣黛将士兵们都集合完毕，对着楚瑜点点头，楚瑜便掐着点冷声道："好了，全体出发！"

士兵们都很兴奋，也对楚瑜这发明者彻底地佩服。

此刻见她发号命令，竟没有任何迟疑，一呼百应："是！"

随后所有人一撑手上的滑雪杆，脚下用力，倾身踏雪而行，一道道身影敏捷如乳燕投林，直接在雪上飞掠而去，速度几乎堪比雪地马的行进速度，不，在这样的地方比雪地马的速度更快，更轻便省事和安全。

火曜一行人早已看得满心震撼，回过神来，火曜神色沉了沉，足尖一点，运起轻功追随楚瑜奔去，同时示意所有人都跟上。他心中却也满是疑惑，楚瑜到底是在哪里学来这些奇技淫巧？

当金曜率人竭力赶到地方的时候，便发现楚瑜早已带着人爬了上去展开了搜救，看着那一套特殊的攀爬冰山的工具，他先是怔了怔，眼里闪过复杂神色，便又立刻飞掠上山。

只是等他爬上去的时候，除了看见四处搜寻的常家军士兵们，也看见了楚瑜满头霜雪地静静站在一个雪窝里，背影僵冷，眼里一片森凉，手里死死握着什么东西。

她身后站着的霍二娘和霍三娘却没有什么动静，连同唐瑟瑟一起静静地陪着她。

“你……主上呢？”金曜心中忽然有些不好的预感。

楚瑜慢慢地伸出手来，露出掌心里面一把还未完工的精致雕莲绿檀木梳，木梳尾上还吊着一只玛瑙红流苏。

“他，被人带走了。”

金曜愣住了，几乎不敢置信地看着那把木梳：“这是主上给你准备的生辰礼物！”

但是，怎么可能？

“谁能带走主上？”

楚瑜唇角轻扯，眼底幽光森凉：“是啊，谁能带走我的他？”

她在这里找到了粮食被动过的痕迹，应该是琴笙用过了的，地面上虽然有搏斗过的痕迹，但是并不明显。琴笙那样的人怎么可能轻易被人带走？

“难道是有人对主上用了什么非常手段？”火曜也赶了过来，看着楚瑜手里的木梳，心中震了震。

可是习惯了主上的算无遗策，他确实很难相信还有什么人能如楚瑜这样的“意外”将主上撂倒。

琴笙整日里将这把梳子带在手边，他还没有将这个准备好的礼物告诉楚瑜，打算给她一个惊喜，又怎么会将此物留在雪里？

楚瑜指尖温柔地摩挲过上面的莲花，许久，才闭了眼轻声道：“三爷，他是自愿跟着他们走的。”

此言一出，所有人都呆了呆，却又不由自主地信了。若不是如此，谁又能将……琴笙带走？

赫金。

雪地里，一处看似简陋的羊皮帐子里，却挂着猩红的金丝帐，华丽的波斯毯子边烧着热气蒸腾的金色兽头炭炉，硕大的夜明珠挂在帐顶，华丽非常，但一边小矮桌上的人头骷髅里却插着一支诡异的绿色蜡烛，火光明明灭灭照得整个帐子里阴森非常。

偏一道修白的人影静静地在柔软华丽的毯子里盘膝打坐，手捏莲花诀，满身出尘清冷幽沉如水的气息，竟硬生生地将那些邪诡之气压了下去。

“怎么，不吃东西，是舍不得你的女人？”一道略显沙哑邪肆的声音忽然在帐子里响起，同时一只穿着鹿皮靴的大脚踢了踢一只精致的装着烤羊腿的盘子。

修冷的白影并不答话，沙哑的男音冷笑一声，抬手便朝他下巴抓去：“啧，这副中原人庙里玉面观音的样子，还真是让人……”

只是他的手还没有摸到对方的下巴，却莫名其妙地硬生生停在了半空，动弹不得。白衣人睫羽掀都没有掀，只闭着眼淡漠地道：“本尊记得亵神者在赫金是会被活活烧死，可对？”

那人戴着兜帽，又蒙着脸，只露出一双一金一银的鬼魅妖瞳来，半只大手停在白衣人精致如玉的脸边，动弹不得，数条丝线穿过了他的手心穴道，手背的肌肉抽搐成诡异的模样，看着就生疼。

但是那人却仿佛感觉不到一般，诡谲地轻抽了下鼻尖，仿佛极为享受一般：“你好香。”

“至于神……你是神么？就算你是神，也只是中原的神，到了我赫金，便是我的了。”妖瞳男子盯着他笑得恣意放肆。

白衣慢慢地睁开眼，露出琥珀色的眸子，睁开眼的刹那，那人的掌心忽然砰的一声爆开一簇血花，瞬间血肉模糊。

白衣人翘起唇角：“是么？”

他幽凉温润的笑意，幽瞳似深不见底的仿佛能吞噬人心的深渊，偏笑容仿佛神祇居高临下带着无边悲悯看着脚下的蝼蚁一般，巨大的反差形成一种森凉诡异的无边寒意，让人不寒而栗，仿佛下一刻就会被那深渊吞噬。

妖瞳男子也忍不住僵了僵，握住自己剧痛的手，一双异色妖瞳闪过各种情绪死死盯着坐在上首的白衣人，却不敢动弹，连呼吸都收了起来，他知道若是对方愿意，那一簇血花就会开在他的咽喉或者心脏上。

但是对方却只淡漠地扫了他一眼，便又敛了鸦羽长睫，闭上眼继续打坐。那一瞬，所有的恐怖寒意全都消散，白衣人依然静坐如壁画中的清冷上仙，幽幽的绿光落在他近乎透明的皮肤上，却让他看起来仿佛整个人笼罩在一种奇异的光晕里，不可侵犯。

妖瞳男子眯起了眼，近乎痴迷地看着对方，忘了自己手上的痛苦。

他看了好一会儿，才慢慢地爬了起来，沙哑地低笑了一声："呵，怎么不杀我，舍不得么？"

白衣人根本没有理会他，静静地坐着，仿佛另外一个世间的存在。

妖瞳男子也不恼，只慢条斯理地沙着嗓子道："既然你已经答应了本巫王的条件，咱们就不着急，慢慢来。"

他的声音虽然沙哑低沉，却也别有一种奇异的惑人之感，甚至远远听着有点空灵，若是意志力不强的人只怕一下子就会精神恍惚。

只是白衣人静静坐着，老僧入定一般。

那妖瞳男子眼底火光闪现，他沙哑地笑了笑："我答应了美人你的要求，替你配齐你想要的东西，也给你考虑要不要跟我的时间，但是你的身手实在太让人忌惮，所以……"

他低声对着账外说了几句赫金语。

不一会儿一个佝偻的、瞎了一只眼的老头便端着一碗黑乎乎的药物进来了，那药里仿佛还有许多活物，在里面一寸寸地蠕动着。

那老头阴笑着看了眼白衣人，将手里那一碗恶心的药物递到对方面前。

原本以为还要威胁几句，却不想对方忽然一抬手，接了那一碗药便优雅地饮了下去，如饮甘露一般。

完毕之后，他淡淡地吩咐："上一盏奶露。"

那老头儿下意识地就恭敬地应了："是。"

随后就要转身离开，但走了两步，他才反应过来自己竟答应得如此麻溜，就因为对方那种分明上位者，不，神庙里被供奉的神祇尊者不食人间烟火的清冷神秘，让他不由自主地臣服，顺着对方的指令做了。

但是此刻反应过来，他瞬间就恼火了，转头用那只没有瞎的眼阴毒地盯着白衣人，却又莫名地不敢骂出声来。

"好了，去吧。"倒是妖瞳蒙面的男子不以为意地道，却也不得不赞一声："不愧是本巫王看上的人。"

随后那妖瞳男子见白衣人根本不再看他一眼，目光直勾勾地掠过他莹白的脸庞，眯了眯，转身离开了帐子："美人好好休息。"

帐子外的老头儿一见他出来，就忍不住道："王，您夜观星象，占卜而出是有异星困于永冻原之上，所以才赶来此处要困杀会带来未知灾祸的异星主，为何还要留下那个异星主，你看他生得那副异貌便知绝非善主！"

男生女相，到了那种能动摇人心的地步，在赫金人古老的占卜里就是神鬼王，能带来未知的灾难。

金银妖瞳的男人却沙哑地笑了笑："倪灵大巫师，你是不信任本巫王的能耐，驯服不了中原的异星主？"

那瞎眼的老头看着男人那双诡异如兽的妖瞳盯着自己，不禁抖了抖，大巫王的残忍手段，他是尝过的，立刻道："不，不，属下不敢。"

金银妖瞳的男人冷笑了一下，眼珠子一转，又仿佛极温和地看着倪灵大巫师道："本巫王是对他感兴趣，但你也知道他身份不同，如今被我们控制了，以后还有大用处。"

说着，他的目光看向遥远的天边，那里开始渐渐泛起了鱼肚白，倪灵大巫师也顺着他的目光看过去，那地平线隐约现出一线灰绿的地方，就是王帐所在处。

倪灵大巫师没瞎的那只老眼也微微眯起，闪过幽暗的阴险的光，道了声"我王英明"，随后"嘿嘿嘿"地笑了起来。

春日三月，莺飞草长。

除了永冻川霜雪依旧，漠北大部分的冰雪已经开始融化了，冰雪融化之后，正是青黄不接时分，各处买卖都做了起来。

草原各部落都开始了与律方的互市。一个车队运了不少种子、丝缎、农具等东西慢悠悠地穿过了高大的城门，赶车人们拿着通关文书，向远处刚刚开始露出一点绿意的草原而去。

这样的车队每天没有十趟，也有八趟，丝毫不打眼。车队一路走走停停，一路贩卖和采购些东西，走了约莫半个月终于来到了贺兰山脚下。

"小东家，贺兰山到了。"一个戴着斗笠的年轻小子轻轻敲了敲第二辆乌篷马车的门。

那乌篷马车车帘子一掀，便露出一张少年年轻俊俏的面孔来，他看了看天色，又道："唐斌，去和前面的管事说一说，咱们就歇在山下的村落里吧，看着这里聚集的部落不少，应该能探听些消息。"

唐斌点点头，立刻策马上前，正打算说话，却见打头马车边上坐着的高挑少女面无表情地转过脸来看着他："怎么了，小东家有吩咐？"

明明对方比自己年纪小不少，但是那脸色一板，唐斌就觉得她看起来像自己娘一辈的人，不过她在师门的辈分是比自己高。

他忍不住咽了咽口水，低声道："小师叔。"

唐瑟瑟蹙了下眉，不客气地低叱一声："嗯？"

唐斌警醒过来，立刻看了看四周，见无人注意，才改口："唐管事，小东家让我来和你，还有金管事和火护卫、水护卫说一说，咱们这就歇在前面的村落里。"

唐瑟瑟严肃地扫了他一眼，冷冷地道："既然护法挑了你们过来，也在掌门面前说了来的人都是咱们唐家里所剩的精英了，就不要丢咱们的脸出纰漏。"

后面的唐蒙看着自己的侄儿被瑟瑟训得面红耳赤的，不禁有点哭笑不得，便上来道："管事小娘子也太厉害了点。"

唐鼎天接到了楚瑜的手书之后，立刻派了大部分的精锐远赴律方。

缓了些年，唐门也恢复了过来，楚瑜不是传统意义上的唐门掌门，把持着唐门地宫里历代独步武林的医书毒书，免得座下弟子超过自己这个掌门。

唐门总舵当初几乎被一烧而光，空了许多职位出来，她很大方地开启了地宫的毒书和医书，让唐鼎天挑选分舵资质优秀的年青一辈幸存弟子各自来学，各凭本事上位填补空缺。

靠着楚瑜手里的元毒之血和地宫里的医书毒书，他们的功力都见长不少，如今在武林上都有了一席之地和自己的名号。

只是唐门依然保持低调作风，很少在外头招摇。

其实唐蒙知道，唐瑟瑟跟在楚瑜身边，却反而是进益最快的，光曜司八阵楼里的各种私密藏书都够唐瑟瑟学的了，她原本又极有天赋，如今这小丫头几乎成了年轻一辈里的佼佼者，还少年老成，很得楚瑜看重，让唐蒙很是羡慕，他这个成了亲的哥哥辈的毒术和医术都不如唐瑟瑟。

唐瑟瑟看了眼唐蒙："我们出来这一趟，不能有任何差错。"

唐蒙还没有回话，就忽然听得迎面传来一阵笑声："哎呀，我说哪里来的灭绝小师太，这一板一眼的厉害模样，原来是咱们小唐管事。"

唐瑟瑟冷眼扫过去，就看见土曜一身赫金人的打扮，坐在一匹马上，笑盈盈地奔过来。

金曜和火曜正在马车里看地图，此时听见土曜的声音，都从马车里出来。

"前面的消息打探得如何？"金曜是知道楚瑜打发了土曜先加快一步去贺兰山下探听消息的——

这贺兰山就是赫金人连接永冻原的地方，若是自家主上从永冻原出来，一定是走的这个地方。

土曜目光微闪，笑盈盈地道："可想死我了，属下先定了好几个大帐篷，就等着东家和大管事你们到了地方，再细说。"

金曜桃花眼精光微闪，随后点头："嗯。"

……

"小东家，咱们去前面歇下之后，再看看最近的消息汇总出个什么结果。"唐瑟瑟对着楚瑜道。

楚瑜清冷的墨玉眸看向远处一顶顶洁白的圆帐子，点点头："好。"

一行人便往那山脚下去了。

山脚下是一片很大的原野，常年有冰川水流淌过，水草丰沛肥沃，有许多赫金人的部落聚居于此，有些大户有钱人甚至已经舍弃了居住圆帐，而是选择起了砖瓦房子，像中原人那样砌了院子住着。

但大部分还是住着圆帐，楚瑜他们也选择了圆帐。

土曜早已安排妥当，等着所有人都去安置东西的时候，月曜便过来了，领着金曜和楚瑜等人都进了一处安静的，相对远离其他人的圆帐围着炉子坐下，他一边给所有人上水和奶茶，一边沉声道："我已经将咱们的人都撒遍了赫金人的部落，但还没有任何消息。"

他看了一眼众人，俊俏到秀气却不似水曜显得妖娆的眉目此刻有些冷凝：“所以我想，一定是有一股非同寻常的极大的势力，才能遮掩住三爷的行踪。”

楚瑜此刻看着自己手里刚倒的奶茶，有些心不在焉的样子，却极为犀利地问：“你怀疑是南王、北王还是王帐世子做的？”

月曜沉吟了一会儿：“南王的人马就在这贺兰山附近，我并没有发现什么异样，他还是在暗中筹备向朝廷迎娶苏千城的事，至于赫金人的北王一向有些神出鬼没，但是离这里有些远，我们的人盯着他，也暂时没有发现异常，倒是王帐在准备小世子的生辰，有些奇怪的巫师出没。”

楚瑜顿了顿，微微眯起眸子，暗自综合分析起这些情报来。

但是一时间也没有什么头绪，只沉吟着道：“不管如何，既然我们已经在贺兰山脚下了，还是再探探这个南王的口风……”

话音未落，便听得帐子外传来一阵尖叫声，随后有什么重物狠狠地砸落下来，直接穿透了圆帐的顶子，就直直往火堆上砸。

圆帐里的人都是练家子，虽然有些惊讶，但却不担心。

那从天上掉下来的是一具有些痴肥的人形，摔个半死，还不忘操着赫金语高声骂着：“艹，不就是一个汉人小娘们，敢打我阿济格！”

却不想，一道高大的人影提着马鞭就冲了进来，往那胖子身上抽。

但楚瑜就站在那胖子身边，对方像是没有看见一般，根本不管胖子旁边还有没有人，就连楚瑜都一起打。

其他人未动，楚瑜抬手就一把扯住了鞭子，啪的一声紧紧地拉住了。那高大的穿着汉人衣衫的男人猛然抬起一双银灰色的双瞳锐利如刀一般盯过来。

月曜站在楚瑜身后，看清楚男人的脸后，挑了挑眉，低声用传音入秘对楚瑜道：“有趣，说曹操曹操到，这是赫金人的南大王，苏千城的忠实追求者。”

赫金人的左贤王，也被称作南王的——隼摩尔？

“是他，他做了些乔装打扮，潜入右贤王，也就是北王的地盘不知要做什么。”月曜在楚瑜身后继续用传音入秘道。

楚瑜挑了挑眉，这还真是有趣。她领着人马刚到，这人居然就这么撞上来了，是巧合，又或者……

那长了一双银灰色眸子的男子满脸络腮胡，高大粗犷，看着楚瑜一把就牢牢地抓住了他手里的铁鞭子，眼里闪过一丝讶色。随后，他冷笑一声，蓦然一扯那鞭子，打算将楚瑜扯砸向那倒在地上的胖子。

男人力大无穷，便是楚瑜心中早有防备，用了个千斤坠，竟还是一下子被扯了起来，她原可以再坠着身子把鞭子拉回去，毕竟这唐墨天的百年内力不是假的，连琴笙都对唐墨天很有些忌惮。但她眼底凉光一闪，干脆顺势松了身子，任由对方将自己扯了过去。

隼摩尔见楚瑜被自己扯得像纸片一般飞起，正暗自冷笑，但下一刻，楚瑜却没有如他所愿一下子狠狠地砸在那胖子身上，反而直接身子一转，足尖一点，轻盈如乳燕一般直接绕着整个圆帐转了几个圈。

隼摩尔原本见楚瑜被他扯了起来，还有些掉以轻心，待见得楚瑜整个人在半空被甩了好几圈，便觉出不对劲来了。

他力气再大，也不可能直接把人在半空里这么甩陀螺似的甩着玩儿，何况对方身上明显是有功夫的。

果然，楚瑜被甩了几圈之后，直接一个翻身下坠，手上鞭子一扯，再利索地一拉。

那隼摩尔一下子就发现自己不知什么时候被自己的鞭子绕了几个圈，再被对方狠狠一拉，直接将他给捆了个严实。他不防之下，就直接在地上摔了个结结实实，他狠狠地盯着楚瑜，眼底闪过寒光。

楚瑜却对着他清凌凌地一笑："怎么着，莫名其妙打人不成，看你这样还是想要杀人么？"

那隼摩尔见她不闪不避，甚至可以说挑衅一般看着自己，他忽然大笑了一声，双臂一挣，竟硬生生地将身上的鞭子给砰的一声挣断了开来。

楚瑜身后众人眼含异色，这鞭子一看便是上好货色，专门淬炼过的寒铁鞭，这赫金人竟能一下子挣断了，非天生神力或者内力修为深厚不可做到。

楚瑜看了眼地上掉下来的几截铁鞭子，又看着面前足足高了自己快一个半头的大块头男人，冷嗤了一声：“怎么着，还要再较量较量？”

隼摩尔盯着她，倒是有点兴味地上下打量了她一番：“中原来的奶娃儿，身手倒是挺好，你满十二岁了没有，是传了爹娘的功夫，还是跟着大师父学的能耐？”

他一眼就看出来了楚瑜的功夫走的是敏捷轻盈的路子，但内修却也是极佳的。楚瑜的脸僵了僵，朝他翻了个白眼：“你才没满十二岁，你全家都没满十二岁！”

隼摩尔的眼神锐利如刀，让她感觉有些危险，这个男人绝对不是表面上看起来的粗犷大块头。

隼摩尔见楚瑜骂他，倒是也不怒，只眯了眯眼扫过楚瑜身后的众人。金曜冷冷地扯了下唇角，却没有出面，只看了眼土曜，土曜却没有出头打交道的打算。

倒是唐斌就笑嘻嘻地迎上去了：“这位兄台，我们小东家今年二十出头了，面皮生得年轻罢了，和车队都是一路从中原过来做生意的，早已派了管事在这里安排下住的地方，并无意得罪人，不过是做个买卖，若是有得罪的地方，都是……误会。”

楚瑜唱红脸，算是给人知道他们这行人都是有护院和功夫的，不是谁都能欺负的硬茬子，唐斌唱白脸，是给人台阶，不能刚到地方就惹事，生意还是以和为贵。

隼摩尔打量了下他们，这样中原来的商队实在太多，并无出奇的地方，最多就是看着不少人是练家子，但是基本上敢往来雪域大漠的商队又有几个简单人物？

“我是来揍人的！”

他目光落在那个被砸摔在火堆上现在还哎哎直叫唤的胖子身上，闪过阴鸷冷光，抬手就老鹰抓小鸡一样把对方一把抓了起来，冷笑道：“怎么，还要看上我的女人么？”

此言一出，不光是那胖子惊了，连楚瑜都微微挑了挑眉。

女人？这个隼摩尔不是看上了苏千城，现在正利用他左贤王的地位准备把苏千城娶过来么？

“老子不过是要你个小妾，你也是做生意的，不过是个汉人和我赫金人的混血杂种，你知道我是谁么，我是卡泽部族长的儿子，你还不放了我？”那胖子又怕又怒，还不忘记放狠话。

一句混血杂种，让隼摩尔银灰色的眸子里闪过杀意，指间一收就要把这个胖子如捏蚂蚁一样捏死了。

此时，外头一道娇柔的女音焦急地响了起来：“爷，爷，算了，我也没有大碍，不要动手了！”

说着一道纤柔的身影便提着裙子领着几个人匆匆忙忙地闯了进来，抱住隼摩尔的胳膊，一脸哀求地看着他。楚瑜和曜司众人看着那女人的脸，都愣住了。

苏千城?

但是很快，楚瑜就知道，那个女人只是拥有一张和苏千城很相似的面孔罢了。周身气息娇娇软软，眉宇妩媚多情，一看便是妾相。

但是楚瑜等人脸上瞬间变化的表情却让隼摩尔看在了眼里，他眯了眯银眸，忽然松了手，将那个胖子往帐子外头狠狠一甩。

那胖子尖叫一声。随后只听得砰的一声闷响，人体落地声后，便再听不到胖子的哀鸣和怒骂，估计是摔了个半死，晕了过去。

隼摩尔盯着楚瑜，摸着自己的络腮胡，笑道：“我看你们似乎认识我的女人银华啊？”

此言一出，那女子立刻转了脸，怔然地看向楚瑜几个。

曜司众人戒备起来，金曜微抿唇角，估量着将这个南王击杀在这里要花多少功夫和时间。

他的目光扫向了唐瑟瑟等人，唐瑟瑟看了他一眼，便了然，也不动声色地摸进了袖子。

唐门之毒，独步天下，解决单个目标快速也极安静，最合适不过了。楚瑜却忽然坦然地盯着那银华，若有所思地道：“我从律方过来的时候，远远地见过了珍珑夫人一面，这位银华姑娘看着倒与那位夫人有些相似。”

与其遮遮掩掩显得心虚，没准备地贸然动手除敌反而招致后患，不若坦然承认，反正苏千城也是经常在律方出没。

听到楚瑜这么一说，又提到苏千城，隼摩尔倒是唇角微微弯起了一丝笑意：“原来如此。”

那银华却垂着有些苍白的脸，轻声道：“我不过是爷从人贩子手里买的小妾，哪里能与漠北明珠相提并论。”

苏千城容貌娇美，周身气质高雅且并不像很多贵族们那样端着，极有亲和力，敏锐聪慧，风姿优雅，交际广阔，南亭羽没死前，她一直在漠北照顾他，四处周旋主持内外事宜，有了个漠北明珠的称号。

楚瑜看了眼银华，眼底闪过一丝幽冷的笑意，随后看向隼摩尔：“既然已经误会，那就不送您了，这帐子坏了就坏了，我们是来这里做生意的，也不想开罪人。”

隼摩尔对上她那双幽凉如墨玉一般的漂亮大眼，却微微眯了银眸笑道：“在下隼飞，也是生意人，偶尔也往来中原，不知小兄弟怎么称呼？我刚才是心急之下，差点伤了人，不若今日请你们吃一顿我赫金的全羊宴，你们初来乍到，也算是结交个朋友？”

楚瑜听着他话里隐带着威胁，却又不似刻意做出来的样子，倒似习惯了上位者的发号施令，便也没有多考虑，只似笑非笑地应了：“在下唐瑜，既然隼飞兄诚心邀请，那就恭敬不如从命了。”

隼摩尔又看了她一眼，笑了笑，转身领着人都出去了。

只那银华以为无人注意下，看了眼楚瑜，随后又被隼摩尔揽了出去。

楚瑜等人却早将她那样子看在眼底了。

等对方都走光了，唐斌派了底下人去修缮圆帐，其他人又都坐了下来。

金曜看着楚瑜淡淡地道：“银华，是苏千城给隼摩尔送去的人。”

“自己不愿意来，所以塞了个和自己相像的女人过来么？不过能找到这么个女人，她能耐倒是不小。”楚瑜托着腮，唇角微翘地道。

月曜一边收拾那些打斗里被压散的柴火，一边笑道：“这位珍珑夫人在漠北还有不少私下生意来往，对苏宇那里却道是补充律方军队给养的法子，确实能耐很大。”

金曜看向楚瑜：“你打算和那个隼摩尔搭上关系？”

楚瑜轻笑了一声：“人家桥都搭到我们这里来了，我们难道不顺桥而上么？这个隼摩尔一贯和北王不和，为了争夺大汗位子争得你死我活，居然会乔装来到贺兰山这北王的地盘里混着，还那么巧地撞上了我们，若不是这位银华的功劳，我还真想不出来谁手那么长。”

这个世上本就没有什么巧合，只是有心人多了，就有了巧合。

金曜桃花眼微凉：“既然你知道这个女人有谋算，还要和南王搭上关系？”

楚瑜凉薄地看了他和月曜一眼：“你们集合曜司之力都没有查出南王追求苏千城这事儿的猫腻，我不搭上去，怎么查明事情真相，何况能藏着三爷的也就是这么几个人，不是么？”

月曜和金曜两个顿时脸色有些不好，尤其是月曜，只无奈地扯了下眼角，这位小夫人嘴越来越狠了。

他索性换了个话题：“你是觉得隼摩尔是那个将三爷劫走的人，苏千城有掺和此事中？”

楚瑜却捧着霍三娘递过来的奶茶轻品了一口，大眼里闪过幽光，笑着道：“谁知道呢，总要探一探，就算不是他藏了三爷，也能借他的手给他们赫金人添点乱，才能略平我心头不爽。”

至于苏千城……楚瑜想了想，便吩咐唐瑟瑟：“飞鸽传书回去，让京城传点定远老夫人可能找到遗落在外的外孙女，有人上门认亲的消息。”

金曜下意识地看向楚瑜，眼角一跳，看来……楚瑜很可能知道她自己的身世了？

“为啥要这么搞？”霍二娘一边喝着奶茶一边有点不明所以地问。

“苏家大小姐的位置，她坐得太安逸了，手也伸得太长，也是太能耐了，所以给她在京城里找点事儿做，分分心，免得整日惦记着三爷和我的安危。”楚瑜冷笑一声。

苏千城的手居然伸到赫金人这里来了，还查不出她的手上不干净，是有点真本事。可若是总有人说自己是定远老夫人的孙女儿，和母亲一起上苏家认亲，想来苏千城不管有什么打算和筹谋，都暂时没奈何，她要多放点心力巩固自己的地位。

金曜几个听着楚瑜那计划，额角都忍不住跳了跳。这丫头果然还是那么擅长借力打力，坑人不眨眼啊。

……

阴山下，隼摩尔让人弄起了一堆堆的篝火，在自己的营地准备全羊宴。

“爷，您怎么忽然对这商队的人如此上心？”银华一边替隼摩尔梳起辫子，一边温柔地问。

隼摩尔看了看镜子里自己满脸络腮胡，轻哼一声：“这群人里练家子不少，分明是刻意穿着那种粗布衣衫的，特别是为首的那小子，看着年纪不大，却是个心眼多的，只怕在中原也不是普通人，不知来这里是个什么目的。”

银华手上动作微顿，心惊于隼摩尔的敏锐，随后眼珠子里闪过一丝幽光，抬手小心地替他戴上虎皮大绒帽，有些担忧地道：“所以爷要试探一番么，但这里可是右贤王的地盘……”

“就算是他的地盘又如何，我既答应带你来看雪莲，也得探探隼钦宁的老底，他隐藏踪迹快两个月了，我那侄儿两个月前和他忽然走得那么近，如今也不知他们打的什么恶毒主意。”隼摩尔冷笑一声，银眸阴冷。

他有些怀疑这一队从律方来的商队，是不是汉人和隼钦宁暗中有见不得人的勾结。

银华叹了一口气，她就知道自己婉转承欢数月，求得他带自己来看雪莲花开，但隼摩尔还是有自己的盘算，并不是真的为了带她来游山玩水的。

羊烤上了，美酒也摆上了，众人宾主分开两边坐下，推杯换盏起来，气氛倒也融洽。楚瑜的酒量一向很好，又让唐斌和唐蒙送过来好几坛子蜀中美酒，让隼摩尔倒是非常高兴。

楚瑜原本就是个灵巧又活泛的性子，惯和三教九流打交道，隼摩尔这身份虽然是左贤王、赫金人的南王，但是赫金人原本性情就不像中原贵族那样爱端着，觉得楚瑜说话很是有趣，又教了他们几个喝酒时的猜拳游戏，很快气氛就越发火热起来。

隼摩尔和她猜拳输了，便端起酒一饮而尽，随后含笑睨着楚瑜：

“小唐这脸长得这么细皮嫩肉的样子，看你身边的人都是有功夫底子的，想来也是出身大户，怎么家中舍得让你出那么远的门，只来这里卖货？”

楚瑜闻言，墨玉眸微一转，给他再次倒上酒，神情冷郁了起来：“隼飞大哥既然看穿了，小弟也不瞒着你，我的妻子被人劫了，我是来赫金寻妻的。”

隼摩尔原本估计自己会听到一些诸如大户人家子弟出远门见识见识的说法，陡然听到这个答案，整个人都精神了一下。

他好奇地问：“哦，小唐居然娶妻了？”

看着还是个毛都没长齐的小孩儿，居然真娶妻了，难道是真有二十好几了？

楚瑜点点头，面容的阴郁略散了点，唇角弯起一点温柔的笑容：“是，成亲有些日子了。”

隼摩尔见面前少年提起爱人时的面容瞬间似春风化雨，乌瞳里如晕开了一片涟漪，原本笼在对方身上那种沉冷仿佛都散了去，不禁愣了愣。

他能看出来那是真动了情的样子，不禁更好奇了：“这到底是怎么回事，你既然称我一声兄长，我也在赫金做生意多年，说不定可以帮得上忙。”

楚瑜正等着他这句话，眸光微闪，原本的笑容冷了下去：“前些日子我身体不好，我妻听说冰原上有一种特殊的紫色雪莲能治百病，所以便瞒着我带着人跋山涉水冒险进了永冻原，却再也没有出来，我家幸存的下人说我的妻子被人劫走了，而且是被赫金人劫走了！”

楚瑜说话的时候，隼摩尔一双鹰眸盯着她，试图从她脸上找到一丝破绽，但最终，他还是有七八分信了楚瑜的话，因为楚瑜眼底深藏的怒意和杀意不能作假。

他蹙了眉，若有所思：“你的妻子倒是很有勇气，那种冰山雪莲，确实有治病奇效，但是长在永冻原上，很是罕见，百年生，百年花开，但是很快就会结果，一旦结果或者凋谢，那药效便没了，最主要是永冻原很是危险，轻易没有人敢进去。”

楚瑜垂下眸子，淡淡地道：“他为了我可以做任何事，我亦同他之心。”

楚瑜声音不高，仿佛叹息，但是却掷地有声，隼摩尔分得出真心假意，忍不住震了震，神色有些复杂地看了眼楚瑜，却点头将手里的酒碗递了过去：“你找了个好女人，你也是条真性情的汉子，小唐这个忙，我帮了。”

楚瑜一笑，抬起手里的酒碗与他碰了一下，亦干脆地一饮而尽：“那就多谢隼飞大哥了。”

看她喝酒这般利索，隼摩尔心中更是畅快，他喜欢真性情的人，随后搁下酒碗就和楚瑜打听了起来：“你的女人什么模样，可有画像，如果她是从靠近律方的山里进了永冻原，那么很有可能从阴山这边出来，我可以帮你打听最近这块奴隶贩卖的消息。”

赫金人现在还是会抓了敌人的妻女当奴隶贩卖，有时候也会抓些汉人落单的女子拿来卖，这种黑市在阴山脚下就有两个。

楚瑜顿了顿，却苦笑道：“我的妻子出身高门，有些武艺，但是我不能将她的画像带出来，否则若是消息走漏回中原，只怕家里要逼着我休了他。”

“噗……咳咳咳。”火曜到底忍不住咳嗽了起来。

隼摩尔倒是没有注意他的异样，只扫了他一眼，便蹙眉道：“我倒是知道你们中原人的麻烦很多规矩很大，只是你没有画像，我们怎么帮你寻呢，至少说个特征出来？”

楚瑜叹了一声：“我的妻子，其实一旦出现在这里，应该会被很多人注意到，因为他最大的特征就是——美！美得不食人间烟火，而且个子很高，比我高一个头。”

隼摩尔愣了：“美……得不食人间烟火，难不成是仙女吗？”

而且居然还比小唐高那么多？小唐难道不会觉得自尊受伤？

隼摩尔这边的人都忍不住笑了起来，这形容也太夸张了。

楚瑜挠挠下巴：“嗯，美得跟仙女一样，总之你们看到了就会觉得人群里最扎眼那个美人就是他。”

隼摩尔有点不相信，他还是知道中原人有一句话叫作老王卖瓜自卖自夸的，但是看着他的小唐兄弟这般认真的模样，他最后还是吩咐了自己的人去留意最近阴山附近有没有出现陌生的汉人女子，还是生得倾国倾城的大高个。

曜司众人的脸色已经都变得非常古怪，他们开始担心主上听到这个消息，回来之后他们是不是都要倒霉。

隼摩尔见楚瑜一副心不在焉喝闷酒的样子，又忍不住凑近她，低声问："说来，你到底是什么病，竟让你妻子独自涉险？"

楚瑜沉默了一会儿，道："不能生子。"

"阳痿？"隼摩尔瞬间惊着了，不敢置信地瞪着一双银灰瞳子看着楚瑜，还好他把自己的声音强行压低了下去，否则周围的人都听到了。

楚瑜瞥了眼隼摩尔身边伺候的银华，见她听到这话之后脸色古怪，心中冷嗤一声，果然这银华是知道她身份的，只是却不揭穿她，也不知要做什么。

隼摩尔见楚瑜不说话，只低着头，便当她是默认了，忍不住同情地打量她瘦瘦的身躯，抬手拍了她肩膀一把："你看着那么单薄，也难怪……不过你放心，这事儿也不是没得救，就是不知道你是后天还是先天的，说不定我也能帮你一把。"

楚瑜想了想，道："后天，被冻着了命根子，后来就不行了。"

隼摩尔是何等人物，自然看出楚瑜虽然话没有说完，但是确实都是实话，见他居然对自己推心置腹到这个地步，便真有了两分顺手帮他的心思。

楚瑜和隼摩尔两人也开始愈发热情地勾肩搭背、称兄道弟起来。

金曜冷眼看着隼摩尔，最终还是没有将对方搭在楚瑜肩膀上的手臂给扯下来或者砍掉。而银华看着他们，与苏千城相似的眼底闪过一丝荒诞又复杂的神色。

这一夜到了筵席尾声倒是也宾主尽欢。

……

贺兰山脚下的日子一晃，便过了一个月。转眼间，到了四月中旬。

平原上大部分的积雪都融化了，正是苔痕上阶绿，草色入帘青的时节。青青的草儿风一吹便伸着绿脉长了起来，伴着冰原上吹来的凉风，真真天高云淡，风吹草低见牛羊的时节，吹得人人脸上都有了笑容，心情惬意。

只是依然有人却一点都惬意不起来。

“还是没有消息么？”她冷冷地看着手里的条子。

“没有，我们的探子都撒了出去，不管是王帐世子，还是赫金人两位大王的身边都没有什么消息。”金曜一张桃花面也似永冻原上不化的冰雪，冷到阴沉。

楚瑜捏了手里的条子，看向窗外，神色也凝重了起来。他们已经到赫金人的地盘一个月，原本想着琴笙身上有曜司特殊的信号，月曜的人马一定会很快收到他的消息，但是一个月了依然没有任何关于琴笙的消息。

月曜是追踪式搜寻，而他们领着车队也从阴山脚下一路出去地毯式搜寻了很久，也得到了隼摩尔的帮助，却依然没有什么有用的线索。

火曜看着自己手里的奏报，又瞥了眼大帐窗外隼摩尔的人马，蹙眉冷道：“这隼摩尔，一直乔装成商人在北王的地盘上游荡，而月曜的人也发现了他们一直跟踪的北王隼钦宁似有些异常，只怕是个替身，这些人的异动一定和主上的失踪有关系。”

楚瑜沉默着，墨玉眸却有些冷。

她一直跟着隼摩尔，除了利用他的势力去搜寻琴笙，也是抱有这样的怀疑，失踪的北王，过分安静的赫金人王帐，还有这个一直乔装成商人的南王，到底在搞什么鬼。

“小姐，接到逸哥儿的消息，苏千城要从京城折返了，道是身体已经好了，那些来冒名的人大部分都被她处置了，最近这些时日应该是不会有人再冒认了。”霍三娘忽然掀了帘子进来，看着楚瑜扯了扯唇角。

楚瑜放出了点风声，除了一开始冒认的两个人是唐门的人乔装之外，其他的都是一些地痞流氓或者贪心的贼子自己动了念头冒充苏家认亲的女儿试图去骗银子，栽在苏千城手里倒也是咎由自取。

楚瑜闻言，眸光微闪：“她既然回来了，那么就盯紧了银华，她那里说不定要有什么动作。”

银华这些天一直很安分，安分得太过了。

如果她真的只是个苏千城塞给隼摩尔，避免被纠缠的替身，那么银华根本不可能知道自己的真实身份，而来这里的第一天的篝火晚宴上，她就确定对方是知道自己真实身份的。

霍三娘点点头。

第八章

是昔流芳

夜色阑珊，篝火再次点燃，马头琴悠扬欢快的琴声飘扬在草原上。空气里弥漫着炭火与肉香，明月高悬，风轻云淡。楚瑜坐在自己的位置上，与隼摩尔碰了下手里的杯，将酒一饮而尽。

鲜嫩的烤羊肉已经被端了上来。

一边的银华拿了酒壶给隼摩尔倒上酒，妩媚一笑：“这酒都是极难得的，好酒配好菜，方是相得益彰。”

楚瑜看着银华，目光在那酒上略一扫，弯起唇角：“我才要多谢隼飞大哥帮我寻妻，若是真能将我妻寻回，我定要让人送来大厨，不管隼飞大哥喜欢吃什么，都能吃上。”

“呵呵。”隼摩尔笑了，又灌了一碗酒下去。

他看了眼身边伺候的大汉：“达利汉，倪灵大巫师到了么？”

那大汉点点头：“到了，正在往这里过来。”

隼摩尔点点头，鹰眸扫了眼不远处的人影，正要站起来，忽然扶了把身边的达利汉：“唔……”

达利汉一愣，忙扶住自家主子：“爷，您怎么了？”

楚瑜一愣，目光扫了眼放在桌面上的银酒壶，随后又看了眼自己的杯子，随后一脸担忧地也伸手去扶隼摩尔："你还好吗，隼飞大哥？"

"没……没什么，只是觉得有点想要去解手。"隼摩尔咬着牙，苍白的脸上闪过一丝尴尬。

楚瑜闻言点点头，笑道："好，您且去吧。"

随后隼摩尔看了眼达利汉，强忍着不适道："去让凌图大管事代替我招待倪灵大巫师。"

银华有些担心地看着隼摩尔："爷不舒服，还是让达利汉陪您去一趟，我去让凌图大管事过来。"

隼摩尔被达利汉扶了下去，银华也对着楚瑜笑了笑，却笑得有些虚浮，随后便退了下去。

楚瑜若有所思地看着她的背影，又和唐斌两个互看一眼，唐斌微微颔首，悄无声息地退了下去。

不过片刻之后，她便听见凌图大管事含笑高声迎接那神秘大巫师的声音响了起来："尊敬的倪灵大巫师，您愿意光顾我们的营地，实在是我们所有人毕生的荣幸。"

楚瑜看过去，只见一道有些佝偻的穿着黑袍的身影握着一只镶嵌着骷髅头的权杖缓缓走了过来，有些老旧的衣袍在地面拖曳着，翻起细微阴冷的灰尘。

那是一个不知年纪的老头儿，鹰钩鼻子，眼窝深深地凹陷了下去，一只眼睛戴着眼罩，另一只眼珠子像一点幽幽鬼火，看起来颇有点狰狞，再加上他满脸都是皱纹，脑袋上只有几根毛，胸口却挂着一串华丽的宝石项链，整个人看着愈发的荫翳诡谲。

而他身边跟着几个同样打扮的黑袍侍者。

他们一走过来，整个空气似都阴冷了下去。

楚瑜略眯了眯大眼，站了起来，等着凌图将人领过来。

那倪灵大巫师一路慢悠悠地走到了上首，被让在了首座左边上，右边则是楚瑜。

他一来，目光就停在了楚瑜身上，扯了扯嘴皮，露出个古怪的笑容，随后坐了下来。

凌图一脸歉意地道：“大巫师，我们的首领吃坏了肚子，有些不舒服，实在抱歉，请接受我们最高的歉意。”

说着，所有赫金人都躬身向倪灵大巫师致歉。

楚瑜等人则淡淡地看着，倒是能看得出这位倪灵大巫师在赫金的地位确实很高。

倪灵大巫师坐下之后，倒是挥了挥手，苍老的面皮上浮现出有些阴郁的笑容来：“没有关系，我是受了各个部落的邀请来参加长天祭的，也一路为我们的族人治病祈福，今日既然你们的主人刚好不适，我也可以替他看一看。”

说话间，忽见银华神色有些惶然，脚步仓促地走了过来，一看见楚瑜，便立刻靠了过去，低声道：“小唐公子，小唐公子……”

楚瑜淡淡地瞥过去：“怎么了？”

银华眼圈微红，脸上却力持镇定地咬着唇低声道：“我有话跟您说，我知道您的身份，求求你单独给我一点时间。”

楚瑜一顿，做出也要方便的样子，示意霍二娘留下，自己跟着银华慢慢地向圆帐后走去。

到了圆帐后，楚瑜看向她淡淡地道：“你说吧。”

银华眼眶越发地红了，不一会儿就落下泪来：“我是被珍珑夫人送来给左贤王做替身的，我想您早已知道了，珍珑夫人不是好人，我虽然不知道她对您有什么仇怨，但她一直希望我对你们下手，可是我做不到，但她很快就要从上京回律方了，如果我不对您下手，我就要死，可我只想回中原，回家，求您救救我！”

和盘托出后，银华便扑通一声给楚瑜跪下了。

楚瑜看着她泪流满面的样子，略挑了下眉：“所以你对隼摩尔下了毒，选在今日？”

银华闻言，泪如雨下，咬着唇道：“我也是被逼得没法子了，我不向他下手，就得向您下手了，我拖延了一个月，已经拖延不起了，我一直都知道您身边都是唐门的高手，我惹不起，那隼摩尔也不会死，只是会昏迷几天，求求您帮我逃出去。”

楚瑜看着浑身因为恐惧和绝望颤抖的女子，眸光微微一闪，却没有马上应下。

这头唐瑟瑟已经冷笑了一声：“看来苏千城告诉了你不少事儿，但你若是逃了，这酒却是我家供上的，一旦这个隼摩尔出事，岂不是要查到我们头上来，安一个谋害左贤王的罪名，我们又是个什么下场？”

银华浑身一震，似忽然才想起此事，忙抬起泪汪汪的眼，伸手拉住楚瑜的袍子：“不是的，不是的，您身边都是高手，大巫师也在，隼摩尔不会有事，他最多查出来也就是个吃了相克的食物，求求您帮我逃出去，您的大恩大德，我永远不忘，下辈子做牛做马报答您。”

楚瑜看着她梨花带雨的脸孔，挑了挑眉：“我为什么要帮你，我这辈子还没有人做牛做马，还要等到下辈子？”

银华愣住了，连眼泪都忘记流了，她完全没有想到楚瑜这个问题，竟然这般的……刁钻。

她有些茫然地看着楚瑜，随后红着眼圈，再次给楚瑜磕头，哀求：“好好，我只求能逃出赫金，我受不了大王的折磨了，只要逃出去，这辈子我给您做牛做马。”

她似还想起了什么一般，又立刻道：“我还可以把珍珑夫人的事情，只要是我知道的都告诉您。”

看着银华期盼的眼神，楚瑜又看向不远处，不知什么时候出现的唐斌。

见唐对着她微微摇头，楚瑜便看着银华淡淡地道：“你对隼摩尔真的是只下了腹泻的毒？”

银华眼神有些虚浮：“我……我……还下了让他衰弱致死的奇毒，不过那毒发作应该没有那么快，不信，您可以亲自去看看。”

楚瑜目光幽冷地看了她一眼：“我当然要去。”

不去等着被栽赃么？唐瑟瑟此刻也赶了过来，面无表情地立在楚瑜身后。银华一咬牙，便转身领着她们一起往隼摩尔的圆帐走去。

到了圆帐边，银华对着守卫强笑道：“小唐公子领着中原的大夫来给首领看一看病。”

那守卫看了眼唐瑟瑟，冷冷地道：“首领说了，他歇息了，不允许人进去。”

银华一愣，看向楚瑜，见她也正似笑非笑地看着自己，她硬着头皮嗔骂道："就是首领让我领着小唐公子来看病的，爷不舒服，若是有什么意外，你们担当得起么？"

那守卫一顿，似有些迟疑，随后看看楚瑜，又看向银华："达利汉已经在里面照顾了，只能你们两个进去看一眼，什么中原人的大夫，那得听见首领吩咐，才能让她看病。"

说罢，他轻蔑又防备地扫了一眼唐瑟瑟。

楚瑜倒是知道隼摩尔身边的赫金人对他们还是有些防备的，略一沉吟，便淡淡地道："好，我们先进去看看什么情况，若是大哥需要，可以再唤瑟瑟进来。"

那守卫才示意其他人将楚瑜和银华放了进去。

只是进了圆帐，除了看见隼摩尔正似有些痛苦地倒在床边低低呻吟，却没见到达利汉。

楚瑜眼底幽光一闪，却还是跟着银华上前去看看隼摩尔到底怎么样了。

"隼飞大哥。"

她低声唤了两句，轻轻拍了下隼摩尔，想要摸摸他的脉搏，却不想他忽然抬起眼来，锐利的鹰眸里一片痛苦灼烧的火焰，意识模糊。

那火焰让楚瑜微眯起眸子，她见过男人眼里这样的火焰，知道意味着什么！

她眼底浮现出森凉讥诮的幽光来。

而此时，贺兰山下，离隼摩尔营地大约十里开外，一道人影静静地坐在帐篷里，只是整个人都被白色的兜帽裹着，身前身后都是人。

他端着药碗的手略一顿，撒了一点出来。

"怎么了，白？"妖瞳蒙面男子抬手就要去握他的手。

白衣人淡淡抬起眸子，静水深流的琥珀眸里似笼着无边幽邃的冷雾，清清冷冷，却仿佛能吞噬人的心神。

金银妖瞳的蒙面人伸出去的手在他手腕前一寸处停了下来，转手扶了下他手里的碗边缘，沙哑地笑了笑："白，寻找你的人马就在贺兰山下，来自遥远的中原，带来家园的气息，此刻与你在同一片天空下，很近很近……你要不要去看看？”

说着他足尖一挑，踢开一边的毯子，径自在白衣人对面坐下，长腿一伸，慵懒地靠在软枕上，自己提了一个造型诡异的酒壶在骨碗里倒满了酒，挑起自己的面罩，悠然品了起来。

今日帐子里没有点那骷髅鬼灯，而是点了一盏来自中原的华丽琉璃美人宫灯，坠着漂亮的珍珠流苏，灯下看美人，酒不醉人，人自醉。

他向白衣人伸手，用一种近乎霸道的姿势，伸开五指：“白，我要替你把脉。”

白衣人这一次，抬起手，略一翻，如玉雕的修白手指翻开，掌心向上，像一朵莲华。看得蒙面人妖瞳里闪过欲望的火焰，只想着这手若落在自己身上，是什么样销魂的滋味。

他沙哑地笑了，抬手扣在他的手腕上，却不敢造次，全身防备，只因为曾有过把脉时，他略有意动，才轻薄上去，便有可怕的寒意裹挟着尖锐的内劲压迫进来，直接破经脉，最后停在他心脉前，没有捏碎他的心脏。

他知道白不会杀自己，至少目前还舍不得杀了自己。可那也足够他痛苦非常，硬生生不知花了多少功夫才缓了那痛苦的内伤。

但这一次指尖摸索着那雪白手腕上的脉搏，蒙面人的妖瞳里闪过诡谲又畅快的笑意。

“很好，一个月过去，白日日服药，身体很快就要大好了。”

“你承诺之事？”白衣人淡淡地开口，也收回了手。

“绝不食言。”妖瞳蒙面的巫王微笑，有些遗憾地看着他收回了的手，精致漂亮，他如今还握不住。

白衣人径自盘膝坐着，闭上眼，依然如老僧入定。只是，那又如何？

蒙面人微微弯了弯他邪魅的金银妖瞳，淡淡地一笑，妖光尽现。他若是神，自己便是噬神者，是巫王，总要将那无双出尘的神祇捕获在手心。

只是，太过自信的凡人，看不见神祇眼底不是慈悲清冷，而是幽暗的隐藏着无间地狱的海域深渊，海面上美丽清冷的幽雾不过是蛊惑人心的魔障。

谁说坐在浩瀚星空神殿的一定是最美丽耀眼的星辰上仙，而不是最可怕的魔神。

一丝幽诡的风从遥远的冰原上吹来，轻轻掠过帐子，巫王蹙眉，似闻见了不详的气息，但片刻之后，又消散无踪。

……

那一头气氛诡谲，这一头气氛“火热”。

隼摩尔力气极大，天生神力，一下子就将楚瑜拉在身下，把她的衣衫撕扯了起来。

虽然穿着厚厚的皮袄，但又怎么能经得住那样的撕扯，不过一下，楚瑜身上的衣衫皮袄便被撕扯破碎，只剩下一件更单薄的中衣。大胡子低下头就要往楚瑜娇嫩的脸上凑。

而一边看着事情发展的银华仿佛被吓住了，此刻才反应过来，张嘴就要尖叫：“不好了，爷中毒了，他疯了，啊啊啊——”

只是她这叫声还没出口，刚张嘴，就有一颗东西掉进她嘴里，银华还没有来得及反应，那东西就被她吞了下去。然后，她就看见了唐瑟瑟面无表情的冰冷俏脸。

“你给我吃了什么？”银华终于反应过来，但代价是她小腹里一阵尖锐的剧痛。

那种仿佛把她整个胃部和食道都硬生生扯出来的痛苦，让她的尖叫声宛如蚊虫嘶鸣，让她瞬间倒地。唐瑟瑟却没有搭理她，不屑地踢开她抓过来的手，退到了一边。

随后，银华便看见了一双幽幽含笑的墨玉眸，只是那眸子里的笑意太凉薄，宛如无机质的冰冷玉石泛出的光泽，让她看得心扉一颤。

楚瑜蹲了下来，上半身也只有中衣还是完好的，她也不在意那破碎的袄子，只托着腮，笑盈盈地看着倒在地上发抖的银华：“疼么？”

银华闻言，瞳孔狠狠一缩，却抬起头满脸泪痕：“县主，县主，我……我没有想到苏千城那贱人给我的是春药……我真的不知道……她一定是想要陷害你的清白！”

楚瑜勾了唇角：“这算盘不错啊，隼摩尔若是死了，就算栽赃在我头上，赫金人如今正内讧，巴不得他赶紧死，也不会帮他去找我大元报仇，我若是回去了，陛下十有八九是要看在三爷面子上护着我的，我这等巧言令色的人，说不定还会反手报上功劳，所以隼摩尔不能死，他应该活着，揭穿我女扮男装的身份。”

她顿了顿，笑道：“你们都知道我是唐门的掌门，身边的人必定是用毒高手，如下了毒给我，不过片刻便会被我认出来，所以这春药还是要下在隼摩尔身上，我一个不防备之下，十有八九要被他扯开衣衫，而我虽然有武艺，但是顾虑他左贤王的身份，不敢下杀手，十有八九拉扯里要显出自己的身份来。”

银华听得眼神微变，脸上却一点都没有显出异样来，只咬着唇，泪汪汪地一脸茫然的模样。

楚瑜也不去理会她，径自悠然道：“你再喊一嗓子，然后所有人很快就知道我这个玉安县主对他们的王下了淫毒，又爆出我是个女儿身，那就一定是想要勾引他们的王，对否？”

银华一脸茫然地摇头。

楚瑜抬手挑起她的脸，手指细细地从上摸到下，摸得银华鸡皮疙瘩起了一身，更毛骨悚然。不知为什么面前女子那双幽冷到没什么人气的墨玉眸像是一面镜子，能倒映出所有的阴谋诡异，肮脏龌龊。

她莫名地恐惧。

“好痛……救救我吧。”银华楚楚可怜，眼里盈盈含了泪光。

楚瑜细细地摩挲完了她的脸，微笑：“玉心姑娘，既然能受得住这拆骨重塑的痛苦，为自己换了一张与你家主子如此相似的面孔，又忍耐了那么久做小伏低，没对我下手，又怎么受不起这等小小的痛呢？”

银华脸色大变，就算她再能隐忍，惯于做戏，但剧痛之下，心神飞散，又忽闻这般戮心话语，脸上那一瞬间表情扭曲。

“如果我这个玉安县主勾引左贤王，左贤王自然不在乎多一个女人少一个女人，但名声传回了中原，后宫里，朝堂上的麻烦会更不断，若是隼摩尔对我有点心思的话，说不得就要换一个人来和亲了，闹腾到最后，三爷定是要护着我的，可我没有来和亲，也会惹了一身要命的麻烦，却与你家主子没有半分关系，这个主意真是曲折迂回，却实在很高明的，不是么？”楚瑜含笑。

“哼，我巴不得苏千城那贱人来和亲，我追随她多年，却落得个被逼迫代替她来伺候这么一个蛮子的下场，凭什么？”银华脸色铁青，却忽然忍痛冷笑了起来，目光阴沉地看着楚瑜。

“如果你认为这一切都是苏千城算计你的，那是最好不过了，哈哈哈，回去你就杀了她，我死了，她也不会好过……哈哈哈哈！”

银华想要疯狂大笑，眼泪汪汪，却又牵扯到痛苦之处，整个人歪在地上颤抖，声音也细小。

楚瑜看着她，目光里闪过若有所思，随后轻扯了下唇角：“口口声声骂你的主子是贱人，她是知道还是不知道呢？”

银华咬牙，剧烈的痛苦让她说不出话来。

楚瑜没有搭理她，只站起来，看向一边的唐瑟瑟：“瑟瑟，她就交给你了。”

唐瑟瑟一贯冰冷的俏脸此时却浮现出古怪的笑容来：“是，正好可以试试我新调制的毒。”

说着她一抬手，就粗鲁地拖着银华往帐篷角落而去。

银华看着唐瑟瑟那带着点兴奋的笑，想起唐门的传说，浑身打战不想被拖过去。

此时，楚瑜看了眼她，淡淡地道：“你不是很恨苏千城么，那就听瑟瑟的吩咐做事，也许我会网开一面。”

银华痛苦得出了一身的冷汗，此时咬着唇角，却还是放弃了挣扎，由着唐瑟瑟将她拖到了角落。

楚瑜转脸看向床上，隼摩尔以一种怪异的姿势躬俯在床上，仿佛他身下有娇美女人正被他抱着亲热，只是他眼神迷蒙，整个人浑身炽热却仿佛被冻僵了一般，动弹不得。

楚瑜眯了眯大眼，走了过去，抬手运气就在他身上戳了好几下。

隼摩尔一下子就松懈了下来，却再次胡乱地躁动了起来，伸手要抓楚瑜。楚瑜抬手就扣住了他的脉门，同时另外一只手直接捏住了他的下巴，将药丸塞进他嘴里。他大胡子遮了嘴，她还是找了好一会儿才塞进去。

隼摩尔嘴里一塞了药物，又被楚瑜四两拨千斤地扣住了脉门，动弹不得，不多久后慢慢地就不那么躁动了，眼神也开始恢复了点清醒。

楚瑜目光微凉，足尖一踢，边上一瓦罐子水就飞了起来，被她抓在手里，朝着隼摩尔劈头盖脸地泼洒了下来。

“哗啦！”虽然已经四月了，但是贺兰山下的水都是冰原雪水，依然冷得让人发抖。

这么一泼下去，隼摩尔一个激灵，整个人都清醒了过来，他看向楚瑜，有些迷糊地晃晃头：“小唐？”

隼摩尔勉力站好，抚了下额头，盯着楚瑜：“这到底是怎么了？”

楚瑜拢了衣衫道：“你被人下了春药，发作起来，我来探望你，便被你压在身下了。”

隼摩尔脸色怪异了一阵，随后又鹰眸微寒：“到底是什么人这般大胆？”

楚瑜示意他看向帐篷的角落，银华被唐瑟瑟绑了起来，很是虚弱的样子。

“银华……为什么，是谁指使你做这种事？”隼摩尔看着银华，眼神瞬间闪过诧异，随后阴冷的脸，却又很有些不解。

他用的酒壶是专用的，只有银华触碰过，也是喝了酒才出事，所以楚瑜的话，他信了七八分。可银华已经是他的女人，为何要对他下春药？

“她要陷害的人是我。”楚瑜看着银华，微微扯了唇角。

“害的人是你？”隼摩尔蹙眉，目光锐利地看向楚瑜。

唐瑟瑟不动声色地轻踢了下银华，她浑身一颤，抖着声音说话了：“如果爷和男人混在了一起，坏名声出去了，那么我家小姐就不需要嫁给你了。”

隼摩尔目光一寒，他自然知道这银华口中的小姐，正是苏千城。

可是这个理由未免有些单薄了。

楚瑜却看着他，微微一笑：“想不到隼飞大哥还要强抢了哪家女子做妻么，若是如此也难怪人家对你下手，若是你好男风，还因强占男宠，被男宠毒死了，那么想来那家姑娘不嫁给你也是理所当然的吧？”

隼摩尔垂下眸子，唇角浮了阴鸷的弧度，狠狠地捏紧了拳头：“呵呵，倒是没有想到那家小姐，倒是个毒妇。”

看着隼摩尔阴沉得似能滴水的脸色，楚瑜明丽冰冷的大眼里闪过讥诮的笑意。不管什么样的男人，在听到自己被心爱的女人算计自己性命的时候，大概心情都不会很好。

若是这个女人不爱他，那么更多的不是痛心，而是屈辱了。

楚瑜瞥了眼躺在地上的银华，见她已经陷入了神智昏沉的状态，便道：“隼飞大哥，这到底是你的女人，我就交给你了。”

说罢，她朝唐瑟瑟点点头，两人一齐向圆帐外而去。

隼摩尔回过神来，看向楚瑜背影的目光有些深沉。

楚瑜出了帐子的时候，唐斌已经等在门外不远处，见她们出来，就立刻迎了上去，低声道：“怎么样，果然如我说的，那银华换过了脸？”

楚瑜看着他，点点头：“没错。”

唐斌也颇擅于奇技淫巧，一直觉得银华的容貌有些奇怪，面部某些骨骼位置长得有些不太符合正常的模样，但又并不像是用了人皮面具的样子。

一个月的观察下来，他心中有些别的推测，说与了楚瑜知道。

“可是掌门怎么知道那人是真正的玉心？”唐瑟瑟还是觉得有些不可思议。

楚瑜耸耸肩，轻描淡写地道：“不过是直觉和推测。”

也不光是靠着直觉断案，而是她心中推测，像这种伺候在赫金人左贤王隼摩尔身边的重要任务，大部分人都会选择安排亲信去做。

而苏千城明面上身边最亲信的就是三名武婢，当初她们都觉得玉心是被谋害了，但假如玉心没有死，那么想来会是最合适执行这个任务的人选。

这个世上，找到一个和自己很相似的亲信，还有勇有谋，只怕是一件很难的事情，但若是自己身边的亲信，改头换面却相对简单了。

不过这一切都是建立在她的推测上，并没有任何实质性的证据。

她方才随口一诈，便见银华变了脸色，于是知道这一诈就诈中了。

“掌门果然……厉害。”唐斌有些佩服地看着楚瑜。

“是了，银华那边……”楚瑜看了眼身后的帐篷。

唐瑟瑟点点头道：“掌门放心，银华没有解药，接下来的日子都不会清醒，整个人都陷入一种发烧的状态，无法再接受任何人的盘问。”

楚瑜闻言，闪过冷色的大眼弯了弯：“那最好不过。”

隼摩尔是个谨慎的人，此后一定会想法子再审讯银华，若是银华还清醒着，那女人若另进些谗言，局势说不定会对他们不利。

唐斌有些疑惑：“为什么不做得干脆点？”

他比了个手刀切下去的狠辣手势。

楚瑜摇摇头，淡淡地道：“这个银华还有用，她如果真是玉心，那就一定知道许多关于苏千城的事情，但现在我们不好将她拽在手上，所以就还是让她先说不出话好了。”

唐斌点点头：“是。”

圆帐里，隼摩尔让人将银华绑了起来，看着也暂时问不出个什么来，便冷了脸。

“咱们抓了银华，苏千城那里……”达利汉有些迟疑地问。

隼摩尔眯起鹰隼一般的银灰眸子，轻蔑地嗤了一声：“老子捧着她，她才是漠北明珠，一个死了男人的寡妇，也敢在本王面前卖弄心思，陷害本王，不想嫁给本王，那就不要嫁好了，但本王总要给她个好去处！”

说话间，他眼前忽然晃过一个有些模糊的画面，那是他将那“少年”压在身下那一刻，手上不知摸了少年的脖颈还是手臂，指尖依稀似还留着那滑腻柔软的触感，是他从未感受过的。

他眉心愈发拧得紧。

达利汉看着眼底跳跃着火焰的隼摩尔，心中只道这次苏千城真的惹怒了自家主子。

说话间，忽然听得外头传来一阵打斗声。隼摩尔一顿，目光锐利地看向帐外，但见一名随从提着刀子狼狈地冲了进来，喊道：“不好了，首领，倪灵大巫师带来的人和外头小唐的人马打了起来！”

隼摩尔惊了一下，剑眉拧起，大步流星地向圆帐外走去：“怎么回事？”

他一出圆帐，果然听得前面一阵喊杀声。那随从抹了把头上的汗，陪着隼摩尔向外头走去：“刚才那小唐一出去，倪灵大巫师就表示要给小唐看诊，但是小唐并不太愿意的样子，倪灵大巫师就怒了，让人去抓小唐，然后双方就动起手来了。”

隼摩尔脚步停了一下，银灰色的鹰眸忽然眯了眯：“倪灵大巫师率先发难？”

不知为什么，他嗅闻到了一种古怪而危险的气息。

达利汉也有些疑惑：“倪灵大巫师虽然性情古怪跋扈，但很受尊敬，就算因为小唐的几句冒犯之言而发怒，也不至于就动手啊？”

“不好，他们针对的人不是小唐，而是咱们！”隼摩尔忽然冷声道，脚下一转就要往回走。

达利汉脸色也变了变：“但是咱们已经乔装易容……”

话音未落，忽然有数十道锐利的箭声破空而来，直袭隼摩尔和达利汉等人。

隼摩尔一提马鞭，在半空抡了个圆，强劲的气劲唰唰几声就将那些长箭都瞬间抽断了。

但他也未作停留，只一边朝着自己的圆帐奔去，一边抽了个响箭，胳膊一扬，忽然一朵焰火从他袖子里蹿射了出去，在半空中爆开一朵森冷的银色火花。

更多的长箭携着杀气与火光朝着他们的帐篷射来！空气里弥漫开了血与火的味道，还有一声声的惨叫。达利汉领着亲卫们竭力为他掩护，打下那些火箭！隼摩尔大怒，奔入帐篷拔出了自己的弯刀，再去扯自己的马匹，却发现自己的马匹不知道什么时候竟然软软地瘫倒在地，呼哧地喷着粗气。

“该死，有内奸下毒，一定是隼钦宁这个王八蛋！”他看着随着自己出生入死的骏马成了这般模样，气得肺痛，银灰眸子里杀气凌厉。

周围无数火箭射来，竟仿佛要将他们的营地焚烧殆尽。

“我们被包围了，是那些汉人下的么，咱们现在要怎么办？”达利汉气喘吁吁地提着刀子，浑身神经紧绷地挡在隼摩尔身前。

隼摩尔却冷静了下来，冷道：“未必是他们，先到前面筵席上去！”

达利汉一惊：“王？”

“我要去见倪灵大巫师！”隼摩尔眯了眯银灰色的眸子，“走吧！”

达利汉对自家大王从来无条件服从，立刻提刀杀了出去。

已经有无数黑影朝着他们这里冲杀而来。

一片喊杀声里，隼摩尔靠着自身的凶悍与勇猛，杀开了一条血路，直冲到了前面的筵席处。却不想，筵席前，却是另外一番光景。

“倪灵大巫师，不要说我没有给你面子，我只是个行脚商，你们何必赶尽杀绝，一条活路不留？”那略显纤细的少年正提着一把长刀架在了被他按在桌子上的倪灵大巫师的脖颈上，微笑着说话。

他身边的护卫和管事们人人手上都有武器将他护在中间，气势森冷，正与周围将他们重重包围的黑衣巫师们对峙。

而惊讶的也不仅是隼摩尔，还有远处山坡上骑着马儿的人。

“啧，看来这次出来寻找白的人，实力不弱，不愧是传说中的曜司，居然将倪灵大巫师都拿下了。”蒙着面的男人远远地看着那营地起火处，又挥退了来禀报战况的下属，随后转脸看向身边马儿上的戴着白色兜帽，遮了如玉面庞的白衣人。

“怎么，你不打算去露个面么？”金银妖瞳的男人沙哑地笑着，他顿了顿，随后略靠近了他轻道：“若是你愿意求我，我可以放他们一条生路。”

白衣人淡漠地看了他一眼：“就凭你？”

戴着兜帽的白衣人声音清冷，没有带着任何情绪，却让人听着觉得异常的刺耳。

“白，你还真是自信。”蒙面的男人妖瞳微冷，却又似不以为忤地低笑了起来。

“那咱们就拭目以待吧。”

且说这头，楚瑜等人挟持了大巫师，就忽然见隼摩尔领着人冲了出来，一脸错愕地盯着他们。

倪灵大巫师倒是一下子就反应了过来，完好的那只眼珠子朝着隼摩尔一瞪，闪过狡黠阴沉的光，嘴上却厉声道：“你们将我请来，竟然放任这些汉人侮辱我，若是你们不把这些侮辱神之使者的人杀了，一定会被长生天神降罪惩罚的！”

张嘴就是让隼摩尔对付楚瑜。

楚瑜闻言，扯了扯唇角，看向隼摩尔，却没有说什么。

隼摩尔此时一身狼狈，胡子都被烧了一半，但他身后的人马都聚了过来，呈现三方对峙之势。他看了眼楚瑜，又看向倪灵大巫师和他身后站着的凌图，咬牙切齿地道："凌图，你这个叛徒，居然对我们的战马都下了毒！"

凌图却摸着自己的两撇小胡子，看着他笑得一脸淡定："您不必怪我，中原汉人有一句话——识时务者为俊杰，我只是识时务罢了。"

他顿了顿，看向隼摩尔微笑："右贤王也只是希望您也识时务，只要您愿意从此带着你的所有部落归顺，永远效忠他支持他，放了倪灵大巫师，再把这些侮辱大巫师的汉人杀了，您的草场还是您的，一切都不会改变。"

"你只要杀了他们，本大巫师既往不咎！"倪灵大巫师见状，又火上添油。

隼摩尔闻言，神色莫测，他阴沉沉的银眸扫过楚瑜和倪灵大巫师等人，让人一时间猜不到他心中的想法。

金曜桃花眸骤冷，一抬手，曜司武卫们气势陡然一变，皆松了手上原本提着的刀剑，双手按在腰间造型诡异的腰带之上，全神戒备。

仿造吞噬以鬼谷寒铁打造的特殊血刃软剑，曜司杀器，平日缠绕于腰间，出之必夺命，溅血无数。

楚瑜却仿佛一点都没有感觉到危险一般，只是墨玉瞳弯弯，似笑非笑地看着隼摩尔。

隼摩尔银眸微闪，随后却看向倪灵大巫师，唇角勾起冷酷的笑："是的，长生天神是会降罪，将你们这些卑劣的以侍奉神之名，行卑鄙谋杀屠戮之事的罪人投入地狱！"

说罢，他上前两步，提着弯刀噌的一声插在倪灵大巫师的面前，狞声道："老东西，你以为你派了人围了老子，老子就拿你没法子了？从一开始本王发现你和你那主子失踪，就知道你们没安好心，本王的八万人马早已暗中调集到阴山外围，你要是敢行不轨，就等着一场血洗贺兰山原！"

倪灵大巫师看着贴着自己鼻子插下去的长刀，刀气蹭破了自己的脸，血色飞溅，直射地面，吓得他整个人缩了缩。

脸上的痛和血色让他愤怒又怨毒地瞪着隼摩尔，也顾不得掩饰了，咬着牙道："隼摩尔，你敢私自调兵，这是图谋不轨，是谋逆，长生天神不会放过你这谋逆者！"

隼摩尔脸上的胡须被烧了不少，一双银瞳里寒光四射，大笑："谋逆？老东西，我这是替天行道，你就试试看老子敢不敢杀了你这个老东西！"

倪灵大巫师看着他嗜血的笑，心头发颤，他一时间结巴了起来："你……"

楚瑜看向他，似笑非笑地弯了唇角："隼飞大哥，何必与他说那么多废话，他要是不放咱们走，我就让人一刀刀地肢解了他来祭祀你们的长生天神好了。"

倪灵大巫师大惊："你敢！"

话音未落，便见擒着她的霍二娘手腕一转，手里的匕首在半空中转过一个漂亮的弧度，挑上了倪灵大巫师的脸皮一转，又是一道血色飞溅。倪灵大巫师痛得惨叫了起来："啊啊啊——你们这些该死的汉人。"

楚瑜略倾了身子，一脸无辜对着倪灵大巫师慢悠悠地道："你看我是不敢，我是这样心慈手软的人，但是我手下的人比较穷凶极恶，万一下次那刀子挑上你的眼睛，倪灵大巫师大概就要彻底靠通灵来看这个世界了。"

说话间，霍二娘手里的刀已经抵在了倪灵大巫师那只独眼上，一点都不客气就要往眼眶里挑。

"等等……"锐痛和失去眼睛的恐惧让倪灵再不敢放肆，只抖了抖，铁青着一张干瘪的脸嘶哑地尖叫了起来。

"我答应，让你们走……我答应……所有人全都退开！"

倪灵大巫师一退让，所有的黑衣巫师领着他们的人马也都慢慢地心不甘情不愿地退开来。

楚瑜看了眼隼摩尔，淡淡地翘了翘唇角："隼飞大哥，走不走？"

隼摩尔看着对方那双比寻常人都要漆黑透亮的眸子在火光下似一

双浸润在冰水里的黑珍珠，衬托得整张白皙冷静的面容都散发着光芒一般，他呼吸略略一窒，忽然有点明白了为什么会有人喜好男色。

隼摩尔垂下眸子，有些喑哑地道了声：“有劳！”

随后提了刀子，跟着楚瑜一行人迅速地向让出来的那条路退去。

包围圈让开，霍二娘老鹰抓小鸡似的挟持着倪灵大巫师和楚瑜一起走在队伍中间，火曜和水曜领人在前方开路，金曜领着其他人压后。

空气里弥漫着血与火的味道，不时有未死之人的低低呻吟声响起，所有人都不敢轻举妄动。

眼看着楚瑜一行人渐渐地退出了包围圈，向外撤去。远处的山坡上，蒙面男子的金银妖瞳微微眯了起来，闪过莫测寒光，看向一边的白衣人，沙哑地笑了笑：“真的不求我？”

白衣人淡漠地未置一词。

蒙面男人忽然笑声渐起，一挥手，他身边的人愣了愣，但是下一刻便丝毫不犹豫地抬起手来，弯弓搭箭，对着天空嗖的一声射出一支火箭！

且说这头，楚瑜一行人挟持着倪灵大巫师退出了包围圈，倪灵大巫师正恨恨地瞪着她：“我是这个草原上最受尊敬的大巫师，你们这些无耻的中原人，居然敢挟持我，等着被草原上的人们千刀万剐吧！”

楚瑜掏掏耳朵，一边示意其他人加快脚步离开，一边轻嗤了一声：“那也等你有命活下去再说吧。”

大巫师干瘪的脸上神色一变，嘶哑地叫了起来：“你什么意思，还不赶紧放了我！”

隼摩尔停下了四处张望的锐眸，看了眼楚瑜，又睨着倪灵大巫师：“什么意思？你还不懂么？为了将我这条命留在这里，就算你死了，你的主人也是无所谓的！”

倪灵大巫师瞬间脸色一白，唯一一只眼珠子里闪过难以置信的慌乱：“不可能的，我王——”

话音未落，就见一支火箭划破夜空的宁静。倪灵大巫师后半句话硬生生地噎了回去，恐惧地看着那火箭，不敢相信他真的被放弃了。

“所以，马上告诉我们，包围圈你们的人到底哪个方向最薄弱，你还有点用处就能活着，否则现在就要了你的狗命。”楚瑜一把扯过倪灵大巫师的衣领，冷冷地看着他。

霍二娘的刀子也随之一点不客气地咬上他的咽喉，切破了他的皮肉，只刀锋再逼近一点，就会割断他的大动脉。

倪灵大巫师恐惧地看着楚瑜，喉咙咯吱作响了几下，终于接受自己被抛弃的事实，脸色灰败地指了一个方向：“那边。”

金曜闻言，看了眼不远处围杀过来的大批人马，当机立断地道：“我现在立刻带着人为你们断后，水曜陪着你们先撤，等到后半夜大家脱险之后，再以信鸟报平安！”

随后又和楚瑜约定了会合的地点。隼摩尔也开始安排自己的部分残存人马留下来断后。

楚瑜眯了眯眼，再次将倪灵大巫师松开，看向一边的金曜等人：“唐斌他们会留下来陪你们断后，有唐门的毒术襄助，一定要以保全自身安全为第一要务，三爷未曾找到，你们需要保存自己的实力。”

唐斌等人脸色一肃，齐齐抱拳：“是！”

金曜原本想要拒绝，但看着楚瑜幽冷的墨玉眸，最终还是没有说出口。

楚瑜看着他，轻叹了一声：“保重！”

随后，她一转身，飞身离开。

金曜目送着楚瑜一行人离开，桃花眼里闪过幽暗寒光，随后手腕一松，将原本那把雪亮的剑利落归入剑鞘，却一按腰间，两把血红色的长刃瞬间弹出，他双手一挽，抖开猩红的狰狞的剑气，冷冷地指向远处：“杀——”

曜司武卫们手中皆换了猩红长刃，抖开猩红的光芒，身形微压，一身寒气如霜雪，向冲杀过来的军团飞掠而去，血刃软剑所过之处，血光飞溅！

唐斌轻笑一声，舔了下嘴唇，背后包袱一抖，左手暴雨梨花针，右手毒弓，长啸一声：“咱们唐门还没正儿八经地杀过蛮子呢，新制的武器和毒都来试试才好，这可是难得的试验机会！”

一众唐门弟子都大笑了起来，手中武器全部出手。

一时间整个草原上，红包爆显，血光四溅，还有毒弹时时爆开各色烟火，覆盖处一片惨叫之声，暗器毒弓飞做一片。

远处的山坡上，金银妖瞳的男人看着那一片混乱，脸色阴沉如水。

白衣人淡漠地一扯马缰，却悠然转身离开。

“白！”蒙面的男人抬手就去抓他的手腕。

他原本没有想过自己能抓住对方的手，却不想这次却准确地抓住了白衣人的手腕。他愣了一下，看向那白衣人，却见他脸色有些苍白，只是愈发显得他唇色潋滟惑人。

男人妖瞳里闪过一丝喜色，原本因为大意失荆州，满心的气恨竟全散开了来：“呵呵，看来药物起作用了，不必担心，白，你并不需要那么强悍的内力与武功了，以后本王会好好保护你！”

白衣人收回手，面无表情地离开，只转身那刻，他一双妙目里寒光四射，幽眸里似有暴戾的残忍光芒掠过，长长的睫羽缓缓地垂下，神情已经恢复了正常。

……

草原的夜晚，满天星辰如碎钻一般地撒在黑丝绒一般的天空中。

楚瑜却没有什么心情欣赏这天色，她发现——他们前行的方向已经彻底偏离了最初的路线，也偏离了与金曜他们约定的地点，也没有接到信鸟。他们几乎算是迷路了。

“那里不能去，小唐，你也已经看见了，那地方是隼钦宁的人马驻扎地，你们现在过去就是自投罗网。”隼摩尔看着楚瑜道。

楚瑜站在一处不知名的小湖边，却冷冷地看着他：“我们已经将你带出了敌人的包围圈，左贤王或者南王，所以，现在也到了分道扬镳的时候，我要去和我的人会合，也要去寻我的妻子。”

隼摩尔一顿，随后蹲下来洗了把脸，淡淡地道：“你果然是知道我的身份了，既然如此，你我不妨开诚布公谈一谈，我相信你确实肩负寻人的任务，我也不管你去寻的人是否真是你的妻子，但若是你能将我护送到贺兰山北我的人马所在处，我会发动所有的人，帮你寻找你所要的人。”

楚瑜一顿，扯了扯唇角：“左贤王，您帮我寻了一个多月，除了一开始你给我的消息，此后，你并没有给我带来过任何有力的消息，我凭什么还帮你？”

隼摩尔一顿，却笑了笑，银灰色的眸子里闪过狡黠的光：“因为我刚刚得到了一个消息，很快五月长生天神大祭就要在王帐的营地举办了，而我在我侄儿那里潜伏的人得到了一个有趣的消息，右贤王即将迎娶我的侄女，也就是旭旭大公主，可是右贤王似乎新得了一个不属于任何部落的绝色美人，这个流言让旭旭大公主非常的不高兴。”

楚瑜神情一顿，随后看向隼摩尔，两人对视了片刻。

楚瑜忽然危险地弯起乌玉眸子，笑吟吟地道：“若这个消息是假的，你一定会后悔今日对我说的这些话，赫金人的南王殿下。”

……

十五日之后。草原上一年一度的长生天神祭祀大典在赫金人的王帐营地举行。所有部落都派了许多人来参与这一盛典。

一顶顶的圆篷如同雪白的大花点缀在草原上，连绵成片，四处都是欢声笑语。

楚瑜静静看完自己手里的细小的信笺，随后将那信笺揉成了一团，扔在了面前的水里，那字条便渐渐地溶化了。

“怎么样了，他们到哪里了？”霍三娘低声问。

楚瑜笑了笑，漂亮的眼角终于带上了三分真心的笑：“唐斌和金曜他们绕开了包围，一切平安，正在赶过来的路上，快的话大概要七八日。”

相隔了这些天，那日一场血战之别后，终于得到平安的消息，她心里终于松了一口气。楚瑜正打算回自己的帐篷，将消息通知下去，却不想一抬头，眼角瞥见远处一抹淡淡的白色人影，在众人的簇拥下，一闪而逝。

她忽然觉得自己的脚像是被人钉住了，一颗心却扑通扑通地急跳了起来。

许久之后，楚瑜看着湖边的水波在阳光下泛起涟漪，唇角弯起了一点淡淡的笑来，两片嘴唇却微微地颤抖了起来。

她握紧了拳头。

“看来小唐你的心情很好，要不要跟我到王帐走一趟？”一道带着磁性的声音从她身边不远处响了起来。

楚瑜身形微顿，擦了把脸，侧脸看向正走向她的高大人影。

来人一身赫金人的盘扣箭袖束腰及膝流云缎镶狐毛边的袍子，脚踏乌云靴，一头浅栗色长发全部结成了长长的小辫束在脑后，一条缀着雁羽串宝石抹额横在额上，镶嵌着的金刚石在阳光下熠熠生辉，愈发显得他一双银灰色的锐眸看起来仿佛能反光一般。

高鼻深目，刀雕斧凿的五官在被晒成淡蜜色的肌肤上，让男人看起来俊酷非常之外，更带着一股子野性霸道之美。便是楚瑜见惯了琴笙那非人的美貌，还有七曜不同的男子风貌，也都必须暗暗赞一声果然好相貌。

她比了比自己的下巴，有些迟疑：“南王殿下……怎么……我一晃眼还差点认不出来了。”

隼摩尔见她的样子，也摸了摸自己光滑的下巴，有些不好意思地咧嘴笑了笑：“不太习惯吧，其实我是懒得剃胡子，只是既然到了王帐，很快要参加长生天神的大祭，还是弄干净点吧。”

不光楚瑜在看他，他也将水边少年的模样收在眼底，对方漂亮得像黑珍珠一样的眸里就算带着亲切的笑意，却隐着一种拒人千里之外的疏离，但方才那一刻，那少年看着水面时，露出的笑容，却隐着难以言喻的清冷与寂寥，纤细的身影倒映在湖面上，显得异常的单薄。

他知道，小唐只有提到他的妻子时，才会露出真实的烦愁与温柔，但却莫名地让他觉得心头有些窒闷。

楚瑜笑了笑，倒是毫不吝啬赞美：“殿下乃人中龙凤，这般龙章凤姿的相貌何必要遮盖在胡子下？”

隼摩尔银眸一亮：“小唐觉得本王现在的模样好看？”

楚瑜含笑点头的样子，没有半点虚伪与奉承，让隼摩尔心中愈发飘然：“好，以后本王就不蓄须了。”

他满意地摸了摸自己下巴，又看着楚瑜道：“怎么样，与我一起走一趟王帐吧？”

楚瑜方才已经听到了消息，此时再听隼摩尔一说，眼底闪过幽光：

“可是右贤王殿下来了？”

隼摩尔唇角勾起讥讽的冰凉笑容：“没错，隼钦宁已经到了，可要同去迎接？”

楚瑜站了起来，眸光略沉，微微一笑：“好。”

右贤王到了，琴笙也出现了，这是巧合？

王帐前，隼摩尔领着人向王帐走去的时候，一辆缀满了宝石却又装饰着各种诡异骷髅与羽毛的马车在前呼后拥之下，缓缓地也在王帐前停下，一道穿着织锦长袍的人影缓步从马车上下来。他一走出马车，就让人感觉空气阴窒了一下，五月的阳光都略显得有些凉薄了。

浅金色的长发懒散地串着宝石编织成了松散的辫子落在身后，耳边挂着一串雕刻成骷髅模样的红宝石，看起来阴森鬼魅，而略显瘦削的白皙面孔上，深目高鼻，一双异色的金银妖瞳让人只望着就觉得很不舒服。

但却不能不承认，这一位右贤王周身缭绕着一种妖邪之美。

而最让楚瑜觉得诧异的是，虽然这位右贤王与左贤王气质截然不同，一眼看去就是两个人，但是他们却长着几乎一模一样的面孔，只是右贤王隼钦宁的面孔看起来瘦削而荫翳，而左贤王看起来却是典型的草原上的霸主的嚣烈。

楚瑜下意识地看向站在她右侧前方一步左右的隼摩尔，心中有了诡异的猜测……

“啊，我亲爱的孪生弟弟，许久不见，真是让人怀念啊。”隼钦宁看着隼摩尔领着人走过来，露出一个愉快的微笑来，声音沙哑而惑人。

楚瑜一听，忍不住眼角一跳，心中颇有些错愕，这才想起传说里赫金人的左右贤王似乎是兄弟，但是当时她不过也只是以为皇族之间多少都有血缘关系的，没有多想，却没有想到他们不但有血缘关系，而且居然是孪生兄弟！

隼摩尔盯着来人，没有搭理对方伸出的手，脸上露出个冰冷的笑来：“巫王殿下没有将我烧死在贺兰山下，大约心中很是遗憾吧，怎么不用你神通广大的巫术咒杀本王了？”

隼钦宁挑了挑眉，笑容放肆而阴鸷：“贺兰山下有汉人的贼探潜入作乱，本王不过是围捕奸贼，怎么了，我亲爱的弟弟是承认你勾结汉人图谋不轨么？”

“放肆！”

“来放你娘的屁！”

一番毫不客气的对峙，几近撕破脸，双方的人马瞬间剑拔弩张，气氛紧张。

楚瑜在一边听着，心头感慨，果然是草原上套马的汉子，就算是皇族，一言不合就撕逼开砍，哪里像中原皇室，心里恨不得操翻你祖宗十八代，连对方家里的土狗都要做成红烧狗肉，脸上却依然笑吟吟的，满嘴之乎者也的虚伪。

这时候，垂下的王帐门帘忽然一开，里面走出来一道被侍女们簇拥着的窈窕女子身影，娇艳的女子，面容细白，鼻尖挺直，生了一双灰蓝的冰凉眼瞳，像是天边阳光落下时美丽灰蓝的天空，她淡淡地扫过面前剑拔弩张的人群：“两位王爷是打算就在长生天神祭典前厮杀一番，玷污天神么？如果我没有记错，北王，也就是我们的右贤王殿下还是大巫王，这点规矩都忘了？”

长生天神祭奠的前后数日，皆不得见血，见血即是辱神，会被各个部落群起攻之。

隼钦宁看着从王帐里出来的美人儿，金银妖瞳微微眯起，含笑一抬手，示意所有人都收回了手里的武器。

“旭旭，许久不见，你果然出落得越来越美丽了。”他沙哑的嗓音说出赞美的话语，听着异常的真挚。

旭旭看了他一眼，神色却有些复杂，只是淡然地垂下眸子，朝着他点了点头，又朝着隼摩尔微微一笑，转身又回了帐篷。

隼摩尔抱着胸，讥诮地看着在大公主那里被冷遇的隼钦宁：“呵呵，真以为所有人都看不出你的虚情假意么？”

说罢，也不等隼钦宁回话，转身便潇洒地领着自己的人马离开。

隼钦宁拦住了自己身边脸色阴沉就要上前的卫士们，一双妖瞳落在了楚瑜纤细的背影上，扯了扯唇角。

楚瑜似能感觉背后有人看过来，忽然转头淡漠地看了他一眼，明丽的眸里不见丝毫惧色，只见幽冷和讥诮。

隼钦宁兴味盎然地轻笑了起来：“呵呵……”

是夜。

“你确定三爷真的在这里？”水曜满脸不爽又别扭地扯了扯自己身上的衣衫，他容貌妖娆，此刻特意穿了一件女人的衣衫陪着楚瑜躲在一处大帐不远处的小帐边上。

那大帐里一片纸醉金迷，乐声悠扬，皆是各部族的首领们在里头聚会。

楚瑜墨玉眸里有些荫翳，轻哼一声：“你要是不信，可以不来。”

帐篷里灯火摇曳。一道人影懒洋洋地斜靠着软枕，似笑非笑地对着坐在自己面前的白衣人说话。

“白，你手下的人，还真是有趣，年纪不大，胆子不小，你说我是将那轻狂的小子头砍下来呢，还是让马儿撕裂他的身躯？不过说来，他有一双不下于你的漂亮而迷人的眼睛，若是挖出来泡在药水里也很不错，不是么？”

白衣人垂着眸子，正端着碗送到自己的唇边，忽然抬起眸子，对着他微微地勾了下唇角，他的笑容清冷而惑人，一贯幽深莫测的眸子忽然似染上了惑人的笑意，诱得隼钦宁忍不住就想要靠过去。

却不想，白忽然一抬手，手上的药碗劈头盖脸地直接砰的一声砸在了他的头上，药水稀里哗啦地流淌了隼钦宁满面。隼钦宁一个激灵，愤然站了起来，抬手利落地用东西擦去自己满头的药水还有那些药水里试图往他皮肤里钻的诡异活虫。

“白！”他看了眼白衣人，却见对方眸光里寒光陡现，森寒无边的逼压之感迎面而来，隼钦宁僵了僵，几乎下意识地退了两步。

但随后他却见白衣人神色淡漠地闭上眼，那种被全然蔑视的感觉让隼钦宁异色的妖瞳里闪过怒意，但脸上那种被腐蚀一般的痛意让他不得不压下心头怒意，愤怒地掀了帘子出去处理。

“看好了人。”

“是。”门口的侍卫恭敬地颔首。

隼钦宁一离开，白衣人便低低地咳嗽了起来，他闭了眼，脸色略有些苍白地靠在身后的软枕上。空气里一片静谧。好一会儿，他方才缓缓开口，声音幽凉如水：“既然来了，就进来吧。”

帐帘子缓缓地被人掀开，门口站着一高一矮两道人影，而门口的侍卫却仿佛睁眼瞎一般，任由两道人影进了帐篷。

水曜一看到坐在华丽地毯间的白衣美人，不禁一阵激动，也再顾不得自己身穿女装的委屈，上前就单膝着地行礼：“主上！”

他们找得好苦，终于……终于找回了自己的王！

琴笙看着水曜，略略点头，声音有些疲倦的温和：“这些日子辛苦了。”

水曜眼里隐着激动，刚要说什么，却忽然听得自己身后传来楚瑜冷淡的声音：“水曜，你先出去，我有些事儿要和你家主上谈一谈。”

水曜一顿，却还是顺从地起了身退了出去。他虽然也有很多想要问自家主上的，但是他也分得清楚轻重缓急。

看着水曜依言离开，琴笙琥珀色的妙目里闪过一丝幽光，看向楚瑜微微一笑：“士别三日当刮目相看，你越来越像个掌门了，能让他们听话不容易吧。”

楚瑜没有马上回答，而是走到了他面前，居高临下地看着他，墨玉一般的眸子直勾勾地看着他：“总不比千里寻夫难。”

琴笙略一顿，抬起妙目静静地看着自己面前一身赫金人打扮的人儿，目光如有实质一般从她脸上缓缓掠过，声音不自觉地温柔下去：“小鱼，你瘦了，黑了。”

也变得更坚强了。他轻叹了一声，略带了一丝涩意。

楚瑜却忽然略一屈膝，在他面前蹲了下去，从怀里掏出一把精致却没有完工的木梳，手掌微开，明丽的眸子里闪过锐色：“告诉我，为什么，我等你一个答案。”

为什么不声不响地就离开，为什么明知道她似火煎，那些奔赴贺兰冷月冰原的日夜里每一刻都是煎熬，还要竭尽所能地维持冷静，去面对所有的恶意与挑战，他却还是不声不响地，不留一字地离开？

为什么？就算当时不得已，但以他的能耐明明可以留下线索，让她能追寻他的踪迹，不必夜里失眠都是他散去无影踪的噩梦，他却不愿留下任何线索，任由他们茫然如无头苍蝇一般四处打探他的消息？

是的，不愿。曜司有他们的特殊联系追踪方式，他却不曾启用。他不是轻狂的人，为什么！太多的为什么，让她辗转反侧，夜难成眠，相思煎熬，如今她要一个答案，一个能说服她的答案。否则她绝不轻易原谅。

琴笙一顿，看着面前的俏丽容颜，眸光冰冷却又隐着火焰的炽烈与锐利，像那一尾悠哉的慵懒小鱼儿，终于从深海里浮出了水面，露出她华丽漂亮的尾鳞，尖利的锐齿。

他最美丽的鱼儿，仿佛要跃出龙门一般，散发着明媚而耀眼的光华。他抬手，轻轻抚摸过她的眉眼，若是可以，他依然希望她仍然只是他捧在手心的那一尾慵懒娇俏的小鱼儿。

“鱼，你不该这时候寻来的。”他妙目幽暗而晦涩，凝望着面前人儿的眉眼，轻声叹息，仿佛带着无奈，却又隐着喜悦。

楚瑜心凉了凉，有些艰涩地扯了下唇角，深深地看着他的妙目：“你我时隔这些日子不见，这就是你想要与我说的话么？”

她闭了闭眼，忽然一抬手，摸过那只扔在角落的银碗，送到他面前，冷声道：“告诉我，你在喝什么，这是什么东西？”

琴笙瞳孔略一紧，下意识地就想要抬手拍掉她手上的东西，厉声道：“放下！”

楚瑜却忽然站了起来，唇角勾起讥诮的笑：“怎么，这玩意儿有毒是么，你是不是忘了我是元毒之体？”

琴笙蹙眉，妙目微眯，似有幽深莫测的浓雾笼在琥珀眸上：“乖，小鱼，把那东西放下来。”

下一刻，楚瑜却退了几步，上下打量了他一会儿，冷道：“水曜，进来。”

门帘子一掀，水曜便走了进来，他一直在外头警戒，一进来便觉得圆帐里气氛不对。他习惯性地看了自家主上一眼，只见琴笙神色淡淡，目光却有些阴郁，看不出喜怒，只是一双妙目看着他，让人心惊。

楚瑜却面色冰凉地道：“去给你家主上把把脉，看看他是不是吃错药了。”

水曜闻言，心中一惊，看向琴笙，果然见他神色太过苍白，眼下还有一圈不是太明显的暗青，衬着他潋滟的唇色，让琴笙的容貌看起来多了一份阴郁惑人的艳色，却让水曜不禁心惊。

"主上……"水曜上前几步在琴笙面前跪下，就要去为琴笙把脉。

琴笙却妙目一眯，眸子里的幽雾弥散开来，一双眸子里锐色陡现，无边的压迫感如银瓶乍裂，危险感迎面逼迫而来。水曜瞬间就僵住了，下意识地做出闪避的动作，几乎一屁股坐在地上，哪里还敢再伸手去为琴笙把脉。

楚瑜大大的墨玉眸里寒光乍现，忽然将手里的碗朝着水曜扔了过去，厉声道："水曜，给你主子把脉！"

水曜犹豫了起来，却在接住了那只碗，闻到上面的气息时，脸色微变，抬起眼看向琴笙："主上，请您让属下把把脉。"

琴笙只淡漠地扫了水曜一眼，随后看向楚瑜，对上她锐利的大眼时，却垂下了长睫，淡淡地道："小鱼，这里不是说话的地方，你回去吧。"

话音刚落，楚瑜便听到圆帐外远远传来赫金人的声音："北王殿下！"

隼钦宁沙哑惑人的声音在帐子外响了起来："嗯。"

楚瑜他们都是有武艺在身之人，所以还隔了大老远就能听见敌人的声音。

水曜一惊，立刻压低了声音道："我先出去应对。"

说罢，他将那碗收好，身形一转，迅速地退出了帐子外。

楚瑜眉心一拧，看着琴笙平静淡然的面容，长长的睫羽在他苍白的容貌上落下幽幽莫测的阴影，她忽然生出一种自己像是有些不太认识面前之人的错觉。

那种感觉让她心中发凉，那些凉意渐渐酝酿成怒火，她忽然冷笑了起来："三爷，你别告诉我你不知道这右贤王是个荤素不忌，只对美人感兴趣的巫王，就你这副姿容，不要说女子动心，就算是男人也能迷惑吧。"

她几乎口不择言。

琴笙眸光微寒，却唇角微抿，神色依然平静慵懒。

楚瑜眼底却闪过锐色，忽然上前几步，单膝在他面前跪下，一把握住他的玉骨搁在自己的左边心口。

掌下熟悉的柔软让琴笙猛然一僵，他几乎下意识地绷紧了背脊。

楚瑜却弯了大大的漂亮墨玉眸，几乎整张脸都凑压到琴笙的面前，一脸无辜轻声道："琴笙，你了解我所有，可我也同样了解你的所有表情，所以……我来猜猜看，你刚才在生气，是因为你知道他是什么人，对么？"

琴笙看着面前那张熟悉的面容，她粉嫩的唇一张一合地轻轻说着刺耳的话，却莫名地诱惑，眼底幽暗的金光微现，但最终他还是垂下眸，别开脸，淡淡地开口："鱼……"

楚瑜松开了他的手，却忽然扯住他的长发，趁着他吃痛略低头的一瞬间，蓦然近乎粗鲁地吮上他的唇："唔……"

琴笙身僵若木石，呼吸慢慢粗重起来，眼底荫翳霸道的金光陡现，几乎下意识地便要夺取主权，将面前的人儿压在身下，恣意地吞噬她那娇嫩的唇瓣。

但是下一刻，楚瑜却忽然抬手大力地一把按在他胸膛上，将他硬生生地按在软枕间，低着头，一双妙目里盈满了幽幽的水光，轻喘着，笑得有些狰狞："笙儿，你要是给你我戴了绿帽子，哪怕是个男人，我一定会让你悔不当初！"

话音刚落，楚瑜便能感觉掌心下胸膛略僵了僵，她愣住了，抬起眸子几乎不敢置信地看着琴笙："你难道……"

她抬手干脆地就要去解他的腰带。

只是……帐篷被人掀开，水曜探头而入。

"人已经过来了，不能再等了，必须马上走。"水曜一看那圆帐里的情形，对上琴笙森冷的目光，他脸色瞬间绿了绿："属下……不是故意的。"

楚瑜却忽然站了起来，松开了琴笙，转身就拖着水曜走了出去，解了守卫的禁制，消失在夜色里。

……

隼钦宁身边的一名戴着兜帽的中年大巫师陪着隼钦宁一路过来，低声道：“巫王殿下，倪灵大巫师现在生不见人，死不见尸，要不要……”

“不必，倪灵那老东西想要背叛本王，就要有承受噬心扭筋碎心之痛的准备，何况他未必能来得及开口，就已经自裁而死了。”隼钦宁异色的妖瞳微眯，笑容冰凉无情。

“王的巫术天下无敌。”那大巫师闻言，脸色僵了僵，立刻恭敬小心地道。

隼钦宁笑容渐深，继续向琴笙所在的圆帐而去。

“我王。”圆帐门口的守卫们见他过来，都立刻恭敬地行礼。

隼钦宁淡淡地随口问：“没有什么异常吧？”

守卫们立刻道：“没有！”

隼钦宁却忽然顿住了往圆帐里走的脚步，随后转脸轻嗅了下空气，神色忽然阴沉了下来。金银妖瞳里似有阴狠的光芒闪过，随后忽然转脸看向楚瑜他们刚才离开的方向。

“我王？”侍卫们看着隼钦宁的表情异样，他们心中都瞬间不安了起来。

谁都知道，这位右贤王最厉害的手段就是巫蛊，又是当年赫金大祭司唯一的亲传弟子，所以有巫王的称号，若是惹怒了他，都会死得极为凄惨。

隼钦宁没有理会他们，只阴沉着脸大步流星地走进了圆帐里，看向那依在软枕间的修白身影。

“你见过你手下的人了，你不是答应本王绝不与他们联系么，你是要违背你发下的毒誓？”

琴笙面色淡漠地闭着眼，幽冷地道：“本尊答应你绝对不与人联系，却不代表能阻止他们找上门来，你带着本尊来到大帐的这一天，就应该有这样的心理准备。”

隼钦宁愣了愣，目光阴沉地细细看着琴笙，这几乎是自己从在冰原上得到他这么多天以来，他与自己说过最长的一句话了。

这让他原本愤怒的被背叛的心情似乎平复了不少。

“白，你的声音真好听。”他在琴笙面前蹲了下来，妖瞳直勾勾地看着面前的人，抬手向他的脸抓去。只是他的手还没碰到琴笙，就忽然感觉整个手腕一麻，一股子痛意顺着他的胳膊肘蔓延上手臂。

他低头一看，便见琴笙的手正以一种优美却狠辣的姿势捏着他的手肘一处大穴。琴笙甚至没有睁开眼看他，只漫不经心地道："就算没有了内力，本尊要你死，也并不难。"

"你就不怕本王把你的手脚都打断？"手臂的剧痛却让隼钦宁妖瞳里泛出异样的光，他恍若不觉痛楚一般。

琴笙微微睁开了眸子，他甚至未置一词，只是唇角浮起清冷莫测的笑："好。"

隼钦宁对上他幽暗如深渊的琥珀眸，却只觉心头不寒而栗，好一会儿，他才沙哑地笑了起来："我怎么舍得？"

……

"三爷……看着有点奇怪。"水曜一边走一边忍不住低声道。

楚瑜目光里都是寒意和复杂："三爷他没有内力了！"

水曜猛然瞪大了眼："什……么！"

"刚才我压过去的时候，他身上几乎没有任何一点能抵抗的内力。"楚瑜抬起手，轻声道。

所有的武者都不太喜欢别人触碰自己的身体，都有自己身体习惯性的防御机制，尤其是琴笙这样修为已甄化境的武者，除五感比寻常人要强悍敏锐外，身上更有内劲罡气游走经脉护体，防备袭击。

但是刚才她忽然出手，若是以前，除非琴笙纵容，她几乎不可能直接拿住他。可方才她很顺利地拿住了他，是他的纵容，还是他根本没法子躲开，她能分辨得出来。

"这……这怎么可能！"水曜瞬间像被踩了尾巴的猫儿一样跳了起来，近乎愤怒地瞪着楚瑜："你……你那一定是错觉！"

楚瑜看着他铁青的脸，又看向远处夜空里的一轮圆月，幽幽地道："我也希望是错觉。"

多希望一切都是错觉，睁开眼，天亮时，他依然拥着她在云州的春花秋月里依被同眠，甚至依然是那个傲娇又任性的少年，要她拥他入怀才能安眠……

她会细细地数着他的睫毛有多长，嗅着他身上的淡淡冷香，不愿起床。

水曜看着楚瑜的眼，只觉得里面倒映了一轮沉浸在水里的明月，黯然而寂凉。他忽然什么责怪的话都说不出口。

两人静静地在草原上站了好一会儿，楚瑜忽然再次淡淡地开口：“回去之后，可以将我们寻到三爷的事情给大家透个底，但先不要把三爷内力全无的事情透出去，免得引起人心慌乱。”

水曜没有多想，只微微颔首：“是。”

他们一回到自己的营地，唐瑟瑟便和霍二娘一起迎了上来：“怎么样？”

楚瑜看了眼唐瑟瑟，叹了一口气：“去把咱们的人都召集一下，我与大家说些事儿。”

唐瑟瑟看了眼身边跟着的一名唐门弟子，让他去传信，她则是看向楚瑜：“可是掌门寻到三爷了？”

可为何并无喜悦之情？

楚瑜顿了顿，淡淡地颔首：“是。”

她又看向唐瑟瑟道：“不过我们还不能马上将三爷带回来，还有一件事，就是从今日起瑟瑟你的名字就是楚玉了。”

这里没有外人知道瑟瑟的真实名字。

唐瑟瑟一愣：“楚玉……”

玉意通瑜，瑜亦是美玉的意思。

她随后颦眉：“掌门的意思是……”

楚瑜弯了弯明丽的眸子：“没错，从今日起，你就是唐门的掌门。”

……

“小唐寻到了你的美人了？”圆帐里，隼摩尔一边擦着自己手里的刀，一边看向从外头走进来的楚瑜，眸光微亮。

楚瑜点头：“没错，我确实寻到我爱人的踪迹，正是右贤王带来的美人。”

楚瑜的坦率让隼摩尔兴味地挑眉：“哦，隼钦宁对那美人看得极紧，出入都戴着兜帽，听说昨日的事情之后，他派人里三层、外三层把他休息的圆帐都围了起来，看来你的妻子应该生得极美，才让他这般上心，可要本王帮忙？”

楚瑜却抬起眸子看着隼摩尔，正色道：“若是大王想要帮我，我只有一个要求——替我保守我来寻妻的秘密，其余的事情我会自己解决。”

隼摩尔一愣，随后了然：“本王明白，不会随意妄动，避免打草惊蛇，毕竟那是你和隼钦宁的恩怨。”

中原人不是说了——杀父之仇等同夺妻之恨。

他能理解小唐的想法。

“但是，只要有用到本王的地方，不要客气，本王能平安脱险，也是得你们相助！”隼摩尔朝着楚瑜道，银灰的眸子里闪过爽朗诚挚的笑意。

楚瑜见状，也不客气，只抬手抱拳：“也许以后还真有仰仗您的时候。”

隼摩尔含笑一拍她胸口：“都是兄弟，不要客气！”

楚瑜顿了顿，忍耐下揉胸的欲望，随后看着隼摩尔俊酷深邃的面容，笑了笑：“是了，不知能否问一问，您与隼钦宁的关系，我看着你们像是有些……血缘牵绊？”

隼摩尔脸上爽惬的笑容阴郁了下去。

楚瑜察言观色，便道：“若是这问题触犯了什么禁忌，您就当我放了个屁。”

楚瑜说话那干脆劲让隼摩尔有些想要笑，神色倒是又恢复了不少：“这没什么不能说的，不少人都知道其中的缘由，我与他确实是一母同胞的兄弟，只是我赫金人一贯视双生子为不祥，何况他生出来的时候双眸异色，原本是要被溺杀的，但母亲不舍，便将之送给了当时的大祭司抚养，大祭司说他是天生的巫者，就一直留在了身边。”

再然后，也不外是那被留在大巫师身边的孩子，渐渐长大，也吃了不少苦头才活了下来，而自己的孪生弟弟却好好地在父亲与母亲的关爱下过着阳光灿烂的日子，与他的艰苦岁月形成鲜明对比。

一母同胞，弟弟天生拥有最强悍的部落的继承权，是天生的王者，而哥哥却是个见不得光的让人忌惮的巫师，巨大的落差产生的嫉恨让哥哥不顾一切地攫取权力，也不断地挑衅与迫害自己受宠的弟弟，最终十年前那一场与汉人的战争里，他们的父母双亡，弟弟认定了父母的死是因为哥哥在其中动了手脚，两人彻底地决裂。

而在那一场大战之后，弟弟继承了父亲南王的部落，哥哥则是趁机归拢了那些被汉人打散、打残的部落，自己也称了王。

眼看着双方夺可汗大位的冲突一触即发，而赫金人又一贯崇尚强者，当时王帐世子年幼，又无力平服其他部落。

却是当初也不过是个少女的旭旭大公主亲自出面，一介女儿身却依靠父亲原来的部落力挽狂澜，给他们双方重新加封了南王与北王，也就是左右贤王的名头，三足鼎立，才让双方勉强答应维持和平到世子长大。

楚瑜听着，忍不住挑了眉，有些迟疑地问："当初在冰原上狙杀骠骑少将的人，是……你的父亲？"

隼摩尔一顿，神色里闪过一丝痛色，握紧了手里的刀，随后平静了下来："是，他是被汉人当了刀使，他以为只要听从了汉人大营的吩咐，就能活着回到赫金，却没有想到汉人既然能卑鄙地要他们自己人的命，又怎么会放过他。"

他并不奇怪楚瑜会知道这件事，当年的骠骑少将领着天鹰大营被称为魔神之鞭，抽打着赫金人的自尊与土地。

"不过我想父亲并不会后悔，他用他的生命将魔神之鞭封印在了冰原之上，换取了我们赫金人最后的喘息之机。"隼摩尔淡淡地笑着，笑容里甚至带着自豪。

楚瑜看着他，微微扯了扯唇角，有些复杂地垂下眼睑，喝了口杯子里的奶茶："您与我说这些，就不怕我会多想么，毕竟我是汉人。"

隼摩尔却看着她，锐利的鹰眸里却带着一点异样的深沉："你会么？我们赫金人与你们汉人确实曾有国仇家恨，但战场之上，不过成王败寇，何以言恨，正如我虽然庆幸那位骠骑少将之死，但亦不得不赞服当年的魔神之鞭的可敬。"

楚瑜一顿，看着隼摩尔，神色有些复杂地哂笑："不过成王败寇，何以言恨。"

只是不知道你们若知道琴笙便是当年的魔神之鞭又会是个什么心情。

隼摩尔见状，忽然伸手轻轻覆在楚瑜的肩膀上："现在是和平的时期，我虽有一统草原的野心，却从不想挑起生灵涂炭的战争，只要汉人不践踏我的子民，我绝不会对汉人出手，尤其是在我认识了你这样的兄弟之后，才知道汉人并不是只有奸诈卑劣之徒，也有如小唐你这样不畏艰险的重情之人。"

楚瑜倒是没有注意他看着自己的深邃目光，只有些心不在焉地笑了笑："殿下谬赞。"

说话间，忽然见达利汉匆忙进来，对着隼摩尔一抱拳，神色阴沉地道："殿下，右贤王邀请您去日湖打猎。"

"隼钦宁邀请我去打猎？"隼摩尔银色的眸里闪过锐利的光。

"是，他还点名邀请您的客人小唐少东家。"达利汉看向了楚瑜。

隼摩尔看向楚瑜，随后挑了眉："去么？"

楚瑜一顿，笑了笑，大眼里闪过冰冷的光："自然要去的。"

说来，她还很是好奇，这位右贤王到底知道了多少关于琴笙的事？若他知道琴笙是曜司之主，真实的身份，那么苏千城甚至宫里的人又在这件事里扮演了什么样的角色？

日湖边，风儿悠悠地吹过，悠扬的乐声伴随着宛如吟诵的空灵歌声飘扬开来。楚瑜听着那奇异的歌声，忽然间只觉得神思有些恍惚。

霍三娘看她忽然停下了脚步，有些奇怪地问："怎么了？"

楚瑜恍惚了一下，随后摇摇头，闭了闭眼，再睁开，又觉得眼前清晰了起来，她淡淡地道："没什么，只是觉得这歌声颇有些特别。"

大约是因为当初琉岛上被宫少宸那混账摆了很大的一道，以至于现在她听到歌声都觉得有些不舒服。

霍三娘眯起了绿眸，扯了扯唇角："这是赫金人的天神祭歌，也叫作赞歌，由他们的巫师吟唱，与我魔门中的祭歌有点异曲同工之妙，对那些意志不坚定的寻常人有些蛊惑人心的效果，不过是为了让人觉得他们心中敬畏的小伎俩罢了。"

随后，她看向楚瑜揶揄地一笑："按理说你不该被影响的，难不成是因为三爷精神恍惚？"

楚瑜听到琴笙的名字，只不置可否地扯了扯唇角：“嗯。”

她自然是听过这种伎俩的，大约……也是因为心中惦记琴笙，所以才有些恍惚吧。

一行人走到湖边的时候，楚瑜正见着一群黑衣巫师们围成圈，将北王隼钦宁围在中间，人人手持着响铃或者乐器弹奏着。

那空灵奇异的歌声便是从他们喉间轻哼出来。隼钦宁只是闭着眼，微微仰头，阳光落在他的脸上和身上晕开，倒是显出一种特殊的神圣之感来。远处不少赫金牧民们跪下，喃喃祈祷着。

楚瑜眯起眼，目光缓缓掠过隼钦宁的附近。她确实曾经让曜司的人在她离开的下半夜再次试图潜入隼钦宁的圆帐附近，但是对方周围戒备级别提到最高，重兵把守，到她来湖边的时候都没有看见琴笙出过帐篷，而隼钦宁也是在刚才不久之前才出了帐篷。

照着隼钦宁对琴笙看得如此严密的情况，再加上她昨夜才去拜访了琴笙，还给他漂亮的薄唇上留了点印记，隼钦宁不太可能再让琴笙离开他的视线太远。

楚瑜正留意着隼钦宁会将琴笙关在何处时，却忽然感觉自己被人拉扯了一下。

她回过神，正见着隼摩尔含笑握住她的手，将她拉到他的身边，对着坐在不远处席位上首的人道：“小唐，来见见我们王帐的世子和旭旭大公主。”

楚瑜这才留意到湖边还设了不少席面，坐了不少一看就是赫金人部落的首领，而最首坐着一个看起来瘦削的华衣少年。

那少年不到弱冠的模样，生得也是深目高鼻，皮肤细白，褐发金眸，皮肤上有点细小的雀斑，看起来并不显得阳光，倒是显得有些孱弱，连着一双本该看起来灿烂的金眸也显得阴郁异常。

见楚瑜看过来，他便眯了眯眼，冷冷地开口：“一个汉人，这是摩尔叔叔你的朋友？”

楚瑜挑了挑眉，在对方眼里看见了对她，不，对汉人的轻蔑和仇视，还有高高在上的虚荣与骄傲。这个少年和隼摩尔同样经历了丧父之痛，亲人都命丧当年的战争里，但是成长之后的性子却截然不同。

而她恰好颇能应对这样的人，她垂下眸子，对着那少年恭敬地一笑："回禀世子，我不过是个行脚的商人，得了左贤王殿下的青眼，实在不敢自称是左贤王的朋友，这次有幸来到赫金，也为您准备了许多礼物，还望您笑纳。"

她并不打算顶着隼摩尔好友的名头招摇，否则到时候有心人给隼摩尔安上一个勾结汉人奸细的名头，就得不偿失了。

隼摩尔还是清白点，对她们才有好处。

说着，她朝瑟瑟看了看，瑟瑟一挥手，立刻就有曜司武卫们端上两个大箱子。隼摩尔闻言，只深深看了楚瑜一眼，没有多言。

少年轻蔑地笑了笑："你们能有什么好东西，不外乎就是一些金银珠宝、玉器首饰罢了，至多加上那些让人看不懂的山水画，还不如我们赫金一个工匠在首饰上雕刻出的图案。"

这位王世子的嘲笑，也让各大部落的首领们露出了愉悦的笑容来。

"哈哈哈……"

"卖弄风雅的中原人。"

倒是少年身边坐着的戴着华丽的充满异域风情镂金花冠的女子抬起她灰蓝的眸子，淡淡地看了楚瑜一眼，便对着世子道："那吉尔，来者是客。"

那吉尔看着自己王姐那双如雨后灰蓝天空一般的澄澈幽深的眸子，便安静了下来："是。"

周围的部落头领们虽然仍然有面带讥诮的，但是大多人也都不再如此肆无忌惮。

楚瑜抬起眸子看向那女子，正对上她的眼，便对她笑了笑："想来这位美丽的姑娘就是传说里日湖边的明珠——旭旭大公主了，百闻不如一见，今日看到公主的芳容，才觉得漠北明珠的称号应是像您这样的美人才配得上。"

不是她拍马屁，而是在听到旭旭大公主当年的事迹与如今的风采之后，她的真心话。

这样的美人，要嫁给隼钦宁那样心怀叵测的男人，想来婚事也不过是当初为了维持和平的一项妥协。

楚瑜有些同情面前美丽的公主，以她用了守护王世子长大的借口拖延婚事上看，就能知道她并不是那么钟情这桩婚事。

赫金人们明显认为楚瑜在拍马屁，不过这个马屁倒是让他们挺高兴的。

“那是自然的。”

“我们的旭旭大公主可不光是明珠，她就像草原上美丽的月。”

“中原的女人娇柔孱弱，怎么能和旭旭大公主媲美。”

旭旭大公主倒是只垂下睫毛，掩了她漂亮的灰蓝色眼眸：“客人谬赞了。”

楚瑜笑了笑，示意人打开了那两个箱子。一个箱子里装满了金银珠宝，但是另外一个箱子里却装着许多精致木雕和石雕的物件，有飞鸟走兽，还有类似小弓弩之类的精巧玩物。

世子那吉尔的目光在看见金银之后很是不屑，却在触及另外那只大箱子里的物件之后，瞬间一亮。很明显他没有见过这些有趣的小玩物。

“中原人，你那箱子里的到底是什么东西？”那吉尔傲慢地点了点那箱子。

楚瑜微笑着略欠了身：“这是我们做的买卖之一，都是些精巧的玩物和器具，供世子您赏玩一二，譬如这木头鸟儿，拉动了肚子下的弦，就会飞。”

那吉尔闻言金眸里的光更亮了，满是好奇，却还是不屑地轻嗤：“荒谬，从来没有听见木头做的鸟儿还能飞。”

“就是，这怎么可能呢？”

“中原人就是爱满口谎话。”

赫金人的部落头领们也是头一次听到这样的话，不禁纷纷嘲笑了起来。

此时，一道沙哑惑人的声音忽然响了起来：“如果不能飞，是不是把你的脑袋砍下来？小子，在长生天神与世子面前撒谎可是重罪。”

众人循声看了过去，才发现不知什么时候，隼钦宁已经从巫师们中间走了出来，一双金银异色的妖瞳正看向楚瑜。

一直没有出声的隼摩尔眸光骤冷，转过脸冷冷地看向来人：“不过是献上一点有趣的礼物罢了，需要动辄喊打喊杀么，何况，来者是客。”

隼钦宁却看着隼摩尔笑了起来：“本王亲爱的弟弟，你何必这般着急，你的小客人都一副信誓旦旦的样子。”

隼摩尔见隼钦宁一双妖瞳里流转着诡异的光，心中便觉得他不怀好意，正要冷说什么驳斥他：“你……”

楚瑜却忽然开口，含笑打断了隼摩尔：“右贤王说得对，在下这些玩物既然是送给世子的，自然胸有成竹，更不敢欺骗长生天神与世子。”

她话音刚落，那吉尔已经毫不客气地扬声道：“好，如果你能让这些鸟儿真的飞起来，本世子就重重有赏，否则就要砍下你那口出妄言的脑袋。”

唐瑟瑟几人闻言，眼神一冷，目光如箭一样射向那首座上骄狂的少年。

倒是楚瑜抬手不动声色地拦了拦他们，看向了一边的旭旭大公主。

旭旭大公主果然蹙了眉，有些不赞同地看向那吉尔：“那吉尔……”

那吉尔一见自家大姐的眼神，便有点蔫，却又不肯改口。

隼钦宁目光冷淡地扫了一眼旭旭大公主，与她对望了一眼，旭旭大公主垂下了眼皮，让人看不清楚她眼里波动的光。

楚瑜却将这一幕看在眼底，她忽然笑了起来：“既然世子有兴趣赏玩，在下自然尽力。”

说着，她看向唐瑟瑟，仿佛询问请示一般的模样。

唐瑟瑟略略颔首：“嗯。”

楚瑜方才领着几个唐家弟子上前将箱子里的几种飞鸟和动物都拿了出来，分头走开，准备施展。

而这一幕也落在了隼钦宁的眼里，隼钦宁的目光就落在了唐瑟瑟身上转了好几个圈。

唐瑟瑟似乎也感觉到了有人在看自己。她原本就是冷倔的性情，哪里是会怕人看的，她不闪不避地迎上隼钦宁的目光，面无表情地瞪着他。

隼钦宁挑了挑眉，暗自轻扯了下唇角，似有些肯定了自己心中所想，轻嗤了一声：“倒是个胆子大的。”

楚瑜几个将手里的木鸟拿好，在一片兴味的目光下，趁着一阵风刮过，她轻扯了下那木鸟腹下的机关，抬手一震，那精致的雕刻成鹦鹉的木鸟便“扑啦啦”地展翅飞起。

其他几个唐门弟子手里的各种款式的鸟儿也都全部振翅而起，往水面上飞扑而去。

湖面上本就栖息着水鸟，此刻忽见有“外来”者，皆纷纷地扑棱着翅膀飞起，惊起波涛涟漪片片。

一群赫金人的贵族们都忍不住瞪大了眼，惊奇地看着面前的美丽景致，确切地说是看那些飞入鸟群里，真假难辨的木鸟。

几个唐门弟子们看着那些赫金人的表情，忍不住嘲讽地互相交换了几个眼神。

楚瑜的目光倒是都落在了王世子那吉尔和右贤王隼钦宁的身上。

唐门工机巧之事，机关布置都不在话下，何况这些小玩意？

对于那吉尔这种被宠坏的少年，金银入不得他们的眼，但是这些稀罕物事却会对他们有无尽的吸引力。

她还需要在赫金人的王帐待上一段不短的时日，用些手段消除这个小子对她的敌意，甚至为她所用是必要的。

楚瑜一边领着人将那木头鸟儿含笑给对方送去，一边瞥见旭旭大公主已经试图让那吉尔安静下来，那吉尔却没有搭理，她眼底闪过一丝讥诮的光，这么个王世子坐上大汗的宝座，要么没几天就被人杀了取而代之陷入内战，若是坐稳了汗位，只怕赫金人会有很长的时间都要衰弱下去。

骠骑少帅秋子非还真没白斩了赫金人大汗的脑袋，而天鹰大营也算没白白牺牲。隼摩尔说他的父王将魔神之鞭封印在了雪原上，又怎知不是天鹰大营让那最彪悍善战的赫金人南王也跟着他们一起陪葬？

看着那吉尔兴奋地挥手表示给自己赏赐，楚瑜笑了笑，倒是也不客气地收下了。

商人图利，若是不图利，才会让人心中防备。

“果然是好本事，就是听说小唐和你们的护卫都很是厉害，不知是否得幸一见你们的本事？”隼钦宁沙哑的声音忽又阴恻恻地响起，似笑非笑。

隼摩尔闻言，银眸里闪过锐色：“长生天神大祭前后，不允许动武，否则便是亵渎神灵，怎么，你身为巫王却又忘了么？”

方才他一直以为隼钦宁要搞小动作，一直都警惕着，但见楚瑜他们一切顺利，方才放心了点，如今他这是在这里不甘心要再寻衅滋事么？

隼钦宁笑了起来，妖瞳里魅光乍现：“不过是一点小切磋罢了。”

话音刚落，他忽然手上一挥，但见一片乌光携着杀气朝着楚瑜陡然射去。

他骤然出手，而且乌光直覆楚瑜的头、咽和腹部，直接就是致命的杀招，让人猝不及防。

隼摩尔瞳孔微缩，勃然大怒，正要甩鞭子袭向隼钦宁，却见楚瑜一把推开他，竟没有闪避那些乌光，反而掉了个背部对着那乌光，整个人却朝唐瑟瑟扑了过去。

他方才发现那些乌光竟然半途转了个头直扑向了楚瑜旁边不远处的唐瑟瑟。

说时迟，那时快。危机之下，唐瑟瑟见楚瑜扑过来推自己，她立刻顺着楚瑜推搡的方向骤退，手上却一震，一片银光如天女散花一般笼向那乌光，硬生生地将那乌光挡了下来。

空气里陡然响起一片“嗡嗡”蜂鸣之声，却又似金属碰撞一般的刺耳。

但也就是那么一瞬间，楚瑜避之不及，左边手臂上被那乌光蹭了一下，她脸色白了白，左臂上已经多了一道淋漓血色。

而地面上掉落了一片银色与乌黑。

银色是牛毛细针，而乌黑则是一片黑色的甲虫，密密麻麻，看得人不寒而栗。

“小鱼！”霍二娘几个飞身而来，瞬间抽出了刀剑，将楚瑜和唐瑟瑟挡在身后。

隼摩尔一看，瞬间怒起，一把将鞭子抽向隼钦宁："浑蛋，把解药拿出来，否则老子要你的命！"

隼钦宁善于巫蛊，所用的东西必然有毒。

"啪！"隼钦宁立刻避开，却还是被狠狠抽了一鞭子在肩膀上，立刻也见了血，皮开肉绽。

"王！"他身后的巫师们瞬间都愤怒地也冲了上来。

气氛一瞬剑拔弩张。

双方又对峙了起来。

隼钦宁看着隼摩尔的目光闪过一丝狰狞阴沉。

隼摩尔的武功是父亲教导，从来都比他厉害。

但也不过片刻，隼钦宁又笑了起来，看向楚瑜，或者说有意无意地看向唐瑟瑟："本王一时间失手，忘了怎么是好，听说行商者都有些治疗毒物的本事。"

隼钦宁此言一说，便是傻子都能看出他是故意的了。

赫金人们都沉默了下去，冷眼旁观，不过死一个得罪巫王的商人，又怎么样呢？

旭旭大公主却冷了脸，站了起来："右贤王，你身为巫王却坏了规矩，这是真准备亵渎神灵么，请将解药拿出来。"

隼钦宁看向旭旭大公主，目光掠过她蓝灰色的眸子，笑容有些奇异，轻喃："旭旭，你总是这般识大体和公正无私呢，这么些年过去，你也从小美人长成大美人了，性子倒是不改。"

这种近乎调情的话，让旭旭大公主一僵，脸上浮现出羞恼的红晕来，一时间不知该说什么。

倒是周围的赫金人忍不住笑了起来。

楚瑜这时候却捂住肩，看了眼唐瑟瑟。

唐瑟瑟会意，抬起眸子，冷冷地看向隼钦宁："那就不劳烦右贤王了，我的人受这点伤，我也还能照看得了，解得了毒。"

隼钦宁这一次，直勾勾地看着她："这位姑娘这般能耐，本王可否问一声怎么称呼？"

唐瑟瑟面无表情地道："楚，楚玉。"

说罢，她看向隼摩尔：“抱歉，小唐受伤，我要带她去疗伤了，先行告退。”

隼摩尔见一贯不甚打眼的少女忽然这般霸气，不禁愣了下，随后蹙眉压低了声音：“你真的可以么，隼钦宁的毒，一向厉害非常。”

唐瑟瑟淡淡地颔首：“我若是不能治，这天下也没有几个人能治了。”

说罢，唐瑟瑟便扶着楚瑜往圆帐处走，一行人都撤了下去。

隼钦宁看着他们远去的背影，随后看了眼地面上的银针，也转身冷道：“本王也要去疗伤了。”

说罢，他也不等任何人说话，径自捂住肩膀离开。

他身边的中年大巫师低声道：“王……果然如飞鸽传书上说的，那位的夫人带着这一队人马在寻找白的下落。”

隼钦宁冷冷地眯起了他的妖瞳：“哼，区区一个中原唐门掌门，会些雕虫小技罢了，今儿就要她折在这里。”

他今日连番试探下来，终于确定了那看起来不太打眼的冷面少女，善暗器，善毒，又被唐瑜这个看似领头的奋不顾身地掩在身后，还姓楚，化名楚玉，就以为他不知道她就是琴笙的女人么！

“反正，连他们自己的中原人都希望她死在赫金，何不顺从天意呢？”

隼钦宁冷笑一声，看着远处那被重兵围在中间的一顶小帐，便大步流星地往那里去了。

却没有留意到楚瑜血落处的草叶慢慢地开始发蔫了下去。

“怎么样，没事儿么，掌门？”唐瑟瑟小心地替楚瑜处理手臂上的伤，看着那鲜血流淌，不禁蹙眉，担忧又愤怒。

楚瑜看了眼自己肩膀上的伤，虽然有些疼，但是并没有发黑，便笑了笑：“不过是苦肉计，迷惑隼钦宁的，他若知道我就是楚瑜，我行动起来就不方便了，倒是你要千万小心了，他以为你是楚瑜，只怕要对你不利，所以能不出帐篷，就不要出帐篷。”

“我明白。”唐瑟瑟点点头，一脸惋惜地替楚瑜包扎好了伤口：“真是的……太浪费这元毒之血了，不知能做多少毒饵了呢。”

楚瑜："我不想和你说话了，瑟瑟。"

哪里带这样的，这没心没肺的女人，她忽然有点体会到琴笙恼她没心没肺的心情了！

唐瑟瑟却一脸认真地看着楚瑜："为什么？"

楚瑜无语，最后叹了一口气："没什么，是了，你让水曜和二娘三娘来一下，我有些事儿，今晚要他们去做。"

"什么事儿，是不是要对付隼钦宁那浑蛋？"霍二娘已经大马金刀地带着水曜走了进来。

楚瑜看着自己伤口包扎好了，也没有毒血乱飞了，这才让他们附耳过来，低声吩咐了几句。

霍二娘闻言，脸上瞬间露出一种诡异畅快的笑来："嘿嘿，好，我就喜欢你这黑心肝的！"

楚瑜笑了笑，眼神却有些闪烁，心不在焉起来。

是夜。

"你还要怎么样，我没伤那个女人一根寒毛！"隼钦宁踉跄了几步，捂住自己肩膀又裂开的伤口，痛得脸色发青，他气急败坏地瞪着背对自己的白色修影。

早知他就不故意为了试探白的反应，将他隐在那长草间的小帐篷里了，让他这般对付自己。

琴笙背过身，幽寒似冰泉的声音响起："隼钦宁，你要是不想死得太难看，就不要去动她。"

隼钦宁听着他的声音，几乎气笑了，一双妖瞳里闪过愤怒的光："呵呵，我看你不光心疼她，只怕还心疼她身边的那小子吧，怎么着，看你那愤怒的样子，难不成还真是和那小子有一腿？"

琴笙没有转过身，只淡淡地吐出一个词语："滚出去。"

隼钦宁深呼吸了一会儿，盯着他冷漠得让人仿佛永远难以企及的修挑背影，金银妖瞳里闪过猩红怒意，却沙哑地笑了起来，转身轻轻一拂袖，一盏骷髅灯幽幽地亮了起来，有奇异的芳香溢了出来："本王若是不出去呢，本王已经忍耐得够久了，本王答应你的事，必然会做到，明儿就给你找个女人过来。"

说罢，他忽然一顿，直接上前一步，抬手要抓住琴笙的手臂。

却忽然听得门外传来一阵急促的脚步声，伴着他属下的呼喊：“王……王……不好了，祭台忽然烧了起来，怎么都扑不灭，您快去看看啊！”

长生天神祭祀的大祭台是每年各个部落出资，出人手花了不少时间修建而成的，意义神圣，这种时候出事，会被视为天降不祥的征兆。

隼钦宁一顿，身形僵住了，一双异色妖瞳直勾勾地看着身旁之人，仿佛要从他脸上看出什么不对来，但对方甚至一个眼神都吝啬于给他。

“巫王殿下！”门外的巫师们又焦灼地唤了起来。

隼钦宁最终还是一咬牙，红着妖瞳收回了手，起身向门外大步流星地走出去。

“给本王把人看好了，若是让人潜进来，仔细你们的狗头！”他恶狠狠地留下一句话，方才恼恨地跟着那些巫师们离开，但也留了好几个擅长药理的巫师，防备再有人撒了药粉迷住守卫然后潜入圆帐。

幽凉的风从帐帘外钻了进来，吹散了一些圆帐里靡靡的气息，也带来暗夜里草木的凉香。

琴笙慢慢地坐了起来，略整理了下自己的衣襟，忽然开口：“既然来了，为什么不进来？”

一道人影忽然鬼魅一般地从圆帐之上落了下来，正正落在了他的面前。

楚瑜低头看着琴笙，墨玉眸里一片冰凉：“我怕进来，打扰了你和他。”

琴笙抬起眸子，看向楚瑜，略挑了修长的眉，淡淡地道：“你明知道本尊不会。”

有些人就算仰望你说话，甚至跪着，却永远让人觉得他在俯视你，神色似在宠溺无理取闹的孩子。

楚瑜看着他，忽然觉得心里生出一种无法抑制的火气来，她对着琴笙笑了笑，明丽的眸子弯成两弯天上月儿，粉润的唇抿起笑弧，眉梢眼角里的冷意全都散去，依然是之前娇俏灵动的模样：“嗯。”

她已经很久没有笑得这般甜蜜，琴笙一愣，温柔了表情，抬手习惯性想要去握住她的手。

却不想，她忽然提起膝盖，猛一下子撞上琴笙的肩膀。

琴笙大约是未曾想到她会对自己动手，也不曾防备，忽觉得肩头闷痛，一下子就被撞倒在软枕之间。

“不会什么，我不知道。”楚瑜扑上去，抬起膝盖一下子就压在他的小腹上，另外双手按在他的脸颊两侧，墨玉眸里笑意全隐，凝视着那张近在咫尺的出尘俊颜，眸里只剩下凉薄的水光。

“我的男人，一字不留地独自离开，音讯全无。”

“我这等下九流的人物，不过求个温饱与安静栖身之处，躺在竹椅子上看蚂蚁搬家，蜻蜓振翅，都能津津有味地走完今生，最讨厌与麻烦牵扯，最讨厌心思，可我的男人却给我挖了一个那么大的坑，逼着我千里寻人，还得动心思，大神，你说说看，他到底有什么理由逼我到如此兵荒马乱的地步？”

她鼻尖抵着他的鼻尖，慢慢地一字一顿地说来，呼吸轻轻地喷在他的唇间，字句都冰冷又满是自嘲。

压在他小腹上的膝盖却在慢慢地用力，像是要将他的内脏挤碎似的，看着他苍白的脸色，她的膝盖却开始一路慢慢地顺着他的小腹向下碾压。

她的眼睛是凉的，声音却是柔软的，就像她曾经依偎在他怀里轻声絮语的时候。

琴笙神色依然清冷安静，只是呼吸就这么……乱了。

腹部间逼窒的闷痛，和她方才粗鲁的一撞带来的痛楚，却在她掠过自己唇间的呼吸间，在她唇间幽幽的一字一顿里，化成诡异的欲望火焰，痛至何处，那火焰便慢慢似蔓向那一处。

他略眯了妙目，静水深流的眸中深处有海澜起伏，似有皎月浮现，细碎的金色光芒漾开在眸间，精致的眼尾略上挑，他没有动，只是静静地看着她，幽幽地唤了一声：“鱼……”

她膝盖下在某处突然用力，炽烈如火处，他轻抽了一口气，细微而急促的呼吸声在静谧的圆帐里轻轻回荡。

她润嫩的唇翘了起来，带着一点讥诮，一点得意，充满冷意的眼里渐渐地似染上清丽的妩媚与嗔怒的惑人。他一贯知道自己的鱼儿从来生了一双风情无边的眼眸，宜喜宜嗔。他亲手让那双墨玉眸里染上春情与哀求的雾气时，足以让男人想要将她娇嫩的身躯一点点切割，吞噬入腹，最美丽魅惑的勾引，是身为诱惑品，却诱人而不自知。记忆里的画面让他忽然不想忍耐，抬手拉下她的肩，吻上她粉润的唇。

……

“我觉得他在放屁。”

圆帐里，楚瑜懒散地靠在软枕里，屈起一边的腿，一手搁在膝盖上懒散地拉扯着墙壁上一张强弓的弦。

“你管他放屁不放屁，总之你那位大仙说了他是为了治好他……不能生子的病征，才跟着隼钦宁那个巫师走的。”霍二娘盘膝坐在她旁边，啃着一根烤兔子腿，在说到“不能生子”时，脸色变得很有些复杂和古怪。

谁能想到那位神仙居然还有那样隐私的毛病。不过琴笙那一副方外之人、一身仙气的样儿，实在很难想象他生孩子啊。

“他没说实话，至少没有完全给我说实话。”楚瑜冷嗤了一声，眯起大眼，回想起昨晚的“拷问”。

“不信么？”他淡淡地看着她，神色从容。

如果不是他双手被绑着，衣衫凌乱的样子，看起来不那么从容，她都觉得他像是在议事堂里召见下属了。

“琴笙，你觉得我像个白痴么？”楚瑜穿好了衣衫，抬手整理了下自己的腰带，坐在他旁边，指尖顺着他挺直的鼻尖，慢条斯理地滑过他的薄唇，下巴、颈项，最后停在他左边胸膛之上。

“你的性子，就算再想要孩子，也不会牺牲若此，连内力都没了。”楚瑜冷冷地看着他。

琴笙垂下眸子，沉默了一会儿，才悠悠开口：“松开。”

楚瑜一顿，看着他那淡定的样子，压下想要掐死他的欲望，只看向他依然被绑着的手腕，抬手将那腰带解了下来，并不意外地看见他素白如玉的指尖上有了细碎的伤痕。

她挑了眉，握住他的手：“明明就可以挣开，却宁愿将最重视的手指都弄伤了，三爷这性子……”

“不如此，你心中的气也出不了，怎么，现在心气可顺了些？”琴笙抽回自己的手，转了转手腕，淡淡地看向楚瑜。

楚瑜一顿，怔怔然地对上琴笙清冷幽邃的妙目。他任着她为所欲为，是为了让她气顺？她忽然不知该哭，还是该笑。楚瑜陡然抬手一把按在他胸膛上，又将琴笙按了回去。

她压下俏脸，轻凑近他的鼻尖，目光明锐地看着他，语气却极轻柔：“别以为这样我就会原谅你，琴笙，你还是没有告诉我实话。”

每一次无人处的缠绵时，他都像要吃了她一样地吻她，与平日里他清冷禁欲的模样截然不同，逼得她无处可逃，只能呜咽求饶。

他是上位者，控制欲原本就强，再加上他的过去令他习惯俯瞰与掌控他人，心中才会平静和安全，所以只要平日里他不太过分，私下亲密时他为所欲为，她也几乎是纵着他的。

琴笙微僵，妙目闪过深邃的光，拍了把她的细腰，淡淡地道：“已经是四更天了，还没玩够，是不打算听个中缘由了？”

楚瑜松开了他的乌发，复又靠近他怀里，不以为然地笑得一脸恶意，抬手去抚摸他有些肿的唇：“三爷要是能不这么神色迷离，眼含水雾的模样，这话更有点说服力。”

不趁着他没有内力的时候，可劲地对他妄为，什么时候能翻身做主？绝对的武力值，碾轧一切。琴笙有些危险地眯了眸，忽然松开了抱住她的手臂：“既然不想听，小东家就回去？”

楚瑜听他唤自己小东家，忽然笑了起来，大眼弯弯，一脸无辜，却没有离开他的怀里，反而黏得更紧，素手慢悠悠地顺着他白玉一般的胸膛下滑：“怎么着，这真恼了我，我走了，就不知什么时候才能钻进来了，毕竟这祭台可只有一个可以烧。”

琴笙握住她的手，低头静静地看着她片刻，一双琥珀眸里闪着凉薄又复杂的金光，最终，他还是再次环了她的细腰，悠悠地开口：“这事太复杂，简单地说就是右贤王与朝中之人勾结，当初震塌了永冻原的手笔是那勾结他的人与他所为，他们原本预计是要将我们所有人都埋在冰雪里，但他们大概没有想到大部分的人都逃了出去，只有我留了下来。”

楚瑜虽然早有了自己最初的预估，但再听到这样的话，还是忍不住心中发寒，无意识地环紧了他的腰肢。

“能知道你被困在永冻原上的人只有我们自己人和律方的人。”

楚瑜冷道：“所以隼钦宁的人马上去，打算的就是趁着你受伤被困，我们赶过去之前将你除掉吧？”

琴笙微微颔首，算是默认了，便又淡定补充了一句：“当初上永冻原执行这个任务的人是隼钦宁领队，只是……然后我就在这里了。”

“呵呵，只是什么，只是他见色起意，打算将你带走金屋藏娇，而你却跟着他走了，没有给我留下只言片语。”

楚瑜直起身子来，冷眼睨着琴笙。

琴笙看着楚瑜片刻，抬手从她腰上的袋子里取了一把绿檀雕花的梳子出来：“我只来得及留下这个。”

楚瑜手腕一转把梳子拿在了手里，冷笑：“你留下这个，难道它还会说话不成？”

琴笙微微挑了下精致眼角，幽眸看着楚瑜，淡淡地道：“隼钦宁当时的人马因为他的临时决定出现了内讧，死伤惨烈，而且进赫金的那一处雪山被他们中的某些人破坏，必须立刻离开，而当时他一眼就看出了本尊身上的病症所在。”

楚瑜一愣：“所以，你是打算告诉我，你和他达成了个协议，他替你诊治看病，你就跟他走，任他为所欲为？”

这种亏大本的买卖，他居然会同意？

琴笙却慢条斯理地补充了一句：“具体地说，是他允诺我会先有后。”

“这就是他说你身子调理好了，要给你找一个女人的原因？让那个女人给你生孩子，然后他再拿下你？”楚瑜气笑了，一脸怪异狰狞地扯了唇角，只是两只拳头捏得嘎吱作响。

她现在就想把隼钦宁那混账撕成碎片，然后喂狗。

居然打算让她的男人和别的女人生孩子？

琴笙看着她，轻叹了一声，将她拥入怀里：“我需要时间从隼钦宁身上查证一件事，他为人多疑，手段阴诡，所以来不及将事情详情仔细知会你们，此事至关重要，关乎中原安危，牵扯甚广。”

她强行按捺下火气：“然后你就跟他走了？”

“顺便查一查当年一些漏网之鱼，既有人再次把手伸到了本尊的头上，就要有……”他支着脸颊，看着楚瑜轻描淡写地道：“粉身碎骨，零落成泥的准备。”

楚瑜看着琴笙的模样，沉默了下去，大大的墨玉眸里微闪。

……

霍二娘听到这里，忍不住嘀咕：“这是你家那尊神仙的风格，可你还是觉得不可能么？”

“我信他是在与隼钦宁打交道的过程里发现了什么异端，在紧急情况下，他决定跟着隼钦宁离开，我信他会为天鹰大营复仇，肃清漏网之鱼，甚至他想要毁了赫金……”

楚瑜捧着手里的茶杯，看着里面的茶水幽幽倒映出自己的模样，轻渺地道：“如果那是他十几岁，甚至二十岁的时候，我相信，可现在我不信他会在有了我之后，还这般贸然只身犯险。”

霍二娘愣了愣，看着楚瑜，神色有些复杂，不知想起了什么，忽然讥诮到口不择言：“也许三爷就是习惯了独断专行呢，也许他并未曾将你放在全部心中，未曾为你考虑，就这么信他？”

她知道楚瑜心中的那些煎熬，她的眼越冷静，她的心就越如火焚，愤怒委屈猜忌和不甘心都会让人难以忍受。

可见面的时候，她甚至没有问出所有的答案，就相信那个人么？

楚瑜抬起眸子看着她，眼眸弯弯，唇角轻翘起一个漂亮温柔的弧度，轻叹了一声：“因为，那是我的他，也是他的我，我疑他的动机，却绝不猜忌他的心。”

为什么不相信？那是她陪伴着一路从少年到青年的男人，她一路奋力披荆斩棘，游进他灵魂最隐秘深处的他。她怎么会读不懂他心底对她的执念成深渊？他是她亲手拉下神坛的神祇。

她信。

很久以后，霍二娘依然记得那个清晨，那个女子脸色平静又从容的神色。她忽然有些心酸。不是每一个人都能遇见世上那一个唯一能嵌入灵魂与骨血里的人，不可替代，不问缘由，只是信他绝不会不将她放在心中，绝不会全不顾虑她的感受。

……

而这头，圆帐里，隼钦宁目光阴沉地扫过琴笙的修白身影："有人来过？"

琴笙淡漠地闭上眼："是。"

隼钦宁的妖瞳猛然一紧，咬着牙："祭台是你底下那些人搞的鬼吧！"

琴笙继续淡漠地道："是。"

隼钦宁正要大怒，目光却落在了琴笙白皙的脖颈上，那里无遮无掩的一个红色印记，几乎像火一样烧灼了他的眼。

而对方却连遮都懒得遮，只是冷淡地坐在软枕里，长腿优雅地一屈一伸，整个人难得地没有盘膝打坐，带了一点慵懒却依然优雅而疏淡的气息，整个帐篷仿佛都是他的领地，空气里弥散着他身上好闻的冷香，那香气清冷却霸道得让人很不舒服，让自己这个圆帐的主子看起来仿佛才是闯入的不速之客。

隼钦宁又气又恨，妖瞳森冷，一步步地走到他面前蹲下，阴恻恻地凝视着琴笙脖子上的痕迹，金银妖瞳里目光寒如刀锋："白……你不觉得你太过分了么？"

为什么可以这般理直气壮？他一直都小心翼翼地，不敢去轻易触碰的人，却可以随意地拥抱别人入怀，那他的谨慎还有什么意义？！

"你是不是觉得本王对你太好了，所以这般无视于本王的心意，难道你不知道本王为了保下你一条命，付出了什么！"隼钦宁发现他说话的时候，琴笙依然无视于他，他近乎愤怒地抬手一把扯住琴笙的衣襟，手背上青筋毕露。

琴笙终于睁开了眸子，幽幽的琥珀眸如一片月光下的海，迷人沉魅却仿佛在俯瞰脚下蝼蚁一般的目光让隼钦宁一僵。

"放手。"

隼钦宁也不知怎么回事，下意识就这么松开了手，仿佛自己的粗鲁亵渎了什么一般，甚至倒退了一步。

他发现自己愚蠢的动作后，只能隐忍着喘着粗气，愤怒地盯着他。

隼钦宁周身的气息都阴暗了下去，捏死了拳头，才压抑住自己没有愤怒得失控，只一双金银妖瞳如同兽一般，狰狞非常，仿佛在暗处都能发光。

“是谁，是那个女人，又或者是你身边的那个亲随侍卫，又或者是你身边的其他人？”

琴笙动作优雅地整理了下自己的衣襟，淡漠地道：“隼钦宁，从你第一天与本尊做交易的时候，就该想到会有这一天，本尊的人会找上门。”

隼钦宁有些踉跄地退了几步，最后在床边坐了下来，恨恨地瞪着他，忽然沙哑而古怪地笑了起来：“若不是本王，你早就死了，你们中原人都是言而无信的浑蛋，那人说的话果然没有错！”

琴笙幽眸深处闪过一道晦暗的光，他垂下睫羽：“隼钦宁，你应承本尊的事，也打了一半折扣，本尊的内力与多年修为皆付诸东流，连自保之力都无。”

“若是我不在你身上下药，你会安分？”隼钦宁窒了窒，却又冷笑了一声。

琴笙淡漠地扫了他一眼，弹了弹衣袖：“想要什么东西，就得配得上，隼钦宁，你在本尊身上也下了禁制，不是么？”

隼钦宁闻言，脸色肌肉跳了跳，神色阴晴不定：“你知道……”

琴笙目光淡漠而讥诮：“从第一日在雪山上的时候，你吹奏那骷髅笛不就是要给本尊下禁制么？此后你日日在帐篷外奏响那诡异的笛声不就是在重复地加强你下的禁制？”

隼钦宁无言以对，只盯着琴笙，目光心虚又复杂，最后他沙哑诡谲地冷笑了起来：“白，你这是要跟本王撕破脸了？既然你第一天就知道我的笛声是给你下了禁制，那你也应该记得，本王说过你若是背叛本王，这禁制轻则要了你的命，重则会让你亲手做下悔不当初的事！”

琴笙眯起眸子，唇角忽然上扬成惑人的弧度，整个人似寒雪初融，清风逐月华。看得隼钦宁忽然都怔然，微微睁大了眸子。

“你可以试试。”琴笙略略倾了身，看着他，轻描淡写地道。

隼钦宁心头一窒，只恨面前的人油盐不进，逼得自己进退维谷，狼狈至极，不得不再次咬牙问：“你到底想怎么样？！”

自己若是可以“试试”，早就亲手要了他的性命，偏生，看着那人的脸，就仿佛被控制了一般的魂不守舍。

琴笙慢条斯理道：“交出本尊身上禁制的解法。”

隼钦宁一震，蹙眉盯着琴笙许久，想起对方身上修为散尽，迟疑了许久，最后还是沙哑地应了：“好。”

有些人就算身处劣势，偏生一词一言，却依然似居高临下拿捏着他人软处，让他人全不能拒绝。

琴笙淡淡地笑了：“很好，隼钦宁，你若食言，你的所想一切皆落空，所拥有的一切，权力、地位甚至问鼎王位的机会，本尊都会让它们化为泡影。”

看着对方唇角凉薄如雾，幽暗似夜云，几乎能称得上温柔的笑容，心头一震，这是他第二次对自己微笑，隼钦宁却忽然觉得——不寒而栗。

……

到了午膳时分，楚瑜才出圆帐，便看见隼摩尔早早地站在自己圆帐外，一见她出来，便走了几步过来打量了一会儿她，见楚瑜气色有些苍白，便皱起剑眉有些担忧地一把握住她的手腕：“看你脸色不佳，可是昨夜手上的伤还疼？”

他动作虽然快，但是握住楚瑜手腕的动作却很是轻柔。

楚瑜看着他握在自己手腕上的大手，便想要不动声色地抽回手：“多谢殿下挂念，本就是皮外伤，无甚大碍。”

隼摩尔却只觉得这么一握，整个人都愣住了，手心里的手腕纤细得像草原上的一脉柔软的草叶，触感却滑腻柔软得像娇嫩而罕见的月光花，仿佛只要他用力一点，这手腕就会被折断一般。

“咳咳……殿下，我想要去用午膳了。”楚瑜再次试图抽出自己的手腕，隼摩尔才如梦初醒一般松开了她的手。

隼摩尔忽看向远处那祭台冷笑：“隼钦宁那个浑蛋昨日对你动手，

还见了血，违背了天神的意志，冒犯了天神，如今天降妖火，就是他的报应！”

“看起来这个流言已经传遍了整个王帐草原，对巫王的声望怕是很有些影响。”楚瑜也弯了弯墨玉眸。

隼摩尔一双银眸闪过锐利狡诈的光：“这是事实，怎么能叫流言呢？”

就算不是事实，是人为的火灾，也会成为“天罚”的事实，安在隼钦宁的脑袋上。

这是楚瑜早就策划好了的，她平白流血，只为了达到一个不痛不痒地转移他人目光的目的可不够。

隼钦宁敢算计她，自然要付出相应的代价。

根本不必她派人散布流言，隼摩尔这等聪明人物，只要抓住了这个机会，自然会不遗余力地去做这件事。

楚瑜看着他，两人对视一笑。

隼摩尔忽然抬手搭上楚瑜的肩膀，笑容渐深：“小唐，你不觉得你我之间，很有点狼狈为奸的感觉么？”

楚瑜：“这个……”

狼狈为奸这个成语用得似乎不太对。

隼摩尔才不管，只摆摆手：“不要在意这种细节，本王觉得你我真是合适成为兄弟，你还救过本王，简直是天作之合。”

楚瑜沉默了一会儿：“天作之合，也不是这么用的。”

“不如你我喜结良缘，结为异姓兄弟吧？”隼摩尔爽朗地笑着，完全没有理会楚瑜的嘀咕。

“喜结良缘……异姓兄弟……”大圆篷这头，楚瑜眼角跳了跳，她揉了揉眉心：“那个喜结良缘也不是这么用的。”

不怕外邦人不会说中原话，就怕外邦人乱用成语，先有一个霍二娘，中原话终于四级跳了，这又来个不及格的。

“大男人不要在意这种细节了，总之哥哥我觉得你太对胃口！”说着隼摩尔抬手又捶了一拳她胸口，大笑起来。

楚瑜这回是眼明手快，抬手就挡，巧妙地手腕一转，反手拍了拍隼摩尔的厚实胸膛，皮笑肉不笑地压低了声音道：“有情义，不必拘泥于面上功夫，何况殿下与我还是保持点距离才好，否则要是被人抓你个通敌叛国的罪名，那可怎么好？”

隼摩尔挑眉，五官深邃的俊脸上霸气外露，恣意又放肆：“那又怎么样，老子愿意和谁好就和谁好，谁手里有兵权谁说话吧，谁敢造谣，弄死他们！”

楚瑜继续沉默了一会儿，才道：“你说得好有道理，我竟……一时间无言以对。”

真是够直截了当的思维模式。

第二日一早。

楚瑜出门，意外地又看见了隼摩尔一身白衣，脖子上戴着宝石胸链，腰束着宝石腰带，乌发上坠着华丽的宝石珠子，连靴子都坠着宝石，这么华丽的一身打扮，让他整个人看起来耀眼非常，平添几分华丽的俊逸，很是惑人。

“殿下？”楚瑜有点迟疑地看着自己面前打扮得花枝招展的隼摩尔。

隼摩尔倒是摸摸自己光洁的下巴，对她一笑：“小唐，哥哥我这模样可好看？”

听说小唐的娘子貌若天仙，他虽然心中对中原人很喜欢花式赞美女人的词汇很不以为然，但是隼摩尔也知道自己有一幅好相貌，很吸引女人，所以他也不知抱着一种什么样的奇诡心态，把自己给打扮了起来。

楚瑜看着面前的高大男人，阳光落在他俊美的五官上，显得他整个人比他身上的宝石还要耀眼。

楚瑜倒是一点不吝啬自己的赞美之词，看着他含笑道：“摩尔大哥，真是人中龙凤，俊秀非凡。”

隼摩尔愈发地满意，点头大笑，抬手就朝楚瑜伸了过去：“哥哥我就喜欢你这样吹毛求疵的赞美！”

楚瑜早就戒备了，抬手就不动声色地挡住隼摩尔的大手：“……吹毛求疵不是这么用的。”

但是这一回，她失算了，隼摩尔既不是要拍她胸膛表示哥俩好，也不是抓她的手腕子表示亲近，而是直接长臂一伸揽住了她的肩膀，表示了他如火的热情：“总之你我兄弟就是成双成对，天作之合了，来来来，咱们比翼双飞打猎去，日湖旁边可有不少鸟儿可以打，还有兔子和狼！”

说着，他压低了头，在她耳边嘿嘿得意地笑：“隼钦宁那王八羔子大祭前动手让你见了血，被天罚烧了祭台，这会正被头领们问责得灰头土脸，哼！”

楚瑜听着他在那乱用成语，唇角抽得厉害，虽然实在有点消受不起他的热情，但是听得隼钦宁这个抢自己男人的死基佬倒霉，她还是心情愉悦地笑了起来：“北王殿下，年少气盛了，是不够谨慎，呵呵呵。”

被隼摩尔揽着肩膀走了两步，楚瑜趁机身子一转，滑溜地从他胳膊底下钻了出来。

隼摩尔没有摸到她的肩膀，很有些遗憾，却还是笑着叫上人马一起打猎去了。

远处山坡上一道被士兵围在其中的白影将这边的情景看在眼里，唇角笑容愈深，只是越发的冰凉。

白玉般的手指不由自主地轻轻敲打着腿侧，若是细细看去，总觉得那动作像是在谋算要敲死什么人或捏死谁一般。

“白，怎么了，在看什么，不是说了要跟本王一起打猎么？”隼钦宁沙哑的声音忽然在他身后响起。

白衣人戴着兜帽，都已经是五月天，却还是只露出一双清冷幽深的精致琥珀眸，他淡漠地看了隼钦宁一眼，率先翻身上了马。

隼钦宁的目光停在他的长腿上，笑了笑，妖瞳里微闪：“白，最近没了内力修为，身子不适，可要与本王共乘一骑？”

白衣人仿佛根本没有看见身边有人一般，淡淡地道：“打猎，走。”

他再不去打猎，大概有人就要比翼双飞了。

隼钦宁没留意到琴笙离开之后，侍卫们皆一副不由自主地松了一口气的神情，看着他的背影，金银异色的双瞳微闪，还是翻身上马，扬了下鞭子，示意侍卫们一起跟了上去。

日湖是赫金草原上一片非常广阔的大湖，一眼望过去不到尽头，所以赫金人平日里也管那日湖做海子。

湖水碧蓝，倒映了漫天白云，远远望去，竟一时间不知哪一处是天，哪一处是湖，美得让人心旷神怡。

五月的海子边，开满了各色美丽的野花，看得人心迷醉。

远处的羊儿悠然地吃着草，如朵朵开放在绿草原野上的大花，还有那牧马少女的悠扬歌声。

湖风悠悠地夹杂着青涩而清新的植物芳香迎面扑来，楚瑜只觉得抬手间，仿佛就能乘风而舞，直上清冷碧蓝的辽阔天际。

她陶醉地微微眯了眼，拎着弓箭，忍不住深深吸了一口气："果然是风吹草低见牛羊，太美了。"

"小唐要是觉得美，何不留下来，别回中原了？"隼摩尔正挽着强弓，伸手试拉着弓弦，看着楚瑜笑了起来。

楚瑜看向他一笑，淡淡地道："天下美景何其多，西洋有辽阔大海，华美城堡，紫色原野；东瀛有繁华樱花，清美雪景温泉，精致宫室。可自己的家，只有一个。中原有一句俗话，金窝银窝都不如自己的狗窝。"

隼摩尔闻言，只觉得心中微震，他眸光微闪，定定地看着楚瑜："小唐果然见多识广，是为兄浅薄了，只是不知你觉得何为家？"

楚瑜转脸望向湖边，抬手轻拨拢了下自己的发鬓："我爱之人，爱我之人在之处，便是家。"

隼摩尔静静地看了她侧颜片刻，忽然叹了一声："你很爱她？"

楚瑜点头，轻轻翘起唇角："嗯，我爱他。"

"不过……是个长得漂亮的女人。"隼摩尔嘀咕了一句，见楚瑜没搭理自己，便看着她，认真道："放心，大哥会帮你把你女人找回来的。"

楚瑜笑了笑，自信而笃定："我自己会把他弄回来的。"

说罢，她扬了扬手上的弓，翻身上马："走吧，打猎去，今儿回去让咱们家小姐给咱们倒腾些中原风味。"

唐瑟瑟这个姑娘吧，除了性子较真点，像灭绝师太点，好毒物点，优点还是很多的，比如——她手艺是真不错。

她经常发挥钻研解剖各种毒物的精神去解剖鸡鸭鱼肉，并且将它们做成美味，饱了她们这些饕餮客的口福。

隼摩尔也大笑起来，跟着跃上马背，一扬手中强弓：“好，走起！”

一群人便拉开了架势，追逐着水鸟、野兔子们开始打起猎来。欢声笑语，呼喊咋呼之声不绝于耳。

楚瑜骑马的功夫不错，但是论射箭，那真不是她擅长的了。

霍二娘和霍三娘也跟隼摩尔一伙差不多，都是马背上长大的，真正的控弦之士，马背上玩起来花样繁多，手中的弓箭，一射一个准。半个时辰，就得了些收获。水鸟、兔子挂了马背边上一串。

反观楚瑜，猎物只有可怜兮兮的一只小兔子，鸟毛都没看见一根。

霍二娘见状，提着弓一点不客气地嘲笑起来：“哈哈哈，你打的啥啊，连个鸟都没打着。”

楚瑜知道自己不擅长此道，也并不以为耻，只懒洋洋地拍了拍自己腿边的兔子笑道：“不是还有你们嘛，就是玩一玩罢了。”

她心里有事儿，出来不过是散散心罢了。

说着，她拍了下马屁股，抬手随意地拉了下弓，一支飞羽箭直射了出去，将水面上的飞鸟们又惊飞不少。

霍二娘见状，若不是她在马背上，就要跳脚了：“哎呀，你这是故意的吧，哪那么小心眼，都是跟三爷学的吧！”

霍二娘正准备射那些鸟，如今飞鸟们被楚瑜的长箭惊走，也只得恼火地白了楚瑜一眼。

楚瑜挑衅地朝霍二娘挑眉。

一边的隼摩尔打马过来，见状大笑了起来。“哈哈哈，箭不是这么射的，小唐你拳脚功夫不弱，只是这骑射不得要领！”

魅丽文化 花火工作室

青青的悠然 著

绣色可餐

华嫁篇（下）

江苏凤凰文艺出版社
JIANGSU PHOENIX LITERATURE AND ART PUBLISHING, LTD

目录

CONTENTS >>

目录

<< CONTENTS

第一章
草原明月

他忽然翻身而起，足尖一点直接跳上楚瑜的马背：“哥哥来教你！”

楚瑜还没有来得及拒绝，就感觉背后多了一个高大身影，一把将她抱在怀里，同时，一手握住自己控弓的左手，一手包裹住自己拉弓弦的右手，弯弓搭箭瞄准天空飞翔的鸟群。

耳边也有男子温热低沉的呼吸传来：“看好了，拉弓得怀抱满月，手臂要直，架住身形，拉弦要稳，放弦干脆……”

隼摩尔干脆利落地拉弓放弦，只听得“蹭”地一声，白羽箭携着凌厉的力道瞬间飞射而去，直射向那些飞鸟群中。一只白鸟嘶鸣一声，应声而落。

“好，大王真猛士！”周围观猎的侍卫们，皆大声欢呼了起来。

楚瑜见状，内心忍不住颇为佩服隼摩尔，她把身子向前靠了靠，含笑扭头赞了一句：“大哥好弓马！”

不等隼摩尔说话，她就松了马镫，足尖一点，直接翻身下马。隼摩尔一直都觉得楚瑜身形娇小，但方才那一抱，他才觉得楚瑜那身形简直如女子一般，而她发间还有一种澄净清冽的气息，草木芬芳，干净非常。让人生出一种想要把对方身上涂抹上自己气息味道的诡异欲望。

“本王亲爱的弟弟，你这是在打猎呢，还是在猎艳？”一道略显沙哑低沉的声音忽然在不远处响了起来。

楚瑜和隼摩尔等人齐齐回头看去，正见着隼钦宁领着不少侍卫们策马而来，他们的马上也有不少猎物，看起来像是也在打猎的样子。

“怎么不把你身边的那群黑乌鸦带过来？”

隼摩尔看着隼钦宁那张和自己相似的面孔，冷笑一声，毫不掩饰地讥讽：“哦，我想起来了，你身边的那群黑乌鸦，不，巫师们这会子正忙着干苦力把祭台堆起来罢？”

隼钦宁闻言，沉下了脸，策马上前走到了隼摩尔面前，阴沉暴戾地盯着他：“隼摩尔，别以为你指使那些汉人干的事，本王不知道，烧毁长生天神大祭台，你也真敢做出来，就不怕神灵愤怒么？”

隼摩尔没有指使任何人做这件事，所以他根本不怕，只冷笑着挑起剑眉讥讽隼钦宁：“长生天神要惩罚，首先也是要罚那些黑心肝害死亲生爹娘的畜生。”

楚瑜的目光却停在了不远处那被包围在侍卫之中，骑在马上戴着兜帽的修挑身影。对上那一双漂亮的琥珀眸，直接被那阴沉莫测的妙目盯得透心凉。双手一摊——这是吃醋了？她可不是故意的，谁知道那隼摩尔忽然跳到了她背后，还要教她拉弓射箭？

琴笙微微弯了弯眸子，轻轻地笑了起来：“呵呵……”

此时，一阵凉风吹过，吹起琴笙脸上的兜帽巾子一角，正落在隼摩尔眼里。隼摩尔一呆，又有些复杂地感慨道：“本王一直以为你们中原人夸奖女子美貌的那些词，实在是夸张了，如今一见，却发现原来真没有夸大其词，也难怪小唐你不远千里地来寻妻。”

琴笙忽然勒住了马缰，转脸睨着楚瑜，目光阴了阴：“他刚才说什么，千里寻妻？”

隼摩尔又看了他一眼，上前一步在楚瑜耳边压低了声音感慨道：“中原女子竟有这般高大身材，实在是……和你身材不匹配。”

“照大哥说，这女人也算对你有心了，哥哥会帮你救回她，但是女人嘛，再好看也不过是为了传宗接代，你这小身板子，还是不要总和不匹配的女人纠缠，何况你们中原人不常说好女不嫁二夫么？她还跟过隼钦宁。”隼摩尔拉着楚瑜走了几步，到一边低声说道。

他似乎完全没有察觉楚瑜身上的僵硬和气氛的诡谲，楚瑜头皮发麻：

“大哥……你别说了成么？”

“楚瑜，你好，你真的很好。”琴笙看着楚瑜那一脸心虚的小模样，忽然阴测测地笑了起来，抬手就捏住了楚瑜的小下巴，盯着她，声音都温柔得有些扭曲。楚瑜知道那杀意不是对自己的，是对着她身后跟上来的隼摩尔的。琴笙远远就见着水曜一脸发绿，怯生生地看着他不敢过来，神秘莫测地冷笑一声，手臂一抽，拂袖翻身上马而去。

……

隼钦宁被琴笙甩了脸，气急败坏地往自己帐子里去，谁知才进门，就看见一道慵懒的人影坐在他帐内。他冷冷地看着面前的男子，声音沙哑地开口：“你来做什么！”

那人看着他却笑了，偏细长的丹凤眼眯成惑人的弧度，仿佛满是不解：“我说，巫王殿下，为什么你每次见到本少主都是这样一副防备又拒人于千里之外的模样呢？”

“宫少宸，你到底来做什么？”隼钦宁看着面前的人阴沉沉地勾了下唇角。

“殿下何必恼羞成怒，你我当初约定，你要他性命，我替你摆平你那弟弟，如今你见色起意，不舍得杀他，难道我还说不得几句话？何况本少主现在既来，就是来帮你的，莫要不识好人心！”

此言一出，隼摩尔立刻眯起了眸子，上下打量了一回宫少宸，随后冷笑了一声：“不识好人心，你？”

他很难相信宫少宸这个男人。毕竟在他选择留下白之后，这个男人就连番来信，信里分明已经恼羞成怒，威胁他若是不除掉白，就将白的身份曝光，让他在赫金成为人人喊打的过街老鼠。

“那是自然，怎么，不相信？”宫少宸慵懒地笑了起来，拨动着自己手指上的宝石戒指，对隼钦宁露出一笑，风流倜傥，友好非常，“你我相识多年，你既动了心，我又劝服不了，可不是得圆了你的那点小心思？”

这日傍晚，楚瑜正准备去用膳，刚出门就看见个熟悉的人，“是你？”

来人含笑：“是我，叨扰贵客了，可方便？”

楚瑜对上对方精致灰蓝的眼，轻笑：“当然，方便。”

数日后……

“呜——”低沉的号角声极为刺耳，伴着晨光升起，有一种仿佛要唤醒天地的神圣之感。伴随着那沉闷的号角声与晨光的，还有巫师们吟唱赞歌之声。第一缕阳光落在那新建的祭台上，给黑色的祭台镀上了一层诡谲的光……

所有人都恭敬地跪伏在地，看着一群穿着黑袍戴着华丽金饰的巫师们半唱半吟，晃动着手里的金铃，舞动着身躯，合着那诡异幽远的歌颂声，踏动仿佛能召唤神明的原始舞步，地面都仿佛都跟着颤动了起来。而隼钦宁白净消瘦的面容上用油彩描了一层精致的图腾，他原本深邃的五官和妖异的眼瞳越发地看起来诡异而神秘，让人不敢逼视。他站在那高高的祭台上，手中杵着骷髅权杖，指向天空，也哼唱着一种特殊的音调，那声音仿佛从他腹部发出来，却极为浑厚而响亮，飘荡在天空上方。

“长生天神庇佑吾等，去魔降福，长生天神庇佑吾等，去魔降福……”

楚瑜原本百无聊赖地随着所有人跪在高高的祭台下，听着众人吟诵，可是慢慢地，她的眼神都有些渐渐迷茫起来，竟觉得那高高站在祭台之上的人就是神祇，至高无上，忍不住想要顶礼膜拜。甚至因为那庄严的乐声，楚瑜眼里开始发酸，竟有种天地浩大，人如蜉蝣，贱命不可惜，对自然充满膜拜。她亦恭敬地将额头贴在自己的手背上，眼神愈发地迷离。但是此时，一道锐利的痛忽从自己的手臂传来，她一个激灵看向一边的霍三娘，她脸上一片凝重，见楚瑜看来，便无声地朝着她摇摇头。

楚瑜瞬间清醒了过来，又听得霍三娘用传音入秘对自己道：“这是一种特殊的魇术巫法，不要去听那歌声就没事了，以前我们在魔门之中，教主掌门就是用这种法子控制门徒的。”

楚瑜在琉岛之上亲身体验过一把音阵的厉害，但是辉夜姬调动那些音阵，不知用了多少人力物力和机关，繁复精密。她已经很以为奇了，但是今天，隼钦宁不过是调动了一些鼓乐，再配合他自己的声音，竟然就能让成千上万人跪伏，被他调动情绪，或哭或笑。

比起操控一人之行动，操控上万人的情绪却分明更显功力。到了现在，她不得不承认隼钦宁就算是个装神弄鬼之辈，也是有真能耐的装神弄鬼！

而就在此时，那庄严神秘的乐声和吟诵出现了一丝变化，虽然不是很明显，楚瑜却立刻察觉到了。原本让人感动叹息的乐声忽然慢慢地尖锐了起来，悦耳的铃声也叮叮当当响得让人渐生出躁郁之感。楚瑜和霍家姐妹、曜司等已经有所防备的人都感觉心底渐渐烦躁，更不要说普通民众。那种躁动和压抑渐渐地让不少人都忍不住骚动了起来。楚瑜有了不太好的预感，正打算抬头看一看隼钦宁打算做什么，忽然听得一声尖锐的响声——

“叮！”

天空竟不知何时乌云密布。楚瑜有些怔然地看着那忽然变了的天色，忍不住有些呆……这天色看着简直妖风阵阵，像有妖孽出世一般。她的念头还没有下去，就听得一声厉呵：“此间妖孽，还不现身！”

说话间，隼钦宁手中的权杖忽然脱手，携带着凌厉的杀气直接朝着楚瑜所在的方向激射而来，目标直指楚瑜。楚瑜一个反手卸了那杀气，就将那权杖握在手里，却不想“嘭”地一声脆响，那权杖竟忽然断裂，随后化成了齑粉！

“圣杖裂，妖魔现，唐姓汉人小子，就是要毁我赫金人来年畜牧平安的妖孽！”隼钦宁在上头一声暴喝。所有人的目光都齐齐落在了楚瑜身上。楚瑜正要说话，却发现赫金牧民看自己的目光竟带着猩红浓烈的敌意！而此时，所有曜司成员全部一跃而起，手都警惕地按在了腰间的武器之上。

她眉心一凝，虽然早有准备，但这般情状，实在是让她心中震了又震。楚瑜冷笑一声：“我是妖孽，哪一方的神灵说的？”

隼钦宁高高地站在祭台上，狂风掀动着他的衣袍，让他看起来像是生出乌黑双翼的生物，却偏偏让人心生敬畏。他冷笑一声，“那日天降烈焰，就是因为长生天神发现了你身上寄生的恶魔，对本大祭司的神降警告，你身上的恶魔不除，必定会给我赫金草原带来血腥和灾难！”

如此还不够，隼钦宁又一指楚瑜的手：“这是从我赫金第一任大祭司手上流传下来的圣权杖，若是圣洁之人触碰，全然无事，只有你这种被邪魔附身的妖人才会令权杖都无法震住你的邪气！”

赫金部落首领们忍不住信了，警惕地将楚瑜和曜司众人围困在中间。

“那你想要怎么样？”楚瑜实在懒得看隼钦宁那装模作样的样子，干脆地抽出了腰间的剑，冷笑一声。

“妖魔附身的汉人，还不快快伏罪受死，尔等区区汉人也敢于长生天神大祭上动武么！”隼钦宁再次厉声喝道。

随着他话音响起的，又是一阵诡异的铃声与羌笛鸣响！那令人烦躁刺耳的声音再次响起，几乎让人忍不住心中生出嗜血的欲望来。赫金的民众们都纷纷站了起来，他们原本人人尚武，每个人身上都带着武器，此时听得隼钦宁一声令下，不分男女老幼竟然皆拔出刀剑来，向楚瑜和曜司一行人围逼了过去。

远远地隐藏在隼钦宁侍卫间的宫少司此刻脸色已经变了：“不好，

那隼钦宁根本不打算遵守协议，他要假公济私杀了小姐姐！”

宫少宸一双丹凤眸尽是杀意，紧紧握住了手里的剑，脸上却依然镇定，他也很想知道楚瑜会如何应对这等场面。这个丫头从来都有逃出生天的本事。但是这一次，她要怎么逃？

“不要再负隅顽抗，否则你会被乱刀砍死！”隼钦宁冷笑着道，依然不忘用他的声音蛊惑民众！他一扬手，身边的侍卫们都齐齐提了箭，朝着站在中间的楚瑜和曜司众人激射而去。

楚瑜等的就是这一刻，箭声破空而来，压了一下那愈发盛大的蛊惑人心的鼓乐，她骤然跃起，手中长剑一转，挡下那些飞箭，同时抬手用了内劲就朝着不远处的祭台扔了一个天雷弹。只听得“轰隆”一声巨响，烟雾弥散，祭台也瞬间坍塌了一块！

楚瑜看着渐渐逼迫过来、杀气重重的民众们因这爆炸顿住了脚步，忽然冷笑了一声，厉声用内力大喝道：“我看大巫师你才是在冰原之上冒犯神祇之后，被邪魔附了体，要给赫金人民带来灾难！”

巨大轰鸣声阻断了那诡谲的乐声。而原本红着眼的民众们也被这轰鸣声吓了一大跳，齐齐震得清醒了过来。

隼钦宁冷笑一声，看着楚瑜道：“你以为你还能像在琉岛破了辉夜姬那蠢货的音阵一样，破了本王的音阵么？”

说话间，他忽然一扬手，那些民众里的许多人提了刀就凶神恶煞地向楚瑜和曜司一行人冲了过来。那训练有素的凶狠模样，哪里是赫金的普通民众，分明就是训练有素的士兵！此时巫师们又齐齐拿起了手中的鼓乐弹奏了起来，而隼钦宁自己手里也多了一支人骨笛吹奏起来。激越暴虐的古怪乐声一响起，那些士兵们都齐齐一震，目露凶光，野兽一般咆哮着朝楚瑜和曜司冲杀过来。

“杀啊！”

很快双方短兵相接，刀剑铁器触碰之声不绝于耳！曜司中人从来不会畏惧敌人，即刻厮杀了起来！但是渐渐地，楚瑜却发现有些不对劲，那些士兵们双目猩红，战场之上悍不畏死的勇士有，但是如他们这般，手臂甚至大腿被曜司武卫们断了，血流了一身，却仿佛一无所觉，还要扑杀上来的凶狠模样却让楚瑜蹙眉。

远远地，满面森寒怒火的隼摩尔被普通民众挡住了路，甚至士兵们被笛声影响有些自顾不暇。等到救兵赶来，楚瑜和那几十个护卫早就被剁碎了！隼钦宁想到那自己厌恶的人死无葬身之地的画面，心中就畅快得无以言说！

一道清冷的胡琴声忽然响了起来。

那琴声如同一盆冷水当头泼下，瞬间就令所有人的身形顿了顿。琴声萦绕在空气中，使士兵们的愤怒杀戮气焰都消散下去。隼钦宁脸色大变，几乎不敢置信地看向那不知何时出现在曜司武卫中间，站在楚瑜一旁的窈窕身影。虽然穿着一身曜司武卫的青衣，可那张脸和灰蓝黎明的眼眸却分明属于旭旭大公主！她怀里抱着一把造型诡异的骷髅胡琴，指尖在琴弦上不断拨动，清冷到凛冽的琴音，远远地飘散开来。

随着她的琴音响起，那些杀红了眼，理智全无一般的狠辣士兵们忽然全身僵木，随后蓦然发出一声声痛苦惨烈的哀嚎，竟忽然浑身颤抖着倒在了地上，不要说击杀敌人了，分明已经自身难保。这下子，原本逼得曜司武卫们不断缩小防御圈的紧迫战斗形势陡然一变。曜司的武卫们立刻主动出击，一剑挑数人，如屠戮猪狗一般。不过片刻之间，他们的防御圈就打开了一个大口。

旭旭大公主却脸色凝重地一边弹琴，一边低声道："这魔术里的音控术并没有到神乎其神的地步，大部分人只是情绪略有躁动，只有隼钦宁的人马化妆潜伏在普通人之间，他们又事先服用了特殊药物，所以才会有这等神智丧失，还带动其他人也来围攻咱们的效果。"

"那现在……"楚瑜护卫在旭旭身边，若有所思道："是……反噬？"

旭旭看着那些被屠戮的士兵，灰蓝的眼里闪过复杂而难忍的神色，可她却没有停下弹奏的手指，轻轻地颔首："是的，他们服用的巫药会让他们受到魔术音阵的最大影响，如今我这琴声一响，他们就会被反噬。"

成也音阵，败也音阵。这大概是隼钦宁自己也没有想到的。

隼钦宁看着大势渐去，面目扭曲地死死瞪着祭台下不远处的楚瑜等人，或者说死死瞪着旭旭大公主，连笛子也不吹了："你居然敢为了这些汉人和本王作对。当初本王就该杀了你和那小贱种！"

旭旭大公主看着他，神色里闪过一丝复杂，朗声道："放下屠刀，立地成佛，还不晚，隼钦宁。"

"哈哈哈哈……"隼钦宁闻言，却忽然仰头大笑了起来，笑得眼泪都出来了："你这贱人居然背叛了我们赫金人的信仰！你以为你拿着你姆妈的骨琴就能和本巫王一较高下？"

旭旭大公主仰头定定地看着他，声音冷冽，寸步不让：“我确实不如你在魔术一道上有天分，可你明知道你我若是硬扛，最早七窍流血而亡的一定是你的人！”

隼钦宁的笑声戛然而止，一双妖瞳看着她，狞声道：“那就休怪本王不讲情面了！”

说着，他忽然抬手一震，乌黑而宽大的袖子里竟无风自鼓，发出诡异的震动嗡鸣。其声带着一种刺耳的鼓噪金属音，又似几万只蜜蜂振翅碰撞一般，让人听得极为难受。楚瑜瞬间警惕起来，摸出腰间的暴雨梨花针筒，她总觉得隼钦宁陷入了一种疯狂而危险的状态。

旭旭大公主脸色倏然一变：“不好！他袖子里的是……”话音未落，就见他一挥袖子，里面骤然喷出一股黑雾来。那黑雾在半空中晃动了一会，忽然越散越大，一下子就朝着地面扑来。“不，那不是雾气，那是虫！”旭旭厉声道。

楚瑜也发现了，那些雾气，根本就是上次隼钦宁对她放出的诡异甲虫，她依然记得那甲虫的厉害，金属一般的壳子，咬人极为厉害，还带了毒！

一时间，只听得惨叫声四起，不少人身上都是被虫子咬出来的血窟窿，那些虫子见了血更疯狂，连武艺高强的曜司武卫们都中了好几下，瞬息就见了血！楚瑜大怒，劈掉冲向自己的几个虫，正要飞身冲上祭台，却不想一道人影动作比她更快。祭台上，一道穿着赫金士兵衣衫的修挑人影，一手勒住了隼钦宁的脖子，一手拿着匕首架在了他的脖子上，阴沉沉地下令：“隼钦宁，把你的那些虫子收回来。”

那些虫子仿佛也认主，竟都没有飞上祭台。所以那人毫无顾忌地擒住了隼钦宁，甚至手上刀刃一拉，直接在隼钦宁的脖子上割开了一道血口子。隼钦宁整个人都僵住了，只下意识地收住了袖子。

这原本是一件好事，但是楚瑜看清楚了对方的面孔后，咬牙切齿地捏紧了手里的剑：“宫——少——宸！我就知道是你！”

宫少宸低头看向楚瑜，丹凤眸里闪过幽光，随后露出个风流倜傥的笑来，“一日不见，如三月兮！你可思念我？”

楚瑜冷笑：“是啊，真是遗憾，我总想着不能亲眼见你死，那太可惜了！”

隼钦宁一听宫少宸的话，脸色就已经不好了，他死死地盯着楚瑜，片刻之后才忽然狞声道：“你居然是女的！难不成你才是那个唐门的掌门楚瑜！”

此言一出，宫少宸也怔了一下，看向隼钦宁：“你竟不知谁是楚瑜？”

“本王早知道，必杀了你，贱人！”隼钦宁脸色铁青，恨得咬牙切齿，却不愿说出自己被摆了一道。

宫少宸大笑了起来：“小女郎，你果然一如既往地奸诈又狡猾，她连琴三爷都摆了一道，你被她耍了一把，也是正常。”

楚瑜忽然足尖一点，飞身而起，手中的长剑卷出一道凌厉的剑气直接袭向台上的两人。宫少宸一惊，随后擒着隼钦宁后退，挑眉道：“本少主可是在救你，你怎么恩将仇报！”

楚瑜冷笑，攻势不减，直逼向他：“我这是在谢你们的狼狈为奸呢！”

宫少宸被她这一逼，刀子便略离开了隼钦宁的咽喉。隼钦宁眼睛里狞光一闪，忽然将手指搭在自己唇边，曲指成哨，吹出一道诡异尖利，几乎能刺破人耳膜的哨声。他厉声道：“楚瑜，杀了宫少宸！”

宫少宸反应过来之后脸色一变，暗叫了一声糟糕，便见楚瑜面容忽然变得木然森冷，原本袭向隼钦宁和他的剑锋，忽然一转，直逼自己的面门。

“该死！”宫少宸想要去摸自己怀里的骷髅哨子，但是楚瑜和他距离太近，两人都已是近身格斗，他还抓着隼钦宁，哪里有空隙能去抓那哨子。

楚瑜的攻势一次比一次凌厉，逼得宫少宸左支右绌，若不是楚瑜顾忌着隼钦宁，早已一剑砍掉了他的头。这让隼钦宁忍不住得意猖狂，沙哑地大笑了起来：“哈哈哈哈……被自己喜欢的女人刺杀的滋味如何，你们这些汉狗都该死！”

楚瑜忽然面无表情地一剑向宫少宸刺去，剑锋直贴着隼钦宁的脖颈，却角度极为刁钻地携着浓烈杀气直破宫少宸的面门。如果他不放开隼钦宁就会被刺破头颅。隼钦宁想象着宫少宸被剑刺破脑门，脑浆迸裂的模样，愈发得意地狞笑起来。却不想，隼钦宁笑声未落，忽对上楚瑜那双眸子子，竟觉得那双眼冷得太过清灵，骤觉出危险的气息来。

楚瑜手中的长剑一震，宫少宸被逼得放开他的一瞬间，隼钦宁忽然福至心灵一般立即向另一边扑倒，同时袖子朝着楚瑜脸上狠狠一甩，只听得“嗡”地一声，他袖子里的虫子忽然朝着楚瑜迎面扑去。

“小女郎！”宫少宸一惊，抬手就要去抓楚瑜。楚瑜一个后折腰，直接避开撞上来的虫群，双腿一扫，一脚踹在了宫少宸的胸口，将猝不及防的宫少宸狠狠踹下了祭台。

“你……就那么恨我么？”宫少宸掉下去之前，目光复杂地看着楚瑜。

楚瑜没有去理会宫少宸如何，一手拍地，借力旋身而起，手腕一转，剑身一震先将虫群击散，同时一记平沙落雁，剑锋直接劈过隼钦宁的胸口。血光四溅，隼钦宁胸口被劈出一道跨过胸腹的长长伤口来，痛得他惨叫一声，踉跄着躲到了围上来的巫师身后。

他捂住胸口的伤处，狼狈怨毒地瞪着楚瑜：“你……你怎么……”

“怎么神智清明么？”楚瑜提着剑一步步地向他走了过去，微笑道：“还真是抱歉，我身上的音阵禁制，或者说魇术已经彻底解开了，还要多谢你的。”

隼钦宁的脸色变了几变，忽然想起了，“难道是白给你解开的？”

那日他心中大悦，给白解开了他身上的禁制，他还问了几个和魇术有关的问题。

楚瑜挑眉，气死人不偿命地笑道：“正是啊，你一贯自恃天分奇高，以为没有人能根据几个问题解开音阵，却不想偏偏就是有人凭着他的能耐做到了。”

“卑鄙！”隼钦宁如遭雷击，脸色难看非常，右手捂住胸口摇摇欲坠，脸上的肌肉颤抖了起来。他如今还有什么不明白的，所有的一切不过都是那人的虚与委蛇！

楚瑜看着他，抬起手中的剑，脸上的笑容冰凉非常：“卑鄙？不过是以其人之道还治其人之身罢了，你有什么资格说我们卑鄙？”

说着，她足尖一点，手中长剑卷起一片寒光直袭向隼钦宁。隼钦宁身边的巫师脸色一变，硬着头皮冲向楚瑜，但是楚瑜手中剑走如鱼龙舞，直接就将他们全部挑下祭台。而隼钦宁看着逼过来的楚瑜眼中的杀意，忽然怨毒地大笑了起来：“中原人果然都不可信，都是无耻之徒，死罢，你们都去死罢！”

说着，他忽然双臂一震，两股乌黑气流就从他袖子里朝着楚瑜疯狂扑去。那黑雾蜂鸣之声更为刺耳！楚瑜一惊，她原本抢占先机，就是打算将隼钦宁毙于剑下，不让他再放出毒虫祸害众生，然而此刻，却还是迟了一步。

她见毒虫迎面逼来，眸光一寒，正要有所动作，却忽然感觉有什么细长的东西悄无声息地飘过来拴住了她的手腕和腰肢，整个人凭空飘了起来，直接回落了旭旭大公主的身边。

“你没事罢，小唐？”旭旭大公主还是习惯这般称呼她。

楚瑜摇头：“没事，但是……”

方才她将宫少宸那混蛋踢下祭台，他应该是落在了这附近和三娘交手才对，怎么跟三娘一起不见了？此时，旭旭大公主忽然伸手一把拉住她，楚瑜才发现她看向祭台上的目光呆住了。她顺着看去，竟见一阵凉风卷过，半空中无数纤细雪白的丝线宛如有生命力的白雾一般，包裹住黑雾，黑雾中无数的小虫挣扎着嗡嗡作响，却不能挣脱那些白雾。 一道白影不知何时缓缓地飘落在祭台上的大旗杆上，他一席宽大的白袖随风而舞，如同巨大的羽翼，袖间各有一团飘散开的白雾，似裹挟着寒霜飞雪，踏云而来，周身云蒸霞蔚，如同神降。

与此同时，原本缩在一隅的隼钦宁看着面前的犹如神祇的修白身影和他清冷无双的出尘面容，忽然微微瞪大了眼，妖瞳之中满是迷恋和错愕。

那修白人影轻轻一挥衣袖，那白雾瞬间动了动，疾飞而来。隼钦宁整个人都僵了僵，低头一看，身上四肢关节处，竟瞬间被许多细线穿透。琴笙居高临下地看着他，淡淡地道：“这世间能看到本尊亲手动针刺绣的人不多了，你算一个。”

说着，他忽然一抬手，那穿透隼钦宁的丝线一下子穿透了那面白底印金鹰的大旗，丝线染了鲜血，瞬间就在大旗上染上一片猩红。隼钦宁整个人硬生生地被提着四肢吊在半空中，痛得整张脸都扭曲了，却只能如牵线木偶一般痛苦地挣扎。他口中发出呜呜之声，还想催动音阵。

琴笙眉宇清冷淡漠，指尖一转，十枚细长的银针便出现在他手上，转身之间，无数的丝线一条条地穿过隼钦宁的身体肌肉、骨骼，不断地带出一片片猩红。

“啊——”隼钦宁痛苦的惨叫声响彻了天际，那种不像人能发出的声音让所有人都硬生生地打了寒颤。

以人血为染料，以活生生的人为绣物，飞针在那巨大的旗帜上绣出一副猩红的精美图案来——那是一片血红的鹰羽，而隼钦宁的身体就是那一根羽脉。美到极点，也残忍到了极点，震撼人心。

“那是——冰原之神的标志。”

忽然有人颤着声音尖叫了起来，随后便跪了下去：“神迹昭显！”

所有人齐齐一震，再看那旗杆之上飘忽不动，似踏于风中，衣袂飞扬，美丽缥缈却冰冷而虚幻的白影。旭旭大公主闭了闭发红的眼，脸色苍白，单膝跪下，扬声道：“隼钦宁大祭司，冒犯神灵，丧失神智，吾等求冰原之神，宽恕！”

她这么一跪，所有的人都齐齐跪下，双手高举过头顶，“求冰原之神宽恕我们！”不是神，怎么会有如此奇诡残忍的神迹？赫金人信奉的神祇从来不是只有悲悯的神，而是兼具残忍嗜血与无常的原始自然的神祇。楚瑜也震了震，身上有些凉。

她一贯知道琴笙手段如雷霆，而隼钦宁折辱胁迫于他，必定不会有好下场，只是没想到第一次看见琴笙出手刺绣，却是这样的场面——昏暗的天空下，鸦雀无声，只那一面人血所绣的巨大“人旗”迎风猎猎而扬，华丽圣洁到让人忍不住瑟瑟发抖，膝头发软。

……

马儿脖子下的铃铛声声响，走过风吹草低，原野苍茫。楚瑜抬头看了看远处，深深地呼了一口气：“终于要回去了。”

她伸了个懒腰，正放松着身体，忽然感觉一道灼热的视线落在自己的细腰上。楚瑜一顿，直起身子，侧过脸望去，正对上一双闪过复杂目光的银眸。她僵了僵，对着男人笑了笑：“隼摩尔殿下。”

“你嫁给他几年了罢？”隼摩尔看着楚瑜，轻叹了一声。

楚瑜点点头，仿佛有些歉意地道：“嗯，抱歉，我不想隐瞒的，但是……”

“不用多说，我知道的，可笑我还在纠结自己竟喜欢上男子。”隼摩尔抬手想要摸一摸她的脸，却见她微微避开了他的手。

隼摩尔的手停在半空，苦笑了一下：“你连一声大哥都不愿意叫了么？”

不管是真心还是假意，他们也曾有过相处愉快的时光。

楚瑜抿了下嘴，淡淡地道：“我是有夫之妇，不想徒增误会，殿下龙章凤姿，一定会遇到更好的女子。不过那么大的一摊子事，您一定很忙，就不必送了。”

她的疏远让隼摩尔的银眸目光深沉，随后轻叹了一声：“我知道了，但不把你们送到律方附近，我不放心。”

随后，他看了看天色，又一拉马缰：“扎营罢，要做午饭了。”

楚瑜看着他离开的背影，目光微沉。

琴笙在不远处正与水曜交谈，见着楚瑜的表情，他忽然扔下水曜，策马上来，扯下脸上的白色兜帽：“怎么着，真的不舍得你这位大哥？”

楚瑜听不出他话语里的喜怒，只是无奈地轻笑了一声："哪里有的事，你明知道我在想什么，只是……"

她有些欲言又止，但看着隼摩尔的背影最终还是什么都没有说，俏脸上闪过复杂，却抬手握住了琴笙的手。琴笙原本想要出口的话停在了口中，只是随着她的目光看向隼摩尔的高大背影，妙目里一片静水深流。

日头高照，一行人都坐了下来，准备就食午餐。湖水清澈，水波晃动，空气里都是鱼汤和烤鱼的香气。众人说笑着，就着酒壶喝着酒，一派热闹。楚瑜扒拉着碗里的烤鱼，正准备给琴笙递去，却不想她一转头，便见周围的人，一个接一个地晃了晃身子倒了下去。楚瑜一顿，静静地看向隼摩尔，两人目光相交，片刻之后，楚瑜开口："隼摩尔，我高看你了。"

"没有永远的敌人，也没有永远的朋友，我感谢你们除掉了隼钦宁，但是……" 隼摩尔顿了顿，抬起银眸看向没有倒下去的琴笙，毫不掩饰眼里的冰冷杀伐之光，"杀父之仇，不能不报，你说是不是，秋少将。"

琴笙抬手接过了楚瑜手里的碗，仿佛没有听见那奔雷似的马蹄声，也没有看见刀剑齐备的大批赫金士兵将他们团团围住，只优雅地将那烤鱼的鱼刺一根根地挑掉。他将手里的碗还给楚瑜，淡然一笑，"用膳罢。"

楚瑜看了他一眼，拿筷子挑了一块鱼肉送进了唇间，问隼摩尔："没得转圜了么，事情已经过去了那么久。"

隼摩尔身边此刻早已围上了大批赫金的高手，将他护在中间，他看着琴笙的动作，眼底寒光更甚。忽听楚瑜问他话，露出个嚣张又莫测的笑来："未必没有转圜的余地，你们汉人说杀父之仇等于夺妻之恨，他若是将小唐你赔给本王，本王可以考虑让他留下一条命。"

楚瑜淡淡道："说起来，比起你那位阴狠外露的双胞胎哥哥，你的确比隼钦宁更合适可汗之位。"

她顿了顿，抬起眸子看向隼摩尔："所以殿下，你又何必装出这副深情的样子，你对我感兴趣不假，但是也没有到能为了我就放过三爷的地步罢？在你的心中，最重要的还是可汗之位，不是么？"

琴笙也站了起来，这一次，他没有多言，只是静静地站在楚瑜的身后。隼摩尔看着她清凌凌的眸子，忽然慢悠悠地笑了起来："为何这么说呢，我是真的很喜欢你的，小唐。"

楚瑜点点头，作势抬手摸了摸自己的脸，随后眸子里浮起凉薄的笑："可是殿下应该更喜欢向魔神之鞭复仇成功的美名，以及夺走他的妻子带来的荣耀，以助你登上汗位罢？”

楚瑜看着面前高大深沉的男人，轻扯了下唇角，这个男人，从来都是草原的王者，奸诈、狠辣、隐忍，一样不缺。

“明明更喜欢权势，还要做出这种情深如海的模样，不觉得恶心么？”一道懒洋洋的女音忽然响了起来。霍三娘慢吞吞地爬了起来，也摸出了自己腰上锋利的大剪刀。

隼摩尔一顿，看向原本应该倒下的曜司众人，竟一个个地站了起来，“你们……”

唐瑟瑟扶着霍二娘也站了起来，面无表情地看了眼前还在咕噜噜冒着气的汤锅：“区区小毒，也想要在鲁班门前弄大斧么？”

楚瑜挑了挑眉：“说起来，不知道是左贤王殿下的情报不给力，还是您太自信，认为中原的武林门派不值一提？”

隼摩尔神色已经恢复正常，“你到底是什么时候对我起了防备之心？”

楚瑜忽然冷笑一声：“旭旭大公主和隼钦宁会走到今天反目成仇的这一步，你在中间没少出力罢？”

隼摩尔目光里闪过一丝异样：“那又怎么样？”

楚瑜笑了笑：“旭旭大公主是何等缜密沉稳之人，你能在她和隼钦宁之间做出这样的手脚，还一瞒多年，就知你是手段非常之人，但是我们数次与隼钦宁交手，你都是仿佛棋差一招，匆匆出现。 一个人如果忽然变蠢了，必定是有原因的，你是想隔山观虎斗，坐收渔翁之利。”

从旭旭大公主那日来告诉自己，隼钦宁和她过去曾有一段青梅竹马的情谊时，楚瑜就已经觉得奇怪了，后来将此事告诉了琴笙，他那时仍在隼钦宁身边，自有他的法子打探出一些消息，双方一推敲查证，真相就出来了。

“如果我没有猜错，你大概比我们想象的要早一些知道我和琴笙的身份罢？”她又冷声补充了一句。

隼摩尔看着她，锐眸微闪，倒是坦然地承认借刀杀人：“没错，到了王帐不久，我就知道了你们的真实身份。反正你们早晚都是要收拾隼钦宁的，这个机会我又何必与你们抢？”

楚瑜冷冷地看着他：“既然我们也算替你摆平了事，殿下是不是也该知恩图报，放我们走？”

隼摩尔大笑了起来：“我利用大祭，召来这么多人马还要不引起你们的注意，实属不易，放你们走的话，岂非前功尽弃？我的十万大军就算用人命填，也能将你们都埋在万人坑里，这笔买卖还是很划算的。”

隼摩尔眸光一寒，忽然身形疾退，同时冷酷地厉声道：“杀，一个不留！”

他话音刚落，无数赫金士兵们便直接向楚瑜和琴笙等人咆哮着冲了过去！他们就在日湖边上，几乎退无可退。琴笙面不改色地忽然宽袖一震，巨大的气劲从衣袍之间弹射开来，周围原本逼过来最近的一批士兵瞬间僵住了，不过片刻，口中便突然喷出血来，他们的心脏竟齐齐被震碎！连叫都没有叫一声，他们便双眼暴突地倒了下去。这般杀戮场面实在太过骇人，让攻过来的士兵们都被震慑住了。

就是这么一瞬间的迟缓，琴笙袖间一把造型诡异的猩红长剑陡然出鞘，一阵金属震动的嗡鸣之声，直破云霄，稍微离得近的士兵都痛苦地捂住耳朵发出凄厉的惨叫来——耳膜心脉皆已被震破。琴笙微微眯起幽暗妙目，一指隼摩尔所在方向，淡淡地道：“武卫听令，杀！”

所有的曜司武卫们都弃了手中的寻常武器，皆手握爽血刃，随着琴笙的指挥，全然不惧那密密麻麻如潮水般涌来的赫金士兵，饿虎出笼一般卷杀了过去。

琴笙手中吞噬所过之处，血光四溅，所向披靡，赫金士兵惨叫连连，竟无一滴血能染到他的衣衫。他手中的魔剑不知是否吞噬了太多鲜血，那红光越来越鲜艳，也愈发狰狞。楚瑜跟在他身后，为他压阵，几乎看花了眼。

隼摩尔看着琴笙逼杀过来，银眸里闪过一丝冷笑 ，“烈焰箭阵准备好了么？”

达利汉恭谨地道：“已经准备好了，但是现在曜司的人和咱们的人厮缠在一起，只怕不好放箭，误伤自己人。”

话音刚落，一记狠辣的鞭子就劈头盖脸地甩在了他的脸上，隼摩尔冷声叱道：“立刻让弓箭手准备，围捕野兽都有诱饵和牺牲，何况对方是秋子非！”

隼摩尔摸了下自己手中寒光四射的利刃，看向远处那惨烈的场面，唇角勾起残酷的笑容：“想要打破本王的算盘？本王倒要看看是你的体力够充足，武艺够高强，还是本王的士兵够多！”

十万大军，只为取一人性命！血仿佛永远都流不完。楚瑜一脚踢开扑过来的士兵，剑划过他狰狞扭曲的脸孔，深深地吸了一口气，看向身后那道修白的人影。他目光冰凉之中甚至可见一丝兴奋的光，手中无情的吞噬魔剑，森冷残酷，才多少时分，他脚下已经堆砌起了一座赫金士兵的尸山。

“小鱼！”霍二娘忽然唤了她一声，脸色有些阴沉。

楚瑜闻言，立刻顺着霍二娘的目光看向不远处，果然见到不远处架起了无数巨大的弓箭。空气里浓烈的桐油味道，她都能闻得到。“隼摩尔果然打算烧死我们。”楚瑜眯起大眼，轻叹了一声。

一切都如所料，这是赫金人惯用的御敌手段，粗暴有效。

而此时，一道幽凉的声音忽然在她身后响起：“小鱼？金曜他们到了，你可准备好了？”

楚瑜浑身一震，心中一紧，手中的剑势又凌厉了三分，只劈得周围赫金士兵血光四溅，她咬着牙道：“我……还有别的选择么？”

“本尊并未独断专行，你我昨晚已是商议妥当了，我的小夫人。”与他手中残酷的杀戮剑势不同，他的叹息声温柔淡然，仿佛不是在杀人，而是在与爱人月下私语。

是的，他没有乾坤独断，他与她有商有量。可是，那又怎么样呢？她咬牙道：“开始罢。”

话音才落，琴笙轻笑了一声，没握剑的手优雅地向天空一甩袖，一道红色的焰火骤然从他袖子里直蹿上天空。一声爆响，华丽的焰火在白日里四散开来，形成一朵巨大的火花。

远处的隼摩尔，此刻见琴笙忽然放出焰火，眉心一蹙，心中顿生出不好的预感来。

说时迟那时快，只听得一声暴喝，“诛杀隼摩尔！”忽有数道人影从不远处的赫金士兵里飞跃而起，手持兵器，脚踏流星一般，杀气腾腾地直袭向隼摩尔！

“不好，有刺客！保护殿下！”达利汉大惊失色，大喊了起来。

隼摩尔脸色不变，只是冷眼看着自己的士兵去拦截那些人影。只是那些穿着他们衣衫的人影，一个个悍勇非常，身手鬼魅，出手之间切人头颅如切菜瓜，只听得四处惨叫连连。不过片刻之间，刺客们便向隼摩尔的方向逼近了不少。

“是小唐的人，竟然潜伏到了咱们的军队里，倒是能耐。”隼摩尔摩挲着自己大拇指上的扳指，轻嗤了一声，银眸里闪过莫测而兴味的光。以秋子非的身手都无法从他的千军万马之中脱困，何况他手下这些人马？

果然，那些刺客们很快就被悍不畏死的士兵们团团围住，一旦有人死去，就会立刻有士兵填补空隙，令那些杀戮者再前进不了半步。隼摩尔讥诮地勾起薄唇，随后看向远处的杀伐战场，抬手下令："烈焰弓手，准备！"

只是他话音未落，忽听得一阵细微的机关拨动的声音，一种在战场上锻炼出来的直觉让隼摩尔忽然收声，眼中寒光一闪，大手一把抓过站在身边的侍卫往自己面前一推！那侍卫还没有反应过来，只感觉面前冷光闪烁，随后瞬间惨叫了起来。待他们细看，便见他脖颈间刺入了许多泛着幽蓝光的牛毛细针，那针上分明有剧毒，见血封喉！

说时迟那时快，隼摩尔身边的许多侍卫都一下子被他推了出去，挡住那飞花落雨般的致命细针。侍卫们不断地倒下，脸色呈现出诡异的乌青，或者就地痛苦地打滚，或者惨叫连连，惶恐地大叫。

各种暗器、毒雾弹仿佛不断地伴随着那讥诮的笑声弹射而出，在一片爆开的毒雾里，片刻之间，便有不知道多少侍卫中了招，哀嚎着倒下！隼摩尔脸色阴沉，银眸森凉。他还以为那群乌合之众已经被隼钦宁的人击溃了，没想到竟然在这里出现了！看着自己的队伍阵脚越来越乱，隼摩尔脸色阴沉大怒，达利汉和几个将领看着人不断地往这边攻过来，都在一边苦劝："殿下，您还是避一避罢！"

他虽总觉得哪里有什么不对，却到底还是谨慎的念头占据了上风，咬牙冷笑一声："退远些，本王倒要看看他们还有多少毒！"

随后，他冷着脸转身在大批侍卫们的保护下退下那山坡。他这边一动作，难免就一片混乱，那边立刻有人看见了，又一道信号焰火爆上天空，竟有人用赫金语高声大喊："殿下遇刺了，殿下遇刺了！"

随后，有人冒死冲过来，竟一刀子砍翻了那高高的大旗。

隼摩尔勃然大怒，转身厉喝："射死那些贼人！"

这一乱，士兵们稍显出迟疑，原本的刺客们就更奋不顾身地厮杀了起来，制造出更大的混乱。

而那一头的琴笙和楚瑜，他身边的曜司武卫们手段的凶狠和配合的默契无人能及。琴笙手中吞噬一停，转身看向楚瑜，而楚瑜也正抬头看他。两人目光在半空中一触，血腥的空气里，仿佛所有惨烈厮杀和打斗声都淡去了，只剩下两人，竟有无尽的缠绵之意，她抿了抿唇，还是轻声道："琴笙。"

他温柔地颔首："准备好了。"

楚瑜没有说话，只是抬手握住了他的手腕，一双眸子清凌凌地看着他。

琴笙笑了笑，另外一只手蓦然朝着湖边的方向一甩，一片细细的绣丝瞬间爆开，竟直穿过十几赫金士兵们的咽喉，他轻轻一抖，那些士兵们惨叫一声直接被甩开，竟一下子空出一片空地来。

同时，他冷声下令："金曜，护送小夫人走！"

随着他一声令下，他绣丝所指之处，竟忽然杀出一支百十人的骑兵来，那些骑兵们也是赫金人装扮，出手狠辣非常，红色双刃近战周围的士兵，袖弩长弓清理稍远处的敌人，配合得天衣无缝。不过片刻间就杀近了他们的包围圈。

"我等你带人来救我。"血腥的风中，哀鸣与怒吼的战场上，他专注地看着她，轻而温柔地道。

楚瑜心头颤了颤，仿佛……又回到了那永冻原上玉山倾颓的那一日，他近在咫尺，却咫尺天涯的时候。

"这一次，我哪里也不去，等你。"他轻笑，云淡风轻似坐在云州的湖畔，拥着她看日升月落，又似在人间亭与她红炉小火煨清茶、烧鹿肉。

她闭上大眼踮起脚尖，抬首狠狠地在他潋滟的薄唇上狠狠一吮，几乎吮破了他的薄唇，随后双臂紧紧地搂住他修韧的腰肢，她唇角弯起冰冷犀利的弧度："这一次，你若是不等我，小姑姑我就给你广开后宫，把剩下的七曜都睡一个遍，且自风流快活去……"

江山不改，人间不远。他凝视她的妙目深邃如渊，长睫下阴影温柔如水："我等你。"

第二章 且共从容

月光黯沉，五月的风有些冰凉。

“人呢，就这么跑了！”一声怒吼伴随着瓦罐碎裂的声音在圆帐里响起，刺耳非常。一群将领们全都垂首低头，没有人敢说话。

隼摩尔脸色铁青，愤怒地握着鞭子瞪着面前的众人：“不过是声东击西之计，你们竟让到嘴的鸭子都飞了，都是废物！”

“殿下，这汉人太奸诈狡猾了，他们两边同时动作，虚晃一枪，分散了我们的兵力，又有传言说殿下您已死……”一名将领忍不住低声道。

“啪！”他话音未落，就被迎面甩了一记鞭子。

他十万大军都没有拿下区区百余人的事情，简直要成为他此生最大的耻辱，被各大部落的首领们嘲笑攻击！隼摩尔越想越愤怒，抬脚踹在那将领身上，手里的鞭子劈头盖脸地抽下去，直抽打得那人哀嚎不止。

“殿下，咱们现在需要的是赶紧布置下面的任务！”达利汉冲过来一把抱住隼摩尔，同时示意其他人立刻出去。

“殿下，您调兵遣将的动作太大，这些将领们都来自各大部族，他们一定会追问您为什么要这般调兵围剿琴三爷的，所以属下斗胆认为此时不是追究到底该惩罚谁的时候，而是要赶紧布置追捕之事。”

若是在平时，这些部族的人自然不能也不敢说什么，但是如今情形不同，现在隼钦宁即使活着也废了，但是他的势力已经被旭旭大公主以他未婚妻的名义接收，那女子是个利落果决之人，之前虽然势弱，但这次她意外地壮大了自己的实力，他们不得不防。

隼摩尔闻言，咬了牙，太阳穴鼓起青筋来，最后还是深吸了一口气，冷静了下来："小唐那边路上的追兵可有消息？"

原本他们笃定琴笙是趁乱豁出去将楚瑜送出包围圈，所以他依旧将兵力集中在琴笙这边，在楚瑜冲出包围圈之后，他们见琴笙这边的人马损失不轻，以为就能将对方一网打尽。但是，万万没想到琴笙等人却忽然选择了投水！如今他们不得不将大批兵力散在日湖边日夜搜索，分出来追捕楚瑜的兵力也随之减少。现在冷静下来，隼摩尔就觉出点不对劲来——楚瑜若是奔回律方寻求救兵，他这头就棘手了。

若是琴笙死了，承受对方的报复，他倒是不惧，毕竟登上大汗之位，总要付出代价。但若琴笙未死，让他联系上他的人马，这个危险男人的能耐……隼摩尔银眸里闪过幽暗的光，看向一边的达利汉："你，立刻给我准备笔墨，本王要修书一封送到珍珑夫人的手上。"

……

"奶奶，这一路上日夜兼程实在太辛苦了，您的身子怎么能受得住，您早些天还瞒着我自己跑出来，如不是孙女发现不对追出来，您病成这样，出了什么事，岂不是要我难受死？"温柔的女子声音在夜色里听起来异常柔和。美丽的女子抬手扶住身边的老太太，小心地用帕子替她擦了擦唇角，喂老夫人喝了水，又将她搀扶上了马车。

"千城，你就不问奶奶为什么一定要日夜兼程赶去律方么？"苏老夫人看着面前的美丽女子，眼里闪过一丝复杂和愧疚。

苏千城沉默了一会，反手握住了她的手，笑得有些黯然："只要奶奶高兴就好了，奶奶什么时候想告诉千城，千城就什么时候听。"

苏老夫人看着她姣美的脸，深深地叹了一口气："你是个好孩子，不管什么时候，你都是奶奶最喜欢的孙女。"

苏千城顿了顿，抬起眼看向苏老夫人，微笑："嗯。"

……

苏千城回到了自己的车厢，不过片刻，一只夜隼掠过天空，最终停在了她车厢上。绣心左右看看，见无人注意便把那夜隼抱进了车厢，随后将那夜隼身上的小竹筒，递给了苏千城，低声道：“赫金人的消息。”

苏千城正摊开一卷史书，闻言淡淡地问：“是隼钦宁还是隼摩尔？”

绣心看了眼那竹筒上的标示，道：“是南王。”

苏千城闻言，将手上的书往一边搁下，慢条斯理地接过那小小的竹筒：“看来隼钦宁到底还是彻底废了，这倒也是意料之中。”

“小姐英明，早有几手准备。”绣心恭敬地道。

苏千城轻笑，不言，只静静地看完那信笺，随后微微眯了眯眼，最终还是叹了一口气：“男人都是废物，十万大军都杀不了秋子非和楚瑜两个人。”

她顿了顿，闭上眼：“我原想着我那老祖母能有个善终，看来是不能够了，也罢，我做孙女的亲自送她老人家仙游，也算对得起她养育我一场的大恩了。”

苏千城轻叹了一声：“收养的不管做什么，就是没有亲的得人心，怎么努力都没有用。” 她淡淡地道：“准备一下，再往前山清水秀，是个送老夫人上路的好去处。”

……

这头，星光灿烂，有夜鸟振翅掠过天际。戈壁上的绿洲里，潺潺水声轻晃，旅人的篝火散布其间，与天空的星河交相辉映。有娇俏美丽的少女在篝火边舞动着妖娆的身躯，手腕、足边的银铃轻响，长长的乌发划过夜色，琉璃珍珠一般的大眼里仿佛倒映了满天星光，美得让人心醉，宛如开在戈壁下的月光花。

“好！赏！”长着大胡子的西胡商队头领大笑着，示意自己的随从将那一盘烤好的羊肉和一袋金币送给少女。

深夜，舞娘蹲在湖边撩了水洗手洗脸，淡淡地道：“现在咱们寄人篱下，借他们商队的保镖身份回律方，你别给我惹事。”

“我惹事？”金曜忍不住冷笑了两声：“你出的什么馊主意，跑到戈壁滩上来，不知什么时候能救回三爷也就罢了，你看看你穿的什么衣衫，还说我惹事，难道不是你自己招蜂引蝶！”

“你怎么说话的，不是小鱼想法子绕到戈壁上，你真以为咱们这区区百来人能和人家数万追兵抗衡？你是不是真还以为天鹰大营还在！”身着赫金人男装的霍二娘直接扔了手里的水桶，一副准备撸袖子上去揍人的架势。

金曜冷冷地看了她一眼，没有说话。倒是楚瑜抬手懒洋洋地打断了霍二娘："咱们的金曜星君一贯是个老古板，你也不是不知道。"

随后她摘掉了头纱披在身上，看向金曜："你不喜欢我这身打扮，我能理解，但是咱们现在是乔装出行，隼摩尔发下的缉书里，二娘和三娘是女装，我是男装，所以我们必须反其道而行，不能让人看到那缉书联系到咱们身上。"

说罢，她也不等金曜说话，只示意霍二娘几个一起回了帐篷。

"你就这么纵着那姓金的，越来越嚣张，真该揍他一顿！"霍三娘也提着水跟着她们一起进了自己简陋的帐篷里，懒洋洋地嗤道。

楚瑜淡淡地道"金曜不姓金，他也是为了三爷操心，才日益变得焦躁。"

她摇摇头，随后坐下来看地图和路线。

时间一分一秒地过去，等到她起身伸懒腰的时候，霍家姐妹都已经睡了，只有唐瑟瑟还在摆弄她的药箱。楚瑜伸了个懒腰，走出帐篷打算吹个风。只是才走出帐篷，她的目光就被不远处的身影吸引了。楚瑜挑眉，这人是站了足足两个时辰了罢？

她看着水边的修影，他背上长剑的剑穗被血染成了一种无法褪去的暗红色，在风中晃出冰冷的弧度。斗笠下垂落在身后的乌发亦被戈壁的夜风吹得有些凌乱，洗得有些发白的青衣与湖边长长的野草同在风中而动，莫名地有一种疾风知劲草的孤冷而萧索的味道。

"三爷，他一定会好好的。"她慢慢地走到他身边，忽然开口。

金曜置若罔闻，只静静地看着倒映了满天星辰的水面。楚瑜倒是也不以为意，正准备转身离开，却忽然被人拉住了手腕。

她一愣，侧脸看过去，但是他已经松了手，淡漠地道："刚才，抱歉。"

楚瑜看着金曜线条俊逸的侧脸，又看了眼自己的手腕，随后挑挑眉："没关系，不过……"她笑着盘膝坐下，随手拔了根草叼在嘴里："金曜首领居然会和我道歉，真是难得。"

金曜虽然绝对不会对她不利，甚至会豁出命去保护她，可是他对她莫名敌意从认识的那一日到现在，似乎都没有消散过。金曜僵了僵，只觉得自己被讽刺了，随后他垂下脸，转身就要走。

楚瑜却懒懒地道："你大概从来没有承认过我是曜司的主母罢，觉得我是琴笙……三爷的累赘？"

金曜顿住了脚步，随后低头看了眼她的头顶，他略一迟疑，最终却鬼使神差地也在一边坐了下来。

楚瑜看了眼他撩开袍子盘膝而坐，再将背后的长剑平搁在膝盖上的端正姿势，忍不住扯了扯唇角，笑了起来："还真是有趣啊，什么人养什么属下，你和他连坐姿都那么像。"

金曜桃花眼冷淡地扫了她一眼："主上如今生死未明，但是你倒是能吃能睡，一贯心大，还会管别人是否承认你是不是曜司的主母？"

他说话还是一如既往的尖刻。

楚瑜轻笑了下："是啊，不然呢，当初带着你们从冰原回律方搬救兵的时候，我就说过了，非得食不下咽，一副要死的样子，才能证明心中的爱意深沉？"

她眯了眯眼："可是，在我而言，只要还没有任何不好的消息传出来，没有亲眼看见他已经出事，我就要尽力维持自己脑子的清醒，如果我都已经歇斯底里不能保持脑子清醒，那么又有什么能耐和资格将他带回来？"

金曜震了震，随后看向水面许久，忽然露出一个古怪的笑来："你总有那么多让人无法反驳的道理。"金曜轻弹了下自己手里的剑："我一直以来就认为你是他的累赘，我看不出你除了些小聪明外有什么好的。当初是你砸了三爷的头，还不止一次，身为曜司武卫之首领，我很难欣赏你这么一个危险人物。"

楚瑜抬头看向天边："其实我也不是太明白，我怎么会就和他成了夫妻，大概这就是所谓的造化弄人罢。不过，我既应承了他一生一世一双人，除非闻君有两意，不管他人眼中如何，我都不会离开我的男人。他是你们的神，却是我的任性又骄傲又敏感的少年。"

金曜的目光有些幽沉，他垂下桃花眼，指尖无意地摩挲着手里的剑，忽然慢慢地道："从有记忆开始，我就在兽营长大，习惯了要么打败人，要么被打败扔进兽笼子里，强者生存，主上的存在，确实如你说的，他像我们的神，或者说……信仰。"

楚瑜忍不住有点想要笑，索性直接摘了片叶子搁在嘴边，轻轻地吹起了悠悠的歌。声音飘散在湖面上，衬着幽幽夜风，直向云间。

……

烈日高照。马蹄声哒哒作响，一行商队策马越过戈壁而去。

"这路对不对，怎么那么久都没有草场啊？"那胖乎乎的西胡商队首领从马车里探出头来，拿着帕子擦了一把自己额头上的汗，转脸看了眼楚瑜和金曜。

楚瑜则是直接看向霍二娘，笑眯眯地道："二哥？"

霍二娘有些不耐烦地白了那首领一眼，随后大马金刀地一挥手："行了，别瞎操心，马上就过了戈壁到草场了，再走三天就能到律方！"

这死胖子还敢怀疑她的路线有问题，她们比他更想要早日到律方好不好！

说话间，忽然远处起了一阵烟尘。霍二娘自然比谁都熟悉那种烟尘，她脸色略变了变，"小妹，前面好像有赫金的军队过来了。"

楚瑜闻言，大大的眼里闪过一丝锐色，随后笑了笑："来了就来了罢，也不是什么大事，咱们没犯事，只是要为难商队首领缴纳点银钱了。"

这已经是他们第五次遇到赫金人来巡查追缉的军队了，如果不是因为这样，他们根本不需要兜圈子潜伏在商队里回律方。

"他娘的，这些赫金人到底怎么回事，见天的要查什么逃跑的要犯，还窝藏者都要吊死，他们到底跑了什么人，这一路上光剥削咱们这些商队的钱了，这些混账是不想在商路上混了！"西胡的商队首领瞬间坐不住了，忍不住破口大骂。

赫金人的东西都是靠着往来的商队商人们收货贩卖出去，就算是那些价格高昂华丽的首饰也是如此，所以赫金军队虽然会从商人们那里弄点好处，但大部分时候对他们还是很宽容的，甚至会护送他们经过沙匪多的地方。

楚瑜看着他肥胖的脸，，细声细气地道："首领不要恼，不过是查一查。"

几人说话间，霍三娘却已经看出来了有什么不对的地方。她沉声道："听动静，来的人应该是赫金的高级将领，他们还打着左贤王王庭的旗帜，带了大批人马。"

"难道是赫金人的左贤王，隼摩尔殿下巡视到了这里？"那西胡人的首领惊了一下，立刻看向自己的常随。

这也是他为什么要雇佣楚瑜这些人的原因，这些沙猎人里有不少好手，极善观察天气和路线，还有是否有沙匪的痕迹，一路上帮他的商队避开了不少艰险。西胡人首领摇晃了下手里的扇子，眼珠子一转："好了，咱们马上把东西准备一下，一会隼摩尔殿下到了，我们就选些好东西去面见殿下！"

"为什么要去见赫金人的左贤王，如果他们看见你的好东西，只怕会抢光。”金曜用一种看白痴的眼神看着面前的西胡人。

不想那胖首领却得意洋洋地笑道：“瞧，这你就不知道了罢，最近右贤王好像出了什么事，总之是不可能东山再起了，这赫金人悬而未决的可汗之位就要落在这左贤王隼摩尔的手上了，他登基的时候，必定需要很多东西，等我好好奉承一番，好处那才是大大的，起码……”

他顿了顿咬牙冷笑：“就算要被盘剥，也只被这个隼摩尔盘剥，不会哪个大头兵有点官职的都他娘的过来盘剥一轮！”

楚瑜和金曜互看了一眼，都在彼此眼里看见了寒光。如果来人正是隼摩尔那一批人，附近必定还有大军相随，一旦交手，只怕危险至极。他们怎么小心避开，都还是避不开么？

这时候，之前那名首领身边的常随忽然不知道从哪里钻出来，看向自己的首领，谄媚地笑了笑：“首领，您跟小人来一下，咱们点点货罢？”

那首领看着他对自己一个劲地打眼色，心中有些莫名，但还是跟着那随从下了马车，一块往车队尾部去了。霍三娘却弯了下碧绿的眸子，瞥向那常随的袖子处，那里有一卷薄薄的羊皮卷，她嗤了一声：“这个狗东西不知道去哪里弄来了隼摩尔的缉书，他好像发现什么了。”

楚瑜闻言，也轻叹了一声：“倒是个眼尖的。”

远处的那首领忽然回过头，仿佛很是震惊地看了她一眼，见她看过来，又立刻转回头，那欲盖弥彰的模样，简直就是在佐证他们的猜测是正确的。金曜神色凉薄，忽然开口：“说不定，就是这个常随去暗中通知了隼摩尔来的。”

楚瑜转头吩咐唐瑟瑟，唐瑟瑟点点头，抬手一拍手里的药箱，里面立刻出来几只小瓶子，她手速极快地将那几个小瓶子里的东西调在了一只小碗里，同时轻飘飘地道：“都服一颗之前我给你们备下的解毒丸。”

片刻之后，一股奇异的香气随着风一下子就飘散开来。商队众人身子晃动了一下，就立刻悄无声息地倒在了地上。楚瑜等人走过去，伸手在他身上摸出一堆通关文牒、钱袋和酒袋子。她翻身上马，带着众人一路向另外一个方向而去。

楚瑜策马飞驰中，忽然听得身后马蹄声一停，她扯住马缰回头看去，却见霍三娘竟当众在那马上脱得只剩下一件中衣，同时扯了一身红衫穿上。楚瑜心中一动，蹙眉厉喝：“三娘，你们这是想要干什么！”

金曜淡淡地道：“你看不出来么？她们要乔装成你的样子，然后和我们分头行动，安全脱险之后，我们在丰兴城汇合，这不是你之前制订的什么——紧急计划？”

楚瑜一顿，看着霍家姐妹等人，忍不住咬牙道：“不必如此，还没有到最紧急的时候，我们……”

唐瑟瑟却忽然抽了一个包袱扔给了金曜，平静地打断她道：“掌门，你明明看见那边的烟尘和王旗了不是么，隼摩尔亲自出现的情况不紧急，什么时候紧急？”

而同时霍二娘也接过金曜扔来的斗笠，将他的斗笠戴头上，对着楚瑜咧嘴一笑，灿烂而坦然：“小姐，还记得么，当年我和三娘被宫少宸胁迫，不得不背叛你的时候说过什么吗？”

“我们天山魔女的命从今日开始就是您的，遵您为主，从今往后，永不背弃，今日我等践诺，不负初心！”霍三娘换好了红色的舞衣，与霍二娘两人齐齐向楚瑜抱拳，一字一顿地道。

楚瑜怔然，眼里忽然泛起雾气，咬着唇角：“我从未……”

“江湖路远，后会有期，小姐！”霍二娘一笑，打断了她的话，转身一甩马鞭，策马向另外一个方向毫不犹豫地奔去。

唐瑟瑟看着楚瑜认真地一抱拳：“掌门，后会有期，我在他们这里会比跟在你身边更有用。”随后她和霍三娘也一甩马鞭，追随着霍二娘而去，其余百余曜司武卫们也齐齐向楚瑜一抱拳，随后策马扬鞭飞驰离开。

不多时，他们便消失在远处，而远处那些飞扬的尘土和大批人马，也卷向霍二娘和三娘他们离开的方向。楚瑜张了张嘴，最终还是猩红了眼眶，闭上眼。金曜抖开了一件灰色的斗篷给她当头一罩，声音里有难得的低柔：“走罢，总是后会有期的。”

楚瑜扯好了斗篷，随后攥紧了手里的马缰绳，睁开冰冷的乌眸一笑：“嗯，总后会有期的，今日我们所受之难，必定要那些阴谋者百倍偿还！”

说罢，她一甩马鞭，飞驰离开。金曜看着她的背影，也即刻跟了上去。

……

隼摩尔在圆帐里看着地图，一道女子凉薄讥诮的声音忽然响起，“殿下，真是好大的心呢。”

隼摩尔一顿，骤然抬起锐利的银眸看向来人：“锦心姑娘？”

隼摩尔似笑非笑地走了过去，抬手挑起面前女子的脸，指尖摩挲着她的下巴，“怎么，这次亲自带来你家夫人什么好消息？”

“我带来好消息，却及不上您总是带来坏消息！”锦心一身劲装，她抬手毫不客气地将他的手拍掉，转身进了圆帐坐下。

隼摩尔银眸里闪过锐利的冷光，随即淡淡地道：“你这是在代表你家夫人来兴师问罪么？” 他顿了顿，声音又凉薄了几分：“还是你们以为本王不知道你们暗中也与隼钦宁有所往来，东食西宿可不是中原女子的美德。”

“且不说这些杂事，我只想问问，接下来打算怎么办？”她略缓和了口气，看向隼摩尔。

此言一出，隼摩尔的眼神就阴了阴：“方才达利汉传来消息，我们盯上并且交手的那些人里根本就没有小唐，看样子他们应该是兵分两路潜逃了去！”

锦心抬起眸子看向他，笑了笑，只是那笑意全不及她的眼底：“殿下，我看搜捕楚瑜的事情，您就不必插手了，交给我就是了，您……”她顿了顿，撂下茶碗起身向门外而去，同时冷淡地道，“就好好地拦住琴三爷，不要让他再走脱了就是，毕竟这里可是你的地盘，再走脱了人，可就是笑话了。”

隼摩尔被她的话刺地脸色阴沉非常，心中怒火炽烈，却又只能强行忍耐。只是锦心仿佛没有察觉他盯着自己的目光如此狠辣，她走到了圆帐门口，又转过脸来，似笑非笑地看向隼钦宁：“话说秋少将是何等人物，那是千军万马之中取上将首级的传奇，为何他当初没直接取你首级，你就没有想过么？”

隼摩尔闻言，银眸闪过森冷的寒光，他一脸轻蔑地负手而立：“你以为本王不做完全的准备？且不说本王身边还有五千近卫和赫金的一等一高手，他再厉害能以一抵千万人？就算他真是这般能耐，动手取了本王首级，他逃不出赫金还是轻的，我左贤王帐下所有的部族便会立刻联动大军直扑律方，为本王报仇，本王可不是隼钦宁那个靠巫术忽悠人的蠢货，本王部族的忠心，我想你家夫人很清楚！”

锦心脸色一僵：“你这个自私的疯子！”

“多谢夸奖。”隼摩尔端起一盏酒品了一口，“你若是抓到小唐，请千万要杀了她，虽然我是真的很喜欢她那样性子的小美人，只可惜我的小唐不识时务呢。”

……

一辆马车慢慢地停在了一处古老的城楼不远处。一只素白的手掀了帘子，看了看那城楼上的三个岁月斑驳的大字——劲风城。

一边赶车的高挑男子转头看了她一眼：“进去罢？”

楚瑜点点头：“嗯。”

两人此刻都做了西胡人的打扮，堆了一马车的赫金货物，往城内而去。

“但愿可以打听到二娘、三娘她们的消息。”楚瑜看了眼车来车往的大路，微微蹙眉。

“劲风城原本是这附近的一处驿站，早些年还是天鹰大营的驻军处，有些关系在里面，总不必太担心。”金曜压了压自己头上的兜帽，淡淡地道。

如果不是因为知道常圣黛的大军会来这里补充补给，而回律方的路上艰险重重，她也不会选择这条路线。

“站住下车检查！”城门口的士兵呵道。

楚瑜就扶着金曜的手下了马车。那士兵一边检查她递来的文书，一边上下警惕地打量她一下，又看了看金曜：“你们是西胡人？我看不像啊。”

金曜点点头，淡定地用西胡语道：“我的母亲是中原人。”

那士兵看了看他，又看向楚瑜：“你们是什么关系。”

楚瑜道：“兄妹。”

金曜道：“夫妻。”

楚瑜暗自嘀咕了一句，正要开口，金曜忽然抬手握住了她的柔荑，笃定地道：“夫妻。”

“你们到底是夫妻，还是兄妹，怎么，自己都搞不清楚！”那士兵讥诮又狐疑地打量着楚瑜和金曜。

金曜沉默着，没有说话。在那些士兵们虎视眈眈的目光下，楚瑜还是抬手轻掩了自己的唇，轻咳一声，不胜娇羞的模样：“他是奴的哥哥，奴是他家养大的，如今，也是夫妻，一时间改不过口来。”

“童养媳？”那士兵扫了眼楚瑜。他们倒是知道多年前战乱，不少没了爹娘或者和爹娘走失的孩子被捡走，特别是女孩儿被一些外邦的商贩捡走卖做外邦人的童养媳，不算很稀奇的事，所以还是接过金曜递来的钱，放了他们进城。

楚瑜牵了马车进了城， 不多时，便到了一处装潢寻常，但是几乎人满为患的热闹客栈。

“客观，打尖还是住店？”门口的小二一见马车过来，立刻笑吟吟地迎了上来。

金曜抬起头看着那小二，扔了一块银饼子给他：“住店，叫你们家掌柜的准备两间上房。”

那小二将那银饼子拿在了手里一看，但见上面印着一个小小的篆体曜字，脸色微变，随后笑吟吟地抬手比了个请进的手势：“二位里面请。”

紧接着，他示意另外一个门房过来将马车牵去马厩，自己跑进了客栈里。不一会他又笑吟吟地迎了出来：“二位，里面请，上房已经准备好了。”

等到金曜和楚瑜提着包袱进房间的时候，就见一道清瘦的身影杵着拐杖站了起来。那是一个年纪和金曜差不多的男子，脸庞清秀而瘦削，细眉修目，斯文秀逸，气质很舒服，像个饱读诗书的人。只可惜……楚瑜的目光落在他的腿上，那里的右腿缺了一截，裤管空荡荡的。

见到金曜进来，男人唇角浮出一抹笑来：“多年不见，君还欠我一壶梨花酿，可带来了？”

金曜轻轻一翻袖子，大门骤然关上，他抬手一扬，甩过去一只羊皮酒袋，冷淡道：“梨花酿是没有了，但这桃花醉还是有的，你爱喝不喝。”

虽然是这么说着，但是楚瑜能看得见他桃花眼底有浮动的温和的光。那男人抬手接过羊皮酒袋，低头嗅了嗅，爽朗地笑了起来：“果然是好酒啊，金曜星君。”

他向金曜伸出那只没有扶着拐杖的手，金曜上前一步，两人双手在半空握在了一起，随后又张开双臂相互给了彼此一个干脆的拥抱。

“月曜，你这个混蛋，小日子过好了，竟不送信回来！”金曜微微红了眼眶，唇角却忍不住上扬成愉快的弧度。

那男人却看了有些怔然的楚瑜一眼，随后笑了起来：“我现在可不叫月曜，我叫秦不忘。”

楚瑜一顿，沉默了一会，忽然有些明白了。这是初代的——月曜。

“这位……”秦不忘见楚瑜打量自己，微笑着稍微退了一步，靠着那拐杖对着楚瑜抱拳作揖：“属下见过小夫人。”

楚瑜立刻上前一步，虚扶一把：“客气了，秦先生。”

金曜取了茶水自顾自地喝了一口，“之前飞鸽传书，托你问的事情，问得怎么样了？”

秦不忘招呼着楚瑜也跟着坐下之后，淡淡地道：“我已经查过了，赫金王庭的细作传来消息，说是三爷领着火曜、水曜那一群人投了日湖，如今隼摩尔正在四处寻他的踪迹，至于你说的那两个魔女和咱们其他人的消息……”

秦不忘摇摇头，叹了一声：“我只查到他们和隼摩尔的人马有一场很惨烈的追逐战，如今暂时没有他们的消息，但是你们放心，一定会很快得到消息的！”

楚瑜闻言，心中很有些失望，随后她还是定定神道：“有劳，只是眼下还有一桩事……”

秦不忘接过她的话，微笑道：“小夫人放心，属下一直让人盯着，常圣黛将军的人马后日就会到达劲风城，这两日你和金曜先好好地歇一歇，说不得后日的时候还能得到魔女们的消息。”

楚瑜闻言，知道这时候再追问，也是无益，便也无话，只好先住下来，和金曜分头洗漱了一番，又用了膳。大约是彼此都有心事，两个人也无话可说，只沉默着各自用膳，倒是一边的秦不忘抱着自己的小女儿坐在摇摇椅上一晃一晃地，逗着可爱的小丫头说话，细长的眼里都是宠溺慈爱的眼神。一边站着给父女两个打扇的灰眸高鼻的赫金女子神色同样温柔，偶尔见楚瑜看过来的目光，便会低下头去，露出羞涩的笑来。

一家三口的温馨气氛，看得楚瑜和金曜各自心中都有些别的情绪。而金曜看着秦不忘的模样，却忽然低声道：“你现在，和以前很是不同。”

秦不忘轻笑了起来，细长的眼弯成一种莫测却温柔的弧度，伸手握住了自己妻子的手：“是的，因为我有了妻儿，萨娘虽然不会说话，又是个孤女，但是她是个好妻子，我很满意现在的日子。”

那女子忽然羞红了脸，坚定地反手握住了秦不忘的手。楚瑜托着脸颊，深深地叹气：“真是，羡慕你们呢。”

秦不忘看着她一笑，神色里亦是淡然：“三爷，一定会回来的。”

日子一晃，便过了两日。

楚瑜还没有起来，就听见了外头有整齐的脚步声。她一骨碌坐了起来，推开一条隙缝向窗外看去，果然看见了一群黑衣士兵，迈着整齐的步伐从不远处的路上经过，而那策马走在最后的一身劲装的英气人影，不是常圣黛，又是谁！

她眼里瞬间闪过一丝压抑不住的喜色，几乎就要从窗口飞身出去。此时一只修长的大手却忽然越过了她的脸颊，按在了窗口上，“等一等。”

他顿了顿，“这劲风城一贯是个消息来源地，城主到士兵虽然穿着汉军衣衫，流着汉人的血，但却早已是墙头草，只是惯会左右逢源，因此，这城里鱼龙混杂，各方势力的人马都有，你且稍等，待秦不忘的人回来再说。”

但一直等到晌午，都没有秦不忘的消息。

楚瑜也不知为何，总有些不太妙的感觉，忍不住站在窗外看向远处，但是城内安静非常，连那些常见收保护费的捕快痞子们也没有出现了。炽热的街道上，除了昏昏欲睡的商贩和偶尔路过的行人，就只有闷闷地带着大漠草原气息的风掠过和知了在不停地嘶鸣着。这安静得太过了，让她忍不住想要收拾东西，立刻就离开。楚瑜看向坐在桌子边的金曜，却见他神色沉郁地盯着手里那块刻着曜的银饼，不知在想什么。她刚打算走过去和他商议一番，一直莫名地有些坐立不安的萨娘站起来，抱着怀里的小妞妞就打算出后门去看看。金曜桃花眼里闪过凌厉的光，抬手就将那银饼朝着萨娘的方向激射而去，同时对着看门的小厮厉声道：“拦下她！”

那小厮一惊，才要伸手去拦住萨娘，那后门却忽然被人“砰”地一声踹开，门板撞在那小厮的背上，直将那小厮撞飞，跌了个狗吃屎，痛得他龇牙咧嘴的。

此时一把钢刀直向萨娘和小妞妞的头上砍来。萨娘忍不住张开嘴无声地尖叫起来，但本能地将小妞妞抱紧在怀里，用全身去撞向那钢刀。与此同时，金曜一拍桌子，那桌子携着凌厉杀气直撞向大门，直砸得门外一阵惨叫声。

楚瑜与金曜互看一眼，她立刻飞身上去，一把提着萨娘和小妞妞就往房内跑。金曜则是提着剑直向外冲了过去，两人擦肩而过的一霎，金曜头也不回地厉声道：“客栈里有地道，马上走，我拖住人！”随后，他直掠门外，顿时长剑过处，一片血光与惨叫声响起。

楚瑜没有回头，一咬牙，抱紧了萨娘和小妞妞直回了客栈里，踢上门和窗，也同时就地一个翻滚，避开飞射而入的凌厉箭雨。

“地道在哪里？”楚瑜低头看向萨娘。

萨娘却仿佛没有听到她在说什么，只死命地试图挣开她，想要往外跑。楚瑜冷静地一把拉住她的胳膊：“秦不忘一定出事了，你这时候出去，只会给他增加被威胁的筹码！”

萨娘却泪眼朦胧，仿佛失了理智。楚瑜眉头一蹙，抬手就干脆地点了萨娘的穴道。

楚瑜原本打算混在客人里跟着大家伙，带着萨娘和小妞妞先逃出去。

可是在看见那些提着刀剑冲进来的人的衣衫时，脚步一顿。那一身眼熟的黑衣，正是常圣黛的常家军装扮，而楚瑜更敏锐地看见客栈外大批弓箭手都围了过来。最要紧的是，那个她原本以为是常圣黛的女子，缓缓带着大批人马走进客栈的那一刻，楚瑜一眼就认出来对方根本不是常圣黛。

那张脸孔确实是常圣黛不错，但是对方周身的气息却和常年在兵营里领兵操练与战斗练出满身凌厉如刀锋气息的女将军相差了十万八千里，对方举手投足间一股子脂粉气，看得楚瑜眼胀。

某种直觉让楚瑜觉得对方……也许是认得她的。

那西贝货一进客栈就四处张望，随后看着慌张的人群，目光森冷地厉声道："谁再敢肆意奔走，杀无赦！"

她正，琢磨要如何应对的时候，忽然感觉萨娘喉咙里发出"咯咯"的声音，仿佛想要说什么。楚瑜想了想，她是知道萨娘懂得唇语的，便眼珠子一转，看着萨娘道："你是不是想要带我和小妞妞去地道躲藏起来？"

萨娘点头如捣蒜。

楚瑜立刻抬手解开了她的穴道，同时道："你可千万要冷静下来，不能往外冲了，就算你不顾忌自己的性命，还要顾及小妞妞的安全！"

萨娘果然没有没有再往外冲了，穴道一解开，她立刻一把抱住小妞妞，另外一手抓住楚瑜的手腕就往楼上跑。楚瑜看着她敏捷的动作，都忍不住暗自叹息——果然为母则强，萨娘能为秦不忘没有了理智，却也能为小妞妞努力维持了理智。

不一会，他们进到了一处堆满杂物的房间里，也不知萨娘用了什么手法，墙壁上豁然开了一个口，幽幽地透着风，大概是太久没有人动了，四处都是灰尘，楚瑜立刻抬手就将她和小妞妞往里头推。

"你们先进去，我去打探下情况，一会你先把机关门关上！"楚瑜话音才落，就听得一阵强烈的轰鸣声，整栋房子都摇晃了起来，发出一种恐怖的"嘎吱"声。

随后，她就感觉一阵天摇地动，她只来得及推了一把萨娘打算伸出来抓她的手，就感觉眼前一黑。

"轰——"整座小楼都塌陷了下去，将她们全都埋了起来。

楚瑜整个人意识都有些迷蒙。而最后将她唤醒的却是一阵怒骂与吵闹声。有少年气急败坏的声音："混蛋，谁让你用天雷弹的！"

"用了又怎么样，照着那贱人的狡诈卑鄙，若是不能用雷霆手段一击即中，只怕她就要逃了！”女子耳熟的讥诮嗓音也响了起来。

少年声音里带了阴沉冷戾的杀气：“是吗？她若有事，你就跟着陪葬罢！”

随后，又听得他喊：“搜！把这些塌了的都搬开，要小心，不要二次伤人！”

楚瑜动了动，抬头看了眼周围，发现自己被压在一处房梁和墙壁的三角空隙下，她略动了下身子，发现自己除了有些擦伤外，别无大碍。

“萨娘，小妞妞……”她忽然想之前还没有来得及关上暗门的母女两个。

不过她还没来得及动，就听见外头传来一阵小女孩儿的啼哭声：“娘……呜呜呜……”

随后便听见有男子的喝声：“这里有一对母女！”

“什么人？”那女子冷声问。

楚瑜闻言，心中一沉，只但愿她们两个被认错为客栈里的客人。可惜这个美好的愿望并没有实现，立刻有人谄媚地道：“回大人，这两个就是那客栈老板秦不忘的妻女。”

随后，她又听见了熟悉的冷冽男子嗓音响起：“放了她们，你们这群卑鄙的小人！”

只是那声音的主人明显受了伤，喑哑、干涩里带着虚弱，不是金曜又是哪个。

楚瑜靠在断壁残垣里，面无表情地望天：“这下好，瓮中捉鳖……齐活了。”

“啧，真是的，与其在这里乱喊乱叫，不如叫一叫你家主子，告诉她，她要是不出来，你们——都得死！”

女子冷笑着，也不知做了什么，楚瑜只听见一声闷哼，那闷哼声让她忍不住捏了捏拳头，随后忽然拔高了声音，淡淡地道：“我说……锦心，你真的打算让我出来么？”

“楚瑜！”

“小姐姐！”

一个咬牙切齿里带了得意，一个是惊喜里却带了一点……说不清道不明的迟疑。

“楚瑜，你给我滚出来！”锦心厉声叱道。

而金曜的声音里却忽然满是怒火："楚瑜，你疯了么，走……唔！"

他话音未落，楚瑜就听到了重击的声音。叹了一口气，一脚恶狠狠地踢开了面前压着的柱子，她抹了把脸，看向面前不远处重重包围的人群，露出个灿烂的笑容："诸位，这大中午的，用如此大的阵仗来探望我，实在是太客气了啊。"

面前不远处，乔装成常家军的士兵们持着重弓将整个客栈包围，空气里还弥散着血腥味。

那乔装成常圣黛模样的女人此刻正扯下脸上的面巾，冷冷地看着她。而女人身边站着的少年，尖瘦小脸上一双大大的眼，脸上还围了面巾，但是那双目光闪烁的猫儿眼，直接透露了他的身份不是宫少司，又是谁？

"哼，楚瑜，怎么，终于不躲了？我还以为你会一直做个躲在男人背后算计人的缩头乌龟呢，扔了你的武器！"那女人看着楚瑜那灰头土脸的样子，眼里闪过一丝快意，随后干脆利落地扯下了脸上的人皮面具，露出来的脸孔不是锦心又是谁？

楚瑜扫了眼基本都戴着面巾的士兵，也闻见了空气里浓烈的迷药味。眼光掠过一边被大网捆了倒在地上，一身狼狈，唇角染血的金曜。

果然是被用了迷药，难怪这位骄傲的金曜星君会这般手脚无力，连骂人都虚弱的模样，按照他的性情，必定是宁愿玉碎，也不愿意被抓住的。

也能看得出来，背后的人下了很大心力就是想要活捉他们，至于目的嘛……无非是想要用金曜他们的性命威胁她。

随后，楚瑜没有理会金曜阴森森瞪着她，仿佛想要掐死她的表情，只是将自己身上的武器都扔了出来，随后将目光移动到了同样被人以剑架着的秦不忘的身上。秦不忘对上她的眸子，苦笑了一声："是我大意了，探查之人虽然察觉了常将军是假的，却还是露了行迹。"

楚瑜点点头，最后的目光落在了不远处的那一顶轿子上，淡定地笑了笑："不出奇，咱们这是遇到高手联手了，一个精明透顶的珍珑夫人，一个心机深沉的宫家少主，你们不敌他也是正常的。"

宫少司看着她，抿着唇角，一脸怯生生的样子："小姐姐……你可有受伤？"

说着，他举起双手，表示自己的清白："真的不是人家让人放的天雷弹炸塌这房子呢。"

楚瑜看着少年大而濡湿的眼，依然是一派天真的样子，她眸子里闪过一丝复杂："小司……"

不知道为什么，她就算再想置宫少宸于死地，却没有办法完全厌恶面前作为宫少宸帮凶的少年。

楚瑜淡淡地道："你哥哥呢，既然肯下那么大的功夫招待我，他不打算出来么？"

宫少司一脸忧伤又认真地道："小姐姐你踢伤了他的胸口，哥哥的伤还没有好呢。"

"骨伤还没好，他就这么努力地勾结苏千城来招呼我，还真是……让我受宠若惊啊！"楚瑜看着远处那一顶轿子冷笑了一声。

锦心看着宫少司和楚瑜两个人旁若无人地在一起拉家常，完全不将她放在眼里一般，心中越发地气恨，她忽然一扬手，指着楚瑜厉声道："马上给我杀了这贱人！"

她带来的士兵们立刻长弓一转瞄准了楚瑜。但是楚瑜却仿佛全然不害怕的样子，只看着她挑衅一般地挑了下眉："好啊，你试试看你杀不杀得了我"。

锦心还没有反应过来，就听见宫少司忽然冷声道："谁敢放肆！"

随后，他一摆手，其中一半士兵忽然调转弓箭对准了其他士兵。那些士兵们顿时一愣，一脸茫然，竟一时间不知道是要用箭指着楚瑜，还是调转箭头和原先的同伴对峙。锦心见状，转脸盯着宫少司："你们想要干什么，过河拆桥吗！"

宫少司像是变了个人一般，"想要过河拆桥的人是你们罢，人是我们找到的，也是我们提供的迷雾，更是我们拿下的，当初说好了我们要带小姐姐走，你们现在却是要杀她？"

锦心气得手都发颤，恶狠狠地瞪着小司："放屁，不是我家小姐的人马牵制住了常圣黛的人马，你以为你们今天可以平安站在这里吗，这卑鄙的只会迫害嫉妒他人的小贱人，我要定了她的命……"

说着，她又要扬手，却不想忽然"啪"地一声，有人扬手比她更快，一记清脆的巴掌甩在了她的脸上。直打得锦心震惊地瞪大了眼："你……"

"我什么，瞧你那愚蠢的样子，真以为你家那个苏千城是什么天真无辜的好东西？"宫少司不耐地转了下自己的手腕。

他顿了顿，摩挲着手里的短剑，目光森凉地看着锦心："刚才你们未经我们的同意，就放了天雷弹，我可以不追究，如果你们还敢生什么幺蛾子，就不要怪本少爷将你们也一起埋在这里了哟。”

“你……”锦心捂住脸，怨毒地看着宫少司，几乎恨不能扑上去掐死他。

楚瑜唇角一翘，“你是不是觉得我没有武器就不能奈你何了？”

说着，她忽然退了一步，手腕一转，就从旁边燃烧的废墟里拔出了一根火红的木棍。

“怎么，你还想动手，就不怕我要了你这忠心护卫的命？”锦心冷笑一声，足尖在金曜腿上用力一碾。金曜身上一颤，却硬是面无表情，竟一声不吭。

却不想，楚瑜忽然看向小司笑笑：“小司，杀了这个女人，我就放下这火棍。”

宫少司一愣，看着楚瑜：“小姐姐……”

“你是不是疯了，凭着这一根烧火棍子就能让宫少司对我动手，你以为他敢，没有我家小姐，他们连律方都进不去！”锦心一脸讥诮和轻蔑。

楚瑜骤然抬手，慢条斯理地开始解自己的腰带，脸上笑意不再：“小司，去问你主子，他还想不想要那份图了！”

宫少司闻言，脸色骤然一变：“小姐姐，你不要做傻事！”

楚瑜淡淡地道：“看来你也知道我在说什么。”

说着，她一抬手就将那着火的棍子往自己背后一靠，瞬间空气就飘散开一中发丝被烧焦的味道。

“等一下！”宫少司大惊失色，拔出一把短剑朝着旁边的锦心脖子上抹去，如同宰杀猪狗一般一点不曾犹豫半分。

眼看着锦心就要命丧宫少司短剑下，却忽然听得一声脆响——“叮当！”

一记十字标直撞上了宫少司手里的剑，让他的剑锋一歪，原本该抹上锦心脖子的剑直插进了锦心的右胸上方，痛的她惨叫一声。下一刻，便有两名神出鬼没的黑衣人忽然架住了她的手腕，扶住了她，却也拦住了宫少司的攻势。

“够了。”一道有些虚弱却充满磁性的声音忽然在众人身后响起。

楚瑜看向被搀扶出轿子，一身华衣，面带苍白病容的俊美贵公子，冷冷地一笑：“宫家少主，终于舍得出来见一见了？”

宫少宸看着楚瑜，微微眯起丹凤眸，似笑非笑地摇晃着手里的宫扇：

“怎么了，我的小女郎，天气炽热，所以你的火气也跟着大了么？”

“我早该知道，隼钦宁事败，你是不会这么善罢甘休的。”楚瑜把烧火棍子稍微移开了点，也不太在乎地抬手摸了一把自己被烧焦的头发。

“你不就是想要我出面让这个愚蠢的女人别在一边鼓噪么，我现在出来了，金曜星君被她在腿上捅了一刀，你也让小司在她胸口捅了一刀，两平了不是？”宫少宸轻笑着，摇晃着手里的扇子。

那模样笑得像一只老谋深算的狐狸，楚瑜看在眼里，嗤了一声：“两平？把解药给金曜，再放了这客栈老板一家，这才算是利息罢，毕竟你想要的是我这个活地图。”

宫少宸当初将她掳到岛上，自然是看过了她身后的藏海图，所以对她死不放手，如今又怎么舍得让她烧伤自己的背，毁了他一直想要的东西。

宫少宸闻言，倒是很爽快地示意身边的人：“去，给金曜星君他们松绑，别太粗鲁了。”

楚瑜看着这边金曜得了解药，恢复了气力，又径自点了身上的大穴止住了大腿一直流血的伤口，原地盘膝调息，那头的萨娘母女也被推到了秦不忘的怀里，但是秦不忘和萨娘的脖子上的剑并未撤下。萨娘紧紧地靠在自己夫君的怀里，又或者说她紧紧地扶住了自家夫君的胳膊，像他的拐杖一样搀扶着他。

宫少宸看着楚瑜，眼角挑起一个近乎惑人的温柔弧度：“本少主答应你的事情，从来都做到，所以现在你是不是可以放下那烧火棍子，烧了小女郎你的细皮嫩肉，本少主可是会心疼非常的呢。”

他顿了顿又叹息着道：“瞧，小女郎，我知道你的武艺修为一日千里，没了音阵，你想要独自离开我未必拦得住你，但就可怜这些一心保护你的人，会不得好死了。”

楚瑜确定了众人安全之后，方才淡淡地嗯了一声。

看着楚瑜放下了手里着火的棍子，宫少司也将手里的剑一松，也不去抽那把深深刺入锦心右胸上方的剑，只懒懒地道：“你自己回去拔剑，这可是好剑，就送你了。”

锦心痛得浑身发抖，唇角渗出血来，“明明就是你们找上小姐的……如今见了这个小贱人，就要背信弃义么？”

她听不懂他们之间说暗语一般的什么图，但是她还是看得懂宫少宸看楚瑜的眼神，与琴三爷看楚瑜的眼神如出一辙。她凄厉的目光扫过宫少宸，恶毒地道：“宫少主，你听这个贱人的话，听得像条狗，但她可有对你半分心意，说不得她肚子里早有了琴三爷的孽种了，哈哈哈哈……”

宫少宸虽然脸上依然是含笑的样子，但是目光却扫过楚瑜平坦的小腹，精致的丹凤里闪过阴翳的流光。

这一点阴光自然没有躲过一直盯着他的锦心，她擦了下唇角的血，垂下眼，笑得愈发森凉：“你虽然空有狠辣手段和满腹心机，却很缺人，如果你想要得到这个女人，就得杀了琴三爷……用她做饵，将她吊在隼摩尔圆帐前的尖桩上，包管琴三爷在哪都会自投罗网，你让他挖心剖腹，都不在话下。”

楚瑜看着锦心的眸子子里闪过一丝浸凉的寒光。提议将她送给隼摩尔？

一道人影以一种不可思议的角度忽然跃起，避开了那些挡在他面前的刀剑，然后一把握住了插在锦心右胸的短剑，狠狠一拔。

“啊——”锦心惨叫一声，剧烈的痛楚让她两眼发白，差点晕死过去。

“小心！”所有的士兵和黑衣蒙面人看见金曜忽然蹿起，握住了短剑的那一刻，都想起了方才他手上功夫的狠辣，若不是用了药物，又如何能轻易拿下他。而此刻他浑身是伤，又才服了解药，谁能想到对方居然恢复得这么快！一群人大惊失色，立刻挡在了宫少宸、宫少司和锦心等人面前。

金曜握了剑，逼开身边的人，竟直接向楚瑜扑了过去，手中的短剑携着凌厉的杀气直逼楚瑜的咽喉，神色冷厉而痛苦：“你不该出来的，抱歉，武卫之首的职责是不能让主上受到任何威胁！”

宫少宸察觉不对，失声怒吼：“不要，拦住他！”

却已不及阻止，只能看见那一把利刃刺入了楚瑜的身体。一道血光骤然飞溅开。电光火石之间，宫少宸本能地推开了自己面前的人，冲上去，试图拉住金曜。但在他手抓到金曜衣袍的那一刻，金曜却忽然整个人的身形偏了一下，宫少宸就看见一张他熟悉的娇俏又冰冷的面孔从金曜身前露了出来，她对他露出一种意味深长的笑容。

等到他反应过来的时候，就只见一片血色向他的方向飞了过来。宫少宸的心猛地一沉，随后听见了身后宫少司惊惶得近乎凄厉的尖叫声：“哥哥！”

不过一瞬间的事，他却恍惚地觉得时间过得极漫长，鼻间闻见了浓烈的血腥味，那些红色的血珠带着无边的杀意迎面扑来。他本能地硬生生地半空折腰，用力过大，以至于他几乎能听见自己原本胸口伤处的骨头发出的可怕的声音，伤口剧烈地抽痛起来，那种痛苦仿佛能让心脏都扭曲。他没有闭眼，单凤眸就那么直勾勾地看着那张近在咫尺的熟悉的脸，她眼里的冰冷，从未改变。

宫少宸忽然，有点想要笑。可是，她的血，应该是热的罢？就像那把被她手握得温热，捅进自己腹部的刀子。这么想着，冰冷的心头竟莫名地有些释然。但是那种自己会被瞬间烧灼成烂肉的感觉却没有发生。楚瑜忽然抬手，在那一瞬间，一掌击出，气劲拍在金曜拔剑后从她肩膀伤口里喷出来的血箭上，血箭碎裂成珠。

金曜在被楚瑜揪住衣襟向她身后甩开的那一瞬间，将他手中的短剑朝着那些血液上狠狠地一扫。金属的剑身被注满了内力，产生的振动除了让金属剑身发出刺耳非常的嗡鸣之外，也使那些血珠子在一瞬间震碎成了一片圆弧状的雾气，夹着无边的杀气向着宫少司一干人等铺面而去。

春风化血雨，飘散开来，覆向大地，收割谁的性命为祭。

宫少宸听见身后一片惨烈的叫声不绝于耳。人体被腐蚀的味道与血液的腥气越来越浓，那些惨烈的叫声像一种会传染的瘟疫，不过在片刻之间，便引起了巨大的骚乱与惊恐。他能看见金曜闪身避在她的身后，躲开了那些血雾，随后又伸出手狠狠向自己擒来。金曜的那双桃花眼里，毫不掩饰满满的、森凉的杀意。

宫少宸微微眯了眯眼，冷冷翘起唇角，忽然伸手向后随手一抓，直接拖出了身后站着的锦心，忍着剧痛一把将那个女人推到了自己面前，挡住了大部分的血雾。

可就算如此，他身上还是沾染了一点血雾，即使手臂有袖子覆盖在其上，宫少宸却依然能感觉皮肤被毒烧灼的痛苦。

宫少宸重重地摔下去的时候，只感觉一只手轻轻托了他一下，然后他就摔在一个熟悉的身体上。

“哥哥——哥哥！”小司焦灼担忧的脸孔出现他的头顶上方，双手颤抖着又不知该摸他身上的哪里。

宫少宸的眼前一阵阵的发黑：“咳咳咳……”

喉咙里腥甜瘙痒，让他忍不住猛地吐出血来。

宫少司立刻掏出一枚药丸塞进他嘴里，眼里已经满是愤怒的泪光：“你疯了么，明知那血有毒？”

宫少宸勉力咽下那药丸，他分不清楚自己是手臂的毒伤痛，还是胸口更痛，却还是咬着舌尖，让自己保持最后清醒的意识，一字一顿地苍白着唇道：“我……要她！”

其实他想要说口的是——杀了她。

“你从来就没有这样对过我呢，你总是……”少年看着怀里的人，猩红的眼底泛起低低的轻笑，眼底的泪光怨毒而绝望，随后他闭了闭眼，颤抖着将宫少宸交给身后的人，眼里闪过森冷而满是杀气的光，也一字一顿地回答：“好，如哥哥所愿！”

宫少司站了起来，抬起头看向前面的断壁残垣，秦不忘一家和楚瑜、金曜都失去了踪迹，只不远处可见一个空洞洞、黑黝黝的地穴入口。

他厉声道：“追！”

原本就隐没在暗处，并未受到波及的数十道黑影鬼魅一般地冲了出来，一齐随着宫少司矫健轻敏如猫的身影，带着凌厉的杀气跃入了地穴之中。

第三章 拜卿所赐

“乖！”

黑暗的地道里，墙壁上的长明灯随着数道人影掠过，“嘭”地一声亮起，又再次熄灭。

楚瑜一边飞奔，一边看着秦不忘背着萨娘，不断地向前单腿点地飞奔，竟似正常人一般，只是额上微微浸出薄汗。而金曜怀里的小妞妞，安静非常地栖着，像是一个乖巧的瓷娃娃。只是她的目光掠过金曜的腿，那里即使上了药，却还是又开始流血了，毕竟伤到了大动脉，能用曜司的好药止血已经很不容易，这么一跑，怕是又要裂开了。

“你的伤怎么样？”金曜似注意到她的动作，看了过来，桃花眼里闪过一丝忧色。

楚瑜扯了扯唇角：“虽然之前我给了你暗示，但你下手也太狠了点，我还以为你真打算在我心脏上插一刀。”

金曜看了她一眼，只淡淡地道：“你怎么知道我不是真想在你心脏上插一刀？”

楚瑜：“……”

秦不忘在前面引路，他只有一条腿，背了个人，速度到底提不了太快，他不断地拍亮那些长明灯的机关，同时道："往前去，再过几个口子，就能到城外的森林，咱们会有人马在那边接应！"

楚瑜心中一动，看了过去，秦不忘笑了笑："如果运气好，咱们还会遇上真正的常家军，我被宫少宸发现之前，放出了约定的信号，常圣黛的军队不知被什么人拖住了，我们的人看到信号一定会想法子将常圣黛引到出口的地方去。"

楚瑜闻言，心中略松了一口气，但是这口气还没有松懈下来，就听到了身后的破空之声。楚瑜足尖一点，身形在半空转了圈，直接震臂一扫，将那些飞镖全部都扫落在地。

不过片刻，便有数道黑色的影子以敏捷得不可思议的速度攀爬过洞壁向他们冲了过来，带出一片十字回旋飞镖雨。楚瑜见状，一把拔出了方才金曜抢来的那把短剑回身转出一片劲气击落那飞镖雨，但是就这一回身的动作，脚步便慢了。

她看了眼那些握刀的鬼魅黑影，转头一把擒住金曜的衣襟，将他狠狠地往秦不忘的方向一推，冷冷地道："带着孩子和萨娘先走，我一会儿去追你们！"

他们一个浑身是伤，一个缺了腿，还各自带着累赘，只有她适合留下御敌。金曜桃花眼一冷，正要说什么，但楚瑜却不耐地打断他："东岛的伊贺忍者，善近战与夜战，你现在的状况有几成胜算？"

随后，她不等他反应过来，径自冲了出去，一把揪住那个最先冲向自己的忍者，双腿一翻架住了他的脖颈轻轻一扭，同时捏住他的手腕整个人半空里一个轻巧鹞子翻身。那忍者闷哼一声，骨头咔咔作响，瞬间倒下没有了声息，手中闪着华丽光泽的长刀便被楚瑜握在了手里。她抬手之间，不过数招又结果了两个冲过来与自己对战的忍者。修长的东岛刀刃上有放血槽，是漂亮又残忍的凶器，从人体内拔出来的时候有温热的血液飞溅出来很容易。

看着楚瑜那身手，仿佛有了另外一道他熟悉的修白人影的风格，金曜桃花眼里闪过复杂的光。他最终还是垂下眸子，一咬牙抱着发抖的小妞妞快速朝着秦不忘的方向冲去。

"前面有一个口子，冲过去，落下机关，他们就追不过来了，咱们在那里等小夫人。"秦不忘看着远处楚瑜那漂亮的身法，拳头紧握，却也没有多言，只低声道。

让主人保护属下，这是——耻辱！但是这个时候，别无选择。

……

“小姐姐，你的武艺修为进步真是越来越大了。”小司的声音忽然在黑暗深处响起。那些包围着她的黑影随后却停住了攻击的势头。

少年纤细的身影从暗处走了出来，手上端着一盏灯，从容得不像在追击人，倒像是在自家的房间里一般。他依然还是那笑吟吟的样子，只是楚瑜清楚地感觉到面前的少年身上多了一种说不清道不明的暴戾气质。

她眯起了眼：“小司，你一定要为虎作伥么？”

少年看着她，“是啊，哥哥想要做的事情，我都会去做，他想要实现的愿望，我都会帮他实现。”

楚瑜定定地看着他，轻叹了一声，慢慢地举起了手里的细长的刀，指着他：“你知道，你打不过我，就算你的忍者很强，他们一齐上，都未必能留得下我。”

楚瑜手里刀的血槽上，还在缓慢地滴着血。她周身气息冷凝淡定，杀气全开，有一种无坚不摧的感觉，让周围的忍者们都忍不住微微退开了一点。

“我知道，就算我们能拦得住姐姐的刀，也未必能拦得住你的血。”宫少司抬起大大的猫眼，看着楚瑜轻笑一声。

“可是，没有关系的。”他笑了笑，忽然抬起手，身后一名忍者将一枚黑色的东西放在了他的手心。

楚瑜看着那东西，忽然脸色微凝：“天雷弹，你疯了么，这里用这种东西会引起地道坍塌，一个不好，我们都会被埋在这！”

“那又怎么样，小姐姐，你知不知道哥哥差点让金曜害死了？哥哥说，他要姐姐，所以我要为他实现心愿，不论用什么手段都好，都要留下他喜欢的小姐姐啊！”

楚瑜看着宫少司大眼里猩红的血丝和偏执阴翳的光，微微眯起了眼，不动声色地后退：“小司，爱一个人不是这样的……”

但是话音未落，就见宫少司已经灿烂一笑，毫不犹豫地点燃了手上的天雷弹，抬手就朝着她的方向扔了过去！

“轰隆！”一声巨响。整个地道都瞬间摇晃了起来。刚刚钻过另外一个地穴入口调试机关的秦不忘和金曜两个人都差点站不稳，亦同时脸色大变。金曜低头看了眼自己身上的衣衫，他顿了顿，忽然抬手就将自己身上的衣衫脱了下来，将怀里的小妞妞一包，塞给了一脸紧张的萨娘。

“我要去接应她。”金曜道，然后又低声在秦不忘耳边说了另外一句话之后，扎紧了自己腿上的伤，转身就飞身掠了出去。

……

“咳咳……真是，大的、小的都是疯子么！”楚瑜狼狈地从一堆土里爬了出来，忽然被人一把拉住了手腕。她悚然一惊，下意识举刀就要砍。

“是我！”金曜熟悉的声音在她的耳边响了起来。

楚瑜松懈下来，随后又蹙眉，没好气地道：“你怎么又来了，不嫌累赘！”

“月曜打开了前面的机关入口，我们走！”金曜将她拖了起来，没有太多废话，抬脚踢开一个扑过来抱住他脚的黑衣忍者，又顺手夺了对方的刀提在手里。

看着烟尘滚滚里的那两道人影，宫少司森冷的大眼里闪过怒意，冷笑一声：“拦下他们！”

十几道人影又迅速地冲了上去，进行拦截。楚瑜和金曜两个边战边退。忍者多为死士，死士悍不畏死，无所顾忌，拖慢了他们的速度。楚瑜看着宫少司那纤细的身形越来越近，忍不住恼火地低咒了一声：“该死的！”

“小姐姐，你猜猜是你的速度快，还是我的天雷弹炸毁了这里的速度更快？”

宫少司天真到阴冷的笑声在昏暗沉闷的空里越来越近，还有那“嘶嘶”作响的引线声。楚瑜和金曜脸色一变，对看一眼，忽然停下厮杀，各自伸手拽了一个忍者挡在自己面前。

“轰隆！”又是一声闷响，直炸得地道晃动不停，坍塌更多，土块伴着碎石落了一地。

“咳咳咳……”好一会儿，两道人影各自勉强地从两具血肉模糊的尸体下钻了出来。

远处人影幢幢，杀敌一千自损八百，宫少司那边的人似也损失不小，还没有他们爬起来得快。

“你马上走，先到秦不忘那里去，我一会儿就来。”金曜爬出来后，忽然推了她一把。

楚瑜一愣，看着他。

昏暗中，男人冷冷地看着她：“我来拖住那疯子，他要的是你，你越是在这里，他就越疯，等会儿这地方全都坍塌了，就谁都出不去了！”

说着，他抬手就来拿她手里的刀。楚瑜耳朵都还有点嗡嗡作响，一时间总觉得金曜的说法有些古怪，却又头昏脑涨地说不清他说的话哪里不对。她只下意识地握紧了手里的刀：“不行。”

“楚瑜！”金曜眼里闪过森凉的光，忽然抬起刀驾在她纤细的脖子上：“你是不是真要我杀了你？我早说过你是三爷的软肋，当初就不能留你！”

楚瑜一顿，看向他，但地道里本来就昏暗，此刻更是烟尘缭乱，她更看不清楚他的脸。但是最终她闭了闭眼，抬手将手里的刀子递了过去，冷冷地道：“不用你说，我知道你对他的忠心。”

金曜抬手接过了她的刀。楚瑜面无表情地转身就要走，却不想身后的人一把拉住她的手腕，忽将她按在墙上，他的手小心地避开了她身上有血渍的地方，搁在了她的脸颊上。

楚瑜愣了一下，抬眼看着身前的男人。昏暗的空气里，他俊秀清冷的脸部线条仿佛难得地柔和了下来，只一双桃花眼却异常明亮，明亮到灼热。

“从第一天看到你的时候，我就不喜欢你，如果可以一直厌恶你下去应该是一件好事。”他淡淡地开口，可那声音里却莫名地带着一点愉快的味道。他修长清劲如竹的手，此刻带着一种尘土与烟火的味道，指腹温柔地摩挲着她幼嫩的脸颊，带来一种诡异酥麻而危险的触感。

她几乎能感觉到他的呼吸掠过自己的鼻间，陌生男性高大身躯过分接近的距离，让她感觉很有些逼窒，她有些不自在地抬手想要推开他，“我知道！”

但是那只搁在她脸颊上的手，却微微一用力，固定住了她的脸。金曜挺直的鼻尖几乎就悬在她脸颊上，他喑哑地轻笑了起来：“不，你不知道，我也不知道，嗯，这一辈子就这样了。”

楚瑜怔然，有些茫然地抬起眼看他：“什么……”

却不想，她这一抬脸，却刚好感觉那张悬在自己面孔上方的清冷俊颜忽然压了下来，在她猝不及防时，他的唇在她嘴唇的上方停了片刻。

最终，他的唇到底没有落在她的唇上，而是，如蝴蝶一般，轻轻落在她的唇角上，伴随着一声近乎遗憾又讥诮的喟叹。

“算了，欠着罢，下辈子请我喝酒，然后……记得还债。”

楚瑜已经整个人脑子里都是空白的了，只感觉他潮润的呼吸与唇落在自己唇角上那诡异的感觉。

金金……金曜！

面前的男人却暗哑轻笑了起来："楚瑜，你喜欢听唱曲儿罢？"

楚瑜从来没有见过面前那个桀骜又冷淡的男人这般轻佻的模样，漂亮的桃花眼里亦闪过轻佻的熠熠流光，几乎灼伤人的眼，她下意识地退了一步，一下子退出了他的胸膛和墙壁之间的空隙。她整个脑子都有点嗡嗡作响，面无表情，分不清楚是因为被金曜的举动给震住了，还是被天雷弹震的。

"走罢，我一会就过去。"金曜站直了身子，背对她，双手握紧了两把刀，淡淡地道。

楚瑜看着他的背影，那些轻浮仿佛不过是镜花水月，他的气息依然孤冷而桀骜。她退了一步，转身飞掠而去，很快便看见秦不忘对着她晃动手里的灯。她立刻冲了进去，低低地喘着气。秦不忘看着她的模样，细长的眼里闪过一丝复杂深沉的光："小夫人，你没事罢？"

楚瑜心不在焉地"嗯"了一声，走了进去，看着靠在萨娘怀里小妞妞胖乎乎的脸，心中才稍稍平静一些。

秦不忘却走到了洞口，看向甬道的远处。那里烟尘四起，过分昏暗的光线，让人只能看见里面窜动的人影，还有隐约让人心惊的杀戮声，刀子劈砍过骨骼的咯吱声，令人牙酸。血腥味渐浓。也慢慢地向这边逼近。楚瑜抛开脑子里的杂念，眼神一紧，转身也跟着走到了秦不忘的身边，紧紧地捏着拳头，掌心浸润出细细的汗水，沉默地等待着。

又是一阵爆炸的闷响。灰尘四溢，楚瑜扶住摇晃的墙壁，挥开落下的尘土，与秦不忘一起看向远处，焦急而担忧。不远处，一道矫健修长的人影忽然踉跄着从晦暗里退了出来，然后稳稳地站住。

楚瑜眼睛一亮："金曜——快！"

但是下一刻，他却微微侧脸看了她的方向一眼，忽淡淡地开口："秦不忘！"

秦不忘看着他，闭了眼，无奈一笑："是，首领，月曜听令！"

楚瑜忽然有了一点不好的预感，抬手就去推秦不忘。却已经晚了，秦不忘抬手朝着墙壁上一击，一道铁栏杆落下，牢牢地将洞口封住。

楚瑜一把拉住那粗大的铁栏杆，目光森寒地看着秦不忘："你干什么，秦不忘，打开！"

秦不忘一把扯住她，神色深沉："打不开，机关已毁，小夫人，这个铁门拦得一时，拦不住一世，我们走。"

谁能想到宫少司，竟然疯到在地道里用天雷弹，谁也不能保证他能不能炸开这铁门。

"但是……"楚瑜想要说什么。

"你不走，他一定会死，你走了，也许他不会死，他们要的人是你，地道被炸塌了，谁都走不了！"秦不忘反手握住她的手，一字一顿地道。

楚瑜看着远处的男人侧脸挑起唇角，他抬手慢慢地擦掉唇角的最后一滴血，露出一个恣意桀骜又冰冷的笑来，提着两把长刀，毫不留恋地再次掠进了黑暗的烟尘之中，惨叫声与闷哼声再起。

"金……"她踉跄着上前一步，看着那一片烟尘，最终一转头，咬牙奔到萨娘身边，小心地抱起被金曜外袍包裹着的小妞妞，向地道深处飞掠而去。只是没有走两步，忽然听得"轰隆！"一声炸响，地动山摇一般，人都站不住。

楚瑜身形一僵，骤然站住了脚步："金曜！"

秦不忘也僵住了，回头看去，却只见远处一阵烟雾弥散："首领！"

但片刻之后，忽然有喑哑清幽的小调飘来，"这夜星河如晦，谁为我引路捧灯一盏，方悟今生缘尽，侬唱一个不舍，是谁当断不断，酿得一坛苦酒做相思断心肠……"

楚瑜眼泪忽然盈了眶，颤抖着抱紧了怀里的小丫头。

"他还活着！"秦不忘下意识地转身。

楚瑜却一把拉住他，指尖几乎掐进他胳膊里，只闭了眼，声嘶力竭："走，我们不能回头！"

说罢，她松了秦不忘的胳膊，提气抱紧了小妞妞，竭尽全力地飞奔而去。那人在用歌声送他们。昏暗的甬道里，时间仿佛变得异常漫长。漫长得让人看不到尽头，只有幽幽的歌声在杂乱的杀戮声里慢慢缭绕，然后消散无踪，一切归于寂静。

"这夜江湖雨寂寂……侬只管去，奈何桥上一去不回头，莫回头……人间烟火艳。"

……

不知奔驰了多久，前面的光，渐渐明亮。

有军容肃整的大军，一身黑衣俊朗的将军从马上翻身而下，诧异地看着她："县主？"

楚瑜面无表情地微微眯了眼，抬头看着天空，一抹夕阳渐落，天边残辉殷红如血。

……

两日后，夜。

楚瑜看着面前的地图，静静地负手而立。身后有人轻轻敲了敲门，随后走了进来。

她看过去，常圣黛一身黑袍，神色深沉地捧着一个盒子："这是有人送到营房门口来的，指定要交给你。"

楚瑜看着那硕大而华丽的黑檀木盒子，睫羽微微颤了颤，半晌，她伸手去接。常圣黛却没有松手，目光复杂："小鱼……"

楚瑜抬起眸子，看向她轻声道："给我，圣黛。"

常圣黛看着她，慢慢地松开了手。楚瑜接过了手中的黑檀木盒子，上面雕刻着一行字——"小姐姐亲启，小司敬上"。

她捏紧了盒子，随后慢地一点点地打开锁，里面锦缎华丽，安静地放着——金曜的头颅。他清冷俊美的容颜安静似同睡着，只桃花眼静静地闭着，长长的睫毛在苍白的脸孔上烙印下温柔的阴影，唇角微微翘起，依然是熟悉的轻蔑讥诮的笑容。

楚瑜双臂慢慢地颤抖，却依然稳稳地楼住那盒子，直挺挺地站着，把自己站成了一把笔直的剑。不知站了多久，她闭了猩红到狰狞的眸，随后慢慢地低头，颤抖着，极轻、极缓地吻在他苍白的薄唇上，轻声道："这债，我今生还。"

一滴水珠轻轻落在了檀木盒子上。凉风轻轻掠过，一盏青灯熄灭，余烟袅袅。

这夜星河如晦，谁为我引路捧灯一盏，方悟今生缘尽，侬唱一个不舍，不舍，是谁当断不断，酿得一坛苦酒做相思断心肠。

人间，烟火尽。

……

一个时辰之后，她提着长剑，转身走出了营帐，冰冷的眸子里毫无泪光，只暗光幽晦森然。营帐外，黑衣铁骑，刀枪齐备，甲胄森严。

律方城里，漫城白色的灵幡轻轻地飘扬，悲痛的哭声几乎从家家户户飘荡出来，宛如国丧。只因为仙逝的是当年那一个屡次拯救律方边民于水火，满门忠烈，德高望重的三朝老臣——苏家老夫人。

督抚衙门里，更是一片哀声与沉郁。律方督抚苏宇正坐在太师椅里，他早已换上蓑衣白袍，一贯端庄沉稳的面容上此刻一片哀痛颓然之色，眼眶猩红，仿佛有很长时间没有睡觉了。一边的徐氏也满脸憔悴，手里的绸缎帕子早已搅得皱巴巴，她看了看苏宇，喑哑地道：“夫君，老夫人已经没了，夫君要节哀，这律方是老夫人留下来的基业，您要看顾好它，身子就不能坏了。”

苏宇深深地吸了一口气，胡乱地擦拭了一把眼泪，抬眼看向自己的夫人：“生死有命，老夫人这辈子半生戎马，称一声巾帼英雄总不为过，她救了那么多人，可她颠沛坎坷，一生艰辛，却不想竟是山崩落石压身的去法，我这心里……为何老天总是这般不公。”

说罢，他又忍不住红了眼。

“夫君……”徐氏也跟着哽咽了起来。

两人面对面流了好一会泪，苏宇闭了闭眼，低声道：“老夫人之前的信，你可看了，你信不信？”

徐氏闻言，身形一僵：“老夫人说常圣黛常将军勾结了赫金人，有开战的可能……此事涉及谋反，事关重大，我们只能快马加鞭或者飞鸽传书送到上京，其余之事，不是夫君应该擅做决定的。”

苏宇长长地叹了一口气：“当初陛下忽然将常将军放到律方来，我就觉得实在有些奇怪，他们常家在西边多年，就那么一个女儿，还嫁了国公爷，怎么就忽然调防到这里来了，只怕陛下当初对常将军就有防备之心了，而且现在千城小姐怀疑这次老夫人出事不简单，毕竟老夫人来律方说是有要事，却没有说什么要事……”

“你是说……”徐氏闻言，脸上一惊。

“如果老夫人是因为担心律方的防务和常圣黛，亲自前来查证……路上却遇这等不测，如果是个意外也还罢了，若不是意外……”苏宇冷笑一声，虎目里闪过森寒的光：“本督抚必定要那阴谋害了老夫人的人不得好死！”

说罢，他硬生生地捏碎了椅子的把手。徐氏闻言，深深地闭了闭眼：“也不知千城小姐伤心成什么样子，昨日她守灵的时候还哭得昏了过去……此事就等夫君先行查证罢。”

……

素白淡雅的房间里，灵幡轻晃，有女子婉转低幽的娇吟声和男子的喘息声交织。

“檀郎，妾替你清理罢。”坐在床边的美丽女子温声对着床榻里的修长身影道。她靠过去，抬手将帕子在他精壮的胸腹间擦了起来，异常温柔。

男人微微眯起修长的眸子，打量着面前的女子，见她一身白衣，乌发如瀑，发髻边还簪着一朵白色的剪绒花，脸颊上还有欢爱后的红晕，看着颇有些娇不胜衣。

他抬手挑起她的下巴：“果然是女要俏，一身孝，你这一身装扮真是勾人，只是不知你奶奶刚刚仙去，头七回来看见你这般模样，会不会气得活过来。”

苏千城叹气了一声，眼里却似盈了泪珠儿：“檀郎为何要戳妾的伤心事，奶奶尸骨已经成了那副面目全非的样子，我一想到就难过，难不成你以为我的伤心是假的么，到底是陪我多年的奶奶。”

被唤作檀郎的男人有些看不出年纪，说他年长，却是生得一张剑眉星目的俊雅容颜，非但面白无须，更毫无一丝皱纹，说他年轻，只是一双修目却似蕴了深晦的时光，历尽了风雨，气势更深沉。

他松开手，轻挑起她乌黑的长发，淡漠地道：“是么，看来是我扰了珍珑夫人的情绪。”

苏千城闻言，不禁微微一僵，随后便软了声音，抬手搁在他的大腿上，轻声道：“若不是你陪着我，我又怎能那么快恢复精神，这风雨飘摇之际，还好你陪我。”

檀郎神色深沉地看着她，恍若未觉她的小动作一般：“风雨飘摇难道不是你自己识人不明么，若是当初你嫁给隼摩尔，大概就没有如今这般多事了，琴笙的人头也早已搁在了你的面前。”

苏千城闻言，目光微冷，但她垂下睫羽，很好地掩饰了自己的目光：“我又怎么会知道他心机深沉，这鹬蚌相争，渔翁得利的戏码做得这般拿手。”

她顿了顿，又讥诮地道：“何况他又哪里是嘴上说得那么好听，当初他潜伏在我身边的假玉心不知道我要进雪山吗，他还不是将雪山炸了。”

“那也是你手段不到家，虽能截换了那假玉心给隼摩尔递出去关于琴笙真实身份的消息，却还是走漏了你们要进雪山的消息。”檀郎淡漠地看着她。

苏千城一顿，眼底闪过寒光，随后也不在他怀里靠着了，反正这人下了床也不会对她温存，便只起了身去洗帕子：“隼摩尔那人，我琢磨不透，自然是要防着将所有底牌都漏给他的。”

“所以你觉得你能琢磨透的隼钦宁，如今贪图美色，妄自落个生不如死的境地？”檀郎冷淡地一笑，也跟着下了床。

苏千城被他讥得，紧紧地抿了抿唇，还是强忍着恼恨，转身替他转整理衣衫：“可我发现不对之后，不也给了隼摩尔送了情报么？”

男人忽然转过身，抬手捏住她的下巴，危险地眯起眸子：“我教过你什么，锦上添花易，雪中送炭难，你当初对隼摩尔的拒绝做得那般明显，如今风头不对，想要再转投那你琢磨不透的隼摩尔的怀里，只怕他未必还领你这份情，不将你一起恨上就不错了。”

他黑暗的目光让苏千城忍不住发抖，被他的手劲捏的眼泪都要出来了，她垂下眸子，一点没有犹豫，一行清泪落了下来：“你，就这么想要我嫁给隼摩尔那番人蛮子么，这么多年来了……檀郎就对我没有一点情么，可知，我为了你，我连琴笙都可以放弃，为了你，我可以与全世界作对，背负万世淫妇骂名。”

男人见状，神色莫测，半晌之后，才忽然松了手，抬手轻抚过她的脸颊，轻声道：“千城，你是个聪明的女孩儿，别做蠢事，我，自然一直是……最疼惜你的。”

……

等到苏千城再出房门的时候，天色已晚。

“小姐，厨房的燕窝已经煮好了，可要端来？”绣心恭敬地问。

苏千城扶了扶发髻上的白剪绒花，淡淡地道：“不必，我亲自去取。”

绣心道：“是。”

走了几步，绣心见左右无人，便递过一张纸条，“是了，小姐，宫家少主那边有消息。”

苏千城闻言，先是一喜，随后接过一看，眼里光冷了冷：“真是废物，我特意将锦心派给他，看着他重伤时还这般不肯舍弃地要去追缉楚瑜，那般信誓旦旦的样子，我还以为他真有什么能耐抓着楚瑜，如今不过是杀了那么一个金曜，男人都是自作聪明的废物！”

绣心闻言，指尖微微一动，她垂着眸子恭敬地道：“小姐，你和宫少主合作的事，爷未必知道罢，万一……”

“万一什么，那人有什么不知道的，不过是冷眼旁观罢了。”苏千城眯了眯眸子，慢慢地将手里的纸条撕碎：“男人，没有一个好东西。”

说罢，她抬起头看了眼天上的月，淡淡地道：“只想不到秋子非也算是个痴情种子，偏却是个有眼无珠的……呵，落到今日田地，也是咎由自取。”

说话间，门外忽然一阵骚动，脚步声纷乱，响起了一阵急促尖锐的铃铛响。

“报——夫人，常将军领着常家军三万人马要求进城，被督抚大人挡在了城门外，如今势同水火，常家军有攻城之势！”一名传令兵举着手中的信筒冲了后院。

苏千城闻言，先是一惊，压低了声音道：“怎么回事，楚瑜就算寻到了常圣黛的大军，他们不应该先去解救琴笙么，怎么往律方而来了！”

兵临城下，才有消息传了进来！

“小姐不要担心，您早早谋算好，老夫人‘信函’不是也已经埋下了伏笔，如今常圣黛的大军和楚瑜都被拦在了城门外，不是么？”绣心看着苏千城，宽慰道。

苏千城闻言，紧蹙的秀眉也略松了松，方才自言自语地轻道：“我律方城内常驻大军十万，后面军垦处还有十万大军，她区区三万人马既骗不开律方城门，自然更不可能攻进来的。”

……

“怎么了？”

苏千城折回房间的时候，高大的男人已经坐在窗前，手执棋子正下棋，见她进来，便淡淡地道：“出事了？”

“是，妾身先要换一身衣衫出去一趟，檀郎放心，妾身能处理。”苏千城知道他也一定是听到了方才传令兵报信的消息，便让绣心进来跟着自己换了一身衣衫。

临行前，她看了眼男人，倒是温情脉脉：“檀郎且仔细些，莫要乱走，这里人多眼杂。”

男人神色淡然地看着面前的棋盘落下一子：“嗯。”

苏千城似想起什么，又轻叹了一声：“是我想多了，当年檀郎可曾在律方待了不短时日，您在律方当年也算威名赫赫，又哪里轮到我多嘴。”

说话间，她已经换了一身白色戎装，扣上箭袖，便转身出了门。

待得她们出门后，男人看着手里的棋子，随后唇角弯起一丝冰冷的笑意，将棋子扔进了棋盒里，淡淡地道："有趣。"

随后，他起了身，向门外而去。

门外早有长随模样的人跟着，见他出来，便低声道："爷？"

"走罢，看热闹去。"男人眼底闪过一丝莫测。

等苏千城赶到的时候，律方城上、城下已经一派剑拔弩张。城内外一片灯火通明。墙上的长弓营架起了弓箭，蓄势待发，无数利箭指向城下。而城外黑压压一片甲胄森严，刀兵林立，也同样架起了无数弓箭，甚至备上了攻城梯，还有不少破墙重火弓。

"常圣黛，你莫要一念之差，铸成大错！"苏宇一身金色明光甲站在城楼上，神色凌厉非常，向着城下高声道。

城下大军之前，常圣黛身着黑色战袍，手提红缨霸王枪，策马而出，仰头冷冽地看向城墙上："苏督抚，本将军奉皇命，率领大军从外头集训回城，你却挡住我们进城，是何道理！"

苏宇冷声道："按照惯例，兵营在城外，常将军要进城自然可以，但是三万甲兵，需得解甲回营！"

"苏督抚，本将军在城内也有营地，领兵也是从城内出来，如何现在就必须歇在城外，你城门官竟敢对本将军不敬，还要本将军也交出武器，怎么，你这是将本将军当成什么人了！"常圣黛眯起眸子，冷声斥道。

苏宇看着城下那气势非常的女子，冷笑一声："常家、南家、苏家，这三门当年都是我大元的国之柱石，满门忠烈，数次匡扶社稷于危难之中，常少将军自然也是忠心之人，既然是忠心之人，又何必在乎解甲进城？"

他才接到了老夫人的情报，自然不会允许常圣黛进城。

说话间，又是一道窈窕的人影策马而出，她倒是只一身简单的劲装，抬起清丽娇俏的面孔看向城墙上："将军，怎么，你是连本县主也不允许进城么？"

苏宇一看，不由一惊："玉安县主，您怎么会在这里！"

这位县主不是领着人出去寻找琴三爷了么？

楚瑜沉声道："我从赫金回来，身负重要情报，事关重大，乃是三爷一力送出，却因为律方内有奸细，而一路遭奸人追杀，若非常将军出手，我已经身死，还请督抚大人开城门！"

苏宇闻言，心中更是惊骇，他心中一直都认为琴笙虽然没有官职，却是皇帝陛下的亲信，若是有这等情报……他瞬间犹豫了起来，又想起老夫人的信里交代过他要好好照顾玉安县主，最好能有求必应，但是老夫人后来的信里还说了常圣黛是奸细，这到底他该信谁？

“大哥。”此时，一道幽柔沉稳的女音响了起来。

苏宇闻言，转脸看过去，见是苏千城，便微微蹙眉：“千城小姐，你可好些了。”

苏千城朝他点点头：“我好些了。”

她看向城外，正对上楚瑜森凉的目光，两人四目相对，隔了那般远的距离，竟仿佛隐约有火光闪现。苏千城在城头上居高临下地微笑：“玉安县主千里寻夫，却不知三爷带来的情报在哪里？”

“既是机密，又怎么能当面这般说出？”楚瑜冷冷地道。

苏千城闻言，笑容更深：“是么，那也真是巧了，本夫人也从仙去的祖母那里得到了情报，道是赫金人勾结朝中内贼，意图叩开律方城门，先率领大军直取我律方大权，引诱敌寇入关，再剑指上京，不知您是不是得的也是这个情报？”

苏宇闻言，不禁脸色一变，他没有想到苏千城竟然在这种时候把这个话说了出来。这是没有判断过的消息，如果未经证实就说出来，岂非是当面指责常圣黛是那内贼？甚至将玉安县主也归纳进了其中。他虽然不喜欢玉安县主的嚣张跋扈，但是也知道对方身份特殊，不可轻易得罪。若是这个消息不实，便是捅破了天！

果然，苏千城此言一出，整个城内城外都陷入瞬间死寂。

下一刻，城内城外都沸腾了起来。

城上的人面面相觑，不敢置信，城外的常家军瞬间愤怒了起来，“你们说谁勾结赫金人！”

也不知谁先骂了起来，城上，城下高声对骂，愤怒的气氛弥漫开来，场面紧张得几乎一触即发。

苏宇觉得这气氛有点不对，厉声道：“都给我住口！”

苏千城却淡淡地道：“大哥，他们若是不心虚，又何必怕人说？”

“话虽如此，但是此事未经证实……”苏宇话音刚落，却不知哪个弓箭手也许是太过愤怒，手中的弓箭一松，有箭直向城下射出去。常家军中瞬间有人中了箭，闷声掉下了马。

城上，城下有一瞬间的安静。

苏千城也愣了一下，微微蹙眉，看了眼绣心，却见绣心也一脸茫然。

苏千城比了个手势，绣心顿时得令，立刻闪身出去。常家军一方已是暴怒，立刻就有人还手。这下可不得了，顿时如捅了马蜂窝。双方之间瞬间箭雨横飞。

苏宇大惊失色，厉声道："住手，都给本将军住手，不准回手！"

城下常圣黛勃然大怒："苏宇，本将军奉命协守律方，你怎么敢如此嚣张，没有皇命便对本将军出手！"

"常将军，且令你们的人住手！"苏宇已知事态恶化，高声回应。

楚瑜在听到老夫人仙去的消息时，神思就有些恍惚，但是反应极快，抬手轻易地挑落了不少长剑。而常圣黛手握盾牌，自然是不惧，只是忽然之间，她觉得不对，有特殊的破空之声而来，那声音锐利得令人心颤。

她一把将那盾牌塞在楚瑜手里："小鱼！"

只是楚瑜才将那盾牌接过，便有巨大的冲力直接压过来，半人高的长箭，尖利的箭头是寒铁所造，一冲十连发，直封楚瑜额、咽、胸、腹和下盘！

楚瑜目光一冷，举起手中盾牌，灌力一挡，手中长剑一扫，意在扫落那些长箭，却不想，只听得"砰！"地一声，盾牌竟已碎裂，长剑直破胸而入。

血光四溅！

"小鱼！"常圣黛大惊失色，周围一片骚乱。

常圣黛挡住其他人靠过来，只立刻抬手点了她的大穴，厉声对着其他人道："马上将县主抬进医帐里！"

城楼之上，两名士兵被侍卫们押着按在苏千城和苏宇面前，其中一个士兵瑟瑟发抖："属下，属下也是一时间激动和愤怒之下失手了！"

看着城下一片骚乱，苏千城眼里闪过一丝冰冷而兴奋的笑意，脸上却一片担忧："这可如何是好，竟将破军箭射了出去？"

破军箭多用于攻敌之匪首，乃是第一强箭！苏宇脸色已是一片苍白，大手紧紧握住剑柄愤怒地叱道："押下去，等候处置！"

随后，他看向城外那一片混乱，眸光一沉，下了决定："开城门……"

"不行。"苏千城忽然转脸看向苏宇，压低了声音道："不能开城门，若是他们进得城来，只怕会大肆报复，所以咱们只能等，等皇命下来，谅他们也不敢强行攻城。"

"但是玉安县主……"苏宇忍不住道。

“理会她做什么，如今琴三爷还不知能不能活着回来，这个楚瑜不过是出身贫贱的女子，不过是依靠了琴三爷才攀附上廉亲王的县主的名头。没了琴三爷，她什么都不是。”苏千城轻蔑地嗤了一声。

苏宇看着苏千城，神色有些怔然，仿佛有些不认识她一般。苏千城似也意识到自己有些太过得意而失态，她垂眸颦眉，轻声道：“大哥一定很疑惑我为何如此厌恶她罢，您还记得前段时日上京那边总有人冒称自己是奶奶流落在外的孙女么，这个楚瑜听了这个消息，攀附了廉亲王不够，大约是因为被上京的贵人们都厌了，所以竟打了冒充奶奶亲孙女，以扶正自己血统的主意，后来奶奶发现她是假的，硬是气出了病来。”

“什么，这女子竟这般无耻？”苏宇闻言，蹙起粗眉，恍然道：“难怪当初老太太还交代我们要多多照顾她……”

“奶奶还让人照顾她？”苏千城闻言，脸色瞬间一僵，随后又用帕子轻掩了唇，叹了一声：“奶奶真是善心错付。”

随后，她看向苏宇：“大哥，千万不能开城门，他们若是敢攻城，您只管还击，小妹一定会联合南国公府向太后禀报真相，就算常圣黛真是无辜，我们也是为了律方和大元的安危，有太后在，陛下也不会追究太过，可是若开了城门，只怕后果难测啊！”

苏宇沉吟了许久，似极为艰难地颔了首：“大哥明白。”

苏千城抚了额，有些倦怠地道：“我昨日一夜为奶奶诵经未睡，还是想再到奶奶灵前上香，同时修书一封给国公府送去。”

“嗯，千城小姐千万小心身子，这里我会看牢城门。”苏宇沉声道。

苏千城虽然称他一声大哥，但是苏宇却还是一直将她奉为小姐。随后苏千城点点头就扶着绣心的手臂下了城头。苏宇看着她的背影，神色却有些莫名的沉寂。

待得离开了苏宇的视线，苏千城忽然低声道：“方才那第一箭是谁放的，我不是交代过了看我手势么，太着急了会被看出破绽！”

绣心摇头：“回小姐，绣心不知。”

随后，她一边小心地搀扶着苏千城，一边道：“小姐管什么人放箭呢，只要这第一箭起个由头就罢了，如今乱箭飞舞，谁也没法子追究，不是么，咱们特制的那箭头里含着无数细小暗器，中暗器便会入体爆开，瞬间随血液游走入心脉之中，她必死无疑！”

苏千城闻言，轻笑了起来，她深深地吸了一口夜晚的空气：“这箭可是专门为三爷准备的，如今她受用了，也算是她的造化，说来，许久没有闻见那么芬芳的空气了。”

她顿了顿，意气风发地一笑，淡淡地道：“走罢，我给奶娘上一炷香，告诉她这个好消息”

待到了灵堂，苏千城打发所有人离开，只留下绣心看门，随后亲自点了一炷香在灵前。她看着那一尊棺材，微微一笑：“奶奶，你既然那么想要一家团聚，今儿，我也算送您心心念念的亲孙女与您团聚，实现了您的心愿，算是不枉你养育我一场了，全了你我情分。”

说罢，她便要将那香插上香炉。却不想，她忽然听到一道苍老的声音幽幽冷冷地响了起来：“是么，那我是不是要多谢你呢，千城？”

空气里凉风一动，那烛火跳了跳，变成了诡异的绿色。苏千城手一松，浑身一僵，几乎不敢置信地看着那棺木盖子缓缓地被推开，然后里面慢慢坐起了一个人形来。那蒙在人身上的白布忽然掉落下来，露出一张苍老而淡漠的妇人面孔，一双森冷的眼睛正直勾勾地看着她。

“奶奶……”苏千城浑身颤抖，几乎不敢置信地瞪大了眼。

“为什么要这么做？”那老妇人慢慢地扶着棺木摇摇晃晃地站了起来，面目森然。

“不关我的事……我劝过你的……要怪就怪她好了！”苏千城惶惑地后退着，手里的香却忽然掉落下来，直接掉在了她的脚背上，烫了她一下，让她瞬间痛得叫了一声：“啊！”

但是，却也让她迅速地回过了神，下意识地看向面前老妇人，却见对方身后分明是有影子的。她眉心一凝，握紧了袖子，抬头看了看附近，脸色变幻莫测地眯起眸子：“你还活着？”

“没错，不光是老夫人活着，我也活着。”一道冰冷讥诮的声音忽然在苏千城的身后响起。苏千城骤然转头，一道她最不想也最不希望见到的身影出现在门口。那女子懒洋洋地靠在柱子边，手提了个鞭子模样的东西，双手环胸，一双眸子森凉地看着她。

“楚瑜，你不是……”苏千城还是忍不住惊道，心头如遭重击。

“我不是应该死在了城外，是么？”楚瑜轻笑，摩挲着手里那鞭子一般的东西：“真是抱歉啊，让你失望了。”

随后，她看向一边已经被潘嬷嬷扶出了棺材的苏老夫人，淡淡地道：“苏老夫人，真是抱歉，我有些事情需要问一问我们的珍珑夫人，还请您先出去休息一会。”

苏老夫人看着她，眸光微动，想要说什么，但是看着楚瑜凉薄的神色，还是沧然地闭了闭眼，干脆地道：“好。”

苏老夫人要走，苏千城立刻感觉不对，稳了心神，拿定了主意，上前试图拉苏老夫人：“奶奶，您没事，孙女心中……”

“我没有你这么个孙女。”苏老夫人却忽然退了一步，目光里满是失望与难过，还有苏千城从来没有见过的冷硬。潘嬷嬷更是直接挡在了苏千城面前，恨恨地瞪着她，直吐了一口唾沫：“呸，白眼狼，我真恨不能替老夫人掐死你！”

苏千城一僵，完全没有想到潘嬷嬷敢这么对她，忍不住怒起，却还是硬生生地忍耐了下来，转脸淡淡地看着楚瑜：“玉安县主，你到想干什么，我不知道你是怎么进城的，但是……”

“啪！”

楚瑜竟是一鞭子已经抽上了她的脸，打断了她的话。

苏千城痛得捂住脸，下意识地低头看了下自己手上，却见满手的血，她骤然抬起眸子，阴沉地看着楚瑜：“楚瑜，你怎么敢如此放肆，我乃御封的珍珑夫人！”

“是啊，我忘了，你是珍珑夫人，脸上自然不能见伤的。”楚瑜轻笑了一下，目光幽凉，提着鞭子向她走了过来。

“你……你要干什么！”苏千城再镇定，但看着面前一身煞气，神色诡冷的女子，还是忍不住有些不安地向门口退去：“来人，绣心！”

绣心立刻从门后走了出来，却抬手一动，将灵堂的大门给关上了，随后对着苏千城恭谨微笑：“小姐，您想去哪。”

苏千城见状，看着绣心那同样诡凉的神色，忽然沉了脸：“你，不是绣心，你是谁？”

绣心诡异地弯弯眼儿：“小姐在说什么，我听不明白。”

苏千城此刻还有什么不明白的？苏老夫人的死，楚瑜在城外的中箭，都不过是圈套！她索性转身就一脚踢向门边的凳子，整个人一个鹞子翻身就要踏着凳子飞上屋顶。却不想才她才掠到半空中，就被楚瑜鞭子一甩，直接卷到她的腿上，然后狠狠一拉，她整个人瞬间从半空摔到地面，痛得她闷哼一声：“唔！”但是下一刻，一只黑靴子踩上了她的小腹，楚瑜抬手就点了她的穴道，让她动弹不得。

苏千城何曾受过这种屈辱，愤怒地咬着唇，冷冷道："楚瑜，我做错了什么，你又以什么资格来审问我，你区区一个县主，既非大理寺，又非刑部……"

楚瑜却根本没有理会她，只是淡淡地吩咐："三娘，取水来，我们的珍珑夫人大概是渴了，竟不会说话了。"

话音刚落，便有人提了水过来，往地上一搁，擦了把汗，嘀咕："我说，我们被追得像条狗，一身伤，千里迢迢地奔命，好容易活着回来了第一天，你就又来支使我干苦力！"

楚瑜转脸看着绿眸女子，挑眉："那我让瑟瑟来？"

霍三娘揉了揉手腕上包扎好的伤口，朝着楚瑜做个鬼脸，随后看着苏千城，却呲着唇，露出森冷的白牙来："嘿嘿，我来，我早就想来伺候珍珑夫人了。"

楚瑜低头看着一脸愤怒的苏千城，挑眉抬手就拆了她的下巴，笑得温柔灿烂："啊，好姐姐，我来伺候你喝水罢。"

说着，她抬手就捏着苏千城的下颚，将手里的那根"鞭子"往她喉咙里深深地塞了进去。原来那根本不是什么鞭子，而是一根特制水管，另外一头直接插进水桶里去，管子上还连着一个阀门。

楚瑜一边仔细地往她喉咙里插管子，一边慢条斯理地解释道："这管子会插到你的胃里，你知道人的胃能有多大么，能装这么满满的一桶水下去，你肚子就会膨胀似怀孕，胃壁膨胀如薄膜，然后再轻轻一踩，你嘴里就会像喷泉一样的喷水，非常漂亮。"

苏千城痛苦得浑身颤抖，直翻白眼，喉咙的灼痛让她几乎不能呼吸，粗糙异物强行插入娇嫩喉管，除了火辣辣的痛，更让她忍不住难受地想要呕吐。

她忽然明白，楚瑜根本不想审她任何问题，她不过是想要她——痛不欲生！

"如此反复几次，你娇嫩的胃就会出现破裂，血会把你胃里的水染成漂亮的粉色，一起喷出来。"楚瑜抬手示意那头的霍三娘打开阀门，开始往苏千城的肚子里灌水。

她凝视着苏千城泛着红血丝的愤怒又恐惧的眼，感慨地轻叹："我一直在想，一个人要多黑的心肠，才能肆无忌惮地让所有人都成为自己的垫脚石，毫无道德的负担，所以，我为你准备了这个礼物，替你洗洗这一副心肠。”

苏千城瞳孔紧缩，痛苦之中，看着自己的肚皮如同吹气球一般地诡异鼓起，喉咙里发出呜呜的声音。

她是如此珍爱自己的身体，此刻却只能看着自己的身体变成诡异的样子，然后，她看见楚瑜把那根管子从自己喉咙里抽了出来，然后穿着军靴的脚轻蔑地踏在自己的肚皮上——粗暴用力。

“噗！”压痛之后，苏千城只觉得水仿佛要从自己身体的每一个孔喷涌而出，她觉得自己要窒息溺死在自己肚子里喷出来的“汪洋大海”里。胃部剧烈的痛和翻绞感，让她只能不断地翻白眼，在想要呕吐，却又被强行压回去的痛苦中挣扎和煎熬。

一次，又一次。腹部不断地鼓胀，又再次被踩踏下去，全身痉挛一般的痛苦，让她冷汗一阵阵地出，眼珠子不由自主地上翻，却还是能看见自己嘴里喷出来的水变成了诡异的粉红色。

到了最后，她只能发出一种微弱如蚊虫的哀鸣：“救命……”

“救命？”

她看见楚瑜轻笑，低头温柔地轻抚过自己凌乱的发，然后在她耳边轻声道：“不用救命，我亲爱的姐姐，你不会死的，你想象不到人有多脆弱，又有多坚强，有人离开得那么决绝，我挽不及，救不了，所以你一定要坚强地活下去，好好地看着妹妹我是怎么将你汲汲营营十数年的一切都剥离，地位、亲人、名誉。”

苏千城颤抖了起来，不知道是恐惧还是极度的愤怒，又或二者皆有，可是全身肌肉绷到痛苦，却无能为力的感觉带来的更多的是恐惧。

“你……”她想要说话，但是咽喉里被磨破的痛，让她每说一个字都像是有无数的针刺在咽喉里。

“对了，还有三爷，其实你钟情他的对么？”楚瑜轻叹了一声，冰凉的眸子微微眯起：“也是，那样的男人，很难让人不动心罢，只是你很理智，知道你如何努力，他眼里也不会有你，所以你从不死缠烂打，只是寻机就顺势毁掉你得不到的人，这一点上面，你和隼摩尔还真是天生一对。”

“譬如一样的卑劣，一样的不择手段，还一样的愚蠢与不自量力。”她指尖挑起苏千城的袖子，用那袖子替她轻轻擦了擦苍白唇边的血渍。苏千城昏昏沉沉地，动弹不得，鼻孔里，水和鼻涕还有血一起冒出来，让她看起来狼狈不堪。

“对于你这样的人而言，活着享受不到荣华富贵，尊荣敬仰，家世辉煌，得不到想要的男人，一定是比死还要痛苦煎熬，但我，这个你无比憎恶的‘妹妹’，除了你想要的那个男人外，根本不在乎你想要的那一切。”

楚瑜挑起苏千城的下巴，端详着她那模样，轻笑了起来：“按照你最喜欢的说法，怎么说来着？”

“嗯，千城姐姐，我记得你以前最喜欢叫我妹妹了，所以妹妹学学你的说法——这一切都是你逼的？”

看着苏千城目眦欲裂的样子，她慢慢地站了起来，看向窗外暗沉的夜色，轻叹了一声：“很难受罢，这不过是个开始，慢慢地感受着活的滋味罢，你可要千万活得比我长久，才好看到我怎么把你在乎的一切都夺走啊。”

楚瑜顿了顿，忽然笑了，平静到苍凉：“毕竟你眼里的蝼蚁，却是我在乎的人，他身首异处，连痛都感受不到了。”

随后，她拍了拍手，土曜便领着人从门外走进了灵堂，捧着各种诡异刑具进来的曜司武卫的脸色都沉寂而苍白。楚瑜拍了拍手，微微一笑：“开始罢，土曜，你想问什么，千万别对我可爱的姐姐客气。”

土曜一贯挂着老好人笑容的清秀面孔上，此刻浮现出一种诡凉阴沉的笑来：“好啊。”

……

等到天亮，第一道苍白的晨光落在灵堂门口时，大门吱呀一声打开。楚瑜走出灵堂时，正好看见苏老夫人正在潘嬷嬷的搀扶下走了过来。

“小瑜……”老夫人原本矍铄的精气神都散了不少，容貌仿佛一下子就苍老了几十岁，只是见到楚瑜，她就立刻迎了上去，仿佛精神恢复了不少，抬手就握住了楚瑜的手腕。

楚瑜顿了顿，随后目光瞥了向身后的灵堂里，地面上还瘫软着一块烂肉似的人形，那人在听到老夫人的声音之后，微微动了动。楚瑜便转脸看向老夫人，忽然开口道：“奶奶。”

老夫人看着楚瑜忽然唤了自己一声，如遭雷击，几乎不敢相信楚瑜竟全无芥蒂地接受了自己，但是片刻之后，老眼里泪雾盈眶，激动得直点头：“好，好，我的好孩子，奶奶……终于找回你了。”

楚瑜敏锐地用眼角余光看见那瘫软在灵堂中间的女人身形颤抖得更厉害了，她转回眸子，看着老夫人淡淡地一笑：“奶奶，这里不是说话的地方，咱们另外寻一个地方说话。”

老夫人看了眼灵堂里，正对上一双猩红狰狞的眼，不禁吓了一跳，随后她又蹙了眉，苍老的眼里闪过一丝不忍，但是最终在楚瑜的目光下，她还是点点头，一个字没有说，由着楚瑜领着自己离开了灵堂。只是她还没有走远，就听见了灵堂里阴冷而凄厉的呜咽声，声音不大，有气无力，却满是绝望。

老夫人不由自主地微微颤抖着，捏紧了潘嬷嬷的手。

楚瑜忽然停下了脚步，负手转脸看向苏老夫人，淡淡地道：“老夫人年纪大了，想来当年也是叱咤过战场的人物，如今是见不得一点血了么？”

苏老夫人看着面前的女孩儿，却忽然觉得她变得有些陌生，仿佛和以前她看见过的那个灵动而慧黠的女孩一样了。她忽然觉得心口有些痛，只是定定地看着楚瑜，最后还是没有说什么，只轻叹了一声：“丫头，替我谢谢三爷……”

楚瑜忽然垂下眼，打断了她的话：“三爷在您身边安排了的人救了您不错，但是我想，就算没有三爷安排的人，老夫人也不会轻易地就被苏千城的小手段取了性命，但是不到最后一刻，您依然不相信自己一手养大的孝顺孙女会这般对你罢？”

苏老夫人脸色有些苍白，她沉默了一会，轻声道：“那孩子，自小孝顺又极为敏感，最善察言观色，她总能得到她想要得到的一切，我早有所觉，只是怜惜她无依无靠被我抱离父母身边，若无大错，便都纵容着她，我没有想到她后来会变成这样。”

楚瑜看着自己的手，淡淡地道：“所以，您坚持要亲耳听见她对您、对我做了什么，我也如您所愿了，算是全了孝心，从今往后，您就只当没有这个孙女罢，我不希望听到您在任何人面前为她求情，老夫人。”

她看向老夫人，微微一笑：“您知道，那没有用。”

说罢，她转身干脆地离开。

苏老夫人看着她的背影，长长地叹了一声，擦了泪，一双老眼却恢复了清明，低声道：“去准备笔墨罢，我要给陛下修书一封，不能再这样下去了，小鱼那孩子受了太多的苦和委屈。”

……

楚瑜和霍二娘走过晨曦下无人的青石板街道，正遇见一人领着随从迎面而来。楚瑜看向那人，见那男子身材高大修长，戴着兜帽，身后的数人安静地跟着他。

双方擦肩而过的一瞬间——楚瑜忽然淡淡地开口：“檀爷，您好走。”

那人顿住了脚步，侧了脸淡淡地看着她：“姑娘认识我？”

楚瑜却没有看他，只是轻轻地弯起唇角：“碧血盔，丹心剑，铸我山河雄关，安叫敌寇打马过霜河。”

檀爷身形一顿，微微眯起眸子，微笑：“姑娘年纪不大，倒是见识广博，还听过这首几乎没有人听过的歌谣。”

“昔年先有宸王少年战王之名慑律方，后有骠骑少将魔神之鞭镇北境，他们的名声太大，以至于很多人都忘记了，中间还有一段时间，镇守律方之人也是少年名动河关的南家少将军，一身碧血盔，丹心剑，战场无援却去敌千里外，几乎死在沙场上不是么？”楚瑜静静地望着巷子深处，轻弯了下唇角。

檀爷身后的侍卫们上前一步，悄无声息地将楚瑜和霍二娘拦住了。霍二娘轻嗤了一声，抬手就搁在了自己腰间的弯刀之上，警惕又冷傲地睨着那些侍卫。但是楚瑜却抬手将霍二娘的手连着剑一起推了回去，继续微笑道：“那位南家少将军活着回来了，但是那些功绩却仿佛并没有人记得，而他也甘于沉寂，最后即使有从龙之功，却也还是战龙解甲归隐府邸，做个富贵闲人……”

楚瑜略略侧脸看向一边的檀爷：“檀爷可认得这位当年的南家少将军，觉得他为人如何？”

檀爷锐利深沉的目光落在她的长睫之上，顿了顿，淡然地道：“成王败寇，不过后来人书，姑娘这个故事很有趣。”

楚瑜笑了笑：“是啊，有趣得很，檀爷，好走。”

她顿了顿，复又道：“后会有期。”

随后，便径自越过那些侍卫们向前而去，领着霍二娘一起离开。

一名长随上前，低声道：“国公爷，这个玉安县主竟敢在您的面前当众挑衅，不知说那番话是什么意思，您就这么让她走了，她身上可背着芝菁县主的命，连大小姐如今被充入辛者营操持贱役，终生为奴也和她脱不了关系。”

原来这位气势非凡的男子，正是南国公。

檀爷眯起冷凝深沉的眸子，看着楚瑜和霍二娘一路消失在路的尽头，若有所思地低笑了一声：“让芝菁和秦月都吃尽苦头的女孩儿生得这般模样，也颇有些胆识，并不似传闻里那等低贱，汲汲营营之人，倒是有意思。”

他话里对自家两位女儿的“不幸”并无半点愤怒，让人几乎要怀疑，他是不是传闻中那个对小女儿疼爱如眼珠子的南国公。

“走罢，这里已经没有什么热闹可以看了。”檀爷淡漠地转身。

“是。”一行人便跟随着他一起在不远处的客栈里换了马匹和马车，向城外而去。

……

“就，这么让他们走了？”霍二娘一脚踩在城墙上看着那车队渐渐向上京远去，抱着胸冷冷地嗤了一声。

楚瑜负手而立，目送着那马车远去，轻弯了下唇角，凉薄一笑：“没关系，这位……后会有期时，三爷自有安排，如果月曜新得的消息没错，这位爷和苏千城有一腿。”

霍二娘闻言，呆了呆，瞬间跟吃了苍蝇似的恶心。

……

“县主，督抚大人有请。”

一名士兵忽然匆匆从城楼下上来禀报。

楚瑜看了眼霍二娘手腕上露出的绷带，冰凉的眼神微柔了点：“你先回去歇着罢，肩上的伤还要好好养养，否则水曜回来，怕你抱不动他了。”

霍二娘嘿嘿一笑，颔首：“好。”

随后，她又定定地看着楚瑜片刻：“当初，我和三娘与你分开的时候，就没有想过还能活着回来，大漠上日升月落，随我们一起去的曜司兄弟们，有多少折在了黄沙下、碧草上，可我们却还是活着回来了，却没有想到武艺最好的金曜会是我们中第一个离开的。”

楚瑜原本跟着士兵前行的身形微微定了定，纤细的身形散发出一种孤冷之意。霍二娘轻叹了一声：“小鱼，他和我们的心，总是一样的，那就是——你和三爷，一定要好好地活着，方才不辜负这一番心意和付出。”

好半晌，楚瑜才背对着她轻声道：“我知道。”

随后，她就跟着那士兵一同往前而去。

霍二娘看着她远去的背影，又有些惆怅地看向天空，那里晨阳初上，朝霞清冷。

……

“督抚大人。”那士兵领着楚瑜进了奉武堂。

楚瑜一进门就看见两排武器架子上，各自放着许多武器，但是那些武器却不像装饰之物，皆是陈旧之物，不少剑穗上还有一些暗红到发黑的痕迹，让楚瑜忽然想起有谁临水而歌时，背上的长剑的剑穗也是这般吸饱了血的色泽。

“玉安县主。”苏宇有些喑哑的嗓音忽然响起，有一种空旷的味道。

楚瑜方才回过神来，看向苏宇，却见他背对自己，正静静地看着面前的一副威武的盔甲，那盔甲被放在奉武堂的上首，像是被供奉着一般，看起来有些年头了，但是上面却没有任何磨砺过的痕迹，倒像是从未曾有人穿过一般。

楚瑜看向苏宇，平静地道：“不知大人请我来，有何贵干？”

苏宇转脸看着楚瑜，虎目里神色有些复杂：“不知，我该唤您一声小小姐，还是县主？”

“大人还是唤我一声县主罢。”楚瑜在一边的凳子上坐下来，接过士兵奉来的热茶轻品了一口。

苏宇看着楚瑜，摇了摇头：“谁也没有想到苏千城此人，竟然会变成现在这般人面兽心的样子，老夫人那里也不曾想到自己养了一头白眼狼……”

楚瑜淡淡地打断他：“苏千城已经交给了三爷的人，此人的事就不必再提了，可还有其他事情么，大人。”

苏宇僵了僵，随后叹了一声：“我听闻县主打算领兵前往赫赫，营救三爷，您可知没有陛下的圣旨和虎符，这擅动兵戈之罪，就算是老夫人和常将军也难辞其咎。”

“不必苏老夫人替我去顶，所有的罪自有我和三爷来扛，您如果想要拦，也就只管拦。”楚瑜搁下茶盏，看向苏宇从容一笑。

苏宇一愣，似全没有想到楚瑜竟然回答得这般霸气直接，一时间不知要说什么。

“如果这就是督抚大人想要和我说的，那我就先行告辞了。”楚瑜说完之后，站了起来。

苏宇闻言，蹙了下眉：“等等，玉安县主。”

楚瑜看向他，苏宇却叹了一口气，取了一块令牌搁在桌面上：“我知道常将军一贯很有想法，不是我能指挥动的，我虽不能轻易调动律方兵马助您一臂之力，但是让您和常将军兵马出关一路通无阻，却还是可以的。”

楚瑜看着那块令牌，微微挑眉，抬手就将那块令牌收下，对着苏宇一笑：“那就多谢。”

她知道苏宇这样做也算是担了大风险的。

“不必谢我。”苏宇转身看向身后的那一副盔甲，淡淡地道：“当年我也差点进了天鹰大营，这么些年来律方军民也一直将骠骑少将奉为我律方镇守之神，当年他和天鹰大营玉碎在冰原，于是城内军民自发为他修了祠堂，更重塑将军战甲供在这奉武堂，所以这只能算是……我敬仙去的少将一份心了。”

楚瑜一顿，看向苏宇的背影，却觉得他的背影有些苍凉，再顺着他的目光看向那一副盔甲，忽然有些了然。

“看来老夫人很信任您，倒是什么都跟您说了。”她终于明白为什么那盔甲这般熟悉了，她曾在永冻原上的冰里见过原物，奉武堂这里的当年骠骑少将秋子非盔甲的复原之物。

苏宇一顿，转身看向楚瑜，神色有些惆怅，又有些复杂：“少将虽然已不在，但是我希望小小姐相信，若非我身负律方军民的安危，必定追随小小姐同去律方，杀个痛快，若是此后朝廷怪罪，我与老夫人定一力与您一起承担！”

楚瑜闻言，看着苏宇那生着络腮胡的端方面孔，这倒是个难得的耿直忠诚的汉子，她终于露出个真心的淡笑来：“那我就多谢苏大人了。”

随后，她看了眼那盔甲，眸光微闪，忽然问：“不知，我能否把盔甲一起带走？”

苏宇一愣，转身看了眼那战甲，略一迟疑，便颔首同意了。

三日后。刀兵齐备，黑衣甲士们策马穿城而过。城头上，苏老夫人目送那远处打头的纤细身影，神色有些怆然，又有些激动地轻叹了一声：“寒光照铁衣，将士十年归，自从当年送我儿离开，却不想竟还有送我苏家子弟出征这一日。”

“您放心，小小姐一定会将姑爷平安带回来，旗开得胜。”潘嬷嬷扶着苏老夫人的手臂轻声道。

……

“废物，一群废物，正主儿没有抓着，也杀不了就算了，连那些小卒子也除不掉！”隼摩尔脸色铁青地在圆帐里来回踱步。

“那些人虽然不多，但是全都以一当十，又狡猾非常……毕竟是骠骑少将带出来的人，战斗力比当年的天鹰大营还要……”达利汉低声说着，见隼摩尔盯着自己看的脸色几乎像是要弄死他一般，立时就闭了嘴。

隼摩尔到底没有对他怎么样，只是有些颓然地揉了揉眉心：“有没有琴三爷的消息？”

“没有。”达利汉强忍着头皮发麻的惧意，还是低声回话。

“都是废物，那个家伙难不成是鱼么，进了水还能去哪里！”隼摩尔忍不住再次勃然大怒，这一次的怒气却是对着自己来的。原本选择在日湖边动手，就是因为日湖水深，算准了琴笙他们没有船，根本无法渡湖，乃是天堑，谁曾想到琴笙居然在他们的人里安插了那么多死士，竭尽全力将小唐送走之后，他也以为琴笙是拼力一搏，再无后手。却不想那人竟然领着手下投了湖，还做出一副决然的样子，虚晃一招，让他和底下人都以为他们是宁愿投湖身死而不愿意投降。还是他心觉有异，才命人下去打捞，毕竟琴笙那样的人物，哪里是这般容易放弃的，当年在永冻冰原上，那人都活了过来！

果然后来苏千城一封信验证了他的想法——琴笙乃是领着琴家船队纵横大洋之人，这般海中蛟龙，又怎么可能会轻易淹死在湖里？待得他们一路沿着湖边搜寻下来，却依然毫无踪迹！

“再找，难道他还真是能上天入地的神不成！”隼摩尔阴沉着脸，厉声道。

说话间，忽然有一名士兵匆匆忙忙地冲进了圆帐：“报——前锋营来报，有汉人的大批军队从律方出来，直奔咱们的营地而来了！”

隼摩尔一惊，脸色乍变：“你说什么，汉人的军队，怎么可能，我们签订了和平条约，他们怎么敢随意破了条约！”

“中原人一贯最是忌惮这种毁约之事……”隼摩尔不由自主地摩挲着自己的手指，整个人都显得十分焦躁。

达利汉低声道：“莫不是小唐私下行事，她既然已经顺利回了律方，又与那新来律方的常家女交好，只怕是她愤怒之下与常圣黛私下出兵？”

隼摩尔闻言，眯起眸子，冷笑一声：“既然如此，那就立刻给宫少宸和苏千城送信去，他们自然知道要怎么处置，私下出兵，未得圣旨，此乃诛九族的大罪！”

达利汉闻言，蹙了下眉：“现在我们没法子联系上宫少宸，他那时候与苏千城联手截杀小唐，最后却连锦心都赔上了，不过留下了区区一个侍卫长金曜的性命。”

想起他们去劲风城查看时，见到锦心那整张脸都半腐蚀掉了的凄惨的死状，也不知是中了什么毒，达利汉就忍不住打了个寒颤。

隼摩尔讥诮地勾起唇角：“苏千城那贱人，一直把本王当成觊觎她美色的蠢货，总是跟着隼钦宁一同合作，事后见隼钦宁不中用了，才想起本王，却不知她连给本王提鞋都不配，这会子又勾搭上了宫少宸，却还是一事无成，若是这次小唐和常家女私下出兵的事，她都不会利用，以后也没必要理会她了。”

他顿了顿，随后一挥手，冷冷地道：“好了，暂且先飞鸽传书给苏千城，然后咱们一起去会一会小唐，本王如果没有猜测错误，她既然是私下出兵，那么兵力一定不足，我们这里还有十万大军未散，而且汉人撕毁停战协议，与我们翻脸，立刻将消息传给各个部落，让他们马上带兵前来支援！”

“是！”达利汉颔首，转身就直接奔出了账外。

“来人，替我更衣！”隼摩尔一抬手，示意人给他穿上盔甲，冷笑一声，看向窗外远处那滚滚尘烟：“本王倒是要亲自会一会小唐，送她上路。”

草原上，已经是一片混战。

黑色的铁甲像洪流一般携着开山避石之力冲开了所有的阻碍，直与迎上来的赫金士兵们缠战在了一起，马瞬间蹄声踏踏，掀起一片断草尘埃飞扬，血色四溅，遮天蔽日。战马的嘶鸣，与人的哀嚎声、金戈相击声交织成一种令人战栗的噪音，在每个人的耳边震颤着。常圣黛提着手里的霸王枪，深深地吸了一口气，只觉得自己身体里的战斗血液都被这声音、这气味唤醒，满意地轻笑了起来：“真是很久，没有体会过这种爽快的感觉了！”

漠西长久无战事，这一回，她要狠狠地战一场，才不枉费这常家少帅的名头！随后，她看向一边戴着斗篷的人：“小鱼，一会儿你跟着我，你武艺虽佳，但是这战场之上你是生手，混战之中，最要紧的除了杀敌，还有眼观六路耳听八方，若是见到指挥撤，切忌冒进，否则万一陷入孤立无援之地，就麻烦大了，隼摩尔……”

她怕楚瑜一心报仇，会不顾一切贸然行事。

楚瑜抬手轻轻扯了下自己身上的斗篷，淡淡地一笑打断她的话：“你放心，算不上冒进，我们会有援军的，至于隼摩尔……他的命是我的！”

说罢，楚瑜忽然一扯手里的焰火，那焰火骤然飞向天空，随后她狠狠地一甩马鞭，冷声道：“土曜，替我掠阵！”

随后，她也不等常圣黛回答，便像一道利箭般飞掠出去。土曜也是一身战甲，提着长剑，对着常圣黛一笑，拉了拉身上的披风，策马领着曜司武卫们齐齐跟上，一路上挥动手中刀剑，大笑着替楚瑜劈砍开一条血路。

常圣黛注意到他们身上的战甲模样有些特殊，不过也无暇多想，只低低地咒了一声：“该死！”

她见楚瑜一路沉默，却不想原来打了这个主意！可事已至此，她能做的就是尽力一路斩敌于刀下，竭力运筹帷幄，让楚瑜能顺利直取敌人王帐！楚瑜一行人策马飞驰，万军杀伐之中，忽然冲出，宛如一把利箭直插敌人的心脏，周围的赫金人不断地试图将他们斩于马下，但是换来的也不过是自己的身首分离。

更多的赫金士兵朝着楚瑜一行人冲杀过来，将他们重重包围，杀伐惨叫之声不断响起，血光四溅里，曜司众人手中刀剑所过处，竟是一刀一个，赫金士兵几乎挡不住他们的攻势。间或在武卫们抬手之间，还有无数暗器迸射而出，那些暗器精巧狠辣，一扫人便是一片，更是让赫金人难以抵挡！

远远地看着那一行人，携带着凌厉的杀气，复仇之剑，怒火之刃，无所不伤地直逼自己的贤王王帐而来，隼摩尔骑在马上，冷冷地眯起眸子一笑：“怎么样，支援的人可来了？”

“各个部落的部落主，马上就到。”达利汉恭敬地道，同时对着隼摩尔低声说：“殿下，不如您先退一退罢，我看小唐这是要来寻您……”

隼摩尔看着楚瑜一行人如一把入水的利箭，没有多久便和常圣黛的大军脱了节，虽然来势汹汹，一往无前，却也被断了后路，便忍不住轻蔑地嗤了一声，打断了达利汉的话：“女人就是女人，当初本王还觉得她很是聪慧，颇有结交之意，如今见她这般顾头不顾尾，看那样子只怕连琴笙不在我们手上都不知道，便肆无忌惮要来复仇，果然还是脱不了女人头发见识短，歇斯底里的劣根性。”

他银眸里锐光阴沉中带了点兴奋：“我亲自前去送她一程，也算是全了我和她的这点情义罢，不能上了她，却可以亲自送我喜欢的女人上西天，真是有趣的体验。”

达利汉还想劝，但是隼摩尔已经不理会他，径自提了武器领着人向楚瑜那一头迎了上去。不过他也没有选择直接下去，而是领着人站在了一处山坡上方，居高临下，轻蔑地提着刀子，朝着楚瑜一行人的方向挑衅一般地指了指。他们之间还有颇远的一段距离，这一段距离里全都是提刀冲杀过来的赫赫士兵，但是隼摩尔却相信楚瑜一定能看见自己的动作。他就是要激怒她，待得她一行人冲杀过来的时候，想必消耗不小，她再能耐，要取她性命，也易如反掌。

而楚瑜确实也如他所愿一般看到了，她轻轻挑起唇角，冷冷地对着身后的土曜道："看到了？"

土曜轻蔑冷笑："看到了的。"

"那就，开始罢。"楚瑜淡淡地道，抬手拉下自己头上的头盔面罩，同时忽然一扬手，将身上的斗篷狠狠一甩，将一个扑过来的赫金人将领一把甩开了十余米之外。

土曜目光锐利地一眯，骤然扬手，厉声高呵："天鹰大营听将军号令，挡我者，杀无赦！"

说话间，数百曜司武卫们齐齐掀开了自己身上的斗篷披风，露出一身银色的战甲，那战甲银光雪亮，在炽烈的阳光下闪耀着冰冷的光泽，让人忍不住眼晕，令赫金的士兵们齐齐震住了。而更让人赫金人们震惊的是，那些盔甲上有着他们恐惧的标志——飞扬的长鹰。而跟在为首那脸带金鹰面具的将军身后的校尉，直打起了一面巨大的白底红鹰大旗，迎风猎猎而扬！

"天鹰展翼，所向披靡，挡我者杀！"齐齐以内力吼出的啸声如清冽的鹰啸声，直冲上九霄云天。

熟悉的口号，悍勇的杀气，令所有的赫金人肝胆俱裂，不少将领几乎吓得跌下马来，却令远处强自镇定指挥着大军战斗的常圣黛和所有的汉人士兵们，在怔愣之后，瞬间热泪盈眶。传奇的天鹰军再现，长羽再次翱翔在这一片他们曾经战斗过的原野上，死亡羽翼的阴影覆盖在所有敌人的头顶上。那一刻，整个战场仿佛齐齐地出现了一秒钟的时间停顿，仿佛，不论敌我，都在那一刹那分不清这是否是十余年前的时光交错。那些被封印在冰雪里，尘埃与血火里的传奇或者噩梦的军人们从冰雪间拔地而起，抖落盔甲上的霜雪与剑上的尘埃，战魂再现，依然——所向披靡。

那一刻，赫金人几乎不必招呼，在那一面天鹰大旗过处，溃不成军。

喧嚣之间，楚瑜手起剑落，一剑将逃之不及的敌将斩落马下，鲜血飞溅之间，她缓缓地侧脸，看向身边，仿佛在那瞬间看到一个与土曜同样身着校尉战甲的英武青年，策马共骑，与她并肩而战，手提长剑同样斩落敌人，似察觉到她的目光，青年侧过俊秀的面容，漂亮的桃花眼微挑，朝着她露出一个恣意嚣然却……温暖的熟悉笑容。

“战吧，天鹰！”他身后依稀是三千盔甲齐备，手提刀枪，来自冥界的威武之师，跨越了时空与黄泉，与他们同样驰骋在草原大地上，挥剑向敌，捍卫着自己的信仰与身后的人。

那一刻，天地浩大，长风猎猎，阳光灿烂。她仰头，恣意而笑：“金校尉，来，复仇吧！

那一刻，你与我，再次并肩而战。

目标，只有敌人首级，共赴这一场迟来了十余年的最后复仇之战，唯愿大胜后，从此你和天鹰英魂永铭，得以安息。楚瑜手中长剑翻飞，漾开一片夺命的寒光，剑锋过处，夺命无数。

“那是战鬼……秋子非，他回来了，他从地狱里归来了！”

那些原本勇猛的赫金士兵们在天鹰大旗下，早已吓破了心魂，不少将领再见一身战甲的楚瑜凶狠无比，几乎即刻被唤醒了沉眠多年关于“魔神之鞭”的恐惧，瞬间四散溃逃，慌乱之下，甚至顾不得是不是会踩踏到自己的同伴，再被劈头而来刀剑收割了性命。

山坡上的隼摩尔亦被这一幕震撼，握住缰绳和剑的手都有些颤抖，背后冷汗倍出，宛如被冷水当头浇下，他忽然有些茫然，竟一时间分不清楚自己眼前的是幻觉，又或是真的……再见了多年前天鹰大营战将与士兵们的鬼魂。

可是阳光是那么炽烈……

他一个激灵，骤然清醒过来，随后咬牙厉声道：“不，这不可能，天鹰大营早已和父王一起埋在了雪山下，早已经不复存在！”

连着琴笙就是当年的骠骑少将秋子非的消息，他都按捺下来，不为任何人所知。

“装神弄鬼么，像隼钦宁那蠢货一样用的手段还想再用一次？”随后他抬手就狠狠地一鞭子抽向那些恐惧而两股颤颤的士兵们：“喊什么，喊什么，那不是鬼，那是人，给我迎上去，战斗，你们这些愚蠢的猪猡！”

但是士兵们仿佛被无边的恐惧攫住一般，直到隼摩尔猩红着眼杀了好几个士兵，刀刀见红之后，才勉强止住了他们的慌乱。眼看着天鹰甲胄的铁骑越发逼近，他气得胸口起伏不定，随后便又对着达利汉怒吼道：“达利汉，传令下去，我赫金的勇士永远不会退却，谁敢退，杀无赦！”

“是——”达利汉好容易才回过神来，铁青着脸赶紧应道，随后厉声呼和那些将领，直杀了不少士兵，这才稳住了阵脚。

但是所有银甲战士们刀之所至，依然无人能挡。不管对方的喊声再恨，楚瑜和曜司一行人依然如破冰之船，一往无前地向那贤王王帐冲杀而去，依然不断有中了毒刀与毒剑的士兵落于马下。不多时，楚瑜就已经能透过自己脸上的金鹰面具，清楚地和隼摩尔对上一个照面了。

楚瑜忽然抬起手里的长剑，直指着隼摩尔，剑气凌冽，她微微眯起冰冷的眸子，无表情地开口：“你，死！”

隼摩尔看着她，银眸里闪过锐利的怒色，随后轻蔑地嗤笑一声，提了手里的两把弯刀策马俯冲，朝着楚瑜直冲而来。只是冲到了楚瑜面前的那一刻，他却忽然双刀一转，直朝着楚瑜甩了过去。楚瑜自然是晓得这一招的厉害，霍二娘手中绝活就是这样的招式，她骤然低头，手中长剑一旋，半空里划过一片锐风正正撞上那回旋的弯刀。那弯刀却像黏在了她的剑上一样飞转不已，寒光四射，触之即伤。

楚瑜眯起眸子，蓦然抽箭，整个身子倒悬在马边。

那回旋刀忽然失去了击杀的目标，在半空回旋了半晌，乱转了半天，却射向了一边的赫金人士兵，好些本来鼓起勇气打算冲上来助自己的王一臂之力的赫金士兵平白在一瞬间斩了半边脑袋，惨嚎声不断响起。

楚瑜冷笑一声，转身就要坐回马背上，却不想忽感脑后一道狠辣的锐气来袭。她头也不回，整个人就顺着那锐气落下马来，避开了那致命的一击，同时用手里的长剑架住了那一把再次狠辣袭向自己胸膛的长枪。

楚瑜眯起眸子，提起内力压住那把枪的同时也对上了隼摩尔的眼。他正应为一枪将楚瑜挑落马下而兴奋，尤其是对方穿着那样的一身盔甲，那象征着魔神之鞭统帅的盔甲，让他恍惚，让他恐惧，更让他兴奋。仿佛击败了楚瑜，就像是击败了那个可怕的男人，击败了那将自己父亲数万人马和整个赫金人部族压迫得不能喘息的魔神之鞭。

“想不到罢，我的绝活根本不是什么圆月弯刀，而是你们中原人的红缨霸王枪，为了这一天，你根本不知道我练习了多久，当年我没有资格对上魔神之鞭，今日，我就要实现自己的夙愿了，哈哈哈！”隼摩尔看着楚瑜，一双银眸里闪过阴冷而暴戾的笑容来。

“你以前没有资格做他的对手，现在也没有资格。”楚瑜淡漠地开口，抬手一把挑开了他的枪。

两人兵器再次撞在一起！金属摩擦出刺耳的声音和火光。杀气外溢，劲风四射，高手间的过招让周围的人根本插不进去，只能在一边胆战心惊地看着。

隼摩尔一把红缨长枪分明是占尽了优势，而且他常年参加部族之间的征战，天生神力，将一把枪使得出神入化，对敌经验更足，倒是一时间占了上风。但楚瑜内力深厚，一招一式劲气逼得旁观者睁不开眼，而且她身形敏捷非常，让隼摩尔吃了不少苦头，也无法如愿将枪头刺进楚瑜的身体里。

闪、展、腾，楚瑜纤细的身形也不知怎么包裹进那明显不算合身的战甲里，难得的是她的行动似乎没有受到太大影响，隼摩尔想起她手腕上肌肤的触感，眼里闪过一丝情欲的光芒，愈发地跃跃欲试。

楚瑜忽然整个人如箭一般就地弹起，手中以剑为刀，聚集开山裂石之力朝着隼摩尔狠狠地劈砍下去。隼摩尔立刻把枪一横，用枪身和楚瑜的长剑狠狠地撞在了一起。只听得“喀拉”一声，两人的武器都在这一瞬间因为巨大的内劲和气力的撞击，发出可怕的金属碎裂扭曲的声音。

然后下一刻，长枪与剑竟都齐齐断裂。而楚瑜和隼摩尔的距离也因此忽然近到一个能看见彼此眼神最深处，脸上细碎容貌的距离。隼摩尔清楚地看见楚瑜对着他忽然露出个冰凉的笑，一字一顿地用无声的唇语道：“受死罢！”

他心中咯噔一下，骤然就要扭转腰身后退，一拳头朝着楚瑜的脸上揍去，试图给她个迎面痛击，却见楚瑜不避反迎，但是在他即将揍到她脸部的那一瞬间，她却忽然抬手包覆上他的拳头。那种柔软的触感，让他一瞬间有些分神，而那女子忽然就着他的拳头冲力整个人在以一个诡异的弧度轻盈跃起，然后徒手半空里捞住一块碎裂的长剑剑身，不顾手掌被剑身割裂的危险，就一把向他的心脏处狠狠地插了过来。

隼摩尔大惊失色，强行扭转身体，虽然避开了心脏，但是依然迟了。那一把碎裂的剑身还是狠狠地刺进了他右边的胸口，而且在剑身撞上他胸口的肋骨被挡住的刹那，他能感觉到那只滑腻的柔荑精巧地调转了一下刺入的角度，将剑身残忍地深深地推进了他的肺部。

楚瑜立刻松手，一个鹞子翻身，一脚踹在他的腹部上，将隼摩尔踹下马来的时候，她也稳稳地落在地面上，随后她一扬手，土曜立刻挑了一把长剑抛过来。她抬手擦了下自己下巴上的隼摩尔的血，只冷酷地朝着落在地上的男人微笑：“你喜欢什么样被斩首的姿势，跪着，还是站着？”

那宛如罗刹的银甲将军，散发出的杀气与她唇角边的平静笑容，让隼摩尔和周围的赫金士兵都忍不住浑身僵木，不少人眼里都生出畏惧来。隼摩尔捂住自己剧痛的胸口，慢慢地支起身子来，银眸锐利而怨毒地看着楚瑜，吐出一口血来：“你……是个女人，根本不是秋子非，你只是穿着他盔甲的西贝货！”

达利汉接到隼摩尔的眼神，立刻灵机一动，瞬间领着人扑了过去，挡在了隼摩尔身前，目眦欲裂地高声大吼了起来：“是啊，你们看，这个所谓的骠骑少帅手里根本没有拿着那血腥魔剑，她根本不是魔神之鞭，还有这些人也根本不是什么天鹰大营的人！”

土曜闻言，危险地眯起眸子，一剑挑开自己面前士兵的咽喉，提着剑就要策马上前，却见楚瑜忽然抬起手，挡住了他的动作，面色平静地看着那些赫金士兵们渐渐鼓起了勇气提着武器围了过来，盯着他们的眼神从恐惧到猜忌，再渐渐地生出凶狠狰狞来。但楚瑜和曜司武卫一行人居高临下地看着那些弓身蓄势待发草原狼一般的赫金士兵，却像是猎人在看待宰的羔羊，那种眼神震慑住了赫金士兵们。

只是说话间，忽然听得一阵闷闷的号角声响起。土曜等人一怔，靠在达利汉身上痛苦呼吸的隼摩尔却忽然睁开银眸，眸里闪过锐利和兴奋的银光。

他捂住胸口，忍着痛苦笑了起来：“小唐，我的部族前来支援了，你有……咳咳……多少人？一万？两万，还是三万？你们孤军深入，没有律方的后援，就等着把命留在这里罢！”

土曜等人闻言，转脸向远处看去，果然看见尘烟滚滚而来，竟是大批赫金人士兵在将领的带领下来驰援的模样，不禁微微眯起眸子。楚瑜却在看见不远处的烟火之后，轻笑了一声，看向不远处的隼摩尔，却毫不避讳地用女音似笑非笑地道：“隼摩尔，谁说我没有援军？”

她顿了顿，又淡淡地道：“是不是还在期待着苏千城能以我私下出兵的罪名，请奏我朝皇帝陛下，治我的罪、甚至常家军的罪、琴笙的罪，让这天下之大，我们却无处可逃？”

隼摩尔一顿，看着她，忽然有些不妙的预感：“苏千城……”

“苏千城，正在以肉身赎罪，但是你，我想还是身首分离，最合适你的下场了。”楚瑜微微一笑，看了自己手里寒光四射的宝剑一眼，提着剑向隼摩尔慢慢走了过去，所有挡在她面前的人，都被丝毫不容情地一剑挑开。

楚瑜全然不畏惧被赫金大军包围的模样，让隼摩尔心中愈发感觉不妙，他眯起眸子，喑哑着嗓音道：“拦住她，拦住她！”

楚瑜冷笑一声：“想要跑么？”

说着，她正要翻身跃过去，但是下一刻，在达利汉的声嘶力竭下，忽然有数名士兵不顾性命地死死扑过来，以身挡箭抱住了楚瑜的腿。她勃然大怒，抬脚便踹，举剑便斩，但是那些侍卫们却死死缠着她，不顾一切，只不让她和曜司的人靠近隼摩尔。楚瑜长剑挥动间，见重伤的隼摩尔被达利汉一伙人抬着远去，朝着自己露出得意的笑，目光就变得阴沉森冷，几乎镇定不下来：“可恶！”

她正打算豁出去将这些缠自己的士兵全斩于脚下，去追杀隼摩尔，却忽然听得半空中“轰”地一声巨响，随后白烟四散，那雾气竟遮天蔽日一般，迅速从半空中吞噬了所有人。那淡淡的香气令楚瑜一惊，她下意识地环顾四周，竟发现近在咫尺的土曜也不见了踪影，她用内力厉声朝着周围道：“小心毒雾。”

而下一刻，她便感觉到身边忽然有人欺近了。她目光一寒，下意识便举剑横扫过去。但是下一刻，一只修长细腻的手覆盖上她的手腕，轻轻一捏，便将她的手腕扣在掌心，随后，她又感觉自己腰肢一紧，已经被人揽在了怀里。

有幽柔温淡的声音在她耳边轻声道：“还是这么悍啊，本尊的小夫人。”

楚瑜一僵，整个人像是被施了定身法一般，连脑子里都是一片空白。她鼻间闻见那柔和冷香缭绕的气息，侵入自己四肢百骸，那么熟悉，那么的……她瞬间微微睁大了眼，眼泪悄无声息地落下，手里的长剑一松，便被身后的人接在手里。

“笙儿……金曜他……”她艰难地从嗓子眼里挤出话来，那一瞬间，泣不成声。

“傻鱼儿。”身后之人轻叹了一声，握住了她的剑后，转身到了她面前，依然是那出尘脱俗的眉眼，只是他已经换下了平日里的宽袍大袖，一身白色劲装，乌发亦高高地束在头顶，所有的精致都糅合成一种邪肆的英武，清冷到邪妄暴烈，几乎让她看得怔住，似再也不认识面前的人。

他低头看着面前的女孩儿，琥珀妙目里，满是温柔与怜惜，他伸手轻轻地擦拭过她的脸上的泪珠："本尊知道的，接下来的事，就交给我罢。"

他抬手抚上她盔甲的衣襟口，目光幽暗深邃如风暴前的大海，"天鹰的份，还有他的份！"

……

"可恶，这是什么东西，烟雾像能黏住人似的。"达利汉忍不住四处挥舞着手掌。

隼摩尔低声咳着血，怒道："走……咳咳……快……"

只是话音未落，那烟雾又仿佛渐渐淡去了。一道身着华丽银色战甲的身形高挑的人影，手持着猩红长剑静静地在雾气里慢慢浮现，云蒸霞蔚之间，却森冷得似从永冻原霜雪间、幽冥之中迈步而出的……神鬼战将，他的身后亦是人影绰绰，一道又一道，让人全然分不出，他们是人，是鬼，又或者是神。

"叮当。"一声清脆的响声，宛如黄泉碧落里，忘川水滴落的声音。冰凉中带着血腥，那是非人的气息。让人心神俱裂。所有人都僵住了，分不清眼前的是真实或者恐惧的幻境。

"又在这里装神弄鬼，所以才要折腾出这些烟雾吗，你们中原有一种说法叫一招用老，想来小唐你也听过罢，女人啊……也就是这样了。"隼摩尔轻蔑地朝着地面上吐了一口带血的唾沫。

他不想承认自己伤在一个女人手里，几乎连命都没了，是如此耻辱，就忍不住想要狠狠地羞辱对方。而那霜雪烟云里，款步而出，铁甲摩擦出冰冷声响的战将却全无回答，只是金色鹰身面具下的精致薄唇，慢慢地扬起了一种轻慢的笑来。可是隼摩尔却在里头读出了一种血腥残忍得令人心惊的味道，他心头的阴霾愈发地浓烈和不安。

"不对……那不是小唐，殿下，快逃，那是……"达利汉首先瞥见了他手里长剑的色泽猩红到诡异，如有生命一般吞吐着诡异的猩红之气，他瞪大了眼，颤抖着忍不住叫了出来。

但是下一刻，他就再也没机会把剩下的话说完了。因为他已经身首分离！炽热的血，瞬间撒在半空中，浇了隼摩尔一脸。

"杀……"为首的银甲魔神指尖轻轻在他手里那猩红的剑身上一弹，所有的血便在众人惊恐的目光下，被那剑贪婪地吞噬殆尽，他优美的薄唇里轻声喟叹，像是在期待着杀戮的盛宴。骨碌碌滚动的头颅，脸上还保持着惊骇的表情，未完的话语，宣告了一场屠戮的开始。那些仿佛从永冻原上显出一身银色战甲的魔影们动了，速度快得近乎非人，狠戾而利落，浓稠的雾气里，瞬间，银光与鲜红交织，分不出哪些是虚幻，哪些是真实。

只是每一处，都不断地爆开一片血色，渐渐地将那浓稠的雾气都染成了鲜红，让那诡谲深浓还散发诡异香气的雾气看起来像一片巨大的蜘蛛网，黏住了每一个赫金士兵。兴奋、热血与恐惧交织，那银甲少将率领着他可怕的天鹰卫，从尘土里复活，从冰雪里破解封印而出，如魔神之鞭再次以雷霆之势抽打在这里。

没有人知道可怕的雾气里等待着自己的是什么，是同伴的头颅还是猩红的死亡之剑，是否死亡下一刻就降临在自己身上。这一刻，他们宛如等待宰杀的羔羊，被放逐在这杀戮游戏的原野上。

隼摩尔捂住流血不止的胸口，一边咳嗽，一边痛苦张望："闯出去……我们的人……我们的部族领来了援兵……"

"是！"身边的护卫们扶着他踉跄着往一个方向突围。可是不多时，他们就发现了一点不对劲，周围似乎太安静了。远处依稀仍然有杀伐嘶鸣的喧嚣声，而近处却安静得仿佛连伤者的呻吟声都听不见了。

身边扶着他的一名护卫忽然滑了一跤，"砰"地一声摔在地上，随后那护卫就发出一种极度恐惧，几乎不像人能发出的声音。

"血……好多的血……死了……都死了……"直吓得隼摩尔一行人差点摔倒。

"喊什么……蠢货。"隼摩尔好容易才稳住身形，他此刻本就又痛苦又焦躁非常，心隐恐惧，愤怒地勉力踢了那护卫一脚。

雾气，已经稀薄。惨白的阳光下，呈现在他面前的是一片活生生的——尸山血海。

一尊尊鬼魅一般的武者，双手提着猩红的血刃剑，在血色的云雾缭绕间安静地矗立，如梦似幻，仿佛从血肉地狱里重生的魔，身上的战盔鳞片不断地往下淌落着血。而为首的那尊银甲魔神，手中的那把造型极为诡异的血色长剑，此刻许是吞噬了太多的血液，正不动而鸣，猩红的光芒暴涨，兴奋地跃动着。但古怪的是他身上却依然干干净净，一点血色都没有，只是这般跨血海而过，滴血不染的神秘诡异的模样，却更让人敬畏和战栗。

"很久没有这般淋漓痛快了，多谢你将本将从永冻原唤醒。"银甲魔神幽淡地弯起唇角，他低柔的声音里带着一种奇异的金属质感，像黄泉水滴落在森冷长剑之上。

隼摩尔虽然被眼前的情景狠狠地震慑住了，心头也被无边的恐惧笼罩，但是，他却知道面前恐怖的男人，是活生生的人，而非鬼。

“战鬼——秋子非！”隼摩尔坐在地上，仰头看着面前提着猩红长剑的男人，狼狈而惶惑地瞪大了银色的眸子。那一刻，他忽然想起了自己的父亲，是不是也曾面对着同样的恐惧？

“隼摩尔，本将记得你是你父亲最疼爱的儿子罢？”琴笙，不，秋子非垂眸，似笑非笑地凝视着面前重伤的男人。

隼摩尔觉得那一刻，自己在这个男人面前像渺小到不值一提的跳梁小丑。这个男人和自己年岁如此相近，却是覆灭了他父亲的荣光的恶魔，现在，又要来毁灭他了吗？他抬起眼狠狠地瞪着面前的男人，颤抖着：“你既然已经死了……为什么又要活过来……”

“不是如你赫金人所愿么，你们将我带来这里，不遗余力地试图唤醒我？”秋子非慢条斯理地提着剑，一步步地向他走过来。

“你不要过来！”隼摩尔恐惧地向后狼狈地退了几步，却忽然想起什么，冷道：“你要敢杀我，我的部族就会……不顾一切地为我复仇，就会去向律方开战，所有人都会死……一开始撕破脸的时候，你们本来有机会杀我，却一直没有动手，不就是因为忌惮这个嘛，哈哈哈！”

银甲魔神停住了脚步，眯起眸子危险地看着他。隼摩尔捂住胸口，忽然忍不住狰狞地大笑了起来：“你以为你赢了……本王倒是要看看……你能杀本王多少人？当年我父王没能将你埋在雪下，这一次本王的部族来援……本王就要你葬身草原，也算是祭奠我的父王了！”

“是么？”秋子非忽然微微翘起唇角，语气满是讥诮与残忍的莫测：“你确定，那是来援你的部族？”

隼摩尔一惊，侧脸看去，才发现除了自己周围大片的尸山血海外，远处有隐约大批赫金人模样的士兵将这里围成了一处包围圈，可是……他们还押着不少一看便是他南王部下部族的俘虏，只是无人出声，所以才如此安静。

此时，稀薄迷离的雾气中，一骑策马而出，踏过一片血海尸山，上面坐着穿着戎装的女子，一双灰蓝的眸子森冷地看着他：“隼摩尔，你陷害北王隼钦宁，谋刺本公主与世子，意图篡夺赫金王帐汗位，本公主邀了我们中原的盟友襄助，清君侧，除奸佞，从今日开始，你就是我们赫金草原的罪人，其罪当诛！”

隼摩尔震在当地，几乎不可置信地看着她，半晌，颤抖着唇：“是你……居然是你……阴谋……这都是阴谋！”

随后，他忽然疯狂地，声嘶力竭地大笑了起来：“旭旭大公主，你竟与虎谋皮，你这个蠢货……赫金就要葬送在你的手里！”

旭旭大公主面无表情地冷眼看着他，随后看向了那戴着金鹰面具的银甲魔神。

与虎谋皮，但那又有什么关系？就算这是她和魔神的交易，也是她心甘情愿的。她的弟弟，才应该是这个赫金草原、雪山与大漠的纯血统治者，她在父亲的面前立下过毒誓，要扶持自己的弟弟登上父亲传下的可汗之位，那是父亲的心血，她忍辱负重多年，带着弟弟夹在隼摩尔和隼钦宁之间艰难地平衡着，为的不就是这一刻，主宰自己命运的一刻？

如此一想，旭旭原本发颤的手，再次紧紧地握住了缰绳。她怜悯地看了眼隼摩尔：“一切都是你求仁得仁。”

说罢，她转身，强忍着那过分浓烈的血腥味带来的作呕感，立刻策马离开。

“求仁得仁？”隼摩尔低低地咳着，破了一个大洞的肺部像一个烂风箱。他苍白着脸，银眸阴沉沉地看着那远去的女子的背影，竭尽全力吼了出来：“蠢货……这是秋子非的阴谋……赫金人振兴的希望都被你的一己私心毁了……”

说罢，他颓然而狼狈地倒在地上，喘息着，不断地喘息着，任由痛苦在全身蔓延。这时候，一道冰冷的阴影忽然覆盖在了他的头顶。明明就是那样一个适合血腥与黑暗的男人，却偏偏钟爱一身白色，连战甲都是银白的，连身上都有那种让人闻着就清心寡欲的香气。

“把自己伪装成神的样子，你还是一个魔鬼……秋少将。”隼摩尔看不清楚站在自己头顶上的男人，却只恨恨地低咒了起来，“那个懦弱又纨绔又暴躁好杀……的蠢货，连旭旭都不如……他坐在这可汗王位一日……我赫金人就没有崛起的一日，你打得好算盘……咳咳咳……”

头顶一道凉薄低柔的声音响了起来：“隼摩尔，我记得你婢女为你生的长子已经九岁了罢。”

那一刻，他忽然清晰地看见逆光之下，金色鹰身面具后，那一双泛出冰冷金属色泽的眸子里莫测晦暗的诡光。他也听见那一道黑暗的影子意味深长地道：“不必担心，你喜欢复仇的戏码，本尊自会庇佑你的儿子，十年里好好地活着，也会继承你的遗志，待得十年后，再向赫金王帐复仇，本尊会让人原原本本地将王帐与你们兄弟的恩怨告诉他。”

隼摩尔呆愣了片刻，随后他忽然疯狂地握住剑想要挣扎起身：“不……不！”

但是下一刻，一只穿着银色战靴的脚便忽然踏在他胸口的伤处，慢慢地足尖用力，随后一点点地将他踩回了地面上，仿佛碾碎一只蝼蚁一般。随后，他再次听到了那幽柔悦耳的淡笑声在他耳边响起，宛如噩梦：“不过十年后，你们赫金人间的胜负，鹿死谁手，你的儿子能不能活到最后，本尊不保证，本尊只能庇佑你们美丽的草原永远不得安宁，永陷战火。”

他的野心，隼钦宁的野心，甚至旭旭的野心最后却成了毁了赫金未来的导火索么？他和隼钦宁、旭旭、甚至苏千城和宫少宸……都以为自己是渔翁，但到头来……谁又做了谁的手中刀。

“什么时候开始……你开始布局。”隼摩尔抱住身上的那只脚，失神地瞪大了眼睛，死死地看着自己头上的阴影。

他不甘心，真的不甘心，明明他的谋划如此缜密，逼得对方如丧家之犬，差一点……就差一点，他就成功了，不管是复仇，还是为自己登上汗位的筹谋。

“你将死时和你孪生哥哥真是一模一样——聒噪。”银甲魔神微微翘起薄唇，凉薄地一笑：“至于从什么时候开始，这很重要么？”

秋子非微微倾了身子，金色的眸子阴翳地看着脚下的男人，指尖慢慢地擦拭过自己手上猩红的长剑：“也许是从他将我从永冻川，或者说永冻原带回赫金的时候，也许是从你和宫少宸将手伸到天鹰沉眠的圣地，炸了山的时候就该知道，就该明白唤醒本少将的代价，你们未必承受得起。”

他顿了顿，极慢地说道：“你们竟私自将只属于我的人的性命拿走，就都下去为他陪葬罢。”

“嗡——”那长剑发出一声诡异的铮鸣，像是幽暗而诡冷的嘲笑声。

“这，不过是个开始。”银甲魔神却忽然松开了踏在他胸口的脚，在一边的草地上轻轻擦了擦，像是踩到了什么脏东西一般。随后另外一道纤细的人影却慢慢地出现在隼摩尔的视线里。

“小……唐？”隼摩尔瘫软在地上，失血过多，几乎让他眼前一片模糊，却还是在第一眼就认出了对方的脸庞。

楚瑜面无表情地站在他头顶上方，她此刻身上亦是一身暗紫色的劲装，长发束在头顶，露出一张冷若冰霜的俏丽容颜。

“你是来杀我的么？”他看见了她手里的那一把长剑，暗红色剑穗慢慢地晃动着，像是蘸满了血一般。

楚瑜垂眸冷冷地看着他：“苏千城已经在赎罪，你是第二个，宫少宸和宫少司，很快也会下去。”

隼摩尔却忽然抬手，竟似回光返照一般，死死握住了她的剑锋，一边咳血，一边低低地笑，银眸微眯：“不错，我杀不了你，你杀了我也不错……刀剑入肉，都是和交欢一样的……痛快啊！”

楚瑜握剑的手，骤然一顿，墨玉大眼里浮现出一种几乎不能忍耐的恶心情绪，眼眶发红。这个男人，甚至连杀他，都让她恶心啊！

但是下一刻，忽有一只修长白润的手覆在了她的手背上，再慢慢地包裹住她握剑的手。而她的身后也贴上了一具高大冰冷的身躯，银色的盔甲贴在她的背后，隔着单薄的夏衣，能够感觉到那盔甲的甲片抵在她柔软的肌肤上轻轻摩擦，冰冷而坚硬，仿佛某种带着情欲意味的暗示。

隼摩尔死死地看着那一幕，却见那银甲魔神在女孩耳边压低了下巴，幽柔的声音贴着她的耳边响起，有一种让人战栗的温柔与凉薄：“小鱼，你穿上本将军盔甲的样子，美得让人心动。”

楚瑜脊背微颤，下意识地侧脸，便被他另外一只戴着金属丝制成的冰冷手套的手抚摸上了脸颊，粗粝的金属磨蹭过脸上娇嫩的肌肤，带来一种诡异的刺麻感，下一刻，她眼前一花，便被他禁锢住下巴，深深地吻住。

她浑身一震，睁大了眼，而与此同时，她忽然感觉她的手被他握住骤然抬起，再以一个优美而狠戾的姿势划过半空。

鲜红的血色四溅，隼摩尔在那一霎，身首分离，银眸怒睁间，却是眼前之人亲密相拥的模样，死不瞑目。而那银甲魔神冷冷地看着他轻蔑而笑，以吻封缄怀中人儿的泪、恨、疲惫与羞窘。

这一日，正午的阳光仿佛在满地的鲜血间都失去了热度，变得苍白。

……

楚瑜坐在马上，扯着手里的缰绳，很想坐直了身子不去靠着身后的人，但是她知道那不过是自己给自己找麻烦。那一只戴着盔甲的手，虽然精致雪白，却也足够大，正牢牢地扶在自己的细腰上。身后的男人从刚才起就一直很沉静，而她也还没有从刚才那一幕里完全回过神来。

此刻她的嘴里，全都是他的味道，熟悉而陌生。

“在想什么？”身后之人忽然抬手按了下她柔软的腰肢。

楚瑜一顿，侧脸看了下身后，淡淡地道：“没什么，只是在想，其他赫金人就相信了我们的存在不过是幻觉？”

他们身后是上千骑将银色战甲盖在披风下的曜司武卫以及几十名潜伏进赫金人中间放毒，做赫金士兵装扮的唐门子弟。她这一次也并没有将所有曜司的精锐都带出来，金大姑姑亲自上京坐镇，自家主上失踪这样的大事，金字辈们自然全部出动，各自镇守全国各地，日曜等原本就负责海外之事的，更是不能动。

这些年曜司武卫也有所补充扩招，已达上万人的规模，还不加海上势力。但是金大姑姑给派出的都是正儿八经兽营出身的上千曜司精锐，这已经是极为可怕的战斗力，毕竟当年的天鹰大营中，也只是军官才是兽营出身的曜司武卫。所以才能在那么快的速度里，绞杀了隼摩尔身边的上万精锐和亲信，让隼摩尔连逃离的机会都没有，最后只留下一大批各部族不那么齐心的杂牌军。

谁愿意相信那个带给草原人噩梦的魔神之鞭会带着他的兵团再次从永冻原里抖落霜雪，跨过黄泉，提着死亡之剑再临人间？不要说赫金人不愿意相信，大概连中原朝廷里的许多人，也不会愿意相信罢？譬如南国公和太后……

一夜过去，楚瑜靠在他的怀里，身后的青年将军紧紧地拦住怀里的人儿，领着武卫们慢慢地策马停在一处高高的山坡上，看日出。远处，晨光已现，晨阳初上，红色的霞光染满天空。灿烂的金光穿透云层，撒遍了草原，迷离的光线里，远远地有天鹰展翅而过，掠过他们的头顶，飞向远方的雪山。

仿佛有许多持剑着甲的英武军人们在那桃花眼的冷峻青年带领下马上对着他们远远地含笑抱拳，行过最后的军礼，一路策马奔腾远去，消融在远方的阳光里，隐没在时光的深处。

……

清丽庭院的走廊上，一道人影匆匆忙忙地向前走着，夏日的风掠起了他的衣袖，乱了他一贯一丝不苟束在头顶的发。一个少女笑吟吟地站在庭院深处听着脚步声，转身看着他一笑。

封逸看着来人那一双漂亮如黑珍珠一般的大眼、俏丽的面容和她唇角熟悉的带着揶揄的笑，忍不住心中狠狠一动。但是周围热闹的环境，让他忽然清醒，伸出去的手慢慢地拢在了官服的宽袖里。最终，所有的情绪，都慢慢平复和掩藏，静水深流。

封逸看着她脸上的笑容，细长的眼里闪过温情，也慢慢地笑了："终于回来了，又瘦了，又黑了，这一路很辛苦罢？"

楚瑜却看向他的身上那身官服，感慨地点点头："是辛苦，可我想你能穿上这身，只怕辛苦不下于你我。"

封逸和她对视片刻，颔首轻道："还好。"

"先进去坐罢，三爷进宫去了，一会就回来。"楚瑜笑着道。

封逸会意地颔首，就与楚瑜一道进了正厅坐下。红袖让人端了茶点过来，也没有多打扰，就退了出去。

"最近朝内的局势我在回来的路上听三爷的人说了，但我还是想听你说说。"楚瑜递给封逸一杯茶。她一直知道封逸是很有政治天赋的，他出身没落罪籍的世家嫡系，也许天生就该是在权力的圈子里当那滚刀肉，该是立在风口浪尖上的人物。

封逸接过茶杯，品了一口，微微眯起修目："既然三爷的消息您听了，就该知道南秦月已经流放，她和陆锦年是两败俱伤，南秦月已经死在了流放地，她没能熬到夏天。"

楚瑜一愣，她是知道南秦月没了腿后，太后怜悯还让她在宫里编撰史册，结果又得罪了宫里的贵人，后来直接被判流放三千里，却没有想到对方就这么轻易地死了。

"我没打算让她再有机会兴风作浪，对你出手。"封逸淡淡地道。

楚瑜看向他，却见他修目里幽光暗沉，那种森凉的光芒里带着锐色。她忽然明白了："逸哥儿，是你处理了她？"

封逸看着她，笑了笑，只道："是陆御史动的手，与我无关。"

楚瑜闻言，忽然发现自己几乎有点不认识面前的男子了，不到两年的时间，那个整日里"小生"挂在嘴边的温雅书生，就已经走得那么远，将陆锦年取而代之，居然都培养起了他自己的势力……他果然如当初所言那般，根本不借她的势。

她忽然有些感慨，深深地看着他片刻，有些感慨："逸哥儿，你比我想象中要能耐太多。"

"没什么，你是我的小姐，为你打算本就是我分内的事。"他静静地看着她，眸子里一片淡然。

楚瑜却忽然觉得这话，听着有点奇怪，但她也没有多想，只一边喝茶一边道："你还是要小心陆锦年，我总觉得她也不是个简单的人物。"

封逸微微颔首，沉吟着道："我想小姐，你应该已经知道自己的身世了，苏老夫人已经写信给了陛下，现在虽然还是秘密，但是很快就会有圣旨下来。"

楚瑜看着他，现在她对于他知道这个依然还是"秘密"的消息，都已经见怪不怪了。

"嗯，我也不知道到底苏老夫人是怎么查到我是她外孙女的。"楚瑜叹气，她颦了下眉。她对于认回苏家的事情，并没有什么太大的热情。

封逸补充道："苏老夫人坚持要让你姓苏，所以确切地说，你将会变成苏家唯一的正统继承人，苏家的小姐，苏老夫人会成为你的'奶奶'。"

楚瑜看向封逸，挑眉："逸哥儿……你忽然提起这件事，莫非这个陆锦年知道什么？"

封逸眯起眸子："我之前用了将近一年的时间跟在陆锦年身边，取得了她的信任，大约知道了一些零散的消息，她好像知道一些关于你父亲那边的消息。"

楚瑜闻言，愣住了："可是……我不是父亲不详么？"

"对，但是有一次，陆锦年在南秦月死后得意失态喝醉了，隐约提到了苏老夫人的外孙女，什么父亲……可笑之语，言辞模糊，我听不清楚，只是留心之后查证，猜测陆锦年似应该知道点什么。"封逸道。

楚瑜闻言，倒是眼珠子一转，有点兴味地道："那简单，让土曜弄些手段，想必她就能吐真言了。"

"正是这个理，我想此事毕竟涉及小姐你的私隐，所以没有擅自动手，等你回来再行计较。"封逸道。

楚瑜闻言，大眼里瞬间闪过笑来，她托着腮儿打量着封逸："逸哥儿，当初我还真是没有白买天工绣坊，救了你一场，简直是我做过最划算的买卖。"

封逸看着女子灵动的眸子凝望着自己，他慢慢地垂下眸子，淡淡地一笑："我也……"

他轻叹了一声："很荣幸遇到小姐。"

……

“呜……”黑暗的牢房里，一道穿着中衣的瘦弱人影被吊在架上，浑身颤抖着，烛光下，可以清晰地看见她袖子里的手臂，应该说全身都没有一块好肉。有细细的丝线穿过她的筋脉挂在架子上，每每一颤抖，架子上形容枯槁的女人就痛得颤一下，可她越是颤抖，身上就越是疼痛，周而复始，永不停歇。

“琴笙……你好狠……”她嘴里絮絮叨叨地低低念着，浑身散发着一股难闻的腐臭味。

“三位看完了罢，那就出去罢，这关押通敌叛国死囚的牢房并不适合贵人们来。”一道素白的人影冷淡地对着站在牢房门外的三道人影说。其中一名头戴九尾点翠金凤簪子，雍容优雅，浑身气势沉稳的中年妇人就算见惯了血腥风流，此刻还是忍不住苍白着脸，转身就由着身边的嬷嬷扶了出去。

而一身明黄的天子也深深地叹了一声，却厌恶地扫了一眼那牢房里的女子，随后看向身边的白衣人：“笙儿，你也不要再呆在这里了，省得污秽。”

只另外一位头发花白，年纪最大的老夫人最后看了一眼那被吊在牢房里的女子，眼底闪过痛心，却还是强忍着没有开口，慢慢地，颤颤巍巍也杵着龙头拐杖走了出去。

走了一半，却听见那女子凄厉虚弱地张嘴：“奶……”

那老夫人僵了一下，却摇摇头，加快了脚步，让潘嬷嬷扶着自己也匆匆离开，只留下绝望的苏千城浑身颤抖，如风中落叶。

出了监牢，琴笙看着那准备回宫的中年妇人，忽然冷冷地开口：“太后娘娘，草民让人给你送去的卷章，想来您也看了，不知一贯最讲究正统和江山社稷安危的您作何打算？”

那中年妇人浑身一僵，随后沉默了片刻，没有理会琴笙，只捏紧了身边赶来伺候的梁尚宫的手臂，面无表情地离开。

“陛下。”琴笙却没有任何恼怒，仿佛早已料到，只是淡淡地再向身边的天子道。

“您真的打算一直纵容太后娘娘和南国公府这样下去么？”

“朕想，母后未必知道此事。”皇帝陛下脸色沉了沉。

“嗯，那就不知道罢，草民告退。”琴笙淡漠地转身就走。

皇帝陛下看着他的背影，眼底闪过一丝痛心焦灼，随后忽然道：“最近太后身子不佳，朕想，还是让太后老佛爷在慈宁宫好好安养，不再随意放闲杂人等进入了。”

一边的老太监一惊，几乎不可置信地看向皇帝，这……这陛下算是要软禁了太后啊？

陛下至孝，从来几乎从来没有忤逆过太后的。

琴笙看着兴平帝，神色淡淡：“那就多谢陛下为那些死去的将士们讨回一个公道了。”

兴平帝看着他，眼里闪过惆怅：“朕从未想过母后她有一天会糊涂成这个样子，只是南国公府那边……暂时没有直接证据证明南国公参与此事，但朕是知道他为人的，笙儿，你就只管动手斩了他的触角就是，母后那边，朕会看着不让她插手。”

琴笙垂下眸子：“是。”

“朕……”兴平帝看着琴笙的脸，依稀间仿佛看见了那个曾经烈如朝阳的女子，神色温柔下来：“很高兴看着你平安归来。”

琴笙看着皇帝，微微一笑：“那草民多谢陛下厚爱，先行告退了。”

说罢，他看着兴平帝怔然的样子，也没有等对方说话，便微微欠身转身离开。

鲁公公暗暗叹了一口气。

当年天鹰大营遭遇那样的劫难，归根到底在于太后始终认为三爷是威胁，而不是自己长女唯一的血脉，唯一的外孙，加上三爷当年又如此光芒四射，桀骜不驯地展现出他的光芒与才华，这让太后感觉到了威胁，更让朝中知情人都想起了曾经是帝国阴云，让朝中血流成河的宸王，后来的戾王秋玉之。少年的出色与桀骜，还有他那属于秋家男儿的美貌与阴翳、狠辣，都让人更多地想起他血管里流淌着那个可怕男人的血液，而不是身为帝国骄阳的明烈太女。

他在战场之上越是所向披靡，就越让人忌惮。

当年，太后老佛爷坚持要追究天鹰和秋子非的罪名，打的无非是要除掉少年的主意，而皇帝陛下查知真相后，愤怒之下一力不允，与太后为首的知情朝臣谈判的最后结果，就是少年从此退出朝廷，隐至江南，接掌了江南织造。

太后是陛下的母亲，陛下宁愿只当太后是老糊涂了，将太后软禁，但是……南国公那里，想必是要吃大苦头了。三爷这一回折损了身边的大将，自己又陷在漠北那么长时间，所以赫金人付出了血流成河，几十年战火不休，无力南下的代价。

而南国公为首的这些幕后之人，难不成只是被陛下申饬和简单的断了对方私下伸出来触角就完事了？

第四章

沧海遗珠

香案在前，果品齐备，楚瑜一身大品妆，领着许多人恭谨地跪伏案前听人宣读圣旨。

“奉天承运，皇帝诏曰，玉安县主楚瑜，性柔敏嘉，贤德孝恭。承英吉利贡品之责，如约而成……又为苏家定远老夫人沧海遗珠，终得寻回，还珠上京，今册玉安郡主，正名为苏氏楚瑜，于承宗祠，兆家之和……钦此。”

老太监有些尖利含笑的嗓音念了长长一段赞词，方才消停下来。

楚瑜拜了三拜，唱了一句谢主隆恩之后，接了圣旨。

鲁公公笑眯眯地虚扶了楚瑜一把：“恭喜你了，苏郡主。”

……

“真是累死了。”楚瑜沐浴之后，五体投地地穿着单薄的中衣趴在了床上，懒洋洋地蹭了蹭提前上了床的琴笙的大长腿。

“日后，这些场合怕是会不少，毕竟你如今是苏家唯一的继承人了，玉安郡主。”琴笙拿着书的手优雅地搁在另外一边屈起的长腿上，一边漫不经心地说话，一边抬手轻轻抚摸着腿上人儿有些潮润的乌发。

“对了，有件事。”楚瑜懒懒地趴在琴笙的大腿上，手指在他腿上划呀划。

“我也有一件事。”琴笙忽然侧了脸，低头温淡地看着她一笑。

楚瑜忽然感觉身前的人先转了过来，然后头上阴影一晃，她下意识地抬手挡了下，却感觉头发上被插进了什么东西。她摸了一把，将那东西摸了下来。随后看着手里的东西，她不禁愣住了。

那是一把手工精致的绿檀木梳，立体镂空雕着两片精致婀娜的莲叶，莲叶下碧波上掩映着一朵盛开的莲花与花苞为梳背，梳子的一头坠着银圈玛瑙红色流苏，入手木质温润，一股淡淡的绿檀香气萦绕鼻间。

上面还有一行字……

“天上人间，此生不渝。生辰快乐，小鱼。”一道温柔的声音在她头顶响起。

楚瑜骤然抬起墨玉大眼，正正撞进面前男人一双深邃如海，温柔如云的琥珀眸里，仿佛一生的温柔都在那双妙目里，能将她溺毙其中。

楚瑜瞬间湿了眼眶。她这才忽想起，仿佛多年前，她在这个世界睁开眼的那一日就是今日，后来也成了她的生辰。她都因为太忙而忘记了，却不想他还记得。

楚瑜指尖摩挲过梳子上那一行字，忍不住整个人投进他的怀里，大力地抱住他的劲瘦腰肢，鼻尖酸酸的，“谢谢，琴笙。”

这把梳子，在不知什么时候，他已经细细地将它制成完工，精雕细琢。

琴笙任由她拥抱着自己，温声道：“今儿是自己的生辰都忘了，傻鱼儿，可要为夫带你去吃一碗寿面？”

楚瑜把脸在他胸口的衣衫上蹭了蹭，蹭掉眼里的浮泪，点头：“嗯！”

琴笙笑了笑：“去梳妆罢。”

楚瑜立刻宝贝似的握住梳子坐到了窗前，一时间又舍不得放下这梳子，又舍不得拿它来梳头。倒是琴笙见她坐在那里半天犹豫的样子，薄唇边弯起一抹淡笑来，走了过去，从她手里拿过那把梳子，亲自站在她身后替她挽起满头的长发。

“梳子就是用的，若是让你藏着的，只管给你送些珠宝玉石就是了。”

楚瑜坐在镜子前，看着身后出尘的男子抬手间，便细致优雅地替她将长发挽在头顶成髻，丝毫没有扯疼她，又取了脂粉，替她轻轻地描眉黛，上了胭脂。修长如玉的手指和细腻微凉的指尖一点点地抚摸过她额间、脸颊的皮肤，让她忍不住敏感地轻颤了一下，他的动作温柔体贴到让她觉得自己像他最珍重的宝物。

没有人能对这样的琴笙不动心，他若愿意，便可从让人战栗的魔神、不食人间烟火的大神，转身为世间那最体贴入微，温柔入骨，熨帖到心肺的情人。

看着琴笙将那精致的绿檀莲花梳别在她头顶的发髻间，细致的银玛瑙流苏垂落在脸颊上，已是发间最漂亮的装饰。楚瑜看着镜子里的自己，忍不住大眼儿弯弯，拉住他修长的手："真好看。"

"走罢。"琴笙牵了她的手，淡雅温柔地一笑，又为她穿上衣衫，随后才换了衣衫，又戴上轻纱斗笠，牵着她向门外而去。

楚瑜觉得自己就像个生活不能自理的小孩儿，被他细心照料着，乖乖地依偎在他怀里就是了。可是，就算是这种生活不能自理，简直让她忍不住唇角一直上扬。

两人一路出门，都没有人跟着。

可楚瑜知道他身边必定有人跟着的，只是曜司的人善于隐藏，可是只要没人出现在视线内，她可以当作没有人打扰他们的二人世界。由着他牵着自己的手一路出了人间院，又经过前面的人间酒楼，听着里面的笙歌曼舞，丝竹乐声，再看着街道两边热闹的小摊贩，她忽然有点恍惚，像是回到云州。

可这里是上京。

"不是应该宵禁么？"楚瑜有些奇怪，发现今儿热闹得像上元节。

琴笙道："我让皇帝这两天随便编个理由，就不宵禁了。"

楚瑜一呆，抬起脸看着他，隔着薄薄的帽子垂纱，也能看见他神情平淡的俊美面容，她却莫名地有点脸热，指了指自己鼻子，有点不确定："是因为……"

"是因为本尊有条忘了自己生辰的蠢鱼。"琴笙轻描淡写地微笑。

楚瑜唇角一扬，笑容愈发地灿烂："笙儿最好了。"

他领着楚瑜一路往热闹的巷子里去，那里有一家小面摊，就算时候已经不早了，依然坐着不少食客，只因为整条巷子都是那面的香味。带着点辣味，却又更多的是卤香或者炒得酥香的肉味，与滚滚的骨头汤香在空气里混合成一种让人忍不住咽唾沫的冲动。

"好香，是牛肉臊子面吗？"楚瑜看着那挂着的店家招牌，吸了吸口水。

琴笙低头看着眼身边人儿那样儿，屈指轻敲了下她的额头："把口水擦一擦，莫要吓到人，以为你是十年没吃好吃的，要抢东西吃去了。”

楚瑜忍不住呛了一下，暗自嘀咕：“坏人，臭猫猫。”

“哟，是秋哥儿啊，这多年不见了。”

他们一走近，那面摊上的老婆婆看着头发花白，明明似老眼昏花，却一眼就认出了面前戴着斗笠轻纱的人。

楚瑜听着老婆婆的那称呼，只觉得很是稀罕又有趣——“秋哥儿”？

琴笙却很自然地领着楚瑜在面摊前坐下，微微一笑：“很久不见婆婆了，闻着您的手艺还是那么好，来两碗牛肉面罢。”

楚瑜觉得更纳罕了，琴笙居然还有这么亲民的时候呢，而且这动作自然得仿佛他已经来过许多次了一般。

“哎呀，身子骨不行了，眼睛也不好了，现在都是我女儿、女婿忙上半夜，我老婆子捡个清闲的下半夜。”老婆婆佝偻着背，头发花白，看起来很有些年纪了，但是下面，取浇头臊子的动作却极为利落。不一会，两碗热气腾腾的面就上来了，上面还浇着一大勺子酱爆香的牛肉沫，味道极勾人。

楚瑜看着便食指大动，拿了筷子甜甜地对着老婆婆道：“谢谢婆婆。”

“哎，不谢，小丫头可生得真甜呀。”老婆婆看着楚瑜忍不住笑着点头，老脸笑开一朵花似的。

看着楚瑜和琴笙吃面，老婆婆很有些感慨：“想当初，你和南小哥来我这里吃面的时候，你们还那么小呐，这一转眼哪，都快十几年了，我这老婆子快入土了，也没有再见过你和南小哥一起来了，唉……”

“嗯，他不会再来了，他去了很远的地方。”琴笙淡淡一笑。

一转眼，物是人非，人面不知何处去，桃花依旧笑春风，坐在他身边笑着吃面的人，也变成了她，不知他心中可有伤感。

吃完之后，两人走出了小巷。拉拉扯扯，看得远远在房顶上跟着的火曜有点眼热地望天。

“想起来上次和笙儿一起逛街，好像是很久之前的事情了啊。”楚瑜深深叹息，走到人少的地方，她抬头看了看月色，就将自己窝进了他的怀里。琴笙沉默着，指尖微微松开，由着她偷偷地将手指插进自己指间，再慢慢地将手合拢，将她的小手拢在手心。

“回去吧。”他忽然道。

楚瑜有些疑惑地看着他，随后笑了笑：“嗯！”

楚瑜任由琴笙牵着手一路往回走，只是到了“人间”的时候，他却没有带着她绕过人间进后院，却牵着她直接进了门口从来都排着长队的人间。门口守卫早早得了招呼，自不敢像拦其他客人要帖子一般，只恭敬地请了人进去。

琴笙看着楚瑜东张西望的小样子，只微微一笑，幽邃的目光多了几分柔和：“闭上眼。”

“怎么着，你还打算给我来个生日惊喜？”楚瑜还是乖乖地闭上了眼，任由琴笙牵着她走接下来的路。

走了好一会，楚瑜才觉得耳边的丝竹声越来越清晰，但是那些人声热闹和喧嚣却慢慢远了，眼前明暗不定。她忍不住轻拉了拉琴笙，有些迫不及待：“好了没有？”

随后，她就感觉牵着自己的人停住了脚步，将她轻轻拉到了他的身前，随后幽淡柔和的声音在自己头上响起。楚瑜眼皮子动了动，缓缓地睁开眼，只见入眼便是一片柔亮的光，仿佛萤火闪烁，凝聚成了月芒与星光。

那是一袭嫁衣，宽袖垂地，云锦胭脂红成一片云，却没有传统的牡丹凤凰石榴多子图，它就是金丝银线绣得千万片流光如水，轻透的鲛珠纱裙摆散落地面，遍缀满了小小的海珠，映照着烛光温柔。让人分不清，那分明殷红惑人的嫁衣上是不是蕴了半片星空月境。

她怔怔地看着，忽然捂住唇眼泪就流了下来：“琴笙……”

“这是琴笙为你绣的嫁衣，不是白白，也不是仙仙，就是琴笙。”琴笙从她身后绕了出来，款步走到那一袭放在紫檀木架上的嫁衣边，执起一片精致的嫁衣袖子。

“当年的大婚太匆忙，到底欠了本尊的小夫人这一袭亲绣的嫁衣，可喜欢？”他转过脸，看向楚瑜，妙目凝视着她，唇角浮起清浅的笑。

楚瑜拼命点头，抬手擦掉脸上的泪珠儿，看着面前长身玉立的俊美男子，一颗心狂跳，咬着唇：“嗯，喜欢，好喜欢！”

哪里会不喜欢，当年那一场婚礼，虽然她从未再提过，可是偶尔想起，心里却总是有些遗憾。

完美的开始，却是那样让她难受的结局，几乎恨不能与他兵戎相见。

原以为，过了也就罢了……却不想，他却还记得。

“琴笙，你以后如果对我不好了，我一定会很难过的，怎么办？”楚瑜忽然深深地吸了一口气，抬手狠狠擦了一把眼和鼻。

她忍不住直接几步上前到了他的身边，掀了他的斗笠轻纱，抬头狠狠地亲上去。

“还好，我没有错过你，那时候一直坚持下来，坚持把你变成我的男人。”楚瑜抱着他的脖子，把自己吊在他的身上，鼻音浓重地道。

琴笙托住她，妙目深沉，幽幽地一字一顿地缓缓道：“是我，没错过你，楚瑜。”

楚瑜顿了顿，忍不住惦着脚尖抱他抱得更紧：“嗯。”

还好，一切都是好好的。所以本不该有交集的她成了他的小姑姑，而他成了她的仙仙，然后走到今天，终于，功德圆满。月色迷离，丝竹袅袅。只愿，从此沉醉他怀中，不复醒。

两人相拥了好一会，楚瑜勉强平复了心中的激动，不再动不动就鼻子酸，忽然抬起眸子看向他：“可不可以……绣给我看，我看着这嫁衣像没有完工，可是你回来才绣的？”

琴笙看着怀里人儿那刚被泪珠子洗得一片温柔明亮的大眼，微微挑眉：“嗯，好。”

楚瑜有点儿兴奋：“我给你拿针线。”

“不必。”琴笙淡淡一笑，忽然一抬手，手腕一翻，一股劲气瞬间自袖里弹射而去，墙壁上的檀木柜子“啪”地一声打开，细长的丝线直翻转出来，挂上他的手腕，利落优雅。同时，他手腕一转，几十根丝线直接挂在悬梁垂下来的架子上，再从另外一边出来的时候都穿上了精致如牛毛的绣花针。他右手指尖一转，握针如握笔，左手丝线穿过一片嫁衣殷红裙摆，四射入墙边的暗格，裙摆紧绷便如绣架，行针如飞，落针精细如工笔绘，近百种寻常看不出色差却分明不同的金银丝线如蛛网交错，竟丝毫不乱，眉宇间清冷凝神专注似胸中有世间经纬，针下如锦绣山河，九天星光。

看得楚瑜都有些痴了，她从来不知道原来男子握针竟可以这般漂亮，丝毫不显娘气，优雅得如同挥毫泼墨，飞针走线间，动作停顿起始潇洒又似起优雅剑势。

她站在一边，几乎没有去看琴笙绣了什么，只有些怔怔地看着他专心持针而绣的模样。专注的男人最迷人，面前的大仙儿不光专注得迷人，举手间透着一股出尘飘逸的气息。

好一会，他方才手腕轻转，将线利落弹回了墙壁一排木柜子里，也不知其中有什么机关，“嘶”地一下齐整地全部都卷回了木柜子里。

“等嫁衣绣成，我们重新办一次婚礼可好？”琴笙看着她那纠结的小样子，深邃妙目里一片温柔，唇角微微翘起笑来。

楚瑜闻言，再次心跳漏了一拍：“真的？”

琴笙抬手轻抚了下她的发鬓，替她将碎发拨到耳后，颔首：“嗯。”

楚瑜欢喜，可是又忍不住道：“我不想在上京再办，毕竟咱们之前已经办过，再办一次，免不得那些人又要问来问去，如果再办……不若回云州，不必十里红妆了，咱们在船上就咱们亲近的人办一次可好？”

琴笙微微一笑：“都依你。”

……

一夜过去，第二日天天明时分，楚瑜刚起身，伸手摸了摸床边，果然已经空了。

她懒洋洋地爬起来，看了下自己胸前的吻痕还没有全褪，忍不住脸色有点发烧，便穿上衣衫，拉了下床头的铃铛，就听得门外传来红袖的声音：“小鱼，可起来了，早餐已经备好了。”

楚瑜打着哈欠去开门：“嗯，你们爷呢？”

红袖让人将早点端了进来，笑道：“你这小懒猪一样的，这都什么时辰了，三爷自然去忙了。”

说着，她朝楚瑜暧昧地挤下眼：“昨晚爷可是给你看了新的嫁衣，爷这些日子连轴转呢，今儿一早就吩咐了人要早点收拾，准备回云州去，还让金大姑姑先回去重新准备下婚礼用的东西。”

楚瑜唇角忍不住翘起温柔甜蜜的笑意来：“嗯。”

红袖见状，捂嘴笑了起来：“好了，别傻笑了，我的小夫人呀，快用膳吧，老金还等着给你诊脉呢。”

她也大约知道当年楚瑜和自家爷的新婚之夜，算不得圆满，也是两人之间的一个小心结，如今打算重新办婚礼也算是个弥补。

楚瑜闻言，笑容淡了点：“老金来了？”

红袖打量着她有些奇怪：“怎么了，三爷不是说他身子好了许多，你不高兴？”

三爷当初会留在隼摩尔身边的原因之一就是为了治好身子，虽然没有明说，但是她和金大姑姑、老金这几个贴身心腹哪里有不知道的？

楚瑜轻叹了一声：“不是我不高兴，而是我怕他失望。其实有没有孩子，我真的不在乎。”

红袖闻言，沉默了一会，随后认真地道："水曜为三爷把脉过，他虽然不知吃了隼钦宁什么药，有些影响气血内息，让爷有些虚弱，但是必须承认的是，爷的脉象与之前确实不同，很有好转的可能，所以大姑姑才让老金赶紧上京，说不定你们现在就有了好消息呢。"

楚瑜闻言，笑了笑："嗯。"

等到她用膳完毕去了花厅，老金早已等候在那里喝茶，见楚瑜过来，便打量着楚瑜笑了起来："小丫头看着被三爷养得不错啊，唇红齿白，娇娇嫩嫩的，老朽还以为你去了赫金晒那一轮烈阳，沐那一番风霜会看着成熟点呢。"

说着，他把药箱打开："过来，老朽给你把把脉。"

楚瑜倒是很乖地坐了过去，掀起袖子给老金把脉。

老金认真的模样看得一边的红袖都有些紧张，好一会，等老金收回了手，红袖满眼期盼地道："怎么样了？"

老金点点头："不错，血脉运行顺畅，除了有些疲倦，没有什么大碍。"

老金一边提笔写方子，一边道："欲速则不达，你可要告诉三爷，身子得好好保养，不能只求量，而不求好，有些事急不得。"

楚瑜闻言，点点头，俏丽的嫩脸一红："是……知道了。"

说话间，门外忽然传来一阵脚步声，不一会，唐瑟瑟就拿着一封信进来了。

"掌门，逸哥儿让我给你的消息。"她将信递给楚瑜。

楚瑜见她一脸严肃的样子，不禁有些疑惑，却还是拆了信封来看，只是一看上面的东西，楚瑜就略挑了下眉，目光也冷了下去。

"呵呵，这可真是巧合啊。"

"怎么了？"老金看着楚瑜，顺便问了一句。

楚瑜将那信笺往桌面上一放，淡淡地道："我原本还想见一见这个陆锦年，她也许知道我的身世，不想她忽然就死了。"

红袖一惊："死了，这天下哪里有那么巧合的事？"

楚瑜居然是苏老夫人的亲外孙女的消息当初已经让她很是惊讶了，三爷压着消息不让人透出去，她也猜不透原因，可是后来小鱼倒是无所谓的样子，却还是因为和南家牵扯了些关系，所以让人去查她的生父。如今才有了线索，就忽然死了人，没了线索，这也未免太巧。

"是的，巧合得很。"楚瑜轻嗤了一声："而且还是被烧死的，烧成了炭尸一具。”

“面目全非？”老金摸着自己的小胡子，三角眼里闪过一道精光。

“面目全非。”楚瑜若有所思地扯了下唇角：“这天下有心人多了，就有了巧合的事多了，逸哥儿已经在彻查，我倒是很好奇，什么人要将陆锦年藏起来。”

连着三日，琴笙都没有回来，只派人给了消息出来，告诉楚瑜他在宫里处理事情。楚瑜也知道想要马上回云州，事情必定不少，于是只派了人将她亲手做的乳酪点心和冰碗都送到宫里去。

本来，她以为自己至少还要等几日才能见到自家夫君。却不想，第四天宫里就传了旨意下来，将她召进了宫。楚瑜换了一身宫装，红袖又替她仔细上了妆容和首饰，便坐着马车一路进了宫。

等到了宫中，兴平帝却是在太极殿的上书房见了楚瑜。苏家老夫人也在上书房里，一见楚瑜过来，就笑吟吟地道：“小丫头，过来奶奶这里。”

现在外头人都只当楚瑜是苏家嫡支二房长子的遗珠，隔了一房，却也算是老夫人的孙女，只有寥寥无几的知情人知道她是苏灵娘的女儿，老夫人的亲外孙女。楚瑜对着坐在上首的皇帝行了礼：“玉安见过万岁。”

兴平帝摸着胡须，呵呵一笑：“快起来吧，你奶奶可见不得你跟我行礼。”

说着，他斜眼看了下站在自己身后的琴笙，还有这个小子，可也看不得他的心肝宝贝给人屈膝。

楚瑜莫名其妙脸红了一下，随后才对苏老夫人也恭敬地行礼：“奶奶。”

“快起来。”苏老夫人立刻笑眯眯地扶起了她，亲密地拉着她坐在自己身边早已备下的小凳子上。

兴平帝轻咳了一声：“玉安丫头，你上次接的英吉利使团的差事完成得很好，所以这次又另有荷兰和西班牙到访的使团，希望与我国贸易，并且希望你负责绣品贸易的部分。”

楚瑜闻言一愣，她倒是确实知道西班牙和荷兰使团前些日子到访，大元并不闭关锁国，与周边国家和远洋国家的海上丝绸之路贸易往来非常频繁，有极大的贸易顺差，也因此大元几乎从来不缺钱。

楚瑜看了琴笙一眼，却见他对着她不置可否地微微挑眉，竟是随了她的意思。楚瑜心中微动，想了想，就对着兴平帝道：“陛下既然信任玉安，玉安自然不负您和朝廷所托。”

苏家老夫人忽然道："陛下，我家丫头这才从漠北回来认祖归宗多久，她和琴笙还没有孩子，你可别把她当摇钱树累坏了，否则老婆子可是要上先帝跟前告状哭一轮的。"

兴平帝也干笑："放心，放心，朕明白。"

楚瑜最终也没能和琴笙多说什么，他的事还没有完，她只能先出了宫回去准备行装。

又过了两日。晚霞漫天，转眼又是傍晚。琴笙从马车上下来的时候，火曜早已在人间院门外等着，见自家主上出来，立刻恭敬地抬手扶道："主上。"

琴笙微微颔首："说罢，什么事。"

才出宫门，他就看见火曜放出的消息。

"月曜发来消息，英吉利的使团在离开云州港口后不久就不知所踪了，十几艘船皆不见踪影，生不见人，死不见尸，连着货物也都不见了。"火曜低声道，神色很是冷肃。

"这个消息，什么时候会传回朝廷里？"琴笙闻言，只挑了挑眉。

火曜回道："大约还需要个几日，不过此事云州附近的人都知道了，月曜的人还是第一个发现的，他已经派人在追查了，一切如您料的，所以咬住了对方的尾巴。"

琴笙若有所思，轻弯了下唇角："呵，这次是对英吉利的使团出手么……"

火曜低声道："按理说，英吉利使团离开了咱们大元的地盘，出了海就应该和咱们没有任何关系了，他们这些人就算劫了使团，又有什么用呢？"

"想要使团在中原大陆上出事，那也得他们有在内陆动手，还不留下线索的能耐才行。"琴笙妙目里如氤了无边的暗雾，淡漠一笑。

火曜点头："是。"

毕竟这一路，多少眼睛看着。但是出了海，就有没有人需要保证使团安全的义务了不是？

琴笙停下脚步，看着不远处池塘里，那从窗下伸出来的鱼竿，还有那一只探出窗外白嫩的手儿正提着竹竿一晃一晃，哪里像是在钓鱼，倒像是在百无聊赖地游戏。

他似笑非笑地弯起唇角："就按照原先的布置行动就是了，海钓么……

没有与咬钩猎物博弈的过程，岂非少了很多乐趣？”

火曜抱拳：“是。”

日子一晃，就到了琴笙和楚瑜两个收拾东西回家的时候。大部分人在外头装车，楚瑜就陪着秋念灵和苏家老夫人两个坐在后院的人间亭里吃点心，等着启程。苏老夫人老眼红红，拉着楚瑜的柔荑不舍得放：“你这孩子，怎么就住那么远，奶奶想看看你都不成。”

一把年纪了，人老了看着后辈总会心软罢，楚瑜想起老胡家的老太太对自己也是疼爱有加，不由得心中一软，握住老夫人的手轻声道：“奶奶，天冷了，上京不合适你养身子，您就到云州来，那里虽然也冷，但冬日到底比上京短了许多。”

一边的秋念灵也宽慰地抱住苏老夫人的手臂：“外婆，小鱼说的是，我爹也是到了冬日就往云州去，再不济咱们一起往岭南去避寒也是好的，总能经过云州看看小鱼，住一段日子。”

苏老夫人擦了擦眼角，不舍地看着楚瑜点点头：“嗯。”

她也知道琴笙绝对不会，也不合适在上京久待，小鱼作为他的妻子，不说夫唱妇随，云州想来也比上京让她自在。

……

“他们就要走了？”

国公府的凉亭里，有高大的人影手执棋子，看着棋盘慢慢落子。一名中年谋士模样的男人坐在南国公的对面，摸着胡须微微一笑：“苏家终于有后了，说起来您如此宠爱国公夫人，自夫人之后无人能为国公爷生下子嗣，骤然听到苏夫人竟有血脉相连的亲侄女，就算是您的敌人，您不去送一送？”

“苏家竟还有嫡系后人，确实出乎我意料，那小女子倒是确实有点像苏家女儿，勇敢得很。”南国公淡淡地道。

李君武想了想：“您是说当初她在律方拦住了您说的那番话？”

南国公起身，负手而立，俊朗深沉的面容上闪过一丝笑意：“算是罢，当初倒是我小看了她，以为不过是个靠着手段迷惑了琴笙上位，或者琴笙用来做什么棋子的小玩意，不想她倒是真有点本事。”

“您可别忘了，不管她是不是苏家的女儿，就是这个有点本事的小女子将县主逼死，又让您另外一个女儿死在千里流放之地处，甚至连苏千城都折在她手里，她是咱们的敌人。”李君武也落下自己最后一子，起了身，看向南国公的背影。

岁月仿佛对这个男人格外优待，一身凌人气势不堕，容貌脱去稚气，却更显深沉男子魅力。不知多少女人甘愿为他一眼奉献自己，但那人心中却除了死人，早已不允许任何人进入。

“不管芝菁是不是不成器，但她始终是苏金娘的女儿，她是死在琴笙和苏楚瑜手上的。”李君武再次强调。只怕自家主子会因为一点浅薄的血缘而对敌人手下留情。

“放心，本国公自有分寸。”南国公淡漠地道，目中闪过锐利冷酷的光泽，随后微微一笑，抬手慢慢地碾碎手里的棋子：“本王想要留下的人都不在了，而秋玉之也死了，他的孽种自然没有理由留在这世上。”

“今日他们就要离京回云州了，那苏楚瑜接了不少西班牙使团和荷兰使团里的绣品单子，如今名声大振，想来明日英吉利使团失踪的消息就会传来了。”李君武摸着自己的胡须，微微一笑。

“嗯，飞鸽传书出去，告诉那边，可以开始了。”南国公随手将自己手里被碾碎成齑粉的棋子撒在了空中。

……

“说起来，前朝真武大帝的宝藏到底是什么？”楚瑜坐着马车一边翻杂记，一边百无聊赖地问。

琴笙一边批阅着奏报一边道：“当年从大元初代帝王传下来的说法是——惑国之火与永恒国度的钥匙。”

“惑国之火与永恒国度的钥匙，这是什么鬼？”楚瑜呆了呆。

“谁也不知是什么，那是开国女帝的王夫，也是当年的国师制的藏海图。”琴笙合上奏报，搁下笔：“但既然开国女帝留下过遗旨，点名此宝藏永不能开启，秋家子孙后代需以性命保护这个秘密，否则必有灭国之忧。”

楚瑜闻言，忍不住蹙眉：“既然不能开启，否则必定有灭国之忧，那又何必留下藏海图，毁了不就是了，还有为什么历代帝王都没有毁掉这玩意？”

琴笙捧着杯子，优雅地轻品着里面的茶：“明烈之所以不毁，是因为那是祖宗的东西，神圣不可轻毁，但谁知道开国老东西们脑子里在想什么。”

楚瑜沉默了一会，有些神游天外。

宫少宸，他的出身，若真是秋玉之在外头与那位郡主养下的孩子，非但与琴笙是同父异母的兄弟，还拥有大元帝国的继承权。那么他所有疯狂追寻藏海图的行径，甚至借助东岛忍者的势力，也仿佛都有了解释。

藏海图的关键——惑国之火，永恒国度之门的钥匙。且不说永恒国度是什么，但是那惑国之火，听起来就不是什么好东西。而对方如此固执地追寻，也说明他是知道当年大元开国帝王的遗旨内容的。他要开启宝藏的目的，仿佛也很清晰了：他要恢复自己的身份，甚至染指帝座！

“现在上京使节团里有不少传言说是咱们朝廷的人暗中派人将英吉利使团的人杀了，扣下了那些货品。”楚瑜轻嗤了一声，将那信笺递给了金大姑姑。

封逸的消息，比金大姑姑这还要快一步。

金大姑姑一愣，随后蹙眉：“简直荒谬，谁会相信这种事情，堂堂大国，怎么会做这等卑劣之事，不过是一点！”

楚瑜坐在凳子上，托着腮看着窗外晃动的树影：“是啊，谁能相信呢，可是现在来的各国使团只怕心中都很不安罢，非我族类，其心必异，此话放之四海而皆准，使团们心中难免恐惧，尤其是……”

她微微挑眉，冷笑了一声：“只怕有人还要将咱们琴家拖下水呢。”

金大姑姑轻咳两声，把话题转回去：“咳咳，小夫人说拖咱们琴家下水莫非是……”

楚瑜点点头，眼底里闪过一丝锐色：“没错，就是您想的，咱们等着看罢，这事一定不会就这么点风浪。”

第五章

海上风云

一切都如楚瑜预料的一般，上京的信隔天几乎就能收到一些，那些“荒谬的传说”影响力越发地大了。大元因着一直都有与海外各国通商的惯例，自然设立有使节聚居区，就在玄武大街附近。不少使节和使团的人都听到了关于“英吉利使团被害，价值连城的货品被天朝暗中以海盗名义劫走”的消息，他们一开始是不相信的。

毕竟天朝这般富庶，与他们贸易顺差极大。但是耐不住流言愈发厉害，那些被认为是英吉利使团的货品也流到了上京去，让使节们心中愈发不安。

而这日，上京暮色四合时，玄武大街也进入了一贯热闹的时候。一处异域风格的小酒馆里，来了一个身着华丽锦衣的中年人。他手里提着个包袱，进门看了看喧闹的小酒馆，但见里面坐满了穿着各国服饰的番人们，正高声谈笑，举杯畅饮，间或夹杂着几个穿着西洋人衣衫的中原妓子的高笑声，而跑堂的小二也是黑发黑目的中原人，看着很有点不伦不类的感觉。

他左右看看，熟练地在靠门边的一处椅子上坐了下来，拿着桌上西式风格的小摇铃晃荡了一下：“叮当，叮当！”

不一会，那小二就匆匆跑了过来，笑容可掬，但却掩不住眼里的轻蔑：“哟，这不是陈大爷么，您这进京等户部给您补缺的日子要结束了罢，好些天没见着你了，我家掌柜还等着您来喝酒呢。”

上京是个什么地方，那是一块砖头扔出去，都能砸到一个三品官的地方，各地每年为了补个好出缺，不知多少官员上来等着候旨，而上京消费自然比不得底下地方。

许多这种地方官员寄居客栈，时间一久，手头吃紧，日子过得还没有一个寻常上京百姓松快，很是落魄，还要靠赊账过日子，甚至典当了自己东西。陈达也是其中之一，他原本是一个沿海小地方的县令，这小二唤他一声陈大爷，也不过是看在他经常拿自己书画和家中夫人的绣品来酒馆换点银子铜钱去过活。

玄武街像这样的酒馆不少，各国番人多，番人好中原的物件，众所周知。

见那小二眼里的轻蔑光芒，那唤作陈大爷的中年人脸上显出一种愤怒与傲慢来，随后不耐烦地道：“去给你们掌柜说一声，我立了大功劳，很快要去赴任了，手上还有些稀罕货，如果他想要，这走之前就出给他，本官手里漏出来点东西，就够你们吃一辈子了。”

那小二闻言，上下打量了下那陈大爷，目光在他的锦衣上停了停，随后笑眯眯地道：“哎呀，您真是发达了，我这就通知掌柜去。”

说着，他殷勤地给那陈大爷上了茶，又立刻转身去了。这家酒馆乃是一个西班牙人开的，唤作迭戈，他是个船上的厨子，原本飘扬过海来中原只是跟船做事，后来他羡慕中原繁华，又不想再在船上干那辛苦活，跟着人到了上京，干脆就在玄武大街扎了根开酒馆，专门做番人的生意，还有一些私下典当的事，一晃就过了十来年。

这迭戈掌柜自然认得那陈达，闻言，灰蓝的眼珠子转了转，让人去把陈达请进了他打算盘的房间，笑眯眯地学着中原人作了个揖，操着一口发音奇怪却很流利的中原话问他：“哎呀，陈大爷，许久不见，贵体可安康？”

那陈达傲慢地点头：“多谢迭戈掌柜了，明日本官就要走马上任了，今日有些东西让你们看看可需要，换些盘缠，日后本官不会忘了你的。”

那迭戈笑眯眯地道：“好好。”

说着，他就看着陈达拿出了包袱打开。那包袱一打开，迭戈眼前就一亮。里面是好些极为精致的扇面，一模一样的，更有好几块上好的华丽锦缎枕套子，绣工之精致，一看便是至少二三十两银子起一件的。迭戈翻了翻，很是满意：“您去哪里弄来的好东西，这些玩意儿就算是在上京的卖绣品的大铺子里也不算多呢。”

陈达有点傲慢不耐地道：“你管那么多作甚，就说你收不收？”

迭戈爱不释手地翻了翻东西，笑道：“收收，您还有什么好东西！”

陈达掂量了下自己手里的银袋子，眼里闪过一丝满意：“我这里倒是还有点别的，你看要不要？”

说着，他迟疑了一会，从自己衣襟里摸出了一个小口袋递给迭戈。迭戈将里面的东西倒出来一看，瞬间愣了愣：“这是……”

“这应该也是番邦的东西，是些女人头上戴着的装饰，都是纯金和珍珠的，你就看着给个价格吧，我也懒得拿去当铺了，反正那边也给不起价格。”陈达道。

迭戈看着手里精致的“头饰”，灰蓝的眼底微微颤了下，随后再抬起眼来的时候，面对着陈达依然是微笑的模样：“好的，这个可是个宝贝，我们给您估个价拿银子，来。”

说着，迭戈比了个往另外内室请的手势。陈达也没有多想，只傲慢地摸着胡子颔首：“好。”

他转身时并没有看见迭戈眼里阴沉的光，随后趁着他转身的刹那，迭戈忽然抓起了个桌边的花瓶朝着陈达头上狠狠地砸了下去。

……

半个月后。

“传陛下圣旨，着玉安县主亲与各国使团在云州衙门堂上澄明英吉利使团失踪货品之事。”

一道圣旨直接传到了琴家绣坊。楚瑜看着那圣旨，随后又看了看自己手边的锦盒，里面躺着一块精致的玉令，上面一个大写的篆体“苏”字。

“沈公公……”她目光移向坐在自己右手边喝茶的中年太监。

那来传旨的沈大太监倒是生得一副白白胖胖，慈眉善目的样子，笑着对楚瑜道：“这是老太太让我给您带的苏家令牌，您若是有什么需要，只管用上这令牌，苏家人自莫敢不从。咱家应该会在云州住上些时日，等候查明事情真相，郡主若是有什么需要问的只管问咱家就是了。”

楚瑜也露出个温和的笑来：“那就劳烦公公了。”

苏家有什么人脉，她未必不知道，但是这位沈公公想来一定是知道的。老太太这是将人拨给她，担心她搞不定这事呢。不管怎么样，楚瑜还是为了老人家这份心，心头暖了暖。

“您看这个事，只怕是闹大了，现在那些使节到处都说是咱们对英吉利使团下了黑手，说是抓住了证据，连名闹上了金銮殿，民众里也不知什么人受了挑唆，只认为番人们是诬赖咱们，然后不少人冲到玄武大街打砸抢了一番，想来您也知道了罢。”沈公公叹息了一声。

“事情闹大之后，已经有人递来国书，要求咱们必须给各国使团一个交代，否则……说不定要联合开战，陛下将这个事交给您，老太太很担心。”沈公公蹙眉。

“但是此事却非我不可，因为当初的绣品乃我一手督造，对么？”楚瑜淡淡地道。她确实是当下最适合处理此事的人，不管是身份还是地位，还有在此事里的角色。

沈公公看着她，正色道：“郡主只管放心，此事分明是有心人设计，如今看来目的是为了挑起各国使团和客商们对咱们的不信任与敌意，但我大元朝廷，行得正，坐得直，若是堂上对方咄咄逼人，不讲理，您也只管尽力了就是，想来陛下是不会怪罪的。”

楚瑜微微一笑：“我知道。”

半个月后，云州热闹非凡，几乎上京所有的使团都齐聚云州，若是大使不能前来的，也都派了手下极为重要的人过来。云州原本就是南方最大的港口，这里的番邦人就不比上京少，这会子再加上各国的使团，入耳都是各种腔调的洋话儿，入目都是各色头发，几乎让云州的百姓们有些错觉，他们倒像是在异国他乡。

“主上放心，那些试图挑起对立情绪的人，咱们的人抓了不少，也盯着了一部分人，查到了他们的落脚处。”火曜一边伺候琴笙穿衣，一边恭敬地道。

“正如您预料的那样，这些人大部分都是宫家原先残余的势力据点。”

琴笙对着西洋水镜理了理自己的衣襟，淡淡地道：“嗯，不必动他们，都是些小鱼罢了，有些人也快该浮出水面了。”

火曜恭敬地道：“是。”

琴笙看了看门外：“走罢，今儿本尊的小夫人要舌战使团，这等热闹，说不得……”

他危险地眯起眸子，温雅地一笑：“那条野狗若是不出幺蛾子吠几声，实在不像他的风格。”

……

云州衙门里，琴家那位三老爷早已贡出了自己的位置给楚瑜，乖觉地跟着琴家大老爷一同上风烟山休养生息去了。楚瑜一身一品大妆，坐在堂上看着堂下坐满的使节，再加上衙门前站满的百姓和各国商人，一片喧嚷，她微微一笑，抬手示意。

门口鼓声大响，堂上执掌杀威棒的周围都是从京城专门派来的金吾卫，齐齐挥动手中的杀威棒："威武，肃静！"

其声震得地面都是一颤。三巡鼓声响动之后，衙门里一片肃静。

"诸位使节，本郡主乃是我国陛下派来为诸位答疑解惑的，诸位若是有什么不解，自管提问，我必定知无不言言无不尽。"楚瑜微微一笑，站起来不卑不亢地对着众人道。

堂左侧上首坐的西班牙使团的大使罗德早已按捺不住，他骤然站了起来，大胡子上的蓝眼里闪过冷色："这位郡主就是当初为英国使团备下其中最昂贵的绣品货物的人罢，既然如此，还请您说说看，这些东西到底是不是出自你们的手上！"

说着，他命人端上了不少东西，扔在了地上。楚瑜看了眼霍二娘，霍二娘立刻会意地上前将那些绣品全部端起，递到楚瑜手上来。

楚瑜看了看手上的那些绣品，又示意几名老绣工一起上前，她对着堂下使节们淡淡地道："本郡主会有请天工绣坊的人前来查看这批货物到底是不是我们的东西。"

罗德闻言，满是络腮胡的唇边翘起个冰冷又防备的笑来："是么，好巧，我们也去搜罗了些贵国的绣工，甚至你们天工绣坊离开的老绣工来一起研判那些东西是不是贵绣坊出来的交给英吉利使团的，不知道郡主是否有胆量接受验证？"

"没错！"一边的头上还包扎着绷带的荷兰使节派崔克也站了起来，面对着楚瑜道："您既然是这批货物的制造者，就不该成为审判者，您说不是就不是，这对我们不公平，哪里有不公平，就会哪里有反抗，我们所有人都是抱着对贵国的善意来到这里出使，可是却遭遇了这样的事情，这让我们不得不质疑贵国是否觉得你们在贸易上占据优势，于是想要仗势欺人！"

这时候，门外闹哄哄看热闹的百姓里，忽然传来一道尖利的声音："你们以为你们站在谁的地盘上，还对我大元宣战，咱们一人一口唾沫就让你们这些不知天高地厚的番邦毛子都淹死！"

此言一出，云州的百姓们瞬间都起了骚动。

楚瑜轻挑了眉，指尖往桌面上一敲，顿时数道黑影飞掠而出，一手一个直接将那些叫嚣得最厉害，还有那第一个挑了事就想要走的人全部都抓了出来扔在大堂前的空地上。几个人跌成了一团，痛得哀鸣不已。

楚瑜露出个凉飕飕的笑来：“堂下何人，何故在此喧哗，是要让各国使团们认为咱们大元天朝竟都是这般粗鲁无礼，动辄咆哮公堂，无视尊卑么，给本郡主堵上嘴，先打三十杀威棒！”

说罢，她猛然抬手一拍惊堂木：“砰！”

一声惊响之后，那些挑事的人还没有来得及反应，立刻就被堵上嘴，捆在了一边，有金吾卫下来举了杀威棒毫不客气地对那几个人打了起来。那几个人本来还想乱喊，但是楚瑜却先堵了他们的嘴，让他们想喊冤都没处喊去，当下就有人眼中寒光一闪，试图自尽激起民愤，但是都被眼明手快地拿住了。

“还有谁，要在本郡主审理案子时，靠咆哮公堂来显示你们的能耐与正义感，请。”她微微一笑，身形微倾。

听着那“啪啪”的棍子打在肉上的声音，堂下的百姓们瞬间都不敢多言，皆噤声。

楚瑜方才端了桌面上的杯子，轻品了一口，转脸，笑吟吟地看向那番邦使节为首的罗德和派崔克：“既然诸位觉得本郡主不适合当这个审判者，不若由您二位择其一当这个审判者如何？”

罗德和派崔克下意识地互看一眼，犹豫了起来，他们也不知道楚瑜这般所为是否有阴谋。楚瑜见他们面上有犹豫之色，便似笑非笑地道：“诸位，下个决定罢，免得一会我改主意了。”

使团众人迅速地彼此又看了一眼，罗德一咬牙上前道：“好，既然郡主那么自信，我就来当这个审判者！”

楚瑜颔首，起身从堂上，提着华丽的裙摆慢慢地走下来，直走到了罗德的面前，对他淡淡地一笑：“请罢，上座。”

罗德心情有些忐忑和压抑，他顿了顿，让开了自己的位置，看着楚瑜坐下，才一咬牙转身上去坐了下来。只有堂下一个卖糖葫芦的少年见状，微微拉了下自己的斗笠，同时取下了一串自己草扎子上的一串糖葫芦，仿佛看热闹一般地吃了起来。他这一动作，很多蠢蠢欲动的影子，也都消停了下去，仿佛真成了只是来看热闹的民众一般。

罗德坐在了上座，看向楚瑜，语气到底是客气了许多：“玉安郡主，我现在邀请我们的绣工来与你的人一起鉴定这些东西，不知你可同意？”

楚瑜不置可否地比了个手势：“您待如何，请罢。”

罗德立刻转身看向堂下：“带上我们的人。”

不一会，立刻就有几个绣工模样的人随着使团的人上来与霍二娘带来的绣工在一边开始研究那些绣品的针法了。

楚瑜也确实认出来了那些绣工里还有几个是天工绣坊出去自立门户的绣工，以及几个当初天工绣坊成立行会，不让加入之人，那些人见她看过来，都有些不安和惭愧地低下了头。

民众们里又有人按捺不住了，忍不住咒骂了起来：“呸，卖国贼！”

那些鄙夷的声音让那些人都忍不住头低得更低了，拿着绣品的手都颤抖了起来。

一边的罗德几个看着就有点着急，若是这几个人都这副模样，万一顶不住压力临时改口……他们不就倒霉了。

此时，楚瑜却忽然淡淡地拔高了声音：“我天朝多为行得正坐得直的人，本郡主相信是非公道自在人心，不必干扰他人判断，真相就是真相，不会被假象掩盖。”

那些帮着洋人们查验绣品的绣工和商户也都松了一口气，安心查看了起来。一刻钟之后，那些绣工和商户们都互看了一眼，转身向罗德道：“如您所见，这些东西确实出自天工绣坊和琴家绣坊合作之物，价值不菲。”

罗德闻言，脸上浮现出一种松了一口气的笃定笑容来。他早已查验了多次，自然知道会是这个结论，但是……他有些不安地看向一边的楚瑜。

楚瑜也看向了自己的人，但是下一刻那些绣工师傅也上前恭恭敬敬地回到：“没错，这些绣品就是咱们天工绣坊与琴家绣坊一同制成的！”

楚瑜轻笑了一声，看向一边的罗德：“就算这批货物是我们制的，不知诸位到底还有什么证据认定这些东西就是我们的！”

罗德闻言，有些复杂地看了一眼楚瑜，然后神情肃穆地抬手，不一会，派崔克就让人端上来一个盘子。那盘子里搁着几个精致的物件，看着颇有点像女人的头饰。

“这是前些日子，我的厨子在一个酒馆里从一个沿海上京等候差事的官员手里收到的他来典当的东西，与这一批东西一起典当的还有这批绣品，那个贵国的官员告诉我们这是上官赏赐给他的女人的首饰，他没有什么用处。”罗德冷冷地道。

楚瑜看见那些精致的首饰，却瞬间眯起了眸子，因为她一眼就认出来了，那根本不是什么首饰，而是……英吉利女王赏赐给她的爵士们的爵士勋章！

罗德一直在盯着楚瑜，看见她的表情，忽然微笑了一下：“看来，郡主是知道这是什么东西，没错，这就是英吉利使团里的使团成员们的荣誉之物，还有骑士们宁愿被砍下头颅也不会丢弃的勋章，我很好奇，贵国的官员怎么会将它们当成女人的首饰和那些出自您手上的绣品一起典当呢？”

楚瑜没有说话，只是盯着那些东西，若有所思。

罗德冷笑了一声：“那位官员还告诉我的厨子，他就要凭借一项大功劳升官了，我们都很想知道，这个大功劳是不是他们毁灭了英吉利使团？”

楚瑜没有理会罗德的逼问，只是看着罗德送到自己的面前的东西，抬手取了一枚拿在手上细细地看，果然在那些金色雕花里看到暗红的血迹。

“我想知道您可有抓到那位官员？”其实楚瑜很有些意外，罗德这群人在金銮殿上闹的那一场只是说是在黑市里拿到了这些英吉利使团之人身上的东西，还有那些绣品。

罗德冷冷地道：“是的，这个人被我们抓来了！”

说罢，他看了眼派崔克，派崔克立刻将人带了上来。

楚瑜看着那被带上来人分明一副荷兰使团之人的打扮，她心中若有所悟，原来他们将人藏在了使团之中。不一会，那人就被扯掉了脸上的假胡子，露出一张憔悴的中原人的脸孔来。那是一张陌生中年男人的脸，仿佛被人揍得不轻，脸上还有许多淤青，楚瑜打量了他一下：“堂下所立何人？”

那陌生中年男人神色惊惧瑟缩，此时忽然见到楚瑜，却似见了救星一般，噗通一声跪下来：“见过玉安县主，县主您一定要救我，一切都是上面的意思，下官不过是帮着上面处理点那次任务里不要的小东西，不曾想会惹出麻烦来！”

楚瑜见他上来就噼里啪啦乱说一通，便冷了脸，蹙眉道：“慢慢说话，你到底是何人！”

那中年男人似乎清醒了点，痛苦地以额头触手背，恭敬地道：“下官是静州府木林县的县令陈达，上京等候调令，后来接了上峰的命令……帮着朝廷处理些事。”

楚瑜看着他，淡淡地道：“什么事，但说无妨？”

那陈达一脸犹豫，又看见罗德、派崔克阴森森地瞪着他，想起自己被打得颇惨的日子，顿时一个哆嗦，下意识地老老实实地说了：“上面要处理些英吉利使团留下的物件，属下帮了些忙……不是！这些都是他们对我刑讯逼供，屈打成招的！”

可是他这般心虚的模样，反倒是坐实了他方才说的话。

“您看到了，这是贵国的官员，他说的话也不可以相信吗？”派崔克忍不住拍案而起：“我们就想要知道是不是贵国也打算这样对待我们其他人！”

楚瑜没有理会派崔克，只看向陈达，冷冷地道：“对你直接下达命令的上面是谁，如实回答！”

陈达犹豫了好久，才低声道：“这个……”

“陈达，说实话，不必多想，朝廷不会追究你的责任，但你若是信口开河，或者所言不实，自然也逃脱不了责罚。”楚瑜神情很温淡。

看着面前女子清亮的眉目，陈达慌乱的心忽然定了定，总想着横竖都已经这样了，再想想自己的家人，干脆闭了眼一咬牙道：“户部尚书刘起飞，还有……平海侯卢志飞。”

楚瑜闻言，华丽宽袖的手轻轻地扣紧了手下的木椅：“呵，听起来果然……很像是这么一回事。”

这下门外的百姓们都静默了下去，众人心中都忍不住猜疑了起来，可是此事涉及朝廷，他们哪里还敢多嘴。

“什么叫很像一回事，此事若是假的，我们又岂敢这般上金銮殿要贵国给出个交代！”

派崔克冷笑了起来：“我们前来出使的时候就没有想过一定会活着回到自己的国家，但是我代表在场所有的使团成员立下誓言——如果贵国不能还我们一个公道，只要大元的土地上我们还有一个人活着，一定会想办法联合各自国家的君主讨回公道，不管要花多少时日都要大元付出代价！”

说话间，忽见一道优雅的白影款步从外而入，幽凉淡雅的声音响起：“与战争有关的话题，本尊一贯仰慕欣赏于海外诸国近年的繁荣昌盛，倒是也很有兴趣听一听。”

耀眼的阳光落在他的乌发与白衣上，让那白影仿佛整个人都似会发光一般，更显飘逸出尘，众人见状顿时忍不住欢呼起来：“三爷，琴三爷，琴家船队万岁！”

这般肆无忌惮地被呼喊万岁，琴笙神色却坦然自若，只是淡淡地看了众人一眼，微笑：“诸位父老乡亲，我的小夫人在堂上询案，可否请诸位少安勿躁？”

他轻和如云一般的温润笑容，似清风拂面而过，又似流水温柔，竟然让所有人都奇迹一般安静下来，仿佛谁要是再如此喧闹不堪，便是亵渎神灵。

琴笙转身看向堂上脸色大变或者神色有些痴迷的使团诸人，依然维持着清淡的笑容：“诸位，在下是来旁听的，不必理会我就是了。”

说着他径自走到了堂上，在楚瑜身边优雅地坐了下来。

楚瑜和他对视一眼，微微点头，随后她看向罗德等人的模样，微微挑眉，运了内力道：“诸位说完了，是不是能让我说一句话？”

她声音不高，却不知怎么地仿佛回响在使团每个人的耳边，让所有人都从对琴笙出现的惊疑或者被他容姿所惑中回过神来。

罗德莫名地有点不敢看琴笙，只看向楚瑜，神色复杂又忌惮：“我知道您的丈夫，就是您身边的这位先生，是称霸中国海的船队，不，应该说是海军的上将，可是……”

“没有什么可是的。”楚瑜微微一笑：“我的夫君不是什么将军，他统帅的更不是什么海军，只是一只远洋船队，就像所有的商人一样，我的丈夫只是一个商人。”

罗德被噎了一下，只冷笑一声：“好罢，但是我们都知道您的丈夫的船队就是贵国皇帝陛下的私军，就像英吉利的女皇陛下身边也有属于她的私人海军，不过是名义上的问题而已，人证物证俱在，您还有什么好说的，何不直接对我们说实话！”

楚瑜淡淡地道：“我劝您没有证据的事情不必多言，咱们还是言归正传罢了，您说的人证物证俱在，是建立在这些绣品是我们给英吉利使团的绣品这个基础上的。”

说罢，她站了起来，抬手取了一个枕套过来：“没错，这些东西是我们天工绣坊和琴家所出的东西，但是我只承认这是我们制作出来的，可却并不是英吉利使团的东西，我想你们应该知道我们琴家与天工绣坊的绣品都有自己的专属标志，包括上面绣的英吉利专门定制的特殊图案，所以你们推定是我们的东西，可是我们给使团的东西是两国交往之物，所以给哪个国家的东西都会绣上该国名称的标志字母缩写，你们看看这些绣品上面有英吉利的标志么。”

说着，她将绣品扔给了罗德和派崔克。罗德和派崔克闻言，立刻低头看向自己手里的绣品，他们翻了半天，确实除了琴家和天工绣坊的标志，没有看出别的什么来。

楚瑜同时补充了一句：“如果几位不相信，请只管让你们的人去你们港口的船上看看当初你们仓库里的那些绣品是不是有你们国家标志的缩写，其他人也可以去看看自己船上的仓库里的绣品！”

罗德和派崔克互看一眼，又与其他人互看一眼，立刻派人分头去了。

众人正在沉默与焦灼中等候消息的时候，一道有些蹩脚的中原音忽然响了起来：“呵呵，云州是琴三爷的天下，若你们想要临时去调换一些货物想来也不难罢。”

楚瑜瞬间看了过去，却见衙门外不知什么时候来了一群穿着看起来有些古怪的人，他们身上的衣衫乍看很有点像中原人，但是却穿着现在很少见的木屐，人人腰挎长刀。门外的百姓们很有些莫名其妙，但是楚瑜一看他们那身打扮，瞬见大眼就冷了冷，几乎闪过近乎杀意的寒光。

这些人是东岛人，或者说难听点就是——倭人！

而下一刻，她的手背就被琴笙素白的手轻轻覆上了。她转头看了眼琴笙，见他正淡淡地看着自己，幽眸让人看了仿佛整个人都沉静下来。她比了个手势，门口的衙役们就不再挡住他们，不一会儿那些人就走了进来。

他们看起来倒是很谦逊，上来就齐齐地对着所有人鞠躬，然后自报家门，“诸位，我们来自日出之地的国度，是东岛的女皇陛下派出的使节，因为我们皇子的船还未曾靠岸，所以我们先行到达岸上，来拜访诸位，给诸位添麻烦了，实在抱歉。”

门外的百姓们有点小小的喧哗，毕竟这个东岛比起其他的番国，与大元的距离近了不少，往来原本也算频繁。开国女帝似乎特别不待见这个国度的人，留下了倭人出于岛国，地窄人性狭，近之不逊，远之不亲，乃小人之格，不可多往来的箴言。

而最近附近州府海上海盗们却仿佛要取代原本其他海盗的风头，似乎也印证了当年开国女帝的箴言。百姓们对这些不速之客没有任何好感。

但是其余使团的人闻言，也都纷纷起来行礼。而那些东岛来客之首，在与其他人寒暄之后，也不忘走到楚瑜面前恭敬地行礼，递上通报文牒：“尊敬的殿下，在下是森田岁郎，这是我国的外事文牒，希望日后您能多多指教。”

楚瑜原本懒得理会他们的装模作样，但是对方说明了是外事书，自然又不能不接，于是她起身抬手接了过来，只淡淡地一笑：“贵国这次派出了那么大的阵仗来访，还真是让人惊讶，不过我不是第一次和贵国的人打交道了，本郡主一贯倾慕伊贺忍者的能耐，希望未来有机会多多指教的是我才是，请坐罢。”

这似绵里藏针，又毫不客气的话让那森田细长的眼里闪过一丝冷色，但是他脸上的笑容依旧灿烂，也依然九十度地鞠躬：“您实在太客气了。”

不过下一刻，森田岁郎刚坐下来的话就让众人的脸色为之一变：“我们都听过了您的夫君，琴家三爷的能耐，琴家船队纵横海上，除了是中原海和远洋上的霸主，大概很多人都没有听过琴家船队在海上的船队叫作——龙行罢，如果我没有记错，这龙旗和龙字在中原只有君主能用，那龙行船队的背后，想来应该就是伟大的中原皇帝在支撑罢？”

此言一出，百姓们都开始窃窃私语起来，琴笙在江南，地位相当于一地封疆大吏，他们是知道的，而船队横行天下，更是云州的自豪，但是能达到这种程度，看起来仿佛真有朝廷的支持。

楚瑜冷冷地看着他：“你想说什么，森田使节？”

那森田看起来矮小，但是说话的声音倒是中气十足，他品了一口茶水，露出个狡黠的笑容：“不知郡主知道海上最可怕的除了天气，还有什么？”

楚瑜挑眉：“看来森田先生也是个中原通，学了不少中原官僚的毛病——喜欢兜圈子。”

“您客气了。”他也笑笑：“谁都知道除了天气，海上最可怕的是海盗，我想没有人有疑问罢？”

说罢，他环顾四周，周围的各国使团成员们都忍不住频频点头。是的，最可怕的除了天气，就是海盗。

“但是……”森田很满意自己的话引起了大家的关注，又略拔高了声音：“但是谁能知道海盗们最怕的却是拥有海盗之盗，也就拥有海盗王之名，哦，不，是龙行船队之主——海王殿下的琴三爷呢？”

众人闻言，不光是使团成员，就连门外的百姓们都有些哗然，大部分人都只知道琴笙的船队厉害，却只认为琴笙指挥有方，用人有方。

而琴笙那样看起来“清雅出尘”“纤弱文质”的优雅君子，怎么看都应该是端坐明堂云端之上玉面观音，或是静坐船中，温文尔雅指点江山诸葛式的人物，又怎么能想到他会有一个如此粗犷的——海盗之盗，海王的名声？

楚瑜虽然对内情有所了解，但是说实话，她只见过他化身秋子非少将时驰骋草原的模样，却没有见过琴笙在海上指挥战争的模样，此刻听着那粗狂响亮的名号，总觉得多少有些违和。更像是森田岁郎想要达到什么目的强加在琴笙头上的。

而此刻琴笙不动如山，静坐着，垂着眸，宛如老僧入定，又似一尊精致的观音，仿佛没有听到外界的喧嚣，而仿佛也不该被任何人打扰。

楚瑜冷笑一声：“您说这些有什么用意，还是你想说那些货品是被海盗所劫持，而那些海盗就是我们的琴家船队？”

“这是您说的，不是在下说的，只是在下很好奇，琴家船队不要说名扬四海，东岛和西洋的夷人都有所耳闻，只说在中原海域上，所有的海盗都知道这里是琴家的地盘，多少年没有人敢随意劫掠，怎么还有人如此不知死活敢随意动手，而且劫掠了英吉利使团之后，还没有任何痕迹？”森田岁郎微笑着道。

他句句都是猜测，却句句都在引导着人往琴家船队就是那个毁灭英吉利使团，杀人灭口的元凶上引。

大约过了两盏茶的时间，罗德和派崔克的人都回来了，手上拿着从各自仓库里取来的东西交给了他们的主人，又同时对着罗德和派崔克各自耳语几句。

罗德和派崔克先是大惊，随后都不约而同地翻看自己手里的东西。好半晌，罗德和派崔克两人面面相觑，一脸惊疑不定，随后又窃窃私语了起来。楚瑜从容地等着，倒是其他使节们都忍不住不安了起来。

好一会，罗德才脸色不太好地让人去通知了其他使节消息，又对着楚瑜道：“我们希望其他的使节再进一步查清楚他们的货物。”

楚瑜不置可否地道：“请。”

她的坦然与自信让罗德和派崔克等人脸色愈发地阴沉和忐忑，但其他使团的成员都派出了自己的人去查验。所有使团使节们的神色都很有些怪异与不安，而门外听到了对话的民众们则是翘首以待。

不多时，其他的使节派出的人都回来了。每个人手上都拿着自己的绣件，不出意料的，上面都有自己国家的字母缩写，使节们开始各自议论纷纷。罗德和派崔克两人的脸色尤其难看，更有些不明所以的茫然。

楚瑜看着他们的模样，微微一笑："如何，我没有说错罢，你们手上拿的根本不是我们琴家给英吉利使团的绣品，所以您凭什么就这些勋章和绣品一起出现就认定是我们在暗中行不轨之事！"

罗德和派崔克两人神色微僵，一时间说不出话来。

她顿了顿，清凌凌的目光环视了一圈周围的使节们："我知道诸位都是怀着友好之心来到我们大元，相信我们大元开放的民风应该给诸位留下了深刻的、美好的印象，英吉利使团这次带来的东西确实价值连城，但诸位应该知道大元富庶，对商事很是重视，我们又有什么理由为了贪异国的这几船财物，而断了我们未来赚取更多财富的可能性？"

说着，她示意霍二娘将一份卷折拿了出来，交给罗德："罗德大使长，您可以看看，这是英吉利使团当初离开前与我们签订的协约，里面涉及的贸易金银，是这一次我们给出绣品的三倍，如果你是我们，你会在自己的国家为了一块金币，而将能给你三块金币的人杀了么？"

罗德和派崔克看着手里的那份用两国文字写的文书契约，脸色都变了变。

没错，那上面的金额之巨大，让他们看了都忍不住有点……咂舌和垂涎。

"包括我们琴家的船队，不过是普通的远洋船队罢了，与诸位一样风里来，雨里去，把脑袋栓在裤腰带上谋生，并不比谁高明多少，只是我国皇帝陛下很支持商贸，所以船队的发展才会有现在的规模。"楚瑜冷淡地道。

罗德和派崔克还有其他使团的成员们面面相觑，一时间也不知道要说些什么，毕竟这些证据是从他们的船上和仓库里找到的。

"但是我们，还是觉得森田使节说的有些道理……毕竟这是你们琴家的地盘，何况这些东西都是英吉利使团定制的图案！"派崔克看着楚瑜有些咄咄逼人的样子，忍不住心中的恼火，还是不死心地嘀咕。

楚瑜耳尖地听到，微笑："如果您真的觉得我们有这个本事去调换所有的使节仓库自己看管的东西和你们船上的东西，不妨再去市面上看看是不是这些东西只有英吉利使团有，我们朝廷是否被陷害的，目的为何，其实很清楚不是么？”

派崔克被噎得全无话可说：“你……”

罗德阴沉着脸，灰色的眼睛里闪过幽凉的光：“够了，派崔克，既然现在我们已经看到自己仓库里的东西是这样的，咱们这一次堂上询问会议就暂时到此为止罢，我们需要一点时间去查验一下郡主殿下您说的其他事实，看看这是否是一桩您说的陷害事件！”

楚瑜微笑，不卑不亢：“好，请，若是还有任何疑问，咱们等着第二次询问会。”

虽然罗德的话语听起来颇硬气，但是连百姓都能听出来这一次询问会，楚瑜已经算是赢了，皆齐齐欢呼起来。

“太好了！”其他使团的使节们都灰溜溜地齐齐离开了。

看着人都离开了，霍二娘忍不住松了一口气：“还好，咱们还赶得及，否则这一场应辩，咱们就没法脱罪了。”

唐瑟瑟有些莫名其妙：“什么还赶得及，咱们的绣品本来就不是给英吉利使团的那一批，不是么，怎么会有罪！”

霍三娘双手抱胸，抬头看着唐瑟瑟，有些无奈：“你这个耿直的丫头，当初小姐没有让你去办这事，是对的！”

楚瑜淡淡地用传音入秘对唐瑟瑟道：“罗德手上的那些绣品，本来就是给英吉利的绣品。”

唐瑟瑟愣住了：“什么，怎么会？”

“那些绣品就是当初我们交出去的那一批货色。”楚瑜低头看了看自己方才藏了的那一幅绣品。

“当初听到有绣品流到了海上的商队和咱们云州的时候，小鱼就已经怀疑这些东西被人放出来，肯定不会单纯只是为了赚取钱财，因为这太冒险，咱们自己的绣品，一查就很容易查到源头，所以对方放出来，还废了那么大的心力掩盖行踪，一定另有图谋。”霍二娘拍拍唐瑟瑟的肩膀。

楚瑜微微颔首，轻叹了一声：“是，我早料到会有这一天，所以用了剩下的时间，让曜司和苏家的势力一同联手，将上京和云州各国使节仓库里我们的绣品全部都重新神不知鬼不觉地调换出来绣上标志之后再换回去，同时，将英吉利使团特别定制的绣品放到市面上售卖。”

唐瑟瑟豁然明白：“所以掌门才敢说让他们去市面上查绣品的话？”

楚瑜微微颔首："无非是颠倒是非黑白来对付同样颠倒黑白之人罢了，只是没有想到对方会藏了人证。"

琴笙幽淡的声音在她身后响起："他们不光藏了人证，只怕这些人证此刻都已经是死人了。"

楚瑜一愣，转头看向款步向自己走来的琴笙，随后眉心微微拧："三爷是说……户部尚书刘起飞和那位平海侯卢志飞大概凶多吉少？"

琴笙微微颔首，示意火曜去将马车赶过来，同时淡然地道："既然他们安排了这个陈达作为'人证'，又怎么可能不安排好他的上线，还是有足够分量的上线。"

……

楚瑜扶着琴笙的手上了马车，红袖已经等在了马车里，煮好了茶和奶露。

楚瑜靠着车壁坐下，看向琴笙，忽然忍不住问："他们这么做的意义到底在哪里，使团的成员们难道不会觉得朝廷对他们做这种事，是一件荒谬之事么？"

害死了几个官员，再给他们身上栽赃又如何，坐实了朝廷杀了使团又如何？开国女帝大力倡导航海之术，如今论航海技术，天朝可以称之为大陆霸主。而大洋彼岸的国家就算组成联军，也不可能像她所在的时代那样闯入中原大肆烧杀掳掠，一往无前。最重要的是，楚瑜有点看不明白宫少宸到底想要干什么，他弄出这么大阵仗，就是为了坐实朝廷失德？

"先不管宫少宸想要做什么，只说这些番人……"琴笙看红袖给自己摆上的棋盘，又执棋慢条斯理地自己跟自己下了起来。

"你觉得他们会不知道朝廷为了贪图英吉利师团的财物，而下令灭了英吉利使团的说法，荒谬么？"

楚瑜微微眯起了墨玉大眼，喝茶的手顿了顿："三爷的意思是……他们……"

"你可知大元每年从这些番邦国度赚取多少银两，他们又能从我们身上赚取多少银两？"琴笙淡淡地问。

楚瑜一顿，心中微动，下意识地脱口而出："贸易逆差？"

琴笙听到这个回答，忽侧脸看向她："贸易……什么差？"

楚瑜打哈哈："总之，也就是双方买卖不均衡，咱们每年从对方身上赚取太多银钱，让对方看着眼红的意思。"

琴笙微微颔首，看着她的眸光有些莫测：“没错，就是这个意思，看来小鱼也很清楚。”

楚瑜没有说什么，只是笑了笑，她还没有做好准备将自己的来处告诉他。

琴笙仿佛也没有任何察觉一般，只温淡地道：“没有人愿意只看着遍地黄金为他人所有，富庶从来容易招恶鹰犬，他们只是想要一个理由去相信朝廷做了对不起英吉利使团的事，并且想要对其他使团也做同样的事，才有更好的名义达到他们的目的。”

“他们的目的……”楚瑜挑眉，嗤笑：“难道他们还真的想和我们开战不成，他们有这个能耐和胆量？”

……

日子一晃，又过了几日，很快就到了热闹的集市日。楚瑜并没有接到任何要求再次在衙门问询的消息，根据沈公公传来的消息，她办的这件事让皇帝陛下有些惊讶，却也很满意。楚瑜每日里照常出入绣坊，改进刺绣流程与工艺，她必须承认自己喜欢这种感觉。

直到这日下午，她在天工绣坊的门口看到了一个人。

身着淡蓝绣花衣衫的消瘦少年，戴着斗笠静静地站在天工绣坊正门对面的小巷子里，正看着楚瑜，他大大的猫眼里闪着幽幽的光。楚瑜冷冷地看着他，两人隔着不远不近的热闹人海。

那少年忽然微微一笑，然后轻启唇说了一句话，随后转身离开。

楚瑜眼底寒光骤闪，几乎瞬间就要捏碎手里新做的木头零件，她只对一边的唐瑟瑟道：“我有急事，先出去一趟！”

随后，她瞬间跃起，直接掠进人群，宛如游鱼入水。唐瑟瑟还没有回过神来，就已经没了楚瑜的身影。她莫名地蹙眉，仿佛不太明白怎么回事。

她也没有看见那个少年队对楚瑜说了一句话——“想知道，那个人是怎么死的，或者他的遗言吗？”

幽暗的巷子里，离剑湖边热闹的集市并不远，可是这里却仿佛被人遗忘了一般，只剩下两个人。清冷的月光下，两道同样纤细的人影静静地站着，一个少年，一个女子。

“你怎么敢这样出现在我面前？”楚瑜目光冰冷地看着不远处那因为背光而有些看不清楚表情的少年。

“宫、少、司。”她一字一顿地吐出这个名字，声音很轻，却带着一种入骨的杀气，“我最后悔的事情就是当年那么多机会没有杀了你。”

“哦，是嘛？”猫眼少年忽然弯了大眼，发出一种近乎尖利的笑声来：“你后悔当初没有杀了我，又怎么知道我没有后悔当初帮了你那么多次呢！不管我做了什么，出于什么目的，也都是间接地帮了你，可你却一次次地伤害哥哥，你看着金曜那个家伙死了，心里难受么？可是你有想过我吗，一次次看着哥哥伤在你手里，一次次地在鬼门关前徘徊，我是什么心情，如果不是哥哥身边的能人多，今天站在这里理直气壮先说着后悔那个人就是我了！”

楚瑜面无表情地道：“你说完了，你是不是觉得自己很伟大？”

她静静地看着面前近乎歇斯底里的少年，忽然冷冷地道：“宫少司，你是不是觉得你为了爱一个人，爱他所爱，竭尽全力去成全那个人就是你的爱，卑微又伟大，然后感动了自己？”

宫少司瞪着楚瑜，目光阴沉。

楚瑜一点点地将自己腰上的软剑抽了出来，淡淡地问：“是我逼着他交出背上的地图了，还是我三番两次对他下手，又或者是我想要他死？”

她抬起眸子，看着宫少司的眼睛，一字一顿地道：“我不欠他，也不欠你任何东西，当初他救过我的情分，早在他三番两次算计我，算计我爱的人的时候就已经消耗殆尽，而你愚蠢的感情，除了助纣为虐，感动你自己以外，感动不了任何人！”

宫少司浑身一震，握刀的手跟着一颤，眼底露出一种迷茫又痛苦的情绪。

随后，楚瑜手上软剑一抖，发出一种近乎刺耳的鸣声，她举剑直指向宫少司，眸子里一片森凉：“说，为什么当初要对金曜做那么残忍的事！”

说话间，周围的房顶上忽然闪出了不少幽暗的人影来，光将他们的身影拉长，森冷如鬼魅。

楚瑜微微眯起大眼，环顾四周，讥诮地道：“宫少司，你还是这样对他忠心耿耿，这又是一个陷阱么？”

宫少司眼里闪过冰冷的笑意：“是不是陷阱，反正小姐姐你已经站在这里啊。”

随后，他微微弯起大眼，笑容灿烂到天真：“说起来，我倒是可以告诉小姐姐你那个男人是怎么死的，其实他本来可以不必死的，我可不是吝啬的人呢，何况小姐姐你总是会对身边的人心软的，就这点而言他还挺有用的，可惜……”

“可惜他给脸不要脸啊，哦，按照你们说的，他还挺有骨气的，拦住我们那么久，血都要流光了，刀子都断了，他居然打算捏断他自己的喉咙，我一看他那样就火大。”少年啧啧轻叹着，笑得灿烂。

他打量着自己手里的刀，让刀在月光下泛出森凉的寒芒：“多有骨气啊，我就帮了他一把，直接砍掉他的脑袋咯。”

他话音刚落，楚瑜眼底泛起寒光，一言不发地，手中软剑一抖直卷向宫少司的颈项，杀意凌厉！宫少司依旧笑眯眯地看着她，仿佛没有看见那袭下来的刀剑一般，不闪不避。而周围那些隐藏的黑色人影则是旋风一般地朝着楚瑜冲了下来，举起他们手中的细长刀，试图将她围在中间。但是下一刻，那些黑影身后忽然不知何时响起了数十道嗡嗡作响的破空声，回旋的刀子直划裂了空气，卷向那些黑衣人的身后。

“噗！”数声响起，血色四散，空气里弥漫开浓烈的血腥气。

黑衣人们大惊失色，骤然回刀抵挡，稍微迟一点的都直接身首分离！

“不好，有埋伏！”有人大喝。

一道讥诮的女子笑声忽然在众人头顶上响起：“可不是只有你们这些虫豸才会设下陷阱啊！”

霍二娘和霍三娘抱着自己的武器不知何时出现在屋顶上方，而身边不断跃出敏捷轻盈的青色人影直飞掠向那些黑衣人，抓过自己方才飞出去的红色血刃，动作狠辣非常地收割起黑衣人的性命。

宫少司一愣，看着自己瞬见大势已去，却只蹙眉轻叹：“啊呀，我忘了小姐姐也是很狡猾的人呢，是早算到了我会来找你吗？”

而此间，楚瑜只一个旋身，手中软剑直接掠过好几个黑衣人的咽喉之后，目光森凉地持剑毫不停顿地直劈向宫少司。眼看着那剑尖就要触上少年单薄的咽喉，他却还是笑眯眯的样子不闪不避，他的脖颈是那样纤细，像是蒲苇一折就断。而楚瑜也清楚地知道，自己手里的长剑这一划下去，就能让他身首分离！

少年猫儿一般的大眼还静静地看着她，那模样仿佛楚瑜不是要来取他的项上人头，倒像是来拥抱他一般：“小姐姐，要杀我吗？”

他眼里依然是那种她初见他时带着恶劣的天真的光，仿佛还带着一点浅浅的笑意，毫不抵抗。

楚瑜眸子里闪过一丝异样的光，手上的剑却也只停顿了一秒，随后带着杀气干脆利落地直接扫向他的颈项。锋利的剑尖划上宫少司的脖子，正要横拉而过的时候。楚瑜忽然觉得脑后一凉，一种不太妙的危险感骤然升起。她身形骤然一顿，随后两声爆响骤然在自己脑后和剑锋上响起。一下子逼得她身形骤移，将她的剑身整个都撞开，火光四射。

楚瑜身形一转，收剑时，不得不落在数步之外。而宫少司捂住自己被割开了一个血口子的脖子，垂下大大的眸子，掩去眼底那一点茫然和仿佛失望的光。

那尖利的爆响和硝烟的味道让她忍不住蹙眉，骤然看向身后。

巷子口处灯火通明，分明有大批人马走了进来。一道华丽的身影一手握住一把西洋火枪，一手提着华丽的宫灯，领着许多人款步走了进来。

“这是怎么了？”如金玉相击的声音似笑非笑地响了起来：“不知我的侍从哪里得罪了尊贵的郡主殿下呢？”

楚瑜被那些骤亮的灯光刺得微微眯起了眼，只是隐约看见不少熟悉的面孔——竟是好些使团的使团长都跟着来了，罗德和派崔克也在其中，不少人都还大包小包地抱着东西，分明是从集市上而来，不少使团的成员脸上都还是一片茫然的样子，只是骤然看见楚瑜，他们的脸色都变了变。

而那个站在最前面的高挑华丽的人影……

楚瑜眼底闪过的寒意更深。

为首那人长发垂于身后，以金色的流苏随意地扎着，一身改制过的花纹精致的东岛衣，将他的容貌衬托得异常华丽风流，眼角还点了红色的胭脂，一股子靡艳的气息，站在那些提着东岛宫灯做东岛宫女打扮的女子间，让楚瑜几乎在第一眼没有认出对方来。

但是下一刻，她就微微弯了唇角，目光森凉地看着那人：“你是何人，本郡主在追查刺客，如今竟有人主动承认自己就是刺客的主使者么？”

罗德闻言，愣了愣，这才注意到那巷子里一片血腥和横尸，目光落在楚瑜手里染血的刀子上，顿时脸色更难看了。他完全没有想到那个看起来娇弱纤细的少女此刻会化身劲装修罗女，一身寒意让人胆战心惊。

派崔克看着面前那血腥的情形，开口就要质问楚瑜前脚才说了大元无恶意，如今转过背对付外邦使团的人，是不是要对各国使节动手，但是下一刻，罗德抬手就按住了他的手臂：“闭嘴！”

随后罗德看向楚瑜，眼珠子一转，笑了笑：“尊敬的郡主殿下，这里头也许是误会也说不定，您大概还不认识罢？”

说着，他比了比身边站着的华衣男子，笑道：“这位，就是来自东岛的伊崎宫皇子殿下，是东岛飞鸟女皇陛下的幼子，那边那些应该是伊崎宫殿下的随从，所以您也许是有什么误会罢？”

看着面无表情的楚瑜，不知道为什么罗德觉得心里直打鼓，总有一种若是惹毛了对方，自己就走不出这条巷子的感觉。

楚瑜直看向提着灯笼含笑看着自己的男人，她慢慢地笑了：“殿下啊，我以为殿下姓的是宫。”

“是，本宫的全名是……”伊崎宫殿下将手里的灯交给了一边的宫女，随手接过了一把洒金折扇，摇晃着含笑走向楚瑜：“伊势仁宸，如果郡主愿意，也可以唤本宫给自己取的字，少宸。”

楚瑜看着一步步走近自己的男人，他的面容被照得渐渐清晰，面如敷粉，唇染胭脂，周身气息幽雅华贵，分明就是一副东岛绘里的俊美贵公子的模样。

楚瑜冷冷地道：“站住。”

她忽然抬手，手上的软剑一下子就抵在了小司的脖子上。宫少司一脸受惊的模样，小脸皱了起来，泫然若泣，脖颈上伤口颇深，血色染了他半身，看起来倒是真可怜。男人停住了脚步，一双魅惑的丹凤妙目含笑凝视着楚瑜：“很高兴认识你，玉安郡主，不知您可否将本殿下的人还给我，毕竟……”

他顿了顿，舒眉展目，笑容惑人：“一切都只是个误会啊。”

楚瑜冷冷地看着他半晌：“误会，这位东岛来的皇子殿下，一句误会就想要将行刺我的刺客带走，是否太便宜了点。”

“哦，那么您想要怎么样呢？”

宫少宸晃了晃扇子，仿佛有些忧愁的样子：“本殿下带着我母皇的友好邦书初临中原，但是我的这个随从却在中原待了些日子，对中原很是熟悉，是个中原通，想来他也是无意冒犯您的，把他交给您不是不可以，但以后我要怎么办？。”

说着，他忽然丹凤眼一斜，睨着楚瑜笑道：“不若郡主作本殿下的向导如何，带着本殿下了解一下你们中原的风物。”

楚瑜看着他，两人的目光在半空相触，一个幽冷森凉，一个看似温柔多情却隐着寸步不让的冷硬。

两人僵持着，楚瑜眼里的光越来越冷，罗德看着情况有些不对，忽然一咬牙，又上前干笑道：“哎呀，两位既然一见如故，交谈得那么愉快，想来中原陛下对我们这些使节是充满了善意的，我看以后那些什么堂上询问也就不必了，您说是罢？”

罗德近乎讨好地看着楚瑜，就怕她手一抖要了宫少司的命。

派崔克闻言，一惊，忍不住瞪向罗德，但是却见罗德暗中打了手势，他只好愤愤然地闭了嘴。

楚瑜闻言，目光莫测地扫了罗德一眼，随后忽然轻笑了起来，又看了眼面无表情的宫少司，忽然道：“原来这个世上还有殿下在乎的人。”

她忽然收了手里的剑，慢条斯理地道：“既然罗德大使也认为咱们中原朝廷对诸位使团的阁下没有任何恶意，那么今儿这个事，也许是个误会，毕竟我想诸位对我大元也是抱着善意的，对么？”

罗德在她清凌凌的目光下总有点心虚之感，但还是点头如捣蒜：“是的，那是自然的！”

他怎么觉得这位郡主说话，感觉像是和伊崎宫殿下认识许久一般。

楚瑜又看向宫少宸，笑容灿烂到冰冷：“那就请您千万看好您可爱的小随从，万一被人发现他有什么不轨之行为，我中原可没有治外法权之说，仔细不要被人砍掉了脑袋。”

说罢，她骤然转身，收剑入腰间，随后足尖一点，直在罗德等人震惊的目光下飞跃上了一边的屋顶。

……

宫少司却一副无所谓的模样，直到他们回到了行馆。待得侍女给少年包扎完了伤口，一直居高临下看着的宫少宸忽然在他面前蹲了下来，对宫少司露出个关怀的笑来：“疼吗，小司？”

宫少司笑了笑：“疼。”

“砰！”话音刚落，他就被宫少宸一脚踹倒，随后宫少宸抬脚就踩在了少年的胸口上，阴沉地冷笑：“把脖子主动送上去给人割开个大口子，我以为你不疼呢！”

“如果不是我及时带人赶到救了你，你现在大概已经死了。”宫少宸冷冷地看着他，目光如冰。

宫少司脸色一白，唇角渗出血来，他却仿佛无所谓一般，“真是的，哥哥还是这么粗暴，至于我死不死，和你有什么关系呢，反正我的死活，你又何必这么紧张？”

宫少宸居高临下地看着他，忽然一脚踢在他伤口上：“你这个让人恶心的白痴，真以为叫了些日子哥哥，你就有资格做本宫的弟弟么？”

宫少司小脸痛得都有些扭曲，依然笑着：“不是殿下要我成为你的弟弟吗，还为我改了姓名？”

“宫崎羽。”宫少宸忽然冷嗤了一声，低下头，一字一句地吐出三个字。

看着宫少司脸色在听到那三个字变得难看的同时，他忽然抬手挑起少年尖细的下巴：“真以为你是那些老东西派在本宫身边监视我的人，我就会纵容你放肆？别恶心人了，该是我的东西，我会自己一样样的拿回来，江山天下也好，女人也好……别以为那些老东西养大了本宫，就能对本宫予给予求。”

他顿了顿，轻笑了起来，抬手一下一下啪啪地拍着少年的脸：“还有，你的命是我的，我让你活着，你就要像一条狗一样活着，等我让你死，才能死。”

随后，他收回了自己的脚，转身优雅地拂袖而去。

……

“砰砰砰！”一阵砸门声响起。

朱红的大门被人狠狠地砸着。

“来了，来了，什么人敢这般放肆，半夜砸南国公府的门，活得不耐烦了么！”提着灯笼的门房打着哈欠不耐烦地命令几个小门房去开门。

谁知道大门一开，便见着门口整整齐齐地站着一队全副武装的士兵，为首那武将分明是五城兵马司的人。

“吴大人，您这大半夜的……”那门房显然是认得对方的，惊了一下。

吴大人抬手便推开了挡在他面前的门房，骤然领着士兵闯了进去：“走！”

那门房被推了一个踉跄，整个人狼狈地坐在了地上，完全懵了。

如此大批士兵闯进国公府第，整个府邸之中瞬间一片鸡飞狗跳。待管家一脸狼狈地将吴大人领到了南国公的住处，众人看着那安静雅致的院子，不知为何没有人敢轻易而粗鲁地去捶门。毕竟南国公身份不同，而对方的武艺非常。

还是那吴大人微微蹙眉，示意那管家去请示。但是那管家才走了一步，就看见房间大门忽然打开，一道高大冷峻的身影披着一件袍子静静地站在门口边，见了满院子持着火把的士兵，他也只是淡淡地挑了下眉：“大半夜，什么事？”

那种平静的态度，仿佛是他在询问下属。而吴大人也确实在南国公掌控兵权时，于他麾下效力，虽然许久已经不在一处，但此时见到旧上峰，还是态度温和了些：“国公爷，抱歉，下官奉旨行事，请您跟我们走一趟大理寺。”

南国公闻言，顿了顿，随后淡淡地道：“好。”

说罢，他也没有多余的辩解或者叱骂，甚至没有要求见任何人，只走了出来。

吴大人见着南国公的模样，心中大大地松了一口气，他执行过那么多次这样在押权贵的任务，就是怕对方忽然激动，他动手不是，不动手更不是。

随后，他冷冷地扫了一眼自己的下属：“按照陛下旨意，接管国公府，封锁大门，不得对外胡言乱语。”

陛下还是要给母族留三分面子的。随后，他也立刻转身随着南国公大步流星地离开。

……

“陛下，如今南国公的证据既已经全部都被三爷找到，这些证据都在您手里，为何您依然不愿意下令审理定罪呢？”老鲁端了一盏梨水搁在了兴平帝面前的桌子上。一个尚书，一个侯爷暴毙家中，全是自裁而亡，掀起了轩然大波，但是最后都被仵作证实是被人所害，而这个害人的主谋直指当年拥有从龙之功，权倾朝野的南国公。

南国公下手害死的那两个人一个管着吏部，一个管着云州附近的海防兵事，这两个无辜的死者不过是为了成为佐证朝廷害死英吉利使团的证据，在他们的房间里还搜出了所谓的与琴笙的“通信”，更是为了强行佐证琴笙和他的船队就是这个任务的共谋者。

各国使节们又遇民众冲击，有所死伤，更是愤慨非常，甚至放出了联军合围中原的狠话。

朝廷若是为了摆脱这个坏名声，安抚住这些使节，少不得要将人抛出去顶罪，这个要顶罪的人首当其冲就是拥有庞大船队，又“屠戮”英吉利使节的琴笙。

鲁公公心中都是震惊的，漠北之事才过去短短两三月，国公爷爷才被陛下申饬，禁足府邸之中，允了三爷拿南国公身边的那些暗中势力开刀，让他变成了个孤家寡人。南国公却转眼就折腾出这等阴谋来，实在是让人心中震惊非常。

“朕如何不知道，这南飞烟也实在是太可恶了，他哪里还是当初那个匡扶社稷，力挽狂澜的南国公！”兴平帝眉心的川字纹越来越深，深深地蹙眉，拿起那一盏梨水慢慢地用了起来。

“这么多年了，他竟一直没有放弃要对笙儿下手，连母后都收敛了许多，偏偏他却……朕真是失望之极。”

鲁公公抬手接过兴平帝用的盏，轻声道：“可是您按下了诸位大人们的折子，留中不发，仅仅将南国公关在大理寺里也不是个办法啊，如今朝廷里群情激愤，众位大臣不知南国公为什么要对那两位大人下此毒手，什么流言都有，这并非好事。”

这个案子其实说断也很好断，这些复杂的内情不能为外人道，可随便找一个理由也能将南国公处置了。

但是皇帝陛下却一直拖延，只怕……

兴平帝闭了闭眼，疲倦地靠在身后的椅子上：“你以为朕不知道么，但是，母后自从上次被禁足后，一直不肯见朕，朕也着你将那些证据都送给了母后，你也知道朕的母族如今人丁凋零，嫡房里只有南国公了，他膝下却连两个女儿都已经死了，朕若是取了他的性命，或者将他判了重刑，只怕从此之后母后与朕便再无母子之情，若是母后因此出了什么事，朕如何对得起皇长姐。”

……

“飞烟，你告诉哀家，这些东西可都是真的？”一道肃淡却依然难掩雍容华贵之气的身影立在大牢里，将手里的东西扔在了坐在她面前的男子身上。

那些折子砸在他的身上又滚落在地上。

南国公盘膝而坐，此刻只是淡淡地看了眼地面上扔着的许多折子与信笺，他甚至没有拿起来，便微微颔首：“没错，一切都如上面说的，这一切都是我做的，姑母。”

“你！”太后捂住心口，踉跄了一步，又被身后的孙嬷嬷给扶住。

“太后娘娘，千万小心！”孙嬷嬷一边扶住了太后，一边冷冷地瞪了眼南国公。

太后闭了闭眼，忽然抬手狠狠地一巴掌扇在了南国公的脸上：“为什么，你为什么要这么做，枉费哀家信任你多年，整个南家也就至只剩下你这根独苗，哀家看在弟弟的面子上，一直对你纵容着，也一直觉得你是个听话聪明的孩子，可你看看，你做了什么，不忠不孝不义！”

“啪！”南国公的脸被打偏了去，脸上直接起了红印。

他慢慢地支起了身子，跪在了太后面前，面无表情地道：“太后娘娘，您难道不也希望那个野种死么？”

“你……你……哀家不希望那个孩子存在于这个世上，是为了我大元江山天下，可你呢，你如此行事，置江山社稷于水深火热之中，早已将初心抛却，还要将南家最后的独苗也葬送在这里，你是不是疯了！”南太后几乎气得不能言语。

南国公却忽然抬起眼，平静地看着南太后：“姑母，您难道不知道，我这么做，就是为了社稷江山！”

“你说什么，还敢狡辩！”太后简直气得不能言语，颤抖着抬手又要扇下去。

南国公却忽然冷冷地一字一顿地道：“陛下，打算将皇位传给琴笙，难道太后您还不知道么，所以不管付出什么代价，那个贱种都必须死！”

“你……你说什么？”南太后的手僵在了半空，不可置信地看向跪在自己面前的南国公，几乎怀疑自己的耳朵听错了。

平底一声雷，几乎炸得南太后头晕目眩。

“侄儿说，陛下打算将皇位传给琴笙那个小畜生，您还听不明白么？”南国公再次重复了一遍这句话。

“啪！”南太后的那一巴掌还是再次狠狠地照着他的脸扇了下去：“你住口，休得胡言乱语！”

南国公却仿佛感觉不到痛一般，只伸出舌尖舔了舔自己被打破的唇角，轻声道：“您还不明白吗，陛下这么多年来一直因为皇太女的事情对琴笙心存愧疚，他对太子都没有对琴笙那么上心，还为了他这么一个侄儿将您禁足，只因为他相信您也参与了这次漠北之事，您就不觉得伤心和奇怪么。”

南太后顿了顿，原本平静的面容上瞬间出现了一丝痛色，她确实不知道自己的儿子竟然不愿意听她的解释。

当年确实是她和南国公这个侄儿一手策划了天鹰大营之事，虽然对不起那三千将士，但是为了家国社稷的安定，为了除掉琴笙那危险的因素，牺牲总是在所难免的，但结局还是还是失败了。

有事午夜梦回，想起那些自己手上染满的鲜血，再想起自己儿子看着自己时的失望目光，心中自有不安，所以这么多年来，她吃斋念佛，只要琴笙不再出现在她的面前，她便也随着对方去了。

“姑母！”在她跨出牢门之后，南国公忽然出声，平静地道：“您若是不相信，有机会去看看上书房明烈太女亲自绘的那一幅锦绣山河图的后面暗格里放了什么。”

南太后脚步顿了顿，随后捏紧了一边秋嬷嬷的手，闭了眼，随后忽然冷冷地笑了起来：“看样子，你还真是对皇宫大内了若指掌，哀家是不是该庆幸你没有打算当皇帝呢？”

南国公看着她的背影，却轻声道：“太后娘娘放心，此生，我南飞烟若有那登上帝位的不轨之心，必定天打雷劈，断子绝孙。”

“你……呵呵……我那鲁钝忠诚的弟弟穆楠真是生了你这么个好儿子，还是你现在没有断子绝孙么，秋玉之都没有做到的事情，你却已经做到了，呵呵。”南太后忽然轻笑了起来，声音沧桑而饱含讥讽。

她不再理会南国公，只扶着一边的孙嬷嬷慢慢地往牢门外而去。

……

小太子看着自己的母亲红肿着眼睛出来，心疼不已，单薄的少年上前几步抱住了她的胳膊：“母后，是不是祖母又……训斥您了，儿子找祖母说理去，咱们家就这么几个人了，自家人为什么要为难自家人。”

南后闻言，看着自己漂亮的小儿子，抬手温柔地抚摸过他的脸颊，眼泪掉了下来：“是啊……一家人……我的齐儿，你这样的小孩子都知道的道理，为何你的父皇却不懂。”

太子一愣，随后似若有所悟：“您不是因为被祖母训斥伤心……您难道是在为舅舅的事情伤心吗，我去求父皇！”

“不要去，你的父皇原本就嫌你不懂朝政轻重，此事是他逆鳞，你切忌去与你父皇说项。”南后大惊失色，随后立刻正色警告。

但越是这么说着，她心中却越是感觉隐痛。

小太子点点头，虽然心中还是有些不明所以，却乖巧地道：“是。”

一阵凉风吹过，他抖了抖，随后忍不住低低地咳嗽起来。

南后看着少年难受的样子，咳得满脸通红，不禁愈发担心：“齐儿，你没事罢！”

说着，她便四处唤起人来。

立刻有宫人们匆匆去寻了太医来。

“母后不必担心，齐儿身子三天一小病，都习惯了，没几日都会好的。”小太子强行忍耐着喉咙的瘙痒，轻声安抚南后。

南后闻言，不禁又自责又难过：“都是母后的错啊。”

若不是她生齐儿时难产，齐儿又怎么会生来病弱。

“母后……儿臣没有事情的，没有……”他笑了笑，却觉得喉咙痒得不行，一下子忍不住再次咳嗽起来：“咳咳咳！”

南后赶紧抬手去拍他的背，小太子仿佛觉得舒服多了，对着南后一笑：“咳……母后，我好了。”

却不想，他这么一笑，忽然张口对着南后直接咳出一大口血来。

“嗤！”

南后被自己儿子的血喷了满脸，瞬间呆住了，下一刻，她忍不住浑身颤抖地一把抱住摇晃着的小太子，美丽温和的脸都扭曲了，她瞬间尖叫了起来：“啊——齐儿——御医，御医，快来！”

宫中瞬间乱做了一团。

……

深秋，落叶片片。书房里，一道修白的人影静静地看着手里的信笺。

“呵，果然如此，当断不断，必受其乱。”

金大姑姑闻言，也叹了一声：“陛下就是太优柔寡断了，可也是因为他的优柔寡断，是个长情之人，所以才对您一直这般照顾。”

“照顾么，也许罢，这些年本尊也并没有少还他的照顾。”琴笙似笑非笑地弯起唇角。

金大姑姑点点头，却不能否认：“是。”

这些年几乎半个国库的进项都是三爷手里出去的，皇室完全是三爷在养着的，若是三爷的用处不是那么大，身份又如此敏感见不得光，不会产生实质的威胁，皇帝陛下也不会如此信任琴三爷，给他那么大的权柄。

“这一次，本尊仁至义尽，至于未来如何，就只能看皇帝陛下自己的造化了。”琴笙将那纸条抛进了水里，妙目幽暗莫测。

……

琴笙抱着怀里的人儿睡了一觉，醒来已是傍晚，他抱着楚瑜在镜子前坐下，唤了红袖进来替楚瑜打水梳洗。

一时间，他兴致上来，便让红袖退开，亲自取了梳子替楚瑜梳头。

楚瑜将手里的绿檀木梳递给他："用这个盘头？"

琴笙接了过来，看着那梳子，挑眉："这是定情之物，不好好珍藏，恨不得日日戴出来炫耀，也就只有你一个了。"

楚瑜托着腮看着他笑："不可以么，我就是喜欢炫耀三爷亲手给我制的。"

琴笙笑了笑，为她盘发："小太子病重。"

楚瑜闻言，身形一顿，蹙眉："小太子病了？"

这听起来可不算什么好消息，毕竟帝国的唯一继承人若是病了，只怕以后围绕皇位传承的波澜必定是惊天大浪。

琴笙点点头："让月曜进来罢。"

"主上。"月曜早已在偏室恭候多时，进得门来，恭敬地抱拳。

耐心从来都是七曜们从不缺乏的东西。

"说罢。"琴笙抬手递给一边不知什么时候出现的土曜，任由对方仔细地捧着自己的手上药。

"上京那边已经按照您的意思给陛下递了话。"月曜轻声道。

"那病老头儿怎么说。"琴笙漫不经心地问。

月曜迟疑了一下，还是道："陛下说，他会慎重考虑。"

"呵。"琴笙轻笑了起来，凉薄而讥诮："十多年前就是这么个性子，连个老太婆都不如。"

月曜颔首："宫中最近异动频繁。"

琴笙眉宇间有一种冰凉的倦怠，他单手支着脸颊，慵懒地道："随着他们去罢，不必理会，什么都想要的人，什么都会失去。"

月曜顿了顿，又问："那皇帝陛下那里……"

"保住老头子一条命就是了，至于其他的，看他的造化了。"琴笙淡淡一笑，随后握住了楚瑜的手，漫不经心地把玩。

月曜顿了顿，又复道："主上，日曜传来的消息，他们在海上寻觅到了失踪的英吉利使团的踪迹，找到了他们的船只残骸。"

月曜将一张图展开在黄花梨木的书桌上。

琴笙看了下那地图，忽觉得有点眼熟，他朝着土曜打了个手势："把地图展开来。"

土曜立刻抬手去将琴笙身后高高挂着的一大卷地图全部抖落下来。

琴笙转身看向身后的地图，抬手用一只毛笔临空比了比，忽然露出一丝耐人寻味的笑来：“呵，这算是巧合么？”

金大姑姑看着琴笙，又看向那地图：“主上，怎么了，莫非与藏海图有关？”

琴笙淡淡地颔首：“是，与藏海图有关，就目前我们拥有的藏海图来看，本尊发现宝藏所在的海域和这日曜发现英吉利人残骸船只所在之处非常相近。”

众人一惊，土曜挑眉：“这是巧合？”

琴笙唇角弯起一丝冰冷的笑：“这天底下哪里有那么多的巧合，看样子，另外两份藏海图，也能推测出相近的海域，有人按捺不住先派人去巡航，看看能不能发现什么了。”

“但不是说只有与小夫人背上的图合一的时候才能找到真正的航路么？”火曜冷静地看了眼那图。

“可咱们也不能不允许有些狗急跳墙的人先去扒拉一翻呀，谁都想着要撞大运呢。”水曜翘着二郎腿，一边拿着个锉子修指甲，一边娇滴滴地道。

是的，总有人按捺不住的。

“您如今料定英吉利使团的事是宫少宸的人干的么，会不会是南国公出的手？”金大姑姑若有所思。

他们已经发现南国公和宫少宸，甚至宫少宸和他自己借助东岛人马利益都有不同之处。

这一次对方做得非常干净，干净到他们曜司的人马居然一时间抓不到凶手。

“这次的手笔不过是内外勾结罢了，双方配合默契，要杀人灭口，再嫁祸而已。”琴笙收回自己的毛笔，看向桌面的图纸，淡然地道。

“东岛人下场动手，南飞烟清场，以他经营多年的能力，不难。”

“日曜，你亲自走一趟，那边的海域是鬼头鲨的地盘，那个老东西一贯狡猾，整个六甲海峡，他只服你，怕得你亲自到场才镇得住，说不得那老鲨鱼收了东岛人的好处，但是若利用得当，他也会是一把不错的刀。”月曜沉声道。

这日夜里，琴笙便简单地将今日会议上的事情与楚瑜说了。

楚瑜闻言，略一沉吟，随后道：“确实，如果六甲海峡那边需要你亲自出手，这个时候朝廷风雨飘摇，你还是应当先去一趟会比较好。”

她却跟不得，宫少宸虎视眈眈，她必须留在这里坐镇大本营，否则他又挑拨了使团，云州城里没有身份贵重的人根本压不住。

她顿了顿，忍不住蹙眉：“陛下既然知道南家人迟早要作妖，尤其是南国公，为何不早做决断，当断不断，反受其乱！”

琴笙淡淡地道：“我已经提醒过他几次，本尊这位舅舅一贯如此，想要天下皆是两全事，却什么都得不到。”

当年天鹰大营的事，他希望他不再计较，希望南太后接纳他，最终又如何？楚瑜听到琴笙的称呼，忍不住很是有些诧异地看向琴笙，她可是知道这位爷，尤其讨厌与秋家皇室扯上关系。

似乎察觉了楚瑜的目光，琴笙撇开眸子，漫不经心地道：“他被囚禁的时候，说过几句人话。”

楚瑜大眼弯弯地笑了，抬手环住了他的腰：“总之，只要你开心就好，皇帝老儿其实不算坏。”

他血缘这块亲情淡薄，若有人让他感受到些微的暖意，她也不吝啬向对方释放善意。她只是一时间没有想明白他为什么不先下手为强，除掉南国公。

琴笙淡淡地道：“就算我杀了南飞烟，还有南太后，南飞烟死了，你觉得她会认定是谁做的，我断了南家最后的血脉，她会轻易放手？又或者你让我再动手杀了南太后？世上没有不透风的墙，你觉得皇帝是个傻子，他会当做什么都不知道，嗯？”

楚瑜沉默了。是的，兴平帝只是优柔寡断了些，却并不是个傻子。若是琴笙动了南太后，只怕不要说舅舅，从此，就是真仇人了。帝王心深如海，就算此时不动，又焉知没有雷霆后手，腥风血雨也是迟早之事。

她暗自叹了一口气：“一切都是命啊。”

琴笙半侧了身子，抬手支着脸颊靠在软枕上，一边把玩她柔嫩得像豆腐似的手腕肌肤，一边慢条斯理地道：“所以，本尊做的不过是尽人事，听天命，点播一番，大权在握的是他们，若是自己没脑子，终归是救得了人，救不了命。”

虽然他另有自己的算计，但是这话却也是真话。

楚瑜沉默了一会儿，点点头，倾身靠在他怀里：“其实想想，很多时候，万事未必分对错，不过是出发点不同罢了，爱恨自在人心，一念生，则百缘起，一念灭，则千缘尽。”

她缓缓伸手握紧了他的指尖，将自己的脸埋在他的胸口：“我们都会有好命的，阿笙。”

……

两日后，港口寒风瑟瑟，远处有海鸥飞舞，所有的东西都装船完毕，琴笙在众人的簇拥下到了大船边上。

这日出海的有不少船只，也有不少人来港口采买搬运货物。

巧合的是，琴笙刚下马车就也看见了伊崎宫标志的马车。

“咦，这不是琴三爷么，怎么，大冷天的要出海么？”华丽的衣袍在马车上一闪，一道高挑的人影下了马车，摇晃着手里的扇子，笑吟吟地看向船甲板。

“还真是巧，不知老身是要称您一声宫家少主，还是伊崎宫殿下呢？”金大姑姑转身看向一边站着的宫少宸，微微一笑，毫不掩饰话语里的讽刺。

宫少宸看着她，笑吟吟地道：“这位姑姑说的笑话真有意思，不过您这一把年纪了，想要叫本宫什么，都可以的，本宫是有些货物到了，所以来港口看看。”

琴笙视若无睹地直接抬手掀了帘子，让楚瑜出来。

楚瑜挥开了金大姑姑伸来扶她的手，径自利落地跳下马车，也仿佛全没有看见宫少宸一般，走到琴笙身边：“今日就要出海，一路小心，我在家里等你。”

“嗯。”琴笙垂眸温柔地应了一声。

宫少宸看着那一对完全忽略自己的璧人，丹凤目里闪过一丝阴郁森冷之色，他轻笑了起来：“还真是难舍难分，不知琴三爷要出海多久呢？”

琴笙照样没有搭理他，只是看着面前的人儿，温声道：“你风寒才好，不必去见一些阿猫阿狗的人物，绣坊里的事情交给姑姑和红袖就是，不日本尊就回来。”

楚瑜微微颔首，琴笙转身向船上而去。

楚瑜随后冷冷地扫了宫少宸一眼，忽然抬手一把抱住了琴笙的腰肢，整个人贴在他背上，嘀咕：“早点回来，一块过年呢。”

那一瞬间，宫少宸只觉得琴笙的背影顿了顿，随后仿佛周围的空气都冷了下去，海风如刀一般，似让众人都僵了僵。

他骤然眯起眼，但是下一秒，仿佛一切都恢复了正常，那一瞬间，不过是他的错觉，随后他就见琴笙低低地笑了一声：“好。”

随后，他反手轻轻握住楚瑜的手，转过身来，让人看不见他眼里的神色，只淡淡地道：“回去罢，港口风大。”

金大姑姑一下子就顺理成章地抬手扶住了楚瑜的手臂，含笑道：“主上放心，等您过几天回来，小夫人一定比现在还要康健。”

“嗯。”琴笙抬手拉了拉自己的披风，转身向船上款步而去。

所有需要一起出发的人都跟着上了船，不一会，船就扬帆起航，向大海远处而去。

甲板上立着的修白人影渐渐地便也小了，直到远处的海平线上只剩下一个船的轮廓。

潮湿冰凉的海风吹过，楚瑜只在一边看着，叹了一声气儿：“快下雪了啊。”

金大姑姑微微一笑：“小夫人，咱们回去罢。”

楚瑜点点头，照旧没有看一边的宫少宸，径自往马车上去。

却不想，她脚下像是踢到了什么，踉跄了一下，随后一只大手就一把握住了她的手腕。

“小心，郡主。”

楚瑜目光一寒，指尖往他握住自己脉门的手腕上一戳，逼着对方松开了自己的手腕。

金大姑姑也立刻防备地上前，挡在楚瑜面前，周围的武卫们更是都把手放在剑上了。

“啧，真是的，本宫只是好心。”宫少宸似笑非笑地道。

“伊崎宫殿下，您好走。”但楚瑜冷冷地看了他一眼，随后一摆手，径自上了马车。

金大姑姑淡淡地道：“少陪了，殿下。”

说着，她示意人将马车赶走。武卫们方才面无表情地离开。看着远去的马车队伍，宫少宸危险地眯起眸子，似笑非笑地弯起唇角。

……

“当当当！”

沉重而幽远的钟声，回响了整个宫城，白色的灵幡飘荡在空中。

明光殿里，几名侍女小心地将水盆、梳子等物件都端了下去，一边伺候的太监们则将沐浴之后的木桶了扛了下去。

一名中年谋士模样的男子将手里的短簪稳稳地插入坐在西洋水银镜子前一身大将军戎装甲胄的男子发髻之中，随后才松开手：“好了，国公爷。”

“君武的手艺，果然一如从前。”南国公缓缓地睁开锐利、含秀藏蕴的眸子，随后站了起来。

他身形原本就非常高大，此刻一身金光灿烂的甲胄，愈发显得面容霸气而英俊，眼角一丝细细的鱼尾纹使他一身沉稳气势中更显逼人。

“果然，这一身，当年大权在握的南大将军又回来了。”李君武叹息，眼里都是对时光流逝的感慨。

南国公冷冷地看着镜子里的自己，威严而尊贵。可是，那又如何？他的剑，护不住想要护的人，杀不了想要杀的人。他唇角弯起一丝森冷的笑，手上慢慢地握紧了那一把长剑。

“走罢，该上朝了。”他一转身，将头盔戴上。

……

宫里的丧钟将小太子病逝的消息传遍了四海。皇帝陛下因太子过世而悲伤过度，引发旧疾，由太后临朝的消息早已传遍了宫中各处。众臣们皆议论纷纷，但是太后并不是第一次临朝，当年的铁腕手段和她的大义隐退，毫不恋栈权位，所有人都是信服皇太后的。

直到南国公出现在朝廷之上。

“这……这是怎么回事，这个罪人，怎么能出现在这里？”众臣们看着一身一等武将，大将军打扮模样的南国公忽然出现在朝野上，皆是议论纷纷。

毕竟，当时皇帝陛下雷霆大怒，着令大理寺彻查的情形还历历在目，如今这位却光明正大地上朝来了？

“太后娘娘，这是怎么回事！”户部陈尚书忍不住怒了，上前一步对着上首坐在帘后的太后躬身道。

吏部尚书与同为一位老师的门生，两人关系不错，此时骤然看见，哪里能忍，顿时怒起了。

太后淡淡地道：“哀家已经命人查明，两位大人之死，乃是有心之人试图加害南国公，危害国之栋梁，所以将南国公放出来了。”

此言一出，不光是吏部尚书呆住了，所有人都愣住了。

“但是……为何微臣等全不曾听到大理寺的人说过？”陈尚书还是皱眉问道。

此事事关重大，所有朝臣都知道涉及南国公一脉之事，虽然不知道陛下心中打算，可是当初爆出此事时也算证据确凿，他们见皇帝一直让人查，却并没有公布结果，就已经有了皇帝会留下南国公一条命的思想准备。

但是完全没有任何责罚，竟然还这般让南国公官复原职，几乎所有人都接受不了，纷纷议论起来。

“怎么，陈尚书有什么意见么？”南太后淡漠地看了他一眼。

“不是微臣有意见，而是太后娘娘，是否应该请大理寺将新的证据公布天下，以安定众人之心呢？”陈尚书也是个硬脾气，梗着脖子道。

若是皇帝这时候突然说两桩凶案与南国公无关，他还能半信半疑，可此时，皇帝不在，又是同为南家人的皇太后一垂帘听政就放出了南国公，他的怀疑更是深了好几分。

南国公仿佛全没有听到周围的议论纷纷，只淡然地站着。

“好，既然诸位爱卿想要证据，哀家自然会让人呈上证据！”南太后一身威严的朝服，抬手示意大理寺卿将一叠东西送上来。

“来人，将所有证据都送上来。”太后一挥手，一名官员便将一叠卷宗都端了上来。

进来的是一名年轻的官员，穿着三品绯色文官服，一张干净俊秀到清冷的面容，修冷的眸子一派从容：“御史台封逸参见太后娘娘。”

“封御史，将你搜集到的证据交给诸位大臣罢。”南太后淡淡地道。

看着他出现，不少大臣们都愣了愣。

陈尚书首先蹙眉道：“御史台主管弹劾之事，何时轮到你们管查案之事了，越俎代庖！”

封逸微微一笑，不卑不亢地道：“御史台是不管查案，但南国公和两位遇害的大人也是大臣，吾等既然负责监察百官，自然手头都会有些相应的卷宗，调查臣工行风与各种政上之事是吾等份内之事，如今下官不过是查到了一些东西，所以写成了调查卷宗奉给了太后娘娘，再与诸位大人查看，不知可算越俎代庖？”

一番话呛住了陈尚书，连着百官一时间都缄默无语，御史令脸色也不大好，他甚至不知道封逸是怎么搭上皇太后的，在这种场合下出尽风头。

封逸将手里的东西分发了下去，同时朗声将各件事情的来龙去脉都说了一遍，将南国公塑造成了一个惨遭陷害的忠良之臣。

众臣们看着手里的东西，还有传唤上来的证人，脸色各自一阵青白，唏嘘莫名。

这些完美的证据和证人，完全就是个戏剧性的大反转，都是朝廷官场混了多年的老油条，也都知道，证人和证据未必不能‘做’。

可至少明面上看起来，一切都很完美，不是么？

如今这……杀害两名朝廷重臣的人如果不是南国公，还有人要陷害南国公，那么这个胆大妄为，勾结水匪，恶毒狠辣的幕后黑手又是谁？

看着那些证据，答案仿佛呼之欲出，却又没有一个人首先敢出来点破。

南太后淡淡地看着众位大臣凝重而又疑忌的表情，苍老的唇角弯起一丝冷笑，可是，她也知道有些事情急不得，见众人都没人再出声反对放了南国公，便满意地看了一眼封逸。

封逸也恭敬地一躬身，退了下去。南太后便一摆手示意众人继续议事。

“有事启奏，无事退朝！”太监再次站出来恭敬地拔高了声音道。

闭关家中十余年的闲散富贵人南国公，再次穿上象征着大权在握的甲胄，再次站在了朝廷之上，官复原职，成为武将之首，掌控天下兵马大权。男人甲胄上泛出威严而森冷的金属光泽，让朝廷重臣们忽然明白，这一刻，朝廷真的变了天。

而封逸静静站在不起眼的文官之列，目光落在南国公的背影上，他垂下眸子，唇角微微上扬成一个莫测的弧度。

他身边的大臣们却看着这个年轻而一身书卷气的俊秀御史多了一分揣测，毕竟谁都知道，今日这漂亮地堵住悠悠众口之役，注定会让这个年轻人的仕途成为一条康庄大道，至少目前看起来是这样的。

站队，从来都是政治上最致命也最要紧的一着棋。

上京的天空黑暗下来，风云诡谲。与上京的风雪渐大相比，云州的天气也越发地寒冷了，靠近海边港口，虽然还没有下雪，云州，此刻却也已经湿寒逼人。

“没错，南国公已经命人调动了云州府附近的官兵直扑云州府而来，我们已经接到了消息。”金大姑姑看着楚瑜，微微蹙眉。

“这一次，南国公的行为已经近乎疯狂，似全不在乎任何后果，一定要拿下云州，苏老夫人也被软禁了。”

楚瑜目光冰冷：“他凭什么，就这么给我们套上一个冷冰冰的谋反罪名，证据呢！”

“你觉得他需要证据么，现在南太后代替皇帝陛下拟了旨意，要急召三爷进宫，如果我没有猜错，圣旨最迟明日就到了。”金大姑姑道。

楚瑜蹙眉：“可是三爷不在云州，很多人都知道。”

“对，就是因为他不在云州，所以才有这一道圣旨下来，要的就是三爷不在，‘畏罪潜逃’，不交出船队，就是拥兵自重，试图谋反！”老金摇摇头，三角眼挤在一起，冷笑一声。

“你没有发现这圣旨来得那么快，那么巧么？”

楚瑜看着桌面上的地图，喃喃自语：“这圣旨，怎么可能从上京过来的，难道他们竟然敢就近使用矫诏！”

她忍不住心惊。

“老身看，他们不光敢使用矫诏，还虎符未到，便令云州附近的大军先行了。”金大姑姑抬手点了点云州府不远处的州县。

老金也点点头：“云州府周边一带的兵马都有三爷的人手在其中，江南的兵马不是那么好调动的，却也并不是完全不能调动，他们现在用的是云州府附近能用的兵马包围云州府，若是我没有猜测错，很快西南大军就会直接逼过来，那里的大将军原本是南国公的人马。”

“那咱们要怎么办？”楚瑜忍不住咬着唇角，冷笑一声：“琴笙在云州经营了那么久，难道咱们要将自己的基业都拱手让出去？”

金大姑姑摇摇头，淡定地道：“走，马上就撤，咱们至少还有三天的时间，足够了。”

楚瑜一顿，有些怔然：“真的就要撤，可是……琴笙没有几天就回来了，这样他怎么登陆，难道真的要坐实谋逆的罪名吗？！”

金大姑姑叹了一声：“小鱼，我这里还有一个消息。”

楚瑜看着金大姑姑沉冷的神色，忽然有了点不太好的预感：“什么？”

“定州府那边的水匪，出现在了云州海域的附近，如果我们海道计算没有错的话，他们的航向是咱们——云州。”老金道。

楚瑜忽然心中一凉：“所以，这个意思是，我们会腹背受敌？”

南国公……果然是真的疯了么，居然勾结水匪！

“砰！”琴笙手上的杯子忽然裂开了，热水一下子流淌了他满满一袖子。

“主上！”土曜一惊，立刻蹲了下来，捧住他的手。

琴笙抽回了自己的手：“无事。”

“您是在担心小夫人吗？您之前已经做好一切安排，小夫人一定会安全撤离的。”土曜低声道。

琴笙忽然起身向船边看去，冰冷潮湿的海风掠起了他乌黑的长发，以及宽大的白色衣袍。

他知道这样的海风吹拂下，不过一个时辰，头发就会变得发黏，而皮肤也会变得有些黏腻。

他抬起手轻轻地在自己的脸孔上蹭了一下，随后闭了闭眼，没有说话。

土曜看着他的背影，很是担心，上前一步：“主上，您这是……”

琴笙轻轻地歪了一下头，抬手轻轻揉着脖颈：“别过来。”

土曜听着他那声音，心中忽然微微一颤，有些诡异的预感：“您……”

虽然预料到云州很可能出事，但是三爷却不得不把小夫人留在云州坐镇，这种感觉一定很糟糕。

而三爷一感觉糟糕就有人要倒霉。

琴笙优雅抬手，随意地将自己的头发束在头顶，随后略略抬手，薄唇叼住了手腕上的抽绳一拉，将自己的衣袖扯紧，随后眯起眸子，足尖轻轻一点，直接掠上了船舷，轻轻一笑：“本尊，想……杀人。”

那一瞬间，他像是变了个人一般，所有的讲究与优雅都仿佛散去了，举手投足间一种粗犷、懒散的气息，眼角眉梢里有一种让人战栗的艳烈，或者说放肆邪恶的狂放嚣张。

却让曜司所有人在那一瞬间热血沸腾。

那是带着他们杀戮于海上，震慑海道，所向披靡的——龙王！

土曜领着所有人齐齐单膝跪地，抬手拨下脸上的造型狰狞的蛟龙黑面具，同时拔剑出鞘，厉喝：“等候龙王令！”

他身形再次拔高，轻飘飘地跃上了桅杆，骤然一抬手，海风呼啸而过，一瞬间，他宽大的白袍便被风吹去，宛如神祇散去了他的羽翼，只留下一道修长而霸道的影子，苍白的日光下，宛如魔化了一般，翻手而出的是一把猩红的长剑。

他一把扯住桅杆上的绳子，冷眼看向远处慢慢从雾气里浮出的大船，薄唇边弯起一个近乎残忍而暴戾的笑，眸中寒光点点。

“杀。”他慢条斯理地吐出一个字。

猩红的长剑铮鸣声响彻天际，像是谁的丧钟。无数巨大的船舰破雾而出，猩红的炮火咆哮着撕裂了苍白的海雾。

……

“呼！”正在收网的渔民阿虎摸摸脑瓜，转头看了看弥漫着大雾的海面。

他刚刚仿佛听见了什么奇怪的响声，让他整个人都震了下，但是再细细看去，却发现什么都没有。

“怎么了？”一边阿虎的老娘看了眼阿虎，有些奇怪。

他挠挠头，嘀咕：“大概……是我听错了罢，好像听到了奇怪的声音。”

“快收拾好，咱们还要进城买米呢！”阿虎娘从自己怀里掏出一只洗得发白的荷包，开始在里面翻找银钱，一个个的铜板和碎银数了出来。

阿虎刚要伸手去拿，却忽然看见自己的老娘整个人都僵了僵，随后手上一抖，那些小心翼翼捧在手心里的许多铜板和碎银钱忽然“噼里啪啦”掉了一地。

阿虎一惊，就要弯腰去捡：“娘，你干什么把钱扔了啊！”

但他才弯腰，忽然就感觉身上一重，一转头，就看见自己老娘整个栽倒下来。

阿虎下意识地抬手一抓，摸到了她的背后，一片湿润，他心中一惊，竭力想要扶起她：“娘！”

可是待得老妇人整个趴在他身上之后，他才看清楚了自己手上那一片湿热，竟然是——血！

他再一低头，就看见自己娘亲的背后上插着一根长箭！

“啊啊啊——娘！”阿虎呆滞了片刻，随后恐惧而愤怒地嚎叫了起来。

但是下一刻，在那些雾气里，他忽然发现了更令他恐惧的事情。

不知什么时候，沙滩上渐渐地出现了一个又一个衣着有些破烂，却又怪异的矮壮黑影，他们每个人头上都戴着斗笠，身上披着蓑衣，只是那身衣衫实又不像是中原人的打扮，每个人脚上都穿着木屐，腰间挎着两把细长弯刀，还有不少人身上挽着弓箭。

而他们细细的眼睛闪着海兽一样狰狞贪婪的光。

“你……你们……是谁，想干什么！”阿虎颤抖着，瞬间想起了自己在其他州府打渔的堂兄，气恨又恐惧地给他提到过最近在沿海出现的海盗——

“水匪！你们是东岛的水匪！”阿虎愤怒地大吼了起来。

堂兄明明说过，水匪绝对不敢出现在云州府，因为云州府有这帝国最强悍的琴家船队，比海军更凶猛善战，称霸近海之上！

“猜对了，但没有奖！”一道沙哑古怪的声音忽然在阿虎身后响起，中原话说得古怪而生涩。

“嗤！”鲜血飞溅。

戴着斗笠的矮壮男子，慢慢地拉了下自己挡在脸上的围巾，露出一张看起来冷硬残酷的脸孔，他略显苍老的脸上还有一道长长的疤痕，男子一脚踩上了阿虎的尸体，将自己的刀在阿虎身上蹭了蹭。

“将军！”另外一名比他高不了多少，却年轻不少的武者上前低声道：“已经惊动了云州城的守军，还有部分留守的琴家船队成员，和他们交上了手。”

“呵呵，就让老夫来会会这个传说中厉害无比的万人斩魔子手下的妖魔罢，抄了他的魔窟！”男人神色坚毅而阴狠，他抬头看向云州城高耸的城墙。

“就算酒吞童子那样的恶鬼，也会死在赖光大将军手下，玉藻前那样无所不能的妖女也会被广长和义澄两位射杀封印，何况是建川将军您这样勇武的人，必定得到天照大神的庇佑，让她的神光踏上中原大地！”其余跟在建川身后的武者恭敬地道。

建川冷笑了起来，再次举起手中的刀——“杀！”

箭声呼啸而过，慢慢地，杀声伴随着海风的呼啸声——四起！

流火与血光飞溅，怒吼与凄厉的惨叫并存。残忍的厮杀正式开始，史称云州之劫！

……

“小夫人，我们必须马上离开了，水匪提前到来了。”红袖匆匆忙忙地来到楚瑜身边，房间里看起来仿佛一切如常，但楚瑜知道留下来的东西都不值钱。

而八阵楼更是重新启动了，琴家绣坊只会是一座巨大华丽却空旷的院落而已。

进入八阵楼，他们也只能得到一座空楼，他们甚至都到不了八阵院。

“现在外头什么情况？”楚瑜早已做了一身男装打扮，穿着厚厚的袄子，她看了看周围，确定没有什么东西落下，便跟着红袖一起出门。

“火曜和水曜都在领着咱们的人和将官们抵挡，但对方攻城之势很猛烈！”红袖虽然这么说着，但神色却很淡定。

琴笙早已布置下妥当防线，足够支撑到他们离开。

楚瑜点点头：“那就好。”

她出了大门听着远处传来的厮杀声，目光微凉，转身跟着红袖上了马车，在曜司武卫的护卫下向北城门奔驰而去。

楚瑜掀开帘子，看向外头。却发现云州城的百姓们竟毫无慌乱之相，路过集市的时候，还能见到人们自在地采买着，路上依然有可爱的孩子们蹦蹦跳跳地追逐打闹。明明能听到炮火隆隆和海风带来的厮杀声，他们却全无所觉一般。

“他们，不怕吗？”楚瑜看得有些怔愣，她都不知道自己这些年呆的地方的人们竟然如此镇定。

她记得前生看到荧幕上的战乱，分明都是鸡飞狗跳，兵荒马乱的。

“小鱼，不是云州长大的么，不知道以前的事情？”红袖有些奇怪地看着楚瑜。

楚瑜闻言，低头轻咳嗽了一下：“我幼年到少年的一部分记忆是缺失的，也是和三爷一样……伤了头。”

“难怪呢。”红袖感慨了一下：“你和三爷还真是同病相怜。”

她顿了顿，又略带骄傲地道：“你是不知道，三爷少年，纵横海道之后，云州再不是当年随意就可以被劫掠的地方，所有的海盗闻风丧胆，就算三爷不在云州，在上京那几年，也没有人敢随意冒犯。”

楚瑜闻言，神思有些遥远：“完全没有人敢来冒犯么？”

“呵呵，也不是，那年海盗鬼头鲨不知道从哪里发现三爷不在云州，也不在海上，就带齐了三十条船的人马打算来劫掠，毕竟云州是江南最富庶之地。”红袖也似陷入了遥远的回忆里。

“然后呢？”楚瑜有些兴致勃勃地问。

“后来，当然是被咱们云州高耸的城墙和咱们曜司人领着的官军都给狠狠地揍了回去，他三十艘船，也就回去了五艘，哈，以后就再也没有人敢来冒犯了，那一场战斗说起来，真是让人热血沸腾！”红袖很是兴奋的样子，捏紧了拳头一挥。

楚瑜点点头，有些神往地道：“啊，那是真的很厉害呢。”

说着她看向窗外：“所以他们才这般相信，这一次也一定没有事，对么。”

红袖一愣，看着楚瑜的表情，目光又落在了城内街道那些百姓的脸上，他们虽然大部分人都还偶尔会在动静大的时候看一看城外，却也能看得出他们大部分人都还是很镇定的。

“你是担心我们撤了以后，城内百姓的安危吗？”红袖问。

楚瑜点点头，微微蹙眉：“你们是不知道，那些水匪，是很可怕的，他们可不会管你是什么平民不平民，放任他们进城，只怕会造成可怕的杀戮，万一对方屠城……”

她记起前生那些岛国人，是那么的可怕，屠戮一城鲜活数十万性命如屠狗。

一边一直沉默着点算账册的金大姑姑，忽然摇摇头道：“屠城多为震慑四方和久攻不下之后的血洗报复，等咱们撤离之后，水曜和火曜就会带着人撤离，对方没有理由屠城，只是劫掠……”

她深深地叹了一口气：“怕是免不了的了。”

可如今的情势，这是他们能做出最好的盘算了。

楚瑜闻言，看着外头那一派平静的景象，心中忍不住担忧起来：“只是劫掠，也许还好，但是……”

她微微蹙眉，心中还是不安。

红袖也安慰地拍拍她的手：“不多久，三爷算好了，当天我朝的大军就会赶到，水匪既与南国公勾结，自然不敢屠城，也不可能占据这里太久，若不是朝廷为奸佞所占，也不会如此。”

琴笙早已计算好了，用最小的伤亡换取最大的云州安宁，但总免不了牺牲。

楚瑜看着窗外的人们，仿佛还不知道战争的危险，她忽然喃喃地苦笑：“果然，兴，百姓苦，亡，百姓苦。”

说话间，她们已经赶到了北城门。

但是谁也没有想到，原本通往内陆的北城门，此刻竟然一片混乱。许多百姓携家带口地往北城门涌，一片喧嚷，闹腾，兵荒马乱。

“这是怎么了？”楚瑜不禁愣住了，这里的情形和原先看到的景象完全不同。

金大姑姑忽然有所感应地往那城墙楼上一看，瞬见脸色冷了下来：“是那些使节们在闹事！”

楚瑜立刻看向那个方向，果然远远地看见了罗德，还有派崔克等一行人都领着背着包袱的随从，正在城楼上和守门的将领大吵大闹。

楚瑜骤然蹙眉，瞬间有了不太好的预感。

……

“你们不要在这里妖言惑众！”守城楼的将领似乎和罗德一行人起了争执。

“这叫什么妖言惑众，谁不知道琴家的人要弃城而逃，琴三爷就是个卑鄙小人，要抛下所有的百姓，他的家眷今日都要逃了！”陆锦年嘶哑的声音却莫名地在一片喧闹中传得异常远！

城楼下有民众想要往外逃，也有人在劝阻大家不要逃。此时陆锦年的一番话，引得周围人一阵哗然。楚瑜冷眼看着远处的吵闹声，她轻嗤一声：“果然如此啊，陆锦年居然还活着，真是让人……一点都不惊讶。”

看来南国公还真是有本事啊，到底是在大元朝堂上曾经位极人臣的大将，南太后的侄儿，居然能让陆锦年这样的女人为他所用，大概就是为了在这一刻兴风作浪罢。

“不可能！云州是琴家的地盘，琴三爷不可能抛下我们逃的，现在琴家的人还在城头上陪着官兵战斗！”一名正在劝阻着其他人不要放弃自己家园的大叔愤怒地叫道。

在场不少人也都有纷纷附和的。

“对的，当年海盗进犯，那么厉害的大炮和船，琴家都没有抛下咱们走，不过是些东岛水匪，他们怎么可能抛下咱们走！”

民众们愤怒的声音让罗德几个人颇受惊吓，他们惊惶地看着众人，只觉得底下的人像是要揍自己一般，愤怒地挥舞着拳头的民众让他们想起在青龙大街时被围攻的事情，吓得两股战战。

“都是你，又听那个东岛人的话，到处说什么琴家人要跑了！”大冷天，派崔克一头大汗，忍不住对着一边的罗德怒目而视！

自己要跑，就偷偷跑了就好了，惊动了那么多人，这下好，自己也跑不了。

“你是牡丹御史？”那守城官看着那城头上的女人，嘲弄地大笑了起来：“你要是牡丹御史陆锦年，我就是琴三爷了！”

陆锦年想起南国公阴冷的话：“你若能拦住楚瑜，你想要的，我都会给你，你会成为第一女宰辅，但你若拦不住她，就不要怪我灭你陆家，毕竟一开始你们陆家就背叛了朝廷，站在了宸王的船上，证据都在我的手里，一旦曝光，你半生荣誉都毁于一旦。”

陆锦年闭了闭眼，眼底闪过一丝狠光。

她不再理会那城门官，转身朝着城楼下所有的人，忽然抬手就亮出一块令牌来愤怒地嚎叫：“你们都不信吗，这是御史令，我就是朝廷派来查琴家与水匪勾结的御史，水匪攻城，琴家的人已经逃了，让你们在这里做诱饵，若是不信，你们只管去琴家的绣坊看看，还有没有人在那里，叫那玉安郡主出来，若是她还在，你们也安心不是么，若是她已经不在了，就是她早已逃了，早已把你们这群愚民抛却了！”

此言一出，所有的民众们都沸腾了，大家纷纷交头接耳起来。

毕竟牡丹御史的名头，确实非常响亮，早前也是以正直敢言，不畏强权名扬天下，她早年也确实办过几桩漂亮的案子，甚至有人给陆锦年送上万民伞，称之为女青天。

“对啊，是不是应该去看看。”

“三爷出海去了，但是昨天好像还看见郡主啊。”

“对的，去看看？”

“小夫人！”红袖和金大姑姑等人脸色微变，傻子都看得出来，这是冲着楚瑜来的。

坐在马车的里楚瑜神色冰凉，目光锐利地看着那城头上的女人：“把她射下来！”

“是！”红袖立刻准备出马车吩咐武卫，却不想被金大姑姑拉住了衣袖。

“等等，已经来不及了。”金大姑姑沉着脸：“这个时候杀了她，只会引起民众们的怀疑。”

楚瑜闻言，也心中明白，只冷笑一声：“伊崎宫，果然好手段。”

她已经提前准备转移了，不想对方已经早就备了这一手！

“那咱们怎么办，现在北门被封了，若是咱们就这么闯出去，一定会被对方抓住把柄，激起民变。”霍三娘忍不住蹙眉，一旦激起民变，云州城就会从内部瓦解，都撑不到南国公的第一批人马到来。

离城的时间若不能掐准，万一水匪入城太早，民众一定伤亡惨重，而琴家多年在云州建立的威望也会因此土崩瓦解，说不定还要背上叛国罪名。

坐在马车里的众人都沉默了下来。

这很明显，就是一个陷阱，目的就是为了困住楚瑜。

若是楚瑜留下来，那就一定会成为所有人的焦点，待到南国公领着朝廷大军来到内城外，她就会面临内外夹击的死局。

楚瑜落到南国公或者宫少宸的手上，都会成为钳制琴笙的人质。

而楚瑜若是离开，在发现琴家绣坊成为一个空城之后，整个云州城瞬间就会陷入混乱，所有坚固要塞就很有可能会出问题，云州就会在最短的时间陷落，沦入水匪手中，民众必定死伤惨重，而琴笙也会落一个叛国贼的罪名。

这个局，是宫少宸给楚瑜或者说琴笙设下的——笼中局。

她进也好，退也好，都是双输！正在此时，众人忽然听得一阵女子凄厉的尖叫响起，随后便看见旁边不远处的民宅冒起一阵大火。随后楚瑜便看见一大群百姓哭喊着，惊恐地朝着她们的方向冲来。

“杀人了！”

“不好了，东岛人攻进来了！”

楚瑜目光一寒，便看见一群黑衣忍者领着一群不知从哪里来的东岛武者，提着东岛刀肆无忌惮地冲进人群中屠戮！

跑得慢点，便是身首分离。百姓们都四散而逃，或者吓得瘫软在地，他们都是良民，平日里最大不过是吵架打架罢了，哪里见过这等场面。

霍二娘忽然飞身而来，在楚瑜面前站定，她一脸阴沉之色：“城内四处都有倭人动手杀人，虽然人不多，但是已经引起了混乱和踩踏，很多人都要逃，若是这样下去，只怕城内守不了今日，应该是伊崎宫的手笔，如今他已不见踪影，想来是隐藏起来，调动人马。”

曜司不是不可以清除掉这些人，但是必定会减弱守城的力量和护卫楚瑜的力量，而且也必须做出牺牲在这里的准备。

楚瑜闭了闭眼，随后再睁开眼时，墨玉大眼底下一片森冷，下了命令：“我们，回琴家绣坊。”

“小鱼？”金大姑姑骤然看向她。

楚瑜看了眼远处的硝烟，额头上爆出一根青筋：“他用上这些残忍的手段，不就是想要我留下来么，那我就留下，至于鹿死谁手……”

她眯起慧黠漂亮的大眼，冷笑：“尚未可知。”

夹缝求生，她也不是第一次做了。

第六章 狼子野心

当年，她能赢了曜司，今年，她就能赢这些东岛畜生还有南国公那个杀千刀的王八蛋！

“可是……”金大姑姑怔然而担忧地看着楚瑜。

楚瑜墨玉一般的大眼里有冰冷的光闪过：“我知道三爷已经不是秋子非了，他只是个商人，他不欠大元和这里的人任何东西，危机之中我们首先要自保，但是……”

她顿了顿，抬手指向马车外，一字一顿地道：“我们是人，不是么，就这么看着那些畜生肆无忌惮地欺辱杀戮我们手无寸铁的同胞么？”

政治从来都充满了流血和牺牲，被当成棋子肆无忌惮牺牲的从来都是一无所知的平民。

众人看向马车外那一片寂静无声，满是尸体与鲜血的街道，空气里一片沉闷，曜司的男儿们忍不住捏紧了拳头。

“我们救不了所有人，小鱼。”金大姑姑轻声道。

“我没有把自己当救世主，我只是想做个人，对得起自己的良心，也保住三爷这些年的名声，我们总要再次回到这片大陆上，人无信而不立，商者无信而亡。”楚瑜大眼里闪过平静的光。

随后，看着金大姑姑还在犹豫，楚瑜抬手握住她的手，认真地道：“我并不想牺牲任何人，也不想牺牲我自己，我们要做的就是拖到南国公的大军到来。”

“可是就算南国公的大军到了，他们也只会是我们的威胁！”红袖忍不住道。

楚瑜闻言，眼角一挑，笑得慧黠：“是啊，除了是我们的威胁，他们也会成为水匪的威胁，放心。”

金大姑姑看着楚瑜半晌，最终还是点头，正色道：“好，我们信你，小鱼，可若是情况不对，不管如何，我绑也要将你绑出城！”

楚瑜点点头，摸了摸自己的下巴：“放心，我可比谁都怕死！”

……

琴家绣坊，楚瑜的出面，让所有的民众全都安心守城，没有人再怀疑。而眼见目的达成趁机想要溜走的陆锦年却被一直盯着她的武卫抓了个正着。

一只茶杯砸了过来，“砰”地一声，热水泼了她满头，烫得陆锦年尖叫了起来。

“你……”

楚瑜一手撑在的椅子上手托着腮，懒懒地看着被烫得快打滚的陆锦年道：“其实吧，我这种粗人觉得对你这种道貌岸然的‘文人’，多说道理都是废话，最好就是能动手就别哔哔啊，开揍就好了，为了保住自己的利益，竟通敌叛国！”

陆锦年何曾受过这种委屈，她捂住烫红的头脸，咬牙切齿，猩红着目光死死地盯着楚瑜，口不择言地道：“你以为你能得意到哪里去，南国公的大军很快要到了，内外夹击，定要叫你死无葬身之地，他绝不会放过你，又或者……你想靠着宫少宸活命？”

她忽然似想起了什么一般，鄙夷地狞笑了起来：“呵呵，也是，宫少宸和琴笙是兄弟呢，他一定很乐意‘照顾’你这个长嫂，我记得他和你之间本就是不干不净的。奸夫淫妇！”

楚瑜听到她吐出自己想要知道的消息，心中骤然一紧，也没有理会她的侮辱，只不动声色地冷冷看着她：“你在说什么蠢话？”

“哈，你还装不知道么，又或者你蠢到以为宫少宸真是什么日本女皇之子，他是当年宸王与镇守海疆的老王爷的独生女儿产下的私生子，说起来也算是与琴笙同样拥有大元皇族的直系血统，否则你以为他为何这般不甘心，一直与朝廷作对？”陆锦年一脸鄙薄地嗤笑。

她看着楚瑜脸色略变，越发轻蔑：“你以为琴笙那见不得人的身世，只有你们才知道么，呵呵，一个乱了伦常产下的孽种，论起正统来，他连宫少宸都不如，但和你这个不知道哪钻出来的低贱粗俗小人倒是相配！”

得到了自己想要的答案，楚瑜微微侧目，摆摆手：“好了，红袖，让人把这个疯婆娘扔到水牢里去罢，明明自己一身都是屎，还天天自诩清高，到水里去清醒清醒，让她看看自己满脸嫉恨扭曲的样子有多丑。”

“是！”红袖立刻命人上来将陆锦年强行拖了下去。

“为什么不直接做掉这个恶心的老女人算了。”霍二娘在一边抱着胸看完了楚瑜‘审’陆锦年的经过，有些不解。

“她说的话，现在难辨真假，虽然她看起来似乎没有说谎的必要，但是……宸王秋玉之那种人，会让明烈之外的女人生下他的儿子，想想都觉得很奇怪。”楚瑜托着腮，若有所思地说道。

“虽然不知道这件事到底是真是假的，但陆锦年看起来非常相信她自己说的就是事实。”楚瑜琢磨了一会，又道：“至少我们现在可以确定两个事——第一，宫少宸打算利用陆锦年来牵制我；第二，他一定有染指中原帝权的野心，不管他是不是真有大元皇家血统，他和东岛人的目的一定不可能就是除掉三爷这么简单。”

陆锦年不过是宫少宸和南国公的一颗棋子罢了，宫少宸根本不会在乎一颗棋子的死活。

“你是说……”金大姑姑骤然蹙眉：“他们意图染指中原皇权。”

此言一出，所有人都震了一下。

楚瑜拖着脸颊，大眼里都是冰凉的光：“东岛人不蠢，如果中原非极度积贫积弱，他们是不可能控制中原的，而他们布置了一个跨度几十年的计划，如此有耐心，只是为了一个海中‘宝藏’？”

金大姑姑和老金两人互看一眼，神色多有些发沉。

这种可能性其实三爷早已怀疑过，可是并没有太多证据，毕竟东岛那个岛国也才从他们的百年战乱中走出来没多少年，一个弹丸之地，又相隔重海，竟然会有这样庞大的野心，实在让人难以置信。

可是如今陆锦年被楚瑜一番话刺激下来，吐出的这个真相，几乎等于证明了东岛人的狼子野心。

毕竟费了那样大的功夫，若是不扶持一个傀儡帝王上台，借助傀儡帝王的手攫取最大的利益，怎么对得起他们女皇陛下这二十多年的精心谋划？

“但是，就算是三爷这样拥有不可置疑的皇家血统的人，想要继承皇位……从名分上而言都不容易，何况宫少宸这么一个来历不明之人。”她在中原呆了这么些年，又跟在楚瑜身边那么久，非常明白中原人那种死要面子的尿性，任何事都讲究一个正统，就算是正统皇子，想要越过嫡和长登上皇位都不容易。

当年的宸王秋玉之，不也是因为这个原因在登位之路上异常艰难么？

何况宫少宸，还是打着人人得而诛之，又被废了名号的秋玉之后裔的名号，岂不是更不可能？

金大姑姑神色阴郁地拨了下自己手腕上的佛珠：“话是这么说，但时移世易，现在皇室子嗣艰难，唯一正统的太子已经没了，皇室自己内部都是后继无人的状况，正统嫡系已经十不存一，只要是有着血统的后裔，就算是一面师出有名的‘大旗’，兴风作浪，并非不能。”

“只是如今皇帝陛下和南太后都在，他们才没有直接打出这大旗来。”老金摸着胡子补充了一句，冷笑起来。

南太后虽然有些老糊涂了，但是她确实是一根筋的人，对血统看得极重，也不是那种有兴趣登上大位兴风作浪的人，否则当年她完全可以不必让兴平帝亲政。

“可若是南太后和皇帝陛下都……没了……”楚瑜幽幽地吐出几个字。

所有人都顿住了，堂上一片死寂和窒息。

谁都知道，若是皇帝和太后暴毙，不，只要皇帝暴毙，南国公再与东岛人合作……那中原大地就会陷入巨大的危机之中，沦落入东岛人的虎狼口中。

长久以来，一直陷入迷雾中的阴谋，忽然渐渐浮现在水面上，几乎让所有人都忍不住悚然一惊。

好一会，楚瑜才率先出声，安慰众人：“好了，现在先不必操这个心，南国公想要做什么，也得他还有这个精力，他首先要对付的是三爷，而南太后虽然糊涂，可也不至于真的一点用都没有……”

她顿了顿，又认真地道：“何况……海上有三爷，宫中还有逸哥儿，他们都不会允许这种事情发生的，咱们现在还是要应付眼前的紧急状况！”

“嗯。”金大姑姑等人神色一正，立刻收敛神思，开始议论起守城之事来。

不管东岛人打着什么鬼主意，最要紧的还是怎么应付面前的危局。

“咱们就这么撑到南国公的人马来也不是不行，但是现在云州城内局势复杂，虽然这里是咱们的地盘，可是宫少宸和他手里的人一定会在城内兴风作浪。”老金摸着胡子，蹙眉道。

云州城是曜司经营多年的地盘不假，但三爷此行已经将大部分的人马都带去了海上，肃清海道流鬼。

留下的力量也都是为了护卫楚瑜安全脱离的，不少曜司之人还在云州城上参战，所以维护城内治安的人手就显得有些不足。

何况东岛人既然能暗中布线长达二十余年，甚至连曜司里都被他们混进了人，说明对方在云州潜伏的人马一定不少。

这种战乱时分，这些人马甚至不需要像今天这样随意地烧杀掳掠，只要从内部做点手脚，搞出些破坏城墙，传递消息甚至传播谣言的事情，就能引起大动乱。

“云州开埠多年，什么人都有，此刻就更显得鱼龙混杂。”金大姑姑眉心微拧。

攘外必先安内，是众人都知道的道理，可是众人一时间倒是想不出什么太好的法子。

楚瑜则是歪着脑袋想了想，忽然笑得一脸狡黠：“是时候启动咱们云州城里的神秘力量了。”

看着鬼马精灵的楚瑜，金大姑姑和老金互看一眼，都在对方脸上看到了疑惑。

两个时辰之后。

琴家绣坊的大院子里坐满了一群花白胡子头发的老头儿和老太太们，还有许多中年大叔和大婶。

一人一把小马扎坐着，翘首看着前方站在一张矮桌上的俏丽女子，他们脸色泛红，露出一种诡异的激动。

楚瑜此刻仍旧是一身短打，只是手臂上多了一个红色的臂章，上面绣着四个大字——巡城队。

她一边举着手里的红色臂章，一边运足内力，中气十足地大声道：“诸位大爷大妈，叔叔伯伯，婶婶阿姨，你们就是咱们云州城的中坚力量，是咱们云州城土生土长的根儿，今儿小日本……啊，不水匪在咱们云州城烧杀掳掠，杀咱们的人，抢咱们的东西，你们能答应么！”

“不能！”大妈、大爷们中气十足地齐齐大吼。

楚瑜非常满意地继续挥舞着手臂，让大伙看清楚自己手上的大锣：“所以，咱们年轻力壮的男儿上城墙揍水匪，咱们城内大后方更不能乱！”

“诸位都是云州城各条街的杠把子，都是各条街德高望重的长辈，就得带起头来，组织民众巡逻队，三步一岗，五步一哨，坚决打击奸细贼子兴风作浪的意图，坚决打击细作试图扰乱民心军心的行为，坚决打击一切试图戕害咱们家园的叛国贼行为。”

简称“一个意图，两个行为”的讲话，明显得到了无数大爷和大妈的拥护响应，尤其是楚瑜将他们抬到了这等——“德高望重”“扛把子”的地位，更是令人振奋。

毕竟，坐了一个大院子里的大爷和大妈们不少人这辈子连个里长都没当过，见了地保还得恭敬地说话，这一下子成了云州城举足轻重的大人物，安能不热血沸腾?

“绝不叫水匪奸细跑出咱们眼皮子下，万岁！万岁！”楚瑜的演说让大爷大娘和大叔大婶们都激动异常，吼着，挥动着他们粗糙的手腕子，大冷天，可每个人的脸色都涨得通红。

楚瑜很满意地一挥手：“好了，诸位大爷大妈、大叔大婶，每个人排队上来领臂章，这是咱们保卫云州的荣耀见证，一定要保管好，朝阳的群众，向朝阳，明天的太阳是属于我们的！”

“明天的太阳是属于我们！是我们的！是我们的！”满院子年过半百的人们咆哮着，每个人的眼睛里都充满了亮晶晶而坚定的光。

一番兴奋的大口号子吆喝呼喊完毕，楚瑜很是满意地从台上跳了下来，示意一边满脸古怪到尴尬的红袖带着曜司诸人和婢女们去给认真而兴奋排队的大爷大妈、大叔大婶发臂章。

“呃……小鱼，这就是你叫你的捕快兄弟们从云州各街道搜罗来的神秘力量?”霍二娘看了一眼神色各异，但满脸无语的曜司众人，见众人都顾忌着楚瑜的身份不好问，她干脆就自己问了。

楚瑜擦了下自己鼻尖上的汗水，眼里都是慧黠的光：“那是，你们可别小看了‘大爷大妈’的力量，群防群治，指的就是本地民众自我防治，提高安保力量！”

都土生土长的老人儿，谁是陌生人，谁家有点鸡毛蒜皮的打架吵架的事，都能马上知道，对于陌生人的出现，或者熟人出现陌生行为的情况都能发现，马上报告给他们片区的曜司之人。

“都是年近半百的人了，又是本地人，水匪再派人潜伏，这二三十年也不可能潜伏到他们里头去，这就是大爷大妈的力量，第一神秘细作机构其实是他们，不信，咱们走着瞧。”楚瑜嘿嘿一笑。

“好罢，希望小夫人的法子奏效。”金大姑姑苦笑了一回，不管如何，她只知道楚瑜这脑瓜子里总是能蹦出许多稀奇古怪的主意，既然没有更好的法子，姑且试试。

曜司众人虽然还是很怀疑楚瑜这法子，可如今也都觉得还是死马当活马医一回罢。

不过很快，众人就立刻见识了大爷大妈的厉害之处。楚瑜也将曜司的武卫们分成四部分，与捕快一起镇守城内东南西北四个方向，以备不时之需。四大城区的杠把子大爷大妈们甚至展开了抓奸细竞赛，斗志昂扬，成果极高。整个云州城，瞬间进入了琴笙在的时候都没有过的路不拾遗的治安佳境，不要说东岛忍者们不敢随意出动，连小偷都没了。

“真是……你的脑子里，到底有什么！”霍三娘看向堂下被押走的几名狼狈的忍者，忍不住看向楚瑜，一脸的敬佩。

楚瑜笑眯眯地翘着二郎腿喝茶。

……

几家欢笑，几家悲。有人得意，就有人恼火。

“可恶，这个玉安郡主，实在是该杀！该杀！”森田岁郎坐在屋子里看着手里的奏报，猩红的眼睛里，满是怨毒。

“呵，那小女郎脑子里总有许多奇思妙想。”宫少宸懒洋洋地靠在软枕上，晃动手里的扇子，笑得有些复杂，还透露出一丝诡魅。

“可现在咱们在城内的人根本不能动，建川将军可是一直在等我们的消息，我们要怎么办！”森田岁郎气得几乎不知道要说什么，看着宫少宸倒是一副不以为然的样子，他虽然暗中腹诽，但是却又不敢当着宫少宸的面说什么。

毕竟这个男人心狠手辣，在中原，他又是名义上的最高行动统帅，而且对中原也确实比自己熟悉。

"建川不是一直都觉得云州很好攻克么，也一直觉得我们在中原多年毫无建树，既然如此，就让他见识一下我们的艰难处境，也是好的。"宫少宸晃动着手里的扇子一点都不着急，丹凤眼里闪过冰冷幽暗的光。

"这……这……"森田岁郎闻言，头都大了，汗如浆出。

他知道自己效忠的建川将军和这位伊崎宫皇子殿下一直都不甚和睦，自家将军确实在女皇陛下面前没有少给这位殿下上眼药。

"这什么，你要是有好法子，那就去和你的将军说罢。"宫少宸懒洋洋地笑了笑，起身向院子外走去。

……

城内情形已经被控制。但是城外的形势却不容乐观。

"轰隆！"一阵巨大的炮火闷响，伴着硝烟的味道飘散在城头。

震耳欲聋的声音让火曜几乎难以忍耐地蹙眉，整个脸都埋在自己的膝头上，等到那些飞散的碎石都落下之后，他才一个鹞子翻身而起，伏在城头上，扬起手中的长刀"哐"地一声将那搭上来的梯子劈砍下去，顺便将那准备爬上城头的水匪们一起踹下了城墙。

"啊啊啊——"一阵惨叫声后，那些水匪们直接摔得肢体破碎。

"快快，把攀城钩和攀城梯都全部砍下去！"火曜一身战甲，宛如流星一般掠过城头上方，厉声指挥着士兵们。

"杀啊！"绞缠厮杀在云州城墙上每一处展开。

但是没过多久，又是一阵巨大的轰鸣声在城头上响起。

"轰隆隆！"飞沙走石。

"小心！"有士兵惊恐的吼叫声响起。

而那时候火曜正飞身而起去斩杀已经攀上墙头的水匪，长刀闪烁下，血光四溅，直杀得城墙上的水匪们狼狈地滚下攻城梯，而他背对着炮火，不防之下，差点直接被那炮火轰个正着。

但是下一刻，一只柔荑打横伸出来，直接抓住了他的手臂，粗鲁地将他一扯，将他抱在怀里，火曜下意识地就要回刀横劈向那人，但是那熟悉的香气让他硬生生地在半空中转刀入鞘。

两人在半空中滚了几滚，虽然避开了炮火，但却直接翻越了另外一边的墙头，眼看就要直接坠下墙头，引得士兵们惊呼一片，却不想那女子抬手一转，一把匕首在手上弹出来，锋利的匕首利刃直接刺入城墙三寸，她一手抓住那匕首，一手抱住火曜，两人吊葫芦似地吊在了那一侧墙头下。

众人这才松了一口气。

而火曜一转脸，看向抱着自己的大力女，忍不住怒道："你来这里干什么，霍三娘，不是说了让你看好那条鱼么！"

霍三娘看着被自己抱在怀里一身战甲的俊帅男儿，脸上还有黑色的火硝痕迹和血渍，却只让他看起来更加俊酷，她眼底亮光一闪，嘿嘿一笑，低头一点不客气地就在他脸上"吧唧"一下亲了下去。

"嘿嘿，小火儿，你可真俊。"

这下，立刻把那头奔过来准备拉住他们的士兵们都惊呆了，随后也顾不得正在打仗，竟齐齐地发出一阵哄笑声和口哨声来。

火曜瞬间僵住，脸色黑了青，青了绿，绿了红，抬手一把就推开了霍三娘，足尖在城墙上一踹，直接翻身上了城墙。

"滚，不用守城了是不是，都等着水匪爬上来吃你们的肉！"他一点不客气地直接用刀鞘狠狠地抽了过去，直抽在士兵们的身上。

其余武卫们都立刻忍着笑意，转身督促城防去了。

士兵们都被抽得嗷嗷叫，立刻也转身跟着去另外的墙头上守城去了。

"小火儿！"霍三娘也跟着翻身而上，眼看就要凑到火曜身边来。

火曜冷了脸，抬手蹭了蹭了自己脸上的硝灰，提刀转身就向城墙另外一头走去。

"哎，你怎么不理我！"霍三娘跟在他身后，挑了下眉，抬手就去拉他的衣衫。

但是下一刻，火曜忽然转身一把将她按在城墙上，低头眼神阴翳地看着怀里娇小的西域女子，咬牙切齿地道："你知道不知道这里多危险，这批水匪是有备而来，全部配备了烈火炮，你知道那是什么吗，那是比天雷弹还要厉害的东西，如果不是云州城这些年一直都在加固，可能已经撑不住了，你明白吗，肉身于火焰烈气之中，再高强的武功，也会灰飞烟灭！"

霍三娘似乎被他的动作吓了一跳，呆愣地看着他。

火曜深深地吸了一口气，松开了她，阴沉地一字一顿地道："现在，你给我马上滚回去，战场不是女人应该来的地方，去给我盯着小夫人！"

楚瑜若是出事，他们根本无法对主上交代。

霍三娘看着火曜隐忍着怒火的眼，见他转身就要走，她却扯了扯唇角，居然一把扯住了他的胳膊，碧绿如翡翠的大眼里含了笑意："你是在担心我吗，小火儿？"

“你……这个女人简直不可理喻，来人给我押她下城墙！”火曜看着她，神色一僵，黑着脸火冒三丈，转身就走，同时示意其他士兵上来将霍三娘押走。

“等等，好了，不说别的了。”霍三娘看着火曜是真动了火气，赶紧道：“就是小夫人让我来的！”

“她让你来，做什么？”

火曜还没有回应，却是水曜不知道从哪里冒出来，他同样一身战甲，精致妖娆的眉目在那盔甲下少了平日里的妩媚，多了一种少见的英气与杀伐凌厉之感。

“我知道她鬼主意最多，怎么，她也知道了水匪这次战斗力非凡？”水曜一边拉住火曜，一边示意其他人继续战斗，同时正色看向霍三娘。

自从他知道楚瑜出的鬼主意治得整个儿战时的云州城路不拾遗，水匪奸细不敢冒头，冒头就立刻会被大爷大妈围剿后，更是对楚瑜那鬼马精灵的脑子佩服得五体投地。

霍三娘点点头，正色道：“是，她的安危，你们不用担心，她也发现了这水匪的火力实在猛烈，更是有备而来，所以才让我来通知你们等敌寇退兵之后换人值守，她要你们去一趟八阵院，她还有一些新的东西要交给你们！”

火曜和水曜两人互看一眼，都在对方眼里看到异样之色，随后就齐齐点头。

云州城外，硝烟滚滚，一片狼藉。

原本一派繁华的港口此刻却千疮百孔，面目全非。

数十艘大船停在海面上，一名戴着斗笠，穿着敞襟东岛袍子的中年矮壮男人冷眼看着那云州城的高耸城墙，脸上的伤痕让他看起来是一副暴戾狠相。

“将军，我们新的弹药已经送到了，还有新的西班牙火炮也要从船上卸下来，咱们什么时候开始使用，恭候您的指令！”一名武者迅速地靠近他身后，恭谨地道。

建川唇角浮起一丝阴沉的纹路：“什么时候用，当然是马上用，本将军就不信这云州城比高天原之门还难以打开。”

云州城的城墙出乎他意料的坚固，数日的轰击焚烧也只是让城墙的上方出现了一些裂缝，但是轰塌城墙却仿佛是一个遥不可及的目标。

而且为此，他们也付出了惨重的代价。

而云州城的城门内都有巨大的断门石，虽然城门为木质，但是他们费了九牛二虎之力将那城门轰开之后，却发现门后是更坚硬的断门石，这让他们的人马都很是沮丧。

但是这也并非全无成效，至少他们看到了猛烈炮火下，城头的中原士兵已经被压制得完全抬不起头。

而对方架在城头的火炮也并不如他们的新式西洋火炮那般厉害，最重要的是，他知道云州城里那个“魔子”并不在其中，对方带走了最精锐的力量，剩下的不过是一些普通士兵罢了。

其余人得了建川的指令，立刻将船靠岸，然后开始卸那些运送来的弹药和火炮。

“伊崎宫殿下身边的伊贺忍者们竟不配合咱们攻城的行动，将军一定要将此事告知宗主！”那名武者看着远处的城墙上方，忍不住低声道。

“哼，他的私心，是人都能看得出来。”建川冷笑了一声，没有多言。

“不必要去靠一些没用的废物，咱们的力量足够强大，不信轰不开那城头，立刻将火炮全部移下来！”建川扬一扬手里的武者刀，厉声下令。

云州港是中原最大最发达的开埠港口，如今那些完备的设施却为建川运来更多的武器提供了很大的便利。

不多时，数台巨大的火炮都架在了港口上，黑洞洞的巨大炮口再次对准了云州城。

“开火！”随着建川神色阴狠地一字一顿咬牙切齿地开口，整个炮阵齐开！

“轰！轰！轰隆隆！”

巨大的闷响声响起，火焰与爆炸的气焰朝着云州城头再次扑了过去。

整个云州城几乎都跟着颤抖了起来。

“唔——”火曜与水曜领着守城的士兵们都躲在城头下，脊背紧紧地靠着墙壁，承受着那种震动带来的难受窒息，五脏六腑都被震得生疼。

“他大爷，这些死水匪真是他娘的下了血本了！”水曜秀气的眉狠狠地拧在了一起，他此刻满脸火灰和水匪的血，看起来异常粗犷，再加上嘴里的诅咒，哪里还有之前半分妖娆的味道。

这些新式火炮，连发间隔的时间短，口径大，威力也大，而且体积相对较小，他再熟悉不过了，那都是琴家船队上装备着的武器，不过琴家船队上的火炮不少还经过了自家主上的改良，威力更大。

可是现在他们在云州城上装着的火炮还是之前的装备，三爷不希望在人前曝光琴家船队的所有实力，所以如今东岛人这些武器就够他们喝一壶的了。

“该死的，等着到了夜里，有这些短腿水匪好看！”火曜也忍不住捂住耳朵骂了一声脏话。

此时炮火声稍歇，火曜立刻跃了起来，一扬手里的长刀，厉声道：“杀，决不能让一个水匪翻过城头！”

这一夜，月色晦暗不明，天空也显得格外阴沉。码头附近都被开劈出了一大片空地来，让东岛人们就地扎营。不少人抱着酒壶，还有人抱着琴开始幽幽哼哼地唱起东岛的歌曲来。东岛人的琵琶声调子一贯诡凉，此刻映衬着远处烧焦的城墙还有空气里弥漫的烧焦的尸体与木头的味道，更显得凄凉而沧冷。

但是，这并不妨碍他们第二日再次化身为凶神恶煞的鬼魅冲向云州城。

三更时分，一名浪人喝多了酒，摇摇晃晃地站起身，一阵幽诡的凉风掠过，让他一个激灵，转过头去，却发现不知什么时候，忽然有几点幽幽绿光散落下来。

那幽幽的绿光宛如鬼火，他整个人都清醒了，下意识地就要转头赶紧回去，却不想这一转头的瞬间，他僵在当场，然后小腿肚子都开始抽筋。

几名巡逻的浪人看着他那脸色惨白的模样，领头的小队长没好气地骂：“发什么呆，还不去睡，明天还要……”

但是他的话被那浪人给打断了，他抬手颤抖地指向天空：“人……人头！”

“什么人头？”那一队巡逻的人下意识地顺着他手的方向看去，也都瞬间僵住了。

天空上方不知什么时候飘来了几十个巨大的发光的人头，每一个人头都面目狰狞，鲜血淋淋，脑浆迸裂，仿佛是战争里死去的怨灵，没有眼珠子的空洞眼眶却怨毒地看着大地，看着所有人。

“呜呜呜——”一阵幽怨的哭泣声也不知从何处伴随着绿幽幽的鬼火飘散开来，异常瘆人。

“飞头蛮……快跑啊！”一名浪人终于忍不住，率先尖叫了起来。

所有营地里的浪人们都被惊醒了，恐惧地看着天空，两腿发软，踉跄地四散而逃，或者干脆躲在帐篷里，不敢出去，以为这样便能躲开恶鬼。

空气里忽然传来一阵阵破空声，然后有人忽然发现，那些血淋漓的人头狰狞地朝着地面扑来。不过一瞬间，原本已经变得宁静的港口上瞬间化成了烈焰的地狱，爆炸撕裂了许多人的肢体，疯狂燃烧的火焰吞噬着所有人的性命。

巨大的爆炸震醒了几乎所有人，岸上的鬼哭狼嚎也让海上大船上睡着的人们瞬间清醒了过来！

建川正好从窗口里看到了岸上一片凌乱，火光四射的景象。

“发生什么事了，如此慌乱，像什么武者！”

他匆忙地扯了衣衫，拿了剑，冲出了船舱的时候，正好看见又一个巨大狰狞的“人头”扭曲着脸孔轰隆一声撞在了岸上，爆燃之下掀起巨大的火焰，将火焰里的人全部吞噬。

岸上一阵阵恐怖而凄厉的惨叫声，听得人毛骨悚然。

而不少人跳进海里，试图熄灭自己身上的火，可是诡异的是他们身上的火焰却仿佛不会熄灭的恶魔火焰一般，不断地冒着烟，在水里也会燃烧，他们就这么活生生地在水里挣扎着，烧死在水里。

那声音与场面之血腥恐怖连建川这样杀人如麻，见惯生死的人都忍不住打了个寒战。

“那到底是什么！”他紧紧地握住了手里的剑，恐惧而愤怒地看向那一个个朝地面扑去的“人头”。

建川转过脸，目光阴沉狠辣地盯着远处那一片成了火与血地狱的沙滩：“本将军就不相信那些真的是什么鬼怪！”

建川并不是一个虔诚的有神论者，他更信奉手里的武者刀和权力，可是他也没有见过那样可怕又诡异的景象。

“去，立刻想办法联系上城里的伊贺忍者，我要他们不惜一切代价查清楚这到底是怎么回事！”建川冷冷地吩咐刚刚穿好衣服跟过来的女忍者。

“可是您知道伊贺忍者一贯只听伊崎宫殿下的指挥……”那女忍者在看见建川架在她脖子上的刀时，立刻噤若寒蝉。

“不要废话，立刻去！”建川咬牙切齿地怒道。

“是！”那女忍者再不敢多言，脸色苍白地立刻转身退开。

“这一定是中原人在装神弄鬼！”建川看着那凄惨一片的岸边，一把捏紧了手里的太刀——童子切安纲。

“哪怕是真有鬼怪，我也要用这把传说中曾经斩杀过酒吞童子的童子切安纲砍下他的头！”

只是他的决心才下没多久，就发现云州城的城墙上忽然飘起一点点的荧绿光团，那些绿色的光团照亮了整个云州城的城头。

一阵阵凄厉的女子哭泣声，哀鸣、尖叫声不断地回旋在整个夜空下。

而城墙上面不知什么时候飘起了许多白色影子，没有脸孔，只有苍白的面容和拖到胸口的猩红舌头与披散的长发。

她们，或者说它们在城墙上哭泣着，疯狂地笑着、跳跃着、飘荡着，鬼影幢幢，衬着那云州城墙下的烈焰地狱和满天的巨大狰狞血腥人头，简直像是十八层地狱再现，让人恐惧得浑身颤栗。

连建川都僵得不能再僵，因为那些疯狂飞舞在城头上的狰狞女鬼们，做出来的各种姿态完全不像是人类能做出来的，动作诡异异常，譬如头能飞离身子，再回到身体上，甚至还有鬼怪扑下城墙抓起烧得半熟的尸体大朵快颐。

这极大地刺激了他的神经，那一瞬间，他真的觉得看到了地狱。

他们僵木地看着眼前那残忍又恐怖的景象，地面燃烧着的烈火里还有人类的惨叫声与哀鸣声不断传来，而墙头上的鬼怪们兴奋地手舞足蹈，仿佛等候着那些人被烤熟，分而食之。

天空上巨大狰狞的“人头”则不断地晃荡着，飘着扑向地面，燃起可怖的烈焰。

而当船上的武者们发现那些飞头蛮居然开始朝着他们船的方向悠悠地飞来的时候，再也忍耐不住内心的恐惧，尖叫了起来：“啊啊啊——飞……过来了！”

“射下来，射下来！”建川愤怒地大叫了起来，眼睛里第一次闪过了近乎恐惧的光，同时也还算能冷静地厉声再次下令。

“开船，开船，把锚拉起来，升起船帆，不要慌乱！”

统帅镇定，自然其余的武者们也稍微镇定下来，两批人分头行事，一批人举箭去射那些飞过来的狰狞恐怖的“人头”，一批人立刻拉锚升起船帆。

很快，他们就发现原来那些血腥狰狞的“人头”是完全不怕被箭射的。

这让他们忽然很有些绝望，但是很快就有人发现那些人头还是在利箭下不停地摇晃，仿佛支撑不住了一般，然后立刻就兴奋了起来，厉声大叫——

“快、快、快！再射，把那鬼头射下来！”

于是更多人立刻操起弓箭就直射那些“鬼头”！

但是，很快他们就发现自己举箭的那一刻就犯了一个致命的错误——

那些狰狞可怖的“鬼头”终于支撑不住，在他们的利箭下坠入大海之后的瞬间喷射出愤怒的——鬼火烈焰！

而这些鬼火一下子就在海面上燃烧了起来。

稍微坠落在距离船近一点的地方，那些“鬼头”爆出的烈焰就猛然吞噬了附近的船只。而在半空爆开的“鬼头”更可怕，竟直接燃了船帆、烧了船上的成员！

不要射，不要射了，扬帆走！”建川发现之后，立刻再次厉声下令。

“什么味道？”此时等待的众人里有人忍不住蹙眉，忽然觉得空气里那燃烧的味道很奇怪，还散发着一种特殊的臭味。

其中有人趴在大船的船舷上向下看，忽然发现水面黑得有点不可思议，黑到幽幽地反着光。

“水面上……好像洒了什么东西啊！”有人忍不住嘀咕。

此时，一颗巨大的“鬼头”忽然在半空里爆开。猩红的火光照亮了整个海面，让船上的人呆了呆。不知什么时候，数条飘忽的鬼影就这么面目狰狞地漂浮在他们附近的海面上，四周安静到诡异，只一张张狰狞的鬼嘴张开着，露出森冷的利齿对着他们。建川察觉异样，也迅速地靠到了船边去查看情形，在看见面前的情景后，忽然心中生出了不妙之感。

“立刻把那些鬼影……”但他的话音未落，下一刻，那些漂浮的水鬼忽然发出一阵凄厉的尖叫，随后鬼嘴大张，朝着他们喷出了一条条修长的火舌。

“轰！”一声闷响，整个水面全部燃起了烈焰。

所有东岛大船几乎都在一瞬陷入了火海，炽热的烈焰一下子就掀起了火浪，直扑向大船。

……

相比着海面上和港口的一片烈焰地狱，云州城上的“鬼魅”们发出的大笑声，听起来异常渗人，且无比……真实。没有脸的“鬼魅”们大笑着，纷纷拿下了面具，互相击掌而庆。火光映照下，那分明是一张张鲜活的寻常女子面容，而她们原本尖利的啸叫声此刻也听起来悦耳多了，只是因为方才刻意发出高声尖啸而充血，显得异常沙哑。若是仔细看去，她们在城头飘荡幽游宛如恶鬼索命，不过是因为每个人的腰肢上都吊着钢丝，而她们身后的城墙附近都架上了一条条铁管，以保证她们吊起来时安全无比。

“真是，辛苦了，明家嫂子，陈家大娘，还有诸位姐妹们。”楚瑜从临时指挥台里出来，一边鼓掌，一边看着众家女儿们，看着姑娘们露出笑容来。

“哪里，这都是郡主您的妙计，咱们这些女人也做不了什么，也就是仗着身子轻盈，在城头上做做鬼怪的样子，吓一吓这些混账水匪们罢了！”一名女子笑着取下自己的面具。

一道白色的高挑鬼影忽然飘过来，他将方才自己抓上来的被烧了半截的水匪尸体给扔下城去，掏出帕子厌恶地擦了擦自己的手，又将帕子一起扔了出去，才掀开自己盖在脸上的狰狞的面具，露出一张妖娆的面孔来，不是水曜又是谁？

他同时拍了拍自己的胸口，表示自己被吓得不轻。

他装鬼跳下去抓水匪尸体“分尸而食”都没有这些女人的尖呼可怕，几乎全城女人齐齐尖叫呼啸，简直像一万只羊被宰杀，吓得他差点摔下城头。

“哈哈，水曜说得对，诸位姑娘婶子就不要客气了。”火曜从内城墙翻身上来，他也难得露出个笑脸来，神色很有些古怪，又很是敬佩地扫过这些女人。

原本都不过是一些未出阁的姑娘或者在家里生儿育女，操持寻常生计的女人们在这一次的战斗中，竟如此统一地爆发出凝聚力，完成任务完成得极为专业，竟然没有出丝毫纰漏。

要知道，楚瑜领着人策划这一次的“大戏”也不过三四日左右的时间。

一开始他都觉得很不可思议，这些女人能顶什么用？

可是没有法子，城里的男丁不少都上了城头战场，受伤的不少，若是没有接受过武学训练，男人的身形与灵活度确实也不合适这么被——吊来吊去，展现出鬼魅的恐怖和轻盈。

楚瑜大眼亮晶晶，倒映着火光，愈发显得流光溢彩，她笑眯眯地道：“没错，谁说女儿不如男，姑娘嫂子们，咱们守城可不输男人们，若不是大家演得好,吓破了水匪的胆子,说不定他们第一时间就看出破绽来了！”。

“兵伐诡道，上兵伐谋，攻心为上！”

楚瑜毫不吝啬的赞美让姑娘嫂子们都齐齐愉快地大笑了起来。

火曜看了眼欢腾雀跃的女子们，随后转眼看向楚瑜，很认真地抱拳对着她一躬身：“属下，敬服。”

楚瑜看着他认真的样子，也没有阻挡他对自己行礼，只笑了笑，随后身形轻轻一跃，跳上城头，抱着胸，看向远处：“让木曜带着人马上收队罢，小心不要引火烧着了自己。”

火曜也跟着跃上城头，抬手道：“是！”

水曜则是一脸好奇地翘着二郎腿坐在城头上，晃着他的长腿，很是好奇地看着远处燃烧的火焰：“小夫人，到底是怎么想起来这种法子的，那些火油……居然真的能在水上燃烧啊，我原本以为它们是用来润滑车轮和照明用的呢！”

楚瑜让他们去寻找这种黑乎乎的油脂的时候，他们还是觉得很奇怪，这种东西比较少见。

不过云州作为全国最大的港口，什么人，什么货若是在云州没有，别的地方也就没有了。

果然还真给他们找到了不少，国内有商人将之贩卖出去，运到了云州。

楚瑜闻言，明亮的大眼里闪过一丝异色，只淡淡地道：“以前做捕快时见过有些北地商人用来烧着户外照明，也见过这东西能水上燃烧，所以想出了这种法子。”

石油，当然可以在水面上燃烧了。

“这东西还真好用，浮在水上能烧那么久啊，就是味道太刺鼻了，不如咱们的火油。”火曜传达完了命令，闻着空气里的味道，忍不住蹙眉。

那些海上的火鬼，若是近看，就能发现那是一艘艘装饰成鬼怪模样的小船罢了，鬼嘴里是一个铜管子加喷火阀门，一加气阀子，鼓起风，里面的黑油就能从管子里喷出去，再一点火，自然宛如火龙一般，四处喷射火焰，看着狰狞无比。

可是这个黑火油的味道太大，差点就让水匪发现不对劲了，若不是对方发现不对劲晚了，说不定会逃出去不少。

“火油太轻，海浪一吹就散了，而且黏着性不强，不能粘在船体上。”楚瑜道。

“如今水匪被小夫人的计策大败，想来短时间内没有法子攻城了，咱们是不是就准备撤离了，金大姑姑已经准备妥当了！”

火曜直接向楚瑜请示，如今楚瑜在他眼里，是正儿八经地只比琴笙地位略低一筹，他直觉地信任她的决策。

楚瑜点点头，低头看了下城墙下那些被烈焰烧得焦黑的尸体：“嗯，水匪估计是暂时没有法子攻城了，逸哥儿的消息也传了过来，他和南国公很快就要到达云州城了，所以咱们动作快点，明儿傍晚寻个机会，就撤了罢！”

当初她留下来就是因为陆锦年挑拨了民众，逼得她不得不留下镇场子，否则这一城军民的性命都堪忧。

如今她费了老大的气力终于摆平了攻城水匪，又组建了‘大爷大妈’巡逻队，云州城应该是暂时无忧的，而她的威望在云州城经过这些天，也已经达到了一个新高度，一呼百应，绝不会再像之前那样被质疑。

她顿了顿，走到内城墙的方向看向城内，见城内一片欢腾，脸上的笑意却淡了：“但是，我觉得咱们还是得做好不太可能顺利脱离的准备，毕竟宫少宸实在太沉寂了，这完全不符合他的性格。”

火曜一顿，看向楚瑜的目光微闪：“小夫人的意思是……”

“他一定会有所动作，之前沉寂若此，无非是一来咱们的巡逻很紧，这种模式他一时间找不到兴风作浪的点，二也是他一定觉得建川太过嚣张，所以抱着点冷眼旁观的心思罢了。”楚瑜眯起慧黠冰冷的大眼，唇角也抿紧了。

“所以，我们都能想到的事情，宫少宸怎么会想不到，他把我拖在这里那么久，连陆锦年这颗棋子都用上了，一定不会让我顺利脱身，他明日一定会有所行动。”楚瑜捏着拳头，轻轻地敲了下城墙。

喧嚣而残忍的一夜就这么过去了，这一夜，以侵略者留下了满地烧焦的尸首和海面上数艘燃烧到天明的大船结束。

而城内更是欢欣鼓舞到天明，人们还精神奕奕不愿睡去。

相比起云州城百姓们的兴奋，第二日一早，阳光洒下来的时候，建川迷糊而狼狈地醒来。

他在心腹的保护下，上了一艘没有起火的船，侥幸留下了一条性命。

而他也很快发现自己的军队损失惨重。

“船如今只剩下五艘完好的，剩下的还有四艘能勉强航行，必须大修，其余的船只全部烧毁沉海，咱们的人只剩下七千余，火炮也所剩不多，只能够勉强自卫。”

听着心腹狼狈的报告，建川气得脑仁一突一突的疼，直揉着太阳穴，这是他有生以来遭遇的最大惨败！

一直到让人给他贴了两块膏药，建川才缓过劲来，细长的眼里都是狠辣的光，咬牙切齿地道：“怎么样，到底是怎么回事，难道真有什么恶鬼么！”

说话间，心腹已经将一块残破潮湿的竹纸片放在盘子上端到了他的面前，低头有些涩然地道：“这个是今早在海里捞出来的，您看看。”

建川低头看着那一团湿乎乎的东西，忽然对上湿纸片上一只巨大而狰狞的鬼眼，昨日的记忆太恐怖，他下意识地一抖，那一团湿乎乎的竹和纸片都“咣当”一声掉在了地上。

所有人都吓了一跳。

既然飞头蛮是假的，那么那些城墙上的恶鬼幽魂还有海上的喷火鬼也都是假的了？

建川气得浑身颤抖，胸口一闷，竟忽然“噗嗤”一声硬生生地吐出一口心头血来。

“将军，将军！”其余人吓得赶紧上前扶住建川。

“我们是不是撤？”他身边的心腹武者忍不住低声询问。

建川浑身颤抖地低声道：“不，不能撤，我们攻不进去，但是云州城的人……咳咳……也出不来，咱们必须不惜一切代价，围死了云州城……等着南国公的人马从后方包抄！”

“是……”那武者也只好点头。

建川闻言，就白眼一翻，晕了过去。

“将军！”

比起被气吐血晕过去的建川，云州城内，欢欣鼓舞的不止云州军民，还有一个人也很是愉快。

“哦，建川将军气吐血了么？哈哈，这可真是一件有趣的事情，本宫还没有看过建川将军吐血呢。”宫少宸挥了下手里的折扇，笑吟吟地道。

那一名女忍者跪在他面前，脸色一阵青一阵红，最终还是恭敬地道：“请殿下务必不能让鬼之女离开云州城！”

“呵，鬼之女，这是建川给我的小女郎取的外号吗，嘻，倒是也相配。”

宫少宸懒洋洋地挥动着折扇，半遮了脸。

“殿下！”森田岁郎也只能苦笑，跟着跪在他面前。

宫少宸轻哼一声：“这时候才想起本宫的能耐么？”

他妖娆的丹凤眼一眯，随后懒洋洋地从自己的袖子里摸出一个盒子交给宫少司：“好了，把这个东西给小女郎送去，如果我没有猜错，她最迟今天傍晚就会离开云州城，若是在她离开之前送到，还能留下她，若是没有在此前送到的话，那就不要怪本宫了。”

森田岁郎看着宫少司接过那个盒子，神情很是古怪，试探着问：“这个是……”

他很好奇，什么东西能留下楚瑜？

“送去就是了。”宫少宸眯起眸子，随后懒洋洋地躺在榻榻米上，拿扇子遮了自己的脸，唇角有一抹讥诮的笑意，眼底却闪过冷酷的神色。

……

“我倒是不知道，你竟然还有胆量出现在我的面前。”

女子冷冰冰的声音响起。

站在她身后的少年看着她，却仿佛丝毫不受她冰冷话语的影响，只是笑眯眯地看着楚瑜：“小姐姐，不要生我的气了，好吗？”

一脸无辜的表情在那瘦削的小脸上，愈发显得他可怜兮兮的。

楚瑜看都不看，不为所动地道：“如果这就是你来要说的话，红袖，送客！”

红袖目光森冷地看着宫少司：“滚。”

他怎么敢在杀了金曜之后，这么大喇喇地上琴家绣坊来，她怕自己看见宫少司在这里多坐一会，会忍不住动手杀了他。

“小姐姐，还是在生气啊。”宫少司却没有看红袖，只叹了一口气，仿佛很无奈的样子，从自己的袖子里取了一个盒子递给红袖。

“我是来给哥哥送东西的。”

红袖看了一眼那盒子，伸手从他手里拿了过来，交给楚瑜。

楚瑜看着自己面前的盒子，唇角浮起一丝冰冷的笑容：“果然，还是来了啊，我就说他能忍耐到什么时候才出手。”

宫少司却忽然很认真地道：“姐姐，我觉得你不要打开盒子比较好，不然你会很为难的，你想走的话，现在还来得及。”

楚瑜面色清冷地道：“你和他活着，就已经让我很为难了。”

宫少司一僵，没有说话，只低下头去，手无意识地搅着自己的衣摆。

楚瑜还是打开了盒子，她原本就是元毒之体，百毒不侵，自然不畏惧。

盒子打开之后，里面只有一本书。

楚瑜顿了顿，眯起眸子，打开那一本书，里面夹着两片树叶做的书签，她径自翻开到夹着书签的书页。

上面只用红色笔勾出了几行字，那是历史上某一次围城之战——

“……天下兴兵革之事……有众二十万困于城中，时有瘟疫起……于脱困日，只四百士卒以食人得存。”

楚瑜看了这几行字，忽然一把捏住了手上的书册，转过脸，目光幽冷锐利地盯着宫少司：“宫少宸，他到底想干什么！”

“哥哥，一直都只想要得到小姐姐和你背上的藏海图啊，他要的就是你自投罗网到他那里去，让最后的藏海图得以完成啊！”宫少司叹了一口气，抬手支在桌面上托住脸低声嘀咕道：“都说了要你别看，果然也是不听劝的脾气呢。”

“他有这个本事？”楚瑜冷笑一声。

宫少司看着她，认真地点点头：“小姐姐不要不相信哥哥，他既然说得出，就做得到，不信你要等两天看看嘛，如果我没有猜错，他可能会拿人做试验，让你看看效果，毕竟对于我们这种人而言，无关要紧的人命，并不是很重要的事情。”

楚瑜面无表情地看他半晌，只吐出一个字：“滚！”

宫少司扁扁嘴，很是委屈地皱着小脸，起身离开。

“真是的，人家只是说实话啊。”

……

等宫少司被送走之后，楚瑜才深深地吐了一口气出来。

“这是意思？”红袖忍不住蹙眉看着楚瑜手里的史书。

“什么意思？”楚瑜将书搁在桌面上，冷笑着抬手敲敲桌面：“宫少宸说的很明白，他手里有一种能让城内发瘟疫的法子，这种瘟疫会死很多很多人，而若是我不乖乖到他那里去，那么他会一点不吝啬地让云州城的人都死光。”

那个男人一直按兵不动，不过是想着借她的手给建川一个重击罢了，她是早就预料到的。却没有想到他手段这么狠毒又这么直接，直接到没有任何技术含量。

可是就是这么狠毒又这么直接……到仿佛没有任何技术含量的手段却最有效。

“他要散布瘟疫？”红袖的脸色瞬间白了一下。

金大姑姑不知什么时候到了，淡淡地道：“这种被围城的时候，没法去外地调来药材，就算老金在这里，也需要一段时间才能想法子尽量控制疫情。

南国公的人马一定会逼迫城内百姓交出我们，或者说交出小鱼，才会提供药材，如此一来，就算云州城百姓们的人心在我们这边，但生死之事，谁又会愿意冒着生命危险去站在我们这边？”

楚瑜托着腮，讥诮地轻哼一声：“所以啊，那个男人从来不做没有把握的事情，筹谋大胆又谨慎，还真是个将帅之才。”

宫少宸……果然是她平生之大敌。

她顿了顿，叹气：“毕竟就算要触发瘟疫这种事情，也必须天时地利人和，才能发挥最大的作用。”

天时地利——云州围城，外物进不来，里面的人出不去，曜司主力已不在云州城。人和自然是南国公与他明目张胆的内外勾结。若是少了一项，就算宫少宸真的弄出瘟疫来，以曜司的能耐要迅速控制局面也不难。不得不说，宫少宸轻易不出手，一出手就是致命杀招，比建川那个只知道强攻的蠢货，高明了不少。

但是敌人的高明，只能给自己添麻烦。

“准备好了？”楚瑜看了眼金大姑姑。

金大姑姑朝着她微微一笑，点点头：“准备好了。”

随后，她轻轻地拍了下手，不一会儿火曜就领着一个低着头的女子走了过来。

那女子跟着火曜对楚瑜行了个抱拳礼：“属下见过小夫人。”

楚瑜看着她，微微挑眉：“抬起头来。”

那女子恭谨地道：“是。”

随后，她抬起了头，朝着楚瑜一笑。

楚瑜看着那少女，托着腮，笑了起来：“月曜司下果然人才多。”

……

“我就知道，小女郎你是个心软的，为了这云州城的百姓，你一定会来。”宫少宸含笑看向面前站着的楚瑜。

楚瑜面无表情地看着他，随后转身向房间里走去。

宫少宸看着她的背影，也不以为意地轻勾了下唇角，示意其余人不必跟进来，他径自也跟着进了房间，示意门外的婢女上茶。

宫少宸优雅地坐在她的面前，亲自取了茶为她捣了起来。

“这是捣茶，味道与中原略有些不同，你可以试试。”

楚瑜坐下后，冷淡地看着他：“你到底想要做什么！”

宫少宸看着她，笑得温柔而暧昧：“很简单，我和琴笙一样，我要你，还有你背上的图，想来你背上的图还缺我手里的那份罢？”

楚瑜冷冷地看着他半晌，才道：“好，我给你，不准对云州城的百姓出手。”

宫少宸温柔地握住了她的柔荑，含笑道：“我一贯是守信的。”

楚瑜闭上眼，不再多言。

宫少宸眼神微微闪，示意人将一名纹身师傅带了进来，好整以暇看着楚瑜：“这刺图琴笙是个中翘楚，还好黑海老魔也有传人，你不会受太多罪，咱们开始？”

楚瑜慢慢地站了起来，面无表情地转过身去，一件件脱下衣衫，不一会儿就只剩下一件肚兜。

宫少宸的目光在她曼妙的身躯上停留了许久，眼底里闪过欲望的火光，抬手轻轻地抚摸上她雪白的背脊，感受到楚瑜的僵硬，他轻笑了起来，在她肩膀上烙下一吻：“你这般有恃无恐地在我面前宽衣解带，无非是因为你一身毒血，认定了我不敢碰你啊，真是狡猾。”

感觉楚瑜想要逃，他忽然牢牢地将她禁锢在自己怀里，阴沉而压抑地笑：“可是没关系，等到你身上的图完成，抑制你毒血的药，也差不多就能完成了。”

楚瑜闻言，讥诮地轻笑一声：“呵，你也太小看唐门的毒。”

宫少宸一把抱起她将她放在早已准备好的床榻上：“没关系，咱们可以试试。”

随后含笑示意那升火完毕的纹身师上前。楚瑜也不再挣扎，只面无表情地闭上眼，任由那纹身师开始在自己背上动作。

第七章 我心纠纠

日子一天天地过去，楚瑜背上的图渐渐清晰了起来，一副完整的海天图慢慢显现出来。

夜色渐沉，寒鸦在树上嚎叫。院子里一片沉寂，忽然响起了一阵乌鸦扑棱翅膀的声音。数道黑影鬼魅一般地轻轻跃上了房顶，又一个旋身落地，一路向院子深处摸去。不一会儿就摸到了一处房间门口。

为首的黑衣人抬手就悄无声息放倒了门口的几名守卫和忍者。

他才要推门，门就从里面打开了，月光下露出一张俏脸，她看向来人点点头：“小夫人，我身上的图已经完成。”

那为首的黑衣人，扯下脸上的蒙面帕子，赫然露出一张和那个“楚瑜”一模一样的面孔来：“咱们马上撤，绿意，这几日辛苦你了！”

只是，她才一动，院子里瞬间亮起了一盏烛火。

“小女郎，夜里有客么？”宫少宸不知何时含笑依在院子门边。

他站直了身子，轻叹了一声：“就知道你不会那么乖乖束手就擒，小女郎，你用那么个西贝货来骗我手上的图，若非我后来察觉不对，只怕你就这么走脱了罢？”

说话间，整个院子全部都亮了起来，不少忍者提着刀从暗处走了出来，也不知道在这里潜伏了多久。

楚瑜头也不回地一抬手，一道黑影就朝着宫少宸狠狠地劈砸了过去。

随后她一把拉住了绿意往屋子里一带，同时冷声下令："火曜，拦住敌人！"

"是！"火曜冷笑一声，索性也摘了自己脸上的蒙面巾，手腕一转，长刀一抛，手腕间转出两把猩红狰狞的血剑来。

宫少宸头一偏，那东西就"砰"地一声砸在了他脸侧的墙壁上。

他转脸便看见一个烛台深深地嵌入了自己脸一边的墙壁上，破裂的碎石蹭破了他的脸颊，带出血腥的味道。

宫少宸转过脸来，眼底闪过森寒的怒意："楚瑜！"

虽然知道她一直都想杀他，但这种愤怒的感觉还是再一次刺激了他。

尤其是在听到那一句"敌人"的时候，宫少宸唇边弯起了一丝近乎狰狞的冰冷笑意，他抬手轻蹭了下脸上的血，目光阴狠地看向已经消失在房间里的人。

"你是不是以为我不敢杀你了，是不是？"

被偏爱的有恃无恐么？

所以，她才可以这样肆无忌惮地挑战他容忍的底线？

"给本宫杀了他们，一个不留！"宫少宸冷冷地下令。

随着他的一声令下，所有忍者一瞬间向前方扑了过去，而曜司武卫们也在火曜的带领下迎上前去。

"武卫听令，一步不得让东岛人靠近，近之，杀无赦！"火曜看着远处的宫少宸，眼里闪过危险的光，提着手里两把猩红的剑朝着他飞掠而去。

宫少宸见状，唇角却弯起一丝冰冷的笑意，略退了一步，立刻就有数十名忍者扑上前来，将火曜困住。

他则是冷冷地站在门边看着不远处黑洞洞的房门口。

"殿下，不必担心，里面的婢女里有两位都是伊贺流忍术高强的女忍！"森田岁郎恭敬地道。

"那女忍者在她手下走不过十招，她还是到底选择帮那个男人，呵呵，那个混蛋到底哪里好！"宫少宸冷笑着，抬手在一边的树上狠狠一捏，碗口粗的树桩应声倒下，丹凤眸里寒光四射。

森田岁郎吓了一跳，噤若寒蝉，不敢多言。

“等着罢，她们总要出来的，你的人手准备得如何了？”宫少宸收回手，冷冷地道。

森田岁郎恭敬地道：“养兵千日用兵一时，我们的全部人手，还有潜伏多年的暗桩都已经听您的号令，做好了准备，绝不会让这里的人逃出去，还有，南国公那边传来的信是他那边已经全部准备完毕，随时可以进城。”

“哼，进城？”宫少宸危险地眯起眸子：“让他好好地呆在他的壕沟外头，没有我的命令，不得开城门！”

“是！”森田岁郎恭恭敬敬地道。

随后，他迟疑了一下：“除了防止曜司和郡主逃脱的人手启用外，咱们散布疫病的人也都已经准备好了，随时可以开始，您是不是先服药，咱们大部分人都已经服药了。”

说着，他让人端上来了一碗药。

宫少宸看着那药顿了顿，接过来一口喝下，随后冷冷地看向一边的宫少司道：“若是楚瑜敢踏出这城门，就听本宫的命令动手。”

若要瘟疫生效，就必须保证云州城一个百姓都出不去，他们自己虽然服药预防，也多少还是要冒着点风险的。

宫少司靠在墙边，抱着一把太刀，猫儿似的大眼扫了宫少宸一眼，没说什么，只漫不经心地点点头。

月色渐暗，寒风料峭，加入围剿的忍者越来越多。而此时，城中四处，忽处皆有火起，冬日天干物燥，很快四处的火势就大了起来。好在城内的“大爷大妈”巡逻队早已发现了不对，敲锣打鼓地唤醒了许多人前来救火，顿时城内四处一片混乱。

听着街道上传来的喧嚣，宫少宸唇边勾起一丝冰冷的笑意，盯着远处飞奔的窈窕人影，单凤目愈发森凉。

随后蓦然拦在她面前，宫少宸发现那假的楚瑜已经不见，他单凤目里寒光一片：“你大着胆子采用这样冒险的计划掩护那个西贝货离开，自己留下，还是仗着你一身毒血，我奈何你不得，也更是仗着我不会杀你，才这般恣意妄为，是么？”

楚瑜看向手里的剑，神色轻慢又无谓：“难不成你舍得杀了我么，也就是我和绿意身上还有地图了，如今绿意已经带着你那一幅图脱险了

，只有我背上还有琴笙的图，不过你要抓我，只怕不容易。”

话音才落，她忽然手中长剑一转，亮出一朵锐气四射的剑花后，剑锋剑气直指宫少宸的脖颈，经历了这么多的实战，楚瑜的身手已经非昨日吴下阿蒙，继承来的百年内力与她的剑上迸发出的剑气，令寻常人根本无法招架。

不少忍者才要逼过来挡在宫少宸面前，手里的刀碰上楚瑜剑上的剑气，就瞬间直接崩裂！

血光四溅。

楚瑜一剑之下，就取了两人性命，还令好几个忍者都受了重伤，丧失了战斗力，令忍者们都立刻愈发紧张，但是身为死士，他们丝毫不肯退却。

宫少宸看着她森冷的墨玉大眼里都是杀意，眼底的寒光和阴郁愈发凝重。

宫少宸忽然抬手，手中不知何时多了一把火铳，直接对着正与忍者们缠斗的楚瑜。

他手臂端得极稳，面无表情地瞄准楚瑜，下一刻便直接扣动了扳机。

“砰！”一声闷响，硝烟的味道弥散开来。

待楚瑜发现自己被枪瞄准的时候，已经来不及躲闪，她目光一寒，一把抓过一个忍者挡在身前。

那忍者的胸膛即刻就被打出了血淋漓的大洞来，惨叫连连。

而楚瑜也因此不得不退到一边，又被许多不要命的忍者扑挡住了，她的手臂也受了不轻的伤。

而宫少宸把那火铳随意一抛，换回了太刀：“留下活口残疾不论即可，至于你们用什么法子抓住她，本宫不管，我们去抓那个绿意，她的背上才有完整的图。”

宫少司看着他，冷冷地道：“哥哥，我只希望你不要后悔刚才对小姐姐下了那样的命令。”

“后悔，她都不曾后悔，我又有什么好后悔的？”宫少宸站在一边讥诮地勾了下唇角。

宫少司看了一眼宫少宸，忽然轻声问：“哥哥，即使我为你背叛全世界，你亦永远都不会信任我和看得起我，是么？”

风太大，他的声音不高。

宫少宸也从未仔细听，只冷冷地看了他一眼：“你说什么？”

“没什么。”宫少司忽然轻笑了起来，幽暗的大眼看向前方。

“小姐姐说，有些人活得像条狗，不管再怎么对人示好，在那人的眼里，他就是一条会咬人的狗，根本不会被人放在心上。”

宫少宸目光一寒，抬手再次朝着少年的小脸上拂去。

但是预料中的被打上脸的清脆巴掌声却没有响起。

宫少司抬手就一把捏住了宫少宸的手腕，手指还正好扣在他的脉门上，看着他笑得灿烂到冰冷。

“你出言不逊，居然还敢反抗本宫的教训！”宫少宸勃然大怒，几乎想也不想地抬腿就朝宫少司狠狠踢去。

少年虽然嘴上一直很刻薄，但是所有的行为都充满了讨好，甚至逆来顺受，这一次的反抗，几乎激发了他心中所有的杀意，再加上前面陡然察觉了楚瑜的“背叛”，那种双重被违逆的感觉，几乎一瞬间就激怒了宫少宸。

那一刻，他朝着宫少司身上踹去的部位，是少年的心口，没有留下任何情面，更忘了自己手腕的脉门还捏在少年的手里。

宫少司眼里闪过一丝夹杂着悲凉恨意的寒光，他手上忽然一紧。

宫少宸便立刻感觉到一股尖锐的内劲直接从他手腕的脉门灌了进来，直逼心脉。

“唔——”胸口的巨大的痛意让宫少宸一下子吐出一口血来。

这内讧的一幕似让跟着他们的忍者都呆愣住了，一时间不知道作何反应。

宫少宸不曾防备，踉跄着，捂住了胸口，唇角渗出血来，愈发显得他容色华艳，再抬眼时，他目光狰狞地看着面前的少年：“宫！少！司！你竟然敢……”

“竟然敢什么？竟敢说实话，还是对哥哥你还手？”少年大眼弯弯，捏住他的手腕，依然笑得天真到瘆人。

“如果，我是哥哥的狗，哥哥不也是小姐姐的狗吗，可是小姐姐一点都不喜欢哥哥啊，哥哥再怎么撕咬，就算咬断了小姐姐的喉咙，她也不会喜欢你的，就像你永远不会喜欢和信任我一样！”

宫少司叹了一口气，忽然指尖一弹，一股烟气儿从他指尖弹出。

宫少宸在那烟气直逼上自己鼻间的一霎，就屏住了呼吸，但依然吸入了不少，他眼前瞬间一花，身体软得站不住，膝头一麻，直接跪在了少年的面前。

他脸色苍白地，下意识地抬头去看周围的忍者要下令，却发现那些伊贺忍者们每个人都目光冷漠地看着他，而不是他以为的因震惊而没有回过神来。

他心中忽然咯噔一下，瞬间明白了什么。

“这些都是……”

“他们都是我的人。”宫少司笑眯眯地低头看着单膝跪在自己面前的宫少宸。

“哥哥是忘了罢，我可是在伊贺流的忍者村里呆了好几年，是近百年最早杀了上师出来代号罗刹的上忍，这里面怎么可能没有我的人。”

忍者，同样只崇拜强者。

“你……本宫早就知道你不是好东西，果然不值得信任！”宫少宸俊俏的面容闪过一丝扭曲，阴沉地看着宫少司冷笑。

他之前让宫少司安排人手跟过来，看来宫少司就安排了自己的亲信跟过来。

“怎么，你现在是打算杀了本宫取而代之，别做蠢梦了，你跟着我这些年，不会不知道我的路只有我自己能走，没有人能复制！”

“啧，套句小姐姐以前说过的话——你的脑洞太大了。”宫少司比了一个手指在唇前，晃了晃。

随后，他微微倾身向前，让宫少宸看见他大大的猫眼里跳跃着的冰冷火光：“宫少宸，我在意你的时候，才是你的狗，如果我不在意你了，你在我眼里，连条狗都不如，你的，明白？”

带着东岛强调的话语的声音，软侬到森冷刺人。

“你想怎么样！”宫少宸脸色变了变，随后轻蔑地弯起唇角，倒是丝毫都不畏惧地看着宫少司。

“就算你是罗刹，你所能调动的人手也这么点，又或者你要杀了我。”

宫少司和他两人目光锐利地对视了许久，少年却忽然笑了起来，抬手拍了拍宫少宸的俊脸：“不，我哪里舍得杀了哥哥呢，我啊，现在最大的心愿，就是让你活着看看你是怎么失败的，失去一切，不管是小姐姐还是你想要的皇位，因为你根本不知道……”

他轻叹了一声：“我有多么恨你。”

说罢，他手一松，宫少宸骤然踉跄着倒在地上。

“你打算帮着她离开云州！”

“你……既然如此，当初她要你跟着她走，你又何必留下，难道你以为现在你去投奔了她，她就会原谅你么，别忘了你做过什么！”宫少宸看着面前的少年，因为药力的缘故眼前有些恍惚，他勉力维持着使自己不要昏迷，讥诮地道。

“我，没有忘记我做过什么。”宫少司看着依然死撑着的宫少宸，唇边浮现出虚无的笑容。

“可是，那又能怎么样？”

他低下头，忽然伸手轻轻地抚了下宫少宸的唇角，复杂地轻道：“哥哥，再见。”

宫少宸身子晃了晃，轰然倒地。

宫少司提着自己的太刀，冷冷地看向自己身边的忍者们，用东岛话利落地下达指令：“拦住所有试图追来的其他人！”

他又看了眼躺在地上昏迷过去的宫少宸：“看好他，不要让他死了，把人看起来，直到南国公的大军进城！”

这些忍者们互看一眼，随后齐齐躬身：“是，罗刹大人！”

宫少司转身看向一边冷眼看着他们内讧的楚瑜，笑嘻嘻地道：“小姐姐，走吧，这里的事交给我，我不会让瘟疫扩散出去的！”

楚瑜怔然地看着面前的少年，她眼底闪过复杂的光，一言不发地忽然转头飞奔而去，红袖等人立刻飞身跟上。

看着楚瑜一行人远去消失，宫少司惆怅地轻叹了一声，从袖子里放出一只鸟儿。

“小姐姐，保重。”

那鸟儿瞬间飞上了天空，在半空里盘旋了一下，嘶鸣了一声向北城门的方向飞了过去，宫少司随后足尖一点，身法极快地跟着飞身掠去：“走吧，去杀光所有手里有瘟疫引子的人！”

不一会，他就领着两名忍者消失在长街的尽头。

所以，他并没有看见宫少宸在两名忍者试图拉起他的时候，忽然动了动，微微睁开了眼，用尽自己的力气，骤然将一摆衣袖，一记漂亮的红色焰火瞬间从他袖子里弹射出去，在半空里爆开一朵红色的焰火。

那两名忍者大惊失色，却也来不及阻止，只赶紧竭力地拖着宫少宸和其他人一起离开。

但是他们才退了没多久，就看见街道不远处多了不少人影。

对方也同样一身黑衣忍者打扮，脸色阴郁狠辣，不是森田岁郎又是谁！

“把殿下放下，叛徒们！”森田岁郎脸色狰狞阴狠地从牙缝里挤出话来。

宫少宸周围的忍者下意识地就要后退，但是一回头，却发现他们身后也出现了许多手握长刀的忍者们。

他们，被包围了。

宫少宸听着身后的厮杀声和惨叫声，一边任由一名女忍给他包扎伤口，一边目光冷冷地看向远处——宫少司消失的方向：“追！”

森田岁郎看着宫少宸：“命令散下瘟疫的消息已经放出去。”

“呵呵呵……”宫少宸轻笑了起来：“很好，之前是本宫心慈手软了，这次，是该有人付出她不听话的代价了，就让云州血流成河罢，呵呵！”

森田岁郎看着宫少宸的脸，忍不住颤了颤。

男人眼中阴森暴戾的寒光，唇边猩红的血色、散落的长发与他一身的华衣，让他整个人看起来仿佛从地狱归来的恶鬼。

更像传说里的恶鬼之王——酒吞童子。

……

“怎么样？”数道人影小心地蹲在城门下，抬头看着城门上方，有女子压低了声音来问接头的人。

“北城果然已经被水匪的人占了，城门官居然都是他们的人，此人隐藏得太深了！”红袖低声在楚瑜耳边道。

“他们是有心谋划，日子已经过了那么久，要一一筛查出所有人的卧底奸细，本就不现实。”楚瑜眯了眯墨玉大眼。

东岛人试图夺取中原的卑劣阴谋只怕是秋玉之还在的时候，甚至更早点，就是琴笙还是个不知事的娃娃时，就已经开始谋划了。

只是中原王朝夺权内乱，给了他们机会。

果然任何强大集体和组织的崩溃都是从内部开始的。

“咱们现在杀出去？”红袖低声道：“接应的人已经来了，杀了城门官和东岛人，就能夺回北城的守权，打开城门，金大姑姑她们已经先行去准备了。”

楚瑜点点头，忽然低声问：“绿意和火曜那边准备得怎么样了？”

水曜亦即刻压低了声音道：“他们应该已经准备好了，我看到了火曜的信号。”

楚瑜深深地吸了一口气，目光凝重：“要尽量保证百姓们的安全，把损失降到最低。”

“是。”红袖低声道，她看着楚瑜，一字一顿地道：“小鱼，我们要的是尽量保证你的安全，这次的计划，已经是我们最大的让步了，如果你真的有事，三爷不光不会原谅我们，也不会原谅……你。”

北城五里外驻军大营，一道着红色官服的斯文人影款步向中军帐中走去。

“监军大人来了，国公爷等您多时了。”门口的校尉看着人过来，眼里闪过一丝精光，立刻含笑抱拳道。

“嗯。”封逸淡淡地朝着那年轻的校尉颔首。

随后，在那校尉的引领下向大帐里走去。

“封御史来了。”南国公正在大帐里与一干手下将军们说话，见封逸进来，其余的将军们都安静了下来，众人都知道这位御史是个刺头监军，是南太后的人，却未必是南国公的人。

倒是南国公微微一笑，示意其他人都离开，于是，一干将军们都齐齐起身离开。

南国公含笑看着封逸：“封大人，看来，您是要给本国公带来什么好消息吗？”

封逸看着南国公，目光清冽，却没有作声。

南国公也很有耐心，含笑看着他。

好一会，封逸忽然抬手向南国公一揖，随后沉声道：“封逸愿为国公爷效力。”

南国公看着他手上的信封，微微挑眉：“这是什么？”

随后，他看了眼李君武。

一边的李君武上前接过来，打开一看，愣了愣，又递给了南国公。

南国公一看那信上，锐眸中光芒一闪，如暗夜中猩红焰火，看得人有些心惊：“玉安郡主等人今晚要潜出北门，让你想法子拖住我们的人，这是真的？”

封逸直起身子，淡淡地道：“封逸不敢瞒您，此信上正是楚瑜的笔迹，也有曜司印记。”

“君武？”南国公看向身为自己幕僚长的李君武。

李君武摩挲着自己的胡须，微微颔首：“没错，属下曾经研究过他们的笔迹，这是玉安郡主的笔迹，也是曜司的印记。”

南国公闻言，仔细看了看那信，勾了勾唇角：“看来这位玉安县主当初对你很有些恩情，言辞恳切得让人闻之感动，本公才知道原来连你义父的天工绣坊都是她一手拯救，你义父的后事也是她出钱操持，这般恩情，她也不过是让你帮忙转移下我们的注意力，并没有让你做什么，你就这么轻易出卖她，不会良心不安么？”

“良心并不能拯救我的家族，正如当初封氏家族一直都对朝廷忠心耿耿，最后又如何？”封逸微微一笑，绒薄的修眸里闪过讥诮的目光。

“她在信上一一列举当初对下官的恩情，又何尝不是挟恩图报，下官将此信交给您，也不过是为朝廷尽忠，至于您，我想您要的也只有琴三爷的性命而已，未抓到琴三爷之前，您也不会出手要了她的性命，只要她能活命，下官就是还了恩情了，不是么？”封逸掸了掸自己的袖子，平静地道。

“呵呵，好一个机敏睿明的封御史。”南国公闻言，瞬间大笑了起来。

他忽然想起什么，兴致盎然地问：“那么你若是要救她，打算怎么做？”

封逸微微勾起唇角，轻描淡写地道：“下官也并不需要怎么做，只要在军营里想法子放出一点火来，转移诸位的注意力，为她们留出离开的时间即可，楚瑜和曜司的武功都极高，只要有半刻钟的时间，不被国公爷的探子发现，就能远走高飞。”

南国公闻言，微微眯起眸子，若有所思：“这倒是真的。”

封逸看向南国公：“不知国公爷可满意下官这封投名状？”

南国公闻言，和封逸对视片刻，封逸直视南国公坦荡得毫无遮掩，南国公随后大笑了起来：“呵呵，年纪轻轻，便这般聪明，更可贵的是识时务，着实是难得的人才，既然封大人给了投名状，本国公自然不会亏待你。”

“多谢国公爷。”封逸不卑不亢地一揖，随后道：“下官告退。”

南国公颔首，目送着封逸离开。

看着封逸离开，李君武忽然开口：“国公爷，此人可信否，为了自己的利益，就这般出卖恩人，不择手段，甚至毫无羞愧之感，比当初那些投靠宸王的墙头草还不如，实在不值得信任。”

他摸着胡须，丝毫不掩饰自己眼里的鄙夷。

南国公却眯起眸子，低沉地一笑：“呵，正是因为他的复仇欲望，才会让他有机会站在本国公面前，若是他真太有良心，反而不可用，是个真小人，若为爪牙鹰犬，确实很得力。”

“可是……此人既然今日能为您所用，他日就能为出价更高的人用！”李君武还是很不屑地反对。

南国公轻嗤了一声，将那一封信随手扔在一边的桌面上：“谁需要他的日后，飞鸟尽，良弓藏，何况他这种走狗，自然是抓到琴笙之后，就烹了。”

“您说的是。”李君武一笑，随后忽然想起了什么，他看向那一封信：“玉安郡主那边，这个消息可信吗？”

“可信程度很高，本王还是能分辨出人是否在撒谎的，何况宫少宸，不，伊崎宫殿下一直传信出来，对我们却很少提起城内的消息，就只是让我们在外围按兵不动，说他已经抓到楚瑜了，可他大概还不知道楚瑜已经在计划今晚潜逃了罢？”南国公轻笑了起来。

李君武沉吟了一会：“咱们是否要通知伊崎宫？”

“不。”南国公却干脆地拒绝了，只慢条斯理地拿起了茶杯轻品了一口：“他一直不将具体的情形说与我们知，无非就是想独擒楚瑜，未来在和咱们打交道的时候稳坐庄家罢了，这一次，轮到咱们先把楚瑜这个关键的棋子拿下，本公倒是要看看他们拿什么跟本公讨价还价！”

“是！”李君武恭敬地颔首，随后又递茶给南国公，问：“那么您是怎么打算的？”

“派人盯稳了北城门，这一次本国公要将他们瓮中捉鳖！”南国公轻品了一口茶水，随后“砰”地一声捏碎了茶杯，茶水流了满手。

封逸站在帐篷外，抬起眸看向远处高高屹立的城墙，神色沉静得让人看不出情绪，凉风吹过，他从袖子里取了一只金色的西洋表，看了看里面的表盘，随后忽然轻叹了一声：“天凉了，海风可真大。”

一边的校尉笑容里多了一丝谄媚：“您那里要多添些炭火么？”

封逸收好了怀表，淡淡地道：“好。”

……

“来，对时辰。”楚瑜从怀里取了一只怀表看了看：“嗯，时辰差不多了。”

“去罢，二娘、三娘！”她看了下霍家姐妹。

霍家姐妹互看一眼，随后立刻翻身跃起，轻盈如鸟儿一般，直掠上墙头。

楚瑜等人正要跟着翻身而上，却蓦然转身，手中软剑一甩——“叮”地一声，就将一片十字飞镖甩开。

“郡主打算去哪里，殿下要您留下来！”一道生涩的带着东岛口音的话语忽然飘了过来。

她一转头，就看见百余道忍者的身影忽然似从地底冒出一般，将他们一行人全部围在中间。

楚瑜看着那些忍者们，忽然轻笑了起来：“到底是伊崎宫，居然这么快就发现不对了么。”

“您先上去，既然这些忍者到了，伊崎宫人也必定会在最短的时间内赶到！”水曜手腕一转，两把猩红长剑横在手间，挡在了楚瑜面前。

楚瑜轻嗤一声，这次她没有再留下，足尖一点，与唐瑟瑟、桃井月几个人一起直接掠上了城头。

忍者们立刻吹响了口中的骨哨，随后手中刀舞开一片鬼魅刀影冲向曜司武卫们。

水曜轻舔了一下猩红的唇，眼底闪过诡凉的光，清越长啸：“曜司武卫，听我星君令！杀！”

“得令！”武卫们全都直接收了长剑，手中血剑齐齐向空中一抛，旋开一片片暗红致命的厉光，携着浓烈的杀意，直飞入忍者们当中。

一时间惨叫闷哼之声四起，双方绞杀做一片。

楚瑜直跃上了城头，正见着霍三娘一剪刀剪下了城门官的脑袋。霍三娘一见她上来，抬手蹭了下脸上的血，忍不住蹙眉：“还没有清理干净，你怎么就上来！”

“想安安静静地出城是不可能了。”楚瑜摇头轻笑，随后反手软剑一挑，将向自己扑来做士兵打扮的忍者给扫下城头。

“啧，被宫少宸那条狗咬上了，还真是麻烦啊。”霍二娘手腕一转，接住连取了两名忍者头颅，飞旋回来的弯刀。

随后她看了眼不断掠上来的黑衣忍者，越来越多的黑影，速度快得令人不可思议，她没好气地小声嘀咕：“哎呀，东岛讨厌的跳蚤们又来了！”

“那就杀光好了罢！”唐瑟瑟冷冷地道，一把架起手中的唐门百箭弩，直接瞄准了飞扑过来的忍者们，幽蓝的箭头分明带着剧毒。

“砰！”一声风响，无数细小的锐箭直如天女散花一般射出去。

不少忍者应声而倒，却还是有源源不断的忍者冲过来。

楚瑜手中长剑一震，剑气直接震开了逼过来的忍者，随后她眼中寒光一闪，蓦然转身，抬手就捏住了不知什么时候逼到自己身后的黑影的咽喉。

可是待得看清楚自己面前那张面孔之后，她愣了一下，冷冷地道：“你来干什么！”

宫少司看着她，却忽然抬手握住了她捏住自己咽喉的手，大眼里闪过灿烂的笑意：“小姐姐，可以再问我那个问题吗？”

“什么？”楚瑜莫名其妙地看着面前的少年，微微蹙眉。

宫少司睁着大眼，很认真地道：“问我愿不愿意跟你走。”

楚瑜一怔，看着宫少司，正要说什么，却用眼角余光忽然发现脸后有异影。

她正要动手，却见宫少司忽然手腕一转，数片锐利银光携带着杀意直弹向她，不，应该说是直弹向她身后的黑影。

“嗤！嗤！”

几声之后，楚瑜身后便传来惨呼的人声，几名持刀劈向她的忍者眉心中了数枚十字标，目眦欲裂地倒地，死前还死死地瞪着宫少司：“叛……叛徒！”

“你到底想干什么？”楚瑜不为所动地转回目光，警惕地看着面前的少年，冷冷地道：“这又是宫少宸的诡计？”

“我错了。”宫少司却答非所问，只睁着自己的猫儿大眼，认认真真地看着楚瑜：“对不起，小姐姐，我不该杀金曜的，你可以原谅我吗？”

楚瑜看着面前少年天真而又认真的神情，毫无恶意，她忽然有些无力，她已经完全搞不懂他到底想要做什么了。

她忍不住扶额，有些讥诮地道：“宫少司，我知道你跟着宫少宸，一定会被他养得是非不分，但是我真的不知道原来你还可以这样愚蠢，或者说无耻。”

“小姐姐，为什么，不可以原谅我，我已经道歉了啊，你跟我说过的，每个人都应该有一次被原谅的机会啊！”宫少司有些茫然地看着楚瑜，忽然抬手就抓住了她的胳膊，拔高了声音。

楚瑜看着抱着自己胳膊的少年，忽然觉得他的身体瘦削单薄到像一只营养不良的可怜小猫，可是她却很清楚，他是被饲养用来夺人性命的猞猁。

“每个人都有一次被原谅的机会，但也要对方还有机会原谅你，你觉得金曜还有机会开口吗？”楚瑜看着宫少司，忽然轻声问，随后将自己的胳膊从他手里抽出来。

宫少司愣住了，看着自己空空如也得手，忽然猩红着眼，声嘶力竭尖地叫起来：“所以我不值得被原谅吗……可是……明明是他不好，是他一直在说小姐姐最恨我了，是他一直都在说哥哥也永远不会喜欢我，是他一直都说我什么都想要，什么都不配得到，什么都不配拥有的，可是我……我只想这个世上有人在意我，这也有错吗？！”

“他说了曜司首领宁死不会被俘，我只是在成全他而已！”

楚瑜被他那样子和尖利狰狞的声音吓了一跳，下意识地退了一步，靠在了城头边上，看着面前泪流满面的少年，忽然不知要说什么。

“金曜……这是他临死时说的话么？”

楚瑜眼前忽然闪过那拥有一双漂亮桃花眼，却永远仿佛带着讥诮看着自己的青年的俊美面孔，忽然有些喑哑地开口。

宁死不会被俘？

她闭了闭眼，眨去长睫上的水意。

宫少司怔怔然地看着楚瑜，忽然放缓了声音，有些茫然地低头嘟哝：“我只是在成全他的心意……他为什么要撕开我最后一点点的幻想，明明是他不好！”

少年半弯着腰，忽然抬手捂住自己的小脸，低低地笑了起来：“我好生气啊……为什么啊……我明明那么努力了，哥哥还是不信任我，我明明为了他做了那么多，我连建川都放弃和得罪了，他依然不喜欢我，我甚至为了他，放弃了唯一可以得到救赎的机会……哈哈哈哈……”

他低低地狼狈地笑着，笑得眼泪不断地从他细细的手指缝里渗出来。

他忽然抬首看向楚瑜，再次抱住她的手臂，像是要挂在她身上一般，猫儿一般的大眼里有一种近乎凄厉的纯稚：“我错了，小司错了，我跟你走，小姐姐……求求你，再问我一次好不好？”

艳丽的火，照耀在他的小脸上，照亮他眼里仿佛孩童对亲人的期盼。

忽然让她想起了另外一个“少年”，或者说另外一个时空里，是否同样也有一个这样的少年，对着在意的人露出这样祈盼而凄厉的表情。

最后，还是焚尽于多年前上京东宫的那一场萤焰。

“小司……”楚瑜看着面前泪流满面的猫眼少年，心情复杂又震撼，下意识地抬手想要轻触他脸上的泪，但是最后却还是停在半空。

原谅？她有什么资格去替代金曜说这两个字？

“小司，这个世上，不是靠比惨就能理直气壮地要求别人原谅的，这世上有一种东西叫作因果，种什么因，得什么果。”楚瑜看着面前一脸祈盼，猩红着大眼的少年，慢慢地轻叹了一口气。

有些事，是没有法子回头的。

“小司，本宫倒是不知道你的演技日渐精进到如此地步，听得可真让我感动。”一道阴沉讥诮的声音忽然在两人身后响起。

楚瑜身形一顿，随后蓦然抬头，冷冷地看向远处。

一道穿着华丽锈金缎劲装的高挑人影，带着身后的许多黑影缓缓地走了过来。

楚瑜的目光在他包扎着的肩膀上一顿，随后手腕一抖，软剑在空中划过金属寒光，大眼闪过讥诮地寒光：“宫少宸，你比我想象中来得慢了点。”

“是么，那还真是让小女郎失望了。”宫少宸微微弯起唇角，目光阴沉诡冷地看着楚瑜，随后轻笑了起来：“不过说来，小女郎总是让我惊讶的，曜司的人手怎么少了这许多，琴笙可是没有我想象中那般重视你，又或者他们另有任务？”

楚瑜墨玉大眼里闪过暗光，扯了扯唇角，却没有回答他的话：“伊崎宫殿下倒是比我想象中更孤掷一注，这是启用了云州城里潜伏的所有势力么，赌这么大，只怕输了不好向你们的飞鸟宗主交代罢？”

宫少宸将手里的太刀长刃指向楚瑜身前的宫少司，丹凤眸里满是轻蔑又冷酷暴戾的光。

“你以为靠着他，就能逃出生天？”

楚瑜才要说什么，却见宫少司忽然伸手一把将她另外一只原本举在他脸边的手按在他的小脸上。

楚瑜愣住，下意识地就要抽回手。

却见少年忽然抬头对着她一笑，眼里依然带着泪，目光诡亮：“小姐姐……你说过，有些事没法回头了，但如果用行动是否可以赎罪呢？”

楚瑜蹙眉，手里都是湿漉漉的泪水，还有少年几乎只比她的手大不了多少脸，让她心中微微一颤。

“小姐姐……你会需要我的。”少年没有给她拒绝的机会，大大猫眼闪过天真的笑意，忽然用尽了所有的气力抱着楚瑜狠狠向前冲撞过去。

楚瑜原本就靠在城头上，不防之下，被他这么狠狠一撞，整个人就直接从墙头上摔了下去。

“宫少司，你这个王八蛋，她哪里对不起你！”霍二娘离楚瑜最近，见状，几乎愤怒得目眦欲裂，抬手一把将面前的忍者狠狠朝着宫少司砸了过去，随后她整个人也跟着直接跳下高大的城墙。

曜司众人见状，都纷纷愤怒地竭力摆脱缠斗，拼命朝着城头下跳去。

只是宫少司头都没有回地一脚踢开那砸向自己的忍者，也一点不在乎曜司众人射向自己的暗器，倒是跟着他的两名上忍飞身而来，一一挡下那些暗器：“罗刹大人，您没事罢！”

宫少司头也没回地道：“拦住后面这些家伙！”

“是！”两名上忍眼底闪过一丝悲凉之色，到底，还是要玉碎在异国大地上么？

随后他们沉静下来，转身提着东岛刀直接横在了自己曾经的同伴前。

宫少司却没有回头只是趴在墙头上，看着墙下——楚瑜在半空中一个漂亮的鹞子翻身，直接稳稳地落在了城外的地上。

她骤然抬头，看向高高城墙上的瘦弱少年，却见他朝着自己露出一个灿烂的笑来，朝着自己大力地挥动着手臂，仿佛用尽了毕生的气力呼喊：“小姐姐，再见哦——这辈子，我没有资格再问了，可是，下辈子见的时候，请你再问我那个问题，拜托了！”

“你，愿意，到我这里来么？”

“我……愿意。”

楚瑜怔怔地看着那少年瘦削苍白面孔上的灿烂笑容，那一刻他明亮的大眼，也不知是被泪水洗得太干净，还是被满城的火光映照得异常明亮。

火焰烧红的半边天空，染血的城头，明亮的月下城上东岛猫眼少年安静灿烂的笑容，许多年后，依然是她回忆里一幅隽永到苍凉的浮世绘。

少年用力地笑着，笑得泪流满面。

第八章 天地悠悠

“真是的，浑身流着毒液的小蛇也想要做英雄吗？呵呵。”

宫少宸轻笑了起来，抬手揉了揉自己的脖子，而手中的刀子轻转，看向宫少司用东岛话道：“英雄都是要死的，这样才会成为英雄，连英雄秋子非都是死了才换成琴三爷活下来，所以本宫成全你！”

说罢，他一挥太刀，足尖一点，以迅雷不及掩耳之势直接狠狠地劈向宫少司的身后。宫少司蓦然转身，抬手一举，手中的太刀也瞬间跟着一架，两把太刀在空中击出火花来。

宫少宸剑上巨大的力道逼得宫少司身形略弯，两人的脸隔着两把交叉锋利的太刀几乎逼近在了一起。

“英雄那种东西，我没兴趣，我只是在换一个机会，哪怕是下辈子，才有的，那又怎样？”

宫少司在怀里掏了掏，从荷包里掏出一颗糖，这一次，连着糖纸一起塞进嘴里吃掉。仿佛感受着水果糖的甜味，少年大大的猫眼里露出甜蜜到冰凉的笑容，充满挑衅的天真。

“不怎么样，那你就去死啊。”宫少宸微笑，眼底一片黑暗的火光，声音却异常轻柔。

……

“小鱼！没事罢！”霍二娘一把抓住楚瑜的手腕，左右检查起来。

虽然知道以楚瑜现在的修为就算从更高的地方摔下来，也不会有事，可是她依然很担心。

楚瑜看着城头上，少年已不见，她微微垂下眼来，喑哑着嗓子道：“没事。”

不知为什么，她总觉得喉咙里像是梗着什么一般。

红袖和水曜也匆匆领着其他人赶了过来，水曜蹭了蹭脸上的血迹，见楚瑜无事，不由地松了一口气，随后也抬头看了眼城墙上，眼底闪过杀意：“那个家伙，杀了金曜首领，居然还对小夫人也出手，如果不是现在咱们有要务，本星君必定将他碎尸万段！”

楚瑜看着他，心头有些惆怅和复杂：“嗯，不过现在的情况倒是误打误撞按着咱们原来的计划脱离了北城门！”

“是的，所以其他的事交给火曜和绿意，咱们现在立刻撤离！”红袖左右看看，周围空无一人，一片晦暗，她立刻道。

楚瑜深深地吸了一口气，有点心不在焉地再次看了眼那城墙上。

众人才转身，却忽然听得一阵鼓擂。

“咚咚咚——”

激烈而沉闷的鼓声，像是敲在每一个人的心头上，震得人心头一阵发麻。

忽然整片场内灯光大亮。

众人齐齐抬头，看着面前的情景，骤然一惊——不知什么时候起，城外竟埋伏了大军，此刻亮起火把来，将周围照得灯火通明。看着无数甲胄分明的士兵还有他们手中的弓箭，众人皆沉默下去。楚瑜则微微眯起眸子看向前方。

不一会，便见有两人策马立在万军中央，为首一人一身明光甲胄，不是南国公又是谁，而策马于他身后的则是一身监军官服的……封逸。

楚瑜仿佛愣了一下，眯起大眼冷冷地厉声道：“封逸，你竟然忘恩负义若此！”

封逸淡淡地道：“这算不得出卖，封逸先是朝廷官员，才是郡主的受恩者，您与朝廷作对，不会有好下场的，何不放下武器，改邪归正，得证大道？”

“得证大道？”楚瑜似觉得荒谬一般，忽然笑了起来：“就像你这样为虎作伥，不择手段就是得证大道了么！”

封逸神色平静，不再回答。

倒是一边的南国公策马上前，俊毅深沉的面容上带着一种似笑非笑的神情：“又见面了，玉安郡主，早些日子，你在律方送本国公一程，今日本国公亲自来接你回上京，也算是缘分。”

楚瑜看着他，眼底闪过一丝毫不掩饰的厌恶，冷笑一声：“是啊，可真是孽缘呢，所以这段孽缘还是早点了断的好。”

南国公远远地看着她，笑容渐深：“苏家的后裔血脉原本也只得两人，另外那位郡主甚至不姓苏，你是唯一的苏家继承人，又何必与琴笙那种反叛朝廷的逆贼为伍？”

“他是我的夫君，我不与我夫君为伍，难不成与你这等颠倒是非黑白的叛国奸贼为伍？”楚瑜轻蔑地嗤了一声，恨声道。

“至于我家三爷是不是逆贼，你心里比谁都清楚，这社稷江山，欠了他多少，南太后也比谁都清楚。”

南国公闻言，忽然大笑了起来：“哈哈哈……父债子还，这就是因果报应，你不知道么，何况……”

他顿了顿，眯起的修目里闪过阴沉锐利的光：“他要还的报应还远远不够！”

“哦，想不到国公爷也信佛，就不知道你的因果报什么时候来，夜里做梦可有看见至亲血脉的太子在你床前哭泣！可有想过你的列祖列宗会否恨不能生吃你血肉！”楚瑜挑了挑眉，讥诮地嗤道。

要比嘴皮子的利索，她还从未输过任何人！

南国公一顿，神色阴晴不定，但片刻之后，他忽然又微笑了起来：“是，本国公日夜都梦见太子在我床前哭泣，要我这个舅舅尽快替他将琴笙这个谋刺者绳之以法！”

他顿了顿，又微微倾身，用马鞭轻轻地比了下上京的方向：“苏家老夫人是两朝元老，功在社稷，她老人家在本国公离开上京前也曾吩咐过本国公，一定要将她的孙女带回来，本国公算起来，是苏家女婿，也算是你的姨丈，便以亲人身份劝郡主一句，不要负隅顽抗，再高强的武艺，在千军万马中，也不过是一片浮云轻叶。”

楚瑜轻蔑地笑了起来，看都不看他一眼，直抬手轻轻地在自己剑身上一弹，听着剑身发出悦耳的鸣声："是么，就是不知道南国公是否知道当年的秋子非少将在千军万马之中，孤身闯入赫金人汗帐，取下赫金人大汗首级又全身而退，转身千里驰援您的世子爷南亭羽的传奇呢？"

南国公闻言，神色有些异样，随后淡淡地道："这个传奇早已烟消云散了，尸骨无存，怎么，郡主也想试试尸骨无存么？"

说着，他轻笑了起来，那笑容异常瘆人。

楚瑜抬起眼远远地看着他，好一会儿，楚瑜忽然叹了一口气："我说，国公爷，您现在的样子，真是让我想起了一个人。"

"哦，什么人？"虽然知道楚瑜说话必定有陷阱，但南国公倒是一点都不介意踏入这个陷阱，很是从善如流并且兴味盎然地问了。

"这个人，您一定认识。"楚瑜微笑，一脸诚恳和感慨地道："当年的宸王秋玉之，大概就是你这般模样罢，高高在上，视人命如草芥，动辄血流成河，以玩弄人心为己任，以为非作歹为志向志得意满的表情，想来与您此刻别无二致啊，二位真不是亲兄弟么？"

此话瞬间就让南国公的脸上那盎然的神色顿住了，他僵了好一会，随后那种兴味的表情一点点地被一种近乎扭曲的笑意取代，目光阴沉之中隐见血光杀意，他垂下眼，淡淡地道："玩弄嘴皮子对身为叛贼之妻的郡主真是一点没有好处呢。"

封逸距离南国公最近，这一刻，他比谁都清晰地感觉到南国公身上的杀意，仿佛令周围的温度都降低了不少，让人不寒而栗。

南国公被彻底激怒了。

他一贯平静的面容上也浮现出了一丝忧色，但是却迅速掩盖了下去，只是远远地、定定地看着楚瑜。

楚瑜看着南国公，不阴不阳地笑道："怎么了，我说错什么了，或者国公爷不相信么，不如去找个镜子照照自己的模样，相信您一定会惊喜地发现自己长得越来越像宸王了罢？"

她肆无忌惮的讽刺，让南国公骤然捏紧了自己手里的马缰绳。

他忽然淡淡地道："说起来，苏老夫人说了，让本国公将她的孙女带回去，本国公自然是应了的，一诺千金，我是一定要替老夫人实现愿望的，不过……"

他顿了顿，唇角弯起一丝森凉血腥的笑："不过本国公似乎没有答应老夫人带着活着的玉安郡主回去，还是死了的玉安郡主罢，弓箭手，准备。”

封逸骤然握紧了手里的缰绳，整个人都僵直地看着楚瑜。

楚瑜却忽然略拔高了声音，懒洋洋地道：“怎么，您这是打算要我的命么？”

她点点头：“也是，您连自己亲人的性命都可以拿来当算计的筹码，对于我这个侄女儿自然是无谓了，不过……”

她微微勾起唇角，墨玉大眼里闪过一丝近乎狡黠又锐利诡谲的目光：“不过，还是要看看你到底有没有这个能力了。”

说着，水曜忽然一抬手，只听得——“砰！”一声锐响，一朵雪白灿烂的焰火拔地而起，绽开在夜空中。

随后便是一阵巨大而猛烈的爆炸声——“轰隆隆！”

所有的士兵们都吓得浑身一颤，下意识地抱头就往后退。

“是火炮！”

也不知什么声音，就这么远远地从城内翻滚而来，被火焰照亮的云州城内，仿佛蒸腾起一大片灰尘，看得城外人惶惑又茫然。

地面的震颤声却越来越厉害，吓得士兵们拿弓的手都颤了起来，几乎拿不住了。

李君武下意识地拉住了南国公惊马，神色惊疑不定：“国公爷！”

南国公双腿一夹马腹，扯紧了缰绳，目光阴沉地盯着城门，厉声道：“都不要乱，小心陷阱！”

然而地面震动越来越剧烈，加上他刚刚再次接收朝廷军务，原本朝廷大部分边防军务都掌控在苏家和常家的手里，他自然是不信任这两家的军官将领，奈何他才接手，也不可能一一撤换将领，更不可能收服这两家人，所以干脆不动战斗力最强悍的边军，只调动各省驻军和禁军。

可上京调离来从未经历过战斗的禁军士兵和沿途调来，几乎很少经历战争，最多不过是剿匪平乱的士兵们哪里见过这等诡异的场面，都浑身发颤，死死地盯着楚瑜他们身后的城门，身子不由自主地向后退去。

“轰隆！”一声巨大的闷响，下一刻，整个城门骤然炸裂，强悍而巨大的冲击波一下子就向楚瑜等人和他们身前不远处的士兵们猛然压来。

楚瑜等人早有防备，他们武艺修为高强，只在那一瞬间就飞身而起，直接掠入了士兵中间，转身就抓住他们的盾牌挡在身上，同时一个俯身就躲在了他们身下。

“轰隆隆——”

就算如此，剧烈的震动和冲击，还有火光，仍然让楚瑜等人几乎产生了瞬间的空白，胸口闷痛得几乎想要吐出血来。

何况挡在他们身前，被他们拿来当挡箭牌的士兵们，不是直接被震吐了血，就是被轰飞，或者被炸裂的木块和石块炸伤。

南国公一抬衣袖，挡住了一些飞溅而来的木屑，炸裂的城门让他生出不妙的预感，厉声道：“来人——”

然而这一次，他依然没有来得及将命令下达完毕，忽见巨大的烟尘之后，又有大片烟尘滚滚而来。

站在前面幸存的士兵们一看面前的情形，大惊失色：“那是什么——是——是怪物！”

但见前方有无数黑色的头上长着火角，身上裹挟着火焰的四蹄踏着烈焰的黑色大怪物奔腾而来，同时发出愤怒的吼叫声，直接朝着他们冲杀过来。

“哞哞哞！”

“快逃啊，城里有怪物啊！”前方的士兵早已被烈焰爆炸震得晕头转向，陡然再见这般形容可怖的怪物朝着自己狂奔而来，哪里还能站得住，纷纷连滚带爬地往回狂奔。

然而，他们距离城门太近了，而他们身后的同伴们又密集，前面这一段回撤挤压，后面的人还不知道发生了什么事，都还站着看着炸裂的城门发呆。

如此一挤一压，不少士兵直接就被自己人踩倒在地，大批士兵纷纷跌倒，而前面奔回头的士兵们也因为撤退路径受阻，并没有能多跑几步，不一会儿就被身后的“火怪”追上，直一个顶踏，纷纷被甩上了天，或者踏在脚下。

凄厉的惨叫声此起彼伏。

后面的士兵们终于反应过来了，但是在这等慌乱的情形下，他们本身也不过是各地调来的乌合之众，并非纪律严明时常征战的边军，哪里还记得要去扶起自己的同袍，只记得疯狂地转身就逃。

从点成片，看似军容肃整的大军，出现大面积的溃散不过片刻之间。

“停住，停住！这不过是陷阱！”李君武愤怒地吼了起来。

而在马上的南国公更清晰地看见了那些所谓的“火怪”是什么，他几乎差点就恨不能斩翻了身边惊慌乱叫，两股战战的军官。

“看清楚，那些所谓的火怪，是什么！那不过是一群身上涂满了油彩，角上和尾巴上点满了火焰和鞭炮的牛群！你们这些蠢货！”他厉声怒吼了起来。

然而，这并没有用。

他原本离开军中长达十年，虽然这次调动的军队里还有他的亲信，但非战马的上将军，本就威望下降，何况大部分在场的根本就不是他的兵，他几乎没有统召力，此刻只顾得上保命狂奔。

“这不过是千年前就出现在孙子兵法上的战略，竟就这样吓住了这些蠢货么！”李君武茫然地看着无数后退奔逃的士兵。

这甚至还不是在战场之上！

“可恶！”南国公愤怒起来，扫了一眼军中，四处都是奔逃溃退的士兵，楚瑜他们一行人仿佛凭空消失了一般，他眼中满是恨意与压抑不住的怒火。

不过是一群被火光和痛苦激怒的牛，就打败了他的二十万大军？

然后居然就这样……让那个狡猾的丫头逃了么！

不，她只怕不光是要一个人逃！

南国公抬起眼看向前方，忽然眸底闪过狠辣的光，骤然飞身而起，手中的长鞭子狠狠地凌空一抽，直接卷上一名士兵的脖子，将他一甩，扭断了对方的颈骨。

“唔——”那士兵双眼暴突，捂住脖子软倒在地。

南国公一把抢过他手上的长枪，飞身而起，一记暴风横扫，瞬间又是几名士兵倒在地上，口吐鲜血。

他目光阴狠地扫过周围被他的残忍吓得站住了的士兵，忽然用足内力暴喝：“谁人敢再后退一步，视如阵前逃敌，杀无赦！”

说罢，再次身形拔起，举着手中长枪飞身朝着一头“火怪”狠狠刺去，长枪即刻刺入那火怪的身体。

那“火怪”瞬间惨叫一声，剧烈的痛苦让它一下子甩了身子，巨大的气力将南国公整个人都摔飞上了半空。

然而，就在所有士兵们都面露惊恐之色时，南国公却忽然在半空一个鹞子翻身，稳稳地落下，足尖狠狠踹上那“火怪”背上的长枪，直接将那长枪踢穿了“火怪”的身体，长枪破了“火怪”腹部而出，狠狠地插入地面之中，将那怪物整个都钉在了地上。

“火怪”惨烈地嘶鸣了起来，不断地挣扎扭动，下一刻，它忽然吐出了几口鲜血，随后不再动弹。

周围的士兵们都呆住了。

“你们看，火怪是会死的，所以它根本不是什么火怪，不过都是被蒙住了眼受惊吓和刺激的牛，是钦犯们放出的障眼法！”李君武眼中一亮，即刻大喝了起来，他跟在南国公身边日久，自然了解南国公的想法。

“任何人再敢因为这些火牛后退，杀无赦，所属上级将官不能控制自己的士兵，回朝后诛三族！”南国公手中长鞭“砰！”地一声在地面上一甩，甩出一道深深的沟来，目光阴狠地扫过周围众人。

而他身边的亲卫也在他屠戮“怪物”时，狠辣地斩杀那些后退的士兵。

这样血腥的手段，到底震慑住了要逃的人，加上南国公也破了关于“火怪”的秘密，渐渐地，不少士兵都停下了溃退的脚步，集体的任何行动都有传染性，大部分的士兵在自己将官的怒骂下都慢慢停下了后逃的脚步。

他们面面相觑，有些恐惧又有些将信将疑地看着南国公。

南国公见状，这才略松了一口气，眯起眼扫了周围的士兵，还是没有看见楚瑜，他强行压下了心头怒火，厉声下令：“捡起你们的弓箭，弓箭手准备，射杀火牛，火牛奔到附近的，十人以长枪破而杀之！”

虽然一时间找不到楚瑜，说明他们一定潜入了混乱的士兵中，但是只要云州城的百姓还在城内，他就还有筹码！

楚瑜和曜司众人早已在混乱中强行扒了士兵盔甲，随意地戴在身上，混乱之中自然也无人去注意。

她听到了南国公的命令，墨玉大眼里闪过一丝异样，这个男人确实算得上很有能力的将帅之才。

这么快就用铁血手腕控制了溃散而不听指挥的大军。

不过呢……她唇角弯起一丝恶劣的笑容。可惜他遇到的是她这个不爱按常理出牌的家伙，乱拳打死老师傅！如果南国公这个时候，让士兵退远点，其实倒还留出了战略纵深，反而有赢的胜算！

火牛们才被围住，忽然又是一阵奔腾声。这次声音同样轰震，却更显嘈杂，仿佛什么稀奇古怪的声音都响了起来。

众士兵们一转头，还来不及反应，就看见打头一大批着的火马儿嘶鸣着狂奔而来，它们的身后是几百头身上着火的猪，然后是侧翼是一群狂吠的各种大小不同的狗群，最后是羊群还有许多……鸡鸭……

众人目瞪口呆！

“弓箭手，弓箭手！”南国公脸色瞬间变得异常难看，声嘶力竭地怒吼。

但是惊呆了的士兵们反应本就慢，待得他们想起要拿弓箭，打头的马群已经疯狂奔入了他们中间，到处踩踏。

而之前的火牛还没有全部被打杀，再奔来这些马群，士兵们再次被冲散。

更不要说后面还有无数流着口水的猪群、羊群、被火吓得疯狂的狗群，他们哪里还有时间去弯弓搭箭，再次尖叫着被撵着溃散而逃，或者拼命地打那些撕咬撞击的动物。

“救命啊！救命！”

这再不是动手打杀士兵能控制住的了。

南国公脸色黑如锅底，恨得咬牙切齿，却又无可奈何，他愈发地痛恨琴笙，如果不是他，自己又怎么会十年不能掌控兵权，带着这二十万饭桶来战！

对方尚且未曾折损一人，他们就已经自己踩踏死了自己起码上千人。

而此时，跟在动物们身后狂奔尖叫而出的变成了云州城的老百姓——

“不好了，水匪杀进来了！”

“救命啊，水匪在散布瘟疫啊！”

“啊啊啊——死人啦，好多死人啊！”

各种声嘶力竭的尖叫声震住下士兵们，在听到瘟疫两个字后，连最后那一批稍微镇定一点的南国公的亲信军队都开始慌乱起来。

“瘟疫？”

“是瘟疫！”

“天哪，快逃！”

更不要说之前就已经溃退的其他士兵们，撒腿跑得比兔子还快！

百姓们一涌而出，几乎片刻之间就冲进了军中，所有人都混合在了一起，每个人都竭尽全力地、疯狂地向外跑着。

楚瑜终于松了一口气，忽然听得一边传来女子的声音。

“快走吧，郡主！”

楚瑜一转脸，就看见了一张相熟的脸，那是“大爷大妈”巡逻队的李大妈，她抱着自己的小孙子，大屁股一扭，撞开一名靠过来的士兵，朝着楚瑜一笑，“我们不信您是造反的逆贼，快走！”

她和曜司众人愣住了。

随后，许多低低的声音都在他们周围响起来。

“快走！”

“快走，小夫人！”

“永远别回来！”

“快走！”

“我们帮你引开官兵。”

许多云州城的百姓们都是见过楚瑜的，他们悄悄地将他们护在中间，奔在前面的百姓们甚至撞开那些南国公的忠心士兵们，裹挟着士兵们向另外一个方向奔去，经过他们身边时，认出他们的人都没有人再回头，男女老幼，目不斜视，只拼力一路向前奔去。

每个人都是自发地护住楚瑜一行人，混入士兵们中冲散士兵。

楚瑜眼底泛起水光，鼻尖发酸，好一会才强行忍住了泪，压低了头上的头盔。

这一幕让曜司武卫深深地受到了震撼，红袖不由自主地红了眼。

南国公愤怒地看着奔逃而来的百姓，眼底闪过怨毒的光：“给本国公杀光这些奸细……”

但他话令且不说传达出去有没有用，只身后就有人直接一把按住了他握剑的手。

“你——想死么！”南国公骤然转过眼，阴森暴戾地看着一边的人。

封逸却死死按住了他的剑，凑上前，毫不避讳地盯着他的眼，一字一顿地厉声道：“冷静下来，看看周围，国公爷，这二十五万百姓已经和咱们的人都混杂在一起逃出来了，你认为那些杂牌军还会帮你杀人么？你自己能杀那么几百人，非但没有用，还会让人给你扣上滥杀无辜的帽子，你还有机会赢琴笙，不能折在这里！”

南国公大口大口地喘着气，低头一看，见李君武也一脸哀求和愤怒地看着自己，他闭了闭眼，额头上青筋毕露，忽然仰头哈哈大笑了起来。

他近乎癫狂的笑声里带着一种愤懑的恨意与怨毒：“哈哈哈哈——你总是赢的，你总是赢的，连着你的孽种都如此！可是，本国公要看看你这边的孽种们能赢到什么时候！”

……

封逸看着他，再转眼看向那依然源源不断地狂奔出人来的城门。他细长的眸子跳跃着耀眼的火光。正如她说的，只有百分九十九的真话，再加百分之一的谎言才能取信于一只老狐狸。

他终于配合她完成了这个任务，将南国公和他的大军引诱到了城前，而不是让他们龟缩在五里外的壕沟之后，于是才有了这次的“火牛”冲阵，撕开包围口子。

如今，包围破溃，人海如潮水入闸，无人能挡。

而之前那火光下与二十万大军这阵前对峙着，如明珠一样慧黠狡诈的女子，此刻宛如一尾鱼，终于跃出了束缚她的栅栏，飞入大海。

他转眼再看向一边的南国公，忽然心中一松，大概他也会变成南国公那般为了复仇不择手段的模样，成了恶鬼，自己都认不得自己的模样，面目全非，无颜再见家人。

何其有幸遇见你，我的人鱼小姐。何其幸运，得与你此生同行。

……

“呼，终于逃了出来！”楚瑜看着无人海滩和面前的大海，忍不住深深地吸了一口潮润的海风。

金大姑姑等人早早就等在岸边，满心焦灼，看着楚瑜一行人，立刻迎了上去。

她抓着楚瑜的手腕，上下打量了她一轮，发现她完好无损，眼中瞬间就盈满了泪光：“还好还好，菩萨保佑！”

楚瑜反手握住金大姑姑的手，笑吟吟地道：“大姑姑，连累你们为我操心了。”

金大姑姑抬手擦了擦眼角的泪光，忍不住看着她，感慨地笑道：“你这丫头，也不知哪里来的这么多古灵精怪的点子，还真让你把云州百姓们大部分都救了出来，咱们的人也都顺利撤了出来，我听人禀报南国公为了控制瘟疫，已经派封逸去配药了，想来不会有大问题的。”

楚瑜闻言，心中一顿，叹了一口气：“这次能成功将南国公引到咱们云州城下，逸哥儿功不可没，他渗入敌营，比我们更危险，也不知道要怎么谢他，咱们暂时就不要再和逸哥儿联系了。”

免得给封逸徒增危险。

毕竟南国公现在是气恨之下，一时不曾细想，但是若他冷静下来，说不得就要怀疑自己中计了，而逸哥儿是直接给他呈上情报的人，只怕难逃罪责。

只是她相信逸哥儿能处理好这点首尾。

否则他不可能短短这么些时日内就爬到了这个位置。

至于瘟疫，她虽然也担心，但是南国公此人极为谨慎，必定是手握瘟疫药方，才会配合宫少宸行事。

否则到时候一旦宫少宸的瘟疫散布到了他的人那里，他没有药方，就只能为宫少宸所控制。

他何等心高气傲之人，哪里可能允许自己的致命把柄在人家手里。

如今就算宫少宸把瘟疫散布出来，他为了不祸及自身，也顺势讨百姓个好，定会想法子配置出药来。

“其实三爷，想来也想到了这个主意。”楚瑜轻叹了一口气，转身看向远处隐约的云州城头。

“咱们上船罢，三爷在海的那边为我们准备了自由的天地。”金大姑姑含笑摇摇头，左右看看无人，便朝着楚瑜点点头，沉声道。

此处是曜司的一处秘密港口，距离云州城南门的沙滩颇近。

楚瑜能从这里看见远处那一艘艘的东岛船的影子，只是明明云州城里如此大的动静，他们仿佛都死了一般静悄悄的样子。

果然，建川也等着看宫少宸的笑话。

楚瑜上了船之后，抬手看了自己的掌心，那里仿佛还有少年苍白而潮湿的泪水，她看向渐渐远去的云州城，目光复杂地轻叹了一声。

那个小兽一样执着的少年。也不知是否还会再见。海风潮润，渐渐吹起船帆，一路远处。而从此，此去经年。她再也没有见过那个少年。他仿佛消失在那个血与火交织的夜晚。

人世间的面，见一面，少一面。

天边的月西斜，空旷的街道两边，火焰渐渐地熄灭了，只剩下一些房子和店铺还在燃烧，发出“噼里啪啦”的声音和东西烧焦的味道，而遗落满地的物品还有路边零散的尸体与血迹，让很难想起这还是曾经繁华和秩序井然的云州城。

大部分人都逃了出去，只有一些固执的老人难离故土，坚定地守着自己的家和院子，活到了人生的尽头，也便开始不惧生死。

天工绣坊的大门紧紧地闭着，门前的街道也如同城内其他街道一般，一片凌乱。

一道纤细的黑色人影，捂住腹部踉跄地走着，艰难地避开那些地面上被人遗弃的家具，最后，他停在了天工绣坊门口。

那纤细瘦弱的人影抬头看了眼天工绣坊的招牌，随后低低地笑了笑，轻叹了一声："到啦！"

但是，他却并没有去敲门，而是在大门边坐了下来，靠着门边，轻轻地吸了一口气，抬手看了看自己的手心，上面满是猩红的血迹。

他浑不在意地在自己大腿上擦了擦，随后有些疲惫地仰头，靠在门上，抬起眼，正好可以看见那天工绣坊四个大字，还有天边的明月。

他伸手在半空里细细地描摹着那四个大字，喃喃自语："啊，这是小姐姐的家啊。"

也是，她第一次问他要不要跟她走的地方。他脸上露出一种近乎温暖而天真的笑来。有些人，就算是你靠近她，都能感觉到温暖呢。

小姐姐，大概在很早以前就已经发现了他是哥哥身边的那条狗了。所以看着他的目光，才会不自觉地带着一种怜悯和温柔，明明知道他是哥哥身边的人，也一直都不曾怀抱敌意。那是第一个，真正不抱有任何目的，愿意对他露出善意的人。

宫少司低低地咳嗽了起来："咳咳咳……"

咽喉里有猩浓的铁锈般的血腥味，让人难受。少年咳得有些厉害，像是要把自己的肺都咳出来，眼神都有些模糊。他低低地笑着，眼神渐渐迷离。

也许从一开始，他就回不了头了，又或者有些相遇就是错误的。

也许多年前，自本岛来的那一日，满院子的樱花树下，他看见的那个年轻的贵公子抱琴而歌的时候，听见他歌声里的忧伤的时候，就是个错误。

也许在那少年贵公子看着他呆呆的模样，朝着他招招手，他就傻乎乎地走过去的时候，就是个错误。

在那年轻贵公子挑起他的下巴，含笑道："你就是伊贺派来的小孩儿么，这么小，以后就叫我哥哥罢。"也许，他沉浸在对方那温柔语气里时，就是错的。

也许，在他听建川的吩咐，用一贯的手法以为能取悦和控制对方的时候，就是个错误。也许，从他不甘心只是个小小的任由人操控生死的奴隶时，就是个错误。

所以，注定错过唯一救赎的机会，错过那少女一双温暖的手。

“咳咳咳……”

瘦削的少年疲倦地靠着门闭上眼，无力地咳着，却没有力气去擦掉自己唇角的血，他只用染了血颤抖的手从自己怀里掏了掏，拿出一个染血的精致荷包。

只是，这一次，他曾经稳稳地拿着太刀的手，却再也没有力气去细数里面的糖，甚至拿不住荷包。

荷包轻飘飘地落在地面上，里面跌出一叠糖纸，还有一颗有些发霉的糖，“咕噜噜”地滚落到他的腿边。

少年眼神迷离，脸色苍白，他用尽全身气力，颤抖着伸手想要抓住那颗从他枯瘦手指缝里漏出去的糖。

“我的……糖。”

身下的大片血迹凝固成一片漂亮的暗红，像冥河边的彼岸花。

……

“跑了？”南太后闻言，脚步一顿，脸上瞬间闪过挫败和愤怒的神色。

“都是废物！”

纵然再沉稳，此刻，她脸上也显出一片阴沉。

前来禀报的人畏惧地缩了缩脖颈。

“太后娘娘，不要气坏了身子，这朝廷还靠着您呢。”一边的林尚宫见状，上前轻声劝慰着。

“……”南太后疲倦地靠在背后的凳子上，眉心紧紧地拧着。

林尚宫看着南太后的模样，抬手替她揉按手部穴道，同时眸里幽光一闪，轻声道道：“太后，国公爷这次也太仓促和冒险了，如今朝中弹劾他的折子压都压不住，没有抓到玉安郡主还是其次啊。”

“那你说什么才是要紧的。”南太后疲倦至极。

“最重要的是现在流言四起，说那瘟疫是因为国公爷围城逼着百姓们交出玉安郡主，导致城内百姓们粮草药物短缺，又无法掩埋战死的将士，这才起了瘟疫，加之后来守城不力，让云州百姓奔了出来，才导致周围的州县也跟着起了瘟疫。”林尚宫深深地叹了口气，满脸忧虑地道。

“国公爷强行调兵，此时又无功而返，只怕朝里反对的声音弹压不住，难道还能像之前那样将反对的大人们都打板子么？”

南太后眉心一拧，随后有些烦躁地道："飞烟是越来越不知所畏了，所幸这次他还着人马上就配出了治疗瘟疫的药方，否则，哀家怕是都弹压不住朝廷众人了。"

一行人说话间便到了东宫。

东宫里，一道瘦削的背影静静地站在桌前，提笔而绘，仿佛没有听到身后有人进来一般。

"皇儿……"南太后看着皇帝的背影，眼底里闪过一丝不忍和伤感，随后看向一边的老鲁怒道："怎么陛下瘦成这样，你是怎么照顾陛下的！"

老鲁闻言，立刻跪了下来，诚惶诚恐："太后娘娘息怒，是老奴照顾不周。"

"和老鲁无关，心病还须心药医，母后若是累了，就早点回去罢，大冷天，难为您还来这里看儿子。"兴平帝点了点手上的毛笔，低低地咳嗽了几句，依然没有转过身来，只面对着窗口，继续躬身作画。

南太后眼底闪过一丝忧伤，随后慢慢上前，看见桌面上的画，正是那一幅挂在上书房，明烈太女送给兴平帝的江山图，她眼里渐渐地浮起一丝泪雾："皇帝心里埋怨哀家，哀家知道，但是你也该明白孽畜不除，则家国无宁，齐儿……"

"够了，母后！"兴平帝忽然将手里的笔一搁，直起有些佝偻的背脊来，冷冷地转过脸看向她："朕不想再听见您将皇姐唯一的血脉称作孽畜，笙儿从未对不起这江山社稷，是我们亏欠他太多，您希望朕再对您说多少次朕也不相信齐儿是他杀的！"

"不是他杀的，还有谁希望齐儿死，还有谁能从中获利！"南太后忍不住拔高了声音，握紧了拳："皇帝，你怎么还是执迷不悟！"

"谁能从中获利，您看看现在谁大权在握，要风得风，要雨得雨，借着您的手打压大臣，就知道是谁！"兴平帝眼底闪过猩红的恨意，惨白的脸和眼下病态的乌青让他看起来面容很是狰狞。

"住口！"南太后踉跄了一下，脸色一阵青，一阵红，脸上肌肉微微地颤抖了起来，声音也越发地大，"你真是越来越糊涂了！"

"陛下息怒，太后息怒！"老鲁见状，又"扑通"一声再次跪下去，给两人磕头，所有人都跪了下去。

一个年近半百，一个年逾古稀，皇朝地位最尊崇的两人齐齐喘着大气，空气里一片静谧，没有人敢多言，多劝。

好一会之后，兴平帝忽然长长地出了一口气，定定地看着南太后：“母后，您老了，人生苦短，何必如此执着。”

说罢，他转过身去，不再看南太后，抬手重新执笔去描绘那幅江山图。

南太后闻言，心头一颤，抬手轻轻地抚了下自己发鬓，忽然闭上眼，眨去眼里的老泪，她颤抖着手轻轻地抚摸着自己的发鬓：“是的，母后老了，可你什么时候能懂事？”

她知道自己老了，原本乌黑的发鬓已经几乎都白了，脸上的皱纹让她看起来再不像那个保养得宜的贵妇人。

女人，劳心劳力，老的太快，何况，她的子嗣，这般忤逆自己？

她睁开眼看向兴平帝不为所动的背影，沧桑一笑：“也许，哀家真的没有儿女命，你们一个个的都让哀家操碎了心，这等倔强和固执像足了你们的父皇，不，像足了这秋家的血脉。”

说罢，她转过身，扶着一边的沈嬷嬷慢慢地向外走去，脚步苍老而迟缓。

直到东宫的大门合上，兴平帝都没有回头，待得东宫里恢复了安静，他才忽然开口：“笙儿和他那小媳妇儿可是脱险了？”

老鲁闻言，迟疑了会，还是低声道：“老奴从其他的小太监那里听来的消息是——郡主和三爷都分头脱险了，只是老奴不敢用这些事叨扰陛下。”

随后，他又有些好奇地看向皇帝：“陛下，是如何知道的？”

兴平帝微微仰头，看向窗外的漫天大雪，暗哑地道：“母后会来看朕，还是这般愤怒的样子，除了笙儿他们脱险，不做他想。”

老鲁叹了一声：“陛下，您可知道太后现在命宗室们送上适龄近血的小世子们的生辰八字和画像么？”

“呵，憎恨至亲血脉，以至于宁愿让旁系继承大统么，这倒是母后能做出来的。”兴平帝讥诮地勾起了唇角：“咳咳咳……说起固执，谁又能比得过朕的母后！”

说着，他忽然觉得极为痛苦似的，低头剧烈地咳嗽起来：“咳咳咳……”

“陛下！陛下！您可要保重龙体啊！”老鲁赶紧上前，扶住了兴平帝，却见他拿帕子擦了擦唇角，颤抖着将染了鲜血的帕子扔在一边的香炉里。

“陛下……您可千万不能再自苦了。”老鲁有点慌，赶紧拿了一丸药和热水喂兴平帝服下。

“朕知道朕这个痨病好不了，可是朕也一定会活到看到笙儿他们平安的那一日，朕才是这天下之主，绝不容任何人恣意践踏朕的江山和子民！”兴平帝虚弱而阴沉地抿紧了薄唇。

那一刻，老鲁忽然觉得兴平帝那冷酷坚定的表情和琴三爷有那么一点相似。

他深深地叹息了一声：“老奴相信陛下！”

说罢，他看向窗外的飞雪，眼神似有些复杂。

日升月落，海风猎猎，吹开了天上的黑云，渐渐露出纯净的天空来，还有地平线上的万丈金光。

……

海冥岛上，楚瑜再次醒来的时候，却是夕阳落在了自己眼皮上的时候。她有些迷迷糊糊地睁开眼，看向窗外，但见一道修挑的，着劲装的人影慵懒地拿着一本书靠在窗边看着。

夕阳的光芒在他的面容上烙下带着一点凌厉的暗影，男人的长发没有如平日在中原那般以穗子或者玉钗在脑后随意扣上，松散地半垂在肩膀上，显出一股仙风飘逸之感，或者一丝不苟地用玉冠束在头顶，而是在头顶简单地用一根珊瑚簪束着，不羁地垂在脑后，更显出一种放肆慵懒之气。

楚瑜有点怔然，都曰女子多变，风情惑人。然而，她家这位，是集各种风情于大成。温柔单纯的、固执桀骜的、傲娇的、冷酷残忍的、霸道的……

又或者，是她的幸运，见识过他幼年到如今的成长模样。虽然到了如今，纯稚不再，桀骜沉寂成了莫测深沉，可不变的依然是他骨子里的骄傲与偏执，依然能迷得她神魂颠倒。

“看什么？”男人微微低头，看向枕在自己腿上的人儿，弯起唇角。

楚瑜看着他，好一会，才抬手轻轻用指腹描摹过他的唇角，眼神有些迷离：“爷，你可真好看，我在想，若是当初，我遇见的人是琴三爷，不是仙仙，可还有今日的故事？”

琴笙妙目对上腿上女子的墨玉大眼，若有所思，随后淡淡地却斩钉截铁地道：“没有如果。”

楚瑜忽然笑了起来，带着一点惆怅和狡黠：“若是当初遇见的是现在的三爷，只怕我大概已经去投胎了，又或者……”

她话未说完，就被他低头下来近乎凶狠地吻住唇，将方才的话堵了回去。

“唔……”楚瑜喘息了好一会，才绯红着脸颊，大眼带着水汽，抬手推开他：“琴笙！”

“本王不喜听一切猜测之事。”琴笙抬手轻蹭了下她唇角的水渍。

看着他霸道的样子，楚瑜却忽然伸手握住他的手，眼神有些迷离：“海王的身份，让你很放松，是么？”

琴笙顿了顿，靠在窗边，看向远处金光灿烂的海面，淡淡地道：“深海无垠，风雨为伴，纵天下广阔，四海为家。”

楚瑜看着他眉宇间的清冷与淡然，忽然心情有些复杂，深海无垠，风雨为伴，纵有阴谋诡计，也是来自天地与敌人，然而踏上大陆，便似枷锁束身。

海王，是他凭借自己一剑劈开碧海深渊，荡平海道创下的基业。

他是自由的，在这里，不必是他人眼中温柔慈心，绣技无双，富甲天下，却不自由的云中仙，也不必是血缘亲人的眼中钉、肉中刺，自幼被血亲追杀到现在，不被承认，斗尽心机。

他在海上是王，无所顾忌，纵横四海，远离大陆，也远离前半生的风雨霜雪。

楚瑜抱着被子支起身子靠在他怀里，陪着他看向远处美丽的落日，轻声道：“以后，我每天都陪你在这里看日出日落。”

琴笙抬臂拢着怀里的人儿，幽幽妙目里多了丝柔和的光，漫不经心地轻嗯了一声，将怀里的人儿拢得更紧。

……

两个月后。

“好了。”

琴笙擦了擦手，看向自己面前的那一幅图。楚瑜合拢衣襟，几步过来看着他绘出的图。那是一副很标准的航海图，所有的坐标标注得清清楚楚。

“这是根据我背上的图弄出来的？”楚瑜还是很好奇，她自己背上的图，她自己是知道的。

那就是一幅极为宏美的海天日出图，可她自己是完全看不出来怎么寻到那一条寻宝之路的。

这两个月琴笙就用了他的法子将那图一一显出色来，再不断地根据掌握的各种资料修整，最后标记在航海图上。

琴笙将手里的图交给一边的红袖挂起来，又替楚瑜将没有整理好的领口整理好，微微一笑："你背上的图是一处海域日出时的模样，并且有一些其他标志物的提示。"

楚瑜有些恍然，原来如此。

她看了看那幅图，有些兴致盎然："那咱们什么时候去探寻宝藏？"

她真是期待已久了，非常好奇那宝藏里面有什么。

琴笙笑了笑："明日，如何？"

土曜也笑眯眯地道："东西都已经准备好了，就等着龙王号令！"

众人都是一副兴致勃勃，摩拳擦掌的样子。只琴笙的目光落在地图上，有些莫测。

第二日早晨。

楚瑜早早地就上了船，等着大船出发。所有人也都整理齐备，扬帆起航。二月寒冷的风，很是冻人，但所有人的眼中都很是兴奋，到了中午都仿佛没有人感到饥饿。可是，过了三日后，众人到达了地图上标示的地点，却都齐齐呆住了！

那里有一处不适合人生存的野岛，但地图上都找不到他的标示。

"难道出错了？"楚瑜忍不住蹙眉。

她很有点怀疑，可是琴笙那人怎么像是会犯下这种错误的人？

琴笙若有所思地看了眼大海，又看了看天色，随后低声吩咐了下金羽。

不一会，楚瑜就看见日曜带着不少人，腰系长绳，抱着气囊直接跃进了水里。

"他们去做什么？"楚瑜忍不住问，这里风急浪高，这个时候下水，怎么看都感觉很危险。

"少安勿躁。"琴笙轻轻拍了下她的手。

约两刻钟后，日曜等人便浮出了水面，不一会就被人拉了上来。

"如何？"琴笙看着他。

日曜点点头，一脸敬畏："正如主上所料，这下面是有一个岛，但是岛屿在水下太深，我们无法潜入！"

楚瑜愣住了，随后蹙眉，喃喃自语："水下岛，如此一来，难道要做潜水艇？"

她虽然是理工妹，但对这军工可是一点不了解。

楚瑜话里奇怪的词汇，引起了琴笙的注意，但是他也没有多问，只看向天边挂着的那一轮弯月："如果我没有猜测错误，这里应该是一处潮汐岛。"

楚瑜一愣："潮汐岛？你说那种随着潮水涨落浮现的岛屿？"

琴笙微微颔首："之前只是猜测，今日亲来，才发现确实如此，不过根据你背上的图来看……"

他眯起眸子看向那一片毫无异常的大海："这是一处随着月缺月圆而变的岛屿，每个月十五的夜晚，才会浮出水面。"

楚瑜大眼微亮道："好，咱们下个月十五再来。"

这个月十五已经过了，机会总会有的，就算要开掘宝藏，也不是一日之功。

回程的路上，风浪似又大了点，晃得楚瑜这个从来不头晕的人都有点忍不住恶心，不太想吃饭。

"小鱼，喝点热汤，缓缓不舒服罢！"红袖端来了热汤。

楚瑜抱着碗，正要喝，却在闻见那一碗汤中的鱼香味的时候，瞬间恶心，转头吐得稀里哗啦。

"哎呀，这也晕得太厉害了！"红袖忍不住蹙眉，以前小鱼出海，从来没有见过反应这般厉害的。

楚瑜揉了揉胸口，摆摆手："没事，给我点热水，可能是昨夜没有睡好。"

"好。"红袖立刻去端了热水来。

一边在看航海图的琴笙，目光却在楚瑜身上定住了，好一会，都不曾移开目光。

……

这一次，楚瑜却没有想到自己晕船，会如此厉害，直到上了岸，还脚步虚浮。

在闻到了岛上晒干的虾散发出的咸腥时，她又吐了个稀里哗啦。

虽然，她说着没什么，红袖到底还是给她请来了大夫——水曜。

水曜这一次，摸着楚瑜脉搏，直摸了足足两刻钟，一脸诡异，仿佛不知当讲不当讲的表情。

琴笙却忽然淡淡地道："把岛上会诊妇人脉的全部都叫过来。"

楚瑜："……"

她看向琴笙，忍不住叹气："不必了罢？"

琴笙没有搭理她。

于是楚瑜花了足足一个时辰让所有人都诊了一遍。

“恭喜小夫人，这是喜脉啊！”所有不知情的人都忍不住齐声恭喜。

楚瑜怔了好一会：“多谢。”

随后，她没什么真实感地摸了摸自己的小腹，又看向琴笙：“你……”

她的下半句——可真镇定，在看见琴笙手里那本拿反了的折子后，给硬生生地吞了回去。

同时，她也注意到了琴笙两个时辰一直保持一个姿势不曾变过。

楚瑜忍不住失笑，忽然发现自家男人，真是别扭的够——可爱的。

一直到一个月后，楚瑜再次被确诊，还是喜脉，所有人才长长地松了一口气，忍不住露出笑颜来。

整个海冥岛上一片欢腾。

……

“爹爹，小鱼有孕了，这是老夫人接到的消息，特地派人暗中通知我们！”秋念灵兴奋地冲进书房，将手里的小条子交给了廉亲王。

廉亲王闻言，握住画笔的手微微一颤，随后他抬起头，接过秋念灵递来的条子，看着上面的字迹，眼底闪过一丝令人读不懂的神色。

但放下字条的时候，他唇角露出慈和的微笑来：“这可真是好消息。”

秋念灵笑眯眯地道：“姐姐终于怀上了，我可要去观音庙给她上香！”

说罢，秋念灵立刻提着裙子飞奔出去。

廉亲王看着秋念灵蝴蝶一般飞走的身影，微微眯起眸子，沉稳俊逸的面孔上浮现出一丝古怪冰冷的笑容：“啊，居然有了啊。”

一边伺候他多年的哑巴老太监沉默地将他折断的画笔捡了起来。

廉亲王轻叹了一声：“啧，真是的，本来不想这么快的，既然如此，那也没法子了啊，是该让他们父女团聚了。”

随后，他面色淡漠地道：“去准备一下，我们该启程了。”

哑巴老太监恭恭敬敬地对着廉亲王磕了个头，退了出去。

廉亲王神色莫测地看着窗外的雪，轻笑了一下，闭上眼，用扇子轻轻敲打着手心，哼起了有些婉转的小曲儿。

……

“今年这雪可真大啊。”秋念灵坐在马车里，看着窗外洋洋洒洒的雪花忍不住叹了一声。

“灵儿，天冷，不要在窗边看雪了，仔细着凉。”廉亲王抬头看着秋念灵，慈爱地笑了笑。

六匹马拉的马车很是宽大，足以容纳一个人站起来行走，秋念灵走到了廉亲王身边坐下，一边优雅地调整了下鎏金炭炉的位置，一边嘀咕“难得出一趟府放放风，少了家里那人的唠叨，倒是换了您来唠叨！”

“郡王也是为了你好，你能遇到那样的夫君，也是有福气。”廉亲王看着自己女儿，轻笑着摇头。

“你就帮着他说话吧，我才是你女儿呢！”秋念灵朝着自己的父亲翻了个白眼。

廉亲王抬手像幼年时那样轻轻摸了下她的头，叹了一声：“正是因为你是我的女儿，所以当父亲的才希望你能与夫君和睦幸福，毕竟父王能陪你的日子还有多久呢。”

秋念灵闻言，看着廉亲王干瘦的手背，鼻尖一酸，忍不住拉住廉亲王的手道：“父王，您可别瞎说，您还要看着您外孙长大娶妻呢，有小鱼在，小鱼和三爷身边那么多能人异士，你的身子一定会好起来的。”

廉亲王闻言，轻叹了一声，抬手轻轻地拍了拍她的手背，微微一笑，并不多言，只是眼中闪过一丝莫测而复杂的光。

“你这个孩子最像我……”

秋念灵一愣，不知廉亲王怎么忽然说了这么一句，可是再看向廉亲王也没有见他继续说下去，而神色悠远地望着窗外。

她就只以为廉亲王心中忧伤，又在想念自己的母亲，便想岔开话题：“是了，父王，我们这次去给母亲上香，就走了，外婆那边可有通知到呢？”

他们这一次以养病为名南下，其实就是为了带着苏老夫人去见一见楚瑜。

“外婆上次被南国公软禁之后，又听得小鱼被困云州，心急如焚，如今忧出一身病来，听着潘嬷嬷的意思，只怕是过不得这个冬日了，小鱼知道了，不定怎样伤心呢，南国公真是造孽啊！”秋念灵忍不住蹙起精致的秀眉，凤眼里闪过恼恨无奈的泪光。

苏老夫人早年虽然疼爱苏千城更甚于她，但是却也从不曾亏待过她，她现在还记得老夫人抱着她讲床头故事，讲她娘是一个什么样的女子的模样。

想到上次自己亲眼看见苏老夫人那瘦削的病容，她眼底就忍不住掉泪。

“外婆最后的心愿，就是看到小鱼她们平安。”

上次，她去探望外婆时，御医就说苏老夫人的身体已经支撑不了多久了，而苏老夫人这一辈子巾帼不让须眉，到了生命尾声，最想看的无非就是亲人平安团圆，牵挂着被套了“逆贼”头衔的孙女。

廉亲王叹了一声：“你放心，你外婆那边已做好了安排，她身子不好，南太后都允了她上秋山温泉山庄避寒调养，短时间内不会有人打扰她，南国公那边也不会知道她和咱们一起南下的。”

秋念灵点点头：“嗯。”

……

“再喝点骨头汤，你这第三个月还是吐得厉害，倒是比原来还要瘦了。”红袖端着精致的描金碗给楚瑜端了过去，看着楚瑜的细腰很有点不满意地道。

楚瑜苦着脸接过来她手里的碗，一口喝尽了：“什么时候才能不吐呢。”

红袖看着楚瑜，笑眯眯地道：“金大姑姑说了，女人头三个月吃了吐，吐了吃是正常的，说明你肚子里的小主子坐得稳当呢，想必是个男娃娃，才调皮。”

楚瑜叹气：“要是个女儿，这么能折腾，还真是不知道要怎么收拾，皮猴儿一般。”

她一天吃下七八顿，吐也得七八顿。

“皮猴儿不就像你么！”一道幽凉微沙的声音在门口响起。

红袖收了碗筷，笑眯眯地对着门口的修挑劲装人影行了个礼：“殿下。”

到了海冥岛，他们大都跟着换了称呼。

琴笙淡淡地点头，待得红袖出了门，又体贴地替他们将门合上，便走到楚瑜身边，将她轻轻一托搁在自己腿上，抱孩子似地让她依偎在自己怀里，微微蹙眉：“你果然是又轻了。”

楚瑜也习惯了自从再三确认自己有孕后，琴笙有事没事就这么抱孩子似地抱自己的样子，把脸懒懒地靠在他怀里，嗅着他身上好闻的味道：“今早你才抱了我称重，一天能轻多少。”

这位爷说话是越来越不靠谱了。说着，她凑到他耳边轻嗅。琴笙见她像只猫儿一般地在自己怀里闻来闻去，便挑了眉问：“做什么呢？”

她总说他是猫儿，且不说他并不觉得自己像那种弱小的生物，只说现在，她才更像一只爱娇的猫儿。

楚瑜吸吸鼻子：“没什么，就闻闻你的味儿，解馋。”

好长一段时间吃不着他了。

“解馋”二字瞬间让琴笙眯起妙目：“不知丑，嗯？”

楚瑜嘿嘿一笑，蹭蹭他的大腿，很是坦荡荡：“饱暖思淫欲，这不是正常嘛！何况天天蹲在岛上，除了吃就是弄猫崽子的衣衫，无聊得紧。”

俗称闲得慌！

琴笙琥珀眸里闪过暗金的光，长指一捏挑起她的下巴，低头轻吮了下她的唇，品尝一般地一点点用舌尖临摹她丰润柔软的唇瓣。

楚瑜闭上眼，主动地攀附上他的脖颈，伸出小舌头去舔他，由着他再抵进她唇间，温柔缱绻地扫过她唇里的每一寸软嫩，极尽仔细。

她有点不满意地咬住他精致的唇瓣：“金大姑姑没给你吃饭么！”

以前啥时候一动跟要囫囵吃了她似的，现在老夫老妻了倒是变得矜持如处子了。

琴笙轻嘶了一声，抬手捏住她不老实地扭动的小腰，在她唇间略闷地轻哼一声：“老实点，你真是越来越肆无忌惮，不知羞。”

楚瑜笑嘻嘻地松了贝齿，靠在他颈窝里：“说起来，算算日子，这只小猫崽子可是咱们重逢那日有的呢。”

窗外不知何时开始滴滴答答地下雨，寒冷潮湿的海风仿佛能吹入人的骨缝里一般，但房内燃着地龙，温暖如春。

琴笙有些漫不经心地轻嗯了一声，抬手轻轻替她揉了揉腰肢，目光落在她的小腹上，一贯幽邃如海的妙目里闪过一丝迷离。

那一丝迷离，正好被楚瑜看见，她拿住他的手搁在自己还平坦的肚子上，温声道：“这是真的，肚子里有小猫儿，或者有小小鱼儿了。”

琴笙搁在她肚子里的手竟有瞬间的僵硬，仿佛不敢触碰一般。

楚瑜有些感慨，她知道他心中始终没有什么真实感，却没有想到他这般的……介意，许是上次她为了“假孕”的事情和他分开，让他心中始终有些芥蒂和不安。

她嘀咕了一下：“你呢，就是心思重。”

但凡涉及她的事情，他细腻又敏感得像个青春期的少年。

随后，她靠在他怀里，把手覆在他的手背上，指尖轻轻地敲着他细腻的背，像窗外点点滴滴的细雨。

“瞧瞧，我跟了你之后，你有了谁？”

“有了谁？”琴笙低头看她。

她轻笑，抬手掰着手指头数：“你有了娘、小姑姑、女儿、现在还有了妹妹、孩子他娘……”

琴笙的脸色在她掰着手指头细数的时候，就开始有点诡异，等到她数到孩子娘的时候，他忽然低头在她唇上咬了一口：“嗯，本尊比较喜欢——妻。”

他拥着她，像拥抱了一个世界。

她呢喃了一句：“嗯，我们的小崽儿一定会平平安安地出来的，从此你就是爹了。”

她也有了侄儿、宠物猫、强悍的守护兽、孩子他爹和……夫君。

第二日一早，楚瑜正在房间里和琴笙一起用早膳，忽然见霍二娘从门外进来，将一张信笺递给了楚瑜。

楚瑜接过条子一看，随后点点头，神色有些惆怅：“义父和念灵也启程了么，我知道了。”

琴笙看了眼她手里的条子，抬手轻轻抚了下她的手背：“苏老夫人的身体会好起来的。”

楚瑜将手里的东西递给他，靠在他怀里，神色有些复杂：“嗯，逸哥儿说她自从上次咱们出事之后，身体就一直不好，你也是知道的，逸哥儿这次安排咱们会面，应该也是奶奶最后的遗愿了，我总想着她至少能看到我把孩子生下来。”

苏老夫人应该是很期盼她肚子里的孩子的。

“我想她更期盼你能康健地活着。”琴笙指尖轻轻地抚过她脸颊边，替她将细碎的发丝别到了耳后。

楚瑜轻叹了一声：“谢谢你，阿笙，替我安排这一次会面，故人的面，总是见一面，少一面的。”

谁也不知道什么时候，再转身，便再看不见故人的脸。

苏老夫人身子已经是沉疴难起，而廉亲王的身子自从中了唐门的毒后，就开始逐渐衰败。

她依然记得对自己第一个释放出毫无保留善意的老好人，还有苏千城之事后，苏老夫人一直有点讨好自己的小心翼翼的苍老的面容。

琴笙抚了抚她的肩，温声道：“那也得是你肚子里的孩子满四个月，过了危险期。”

“嗯，算算日子也正好，他们到地儿也要一个月。”楚瑜摸了摸小腹，甜蜜地笑了笑。

半个月后，云州城。

“玉安郡主的父亲？”一名身着圆领长袍，披着灰鼠锦缎披风的修长斯文年轻官员忽然转过脸看向自己面前的侍卫。

“是，封大人，那位被您带回来的女囚说她知道玉安郡主的父亲是谁，她要用这个与您交换她活下去的机会。”那侍卫恭敬地道。

封逸看着面前自己的亲信侍卫，微微眯起流转着冰冷莹光的修目：“你看她说话神情，有几分可信？”

那侍卫略一沉吟：“属下看，只怕十有八九可信。”

封逸闻言，唇角微微勾起一丝复杂寒凉的笑。

从云州之后，南国公虽然不能说完全信任他，却也给他托付了更多的信任，所以云州城的大事小事不少都落在他的手里。

其中一个就是陆锦年。

楚瑜走的时候，并没有杀了她，而是将陆锦年交给了他，这是她的体贴，大约是因为之前陆锦年曾经对他不好，所以将她留给他处置。

但是，当年他为了接近陆锦年为家族平反，详细调查陆锦年过去的时候，发现这个女人，或者说她的家族有些地方很有些让人讳莫如深。

比如，当年的陆家和封家都算是明烈太女阵营的世家大族，但是最后，落得不好下场的只有封家，忠心耿耿的封家在宸王统治时期就没有落着好，而最后在兴平帝登基之后，竟以宸王党羽的罪名死在自己人手里。

可是当年的陆家，却仿佛左右逢源，宸王时期，他们虽然也受到了打压，但是并没有什么伤筋动骨之事，倒是兴平帝登基之后，很是得宠。

他这一查，就发现了一些端倪——当年的陆家暗中很有可能与宸王有所勾结，对南太后和明烈太女一系倒像是阳奉阴违，虽然这种情况其实普遍存在于那些百年世家大族之中，毕竟能在激烈的一次次皇权斗争里，存在了这么多年，多多少少都是有些自己的能耐的。

比如——对敌友双方明里暗里以不同的方式都示好，尽量谁也不得罪。

但是陆家能在宸王那个心狠手辣的疯子手里斡旋出一片自己的天地，想必不是一般示好就能做到的。

他这么一查，就发现很可能陆家给宸王充当了一种暗中走狗的职责。

比如，当年的苏家大小姐苏灵娘就是明烈太女的首席女官，也是个容貌艳丽、有宰辅之才的人物，嫁给了廉亲王，可见是极得南太后和明烈太女的信任、欣赏的，她也确实没有辜负了明烈太女的恩宠。

一直在明烈太女与宸王的斗争里出谋划策，屡出奇谋，逼得宸王退避三舍，名声恶臭。

宸王极为厌恶她，也曾派人刺杀她，奈何这位首席女官身边和明烈太女一样有重兵防守。

然而就是这样一个女子，却在一次查账的路上，莫名其妙地忽然失踪，直到大半年之后，她才又逃了出来，而那时的她几乎奄奄一息。

后来才知她原来是被宸王抓了囚禁起来，逼她改旗易帜，这位苏女官受尽折磨，偏九死不悔，最后才寻了机会逃了出来。

而当年邀请这位苏女官去查账的产业就归陆家家主统辖。

虽然当时没有查出这陆家有什么问题，但是封逸在看到这段历史记载时，心中便很有些异样。

此后，这位苏女官在府邸里调养生息，同时再次复出，为明烈太女担任军师，即使怀上了廉亲王的子嗣，她也不曾歇息过，可谓殚精竭虑。

然而一年后，她生下廉亲王唯一的女儿——秋念灵的时候，却也是明烈太女大势已去的时候，困守宫城与宸王成了掎角之势。

秋灵娘曾经策划了营救明烈太女的计划，计划极为惊险却也精妙非常，却不知怎么就走漏了风声。

从此太女被囚东宫，而苏女官刚刚生下了小郡主秋念灵一个月，就从月子房里被宸王的人给抓走，这一次，宸王不再逼她改旗易帜，而是直接将她架上了法场。

身为明烈太女的首席女官和军师。

她要承受的是——千刀万剐之刑。

虽然封逸一直觉得宸王这种行为不像泄愤，更像是一种对被囚禁的明烈太女的恐吓威胁与精神折磨。

而苏灵娘，到底不愧是有女相之称的巾帼英雄，从容就义，在法场上含笑而立，三天要受三千六百刀酷刑，竟一声不吭，最后第三天连行刑的刽子手都颤抖着不忍下手，最终冒死一刀插在她心口上，了断了女相英魂。

场面何其壮烈，在场百姓无不潸然泪下。

大雪纷飞之中，廉亲王抱着襁褓里的幼女跪在宫城前两日两夜，求宸王放过自己爱妻一条性命，最终得闻噩耗，昏倒在宫前。

最后明烈太女自焚，与宸王一同葬身东宫萤焰之中。

南太后在南国公、苏家老夫人的扶持下，掌天下大权，扶持兴平帝上位，垂帘听政。

清算宸王势力时，封家莫名因为宸王党羽的罪名，百年大族尽遭屠戮，南国公亲自下令抄了他的家。

但明显更有疑点的陆家却青云直上，陆锦年甚至差点嫁了当时的烈皇子，成为太子妃。

竟没有人发现苏灵娘的计划泄露风声，被宸王抓住的那个把柄，却是因为苏灵娘传信的一个侍卫，因为实在太紧张，与友人在酒楼里喝酒误事，竟让宸王的探子听去了消息。

那个约侍卫喝酒的友人，看似与陆家无关，但在他着力细查后，却发现那友人是陆家家主的门生。

两次苏灵娘那里出的纰漏都与陆家有关，这种事情，竟然没有人知道，也没有人怀疑。

封逸当时，就忍不住冷笑了。

“这世上哪里来的那么多巧合，必是有心人故意为之才有了巧合。”

而陆锦年作为陆家报以最大期望的继承人，必定会知道许多内情和秘密。

果然，现在那个女人落到绝境之后，便开始想保命的法子了。

只是，他却没有想到对方抛出来保命的诱饵，竟然就是这个消息——她知道楚瑜的父亲是谁?

“走吧，去见一见那个女人。”封逸淡淡地道。

出了牢房，封逸低头看了看自己手上的血色，忍不住蹙眉，有些颤抖地用自己手里的帕子擦了擦，随后往地上一扔。

“您何必要脏了自己的手，这些事情交给属下来处理就是了，您没事罢。”一边的亲信侍卫看着自家主子这般模样，不禁有些担心。

自家这位大人，极有能力，心机深沉，杀伐果决，却很少亲自动杀手。

封逸深深地吸了一口气：“没什么，我很好，立刻准备飞鸽传书。”

他必须马上把这个消息告诉楚瑜！

“是！”侍卫立刻抱拳道。

“等等……此事事关重大，我现在还是亲自去一趟月光岛，我记得廉亲王和苏老夫人这会子应该从上京出发去月光岛有些日子了，你们马上给唐门的人传信，让他们想办法，我要在最短的时间内见到玉安郡主！”封逸沉声道，心中不知道为何莫名地一阵阵不安。

如果他去的迟了，只怕小鱼见了亲王和老夫人之后就会离开，毕竟她已经有孕了，如今大陆上对她而言并不安全，他若是琴三爷，也不会让小鱼在大陆上呆太久的。

最重要的是，他希望南国公对廉亲王的去向一无所知，但是如今他身在云州，南国公却回了上京，他掌控不了南国公的动向，实在是令人心焦。

“是。”侍卫赶紧转身匆匆离开。

封逸看着窗外的枯树上冒出的绿芽，修目里眸光流转，深深地叹息：“但愿我还来得及。”

二月的寒冷仿佛瞬间便过去了，三月的春风迎面吹拂而来，带着迷离的水汽和春日里特有的清新掠过大地。

一艘精致的大船慢悠悠地从远处的海面上驶近了月光岛，靠着码头停了下来落了锚。

悬梯一放，便立刻有精壮的汉子从船上纷纷跃下，警戒地站在船的四周。

“小夫人可是到了？”金大姑姑早已在码头上等了许久，见着船一靠岸，立刻迎了上去。

火曜对着金姑姑一抱拳，微笑：“是。”

说话间，便见一道戴着长长纱笠的窈窕身影在红袖的搀扶下，小心地走下了船。

楚瑜也眯起大眼儿，远远地看向从码头上迎过来的秋念灵，隔着老远都能见着秋念灵那红肿的眼。

“小鱼，你还好吗？”秋念灵看着楚瑜，上上下下地打量她，眼里瞬间盈满了泪光。

“念灵。”楚瑜也反手握住了她的手，温声道：“我还好，你呢，我看你可不像好的样子。”

“嗯，一路赶过来，还要隐藏行踪，哪里能好，到了月光岛，我看外婆身子骨更是真不好了，一路实在太颠簸。”秋念灵眼里的泪水到底是没有忍得住，掉了下来。

楚瑜抿了抿唇，抱住秋念灵，抬手安抚地拍了拍她的脊背，随后看向金大姑姑："我们还是快点上轿去看看奶奶罢。"

金大姑姑点点头，立刻有马车过来，楚瑜和秋念灵都上了一辆马车，随后便在众多武卫们的护送下一路向月光岛而去。

"大姑姑，苏老夫人既然受不得颠簸，为什么要上月光岛呢，这海上大风大浪的，只怕老人家受不得罢？"霍家姐妹和金大姑姑同一辆车，霍三娘一边吃点心，一边有些奇怪地蹙眉。

"这月光岛是个半岛，之前咱们从云州城出来需要坐船，是因为路线方便，若是走陆路，也是能到达月光岛的，这已经算是一种冒险了，毕竟作为一个繁华的中转货运港口，三教九流什么人都有，虽然曜司的势力在此地是最大的，可是也难免有宵小之辈的势力会渗透进来。"金大姑姑倒是很耐心地说了不少话。

霍三娘点点头："原来如此。"

说话间，很快便到了地方。

那是一处清幽的大院，大隐隐于市，大门处是安静的巷子，后门却对着一条繁华的街道，地形也足够高，正能俯瞰四周，监察异常。

四处都有武卫把守得密不透风。

楚瑜下了马车，就看见潘嬷嬷站在门口翘首以盼，见她露面，便立刻眼含泪光地迎了上来，却也不忘行礼，只听她说道："大小姐，你可算来了，快随老奴进来罢，老夫人等了您许久。"

楚瑜见状，便也立刻随着潘嬷嬷进了门。

"潘嬷嬷，奶奶她的身子骨一向硬朗，便是经受风霜，怎么会倒下得如此之快？"楚瑜忍不住低声询问。

潘嬷嬷一边走，一边抬袖擦了擦眼角，泪光盈盈："您是不知道，老夫人身子骨虽然硬朗，但是您出事之后，她一直都竭力在朝中周旋，苏宇大将军虽然也鼎力相助，可他是边关守将，又哪里能随便进京，都是老夫人动用了苏家全部势力在其中斡旋，团结了朝中清流一派的将军们，与南家在朝廷上形成犄角之势，遏制住了南国公掌控兵权的意图，因此被南太后软禁了……"

比起十年不曾掌握兵权的南国公，边关战将们自然支持德高望重的苏老夫人。

因此，南国公那次围剿云州的大军都调不动真正得力的军队，皆是地方的驻军，调度混乱，楚瑜他们的脱身之计方能进行得那般顺利。

“难道他们敢对奶奶用刑或者虐待奶奶吗，他们怎么敢？”楚瑜忍不住颦眉，一把抓住了潘嬷嬷，她大眼里有了怒火。

潘嬷嬷看着楚瑜眼里的怒火和担忧，心中甚觉欣慰，到底是老夫人一片心不曾枉费，她忍着痛，苦笑着摇头：“南家还没有这个胆子敢对老夫人动手，但是老夫人忧思甚重，原本上次在漠北时的旧疾就不曾完全好，原本大小姐您没有脱险的时候，老夫人精神紧绷，还看不出什么来，知道您脱险的消息之后，老夫人就一下子倒了。”。

楚瑜闻言，闭了闭眼，轻叹了一声：“咱们去见祖母罢。”

说着，一行人便都进了东厢房里。

苏老夫人歇的东厢房琴筌也早已令人为她建造了地龙，里面一片温暖，让楚瑜觉得像进入了初夏。

她有些诧异，因着肚子里揣了个小娃娃，跟揣着个小火炉差不多，只让她觉得有些热，随后便解下了披风，看向房间床榻上。

在看见苏老夫人的那一刻，她瞬间就明白了为何地龙开得这般热。

柔软的狐皮上靠躺着软枕的老人，哪里还有当初她初见时的精神矍铄之感，干瘦的面孔，让老人脸上的皱纹愈发明显，肌肉与皮肤下垂，都显出一个词——垂垂老矣。

苏老夫人满头银发虽然看得出是精心梳起来的，但是明显稀疏了许多，无论如何挡不住她整个人看着像冬日里一株苍老得就要死去的大树，即使她曾经枝繁叶茂，在多年的雷雨风霜里，不知庇护了多少人，她的脊梁从不曾弯曲，而今，也走到了生命的尽头。

“是小鱼儿来了么？”苏老夫人听到了脚步声，在一边丫头的伺候下试图坐起来，虚弱地轻唤了一声，话语里难掩惊喜。

楚瑜鼻尖一酸，忍不住落下来泪来：“祖母，我来看你了。”

“哎，乖丫头。”苏老夫人含笑着握住了她的手，楚瑜柔软娇嫩又温暖的皮肤让她仿佛陷入了回忆，下意识地轻唤了一声：“灵娘啊，你来看我了么。”

房间里有一瞬间的窒息。

楚瑜吸吸鼻子，没有任何迟疑，轻“嗯”了一声，一点犹豫都没有。

倒是苏老夫人怔了片刻之后，眼角泛起一丝泪光，轻声道：“小鱼儿，你可真像你娘，善良又聪明，看着你如今还好，老婆子下去见你娘的时候，也有交代了。”

说着，她欣慰地轻轻拍了拍楚瑜的手。

楚瑜红着眼圈，拿着苏老夫人的手搁在自己的肚子上：“奶奶您别说胡话，您以后还要看着曾孙儿出世呢。”

楚瑜点点头，吸吸有些泛红的鼻子，看着苏老夫人疲惫的神色，轻声道：“祖母，三爷派了医中圣手来给您诊治，您一定能好起来的，我等着您给我肚子里的小崽子洗三呢。”

说罢，她便起了身，出门吩咐唐瑟瑟和水曜一起进去，又看着提着药箱过来的老金，认认真真地对着他行了个礼：“一切就都拜托先生了。”

目送老金几个进门去给苏老夫人诊治，楚瑜转身出了门和红袖几个准备去花厅，却发现秋念灵正眼巴巴地站在院子里等着她。

“念灵，你怎么不在花厅里坐着，虽是三月了，但海风仍凉，仔细着凉。”楚瑜说着便迎了过去。

秋念灵看着她，有些无奈地苦笑了一下：“我这也是没法子，家里的老头儿这会子不知道犯了什么倔，非要去看海，如今呆在后面的沙滩上不肯回来。”

楚瑜一愣：“义父，可是他身子不好啊！”

秋念灵揉了揉眉心，神色有些哀戚：“前些天是我娘的忌日，父亲心情很不好，当年父亲和娘的定情地就在海边，还有月光石算是定情信物，如今到了月光岛，他就想着看海。”

楚瑜闻言，叹了口气：“我去看看义父吧。”

这里的海滩离楚瑜的院子不远，砂砾有些粗糙，还有不少礁石，既不合适泊船，也不合适垂钓，虽然不远处是一处渔村，但几乎没有人往这里来。

楚瑜远远地就看见廉亲王坐在轮椅上，静静地看着远处的大海波澜起伏，碎浪撞破礁石，银珠飞撒，长空之上有海鸟蹁跹而舞。

清俊瘦削的中年男人，眼神看不清，只是那侧影便像是有许多故事，在那景里，倒显得天地都像一幅沧桑的画。

“看看谁来啦！”秋念灵笑嘻嘻地抢先几步上前，对着廉亲王道。

廉亲王顺着秋念灵的目光看过去，对上楚瑜的眼睛。

楚瑜看着廉亲王，笑眯眯地道：“义父！”

廉亲王看着面前娇俏的女子过来，目光闪过一丝温情和略带迷离的笑来，随后目光落在她微微隆起的肚子上，又变得清明了起来，清明到甚至带着一种诡异的凌厉。

楚瑜看着他的目光有些异样："怎么了，义父？"

廉亲王再抬头的时候却恢复了平常含笑的慈和模样："没什么，只是觉得有些感慨，原本那个灵动俏皮的小丫头，竟都有了孩儿了，忽然间，就觉得我们都……老了。"

楚瑜在廉亲王跟前蹲了下来，仔细地替他将毛毯拉好，随后将手搁在他的膝上，仰头看着廉亲王："义父，我们每个人都会长大，也会变个样子，但是您只要记得，在小鱼心里，你们永远都是初见时的样子，您永远都是那个唯一让我想起父亲的人。"

也是让她第一次发现原来权贵的圈子里还有"善意"存在的人。

廉亲王看着膝下的女孩儿，神色动容，脸上的肌肉似有些颤抖，但是随后还是轻轻地笑了笑，抬手温柔地抚了下她的发髻："父亲么，丫头啊，你有没有想过你的生身父亲是什么样子呢？"

"我的父亲？"楚瑜倒是一点没有犹豫地耸耸肩，她本来就是一个来自异世的魂，哪里会去想自己这辈子的母亲和父亲什么样子。

不过既然廉亲王问了，那么……

"我想，如果我有父亲，我希望他像您一样，永远抱着一颗与人为善的稚子之心，身处高位，也不会怀挟偏见。"

楚瑜的墨玉大眼里含着笑意，看着廉亲王。

廉亲王看着面前的女孩儿，神色却渐渐沉默，有些复杂地淡淡道："嗯。"

"若你的父亲并不是这样的人呢？"廉亲王看着面前的女子，忽然问。

楚瑜怀孕后，也不能久蹲，她便站了起来，耸耸肩："他是什么人，又与我何干，前半生他既然在我最需要的时候不曾出现过，以后也就不必再出现了，因为我已经不需要了。"

廉亲王愣愣地看着她好半晌，随后点点头，又看向一边的秋念灵慈爱地一笑："念灵，为父想要吃你亲手做的桂花圆子，你可否去替父王做一碗？"

秋念灵看着自己父亲这般模样，便知道他是有话要与楚瑜说，虽然她也很好奇，但还是善解人意地点点头："好。"

待看着秋念灵的背影消失在来时路上，廉亲王方才转脸看向楚瑜，楚瑜也若有所思地看向廉亲王，不知道为什么，她觉得今天的廉亲王很有些古怪，欲言又止，仿佛想要告诉她什么关于父亲的事情，而这件事，她却觉得一定是自己不想要知道的事情。

廉亲王看着楚瑜的神色有些复杂，又似带着一点讥诮：“你这个凉薄的性子却一点也不像你母亲，倒是像你的……”

“我的谁？”廉亲王说话的声音最后忽然放得有些低，楚瑜有些听不清。

说话间，红袖忽然转身警惕地看向远处，竟发现不知道什么时候，远处的那个渔村方向忽然有大批人马袭来。

“是官府的船！”水曜忽然看向远处的海面冷声道。

楚瑜一愣，转脸看向海上，果然看见远处有数艘大船从海面上逼迫过来，仿佛要将他们全部都围困在沙滩之上。

“小鱼，立刻和亲王一起先走！”红袖目光一寒，骤然手腕一转，翻出一把长剑来，又向天空蓦然抛出一枚烟火弹。

“嘭！”白日焰火响起，伴随着一阵巨大的炮声轰鸣。

“轰隆！”一朵巨大的火花瞬间爆开在了沙滩上，就炸在楚瑜不远处，一时间砂石四溅。

“义父小心！”楚瑜见状，下意识地推了一把廉亲王。

而她自己也飞身而起，同时那头红袖一行人也瞬间冲到楚瑜面前，水曜厉声大喝：“武卫摆阵！”

武卫们手腕一抖，原本缠绕在手腕上的铁片一下子就变成了一块盾牌，瞬间探出来，展开成了一面圆盾，挡住那些飞溅的砂石和烟火。

廉亲王也被自己的侍卫挡在了身后，护住了身子。

“真是巧啊，这算是熟人相聚么。”一道讥诮深沉的声音忽然在众人面前响起来。

楚瑜转脸看过去，却正对上南国公那冰冷的目光。

他身后是大批不知从何地冲出来的士兵们，将他们团团围住。

她扶着红袖的手臂站了起来，抬手抹掉自己脸上的烟灰，下意识地护住了自己的肚子，冷冷地看向南国公：“你们想干什么？”

“本国公想干什么，你不会不知道，玉安郡主。”南国公看着他们冷笑一声，眉目冷酷。

随后，他看向廉亲王，一脸惋惜的模样：“啧，真是的，我还以为你会聪明点，之前你去祭拜灵娘的时候，我就警告过你，为了这些贱种，不值得付出自己的性命，可惜，御庭你依然固执单蠢如当年。”

廉亲王有些狼狈地被侍卫们搀扶起来，他的轮椅已经被炮火轰坏了，他讥诮地看向南国公，神色凌厉：“呵呵，我单蠢，也比你这个人面兽心的畜生要好！”

南国公看着他怨毒的目光，忽然轻笑了起来：“我原本想看在灵娘的份上，饶你一命，如今你休怪我无情。”

随后，他扫了一圈周围的人，挑眉道：“念灵竟不在这里，你倒是挺幸运的，他看不见你死时的样子。”

楚瑜冷笑一声：“看不见谁死的样子，你么，南国公，你真的以为自己是个什么东西，一手遮天么，别忘了这里是月光岛，怎么算也是我们的范围，你以为你能对抗得了曜司？”

“我知道曜司是海上霸王，我也不以为自己能一手遮天，毕竟你当初能从我手下走脱，我只是更谨慎小心而已。”南国公微微一笑，随后一挥手。

地动山摇，令所有人都震了震。

霍二娘阴沉着脸，抽出了自己腰上的弯刀：“他们事前埋了天雷弹和黑火药！”

“没错，这下面是足够随时将咱们所有人全都炸上天分量的西洋天雷弹和引火药，我们说话可要轻点。”南国公阴沉着脸，露出一个冰冷的笑容。

“你猜猜，曜司的强大海军，还有你身边的这些武卫能不能让你在这里全身而退？”

众人一片静默，脸色铁青，脚下都是天雷弹，随时能被炸上天的感觉，实在让人忍不住连呼吸都放轻，鼻尖也渗出冷汗来。

一时间，海滩上只剩下冰冷海风掠过的呼啸声。

楚瑜面无表情地看着南国公：“可你也别忘了，你自己也踏在这天雷弹上面，难不成你也不想活了，所以杀敌一千，自伤八百？”

南国公看着她，深沉的面容上却露出一丝近乎轻渺而淡漠的笑容：“如果我说是呢？”

楚瑜没有再说话，只是定定地看着他，心中慢慢地紧张了起来。

因为她知道面前这个男人的话，是真的。

对方眼底的那种淡漠和漫不经心，是真的将他自己的性命当成一种完全不重要的东西，轻如鸿毛。

“值得么，为了仇恨，还不是对原主的仇恨，连自己的性命都放弃。”楚瑜冷冷地开口，她是真不明白。

她一个外人都能明白琴笙分明也是受害者，这些人到底为什么将所有的账都算在他的头上？

难道一切不都是秋玉之的错么！

“值得，那个畜生的血脉就不该被留下来。”南国公负手而立，看着楚瑜微微勾起唇角，目光落在她的肚子上，闪过一丝狰狞。

“父债子偿，天经地义。”

楚瑜蹙眉，防备性地护住自己的肚子，看着他，忽然讥诮地道：“南国公，你为了实现你复仇的目的，连至亲的太子亦可杀，你已经和你憎恶的那个男人没有任何区别，你和秋玉之是一样的人。”

“住口，休要将我再与那个畜生摆在一个位置上，否则本国公也让你不得好死！”南国公似乎完全不能忍耐和接受自己被楚瑜摆在和秋玉之一样的位置上，成熟俊毅的容颜上闪过一丝暴戾。

楚瑜看着他，却忽然轻蔑地笑了起来：“难道你现在就会放过我们么？”

南国公看着她，却眯起了眸子：“你若是乖乖地过来，跟本国公走，你肚子里的野种一定会死，但看在你体内还流淌着苏家血脉的份上，我也许还能保住你一条性命。”

楚瑜轻蔑地讥诮道：“别的我是不知道，我知道的事实就是当初你们根本没有能力去向宸王复仇，现在便以为柿子能捡软的捏了，可惜……”

她顿了顿，冷笑一声：“就算你们泯灭了人性不要说三爷你们捏不动，连我这个柿子都偏偏是个冻柿子，砸死你们一个两个臭不要脸的还是可以的！”

说着，她不顾红袖的阻拦，“唰”地一下拔出手腕上的软剑来，冷冷地指向南国公：“有什么手段，你只管使出来，我倒是要看看你能炸出个什么王八蛋来！”

她自打怀孕后，这个小暴脾气实在是忍耐不得，看着这些道貌岸然的混蛋做出这种样子，还敢打她肚子里的小崽子的主意，她非砍死这些混蛋不可！

“敬酒不吃吃罚酒，若是你和你肚子里的孩子，折在这里，琴笙那魔子就算不死也疯了，倒是可以让他尝尝这被杀妻灭子的滋味，呵呵。”南国公看着楚瑜，危险而又冷酷地笑了起来，朝着楚瑜一行人，比了个手势。

“逆贼，一个不留。”说罢，他和李君武便策马退开。

“擒贼先擒王，拿下南国公！”楚瑜厉声道，随后手中长剑一抖，竟直接以剑为暗器，就这么拿剑朝南国公掷去！

水曜也立刻领着几名武卫瞬间如饿虎扑羊一般，足尖一点，猛地向南国公飞掠而去。

南国公身边的侍卫们也并非吃素的，即刻也冲了上来去拦水曜，水曜等人武功虽然高强，但对方人多，短时间内还真挡住了水曜等人的去路。

而楚瑜的内力非常，一把软剑携着开金裂石之力破空而来，南国公身边的人哪里能挡得住。

南国公也没有想到楚瑜竟然真的不顾自己埋下的那些天雷弹，说动手就动手，连武器都不要，直接上手就要取他的性命，他自知无法避开此招，打算一咬牙以肩膀相迎，努力避开致命处。

却不想面前忽然晃动过一个人影，直接替他挡住了楚瑜的夺命剑。

“嗤！”利刃入肉的声音刺耳非常，血色飞溅开来，直让南国公脸上肌肉一颤，抬手就扶住了替自己挡剑的李君武：“君武！”

李君武靠在南国公胸口，楚瑜的长剑已经破了他的心房，他痛苦地看了南国公一眼：“国公爷，君武一条性命赌在这里，还是要托您……替……替君武和……君武一家复仇。”

说罢，他吐出一口鲜血来，眼里已经没了生气。

“君武！”南国公扶住李君武，眼底闪过狰狞的恨色，不知是想起了什么，他整张脸都有些扭曲了起来，咬牙切齿地怒瞪向被众人护在中间的楚瑜，抬手就对身边亲信下令：“炸，一个不留！”

他的亲信侍卫们看了眼正将楚瑜、廉亲王一行人围在中间的士兵们，有些迟疑，但最终还是立刻分头去行动了。

他们都知道南国公这次带着这些士兵们来，不过是为了利用他们的命困住玉安郡主和她身边的这些武功高手，所以就算被一起炸成肉泥，国公爷也不会动容，在国公爷眼中，他们不过是人形的武器罢了。

但是却不想，就在此时，一道清洌得近乎凌厉的声音由远及近地响起：“住手，国公爷，快住手，否则您一定会后悔的！”

被侍卫们护在身后的廉亲王听到那声音，忽然眯起眸子，冷冷地看向远处。

南国公原本并不打算理会，但是那道声音呼啸不停，莫名地让他忽然心烦意乱，他不耐地冷冷转头，却看见不远的渔村处一道人影策马狂奔而来，对方因为太过焦急和赶路的缘故，整个人看起来都有些狼狈，衣衫凌乱，发髻歪斜。

“封逸？”

说话间，封逸已经策马奔至南国公的面前，喘着粗气看着他，一张斯文俊秀的容颜上此刻满是汗水，他看了眼被困在数百士兵中的楚瑜，又看向南国公，大喘一口气：“国公爷！”

南国公看向他，目光森冷地扯了下唇角：“打断了本国公策划的行动，一定要有一个让我满意的理由，否则后悔的就是你。”

封逸看着南国公，神色复杂而凝重，轻声道：“国公爷，相信我，这个理由一定不止让您满意。”

他顿了顿，看着南国公的眼，一字一顿地道：“这个理由就是——玉安郡主，也就是楚瑜小姐，是您的女儿，您的骨血。”

此言一出，南国公一怔，随后面无表情地看着封逸片刻，忽然轻勾了下唇角，抬起手中的长剑就朝着封逸劈头残忍地砍下去：“本国公就知道你和楚瑜果然有所勾结！”

封逸面不改色，只在那剑劈下来的刹那，忽然低低地问：“您忘了当年在宸王殿下监牢里和苏女官一起度过的那些日子了么！”

那一把剑瞬间就停在了封逸的脖颈左侧不到半寸之处，几乎贴上了他的皮肤。

“你……”南国公死死地瞪着封逸，面色变幻若风云涌动，仿佛要将封逸的脑子瞪穿了一般。

封逸忽然开口：“当年您与苏女官在监牢里度过那些日夜后，您是怎么承诺苏女官的，您不记得了么？您被宸王逼到律方，九死一生，是什么支撑着您活下来？您忘了，您从千里之外的律方赶回，却只能在法场之下立了一夜，目送着苏女官离开人间，陪伴她走完了人生最后一刻？”

他的每一个字，都宛如巨锤不断地狠狠敲打在南国公的脑中，震得他手中的长剑几乎握不住，脸色苍白如纸。

“你……”

空气里仿佛有瞬间的窒闷，让人难以呼吸，又仿佛有无数寒风掠过，南国公第一次觉得海边的春天也这么寒冷，冷得他毛骨悚然。

“你到底怎么会……怎么会知道？”南国公慢慢地开口，却忽然一把扯起封逸的衣襟，目光猩红而狰狞地盯着他。

封逸看着南国公，丝毫没有挣扎的打算，只是不闪不避：“下官怎么会知道，因为这是陆锦年所言，当年的陆家就如同您一样，双面奉承，阳奉阴违，他们的家主，也就是陆锦年的祖父担心宸王有朝一日会登基，也看好宸王，便表面上对明烈太女效忠，但暗中对宸王的行动有所支持，苏女官前后两次泄露行踪和机密，便是他们所为，所以当年您与宸王的事情，他们也知道得一清二楚，只是您……”

封逸看着南国公，端详着他夹杂着气急败坏和愤怒震惊的表情，有些似讥又似讽地道：“看起来您似乎一无所知，否则按照您的标准，连我们封家因为没有能在宸王抓捕苏女官前夜顺利带她逃走，都要被扣一个宸王谋逆同犯的帽子满门抄斩流放，陆家此刻早该被您挫骨扬灰才是。”

“你、撒、谎！”南国公眼中不知何时爬起了血丝，脸颊上的肌肉缓缓抽动，他几乎不能控制地收紧了手掌，目光森然地一字一顿道。

封逸被他卡住脖子，几乎要背过气，他却忽然低低地笑了起来，从自己的袖子里取了一叠信件蓦然甩在了南国公胸口：“自己看，谁撒谎。”

南国公低头看着自己胸口那些有些泛黄的信件，片刻之后，他终于颤抖着松开了手，打开那些信件，慢慢地翻看。

时间一分一秒地过去，耳边的那些海浪声仿佛穿越了时光，让他回到了许多年前，一切犹如昨日发生一般，历历在目。

南国公看着信，许久，终于闭上眼，额头上青筋毕露，他颤抖着捏紧了手里的信，眼中仿佛流转着泪光，他浑身僵硬，竟似彻底化作了木雕石刻一般。

那些信件都是当年陆家的秘信，还有陆锦年的手写书，容不得他不信。

“咳……咳……”封逸低声咳嗽着，看着南国公的模样，眼底闪过一丝痛快，甚至是杀意，敌人的痛苦就是他的快乐，他一点都不介意让这个毁灭了自己童年和家的男人更痛苦一点。

他微微低头，凑近南国公的身边，轻声道：“怎么样，国公爷，您现在还有什么打算，要炸死您和苏灵娘唯一的女儿么，那是她为你承受着‘荡妇’之辱，九死一生产下的女儿，她从始至终为了保住你和明烈太女、南家、皇室的联盟，一直对她被囚禁期间发生的事情守口如瓶，独自一人承担了一切，直到死去。”

“而你们的女儿，虽然被苏老夫人暗中留下冠以苏姓，但是最终还是在一年后，被宸王的人当着苏老夫人的面抓走，从此不知去向，她被扔掉，又被人捡起来，打骂着如猪狗一般长大，十二三岁那年她为了不被卖进青楼受辱，投了水……如果不是后来运气好，被老胡一家捡到，她又忘却了前尘旧事，一切哪得重新开始……偏偏在她历遍艰险，收获了自己的幸福之后，却又遇着了你这个要杀了她和她肚子里孩子的父亲。”

“够了！”南国公骤然抬头厉喝，抬手间，手上的剑架在了封逸的脖颈上，目眦欲裂地狞声道：“苏千城……苏千城那个贱人……竟然瞒着我，她早知道了灵娘还有孩子，她居然敢瞒着我，那该死的贱人，她是在报复！”

封逸才不在乎他到底怎么想，只是一脸平静地看着他，随后摊开了手，微笑：“现在到了您选择的时候，是否要继续您的计划，我告诉您这真相，可……只是为了您好。”

封逸现在很确定，苏老夫人只将楚瑜的身世交代给了皇帝陛下，而皇帝陛下并没有将苏家这件“丑事”透露给已经与自己离心的南太后，大约是怕南太后还要利用这件事起什么幺蛾子。

否则南太后若知道了此事，南国公没有对此理由一无所知。

南国公看着他，闭了闭眼，巨大的冲击几乎让他有一瞬间回不过神来，他浑身颤抖，最终还是没有将手里的剑切下去。

好一会，他仿佛用尽了毕生的气力嘶哑地吼了出来：“住手！”

一声令下，他的亲卫们一时间还反应不过来，但是下一刻，他忽然转身一剑狠狠地砍在一名亲卫的马匹上：“本国公的命令，你们是不是没有听见！”

“嘶！”马儿发出一声凄厉的哀鸣，马头瞬间被他砍下，马身轰然倒下，血溅了那惊恐的亲卫一身一脸。

其余亲信们惶然惊醒，立刻转身喝令所有的士兵们停手：“住手，所有人都住手！”

但是，他们很快发现，其实不必他们呵斥，大部分的士兵都已经失去了战斗能力，他们看着眼前的场景齐齐震住了。

不知何时，许多青影提着猩红双剑飞梭在混乱的战场上，仿佛铁血修罗开辟了修罗地狱，地上早已血色蔓延，横尸遍地，哀鸣遍野。

而他们原本的目标——玉安郡主，此刻正安然地栖在一个气势非凡的修挑蓝衣人怀里，男人脸上戴着狰狞的青龙面具，只露出精致的下半张脸。

“可有什么不舒服的地方？”男人低头问着怀里的女子，语气温存得与他的面具截然不同。

楚瑜靠在他怀里蹙蹙眉，摇摇头，有些心不在焉，神色诡异地看向远处南国公和封逸的方向。

他们身居上风处，她身居下风处，再加上得了唐墨天的百年内力，她的听力简直不要太好，而封逸他们说话的声音可不算小，即使在这么喧嚣的修罗场上，她也能听得见对方在说什么。

而她相信身边的男人也听到了他们说的话，迟疑了一下，眼神有些复杂地转回男人的身上：“琴笙，封逸说的……是真的？”

她一直以为琴笙的身世够复杂、够悲哀和痛苦了，可是她不知道原来从那么多年前开始，她的原身和他就有了这样的纠葛，真真是一段……孽缘。

如果按照严格意义来说，他是她杀母仇人之子，她也是屡次要置他于死地的敌人之女，可是……

“那又如何，你在乎么？”琴笙扣住她细腰的手微微一收，薄唇边泛起漫不经心的笑。

楚瑜闻言，顿了顿，也轻笑了起来，懒懒地道：“关我屁事。”

本来就关她屁事，就算南太后忽然发现她是遗落在外的女儿，都不关她的事。

琴笙低头在她耳边幽幽道：“我以为你会忽然痛苦地纠缠于是否要与我为敌，为你母亲报仇的煎熬里。”

“你以为我是水曜么，戏多。”楚瑜没好气地对着琴笙翻了个白眼，随后朝着琴笙轻嗤了一声：“不过真要追究，你这不是向我这个苦主肉偿血债了么，海王殿下？”

不说别的，连养大苏灵娘的苏老夫人都不曾打算向琴笙这个凶手之子追凶索命，她有什么立场去演这一场戏？

琴笙静静地望着怀里的人儿一如从前的模样，忽然轻笑了起来，带着一点莫测，还有无人察觉的放松。

不是不介意的，他是敏感之人，尤其是在她的身上，他经不起一点失去她的可能性。

“你在乎不在乎，确实不重要，到底，你都是我的。”琴笙淡淡地道，声音凉薄入骨，也霸道入骨。

楚瑜轻咳一声：“嗯。”

他看向远处缓缓走过来的南国公，讥诮地扯了下唇角：“不过看起来，有人不这么想，大概是还想要认回你？”

楚瑜没有说话，只面无表情地看着走近了的南国公和封逸。

南国公看着楚瑜，神色复杂到茫然。

可是在看见她身后靠着的男人之后，他的面容上闪过一丝狰狞，但最终还是强行忍耐了下去，将目光停在楚瑜身上，喑哑着开口：“小鱼……我……我……”

我了半天，南国公却觉得剩下的那半句话是如此艰难地说出口。

“你是她的亲爹，怎么，这句话很难说出口么？”一边一直不曾说话的廉亲王忽然轻笑出声，声音里带着一种诡谲的冷意。

南国公看向一边的廉亲王，却见他被他的侍卫扶着缓缓出来，南国公的脸色瞬间出现了一种诡谲的复杂与痛苦，不由自主地别开眼。

“怎么了，南飞烟，不敢面对本王么？”廉亲王看着他，忽然轻嗤了起来：“你不是要炸了这里么，别停，继续动手罢。”

楚瑜看着廉齐王，下意识地开口：“义父！”

“住口，本王没有你这种义女！”廉亲王忽然声音尖利了起来，一向平和的目光里闪过一丝狞色，看向南国公，笑容冰冷入骨：“南飞烟，你不炸是吧，要不要我替你炸，你在沙滩里埋下的每一处天雷弹，我都一清二楚，你下不了手，我来替你下手怎么样，说来没有我，你也弄不到这么多天雷弹罢，毕竟这些东西都被曜司的商行暗中垄断了，不是么。”

楚瑜愣住了，嘴唇翕动了下，却忽然有些茫然，心中空空的，她仿佛从来没有见过这样的廉亲王。

那一瞬间，她几乎以为那个对自己冷眼相看，冷酷叱骂的男人是个陌生人。

那个曾经给自己释放出善意，和蔼慈祥如父亲的“老好人”，那个自己身中剧毒，也要为她呈请上书的“老好人”，那个愿意为毒害了自己的唐门上折求情的“老好人”。

仿佛不过是……她的幻觉？

又或者面前的廉亲王才是她的幻觉呢？

“您……知道了，对不住……义父，不，亲王殿下。”

楚瑜墨玉大眼里闪过一丝茫然，惆怅地看着面前的男人，随后低低地苦笑，收回自己想要伸出去的手。

“怎么，难不成你们还以为这种事情能瞒骗一辈子，还是你们觉得本王会被你们愚弄一辈子？”廉亲王低低地、阴沉地扯了下唇角。

琴笙抱紧了怀里的人儿，随后微微眯起眸子，看着廉亲王莫测地道：“此事，很是有趣，连本王曜司都不曾查出来的事情，你是如何确定的？”

廉亲王冷笑一声：“从苏老夫人非要将你认回苏家时候，本王就开始怀疑了，苏家嫡系满门抄斩前，苏家二房也只有苏二和苏三两个男丁，而苏二本身虽为武将，却是个好男风的，连他自己的子嗣都极其单薄，只得苏二夫人有一子，连个女儿都没有，苏三却是因为当年生出来的时候，伤了根本，子嗣都是他暗中从家族里过继而来的。”

所以，哪里可能有楚瑜这么个流落在外的女儿，偏生苏家老夫人疼楚瑜疼得紧。

他别人不了解，却是了解苏老夫人的为人的，虽然心慈，却从不是轻易施爱之人，苏家二房当年也曾觊觎过老夫人家主的位置，打着把二房的孩子过继给苏老夫人的主意。

苏老夫人子嗣艰难，不得不说没有苏家二房夫人的功劳。

后来事情败露，苏家二夫人被南后赐死，从此，大房与二房的嫌隙也种下了。

当年苏家未出事时，苏老夫人也不是没有考虑过继一个孩子的，但也绝不曾同意过继二房子嗣。

在这样的背景下，苏老夫人疼爱远亲里的苏千城，他可以理解，却怎么也不相信苏老夫人对生于“二房子嗣”的楚瑜的疼爱还要超过她的亲外孙女——秋念灵。

彼时，他就已经怀疑了，直到后来，他与潘嬷嬷说话时，旁敲侧击之，渐渐有了猜忌。

再联想起当年自己的王妃——苏灵娘，从宸王那里逃出来，却在苏家养病养了好几个月，一开始甚至以灵娘心有芥蒂为名，不让他来探望。

他便越发地怀疑。

他从来不是愚蠢之人，再至这一次楚瑜身陷云州险境，他去宫中探望被囚禁的苏老夫人，却无意听见了苏老夫人昏迷中的几句关于楚瑜的呢喃。

他所有的晦暗猜忌，竟都是真的，从那一刻开始，他的心彻底凉了。

“我哪里对不起你们，让你们这样一步步地践踏？”廉亲王别过脸去，不看楚瑜，语气森寒凛冽，带着深深的痛苦与恨意。

楚瑜再次闭眼，不再说话，只觉得心头难掩窒息之感。

早该知道有这么一天的，原身是苏灵娘和外人生的孩子，那么对于深爱苏灵娘，一生未曾再娶妻的廉亲王来说，就是此生最大的侮辱，不是么？

她一直隐瞒着不曾告诉廉亲王，甚至苏老夫人守口如瓶这么多年，不就是想让原本就脆弱的一切能继续隐瞒下去么？

只是她没有想到真相揭开的这一天来得那么快，而一贯是老好人的义父的反应会这么大，大到让她觉得自己站在他面前，仿佛都侮辱了他曾经给予的善意。

而他的愤怒，竟到了宁愿与她这个“耻辱”玉石俱焚的地步么？

又或许，当初对灵娘的爱有多深，此刻对她的恨就有多深……

楚瑜忽然忍不住转身抱住琴笙，双手大力地抱住他的腰肢，把脸埋在他的怀里：“阿笙……”

琴笙抱着她，没有说话，只抬手轻轻地抚摸过她的脊背，带着无言的安慰，目光却轻慢地扫过廉亲王。

“你们这些没有心的混账，都该去死！”廉亲王咬着牙，低低地笑，笑声冰冷到狰狞。

“御庭，我……”南国公早已呆滞在当场，此刻闻得廉亲王所言，下意识地就要去抓住对方。

廉亲王却忽然冷冷地道：“你碰到我的那一刻，埋藏在沙滩下的天雷弹就会全部引爆！”

“只怕不光是这里埋下的天雷弹，连一开始的时候，我接到小鱼会来这里与你们相聚，看望老夫人的消息，就是你刻意透露出来的罢？”南国公看着廉亲王，忽然复杂地问。

廉亲王看着他，轻蔑地笑了起来：“是的，否则按照曜司和苏家封锁消息的能耐，你以为你能那么轻易地就寻到这里么？”

南国公沉默了一会，深深地吸了一口气，艰难地涩然一笑：“连你都发现了小鱼像灵娘，所以才一开始就护着她罢？”

他以为廉亲王一直是个愚蠢的老好人，什么都不懂，但是对方明显比他看得更通透，对灵娘更上心么？

还是……他的眼早已被仇恨蒙蔽了，连别人早已发现的事情，偏偏只有他一次次地错过发现真相的机会。

“如果我早就发现了，你以为我会让她活到现在？”廉亲王低低地笑了起来，原本秀逸的凤眸里此刻盈满了厌恶与毫不掩饰的恨意。

“我只恨，你身边的那条封家的狗，让我看不到一出父女相残的好戏！也好让你们尝尝我知道真相时的绝望！”

被欺骗，被背叛，深爱的人是他的心头的银霞，而这一刻，那一抹银霞却似银色的利刃狠狠地插入了他的心脏，不断地绞缠，煎熬得他日夜难安。

“你们都当我是傻子，这么多年，只有我被蒙在了鼓里！”廉亲王轻轻地笑了起来，笑声凉薄而沧桑，他抬手大力地捶了捶自己几乎站不起来的腿。

“所有的善，都像喂了狗，喂了你们这些畜生，你们怎么能这么好好地活着，毫无愧疚地活着，看着我在那里自顾自地对你们每一个人展现善意，连身子骨都废了，是不是像个取悦你们的跳梁小丑！”

他抬起眸子一一扫过众人，声音骤然拔高到尖利，愤怒与羞辱汇聚成怨毒，几乎溢出他泛着血丝的眼里。

楚瑜下意识地想要说不是，却在看见廉亲王的表情后，硬生生地沉默了下去。

她不合适说话，至少不合适在这个时候说话。

她像一个让那个老好人痛苦与煎熬的……罪证。

“呵呵！”随后，他却忽然苍白着脸，仰头笑了起来：“可是现在也不晚，上天没有给你们这些人报应，我来给！”

“御庭！”南国公却忽然暗哑地唤了一声，随后忽然在众目睽睽下，慢慢地单膝跪下。

廉亲王却忽然轻笑了起来：“你跪我啊，为什么，因为你和灵娘背叛了我，你还记得不记得，当年我和灵娘成亲时，你曾对我说过什么，南飞烟？”

南国公闭了闭眼，面色青白地艰难道：“我们永远都是好兄弟，一辈子都是，只要你们幸福……”

“所以，这就是你的祝福？好兄弟？南飞烟，你可真是我的好兄弟啊！”廉亲王捏紧了轮椅，低低地笑，声音阴凉潮湿到让人发毛。

面对廉亲王森然的质问，南国公却忽然抬头，同样目光猩红地看向廉亲王：“我对不起你，可是灵娘没有，她没有对不住你！对不起你的是我，她是被逼的，是被逼的，你明白不明白！！”

南国公的吼声让廉亲王怔了一下，他捏紧了轮椅的扶手，阴郁地死死盯着他。

南国公却忽然像抽离了力气一般，闭了闭眼，低低地、嘶哑地道：“你根本就不知道……当年我们经历了什么，哪怕全天下的人都怪灵娘，你却不可以！”

明烈太女若是高高在上的骄阳，让他们所有人仰望倾慕，她身边那个唤作灵娘的少女，就是天边的浅浅弯月，拥有同样让人侧目的智慧，更可亲温柔，成为你我这些宫中少年的小姐姐。

那一年东宫初雪，幼时我第一次进宫拜见姑母，即使连剑都扛不动，却自恃将门少年，不愿与纨绔的小小皇族子弟们为伍。寂寥一人，却在雪中小亭里遇见那梳着双环髻，不到十岁的小小少女，见她似一个长辈一般贞静地含笑指挥着宫人们，悉心照料着满园乱跑的皇亲子弟，从容自若，无不周到。

“而那时……也是你我的初见，你被她抱坐在膝头，吃着水晶桂花饼子，桂花落得满身都是。”南国公低低地笑。

廉亲王阴沉的神色里，闪过一丝茫然与复杂。

“那是你我还有她三人的初见，大约，你是不记得了。”南国公轻声道。

可是，他记得。记得每一个瞬间，记得她明媚的笑颜，记得她教他们念四书，记得她教他们学兵法。那一年，春日的迎春花开得正好，连冬日凛冽的寒风在他们的眼中都是明媚的。他是骄傲的，苦读兵法，勤习武艺，想着要像宸王一样，十七岁便能建功立业，闯出自己的天地与封号，甚至愿意投身宸王旗下，为其驱策。

如此，便可以不依靠家中荫庇和姑母的疼爱，也能向苏家求娶他们明月一般名动朝野的大小姐，成为苏夫人满意的女婿。

可是，他还没有等到自己建功立业，挣来封号将名那日，便迎来了那个女子的喜讯。

他知道那个女子一贯疼爱坐在她膝上长大的水晶一般的尊贵少年，所以，他也接近那个少年，愿意与她一起疼爱那个最小的弟弟。可是，谁能想到，那一天，他会听到——心上女子与他视若亲弟的少年的婚讯。

“所以，你是从一开始就觊觎她了，想要从我这里夺走她，可笑的是，只有我不知道！呵呵……”廉亲王发出一种古怪的笑声，笑声里满是讥讽与凄凉。

“不是的！”南国公骤然拔高声音，再次打断他，随后却又慢慢地放缓了声音：“我，从未想从你这里夺走她，因为那时，我知道她与你原来早，早就定了亲，在她心中，你是她认定了的夫婿。”

苏家那位才名满天下的嫡出大小姐，作为明烈太女身边首席幕僚培养长大的女子，未来的帝国女相，又怎么会因为他这倾慕，而放弃自己的夫婿，转投他人怀抱？

南国公却摇了摇头：“御庭……你不懂的，我虽然倾慕灵娘，可是我从未曾想过要从你这里抢走她，我也抢不走她。”

那个女子，随了她效忠的主君——明烈太女。

明明就是宛如明月一般柔和睿智的女子，性格却坚韧到刚烈，认定的信念与信仰，认定的人和事，绝不会更改。

“我只要她幸福就好。”南国公低哑地道。

甚至为此，他同意了姑母的建议，娶了苏家二房的女儿，尽力对那个羞涩多病的女子好，因为她是灵娘的堂妹。

“我原本以为，这一辈子就这样了，我一直以为我是武将，总有为这太平盛世马革裹尸那日，若哪日魂归，能见你和她白发苍苍的那一刻，儿孙满堂，还能于树荫下禀茶一盏，在我坟前送我一盏清酒，便够了……”南国公捂住眼低低地笑，笑声也变得有些冰冷、凄厉。

“谁曾想，连这样竟都是奢望！”

烽烟起，朝堂上风云狰狞，他敬仰着的男人，竟然是地狱之魔一样的男人，翻手为云，覆手为雨，带来了那些腥风血雨将他们的太平盛世一瞬间打碎。

所有人都陷入了风雨飘摇里，无数人的梦与命都从此支离破碎，不复存在。

被血与火燃烧殆尽，仿佛从此成为所有人的宿命。

烈阳与黑暗的斗争，陷入了白热化，朝堂之上，天下之大没有人能逃脱。

位于权力中心的烈阳身边的那一轮美丽的明月首当其冲，执掌光明之旗，女中诸葛，万事岂能不与主公筹谋。

十数年如一日，腥风血雨，刀光剑影，明枪暗箭，成了所有人生活的常态。

谁也不知道，从什么时候开始，他们每一个人都改变了模样。

而他也曾小心翼翼地暗中一直护着灵娘的安危，然而还是没有挡住她被掳走的命运。

当然，他也是第一个发现她失踪的那个人。

底下人一通报，他便似没了理智，奋不顾身地追踪而去。

“我以为是我追踪的功夫了得，能将她救回来，我以为我抓住了她，却哪里想到……一切不过是宸王的陷阱……连那个来通报我消息的人，都是宸王安排好的！”南国公自嘲地笑，有些茫然地看着自己的双手。

仿佛那里还有握住那女子柔荑的触感。

宸王早已摆下龙门阵，等着他自投罗网。

“你不是钟情于她么，那就想法子让她改旗易帜，效忠于本王，本王不但饶了她一命，还让你们做对野鸳鸯，如何，本王可仁慈？”那眉目精致美艳到恶毒的男人慵懒地坐在监牢的王座上，居高临下地对他们露出令人毛骨悚然的微笑。

她自然是拒绝的，他也当然是不同意的。

于是，宸王“宽厚”地给了他们五日考虑的时间。

他和她被关在相邻的牢房里，他们还暗自交换信息，策划着逃离。

他们一直那样谨慎小心，甚至不敢动宸王给的水与饭食，可那又如何。

第二日，空气里的异香燃起，那一瞬间，她被剥光了衣衫，捆住手脚、封住嘴唇扔进他监牢里，他血脉不自觉涌动。

他忽然绝望地明白了自己踏入了一个怎样的陷阱。

“好好地享受，这是本王给你的一点小甜头，小飞烟，你不是很喜欢你的小姐姐吗，为何要将自己看上的东西让给一个比你更脆弱不堪的人，喜欢的就去抢，不是么？”男人抬手挑起正在努力克制欲望痛苦到抽搐的他的下巴，笑得恶意满满和充满……蛊惑。

“瞧，本王还是比较喜欢那个一直用仰慕的目光看着本王的小飞烟，跟着本王，你会有拥有一切。”

那个集天下之大恶于一体的男人的声音宛如有魔力，穿透了他的耳膜。他拥抱了那个自己求而不得的女子，即使，那并不是他的意愿；即使，他明明知道，从此再也回不了头。

宸王拥有了他的把柄。即使这件事，他也是受害者。

可是，事实不可更改——若他与皇子妃有了苟且之事的消息传出去，灵娘如何自处、御庭如何自处、他要如何自处、南后如何自处？

依照秋玉之那恶毒的手段与秉性，必定会将此事宣扬得天下皆知。

南家和皇室的天然同盟就此将彻底瓦解、分崩离析。

南后就算再信任他，再信任灵娘，都不会任由自己最疼爱的幼子被戴上绿帽子，甚至混淆皇室的血脉。

地牢里暗无天日的七日七夜。是他此生最痛苦，也是最甜蜜的七日七夜。

违背了伦常，违背了信念，他拥抱着自己深爱的女人。

“灵娘受尽了各种酷刑的折磨，那个混蛋……那个混蛋让我看着灵娘是怎么受尽折磨的，我哭着求他，跪在地上给他磕头，却只换来他变本加厉地对付灵娘……呵呵……”南国公捂住脸，泪水从他的指缝里流淌出来。

男儿有泪不轻弹，只是未到伤心处。

所有人都沉默地看着那个伟岸的男人跪在地上无声地流泪，空气里只有海风呼啸而过的声音。

许久，他忽然深深地吸了一口气，继续喑哑地道：“后来，许是我卑贱的祈求模样，让他又想起了别的游戏，他让我去律方戍边，给我一年时间，若是我能活下来，他就放了灵娘，让灵娘活着。”

那个恶毒的男人，唯一能算“优点”的就是——他从不轻易承诺，若是承诺了，就必定做到。

楚瑜闻言，眼中闪过一丝复杂的了然。

她终于明白了南国公怎么会忽然去律方戍边了，那时候，那里还是宸王的地盘，南国公一个外来的“入侵者”，还是宸王的政敌，在律方会遭受什么，一想就知道了。

估计，不会比琴笙后来从军时遭受的排挤与暗算少。

难怪后来，他利用同样的手段在十年前如此对付秋子非。

那是——同态复仇。

“后来我九死一生，终于归来时，才知道也许是明烈太女与宸王达成了什么交易妥协，又或者是太女派人营救，总之……灵娘恢复了自由身。”南国公缓缓地道，神情悲喜难分。

除了太女与宸王的斗争更为激烈，灵娘也为当时的秋御庭怀上了孩子，夫妻之间极为平静。

一切仿佛没有什么异样，当年他失踪的七日，也解释成了他去帮忙寻人了，没有人怀疑。

而宸王也仿佛忘记了他这个“游戏”，并没有刻意地逼他去做什么。

只是偶尔他和宸王对上眼神的刹那，他却仿佛瞬间被束缚了手脚的兽，甚至不能与对方对视，只能狼狈闪避。

宸王眼里的那种兴味盎然又轻蔑的眼神，让他几乎不能反抗，夜里的噩梦，都是那个男人用这个来威胁他去做什么事。

那个男人却只是命令他守着律方，不得参与京城之事，所以他竭尽全力地维护了律方的稳定。

其余的，他什么也做不了，包括来自姑母的密令，他都寻了所有的借口压下，不去参与。

这种出卖灵魂，背叛的折磨已经够他寝食难安，只能默默地派人暗中守着灵娘，怕她再出事。

然而……

“局势还是败坏到了无可收拾的地步……”南国公轻声道。

他高大的身子微微颤抖，仿佛又回到了那一日。

“我快马加鞭，冒着违反军令被斩首的危险回到了上京，然而，迎接我的……却只是她的血与肉，我只能站在法场下，无力地看着她支离破碎！看着我出卖了自己，贱卖了灵魂，背叛了家族，却还是无力将她从黄泉里救回来！”

南国公笑了起来，声音尖利非常：“呵呵……我没有办法，我没有办法！”

他死死地握住了拳头，指尖插伤了掌心，有鲜血缓缓流出。

“砰！”他近乎歇斯底里地狠狠捶在地面上：“我所有能做的，只是买通了刽子手，去给她心脏上扎一刀，让她尽快结束那种折磨！”

此言一出，就是一直阴沉着面容的廉亲王神色都动了动。

楚瑜忍不住怔然，居然是……南国公买通了刽子手？

剐刑，对于刽子手的要求就是必须片够犯人身上三千六百刀，且使犯人不断气。

敢冒着得罪宸王的危险，给苏灵娘一个了断，刽子手就算再感动于女相的气节，只怕也不会这般做，想来也是有人在背后筹谋。

“我救不了她，我救不了她，而秋玉之那个玩弄人心的魔鬼要的就是让我认清楚这一点，让我在他面前无能为力！”南国公深沉的目中此刻一片猩红，泪水带着恨与怨不断地滴落在地上，一点点渗入沙土里，充满了绝望。

……

“哪怕到现在……我还记得那个男人的手指捏在我的脸上的冰冷滑腻之感，就像被一条恶心的毒蛇爬过！”南国公抬起眼，目光狰狞地看向一边戴着面具的修挑蓝影。

“你根本不知道，你有多像那个世间最恶毒的男人——琴——笙！”

但是下一刻，一道窈窕的人影却忽然往前站了一站，挡住了他恨之欲其死的视线。他对上一双墨玉一般剔透却冰冷的眼。楚瑜一点没有犹豫地站在了琴笙的面前，冷冷地和他对视。

琴笙似有些怔然地看着自己面前的女子，幽暗莫测的冰冷眸底缓缓地闪过一丝复杂，还有清浅的暖意。他伸手轻轻地搁在了她的肩膀上。

南国公愣住了，随后忽然笑了起来，笑得不能自已，弓起了腰，双手撑在自己的膝头上，近乎歇斯底里，眼里几乎要淌出血泪来：“哈哈哈……瞧啊，我还是输了，不管从前过去……”

楚瑜看着南国公，心中忽然深深一颤，却最终还是握住了琴笙的手，背过身去不看南国公的脸。

“所以啊，本王赞同你的话，像这样的孽种，就不该再留在人间。”廉亲王却忽然轻笑了起来。

“你……”南国公忽然抬头看向廉亲王，猩红的眼中闪过一丝异光，随后咬牙道：“御庭，事情我也与你说了原委，你不该再怨她，她是无辜的。”

“我第一次，觉得你说的话是对的。”廉亲王苍白的面容上闪过一丝诡谲的笑，他低头看着自己的衣袖。

那衣袖袖口不知道什么时候，也许是在刚才他听着南国公说话的时候，太过用力，不小心撕裂了一个口子，此刻看起来血迹斑斑，都是他的血。

"灵娘是无辜的，你是无辜的，我也是无辜的，在曾经我的心中，孩子们都是无辜的，琴笙也是无辜的，在你现在的眼中，你的女儿也是无辜的，对么？"

他忽然抬起头，看着南国公微笑，笑容茫然到森凉："然后呢，所有人都是无辜的，还有谁是罪人？"

为什么？为什么要告诉他这一切！他其实一点都不想听这些，不想听灵娘所有遭受过的折磨，不想再次去证实灵娘与自己的兄长一般的朋友有了孩子。

而他最不想的是……这所有的一切，让他清晰地发现自己对那些暗流汹涌是如此一无所知，如此无用，甚至让他没有比现在还要怀疑——像这样无用的他，如何值得那个女子深爱。

所以，她也许从不曾爱过他？

这让一生只爱着那个女子，名叫秋御庭的男人，如何能够接受！

如何能够！

廉亲王轻笑了起来："南飞烟，你们所有人都有秘密，我在你们眼里是个连爱的女人怎么死的都不明白的废物，你说她认定了我是她的夫君，是因为她是个守信之人……是想证明……她心中从未真正有过我吗？"

南国公看廉亲王的神情不对，想要说什么："不……"

他说这些，并不是为了刺激对方。

"不，是的，不！这里没有人是无辜的，我们每一个人身上都有罪，你的欺骗、你对灵娘的心思是罪，我的愚蠢和单纯是罪，还有你们……"廉亲王抬手指向楚瑜和琴笙，面目几乎都要扭曲。

"一个罪人之子，一个私生之女，从你们生下来开始就背负了原罪！所以……"

他低低地，近乎神经质地笑了起来："所以我们……一起死好了，都一起去死！"

苏灵娘过往的遭遇，还有再一次证实了他所有微薄的幸福都像一个他自己幻想出来的幻影泡沫！

他忽然一扬衣袖，近乎歇斯底里地呼号："炸了，炸了，通通都去死！去死吧！"

所有人都死，那些屈辱，那些怨恨，那些爱……都通通灰飞烟灭罢！

"哈哈哈——"

“住手！”南国公见状，只本能地吼了一声，眼里都是绝望。

他下意识，不顾一切地向廉亲王扑去，试图阻止他施放信号。

“砰！”一声闷响，是人被冲撞倒地的声音。

然而，廉亲王被撞了一下，那一枚烟火依然飞蹿上了天空。

南国公的人脸上都露出一种极度惊恐的神色，他们自然是知道这个沙滩下面埋藏了多少天雷弹和黑火药的，夜自然知道这一炸，便一切都真的将——灰飞烟灭。

但是预期中的爆炸声却并没有响起。空气里依然只有海风吹过的声音。

廉亲王最先反应了过来，空茫地看着天空：“怎么……怎么可能？”

南国公却在怔然之后，忽然明白了什么，他眼底露出一丝复杂的光。

好一会，一道幽柔冰冷的声音从他们身后响起：“陪你们演这一出戏到这里，也该落幕了罢？”

廉亲王忽然拼力坐了起来，狼狈地看向琴笙，愤怒地道：“是你……”

“是本王。”琴笙淡漠地看着他，面色无悲无喜，只是一派平静。

“秋御庭，你既然知道海王殿下掌控着所有天雷弹的制作和进口的渠道，你能用你自己的名义去调买来这些天雷弹和火药，就没有想过我们能给你天雷弹，也能调换了它么？”金大姑姑森凉沧桑的声音忽然在琴笙背后响起。

廉亲王和南国公齐齐望去，正看见金大姑姑缓缓地走过来，她的目光一路从南国公的脸上落到了廉亲王的脸上，有些复杂地道：“秋御庭，你原本一颗赤子之心，为何要钻那牛角尖，竟连南飞烟都不如了，太女殿下看见你今天这个样子，一定会很失望。”

秋御庭的手段并不高明，他原本就不是一个善权谋之人。

隐藏了他发现南国公和楚瑜之间真实关系的秘密，不过是简单地想要看楚瑜和南国公父女相残。

至于暗中通知南国公，又买下那样大量的天雷弹，他自以为做得很高明，四散了人手，去走私的港口买卖。

可他又哪里知道，曜司不光琴家船队掌控了海上的官道白道的生意，琴三爷更是传说中的盗王之王——龙王？

一道龙王令，号令海道，莫敢不从。

所有的黑道生意，尤其是这样涉及军火武器买卖的生意，龙王怎么可能没有任何消息？

不过是将计就计罢了。

琴笙淡漠地扫了他们一眼：“你们的时代已经过去了，还要纠缠沉浸在那些痛苦里，是你们的选择，本王和本王的小夫人都不奉陪，你们若是想要去死——”

他轻缓地勾起薄唇：“本王并不吝啬代劳，本来今日是打算将你们这些垃圾一起处理掉的。”

他那种轻慢的笑容许是勾起了他们许多年前的回忆与恐惧。

“你——”廉亲王咬牙怒目而视。

南国公也不禁阴沉了脸。

“我什么，正如你们说的，本王是魔子，自然要做对得起本王这个名号的事，不是么？”琴笙轻蔑地嗤了一声，随后忽然弯腰，一把抱起楚瑜，径自离开。

“姑姑，处理干净点。”

“是。”金大姑姑恭敬地道。

待两人远去之后，金大姑姑才冷冷地看向地上狼狈地试图爬起来的两人。

“你们够了没有，两个大男人，加起来年纪快要一百岁，还是这般不知所谓，复仇，你们复的什么仇，秋玉之已死，太女殿下焚尽了她自己就是换来这样的你们么？”

“你要杀就杀，你早就不是长姐身边的次官长了，呵呵。”廉亲王淡漠又狼狈地扶着自己的侍卫站起来。

南国公神色复杂，也站了起来，目光扫了一眼将他们全部包围的曜司武卫。

他们，似乎逃不出去。

果然，还是从一开始……他就输了，几十年过去，他一如既往地踏入别人的圈套。

秋玉之不可能不知道灵娘怀孕，却不曾告诉他，不过是因为厌恶南家，想要看着他痛苦罢了，甚至也许从那时开始，就等着算计他今日父女相残。

从一开始的秋玉之，到现在琴笙。他从来都斗不过他们，斗不过啊……

秋御庭说他在所有人眼中是个愚蠢的小丑，而今日，他方才觉得自己像是命运手里的小丑！

“呵呵……呵呵……”南国公闭上眼，低低地沙哑地笑了。

满满的黯淡与恨意，更多的是……凄然无力与深深的绝望。

那些南国公的侍卫们死里逃生，而他们看着自己高大伟岸的主人，看着他佝偻的背影，颓然无力的模样，让他们忽然明白——原来那个大将军终于老去。

就在这一朝一夕之间。

琴笙抱着怀里的人儿，慢慢地走在了回院子的路上。

他垂下眸子，看了眼怀里的人儿：“在想什么？”

“阿笙，你……”楚瑜靠在他怀里，忽然轻轻开口想要说什么。

“我不会动他们性命，不过有些苦头难免要吃，比如南国公，你的……我少不得要废了他的武功。”琴笙淡淡地道。

楚瑜闻言，抬头看她，有些无奈地一笑：“我也不知道他竟是我的……生身之父，我没有资格阻挡你减除隐患和……报仇，廉亲王若是一时糊涂，尚可宽恕，那南国公……”

她叹了一口气：“你自行决断。”

南国公是他的仇人，害死了天鹰大营那么多人，利用南亭羽，与苏千城一起勾结赫金人，害死了金曜，还有后来种种恶行都历历在目。

她对苏灵娘尚且只有佩服，没有任何个人感情，何况南国公？

曾经无比厌恶那个男人，现在却只是深深地觉得那个男人很可悲。

琴笙抱着她进了屋子，将她搁在自己的腿上，抬手轻抚她的小腹，目光深邃地道：“这里有了我们的孩子，所以我愿意为他（她）祈福，少造杀孽。”

楚瑜一怔，感动地拉住了他的衣襟：“琴笙……”

他温柔地弯起唇角，露出个漫不经心的笑容：“何况对于南飞烟那个男人而言，知道你是他和苏灵娘的女儿，却嫁给了我，还有了孩子，只怕才是最为痛苦的事情罢。”

这样活着比死去更要日日受尽煎熬，不是么？

楚瑜：“……”

她真是……太高看这位报复心极重的海王殿下了，不，应该是——小心眼的猫儿。

她有些无奈失笑地摇头：“你这般直白地告诉我你的恶毒念头，就不怕我圣母心发作，怨你太狠，连我的……‘父亲’都不放过？”

"你会么？"琴笙眯起眸子看向怀里女子明丽的眸子，仿佛像是要望进她灵魂深处一般。

楚瑜闻言，丝毫没有犹豫地道："不会。"

她虽然觉得南国公可悲可怜，但是那又如何，她依然不认为他是她楚瑜的——父亲。

不说自幼，便无干系。

他做过的错事，并不会因为他的可悲可怜而消失。

那些死去的曜司武卫，她爱着的男人所受过的伤害，金曜的牺牲，先勾结漠北赫金人，又勾结水匪，欲挟二十余万百姓性命逼杀于她……那些事情哪一桩、哪一件值得原谅？

她抬手轻轻取下他脸上狰狞的龙王面具，用细腻的手指慢慢地抚摸过他精致出尘的深邃眉眼，轻声道："琴笙，阿笙……"

"嗯。"琴笙似很享受她柔软手指抚摸过自己脸颊的感觉，妙目融金，静静地看着她，神色温柔而淡然。

楚瑜叹息了一声："你累么？你一定很累。"

因为此时，她忽然无比清楚又清晰地体会到了琴笙少年时的感觉——来自自己在乎的人的伤害，仿佛一颗心都瞬间浸在冰水里。

而他的心在这冰雪霜剑里，沉浸了这么多年，只怕再炽烈的心，也成了一片永冻荒原。

她抬头轻轻吻住他的唇，缱绻地描摹着他的唇的形状。

"你在。"他抬手捧住怀里人儿的面容，缓缓地加深这个吻。

……

六个月后，夏末秋初的清晨，阳光暖暖地洒满了整个海冥岛，海风温柔，晨曦的光落在皮肤上温柔得像一双轻抚肌肤的手。

楚瑜将一个牛乳杯子搁在边上，随后挺着硕大的肚子站了起来，伸了个懒腰，抬头的时候，舒服地眯起了眼睛。

"唔。"

"小心，别扭着脖颈。"温柔的声音在楚瑜的身后响起。

楚瑜转过脸，看向自己身后的男人，径自往他怀里一靠："早，阿笙。"

琴笙看着怀里的小女人，一副惬意的模样，唇边还有一圈奶渍，衬着她柔软的头发，着实像某种胖乎乎、毛茸茸地偷喝了牛乳的小动物。

他精致的琥珀妙目里闪过温柔的光，低头轻吮了下她唇边的奶渍，再温柔地吻了吻那张可爱的嘴。

“好吃么？”两人好一会才分开，楚瑜轻喘着，大眼亮晶晶地、促狭地看着他。

她可是能感觉到他仿佛有些反应。

孕期头三四个月和后两个月，是危险期，自然不能经常房事。

虽然也有些其他法子纾解，不过到底他不能尽兴。

只是他真的很克制，连平日睡觉都怕压着她，又恢复了那种死板板地，双手交叠在小腹上的优雅睡姿。

偏她促狭性子上来，就喜欢抱着他摸摸亲亲，他虽恼火，却也无可奈何。

楚瑜就喜欢这种——纵情欺压他的感觉。

“很甜。”琴笙挑了挑眉，妙目里闪过一丝危险的金光：“你也快卸货了，确定要这么挑衅？”

楚瑜嘿嘿一笑，戳戳他的脸：“你还得忍两月呢。”

她顿了顿，忽然想起什么，迟疑了一会：“念灵那边昨日来了消息，说是想要请老金去看看。”

琴笙淡淡地道：“不行，你要生了。”

楚瑜点点头，看向远处泛着金色涟漪的海面，轻声道：“我知道，只是有些……感慨。”

怎么能不感慨，那个曾经的“老好人”，在她眼里就像红楼里被保护得很好的宝玉，她一直觉得他不是完全不知世事的人，毕竟能俯身真挚地亲近平民的亲王，又哪里是什么都不知道的人。

他善良，却也有他承受的风雨确实比他那一辈的人要少得多的原因，大部分人都替他将风雨挡在了门外，却最终在人生最末尾的篇章里，那些他珍而重之的东西，一一破碎，让那个善良的“老好人”变得那般疯狂。

越是单纯的人，越容易钻牛角尖。

廉亲王整个人的精神都垮了下去，原本他身子也都垮了，如今更是宛如进入暮年的树，不愿见任何人，颓然地在他和苏灵娘过去生活的院子里，不外出一步。

但凡清醒的时候，都痴迷于将苏灵娘与他过去的点滴，描绘进画里，仿佛那样，就没有人可以进入他的世界，仿佛那样，就可以圆满。

秋念灵并不知道到底发生了什么事情，只是很担心自己父王的身体，所以来信求助。

“到底……是痴人，等我生了小崽子后，出了月子没有什么大事，就请老金上京去一趟罢。”楚瑜轻轻地叹了一声。

廉亲王虽然后来想要杀她，可是，到底其情可悯。

从一开始，她和琴笙就知道廉亲王可能有问题，所以他们将计就计，他一个青年时就没有玩过阴谋诡计的“老好人”，怎么可能玩得过琴笙这个自幼在杀戮和阴谋诡计里九死一生过来的人？

至于南国公，那日之后，宛如伍子胥一般，一夕白了头。

没有人知道他在想什么，而没过多久，他就从曜司囚禁他的牢房里失去了踪迹。

“还是没有他的踪迹么？”楚瑜蹙眉。

琴笙抬手温柔地抚过楚瑜的发鬓，淡淡地道：“他没有那个脸来认你，所以去了哪里，你也不必操心，如今你要操心的是——好好地生下孩子就是了。”

女人生孩子，是个鬼门关。

就算是在她生活的时代，也每年都有人因此而丢了性命。

楚瑜点点头，靠在他怀里。男人的态度与关怀在孕期对女人至关重要。他一贯比她还要紧张。让曜司上下都跟着紧张了起来。

……

看着楚瑜挺着沉重的身子在红袖与唐瑟瑟的陪伴下艰难地一遍遍绕着花园转圈，以便日后好生产。

琴笙一贯静水深流，笼着惑人雾气的琥珀眸底闪过一丝焦躁与烦闷：“女子产子，何以如此艰难？”

土曜沉默了一会，觉得这真是个好问题，他摸着下巴，认真地道：“不知道，属下没生过。”

“砰！”一本书直接砸在他的脸上。

琴笙抬手捻了一朵白色的花，轻嗅了一下，唇角泛起一丝冰冷的笑：“也不知道，宫少宸此刻心情如何？”

宫少宸自从上次在云州之后就销声匿迹，连着建川那条老狗也领着船队四处游走，不敢轻易靠岸，但是他很清楚对方绝对是潜藏在六甲海峡一带伺机而动。

那里地形复杂，岛屿众多，他们上一回才收拾了战场，整治干净，海盗们安分了不少。

可是只要他们入主中原的贼心不死，就必定据守那里，伺机再前。

“小夫人有孕的消息，很多人都知道了，宫少宸的人也没有少在外海作妖，总是没有好结果，如今小夫人要生的当口，属下一定不会让任何人叨扰。”火曜抬手抱拳。

琴笙并不担心，海冥岛附近千里海疆谁敢轻易来犯，就是找死。

不过琴笙并没有等到宫少宸的消息，没过几天，就有另外一个消息先来了。

“呜呜……痛死老娘了！琴笙，你这王八蛋，只管下种，不管生……呜呜呜，好痛啊，王八蛋！！”

琴笙脸色却异常苍白，仿佛完全没有听到楚瑜在骂什么，他站在门口，听着里面的惨叫声，死死地盯着产房大门，冷冷地道：“一个时辰了，她还要痛到什么时候！”

一边的金大姑姑颇有些警惕地挡在琴笙面前：“女人生孩子就是这样的，这才刚开始呢，第一胎的时间都会长，殿下若是担心，不如去读读书，练练武，或者处理处理政事？”

说着，她看向一边的土曜，暗示性地让他一起劝一下一脸“老子忍不住要冲进去了”的琴笙。

土曜看着琴笙的样子，原本想插科打诨的，却还是忍住了，他还想多活两年。

琴笙沉默着，听着里面撕心裂肺的叫声，宛如雕像一般在门边又站了一个时辰，听着楚瑜的叫喊声从高亢到低软疲惫，最后慢慢地低了下去。

他面无表情地闭上眼，忽然抬手就去推门。

但是下一刻，金大姑姑立刻大喝一声：“主上，不可以，产房不可以随便进入！”

随后，附近的火曜、水曜、土曜几个都齐齐扑上来要抱住他的胳膊和腰。

但是琴笙直接浑身一震，罡气四射，震得土曜几个迟了一步。

随后便见琴笙长腿一伸，直接“砰！”地一声踹开了产房的大门。

他就这么在众人的目瞪口呆里从容地进了产房。

众人：“……”

白色的阻隔帘子一掀，一道修挑的蓝色人影就出现在了产房里。

产婆们呆滞了半晌，还是唐瑟瑟最先反应过来，蹙眉：“三爷，这里不是你该来的地方！”

琴笙却只冷淡地扫了产房内众人一眼：“继续。”

随后，他径自走到了楚瑜身边坐下，一把握住她的柔荑，看着她：“我陪你。”

唐瑟瑟：“……”

众产婆：“……”

得，这位龙王爷，独裁惯了，这会子哪里会理会你们。

楚瑜看着琴笙的深邃妙目，不得不说，心中深深一悸，忽然有些疲倦地笑了起来：“算你还有心！”

仿佛身体里的疲倦又去了不少。

产婆们没有法子，也只好继续助产。

“呜——”楚瑜每次痛苦呻吟的时候，都忍不住死死掐住琴笙的手，指甲都掐进了他的手背皮肤。

他便在一边不断地替她擦汗，喂汤药。时间一分一秒地过去，转眼又是七八个时辰过去。连产婆都有点担心起来，老金也进来给楚瑜扎了针。

看着楚瑜越来越痛苦，琴笙的脸色也越发地苍白，让唐瑟瑟在一边看着都有点分不清楚，到底是他在生孩子，还是楚瑜在生孩子。

“快点，用力，宫口开到十指了！”老金铁青着脸第三次用针之后，产婆也跟着颤声喊了起来。

“我好痛——仙仙！”楚瑜痛得都神志模糊了，只死死地拉住琴笙的手，却在那一刻，她忽然清晰地扯住了琴笙的手腕，咬着牙道：“答应我，如果我有什么问题，一定要把孩子带大，要疼他！”

琴笙一震，看向楚瑜毫无血色的脸，忽然明白她是在担心她有个三长两短，他会挨不下去！

他尚且没有，只死死地瞪着楚瑜，反手狠狠地握住她的手：“你答应过我什么，小姑姑！”

楚瑜没有力气回答了，只咬了唐瑟瑟塞来的人参片，目光却还是带着哀求地看着琴笙。

琴笙依然不回答，只忽然温柔地笑了笑，再次反手将她的柔荑按在自己心口，一字一顿地道：“我只记得当初你在森林里，在月下的承诺，你去哪里，我就去哪里。”

楚瑜眼神有些迷糊，闭了眼，深深地叹息了一声。

楚瑜一咬牙，还是竭尽全力集中精神，跟着产婆的话用力。

半个时辰过去之后……

“哇……”一声清脆的婴儿哭泣声忽然在产房里响起。

产房外的众人终于大大地松了一口气！

“恭喜殿下，是一位公子！”产婆欣喜地道，抬手就要将孩子托起来。

“哎，还有一个……是……是个千金，难怪产了那么久下不来胎？”

另外那个小娃娃看起来比她的小哥哥小了足足两圈，但是浑身雪白，干干净净，倒是健康。

看得产婆啧啧称奇。

随后，众产婆们喜笑颜开地将两个小娃娃洗干净，包裹在包布里准备递给一边的琴笙。她们是知道殿下想要孩子很久了，说不得会给她们包个大红包，毕竟海王殿下最不缺钱。谁知道，琴笙只是面无表情地扫了一眼两个大小不一哇哇哭着的孩子，并没有丝毫打算抱他们的打算。

众产婆们神色讪讪，好在金大姑姑早已按捺不住进来，洗了手，一手一个就接过了两个小家伙，笑得合不拢嘴。

“好好好，一胎抱俩啊！”

琴笙问一直在照顾楚瑜的唐瑟瑟关于楚瑜的身体状况，随后看着一脸疲惫的楚瑜，轻轻地呼了一口气，将脸埋进她的柔荑里，轻声道：“谢谢你……还在。”

他的声音带着一种异样的颤抖，若非他们如此亲近，她也不会察觉。

楚瑜闻言，又忽感觉掌心仿佛有湿润的水渍，心中大震，随后只觉得软得一塌糊涂。

“阿笙……”

琴笙好一会，才从她手里抬起脸来，一贯清雅精致的面容此刻苍白如纸，睫毛还有些湿润，有一种奇异的脆弱感，让楚瑜想起了当年仙仙靠在自己肩膀上流泪的那一刻。

琴笙轻轻笑了笑，平静地站了起来，温声道：“你，好好休息。”

楚瑜有些担忧地看着他：“琴笙，你没事罢？”

她话音未落，就看见琴笙修长高挑的身形晃动了一下，然后忽然向后一栽——不省人事。

若非一边的老金看着不对劲，赶紧上去搀扶，他只怕要直接摔地上了。

楚瑜惊得铁青了脸骤然起身："琴笙！"

老金一脸心惊地去摸琴笙的脉搏，好一会，他脸色变幻莫测，轻咳了一声："殿下，心速过快，忧思过重，所以这一放松便……气血上头，无甚大碍。"

楚瑜："说人话！"

唐瑟瑟头也不抬地道："爷晕了，被掌门生孩子吓得。"

……

"殿下，根据咱们侦查到的情况，曜司那些人应该已经勘察了很多次宝藏所在地，您看咱们的计划……"森田郎领着一群武者专心地看着地面上摊开的地图，讲解着什么。

穿着精致华丽袍子俊美风流如贵公子一般的男人，懒洋洋地靠在软枕里，膝上抱着三味线，手里的嵌宝象牙拨子有一下没一下地轻拨着手里三味线的琴弦。

只是他眉宇间的阴翳，让人不敢直视。

他忽然漫不经心地开口："小女郎，孩子应该已经生了罢？"

很是突兀的一句话，打断了众人的商议，森田郎愣了愣，神色里闪过一丝恼火，最终还是抬手示意其他武者都退出房间。

待得门口守卫的侍卫关上了大门，森田郎才看坐在上首的俊美男人："殿下，您需要专心于宗主交代的事情，不要再去想念那个中原女子了，否则非但大计不能成，你也会失去一切。"

森田郎看着宫少宸，叹了一口气。

自从云州一役后，他已经彻底发现了建川在这个年轻的皇子面前，根本就不是对手，他是崇拜强者的人，所以转而效忠了这位殿下。

可惜的是，这位皇子殿下除了早期在中原的势力发展较快以外，本岛给予的军队和浪人们都掌控在建川手里，这让伊崎宫殿下的行动受到了很大的限制。

"好在您现在，凭借自己的能力也有不少支持者，您只要完成了拿到藏海图宝藏的任务，就能得到女皇陛下的青睐，取代建川的位置，指日可待！"森田岁郎看着男人，苦口婆心地道。

宫少宸抬手支撑着脸颊，漫不经心地看着窗外波光粼粼的海面："让你去联系的人联系了么？"

见自家主子终于开始说正事，建川大大地松了一口气，立刻道："有联系，对方已经有回音了。”

“此事……”宫少宸顿了顿，丹凤眸子里闪过一丝幽暗冰冷的光：“虽然本宫实在不喜建川，但这次行动必须有他的配合，把消息告诉他，让他准备罢。”

森田岁郎立刻恭敬地颔首：“是！”

随后，他想起了什么似的，看了眼宫少宸的脸色，又道：

“对了，现在一直都没有少司大人的踪迹，我们怀疑……少司大人可能已经不在人世了。”森田忽然低声说了一句。

宫少宸拨动琴弦的手顿了顿，好半晌，空气里一片死寂。

森田只觉得仿佛有冰冷的风掠过，带着一种潮润的，咸咸的味道飘进来，让整个房间的空气里弥散开一种……难以言喻的味道。

许久，宫少宸轻叹了一声：“是么，那真是可惜，他还欠了我一把三弦琴。”

森田一愣，有些不解，随后看到宫少宸手里那把三弦琴，心里忽然有点发毛。

东岛的传统——精美的三是要用动物皮皮来做的。

森田不敢多言，只偷偷地拿眼去瞥宫少宸，但见他的俊美面容上一片幽深寂寥的神情，却难辨悲喜。

可是不知道为什么，他能感觉到伊崎宫大人的心情仿佛在那一瞬间差到了极点。

时间渐渐过去，森田就在一边坐着，给宫少宸用雕花银壶煮茶。

也不知过了多久，宫少宸忽然想起什么似的，眯起眸子道：“南国公那边的事情到底如何，他究竟因何忽然处处针对我们，又断了我们那么多消息渠道，查出来了么？”

森田郎迟疑了一下，上前低语了几句。

宫少宸闻言，怔了怔，随后忽然大笑了起来，仿佛听到了什么不得了的可笑事情：“哈哈哈……真是有趣，竟然是这个答案，那个疯狂狠辣的男人居然是小女郎的父亲，那她是嫁给了杀母仇人之子么！”

森田郎看着宫少宸幸灾乐祸的笑声，心中却不由自主地打了个寒颤。

但是好一会，宫少宸忽然又收了声，喃喃自语一般：“但是照着她那性子，只怕不会在意这件事。”

流萤断续光，一明一灭一尺间，寂寞何以堪。

随后，他抬手再次用象牙拨子轻轻地拨动自己怀里三弦琴，幽幽地哼唱了起来。

森田郎看着面前的男人，不禁微微蹙眉，一个武者，总陷入儿女情长，是要被人耻笑的。

可是在东岛宫中，风流无双的贵公子却是要众人传颂的，这位殿下如此惊才艳绝，未来是要继承这中原皇位的，因此不能也是宫中贵公子的做派，何况蛊惑了伊崎宫殿下的还是他们的死敌。

可是，伊崎宫殿下却一贯我行我素，他也劝诫不得。

森田叹了一口气，忽然想起一个人来。

他眼珠子转了转，对着宫少宸恭敬地鞠躬："殿下，属下想起还有些事，需要出去一会。"

宫少宸不曾回眸，只微微颔首，嘴里反复地哼唱着那绯句。

……

岛屿的另外一边，粗矮壮实的中年男人忽然从一名女浪人丰腴的肉体上翻身而起，烦躁地"砰"一声甩了一只夜壶出去。

"伊崎宫到底要弹奏三弦琴到什么时候！"

"建川将军，森田大人希望求见您！"门外的浪人一脸惶恐地进来。

建川眯起他闪着冰冷怨毒目光的细眼，忽然冷冷道："去把森田给本将军叫进来。"

"是！"那浪人立刻离开。

他恶狠狠眯起眸子，隐去眼底狡诈的光。伊崎宫那个小白脸想要取代他在飞羽宗主面前的位置？

不，休想！

……

巨大的波浪撞在黑色的岩石上，碎裂开无数剔透晶莹的水花。楚瑜一脸震撼地看着面前升起来的湿漉漉的满是黑色岩石的岛屿。她是第一次看见一座岛屿升起来的样子，仿佛神话传说里的模样。直到她踏上了湿淋淋的沙滩，依然有些回不过神来，一不留神，她脚下踩到滑腻的海藻差点摔一跤。

"小心点，当娘的人了，还如此毛躁。"一道低沉温柔的声音在楚瑜身后响起，同时抬手扶住她。

楚瑜看向身后的琴笙，笑眯眯地道："嗯，他们还吃着我的奶，哪里敢笑我！”

琴笙看着大喇喇的女人，眼底闪过一丝笑意，随后抬手给她，牵着她慢慢地往岛屿上走去：“你是越来越不知羞了。”

“主上！”金羽和月曜早已领着人在岛屿上巡梭，见琴笙和楚瑜一行人过来，便抬手抱拳。

楚瑜看着岩石里打下的深深铁钉，她微微挑眉：“这是用来勾浮漂的？”

“是，用来定位，毕竟这里海浪极大，今日是十五，岛屿会浮上来，明日天亮的时候，它又会沉入海中。”月曜含笑点头，肯定了楚瑜的说法。

楚瑜看了看周围，她上岸之前，就已经在周围转过了，整个岛屿很大，因为长期沉在水里，岛屿上唯一的植物就是——海藻。

但是因为岛屿高低不平，依然看不到整个岛屿的地形。

“琴笙，你们之前勘探过了这个岛不止一次，可曾发现什么？”楚瑜看向琴笙。

他是机关高手，当年在唐门地宫的时候，她就见识过他的能耐了。

她怀孕到生完孩子都三个月了，他应该已经对这里很了解了才是。

只是不想，这一次，琴笙却淡淡地摇头：“这里的机关，有些古怪，我想，也许你会懂一点。”

楚瑜一愣，指着自己的鼻子：“我？我怎么会懂机关？”

琴笙看着她，琥珀眸有些深邃，随后牵着她的手将她带到了一处高耸的石柱处。

楚瑜在看见那石柱的时候，瞬间就睁大了眸子，不可置信地看着那石柱还有上面的字，手都微微颤抖了起来——

她下意识地抬手掐了一下自己的腿：“这是……”

这是什么！

那石柱明显就是人工所为，而且已经在水里浸泡了太久太久，上面都是海中的贝类寄生物留下的斑驳痕迹，还有一些海葵之类的生物。

只是楚瑜才站定，忽然听得数声巨大的轰鸣——“轰隆隆！”

不远处的海面上瞬间爆开了数朵巨大的水花。

还有一枚炮直接炸在了潮汐岛上。

楚瑜忍不住蹙眉看向远方：“这是……水匪？”

她在看清楚对方船上悬挂的日出东方旗帜后，瞬间眼底闪过一丝森冷寒色。

“他们怎么会发现潮汐岛，他们居然还有胆来！”

琴笙却看着远处，有些讥诮地弯起唇角：“为什么没有胆，得了人通风报信，不来才是怪事。”

楚瑜一愣，看向琴笙，忽然想起了什么：“你说……是廉亲王？”

“东岛人的脑子还算好使，最近信传来的消息是从廉亲王那边泄露的消息。”琴笙淡淡地道，抬手给一边的水曜，水曜立刻伺候琴笙戴上手套，同时扎起袖口。

“我以为，他只醉心书画，不想竟是还没有……走出过去。”

楚瑜抿了抿唇，想到廉亲王居然勾结了宫少宸，心情顿时复杂了起来——廉亲王依然是恨着她和琴笙的。

当初，廉亲王是她的义父，未曾翻脸前，他对他们的情况了解得比南国公多得多，想必是从那时候开始，他就已经开始搜集藏海图的消息了。

如今，自己人一旦背叛，带来的伤害往往也最大。

“本尊给过他机会了，可惜他执迷不悟，不过……”琴笙顿了顿，神色平静地道：“南国公亲自找上他，两人同归于尽了。”

楚瑜看着他，浑身一震，心情百味杂陈，她是没有想到自己会听到这个消息。

“不必担心我，小鱼，你在岛上盯着人忙，本王去去就来。”琴笙抬手戴上了自己的面具，他自从上岛之后，总是穿着这裹出他宽肩窄腰长腿的劲装，而非他平日在大陆上穿的宽袍大袖，是极好看的，也不再是那种仙气飘逸之感，糅合了他精致得过分的无双容颜，倒是显出一种男人的放肆不羁、霸道与邪妄恣意来，让人看了心跳非常。

楚瑜点点头：“好，你要小心。”

琴笙轻笑着忽然低头，在她唇上狠狠一吮：“这是向海的女神祈求的胜利之吻，佑我蛟龙横海，纵横三界，破尽来犯之妖雾！”

随后，他便飞身掠起，领着曜司武卫们掠向岸边停靠的大船。

身边还有留下来保护她的曜司武卫，土曜一点不客气地吹了个口哨。

楚瑜捂住唇，忍不住呆了呆，却又不可自己地红了脸。

她必须承认，自己喜欢海王殿下这个邪妄非常的模样。

随后，她转脸看向身后：“继续凿！”

……

十二月的海，寒风已经十分凛冽。

海面上炮火声隆隆，喊杀声都被炮火掩埋，硝烟四起，令人心惊胆战。

几乎上百艘战船都仿佛从海底冒出来一般。

建川脸色铁青地看着那些坚船利炮，忍不住浑身颤抖，脸上的肌肉也跟着抽搐："森田不是说，海冥岛的战船全部都调走了么，为什么还会出现在这里，这么多战船！"

他心痛地看着自己的船被对方以压倒性的优势直接击沉。

他之前在云州就被击沉了许多船，如今加上飞羽宗主因为对他失利产生的不信任，再次派出了人和战船只有四十艘，如今加上他原本剩下的也不超过六十艘战船，怎么和称霸海道一方的海冥岛拼？

所以，他一直隐藏在地形复杂的六甲海峡伺机而动！

"森田岁郎，你这个混蛋，居然勾结了伊崎宫，害本将军！"建川愤怒又恐惧地看着那些巨大的战船，向他们重重包围逼来。

其中甚至有些造型奇异狰狞的中型龙头船，能喷吐火焰，但凡沾染到那诡异的绿火的船，就瞬间被吞没在火海里，让他想起了云州恶鬼之夜那些鬼船！

他想要撤退，却又哪里能退得了！原本的战列阵型都一瞬间散了，各自为战，四散而逃。

他不是蠢人，哪里还能不明白，这分明是那个恶鬼之王，"酒吞童子"设下的陷阱，所以他们才能一往无前地开到了这个岛屿附近。

恶鬼之王的陷阱早已张开了口袋，等着他们冲进来，将他们一网打尽！

"伊崎宫……伊崎宫，你到底知道不知道今日这是个陷阱！"建川咬牙切齿道。

而此刻，最令他恐惧的却是一艘巨大的，外面包裹着铁甲的战舰，缓缓地向他逼压了过来。

船的外面包裹了金属，必定会吃水极深，重量难以控制便容易沉没，可是面前的这艘巨大的战船却让建川惊恐地发现，对方非但没有因为沉重的外壳下沉，反而灵活地避开了己方战船，以雷霆之势碾轧撞碎那些试图阻挡他的东岛战船。

巨大的吨位和坚固如海上堡垒的船身狠狠地碾轧过来，野蛮得几乎没有任何技术含量，却不但令被碾撞的船只脆弱地分崩离析，更令人身心俱碎，恐惧非常。

站在船上最高处的桅杆上的男人，戴着面具，双手提着猩红长剑，一身劲装蓝袍在阳光下气势非凡，宛如龙王化身，男人轻轻地推了下自己脸上狰狞的青龙面具，精致的薄唇边弯起一丝轻慢又匪气的惑人笑容，骤然扬声打了个尖锐地呼哨——

“今儿，浪高大风起，领战船上龙旗扬！但见倭船闻风遁，今儿，你大爷管撞不管捞——给老子碾碎了这帮子东岛狗杂碎！”

恶意又嚣张的话语，分明声音不高，却一瞬间响彻天际，几乎刺激到了龙旗船上的所有人，血气沸桶，所有男人们都匪气地扬起手里的武器，怒号呼啸了起来。

“杀！——杀杀！！——杀杀杀！！！”

“轰隆隆！”

建川肝胆俱裂地看着那战船碾轧过来，绝望又愤怒地看着面前的一片火海。

“不，我不甘心！”

伊崎宫，一定是你！

……

海面上战火激烈的时候，靠近潮汐岛的一处礁石水面下，无人注意处，有一片黑影悄无声息地靠近。

而此时，柱上雕刻的字几乎已经完成。

附近看守的曜司武卫忽然发现了海面上有一丝异样，他骤然回头，才要出声。

却见忽然有东西扔了上来。

“轰隆！”一阵闷响，随后，地面上一片烟雾四散。

唐瑟瑟最先反应过来，她厉呵一声：“不好，有毒烟，捂住口鼻！”

随后，她翻手便扔出了几颗药给霍家姐妹，又将瓶子扔给土曜：“分发下去！”

“好！”土曜立刻沉了脸，去分发解药。

楚瑜手腕一转，将长剑握在手中，警惕地看着四周弥散的烟雾，以内力厉声喝道：“闭气之后，小心自己左右，有水匪忍者潜伏上岛！”

却不想，在石柱上两个字的最后一笔刚好完成的同时，又是一阵天雷弹的爆炸声响起——

“轰隆隆！”

这一次，楚瑜瞬间就感觉地面狠狠地震了一下，她心中忽然“咯噔一下”——

不好，机关打开的同时，忍者抛掷出来的天雷弹直接炸得整块地面都塌陷了下去。

“快走！”然而她尚且未及喊出声。

“轰——”

一阵地动天摇，她眼前彻底一黑！整个人仿佛都失去了控制，向黑暗的洞穴里滚了下去。而与此同时，她感觉仿佛有人拉了她的腿一把。她骤然一惊，蓦然收腿，滚向一边。这种踏空的失重感，让楚瑜忽然想起了当年在地宫的时候。可她也不再是当年那个只能靠着琴笙的楚瑜！楚瑜一提气，拔高了身子，抬脚狠狠地踹在了石壁上，一路减缓了坠落的势头。

也不知往下坠了多久，她觉得自己仿佛穿越了好几个空间一般，终于感觉自己膝盖撞上了什么东西，一下子就停住了下落的势头。

而自己的脚也踏上了平实的地面。

“蹭！”在她落地的瞬间，原本漆黑的房间也全部亮了起来。

刚刚习惯了黑暗的她，在那一刻，下意识地抬手挡住了眼，待得自己适应刺眼的灯光后，不禁彻底地呆愣住了。

展现在眼前的是真正的——宝库。

潮汐岛的地穴空间之大完全超乎了她的想象，展现在她面前足足有三间巨大的房间，一间装满了金银珠玉，堆砌得几乎有十数米高，另外一间则装满了各种稀奇古怪之物，楚瑜甚至一时间不能分辨里面有什么。

而最让她脸色发白的却是最后一间房间，也是距她最近的房间里——装了足足一间房的武器与图纸。

她原本是猜测过藏海图里面有什么东西，足以改天换地，变幻时光。她有些颤抖地拿起了一张武器图纸，却被底下一册书上的字震了一下——长生诀？

这到底……是什么人设下的？

“小女郎，看起来，你也发现了，这里的东西果然能改天换地。”一道金玉相击一般的声音在她身后响起。

楚瑜骤然转身，看向身后的人。一张熟悉的含笑俊颜缓缓地从黑暗里浮现，随之显现的，还有他身后的一群黑衣忍者。

楚瑜看着他，忽然冷冷地眯起了眸子："宫少宸，果然是你！"

"别来无恙。"宫少宸看着她，忽然轻笑了起来，依然是那风流倜傥的模样，只是丹凤眸深深睨着她俏丽的脸与窈窕的身段，却带着一丝凉薄与复杂："你看起来还是像我初见的那个女孩儿。"

哪里像一个生过孩子的女子？

楚瑜警惕地看着他，随后冷笑了起来："是啊，你还是我初见一样，心狠手辣，满嘴谎言，这一次，是你骗了建川去做牺牲品，为你潜伏进来的计划做棋子么？"

"呵呵，是又如何？"宫少宸缓缓地走近了她，目光却流转过整个地穴。

"不如此，怎么能再次见到你，他将你保护得那么好。"

说着，他抬手轻轻地拿起墙壁架子上一个剔透的琉璃瓶，欣赏着里面漂亮的透明液体："不如此，我又怎么得到这一切，还有你？"

楚瑜闻言，看着他讥诮地道："怎么，你真的以为你能走出这个潮汐岛，就算出去了，你以为就凭你身体里流淌着的出身不明的血液，还有这里的东西，就能翻盘登上至高之位？为了权力，勾结水匪的奸贼，也想君临神州，真是笑话！"

宫少宸却忽然冷冷地打断了她的话："本宫不是勾结水匪的奸贼，本宫……"

他忽然笑了笑，丹凤眸里闪过一丝阴沉又凄厉的光："本宫是出身正统的飞羽宗主的第三子，所做的一切，都是为了我的母国，何错之有！"

楚瑜闻言，愣住了，随后眯起眼："你……不是秋玉之之子？"

宫少宸冷漠地道："你们的宸王睡过许多女人甚至男人，却只让一个女人留下了他的血脉，那个郡主的孩子并非秋玉之子，而且早已死去，本宫不过是顶替了他的身份，否则又怎么拥有——宸王之子的身份？"

登上中原帝位的人，一定要拥有皇室的血统，这是基本要素，就算是逆王的血统，也属于皇室！

楚瑜震住了："你们居然连这个都算计进去了！"

"要怪，就怪你们中原皇室里手足相残，宸王当年借助的绿林海盗力量里就有我们潜伏的密探，包括护送那位郡主销声匿迹的也是我们的人，是你们中原人的斗争，让我们趁着罅隙有了执行这个飞鸟计划的机会。"宫少宸轻慢地微笑。

从辉夜姬、红零到宫少宸……他们全部都在中原长大，这一场唤作——飞鸟计划的惊天的阴谋，原来只源于当年的那一场皇室倾轧，源于一个变态不能实现的爱与恨么？

“强悍的堡垒，都是从内部攻破的。”宫少宸轻蔑而又嘲讽地弯起了唇角。

“为什么要告诉我这些，伊崎宫殿下，是打算要杀我灭口吗？”楚瑜无言以对，只面无表情地看向宫少宸。

但她目光扫过他手里的瓶子时忽然眼神一变，宫少宸手里拿着的那只瓶子上面标注的字，看起来有点眼熟。

“你……放下手里的东西，要小心！”楚瑜心中忽然咯噔了一下，拔高了嗓音，又强行让自己的声音放平，免得吓到对方，使他失手摔了瓶子。

宫少宸见她忽然换了话题，正是莫名，便挑眉看向她：“你说什么？”

楚瑜只觉得鼻尖上冒出冷汗来，大眼死死地盯着他手里的东西：“你手里的东西——晃动剧烈，甚至是摩擦大了就会爆炸，威力是天雷弹的数倍！”

宫少宸随后轻嗤了一声：“小女郎，你又想……”

“我没有耍花招，我只要求你慢慢地放下你手里的东西。”楚瑜冷冷地道，目光只盯着他手里的瓶子。

宫少宸看了看自己手里的东西，又狐疑地看向楚瑜，但在看清楚楚瑜眼中紧张僵木的光之后，忽然手上一顿，他能分辨出她并没有说谎。

他一贯知道她常常有一些其他人所不知的奇妙技艺。

随后，他手慢慢下降，将手里的东西缓缓放下。

“要轻，要慢，接触桌面的时候，一定要缓柔。”楚瑜咬着唇。

她紧张的模样，使得宫少宸和他身后的忍者们都莫名地紧张了起来。

然而，当宫少宸慢慢放回了那一只琉璃瓶，所有人都松了一口气的时候。

他忽然眼角余光看到了什么，随后慢慢地回过头去，借着长明灯的光看向自己身后——那是一墙壁上百个的——琉璃瓶，里面装满了同一种剔透的液体！

楚瑜也在他转过身子后，看清楚了他身后的东西，彻底毛骨悚然，连呼吸都屏住——她掉进了什么地方，这里的东西足以炸毁整座岛屿！

空气里安静得只有呼吸声，所有人仿佛都僵住了。

但下一刻，宫少宸却忽然笑了起来："哈哈哈……真是……天意助我。"

楚瑜转头，看向宫少宸，却见他正看向她，惑人风流地一笑，摇晃着扇子半遮了脸："小女郎，你如果不想自己葬身此处，再也见不到你的孩子，就乖乖跟我走，嗯，你在我手里，想必海王殿下也不会不舍得这一岛的金银与武器，毕竟他富甲天下，不缺这些东西。"

楚瑜一瞬间，几乎觉得心中寒凉，她静静地看着宫少宸，忽然道："果然，不管过了多久，过了多少年，你依然是这样——依然是那个什么都想要的你，我对于你而言，大概也就是与权力一样的战利品罢了。"

那一年，大雨磅礴的林里，那个背着她的人，也许不过是她自己幻想出来的影子罢了。

宫少宸闻言，唇边的笑里渐渐带着一丝复杂和涩然，随后他忽然轻嗤了一声："是，那是因为……有的人什么都有。"

他慢慢地向楚瑜走了过去，抬手轻轻抚上她的脸："而一无所有的人，才贪心，明明，一开始，最先握住你的手的那个人是我，为什么我们会走到今天这样？"

贪心，是罪么？

楚瑜没有避开他的手，只是抬起眸子，淡淡地看着他："因为你什么都想要，可什么都想要的人，通常什么都得不到。"

宫少宸看着楚瑜的眸子子，里面无悲无喜，只有一丝怜悯，他忽然轻笑了起来，带着一丝复杂与讥诮，凑在她耳边轻声道："什么都得不到，这你说了不算，我说了算，因为你什么都有，而我，什么都没有，所以，投鼠忌器的人，是你，是他，要赌么？"

楚瑜静静地立着不动，却忽然道："我记得你的名号是——伊崎宫罢？"

宫少宸看着她，虽然不明白她为何忽然换了话题，却依然微微一笑："是。"

楚瑜眸子里泛起一丝异样的光，轻叹了一声："伊崎宫，乃是东岛供奉天照大神的圣宫，是祭祀之地，从不得踏入权力，自古以来，从来没有皇子以此宫命名封号，你的母亲，飞羽宗主是真的深爱你这个儿子么？"

宫少宸脸上的笑瞬间淡了："看来小女郎知道不少。"

"对，她知道不少，本王也还知道东岛宫中的皇族今册大宝上，根本没有你伊崎宫的名字，你，不过是飞羽宗主的私生子。"一道幽凉的声音忽然在他们身后响起。

楚瑜转脸，看向来人，脸上露出一个清丽坦然的笑来：“你来了。”

仿佛，她一直都知道他会来一般。

蓝色的高挑人影缓缓地从另外一处黑暗处踱步而出，那个摘下了面具，露出俊美出尘面容的男人，不是琴笙，又是谁。

他上下打量了一下楚瑜，对着楚瑜温声问：“我来迟了，你可有事？”

楚瑜摇摇头，轻声道：“我很好。”

两人之间并没有说什么，可是那种自然的亲密气氛，仿佛容不下第二个人，任什么都无法插足其中。

宫少宸目光里闪过愤怒与凌厉，他慢慢地握紧了手里的太刀，忽然一把拉过楚瑜，将她紧紧抱在自己怀里，另外一手却抓住了一个琉璃瓶子，怨毒又畅快地看着琴笙：“琴三爷，或者我该叫你海王殿下呢？收拾建川的动作很快。”

楚瑜看了眼那晃动的玻璃瓶，眉心微微一凝，她虽然不愿意承认，可是拥有太多的人，确实投鼠忌器。

她不再是当年那个一无所有的小捕快，所以可以用自己的命去和曜司搏。

她有了太多在乎的人。

看着楚瑜被对方搂在怀里，琴笙眼底闪过一丝黑暗森冷的荧光，他淡淡地看向宫少宸：“宫少宸，你什么都带不走，就像你，不过是一个有家回不得，没有任何根基的浮萍，还要妄想称霸中原，身为工具却没有自知之明。”

宫少宸看着他，丹凤眸子里闪过恨意：“琴笙，你在怜悯我么，你是不是以为你总能赢？”

随后，他忽然低低地古怪地笑了起来，声音却带了一丝隐约的凌厉与讥诮：“是，我是浮萍，所以，我一无所有，而你拥有太多，所以你猜猜，一切灰飞烟灭，谁更心疼！”

说着，他一晃手里的瓶子。

“你想要什么？”琴笙神色淡漠地看着他。

“琴三爷，你跪过谁么？”宫少宸看着他笑容冰冷，忽然觉得对方的那气势，那清冷淡漠俯瞰众生的模样刺眼非常。

琴笙看着他，两人对视片刻，他忽然轻慢地笑了一下：“好。”

随后，他身子一沉，膝头干脆利落地点了地，那是一个标准的跪姿，异常优美。

楚瑜浑身一震，下意识地道："琴笙……"

那一刻，她的心脏仿佛像被什么狠狠一捏，眼中不自觉地盈满了泪。

她从未见过他跪任何人，甚至帝座上的兴平帝。

跪天，跪地，他唯一跪过的也只有冰封在永冻原里的天鹰将士。

宫少宸见状，却忍不住大笑了起来："果然是江南十景，连跪人屈服，也这般惑人，所以，连我的小女郎都被你蛊惑了罢。"

琴笙指尖轻轻地屈起，在腿侧轻点，数缕透明细长的丝线缓缓地无声地如蜘蛛丝一般从琴笙指尖慢慢攀爬下地，仿佛有生命一般攀向放满了透明琉璃瓶子的墙壁，还有……宫少宸等人。

宫少宸丹凤眸里闪过毫不掩饰的杀意与疯狂，一字一顿地道："若是我要你死以换她生呢？"

这个男人死了就好了，若他死了，哪里来的那么多崎岖与忐忑。

琴笙抬起头，目光却落在了楚瑜身上，平静到温柔，温柔似亘古月光与海潮："悠悠吾心，但为君故，沉吟至今。若为君故，无有不可。"

楚瑜看着他温柔安静的琥珀眸，一如当年那少年，她闭了闭眼，忽然轻笑了起来，眼泪却顺着脸庞滑落。

若为君故，无有不可。

此去经年，她的少年，从未改变。

……

"那你一定会死在他之前。"楚瑜忽然手腕一翻，细长的蓝色毒针已对上他的咽喉，她甚至没有回身，只面无表情地道。

宫少宸顿了顿，脸上却没有任何害怕的神情，他眼底闪过一丝悲色，随后又阴沉地笑了："小女郎，你为了他，连理智都没有了么，就不怕……"

他手中还有那古怪的瓶子。

"对，你们都不怕么！"又是一道凄厉古怪的笑声忽然在他们身后响起。

"我不知道你们谁损失更重，但是我知道你们这些卑鄙的魔王之子、鬼女还有玩弄人心的混蛋都应该去死！"

众人一惊，看向声音来处，却发现一道浑身是伤的鲜血淋漓的矮壮人影踉跄着出来，而他手上正拽着那一只透明的装着漂亮液体的琉璃瓶子。

琴笙琥珀妙目一阴，这个该死的地穴四通八达，被炸出孔洞之后，根本无法预料哪里会进来人。

最可笑的是，这里竟然没有任何防卫性的机关，开门最难，此后便可一往无前！

“我竟然没有死，还闯了进来，你们是不是很奇怪，这可都是天照大神的庇佑，庇佑我来找你们这些混蛋复仇！”建川一手捂住自己被炸伤了的左眼，看向楚瑜、琴笙还有宫少宸等人，狰狞地笑着，靠着墙壁踉跄地勉力站直了身体，一手颤抖地握住那个瓶子。

“建川，放下你手里的瓶子，本宫会将你所有的功劳都禀报母皇。”宫少宸看着建川，忽然露出温和的微笑。

“你……你……还有你……全都该死，船队全部都被酒吞童子的鬼船碾碎了，烧光了，你们毁了我的一切……我这个样子，还有什么脸面回到本土面见宗主……你也别想骗我，伊崎宫！”建川歇斯底里地吼着。

“你也不过是宗主废弃的棋子，宗主甚至不承认你的存在，你是她和一个恶心浪人生下的耻辱，你这个一无所有的蠢货，对于陛下而言，不管你怎么努力，你都是一颗废子！”

他每说一个字，宫少宸脸上的神情就凌厉一分，杀意就盛大一分。

楚瑜看着他颤抖的手，鼻尖冒出汗来，大脑飞快地转动着。

硝化甘油最不稳定，他那种抖法，只怕……

然而，还没有等到她想出法子，就看见建川忽然狰狞地一笑：“所以……最好我们一起玉碎，向宗主赎罪，向天照大神赎罪！”

说着，他忽然扬起瓶子狠狠地朝着墙壁上一砸。

而与此同时，琴笙琥珀妙目里金光暴现，他手中丝线一抖，蓦然将不远处的女子狠狠一卷，裹入自己怀里。

……

许多年后。我依然记得那一天的情景。明亮的火光。有人拉住了我的左手，从背后将我拉进一个不太大的地穴，将我死死地抱在他的怀里，他的拥抱是熟悉的，带着硝烟和冷香，让我感到安全，那是一种就算死，仿佛也可以融化在他怀里，骨肉交融的安心和……圆满。

有人拉住我的右手，从前面忽然整个扑了过来，挡在了我的身后。我看不清楚他的脸，却在那一瞬间，忽然想起了数年前的那个雨夜。有人替我挡住了瓢泼大雨，依稀是那样熟悉而陌生的影子。

我分不清楚，到底那一刻，我是在蜀中丛林的雨里，还是在那绚丽的潮汐岛火光里。

鼻间充斥着血与火的味道，还有肉体烧焦的气息。

在猛烈的震动里，忽然，有人从身后，手指轻轻抚摸过我的发鬓，问："你，爱过我么，小女郎？"如果当初，我们没有走出蜀中的雨林，是否会不一样？

……

那声音很渺小，冰冷里带着笑。没有人能懂，里面的悲与欢。

而身前有他幽凉低柔的声音："别听，别看，别思，别念。"

我闭眼，将脸埋进他怀里。那一瞬间，红尘滚滚，岁月忽然变得太漫长。

漫长得，即使白骨成灰，白发苍苍，也依然能闻见蜀中雨林里磅礴大雨的气息，身前却冷香如故。

这世上，从未有过如果。

我心纠纠，只为少年情长。却也唯愿，佛心慈悲，解得世间百愁苦厄。

番外篇

此间岁月

“陛下的日子已经不久了，近的话，也大约就是在这半个月内了。”

“小太子还那般年幼，要如何是好，如今皇家已无直系血脉，平王等藩王自认他们也有秋姓皇族血脉，欲一争高下……”

“啧，平王就不必说了，前些日子听说遭遇刺杀，如今境况并不比陛下好多少，当下几位托孤大臣里，朝中上下最看好的，只怕还是那位……封大人。”

“啧啧，谁能想到当年的封家还出了这个人物，给封家翻案就算了，还能平步青云至此，看那架势，估计不久就要问鼎首辅了。”

兴平帝自打躺在床上陷入长久的昏迷，大臣们之间最关心的事，不外就是下一任天子是哪位。

而天子身边未来的“能人”又是哪些人。

一道身着暗红飞鹤补子官服的青年官员却反着众臣退出的方向，款步向那来宣口令的内监走去。

年纪不到三十上下，便着一品大员的官服，又生得光风霁月，自然引人侧目。

在太极殿门口的内监一见着对方秀逸温文的面容，立刻迎上前去，含笑道：“封大人，您这是要来探望陛下么？”

“是，苏大将军托了人给本官带来了冰山雪莲，要进贡给陛下，望陛下龙体康泰。”封逸淡淡地道，面上沉静如水，只有属于一个臣子的完美担忧。

那内监看着封逸身边人奉上来的华丽礼盒，便含笑道：“大人真是一片丹心。”

说着他让身边的小太监收了礼盒，又着人将封逸领了进去，神色里多有谄媚。

毕竟谁都知道这位封逸封大人、苏大将军可都是未来的托孤大臣，可不是他们这些内监得罪得起的。

一行人路过御花园时，便听见了一阵小孩儿娇嫩的哭声：“呜呜呜……妹妹坏，妹妹欺负人！”

封逸脚步一顿，看向声音来处：“这是……”

那内监见状，便讨好地笑：“这是小太子在和出云郡主闹脾气呢。”

封逸闻言，便道：“出云郡主也来了么，既然太子和出云郡主都在，本官便先去探望太子可否？”

虽然嘴上这么有礼地问着，但是他并没有等待内监回答的意思，脚步一转，径自向御花园深处走去。

“也是……您是太子太傅，探望太子殿下是自然的，那杂家就在这里等着您了。”那内监陪着笑，识趣地站在了御花园口，也竟丝毫不觉得封逸所为是对兴平帝的大不敬。

人，就是这么现实，比起已经在床上昏迷多时，只等着丧钟响起的一国之君，自然是明日的朝阳，位高权重的储君更值得示好。

……

封逸才走进一片牡丹园，就听见小女孩儿娇软又霸道的声音：“哥哥可真没用，一点点事就哭鼻子，羞羞脸！”

听着女孩儿的话，小男孩儿的哭声更大了：“呜呜呜……妹妹坏，妹妹最坏了！”

封逸远远地就看见一个黄色小身子趴在树上，树下的小胖丫头扎着两个小啾啾在脑瓜上，一身精干的短打，正仰着小脸嘲弄地看着树上的小男孩儿。

封逸看着女孩儿亮晶晶的大眼睛，眼前有些恍惚，仿佛看见了另外一对儿漂亮灵动的大眼。

他深沉的面容上闪过一丝自己都未曾察觉的温柔。

“殿下。”他还是看向那树上唤了一声。

原本围在两位小祖宗身边的宫人们脸上都露出一种——“如释重负”的表情。

尤其是跟在太子身边的中年太监，喜极而泣：“太傅大人，太傅大人！”

封逸这才留意到这些宫人们身形都有些僵硬，太子分明身居“险境”，他们竟然也就这么干站着。

他微微挑眉：“你们这是……被点穴了？”

再看见中年太监“泪流满面”的模样，他转眼看向一边站着的小女孩儿：“出云郡主……”

小姑娘一见他，顿时就缩了缩小脑瓜，大眼珠子乱转，咧开小嘴干笑：“啊……义……义父……”

她一点都不怕自家那岛上人人惧怕的“仙女”爹爹，可是却着实有点怕这个自己强行“认来”的义父。

比岛上的夫子更像夫子的……义父。

“习武就算不行侠仗义，也不可欺于手无寸铁之人，三爷没有教过你么？”封逸走近那小姑娘，低下头，正色道。

这个小胖妞儿，别看她肉嘟嘟的像个可爱短腿小胖猫儿，身手却极为灵活，接得她爹一身武学天赋，学什么就会什么，更有一身奇特的蛮力，天赋异禀，三岁就能拿一个比她还高还重的陶瓷花盆举起来砸人了，待如今五六岁上练得了内力，扔个男人跟扔石头似的，更不要说点人穴道了。

小胖丫头心虚地低下头：“小川……小川……只是想要锻炼哥哥的胆量，所以才把哥哥放在树上，哥哥胆子那么小……以后怎么能当皇帝，万一哥哥在龙椅上被老鼠吓尿了，不是很丢脸吗？”

完了，义父最能念叨了，娘说了，义父的一张嘴能把死人说活，活人说死，她又不是没有见过义父的能耐……这下要被念叨一整天了。

她其实也很苦恼，据娘亲说，她第一次见到义父的时候，路还走不稳，就摇摇晃晃地扑过去抱着义父的大腿，张着只有几颗牙的小嘴，一脸谄媚地喊对方爹爹了。

直接把一贯最疼爱她的“仙女”亲爹……气哭了！

嗯，按照娘的说法——她家的男人长得都像“仙女”一般美貌，美貌的男人都爱哭鼻子。

可是她觉得爹爹明明发火时是——好气哦，要砍人！要拿人皮绣花！

而义父好气的时候，却有一百种法子约束收拾自己。

光听他在一边念经训诫自己，她都能听得想要呜呼哀哉。

小胖丫头撅起小嘴，一脸沮丧抑郁又有点害怕的模样可爱非常。

他摇摇头，抬手轻轻点了点小胖丫头的柔嫩脸蛋："回头告诉你娘去，你一个女孩儿家家跟着她学得满腹歪理。"

说着，他也不去理会小胖丫头，转身去看树上哭得一把鼻涕一把泪……却漂亮得不像话的小男孩儿。

"太子殿下，您放开手，臣在这里接住您。"

小玉人迟疑了一下，看着封逸的眼，忽然仿佛鼓足了勇气一般，闭上眼，手一松，小家伙尖叫一声，就直接坠进了封逸的怀里。

"啊啊——！"

封逸抱着怀里的小玉人儿，低头看着小家伙长卷的睫毛颤呀颤，漂亮得不像人的小脸蛋一片惨白，脸上都是剔透的泪珠儿，也忍不住心疼，转脸就想要再叱责两句小胖丫头。

但是随后，他又无意瞥见怀里的小玉人睫羽微微闪了下，黑白分明，线条有些妩媚的大眼眯起的弧度带着狡黠的味道。

他微微挑眉，顿了顿，放下了怀里玉做的小男孩儿淡淡地道："太子殿下能多锻炼一下胆量也未必是坏事。"

封逸话音刚落，漂亮小男孩儿顿时像是愣住了，有些不明所以地睁着大眼看向封逸。

小胖丫头顿时大眼珠子一亮，挥舞着自己的小拳头，兴奋地凑到自家小哥哥身边奶声奶气地道："嘿嘿，我就说了是为你好吧，瞧你那软蛋样儿！"

小男孩儿抿了抿唇，漂亮到天生就带着妩媚的大眼里闪过一丝不屑，却一副泫然欲泣的模样看向封逸："太傅……太傅……小川欺负我，她每次都这样，娘说了女孩儿要多抄经才安静，可她一点不安静。"

拐弯抹角地言下之意，不外是小川该受罚，该去抄经。

"为什么要安静，又不是尼姑，咧！"小胖丫头明显没有听出自家哥哥的"恶意"，朝着小太子吐舌头。

封逸看了看四周的宫人，又对着小女孩儿道："出云郡主，麻烦你去给诸位宫人解穴。”

小胖丫头哪里敢违背自家义父的吩咐，一摇一摆地就冲着宫人们过去了。

宫人们大大地松了一口气，对封逸感激涕零。

封逸看着面前可怜巴巴地看着自己的小太子，淡淡地道：“娇娇，你那仙女爹有没有告诉过你，光凭一张脸，美色也算武器，可若是要构陷于人，便不可被人看出，若是没有这样的把握，就不要轻举妄动。”

小太子抿着唇，漂亮的眼愈发地泪雾盈盈，让人看得不忍苛责，却还是乖巧地点头：“娇儿受教。”

封逸看着小太子，点点头道：“嗯，一会儿你先回上书房，太傅需先去探望陛下。”

小太子抬起白嫩如玉的脸蛋，软声嫩气儿地道：“皇爷爷身体越发不好了，他不让娇儿去看他，怕把病气过给娇儿，您去看他的时候，告诉皇爷爷，娇儿很想他，他会高兴的，也会给太傅好脸色的。”

封逸看着面前的小人儿，心情略有点复杂，这么点大的小东西，善察人心至此，也不知是像了琴三爷，还是……小鱼。

他微微颔首：“臣明白，一定把会把太子殿下的心意带给陛下的。”

小太子大眼弯弯地笑了，忽然抱住他大腿，仰着脸蛋一脸期盼叫道：“太傅，上次娇儿麻烦您让娘请个大师重新给娇儿改个名儿，娘亲应了么？”

封逸低头看着粉妆玉琢的小男孩一脸期盼的样子，微微挑眉：“你娘并未答应，你也该知道你和小川的名字都是有原因的，都是为了化解你们命格里的不妙之处。”

“可是……可是……哪里有男孩儿叫娇娇儿的……呜呜呜……”小太子闻言，失望至极，又大眼一红，开始眨巴眨巴眼泪珠子了。

他掉泪，就跟掉珍珠似的，绝没有一般小孩儿那般让人厌恶，只会让人心疼得不行。

而小娇儿一贯善用自己的优势——当个称职的小哭包。

不过这个优势有时候也有不灵的时候，比如现在……

“娇儿，男儿有泪不轻弹。”封逸看着小家伙，淡淡地开口。

娇娇小太子一看封逸的表情，就知道太傅生气了，他抽噎着慢吞吞地收了眼泪，却还是一副娇气包的样子撅起了小嘴，不服气地道：“可是人家就是不高兴啊，什么名字嘛，人家是男孩子！”

说着，他没好气地踢了一脚树。

好气哦，名字难听就算了，为什么只有他一个人被丢在这种地方，连小川那个暴力妹都可以跟在香香软软的娘亲身边。

“爹爹偏心，太傅也偏心！”

说着，娇娇小太子愈发地自怜自哀，忍不住又眼泪汪汪了起来。

小家伙软嫩的声音，加上他白嫩的包子脸，看得人心酥软，就想抱起这娇嫩尊贵的玉娃娃亲一口，什么都捧给他，只要他高兴。

封逸看着小家伙没说两句，又开始掉金豆子，忍不住轻叹了一声。

世间事从来不患寡，而患不均。

很明显，三爷一点不客气地让自己儿子感受到了这句话的威力。

封逸正打算伸手摸摸娇娇小太子的脑门，安抚下他，就听见身后传来小女孩儿毫不客气地嘲笑声：“爱哭包，哥哥是娇气包，小泪包，咧！”

封逸一转脸，就看见小川把一群太监宫女们解除掉了禁制之后，一个小跟斗就翻过来，看见自家小哥哥在掉泪珠子，立刻毫无兄妹爱地冲着自家哥哥嘲笑了起来，还不客气地做了起了鬼脸！

娇娇小太子：“……呜……哇哇哇……”

封逸很是头疼地揉着太阳穴，冲着小川冷扫一眼：“小川，不要太过分了，仗势欺人，这是你爹娘教你习武的真谛？”

估计等她及笄之年，整个江湖也没有几个人能打败她。小川如今就盼着自己赶紧长大，好去祸害江湖武林……不，是去闯荡江湖，结交天下武林高手。

“我要把高手们都打死，成为天下第一的女魔头，哇哈哈哈哈！”小胖妹每每想到这一天，就会笑醒。

搞得小鱼看着女儿一脸生无可恋的样子，小家伙这么小年纪就如此“暴力”，以后可怎么了得。

“完了，完了，嫁不出了，嫁不出去了。”已经成了小鱼的口头禅。

不过小川的仙女爹倒是一点不在乎，反而很欣赏自己女儿的“宏伟志向”，没事就抱着小胖妹，温言细语地继续教导她各种奇诡暴力的功夫路数：“且看这一招，抬手就能把人的肋骨给拆卸了，若是川儿看上谁，对方不从，就拆了他的肋骨，霸王硬上弓。”

小胖妹：“呀呵！拆拆拆！霸王硬上！硬上”

小鱼抓狂：“你们……真是……够了！”

她怎么忘了，当初青春叛逆期的琴三爷搅得整个武林风声鹤唳的事，如今他还是武林古今十大不解之谜——惊艳了武林的“天仙魔女”到底是年方几何？生死成迷！

……

小娇娇就比较惨。

四岁前因为长得尤其可爱，除了他爹以外独得娘亲和全岛的宠爱，连狗走过都要上前汪汪翻小肚皮求小娇娇摸肚皮。

可是四岁以后，就被他爹扔到了宫里，莫名其妙地成了早就死绝的庐陵王一脉的遗孤血脉，先是册了临安王，满五岁正式加封太子。

在宫里也混得人见人爱，花见花开，要风得风，要雨得雨，只是因为有着封逸这个太傅功课上辛苦点，然而最辛苦的是他一年也只能偷偷摸摸地以秋山养病为名回岛呆上两个月，在自己娘亲怀里撒撒娇。

封逸看着哭得愈发伤心的小男孩，叹口气——

这果然是伤心了，小人精还没有修炼到能连他都哄过去的地步，到底还是个小宝宝呢。

他俯下身抬手将小家伙抱了起来，温声安慰：“殿下不哭，您的父亲……是疼你的，让你进宫和皇爷爷在一起，就是为了让你日后能过上无所畏惧的日子，你和小川不同，你是男孩儿，日后总有自己想要保护和拥有的一切，做皇帝，能让你有更多的能量去实现自己的愿望。”

他记得那个男人眯起眸子轻笑的模样：“本尊这一生作为，原不过是为了不如秋玉之那个男人的意，干干净净来去，与谁都不相干，却不知在野替谁守这江山天下，到头来要想守个心头人都这般艰难，如今唯愿，江山如画，娇儿当可纵情。”

……

然而时隔多年，他看着怀里哇哇啼哭的小娇儿，总觉得……他娘的什么让孩子纵情所欲，不负山河如画……也许不过是那个男人不想让自家小儿这个“男人”占了小鱼怀抱的说辞而已。

封逸对上小娇儿眼巴巴的水眸，只暗自叹了一声，抬手抱紧了怀里的小太子，略违心地撒了一个太傅应当撒的谎：“是，你爹爹是疼你的。”

小娇儿天生根骨寻常，并不是什么练武的材料，如今也只跟着已经成了唐门掌门的唐瑟瑟学点儿防身毒术，却颇得唐瑟瑟欣赏。

“嗯！”小娇儿抽噎了一会，仿佛哭累了，软软地趴在封逸的肩膀上，半眯着大眼，含着小手指似睡非睡。

封逸抱着小太子向宫内而去。

小川儿立刻屁颠屁颠地跟在他身后，恶劣地对着小娇儿各种做鬼脸。

她胖乎乎的脸蛋上能做出十几种怪样子来。

然而，待得她才张开嘴朝着小娇儿吐舌头的时候，小娇儿忽然大眼一开，小爪子轻轻一挥，不知哪里来的一股无色无味的气流就从他指尖飘向了小川儿。

小川立扑，随后忽然爬起来，像只胖乎乎的小螃蟹一样横着到处爬，小胖妹一脸惊恐，却说不出话来："呜呜呜……"

小娇儿咬着小手指笑得可爱到阴森森："嘻嘻嘻嘻。"

算了，他收回自己的心软，这两个小东西——都不是省油的灯！

时光荏苒，岁月如梭，风云流转间，转眼又是十八年个春秋过去。

……

"十二桌客人的凉拌卤牛肉、吹风鸡，十三桌的女儿红、韭菜炒河虾，上了哎！"

小二的一声吆喝在热闹吃喝的人群里响起，伴随着饭菜酒水香气弥散在空气里的，还有幽幽的歌女的小调，那悦耳悠扬的苏南小调子让市井气儿里多了几缕动人的宁静。

"侬见星河阔，侬见风云流，却晓不得这长夜漫漫相思寄何处，唱一个奴儿难，难见君何日来……"

"想不到这来香楼的酒菜好，连这里有的歌女的嗓子也好得让人心醉。"一名虬须大汉一边夹了凉拌牛肉塞进嘴里大朵快颐，一边看着不远处台边上那戴着面纱的歌女拨弄琵琶的样子感叹。

他身边坐着一个看起来形容颇有点凶恶的道人，摸了摸嘴唇上的鲤鱼胡，眯起眼摇头晃脑："黑虎兄这就不知道了罢，这来香楼的饭菜看似寻常，没有那假模假样的名菜大菜，但是这家常菜却做出了大菜的美味，吃得人心肺妥帖，还有的是江南塞外的各色酒，那烧刀子都是漠北送来的地道老刀子，但凡出入此处的江湖客，没有不喜欢的！"

他顿了顿，又看着那台上弹着小调的歌女嘿嘿一笑："不过这几年来香楼生意好，除了酒菜地道，还有咱们小白莲的功劳，谁不知道来香楼的小白莲姑娘那嗓子可比那出入洛王府和各大达官贵人府邸的常玉班台柱子小常玉还要动人。"

“哦，这样吗？”那虬须大汉闻言，盯着那不远处台上的女子眼里有了一丝火光，咧嘴笑道：“就是不知这小白莲喉咙好，是不是脸不好，所以才遮着那脸蛋。”

“啧啧，您是第一次来洛河参加武林大会不知道才说这话，这小白莲姑娘，那可是出了名的国色天香，正是因为她每次露脸都招惹得狂蜂浪蝶无数，这才遮面弹唱。”那鱼须道人嘿嘿一笑，眼底也流露出一股淫色来。

那虬须大汉瞬间见猎心喜：“啊，那本帮主可要……”

“您可要什么，您什么都别可要，您也要不起！”那道人没等他话说完，就不客气地打断了他，眼底的那点淫色也收了起来。

“墓道人，你说什么，你敢看不起老子！”那虬须大汉闻言，勃然大怒。

“你怎么说话的！”“就是！”同桌坐着的几个与虬须大汉一样打扮的莽汉瞬间也拍桌而起。

那鱼须道人倒是一点不着急，摸着自己的小胡子嘿嘿一笑，模样颇有点阴险：“呵呵，黑虎兄，不是我墓道人不知道你黑虎帮是山西吕梁第一大寨，但来香楼是谁的地盘，你知道么，还是快快坐下，不要招惹是非。”

“谁的地盘？”那黑虎虽然看着是个莽汉，却也不是个没心眼的，左右看看周围人都在看自己，还是坐了下来。

原因无他，这来香楼里的满座高朋无一不是身带煞气，携枪带剑的——江湖人。

武林大会在即，不管黑白两道能接到武林贴齐聚洛河的皆是天下一流的高手。

黑虎帮在山西是黑道一把手，但是如今在这天下武林汇聚地，甚至连武当、少林都集聚一堂的洛河，又算得了什么？

黑虎能撑起黑虎寨，自然也不是光有一身蛮力和武艺就够了的，他也不是没脑子的人。

墓道人自恃这两点，加上自己本身也是黑道有名气的高手，自然对黑虎说话不那么客气。

“这来香楼背后的人是山河在！”墓道人压低了声音道。

“什么，你是说……小白莲是……山河在的人？”黑虎闻言，大惊失色，几乎不敢相信的自己的耳朵。

“那个武林盟主……山河在？”

墓道人摸着自己鲤鱼须一般的胡子哼唧着冷笑一声：“没错，就是山河在，收服黑白两道连任两届的武林盟主！”

武林大会三年一办，天下高手齐聚，选出可号令天下武林、武艺超凡绝顶的尊者。

而山河在自从十五岁那年击败了少林天净大师和丐帮九袋长老后，已经连续担任了两届的武林盟主，今年是正是他主持武林大会，最后选出之人可与他一争高下——争夺新一任武林盟主之位。

山河在行事亦正亦邪，当年彻查倥侗灭门血案，他手下亲信有人牵扯其中，被他当着众人揭破阴谋，一手斩杀，但面对武当要为道门讨说法而步步紧逼，意图扩大事态时，他又雷霆手段，斩杀对方三番两次的挑衅者，震慑天下。

乃是个敢醉卧神域杀神魔窟，黄沙白骨地，又敢笑苗疆蛊场的枭雄人物。

所以白道且不说，几大黑道势力如洞庭七十二水寨瓢把子、漠北神域、湘西鬼门都已经放话出来只认他一个武林盟主，若不是他担任武林盟主，必不会服白道之人担当。

山河在的女人，谁干随便碰？

“哼，山河在这等人物，不喜那武林世家的美人，竟与这种不入流的女人倒腾在一起，也是枉费这一世英名！”黑虎嘴上哼唧，心里已经是彻底消了这欲火色心。

毕竟什么女人没有，关了灯都一样。

“得了，你就吃不着葡萄说葡萄酸。”墓道人冷嗤一声。

话音刚落，忽然一阵爆裂之声响起：“嘭嘭嘭——！”

瞬间妖异的红色烟尘四起！

“不好，有敌来袭，妖雾有毒！”墓道人大喝一声。

所有原本在茶楼里吃喝的武林人士都是高手，瞬间就扯了袖子捂住口鼻，跳开来，同时拔出了身上的武器！

却见那妖红的烟雾弥漫凝成一片人形，数道猩红如血的人影都手握弯刀，为首一人的弯刀正正架在那抱着琵琶弹唱的小白莲脖子上，小白莲周围的几名护卫全都当场毙命。

而美人僵在座椅上，吓得狭长妩媚的美丽眼眸圆睁，乌黑如珍珠的眼瞳里盈了一层泪雾，氤氲袅袅，纤美卷翘如雀翎的睫颤颤微微更显娇弱纤美，即使看不见那半遮了的瓷白美颜，也让人压根儿不舍得伤了这样的玉美人儿半分。

“你……你们是谁？想干什么？”

那群妖异阴森的红衣人没有说话，倒是墓道人开口了：“你们……你们是西域神域的人！”

此言一出，所有武林人士哗然。

黑虎虎目圆睁，一脸惊诧：“哎，不是说西域神域的人在武林大会前就放话出来，只支持山河在吗？难道你们不知道这酒楼是山河在的，你们挟持在手里的美人是你们的大嫂？”

黑虎说话虽然莽撞，惹来不少武林人士的白眼，但是却问出了很多人心中的疑惑。

“呵，你们中原人说风水轮流转，武林盟主轮流坐，有德者居之，我们神域域主之位也自然如此，有德有才者居之！”为首那红衣蒙面男子，深目高鼻，一双碧蓝的眼睛似澄澈云空，眼尾勾勒出了妖异花纹，却让他看起来满身枭狂妖异，这让人畏惧的异域男人，却说了一口流利的汉话。

众人闻言，再次哗然，几乎不敢相信自己的耳朵。神域之主换人做了，如今的神域之主要与山河在为敌？

“武林盟主之位，我神域之主亦要与山河在一争高下！”那神域之主肆意大笑起来，抬手一把挑起了小白莲的下巴，端详了她一下，对上那双过于动人美丽的眸子。

神域之主怔了一下，碧蓝的眼睛都有些恍惚，但是下一刻，他骤然回过神，忽邪笑了起来：“六年前，我神域输在了山河在的手里，给他当了六年抬轿人，如今他要是想要回自己的女人，就来当年他与神域之主畅饮之地，给老域主上一柱香罢，哈哈哈哈！”

说罢，不等众人反应过来，他骤然一甩披风，又是一阵妖异红烟飞散而出，将所有红衣人都裹在里面。

黑虎大喊一声：“不好，那神域的妖人要跑！”

众武林人士这才反应过来，持刀就要冲上去，却奈何冲到烟雾前，却已经一个人都没有了，只剩下一地破碎的桌椅茶杯。

“真是见鬼了，你老道不是说神域最服这山河在吗，他们是内部反水？”黑虎目瞪口呆。

他是真没有见过这等比东洋忍者还厉害，来无影去无踪的本事。

沸沸扬扬的人声里，墓道人细眯的眼里闪过一丝若有所思的精光，他摸着胡须道："这西域神域乃是一统西域的大教派，原是拜火教出身，如今自称火神之域，行事亦正亦邪，与中原武林名门正派多有冲突，一直有问鼎中原武林的野心，但是……"

若非遇到了山河在，六年前，坐上武林盟主之位的人说不得就是这西域神域之主，而神域的老主人与山河在是忘年交，因此这么些年才和中原武林相安无事。

可如今这番情势，神域内部明显是起了内讧，老主人已经不在，说不得都死透了，如今占据神域之主位置的人乃是方才那蓝眼男子。

"这天哪，又要变了，天下武林不知此后又是个什么局面。"墓道人叹了一口气，看着不知何时慢慢堆满了乌云的苍青天空，一轮骄阳渐渐被吞噬。

风骤起，山雨欲来。而他的忧虑也正是在场所有人的忧虑。茶楼幸存的小二与掌柜铁青着脸策马奔了出去，掀起一阵尘烟，笼在众人眼前。如今正逢三年一选，怕从今日起，不多时，中原武林又是一场腥风血雨！

……

清风随云，夹着润雨的风瑟然吹入窗内，临窗榻床上盘膝打坐的人闭着眼，仿佛感觉不到雨水落在他俊秀朗逸的面孔上。

少年临窗，乌衣宽袍，眉宇笼烟罩雨，人秀如竹，窗外洛水奔腾，卷起飞沫如碎雪，宛如文人墨客笔下画。

"盟主，您要救救白莲小姐，神域那些人都是不安分的狼，如今小姐落在他们手里，怕不知道要遭什么罪了！"他身后狼狈跪着的两名侍女一把鼻涕一把泪，满是焦灼，衬着窗外的风雨，颇有些悲凉。

少年闻言，缓缓睁开眸子，当真是剑眉星目，瞳有清隽锐光，如名剑出鞘，锋锐之气令人不敢逼视。

"神域里出了这么有趣的事，我们的情报系统竟毫无所觉，倒是有意思。"

谁人能想到这般弱冠少年模样的男子就是名震武林的武林盟主——山河在。

"是属下失职。"一群蓝衣人瞬间在男子身后跪了下去。

一名看似书生模样的男子则上前抱拳："盟主，属下已经查明，如今占据神域之位的是当年老域主养大的一对双生子之中的兄长，安泽希，此人一贯是老域主的左膀右臂，帮着神域开疆拓土，收服西域各种黑道势力，在神域的封号是不动明王，原本与老域主关系极好，后来不知为何忽然反水杀了老域主，据传和老域主的独生女儿莉娜最近嫁了西域某国做了王妃有关。”

山河在轻嗤了一声，一双剔透妙目转了转，似笑非笑地摆摆手：“看样子又是红颜招祸，得了，穆先生，你带着他们都退下罢，我要想想怎么处理这事。”

众人面面相觑，随后都齐齐抱拳：“是。”

不过片刻之后，众人都走了个干净。

山河在起身，忽然深深吸了一口气，骤然拔高了声线——

“格老子地，那朵大白莲又被掳走了，这种游戏，她是玩儿不够吗，招宠，招幸，你们两个给我滚出来！”

一声大吼，整栋小楼都震了震。

好一会，两道人影也不知道从哪里飘了出来，慢悠悠地“飘”到了他的身后，两人互看一眼，恭恭敬敬地抱拳：“盟主。”

“你们两个是怎么回事，是不知道那朵大白莲喜欢瞎玩儿么，就这么让她被‘掳走’？”山河在一掀袍子转过身来，强烈的气劲瞬间掀得他身后的桌子碎成了数块，直朝着那两道人影削了过去。

两人直挺挺地站着，动也不动，眼看着那桌子碎块要砸上他们的面庞，两人骤然闭起眼，但那碎块却忽然在他们鼻尖“砰”地一声碎裂开来，化作齑粉。

两人清秀的面孔瞬间扭曲了一下，但也大大地松了一口气。

“为什么不躲，你们二人的武艺连这也应对不了，要你们何用？”山河在冷冷地看着他们。

“属下不敢。”招宠和招幸两人异口同声地抱拳，单膝下跪。

他们倒是想躲，问题是这位主是个能让人躲的人么，看着别人动手，他就想上去把人揍趴下的尿性，盟里谁人不知。

他们武艺是好，但也不是武林盟主的对手啊！

不过这也是两人的腹诽而已，脸上自然不敢露出半分。

“行了，说罢，那朵大白莲又想干什么？”山河在冷嗤一声，袖手而立，威势赫赫。

招宠和招幸二人互看一眼，随后招宠上前小心又无奈地道：“回禀盟主，主子说那神域的小哥看着有趣，她最喜欢有趣之人，有趣之事，所以想要……”

“想要去玩玩？”山河在乌黑如墨的眼底闪过不耐与讥诮：“也是，大白莲好玩儿的性子，一直都不改，什么喜欢有趣的人……不过是闲得慌，恶趣味又犯了，你看看你们跟了什么鬼主子。”

招宠和招幸两人闻言，瞬间嘴角耷拉下来，露出一脸悲伤的哭丧相。

是啊，恶趣味，如果不是那位主子最不可捉摸，恶趣味又多，又怎么会给自己的贴身侍卫取名招宠和招幸呢？

宠幸，宠幸——害得所有人都以为他们是给主子暖床的！

“知道人去哪了么？”山河在看着宠、幸二人那模样，便微微蹙眉，也懒得再为难他们，索性直接问。

招幸和招宠两人互看一眼，招宠有点为难地道：“是，属下知道，但是您知道主子玩性正浓，若是咱们打扰了她的兴致……”

山河在闻言，看了眼窗外明月，思索片刻，冷笑一声：“也好，就让她玩儿，本尊先盯着，老子倒是要看看神域又要折腾出什么幺蛾子，说来，也很久没有和神域的人打架了，真是让人期待啊！”

他说着，忍不住双手抱拳，捏了捏自己的关节。

看着山河在眼底那一抹隐约的兴奋，招宠和招幸两人忍不住深深地叹了一口气——一个主子爱惹事，一个主子爱生非，果然是手足，而他们这是走了什么运气，遇上这二位祖宗哟。

……

偏僻的远郊山中，一处平日灯火稀疏的富贵人家私庙中，此时一片灯火通明。

只是这占地颇大，花木扶疏的后院里此刻并没有一个尼姑在诵经做晚课，四处都是身着暗血色红衣的持刀蒙面客。

最大的厢房里，被套了头套，点了穴道坐在床边动弹不得的少女，忽然被人一把扯掉了头上的套子。

她眯着妙目，好一会才适应了眼前的光线。

她水眸迷离地看向面前的红衣男子，娇怯地开口：“你……你们是谁，抓我来做什么？”

那红衣人也没有仔细看过她的容貌，如今陡然灯下看美人，瞬间被她乌眸秋水映星空，粉颜如玉透，润白娇色盛的模样给迷了眼，几乎移不开自己的目光。

“白，真是白，滑，你这皮肤也真是滑。”那蒙面的西域汉子回过神来，忽然伸手捏住她的下巴，令小白莲抬起头来，仔仔细细地打量着她。

“没我们西域第一美人幽国嘉利叶公主美。”

那西域汉子冷笑了一声。

“是你妹妹？敢问侠士，您是……西域神域的不动明王安泽西？”小白莲抬起水汪汪的黑眸着他，眼底微亮。

那西域汉子毫不客气地道：“正是本王！”

不知为什么，他好像在面前这娇怯的绝色美人眼里看到了——兴奋？

大概是他的错觉罢？

“原来不动明王这次过来是为了惩罚山河在不愿娶你妹妹的么？”小白莲柔声柔气儿地问。

安泽西冷哼一声，扯了一张八仙椅，大马金刀地在她面前坐下：“没错，山河在这家伙，在美人面前怕也要自惭形秽，难怪山河在被你迷得神魂颠倒，不娶我妹妹也要和你鸳被共眠，真是给脸不要脸。”

“这事，我却没有听我家盟主说过，那人怕是把这事在我这里都瞒住了。”小白莲轻笑了起来，掏出把手镜，用帕子擦了擦自己唇角在刚才一番折腾下溢出来的鲜红口脂。

安泽西听着，却觉得这话很是挑衅，看着她那模样，冷笑一声：“就你这软趴趴的样子，怎么配当他那样英雄的夫人！”

小白莲听着这话儿，美艳的媚眼里闪过笑意，凑到了安泽西面前：“哦，英雄？那不动明王觉得我们家盟主要配什么样的女人？”

安泽西看着那张逼近过来，艳光四射的脸，她尖挺精致的鼻尖几乎蹭到自己的鼻尖上，一双盈盈美目如海似夜，几乎压了过来，顿时目眩神迷，一瞬间不知所措。

他僵了片刻，抬手一把推开她：“至少不是像你这种狐狸精，除了弹琴以外一无是处的样子，我的妹妹怎么都说都是圣域神女，美貌自然不提，更有一身高强武艺，统领神域半壁江山，西域谁人不知她大名，这才是山河在未来妻子的模样！”

安泽西愤愤不平，越说声音越高，小白莲不禁笑了起来，她稳了下身子，再次朝着安泽西靠了过去，素手纤纤搭在他肩膀上，吐气如兰：“哎呀，小哥哥，看起来不光你妹妹，连你也对山河在倾心不已，不如，我来告诉你一个山河在要命的小秘密？”

安泽西仰头看着对方，这才发现这个倾国倾城的美人儿，身量真不是一般高，足足比自己都要高了快一个头。

他一把捏住她的手腕，恼火地瞪着她："中原人说戏子无情，婊子无义，你这贱人竟然为了保命就这般出卖山河在！"

"哎，小哥哥可轻点，我可受不起你的热情。"小白莲轻笑，却趁机把半个身子都依在他身上："不动明王，心不动，神不动，怎么这般容易着恼，莫非你真的不想听他的秘密？"

安泽西只觉得她悠柔如水的声音像一把小刷子撩拨着他，心里痒痒的，虽然恼恨，但是他却还是忍不住粗声粗气地道："有话快说，有屁快放！"

"是这样，你且附耳过来。"小白莲妙目弯弯。

安泽西看着她漂亮的带着魅惑的眼，不由自主地靠了过去。

"我告诉你啊，你喜欢的山河在，可不是……什么正经男人。"小白莲在他耳边轻笑。

"什么叫……不是正经男人？"安泽西一脸不明所以地正要说什么，却忽觉整个人眼前都模糊起来，他身子一晃，身子软软地就往地上倒。

但是小白莲眼明手快地一把扶住了他。

"你这……贱人……对我下药！"安泽西靠在小白莲的怀里，蓝眸模糊，却难掩愤恨，只是声音如猫儿一般一点都大不起来，一晃眼就昏了过去。

小白莲看着怀里的人，笑得愈发幽暗兴味，她抬手慢条斯理地揭开了安泽西脸上的面巾，看着面巾下那张轮廓立体而精致的雪白面容，用指尖戏谑地划过他卷翘如擅的睫毛、鼻梁上几颗细细的雀斑。

"啧，长得倒是个可人儿，怎么就偏偏喜欢上山河在那暴力狂呢？"

夜色深沉，长街上大门紧闭，屋顶上，两道人影猛地撞在一起，罡风四射。一道暗红色的高大人影和一道白影瞬间分开，各自在街上退开好几步才稳住了身形！

"交出我妹妹来！"那暗红的高大人影一头银发在月光下散发出柔和迷人的光芒，与他碧蓝眸子里的暴戾杀气形成鲜明的对比。

山河在稳住了脚步，一掀袍子，清俊非常的面容上闪过不屑："安泽西，你妹妹掳走我的人，我还没有跟你算账，你竟还敢找到了我的头上。"

他顿了顿，目光停在对方蒙面的红巾上，眼底幽光闪烁："你们这帮神域的家伙，从来就不喜欢遮遮掩掩地蒙着脸，见不得人，尤其是老域主，如今他一死，神域全都变成了一帮见不得光的老鼠么！”

此话瞬间激怒了对方，他抬手就朝着山河在的面门猛击过去：“山河在，老子看你这骄狂的东西不顺眼很久了，你才是见不得光的老鼠，今天就让你尝尝化骨掌的滋味！”

阴寒四射的掌风瞬间击到山河在脸前，山何在却动都不动，只在掌风袭来的一瞬，腰一侧，一个旱地拔葱，瞬间跳起，跃到对方身后，肘部猛地一计李逵挥锤，砸向对方后脑。

对方也极为敏锐，硬生生地收住攻势，半空折腰弹腿，一式飞鹰蹬，膝盖瞬间和山河在的手肘撞在了一起。

又是一阵闷响——“砰！”

两人在半空中手、肘、腿、膝、脚，不过短短片刻就过了十几招，山河在的武艺路数极为霸道，但神域男子的招式则阴柔诡谲，两人过招的速度快得令人叹为观止。

不远处藏着的山河在的手下见状都忍不住议论——“这神域之人武艺修为颇为厉害，招式古怪又刁钻，竟能和盟主打个平手，难怪老神域的域主死在他手上！”

倒是招宠蹲在一边，摸了摸自己清秀的下巴，嘀咕道：“你们还漏算了，盟主虽然走的刚猛汉子路线，但他可是实打实的……阴人。”

说话间，只听得一阵“嘭嘭嘭”的闷响，半空中一道暗红人影瞬间落了下来，只是他正打算鹞子翻身再向山河在冲去时，却忽然不知何处弹出一道金属网竟如网鱼一般将他网了个正着！

那网很是刁钻，一绕上人身便将对方整个人死死缠住，银发男子试图挣扎，却“砰”地一声掉落在地。

山河在上前，一脚踏在他胸口上，居高临下地看着在地上试图翻滚反抗的银发男子，嗤笑了一声：“不要做再挣扎的蠢事了，否则这绳子只会陷进你的肉里。”

他一双碧眸恶狠狠地瞪着山河在，眼底闪过怨毒的光，刚要开口：“你这混蛋……呜！”

可惜话音未落，就被山河毫不客气地一拳头砸了下来，痛哼一声就晕了过去。

山河在看了看自己的拳头，轻蔑地扯了下唇角：“老子让你说话是让你说人话，不是让你对老子大放厥词！”

一边山河在手下众人此刻才纷纷涌了出来，一脸谄媚地道：“盟主果然武功天下无敌。”

也有人有点不甘心：“每次打架都盟主一个人过瘾，不让咱们动手，咱们好久没有能出来打架了。”

山河在一边享受着手下的捏肩揉臂，一边懒洋洋地哼唧：“得了，下次去收拾神域这些不知好歹的臭小子们，会叫上你们的，不过……”

他顿了顿，低头看了眼地上昏迷过去的银发男子，眼里闪过一丝深思：“这小子的功夫倒是不弱，竟能和本盟主在短时间内打了个平手，莫非他真的是不动明王安泽西，那抓走那朵白莲花的是谁？”

说着，他抽出腰上的剑往男子脸上一挑，红色的厚厚蒙面围巾瞬间裂开，露出一张轮廓分明，精致俊美如雕塑的面孔，卷翘的长睫羽，挺直的鼻梁、殷红精致的薄唇，银发覆盖下的皮肤白得似会发光。

众人瞬间沉默了片刻。

“呵，抓到了一只漂亮的碧眼波斯猫呢。”倒是山河在眼底闪过一丝兴味的光，伸手毫不客气地在对方的脸上摸了起来。

他喜欢驯服漂亮的野兽，虽然这只波斯猫有点暴躁，可是他喜欢。

众人见状，默默地为地上被吃豆腐的漂亮西域男人哀悼——看来自家主子征服了武林之后又找到了新的乐趣。

说话间，半空中飘来一阵异香，更有飞花花瓣四散，招宠和招幸忽然抬头看向天空，几乎是喜极而泣，大叫：“哎呀，主子，是主子回来了！”

众人齐齐向长街的尽头看去，果然看见一辆华丽的明黄马车在大批锦衣卫士的护送下慢悠悠地向这一头行来。

山河在闻言，看向远方，微微扯了下唇角。

不一会，马车就到了山河在面前，能跟着山河在这里的无一不是他的心腹，此刻见到那华丽丽的龙旗，都齐齐跪下，恭敬地道：“参见陛下！”

只山河在动都不动，抱着胸挑衅一样地看着马车：“玩够了？舍得回来了，你把人家妹妹弄到哪里去了？”

马车边的锦衣卫士们则对着山河在也恭敬地抱拳行礼：“参见小川郡主。”

马车被一边的太监掀开帘子，露出一张倾国倾城的魅惑艳容，他妙目幽沉地扫了一眼山河在踩在脚下的已经昏迷的银发男子，轻嗤了一声，讥讽：“怪力女果真还是这般粗鲁，对待美人儿要温柔，怕你这喜欢打架的粗暴男人婆永远学不会。”

“是是是，毕竟我可学不来陛下这等爱好穿女装扮楚楚可怜的畸形嗜好，你说是不是，亲爱的阿娇哥哥？”山河在，或者说楚川郡主一点不客气地抱着胸，朝着自家亲哥哥翻了个白眼。

“下次，再叫朕那个名字，朕就毒哑你。”皇帝陛下媚眼一眯，盯着自家妹妹，忽然阴冷地笑了下。

说罢，他冷冷地一挥手，太监立刻放下了帘子，拔高了嗓音：“陛下起驾。”

一行人马浩浩荡荡地离开。

楚川盯着远去的人马，做了个完全不符合她霸气气势的鬼脸：“就叫，你有本事就给老子来，就会用毒，一点不会武功的弱鸡！”

众人战战兢兢，只当全未听见。

毕竟也只有皇帝的亲妹妹敢如此不将这位以杀伐果决、智诡如狐、心思深不可测的陛下不放在眼里，而陛下虽然经常给自家妹妹好看，却也从未计较过她的各种僭越。

两兄妹可说是相爱相杀的典范了。

……

“话说，盟主，如果咱们抓到的人是神域的不动明王，那抓走陛下，不，被陛下抓走的是……”有人小心地问。

山河在，或者说楚川冷笑一声：“还有谁，想来是神域圣女，不动明王的亲妹妹了，刚才就在那死狐狸妖人的车上。”

楚川低头看了看地上的银发美男，随后嘿嘿一笑，低头一弯腰，轻轻松松地就把地上比自己高了一个头的男人拦腰公主抱了起来。

“也好，两只波斯猫，他分一只，我分一只，也算皆大欢喜，我就不跟爹娘告他又从朝中偷跑的状了，啊哈哈哈。”

说罢，她爽朗大笑，抱着人就往家里走。

众人面面相觑，随后叹气——这两兄妹，都乃人间奇葩。

我今年二十岁了
有没有长成
你喜欢的样子？
定价：34.80元
暖爱登场
是你
捡到了我
的
小心心吗
苏陌
著
Did you pick up
my heart
多少美好
出现又消失了
世界还是什么都没发生
只希望
一回头就能看到
你站在星星的彼端
等我
在遭受困境和苦楚时，
你会刻意掩藏起来心里的爱意吗？
哪怕它酸楚而又微弱。
我不会。